熊治祁　编

# 湖湘词全编

（七）

岳麓書社·长沙

湖湘文庫

续编

# 《湖湘词全编》各册词人

## 第一册

胡曾　释齐己　欧阳彬　侯彭老　王以凝　廖行之　刘翰
易祓　易祓妻　章斯才　钟将之　赵葵　雷应春　赵溍
王梦应　李琳　醴陵士人　徐君宝妻　刘氏　刘铉　欧阳龙生
冯子振　欧阳玄　马熙　李道纯　苗善时　刘三吾　李东阳
张治　龙膺　陶汝鼐　王岱　黄周星　陈震　王素音
王夫之　陈鹏年　夏光洛　杨学林　易宗瀛　陈荣杰　张九钺

## 第二册

唐仲冕　黄湘南　宋宾逢　周在炽　黄本骐　王璘　雷玉映
唐婉珠　吴小云　史韫卿　舒梦龄　唐可久　欧阳鹤　李星沅
易棠　黎吉云　熊少牧　陈芳藻　何绍基　沈梅　黄婉璚
邹汉璜　罗汝怀

## 第三册

胡焯　邹汉勋　邓琮　吴敏树　言友恂　何慧生　谭溥
曾国藩　周寿昌　邹汉池　郭嵩焘　孙鼎臣　何桂珍　韶山主人
陈钟英　杜贵墀　李寿蓉　王成升　李洽　曾传均　邓辅纶
罗萱　周诒蘩　易佩绅　周诒静

## 第四册

程霖寿　邓　绎　王闿运　杨恩寿　张祖同

## 第五册

邓　蛟　田兴恕　龚镇湘　黄维申　张　琳　吴　獬　陈　瀚
李　蓉　陈启泰　徐树钧　周　汉　周翼杶　王先谦　何维朴
张百熙　舒佐尧　胡元仪　李辅燿　皮锡瑞　郑业本　邹世琦
周名建　释敬安　蔡培劼　刘　鉴　唐赞衮　胡元直　陈　鼎
余嵩庆

## 第六册

王以敏　何维棣　袁绪钦　吴恭亨　黄家骥

## 第七册

李鹤云　王　济　廖基植　易顺鼎　谢玉芝　谢介僧　魏　繇
陈　锐　易顺豫

## 第八册

程颂芬　姚肇椿　谭嗣同　罗长裿　程颂万　王　葴　洪汝冲
黄润萱　唐宗海　何铁笛　曾广钧　胡矩贤　刘善涵　王　畇
汪诒书　黄兆枚　唐景森　唐景尧　齐廷襄　夏寿田　熊希龄

## 第九册

蔡传奎　章　华　黄　冰　徐芝年　朱　彝　许崇熙　黄　兴

田兴奎　陈天华　左又宜　杨　度　刘肇隅　杨　庄　刘师陶
秦力山　成本璞　欧阳钧　周家树　郭宗熙　王景峨　袁思亮
胡　熯　苏　鹏

## 第十册

袁思永　易　象　谭恩闿　宁调元　郑　泽　傅熊湘　袁思古
胡熙寿　张　锦　刘泽榘　刘泽槩　刘德鑫　邬思亮　陈润湘
陈　潜　杨延年　杨述章　周诒文　周翼洙　周翼崧　周勋大
周旸寅　周大备　周大肃　骆　鹏　黄　钧　曹典藩　傅道博
谭作民

# 目　录

# 李鹤云

李鹤云，字和笙，湘潭人。多年客居湖北襄阳，终身未仕。有《天籁阁诗余》。

## 满江红　重午

角黍香清，又是我、伤心时节。听龙舟钲鼓，助人呜咽。莫把朱砂倾酒内，泪珠和饮斑斑血。记当年、今日哭慈帏，声凄切。

口泽在，音容绝。酒肉具，何从设。苦终天抱恨，噤和人说。怕睹邻家蒲艾碧，高堂欢舞斑衣歇。怨榴花、照眼太分明，忧千叠。

## 蝶恋花　本意

满院花光蛛网净。分付狂蜂，不许来香径。蛱蝶双飞偏莫禁，柔情抵死相依定。

任尔春残花有恨。粉褪香消，未肯删风韵。笑杀清癯如我甚，年年害个伤春病。

## 如梦令　春夜

深院柳眠花悄，拉杂情书烧了。明月入帘栊，不送可人同到。休恼休恼，省却相思多少。

## 祝英台近　送春

路迢遥，歌懊恼，别绪知多少。一片征帆，千里江南道。那堪多事东风，征衫乍脱，已吹绿、秦淮芳草。

如何好？拼将九曲回肠，轮转无时了。脉脉春光，怎又和人老？可怜客里迎来，客中送去，止落得、暗伤怀抱。

## 忆秦娥　秦淮

春深候，情丝牵就秦淮柳。秦淮柳，蒙蒙飞絮，捉凭谁手。

清歌莫听樱桃口，金尊且劝葡萄酒。葡萄酒，黄昏几个，要侬消受。

## 望湘人　本意

正微茫二水，缥缈三山，西风吹落梧候。几缕荒烟，一堤薄雾，笼瘦千条垂柳。枫叶纷纷，蒲帆片片，不堪回首。料湘江、明月楼头，情味一般消受。

记得长亭尊酒，竟不肯回眸，无言分手。任翠袖罗裙，不管泪痕无有。凉风天末，春去秋来，才觉此情难久。关心处、乡音未达，鸿雁肯传书否?

## 渔家傲　本意

落日衔山天欲暝，江干一派闲风景。多少绿杨维短艇。沙鸥静，浮家泛宅烟波稳。

收拾丝钩沽一饮，笠儿倒挂青山影。得酒归来须酩酊。推篷寝，让他两岸樵夫醒。

## 丑奴儿令　老妓

门前冷落稀车马，减去圆吭，学得时妆，相见都非姊妹行。

鸡皮三少嗟无术，罗绮犹香，膏沐生光，好向温柔觅故乡。

## 菩萨蛮　丑女

鸦鬟高耸双颧赤，莲钩裹就刚盈尺。粉黛试新妆，妆成贤孟光。

承恩不在貌，越女休轻笑。一遇好姻缘，鸳鸯交颈眠。

## 金缕曲　冬夜

暖阁篝灯坐。倚孤帏、翠衾未展，鸾钗微亸。冰满玉壶鸳瓦冻，帘外雪花轻堕。自拨醒、金炉微火。生怕晚妆愁对镜，镜中人一样眉偷锁。真个是，痴于我。

半窗梅影娇无那。尽独夜、薰香把茗，都无一可。抛弄不嫌纤手冷，红豆相思颗颗。正几度、支吾难过。更有恼人憨婢子，语呢喃有意和侬左。止说道，宵分卧。

## 春从天上来 梅花

鹤梦方长，正肃杀凄清，暮雪朝霜。凋遍嘉树，落尽群芳。梅蕊忽露春光。问何年空谷，苦炼就、铁石肝肠。看于今，弄几枝疏影，一缕幽香。

瑶台藐姑仙子，缀数点冰心，天地回肠。缟袂褊襹，琼姿潇洒，高节止配林郎。让夭桃酝杏，凭艳质、取媚东皇。最难忘，水波清浅，月色昏黄。

## 东风齐着力 除夕

书剑飘零，三千道路，廿九年华。东风送暖，吹梦到天涯。遥忆深闺儿女，恁娇小、学语呀呀。香奁静，自簪柏子，自颂椒花。

游子漫思家。止转瞬、春光万里都嘉。诗书有味，吾岂类匏瓜。妙墨新词馈岁，看他日、素壁笼纱。笙歌夜，快抛残腊，且进流霞。

## 虞美人　人影

梨花满地东风悄，道是黄昏了。孤灯照壁可怜宵，恰好娉婷瘦影伴无聊。

玉房止有卿同我，不许容他个。春寒未忍掩罗帏，夜夜与君相对惜分飞。

## 点绛唇　春闺

绿暗红稀，野花飘尽无人觉。泪珠偷落，帘外东风恶。

燕子飞来，不爽阿侬约。春光错，柳丝轻薄，摇曳终无着。

## 念奴娇　三侠图

中原逐鹿，问碧翁、究竟谁家天下。有客虬髯空自奋，志欲师兴牧野。自古英雄，美人情重，笑跨乌骓马。虞兮安在，侧闻杨府歌者。

当日问柳寻花，仙源既得，径入天台舍。何物灵心张一妹，整顿云鬟盈把。词旨幽闲，阿兄低拜，翻令鬓眉诧。龙准日角，引君试看真假。

## 水龙吟 郭子美军门思亲释甲图，莲溪僧所作

皇朝有福如天，微臣整顿乾坤了。十年戎事，南船北马，东征西讨。红日九霄，白云三楚，梦魂都绕。数去时儿女，归来笳鼓，悲竞也，知多少！

金殿将回玉食，念萱闱、青丝欲皓。战袍且脱，莱衣须舞，倚闾人笑。宸翰飞扬，褒嘉锡类，三春寸草。问何物阇黎，毫端绘出，神仙忠孝。

## 长相思 送朱仲甫还太仓，余亦将之商州

秋雁呼，秋月孤。能饮离觞一滴无？黄花泣路隅。

君长吁，我长吁。马走商山舟入吴，高歌击唾壶。

## 贺新凉

樊城中秋夜，迟仲甫不至，起循女墙，踏月登跨鹤楼。访蓑翁、笠仙，读画观诗，尽醉而归。

独酌花间酒。趁良宵、风清月白，莫教辜负。有约不来过夜半，踽踽循墙而走。望缥缈灵烟在牖。楼上仙人寻不见，止相逢两个同心友。袖示我，诗千首。

生涯大类持竿叟。看今夕、一蓑一笠，居然为偶。香火因缘谁与证，碧海青天知否？况共是、客中株守。遮莫扁舟襄水

曲，借鱼梁点染丹青手。醉起舞，为君寿。

## 蝶恋花　晓妆图

院落沉沉人悄悄。玉手搴帷，止有香侵抱。晓起双蛾还自扫，昨宵梦见王孙草。

何惜马蹄归未早。郎去天涯，妾念长安道。花事欲阑蕉欲老，风光都是愁儿槁。

## 菩萨蛮　桐阴写韵图

西风乍起吹愁就，小园片石依人瘦。秋信到梧桐，飞来叶未红。

妆成无个事，写个相思字。寄语有心郎，罗衣今欲凉。

## 满江红　钱仲仙索题郭梅庵所绘满城风雨图

雨雨风风，正愁说、节逢重九。问黄花开未，白衣来否。忽讶群鸡飞古木，柴荆剥啄何人叩？料客来、应不为催租，来中酒。

出画本，惊心候。认款字，同心友。绘风情雨意，荒城如斗。索我诗中云有画，多君爱极因忘丑。叹于今、谁识郭河阳，丹青手。

## 惜分飞　梅庵洗砚图

冷落逋仙三百树，后起梅花庵主。古砚探囊取，携将香雪溪边去。

洗净尘氛和墨污，鸲眼龙鳞堪数。石友清如许，梅花以外无相与。

## 满江红　翁笠渔海天琴剑图

何物书生，担当起、古今豪气。看丰颐广颡，须眉奇异。海角天涯家万里，琴声剑影仙三昧。是风尘、小吏隐于诗，供游戏。

边寇至，雄师济。依使节，筹奇计。慨将军血战，相公和议。从此兵戎消玉帛，不须风雨嘶骐骥。且囊琴、匣剑付奚奴，双凫起。

## 金缕曲　周锡龄藏其亡室所遗美人画竹便面

各唱凄凉曲。遣悲怀、我伤锦瑟，尔藏遗物。短幅装潢白团扇，扇手当年如玉。忍抛弃、秋风惨绿。看取扇中何绘事，管夫人手写潇湘竹。竹上泪，斑斑蓄。

二妃当日从君出。却不道、中途阻住，洞庭山麓。死别生离君去也，目望苍梧而哭。是万古、伤心之局。泪竹似关君我恨，问画工图谶何心伏。一再视，悲心骨。

## 齐天乐 赠郑小坡，用联句韵

止今谁骋骅骝道？君才矫如天马。海曙霞光，江春柳色，都赋闲情陶写。低头小谢。记玉女菖蒲，掇来盈把。卫水萍踪，对床风雨一灯夜。

喃喃与君细话。正枯桐入抱，仙曲弹罢。舸舰迷津，燕支匝地，不惜金钱挥洒。哀歌去也。怅秋幕梧寒，杜陵诗社。待慰相思，再题襟白下。

## 前调 天津酒楼同小坡叠前韵

万家烟火神京卫，绣陌往来车马。酒国笙歌，词场坛坫，图画天然谁写。榴花未谢。折楼上琼枝，胆瓶盈把。竟拟高阳，不妨拼饮对长夜。

阑干久凭共话。一声长笛起，和泪催罢。银甲调筝，青衫击筑，续入音尘飘洒。风情减也。怕空负头巾，欲逃莲社。看了吴钩，笑扶红袖下。

## 满庭芳 雪，辛卯客金陵作

飘妒秋蓬，飞憎春絮，又复欺压梅枝。本来无着，高处自矜奇。不管乌饥雀冻，朝连夕、只事纷披。穷途哭，英雄受困，侵入鬓边丝。

迷离，谁逼拶，鱼龙隐伏，蜂蝶猜疑。笑如此模糊，了事难期。休说不因人热，风解冻、终委香泥。难道是，冰山以外，依傍有相宜。

## 摸鱼儿

九日登雨花台，秋风萧萧。感而有作，呈笠渔。

且休论、避灾时候，寒烟飞上秋柳。愿柔丝暂留青眼，顾我倦游人瘦。风漫吼，纵吹帽高台，难散两眉皱。天花雨否？将弃却茱囊，长鑱独荷，阑入碧云岫。

无聊赖，欲去几番回首，多情谁肯忘旧。龙盘虎踞饶名胜，况有横秋钟阜。吟望久，恐冷气萧森，止管侵怀袖。何人送酒？问彭泽高风，东篱采菊，谁共笑开口？

## 瑶华　翁元章索题抱琴背面美人

风鬟雾鬓，踏踏歌声，是大罗仙属。调高寡和，人独往、空抱七条寒玉。襟怀落落，追海上、成连孤躅。忍掉头、翩若惊鸿，不顾莺花残局。

谁教冷透芳心，似红豆无情，人淡如菊。高山流水，清莫赏、应蹙两湾眉绿。无双窈窕，止奋袂、自矜幽独。漫怨他、三尺枯桐，终鼓风求凰曲。

## 月华清

翁文牧索题《黎玉娘晓妆图》。妆竟卷帷，坐持兰花。

鬓掠乌云，奁收秋水，蛾眉不许双锁。卷幔何心，少个倚肩人坐。最堪怜、瘦骨支离，还止怕、幽兰摧挫。无那，任文窗窈窕，晓烟飞裹。

身世茫无一可。数仰药投环，苦都经过。刺骨阴风，泉壤几番吹堕。愿千丝、绿发芟除，把十丈、红莲劈破。因果，向萧郎寄语，画中无我。

## 定风波　谢仲仙

紫岘高高碧汉长，男儿羞说旧游乡。千里云帆飞不住，奇遇，与君和泪话沧桑。

莫怪天涯诗骨瘦，中酒，大家身世费商量。翘首鹿门烟树月，凄绝，是谁樵唱渡渔梁。

## 好事近　钱石陶坐花小影

天上谪仙人，三昧未妨游戏。试看软红尘里，此独饶清气。

怜香不许替花愁，偏点缀春意。笑我丝丝华发，避相思无地。

## 齐天乐 徐香谷索题其曾王父莘辅先生味书阁遗址记

味书高阁标何处，嵯峨鄂王城里。鹤影蹁跹，云容荡漾，都拥文光而起。名山老矣。合孔孟申韩，酿为经济。雨雨风风，万年永宝子孙计。

苍苍是何用意？纵红羊劫火，无任摧毁。衰草萋萋，残阳黯黯，咽尽寒涛天际。何人守器？看古貌仙姿，白头书记。飞阁流丹，愿重临旧地。

## 鹧鸪天 春闺

雨过庭阶长碧苔，东风吹送燕儿来。梦回鸳枕仍贪睡，花绕猩帘未许开。

珠有泪，玉无胎，丝丝杨柳锁楼台。春光不化相思泪，除是长安走马回。

以上《天籁阁诗钞》卷六《天籁阁诗余》，光绪二十八年（1902）鄂城刻本。

# 王　济

王济，字莲舟，号覆荔生，湘潭人。光绪年间纳资官丞簿。

## 贺新郎　步罗砚生姻丈元韵并呈何子贞太史、易念园姻丈

承惠读词本，斫藻绨锦，搜环御奇，白石、屯田，瞠乎后矣。济岁莫旋里，春初问途，将有三辅之行，用以一歌志别，遳脆之言，乞鉴毋哂。

暌隔逾年载。又相逢、渡江昭谏，须眉无改。我昔骚坛称弟子，惭愧菲葑见采。论风雅、公为主宰。千树桃花潭水碧，妙会心不远人谁解。瞻矍铄，雄心在。

精神龙马增三倍。寄遥情、半池澄澈，一畦寒菜。湘上琳琅珍片纸，都借君章墨洒。愿千万、芳邻先买。巨刃磨天光烛地，更羚羊挂角鸩盘海。太华顶，同持蟹。

## 前调　呈念翁

洛社经千载。又湘江、耆英再会，风规无改。几辈神仙联杖履，潞国庐陵丰采。宏雅化、主持元宰。关陇功名歌咏遍，待征车过处听能解。南极远，老成在。

诗肠酒胆豪逾倍。愧鲰生、浪仙寒素，季鹰莼菜。三晋河山凭短策，醉倚金台墨洒。愿投笔、肯随傭买。碑勒纪勋榆塞外，溯高名远播居延海。笑吏部，徒持蟹。

## 前调　呈贞丈

珥笔承明载。冠兰台、鞾貂缀帻，皤然旋改。南越西川迎使节，邛竹离支遍采。数燕许，文章冢宰。东海三何畴抗鼎，只马棰一册先难解。佳宴后，清芬在。

高山景仰瞻逾倍。愧平生、王融蛤蜊，庾郎鲑菜。轹谢凌颜兼吐沈，孤负云烟四洒。惟白傅、鸡林争买。欲效扬雄辞赋鹬，冀微波或亦裨沧海。笑璅蛣，腹中蟹。

## 前调　歌罢有感

燹火无虚载。问昆池、劫灰净未，沧桑重改。杜牧罪言王朴论，可有輶轩下采？愿乞得、桃源仙宰。於越山河霾战鼓，伴云中鸡犬愁方解。安乐否，蜗庐在。

十年作客情尤倍。怅征途、诗吟折柳，节临挑菜。便欲弃繻关外去，磨盾墨光四洒。照肝胆、平原丝买。白傅诸公留胜事，羡堂开绿野春如海。求州者，须先蟹。

## 前调　仍用原韵寄罗伯宜江左军中

江上从戎载。数千言、词成倚马，讵须删改。公异声名驰露布，半壁旌旗绚采。骋骥足、才非丞宰。文弱书生裙屐侣，竟摧坚陷敌殊难解。湘水远，伊人在。

骊驹小队精神倍。赋同袍、醪投越酿，盘堆葛菜。北府牢之真健者，入手剑锋血洒。且一醉、玉壶春买。我似王縅徒曳布，拨琵琶对曲怀康海。横行愧，不如蟹。

## **生查子**　元宵

妾意爱团圆，刻刻元宵夜。灯月交辉影却单，孤另今番乍。

欹枕见君归，执手翻疑讶。但望连宵入梦来，莫道魂无暇。

## **贺新凉**　题刘太令画梅小幅，即送之官浙中

两载罗浮别。最关情、春花万树，梦魂飞越。青女素娥都耐冷，冻笛一声吹裂。肠断处、更凭谁说。剩有刘郎珍绢素，把胭脂洗出千枝雪。浓淡影，冰霜节。

骊歌遽唱潇湘月。况从今、苕溪霅水，匆匆舣楫。我亦耽吟如季迪，此笔愧难屈铁。问陆凯、江南堪折。斫地狂歌聊复尔，笑酒酣不管金杯缺。江上水，共呜咽。

## **归朝欢**　题黄小泉司马琴剑图

君是卧龙冈畔友，吏也兼仙真不负。翛然野服更纶巾，嵇生侍左张华右。战酣风怒吼，广陵一曲伊谁偶。暂归来，腰间指上，谈笑胆如斗。

百里弦歌原不朽，十万横磨长在手。如何解甲入缁流，湘江日暮逢黄九。披图呼否否，使君那是烟霞叟。最关情，芙蓉阁上，目断千门柳。

## 满江红　闻皖城不守，江岷翁殉难，感赋。用岳王韵

滚滚长江，三千里、繁华都歇。空付与、荒烟蔓草，高歌激烈。剑气秋腾霄汉影，笳声冷咽关山月。汉中流、击楫仗何人，心还切。

凭槛望，花如雪。凝望处，愁难灭。问神州烽火，几多残缺。把酒漫为横槊舞，临风欲下沾襟血。况大星、夜陨皖江头，悲余阙。

## 沁园春　吴淞江夜泊，闻岸上弦管声，感赋

何处人家，急管繁喧，清箫夜吹。似春江握手，英雄惜别；宵砧拭泪，儿女相思。半晌低吟，一声高唱，断续迷离听亦痴。胡为者，竟无端幽怨，沁入心脾。

天涯漫说凄其，且楚尾吴头任所之。是鱼灯蟹火，黄芦野岸；晓风残月，碧柳烟丝。旧日何戡，当筵公瑾，此意伊人未必知。烦停待，有紫云一曲，饮满金卮。

## 生查子　送愁

生小便工愁，道是张平子。今日壶觞送尔归，稳住愁城里。

去去莫俄延，咫尺如千里。从此人天笑口开，见我都欢喜。

## 少年游　陈子厚太守芦雁便面

暮烟彭蠡，晚霞湘岸，秋色满汀洲。傍水梳翎，因风展翼，非为稻粱谋。

无端写入霜毫里，乡梦搅离愁。年去年来，江南塞北，矰缴总无忧。

## 满江红　汪川如司马大庾寻梅行看子

笑问梅花，知阅遍、行人多少。三十载、鞭丝帽影，手柔弓燥。犹忆驱车炎海上，也曾走马长安道。算买田、阳羡近何如，还乡好。

过庾岭，春光早。非邓尉，伊人杳。剩一囊风雪，霜清月皎。玉立精神殊矍铄，金台事业长怀抱。漫安排、莲社待君归，香山老。

## 水龙吟　斑竹

楚江瑶瑟无声，绿云犹湿凄清泪。乍沾香筱，微侵粉箨，纷纷欲坠。兰泽行迷，翠华望远，销魂前事。惹此君幽怨，啼烟泣露，倚清影，斜阳里。

忆我九疑曾至，绕荒陵、苍梧云气。一波惨绿，数峰愁黛，万竿冷翠。疏韵敲风，碎痕渍雨，伴人憔悴。剩琅玕截取，鸾笺制就，写相思字。

## 莺啼序　闺情

恰过花朝，夜寒减却三分重。披衣起、并立瑶阶，昨夜枝栖双凤。宿酒惺忪微觉醒，闲愁只有桃花共。镇云鬟，斜倚仙袂，飘飘风送。

漫整鸾梳，懒添龙脑，先把银筝弄。吉丁当、玉指纤纤，挑逗花心还动。又何须、檀板金尊，更添些、莺啼鸟哢。唤卿卿，真是飞琼，凭谁伯仲。

当年旧事，见说何郎最少，射雀屏偏中。无奈别离何，书剑飘零，秦关蜀陇。泪咽悲风，情衔惨月，深闺窄驭相思鞚。又紧蹙、双眉秋水冻。凌波微步，迢迢何处逢君，罗袜湿，苍苔空。

欢娱此夕，低言含笑，促坐氍毹拥。羞说夜来情景，是云绕阳台，波平洛浦，春生桃洞。斜欹臂玉，全舒眉翠，憨憨戏结同心带，遍人间、算是多情种。从今不怨秋风，休唱刀环，且抛离梦。

## 菩萨蛮　秋雨不寐

风风雨雨连宵泣，海棠枝软红芳滴。一夜便成秋，孤灯人倚楼。

问君何所忆，远道无消息。相忆复相思，团圆知几时。

## 贺新郎　登天心阁有感

纵目江城小。莽苍苍、万千云树，四围环绕。话别青山曾几月，今日危楼重到。绝顶处、高凌云表。不让仲宣能作赋，肯飘零书剑风尘老。怀壮志，试须早。

征西车马何时了？况连宵、飞驰羽檄，数番征调。大将旌旗残照里，十里行营悄悄。奈回首、伊人信杳。两地干戈同间阻，听啼猿断雁愁多少。遥怅望，且长啸。

## 唐多令　春夕

灯灺夜旋昏，霜寒帐不温。悄帘栊、静掩重门。月侵玉阶花倒影，凭尔去，向谁论。

盼煞梦中魂，难消枕上痕。记年时、着意温存。燕子又来人不见，空极目，对行云。

## **甘州**　秋兰

山空零露满，讶芳心几点郁难消。看紫茎乍吐，人来翠畹，凉到蘅皋。最是南陔堪采，底事滞归桡？琼蕊西风里，客鬓频搔。

折取一枝孰赠，只胆瓶砚北，香沁吟毫。恰当窗影瘦，清夜月同描。怅依然、幽芬湘渚，美人兮千古去谁招。堪纫佩，且树根坐，醉读离骚。

## **齐天乐**　久雨无聊，饮酒忽乐，歌以示客

雨将寒至寒留雨，绵绵惹人愁思。不是工愁，是愁不遣，不是愁来难避。问君甚计。算只有仙家，旧方奇秘。万古乾坤，几人解识个中味。

床头瓮云自拨，客来相视笑，毕竟知己。暖注松胶，浓斟菊酿，一斗瞢腾而醉。帘声细碎。叹我醉君醒，雨非无意。是洗闲愁，倾翻银汉水。

## **水龙吟**　九日九疑寺东亭

半林凉叶呼风，缟衣唤醒胎仙睡。薜萝径转，一亭似笠，数峰遥对。病起天涯，黄花同瘦，暗惊秋意。望危栏缥缈，夕阳雨后，人影湿，岩间翠。

藓石重寻题字，看斜行、胜游曾记。酒逢此日，茱萸遍插，

樵兄渔弟。逆旅乾坤，逝波今古，浮云身世。且红螺醉吸，幽泉碧涧，听玉声碎。

## **贺新郎**　冶秋内弟新婚，立索和章

今夕如何夜？最撩人、绣帘深卷，花枝低亚。檀枕雕锼青玉案，春满瑶台月榭。写韵者、彩鸾新嫁。巧试风流京兆笔，爱眉儿浅浅呼郎画。红烛畔，绿窗下。

几年怅触今番乍。数更筹、千金一刻，果然无价。异样精神禁受得，远远云軿相迓。好身手、雀屏曾射。一首新词须速和，便双栖双宿无惊诧。黄绢语，金鸡赦。

## **湘春夜月**　答王岳峰月夜见怀元韵，时泊舟江上将一月矣

趁江风，笛声吹破江烟。荡漾万顷玻璃，初月印波圆。见说叶舟乘兴，正岸花飞起，卖酒云边。更怀人有句，霜毫醉倚，挥洒吟笺。

君行匝月，相思已是，经岁经年。玉镜横空，应念我、寄愁遥夜，延伫前川。韶华在眼，记踏青、芳草如毡。问此际，倩何人作伴，明蟾影里，还抚冰弦？

## **南浦**　春草，用王碧山体

雨过画栏边，正谢池，梦回绿意齐展。才是冻消时，长亭

路、朝来烧痕都转。客行何许，翠烟还比天涯远。那堪送别肠断处，碧色芊芊如染。

今番怨入东风，想露润情深，烟随愁满。休傍玉阶生，伤春泪、应有落红千点。香萦翠绻，梦中蝴蝶教谁唤。踏青须惜韶光好，莫遣王孙归晚。

## **前调** 同题

懒日玩芳菲，待咏成、树萱堂北春永。野绿上鞭丝，轻尘软、游骢几番还骋。碧堤回首，六朝金粉销沉尽。但愁翠色斜照外，容易雨昏烟暝。

差池燕子飞来，正漠漠平芜，霏微低映。和露衬残花，东风里、一碧染成春恨。青袍漫惜，醉余茵榻眠方稳。最怜幽意牵情处，岁岁绿侵帘影。

## **菩萨蛮** 偶兴（四首）

莺慵燕懒春归矣，孤灯闪闪残更里。拥被怯余寒，相思今夜单。

梦魂都久别，历乱梨花雪。吹彻洞箫声，添人楼上情。

画帘不卷珊瑚索，丝绦谁解芙蓉络？陌上柳花飞，楼中人未归。

笑君非彩凤，双翼凭谁送？赢得数行书，香痕和泪无。

当年悔读高唐赋，片云片雨无寻处。恰结并头枝，偏逢离别时。

当年呼负负，愁对尊中酒。羞涩阮囊钱，依人真可怜。

吟鞭遥指苍梧道，风尘千里知音少。两处叹流离，潸然双泪垂。

衣鹑还马狗，顾盼终无有。寥落杜秋娘，琵琶空断肠。

## 昼锦堂　茉莉，和王岳兄韵，时岳兄新纳姬人，故词中及之

似月偏浓，非霜却艳，本来丰致天然。琼姊兰姨，为伴侣，斗婵娟。玉盘稳护千枝雪，绿窗低亚十分寒。晶帘畔，仿佛梨云，梦中唤作神仙。

纤纤，香送处，偏只在，屏间枕上留连。一霎魂销，便疑身在珠田。簪花好倩徐娘鬓，评香恰并宓妃肩。多情种，瑶浦玉峰，年年愿共花眠。

## 西江月　和岳兄携姬纳凉韵

茶罢炉余薄雾，香添帐袅残烟。罗衣初试正芳华，妙绣鸳鸯双线。

瞥遇花间娇态，旋惊扇底仙缘。玉床冰簟夜生寒，长与云郎相伴。

## 摸鱼儿 雪夜闻武昌陷赋此

闷旌旗、万山风雪，角声吹起离思。江山瞥眼如残奕[弈]，空向新亭洒泪。都儿戏，算只有、中兴王导长城寄。而今休矣！叹鄂渚烽烟，汉阳云树，举目尽胡骑。

功名事，燕颔虎头谁异，凄迷徒乱人意。扁舟一叶天涯路，湖海茫茫无地。谁个是，不负了、绿蓑青笠平生志。孤灯不寐。剩弹铗依人，露车载我，把酒漫为醉。

## 贺新凉 壬子中秋夜月，时避兵乡居

一片关山月。最多情、年年此夜，玉壶澄彻。极目潇湘千万里，遥认非吴越。何处是、琼宫瑶阙。桂子香飘云海阔，便氛埃净扫当头折。平日志，共清洁。

沧江缥缈都霜雪。剩荒洲、残芦败苇，秋容瑟瑟。去岁姮娥曾有约，伴我诗情孤孑。莫负却、今宵佳节。一斗村醪狂举盏，谱新词合把愁怀撇。长啸处，断崖裂。

## 多丽 定王台怀古

晚风凉，万家云树苍茫。镇参差、烟凝缥缈，危台静锁斜阳。望长安、云遮千里，怀故国、泪洒三湘。贤若东平，忠如北地，可能鼎足列冠裳？叹此日、前贤风远，回首倍心伤。空赢得，长江水白，野岸沙黄。

待行歌、遥天惨淡，几多陵谷沧桑。碧潾潾，萤飞旧苑，风飒飒，燕老雕梁。陟屺谁来，倚闾不见，至今犹断旅人肠。见一片、荒园无际，十里菜花香。台下地名。且拂拭，残碑剩碣，凭吊兴亡。

## 唐多令　秋思

脉脉倚梧桐，凄其四壁虫。最难禁、午夜秋风。卜尽金钱归未得，偷洒泪，梦魂中。

花漏隔房栊，孤灯作意红。问相思、两地应同。自恨不如天上月，能宛转，任西东。

## 一斛珠　春意

昼眠仍倦，牡丹亭外深深院。慵倚阑干拈绣线。髻子蓬松，挽得花枝颤。

闲卷珠帘飞鸟啭，香薰翠袖游蜂恋。芳心一点如丝乱。斗草重来，踏碎桃花片。

## 浪淘沙　春雨

窗外雨潇潇，倚枕无聊。云山四面楚天遥。只有孤灯还解意，伴我深宵。

回首总魂销，柳絮烟飘。鹧鸪声里过花朝。一夜江城眠不得，怒长寒潮。

## 齐天乐 红叶

树苦凋霜霜沁叶，叶叶竞争秋暮。木落重荣，林空似染，若遇春花也妒。新痕暂驻。忆唐苑沟中，昔曾题句。飒飒飞来，倚栏独自甚情绪。

斜阳又明古渡。有杜老寻诗，白云深处。冷艳萧疏，余霞惨淡，瘦月轻烟薄雾。关心景物。况砧杵声声，耳边暗度。且自停车，共访烟霞趣。

## 菩萨蛮 汴中闻歌

宪王乐府都飘堕，哀丝豪竹嗟谁和。词客定何人，江南有茂秦。

金梁桥上月，对影伤离别。不肯宿夷门，驱车过汴津。

## 如梦令 春晚

镇日莺撩燕侮，又是晚来风雨。何事恼芳丛，遍地落花如许。难语难语，只要东皇作主。

## 烛影摇红 蜡梅

冷月清霜，缟仙夜解琼瑶佩。红窗蜡烛倩谁烧，泪滴花枝碎。也算空山点缀，问十里、春风拂未。檀心巧孕，磬口微开，输他妩媚。

漫唤黄香，小名只许梅花配。攀条惆怅忆当年，书欲因柑寄。不碍游蜂结队。最宜人、红窗夜睡。豆蔻斜横，荼蘼半染，芳心如醉。

## 百宝妆

贺淮浔生刺史新婚，时甲寅仲夏下浣一日。夫人高氏名兰。合卺前一夕，院中枯兰一本，无叶而花，西轩下丛桂亦大开，皆瑞征也。词中及之。

今夕也，真个销魂，燃绛蜡，近黄昏。屈指双星银汉会，算先迎，半月云軿。攀桂才人，咏兰仙子，子细评论。听鸾簧迭奏，鸳帷初启，瑞霭朱门。

光浮鬓雾，黛簇鬟云，沉沉鸡舌重温。为赋高唐偕入梦，风光好锦帐生春。看并头花放，同心带结，比翼禽鸣。记年时，庆衍螽斯，绵绵桂子兰孙。

## 薄幸　本意

那堪憔悴，添几许、斑痕血渍。偎颊处、晕回红透，愁锁芳心如醉。未别离、先数归期，灯花夜卜钗花腻。恰翡翠衾寒，芙蓉帐冷，暂倚云鬟玉臂。

肠断一声去也，拼舍却、眼波眉翠。看潮生江浦，挂帆亭下，滔滔半是离人泪。盟言须记。奈前头鹦鹉，呼名难诉心中事。梦魂此夜，恨少翩翩两翅。

## 龙山会

丙辰重九，张棣如少尉将返溪州。嵇月生、任芝田两茂才，王子达少尹，廷笠舟通守，约为云麓之游。即以祖道，适风雨大作，江波汹涌，相与临河而返，词以嘲之。

雨急狂飙吼，天也萧条，况我逢重九。便教呼负负，仍疏懒、独对花前尊酒。怅菊也慵开，池塘外、残荷剩柳。羡诸君，烟霞啸傲，胜游招手。

况都谢朓仙才，高问青天，肯出青莲右。惊人留句否？归何急、闲煞诗怀如斗。一阵马当风，却不任、帆樯飞走。只赢得、江干送别，遥空搔首。

## 清平乐　登镇海楼

危楼百仞，咫尺丹霄近。海国澄波光似镜，当日将军雄镇。

如今笳吹销沉，依然翠槛雕棂。试向长空舒啸，鱼龙水底惊听。

## 浪淘沙　中秋夕镇海楼望月

记得洞庭游，泛泛扁舟。长空皓月漾中流。恰是良宵三五夜，浪涌晶球。

今夕豁双眸，贝阙瀛洲。湖天争似海天秋。一片清圆光万里，百尺危楼。

## 菩萨蛮　秋意（二首）

未到秋深连夜雨，梧桐枝上增凄楚。庭院湿莓苔，可人来不来？

来时千万里，此意徒然耳。情思两相通，相期来梦中。

珊瑚枕上三更梦，绣帷深掩重衾冻。恍惚暂相亲，天涯如比邻。

邻鸡偏早唱，瞥眼成惆怅。侬有术如仙，今宵双翼便。

## 丑奴儿令　遣兴（二首）

万千不作花间蝶，今日寻芳，明日迷香，处处花枝处处忙。

来生愿作梁间燕，比翼双翔，有约无忘，不肯轻移旧日梁。

来生愿作香罗带，郎系心坚，侬系腰纤，宛转回环不断缘。

万千不作齐纨扇，入手相怜，入箧轻捐，总是西风别一年。

## 临江仙　金陵舟次赠董将军（二首）

燕子矶头东逝水，鼓鼙怒吼潮声。十年前事壮论兵。寒烟迷旧垒，落日莽孤城。

草草兰桡江上过，短衣杯酒平生。西风又遇董将军。屠鲸曾只手，射虎尚雄心。

壮不如人今老矣，当年匹马雄州。玉关空自说封侯。功名余楚练，光焰冷吴钩。

莫道不归归便好，洞庭八月扁舟。湖山如此足清游。买田阳羡路，射猎杜陵秋。

## **前调** 金山寺中题壁

四面长江波浩莽，一峰卓立中央。浮屠九级认微茫。我非留(带)[滞]客，人为听经忙。

便欲携邛凌绝顶，天风拂袖低昂。南徐北固几沧桑。妙高台上月，玉笛韵苍凉。

## **前调** 棹舟访焦山

昨日金山游未已，今朝更访焦山。风涛震荡古今间。江南雄锁钥，海上挽波澜。

二十年来过浩劫，依然翠绕青环。万重烟树郁林峦。维舟看月上，鼓棹趁潮还。

## **前调** 游小姑山

半壁东南钟秀色，巍然楚尾吴头。一峰横截大江流。楼台都缥缈，苍翠半沉浮。

欲采山花供藻荐，灵旗夕照飕飗。神功彪炳问谁俦。金符三峡庙，锦瑟二妃愁。彭郎小姑之说，千古荒唐，故援神女湘妃以证之。

余另有巫山神女庙碑文，亦辨诬之作也。

## 满江红　读晋书感赋

向者胡雏，曾倚啸、上东门侧。挥手去、风尘扰攘，终难物色。麈尾无关经世略，排墙压倒徒凄恻。问何人、撞破好家居，清谈客。

嗟洛下，沦荆棘。遭处仲，仍残贼。算君家兄弟，后先一辙。数到茂宏差不负，归朝亦愧苏卿节。笑老庄、岂独误诸公，兼仇国。

## 南乡子　荔支

海上访群芳，领略炎州十八娘。玉作肌肤珠作样，红裳，茉莉花前斗晚妆。

箫管画船旁，翠袖罗襦醉举觞。纤手剥来应更好，新尝，透露樱唇一点香。

## 念奴娇　秦淮舟次感赋

长江天堑，几千年、界断中原南北。暮雨寒潮，淘洗尽、金粉旧时颜色。朱雀桥边，青溪岸畔，江令余空宅。思量前事，繁华多半消歇。

却忆桃叶桃根，渡江有约，打桨来相接。柳拂长堤如饮恨，水到秦淮呜咽。含泪君王，扫眉才子，一例轻离别。移船欲去，短墙何处吹笛？

## **水调歌头**　访随园旧址不见

卜筑如槃涧，此老地行仙。邀将钟阜山色，淮水绕门前。位置儒林循吏，著作文宗诗伯，才望两翩翩。我已推袁久，膜拜对秋烟。

风萧索，云暗淡，草芊绵。江山文藻，过眼都付劫灰燃。花柳似曾相识，觞咏而今竟杳，沧海变桑田。咫尺清凉界，惆怅蔚蓝天。

## **点绛唇**　赠友

清唳秋空，昂藏恰似千年鹤。不入樊笼，自有云霄乐。
顾影无俦，比比嗤鸠雀。天寥漠，凌风鼓翼，直上蓬莱阁。

## **前调**　答友解嘲

举世滔滔，沐猴冠底称贤者。昨日舆台，今日施行马。
出处何常，隐市如耕野。真耶假？卖浆屠狗，几辈英雄也。

## **临江仙**　申江感咏（二首）

记得邗沟游眺处，绿杨城郭勾留。者番何意胜扬州。曹腾千日酒，珠翠万家楼。

容易吴讴兼越舞，等闲桂楫兰舟。繁华消息古今愁。玻璃为世界，弥望皆五色玻璃。花月度春秋。

彻夜光明通似昼，重重火树齐开。水边弦管万楼台。花香迎客笑，月艳荡船来。

住近潮头刚咫尺，不知潮去潮回。繁华消息递相催。六朝金粉地，转盼已飞灰。

## 丑奴儿令　薄幸（二首）

问郎何意轻离别，望断帘钩，梦到刀头，消瘦容光春复秋。
问郎知否还乡好，枕上温柔，花底绸缪，莫把恩情付水流。

问郎今日何方去，十里红楼，双劝金瓯，买笑邯郸是艳游。
问郎今夜谁家宿，欲语郎羞，不语侬愁，脉脉回身泪暗流。

## 点绛唇　别意

我见犹怜，眼波斜溜眉痕翠。暗解鲛绡，偷拭腮边泪。
万语千言，未吐颜如醉。须回避，前头鹦鹉，难诉心中事。

## 满江红

粤东向无杏花，二十年前，邓君始自江南载回一本，植对江园中，额之曰杏林庄，至今开不过数度。词以慨之。

昔日江南，曾踏遍、春风十里。最好是、小楼雨后，卖花声里。底事尚书名望重，游踪不近珠江水。问何年栽向海边来，从君始。

非芍药，如桃李。浓淡影，胭脂蕊。幸移根无恙，主人色喜。二十年来开几度，寻芳客到门如市。待过江、看取一枝红，相思子。

## 清平乐　游海山仙馆，访主人潘德畬方伯不值，留题五阕

离支万树，隔断江村路。夹岸红云酣宿露，仿佛枫林薄暮。

我来欲学东坡，日输三百如何？饱看东厢图画，个中真味谁多？斤左绘荔支全本，极工。

浮屠七级，缥缈凌空碧。冰雪装成琼玉饰，徙倚阑干百尺。

那堪画角清笳，声声迸入霜华。指点老佗城畔，炊烟十万人家。白塔在园左。

天心酝酿，一夜花齐放。绛雪丹霞春在上，不数石家锦障。

居然蔽日遮云，如游璚囿瑶京。记得应官前度，燕台三月逢君。紫藤一本，花时延亘数里，真奇卉也。吏部堂一株，余过官时见之，不及十之一二。

玻璃四面，人在清虚殿。十里波光春一片，放鹤亭前曾见。

当时西子湖边，烟花载酒携船。今日名园海上，淡妆浓抹

依然。湖心亭颇肖西湖。

芳筵酩酊，乍入清凉境。不见风流潘骑省，有曲何妨歌郢。

泥人弦管楼台，匆匆三径虚开。若向旗亭赌酒，新词画壁应该。

## 生查子　晓起

晓起懒梳头，且自调鹦鹉。呼婢卷帘看，昨夜芭蕉雨。

回步傍妆台，学画遥山妩。捡点绣奁中，悄系同心缕。

## 南乡子　新填沙面漫兴

风月十三楼，咫尺珠江听粤讴。蓦地筝琶高入破，歌喉，云为逡巡水不流。

绮席倒金瓯，只道欢娱不道愁。解语花偏难索解，花羞，比似吴娘欠一筹。

## 前调　小田园

结构本天然，傍水依林屋数椽。一面芦花三面柳，芊绵，九折虹桥俯涧泉。

浦芰接池莲，红藕花香晓放船。也似江南歌唱好，田田，翠羽明珰见也怜。

## 前调　听松园，为张南山太守别业

晴翠戛秋涛，听不因风韵自豪。天籁无声人籁寂，萧飕，恰似钱塘八月潮。

画舫更诗寮，十八公来倘见招。此是幽人槃涧地，逍遥，访戴扁舟第几遭？

## 前调　烟浒楼

曲折小红栏，垂柳双株竹数竿。四面帘栊三面水，江干，楼阁分明对镜看。

烟雨昼迷漫，翠袖翩跹五月寒。酒半筝琶方入手，轻弹，月淡星疏蜡炬残。

## 前调　袖海楼

左顾小浮丘，终古奔涛日夜流。万里沧溟归腕底，宜秋，烟雨空蒙第一楼。

即此是瀛洲，仙袂飘飘在上头。何用石华争斗丽，良游，便欲搴衣泛斗牛。

## 水调歌头

鸡笼山访前明功臣庙遗址，却步过雨花台，吊咸丰年间楚将屯兵处。

千里俯天堑，半壁倚江东。胜朝祠宇犹在，衮衮慨群公。磊落青田丰采，飒爽中山威重，冠剑想雍容。英杰钟淮凤，际会庆云龙。

兴亡事，都一霎，古今同。苔荒草长，水鹤巢处剩杉松。二十年来苦战，吾楚人材辈出，血溅土花红。壮节昭青史，故垒泣秋风。

## **天仙子**　书所见

眉妩妆成新黛翠，眼光斜溜横波媚。者般情致太撩人，心似醉，昏如睡，一帘春雨桃花泪。

## **长相思**　薛涛井

锦城边，艳阳天。一鉴胭脂百斛泉，枇杷花底仙。
访婵娟，吊秋烟。照影凌波真可怜，横陈十万笺。

## **忆秦娥**　津淀遇穆参领口赠（二首）

真奇绝，沙场渴饮刀头血。刀头血，须眉如许，壮怀犹热。
半生饱看芦沟月，十年稳踏榆关雪。榆关雪，酒酣击筑，赠君双阕。

云漫漫，紫骝宝马黄金鞍。黄金鞍，五年前事，手缚楼兰。

长驱横夺祁连山，短衣驰猎居庸关。居庸关，相逢歧路，两鬓霜斑。

## 木兰花　问月

素娥底事无情绪，不肯清辉长夜住？倚楼才下水晶帘，匆匆又过墙东去。

过墙到底归何处？一霎低徊天又曙。银潢碧海会相逢，寄声风雨休轻妒。

## 临江仙　游成都昭觉寺

到此便如歌利国，巍巍绀宇琳堂。满阶花雨拜空王。天龙临八部，灵鹫妙双翔。

我法何妨殊我相，须眉别具坚刚。一生低首老瞿昙。当头梅子熟，入手曼佗香。

## 青玉案　闺夜

帘栊深掩凉蟾透，今夜月明如昼。灯下凭肩评刺绣。芙蓉枝上，娇红微褪，却也如侬瘦。

憨憨偏自捱更漏，孤负良宵好时候。似此双栖仍独宿。任郎催促，低头无语，自整香罗袖。

## 双调江城子　观音门酒楼题壁

白门柳色渐含秋。抚吴钩，舣扁舟。铁锁横江，不系古今愁。如雪奔涛冲旧垒，人不见，水空流。

夕阳红堕酒家楼。醉金瓯，解貂裘。翠袖尊前，遮莫斗歌喉。梁上乌衣双燕子，方共我，话绸缪。

## 越溪春　金台遗址

立马秋原天浩莽，西北有高台。传闻当日招贤地，记珠帘、画栋崔嵬。不是章华，也非铜雀，气象豪哉。

我来登眺徘徊，日暮独衔杯。壮心未落，升沉有定，清时正是怜才。快趁一鞭飞度，金门铁荡齐开。

## 祝英台近　金陵别云卿

柳含愁，波惹恨，芳草暗南浦。本是多情，连夕况风雨。愿君有日重来，儿家门巷，须记取，桃花深处。

行何遽，纵教万语千言，相对总酸楚。户外骝嘶，难系玉骢驻。任他楚尾吴头，霎时分手，有魂梦，送郎先去。

## 六幺令　田家镇

长江天堑，绝险雄南徼。匆匆战场埋骨，冷夜幽磷照。惆帐寒潮故垒，鼙鼓尚喧噪。西风落帽。峰峦重叠，天半如闻凤鸾啸。

我亦军中健者，蛮府最年少。萧萧画角清笳，听尽边关调。只有青山不改，对客仍如笑。扁舟又到。烟波一叟，指点当时旧渔钓。

## 阮郎归 烟台泊舟

匆匆昨日别幽燕，蒲帆空际悬。微茫九点辨齐烟，凌波孤屿圆。

疑岛市，泊楼船，斜阳红欲然。何当沧海便乘莲，蓬莱山外天。

## 前调 闺怨

倚阑惆怅落花时，波纹皱雨丝。柳条作态故垂垂，那堪新别离。

娇意绪，瘦腰肢，开奁愁画眉。一春抛却缕金衣，此情蝴蝶知。

## 前调 游昌平州访明陵

短衣匹马度昌平，村鸡催客程。风云万堞拥边城，雄州襄帝京。

弓剑杳，佩环沉，疏钟烟外声。月明来访十三陵，寒涛松柏青。

## 前调　江阴泊舟，登酒楼小饮题壁

半江枫叶万芦花，遥天升暮霞。客中小泊便如家，夕阳帘影斜。

呼翠袖，谱红牙，晴窗围绛纱。不须枨触在天涯，前溪通若耶。

## 醉公子　本意

昨夜沉沉醉，扶起和衣睡。侵晓出门行，骝骢花底鸣。

垂鞭佯不顾，呼婢来传语。昨夕醉仍归，今宵郎不回。

## 忆江南　漫兴（二十首）

从前事，过眼太匆匆。电击云驱苍水使，金符玉册黑头公，一霎劫灰红。

从前事，文战记风檐。下笔蚕声春食叶，举头蟾影月窥帘，五度惜华年。

从前事，投笔厕戎韬。客里思家三月暮，醉中草檄万言豪，把盏酌葡萄。

从前事，人月庆双圆。忽向稠桑呼妙子，欲烦羽士觅飞仙，或有再生缘。

从前事，湖上晚扬舲。江畔兰桡闻楚些，曲中锦瑟忆湘灵，螺髻远山青。

从前事，入幕重元瑜。一剑秋风仍落拓，十年蛮府话娵隅，赤水失骊珠。

从前事，花月五羊城。归箧千金嗤陆贾，雄边万堞吊番君，笳吹尚连云。

从前事，鹄渚小停槎。汉上佩宜交甫赠，渔阳鼓忆正平挝，碧浪拥晴沙。

从前事，问渡锦江边。葛相祠前铭翠柏，薛涛并畔洗红笺，鞭影夕阳天。

从前事，卖醉习家池。簌簌香闻珠络索，家家歌唱白铜鞮，风景未全非。

从前事，落日度邯郸。除却思家无别梦，也因索米上长安，醒眼任人看。

从前事，咫尺凛龙颜。双翥凤凰凌魏阙，两行鹓鹭肃朝班，衣惹御香还。

从前事，骑马出京华。三月天津飞柳絮，一鞭塞上寄梅花，夹岸万人家。

从前事，鼓棹亦豪哉。骇浪惊涛临渤澥，酒旗山郭过登莱，转瞬到无雷。

从前事，沪渎记良游。金粉六朝花世界，管弦十里夜温柔，到底胜扬州。

从前事，清夜泛吴淞。莺脰湖边波缓缓，鸡鸣埭口客匆匆，皓月正当空。

从前事，花信访南朝。璧月姮娥歌艳曲，锦帆学士醉宫袍，两桨打春潮。

从前事，独立大观台。清水塘前流恨去，皖公山色并愁来，保障果雄哉。

从前事，杯酒过江州。何用青衫频拭泪，不如清夜自移舟，芦荻为谁秋。

从前事，生小在清湘。万里湖山供啸傲，一官岭峤自徜徉，客里当家乡。

## 满江红 泊舟白茆泷下，时卿方伯招饮舟中，酒酣放歌

拂拭龙泉，狂笑处、江波怒吼。乘一叶、蒲帆似鹜，酒杯在手。旧恨瀛洲空入梦，等闲金印难悬肘。莽书生、骨相似班超，诚然否？

击楫者，长髯叟。联袂也，同心友。笑饥来驱我，马牛奔走。目断征途河畔草，泪盈思妇楼头柳。只豪吟、满载粤州山，才如斗。

## 江城梅花引 别意

朝云暮云色倾城，理瑶筝，奏琼笙。生小珠楼，异样露精神。楼外春风楼上月，一分手，十分愁、长系情。

系情系情又三更，杯乍停，酒乍醒。恨也恨也，恨不似、倚楫桃根。偶尔相逢，依旧不分明。莫便分明来入梦，梦见了，更怜侬、太瘦生。

## 浪淘沙 怡珠楼题壁

羁迹越江东，弹指匆匆。五云楼阁碧霄空。独立苍茫鳌背上，快驭长风。

世事笑谈中，尊酒谁同？休将成败论英雄。扪虱军前怀景略，错认桓公。

## 醉春风　个人

烛透纱窗罅，帘拶珠楼夜。个人今夕待留侬，怕怕怕。朗月偷窥，苍苔印湿，花枝斜亚。

慧鸟前头骂，小婢关心诧。留侬不住竟如何，罢罢罢。者样相思，料非薄幸，怎生禁架？

## 水调歌头　渡江舟中示友

挥手出门去，散发弄扁舟。我法本来平等，何必说恩仇？不问乡评月旦，那管眼光青白，身世两悠悠。穷达适然耳，无怨亦无尤。

青蓑伴，红蓼岸，白蘋洲。烟波万顷西碛，山下侣沙鸥。人在羲皇以上，自有濠梁间意，浩荡总忘忧。莫笑乃公拙，皮里有阳秋。

## 风流子　即席和汪少甫见赠元韵

黯然几肠断，销魂处、无计暂勾留。是杜宇声中，曼佗花下，轻盈舞态，宛转歌喉。真无奈、停尊金缕曲，倚楫木兰舟。侬肯负情，醉吟粤艳；君诚知己，笑抚吴钩。

匆匆便分手，怅珠江迢递，不浣离愁。况是美人香草，共话绸缪。恨精卫难填，海枯石烂，伊人何在，云散风流。相约振衣天上，夙愿同酬。

## 唐多令 三水舟中寄少甫

暂舣木兰舟，恹恹懒上楼。记年时、着意温柔。海燕无情空吊影，人去也，若为留。

一语为君酬，鹣鹣比翼否？剩萧郎、陌路生愁。欲向西风三弄笛，吹彻到，海天秋。

## 贺新凉 题刘祝亭军门梅林咏月册子

一树垂垂雪。算平生、几番消受，几番凄切。绛衲黄衫经百战，巾帼赞成奇杰。奈转眼、风花一瞥。最是英雄凝望日，隔关山泪洒沾襟血。追往恨，那堪说。

即今图画难重阅。试侵寻、暗香疏影，柔肠千结。点额寿阳何处也，料得芳菲未歇。愁笛里、江城三叠。月不长圆花又谢，为伊人镕尽心头铁。歌未阕，共呜咽。

## 念奴娇 大江中放歌

掉头东望，莽长江、千里惊涛如雪。对酒当歌苍烟外，数点青螺明灭。耳畔生风，鼻端出火，谁是人中杰？兴酣击筑，水声相迸凄咽。

回忆蛮府三年，短衣匹马，冷透重衾铁。旧恨刀环初唱罢，新恨燕台离别。折柳攀条，落梅吹笛，此意何从说。不须惆怅，金门先庆趋谒。

## 虞美人　遣恨

苦吟廿年，未窥堂奥，改而作长短句，举笔便类苏辛。不得已仿艳体为之翠琯红牙，自胜铜琶铁板。蜃楼虚无，鹿蕉幻境，羌无故实。然恐堕绮语障，他日当忏悔之。

问渠何事长相忆，终日如痴醉。明知无益只伤身，争奈刚才撇下又牵情。

梦中犹幸偕连理，别后朝慵起。归时准备问卿卿，可是芳魂夜夜逐郎行？

## 风蝶(冷)[令]　春至

冷艳红窗烛，轻寒绿蚁杯。不知春去几时回，却听梁间燕语报春来。

风信因何暖，花丛为底胎？几多春事费疑猜，好是年年践约未曾乖。

## 水调歌头　登黄鹤楼

招手问黄鹤，何日复飞来？楼空人去千载，依旧此崔嵬。雨后汉南春柳，云里晴川烟树，历历系情怀。莫凭阑干遍，惊浪鼓如雷。

孙吴事，庾公宴，祢生才。古今一霎，强半都付劫余灰。谁是英雄横槊？谁是词人献赋？凭吊且衔杯。我醉移船去，北望有金台。

## 鹧鸪天 月湖堤书所见

鹮凤钗钿簇蝶裙，踏青湖上草如茵。影从燕子帘前见，香倩蜂儿翅底分。

行步缓，笑声应，轻盈莲瓣不胜春。艳妆羡煞贫家女，争倚蓬门指点频。

## 蝶恋花 惜别

酒半骊歌留不住。聚首偏迟，分手嗟何遽。一霎赚将春色去，天涯有个伤情处。

记得听莺娇意绪。杜宇无情，搅我声声妒。翻道临歧无一语，尊前含泪惟偷觑。

## 天仙子 送春

弱柳纤纤萦碧缕，芳草萋萋笼薄雾。柳花如絮草如茵，留不住，春偏去，难浣愁怀江上雨。

况是酒阑无意绪，况是停舟刚日暮。送春真到奈何天，南浦路，文通赋，才识别离滋味苦。

## 青玉案　记梦

珊瑚枕畔春寒重，怎禁受、重衾冻。疑假疑真轻度送。髻挽颓云，鬟梳薄雾，小跨桐花凤。

未语离愁心已恸，半晌温存与郎共。忽地晨钟窗外动。人去香留，月斜灯灺，仍是前番梦。

## 千秋岁　艳体

情根一线，袅我丝丝罥。团扇底，春风面。裙拖双绣凤，钗颤孤飞燕。珍重处，柔肌只许檀郎见。

片刻回身转，一霎凝眸眄。笼素袜，松金钏。偷将罗帕换，戏嚼红绒咽。无奈是，恨天不与人方便。

## 临江仙　江行口占

十里平沙千树柳，柳边堤上人家。晚风萧瑟雁行斜。轻烟笼薄暝，落日衬残霞。

心逐南云身北向，兰桡桂楫天涯。几时闺梦到京华？不堪回首处，帘外小桃花。

## 摸鱼儿　武昌怀古

历千秋、河山如故，周遭城上楼橹。东连赤壁西巫峡，多少英雄开府。争战苦，看不尽、纷纷成败凭谁数。霸才无主。叹宣武风流，王琳高节，过眼总尘土。

如今是，芳草凄迷南浦。烽烟销尽村戍。江波兀自含余恨，惊咽呜笳征鼓。曾几许，只剩有、表忠碑碣摩挲处。问天不语。且壮抚吴钩，醉斟越酿，长啸放舟去。

## **一剪梅** 别意

窄窄眉儿淡淡妆。憔悴韦娘，冷落苏娘。离筵分手太仓皇，粉污何郎，香沁韩郎。

除却巫山总断肠。风也潇湘，雨也潇湘。情丝更比柳丝长，坐下思量，睡起思量。

## **苏幕遮** 沙洋舟次

草如烟，云作障。水色连山，山下蘼芜岸。风袅落花萦锦缆。何处维舟？恰在垂杨畔。

路纡回，人聚散。深悔当初，一刻千金换。去竟匆匆留却暂。纵使重逢，已是肠先断。

## **雨零铃** 别意

寒潮凄咽，又高楼畔，玉笛吹裂。相思万里千里，纵然入梦，总成离别。小忆尊前襟袖，渗春痕啼血。南浦路、芳草销魂，满目烟花正三月。

睡余密赠凌波袜，更酒酣、替绾同心结。恩情历历如绘，怕回首、团圆时节。此去京华，便有、娇莺宠柳虚设。须待到、秋暮归来，灯下偕卿说。

## 风蝶令　夜思

迁我云千变，窥人月半钩。长江虽是向东流，争奈声声先迸到心头。

远若闻娇语，情犹胜独游。空舟谁与话绸缪？只有呢喃燕子伴人愁。

## 浣溪纱　漫兴

鬓亸新蝉黛簇螺，未沾滴酒已颜酡，低头佯整袜儿罗。

憔悴韦娘休负却，风流张绪奈情何，果真有分向伊么？

## 少年游　二仙庙舟中遇雨

竹(稍)[梢]粉涴，杏花红渍，才过了清明。何事匆匆，连番风雨，忙又送春行。

蜻蛉篷底添离恨，到耳似秋声。今夜潇湘，一般枨触，楼上有人听。

## 南乡子

大风陡作，波涛澎湃。渔者举网，辄得尺鳞。持以求售，询之，则非狂飙巨浪中，无此创获也。涉世之道，无平不陂，闻老渔之言，可以观矣。因赋双调南乡子以慨之。

江静月沉烟，夹岸芦花暂泊船。单趁晚潮风信紧，争先，才得银鳞尺五鲜。

涉世亦犹然，滚滚波涛在眼前。急溜中间须努力，帆悬，莫道渔家自在眠。

## 水龙吟　安陆舟次阻风

狂飙尽日悲号，珠宫唤醒蛟龙睡。敲篷雨急，惊沙昼卷，奔涛石沸。如此风波，欲行偏住，恼人情事。怅浔阳九派，汉江千里，凝望处，疑无地。

况我天涯羁旅，正初尝、别离滋味。花欹锦障，柳眠金线，檠含烛泪。叵耐愁何，满斟醽醁，一尊先醉。试明朝破浪，挂帆东去，展平生志。

## 满江红　汤阴县谒岳鄂王祠堂感赋，即敬步王元韵

翠葆云旗，亘千古、英灵未歇。算只有、出师二表，后先竞烈。两字精忠昭皦日，百升蜚语诬明月。最伤心、一阕满江

红，何悲切。

金佗辨，臣冤雪。青城道，君仇灭。奈事归身后，河山终缺。松柏阶前犹怒吼，子规枝上空啼血。况南朝、史笔讳言功，文多阙。

## 前调　登车再吟一阕

绀宇连云，停车处、遥山雨歇。是当日、钟奇毓秀，笃生英烈。弓剑远埋湖上草，旌旗犹指穹庐月。约诸君、一醉捣黄龙，雄心切。

奸虽铸，冤难雪。河未渡，仇难灭。恨纤儿撞破，家居残缺。百战魂归华表鹤，三年碧化苌宏血。怅匆匆、下马拜祠堂，仪文阙。

## 满江红

岳州守廷芳宇都转，以丙寅元日偕僚佐诸君登岳阳楼筹防之作，邮寄见示索和，依韵奉步二阕。

一笑筹边，是胜地、文饶新辟。楼为曾沅浦中丞重修，甫落成。八百里、巍然巨镇，壮哉同泽。楼上声喧笳鼓竞，春来句夺梅花魄。莽书生、孤负笔如椽，心还剧。

吐哺也，元公发。跳荡者，将军石。羡豪情胜概，须髯如戟。河内雍奴思借寇，齐人王蠋惭居画。漫俄延、记取祖生鞭，秦廷策。

## 前　调

吴楚东南，极目处、齐云新辟。喜复见、希文雅韵，子京遗泽。旷代人怀骑鹤侣，谈兵胆落潜蛟魄。怅当时、末座少黄裳，豪情剧。时在沅州军中。

冠箭也，森毛发。保障也，安磐石。叹英雄往事，沙沉铁戟。百仞阑窥天一线，重湖界断波双画。问邢模、不是妄男儿，先投策。

## 摸鱼儿

同治三年除夕，玉屏城为苗陷。屠僇之惨，几无孑遗。余至时，城市为墟，而池莲方盛作花，拈此志慨。

迸苍烟、万重香海，曲池凄断人意。红羊历劫余灰尽，却剩粉浓脂腻。频挥涕，问六郎丰采今谁记。漫教提起。叹狼藉花枝，摧残景物，天也若为醉。

吴宫事，一样雪绡冰帔，茫茫烟水无地。秋风瑟飒声呜咽，似诉当年憔悴。休相忆，且轻衫拂拭征尘里。壮怀如此。便净扫蛮烽，涤除烦溽，一笑泛清漪。

## 贺新凉

病中为吴拜庭司马题课子图。拜庭粤东人，时权芷江令。

一笑春盈幅。最怡情、苔肥石瘦，兰森桂馥。风静松纹涛不起，翠幂数茎晴竹。更红雪、纷飞簌簌。试问几生修得到，是罗浮山畔神仙属。觇雅课，饶清福。

我来亦唱纨如曲。又年时、翔乌集影，饮羊变俗。当代循良谁第一？不负隐之高躅。看五马、超骧应速。子舍快蜚蓬阁誉，更孙枝秀茁人如玉。欣倚笔，且燃烛。

## **满江红** 巫峡舟中放歌

一舸飞来，谈笑处、浪花如雪。漫听那、山猿诉怨，杜鹃啼血。两峡平分天一线，万流旋绕波三折。尽行人、来问雨云台，夔巫国。

雄与述，都消歇。王与孟，徒分裂。剩芙蓉四面，汉家宫阙。跃马荒城摧急雨，卧龙遗址埋残月。算何时、只手挽狂澜，来联楫。

## 摸鱼儿

史澄垒大使出杏花美人小帧索题，中寓悼亡意。济适有所触，同此怦怦。拈摸鱼儿应之，不作画图看也。

倚东风、一枝攀折，为谁秾艳如许？月又昏黄云又淡，懊恼个侬情绪。刚半吐，忆楼头昨夜潇潇雨。问花不语。但小阁妆残，轻寒袖薄，含恨写眉妩。

从前事，极目烟波南浦，梦魂何日归去？画图恍似曾相识，对我几番凄楚。销魂处，比灞桥折柳心还苦。君须记取。是豆蔻香余，蘼芜路断，瞥眼竟千古。

## 前调　续娶日作寄雨珊内弟

甚欢娱、粉香钗腻，两番花月如此。尊前阁泪惟偷拭，孤负风光旖旎。人千里，算只有、三生石上神相倚。酒阑灯灺。纵我见犹怜，魂销真个，到底欠些子。

从前事，绕床竹马娇戏，兰闺情致堪记。匆匆二十年间梦，荏苒光阴弹指。孱儆是，聚首在、寒郊风雪干戈里。便休提起。问织素曾经，织缣相较，惭愧缔连理。

## 浣溪纱　续娶日作（五首）

莡匣荆钗恨已深，流离骨肉况侵寻，闲思往事费沉吟。
卿为工愁因薄命，我虽负约讵忘情，夜台知否谅侬心？

曾记牛衣泣夜寒，如今鸳枕怯衾单，廿年辛苦几多般。
未抵新欢忘旧恨，怕将今夕证前番，已凉天气念家山。

风雪沉沉乱后天，村醪草草合欢筵，浮云夫婿去经年。
翠袖不禁寒料峭，纸窗空有梦周旋，卿乎何处鬼耶仙？

冰雪聪明竟病狂，个中心事费猜详，可怜天壤有王郎。
欲采神香迷聚窟，试呼妙子到稠桑，五更钟动更回肠。

宝瑟银笊锦臂韝，绣檀回枕玉雕镂，花天月地懒凝眸。壮志纵能酬夙愿，后来真果胜前否？微之或也遇裴柔。

## 满江红　赠香山令田星五刺史

刺史豪哉，方壮岁、鸣驺吹角。谈笑处、秋原匹马，晴空一鹗。汉上柳丝乡国梦，帘前海色波涛阔。正离支、树下种甘棠，歌声作。

磨盾鼻，靴刀跃。聊帕首，戎衣着。是男儿作健，英多磊落。旧事南山曾射虎，雄文东海能驱鳄。快频番、羁旅结芳邻，如相约。

## 烛影摇红　白海棠

作意东皇，等闲不许春光泄。一番骤雨一番风，才是花时节。禁受多般挫折，诧缤纷、梨云絮雪。憎燕呢喃，嫌莺懊恼，任他饶舌。

异样精神，丰姿总与群葩别。更无人处访婵娟，淡淡沙窗月。后此芳华不歇。声价重、霜清玉洁。璚圃留仙，瑶台照影，冰壶澄澈。

## 临江仙　恩平道中渡河

双桨踏波晴欲雨，浪花入手清寒。垂杨袅娜竹檀栾。红蕉胎玉髓，黄橘指金丸。

自笑浮萍无定迹，饥来驱我蹒跚。客中饶有好湖山。耽吟呼傲吏，嗜酒笑粗官。

## 满江红　月夜轮舶过七洲洋

万里圆辉，消受得、乾坤清气。那里有、烟林罨绿，晴岚罥翠。只道青天惟有月，还疑碧海余无地。觉填胸、块磊已全消，身如寄。

频鼓浪，潜虬戏。翻着翅，飞鱼异。诧征鼙聒耳，潮声如沸。瀛岛路通龙伯国，珠宫夜染鲛人泪。待神山、咫尺乞琼浆，颓然醉。

## 贺新郎　酒半示客

大笑容疏放。愧鲰生、才非孙楚，辩非张畅。一日百函朱龄石，名重诸侯座上。迎倒屣、几多卿相。草檄万言光四射，更铙歌百首千夫唱。词客笔，戎韬仗。

饥来驱我神尤王。数华年、燕台踏雪，沧溟破浪。为访南枝梅花岭，历遍层峦叠嶂。料不负、仲宣雅望。大好湖山归腕底，便蕉香荔熟都相贶。歌一阕，情何壮。

## 点绛唇　咏柳

春意撩人，眉颦绿上丝丝柳。无限缠绵，攀折由郎手。

不但多情，有福方消受。今而后，任他风絮，到底长相守。

## 前调　晓起

晓起梳头，帘栊半露芙蓉面。不语凝眸，故故教郎见。

且莫薰香，兀自添衣倦。情牵恋，斜欹玉腕，微褪珍珠钏。

## 临江仙　客有以博雅见谀者，咏以解嘲

海岳遨游行已遍，飘飘尽浣尘襟。杯中醽醁醉仍斟。一双山贼屐，三叠水仙琴。

更访琅嬛窥秘笈，图书万卷披吟。高文典册重而今。摩天携有刃，掷地听如金。

## 前调　却扇

姑射冰肌苏蕙锦，可人信有才华。天风吹送七香车。玉台圆宝镜，纸帐暖梅花。

早是司空曾见惯，今宵醉眼无差。只惭琪树倚蒹葭。十分都美满，休遣扇儿遮。

## 十六字令　闺情（四首）

窥，绣幕香温锦帐垂。遥山黛，忽地蹙双眉。

偏，斜倚阑干亸鬓蝉。无聊赖，迢递夜如年。

痴，不数归期数别期。从分手，血泪沁花枝。

咳，越样情怀闷不开。嫌女伴，催趱踏青鞋。

## 忆王孙 本意（二首）

五年前事最消魂，雨打梨花深闭门。帘幕余香烬不温。怕重论，怅触巫山一段云。

一番欢聚太匆匆，昨夜星辰昨夜风。花影攲墙意思慵。镇惺忪，独立苍苔印落红。

## 卜算子 送春

雪霁待春来，雨后留春住。来不愆期住亦难，有约都无误。我却祝东皇，愿得春长驻。含笑桃花三两枝，一样痴情绪。

## 前调 夹竹桃

错认武陵源，也似淇泉澳。花自娇柔节自坚，合璧如双妙。高格称虚心，解语如含笑。试向筼筜谷里游，花亦如人貌。

## 前调 壬申重九独酌

客里过重阳，十度登高九。庐阜烟岚钟阜云，更酌龙山酒。前岁粤江湄，也自携尊缶。今日关门兴转豪，醉胆俄如斗。

## 减字木兰花　咏蘋

霜华露蕊，十亩玻璃澄碧漪。楚尾吴头，蓼溆芦汀一样秋。
者般旖旎，月白风清应似此。到午才开，夜合花边好共栽。

## 好事近　美人蕉

也近绿天居，窣地碧阴幽洁。昨夜绛都春到，绽一林红雪。
正须留待美人簪，花时漫轻折。空谷寒生翠袖，料艳情堪说。

## 琴调相思引　感旧

曾记扬州跨鹤过，二分明月未嫌多。红儿进酒，更有雪儿歌。
不到平山堂下路，竹西风景近如何？且须停待，留取醉颜酡。

## 眼儿媚　晓妆

卖花声里雨如丝，楼上卷帘时。半笼金钏，平梳宝髻，淡抹胭脂。
妆成自倚阑干立，脉脉自寻思。薰香却坐，无言有恨，此意谁知？

## 双调渔歌子　本意

昨吴头，今楚尾，扁舟以外无些子。个中人，清若此，洄溯蒹葭一水。

拂青蓑，倾绿蚁，江干风味鲈鱼美。蓼花红，枫叶紫，且试烹茶竹里。

## 忆秦娥　紫薇

春灼灼，李花落尽桃花落。桃花落，漫空柳絮，许多轻薄。

羡君画省根先托，芳名早播蓬莱阁。蓬莱阁，珠帘月下，绛囊依约。

## 水龙吟　白海棠

也从姑射飞来，缟衣净染霜痕透。琼轩小立，烧残蜡炬，萦回翠袖。旖旎丰姿，蛾眉淡扫，色窥心授。试春阴乞取，好生护惜，无人处，莫孱僽。

记得年时分手，小阑干、月明如昼。柳绵半卷，梨云低亚，梅魂同瘦。迢递良宵，欲眠频起，听残莲漏。怕三更骤雨，莓苔径湿，且花间宿。

## 前调　夏日客至，歌以示之

先生道出羲皇，北窗夏日容高卧。客来访我，解囊琴韵，敲棋子堕。有酒盈尊，何妨同醉，旧痕襟涴。更黄昏少住，片云乍黑，催诗就，雨声大。

却笑白衣苍狗，闹纷纷、蚁争穿磨。川原阻绝，波澜翻覆，几人看破。十里荷花，百竿修竹，莫教闲过。奏招凉一曲，清箫妙引，属诸君和。

## 临江仙　却扇

却扇今番开笑口，相携蕙泊兰丛。不教纨扇怨秋风。衾鸳双叠绿，炬蜡两行红。

领略针神兼画本，居然异曲同工。比花明慧玉玲珑。绸缪青玉案，端正紫泥封。

以上见《覆荔生覆瓿集》卷十，同治十二年（1873）巴陵方氏碧琳琅馆刻本。

# 廖基植

廖基植，字璧耘，宁乡人。著名实业家廖树衡之子，附贡生。清末主持湖南水口山矿务16年。光绪三十二年（1906）由湘抚奏保，获四品商勋五品衔。民国成立后离矿归里。有《紫藤花馆词钞》一卷。

## **摸鱼儿** 桃花扇题词

蓦思量、南朝金粉，飘零毕竟如许。权奸作用休深詈，也有令人思处。君不见，成就了、美人名士皆千古。楼头扇底，看绝艳惊才，柔肠侠骨，有个谁堪伍。

秦淮水，日夜长流呜咽，长流不尽愁去。风流帝子今何在，剩有春灯燕子。兴废事，都付与、渔樵闲向风前诉。凄凉按谱。叹忠雅新声，临川高调，也让后尘步。

## **疏影** 看姚贰尹庭熙画梅

是何妙笔，看疏疏落落，琼玉霏屑。密蕊浓香，古干虬枝，几欲背人偷折。生成骨格清高甚，更写向、蛮笺幽绝。是何时、梦到罗浮，钩取美人真魄？

盼到藐姑仙子，恍珊珊躧步，佩环清咽。月地云阶，绰约风神，赢得一身孤洁。倘教索笑巡檐去，应踏破、半庭残月。任江城、玉笛吹余，不堕一林香雪。

## 念奴娇

《湘弦离恨谱》，长沙张雨珊先生悼其亡室周宜人而作也。以万红友之绮词，写潘黄门之哀怨。钟情既窅，结响斯繁。展诵再三，令人不忍卒读。爰倚《念奴娇》一阕，以代抒其哀云尔。

情根不断，便丝丝吐出，怨烦词咽。满纸琼瑰谁省识，半是泪痕凝结。脂冷残红，膏凄余黛，仿佛见颜色。一灯如豆，寒窗把卷凄绝。

为忆曩日风流，鬓边眉角，情事那堪说。莫怪潘郎憔悴甚，窈窕更饶贞德。月悄兰闺，雨淋梧院，都是愁时节。百年如梦，有谁一霎抛得。

## 迈陂塘 枕上闻雨不寐

听庭阶、潇潇淅淅，飞来一阵山雨。桃笙八尺琉璃滑，凉到枕边如许。灯一炷，照万斛、牢愁没个评量处。房栊静悄。乍密了还疏，疏还渐密，凄切杂虫语。

西风紧，日夜催人渐老，流年暗中偷去。十年羁旅飘零恨，都向心头付与。浑欲诉，叹利锁名缰，遮莫留人住。更筹暗数。又过了三更，阑干风定，山月向人吐。

## 满庭芳 吹香亭纳凉

一剪湘波，四围山翠，装成世界清凉。茅亭一笠，宛在水中央。静觉荷花香远，疏帘外、月皎如霜。邀吟侣，浮瓜沉李，相对举华觞。

瑶琴弹一曲，听雁声衡浦，渌水潇湘。怅灵均不在，幽怨谁偿。望望红泥亭子，透玲珑、一点灯光。秋如语，塔铃风动，音曳楚天长。

## 满江红 秋意

虫语莎阶，早透出、五分秋意。喜满院、苍苔浓厚，全无暑气。帘内灯光摇瘦绿，阑边蕉叶凝幽翠。更一池、荷叶吐清香，消尘滓。

银河路，浑难记。黄姑约，何曾至。且双星卧看，锦葵花底。八尺桃笙凉沁骨，一瓯绿雪当风置。趁露凉、闲嗅素馨花，醒残醉。

## 一剪梅 题寄衣图，次姚缉吾韵

新绿如烟一抹齐。勾起情丝，惹动芳思，摽梅天气怨阿谁？不恨归迟，只是情痴。

自恨风流减大堤，艳色方稀，难怪轻离。聊将缣素寄长歧，密定幽期，好趁良时。

## 大江东去　题常宁松柏市仙云楼

水云深处，是谁与结构，眼前突兀。月榭风廊随意着，恰趁溪山清绝。宵铎吟风，孤鸿唳雨，并作江涛咽。寥天高耸，是何意态雄杰。

把酒搔首楼头，恨问天不语，牢愁如结。消尽元龙湖海气，一任狂歌岸帻。海市迷离，蜃楼幻渺，谁洗腥膻窟？剑光如练，影涵湘水千尺。

## 贺新凉　前题

日月催人老。十三年、萍踪飘泊，劳人草草。破帽残衫吟眺处，忽涌飞楼缥缈。更万顷、澄波环绕。枫叶荻花纷掩映，认依稀一幅云林稿。浮大白，暮天小。

凭阑苦恨朋知杳。早唤起、玉妃东海，金罍共倒。画栋珠帘天一角，赢得风清月皎。休更问、琼楼仙岛。偌大乾坤容我住，倘他年笠屐重来到，应认取，旧鸿爪。

## 金明池　前题

水阔天低，云颓山墨，勾引古愁如霰。忆当日、孤臣远徙，曾筑室聊供小憩。迄而今、亭馆新开，只眷怀、芳躅不胜哀怨。自黄鹤岳阳，逶迤到此，又是别开生面。

江上青山山畔树。看冉冉风光，向人千变。浑不管、雨奇晴好，都收入、诗囊画卷。听遥山、隐隐疏钟，又枨触乡心，倚阑人倦。倘倒影波中，鱼龙见了，疑是水晶宫殿。

## 沁园春　发

偶阅《有正味斋词集》，见有分咏美人身体十余阕，描写颇能尽致。惟尚有遗漏，因倚调补之。

扰扰春云，茸茸碧丝，兰麝香煎。看琼膏沐罢，光凝冰鉴；玉梳掠去，斜覆香肩。玉镜台旁，茜纱窗外，撩乱空蒙一段烟。生憎甚，怪老奴颠倒，我见犹怜。

花前梦醒啼鹃，正袅袅情丝万缕牵。喜妆成堕马，魂消婀娜；绾将巧凤，意总缠绵。红缕松萦，玉钗低压，学得时新样倍妍。还怜俏，更分将一绺，横抹眉巅。

## 前调　眉

巧样修成，纤纤一痕，新月初三。喜螺颁五斛，乍承恩宠；图开十幅，倒晕烟涵。柳细如颦，蛾纤斗巧，约略风流见一班。侬尤爱，怕青梅溅齿，未啖先攒。

弯环无限情含，况彩笔轻描态更酣。任愁中颦蹙，翻增妩媚；笑时轩举，益带娇憨。晓镜开时，疏帘隔处，一线春山隐约间。新妆罢，问檀郎深浅，细语盘桓。

## 前调 眼

秋水盈盈，乍眴仍回，宛如清扬。正春宵睡起，红绡隐约；流波转去，柳叶纤长。凝睇含愁，娇瞋带怒，一盼魂消宋玉狂。钟情甚，佯半遮团扇，偷觑檀郎。

无端半晌微扬，岂别有心情待细量。向翠楼晓望，怕看春色；银灯斜眄，凄断柔肠。红豆抛余，绿鹦调罢，珠泪阑干迸数行。撩人处，怎当他一转，银海生光。

## 前调 指

袅袅青葱，纤纤玉枝，一样玲珑。恰绿橙搓后，螺黏碧晕；口脂匀罢，甲染殷红。斗草人来，踏青期近，屈算频劳次第轮。娇痴惯，乍琴调绿绮，冷倩郎温。

金盆盥去芳芬，更执笔临池写洛神。羡弧环轻约，雪肤增艳；绣床闲倚，彩线匀分。拈去花娇，弹来泪暗，春笋葳蕤翠袖掀。来花径，蓦连翘小蹙，背立轻扪。

## 前调 腰

一搦轻盈，娟娟可怜，生小纤躯。记永丰坊畔，弱偏助艳；楚王宫里，细不嫌臞。云锦衾边，流苏帐底，袅娜刚盈一尺余。凭阑久，被东风吹软，强索人扶。

模糊影堕氍毹，道杨柳临风总不如。问几时消瘦，渐松裙带；乍教旖旎，恰趁轻裾。冰簟才醒，红窗绣倦，略欠伸时意也酥。方凝盼，蓦被他偷捻，脸晕红舒。

## 前调　足

一瓣莲舒，隐约尖纤，生憎路悠。认碧苔阶畔，犹留浅印；秋千架上，微露双钩。欲去仍留，似前还却，小立娉婷不自由。寻芳去，恼径多欹仄，频蹙眉头。

梦回枕簟清幽，忙独见收将略带羞。睡履名独见。忆潘妃新样，金莲贴去；唐宫遗制，玉屑香留。宝笛闲调，银筝独奏，轻点依稀按拍□。珊珊步，看绣裙轻扬，真个风流。

## 贺新凉　读一片石传奇题词，用清容先生原韵

魄已啼鹃化。叹凄凉、一抔荒土，纸钱谁挂。翠羽明珰何处是，赢得空江潮打。想环佩、应归清夜。恼煞狂夫空抱恨，恨茫茫不向西风嫁。湘瑟怨，如斯也。

鸿才何幸逢扬马。说不尽、缠绵悲怆，更兼笑骂。漫道词人偏好事，阿堵传神非假。浑不似、闲愁浇且。檀板金樽低按拍，韵泠泠不在西昆下。果谁是，知音者？

## 东风第一枝　题鸳鸯梅，次次峰韵

快雪晴时，梨云梦醒，寻春蜡屐忙着。踏来径滑苍苔，蓦

见枝横东阁。绿云深处，更斜衬、一梢红萼。似玉人、并立阑干，悄隔浅窥珠箔。

寒乍怯、粉痕犹薄。娇欲语、素心谁托？斗将霜里婵娟，不尽风前绰约。惊鸿双影，讶神女、相逢河洛。快剪来插供铜瓶，莫被笛声吹落。

以上《紫藤花馆词钞》，1925 年长沙刻本。

# 易顺鼎

易顺鼎（1858—1920），字中实，一字实甫，号哭庵，龙阳（今汉寿）人。光绪元年（1875）举人。历官广西右江道、云南临安开广道、广东钦廉道、肇庆罗道、高雷阳道。民国后曾任袁世凯政府印铸局局长。有《湘弦词》《鬘天影事谱》《摩围阁词》《醒人吹笛谱》《琴台梦语词》等。

## **蝶恋花** 春日题桃花源（二首）

镜里春山眉欲语。十里空江，红遍桃花雨。仙犬一声天正午，白云如海无寻处。

剪剪东风吹不住。吹换秦时，几辈渔儿女。烟唱收帆回别渚，数枝柔橹摇春去。

盛代本无秦可避。今日渔樵，旧日游仙地。小小沧桑经第几，水流又到人间世。

古月一丸飘冷翠。照见千年，隔坞闲门闭。天外有天红透矣，桃花命竟长如此。

## 点绛唇

燕子窥时，东风不锁湘帘缝。春愁暗送，押住眉尖重。

卍字红阑，曲曲都如梦。无人共，小桃花影，摇得香魂动。

## 买陂塘

笑阿侬、魂儿太瘦，销来无可销者。清歌曼舞寻常有，莫放闲愁相惹。行乐且，算丝竹陶情，何必中年也。流莺低骂。看大白浮来，小红唱罢，词句付罗帕。

肠断矣，应是桓家子野，一声檀板轻打。无端触拨欢场泪，想到酒阑灯灺。风月话，把泊粉飘香，检入乌丝写。黄金作斝。要痛饮今宵，拚教醉死，死便葬花下。

## 柳梢青　送人归蜀

匹马穿花，十年作客，万里还家。蚕尾今云，峨眉古雪，去矣天涯。

霜衾午夜闻笳，应梦到、关山月斜。金粟楼头，玉松亭角，我在长沙。

## 减兰　与石重夫师铸夜话

吹箫吴市，自古英雄皆若此。漫想逃禅，尚有恩仇未了然。

大江南北，才子谁知曾杀贼。剑气三分，他日封侯让与君。

## 南楼令

秋到舵楼尖，波平湿翠嵌。有冷云、黏住孤帆。几点潇湘篷背雨，和别泪，上青衫。

剪烛共谁谭，霜催酒力酣。怎重衾、添了还添。今夜蘋花明月里，吹笛到、古江南。

## 风马儿

红楼一角雨声声。把酒也醒醒，梦也醒醒。罗帐有人，扶病太亭亭。听听。

江南远道正清清。更山也程程，水也程程。无奈晓风，吹客又行行。卿卿。

## 上江虹　九日登定王台

帝子台高，秋九月、重阳天气。问几处、晚晴篱落，菊花开未？蓝涧吟诗词客老，白衣送酒先生醉。只古人、旷达与牢愁，都成例。

白雁过，霜痕坠。红叶脱，雨声至。听湘涛瑟瑟，悲秋之泪。华岳持螯名士派，彭城戏马英雄意。对西风、一笑把茱萸，秋山翠。

## 沁园春 癸酉秋闱落解

才耶命耶，缘耶分耶，何劳问天。只华年易过，匆匆十五；清班难厕，衮衮三千。下第文章，少年名字，犹累他人万口传。回头笑，把几场辛苦，当作游仙。

闲来负手江边。要看尽人家上水船。尽吹吾帽落，孙山而外；让伊鞭着，祖逖之先。惨绿衣裳，愁红灯火，横笛高楼一惘然。归来也，向秋风老屋，重觅萝牵。

## 百字令 麓峰秋眺（二首）

夕阳在地，认衣痕人影，与山争绿。已是秋光将尽了，开遍岩天晚菊。红叶中间，碧云下上，着个樵家屋。输他儿女，能消这样清福。

经过秋士祠荒，夏王碑坏，吊古愁千斛。眼底千年成代谢，几辈牢骚如仆。读画烟明，游仙月冷，静抱泉声宿。此间招隐，愿歌桂树遗曲。

麓宫高处，指遥天一白，湘流浩浩。砧杵长沙三万户，不似此间秋好。如此江山，几何岁月，都向愁中老。半空吹笛，僧楼云气围绕。

且将上界星辰，下方烟雨，收拾归怀抱。莫把登临无限感，换了尊前年少。屈贾词章，朱张理学，大半知名早。闲来袖手，暮霞几朵红俏。

## 城头月　灵均祠

荒祠落叶歌延伫，想见愁眉宇。上帝无言，美人何处，湘水流终古。

鬼灯数点摇秋雨，薜荔寒如许。一卷离骚，夜深时读，似共灵均语。

## 四字令

冰轮一弦，冰徽七弦。水仙花下来弹，算知音最难。

烟痕翠峦，霜痕碧阑。秋霄风露高寒，与嫦娥共闲。

## 清平乐

倦修箫谱，那得闲情绪。数点冷萤青绿处，摇得秋魂如雨。

衾窝着手成冰，压梦更阑不成。才要思量便黑，小红楼上疏灯。

## 疏影　梅影，用红豆树馆韵

胎禽倦舞，正几枝照水，寒意如许。篱院黄昏，不是亏他，香来没个寻处。情仙萼绿妆成夜，漫比到、世间眉妩。只教伊、郑重华年，休让玉箫吹去。

到此全空色相，怕无多影事，也被春误。和病和愁，成梦成烟，毕竟有何情趣。缟衣人远扉空闭，剩茜雪、一痕飘暮。看万山、寒月如潮，中有香魂欲语。

## 菩萨蛮

落红满地香成阵，东风吹得花心困。愁杀惜芳人，斜阳深掩门。

人与春同命，春去春人病。无奈更销魂，泪痕兼雨痕。

## 买陂塘 自题天伦乐事图

莽乾坤、有情人少，天心特使相聚。守此一腔真血性，万劫了无忧惧。谋嫁娶，便游遍名山、也要携儿女。墨花浓处。到地老天荒，一家骨肉，还在画中住。

高堂上，二老发何曾素，年年青鬓如故。兰心玉色为兄弟，更指谢家之树。东风驻，只几本桃花，他日须添补。画师亏汝。送上界凤鸾，下方鸡犬，飞入白云去。

## 金缕曲 题桃花扇乐府

亡国谈风雅。莽乾坤、风云破碎，飞龙战野。天子无愁行乐耳，如此江山都舍。谁救尔、儿孤妇寡。莺燕飘零烟月死，剩孤臣骨冷梅花下。谱一曲，泪如泻。

小朝廷事堪悲咤。算平分、一行歌舞，两行戎马。生死江南同醉梦，苦被桃花误也。红泪向、扇头偷洒。中有美人才子恨，付乌丝并作沧桑写。依是唤，奈何者。

## 丑奴儿令 两大人之黔中，鼎以试事留湘赋感（二首）

膝前长跪魂如醉，感上心头，悲上心头，泪到湘天日夜流。
照人一样关山月，亲在黔州，儿在潭州，视汝团圞万古秋。

莱衣要待明年舞，椿定长生，萱定长生，预向离筵寿一觥。
大江西上孤帆远，小弟随行，小妹随行，膝下承欢代汝兄。

## 满江红 追忆旧游（四首）

立马函关，看古帝王州无恙。问何处，旗亭赌酒，双鬟曾唱。紫塞三千杨柳路，黄河一半桃花浪。更西风、驴背古长安，增惆怅。

金鉴录，怀贤相。玉关曲，思名将。记几番搔首，定军山上。割据风云王霸气，河山面目英雄样。听大江、流尽古今秋，声悲壮。秦中

蜀道蚕丛，是贱子、旧游之地。曾梦到，峨眉绝顶，天风吹翠。丞相祠环松柏古，锦官城锁芙蓉媚。最匆匆、玉垒过浮云，英雄气。

公孙井，残蛙吠。帝子庙，寒鹃泪。叹江山如此，兴亡偏易。万甲裹来兵亦陡，五丁辟后山都碎。只供他、细雨剑门行，

诗人未？**蜀中**

黄鹤仙人，招我上、江边高阁。只不见，年时吹笛，梅花曾落。老子南楼兴不浅，先生赤壁游真乐。对一洲、芳草忽生愁，才名错。

江夏誉，成漂泊。阳春曲，都萧索。剩劫余新柳，武昌城郭。楚国君臣神女梦，乔家夫婿英雄略。有隔江、山色送前朝，青如昨。**武昌**

蛇虎丛中，那容得、书生一介。曾立马、牂牁江上，辰龙关外。狞石撑空涛力陡，蛮烟塞路山形怪。甚浮云、万叠拥边愁，乾坤隘。

写未尽，飘零话。偿未尽，牢骚债。且壮游此地，夜郎自大。供奉窜来魑魅喜，武侯去后风云坏。笑靴刀、帕首走穷荒，真无赖。**黔中**

## 卖花声

小影落金尊，绿蘸眉痕。东风吹急燕生嗔。红到桃花无缝处，藏了春人。

旧曲惯翻新，不动歌尘。累侬千遍唤真真。分付秋波休更转，留住些魂。

## 玲珑四犯　题冰如四兄秋隐图

人海苍茫，算桥霜店月，容易催老。剩水残山，何苦费些鸿爪。不如紧靠柴扉，要看尽、古来斜照。向青山黄叶中间，寻出秋心多少。

红衣偶把溪边钓。却不道、枫人来早。渔樵野局西风里，便是天然之稿。画工多事传真，反恐暗尘飞到。且共寻诗梦，补几笔、西堂草。

## 醉春风 （三首）

梦比春寒浅，人在芝田馆。碧城深锁一重烟，远远远。轻步瑶阶，莫教惊起，桃花仙犬。

锦字无心剪，斗帐流苏掩。双鬟催上七香车，懒懒懒。生怕春人，魂儿太弱，被风吹转。

珠斗斜还整，背坐红阑冷。双星曾证那宵盟，肯肯肯。月弄庭花，教人疑是，个侬春影。

翠被寒拚忍，其奈寒难尽。步虚声杳碧云痴，等等等。幽梦重浓，一声秋雨，无端敲醒。

划地风成阵，吹断青莺讯。红墙抵是万重山，闷闷闷。猜破根由，伊家缘故、自家缘分。

月黑情天晕，缺也无人问。从来好事说多磨，信信信。地老天荒，总难销此，相思一寸。

## 水调歌头 口号赠袁敬抚

富贵固堪乐，贫贱且无忧。名山高于华屋，可以傲王侯。

堂上六经诸史，宇内群山万壑，海外九神州。收入寸心里，日与百灵谋。

酒沽春，棋销夏，笔吟秋。封侯心事偶动，耳热抚吴钩。戏彩老莱寿母，举案伯鸾佳妇，真乐破闲愁。他日相访处，泛宅五湖舟。

## 摸鱼儿　题荷池晚泛图

指沉沉、碧玻璃样，镜中呼出凉月。才把斜阳生送了，都没一丝儿热。香成国，有一种秋心，要与荷花说。菱歌唱彻。且玉碗调冰，银灯照水，坐到满湖黑。

回首看，几个名场结客，黄尘衣上三尺。谁似藕丝乡里住，消受花红水碧。鸥波阔，算小小乌篷，便是江南宅。惹侬愁绝。又采绿年年，闹红处处，飞梦到天末。

## 齐天乐　七夕

斜河界破相思路，情波一痕秋小。睡脸新开，愁鬟旧辫，料是云軿到了。病愁多少。合付与凉飙，一齐吹扫。天上人间，风光可惜不常好。

从来艳宵易晓。再填桥几度，乌鹊应老。耕织神仙，别离夫妇，未必天孙真巧。屏山坐悄。累半臂添来，最惊寒早。墙角幽花，梦回疏雨恼。

## **沁园春** 二友词，赠石重夫、陈白严（二首）

名状元孙，不喜谈文，从军战场。记楼船飞渡，寒江惨白；营门起立，残月昏黄。末路英雄，一官江海，吴市箫声最慨慷。酒酣后，每抽弧注矢，思射天狼。

尊前莫问行藏，且收拾功名入醉乡。笑吾侪今日，学书学剑；中原几辈，称帝称王。二十年华，万千事业，第一关心镜里霜。相思处，又雁声湘路，潮信钱塘。

公子翩翩，挹秀西江，标隽南州。算深于情者，交原似水；悲哉气也，君得其秋。自读离骚，同耽奇服，新制高冠号远游。输君事，为贪临粉阵，懒筑糟丘。君嗜酒而余嗜色，此所以不及君也。

相逢一笑悠悠，且莫管他家拥八驺。问既然修到，通麋慧业；不应带得，洗马清愁。湖海中间，两人年少，醉倚君家百尺楼。生平约，有名山老屋，东海扁舟。

## **贺新凉** 中秋

照破乾坤闷。算今宵、人间天上，平分秋恨。十二阑干凉似水，中有个侬闲凭。心上着、秋痕一寸。万古西风吹不落，伴山河留得蟾宫镜。兴废事，也难问。

霜华劝染姮娥鬓。倘年年、玉颜无恙，那禁孤另。忽地冷萤帘外绿，摇荡秋魂未定。又花影、与人同困。空际似闻呼月子，料霓裳旧谱须他正。我欲向，广寒听。

## 解连环　登城南天心阁

秋容如画。有雁声一派，送将来也。算不同、王粲登楼，指故国河山，这般清暇。烟草连天，过几度、称王称霸。甚熊家缔造，马氏经营，瞥眼飘瓦。

今日客何为者，倚阑干提起，数千年话。呼酒处、秋与云平，更休要听他，江流日夜。吟瘦西风，怕只是、沧桑难写。又荒原、斜照沉沉，无言西下。

## 酹江月　甲戌十七初度（二首）

重阳节近，是湘中骚客，悬弧之日。堕地百忧从此始，悔别玉楼长吉。秋士青衫，春人红豆，着甚伤心极。前途事黑，倩谁问个消息。

谁知好梦如烟，华年似水，转瞬皆陈迹。佛地仙天何处也，这点因缘未毕。病里求生，愁中觅死，天亦难为力。菊花开了，且拼痛饮今夕。

湘天住久，算有情山水，无情岁月。守着美人香草在，强似江湖落魄。笛簟填词，筝篷载酒，来往烟骚国。并非羁旅，此身总觉如客。

眼底红叶高楼，黄花小院，相对堪浮白。一种秋风成共命，记否去年今日。一第天悭，百蛮亲老，那更流光瞥。鬓丝禅榻，华年两字消得。

## **浣溪纱** 湘江舟行（十首）

十载江湖酒梦消，短篷身世又今朝，秋江催动木兰桡。
分手青山云黯黯，打头黄叶雨萧萧，一声画角送归潮。

破屋三间放鸭棚，空江几个打鱼罾，孤篷一点闹蛾灯。
细雨黄花疏酒伴，故山红豆老吟朋，隔层烟水唤难应。

淡极秋光转觉浓，水亭添上一分红，枫人斜立夕阳中。
乌鹊啼残筝馆月，鲤鱼催起舵楼风，碧天无分采芙容。

几点鸦飞淡墨天，峭帆如箭暮云穿，一声声橹破秋烟。
眼底天长飞恨杳，眉间地窄坐愁偏，碧湘秋色在吟边。

不是江南载酒游，偶然吹笛向蘋洲，此时鸥梦淡于秋。
风色剪来三两桨，月魂飘满一重楼，远山无语对人愁。

碧尽湘天古恨多，万重明月万重波，湘花颜色似湘娥。
桃叶江空愁读曲，竹枝调苦畏闻歌，湘人情性奈秋何。

断尽湘流九曲肠，漫同月子话凄凉，输他照影又成双。
一绿迷离杨柳岸，千红漂泊藕丝乡，和烟和雨画潇湘。

水落空湾欲见沙，里湖风色暝鱼叉，鹭鹚飞上白蘋花。

浦口南云浓送雁，渡头西日淡留鸦，秋光占住钓人家。

猎猎船旗忽倒吹，断风声里立多时，单衫凉透没人知。
灯影惨红山鬼屋，磬声寒绿水仙祠，一江如梦怕寻思。

系缆昏黄傍驿桥，舵楼吹笛雨潇潇，一灯红得太无聊。
寻梦寻烟秋冷淡，听风听水夜迢遥，累侬到此又魂销。

## **金缕曲** 乙亥元日，时在鼎州

又到今年矣。甚流光、暗中吹过，东风似水。脱了青衫还戏彩，春在寿萱花里。听爆竹、声声不止。笑捧一卮为母寿，倩屠苏净把愁肠洗。饮此者，大欢喜。

梅花算个真知己。任终朝、断风残雪，闭门而已。阿父天涯携弟妹，怅望二千余里。想寂寞，应无异此。骨肉无端分五处，猛思量旧恨重提起。倦且坐，乌皮几。

## **前调** 老将

百战英雄老。向南山、短衣射虎，应弦而倒。如此将才无用处，一代风云气小。让竖子、成名去了。矍铄据鞍空复尔，故将军不画云台表。种瓜者，青门道。

记曾放马天山草。剩此日、溪山驴背，夕阳秋好。照水头颅千丈雪，波底鱼龙惊搅。野戍外、角声吹晓。听罢荒鸡频起舞，抚雕戈誓把烟尘扫。虎头相，已枯槁。

## 前调　老儒

学究先生样。半生来、青灯黄卷，乌皮绛帐。三字头衔穷措大，不讳寒酸骨相。难得是、斯文未丧。一第蹉跎头白早，叹磨穿铁砚心徒壮。功名路，恐难望。

济南博士江都相。溯流传、汉家真派，何嫌依傍。辛苦儒林谋绝业，全力名山休让。觅冷蠹、堆中同葬。七贵五侯君不见，牧猪奴转瞬青云上。得富贵，且无恙。

## 前调　老渔

生死蘋乡里。有同盟、旧鸥三两，是他知己。明月一江吹笛响，拿个扁舟去矣。或雨细、风斜不止。渔弟渔兄身世感，怕沧桑换到闲烟水。渔儿女，又如此。

联篷夜火灯成市。正家家、舵楼炊饭，酒香鱼美。袖手江天垂钓罢，看尽来头去尾。问顺水、顺风能几。飞到浪花头也白，况禁他世上风波起。渔唱远，暮霞紫。

## 前调　老妓

无计留春住。听帘前、一声杜宇，唤他归去。多少莺花都命短，散了彩云无数。剩憔悴、章台旧树。留得缕金衫子在，认红心碎点燕支污。风与月，等闲度。

秋娘老矣凭谁顾。莫思量、琵琶江上，荻花飘曙。愁压眉尖和黛重，那有镜中人妒。怕照影、惊鸿相遇。月地花天无恙否，是当年一曲销魂处。青衫客，泪如注。

## 柳梢青

玉杵敲霜，蓝桥访月，曾乞琼浆。最是难消，花前睡态，镜里啼妆。

江干黄竹成箱，料锦瑟、华年暗伤。一点相思，寄伊无路，何况明珰。

## 忆秦娥　子规

幽魂咽，东风万古伤离别。伤离别，春江是泪，春花是血。

人家岁岁清明节，关山处处销魂色。销魂色，红时斜日，碧时斜月。

## 清平乐

春波一顷，曾照惊鸿影。谁道银河天上近，不似红墙太迥。

重来欲问桃根，流水无情送春。惆怅个侬何处，半弯眉月黄昏。

## 谒金门

春山冻，岚气如波欲动。谁把春寒轻剪送，压帘帘骨重。

花影红沉窗缝，苔色绿浮篱空。香怕烧多金鸭痛，碧纱烟入梦。

## 摸鱼儿 晓发镇雄关

挂征帆、大江西上，铜琶铁板才住。酒醒今宵杨柳岸，又唱屯田词句。关山路，有残月微茫，认得愁来处。凭谁记取。写骡影冲寒，鸡声搅梦，行到乱峰曙。

戍楼上，催落晓星无数。老兵起背灯语。万山一罅乾坤隘，人共乱鸦飞度。敲战鼓，指烟草连天，尚想前朝戍。天西倦旅。把老屋书声，高楼月色，分付梦回去。

## 台城路 龙里道中作

五更梦压关山重，晓风鞍背吹醒。堠裹鸡声，岩飘虎气，人与万山俱冷。前村尚暝。渐茅屋晨炊，树梢青凝。杲杲初阳，马蹄踏碎乱峰影。

时清边尘久静。剩荒原废垒，吹角凄警。雨抱峰黄，天归箐黑，独鸟横飞烟顶。图云关近。算瘴月蛮花，几回相等。万里天西，寒鸦将路引。图云，贵阳省城外关名也。

## 满江红 兆儿生甫九十日，遽殇金竹寓中。口占此阕，以当一哭

三尺桐棺，算也是、人生一度。想死去、不如生好，儿心

应悟。白骨竟成漂泊鬼，黄泉可有生还路。问牂牁、江水夜郎山，归何处？

夸麟凤，原难遇。讥豚犬，犹难据。拼替他一恸，两无干预。半霎谁教昙影现，再来莫被轮回误。检苔根、藏个小身材，随他去。

## 湘月　赠唐浔舫

楚中唐勒，是景瑳朋辈，灵均弟子。家在碧湘门外住，领略烟骚情思。词卷鸣秋，酒杯问月，漂泊愁乡里。歌离吊梦，才人通病如此。

因甚王粲从军，祢衡投刺，同倒天涯屐。瘴水蛮花枉题遍，我辈几行名字。秋士伤心，夜郎搔首，四顾悲歌起。布帆无恙，与君行且归矣。

## 苏幕遮　自黔归赴秋试赋感

甚功名，何意绪。说到劳生，总没些儿趣。二月行踪三月住。四月黔关，五月依然去。

万重山，千里路。驴背明朝，独自和秋语。我比残鸦心更苦。一点归心，却在天涯树。

## 金缕曲　乙亥除日樊城度岁作

立马斜阳外。问儿时、旧经行处，雪泥安在？余六七岁时在贼中归，经此。犹记白云亲舍近，几度倚闾而待。今日更、车驱远迈。十载光阴俄顷耳，只添些闲水闲山债。说往事，总堪爱。

重来倦旅愁难耐。况禁他、天涯除夕，冷吟清话。小店高城呼酒去，箫鼓春声一派。独自与、残灯相对。莫向梅花频索笑，怕江南梦醒都无赖。明岁又，蹇驴背。

## 满江红　渡黄河作

眼底黄河，已送尽、兴亡无数。都付与、夕阳西下，乱涛东注。客子梦随鸥鹭冷，英雄气挟鱼龙怒。把闲愁、万斛掷波心，奔流去。

倚长剑，妖鲸怖。吹短角，哀鸿顾。更高歌击楫，片帆飞渡。划破江山南北走，浮来天地中央住。问书生、何处觅侯封，乘槎路。

## 前调　汤阴岳忠武庙

十二金牌，天下事、不堪问矣。竟销尽、江山半壁，西湖锅里。名父子全忠孝去，小朝廷要英雄死。叹从今、寡妇与孤儿，无生理。

朱仙镇，公营垒。汤阴道，公乡里。有精忠祠庙，足光桑梓。白雁一声天水碧，黄龙余恨燕云紫。待招他、豪杰两河魂，归来只。

## 百字令

晓风残月，叹天涯到处，销魂倦矣。说到南云亲舍远，悔向长安负米。万里题诗，十年磨剑，命也该如此。儒衣僧帽，是依前世行李。

多少战垒黄尘，离宫碧瓦，雨打风吹起。一带中原禁不得，过客几回悲喜。土锉呼灯，沙坊问酒，且醉为佳耳。高楼横笛，满天霜气如水。

以上《丁戊之间行卷·湘弦词》，光绪五年（1879）琴志楼刻本。

## 桃源忆故人

门前一尺桃花雨，因甚玉骢轻去。点点春愁如絮，飘到眉心住。

灯边夜按红幺谱，尘满翠弦筝柱。分付啼鹃代诉，宛转伤春语。

## 罗敷媚

画帘梦颤丝丝雨，银蒜深垂，燕子归时，一点春寒恋被池。

镜尘不锁双鸾影，红泪调脂，碧字题眉，小砑云笺写艳词。

## 满庭芳　观演剧

风帕笼春，鹅笙炙晓，歌尘影碍红楼。粉郎初到，纤指卷帘钩。谁把垂杨种遍，系香骢、竟日勾留。应休怪，行云遏碧，不向鬓边流。

娇喉，才一试，人间燕妒，天上鸾愁。奈匆匆镜里，月散霞收。更借幺弦传恨，料伤春、也似悲秋。销凝处，青衫泪湿，肠断白江州。

## 国香　买兰数本，香韵绝佳，为赋此解

碧槛移春。甚真香幻影，参透情根。屏边那回无睡，绿梦初醒。谁道灵均去后，向人天、不返秋魂。年时目成处，有个词仙，吹瘦鹅笙。

真妃犹忆否？漫神皋解佩，别馆留簪。露寒烟悄，应念冷尽红心。还被东风一剪，剪愁痕、飘满湘云。凌波翠鸾杳，写入琴弦，江上峰青。

## 绛都春　为琴绮赋

幺弦独理。把万古东风，赚成商意。灯畔梦痕，镜里年华都如水。人天旧怨浑弹碎，算苦了粉郎葱指。鬟云夜堕，几番憔悴，萼华仙子。

应是，海山韵杳，尽愁心、付与断红鸾尾。冷到玉徽，便

觉相思真无味，桐丝一寸秋魂死。更休向、鬟余飘泪。最怜兰恨将销，笼鹦唤起。

## 归国谣

春去，粉约脂期愁里度。画栏飘满芳絮，瘦鹃啼不住。

银屏梦云无据，艳宵容易曙。香骢知在何处，碧桃花外路。

## 天 香

燕外芳丛，鸳边靓侣，花天嫩约重践。紫曲迷香，红幺按谱，十幅风帘低卷。眉心晕碧，镇飘出、愁痕两点。寒浅春衫乍试，谈深夜灯频剪。

银屏殢云半掩，照筝堂、鳌蟾初满。漫倚缃桃话别，春魂太短，待与商量吟管。奈赋恨、江郎病怀懒，一片笙歌，绿杨天远。

## 前调 即事，柬京邸同人

萍海鸥盟，花天蝶约，算来一例辜负。万里题诗，五陵结客，赢得头颅如许。青衫湿遍，已倦听、琵琶秋浦。迢递熊湘归梦，飘零凤城羁旅。

应怜艳晨易午，尽招邀、俊游俦侣。埋尽英雄，输与软红尘土，为问鹔裘在否。直典到、荷衣意良苦，枉把黄金，铸成愁语。

## 戚　氏

京邸同人饯周意皆之官黔岭，酒半，意皆出《骊山避暑》图幅属题。图中翠深红窈，阁复楼重，似有春魂呼之欲出。即席为填此解，逾刻词成，杂以离愁，不自觉其音之噍杀矣。

嫩寒天，钿箫吹起凤城烟。拂柳穿花，舞台惊蝶，影翩翩。芳筵，镇留连，飘零赢得伴婵娟。紫骝乌帽轻俊，歌尘一道碍香鞯。鸾帕题句，貂裘换酒，离愁忽堕尊边。怪银屏按曲，谁写别调，搀入湘弦。

示我，图画清妍。仙阙缥缈，云外笑香悬。琼楼迥，雕栏枕水，翠槛骑山。有温泉，当日妃子，华清浴罢，腻染冰莲。敲残羯鼓，舞破霓裳，遗恨天上人间。

往事都成梦，离宫系马，废苑鸣蝉。春冷万花深处，把红心点点付啼鹃。君看树密攒钿，波圆拭镜，黛映眉峰敛。怕隔花、人比天涯远，又斜阳、孤骑黔关。漫等闲，湿尽青衫。听玉骢嘶别更凄然。且兰此去，也应回首，画里长安。

## 大酺　京邸送王梦湘下第旋济南

对水边楼，花下馆，芳踪草草无据。艳才都减尽，只尊前添得，鬓丝如许。彩笔花残，青衫叶冷，憔悴凤城羁旅。飘零犹自好，问因甚啼鹃，尽催归去。又叙别筝堂，湘弦断雁，写成凄语。

征轮还暂驻，愁回首、但见离亭树。君认取、银屏六曲，水叠云重，分明画出天涯路。料吟魂一点，直销到、乱山深处。谁念铜驼俊侣。转瞬东风，吹作海天萍絮，相思几回朝暮。

## 喜迁莺

翠帘斜卷，又重憩斑骓，小坊幽院。镜里花悰，灯边絮语，一架缃桃门掩。倚扇双鸾罢舞，围席万莺争啭。趁今夜，正酒满花满，月满春满。

池馆。寒初逗，钿车过尽，相对成销黯。烛拥红啼，衫凝碧唾，罗袖嫩香都减。只恐梦云难据，更恐歌尘易散。肠断处，是水远山远，天远人远。

## 长亭怨慢　送张荫庐下第出都

是几度、愁鸾罢舞。月殢花留，镇无情绪。钿阁垂杨，等闲飘出，别怀苦。嫩莺啼晓，似惯学、伤心语。倚遍笛边楼，凄绝更、送君南浦。

凝伫，尽离筵一醉，酒醒玉骢何处。东风夜紧，又惊散、云鸿旧侣。有谁念、绝代才华，只赢得、十年羁旅。应梦到丰台，数点冷红吹雨。

## 新雁过妆楼　再为琴绮赋，时余将有海上之行矣

嫩指调冰。弹不破、人天绿意冥冥。弦畔东风，吹冷万古瑶情。春梦和他鹦鹉忏，秋怀诉与凤凰听。漫销凝。催花羯鼓，

弄月鹅笙。

相思水荒山远，料移船海上，别调凄清。见说文鸾，而今也叹飘零。禅心几回拖逗，初不为琵琶肠断声。兰因在，伴华年锦瑟，修到三生。

## 惜分飞

门外落红深一尺，梦逐玉骢难觅。今夜东风急，粉郎悬泪花前立。

愁到眉山遮寸碧，吹裂璇宫旧笛。酒醒歌尘寂，断魂犹绕旗亭壁。

## 金缕曲

小院桃花雨。镇销魂、湘帘半卷，数声啼宇。门外斑骓勾留久，携手画阑私语。消受者、酒边眉妩。绿鬓飘零维摩榻，算年来略解伤春苦。吹玉笛，甚情绪。

筝堂夜按阳关谱。漫催成、红凄翠怨，蒨盟无主。十丈车尘宣南路，埋尽春愁几许。有多少、云鸿失侣。一寸情天伤心碧，便微躯化石都难补。持此恨，竟终古。

## 前　调

门外天涯路。憩香骢、绿沉小院，艳宵初曙。草长红心江南岸，一片歌尘乍度。甚粉约、脂期都误。但骂东风真无赖，送侬归不送愁归去。空望断，风城树。

年来春梦浑难据。又匆匆、旗亭折柳，三生萍絮。宝瑟弦僵瑶情冷，漫把孤怀浪诉。怕少个、周郎能顾。只道芳颜须珍重，料人间尚有相逢处。抵多少，断肠句。

## 洞仙歌　（三首）

偶见《丰台花谱》中有山阴王眉子词三首，因用原韵，依调继声。

燕兰小谱，向东风细读。愿把黄金铸花屋。正霓裳舞罢，星驾归来，帘卷处，碧晕湘波十幅。

王孙游倦矣，芳草天涯，乐府翻成望湘曲。璧月乍当筵，翠袖珠冠，还惊认，芳姿茗玉。待一角红楼上灯时，又修到三生，眼缘眉福。

研笺小字，倩流莺相候。一寸春愁酒边逗。看衣香引蝶，镜影招鸾，漫赢得，茸唾尚凝衫袖。

茜纱窗下坐，伤别伤春，如此销魂怎禁受。耳语更多时，斜亸香肩，怕倚断，笙囊绿绣。嘱花下银骢莫勾留，但别后相思，寄侬红豆。

春明门外，有数行烟柳。三叠阳关笛中奏。记银瓶索酒，画扇评诗，拼坐到，小院悄无人后。

旗亭何处是，绿鬓飘萧，月地花天断肠久。徙倚画栏边，舞雪歌尘，料此际，正开檀口。剩欲乞当筵紫云来，要十万莺花，一齐低首。

## 逍遥乐　春草

梦影黏云无据。和他恨天，残碧消沉今古。才逗歌尘，又惹离愁，迷却一条归路。年芳偷度。怕无端、紫曲门荒，茜裙人妒。正分手短亭，绿暗烟雨。

送了芳骢初去，留将嫩莺还住。甚年年野火，烧不尽，断肠处。香堤尚记得，曾碍凤莲双步。依前衬波南浦，别怀慵赋。

## 金钱子

镜里招鸾，一道舞尘香软。话离愁、夜灯重剪。小字题蕉，恨红心太短。料得回肠，比回廊、更多几转。

拂柳穿花，曾认争春旧馆。又匆匆、马嘶人远。寄语青衫，向绿波休浣。留住啼痕，化天涯、梦云千点。

## 梦芙蓉

钿尘飞不住。镇香街十里，软红成雾。绿杨天远，目送玉骢去。嫩鬟亲剪与，酒边多少分付。画浦停桡，又微波淼淼，催写断肠句。

依约隔花窗户。梦遍罗衾，影事都无据。相思一点，犹挂凤城树。青衫怜倦旅，人天漂泊如絮。自别琼楼，应霞荒月老，慵对镜鸾舞。

## 瑞鹤仙

绿杨天影窄。正人倚东风，玉骢嘶别。缃桃落如雪。把春愁、吹入紫箫都裂。低鬟半怯，向花前、带鸳亲结。最无端、舞罢妆慵，点点暗尘帘额。

记得，剪灯留话，倚扇传歌，旧家时节。仙蓬堕劫，有谁念凤城客。尽瑶情易感，钿盟难恃，付与占床燕月。尚依稀、一段兰云，梦痕未灭。

## 一枝春

湖海平生，问几番、憔悴慵歌倦酒。坠欢偷记，付与绿笺红豆。颦春怨晚，料有个、小眉清瘦。到而今、寸寸相思，都挂短亭烟柳。

情多易成孤负。甚江淹才尽，别怀依旧。禅心定了，更破暗愁拖逗。人天絮影，还怕是、飘零未够。应寻遍、卅六璇宫，念奴在否？

## 眼儿媚　津门旅舍题壁

十年吹笛短长亭，行尽夕阳程。等闲负了，梅边鹤梦，柳外鸥盟。

醉中依约潇湘路，渔唱起江城。蓦然惊觉，天涯池馆，雨过霞明。

## 解佩令

啼花莺晓，栖香燕晚，到临歧、尽换销魂样。若问天涯，料只在、个人心上。最难抛、被池红浪。

低篷短蜡，官河听雨，似年时、梦昏罗帐。赢得飘零，算不负、浅斟低唱。检青衫、泪痕无恙。

以上卷一《红蕉梦语》

## 春光好

垂杨外，翠屏遮，谢娘家。记得门前开一树，碧桃花。

流苏帐掩银叉。销魂正、玉臂笼纱。枕上江南春梦远，莫惊他。

## 台城路

出都后，遇梁选堂于申江旅次，酒边剪烛，共话京华，泚笔言愁，不胜销黯。正如青衫司马，乍听秋浦鹍弦，白发宫人，曾见春风羯鼓也。

相逢唤醒东华梦，京尘暗缁吟袂。踏月鸳俦，偎花蝶约，小字绿笺犹记。干卿何事？有万古春愁，十年秋泪。今日天涯，柳边搔首话憔悴。

铜驼俊游旧侣，料西风败叶，吹冷豪气。载酒船空，题诗扇破，消得几回沉醉。仙蓬易坠。又行尽江南，乱山孤骑。怕听尊前，阳关声第四。

## 前 调

湘栊软语红襟小，输他玳梁栖稳。载酒春愁，吹箫夜约，生怕钿期无准。花悰暗省。曾黛语眉传，脂香舌领。笑乞琼浆，云英低首意先肯。

罗衫嫩寒初逗，歌尘萧散后，庭院人静。绿径穿花，红街步月，踏遍旧家帘影。兰堂漏永。料镜里鸾孤，衾边凤冷。多累卿卿，夜凉花下等。

## 天 香

镜窄妨鸾，炉宽费鸭，璇宫旧怨多少。碧簟铺冰，红帱界月，微露玉钗低袅。风前细语，漫吹入、粉郎怀抱。银屏锁花深靓，翠鬟窥树桥小。

回头紫箫声杳。倚香篝、琼娘恨悄。留得春魂未断，绿杨天杪。纵有行云意好，奈钿阁、深沉梦难到。一夜西风，锦鸳双老。

## 沁园春 申浦闻歌，赠花桂卿校书

杜牧伤春，白傅悲秋，销魂黯然。正吴桥廿四，玉箫明月；蜀弦五十，绵瑟华年。金屋藏花，银屏记豆，私语有人偎凤肩。凝情处，向红楼剪烛，翠港移船。

歌云不堕尊边，漫一碧迢迢锁恨天。甚愁凭雁诉，筝心太热；梦和莺杳，钿约先寒。昙首三生，华鬘半劫，话到飘零都可怜。璇宫冷，怕霓裳舞破，空记游仙。

## 虞美人

紫骝嘶过江南岸，嫩约匆匆变。东风不解惜杨花，吹落相思一点到谁家？

屏山梦逐行云杳，别恨知多少。玉箫声里夜凭栏，输与小楼双燕话春寒。

## 酷相思

镜里眉山青一寸。比梦里、屏山近。才打算归期还未定。谁隔着、帘儿听。更倚着、窗儿问。

琼浆纵有云英赠，医不了、文园病。把锦瑟华年漂泊尽。卿是个、桃花性。侬是个、杨花命。

## 菩萨蛮

银屏梦入江南远，桃花落尽无人管。何处避春愁，小红楼上楼。

钿尘飞不住，惆怅芳骢去。才隔一重帘，便同千万山。

## 风流子

脆弦调锦瑟，江南客、憔悴惜华年。甚藏秋不住，琴心太窄；逢春欲避，带眼先宽。更无奈、浮踪飘絮雪，浅梦逗芜烟。听雨旧盟，伴鸥萍海，堕风新劫，骑蝶花天。

前欢浑无据，青衫泪、孤负多少婵娟。一箧红吟蠹尽，俊语都删。只绣佛量丝，心皈悟后；笺骚费纸，身坠愁边。赢得玉箫声里，吹瘦词仙。

## 前　调

银屏谁记豆，江南曲、字字是相思。镇艳宵三五，璇宫桂约；华年二八，镜槛苕姿。殢人处、倚风吹凤竹，就月写乌丝。忍俊不禁，口脂偷度，讳愁无奈，眉黛先低。

缃桃花边立，娇鬟亸、曾与密订芳期。算只红鹦眼见，绛蜡心知。怕误他万一，夜寒犹等；留侬再四，春晚才归。肯负郁金堂上，海燕双栖。

## 碧牡丹

绣罢双鸾字。筝院靓，帘垂地。倚镜妆慵，传出脸情眉意。多事啼鹃，又唤春愁起。对离觞，总无味。

画堂里，红烛销成泪。惊心绿杨嘶骑。月冷秦楼，箫声如诉憔悴。谁向屏风，写别程千里。几重山，几重水。

## **玲珑四犯** 梅溪体

镜里眉山，问收入江南，愁影多少。绀唾痕干，满地嫩苔都老。一寸离恨天中，又度了、几番昏晓。甚紫房、深锁春魄，尘满定情词稿。

蘼芜绿到销魂处，曾印凤鞋春小。旧恩新怨浑难诉，更被银鹦恼。还怕怯胆少眠，禁不得、夜寒花悄。算此情、除却西楼凉月，没人知道。

## **洞仙歌** 再用梅溪韵（三首）

断肠词句，让银鹦偷读。一桁斜阳水边屋。把镜中春影，弦上秋心，都付与，小字回文诗幅。

紫房春梦醒，脆管清筝，谱出江南懊侬曲。庭院悄无人，惊蝶翩翩，又飞上、搔头红玉。但记取仙城路休迷，怕前度桃花，妒侬香福。

虾帘半卷，是月圆时候。六角屏山嫩凉逗。正心经诵罢，眉史修成，漫惹起，竹里春愁盈袖。

画阑携手处，私语多时，酒畔回眸更消受。买得七香丝，除却平原，算只有、婵娟堪绣。到烟雨迷离送归帆，怕指点红楼，一灯如豆。

珍丛销歇，镇分花拂柳。拟向东皇绿章奏。记琴心惜别，鬓影伤春，挨过了，一树碧桃开后。

青衫无恙在，小杜才华，湖海飘零十年久。钿约古难圆，化作胭脂，愿镇日、不离卿口。且手擘红蕉写新词，拚地老天荒，相思白首。

## 金缕曲

软语花边听。正商量、个侬归计，矮鬟肩并。话到明朝销魂处，数点啼珠偷迸。更不管、舞衫红沁。小院沉沉春如海，便缃桃落尽无人问。心上有，别离恨。

明珰莫负年时赠。怎忘他、弄娇体态，倚愁情性。纵倩张郎偷春笔，写出眉痕一寸，也难写、相思一寸。回首秦楼箫声杳，算兰堂未抵蓬山近。应寄个，紫鸾信。

## 齐天乐

神山一堕罡风劫，三生坠欢空记。黛恨难传，红情渐减，闲却笔尖眉意。伤春况味。又歌扇飘零，舞衣憔悴。惯听琵琶，青衫禁得几回泪。

琐窗旧时啼鸟，甚匆匆催换，镜里尘世。今夜西楼，半钩凉月，慵照彩鸾孤戏。愁妆印水。料翠被香残，紫箫声脆。梦到银屏，灵狸花底睡。

## 念奴娇　江南舟中作

英雄往矣，对江山、赢得乱愁千斛。今古梦痕消不尽，付与败蕉残鹿。醉里征诛，愁边歌舞，画就兴亡局。欲书遗恨，南山可惜无竹。

应念茂苑风花，台城烟草，萧瑟空云木。曾倚舵楼闲眺望，惟见暮帆沙鹭。狸去祠荒，雀飞桥冷，凄断前朝曲。无情最是，秦淮一片寒绿。

## 贺新凉

泊舟金陵，天已向暝。云影黏树，涛声啮沙，废苑荒城，模糊莫辨，惟有乱蛙代漏，愁月照人而已。触绪苍凉，率成此解。

憔悴江南客。问六代、繁华去后，竟无消息。一片孤城斜照里，剩有青山半壁。听打岸、寒潮正急。龙虎销残莺燕老，便英雄儿女皆陈迹。聊付与，隔江笛。

桃花暗抱脂痕泣。经几度、移根换叶，嫩红犹湿。廿四桥边眉样月，曾照琼娘夜立。更不管、玉箫声寂。流尽旧家帘幕影，恨秦淮总是无情碧。摇画舫，到烟夕。

## 瑞龙吟

秦淮自兵燹之后，歌舞楼台，娇娆儿女，悉变为白骨青磷矣。水国凉宵，拥衾无寐，念及此，辄感喟横生，用赋长调以鸣凄眷。

㲀蟾寂。曾照虎斗龙争，燕寻莺觅。谁知北府兵残，东山妓老，转头今昔。

暮潮急。淘尽兴亡无数，零钗断戟。输他玉树春愁，琼花秋泪，一般陈迹。

几度婵娟浩劫，珊床喋血，鬼苔腥碧。多少倩魂，夜阑犹抱春泣。干戈丛里，艳影搀云立。更休问、白门打桨，红桥吹笛。水阁凉蛙夕，冷波成缬，暗摇帘隙。瞑宿销凝极，篷背雨，和愁乱敲芦荻。灯昏罗帐，有人相忆。

## 唐多令

柳影蘸芳洲，珠帘半上钩。把璚箫、吹向小红楼。燕子不知兴废事，漫相对，话春愁。

江上锦帆收，花空烟水流，南朝旧梦付闲鸥。第四桥边还载酒，总孤负，少年游。

## 西河　金陵怀古，用清真原韵

歌舞地，秦淮旧曲曾记。烧残玉树阵云红，春愁暗起。一弯眉月柳边楼，凤箫声远天际。

画栏悄，谁共倚？筝船载梦犹系。银屏金屋几千家，都成战垒。断魂桃叶久飘零，相思惟见烟水。

艳晨选醉锦绣市，望江南、芳草千里，酒醒不知何世。只斜阳惨碧无言相对，惯阅兴亡荒城里。

## 清商怨

谁谱凤箫新怨，又玉楼春晚。分付凉蟾，画相思一点。

料得翠扉双掩，回文句、字字和愁剪。镜里眉山，比天涯更远。

## 解连环

窄鸳寻径。怅红栏半角，挂春无影。还记得、隔水幽坊，有唤酒轻盈，窥帘端正。蓦地相逢，卿一笑、惹侬千恨。到脸愁晕帕，唇语颤灯，坠欢重省。

而今旧瓶碍井。算人随月远，梦与云近。回首处、紫曲门荒，但弹凤辞钗，破鸾留镜。换叶移根，应悔却、桃花心性。又见在、银屏睡起，翠鬟不整。

## 玲珑四犯　用姜白石体

鸥话夜寒，雁惊秋瘦，催成愁色如许。魂从沙尾断，泪趁潮头住。荒湾旧横笛处。漫惊起、冷枫红舞。吴棹莼香，楚衣荷脆，漂泊甚情绪。

年时小、桃吹雨。记残筝水阁，同剪灯语。酒边身世短，寸烛消磨去。烟堤立马重呼渡，有谁念、空江行旅。凭记取，还须钓、珊瑚海树。

**以上卷二《红桥笛语》**

## 愁倚阑令

红阑外，锦鸳鸯，一行行。认取湘湾三百曲，是回肠。

软波曾照啼妆，知他住、第几横塘。只恐江干黄竹子，又成箱。

## 扬州慢

宝瑟弹冰，琼壶敲月，人天一例悲秋。记江南载酒，似小杜扬州。有前度、冷莺犹说，挥金意气，惜玉风流。恨悠悠，便逐歌云，飞上秦楼。

横塘暮雨，算而今、听到孤舟。漫写怨琵琶，小怜无恙，重见湾头。谁信东园梦醒，花间蝶、不解春愁。乞坤灵鸳谱，璇宫双证兰修。

## 惜黄花慢

湘江暝宿，触感羁孤，乱雨敲愁，寒波荡魄，因拈梦窗调，并用原韵，略变其体赋之。匪敢效颦，自写荒凉情愫耳。

雁影亭皋。正低篷短烛，听雨枫桥。瑶琴弹碎，珠珰望杳，湘天锁恨，一碧迢迢。璇宫不递西风信，写秋意、偷付蘋梢。傍虹腰，冷鸳拥被，错认兰桡。

谁怜卖药文箫。记仙城路远，桂简曾招。主家楼宛，霞荒月老，愁边笛语，误堕银霄。泪花洒遍芳沟叶，怨红字、犹恋寒涛。想云翘，眉山青到丽谯。

## 凤凰台上忆吹箫

镜里鸾孤，箫边凤老，情天几度秋风。换摩登小劫，绮障才空。酒醒碧桃花下，春何处、蝶梦无踪。都灰尽，铜盘烛泪，一寸啼红。

筝篷，十年听雨，漫减了苕姿，歇了兰悰。把聪明忏到，玉锁鹦笼。拟倩鹅笙吹恨，凄清意、说与璇宫。琴心冷，湘云夜愁，江上孤蜂。

## 鹊桥仙　本意

情波翠远，情天碧窈，炼石灵娲难补。神仙何事两飘零，算多此、今宵一聚。

璇宫兔杵，璇闺鸳杼，等是伤心儿女。细思毕竟胜姮娥，但守定、冰轮终古。

## 浪淘沙

淡月掩金铺，凉到纱橱。吟秋小字刻庭梧。一夜霜娥刀尺急，剪尽湘芜。

打桨尚江湖，倦听风蒲。花天梦影渐模糊。试向征鸿频致问，带得书无？

## 凄凉犯

湘灵去后湘云杳，向人天、空抱瑶瑟。京尘眯眼，吴霜点鬓，暗催愁色。旗亭醉墨。漫赢得、痴蜗旧画。料移灯、独听秋声，今夜凤城客。

俊侣行歌地，玳燕文梁，铜驼香陌。东风换了，怕花前、泪痕难觅。帘隙星辰，但一道、斜河影直。这波路、怨长梦短，怎到得。

## 莺啼序

蘋风送凉，荷露成泪，青女晨妒，素妃夜愁，翠芰红莲，飘零欲尽矣。爰拈梦窗体并用原韵赋之，以悼秋魂。

香堤紫骝何处，剩愁痕沁水。短亭外、暮雨筝篷，烛花低颤凉蕊。对拥被鸾双，倚镜蟾孤，生怕啼妆坠。正金茎捧露，和盘托出秋思。

扇帕题诗，灯船载酒，有调冰公子。待湘簟，卷尽云悰，鸳边旧恨应至。问情丝，为谁断续，尚缠遍、粉郎纤指。莫匆匆，负了当时，脸情眉意。

琼娘暗泣，谁向柔乡，伴夜深无寐。漫赢得、钿床梦醒，珊屏酒醒，万点秋魂，销成铅泪。绛绡轻剪，绀纱低护，相逢别浦频倾盖，解明珰、也似羞憔悴。莲房绿小，知他一寸回肠，苦在个侬心里。

霓裳舞破，自别珠宫，料怨红颦翠。还怕是、真妃旧袜，化作行云，又被西风，梦中吹起。闲鸥冷眼，曾窥影事。闹红单舸菱唱杳，抖荷衣，独把霜阑倚。等闲写尽秋词，淼淼横波，相思一纸。

## 浣溪纱

修到文箫不羡仙，镜鸾双影瘦花前，东风吹梦堕蘅烟。
笛语夜飘香雪海，琴心秋冷碧云天，凤巢西隔路三千。

## 玉京谣

君特昔谱此词，有客燕飘零之感。余则江关倦旅，万绪悲秋，按律寻声，凄怀殆相倍矣。

凉意嵌鸳被，金井吟蛩，又唤秋魂起。倚树无眠，玉阶风露如水。问今夜、听雨江南，有几个、飘零才子。还料理，秋词半箧，腻尘盈纸。

帕绫写尽相思字，向人间、但感纨忏绮。卖药文箫，凤云春隔千里。甚青天、碧海年年，消不得、泪蟾枯死。愁未已，寻梦一灯蕉底。

## 琐窗寒 楚江暝宿舟中，闻歌按声

泪尾弹潮，眉心拥岫，短篷江上。红桥画舫，曾听杜娘秋唱。到而今、青衫未干，盟鸥学得飘零样。似小楼听雨，残筝短烛，梦昏罗帐。

事往，成惆怅。又换了年时，卖花门巷。蘋洲打桨，剩有冷鸳堪傍。那知人、吹瘦玉箫，情天老去秋无恙。但舞枫、一叶题红，带愁遮断港。

## 齐天乐　别陈伯严

蘋湾打桨归来晚，相逢旧鸥俱老。剩墨题笺，残衫换酒，一样飘零怀抱。绿眉凋早。又蝶病花前，蝉凄树杪。凉入西楼，故人独夜梦魂悄。

几回剪灯留话，甚卖花门巷，生遍秋草。笛眼肥烟，琴心瘦雨，中有别愁多少。词仙去了。问谁与商量，吟秋碎稿。候馆无眠，暗蛩啼到晓。

## 高阳台

萍海鸥踪，桂宫蟾约，十年吹瘦琼箫。载酒春情，闹红曾泛吴桡。尊前漫写飘零意，怕潘郎、青鬓先凋。镇无聊、水阁凉生，梦雨潇潇。

银筝语涩湘弦雁，甚懒云遮尽，旧日蘅皋。燕去楼空，倩魂凄断谁招？西风暗换摩登劫，便花天、影事都消。又魂销、一寸秋心，绿上芭蕉。

## 贺新凉

瘦马行秋遍。镇匆匆、庾郎愁老，长卿游倦。回首秦楼箫声冷，锦瑟华年一箭。料衫上、舞红都变。宿酒醒时嘶骑晓，记绿杨残月江南岸。春去也，杜鹃唤。

缃桃谢后歌尘散。枉逢人、寻消问息，断鸿难倩。辜负箫娘临歧语，薄命累侬书剑。更休赋、梨花秋苑。凉到天涯双鬓影，笑西风也自飘零惯。又吹落，碧云片。

## 满江红

天际孤云，比倦客、心情更懒。镇霜娥、夜鸣刀尺，翠芜催剪。秋色西来砧杵急，春明北望觚棱远。只难忘、江上旧鸥盟，蘋花晚。

题柱志，成依黯。登楼赋，添凄惋。又黄花开到，天涯池馆。待送孤鸿归雪碛，曾骑匹马穿云栈。问秋心、一片在谁家，吹芦管。

## 前调　登榕城戍楼作

斗大孤城，经几度、英雄血战。都付与、边沙拥戟，野花缠箭。洗马寒江波万顷，栖鸦坏堞云千片。对西风、有客赋登楼，同王粲。

飞鸟外，苍烟淡。斜照里，青芜暗。记小车山路，冷枫红遍。桂树空成招隐句，榆关未了封侯愿。到而今、辜负虎钤篇，龙泉剑。

## 选冠子　赠韦伯谦学使

花国呼莺，木天栖凤，风流跌宕如许。烟峤千重，星轺万里，小憩瘴云深处。闻道璇闺，吟鸾有伴，分得笔端眉妩。怪添香、少个清娱，多恐回文寄与。

镇此际、塞管秋声，宫袍春色，回首东华尘土。网罢珊霞，归依珂月，留作黑头公辅。谁怜破帽天涯，才退江淹，别怀凄苦。待相逢燕市，酒边剪烛，话黔山雨。

## 声声慢　秋声，用蒋竹山体

雁外关河，蛩边院宇，十年领略秋声。残照霜芜，疏林尚剩蝉声。流年暗中偷换，漫催成、一片砧声。龙城远、想西风铁马，鼓角边声。

回首故园三径，记松阴暝翠，夜涌涛声。老屋灯幽，等闲抛却书声。天涯独欹倦枕，把闲愁、分付江声。愁未了，上吴船、又听雨声。

## 沁园春　美人发

忉利情天，华鬘小劫，芳名玉娘。正翠冠覆额，十三年纪；红窗拥髻，千万思量。蝉翼双笼，螺鬟半弹，料比伊家锦瑟长。销魂处，有盘鸦旧影，堕马新妆。

洗头曾乞琼浆，便梦里巫云也自香。记镜悰晨印，梳凭橘婢；钿盟宵践，剪付檀郎。帕带愁遮，钗逢笑颤，端正风流总断肠。心应恨，恨秋来潘鬓，容易成霜。

## 前调 美人口

豆蔻合芳，槟榔吐腻，天然俊生。记轻吮鸾毫，修将眉史；细研鸡舌，诵罢心经。樱小藏愁，葱尖掩笑，软语商量侬惯听。相偎久，见红吟有韵，碧唾无声。

尊边低唱销凝，又艳曲新翻点绛唇。正酒晕留涡，提防客觑；脂香带沫，侥幸郎吞。夜月吹箫，春风试茗，一点相思画未成。难忘处，是轻盈唤马，宛转调莺。

## 阑干万里心

吹箫载酒少年游，曾倚江南苏小楼，憔悴天涯不自由。怕凝眸，送尽征鸿字字愁。

## 露华 寄余芷丞京邸

丰台唤酒，记红揎舞袖，翠揾啼罗。花天梦影，三生曾伴春婆。赢得年时笛语，带别愁、飘满烟萝。都付与、马头星月，雁底关河。

金门镇怜倦客，算沈腰潘鬓，宫羽消磨。入时深浅，料应难画双蛾。紫陌冷尘飞处，听西风、又颤铃骡。秋到也，莼鲈归兴若何？

## 绮罗香　红叶

鹤顶秋肥，鹃心春瘦，赋笔更描寒艳。短艇吴江，重见舞枫红绽。添新恨、绛泪低弹，惊旧影、翠眉偷换。最无端、酒醒妆残，西风吹老醉时面。

年芳转瞬如箭，记得移灯听雨，绿阴庭院。梦里桃花，误到武陵溪畔。便殷勤、写付香沟，流不尽、人天幽怨。正销凝、水外孤村，冷霞秋一片。

## 古香慢

梁宽便燕，径窄妨鸳，嫩约初践。锦瑟年华，人在盛娇深院。重到水边亭，算惟有、画栏亲见。记春时旧病酒处，缃桃一树门掩。

又梦雨、妆鬟零乱。事逐花残，情隔春远。踏月无声，愁满风箫心眼。俊语叙分携，悔当日、芳鬋浪剪。倚银屏，定难遣、从来恩怨。

以上卷三《忏红碎语》上

## 忆江南　梦中得一联，因填此解

庭院静，丝雨画阑前。小饮也拼三日醉，孤眠不耐一春寒，锦瑟惜华年。

## 三部乐　重九前一日，同嵩林弟作

君问重阳，只隔着暮云，一层残照。夜床风雨，唤醒秋魂多少。怎禁得、几度明朝，便情天嫩碧，也应愁老。江南信杳，料是断鸿迟到。

安排绿蚁萸尊，紫螯菊榼，向碧山吟啸。还怕赋才减尽，被他花笑。甚西窗、寻诗梦悄。更无奈、催租人恼。青衫换了，且休换、年时破帽。

## 高阳台　咏菊（二首）

倚袖天寒，卷帘人瘦，冷云正拥啼妆。金缕歌残，谁怜旧日萧娘。挑灯欲写西风怨，奈花边、影事全荒。尽思量、负了柔乡，换了愁乡。

芳心死到春前蝶，问东园梦醒，几度炎凉。藓砌蛛尘，断魂空锁唐昌。广寒宫树都摇落，剩人间、百感幽香。悄亭塘、一尺秋涛，一寸秋霜。

浅靥欺霜，低魂诉月，睡余云鬓犹松。却忆年时，翠微高处携筇。杜娘身世真休说，倚银屏、惯听秋风。最匆匆、绿艳红娇，酒醒无踪。

枯禅证后秋如海，甚愁根未断，色淡香浓。冷到花心，情天万感都空。横波漫照三生影，写飘零、付与惊鸿。镇惺忪、吟遍瑶阶，梦遍璇宫。

## 霜天晓角　梅意

萼绿华身，倩魂依玉京。若上寿阳妆额，毕竟是、欠些清。

笛吹三四声，梦回三四更。只有水边疏影，写得出、我平生。

## 雨中花　湘中故人书至，道梅花盛开，赋此寄忆

谁倚江楼横玉笛，直吹到、梦寒香寂。更青凤啼空，翠虬舞夜，不管琼魂泣。

印水颦妆怜独立，破一段、湘天愁碧。纸帐云低，茸窗月小，有个人相忆。

## 迈陂塘　腊杪赴都，留别嵩林六弟

甚西窗、红摇短烛，销成别泪如许。谢塘春草和愁冷，残梦半痕留住。萍踪苦，还赖是、秋风吹向圆波聚。移灯觅句。记肩凸鏖诗，拳凹斗酒，同写醉时语。

湘皋雁，北雪南云几度。筝弦旧怨弹与。谁将一寸天涯月，分照两边离绪。君记取。要修到、三生尚听联床雨。从今细数。问水驿帆孤，山城骑远，多少断魂处。

## 西江月

瓶畔丝牵玉虎，篝边被换金猊。看他月上小窗儿，一桁茜纱如水。

天角故人瘦损，绿琴梦远湘湄。冷吟心事鹤应知，守定梅花无睡。

## 一萼红 红梅（二首）

翠苔边。甚冷红万点，先为破春悭。月地调脂，霞天拥髻，真妃昨试还丹。似二月、江南问酒，指荒村、犹当杏花看。最是销凝，啼妆印水，绝代婵娟。

飞上寿阳宫额，又娇黄半褪，暗补香瘢。玉颊笼潮，冰须弹泪，醉时应倚吟肩。还怕误、阮郎归后，问移家、几日到孤山。莫逐古溪桃雨，流向人间。

解明珰。正湘妃倚醉，换了绿罗裳。绀唾弹冰，绛潮拥月，等闲偷泄春光。有多少、姹红犹冷，借琼枝、擎出返魂香。天上梨花，江南桃叶，尽意端相。

还似貂裘走马，向胭脂坡下，乍认凝妆。蜡泪秋残，鹃心春小，误他几度寻芳。问谁倚、高楼玉笛，把碎霞、吹满水云乡。料得守砂勾漏，鹤老丹荒。

## 云屏暖

乱山孤骑，危楼暝角，暮天如画。问酒前村，旗影冻云低亚。吟魂潇洒。定绕遍、谁家鸳瓦。天涯客、荒寒赋笔，俊怀慵写。

依约胭脂坡下。更红炉、熨晓翠尊消夜。典尽貂裘，空记年时游冶。风醒雪醉，又看到、梅花开也。还暗惹，一点相思随马。

## 月华清

满马吴霜，半床燕月，貂裘万里曾拥。笛里关山，禁得几回迎送。甚飘零、负了莼汀，怕不免、冷鸥相讽。谁共？正晓风江岸，绿杨无缝。

回首秦楼幺凤。漫桃叶辞津，梅花别陇。拟把孤愁，说与玉箫休弄。只输他、候馆鸡声，又唤醒、十年秋梦。寒重。渐烟村一角，远钟催动。

## 惜红衣　黔山遇雪，即景有怀

射虎功名，呼鹰意气，壮怀都左。絮帽茸裘，吟魂乱山锁。芦沟立马，还记得、年时双鬟曾亸。何处酒家，指篱根灯火。

紫琴断韵，翠被凄香，销凝正无那。江梅几点残雪，带愁堕。漫惹梨花梦影，化作晓云千朵。料玉楼横笛，有个冻鬟招我。

## 内家妆　忆梅

倩魂低颤水，阑干影、惊被冻云封。正湘妃蛟脊，偷描淡妩；海仙凤尾，遣探芳丛。悄吟处、敲诗红烛冷，酹酒碧尊空。竹里春愁，暗蟾凄惋；苔边秋梦，病鹤惺忪。

湖桥分襟路，销凝久、画角吹怨东风。曾伴斜楼倚笛，窄径扶筇。又日暮天寒，窗前翠袖，曲终人远，江上青峰。纵有何郎词笔，别后都慵。

## 江城梅花引　用陈西麓原韵

筝篷殢雨夜萧萧，带归潮，送兰桡。一角红楼，吹断紫云箫。绣被焚香心事懒，愁不语，剪春灯、梦影飘。

知侬魂从何处销。唤吟鸾，天际招。恨也恨也，眉间恨、付与谁描？长是相思，短是可怜宵。自别江南才几日，春又到，水边亭、花外桥。

## 卖花声

田翁年七十矣，携一孙明良隐居山中。其家有红白梅数株，匡坐鼓琴，甚自得也。余过靖州遇之，为赋此解，殊汗颜于尘壒，聊绘影于雪泥云尔。

竹外一枝斜，凉透纹纱。晓风吹梦堕天涯。输与胎仙眠未醒，抱月偎霞。

芳讯到林家，幽思偏赊。南楼倚笛鬓先华。解道暗香疏影句，不负梅花。

## **双头莲** 除夕靖州作

马足鸡声，便忘却人间，匆匆甲子。灯亭爆市。向暗里、唤醒倦游心事。闲对绿酒红炉，正霜寒如水。还料是，梦醒江南，梅花夜深无睡。

算只骚客多情，向尊前犹恋，冷吟滋味。花明柳脆。怕从此、不肯伴侬憔悴。漫把一箭年芳，付天涯孤骑。凭检理，半箧红词，春愁又起。

## **相见欢**

水亭残雪连空，月如弓。添个骑驴人在冻云中。

吹玉笛，落瑶砌，又匆匆。只有梅花全不忆东风。

## **忆旧游** 山中访梅，悄然动美人迟暮之感

甚霜低碍树，月暗围潮，催出黄昏。幺凤都难觅，只年时病鹤，苦抱篱根。梨花片云摇绿，春到梦先温。有端正窥窗，轻盈照水，数点愁痕。

兰因，共无据，倩玉笛凄凉，唤醒芳魂。立马销凝处，记苔边老屋，竹外孤村。东风又吹影事，愁老萼华身。漫赢得相

思，空山翠羽啼一春。

## 莺啼序　春雪

蓬山片云缥缈，有璇台十二。是几度、谪堕尘边，玉京谁念仙子。问如此匆匆，瞒却春归，何苦迎春至。怎知伊，不把情根，种来人世。

缟袂吹笙，银屏解佩，错认华鬘坠。料舞破、骊宫上界，羽衣惊碎。只难忘、瑶天净果，道色相、而今空矣。蓦催成，一霎昙花，三生流水。

便教真个，粉琢琼雕，也有时憔悴。漫回首、凤城夜市，镇常酒熟羔肥，销金帐里。瞥然换了，冷吟闲醉。断桥南岸凄凉月，向宵深、同伴梅花睡。干卿甚事，替他多少春魂，洗出翠天红地。

天涯海角，惯受飘零，与侬无异。留得影事模糊，还为落英吹泪。空山鹤梦醒来未。休话尧时，万古荒寒意。人间又写伤春字，最无端酿作愁滋味。剧怜门掩春深，高卧袁安，此时初起。

## 三姝媚　用王碧山原韵

舞枫红半绽。甚飘零和他，旧鸥新雁。短蜡低篷，又银筝脆语，写成依黯。一段愁烟，镇迷却、白蘋芳苑。试检青衫，洗向寒江，泪痕都减。

今夜沙平水浅。恨数叠蛮山，便同天远。料得西楼，照离悰还有，素蟾幽婉。萍絮生涯，翻累到、高堂心眼。只恐莼香秋浦，归来定晚。

## **玉蝴蝶** 蛮江听雨，拥被无眠，追溯欢尘，怅然赋此

江上低篷听雪，青衫断泪，飘向芦窠。抱瑟空弹，古怨诉与湘娥。怎禁他、夜来风雨，才信有、客里关河。拥云螺，五湖归雁，又带愁过。

消磨。旧欢影事，凉筝水阁，倚扇传歌。门掩黄昏，梨花庭院峭寒多。酒边词、剩吟秋士，灯底梦、曾伴春婆。恨如何，相思淼淼，一箭横波。

## **烛影摇红** 江上阻风作

剪雨移灯，隔云呼笛船初泊。春寒迷路入芦窠，赚得秋声作。仿佛吴娘弦索，酒醒时、残筝小阁。离烟怨水，写付琴心，教人瘦却。

魂断随潮，江南无处寻花落。凤楼今夜听东风，应是孤衾薄。负了桃根嫩约。认归帆、几回定错。旧欢梦里，新恨眉头，故人天角。

## **湘月** 遇周意皆于朗江舟次，谈春明旧游，感赋

玉骢去后，怅缃桃万树，不系春影。望断仙蓬，把别泪、

分付紫箫吹尽。倚扇评诗，认旗沽酒，往事休重省。与君俱是，人天漂泊无准。

谁料听雨江湖，鸥边对话，只伤心还剩。剪烛船窗，便尽有、数点啼红都冷。吴市吟秋，燕台赋晓，减了年前俊。相看一笑，恍然旧梦初醒。

## 满庭芳

港窄瞒鸥，堤宽信马，湘湾暝渡曾呼。渔榔四起，潮尾送凉初。听惯篷窗夜雨，灯边影、也恋江湖。难忘是，系情烟柳，唤梦风蒲。

年芳漂泊尽，清愁泛剡，嫩约寻吴。向蘋洲吹笛，旧泪都枯。怕负春来桃叶，相思处、不为莼鲈。还须待，移船海上，天地一琴孤。

**以上卷三《忏红碎语》下**

## **莺啼序** 檃括兰亭序

永和九年癸丑，正暮春天气。修禊事、因集兰亭，群贤少长咸至。有修竹崇山，曲水流觞，列坐清湍次。又何须弦管，始堪畅叙幽思。

宇宙甚宽，骋怀游目，信赏心乐事。念吾辈、随分周旋，相与俯仰一世。或晤言、室庐之内，或放浪、形骸之外。要其间，静躁殊途，悲欢同致。

当其自得，内顾欣然，不知老将至。迨他日、所之既倦，情随事改，一转瞬间，迹皆陈矣。荣枯通塞，终归于尽，时移境变犹嗟悼，况千秋万岁都无几。死生事大，昔人兴感之由，只今若合符契。

临文慨往，难喻诸怀，每不能自已。固亦知、彭殇悉妄，修短难言，以后视今，（由）[犹]视昔尔。委心随化，斯诚妙旨，同时所述皆足录，料尊前、怀抱初无异。后人追溯芳踪，应览遗文，悠然感此。

## **哨遍** 檃括鲍明远芜城赋

迤逦古原，北走雁门，南抵苍梧野。有漕渠，更轴以昆冈，对重江复关相亚。当盛时，曾闻沸天歌吹，钿车士女争游冶。看(衰)[袤]广三坟，格高五岳，崇幹峻堞云遮。算芜城自古帝王家，况盐井铜山竞豪奢。五百余年，固护基扃，精妍士马。

嗟！剖豆分瓜，离宫转瞬剩栖鸦。山鬼啼秋雨，霜飙夜吼惊沙。镇伏虎餐肤，(肌)[饥]鹰厉吻，黄埃白草秋潇洒。问镜槛银扃，璇渊碧树，如今鲜有存者。只凝思寂听增悲咤，叹金屋名娃旧娇姹，已春魂、飘尽烟麝。兰心玉貌都舍，骨冷腥尘下。抽琴命操怨歌凄苦，为把沧桑细写。甚千龄万代休言，又边风、城上寒也。

## **无弦琴** 本名怨朱弦，王世贞自度曲。因用其体，以檃括归去来辞

指斜川、归去来兮。形役徒劳，既往难追。短艇轻扬，迷

途未远，飘风习习吹衣。载瞻衡宇，晨景熹微，稚子欢迓柴扉。纵荒他三径，菊意松情，犹自依依。时向东皋舒啸，却倚南窗寄傲，一醉休辞。况园小、还堪日涉，真趣谁知。

问遑遑、意欲何之？矫首遐观，鸟倦云迟。请息交游，莫忘情话，世应与我相遗。琴书足乐，富贵难期，农父又告春归。便或乘烟舸，或命巾车，访岫寻溪。且喜物情皆畅，更感吾生易尽，倚杖吟诗。聊乘化、乐夫天命，余复奚疑。

## 玉烛新　檃括杜子美佳人诗

佳人颜似玉。问因甚幽居，乱云空谷。自言身本良家子，零落今依草木。关中回首，已丧败难收骨肉。休更论、贵极王侯，人间事如风烛。

更怜嫁得萧郎，又纨扇恩疏，彩鸳孤宿。婵娟夜哭。教侍婢、卖尽明珠一斛。牵萝补屋，漫采柏终朝盈掬。谁念取、翠袖盈盈，天寒倚竹。

**以上附檃括古人诗文词四首**

以上《鬘天影事谱》，光绪二十二年（1896）长沙重刻本。

## 瑞鹤仙

杏花时节，人在江南，春雨乍晴，暮寒犹峭，制此词，向湖桥酒楼歌之。

卖花声过否？掩屏山、峭寒初逗。笙囊嫩苔绣。倩琼箫吹彻，小梅春透。旗亭坐够。更慵向、江南问酒。又怎知、昨夜东风，有个倚楼人瘦。

前度，调鹦院窄，斗鸭塘宽，几番携手。芳期漫数，相逢在燕归后。判残红飘泪，暗黄侵鬓，愁似绿杨依旧。约甚时、同剪春灯，雨窗荐韭。

## 醉太平

眉烟一棱，脸霞一层。花边梦不分明，倩莺啼唤醒。
新恩旧恩，深盟浅盟。因循过了青春，问而今怎生。

## 满江红　题秦淮画舫录（二首）

丁字帘前，重指点、六朝灯火。凭唤起、旧家莺燕，红酣翠妥。梦雨秋迷桃叶渡，情波夜定莲花座。便修成、仙佛也生愁，双眉锁。

扶不住，云鬟亸。逃不过，霜豪涴。怕神丝被冷，蒨盟都左。写到脂痕湘管在，证完口业泥犁可。约英雄、儿女共逃禅，蒲团坐。

尺八琼箫，算不与、莺花堕劫。尽分付、才人笔底，春魂飘瞥。词客有灵应试我，书生薄命真同妾。把鬓丝、禅榻旧心情，和君说。

谢娘院，鸳尘歇。秋娘渡，鸥波咽。剩青溪隔雨，红桥支月。忏泪无功聊忏梦，伤春已误还伤别。记秦淮、水榭上灯时，筝船发。

## 踏莎行

浅碧窗疏，深红路隐，传来燕子归期近。和烟和雨画池台，笛声不唤垂杨醒。

卯酒初酣，午妆还靓，卖花人说春寒紧。梦无寻处只瞢腾，一鹃啼断楼阴暝。

## 百字令　题长沙曾贞女事，步芷澂原均

梧宫冷月，把秋心、锁住几重帘幕。写韵生涯残本在，肯负文箫旧约。倚竹天寒，牵萝地悄，翠袖盈盈薄。蓝桥断了，琼浆那日曾酌。

谁怜一曲横塘，风波来往，不信菱枝弱。唤起湘娥深夜语，仿佛云和响作。镜仄鸾愁，弦幺鹄怨，别梦迷苍壑。谱成彤史，璇闺芬烈如昨。

## 采桑子

缃桃花下留春住，春又匆匆。嫩翠憨红，消得帘钩昨夜风。

楼陰压梦无寻处，闲了遊骢。冷了吟蜂，险被春愁误煞侬。

## 菩萨蛮

玉笢响动文窗锁，郎来故傍红鹦坐。贪看碧桃花，险些忘却他。

梦嫌帘路窄，春影层层隔。侬自要销魂，嫩寒深闭门。

## 卖花声

深锁一重门，翠被慵熏。病来和梦说温存。不是红鹃窗外语，忘了残春。

唤起倚阑人，尖裹罗巾。东风小别替伤神。悄地缃桃花下站，独自黄昏。

## 大　酺

王梦湘下第出都，赋此调留别，即用余稿中原韵。春去寻春，客中送客。朝茵白日，相对黯然，因次前韵答之，无当赠言，絮愁而已。

怪惜春词，悲秋赋，毫端写得无据。君归仍是客，尽瘦鹃啼遍，故山何许。惨绿华年，悼红芳泪，谁念京尘行旅。俊游侬亦倦，把悟后风光，玉箫吹去。但记取今宵，幽坊月暗，剪灯人语。

香骢门外驻。惊漂泊、一例花辞树。漫回首、凤城楼阁，影事瞢腾，隔花便、隔人天路。恨旗亭那角，偏遮断、梦来寻处，还剩维摩旧侣。病杨荼烟，定了禅心泥絮，者回又伤迟暮。

## **忆旧游**　申浦访雪贞校书，闻已玉容有主，赋此寄何诗孙

向银釭唤酒，锦瑟裁诗，万感依前。绿叶成阴早，算寻春有例，又误樊川。凌波旧鸾辞袜，湘梦悄难圆。负一镜芳悰，一灯蒨影，一箭华年。

丁帘，隔春远，料嫁后云英，瘦损谁怜。寄语君翻慰，胜青琴吊月，紫玉埋烟。闹红单舸何处，吹笛嫩凉天。听唱到吴娘，潇潇暮雨来系船。

## 水调歌头

青溪小住，画桨迎潮，制此词，倚楫而歌之，如向廿四桥头，闻箫声隐隐也。

曾过蒋山否，烟雨怕登临。六朝残梦何处，鸥影卧秋深。多少龙蟠虎踞，多少莺啼燕语，流水杳难寻。湖为莫愁好，一碧到如今。

台倚凤，洲呼鹭，峭寒侵。消他几度斜照，换尽绿杨阴。可惜江山千古，输与红箫尺八，不付劫灰沉。四百画桥月，依旧荡波心。

## **高阳台** 题李右橙汉皋怨词，用小长芦咏叶元礼事原均

镜屉抽尘，钿扉掩月，谢娘庭院苔深。那角红墙，层层隔断春阴。帘波织得愁如海，更无端、添个冤禽。悄难禁、憔悴文园，病雨秋衾。

妆楼几度斜阳换，甚湘天锁恨，一碧沉沉。翠槛惊鸿，依前照影江浔。瑶徽待写芳皋怨，又西风、冷到琴心。镇愁吟、画里重看，梦里重寻。

## **齐天乐** 为王种楞题美人画幅

绯罗坊畔东风紧，脸霞偏又吹聚。小卓蛟丝，高楼凤竹，约略钗光如许。管城春雨。写一段湘天，二分愁绪。淡拥螺山，翠浪争向笔尖舞。

罗巾此时慵裹。让弯环月子，偷学眉妩。酒后横陈，灯边侧看，犹胜玉颜尘土。箫台梦苦。怕泪涴秋奁，坏妆难补。只隔些花，春魂听欲语。

## **贺新凉** 立秋

赋就梧宫未？镇销凝、刺桐庭院，嫩寒如水。中有悲秋湖海客，梦与碧云无际。把一段、湘魂唤起。回首西园芳宴杳，怪金尊早换炎凉味。人正在，瘦蕉底。

镜鸾昨夜微尘翳。算输他、瑰窗旧扇，伴侬憔悴。知否江南歌白纻，落叶长干十里。写半幅、吴笺悄寄。听遍霜钟初入定，道而今不恨秋声矣。应冷尽，惜花意。

## 水调歌头

赐闲湖有烟柳数株，每当蘋飙告凄，不能无憔悴迷离之绪。斜照无语，微波可怜。话春梦而已阑，写秋痕而弥瘦。红桥翠槛，渺渺兮余怀也。

依约白门路，吹透玉箫凉。阑干卍字曾倚，秋影压波荒。忆自湘麋瘦损，谁把画桥疏柳，愁得者般黄。流水送蝉语，容易又斜阳。

灵和殿，章华苑，永丰坊。而今休问张绪，休问杜秋娘。堤上香骢何处，有个卷帘人待，烟雨悄相望。界破一条绿，无梦到红墙。

## 唐多令 由湘湾泛舟归里

蝉咽水亭幽，帆迟为雨留。做凉波、催送行舟。一笛吹来枫叶响，人正倚，隔江楼。

芳事梦中休，筝船几度游。许多情、拼付残秋。渺渺相思愁岁晚，凭唤起，旧盟鸥。

## 浣溪纱

彩凤孤飞去未还，刺桐花下掩朱关，旧巢秋冷碧云端。
金锁忏来曾此夕，玉箫吹到是何年，丹山梦在有无间。

## 霜叶飞　悼王芷轮，用玉田集中韵

紫箫吹杳。湖桥路，者回惊换烟草。小山桂隐漫重招，奈故人怀抱。记几度、斜街月晓。逢君不分今生早。趁胜流星聚，惯驱使青春，年时醉语堪笑。

谁念归也无家，瘦鹃声里，蹇驴空踏残照。便骑笙鹤上瑶天，带软红多少。还怕是、鬓丝催老，玉楼先有秋风到。休再问黄垆，酒阵花围，梦都荒了。

## 忆旧游

正新凉款蝶，旧韵抛蝉，画稿添修。冶思销磨尽，向湖桥唤酒，此意悠悠。帘阴悄垂细雨，无处问妆楼。怕路仄红墙，波平翠槛，望损湘眸。

孤舟，泊江岸，听断雁筝弦，似诉漂流。因甚芳悰减，剩题笺桂馆，谱笛蘋洲。楚衣待将荷剪，零落一身秋。又到了重阳，黄花满地都是愁。

## 高阳台 剪秋巢分咏秋声，得雁声

暝夜敲窗，凉波戛舻，嫩寒先到吴舲。几度筝篷，如何绿鬓都星。晓风残月添吟伴，问者边、多少长亭。又催成、江北江南，烟雨冥冥。

游踪悔被霜期误，向关河唤梦，冷颤灯青。水叠云重，苍茫写上诗屏。天涯无欠秋声处，最可怜、偏是湘棂。酒初醒、一带妆楼，有个人听。

## 南乡子 雄溪九日

人影瘦于秋，和雨和风共一楼。难得尊前开口笑，都休。醉把黄花插满头。

佳节尚淹留，听雁青篷昨夜舟。重向东篱寻旧梦，悠悠。病蝶寒蛩各自愁。

## 木兰花慢

芷瀓道兄重遇榕城，又将别矣，赋此词见赠，因用原韵，聊一继声。水市秋空，山楼岁晚。鸥边话雨，雁外呼云。向凉枫暝竹中，倚而歌之，益难为怀抱也。

江湖风味惯，联旧社、蟹初肥。把泛剡清愁，吟湘断韵，写到烟堤。鞭丝，竹王祠下，算青山未似酒人稀。关月夜吹笛去，海云秋送帆归。

年时，茅店感闻鸡，才换芰荷衣。趁佛火经声，仙尘梦影，小赋幽栖。马蹄，又敲黄叶，指天涯一半是斜晖。明日钓船开也，冷枫红尽渔矶。

## 前调　送芷澂供职入都，仍次前均

仙萍红不定，分一道、海云肥。向篷背呼灯，篙腰问酒，小立江堤。蛮溪，夜阑话雨，说京华别后尺书稀。莼菜寻驴信阻，梅花跨蝶人归。

它时，紫陌听鸣鸡，应更换春衣。料戛想珂风，敲词璧月，禁树堪栖。相思，待吟秋句，怕蓬山无梦到斜晖。寄语丰台俊侣，而今醉卧苔矶。

## 前　调

芷澂别后，忽从途中寄词来，仍拈是调，并用原均。噫！榕车二水，浮来天外之书；荆筑万山，遮断梦中之路。五更店月，初动鸡声；一尺关云，欲连马色。辞根落拓，触绪羁孤，而乃垂念故人，远颁新什。鱼波雁路，斗无恙之吟身；象管鸾笺，索相思之秀句。传兹素臆，只托湘毫；谱入红腔，都含墨泪。晓风唱处，定烦二八女郎；宿酒醒时，又隔几重山水。仆和惭下里，颦效西家。勉复继声，聊将赠远。比柳色渭城三叠，代梅花江路一枝。

维摩禅榻畔，花雨瘦、药烟肥。正落月屏遮，停云馆闭，望远湖堤。一枝，忽传瑶讯，说江南梅影近都稀。天外有天客到，梦中如梦春归。

何时竹兔杉鸡。邀俊侣，着初衣。又款碧鸥盟，游红蝶约，写向羁栖。蓬莱，散仙漂泊，怕故山兜率但斜晖。换却珠宫雪舞，依前缉钓蘋矶。

## 国　香

灵檀几侧，供湘兰一枝，孤花忽开，绝世无偶。日与之同思而各影者，余也。江南桃叶，小别多时；山下蘼芜，相逢一笑。未免徘徊北渚，惆怅东风。寻凤袜以生尘，感鸾旗于断晓。春帘秘馆，杨白花来；暮雨灵祠，杜兰香去。而况天寒水远，岁晚江空。渺渺愁人，匆匆寄语。回忆湘波成雪，湘梦如云，得毋有伤秋士之生平，而怨美人之迟暮者乎！用赋此词，为兰仙破涕云尔。

步冷秋尘。又晓风波路，鹅管吹春。曾来水仙王庙，箫鼓迎神。珍重年时影事，剩湘天、一碧如云。飘零夜郎远，倚醉相看，都是愁身。

灵皋回首处，算梨花成梦，桃叶移根。冰消翠薄，犹带那日啼痕。重剪残灯话雨，似江南、花落逢君。芳悰感迟暮，听雪山楼，坐拥凉衾。

## 西子妆慢　纪梦

狸梦侵凉，风音传恨，人坐隔花窗户。秋星夜夜伴凭栏，悄相思、嫩寒波路。青鸾讯阻。怕珠海、孤帆难渡。话离悰，正仙蓬挂月，鬼桃吹雨。

幽盟误，舞罢霓裳，漂泊都如羽。一灯摇碧出楼阴，认璇宫、那时烟树。箫台别苦。弹泪到、千红深处。劝侬归，似说花天无主。

## 古香慢　忆桂词，用吴梦窗原韵

身云冷麝，眉月暗蟾，堕梦湘浦。镜拥啼妆，愁照凉波欲暮。托命向西风，奈上界、残霓断羽。甚广寒旧树摇落，璇妃身世尤苦。

记曾问、花天深处。一碧秋魂，漂泊谁主？百感幽香，肯被点尘红误。倚醉话无憀，怕容易、仙翘颤露。寄瑶华，怅今夜、小山微雨。

## 丹凤吟　忆凤词，用张蜕岩原韵

苔枝啼鸟。记窥树惺忪，翠鬟犹小。绿泪弹多，不似蓬山春笑。水边峭寒篱落，倚东风、玉人愁晓。欲寄相思，金沙路远，隔碧云多少。

念海仙、魂挂断霞杪。月下人归，鸾讯探悄。茜雪孤飞冷，说旧巢香绕。花天漫寻影事，被红箫、尽情吹了。怕到罗浮梦醒，一声声都杳。

## 浪淘沙 水仙

弱水唤灵帆，讯杳青鸾。五铢衣薄怯凭栏。昨夜海山风露气，凉透双鬟。

波路碧如烟，罗袜生寒。点尘红不到湘天。一朵仙云飘欲起，偏堕人间。

## 金缕曲 戊寅元夕

蓦地东风起。又催成、最无聊赖，困人天气。年去年来都休问，但以愁为甲子。应付与、冷吟闲醉。天外梅花游仙梦，冻云堆、拥出春如此。尘海事，一悲喜。

俊游情绪分明记。旧行春、满城箫鼓，灯楼十里。细雨轻寒江南夜，响竹敲残腊尾。有几个、小门深闭。笑语沉沉春帘隔，想残妆正倚熏笼睡。今何夕，闷而已。

## 沁园春 小斋开同心兰一枝，为赋此解

草红心耶，花素心耶，同心此兰。正倚篁幽泣，邀回露眼；窥罗靓笑，对弹风鬟。何处神君，旧家儿女，一碧湘魂欲化烟。东皇力，让灵均今日，清艳能兼。

紫钗敲韵珊珊，漫分付笼鹦说晓寒。尽捧当怨雨，鞶原非效；印来香月，梦不成单。秋士年华，春人影事，从古双修福慧难。真开也，算相思北渚，称意西天。

## 蝶恋花

碧玉情人初十五。生小江南，险被春愁误。才说郎心同妾苦，心头便有郎来住。

难得相逢通一语。痴立花前，占断春归路。莫倚东风吟梦雨，怕他飘尽华年去。

## 徵招　红梅

阑干一角天西路，乱霞中有人倚。才别焰摩宫，带二分虹气。玉颜春半醉，怕病酒、年华似水。叠叠红罗，销魂画出，南唐亭子。

低唱暗香词，妆楼远、曾向花前弹泪。吹瘦十年箫，甚东风如此。山扉和梦闭，更无奈、翠禽啼起。要坚忍、今夜春寒，话绛仙身世。

## 高阳台　寄张荫庐，即用其志归赠内韵并原调，时张在白香湖

笛尾携凉，篷腰束暝，半江离色平分。桃叶归来，嫩红销尽湘裙。峦山剩对孤花在，瘦东风、吹不成春。黯消魂、十载清愁，细与莺论。

白湖烟水都梁月，写词仙别后，无恙吟身。话雨年华，依然酒冷灯昏。珠帘休问扬州梦，怕妆台、有个人嗔。渺停云、

寻到天涯，一角楼存。

## 陌上花 见菜花感赋

峭寒阑角销魂，曾记玉笙吹暖。摇梦天涯，瘦尽东风如箭。花边胡蝶飞成阵，茜色满衣初剪。算伤春困酒，年年等是，病黄生面。

江南晴未稳，钿车过也，陌上人归应缓。官路斜阳，画出一程程远。几家篱落和愁闭，有个翠鬟低颤。甚迷离、催换园亭烟雨，嫩莺坐晚。

## 锁窗寒 春寒，用玉田体

浅屐敲苔，深灯剪韭，水窗还凭。归来燕子，社事和烟俱冷。似斜街、那家掩扉，卖花声里东风紧。有谁知、昨夜寒多，曾倚被鸳双忍。

残粉，衫痕凝。又碧桃巷湿，绿杨天暝。春愁次第，都让小楼收尽。约海棠、今宵半开，嫩红一帘停梦等。最无端、闷了芳骢，江堤晴未稳。

## 南浦 春水，用玉田韵

昨夜剪灯曾，甚和将，梦雨尽情流晓。波镜背东风，猛吹上、一尺碧云难扫。重来唤渡，文鸳不似当时小。斜照年年依样绿，锁定暮帆烟草。

销魂野水无家，问残红、何苦相随未了。倒影几层楼，这阑角、可有春魂寻到。蘼芜望渺。浣纱人去江南悄。漫为愁多思载酒，天上画船都少。

## 百字令 （二首）

花朝日，两大人携家游五榕山，渡江遇雨，小憩山侧观音阁，归用忠雅堂体赋二词。

讳春颇甚，被啼莺猜破，百花生日。丝雨连江寻梦去，瘦尽山眉黛色。时暖时寒，乍醒乍困，天似人无力。东风如箭，踏青今岁难必。

忽然电母回车，山灵投刺，也怕春光弃。山亦苍生相望久，用着谢家之屐。画鹢双行，香骢几队，补尽蛮天缺。一家人影，此江真与同碧。

说晴定稳，不提防春雨，者般厮守。山色过江春已近，蓦地似和云走。峭阁盘丹，疏榕隐翠，小坐钟鱼右。烟岚万叠，忽惊笑语吹透。

人疑上界鸾龙，下方鸡犬，拔宅今成又。眷属居然仙佛样，来向莲华稽首。花事三春，莱亲百岁，一例人天寿。湖山何幸，遭逢也算非偶。

## 汉宫春 忆春明旧游

曾几何时，记吹花小巷，踏月斜街。醉题酒家楼上，侠气仙才。软红如雾，又玉骢、踪迹难猜。收拾起、英雄旧泪，黄金铸到丰台。

因甚落魄蛮江，但书因雁误，梦与鸳乖。香名料提伊口，笛伴筝侪。春愁海样，费工夫、占得些来。侬只恨、朱帘天半，东风多事吹开。

## 无闷　听蛙声悄然，赋此解

星闪浓青，风晕浅黄，山影层层压重。正一片池塘，暝愁摇动。木杪灯痕绿处，怕此夜、高楼难成梦。更阑坐久，替谁唤起，嫩凉相送。

篱空，答幽讽。记月黑江南，悄无人共。又听到蛮村，水田新种。暗里催春去也，算未抵、花前鹃声痛。能几日、过了清明，梅雨涨天无缝。

## 醉太平

朱门掩重，朱帘卷重。小楼痴立东风，悄无人伴侬。

衫儿醉松，鬟儿睡松。海棠落了轻红，是愁中梦中。

## 湘春夜月　二月十五夜月

甚今宵、凭空唤起无聊。肯把半角高楼，守得这般牢。休说一春难遇，便百年几个，月夕花朝。怕东风暗到，广寒宫里，桂长愁苗。

雨丝飘后，洗成嫩碧，玉宇迢迢。知是那家庭院，有小鬟吹笛，劝客魂销。魂销亦福，愿年年、此夜相遭。真不睡，让灯痕似水，花光若雾，酒思如潮。

## 前调　三月十五夜月晕

记前宵、也曾照破无聊。谁选尺二情天，宽画广寒牢。为有数层云气，更数层风色，料定明朝。问红窗灯火，劝人愁死，着甚根苗。

去年今夜，重城黯黯，故国迢迢。难得一家人影，把老蟾清泪，点滴都销。悄团圞坐，觉空庭、水气周遭。仙梦醒，讶何方笑语，飘来上界，几阵如潮。

## 虞美人

情波碧了来时路，生送华年去。元坛仙子旧垂髫，别后也应吹会上清箫。

瑶天风露秋如海，有个高楼在。红阑卍字月当中，不识夜寒清倚更谁同。

## 金缕曲　（二首）

丁丑四月，下第南旋，与卢德生、张荫庐、王翕湛、熊叔雅诸君，同买潞河归棹。今屈指一年矣。德生归里后，旋即病场，而荫庐等天各一方，愁病如余，其何以胜此离合之感耶？

因作《潞河话雨图》，填《金缕曲》二阕志之，流连鸿雪，枨触燕云。

满纸荒凉意。想其间、黯然销者，别魂而已。却怪老天才思窘，无地将人安置。教检个、船窗独倚。中坐悲歌多少客，到江湖谁说非兄弟。有如此，潞河水。

提灯共卖春醪醉。记丛丛、水荭花外，峭帆收矣。梦醒三更寒特甚，一阵夜乌啼起。怕换了、京华酒味。月地花天清泪满，便欢场没处生欢喜。何况在，断篷底。

一树初黄柳。到天涯、一番展卷，一番回首。纸上鸥波曾照影，绿鬓丝丝都丑。算不是、江南载酒。错把晓风残月句，向旗亭唱破双鬟口。依自作，自承受。

当年坐雨篷腰漏。费工夫、结成愁伴，与灯相守。我辈狂踪无着处，两字才名依旧。要归享、荒山敝帚。今日披图添怅惘，许多时面为观河皱。只少个，画中友。

## 前调　题两当轩词后，即用其赠江剑潭韵（三首）

似此难安放。算才华、九天九地，世间休望。毕竟彼苍相忌甚，少个容人之量。说破了、漫教惆怅。十二万年仙鬼劫，到碧桃花落身同葬。君不见，海波荡。

梦君昨夜高楼上。问吾侪、鸾飘凤泊，有何情况。莫话茫茫才子事，自古多愁多恙。总不出、这条门巷。烦向玉皇通一讯，甚牵缠未了伤心帐。归去也，踏云响。

掷笔千花放。觉差强、杜陵野老，白头吟望。毕竟文人无上寿，几个修罗身量。累吾辈、替他悲怅。三十年华尘与土，算难将两字才名葬。风月夜，古魂荡。

还君位业琼楼上。劝从今、鬓丝珍重，莫添愁况。一种悲秋兼病雨，怕是神仙通恙。天尽处、白杨如巷。卖履分香都气尽，便英雄也到西陵帐。秋坟句，听来响。

无处容疏放。问迢迢、玉楼十二，几人相望。水样才名花样命，那更情深难量。论才子、理应惆怅。字字风花和泪染，料心头早有春来葬。非仅为，诉飘荡。

别君数日衙城上。不提防、歌离吊梦，与君同况。禅榻光阴休问我，总是维摩旧恙。谁耐听、卖花深巷。径拟海天高唱去，抱青琴闯入鲛宫帐。掷此卷，定奇响。

## **洞仙歌** 初夏即影（四首）

送春归也，正园扉悄掩。短梦支持被莺唤。且炉烟试茗，瓶水安花，甚天气，又到日长人倦。

那回携酒处，哭罢残红，再哭华年暗中换。休上最高楼，春去楼空，一半是、燕泥堆满。不埋怨东风惹人愁，反对着东风，者般留恋。

邻园半亩，让游蜂欢喜。罂粟浓时尽来矣。怎孱风葬绿，猛雨鏖红，能几日，黄菜花开满地。

闲凭亭子望，牡砺墙高，一阵东风换人世。词客感三生，物变星移，却不道、花犹如此。便他日登临眼休开，怕这点沧桑，总难回避。

凉波下上，有罗云碧绉。一朵莲花便香透。记闹红双舸，惨绿单衫，当日个，曾赋佳人雪藕。

蘋乡清绝处，比似江南，只少沿堤水杨柳。认得旧文鸳，照影年年，怕不等、秋风先瘦。向烟雨中间听菱歌，问归计何时，五湖三亩。

小庭坐久，忽流来凉月。如积千年万年雪。正软红地少，嫩碧天多，到此际，全没一丝儿热。

夜寒谁倚树，梦影仙尘，玉斧吴刚感迁谪。吹笛上南楼，竟夕徘徊，有一种、秋心难说。待商略骑鲸水西头，倚云海苍茫，问他生灭。

## 金缕曲　感旧赠余氏兄弟二首，附致云卿丈书后

记向郧阳道。有伤心、荒原一带，高楼斜照。差幸当年无意绪，马上征人太小。省多少、闲凭闲吊。数遍古来漂泊者，到天涯毕竟输侬早。算已是，倦游了。

君家阁上滩声闹。共商量、竹弓射鸭，花绷捕蚤。水远山重知几叠，着个儿时游钓。回首觉、乱离都好。莫话十年兄弟感，怕江湖一半垂垂老。写不出，旧诗稿。

忽废书而慨。与诸君、一番年少，时乎难再。略记呼朋驰

逐处，竹马班衣小队。是今日、狂奴故态。几寸花笺名字写，料多时红照沧桑坏。思往事，总堪爱。

行歌坐哭蛮天外。尽追寻、别来风雨，三生如晦。何日西窗同剪烛，博得黯然相对。要如此、销魂才快。便踏空青寻梦去，到万重烟水千重塞。应尚有，泪痕在。

## **水调歌头** 初九夜对月，清感缘景，以坡韵赋之

半轮依样月，一块奈何天。猜他有甚情绪，系住数千年。只觉寂寥孤立，未免苍茫四顾，身世者般寒。积气白如水，人坐海中间。

花影下，呼月子，尚堪眠。留些缺憾才好，休要尽情圆。曾照何王宫殿，更到谁家庭院，怕也记难全。遥夜倚云问，瘦了个婵娟。

## **声声慢** 与蒋次香夜话江南，感赋

春雨飘灯，秋星拥被，难忘水上楼高。守着欢娱，思量怎到今朝。谁料筝篷酒醒，向蛮天、独听寒潮。才提起、这江南两字，已够魂销。

闻说青溪月冷，便君家小妹，住也无聊。何况清游，偶然吹过红箫。一幅布帆摇曳，认分明、不是鸳桡。寻梦去，到垂杨、二十四桥。

## 酷相思 题红梅帐额

玉笛三春吹不落。曾夜把、残霞嚼。直红到罗浮天一角。人睡否、花初觉。花睡否、人初觉。

世界燕支容易着。嫌缟素、衣裳薄。怎仙子也将时样学？悄地让、仙郎索。蓦地怕、渔郎错。

## 鹧鸪天 有忆

黄月如眉上一钩，樱桃花里客勾留。夜灯似水摇难定，春梦和云散不收。

贪握手，却回眸，情波画出别时秋。消他眼角些须惠，博得心头尔许愁。

## 暗香 咏桂

碧云路永，叹夜深徙倚，瑶情难赠。玉手捣霜，悟后狂香也飞定。金粟堆中小立，从空际、飘来仙磬。要耐得、水样寒宵，偷剪露黄冷。

妆褪，晓不整。向一尺软波，独自窥镜，怨蛾队瞑，锁梦秋山古苔净。开到淮天尽处，还怕有、骚魂私等。又寂寂、凉吹晚，雀屏颤影。

## 疏影　前题

瑶华寄语，正碧山唤起，仙梦如雾。剪碎秋心，寸感难销，微熏冷麝凄苦。金风翠雨全身湿，浑不见、花魂来处。待问他、小谪根由，头白广寒宫女。

惆怅蛛丝藓砌，嫩凉过几日，霜讯飘羽。一角蟾天，似有低鬟，悄倚县香幽树。残烟剩水年芳在，算错向、影娥池住。自甚时、都没行踪，付与暗尘为主。

## 金缕曲　（三首）

合肥徐先生子苓，工文章，善书，张君子蕃至交也。尝同避地皖江，腥风毒雨中，拾橡悲歌，相依为命。今已二十余年，音尘阔绝，乃取向者所得手笔，装(演)[潢]成卷，为之征题，其淳于友谊如此，即此足以传徐先生矣。君先有题词一阕，因用其调，并次原韵。

风雪呼安道。记那日、孤舟感事，江花江草。细雨春寒渔村路，一幅移家画稿。曾几上、通天台表。水火干戈中出入，只文章血性真奇宝。从虎口，发高调。

吉光片羽休嫌少。得良朋、者般珍重，墨痕都笑。但使今生逢知已，那怕三生潦倒。毕竟是、才人命好。三复遗编三太息，有吴门暗泪苏门啸。幸不共，劫灰扫。

往事君休道。甚模糊、一分戎马，一分烟草。唱罢南朝家山破，乐府愁翻旧稿。猛回首、乱离江表。无限少陵身世感，向啼鹃洒涕谈天宝。已略变，盛唐调。

云萍散后音书少。犹仿佛、围城歌哭，朋尊欢笑。三十年来文字饮，幻得风颠月倒。总不似、皖公青好。问讯竹寒沙碧宅，怕骚魂容易秋坟啸。花落也，有谁扫？

说与天知道。问因甚、故人散雪，文人宿草。此客居然求马骨，权当千金赋稿。还怅望、停云八表。中有屋梁残月在，便零笺没字都堪宝。何况是，古时调。

九州未恨交游少。只怕对、茫茫尘海，无端啼笑。似此高歌同患难，元白真教压倒。从过后、思量忒好。烽火关山如梦里，念生平我亦悲而啸。铅样泪，不能扫。

以上《丁戊之间行卷·词》，光绪五年（1879）琴志楼刻本。

## **秋思耗**　得湘中故人书，用耒边词得秋锦书韵

估艇南浮客。望剪波、小燕雨平潮息。深竹贮灯，浅花停磬，帘卷蜻翼。正飞月山楼、万层秋绿裹瘴国。寄远愁、沧水驿。怎蜇地开封，鱼天落款，只着一些林影，者边先黑。

凄恻，湘春久隔。说冷枫、依旧红积。艳才无益。惯将飘泊，偿他赋笔。让钓侣青篷楚江，龙笛吹裂石。荻雪色、应更

白。问甚日归来，诛茅宋玉故宅，做个词人值得。

## **解佩令** 寄张荫庐广榕，用竹垞韵

听莺斜巷，试骢软陌，到花前、半晌东风尽。烟月昏黄，画一带、欢场离恨。个中人、可怜双鬓。

蛮斋春睡，香湖秋泛，引吟魂、梦禅天近。写怨描恩，莫轻为、寻常脂粉。是君家、玉田身分。

## **多丽** 忆湘

梦游仙，被秋尾到湘边。怎荒波、卷将苦碧，重来万感依然。向君山、夜凉吹笛，记臣里、春暖寻钿。柔绿随篙，静红驻儿，倩花扶影上渔船。再相见、浣纱溪女，已是断魂天。江亭外，晚风高树，换了鸣蝉。

待何时、煮莼烧竹，倚篷浅醉深眠。吐骊胎、一双儿月，评鲈价、三五人烟。渔浪蘋吹，雁沙苔映，真从镜里度流年。颤数点、水窗灯火，闲把楚骚笺。依愿守，黄陵祠庙，青草湖田。

## **喝火令** 梅信不来，申之以怨

水闭凉虹国，山藏小凤家。银河飘泊古来槎。望断瑶天珠佩，姑射在金沙。

有约曾凭月，相思便寄花。江南可也一枝斜。因甚前盟，

因甚不关他。因甚梦衾香雾，今夜又寒些。

## 高阳台

余与张紫帆、蒋次香倡岁寒三友社于容园，喝月敲花，竟无其四。二君双倚此调见和怨梅之作，率循原韵，以为继声。

历遍天西，除他月外，算来只此三人。隔水高楼，吟声暗访花魂。紫箫吹冻蛮江雪，瘦仙才、唱不成春。又轻将、半幅乌阑，换了苏辛。

红冰湿透梅边泪，奈清愁有伴，绝艳无姻。画里孤山，荒凉一片苔皴。遥香入梦邀同坐，织空帘、万感如云。更依稀、素靥珠鬟，冷吊湘君。

## 玉烛新　和紫帆感事韵

江南花正落。者一梦迷离，算君先觉。楼台金粉，都无主、说甚钗钿盟约。干戈影里，何处是飘灯珠箔。便此日、招得春魂，低鬟悄来同酌。

倦游我亦三生，料鹦鹉和他，说人情薄。香名似昨。才不枉、挂在玉儿心角。禅天淡泊。只悟后圆蒲相托。因甚又、提起清愁，回肠断却。

## 翠楼吟

鹦母为狸奴惊化，紫帆、次香各以词悼之。即两用元韵，兼为雪衣致谢二君也。

胆怯昏黄，身愁冷翠，依然葬花旧处。断魂飞不远，料还在秋边庭宇。三生何许。便此后仙尘，听凭伊去。犹留据，绿衣半角，洗霜吹雨。

欲暮。杨柳楼台，曾唤侬分理，碧云头绪。画阑无影到，向斜月如闻痴语。华年春树。甚薄命人间，玉笼难住。君知否？婵娟有例，一般风絮。

## 雨霖铃

层层花外，嫩泥亲劀，尺绿松块。慈悲枉自呼佛，如今不管，人间纤芥。惯妒聪明，细忖者天意堪骇。凭记取、埋玉深深，古怨和苔绣成彩。

沉思错把狸奴怪。便雪衣、恁受心经戒。金笼那知催命，真要算、被侬坑害。万里魂归，还仗、关山苦月携带。倘异日、红豆勤抛，或有相逢再。

## 水龙吟　和紫帆容园寒夜韵

与君飞上琼楼，蓬山绝顶愁风露。不如仍在，容园月下，对花起舞。人海中间，居然有此，两三鸥鹭。指寻常池榭，今宵灯火，是后日、思量处。

冷福谁来相妒？猛回头、旧欢都误。江南一带，空庭晓白，影梅无语。姑射归迟，料应未改，浑身缟素。且红阑拍遍，横吹玉笛，梦游仙去。

## 渡江云 十二月十三夜望月，和次香韵

古愁流一发，冻华湿瓦，天影欲离青。婵娟初斗罢，密迩佳期，好事会圆成。微遮茜袖，想峭鬟、窥树轻盈。须后夜、瑶空雪意，补足二分明。

吟声。花间暗度，唤起冰轮，悄催他端正。还只恐、庞儿越瘦，不耐风棱。影娥池上无人到，管荒波、半角枯菱。仙梦冷、寒篝被也霜凝。

## 齐天乐 雪意

古天何处飘来磬，仙愁夜寒飞落。蝶路危红，鸦塘败墨，一点吟魂黏着。山岚似搁。怎闹竹昏林，有人知觉。只恐梅花，因循负了旧时约。

凄凉赋情谁托？忆沉沉小院，灯火如昨。冷梦牵云，蒙香度月，瞒住妆楼半角。风棱纸薄。画不出春前，绿杨城郭。行到江南，酒旗斜转脚。

## 金缕曲 咏雪，用旧题（四首）

越显庞儿白。添一点、頩潮圆印，晕成红月。恨煞狸奴真叵耐，睡暖流苏帐侧。硬不受、小鬟驱策。绣被今宵铺更紧，把层层鸳梦围来窄。香汗出，恁般热。

试妆呵手浑无力。只爱剪、寿阳宫样，额黄亲贴。十幅窗

纱看欲亮，谁写折枝都活。梅影似、倩魂将别。有甚琼装和玉琢，付三生春水休重说。冰透了，泪花缬。闺阁

天外帆如坐。误几度、画阑凝望，归期都左。龙笛何人吹变徵，不是潇湘旧些。已闭了、骊宫无和。打入篷腰和梦响，冷移衾又道船窗破。算更比，浪花大。

前村卖酒扁舟过。最模糊、水边红树，一层风裹。野岸荒寒潮退后，对影渔翁两个。有沙鹭、冻拳苔座。触我少年飘泊感，记迷离绿颤空江火。也曾向，舵楼卧。江湖

瞒过苍苔地。换一幅、辋川画景，灞陵诗意。压断小桥来往路，四面白蒙蒙里。算赖有、吟魂能记。淡墨池塘鸦数点，写愁痕绿减微波字。水杨柳，暗黄洗。

酒旗掣角楼门闭。沁湖心、蹇驴瘦影，生涯如此。落月银屏清咳远，料峭晓寒难避。知道是、山中人起。天外有天家住久，伴仙云但纪寒花岁。又吹到，笛声尾。园林

红柳铺空暗。枉横笛、玉关高处，路迷难辨。倒影龙沙天万里，无数离人古怨。偏马后、桃花似电。今夕长城还有月，问可能照得春闺见。又过了，几声雁。

军门夜午催传箭。暖边庭、射雕小猎，椎牛高宴。帐外刀光疑斫阵，却是星河自淡。已寒得、一灯都战。休怪健儿头白早，便燕支山色如今换。闲坐把，铁衣绽。关塞

## 菩萨蛮

楚天青火宵燃竹，江光冷抱渔家屋。知道晓梅开，绿蓑冲雪来。

蛮溪飞梦远，月落黄陵岸。何日守湘祠，头衔一钓师。

## 忆旧游　题紫帆行卷

甚惨绿京衣，闹红吴舸，换了一身秋。落魄蛮江道，怎筝篷载酒，不是扬州。山眉又妆新黛，春醒瘴云愁。奈万里逢君，三生误我、旧梦难勾。

飘流，未须恨，算慧业收回，小卷银钩。听雪灯重剪，话卢沟立马，剡曲寻鸥。仙才者般骚屑，无处问灵修。且邀住清魂，梅花瘦到天外楼。

## 满江红　残腊廿五日，江路冲寒，赋此为蛮天雪印

君看蛮溪，也略略、有些图画。映高低、蓼汀花岸，竹篱茅舍。一白寒沙春未碧，半黄浅树秋犹赭。怎钟声、飘不过江来，丝风挂。

短杨柳，渔罾架。横几只、船儿暇。正深篷坐雨，闲评鲈价。水地无人看立鹭，山天有路闻嘶马。问何如、三十六湘湾，将帆卸。

## 昭君怨　梅意（二首）

数点寒花开处，有个玉人家住。溪响一重门，一重云。
扶病缟衣初别，积了半腰香雪。古月忽飞来，绿如苔。

天外寒香送远，只恐倩魂飘断。愁把玉笙吹，月沉西。
谁汲古桐金井，绿凤一声初醒。仙梦也无踪，夜来风。

## 梦仙游　（十首）

白太傅尝以此调追忆吴宫钱塘之胜。余则榕城倦旅，即景成咏。以兹区替吴越，岂但拟不于伦，然幸为吾辈所经，岂可使地灵终闷？平生游寓虽僻陋，而未敢忘。约略存之，亦小人怀土之过也。

榕城好，碧润一天阴。晓郭山多宜试屐，秋衙吏少但闻琴，空翠坐来深。

榕城好，春步向平郊。柳絮绿将莺梦管，菜花黄得蝶魂销，似有酒旗飘。

榕城好，小阁尽开扉。山路夕阳行马过，水田春雨饭牛归，心向画中飞。

榕城好，处处听吹笙。月黑寻郎苗女秀，花红赐觋竹王灵，庙火夜犹青。

榕城好，蛮髻见双丫。溪女钏摇因洗菜，峒娘鞋褪更穿花，体态也夭斜。

榕城好，湖水碧如苔。菱火两三星不定，荷花八九月犹开，撑个小船来。

榕城好，倒影水楼嵌。秋浦鱼云晴晒网，春潮蜑雨暮归帆，却也似江南。

榕城好，楼影认龙冈。湘雁北来穿瘴绿，海螯东寄擘晴黄，几度醉重阳。

榕城好，冬景更留连。鹭影翘来无雪地，鸦痕画出欲风天，人立柳塘边。

榕城好，飘梦水天空。枫叶凉波江舫笛，梅花细雨寺楼钟，不听也愁侬。

## **孤鸾** 供蜡梅一枝

病黄生面。记蛎粉围墙，那回曾见。苦把蛮腥，腻了寿阳宫瓣。东风又还到也，怎寒花、尚留秋怨。冷入二分龙麝，带断魂飘远。

问别来、何处照清浅。说离恨天西，旧红无伴。疏影浑难觅，付月波凉蘸。美人倚愁独立，梦游仙、道妆偷换。香外一瓶一我，正万绿俱淡。

## 声声慢 雪珠

咳玉因风，跳珠似雨，骊宫舞碎珊瑚。窜入花丛，催他蝶梦红枯。潇林又闻闹竹，怕湘妃、冰绿单肤。沉吟久、怎钗梁敲断，消息都无。

依约乌篷密响，恰此身飘泊，如傍菰蒲。冷晕摇青，逼成灯影模糊。空庭一声一点，算个侬、心上秋余。还愁是，打妆楼、帘眼太疏。

## 玉簟凉 题次香悼亡词后

珠涨迷江。是万里泪痕，报答成双。丝丝花气息，怎断了偏长。离红无主，又霎时换作，缟梦冰凉。收影去，早暗消龙骨，偷费鸾肠。

檀郎。春尘锦瑟，秋雪玉箫，赢得此恨茫茫。仙山天样远，那觅还魂香。虚幌旧并倚处，有小月、飞上钗梁。芳约准，待拼他、连理唐昌。

## 天香 水仙

湘月夜愁，海云春笑，是花还是仙子。讯远槎风，梦寒钗雪，鲛泪淡红曾洗。葱尖切恨，遥认得、冰环玉指。似向翠蓬闻磬，一痕水天凉气。

微波寄语千里，写迷离、洛灵身世。最忆江皋步晓，袜尘飘起。绮石圆沙无数，放小小、香魂出头地，绿凤梳翎，蛮腥尚腻。

## 凄凉犯 重台水仙，用梦窗原韵

湘春水阔。单衣外、仙云暗护如叶。障风浅幕，瑶房闭久，洗妆乍湿。鲛程冻合。珠海双帆正涉。采香人、凉到骨，步入翠蓬叠。

鬟朵压来重，小月钗梁，夜寒飞怯。粉弹未破，晕愁痕、玉颜冰靥。金屋沉沉，问身世微波几折。想重衾、晚馥浓熏，缟梦灭。

## 金缕曲 （四首）

填词一事莫盛于杭，吾湘代不数人，然以仆所交则有四君子矣。都门别后，羽换商移，因各缀一词寄怀，知天外雅弦，犹有同调也。

写得乌丝烂。向旗亭、寻行数墨，淡欢浓怨。笺上是秋还是泪，总觉模糊难辨。有湘雨楼词几卷。秀句偏多漂泊响，听江湖一个张孤雁。也合作，玉田伴。

相思欲寄青瑶案。怕年来、四愁平子，赋情都倦。拟把诸贤重唤起，多少金荃兰畹。道自古、才名不贱。酒梦京华凉易

醒，悄鬘天已作枯禅观。应念我，发三叹。**长沙张雨珊祖同**

此杜依然老。只一事、差强乃祖，时非天宝。家在岳阳楼下住，容易吟魂飘到。看尽那、洞庭秋好。绿雨啼鸪斑竹岸，是古来未竟伤心稿。二十五，楚骚调。

宣南记共风吹帽。怎独自、鬓丝禅榻，焚香却扫。中有水流云在意，懒向词场厮闹。算已是、名心淡了。昨夜游仙帆影挂，为寻君转过黄陵庙。霜与月，满湖缟。**巴陵杜仲丹贵墀**

腻月斜街路。瞥楼台、淡黄瞒过，玉骢嘶处。恁地粉郎心上窄，也把香名容住。才不枉、飘零如许。醉写乌阑浓蘸墨，是那场春梦真凭据。愁够了，凤城旅。

蛮江夜火沙堤步。挽吟桡、相看欲笑，依依情素。跨蝶花天能几日，又换冷枫红舞。也算作、才人际遇。闻道青篷还载酒，正横吹龙笛湘江雨。披一领，绿蓑去。**武陵余子澂嵩庆**

生就填词命。况添些、悲秋结习，悼春心性。不比五陵年少样，裘马但标轻俊。怎知道、欢场离恨。一副尊前奇绝泪，算除花尚有谁堪赠。还为我，洒来肯。

采香嫩约难凭准。想别后、雨花泥絮，维摩多病。烟柳明湖三面绿，着个才人小影。与背锦、生涯刚称。漂泊情天无住处，瘦东风也似君行径。何日共，碧湘隐。**武陵王梦湘以敏**

## **迈陂塘** 蛮村荒感

裹腥蓝、万重飞瘴，孤城如堕云海。卧龙故垒生秋草，一角斜阳绿坏。祠额矮，尽铜鼓、迎神消受椎鬢拜。夜郎休大。算金马蛮王，玉蚕鬼母，此日有谁在。

行歌客，且莫思量千载，自家愁已难卖。浣纱溪女花间笑，也觉嫣然堪爱。山影碍，问古月、何年先我来天外。瑶村春赛。又管麞红鹅，裙围黑蝶，闲把酒来买。

## 忆旧游 依韵答紫帆

甚移床避梦，选砚供年，瘦不关秋。借个蒲团坐，更焚香扫地，五字苏州。今宵落梅风紧，还替缟衣愁。又蝶路吹红，鱼天涨碧，暗被春勾。

溪流，蘸飞雨，任绿影沉沉，那见帘钩。一舸浮家约，怕苔生钓石，换了丛鸥。采香俊侣都懒，新社待谁修。便想到斜街，卖花声过何处楼。

## 前调 柬紫帆，再用韵

渐深烟困柳，密雨妨花，小院如秋。过了收灯节，问正三二月，可似杭州。东风不情不绪，吹起一分愁。把选梦年华，盛娇影事，淡抹轻勾。

名流，剪诗翠，坐竹里帘栊，黄月藏钩。寂寞蛮江道，但新巢换燕，旧舸寻鸥。红阑夜寒敲句，箫谱倩重修。算万里游仙，春山瘴碧中有楼。

## 八声甘州

社雨初散，江春已深，小园暝游，如有所忆。

才一番雨过便闻蛙，池塘已春深。记年时携酒，笑桃门巷，吹絮园林。几条花边熟路，只蝶也慵寻。人意如新绿，直恁阴阴。

蓦地余寒何处，觉连宵轻暖，准换罗衾。待搓黄蛮柳，斜照万丝金。想江南、采茶天气，闹碧云、十里踏歌音。拼幽坐、水苔帘阁，润到青琴。

## 风入松

小园桃李作花，淡红妍白，天然相亚，为赋此解。

轻寒轻暖费天匀，调惜玉儿身。画帘尽日飘丝雨，坐莺边、有个愁人。不月园林缟夜，无风门巷红春。

凝思那处正湔裙，欲见更何因。小唇秀靥今还在，奈东厢、燕子伤神。管甚非花非雾，和他如梦如尘。

## 月华清

春街买鹦，与故禽无二，返魂香耶？再生缘耶？

秋稻余香，春花复梦，小帘依旧深贮。垂柳楼台，半护碧云归路。怎隔年、重认轻盈，浑未改、檀唇绣羽。无语，见画阑干外，东风吹絮。

此例相沿应许，那离恨天边，多少幽女。话到三生，命比雪娘都苦。偏记得、庭院依稀，算不枉、玉箫分付。同住，垫一层黄月，一层红雨。

## 菩萨蛮

绿衫人在春阴院，闲坐冷如秋。略无花影到，堆满一帘愁。

## 花非花　柳花

花非花，雪非雪。塞北逢，江南别。垫平骢路夜疑霜，堆上鹦阑朝误月。

## 摘得新

两鬓花，烘成一脸霞。花将人面比，不争差，那年那度东风里，那人家。

## 渔歌子

新涨如云欲到门，年年洗尽落花痕。斜照里，绿三分，二分春水一分村。

## **月下笛** 读山中白云词，感怀玉田生，即用其赠仇山村韵

公子秦川，布袍落魄，来称杭友。金荃万首，几人标格同瘦。鸥边又绿西泠水，问送得、春愁尽否。想吟魂尚在，秋寒鲸背，紫箫离手。

过后，才名旧。只换了藏鸦，六桥疏柳。词家仅有，浣花应配诗叟。山云入卷飞清气，却不信、仙蓬去久。剩如此，好江湖，朱十依然载酒。

## **采桑子** 题玉田词后

词仙身世愁边住，家在南湖，国在西湖，一段沧桑旧隐无。

才名两字依然剩，鸥外春孤，雁外秋孤，纸上清魂似可呼。

玉田以《春水》《孤雁》二词得名。

## **长相思**

桃花开，李花开。燕子寻侬特地来，卷帘红雪堆。

想斜街，梦斜街。小院沉沉闻堕钗，绿天浑似苔。

## **河传** 金荃体

春锁，人坐。小楼寒，相见时难泪弹。俏和影儿双倚阑，

团栾，月斜依旧单。

斗帐流苏金络索，围四角，生怕啼莺觉。画廊东，无路通。愁红，海棠花底风。

## 月华清　新得绿衣，又埋紫玉，仍衔蝉之劫也，用旧韵悼之

玉碎惊心，珠啼贳魄，好春从此难贮。架月飞愁，照惯白蒙蒙路。怎写成、故纸离鸾，浑不让、年芳似羽。酸语，奈静禅行榻，又挑泥絮。

暗绿庭深几许，似瞥过朝云，飘忽神女。为恋金栊，忘却前尘凄苦。要寻到、花外情天，把小小、双魂交付。还住，认旧红无恙，土华吹雨。

## 露华　墙外梨花数株

素仙玉立，化此花倾国，还似无花。万红自静，倚天淡绝朝霞。唤起绿云如水，伴小楼、诗梦生涯。浑不辨，江南去路，缟月银沙。

初过洗妆微雨，比浴罢莹肌，未隔单纱。纷墙白处，笼寒知在谁家。浑是一庭松雪，替春人、飞尽年华。东阑远，东风又还远些。

## 月下笛　紫帆以此调题余词卷，仍用玉田原韵答之

昏黑关河，软红人海，十年呼友。琴心剑首，和他恩怨都瘦。吴霜燕月层层梦，也照过、青衫泪否？怎盟鸥万里，蜑篷烧烛，雪华如手。

茗后，同怀旧。感建业春芜，灵和秋柳。清愁漫有，玉箫吹得成叟。仙天睡了禅天坐，悄不信、蛮天住久。算难遇，是知音，且向花前酹酒。

## 前调　原韵，题紫帆词

兰畹金荃，霏香秀笔，几人吾友。空华转首，飞来瑶想都瘦。红云懒向仙龛住，尚记得、三生事否？想醉魂曾到，骊宫雪舞，寸珠归手。

定后，情禅旧。写南渡乌丝，压他苏柳。侬家也有，洞庭添个渔叟。海天万古生明月，怎一件、青琴葬久。只休学，郁轮袍，甘向长安侑酒。

## 天香　白桂花

爪雪银痕，肤云王气，炼颜饮罢铅液。旧隐琼楼，圆因金粟，小谪仍皈净业。亭台水浸，秋到了、人间无迹。不辨香来何处，飞仙广寒宫阙。

几度娥池潮汐，照三生、影还明白。断羽霓裳天上，飘零曾识。下界尘红自远，算万劫、修成最空色，凉透单衫，满身是月。

## 庆清朝慢　梨花

帐浅飞云，壶深买雨，小楼全在花中。寻常缟夜透帘，别样玲珑。院落常如有月，把香魂浸得溶溶。诗梦醒，却还似梦，坐远惺忪。

谁识天然雅素，向瑶台独立，一笑春空。淡雯化绿，清气暗接仙蓬。撩乱玉人心眼，最愁他燕子无踪。三生事，只将明白，交付东风。

## 应天长　春夜闻归雁声

渔篷晒月，猎箭响云，相呼正失归侣。万里玉门心眼，家山在何处。一程风，一程雨。算减了、一程黄雾。怎还把、一带高楼，紧紧围住。

关缺剩寒补，不尽秋声，如水乱流去。最苦夕阳官道，茫然与春遇。千花暝，迷旧路。怕错认、那回红树。又唤起，湘客吹灯，年少羁旅。

## 月下笛

紫帆结想西湖，填此词见示。余亦柳莺心许、梅鹤神交者也，依韵答之。

南渡当年，湖山只解，玉成词友。松雪白首，老仙多半吟瘦。销金锅里销家国，销得尽、红鹃泪否？只苎萝斜照，一般贫贱，浣纱春手。

雨后，香尘旧。想苏小妆楼，依然垂柳。花资若有，莺边来作邻叟。飘零自是才人福，落得伴、寒梅睡久。算我辈，忒无聊，万里蛮村问酒。

## 如梦令

昨夜花阴月浅，梦到谢娘庭院。瘦了小腰支，人似绿云浑软。春短春短，愁满玉箫心眼。

## 忆旧游　春日题五榕江阁

正春沙有雁，晓树无莺，暗尽芳朝。一尺桃花雨，恰吹愁成浪，流到诗桡。东风百蛮如画，绿染瘴天娇。奈官路斜阳，题红万里，鹃泪难消。

晴丝水窗凭，只隔望帘疏，载梦帆迢。记向横塘过，负垂杨两岸，玉手亲招。还将寄鸾残句，写上碧云梢。渐人影都无，江心冷月孤荡潮。

## 高阳台

上巳日，紫帆同次香、敦甫江岸踏青，赋此调寄余古欢阁，即用原韵答之。

寺顶鹃红，湖唇鸭绿，惊心此日重三。瘴国山多，层层裹碧如蚕。十年几赋燕台句，早箫街、别味慵谙。怎春深、惯试离悰，水北花南。

柔波照影词仙六，正蘋香夹坐，松吹分谈。有个愁人，鹦林扫地差堪。自怜不为听钟到，把禅天、风信来探。两边情、鸥雨跳沙，蜃月飞岚。

## 前调 原韵，柬紫帆

鸥社清缘，鹦林净业，依然旧影张三。恨茧重重，词仙身世如蚕。柔宵冷暖无人问，拥猩衾、独自偏谙。悄随他、万里游丝，扬到宣南。

落花风里侬先瘦，只听鹂欲醉，对燕疑谈。细雨吹红，小桃可是能堪。春愁似海连天绿，镇邀君、打桨同探。蓦惊心、人在高楼，瘴碧遮岚。

## 江城梅花引 笛

广寒人散踏歌收。曲谁偷，谱谁修？谒帝穿云，说与世间愁。骨透红冰心透月，吹过了，几沧桑、凉未休。

飘零老仙何处楼。楚天幽，一声留。睡也睡也，骊宫梦、不稳银湫。十载江南，飞雨夜行舟。湘上雁风如发劲，丝气息，到层空、浑是秋。

## 鹧鸪天

花气斜街锁昼冥，东风似醉不曾醒。南槽雪瓮邀浮白，丙样云鞋换踏青。

能几日，已零星，燕台秀句付鹃听。春如梦里三更雨，人在天西万里亭。

## 钓船笛

人立柳阴桥，四面东风如网。肯把一丝凉信，换黏天腥浪。

鸥儿雪白鸭儿红，去作五湖长。鱼国年年春雨，看紫萍来往。

## 十六字令

春，向晚汀洲采白蘋。风欲起，愁杀渡江人。

## 华胥引　春夜同紫帆用玉田韵

微波月地，水样流年，浸来都湿。觅影偏逢，凉魂步入花路白。啼鹃泪尽东风，感离红家国。今夜星前，恨天有个人立。

拾片梨云，算不许、玉香遗逸。瞒鹦浅坐，怎被暗愁知得。千古春怜才子，只沉香亭北。小小山楼，让侬来领空色。

## 前调 春宵月下忆远，仍用原韵

离鸾院落，月浸柔天，绿春如湿。钏响荒唐，梦中记起松腕白。十年清夜吹箫，向垂杨江国。带露敲扉，睡莺花上惊立。

帘影摇灯，肯话我、生平疏逸。沉沉小叹，多恐凉蟾听得。便趁一丝香雾，到高楼西北。冰透相思，余寒尚在衫色。

## 闲中好

闲中好，春睡起来迟。瞥见红阑外，桃花开一枝。

## 凭阑人

听雨江南门巷幽，人在卖花声里瘦，重来燕子愁。旧东风，新画楼。

## 南歌子

草长飞莺乱，波平睡鸭知。孤村春水夕阳时，流出桃花一片自然诗。

## 春晓曲

银鹦一唤花天白，犹误西楼淡月。小欢断梦付春云，更比玉钗无处觅。

## 忆旧游　社题春雨（二首）

但三分困柳，一味催花，尽日冥迷。吹罢阑干絮，任和烟染出，未是晴丝。西泠绿杨天窄，呼泊画船时。想桃片流来，猩红透涨，鸭碧平堤。

霏微，带愁远，记问酒前村，湿了青旗。却掩楼窗卧，自梨云去后，诗梦难飞。无人紫苔庭院，屐响不知谁。写分外沉沉，重帘不卷双燕归。

正深霏损柳，腻涨添桃，湿尽秋千。织出帘丝路，便愁宽尽贮，梦窄难穿。江南旧家门巷，闻道有啼鹃。猛记起清愁，过骢燕陌，回雁吴船。

华年，暗中度，想珠箔飘灯，罗帐飘烟。一样瞢腾去，料妆楼玉困，也只思眠。飞台没人来倚，犹问卖花钱。奈春影都无，万红身世离恨天。

## 前调　清明和家大人韵（二首）

记旗亭唤酒，江国吹箫，画舸春涯。生怕新烟上，被绿杨勾引，半角楼遮。南朝四百余寺，无处不飞花。更信马嘶香，和莺证梦，黄四娘家。

偏差，恨天债，为万里游仙，诗鬓将华。一样闲门巷，少红肩卖杏，素手分茶。茜裙远远飘蝶，错认旧宫斜。待说与东风，今年燕子迟到些。

怎蘼芜似水，浸透春愁，软绿无涯。莫倚飞台望，但游丝扬暖，莺界全遮。东风万里诗梦，沿路访梨花。怕燕子重来，名闻影隔，不认卢家。

还差，悼芳稿，付小院鹃红，私哭年华。禅榻分新火，道情天醒后，味只思茶。百蛮纵有微雨，休问酒旗斜。拼闷掩鸳楼，江南更比春远些。

## 江城梅花引　和次香韵

古帘鹃语吊残菲，销愁蕤，暗中飞。春与词人，小影是游丝。花气逼蟾偏做暝，心上月，向天边，分半规。

东风打门还觅谁。满空屏，红折枝。名闻梦禁，无端惹、鹦鹉沉思。卖杏江南，似过一声微。今夜阑干秋样冷，吹几片，绿云来、缝笛衣。

## 卖花声　（二首）

紫帆梦中得“湖心一片白云生”句，寤而足成此调。白云者，玉田生词集名，西湖又生钓游之所，此七字中大有因缘在，两依原韵和之。

飞出一帆轻，远阁如汀。西湖到了玉田生。来吊三生飘泊处，水瘦花冥。

名字满春泠，句写鸥曾。白云无恙古今情。小影绿波还认得，也似前清。

万感比前轻，平远沙汀。词仙秋泪忽潮生。旧事伤心天水碧，玉笛吹冥。

一派好西泠，歌舞销曾。湖山多故为多情。换了当年南渡样，早是皇清。

## 齐天乐　素心兰，和敦甫韵

湘天万古飞明月，珠光照来波路。影外论交，香中写意，曾共灵均心许。藏愁不住。已销尽幽春，一痕犹露。却笑人间，千红冷暖甚情趣。

乾坤几分清气，算无芳占得，全染襟素。恩怨都平，悲欢总淡，花国自成朝暮。仙禅合处。是空色同修，玉昙琼树。夜蹋鱼云，来听瑶瑟语。

## 忆旧游　悼云筱廷总戎

记鬖银络马，臂锦鞲鹰，浅陌闲坊。斜照花阴坐，解单衫紫窄，细数金创。苔边几度春雨，湿了绿沉枪。叹煮酒青梅，缚弓红竹，回首全荒。

沙场，醉曾卧，更玉帐谈兵，月影刀光。旧隐南山远，剩灞亭风雪，残梦飞凉。伏波万古祠庙，裹革换来香。又惹起灵均，湘天一碧招国殇。

## **绛都春**　社题春水（二首）

东风乍起。猛皱碧一池，干卿何事。梦醒小楼，昨夜春寒模糊记。悄然桃浪浮花至，几片入渔娃网里。卷帘才信，通宵腻雨，酿愁无际。

弓履，湔裙曾到，坐沙上、惹得鸳鸯惊避。鸥白鸭红，第一难忘侬乡里，锦帆总有天涯意。送尽了、南朝帝子。防他又误离人，画船去矣。

潮痕蹙缬。乍涨绿到门，移楼临岸。柳底路沉，花外天宽春声乱。桃家姊妹离魂远，洗剩粉南朝香怨。一莺啼水，恨鸥占了，落红恩眷。

流断，华年不转，对芳影、私替浣纱人叹。松雪溅涛，画舫浑高瞒堤半，江乡鱼价年年贱。记舵阁、香炊午饭。别来新翠苔矶，锦鸳睡暖。

## **琵琶仙**　春江忆远，用白石老仙原韵

猩片流桃，寄芳句、不似宫沟红叶。波路双桨停敲，蘋边坐清绝。人更在、江南那处，想微雨、画桥闻鴂。泪帕香销，歌桡事倦，来对花说。

漫催剪、鹦嘴单衫，早闲过、山城踏青节。休问半生春影，剩风前飞荚。重梦到、垂杨旧岸，有浣纱玉手如雪。羡煞溪里鸳鸯，白头无别。

## 春云怨

三月骤寒，燕巢未定，玉剪数十，并垒而居。园童探之，羽化者二十有二矣。赋此志悼，并简同社诸君。

乌衣旧国，感百年初遇，春寒奇劫。已过踏青时候，恁地小园晴未彻。杏雨封巢，梨云堆巷，蓦比人间路还窄。说与卢家，莫愁知道，此日也愁绝。

东风漫冷栖香骨，看离魂几队，双双心热。胜似楼中赋生别。多故池塘，薄福帘栊，本难消得。证到花天，者般同命，更有万红一窟。

## 绛都春　重赋春水

鱼天始翠。见四尺画篷，和云飘起。桃片压香，倒浸红楼沉沉地。斜阳染绿浑如醉，认万古春愁影子。紫萍来往，似寻不到，小桥原位。

重倚，垂杨唤渡，便人语、吹过隔江都细。住在镜中，让与渔娃闲梳髻，五湖负了鸳边誓。甚日办、诗船行李。十年花样飘零，听莺听水。

## 青玉案　闰三月，和家大人原韵

人生怎不蛮天住，便春也、忘归去。破例东风浑借与。饧箫得意，酒旗增价，一倍江南趣。

慢将首夏清和付，蝶梦翻新踏青处。万艳离魂还有主。绿添莺界，红销鹃国，赚了梨花雨。

## 水龙吟　榕城望雨词，和家大人（二首）

龙祠箫鼓黄昏，看看又上珠潭月。碧云桑路，双鸠似悔，那回轻别。着甚干忙，牧童懒向，夕阳吹笛。叹年光暗里，嫩晴瞒住，已催近，梅天节。

江影才堪一尺，候春潮、杳无消息。野桥急溜，遮头破伞，画中空忆。花尽都拼，千红并命，求他绿活。便将他活绿，减公两鬓，一丝丝白。

闰春不闰春寒，艳阳醉恋千红住。龟痕坼碧，虹身闭赤，漏嫌娲补。馌妇心情，此时更比，凤楼人苦。讶楝风暗尽，梅霖须到，偏万股，晴丝误。

骊梦珠宫正午，锁灵泉、飞来无路。城阴闻叹，绿蓑影过，金茸翠亩。绀幰星言，笺天独立，杏花深处。约阿香睡醒，蓉塘踏水，唤痴龙去。

## 百宜娇　十姊妹花

绿股分钗，素肌同帐，蛎粉墙阴无数。桃叶江南，木兰塞北，离恨者回都补。团圆别样，应省识、东皇心苦。一窝儿、倚玉搓香，旧家门巷曾遇。

真个把、二乔深贮。不字也双栖，锁春前度。湘水三妃，骊山五队，添足十眉图谱。青溪照影，认多少、小姑居处。叹花天、命寡千红，美人迟暮。

## 玉漏迟 题次香悼亡草，即送其游白门

万花呼恨起，料他都怪，词人多事。如梦青春，一半有头无尾。撇却芙蓉旧主，问倩女、先归何意。涛井腻，东风肠断，扫眉才子。

忏空玉劫香年，吊痴碧蟾天，苦红鹃地。惯写伤心，连累衍波笺纸。准备乌丝横幅，更去替、南朝消泪。江雨里，来询蒋山家世。

## 长亭怨 社题饯春（二首）

正人在、乱红飞处。添个啼鹃，小帘朱户。此际江南，落花时节，甚情绪。送侬几度，也轮到、侬来作主。卖杏街楼，空阅尽、年年春雨。

同去，趁章台倦舞，最惜白家樊素。天涯一路，齐料理、翠筵尊俎。慢腾腾、行马关河，静悄悄、离鸾院宇。只密写东皇，遗爱绿阴千树。

枉分付、万红遮路。鹃国楼台，影儿曾贮。春似佳朋，尊前易散，总难聚。要随伊去，访天外、桃花倩女。水远山长，试借问、君家何处。

芳句，把莺恩蝶爱，题满绿阴窗户。沉沉院宇，只不合、

单留愁住。想画舫、湾到苏堤，蓦几阵、东风呼渡。乍闲了游人，长日来修花谱。

## 采桑子 送紫帆入吴

柳天明月梅天雨，黄了苏州，绿了杨州，君到江南不许愁。翻思那日经行处，红板桥头，白板扉头，有个萧娘尚在不？

## 字字双

杨丝柳丝桥复桥，蘋叶蘋花潮复潮。红楼月子高复高，吴娃艇子摇复摇。

## 章台柳

漫天絮，漫天絮，水远山长飞不住。遮却高楼恨易生，不如遮却春归路。

## 潇湘神

潇水波，湘水波，月明唱起竹枝歌。万艳万愁呼欲出，湘花颜色似湘娥。

以上《摩维阁词》，光绪八年（1882）刻本。

## 八犯玉交枝 榕城晚秋，南归赋感

山暗黄茅，水明红叶，瘴国又催行旅。风色围天吹渐紧，不肯让条鸦路。停车枫径，晚听犬吠疏篱，谁家笑语云深处。知是翠微绝顶，榕阴儿女。

问侬独骅玉鞭，没情没绪，沉思毕竟何趣。早烂锦、霜花无数，曾识得、春游人否？有一雁、微茫欲度。带来几点潇湘雨。便付与蛮江，流他日夜秋声去。

## 醉垂鞭 道中寄云姬，时惟玉姬随行

单舸载桃根。桃家妹，秋江泪。花叶寄殷勤，为卿揩泪痕。

玉梅将破冻，梅边梦。梦边人，销尽翠禽魂，孤山啼一春。

## 鹧鸪天 五开道上（二首）

瘴树无蝉野径幽，几层云气叫钩辀。山青少见中华店，人黑多居上古楼。

沽酒去，趁墟收，斜门近港不通舟。清溪锦石行踪断，照见鸳鸯影亦愁。

飞鸟行人路不分，樵歌更在上头闻。替秋增色惟红叶，与世相忘只白云。

鞍月样，剑星文，少年骄马向斜曛。何如结个山中屋，枯坐蒲团扫叶焚。

## 七娘子

峰眉似有重帘护，劝数鸦、飞破溟蒙处。怎把天涯，织成丝路，不知是雨还是雾。

行秋拾箭前朝戍［戍］。坏营基、付与荒烟住。月黑山楼，霜红水树，雁儿几点来吊古。

## 菩萨蛮　山行即目

西风背锦吟湘客，愁来照影蛮江碧。画出晓行图，秋山听鹧鸪。

校书人万里，怕忆停骢地。忽见翠枇杷，门前一树花。

## 金缕曲　靖州道中，是张紫帆填此词见寄处，再次其韵

一入浮生界。问谁如、青山无恙，白云无碍。十载歌离兼吊梦，宽尽沈家衣带。把秋字、心头遍画。我比斜阳行更远，奈寒鸦尚隔斜阳外。还不了，蹇驴债。

天涯总是愁先在。感明朝、坠鞭京洛，挂帆江海。沽酒离亭寻冷伴，惟有枫人红醉。曾见否、词仙墨洒。诗叶亲题何处寄，趁凉波早共湘川会。教说与，定憔悴。

## **秋蕊香** 废庵访桂

莫问黄绝翠帊，佛火苔尘同化。冷香不共万红嫁，依旧年年开也。

斜阳尚晌朱扉鏽，飘残麝。广寒闻道月明夜，终古无人系马。

## **唐多令** 道中二十二岁初度志感，时九月五日

落拓少年场，吴钩锦带装。叹人生、苦恋他乡。今夜鸿天烧烛了，能几日，便重阳。

万感比秋长，谁家正酒香。借东篱、自寿何妨。我与黄花同样命，消受得，者般霜。

## **减　兰**

山楼翠槛，此夜秋心随笛远。江瘴黄茅，何处滩声到枕高。

离人凄断，添个哀猿兼冷雁。月意朦胧，也在愁中与梦中。

## **扫花游** 晚秋梨花

过骢路窄，怅坠影青旗，酒家临岸。寻芳意懒，怎年年身是，离巢白燕。不道秋深，还被花神冷看。梦云短，便香早返魂，春命都换。

凄恋流水远。似沦落天涯，个人初见。玉容乍浣，问新寒这样，几曾经惯。素国红乡，可有三生旧伴。雪般脸，记东风、那回庭院。

## 夜行船

冷浸空江星一个。正天边、雁声凄堕。今夜凭阑，何人擫笛，溪上小楼惟我。

暗里应流题叶过。只瞒他、闹红单舸。渔市船回，酒亭门闭，数点无聊灯火。

## 河渎神　题江上伏波庙

祠枕夜滩哗，铜鼓声中楚些。云台星座绣苔华，年年庙火神鸦。

雪路飞涛帆影白，山入五溪愁碧。我是旧南征客，夕阳江上吹笛。

## 丑奴儿　船窗坐雨，兼闻雁声

影儿守着灯儿坐，风太无聊，雨太无聊，欺负侬家是此宵。

相逢吴楚孤篷路，人也魂销，雁也魂销，愁水愁山一样遥。

## 河满子　闻雁

太液何时雪尽，洞庭此日波荒。水碧沙明苔两岸，湖天古怨微茫。枫叶蓼花多处，勾留半在红乡。

一路冲开雨密，数声拖得秋长。只有渔翁浑不管，中流自起鸣榔。几处高楼怕听，谁教错住潇湘。

## 摸鱼儿

锁湘南、万重幽绿，被侬两桨寻到。芦花雪雁摇秋响，旧国新添愁料。瑶瑟调，和恨水离烟，谱出伤心稿。来将屈吊。也不学袁宏，不随范蠡，不访戴安道。

垂竿钓，自署渔师雅号，却怜汀鹭先老。斜阳隔岸溪童唱，打鼓伏波祠庙。人语闹，甚青史功名，只付鱼天好。冷枫红笑。笑舵阁炊羹，船窗唤酒，此客又来了。

## 清平乐　因忆成梦

才松衣扣，已有浓香透。一味醉人香似酒，酥得魂儿厮勾。

梦中罗帐灯昏，鸳楼锦瑟清尘。仿佛还亲玉体，怪他红被无温。

## 眼儿媚

海山仙阁贮风鬟，人在有无间。将伊比作、明驼青冢，不望生还。

多情小玉归何处，翻恨未成烟。绿窗寻梦，红绡感泪，此后难闲。

## 宴清都 桃花源

十载迷津客。斜阳外、旧红曾否相识。幽源访路，闲门隔坞，古春长阏。桃花流水依然，但几换、渔郎家国。奈人世、别有东风，吹老三户豪杰。

阿房暮燹飞残，绣苔辇道，焦土犹热。仙家一笑，湘山自赭，海山空碧。避秦月亦千年，定懒照、长城白骨。便邀来、共话前朝，风林散发。

## 临江仙 夜行桃源坞中

一径苍寒人迹断，松毛覆满琴床。笼灯深入白云乡。水田听闹蛤，山寺惹惊龙。

绝顶天风吹不住，此时散发吟商。翠微诗境自生凉。行歌秦代月，坐啸楚天霜。

## 夜游宫

暝憩会仙桥，土人云：春时犹有桃花流出也。

竹路还鸣暗水，问流出、空山何意。应为桃花恋人世。漫相思，旧渔郎，浑老矣。

小坐幽篁里，看松顶、月飞清气。万绿中间一亭子。有谁知，抱孤琴，来到此。

## 法曲献仙音　月下闻山寺步虚声

行处无人，听时有寺，古木云峰犹远。战胜风篁，飘残烟磴，林深几回吹断。正缟鹤难成梦，松阴月明满。

拨苍藓，又经过、数重秋影。门掩定、初指翠微僧院。步到列仙家，问瑶天、因甚清感？那怪红楼，倚箫台、一半泪眼。让陈思悟后，来向鱼山闻梵。

## 下水船　洞庭晚泊望团山

总是愁人料，谁说湖天秋好。唤起诗心，水杨柳外残照。晚晴杪，微见团山白庙，霜空隔磬难到。

布帆远，鹭影飞同缟，似带离魂飘未了。藓石横波，云根一半都老。落霞悄，几点摇红疏蓼，今夜侬来系棹。

## 洞仙歌 湖天望月

柳家井畔，感传书无路。雾阁荒唐吊龙女。便一枝横竹，吹入湖烟，平波上，惊起老鱼秋舞。

下界忒无聊，我劝银蟾，飞到人间最空处。身世玉壶中，诗意高寒，曾遍染、湘天风露。都说道今宵月朦胧，偏照出离愁，者般清楚。

## 散余霞

十年受尽才名累，枉落霞秋水。今夜愁抱云和，吊潇湘帝子。

无端月明翠被，念鄂君千里。过雁又写相思，满湖天人字。

## 渡江云 秋帆

隋堤宫锦后，南朝无命，春影不生还。送春元自苦，况送离人，更送送秋船。空遮雁路，怎未将、别路都拦。谁写出、杜陵诗意，白鹭上青天。

愁边，暝枫江馆，衰柳湖楼，过凉阴几片。应错认、斜阳坠也，倦倚红栏。一痕认取新来破，是伊家、望眼能穿。归定准、东风吹到花前。

## 清波引　秋橹

听风听雨，更听到、者回柔橹。酒亭灯暮，此时正难住。向远递秋响，知在鱼天何处。已教愁满空江，再添个、雁儿语。

霜波晓路，又摇梦、向那岸去。水边人寤，数声过红树。何年买渔艇，单唱云山韶濩。试指船背斜阳，菊花开否？

## 潇潇雨　秋篷

春堤曾小泊，一篷儿、恰在柳阴中。乍蜻蜓飞过，鸬鹚立满，剪剪西风。误入芦花深处，秋雪压难松。还被枫人觉，堆上愁红。

坐稳也如牛背，只横吹短笛，换个渔童。写浮家图画，斜照旧衫烘。又层层、霜月围紧，掩船窗、灭烛听孤鸿。江南路、漫敲疏雨，酒梦惺忪。

## 定风波　秋缆

怅垂杨、不系春船，丝丝枉织怨碧。蠹树心空，鸿沙爪静，留住烟篷客。旧移桩，已难识，云影潮痕换今昔。愁寂，被渔火照见，秋来陈迹。

惊梦晚汐，看银鸥、睡处波才尺。唤绿蓑冲晓，忍寒乍解，一手霜华白。记追凉，藕花国。神女祠前正堕月，还忆，钓舟酣卧，任他横直。

## 满江红　湖汉写望

行尽蘋乡，才得见、数间渔屋。正荒滩、炊菰扫叶，饭香初熟。青草湖船鸥避桨，黄茅野庙鸦争粥。问何人、斜雨细风中，吹龙竹。

有几个、云帆逐。有几个，烟篷宿。有几个投书吊屈，牢骚如仆。纯是秋声鸿雁过，悄无春影鸳鸯浴。最怜他、一转一重深，潇湘曲。

## 鹧鸪天　客自沪上归，言海上多传余艳词，赋此感旧（三首）

淡墨浓愁写数行，妓楼僧院酒家墙。西陵松柏盟苏小，南院桃花吊李香。

珊作架，锦为囊，少年别样冶游装。鸳鸯乞句题红藕，鹦鹉征诗赠绿杨。

忽脱鹴裘贯酒还，迷花结习欲全删。参来嚼蜡禅心定，写罢惊鸿赋手闲。

披半臂，拥双鬟，此生孤负是红颜。梦和春雪消成水，愁比秋云积作山。

风语华言岂足凭，任人指定作明征。幽兰捏造三生眷，香草流传四海朋。

骚下酒，梵旁灯，凡情艳想两俱冰。梦游仙曲无名氏，心出家庵有发僧。

## **多丽** 为袁敬甫补悼亡

玉卮娘，人间金屋难藏。是生成、雪肤花貌，海山别有家乡。九螭钗、两头敲重，千蝶帐、四角拖长。稽首情天，扫眉才地，镜台双笑伴檀郎。谁说道、书生无命，曾染杜兰香。还牢记，帕装端正，钏响荒唐。

问因何、西东沟水，茂陵留句凄凉。抱愁眠、暗销龙骨，收影去、空费鸾肠。白燕秋飞，红鹃春哭，伤心不见殓时妆。料碧海、娥情定悔，夜夜照潇湘。虚博得，月归环佩，云想衣裳。

## **琴调相思引** 十月十二夜

玉貌仍同雪一般，桃红略减别时颜。任凭憔悴，也尽够郎看。

小影如魂，当月坐花间。不信是人间。抱来才慰，真个未成烟。

## **一丛花** 十三夜

美人生性耐天寒，常恁袖儿单。凉阶小雨扶花立，红泪洒、秋海棠边。玉笛供薪，金钗换酒，一例嫁邯郸。

斜扉闭月指轻弹，不躲应门鬟。绿窗软语兜鞋处，沉吟久、蹙断眉山。鹦鹉心多，蟾蜍眼独，今夜出来难。

## 凤栖梧 湖中夜听风涛有感

人与蛟龙同不卧。如许秋声，涨得湖天破。湖水湖风相唱和，半空纯是离骚些。

紧靠篷窗人一个。昏黑为天，惨绿为灯火。他日思量眉定锁，不知今夜如何过。

## 凤凰台上忆吹箫 岳阳废楼寒眺

毶柳藏烟，髡芜待雪，湖天秋意难禁。正落潮新岸，睡冷沙禽。倚槛慵抬望眼，怎能穿、这段阴阴。愁来也，原无避处，况是登临。

沉吟，水边胜赏，已不见高楼，倒影波心。叹神弦仙笛，一样销沉。人在吴头楚尾，对孤云、时序侵寻。还添个，潇湘雁儿，九辨遗音。

## 喜迁莺

水拖裙，山拥髻，相对夕阳中。暮霞无奈似芙蓉，偏向楚天红。

江岸幽，频极目，指点几间茅屋。女儿生小住堤边，消受绿杨烟。

## 念奴娇　乘月江行

楚天空阔，尽收入、四扇船窗非小。柔橹声中浑不让，七里桐庐放棹。水欲无烟，山疑有雪，原不因霜缟。乾坤清气，此时归我长啸。

明日鼓角黄州，英雄词客，事只供凭吊。江月依然，应念我、不似当时年少。长笛家山，短篷身世，写出凄凉照。惊他飞雁，芦边误认初晓。

## 庆春宫　桃花夫人庙

帝子湘花，女郎山木，倩魂休叹无归。润脸烘霞，酥胸映雪，空留玉座苔衣。搓红汉水，尚染出、年年夕晖。一般流恨，分付春潮，莫到蟂矶。

楚宫泯灭全非。剩命比西施、名过南威。旧国鹃啼，新人燕笑，东风搁泪慵飞。沉香妖艳，问何似、伤心马嵬。弄珠月侣，荐枕云神，小队依稀。

## 念奴娇　夜游赤壁，用坡翁元韵谱之

霸图销尽，问江上、犹剩当年何物。不死英雄凭仗此，吴楚中间石壁。铜雀无春，赤乌无火，飞起芦花雪。烟涛万顷，白鸥独立奇杰。

还想坡老偏舟，携尊来吊古，狂歌初发。文字精神，都写入、月色江声难灭。我亦登临，高寒浑不管，天风吹发。题辞未敢，兹游聊记年月。

## **青玉案**　小姑山

天人玉立妆初试，只一片、云为婢。娥月映来同不字。无媒也好，无郎也好，没个堪相配。

妆楼绝顶藏空翠，淡扫蛾眉朝上帝。小镜吴波照梳髻。乔家姊妹，蒋家兄妹，都住江南地。

## **满江红**　所赁艇名满江红，即以此调赋之

小小红船，恰好是、吴江平底。早倚作、风波同命，水云知己。但得南人如使马，不愁西子难随蠡。到中流、篷背响诗声，鸥飞起。

高七尺，伸腰抵。宽五尺，摩肩挤。算最堪惊者，四边无地。白月一床渔器具，青山六代侬行李。快撑开、蠡壳两旁窗，山来矣。

## **采桑子**　江行写怀，敬步家大人见忆韵

江程也似容园景，远树如洲，小屋如舟，不到天涯不信愁。

雁儿引得人回望，行尽吴头，费尽湘眸，细雨梅花上舵楼。

## **天仙子** 江上逢过雁，敬借家大人韵

过雁精神偏百倍，不管愁人篷底睡。欲烦相寄一封书，明日至，依乡里，后日榕城山翠里。

君去洞庭波正起，听水听风方未已。思量何物赠行装，枫叶醉，红如此，都是天涯红泪耳。

## **卜算子** 岁暮江空，羁怀无俚，敬借家大人韵写之

别泪绛于枫，病脸黄疑菊。剪得垂杨没一丝，直恁霜天毒。

沿路访梅花，暗里东风促。愁到今年欲尽时，又把春来续。

## **南乡子** 将抵白门，敬借家大人韵

剪出翠蓑新，夜夜空江卧冷云。我与梅花同一样，艰辛，风雪天才过几分。

何处玉箫闻，更向前头访艳魂。听说南朝花世界，无存，绿减秦淮水半身。

## **前调** 野泊，值小寒日，敬借家大人韵

楚尾更吴头，篷影如云暝未收。雁与闲鸥同渚卧，休休，出处途分漫代筹。

沽酒向津楼，隔岸风灯乱醉眸。客里小寒春又近，堪愁，一派江声尚送秋。

## **采桑子** 忆容园，敬借家大人韵

难忘最是敲诗处，春绿琴台，午翠书斋，时听穿云鹤响哀。

今宵便向容园去，梅影横阶，月浸苍苔，梦到山扉已半开。

## **踏莎行** 江南夜泊感怀，敬次家大人韵

缆影鸥移，篷声雁到，忽惊月出当空早。茫茫多少六朝愁，和秋涨得江天饱。

事与花残，山随地老，何人更唱江南好。明朝准备要销魂，白门衰柳啼乌道。

## **前调** 晓发梦归，次前韵

树拥云眠，潮飞雪到，似闻起语舟人早。啼乌催得酒醒时，霜华已打孤篷饱。

客夜多寒，离天易老，千般未抵还家好。五更乘月度蛮山，乌和梦影来争道。

## **南乡子** 自题洞庭看月图，敬用家大人韵

洗出水都新，鱼地蟾天只一云。我料嫦娥居碧海，愁辛，

来觅英皇话夜分。

骚唱更微闻，万古灵均欲返魂。悔把龙宫青玉笛，收存，吹得潇湘月满身。

## **金缕曲** 泊皖城，忆张紫帆，三次前韵

空翠浑无界。猛推篷、四围山色，乌飞犹碍。想见诗仙吟眺处，湘管一枝曾带。认云气、都经刻画。眼底长江东下急，问何能流出兴亡外。且还我，看山债。

迎江塔影岿然在。怅难寻、夕阳天末，楼名镇海。紫帆往为余言，皖城迎江寺、镇海楼皆最胜。三国六朝如梦过，禁得英雄几醉。早付与、风飘雪洒。不解近时何意绪，但茫茫总觉愁来会。怀古恨，共君悴。

## **绣鸾凤花犯** 湓浦江上得水仙一本，姬人限以周公谨韵赋之

似当年，退红更见，蒋苕生《四弦秋》以商妇为花退红。犹余洗妆泪。水窗幽意。看小影如魂，明月能记。冰弦听到无声际，葱尖飞恨起。来伴渡江桃叶，矮篷春雪底。

浔阳苦竹漫为家，孤芳品，合配灵均湘芷。仙不去，却恋人间何味。天涯且漫悲沦落，肯今夜、焚香同鄂被。须替尔、横安一位，岁寒三友里。

## 无闷 江南道中，孤舟逢雪，荒寒情事，略见于词

斗大烟篷，拳大雪花，同把孤愁压定。正短柳昏鸦，弄成风紧。没个人家卖酒，枉踏遍、溪桥三叉径。感他一雁，寥空送响，似来相问。

清景，白门近。说旧苑春迟，万红无信。但做出、南朝那时宫粉。今夜凄凉月子，向离恨、天边寻梅影。把玉笛、吹破江云，不管暮寒成阵。

## 琵琶仙 将踏雪白门，用白石吴兴词韵写意

家在何村，问飞到、可是江南黄叶。溪路双桨敲冰，烟丝舞愁绝。兴废事、梅花不管，那知有、六朝啼鴂。废苑红销，柔淮绿减，商女能说。

待收拾、毡笠狨鞍，要游过、明年放灯节。压遍紫骢蹄印，认桥通皂荚。何处觅、歌楼十里，拥玉人、坐看春雪。误道风柳吹香，酒徒将别。

## 临江仙 赋枯柳

剪尽柔丝飘尽絮，白门风色年年。江南何梦不成烟。玉骢来死后，银燕别生前。

几处红楼飞雪里，痴心犹当搓绵。绿云忆否旧垂肩。美人

都削发，无语证枯禅。

## 忆黄梅 江雪思家

墙角垂杨绿剩，岸背舞枫红尽。凝望酒船来，一晌等。此际江天，便飞鸥也没，芦花里、几个乌篷厮并。

梦归迥。故山扉，刚掩定，玉瓶晓汲墙阴井。月华端正。鹤初醒、痴绝园童，要扫开梅影。寒翠满、修竹吾庐三径。

## 柳梢青 荻港即目

独木桥斜，做成寒色，几点昏鸦。疏树溪山，夕阳江寺，残雪人家。

问伊浪只淘沙，怎淘去、年华梦华。柳已无丝，枫还有叶，梅又将花。

## 八归 雪中登鹊矶寺

苔藏绿篆，枫堆红锦，僧影冷坐瘦石。暮寒似恋无人处，更把几层砖塔，舍为鸦宅。竹里穿来惊路断，早四面都围青雪。最爱听、脆响敲时，误道玉钗折。

幽绝还堪眺远，蟂矶荻港，指点风帆如叶。一鸥飞处，一豚吹处，浪与芦花争白。叹浮生似梦，且办孤琴两吟屐。愁来否？试凭高看，六代青山，如今华了发。

## 贺新凉　采石太白楼，用洪稚存、黄仲则两家集中太白墓原韵

江月都愁老。何苦向、南朝一带，照他凭吊。采石荒矶闲系艇，有客倚阑而眺。谁看见、吴宫花草。楼影千年流不去，缓商量毕竟诗人好。须记取，醉中稿。

狂吟那顾先生笑。为神州、骚沉雅坏，特来相告。更问锦袍归水后，清气收还多少。可许我、骑鲸三岛。如此江山浑寂寞，但风帆几点和沙鸟。怀古意，怎生了。

## 望远行　采石，步仲则元韵

骊宫百亩。谁压定、不许潜虬飞去。赖此云根，一拳怪石，守御奔涛如戍。偏让当年王气，轻销龙虎。怎送完兴废，单留愁住。

愁处，指点英雄陈迹，战垒与寒鸦同数。姑孰山多，历阳城远，分作两行红树。且把南朝撇过，乌江北望，更吊亡秦三户。剩一楼风月，谪仙长据。

## 十拍子　雪月夜起望江涛，慨然有作

皓魄西生易没，长江东去难还。多少精灵来更往，总在寒云断苇边，一灯红不燃。

两岸沙明似画，中流浪涌如山。谁把鱼龙千古雪，洗得英

雄白骨寒，月华都怕看。

## 子夜歌

游莫愁湖，并展徐中山、曾文正遗像。湖上有王壬秋丈楹帖，辨莫愁非妓，与鄙见正同，词中因并申此意。

想当年、是何玉貌，今日问名犹艳。早赢过、无愁六代，四纪明皇不算。蒋妹第三，桃家行二，住处都非远。到春时、相约湔裙，只怕鸳边月底，影儿还见。

却因甚、一双太傅，徐、曾官皆至太傅。苦要前来厮占。闻道西湖，一双少保，岳、于。有小青为伴。信千秋胜地，英雄儿女分半。此水冰清，其人可想，休当秦淮看。笑南朝、宫井胭脂，辱痕难浣。

## 八六子　秦淮雪后，一碧成冰，万影都销，凄然赋此

扫微波，泪华冰透，脂痕雪艳消磨。记一绿流云不断，万红行雨曾过，影儿有么？

官河残粉犹多，葬玉浑教成冢，销金莫更名锅。懒重问、画船如燕，茜衫如蝶，而今不许，私留月住，谁能暗把春窝。奈愁何，青溪夜闻鬼歌。

## 木兰花慢　题莫愁湖

指垂杨影里，曾住过，六朝人。奈艳极生愁，琼花过斧，玉树供薪。朱门，已无双燕，让寻常百姓玳梁存。红藕鸳鸯消夏，碧桃蝴蝶嬉春。

香魂，水为传真，化一朵，石城云。算只有当年，破瓜时候，略皱眉痕。湖名，未同西子，笑伊家常对若耶颦。闻道年年风月，管租更有王孙。

## 蝶恋花[①]　翠微亭

绝顶天风闻粥鼓。红笠青鞋，小伴枯禅住。万点愁来如密雨，和鸦飞满无人处。

六代离宫留寸础。玉砌雕阑，付与东流去。二水三山都易主，斜阳尚恋前朝树。

## 六州歌头　金陵吊古

金陵雪后，来访帝王家。龙和虎，莺和燕，豕和蛇，剩栖鸦。此日经行处，白门市，青溪埭，红板路，乌衣巷，寂无哗。欲问秦淮旧院，烟笼水，水更笼沙。甚当年商女，沦落也天涯，一曲琵琶后庭花。

① 原作“前调”，据词律改。

念陵十一，楼十四，阑十二，暮云遮。鹦鹉墓，麒麟冢，草交加，树槎牙。废苑都栽菜，新编出竹篱笆。儿女泪，英雄血，尚留些。不解长江何意，浑淘尽六代繁华。但凭高西望，斜日大如瓜，吹起寒笳。

## 离亭燕　独行金陵山水间，赋此凭吊

过了降旗无数。留着酒旗如故。儿女英雄哀怨事，都付吴船白纻。天堑险何曾，多少渔翁飞渡。

山是愁痕吹聚，水是泪痕流做。青史成堆堆不了，堆作几堆黄土。如此好江南，让与斜阳来住。

## 小桃红　买碧桃二本，供之莫愁小影前，赋此纪事

粉染南朝白。脂染东风碧。犹想当年，阿侯生小，脸痕醿雪。把红儿、供养郁金堂，要沾些福泽。

旧作王家妾，今作卢家客。曾住乌衣，玳梁双燕，也还认得。错疑他、姊妹嫁欢来，惹个侬愁绝。

## 迈陂塘　雨花台吊古，用黄仲则白纻山元韵

满金陵、谁相识者，出城聊伴梁武。马头飞起残山雪，似学天花乱舞。杯独举，笑王气成烟，冷到龙和虎。空花无据。算一样南朝，何如行乐，此老计真误。

才知道，为着兰成一赋，不然写向何处。几间萧寺零星在，犹算伊家片土。斜照苦，又送得侬家，笠影鞭丝去。归途趁取。怕暝色昏黄，西州门外，容易打更鼓。

## **南浦** 泊镇江，用仲则此题此调此韵

鱼龙何事，破工夫、万里送愁来。到此划然辞去，海雪涌千堆。绝不惊心佛鼓，被风涛、赚得也成雷。指江山金粉，楼台金碧，都是劫余灰。

试解腰间紫竹，把鱼云蜑雨尽吹开。一笑者般形胜，能费几多才。红煞夕阳悬北固，英雄不见使人哀。趁今宵明月，招邀浮玉共倾杯。

## **念奴娇** 登金山绝顶，次陆放翁招韩无咎游金山原韵

尺笻犹在，笑顽仙、何必身骑黄鹄。倒瞰蛟宫惊欲坠，落日烧红如烛。北去云帆，西飞月镜，怪底人生速。翛然清气，白鸥才是吾属。

欲为转眼南朝，荡胸东海，恨山中无竹。更为坡翁诗在上，有句漫教轻续。三两渔踪，一双僧影，占断江天绿。妙高台顶，破空聊弄青玉。

## 采桑子　扬州吊古

词人帝子归何处，大业繁华，小杜才华，吊过宫斜又狭斜。

岭红堤翠浑如旧，开尽梅花，落尽杨花，只换南朝不换鸦。

## 扬州慢　舟泊广陵，用白石道人原韵赋感

远树髡烟，冻沟胶雪，过江第一邮程。叹隋家万柳，总未返春青。想前度、红桥战火，玉箫低哭，月也愁兵。让秋坟、诗鬼年年，来唱芜城。

竹西响寂，只黄昏、吹角还惊。甚镜国居鹦，脂天过马，冷换柔情。大业繁华影子，如萤绿、堕水无声。怕樊川重到，珠帘旧路都生。

## 望江南　题扬州画舫录

衫色碧，唤玉上歌桡。帘卷十三都袅袅，桥横廿四总迢迢，分外月华高。

寻芳晚，胜地已无聊。红芍楼台十日酒，绿杨城郭万家箫，春影让他描。

## 前调　舟行淮阳高宝间即事（四首）

江北好，牧笛杂渔讴。平底橛头船放鸭，高前丸髻笛呼牛，

画出野塘幽。

江北好，少妇也能勤。市远预储新岁酒，家贫不典旧宫裙，髻挽六朝云。

江北好，万柳照明漪。黄月有鸦啼坏叶，绿云如马系残枝，想见冶春时。

江北好，堤上晚晴初。无数行人无数雁，一重斜照一重湖，中有客帆孤。

## 喜迁莺　露筋祠

灵旗风大，怅春阴换尽，都飞凉霭。鱼地铺冰，蟾天浸月，不照寻常眉黛。小蚊已辞秋帐，成就芳名百代。泪休洒，自翠蛾无恙，青蝇安在？

香界。飘水佩，闻道花时，开遍祠门外。旧内钩斜，南朝脂井，应笑此湖清太。红颜尽成庙食，命薄生前何害？柳丝待，待系船重到，绿云如海。

## 探春慢　客邸度岁有怀，用弁阳啸翁修门度岁元韵

雪碗催茶，风帘转蒜，煮水地炉亲候。骑马精神，闹蛾心性，事事而今非旧。灯影尚相思，肯伴我、冷红如豆。偏教照

出无聊，人与梅花同瘦。

故国歌云舞绣，正蟾锁窥香，凤钗敲酒。品竹声寒，吹兰气热，小小玉箫随袖。此去一程程，偏遇着、返魂新柳。只怪春人，梦中旋又分手。

以上《楚颂亭词第四集·醒人吹笛谱》，光绪十年（1884）刻本。

## 扫花游　吴门早春，和文十叔问韵

听风听雨，向江上吴宫，又还听雪。早梅未折。怕因循过了，试灯时节。软玉年华，似被昆刀暗切。淡黄月，唤花外笛声，吹起三叠。

人远芳讯绝。忆载酒横塘，那回鸳楫。画篷一叶。怅秋娘渡口，水寒筝咽。应被春嗔，旧日心情顿别。艳悰歇，对天涯、梦云休说。

## 前调　初春江上，载酒有怀

断云作暝，正水驿无花，画船来悄。雪残未扫。看阊门半掩，那知春到。久欠西施，莫共吴王斗草。系孤棹，叹人远五湖，归雁都杳。

心事空缥缈。对残霸宫城，旧家池沼。追游趁早，画十年影事，东风吹帽。江上初梅，笑我垂垂欲老。暮寒峭，问青篷、载愁多少。

## 徵招　春感，和叔问韵

冷吟照影江南水，十年为春先瘦。寂寞负莺花，叹生涯依旧。姑苏人去久。空怅望、行云归后。草色拖裙，梅痕堕粉，断魂时候。

骄马洛阳街，歌楼热、曾携玉箫随袖。吹尽少年心，怪东风偏骤。绿蓑冲雪又。何处是、五湖三亩。看愁与、新柳争春，染嫩黄如酒。

## 齐天乐　答叔问和原韵

江山总是伤心地，春来怕骑骄马。少日情怀，久如死月，才向天边生霸。华年可惜。拚流落东吴，妓阑僧社。频感词仙，飘零泪墨酒痕写。

苏台柳酣花冶。便红襟白项，乌燕都雅。病榻光阴，欢场影事，赚得香桃一把。客何为者？听恩怨吹多，玉箫声哑。水阁挑灯，待君同夜话。

## 前调　叠韵

五陵结客而今倦，飘零少年裘马。曲唱黄骢，尊倾绿蚁，曾醉汉家丰霸。头颅可惜。感前辈荆高，与人宗社。流落江南，酒徒肝胆向谁写。

专离侠同疆冶。怪姑苏儿女，空剩柔雅。泪洒春红，真娘墓上，蝶粉斜阳一把。君原健者。怎燕筑吴箫，两般都哑。莫把雄心，对他莺燕语。

## 前调　再叠韵

废池乔木言兵倦，窥江久无胡马。故苑莺啼，荒丘虎踞，凭吊当年残霸。东风似借。叹燕子光阴，又催春社。万感如云，诗痕梦影水边写。

烟光远欺梅冶。有旧家亭馆，裙屐妍雅。紫曲迷香，青帘买醉，趁取金尊共把。歌翻白者。怕柔橹无声，山塘都哑。六柱吴船，听他渔女话。

## 前调　三叠韵

乞充水手天应诺，平生使船如马。椎髻蓬头，他年泛宅，共载高人鸿霸。僧楼许借。约净侣谈禅，更开莲社。橹唱钟声，胜于丝竹与陶写。

干将莫邪欧冶。早销他剑气，铸作三雅。唤起从前，英雄儿女，瘦骨都无一把。与君听者。怕啼尽东风，杜鹃声哑。有约壶天，买春茅屋话。

## **前调** 梦雨初醒，讨春尚慵，叔问词来，依韵继作

探春人去知多少，青篷虎山桥下。闻道西崦，花天雪海，万一玉梅都嫁。堆盘菜把。约挑荠墙阴，嫩寒休怕。病榻枯吟，茶烟如水梦回乍。

吴宫久无片瓦。纵西施网得，谁与论价。一角苏台，垂杨影里，可有阑干红亚。东风尚大。莫吹起春愁，流莺低骂。魂断江南，小楼听雨夜。

## **凤凰台上忆吹箫** 初夏感怀，和函楼韵

燕燕莺莺，风风雨雨，江南自古愁深。看馆娃林苑，吹尽红英。锦瑟华年虚度，肠断处、贺铸孤吟。横塘路，碧天如梦，总是春阴。

轻轻，把春送了，千万缕垂杨，难系离情。指一天飞絮，我我卿卿。画舫游人似织，谁知道、有客伤心。伤心泪，和他暮潮，暗打空城。

## **前调** 游顾氏园即事，用前韵

飞絮斜阳，落花微雨，旧家门巷红深。谢画檐蛛网，多罥残英。十载欢场恩怨，都分付、浅醉闲吟。春如梦，梦还如水，送了光阴。

烟轻，幂薇似帐，坐鹦鹉帘栊，一碧无情。向绿波低照，怜我怜卿。话到五湖双桨，把鹃心、又换鸥心。归来也，吴天晕黄，眉月窥城。

## 一剪梅 渎川舟中听雨

画舫烟波听雨幽。鹃梦红收，鸥梦青浮。江湖白了酒人头，昨夜高楼，今夜扁舟。

泪洒梅天不自由。欢也如愁，春也如秋。尊前怅触少年游，二十扬州，三十苏州。

## 卖花声 元墓晚归，月黄风黑，纪之以词

风力欲生棱，衫化春冰。寺前蛙语沸湖塍。除却秋坟山鬼外，一个枯僧。

老树络幽藤。万绿鬅鬙。凉萤已坐豆花棚。画出吴天愁影子，黄月如灯。

## 八声甘州 登灵岩，和吴梦窗韵

倒阑干入海古台边，珠帘夜飘星。葬红楼金屋，春空笑语，花影如城。屧廊无人照水，浪卷太湖腥。一阵东风过，都是秋声。

蠡网千丝可惜，待招来艳魄，相惜惺惺。看镜中天地，吴越一家青。浸残霞、燕窗莺户，问何年、舍作白鸥汀。斜阳里、

独寻僧去，荦路苔平。

## 扫花游　游怡园，用张玉田韵

檀栾婀娜，蘸金碧楼台，片云初晓。帘栊窈窕，有千莺万蝶，旧家亭沼。镜里落花，闲看鸾翎自扫。复长啸，坐竹馆弹琴，黄月来照。

绛都春浩渺。称象管蛮笺，题句逋峭。词仙纵老，倚蓬山不许，人间秋到。玉麈谈玄，客比晋时更好。绿烟悄，问瑶愁、洗空多少。

## 浪淘沙　自阊门放舟虞山

波软画桥明，客思鸥轻。官河柳外放船行。一树斜阳红欲湿，水样蝉声。

画里好江城，远岫青横。想伊眉眼更盈盈。山色多情如旧识，翠扑帘旌。

## 洞仙歌　丹阳道中寄内，用东坡改蜀主词韵

龙须八尺，有卿卿香汗。岂料而今泪痕满。镇孤眠、篷背星斗纵横，还认作，花影满身零乱。

玉阶前夕坐，携手银床，屡问归期指河汉。江上倚红楼，分付西风，要早把、峭帆吹转。待宝枕纱幮一番秋，拼守住凉宵，万金休换。

## 玲珑四犯　寄吴社诸子，用白石韵

白月照歌，青春呼酒，当时欢意何许。小阑花影下，一夜箫声古。黄金问谁买赋。只投书、吊他湘浦。万里清游，百年幽恨，都是楚骚苦。

阊门柳、深无路。坐微波水榭，残照当户。山川空自好，独客飘然去。明朝莫倚西楼望，有人在、秋边行旅。愁寄与，蘋花说、鸥天没侣。

## 沁园春　放舟大江，至焦山，还登北固甘露寺

乘一叶舟，放乎中流，岂不快哉。正海门无路，渔帆似雪；江天有寺，佛鼓如雷。芦荻萧萧，波涛滚滚，劝我须倾京口醅。粗豪甚，把南朝下酒，东海为杯。

天风吹我南来。对如此江山怀抱开。笑金焦两点，一般俊物；齐梁六代，几个雄才。大帝龙蟠，寄奴虎踞，王气销沉绝可哀。斜阳里，且高歌击楫，长啸登台。

## 探芳讯　白门访蒋二窗

客程悄，正湘怨侵弦，吴音随棹。访南朝山色，依然蒋家好。相逢坐说旗亭梦，欲哭翻成笑。几销凝、故国鸦多，天涯鸥少。

重理旧时稿。记蛮雪红衫，燕尘乌帽。此日相如，应是倦

游了。伤心词赋终何用，一样供凭吊。缉荷衣、翻恨秋归不早。

## 夜行船 纳凉秦淮桥上

唤起南朝秋一片。坐鸥天、看他莺燕。越苎单衫，吴桃双桨，何限旧家疏散。

帘影灯痕人语乱。画船归、水香吹遍。昨夜星辰，今宵风露，只博明朝肠断。

## 惜红衣 莫愁湖看荷花连句，用白石吴兴荷花韵

树影团云，楼阴压水，午风无力。二窗。卷上晶帘，凉鸥梦痕碧。仲实。芳情楚楚，应解念、漂零词客。二窗。愁寂，单舸闹红，有鸳魂栖息。仲实。

青钱万陌，难买婵娟，空香久狼藉。二窗。何时载酒，小艇任南北。仲实。只让旧时丝柳，记得个人来历。二窗。怕满湖金粉，还做六朝秋色。仲实。

## 前 调

白石吴兴荷花词云："可惜渚边沙外，不共美人游历。"余在莫愁湖看荷花，亦有此怀，因用其韵寄内子玉可。

青盖迎秋，红衣坠晚，似嫌风力。脂粉清辉，圆冰射花碧。今宵载酒，谁念我、江南愁客。人寂，吹过暗香，是伊家兰息。

杨垂御陌，芝问天阶，侯封逊仙籍。鸳鸯一水，肯到白狼北。镜里可怜春好，旧日与谁同历。对者般花朵，空想莫愁颜色。

## 前 调

昔与吴社诸子及二窗泛石湖连句，和白石《疏影》词，有“甚时重看，金波来熨、小红裙幅”之句，今来莫愁湖看荷花，诸子已远，独偕二窗，对莫愁复忆小红，对二窗复忆诸子也。

莲叶香中，柳丝影里，六朝金屋。花艳如人，人还艳如玉。一双燕子，惯七二、鸳鸯同宿。枨触，江上远山，学当年眉绿。

鸥边睡熟，飞梦吴天，秋心正凄独。今宵料得，客在石湖曲。载个闹红单舸，熨遍小红裙幅。把此时幽怨，分付两枝横竹。

## 青玉案 清夜与二窗泛舟秦淮

白门柳色青无恙，惯系住、桃根桨。水气如花香雾漾。虾帘齐卷，羊灯初上，四百琵琶响。

断魂又逐潮来往，月子多情照虚幌。莫听江边商女唱。一船风露，六朝烟浪。坐个愁人两。

## 三姝媚 泛秦淮，和二窗韵

红楼过第几。唤乌篷寻秋，十三楼际。送了斜阳，怪画船都带，水情烟思。白雨跳珠，惊阵阵、鸳鸯飞起。一曲鸥波，照影曾经，六朝才子。

慵傍疏帘丁字。任隔舫吹来，鬓边花气。粉怨金愁，满天飘泊，暮霞如绮。眉月窥窗，知道我、凄凉情事。葬尽春魂，不信青溪没底。

## **太常引**　秦淮遇雨，泊舟幽绝处，以此调写之（二首）

斜阳忽失树间明，红堕听无声。遮断蒋山青，看云气、来从孝陵。

溪光似镜，无人到也，沙鸟自梳翎。蟾界洗成冰，更洗出、鸥天水晶。

尊前爱听打荷声，鸳梦不须惊。天替我怜卿，赠万斛、凉珠定情。

单衫唤酒，疏帘听笛，忽忆五湖盟。枕畔堕钗横，卧冰簟、银床看星。

## **摸鱼儿**　秦淮河舫连句，用郭频伽荡湖船韵

二千年、南朝金粉，飘零今在何许。中实。柔波依旧青溪曲，来载酒朋诗侣。二窗。弦与柱，把锦瑟华年，销向鸥边路。中实。赋情谁与。有照水惊鸿，舞筵飞燕，同坐闹红处。二窗。

筝琶响，替了江关战鼓，名花开落皆数。中实。画篷解识新

歌艳，不惯禁他风雨。二窗。眉黛语，赚山色窥奁，江上来飞渡。中实。归程听取。是梦后真真，愁中小小，做就断魂橹。二窗。

## 台城路　骑登雨花台

六朝秋在台城路，鞭丝十年重到。废苑离宫，残云剩水，禁得几回凭吊。天风浩浩。吹酒店青旗，戍楼红纛。鸦外无人，一僧负手看斜照。

星星劫灰未扫。雨花零落尽，惟剩秋草。海市楼船，江关战鼓，只恐青山愁老。英雄去了。谁念我登临，承平年少。暝色催归，寺门钟动早。

## 念奴娇　元武湖荷花，用白石韵

藕丝国里，对湖山、况有同舟仙侣。谁把六朝金共粉，散满烟汀无数。断苇牵衣，瘦菱飘桨，万叶声催雨。无人寻到，白鸥来赠秋句。

小艇摇入波心，花深不见，莫是逢仙去。惆怅莲歌何处听，惊起沙禽眠浦。红浪连天，绿云如海，多少香魂住。刘郎老矣，再来应恐迷路。

## 十六字令　寄玉可

游，楚尾吴根遍访秋。心事悄，夜夜望牵牛。

## **探春慢**　吴社诸子用白石韵连句见寄，和原韵答之

吴市山塘，秦淮水阁，秋星同一分野。客袖啼红，奚囊背锦，赢得诗愁满马。多少尊前恨，对如此、江山慵写。月明吹笛青溪，蒋侯闲共情话。

惆怅赋别苏台，空泪泫金城，丝柳重把。六代衣冠，百年人物，只剩夕阳梅冶。酒醒浑无语，但梦逐、潮声东下。甚日西楼，挑灯还说今夜。

## **满江红**　钟山，谒明太祖陵

手定山河，二百载、十有六君。空留得、宝城松吹，金瓦苔纹。蝉奏千般罗帐伎，鸦如几个锦衣军。断送他王气，后弘光，先建文。

孝陵路，村酒醺。灵谷寺，晚钟闻。早铜驼归魏，玉马辞殷。幸少牛羊童竖火，已无龙虎帝王云。与汉唐、开国几英雄，争夕曛。

## **庆宫春**

青溪水曲，不秋自凉。与二窗系舟垂柳下。水风萧寥，斜日入坐。游船罕到，明漪绝尘。相对闲鸥，忽忽已有归意。和白石此词，扣舷歌之："望美人兮天一方"，不能无赤壁之感也。

高树蝉凉，断桥虹瘦，隔烟唤起秋阔。鱼国吹漪，空香四远，水风还似百末。有人凝睇，对帘外、眉山秀发。诗愁多少，飞满吴天，画篷难压。

十年俊侣飘零，短艇蘋洲，笛声凄答。松陵归棹，飘然欲去，几被闲鸥相遏。玉阶蕲簟，怕今夜、寒侵露袜。沙边幽恨，分付斜阳，淡红半霎。

## **一萼红** 忆吴门旧游，赋此解，寄社中诸子，用白石韵

画桥阴。倚阑干唤酒，凉月晒斜簪。瘦鹤窥诗，老鱼听曲，花底残照初沉。话前度、梅边影事，有小小、枝上并栖禽。醉后乌丝，别时红帕，幽恨催临。

何事片云吹散，把吴天一碧，换作湘心。箫市行歌，琴台坐啸，欢怨无处堪寻。已多少、青春浪掷，更休问、曾掷几黄金。好趁秋星渡河，不怕波深。

## **忆旧游** 自金陵往鄂渚，月下宿江上轮舟趸船，感赋

向吴头听笛，楚尾呼灯，万里风烟。一宿金陵渡，正乌啼潮落，白下门前。几多六朝幽恨，分付隔江山。也愁见而今，江城壁垒，海国楼船。

飘然，未归去，怅艳冶销磨，客里山川。秋信浑如此，怕翠眉颦柳，红泪凋莲。水天二分凉月，照我共无眠。问冉冉秋

星，可能飞到伊鬓边？

## **柳梢青** 江行览古

滚滚江流，萧萧荻苇，寂寂汀洲。江上青山，已都愁老，还劝人愁。

新亭涕泪难收，对风景、依然楚囚。四海为家，六朝如梦，一样神州。

## **扬州慢** 鄂渚晤沈大伯华，用白石韵

黄鹤空矶，赤乌残壁，古愁渐满征程。看朝吴暮楚，隔数点山青。又如梦、东风过了，几人年少，巾扇麈兵。问扁舟，何事年年，来去江城。

与君一笑，早相看、华发休惊。剩白月飞觞，青天倚剑，犹赚豪情。倦客甚时东下，今宵梦、先逐潮声。怕秋云、吹散尊前，幽恨还生。

## **忆旧游**

余以壬午四月，重下镜台。妇家在鄂，其地有曾太傅祠。池馆幽清，花木秀蔚，据山揽江，吴楚在目，常携内子游焉。今冉冉七载，而余行踪犹在郎官、大别间，闻祠中风景亦非故矣，因制此词，并邀白华内弟同作，盖不胜长干竹马之感云。

记鸾笺写韵，凤曲游仙，小住文箫。阁外山如画，试弓腰

步屧，来看江涛。画阑旧时曾倚，香气未全销。怕一角斜阳，春人去后，红得无聊。

檀奴，惯离别，几陌上花开，江上萍飘。丞相祠堂在，似玄都观冷，慵问栽桃。青丝上头千骑，无福比韦皋。渐老了周郎，负他初嫁人姓乔。

## 齐天乐　和白华，用叔问韵。时余将游庐山

西风又起天涯路，吹残碧云如马。十载江湖，无人到处，惯与闲鸥争霸。一双不借，更庐阜寻僧，远投莲社。行路寻常，曹将军笔也难写。

销磨旧怀艳冶。向荒台流水，空吊琴雅。夕跨苍龙，朝辞黄鹤，明日芙蓉手把。与君别者，莫只学人间，秋虫吟哑。五岳归来，早将书代话。

## 满江红　过镇江感怀

滚滚波涛，惊心望、风云变色。算除却、润州京口，无斯奇绝。虎斗龙争南北限，乌飞兔走东西没。只茫茫、片刻对江山，堪头白。

纵华了，头上发。休冷了，胸中血。问中流击楫，壮心谁切。两点金焦愁似我，千帆吴楚忙如客。蓦一声、渔唱起前汀，鸥飞灭。

## 踏莎行　京口舟中作

铁瓮楼船，银山戍鼓，江南江北愁来路。断霞鱼尾画金焦，残阳鸦背分吴楚。

三十功名，万千词赋，英雄才子俱尘土。佛狸祠下听潮回，垂虹桥上呼秋去。

## 疏　影

昵鹊楼主，家在虞山，尝与泛舟尚湖，招凉度夕。时水空天远，星晚月初，湖风吹衣，山翠倒影，夜色中光景奇绝。既泊舟中流，乃弛衣敷簟，并枕鹢首而卧。飞星掠鬓，斜河映胸。共道欢爱，则言笑晏晏；相怜同病，则凄然俯仰。自以为逢伯陵、季萴以来无此乐也，聊赋此调，以追旧欢。

湖风灭烛，向万荷叶底，偷解裙幅。隔着纱衣，珠汗原无，嫣然况是新浴。桃笙八尺凉如水，莫冰了、芙蓉脂肉。怪一萤、红堕船唇，照出小怜横玉。

定被虞山见也，个人正睡里，来盗眉绿。天上孤蟾，波上双鸳，替我安排金屋。客星夜犯天孙座，是侬足、潜加卿腹。怕鬓边、茉莉吹香，愁得老龙难宿。

## 大江东去

仲方与叔海以七夕前一日游石湖，作词忆余游庐山，而余适至，因和韵以答仲方。用东坡韵，即用其体。

一拳庐阜，也还算、吴楚中间奇物。我自飞行南斗外，不借丹崖翠壁。三石梁边，六朝松顶，瀑布悬秋雪。浩然归去，望云心似仁杰。

翻羡陆弟周郎，石湖秋色里，扁舟徐发。五老香炉遥送我，回首烟岚明灭。未报君亲，名山虽有约，敢云披发。人间事了，骑龙同捉明月。

## 洞仙歌 （二首）

七夕后二日，携玉可泛舟葑门荷荡观白莲，遇雨，用东坡韵连句纪游。

功名马汗，与文章牛汗。赢得新霜鬓边满。中实。问何如、一舸鸥国招凉，花世界，不管人间理乱。玉可。

碧云香似海，沉醉吴王，鸳梦何知有秦汉。中实。销夏古湾头，花落花开，千秋事、水流难转。玉可。喜坐对如花素心人，把绿意红情，霎时都换。中实。

天将白雨，洗环妃红汗。万颗凉珠玉盘满。中实。看群仙、舞罢湿了霓裳，裙幅幅，都把青罗折乱。玉可。

闲人卿与我，纵苦炎歊，忧旱无心赋云汉。中实。一笑听秋声，水叶风蒲，乾坤事、让他旋转。玉可。只四壁花围五湖舟，学范蠡夷光，姓名先换。中实。

## 齐天乐

文十尝游虞山，登兴福寺楼作词，飘然有白石意致。后五十日，余亦登此楼。未采华芝，但携桃叶。今则江山如故，人事已非。读君词，不知哀乐何从而至，和韵有作，既忆旧游，兼谂知我诸君，浩浩此愁，亦如山中白云，不堪持赠也。

短箫凄咽登临恨，天涯赏音谁是。剑气俱销，琴心欲倦，来访吴侬乡里。刘郎老矣。要醉卧青山，被花扶起。吟袖弓腰，半空飞过粉香细。

人生一般如寄，便阑干好在，难得同倚。海上船回，江南花落，往事空随流水。扁舟料理。怕载酒重来，旧鸥都异。桃叶飘零，暮潮还又至。

## 摸鱼儿

丁亥七夕，初返吴门，与同社诸子和白石辛亥秋期韵。

更能消、几番秋泪，银河将变智井。流云一夜声如水，不许天孙安枕。幽梦省，似海上、仙山唤起冠未整。生衣渐冷。正暗露萧萧，飞星冉冉，秋信到斜领。

通天表，肠断南朝沈炯。神仙富贵俄顷。人间总有痴儿女，岁岁针楼祈请。欢易迥，怅十载江湖，几并花外影。佳期莫问。趁小扇单衫，疏帘清簟，对坐惜光景。

## 念奴娇 以汉瓦当砚赠女弟玉俞，有词来谢，和韵答之

玉烟瑶草，待呼龙来种，此田非石。何处汉家三十六，惟剩片云秋碧。助画双蛾，添修五凤，医得诗仙癖。冰蜍悲喜，素娥重见今夕。

惆怅眉子弯环，小鸾去后，空向人间觅。何似团栾明月样，曾照当年太液。午梦堂前，未央殿上，夭寿谁平格。东风一笑，漳台铜雀无色。

## 寿楼春 和叔问秋感，用冯梦华同年原韵

招西楼秋魂。正沧波雁瘦，故苑鸦昏。早是愁填碧夜，梦销青春。归伴我，牛衣人。洗布裙、河边天孙。但补屋萝疏，渡江桃远，锦瑟易生尘。

吴王国，空斜曛。让渔樵野局，沙际开尊。十里江村暑退，豆花遮门。看万鸭，如归军。带绿萍、来栖篱根。拼买醉山塘，斜阳一痕红上巾。

## 前调 叠前韵，寄二窗金陵

霜花腴还魂。忆灵岩唤酒，水瘦烟昏。更忆蛮江听雪，市桥沽春。都老了，翩翩人。旧屐裙、张循王孙。怅埋玉山川，销金岁月，环燕一般尘。

秦淮曲，丁帘曛。共招凉藕国，翠雨飘尊。甘向红楼乞食，

胜他朱门。黄月晕，围如军。照二萍、吴头吴根。空墨泪模糊，诗痕醉痕凄满巾。

## 八声甘州

张子芾出观其室曾季硕画《瀛洲图》，图长径丈，奇笔也。子芾自题词，言某岁与同舍生十八人送蜀学使南皮公于新都县桂湖，公曰：“此瀛洲也。”今十余年矣。公久督两粤，子芾犹淹留吴下，属余题和，因出己意以广之。

向虚堂唤酒展生绡，风云画图开。想龙颜帝子，虬髯妹婿，几辈雄才。瀛洲缩成方丈，佳气郁葱哉。师友君臣感，旷古同怀。

世事都如画耳，怅三巴故国，百粤高台。剩傭舂织畚，踪迹似梁莱。幻空中、指弹楼阁，怕神仙、将相总尘埃。还输与、万桃花树，偕老天台。

## 寿楼春

山塘僧云闲有琴，款曰“纤纤”，盖瘦吟楼物也。女史才名著吴下，与其夫陈秀才竹士有静好之称。浮眉楼主《虎山寻梦图》，即为竹士悼亡而作。今百余年矣。余每游邓尉，经行桥下，必徘徊久之。顷见斯琴，重有所感，乃赋此词。

听松阴萧萧。把山塘软水，弹作风涛。何处斜阳一角，瘦吟楼高。弦带润，曾轻挑。旧雨痕、疏帘樱桃。折秋士年华，春人福命，指上有离骚。

天女去，空花飘。坐音声海里，万感如潮。莫问啼鹃锦瑟，彩鸾文箫。谁念我，魂都销。忆虎山、他生红桥。正落爪铿然，僧房寂寥闻剪刀。

## 兰陵王　题徐梅隐湖桥春影图，用周美成韵

玉箫直，慵立湖阴暝碧。春衫冷，风外自吹，随带江南断魂色。诗愁满水国。来对闲鸥作客。看波底，垂柳落花，惨绿斜阳一千尺。

苔边俊游迹。渐蝶粉飘衣，鹃泪凝席。窥篷黄月如初食。寻旧曲桃叶，更听吴语，红阑回首隔几驿，梦飞到桥北。

幽恻，坠欢积。怕载酒人归，还比秋寂。垂虹读画情何极。且并舫兜扇，隔帘邀笛。鱼天空翠，向镜里，似欲滴。

## 齐天乐　吉祠秋集，分咏得废池

廿年乔木言兵倦，扬州旧游何许。瘦鹭窥肩，枯蝉感鬓，来对荒波自语。画阑在否？有漂泊春魂，落花曾住。不似宫沟，替人能寄怨红句。

枯荷又兼暮雨，紫萍无赖甚，空自来去。太液秋风，昆明春水，回首汉家箫鼓。他时倦旅。怕一角寒漪，也无寻处。照影冰奁，素娥愁更苦。

## 醉太平 山塘秋晴，花圃晚集

瓜棚豆棚，花塍菜塍。斜阳香雾如蒸，晕秋窗一层。
琴僧画僧，诗朋酒朋。红阑隔水同凭，看人家上灯。

## 霜花腴

此调本吴梦窗自制曲，盖重阳后，泛石湖作也。余亦后重阳六日去吴，社友和梦窗韵赠行。“芳节多阴，兰情稀会”，倚歌和之，言愁始欲愁矣。

扣阑唤马，恨玉钗，秋来不挂臣冠。朱户飞楼，翠微流水，今宵梦到俱难。雁绳暝宽，怕断魂、犹在风前。甚吴天、也替人愁，泪花飘雨一江寒。

双鬓绿波曾识，怎萧然独去，照影如蝉。离墨偏浓，呼鸦题句，乱山为我铺笺。傍桥系船，对越娥、妆镜婵娟。剩前头、几树凉红，独欹霜枕看。

## 前调 再和前韵寄同社

冷淞照影，话旧游，霜枫醉倚貂冠。温酒帘栊，背花行李，闲鸥去住偏难。梦嫌水宽，问甚时、飞到灯前。听春声、似隔天涯，小楼吴雨夜香寒。

那是载人双桨，载秋魂一个，未蜕枯蝉。怨叶初红，愁波空碧，问他可寄人笺。隔云送船，谢远山、眉黛娟娟。任苏台、换尽斜阳，有情终耐看。

## 甘州　和社友，用玉田韵赠别

恨行云只解向天涯，无意蘸芳洲。正蘋花弄晚，南鸿西燕，相对悠悠。一样凄凉残照，明日莫登楼。载得情多少，分付扁舟。

唤酒依然江上，把年华似锦，掷与轻鸥。看青山数点，点点是离愁。且休寄、宫沟怨句，怕误他、红叶尽飘流。西风紧、断魂难觅，都化成秋。

以上《琴台梦语词》，光绪十三年（1887）刻本。

## 菩萨蛮　宁乡县沧水驿是太白题词处，偕叔由和韵，书驿舍壁间

关山满目春愁织，织成一段无情碧。何处小红楼，玉梅花正愁。

天涯人独立，转恨东风急。相隔不多程，故园江上亭。

## 霜华腴　和叔由

乱山做雨，怪楚天，行云也不思归。社燕初来，残梅未扫，帘栊似是还非。客愁暗随，忆小楼、瓦当油衣。乍销魂、一夜

听残，晓妆慵问杏花迟。

纵有离情黯黯，但春欢半点，终胜秋悲。旧国清游，华年影事，东风暗里推移。柳边路歧，已十年、吟尽斜晖。怕归鞍、又到春深，更吟金万丝。

## 一萼红 蜕园连句

乍相寻，有东风燕子，窥客在帘阴。子大。草甲青苏，柳荑黄短，春色飞上吟襟。叔由。问谁把、红阑掐遍，尚约略、留得指痕深。中实。鸥外芳盟，莺边俊语，往事难禁。子大。

侧帽依然江国，感西楼旧侣，寂寞青琴。叔由。照鬓明漪，黏鞋腻藓，思量怎到而今。中实。访那回、吹香池馆，便笼鹦、传恨语先喑。子大。怪底春云一片，也是沉沉。中实。

## 绛都春 长沙感旧连句

珠帘路断。话十载俊游，春梦都倦。中实。楼外柳丝，空自年年和愁剪。子大。夕阳不照青尊满，又镜里朱颜同换。叔由。绿窗鹦鹉，而今也似，隔花人远。中实。

偷看，雕廊屧印，怕相遇、那回嗔客双燕。子大。千缕断魂，化作春烟烟还散，叔由。杜郎未恨寻芳晚。恨少了、寻芳愁伴。中实。怪他几折青衫，带围又减。子大。

## 摸鱼儿　连句，用辛幼安韵

隔红楼、几声湘雨，春魂多半销去。中实。杜郎十载青衫恨，赢得泪痕偷数。子大。关不住，只那角、珠帘便是愁来路。叔由。酒边腻语。把鹃国悲欢、莺天恩怨，细向个侬絮。中实。

年时事，门巷枇杷不误，笼鹦休更相妒。子大。朝云纵写高唐赋，梦里生涯难诉。叔由。梁燕舞，还只怕、啼红湿遍花阴土。中实。相思最苦。何处是天涯，天涯只在，窗下送郎处。叔由。

## 金缕曲　连句，用刘改之韵

影事欢场倦。更休提、兰因絮果，柳差花遣。中实。那日回廊抛一角，认得夕阳红软。算不枉、相逢肠断。子大。小院更无人替影，隔花阴有个蜻蜓颤。花下路，几回见。叔由。

寻常图画都堪卷。看生成、香君侠骨，文君娇脸。中实。十幅蛮笺都写遍，难写笑深颦浅。空闭了、银屏一扇。子大。只恐梨云飘易尽，祝东风莫做春人怨。栏曲曲，断魂远。叔由。

## 琵琶仙　连句，用姜尧章韵

真个销魂，只卿是、相对相当花叶。子大。谁把眉黛眼波，和腰作三绝。中实。楼十二、潇湘未晚，问啼到、几番愁鴂。叔由。替被瞒鸳，扶钗想凤，心事重说。子大。

算惟有、双燕依人，尚能记、初逢那时节。容易沈郎惆怅，满春衣榆荚。中实。千万点、缃桃照水，被脸霞、夺了红雪。叔由。怪底窗外银莺，劝人休别。子大。

## 凤凰台上忆吹箫　连句，用李清照韵

过雨移灯，因风想屧，夜阑慵并扶头。子大。怪新来瘦损，瘦到莲钩。中实。最是樱桃红小，攲玉枕、絮语难休。叔由。双星恨、春宵太短，转不如秋。子大。

难酬，向来恩眷，惟自祝朱颜，长为卿留。中实。唤素娥相伴，飞下琼楼。叔由。今夕灯花双笑，应笑我、别泪凝眸。子大。侬还羡、衾窝绣鸳，不解离愁。中实。

## 宴清都　蜕园听雨连句，和卢蒲江

闲恨无人管。偏又是、雨声敲砌零乱。中实。销魂正在，檐花落处，酒波微暖。叔由。余寒有意相伴，未许我、春衣早换。中实。怪竹边、一阵萧萧，依然作了秋苑。叔由。

猜他替柳搓绵，催梅堕粉，慵让莺见。中实。珠帘自下，红楼更隔，几重深院。叔由。回廊屧、路都断，怎还有、天涯在眼。中实。怕西园、迟了归鞍，东风易晚。叔由。

## 长亭怨　长沙客感连句，用湘绮楼韵

又呼起、天涯愁影。故国江山，倚娇成困。中实。十载萍根，剩欢零怨，也无准。叔由。楚宫何在，空留得、东风恨。香草吊三间，却不是、南朝脂粉。中实。

隐隐，送寒林落日，身世贾生还近。叔由。文章束笋，总难写、骚人忠愤。中实。看浪打、数点衡云，算如此、英雄都尽。叔由。笑战鼓楼船，输与诗鞍吟稳。中实。

## 迈陂塘

湘春社日，寓居周氏蜕园，红桥朱阑，绿柳碧水，似梦非梦，言愁欲愁，春阴罨霭中，制此词，侧帽歌之，不自知其凄抑也。

过前宵、几番风雨，池塘新水添尺。横波画出阑干影，多少愁朱恨碧。斜照夕，便映到湘帘，总是伤心色。春魂太只。化一缕游丝，画桥来往，还被绿杨隔。

苇衫客，坐暖荒台冷石，闲吟闲醉闲觅。红楼半角窗都掩，惟见燕泥堆积。寻屧迹，算曲曲回廊，尚比柔肠直。颓墙左侧。只一树残梅，无人见也，坠粉又狼藉。

## 前调　泛月连句，用前韵

带回廊、几行疏柳，画船离了盈尺。子大。烟波界出空蒙路，惟见楼朱瓦碧。寿慈。花外夕，看三两闲鸥，都是潇湘色。中实，春人易只。莫便负清光，呼来月姊，同展绿窗隔。叔由。

愁边客，补上情天片石，鸳魂休为侬觅。子大。小山半角遮人影，斜映一痕苔积。寿慈。桥上迹，怕香雾沉沉，压得虹腰直。中实。凌波步侧。似有个雏鬟，看题秀句，黑泪正零藉。叔由。

## 蝶恋花 蜕园看雨，池上独吟

闲把阑干都遍数。步步回廊，步步伤心路。行到画桥西畔住，水窗坐看跳珠雨。

谁剪愁丝千万缕，挽着垂杨，半化冥蒙雾。一带红楼帘影暮，销魂有燕无人处。

## 高阳台 落梅连句，和吴梦窗

翠羽啼春，朱门闭雨，西湖第几重湾。中实。殢粉尘香，深深葬了肥环。叔由。马嵬只是埋红地，贮素魂、应在孤山。中实。又江城、五月成阴，青似长干。叔由。

记曾纸帐相厮守，镇冰肌少晕，玉体无瘢。中实。酒醒天涯，何人一笛吹寒。叔由。飞琼遗佩都零落，倩素娥、觅到苔边。中实。怕扬州、何逊重来，旧月空圆。叔由。

## 湘春夜月 月夜蜕园连句，用黄雪舟韵

不分明、月魂还是湘魂。中实。恰又酒醒今宵，珠箔一灯昏。叔由。十载淡欢浓怨，化二分红泪，销尽青春。中实。渐夜深风细，吹愁不去，残梦空存。叔由。

清歌易远，晚妆定卸，闭了斜门。中实。十二阑干，似隔

了、楚峰十二，还隔行云。叔由。空烟织水，浸垂杨、绿影无根。中实。便见也，怕姮娥此际、都应瘦损，天上眉痕。叔由。

## 沁园春　咏龙连句

万里蟠空，自贝阙来，秋与云高。叔由。看金碧攒鳞，浮光攫电；虹蜺截尾，嘘气成涛。子大。海国余腥，江天薄怒，白日鼋鼍不敢骄。海年。骊宫水，只倾来数点，洗净神皋。中实。

鼎湖谁拾乌号，问台上轩皇何处招。叔由。只甘露膏禾，同符汉瑞；神风鞭石，也学秦逃。子大。银岛无波，琼宫有月，一掣翻能上九宵。海年。鱼鳞屋、在潇湘那角，欲问离骚。中实。

## 前调　咏马连句

碛雪盘天，万里长嘶，西风断魂。子大。正玉关战罢，桃花有汗；金创病久，苜蓿无恩。中实。渭水东来，瑶池西去，汉帝周王何处存。叔由。无人识，看霜蹄迸血，飞下昆仑。海年。

暮年骨相空论，曾饮过长城窟水浑。子大。忆喷玉胡沙，双批掣电；连钱绣陌，千骑如云。海年。青海黄河，黑山紫塞，也似英雄髀肉痕。中实。雄心在，算金台未远，却出横门。叔由。

## 前调　咏燕连句

春社来时，银蒜瞑垂，软语窥人。海年。正缃桃绽了，池塘罨画；海棠开未，庭院黄昏。中实。十二珠帘，一双玉剪，瘦却东风又几分。子大。寻难定，说新巢不是，旧日朱门。叔由。

夕阳巷口烟痕，怎话到乌衣欲断魂。海年。怅雕梁落月，莫愁何处；红楼细雨，关盼空存。中实。腻翠捎阑，憨红掠榭，频向侬家唤玉真。子大。西风早，怕相思万一，海上秋云。叔由。

## **前调** 咏蝶连句

一阵东风，姗姗来迟，飘飘欲仙。中实。把寻芳晓梦，惊回宝幄；吹晴腻粉，飞扑金钿。海年。五色裙拖，一双钗颤，骑入罗浮洞口天。子大。人间世，看万红深处，花气如烟。叔由。

笑他彩翅蹁跹，怎醉了浓香软似绵。中实。只生嗔憨婢，擒来小院；误驮花片，转上秋千。海年。燕剪私憎，狸奴却妒，瘦损秦宫春可怜。子大。相寻处，又南园草绿，愁满吟边。叔由。

## **长亭怨** 咏瓜仁，同湘绮楼纸煤韵

早甘向、卿牙化粉。底事空把，汴房双褪。近舌津香，傍唇脂浅，带余晕。瓠犀三两，何曾着、些微印。一破一完全，从不费、葱尖半寸。

敲尽，背人偷递处，刚趁烛花将烬。盘龙绣帕，折方胜、密包深拉。还怕是、暗损灵犀，有血点、丝丝堪认。待领略相思，细嚼年时幽恨。

## 一萼红　咏纸煤连句

捻春纤，爇芳心半点，红得到侬边。子大。藕臂初抬，兰魂乍瞥，茜丝低袅微烟。寿慈。记擘向、阿娘双手，凭玉案、搓作并头圆。子大。拈傍樱唇，嘘从檀口，两意相怜。寿慈。

走近碧纱爇里，有银荷未上，还倩伊然。子大。卷欲同蕉，化还如粉，未须分裂蛮笺。寿慈。笑郎心、较渠还热，裹相思、一寸一缠绵。子大。却怕尖风损焰，背过帘前。寿慈。

## 前调　咏纸煤连句，和子大、寿慈

一痕纤，费春尖几个，卷向镜台边。中实。钏响偎灯，衫纹叠袖，和玉先种秋烟。叔由。算终是、成灰化粉，又底用、搓到十分圆。中实。束比葱多，裹同蕉小，身世堪怜。叔由。

曾惹卿卿胆吓，记檀郎狡狯，口内能然。中实。一寸相思，几重心事，谁耐焚着吟笺。叔由。看销尽、残红半霎，化香雾、双缕细如绵。中实。最是兰魂易冷，偏在花前。叔由。

## 八声甘州　六忆词（六首）

忆来时提着缕金鞋，刬袜下香阶。似流云吐出，一轮华月，光照楼台。浑把春风带到，沿路牡丹开。香自伊怀里，暗扑侬怀。

底事佩声又远，早知人性急，故要迟回。甚工夫未破，犹待小鬟催。肯相怜、停辛伫苦，为惊鸿、费尽魏王才。还只怕、空言少据，定所难猜。

忆坐时端正不夭斜，故意迟些些。但焚香扫地，莫思闲事，误了年华。侬学善才童子，甘拜九莲花。才把双钩捻，晕起微霞。

朋比熏炉何意，任海棠红绽，懒去看他。怕起来时候，略略有些麻。记凭肩、吹笙花底，故嗔人、压损画裙纱。方锦褥、镇常亲近，软玉无瑕。

忆食时初竟晓梅妆，对面饱端相。是天生两口，甜恩苦怨，总要同尝。还把檀郎二字，细嚼当槟榔。漱水休倾却，中有脂香。

闻道别来餐减，只相思一味，当作家常。想瓠犀微露，刿着尽思量。恁桃花、煮成红粥，早拼他、心里葬春光。侬只梦、胡麻熟否，不梦黄粱。

忆眠时凤帐掩娇颦，脸印枕痕新。任金钗压扁，罗衫折蹙，休唤真真。只恐和人和梦，都化作梨云。梦里何滋味，犹咽香津。

那日回廊中酒，有猩红万点，铺作重茵。被檀奴欺负，偷解茜纱裙。甚东风、相扶不起，被春愁、困了柳腰身。凭仗着、三生恩眷，消受横陈。

忆立时初出绣帏中，偏爱画阑东。正伤春人独，落花微雨，归燕帘栊。添个小鬟扶着，高下四眉峰。遮却湘裙半，一树嫣红。

曾似羽林夜约，累卿卿待久，酸透双弓。斗腰支谁俊，私语更喁喁。愿天怜、比肩人瘦，把双魂、吹化海棠风。还记否、柳绵撩乱，蓦地相逢。

忆去时红浪涨衾窝，一半泪痕多。把兰心玉体，通宵赠遍，重赠秋波。指点画楼珠箔，明日是星河。留着飞龙骨，甘为伊拖。

若道梦中遇也，却分明换得，凤帕香罗。便生涯是梦，梦肯再来么？送春归、一天花雨，问何人、禅榻伴维摩。从此后、凄年苦夜，细细消磨。

## **前调** 连句，再赋六忆（六首）

忆来时随月到中庭，呼侬启双扉。叔由。问朱楼未远，今宵钿约，何事偏迟。子大。行近画阑干路，转认是花枝。中实。又者回初见，道了相思。叔由。

才傍檀郎几案，便戏拈小印，钤上书眉。子大。正帘栊生色，春满敝斋时。中实。怕凉他、盈盈香汗，坐风前、不任解罗衣。叔由。认前度、小窗鹦鹉，唤个人儿。子大。

忆坐时盘膝捻双翘，移灯故偎郎。子大。算生来好静，一春消受，妆罢熏香。中实。怪道文茵太窄，并倚却相妨。叔由。又推侬暂起，自理罗裳。子大。

莫更凭肩对镜，怕菱花一朵，也妒人双。中实。有合欢钿椅，新制出西洋。叔由。只怜伊、恹恹伏几，是嗽时、搁了旧鸳鸯。子大。把月底、红阑熨暖，却受微凉。中实。

忆食时脂晕尚留唇，含情递余杯。子大。说春纤切笋，郎应可口，小婢亲煨。叔由。故向卿卿索哺，郎性忒如孩。中实。笑语加飧未，底用侬陪。子大。

总是团栾玉案，问有时对面，何似肩偎。叔由。厌灵狸馋杀，嗅到凤头鞋。中实。似生成、一双象箸，也朝朝、在手不分开。子大。还同把、牙儿剔着，替拔金钗。叔由。

忆眠时、四角掩香罗，魂销玉钩声。中实。乍两头鸳枕，抛将一半，调护春酲。子大。最是罗襦乍褪，禁得嫩寒轻。叔由。金扣悭郎解，先问山盟。中实。

伸得琼酥半臂，恰衤伊肩罅，俊语丁宁。子大。说前宵去也，怪底梦难成。叔由。怎铺得、鸳衾太窄，惹个侬、香汗不曾晴。中实。空抛却、发香青绺，有堕钗横。子大。

忆立时密约怨郎迟，亭亭傍花阴。叔由。指苔边弓印，凤钗溜也，故遣侬寻。子大。满地月华如水，冰透凤鞋心。中实。更一双罗袜，凉露偷侵。叔由。

扶住身裁一搦，怕尖风划地，婢力难任。子大。更瞒他鹦鹉，行入绿杨深。中实。似当时、隔帘初见，悄无人、深院正听琴。叔由。也曾向、中门映处，拾得斜簪。子大。

忆去时媚眼故看人，情波一分秋。中实。渐铜壶滴尽，珠帘放下，残月当楼。叔由。忍见笼灯上了，欲步又回头。子大。私祝朱扉槛，阻住莲钩。中实。

早又魂销尽也，只鸳廊屧迹，尚为郎留。叔由。怎丁宁忘了，明日早来不。子大。裹瓜仁、一方罗帕，在侬怀、知是甚时投。中实。相思味、从新领略，今夜拼休。叔由。

## **瑞鹤仙** 连句，和陆雪溪韵

绿云堆一枕。唤晓妆娇鬟，郎手替整。中实。春山翠蛾冷。看铅华净洗，楚宫浮粉。叔由。张星夜永，梦初回、银瓶汲井。子大。二十年、一缕吟魂，重为宝儿销尽。中实。

还省。小唇秀靥，隔灯初见，那回情景。叔由。花随月迥，三影句亦无准。子大。怕鹦边、又到东风似剪，桃渡钗分莫问。中实。但卢家、燕子双双，几时住稳。叔由。

## **九张机** 连句，赋调名第二字

细端相，弓痕画出两眉长。子大。灵和替写风流态，寿慈。归来燕燕，叔由。吟成好好，中实。斜汉六星凉。莲父。

## **二郎神** 连句，赋调名第一字

排行第几，刚压倒、蒋三黄四。中实。笑那日鸳鸯，并头眠好，不似侬和你。子大。叠叠重重相思影，恰弹了、杏花钗子。

寿慈。算占却那分，画帘明月，胜扬州地。叔由。

人倚，铜台未锁，乔家风致。莲父。看藕臂琼弯，桂眉细晕，销得卮娘换姊。中实。羽并莺莺，尾分燕燕，前月剪刀风里。子大。过昨宵，便是初三，叔由。细数连环双字。寿慈。

## 八宝妆　连句，赋调名第二字

梦接楼台。天入水、珠幡乍护卿来。子大。镜中人影，桃渡忆否分钗。寿慈。鸭鼎浓烟熏麝帕，风帘凉月映鸳鞋。中实。是琼娘，佩环声转，潜下瑶阶。莲父。

长记香车旧约，向九华帐里，双扇迎回。叔由。隋苑憨名，有梦曾逗侬怀。子大。花王懒去作相，任雪白、荼蘼红间开。中实。销魂处，又碧湘横瑟，华年暗催。叔由。

## 蕙兰芳引　连句

杯莹酒香，好重话、廿年兰约。海年。看镜里芙蓉，红艳向秋未落。中实。楚娃荡桨，渐恨满、阿娘池阁。子大。问杜郎去后，一种风流谁托？叔由。

黛画娇颦，脂留薄晕，替写飘泊。海年。检金缕尘箱，折损舞衫半角。中实。莺边人倚，倩魂又弱。子大。吹柳绵、偏是晚风帘幕。叔由。

## 八犯玉交枝　连句

对镜含颦，拥衾思梦，勾起玉奴心事。海年。月冷红楼窗六扇，顾曲风流谁似。叔由。扬州书记，十载慵问珠帘，无端却到飘灯地。中实。重话那回肠断，碧桃花底。子大。

为怜一尺楚腰，为怜玉臂，环肥差想风致。海年。倩谁写、眼波眉意，算惟有、春山秋水。叔由。听芳曲、梁尘乱坠。隔窗催得笼鹦起。中实。怕巷口枇杷，春来变作相思子。子大。

## 握金钗　连句

镇日宝奁前，钗花炫人眼。寿慈。昵郎无语流眄。一缕娇魂共愁剪。海年。池上柳，柳边楼，楼下院。子大。

那夕酒灯红，春潮上双脸。中实。几回帘底重见，谁道蓬山路更远。叔由。声寂寂，泪丝丝，愁点点。寿慈。

## 二郎神　咏二

风流第一，却略小、智琼年纪。看媚眼中分，秋波如隔，白鹭洲边水。镜里添来春人影，听黛语、眉山成四。怕神女十峰，梦云遮了，仅留丫髻。

还似，花花叶叶，相当相对。更豆蔻梢头，初过正月，画出扬州影事。绣枕双双，罗衣叠叠，都是并头莲理。问密约、应在初三，彩笔横添一字。

## 沁园春　连句赠郑侯，用刘龙洲韵

别黄鹤楼，渡洞庭湖，君亦壮哉。子大。似西川人日，身依严武；江南梅雨，肠断方回。中实。一笑相逢，楚宫何处，落日同登射蜃台。叔由。台千仞，看君山如发，湘水如杯。子大。

十年江上重来，笑前度桃花今又开。中实。记并刀剪水，汾祠雪霁；郫筒唤酒，玉垒云堆。叔由。五十功名，一双行脚，相约城东去探梅。子大。招红袖，怕长沙地小，舞亦低徊。中实。

## 前调　叠韵，答和子大

携一双屐，探七二峰，兹游壮哉。看清波九曲，帆随湘转；长风万里，雁到衡回。画桨扁舟，青鞋布袜，去访朱陵洞口台。难抛处，是小窗泪帕，同社吟怀。

平生五岳归来，话廿载游踪眼倦开。忆西天行脚，峨眉雪拥；中原极目，岱顶云堆。故国平居，名山独往，折柳歌还续落梅。明朝路，更清猿细雨，为尔徘徊。

## 前调　叠韵，柬同社诸子

人生百年，富贵何时，此语达哉。怕素心青眼，如云易散；朱颜绿鬓，似水难回。名士飘零，英雄寂寞，痛哭通天汉武台。今何夕，有麟麒作脯，鹦鹉为杯。

茫茫万感休来，且赢得尊前笑口开。看吾曹健者，貂裘换酒；今宵醉耳，蜡泪成堆。十日东风，一双燕子，开尽缃桃落尽梅。春光好，试花天酩酊，月地徘徊。

## 前调　戏叠前韵，再柬同社诸子

醇酒妇人，老死是乡，岂不快哉。把谈兵说剑，雄心耗尽；读书学道，成命收回。舞燕歌莺，酒龙诗虎，簇拥才人上将台。颁新令，要弓鞋尽脱，阖席传杯。

风尘京洛归来，对旧雨名花怀抱开。笑文章底用，鸾台凤阁；功名莫问，马邑龙堆。两庑孤豚，九还大药，止渴何能更望梅。招公等，向泥犁共堕，休再迟徊。

## 凤凰台上忆吹箫　钗，和姚二韵

脸映芙蓉，鬟堆茉莉，春纤欲插还停。乍镜心红焰，花气烘成。遗在鸳帏那角，慵自觅、偏要郎勤。沉吟久，苍苔划遍，翠槛敲频。

销魂，一声坠也，又罗帐低垂，玉体初横。怕梦中飞去，九凤无痕。但得臣冠常挂，也堪抵、承露金茎。前宵事，无端压扁，半股鸾纹。

## 念奴娇　鞋，连句

月边弓印，喜纤尘未涴，搁来檀几。子大。一捻娇香谁拾得，合在个侬怀里。三寸鸳魂，半弯蟾魄，总是相思地。叔由。双尖微损，记曾钩向裙底。中实。

还比小小觥船，载愁能稳，拼得今宵醉。但愿此身真化却，转向红氍衬你。子大。玉笋堪量，金莲乍褪，莫问凌波事。叔由。梦中坚握，防他化蝶飞起。中实。

## **八声甘州**　湘蘋馆听雨，连句

一声声逗起阿侬愁，红楼酒初醒。海年。正珠帘暮卷，玉栊宵静，揉碎春情。寿慈。遮莫枕边和泪，点滴到天明。子大。敲上鸳鸯瓦，须要轻轻。中实。

似诉离人心事，说楚乡旅宿，谁念飘零。叔由。看柳沾花润，香唾尚盈盈。海年。只今宵、背缸同听，寿慈。怕灯痕、红得可怜生。中实。思量到、落花多处，却是闲庭。叔由。

## **湘春夜月**　听雨，用黄雪舟韵

听分明，数声敲断湘魂。何况似水帘栊，何况一灯昏。催得卖花声到，只酿成红泪，销尽青春。怕画阑干外，缃桃几树，脂晕空存。

鹦边人只，小楼闭了，十扇窗门。酒醒明朝，还去对、翠篷银烛，江上痴云。啼珠万点，洒天涯、都种愁根。怎料得、把华年绮梦，无端化作，罗帐烟痕。

## 浪淘沙　和李后主韵

珠泪易潺潺，玉骨珊珊。钗盟鞋誓未应寒。鹦在红窗蟾碧海，窥破幽欢。

花外小朱阑，阑外青山。梦中迷路出花难。只似离魂天一角，不似人间。

## 眉妩　连句，和白石戏仲远韵

又雕阑月暝，绣阁春沉，花底望穿眼。寿慈。一角湘黄影，红灯路，卢梁嗔到双燕。叔由。朱扉乍款。道略迟、相对凄感。寿慈。想同把，密意温存尽，比春夜还暖。叔由。

相限，狂吟未散。怪约来芳侣，争写愁翰。寿慈。媚眼明秋水，牵情处，柔丝还结青缆。叔由。泪珠点点。未别郎、魂梦先远。寿慈。怎吹得行云，都碎也、半宵见。叔由。

## 水龙吟　渡江，连句

几人散发扁舟，渡江风雨鱼龙笑。子大。一帆如马，破空飞出，是何年少。中实。岳色西来，楚天东下，残云未扫。叔由。指危楼一角，天心积雾，似压得，阑干倒。子大。

无限烟波浩渺，掩湘鬟、数峰青峭。中实。湖山依旧，豪情顿减，几回重到。叔由。铁佛回潮，铜官喷雪，那堪凭吊。子大。莫横吹玉笛，惊他蜃气，向船窗绕。中实。

## 暗香　连句，和白石韵

茜裙血色，向酒边劝我，重携双笛。叔由。一夜嫩寒，梦里花枝忍轻摘。海年。蛾月今宵瘦了，总难写、张郎愁笔。子大。似念到、那日飘零，珠泪暗盈席。叔由。

香国，旧恨寂。奈别后宝奁，已是尘积。海年。断红自泣，背镜娇颦两相忆。子大。还恐因循误也，春更在、离魂天碧。叔由。料俊语、私属处，未应忘得。海年。

## 疏影　连句，和白石韵

天怜似玉，遣红楼月子，来伴双宿。子大。一霎情波，揉碎湘魂，啼鹃暗下春竹。叔由。回阑曲曲东风影，记那日、沉香亭北。海年。下玉阶、自折樱桃，去慰酒边人独。子大。

消得幽期密约，绣襦乍替解，窥见罗绿。叔由。怪底檀郎，忘却留欢，只道他时金屋。海年。箫声又做帘阴冷，有白石、小红歌曲。子大。怕钿盟、重订桃根，瘦减带围双幅。叔由。

## 莺啼序　连句，和梦窗韵

清明又催过也，有啼红入户。隔斜照、天外朱廊，那边帘影吹暮。子大。缀青子、枝头暗满，阴阴几日成芳树。叔由。怨东风、容易飘零，一池飞絮。海年。

十里扬州，媚脸断粉，悄吹香似雾。指阑角、曾掐春纤，笑桃人寄情素。子大。系斑骓、依依细柳，乱愁织、柔丝千缕。叔由。翠堤阴，双桨来时，乍惊眠鹭。

兰因待证，蕙约教寻，更垂念倦旅。海年。奈恨袅、倩影夜际，宝篆芬冷，两地柔肠，泪珠悬雨。横塘路杳，情波双掬，分流何事郎行速。送征帆、又没湖南渡。子大。空怜碧玉，无端数点梅花，似梦暗坠香土。

清歌易感，况是钿箫，唱小红白苎。叔由。渐半晌、吟魂敲碎，化了离痕，紫燕文鸾，昵人娇舞。海年。谁知锦瑟，华年偷换，青衫重到寻旧馆，但荒尘、栖老鸳鸯柱。叔由。还将水驿山邮，画入银屏，认侬在否。子大。

## 念奴娇　湘篷雨泊，得叔由寄词，剪烛和之

者般凄瑟，怪今宵、还是昨宵风雨。江上夜寒谁伴我，只有数峰清苦。水皱涛笺，云堆米墨，天也题愁句。恍然如梦，不知身在何许。

且去唤起湘蟾，要他指点，一发归来路。尧女祠边人迹少，才着两三行旅。短烛填词，低篷载酒，总把华年误。瑶华空寄，小山丛桂之树。

## 沁园春　诗冢，叠前韵

诗不埋人，人乃埋诗，咄咄怪哉！算招魂天上，人如宋玉；修文地下，诗是颜回。几束牛腰，千金骏骨，坯土高于百尺台。

闲凭吊，有词仙荷锸，骚客倾杯。

长沙故事征来，自刘蜕而还生面开。胜太真红粉，空留马嵬；明妃青冢，远在龙堆。碧血文章，素心歌哭，似葬衣冠岭上梅。精灵聚，向九州旁薄，万劫低徊。

## 兰陵王 湘舟录别连句

片云黑，做出湘天泪墨。孤篷矮，藏个恨人，中实。病酒伤春弱无力。凄然去江国。心恻，鸥应未识。子大。明朝路，何处断帆，却向城南望城北。叔由。

花边旧游迹，念隔水呼尊，偎月吹笛。中实。啼痕易污青衫色。怅那夕屏角，那回帘底。子大。哀弦难写况怨极，背灯镇长忆。叔由。

红滴，雨声寂。但化作桃花，潭影千尺。无端照出鹃魂只。中实。认柳外人倚，舵楼空碧。子大。眉弯瘦也，怕梦里，更见得。叔由。

## 西河 重录别连句

江上树，明朝不系船住。子大。孤篷一角楚山青，酒边又暮。叔由。碧湘春涨也催人，销魂来听津鼓。中实。

片帆色，连断浦，送君未送愁去。子大。汀洲自绿点沧波，更还带雨。叔由。望中缥缈是长沙，楼台灯火何处。中实。

忍看此夕共寄旅，要前峰、遮着归路。子大。最是黯然难赋。展寒云几叠都成残句，叔由。呼起珠宫骊龙舞。中实。

以上辑自《湘社集》二，光绪十七年（1891）长沙蜕园刻本。

## 摸鱼儿　壬午秋送次香重游吴门，即题其词卷

怪乌阑、许多哀怨，姑苏台下曾住。梵宫太冷歌楼热，都是华年销处。春易暮，听杜宇、无情啼上真娘墓。平生短簿。看绿醉鸥天，红酣莺国，一个醒人苦。

斜阳外，黯黯当年歌舞，温山软水非故。生憎虎阜千人石，不把吴天细补。篷背雨，又暗烛、凉衾秋梦重新做。凭君寄语。邀乞食英雄，浣纱绝艳，待我五湖路。

辑自《水漠国棹歌》（又名《故友蒋君词》）慕皋庐杂刻本

## 还京乐　和抱碧，用清真韵

故人老，太息诗筒酒杯谁料理。恁怨长轻绝登高，望远疏麻还费。正素波无际。秋风啼鴂芳兰委。笑廿载，还未洒尽，少年时泪。

旧时花底。有吹笙、俦侣而今，绿鬓丝丝，禅榻况味。都拚艳骨埋香，把春光、尽付桃李。只安排、断井颓垣，残山剩

水。为语南飞翼，穿云先说憔悴。

## 摸鱼儿 题雁来红图卷

问花天、泪痕多少，旧鹃又化新雁。秋江也似芙蓉命，惆怅东风不管。君漫感，君不见、碧桃花落春如电。罗裙血染。任翠袖单寒，青衫老大，商妇一般贱。

燕支色，欲画牡丹浑懒，故山聊写清怨。空帘绿影潇湘水，洗出夕阳红淡。筝柱畔，便题叶、宫沟已惜年华晚。关河路远。怕留住朱颜，酒边无用，去作冷枫伴。

以上辑自《词学季刊》第二卷第三号（1935年4月16日初版发行）

## 齐天乐

菱塘鱼簖无人路，西风片帆吹到。嫩柳都黄，柔桑自绿，难遣天涯怀抱。商量画稿。正阁住秋阴，数峰青峭。十里烟波，隔桥撑出画篷小。

凄凉独歌乌帽。前村酤酒处，乌桕红了。树树牛毛，船船鸭脚，满目空添愁料。飘零亦好。载苕霅溪光，晋时孤棹。甚日重来，旧鸥应更老。

辑自钟叔河编《林屋山民送米图卷子》所附扇面照片，岳麓书社2002年版。

## 满路花　丁酉十二月朔日和白仙乩笔（四首）

忠臣惭保保，孝子愧安安。文章还远逊、赵闲闲。年来勋业，分付水精盘。末路真堪笑，一事无成，英雄儿女神仙。

问何时委蜕如蝉，返我太虚天。茂陵封禅稿、任丛残。御风骑气，撒手谅非难。骨肉团栾好，蕊珠兜率，方知即在庐山。

鱼龙方跋扈，鸡犬岂平安。五州蜗角局、不能闲。金瓯将缺，先变烂银盘。沧海扬尘后，荆棘铜驼，只愁泪洒神仙。

大槐宫衮衮貂蝉，那有柱擎天。玉龙三百万、甲将残。乾坤澒洞，来日大都难。披发吾行矣，儒衣僧帽，黄冠差胜文山。

出师留两表，王业不偏安。武乡侯尽瘁、肯偷闲。回思当日，膝向草庐盘。出处何常有，出作完人，处为忠孝神仙。

即先生岂薄貂蝉，悲悯切人天。明知唐社稷、已将残。英雄同恨，炼石补天难。汉末还唐末，三醉岳阳，何如六出祁山。

涛声趋左蠡，岭势接南安。匡庐真福地、境幽闲。三天子障，虎踞与龙盘。五老峰千丈，结个茅庐，任人谤是神仙。

记曾听万壑哀蝉，乐奏似钧天。琪花飘满地、鸟衔残。桃源洞里、秦火到应难。我与昌黎异，世闲屈曲，不如从汝神山。

## 前调　十二月初四日和白仙、吕仙乩笔词二首

西湖虽可乐，南渡太偷安。半闲堂上客、半闲闲。销金锅

里，蟋蟀斗千盘。炮打襄阳日，葛岭笙歌，依然人望如仙。

水龙吟寓感于蝉，天水碧连天。渡江闻白雁、一声残。诸陵何处，花落欲寻难。千古伤心事，年年风雨，如闻痛哭崖山。

乌飞三匝绕，鷦寄一枝安。归来沧海上，且偷闲。光阴电驶，腊粥接春盘。幸有高堂寿，红颊青瞳，居然陆地神仙。

把莱衣愿换貂蝉，此乐胜生天。南陔诗可诵、补编残。龙华会上，迦叶与阿难。况有真仙护，今宵此地，便同蕊阙蓬山。

以上辑自《湘坛集》，光绪刻本。

## 渡江云　和王幼点登邻霄台晚饮山楼原韵

山楼红一角，阑干十二，花外海天临。翠微同步款，几片云间，小集续题襟。蓬莱婀娜，问深浅，堪并愁心。休指点、故王台榭，残霸剩荒岑。

千寻，危崖断壁，藓蚀题名，惹销魂还恁。便唤起、风流人物，霜鬓都侵。凭将鸦背斜肠色，画僧归，黄叶空林。期岁晚、寒梅伴取幽斟。

## 千秋岁　用木庵居士遥集词韵，题其子妇沈季兰女士次畹词卷，因忆香畹女弟

水晶帘外，三舍侬应退。抛万颗，真珠碎。眉传阿父笔，

爱苍京兆。腰瘦伊家带。明镜展，青天只许嫦娥对。

来自瑶池会，分驻灵芝盖。翻忆我，湘楼在。香畹女弟词曰《湘影楼稿》。沧桑红泪尽，井臼朱颜改。兰九畹，春风一样愁如海。

## 前调　叠韵谢木庵赠古玉剑鼻佩

数千年外，凉血何曾退。留数点，胭脂碎。玉鱼何地出，金虎何人带。芳佩解，常如石帚词仙对。

一别龙华会，头白才倾盖。吟鬓换，吟身在。土斑休再涴，天步同无改。吾与汝，相期坐阅扬尘海。

## 声声慢　湘雨楼词人自湘来鄂，同寓黄楼，怅触幽怀，倚此却赠

白石生平，白云家世，风流重见词仙。早旗亭井水，竞赌唱屯田。数湖外中兴人物，谁将湘雨，拼换凌烟？筑元龙、百尺高楼，阿弟分眠。

帝京旧侣，问而今、知是何年？怅故国平居，沧江冷卧，愁听啼鹃。三户几多香草，缠绵意、付与金荃。望洞庭、西角斜阳，如此山川。

## 湘　月

碧空秋霁，看阑外、满目江山如画。浩劫红羊都过了，几

度花开花谢。赤县销兵，青天对酒，我辈还来也。沧桑多少，夕阳无语西下。

堪笑元亮平生，一官那肯，换桃源莲社。篱角霜枝难得是，三五素心同把。鳞屋龙堂，骚魂重唤起，冷吟欧亚。闲云数片，湘累小影聊写。

## 高阳台　和狷叟韵寿鲁叟，即送狷叟回长沙

北陆寒催，南飞曲奏，正看鹤舞翩翩。裙屐山堂，风流照耀江天。诗情恰似随园叟，友儒林、传里姬传。尹文端、有个门生，双鬓皤然。

德星况喜荀陈集，话黄香旧日，鲁叟。张绪当年。狷叟。大好家山，如今不是临安。还将白石词仙句，对芳尊、写上蛮笺。望江干、数点峰青，又送湘船。

## 前调　再和狷叟韵送别

菊后光阴，萍边影事，东劳西燕联翩。别最销魂，那堪烧烛鸿天。旗亭试觅双鬟女，唱黄河、河满河传。料眉端、两点秋痕，也自凄然。

湘弦枨触平生恨，说高楼听雨，送了华年。人世功名，貂蝉不羡槐安。绿章近觉笺天懒，问何如、蓝纸骚笺。小长干、甚日归来，同泊鸥船。

## **前调** 汉上怡园夜饮，观女优，三和狷叟，兼寄叶吏部

楚国宫腰，隋家殿脚，惊看龙宛鸿翩。一曲清歌，梁尘飞满江天。红氍毹上销魂处，是公孙、弟子亲传。李端端、来伴芳尊，花笑嫣然。

词仙老去还枨触，似江南花落，同话龟年。灯火光中，照他四海平安。哀丝豪竹中年事，把昆仑、小集重笺。泪阑干、湿尽青衫，溢浦回船。

## **疏影** 仲冬八日狷叟、鲁髯、惠棠、沅生邀游汉上琴台，同狷叟赋

湖波自绿，怅昔人往矣，谁弄寒玉。断雁平沙，斜日萧寥，遗音仿佛宫角。无声才到销魂极，何处着、朱丝枯木。又那知、地老天荒，剩得此台幽独。

堪叹浮踪廿载，翠藤约俊侣，还共穿竹。楚国先贤，除却离骚，别有芬芳歌哭。不传一个琴中字，偏万古、能传心曲。看槛前、数顷明漪，尚照两翁如鹄。坡诗："南翁相对清如鹄。"

以上辑自《霭园诗集》，光绪三十一年（1905）刻本。

## **百字令** 为息存题所藏竹垞图，用原韵（二首）

淡烟细雨，记小长芦下，孤篷曾泊。欲觅竹垞何处是，剩

有丹青堪托。老去填词，空中传恨，底事伤哀乐。平生涕泪，披图犹似珠落。

谁料万里天南，故人重见，深夜同春酌。剪烛西窗还读画，门外海云如幕。翠墨长留，碧纱好护，莫叹舟迁壑。吴音灯下，恨无双髻菱角。

封侯无分，论遭逢犹胜，马侯浪泊。提着金风亭长印，故国烟波堪托。鲈鲙秋风，鸳鸯春水，总算人生乐。江湖载酒，樊川何恨流落。

试问删却风怀，换他两庑，此事须斟酌。我欲巧援樊榭例，月上教同帷幕。只恨鸥乡，今成枭薮，半是萑苻壑。那人如在，也应蹙損眉角。

## 三姝媚 赋黑字，答沈忏庵，和其见赠韵

甚风吹海立，正杀尽红灯，雨昏江馆。似水年华，把泪痕和墨，尽量磨短。颜色寒鸦，那比得、昭阳飞燕。貂敝苏秦，卫远隐娘，此愁谁遣？

漫忆眉山深浅，更点漆娇眸，秋波何限。一点犀灵，与双盘龙髻，料他难变。守着窗儿，问独自、怎生凄惋。白了人头，王俭无心拜衮。

## 采桑子 端州妓艇闻歌作

相逢万里南天外，人也销魂，月也销魂，何况琵琶惹泪痕。

蛾眉一样嗟身世，山也无言，月也无言，泪滴西江作酒尊。

以上辑自《哭庵丁戊诗集·岭南集》宣统间铅印本

## 满江红

吴季籛之子鹏飞以郑朴孙信来见。乙未夏秋间，余在台南，本与季籛同赴援台中，刘渊亭强余往金陵见张文襄，而季籛遂战死矣。遗孤已长成如此，为之泫然。晚与仲方谈罗浮道人宁君信。君隐其姓名，自署曰“宓藏用”，盖姓“宁”也。君又为岳忠武王廿六世孙名世杰者索题忠武王遗像，并先和《满江红》词韵，因亦和韵题之。

桥上鹃声，到今日、可曾啼歇。又换了，几回人世，渥温必烈。时局堪伤南渡史，臣心长照西湖月。奈要钱、怕死满乾坤，齿空切。

冲冠发，发成雪。涅背字，字难灭。叹长城自坏，金瓯自缺。廿六世留忠孝种，两行泪是英雄血。笑伊家、不合有忠臣，名余阙。

辑自易顺鼎《己酉日记》（十月二十八日）

## 霓裳中序第一

珠鬟拥绣艳，定于脸霞分几抹。火树灯花正结，见琼玉宝山，五轮圆月。十眉丽质。赤凤歌惊舞回雪。真全压、天魔十八，先帝八千列。

衣褶，泥金千蝶，似争唱花开堪折。广寒宫里按拍，赌王子登箫，范成君瑟。云霞红紫色，更芝菊连茎接叶。侬拼向，桃花浪里，化作瀏鶒。

霓裳曲几叠，点罢鞋尖纤指捻。彩树珠灯遍发，照女鸾儿女，仙裙仙蝶。罗巾裹雪。衬黛眉粉靨玄鬟发。将身化、氍毹十幅，稳贴洛妃袜。

花国，花王捧出，似银浦流云捧月。红牙檀板漫拍，怕舞错伊洲，萧郎情切。灵犀通脉脉，便千万黄金也掷。湖洲恨，宫沟更恨，绿叶与红叶。

辑自王森然《易顺鼎先生评传》

## 金缕曲 为鹤亭题水绘庵填词图

一片阑干冷。更添些、垂杨绿蘸，夕阳红衬。身是如皋冒公子，重把荒园管领。有青兕、前身堪证。洗钵池边清绝水，照兴亡还照词人影。浑未改，那时鬓。

承平身世家山稳。漫思量、天荒地老，水残山剩。文字曾无钩党祸，复社东林堪哂。与诸老、风流相映。我亦迦陵同调者，比玉山筵上颓唐甚。问可有，紫云赠。

辑自冒广生《小三吾词话》卷三

# 谢玉芝

谢玉芝（1862—1942），谱名裔勋，字锡林，号石邻，又号资滨樵者、资江赘叟，晚号守拙老人，新化人。光绪辛卯（1891）副贡。一生从事教育，历任新化资江、武冈观澜、东安紫溪、邵阳图南等书院山长，新化劝学所所长，在新化县立中学任国文教员，三次出任校长。1924 年，捐资创办铎山族立小学。

## 浣溪沙 祝萧竹雯七十

蜡燕丝鸡去日非，东风昨夜送春归。南天星朗月光辉。
雅望君同萧颖士，清词愧我谢玄晖。当筵一曲鹤南飞。

广厦千间照碧空，辟雍钟鼓响逢逢。鞏鞲鞠士跽趋风。
举案鸿筵夸德耀，当阶玉树压阿戎。桂枝香满月轮中。

## 贺新凉 诔族兄能兴

太息人间世。忆从前、谈心煮茗，当筵接斛。竟向黄泉寻伴侣，早信人生如寄。墓木拱、鸰原青翠，再问先期贤德曜，望乡台、仍否盘椎髻？酒未饮，心先醉。

朱门共仰乌衣第，喜庭前、森罗宝树，长枕大被。橐鼓铜山金跃冶，直欲幕天席地。不用说、唐张公艺。棣萼连芳人竞爽，更兰荪叶叠香阶砌。九京约，定何岁？

## 念奴娇　冬月甥祭舅（代）

渭阳情重，琼琚玉佩，何忍轻言别。况更泉台千万里，从此音容阔绝。四壁虫嘶，千山木落，风紧天将雪。薤歌声断，引我愁肠千结。

回想太傅当年，围棋赌墅，乞与无难色。胸集飞鸡成恶梦，怕过西州城阙。告慰差堪，庭前玉树，磊砢多枝节。何时再见，一樽聊酬明月。

以上见新化《谢氏族谱·艺文志》

# 谢介僧

谢介僧（1887—1945），号国苹，新化人。少取秀才。光绪三十四年（1908），留学日本东京高等师范学校。曾参加同盟会，归国后积极投身革命，曾与邹永成率兵光复宝庆，成立湖南军政府宝庆分府，任大都督。大革命失败后，意志转为消沉。

## 菩萨蛮 忆黄克强

辛亥春二月，予由家抵日京高师，准备毕业试。忽得克强香港电，将有事于广州，属返湘谋响应，遂奋然归国。三月广州败耗至，闻克强负伤，由海珠渡河逃。

浮名一掷何须顾，风涛万里来时路。孤雁怯春寒，临风人倚栏。

血花珠海渡，折剑沉何处。流水怨生离，呜咽小桥西。

## 蝶恋花 三十生辰

帝制复辟，祸变频仍。革命初衷，殆成泡影。戊午二月为予三十生辰，回忆反正当时，误任权奸，遽解兵柄，诚不胜昨非今是之感矣。

红杏枝头花几许，望得春归，又被风和雨。二十九年尘世旅，浮生一任春来去。

书剑萧条南北路，如此江山，忍更凭狐鼠。旧恨难消新更苦，韶华毕竟为谁误。

## 满江红　乙丑中秋有感

冷雨凄风，辜负了、今宵明月。凝望处、断鸿隐隐，乱山万叠。未勒燕然人欲老，徒令壮士心先裂。叹年年、瘴海听秋潮，声呜咽。

人何在，关塞黑。寻往迹，云烟灭。莽河山染遍，男儿心血。四十年华真若梦，万重心绪凭谁说？漫摩挲、孤剑对寒灯，肠千折。

## 卜算子　感事

九一八之后，日人复寇平津，全国震愤，纷请抗敌，乃未几而有塘沽协定，冀察政委会亦成立，授人以柄，而自优游于锋刃之前，犹自诩为领土完整，不亦大可哀哉。

昨夜落花忙，阵阵东风紧。一任啼鹃唤断肠，深院无人醒。

谁为扫残红，此恨长埋尽。最是婵娟不解愁，故照空枝影。

## 金缕曲

往事何堪数。记不起、华年壮志，云霄毛羽。眼底纵横天下事，怕说英雄儿女。经见惯、乌头羝乳。几度沧桑余白发，到而今翻被多情误。忍更作，伤心语。

人间聚散云和雨。径不须、伤春惜别，漫抽愁绪。露冷碧梧栖凤稳，孤鹤寒山仙侣。应共笑、残红几许。枝头当日为谁妍，又为谁消歇成疑阻。徒自苦，终何补。

## 蝶恋花　（二首）

锦瑟弦翻声惨烈。金缕歌成，忽忽年华歇。凭是花残犹可说，可怜春在人常诀。

天似有心留恨缺。着意嘘成，忍又轻摧折。闻道荣枯宜互迭，不令美景偏常设。

若个忘情心似铁。离合悲欢，合是情余孽。往复无端存与灭，春秋万古同佳节。

春日去来休惜别。柳絮辞条，为了红尘劫。只是青春情未绝，丝丝犹挂溪头月。

以上见新化《谢氏族谱·艺文志》

# 魏　繇

魏繇（？—1921），字复初，又字季词，邵阳人。诸生，捐资授中书衔。有《金谿词》。

## 上行杯

春华作絮晴烟湿，漫倚宫、弦声调涩。甚处东风，卷起帘钩响画栊。

双桐错影秋千定，两两鸳鸯清睡醒。莫卜金钱，会有佳期胜往年。

## 红情　莫愁湖亭宴集观荷，迟梦华未至

何来溽暑，幸故人款我，湖边容与。万柄凌波，不是兹游会谁取。云影天光混一，都并入、词人心苦。怎忘得、竹外残阳，凉雨送香醑。

谁诉，路遥阻。空目极暝边，暗飞孤鹜。乱峰无数，红萼多情动欲语。曾记今朝怅望，帘乍卷、案陈鸡黍。订后约、休再是，重增酸楚。

## 菩萨蛮

沙堤忆照团栾月，马嘶鬓影皆愁绝。闲却旧鸳机，心情蝴蝶飞。

长城凝望久，玉箸空搔首。漫莫凭雕栏，故园春正残。

## 湘　月

过冶山书局怀戴子高先生，以《念奴娇》隔指声写之，不知其词之怨抑也。

四山向暝，正残霞敛绮，新烟凝绿。静闭重门何况是，一雨春容微沐。海燕归迟，杜鹃催又，几日成翻覆。穗帏轻掩，夜台应怅幽独。

追念共赋清游，空凝想、草色黏云侣簇。载酒裁诗鸥梦远，往迹飘零难续。败几尘封，残书蠹遍，月转西廊曲。无言自省，含情闲倚修竹。

## 渡江云　虎头崖晚眺，相传崖为晋周孝侯遗址

山楼遥纵目，风回潮急，秋色已萧森。渔榔移画浦，几处闲田，隔水唤青禽。新霜染色，甚而今、数到枫林。休怅望、关寒塞远，寂寞此登临。

愁吟，荒云蔓草，淡日疏衾，被洞箫吹醒。怎换却、剸鲛

前事，紫玉烟沉。东风不解相思苦，算几番、冷递遥岑。归路近，鬓丝怕入琴心。

## 江南好　（三首）

房栊静，烟景正芳菲。宝鸭炉中香不烬，钗鸾梁上学双飞，怊怅欲忘归。

明月近，帘外玉钩斜。宝髻暗窥冰底影，翠钗轻掠鬓边鸦，佯醉问桃华。

游船暮，低唱小玲珑。宝瑟挡成招夜月，夜香钗影忒匆匆，何处认春风。

## 齐天乐　七夕

羲和先自收残暑，吹凉暗蛩低絮。翠魄光沉，冰丝韵缓，乌鹊斜飞南度。疏萤漫驻。恐流照千家，便感儿女。小语屏西，双星心事近谁付？

东院甚催别绪。又谁惊断梦，凄寻机杼。绮扇捐秋，金奁乞巧，多少离情愁赋。凄风绕树。且唤取香醪，暂停歌舞。坐守更阑，玉河斜更苦。

## 解语花

瑞香花自梦窗咏后，杳毋继者。余在岭南罂蓄数株，风情露态，极饶幽致。慨叹不足，因赋倚声。

黄心捧月，翠叶团云，画阑晓风寂寂。露重烟迷，绕回廊、先占几枝春色。流莺漫妒，应都慨、愁烟似织。分付东君轻约定，怕落英狼藉。

凄凉踪迹岭外，瑶圃乍移，幽致寄危石。任尔轻翻，更谁凭、池畔画桥长笛。佳人共忆，晴日绿窗寒恻恻。折赠小香都意懒，透寄园消息。

## 满江红　己丑五月廿三日黄昏，自广州乘番舶渡海

高卧孤帆，正片刻、千里似蓬。乱云底、去航无影，铁响丁东。海面天晴烟似镜，波心山压石成虹。看断霞、带雾过前溪，遮钓筒。

雾明灭，指闽中。翻蟾窟，倒鲛宫。怎牙旗曾矗，旋泣沙虫。握麈论兵殊易事，纶巾羽扇各雍容。漫长吟、惊起抱珠时，鱼簨龙。广州卅里外黄埔，法人之□，张督部扬石往海以拒敌舰，颇资其力焉。

## 菩萨蛮

斜阳却送清秋客，女萝一片无情碧。残醉莫凭阑，背人生暮寒。

对窗迷远岫，墙外花枝瘦。凉月上溶溶，清晖已不同。

## 探芳信　都门秋感

帝京地，正鹤唳高空，蜚啼天气。叹韶华在否，欢游旧风味。软红十丈车尘老，饶许多歌吹。甚更阑、烟拂雕栊，月迎珠箵。

墙外晚风腻。漫波长晴沟，叶销恨字。擪笛新秋，余音忒清脆。宾鸿客燕无多少，识内家金翠。盼觚棱、抵晓锦乌又至。

## 齐天乐

西泠桥畔垂杨路，遥飞梦云多少。露警新秋，蛩凄四壁，愁绝天涯芳草。红深翠窈。念萧寺钟声，几时重到？为语飞仙，而今莫舣俊游棹。

胜镜只虚过了。尽撚将白发，恁比愁老。棐几笼灯，纱窗掩月，约略从前幽抱。鸡鸣又晓。甚未溯清溪，再惊啼乌。枕上榉香，数来闻更好。

## 南楼令

花月秣陵秋，烟波十四楼。绕歌尘、何日曾休？风送雁斜凉到也，云水阔，恁凝眸。

骊唱切清讴，春山满镜愁。凄侬心、都付闲鸥。半臂薄寒教缓去，帘影底，看梳头。

## 绮罗香　庚寅中秋

玉宇高寒，银河浩渺，千里哪堪愁赋。香砌蛩啼，还听满城箫鼓。正凄风、款度帘栊，更零露、暗侵桂树。尽仙郎、不斫招摇，年年何事动离绪。

长安曾记倦旅，仿佛香车数过，艳云深处。玉杵催愁，销尽绿吟红舞。问几家、短鬓双飘，恐便感、繁霜千缕。叹溶溶、肯照流黄，乱鸦啼恁苦。

## 水调歌头　追和张茗柯，因呈邓弥之院长（五首）

清秋霜气肃，不散古今愁。弈枰搅碎甚事，此意付悠悠。昨日天晴风雨，今日天街钟鼓，车马似星流。道旁犹掩泣，未怨敝貂裘。

鸿雁远，鲸鲵动，恁凝眸。间关献策安用，何处是归休？谁起潜虬千尺，更布密云九寓，霖雨慰方州。此世直须乐，那必但搔头。

好花常悦目，开到莫辞看。因循悔教揉损，秀色易阑珊。时雨酿成佳卉，罡风又摧败叶，人世几凭栏。祝天须护惜，莫令鹧鸪残。

回首望，关山暗，最无端。惊心节序容易，宿鸟数哀弹。把酒底须十日，著论未当信世，飙急绕沙滩。且要纵游兴，早日备雕鞍。

董帏休诵苦，其势本匆匆。终南原有捷径，那更数雕虫。沉没几间老屋，淹忽几番乱叶，风雨和疏桐。哓晴乾雀嬉，大业有无中。

清言起，功名盛，太雍容。郑经马叟安在，也合配霜蓬。莫问驱车柱下，且喜断编蠹简，古谊荡心胸。好住打头屋，先尽瓣香浓。

豫章千丈木，匠石欲如何。栋梁未须远器，斫削亦云多。且自玉沉海底，莫漫凤鸣冈上，生意盎婆娑。郑重谢樵牧，手斧勿须歌。

风撼急，日华远，雨频过。建章千户正赖，惆怅隔关河。我有怀中明月，子有果中仙核，相赠涕颜沱。□恶瘴烟积，微浸起鼋鼍。

菲萋成贝锦，牛铎和金声。人言争如贵耳，升没遽无情。学道恁同匿履，脱粟自堪酬国，淫雨乱蛙鸣。大袑竟底用，长褒揖心兵。

相思处，桃源路，列仙清。四时困盈禾黍，长日醉闻莺。

酒约东邻父老，话道上世栖逸，遗迹隔尘瀛。千祀共君住，拙讷谢浮名。

## 齐天乐 秋夕闻柝有感

残灯尚耿交疏影，清商那堪凄楚。兔魄光沉，蛩鸣怨永，依约声来何处。银屏昵语。恁夜久凉生，勾人如许。总爇熏栊，暗风又送那时雨。

天涯曾记旧梦，叹长淮应还，瞑鸥非故。乍隔江津，旋传巷陌，暗里销魂无数。幽怀漫诉。且唤起娇环，按筝低舞。院静霜严，满城钟又鼓。

## 齐天乐 江宁江漱芳岁贡倚声名山中白云篇

朱丝总洒惊鸾字，重开又还重叠。鹤静云闲，山纡路回，谁惜天涯愁别。幽香款袭。正侧帽官梅，照衿清雪。点点霜浓，今时怀抱古时月。

银河共吟缥缈，有情应伴我，镇对孤绝。老屋灯寒，疏林叶响，深负芳游时节。凄凄切切。又绕砌哀蛩，似鸣金铁。玉管横吹，夜潮幽更咽。

## 鹧鸪天

几点烟林暮景横，乳鸦簌簌任时惊。露凝云液三更静，月照空江一道明。

如意舞，羽衣轻，仙风吹下步虚声。何人跨鹤乘云去？试踏金鳌顶上行。

## 庆清朝　燮卿以瓷青绡金绘百蛱蝶册子见视，倚声问之

须衬乌丝，翼飘金眼，年年漾过花朝。珍丛底荫，为谁偷取春韶。十里钿车逞事，笑滕王镇日无聊。瞢腾过，总拈象管，轻擘鸾绡。

栩栩暗窥底事，漫掠将莺燕，不管墙高。罗裙浅淡，郁栖幽梦全抛。倦舞秋千欲落，赖多情偶与深描。斜阳里，杏花曾赋，低拂璚箫。《酉阳杂俎》：“卫公画得峡中异蝶，翅阔四寸余，深褐色，每翅上有二金眼。又，顾非熊少时，尝见郁栖中坏绿裙幅，旋化为蝶。”

## 浣溪纱

阵阵新寒似早秋，纱巾才换觉轻柔，相思闲倚木兰舟。
无限垂杨迷旧渡，几行芳草衬空洲，淡烟疏雨共高楼。

## 蝶恋花

卧听莺歌声响涩。起拗花枝，不觉樱红湿。斜倚画栏人独立，卷帘莫放杨花入。

草绿平原风习习。戏马谁家，笑趁双蝴蝶。玉勒照鞍金袴褶，扬鞭误认余香裛。

## 琐窗寒

花雨庵隙地浩清，岁植海棠数十本，点缀篱落。秋中花盛，极娟娟楚楚之致。余赏其幽寂，慨叹不足，谱此付丹如歌之，花亦乐余之知己否？

虚阁笼烟，黄昏人寂，玉栏闲凭。伶俜梦蝶，搅碎一帘秋景。画墙阴、新雁欲来，夕阳微照知渠冷。尽弄寒薄霭，夹罗才换，兽炉香烬。

芳径，佳期近。便烂漫娇春，彩桃羞并。东篱款约，肯负断肠霜信。怅软红、浓绿暗皴，印泥未开常自等。更谁家、戍角生愁，趁画眉歌稳。

## 卜算子

丹凤散奇姿，只集梧桐树。舞遍云咸不肯栖，梦逐潮声去。

新恨送春来，不似春归遽。立尽黄昏闭阁暝，小院阴阴雨。

## 浣溪纱

春透河豚上未迟，隔墙桃李露枝枝，殢醒情味少人知。

窣地垂杨连院落，黄昏花里立多时，等闲吟过蜜蜂儿。

## **琵琶仙**　元夕怀月，因赋倚声

蟾魄沉辉，怅佳节、乍到迟回春信。归雁啼入冥蒙，还疑旧时雨病。银蒜押、湘帘自下，但愁想、玉壶端正。冷透疏棂，连番画鼓，都是催暝。

更谁念、游客匆匆，怕乡国、梅花少人问。长记玩灯香市，梦归期无准。今夜冷、璚箫渐引，为素娥、□起离恨。争奈天际云阴，漫吟清景。

以上《金豨词》，光绪十七年（1891）曾行滏手写，壬申（1932）十月建德周氏景印本。

# 陈 锐

陈锐（1859—1923），原名盛松，字伯弢，武陵（今常德）人。光绪十一年（1885）拔贡，选湘潭县训导。光绪癸巳（1893）举人，官江苏靖江知县。辛亥革命期间弃官归里，先后任湖南通志局分纂、湖南省教育会会长等。有《抱碧斋词》《抱碧斋词话》。

## 望江南

春不见，孤负可怜春。淡柳锁愁烟漠漠，小阑扶恨水粼粼，往事已成尘。

人不见，孤负可怜人。花下又逢三月雨，梦中犹隔一条云，风露夜纷纷。

## 鹧鸪天

尺碧晴丝系玉骢，画楼西畔记相逢。眉愁暗阁啼时雨，脸晕微生酒后虹。

临水怯，对花慵，奈何郎也奈何侬。郎行只在斜阳外，闲却阑干一角红。

## 暗　香

怨尘凝碧，自黯然不扫，眉边春色。有美一人，晓起临妆耿相忆。偏是团圞镜里，早换却、从前标格。算别后、点臂宫砂，红润见欢迹。

消息，又寂寂。空卜断玉钗，写遍飞帛。枕函梦滑，衣带无情有宽窄。谁解人生恨事，总付与、孤灯寒滴。便再世、相聚也，那能记得。

## 浣溪纱　（五首）

花外敲门唤酒迟，春愁先到绿杨枝，客怀更不自矜持。
往日风流疑作梦，而今漂泊懒填词，黄昏微雨上灯时。

一掷年芳等急梭，欢愉时少别时多，相思如水不堪搓。
倚去未妨松两鬓，啼来兀自紧双蛾，今宵愁极奈明何。

帘卷东风又一声，峭寒吹瘦玉楼笙，心心眼眼许多情。
芳草闭门黏梦影，梨花满地带春酲，为谁惆怅过清明。

微命相看百可怜，喁喁私语小扶肩，一双愁色压阑干。
试腕暗惊珠串重，围腰还觉宝钩宽，新来消瘦莫相瞒。

绝代容华小谪人，淡妆斜佩送青春，自浇杯酒酹花神。

冷雨欺他鹃血热，故巢寻遍燕泥新，回头欢怨总成尘。

## 绕佛阁

酒波一剪，蛾绿借晕，涡笑深浅。鲛帕痕满，背灯斜揾，娇凝怕人见。醉眠爱晚，还说别后，偏怎宵短。佳约幽缱。画屏素月香消水沉篆。

晓阁漏壶滴，铁马珠筝敲碎片。何限艳尘，漂零心与眼。问隔枕秋声，孤凭谁惯？断魂今断。怕翠羽林啾，芳梦吹散。拂愁丝、镜霜新染。

## 前　调

风雨不时，景物凄异，羁人登览，有断肠之音。

午晴未准，霜叶匝地，秋色凄紧。巾帻慵整，碧天纵目，汀洲雁无信。堞楼独凭，烟瘴灭没，琼海千顷。蛮唱凄迥。莫帆落处潮回蜑家艇。

乌宿四山黑，倦旅蓬飘迷故径。长痛墓门，陈根连露井。问树绕慈乌，哀怨谁听？客归须定。愿笠子长镵，黄独同命。浣征衫、泪痕如绠。

## 一萼红　寒灯

锦屏隈，有孤檠浅照，风急雪还催。摇影膏轻，垂头穗重，寒透今夜兰台。乍相值、亭亭不语，盼雁足、凄立几曾回。缯彩流光，鱼龙生戏，何处蓬莱。

闻道九华歌散，怕相思一豆，剔尽成灰。微火多情，余花自笑，空叹春谜难猜。暗枨触、儿时况味，教谁见、墙角替人哀。第一丁宁闹蛾，莫又飞来。

## 烛影摇红　寒衾

鸳馆单栖，被池一榻怜春浅。凄凉听雨总无眠，咽水更虬转。两字相思画惯，意绵绵、捱宵望旦。去时风月，似铁多年，冰蚕曾见。

四角平铺，贴胸拥背今嫌短。重重锦烂是天涯，梦隔床头远。怀里余香未散。剩啁啾、罗浮浸眼。向空斜抱，细数归期，绮罗庭院。

## 锁窗寒　寒柝

刮地初霜，临关半月，乱鸦飞尽。韸韸响彻，危烛戍楼烟烬。碎乡心、三更四更，一更一点归期近。想提灯窄巷，老兵传语，月光如凝。

宵迥，悲同省。但急节和砧，严声催枕。晨钟未动，谁报晓天鸿信？自无人、深院漏沉，小厖觑竹遥吠影。总输他、断木中空，赚得残年恨。

## 水龙吟　寒钟

大千春色飘残，世尊寂听浑如睡。摇摇断杵，碧云欲暮，寒山转媚。烟际悬音，霜前送梵，荡空无地。忽奔涛万壑，一时都到，阎浮界，松风起。

落月乌啼鸱尾，隔重城、梦遥难寄。晓天百八，高楼何限，景阳清泪。上界灯幡，故宫龙象，铿訇愁思。又西头打鼓，朝朝暮暮，入离人耳。

## 探春慢　寒角

荒雾悬旌，冷风卧鼓，蚩尤宵堕平野。一叠严霜，连天晓奏，吹散胡群牧马。多少清商怨，借兜勒、乌乌共写。轮台昨夜军声，老兵惊起愁话。

长是悠扬壮峭，催卷甲疾驱，弓折难把。幕府琵琶，龟兹觱栗，不共别情闲冶。余响归铙外，听斛律、牛羊来下。自恁单衣，南山留扣修夜。

## 垂杨　寒罾

渔村夜觉，正柳堤细涨，鲤鱼风小。楚竹安排，乱流低罩潜蛟悄。鸣榔生长潇湘道。识无际、浪花深窈。甚茸蓑、冷坐滩头，叹近来鱼少。

圆网平铺了了，觑霜蟹出沙，罥丝青袅。拽起还抛，一灯沉照鸥天晓。浮萍四角吹如扫。荡沫雨、中央缥缈。只年时、插脚泥涂，吾亦老。

## 玲珑四犯　寒砚

鹳眼凹深，记淡墨题诗，花气熏昼。几日霜毫，吟案冷铺毡绣。呵手坐费摩挲，祝片石、暖云生酒。甚泪蟾、铸就相思，空盼泮冰时候。

十年磨铁波纹绉，照方池、寸心灰勾。冬烘苦被儿童笑，短篋随人后。谁拭半面冻尘，曾貌写、章台春瘦。且莫教焚却，乘醉也，一濡首。

## 浪淘沙慢　沪上送易由甫，用清真韵

送君路，潮奔极浦，雾压荒堞。归兴无端自发，清歌即席乍阕。看鬓角眉尖愁共结，柳条碧、素手亲折。料此后风萍逐流水，人天事凄绝。

清切，古今望眼空阔。对浩荡神州沉陆恨，付与霜雁咽。休更说江湖，朋旧轻别。艳才易竭，销几回、来去春花秋月。

平地羌笳悲风叠，楼台好、胜游渐歇。拂明镜、婵娟圆又缺。问梦觉、十万莺花，甚玉色，伤心一夜青丝雪。

## 庆宫春　寄怀文叔问舍人苏州，用草窗韵

修鹤梅崦，零鸥荷荡，画船几听吴雪。催老清歌，惊春狂

泪，市箫何限凄咽。梦游如絮，莽万里、烟尘顿合。京华北望，鼓角南来，壮肝都裂。

昔时倚醉承平，怒马鲜裘，侠情双绝。朱颜照水，而今憔悴，怕见海潮生月。旧题团扇，肯怜我、欢场携别。山中芳杜，远道相思，不堪亲折。

## 东风第一枝　武昌客舍送宋芸子赴长安

袖海龙吟，巢阿凤羽，文章当日雄绝。壮游几换桑田，愤怀暗悲错铁。人间何世，恰值我、江关时节。算分手、蓟北湘南，早办十年离别。

行倦也、玉骢愁咽，春半也、杜鹃啼血。眼前去路谁赊，客中醉颜易热。飞绵万点，莫吹逐天涯头白。只送君、一片相思，梦绕旧京明月。按：此调不宜作入声，临别匆匆，不暇更改，久益不能割爱矣。自记。

## 绛都春　春泛黄浦

吴天远秀，荡绿波一镜，杳朗无尘。望里画楼，此时愁绝送春人。襛桃淡柳纷相引，燕归容易黄昏。好花空发，垂丝自结，负了芳辰。

几岁，江关赋本，但奔驢共命，唳鹤招魂。故馆夕阳，沧桑留影照金尊。临流急泪休轻揾，眼前谁辨清浑？便催乌榜东风，醉拾钓纶。

# 莺啼序

辛丑之岁，余在京口防幕，怀归未归，适宁乡洪未聃刑部来寓北固山寺，时相过从。一日偕饮酒楼，洪忽不乐，因述曩于邗江舟中听邻妇歌曲，极酣艳缠感之致，十年以来东西蓬转，重有家国之难，久不再闻此声。吾侪老大，故可想已。余闻言方有所触，相与增感。酒罢，洪用梦窗韵填此视余，聊复泚笔和之。

春江送愁更阔，甚抽刀断水。浪花似、片片柔情，急流还蹴连蕊。酒衫重、尘痕未浣，筝船晓月陈欢坠。想桃根双楫，临风几触离思。

乌鹊南飞，画鼓夜统，感从军荡子。枕函梦、曾说飘零，玉骢消息难至。悔殷勤，封侯误觅，换年鬓，沧桑弹指。剩狂歌，谯隐楼头，问天何意。

邯郸过客，未聃小印。襆被僧房，听疏钟不寐。还暗省，维舟邗上，抑掩幽哽，隔座琵琶，烛龙催泪。分明在眼，家残国破，窜身来向江干哭，看新蒲、野老都憔悴。何堪捉臂，当场促管传杯，恼人鹧鸪天里。

知音自惜，邂逅填词，总惹红怨翠。君不见孙刘栖憩。若个英雄，很石苔荒，乱鸦惊起。潇湘波淼，归欤何日，风流摇落悲宋玉。写兰荃，休更微声倚。苍茫第一江山，第一相思，缩来寸纸。

## 十二郎

烟雨楼，在滮湖中。其左背郭，西连鸳鸯湖，为禾中第一胜境。用梦窗垂虹亭韵题意。

絮云蘸水，放郭外、嫩晴如凝。唤翠笛吹烟，银匏携酒，同上南湖钓艇。轧哑菱歌清香里，暗舻欹、鸥眠才定。看过雨荇荷，通波亭榭，渐忘尘境。

佳兴，吴侬浣罢，淡妆窥镜。自鹿去苏台，蠡施偷嫁，谁向鸳鸯顾影？恨眼伤高，绮才消别，愁接越来潮冷。呵素壁、醉墨分题，付与塔铃摇暝。

## 浣溪纱　（三首）

题王幼遐给谏春明感旧图，时同客沪上，将别矣。

一卷生绡拂酒尘，歌吟曾见太平春，贞元朝士更无伦。
梦里河山莺寂寂，望中楼阁雪纷纷，北风残笛送车轮。

一去燕台暗恨生，词人几辈似晨星，也知乔木厌谈兵。
拨瓮浮蛆新世界，看花啼鸟旧心情，铜仙清泪为谁倾。

隔雨飘灯更不归，画阑惆怅几多时，问君行李又何之。
佳会也如钱易散，闲情惟与伎相宜，中年禁得鬓成丝。

## 解连环

余去杭州，巴陵方湘宾用梦窗赠石帚韵见诒，词意深美。行已六日，始克和此奉寄。

怅然愁结，荡轻云不散，莫天无极。乍佩解、花下逢君，费重赠，断肠寸笺春色。絮点飘烟，画船去、六桥南北。只孤山片石，鹤语夜寒，惹侬长忆。

狂名盛年一掷，指湖堤素月，曾照苏白。悔浪游、我辈来迟，对剩叶零枝，怨红吟碧。望眼伤高，看飞动、龛门秋汐。问襟尘、唾痕凝酒，几回赚得。

## 雨霖铃 题张次珊通参词饯图，用屯田韵

西风清切，又疏帘底，菊蕊都歇。关河万里如雾，堪回首处，东门临发。夹道衣冠送酒，但携手凄咽。念故陌、铜狄青芜，热泪经天洒空阔。

江南带水留人别，自掩关、酌客销佳节。三千奏牍何用，金马梦、汉宫残月。此意冥冥，为语、云中矰缴休设。算最有、烟柳无情，莫与寒蝉说。

## 秋思耗 题庚子秋词和次珊，依梦窗韵，遥寄朱古微阁学

衰影经秋侧。看露华、如澡菊寒无色。笳散幕乌，镫催边

马，尘合天窄。听长乐钟声、送人幽梦共叹抑。黯去魂、冤化碧。料故国三千，玉颜清泪，共指夕阳深处，数番追忆。

今夕，青灯自滴。对艳词、彩笔重饰。旧时猿鹤，分明犹在，定谁发白。叹一缚轻绦培风，无计摧劲翼。问过客、应不识。但夜雪江南，梅边吹怨寄得，望隔吟笺砚北。

## 玉烛新 咏梅，用美成韵

江雁人归后，乍梦绕南枝，草堂诗就。嫩晴缀玉，胜簪处、一缕香魂还漏。楼台似旧，但绛雪凭阑消候。残角里、又是黄昏，无言暗笼烟袖。

芳苔泪锁冬春，渐老去难攀，故乡知否。素娥漫斗，临水照、那似天然清瘦。何郎句秀，想月夜、林边搔首。听鹤语、招手仙云，高寒细奏。

## 燕山亭 北上感道旁垂柳

惊眼楼台，笳角四鸣，似我经年游处。新绿渐垂，别后长条，才有旧眠莺侣。不解伤心，尽攀折寻常来去。延伫，但废陌斜阳，送人无语。

还念衰笛榆关，拂金辇迟归，暗尘迷路。行宫月到，一种思量，佳期被他耽误。有限柔情，恨不似遥空飞絮。啼宇，肠断也一声声苦。

## 买陂塘

题朱古微侍郎斜街补屋图，为查查浦故居，马平、王定甫亦曾寓此。

剩西山、露皴烟妩，搴帘犹认残照。斜街一个诗人屋，堆赚乱愁如草。春又老，正往日、寻常莺燕迷昏晓。尘龛自扫。对浅壁荒灯，高城皛月，支枕忆年少。

东华梦，前辈风流未杳。藤花曾共吟笑。玉珂金马扶归夜，还补沧桑词稿。君莫恼，君试问、晚晴查浦一字。定甫谁同调？神州坐啸。让老子婆娑，朝衫脱却，将去换清醥。

## 一萼红　送吴仲怿布政量移畿辅

蒋山阴，洗新秋片雨，朝绿似抽簪。官柳扶鞍，京尘换袂，行役几判升沉。漫回忆、庚桑旧壤，话畏垒、余粒有栖禽。去后楼台，来时父老，携酒凭临。

闻道五湖佳约，用文叔问和石帚奉赠词意。恁高云淡洒，出岫何心。孤梦攀天，残呻匝野，畿甸荒迹堪寻。待争睹、芃芃膏雨，祝苗黍、随地种黄金。试听衢讴吴波，咫尺烟深。

## 木兰花慢　奉和朱侍郎见赠之作

话沧波路断，又燕市，看花回。指菀树栖鸦，城蒿卧马，春敛余凄。宫池去人未远，只惊尘黄日隔天涯。闲泪临风自落，宜情如雾都迷。

参差相见更何期，谈笑忆当时。有直阁吟笺，斜街画本，曾和荒词。轲离旧游漫问，但过江名士鬓成丝。惭愧归无三径，折腰还道相宜。

## 长亭怨慢

壬寅岁杪，半唐老人受仪董学堂之聘。其词有曰："鸥鹭莫惊猜，试认取盟书一纸。"时在秦淮妓家，属和此调，仅得半阕。今夏过扬，一夕盘桓，云将为西湖之游，且促成之，而未能也。秋间，余卧疴秦邮，乃仓猝闻君噩音，初都未确，既读北海文叔问吴门书，始复痛绝。酒垆人眇，悲逝自悲，取续前声，比于绋讴之无节。半唐有灵，其识我否也？

未抛却、一年春计。对酒当歌，旧狂重理。槛外东风，流莺呼我，定何意。灯初茗后，才领略、江南味。醉眼问花枝，已晕入、蔫红窗纸。

身寄，叹江关老去，怕说故山烽起。红桥廿四，且分付、杜郎憔悴。甚倦旅、一别西湖，却来傍、要离眠地。只无恙黄垆，凭吊先生归只。

## 尉迟杯

早春返棹白门，信宿邗上，言愁无据，用夏剑丞涩韵写之。

碧湖泛，怪扶头、可可春初酽。东风又皱微波，吹成嫩凉如篁。搴芳人艳，临水照、欲放眉还敛。叹今年、彩笔红销，赋愁凄入江菼。

宵来惜取流光，残灯外、酒魔暗答诗魇。梦雨飘檐，灵潮卷瑟，危旆窄魂同闪。凭谁见、扶桑东瞰。只觉后、孤篷莺声黯。引邗沟、一道垂杨，睡色平黏沙茭。

## 看花回

秦邮晚眺，春意荒寒，用夏剑丞太守韵。

片云低渡淮水，莫景澄碧。正有个人望远，凭柳外高楼，楼上斜日。湖山罨画，来去娇魂迷向值。春困久、半晌还醒，乱莺啼梦度林隙。

思往事、飞花更急。叹冷落、谢娘瑶席。谁记清歌一阕。送紫陌黄骢，尘暗天北。酒旗历乱，眼底登临怀故国。总江淹、未销减，莫赋伤心色。

## 庆清朝　园夜坐凉，奉怀杨骈卿给谏

槛曲通云，溪流鉴月，相思不隔重城。匡床散发，坐久人意松惺。一觉绿阴雨过，夜光如水簟如冰。招凉处，圃亭似旧，换了虫声。

因羡赋归最早，解绣衣林下，野趣旋清。莳花种术，老去何限关情。莫是倦谈世事，眼前螳雀几堪惊。文游近，甚时折柬，重斗吟觥。

## 前 调

骈卿和词，年衰而吟甚健，可喜也，次韵奉教。

十万买邻，三分种竹，拥书便抵专城。吟边鬓雪，揽镜还惜惺惺。为想茂陵卧久，正宜消渴与调冰。槐风里，短枪角扇，试听泉声。

淮海俊游易歇，赋大山招隐，意夐神清。追携恨晚，忙际空说闲情。幸不到门触热，呀唅流汗令人惊。抽簪去，愿陪玉局，同泛金觥。

## 瑞龙吟

扁舟冲雪，至下关入城，岁晏江南，寒寂可想。效梦窗体赋成此解。

秣陵岸，遥望冻树凭烟，磊沙铺练。推篷一带平潮，暮鸦四起，荒城半掩。

步帷溅，因念上街泥雨，怒蹄冲汗。谁知瑟缩毡裘，短辕坐我，清吟自遣。

来去江淮何事，鬓丝催老，年光飘转。为说昔时，梁园歌舞都换。英辞妙墨，眼底邹枚贱。还孤忆，弓衣绣句，羊醪清宴。抵死风吹面。万山动影，空花历乱。笛里天涯远，愁絮里江南，何时吹散。挂檐素月，窥人游倦。

## 抛球乐　（二首）

三月春寒乍雨晴，客愁新燕一身轻。花前顾曲音犹涩，帘角偷香梦不成。咫尺阑干路，负你斜阳半晌情。

自到江南春事乖，少晴多雨半尘霾。后湖张网逢鱼泣，南曲看花被燕猜。柳絮骄人甚，偏逐东风舞一回。

## 木兰花令

亭皋一雨成秋树，目送芳年随水去。相思一夜梦南云，绕遍天涯多少路。

缣机尘黯鸳鸯杼，妾意匏瓜悲独处。向来只恨不曾闲，今日方知闲更苦。

## 朝中措

愁中见了笑溶溶，花衬碧螺峰。妆罢这般熨帖，梦回恁地惺忪。

千篇词赋，半生歌哭，拟付阿侬。何日沧波一舸，眼前已是西风。

## 西平乐　登鸡鸣寺，眺古伤今之作

树杪台城，雾中幕府，弥望路插青郊。清角还来，暮潮初上，愁声尽卷前朝。叹霸国山川似旧，宫井燕支未湫，春灯燕子，看来一例沉销。争说东山丝竹，残局里、卧起也无聊。

令威重到，兰成易老，一发江南，魂断谁招。空伫想、蘅洲露夕，萝洞花时，便有渔翁载酒，野客携琴，官里何将捉尔曹。归去未归，泥涂久滞，松菊徒荒，对此踌跱，物换人非，东风泪湿湘皋。

## 高阳台　春初步至莫愁湖，憩胜棋楼，慨然吟望

寒水笼烟，荒碕系艇，女墙遮却红尘。未到花时，湖边已有游人。青杨浅覆东西岸，步画阑、都是回文。恨沉沉、阑外高楼，楼外黄昏。

江南自昔无愁地，甚年来吟眺，但有伤春。绝艳惊才，输他若个名存。鱼天一片前朝影，唤翠娃、收拾垂纶。恁淹留、误了归期，自倒空尊。

## 鹤冲天　晋太康九年画鹤砖砚拓本，为郑文焯题

宫井废，殿基颓，辽海夜飞回。冢中名士几人灰，余恨涅青苔。

凿诗龛，眠画帧，到眼片云秋莹。此时江左说漂零，残唳

写谁听。

## 眉　妩

师曾世兄新婚将别，词以慰之，即送其赴日本，用白石韵。

渐蘋花偎水，苇叶飘烟，风浸送归眼。执手丁帘下，辞巢语，叮咛人似秋燕。翠襟共款，诉近来、游迹多感。镇相望、日出扶桑表，定依意先暖。

身世，歌筵将散。几汉濒荀爽，吴下张翰。沉陆龙蛇起，移舟住、神洲谁寄孤缆。鬓霜又点，禁片时、人远天远。算孤负深杯，残醉里、几回见。

## 杨柳枝　（十首）

行人头白柳条青，始恨春风不世情。若有当时豪赌兴，长楸还试马蹄轻。

二月隋堤水皱池，流莺已在最高枝。一般飞絮无才思，却任东风划地吹。

掷尽榆钱送好春，弓弯舞袖斗时新。妆成未免多轻薄，牵惹香街十里尘。

残局湖山绝可怜，十年林燕故依然。酒旗画角斜阳里，犹自殷勤缆别船。

西望长安道路遐，朱楼碧瓦切清笳。劝君莫忘关山苦，啼过枝头有暮鸦。

玉虎丝沉不可牵，楼阴摇曳带秋千。长宵那有羊车过，脉脉啼乌上井阑。

尽有风流似昔年，几回恨雨复鞾烟。生来不入灵和殿，恐被君王一晌怜。

短棹天涯酒易醒，晓风残月有词名。自从错到江南路，冷眼看人几送迎。

已分漂零更不归，心中眼底事多违。英雄若个桓宣武，空对江潭泣十围。

露皎烟黄夜欲深，白门灯火恨沉沉。墙头去尽闲车马，老我安排锻灶吟。

## 扫花游

冷枫笑客，照悴影吴波，素霜新染。寺门半掩。拂危墙薜簝，旧题诗黯。醉眼登高，怕有山魈昼瞰。憩游暂，听林叶乱鸦，飘送归梵。

回望秋荏苒。蓦古事今情，尽来荒槛。莫愁系缆。数齐梁残照，画帘斜飐。看惯江南，剩只狂吟未减。翠微暗，独踟蹰、负他长镵。

## 红林檎近

秋色已潇洒，客心方郁陶。宿莽带城郭，长风送江皋。我欲凭虚矫领，上览紫极金霄。邈然孤鹤与翱，群仙答笙璈。

汗漫徒快意，冷落且登高。英雄出手，当筵只合持螯。任红桑成海，苍云变狗，洞庭歌阕浮大瓢。

## 夜飞鹊　李晓暾罢职闲居，重有鼓盆之戚，词以慰之

沧波望归路，君意何之，林叶下雁声迟。尊前狂念已消尽，单衣依旧尘缁。相将赁虚庑，但文园多病，宋玉长悲。寻常巷陌，趁秋高、过我填词。

堪羡挂冠能早，随意泛江湖，一舸鸱夷。谁料西风吹汝，哀蝉不断，玉箧都迷。凤帏暗月，隔泉台、怎照相思。叹谁人无死，何天可问，莫更歔欷。

## 六幺令　九日登高，用清真仙吕调写意

万蝉收响，官柳惊凉燠。台城几行秋影，渐萎前朝绿。词客哀时未了，自惜登临促。群山如簇，斜阳一瞬，凄绝兴亡旧游目。

因念陶公归去，斗酒怀松菊。佳节且暂淹留，那得公田熟。

天外浮云笑我，百事多拘束。安排筇竹，红萸相识，取次明年醉醽醁。

## 绮寮怨　题鹤道人沽上词卷

对雨当风残夜，早凉吹上衣。暗舞榭、数点狂香，征尘里、怕见花飞。当年旗亭画壁，黄河唱、丽日春送凄。念醉中、玉笛羌条，关山远、怨曲当寄谁。

怅望去天一涯，昆明旧事，何堪再梦铜犀。露泫云凄，有蝉泪、洒高枝。沧江故人都老，且漫谱、冷红词。悲君自悲，相思待尽处、蚕又丝。

## 还京乐　寄易实甫武昌，用清真韵

素秋回，见说棕鞋布袜休更理。叹故人江表，廿年客路，登临空费。记雁边鸥际。高吟白日哀湍委。送倦眼，何处可洒，看花晶泪。

向黄尘底，自嗟卑惭老，狂朋漫问，平居知甚兴味。无端怨阔恩疏，恁分明、旧时牛李。似而今、都燕雀依林，艅艎去水。倘协东篱约，簪霜来共憔悴。

## 竹马子

甲午应试都堂，曾与张子馥、郑叔问联句和柳七词，击钵分曹，致多欢赏。兹子馥化去久矣，余与叔问吴天相望，亦正寥落可怜。有忆前尘，仍用柳韵摅感。

看残霭纵横，长芦散乱，冷鸥依渚。叹神京去远，斜川别久，催人寒暑。最忆城北胡同，分题对酒，上林莺序。驱马送君行，问尘埋，张绪风流何处。

自此成幽阻，朝华倏谢，夜萤空聚。江南岁岁延伫，谁抚韩陵私语。剩得庾信哀时，一篇枯树，临水伤迟暮。重帘画烛，待话秋魂去。

## 塞翁吟

散发寻秋水，还照野客龙钟。画阑外，绮霞胧，间暮霭青红。情人最好秦淮住，清露夜浣芙蓉。泛锦瑟，换秋风，诉弦柱西东。

匆匆。前欢逝、针楼梦窄，新会渺、蓬山路重。有怀里、江郎恨赋，又堪对、小别销魂，短烛孤篷。垂杨系稳，冷酒荒波，沉醉霜枫。

## 惜红衣

沤尹侍郎、叔问舍人屡言江南之游，迨秋不果，但有愁望。适两君先后书来，兼示倡和近作。勉赋寄意，仍用白石韵。

冷讯通芦，清愁饯菊，雁边风力。细写鳞笺，江天印遥碧。登临倦眼，空伫望、来游佳客。秋寂，琴调酒歌，说残年栖息。

长安古陌，飙骇尘飞，冠裳半凌藉。浮云断送故国，指西北。万一阮狂稽啸，重认五陵登历。料梦华无恙，凄绝夕阳鸦色。

## 满路花　和映庵词韵

梅娇乍逗簪，苔密初胜屧。下廊裙带重、微风揭。无言有意，不许人撩拨。断红生半靥，蓦地回头，此时教恁抛撇。

歌纨啼素，泪染相思箧。残灰书细字、看看灭。争知恨网，不为春蚕设。今后从休说，着甚缠绵，尽伊无个销歇。

## 齐天乐　重游沧浪亭

馆梧霜叶秋飞尽，高城雁回初响。半潦通桥，层烟冠石，吟屐萧萧孤上。寒钟又放。送天末潮音，替人悲壮。倚遍危阑，旧游谁共诉心赏。

文章流寓自古，水亭风咏地，空肃遗像。土木移形，衣冠换目，时事几翻新样。沉吟片晌。指吴会浮云，晚生千嶂。待语西施，越丝愁细网。

## 惜红衣

白石此词，日字非韵也，叔问独以为当叶，姑徇其说重和一首，不足以云勇。

短巷冲霜，高楼碍日，暮寒犹力。系马闾门，垣苔破荒碧。杯盘送老，都看贱、年光如客。心寂，歌散酒阑，学禅龛居息。

狂花绮陌，多半残春，随风堕茵藉。零香断梦众国，蚁柯北。难得美人无恙，重共水沿山历。莫但悲游事，吟落一江枫色。

## 寿楼春　题张彦云娟镜楼图卷子

春之人翩然，记惊鸿顾影，要眇疑仙。几向微波通问，画屏寻欢。攘皓腕，歌幽兰。抗和予、彷徨无端。但镂想灵犀，镌芳丽琬，留照镜中年。

三生事，花如烟。有珠囊旧物，脂谱新编。最念离鸾光隐，小蛾春寒。心上月，何时圆。拼艳才、消磨婵娟。便金屋安排，盈盈并肩卿可怜。

## 烛影摇红

吴门春雨，得王梦湘浔阳书，并和叔问《见怀》词，枨触旧游，不能无作。对叔问，益念梦湘也，仍同梦窗韵。

门掩昏灯，离觞斟酌愁深浅。城根一夜雨漂花，春老吴娘院。拨尽炉灰坐暖，数皋桥、羁游影遍。旧人谁证，吟鬓星稀，禅心泥溅。

江上枫青，琵琶还诉天涯怨。眼前同调已无多，休作寻常看。梦里行云未散。采江蓠、横塘寄远。清明过了，糁絮光阴，年年萍卷。

## 应天长　连雨有叹，用梦窗韵

风竿转瞑，云絮蘸空，沉阴遍洒郊陌。正见燕寒巢幕，衔泥话春色。乌衣巷，前度客，定识我，秀眉吟窄。旧尘在，一片残衫，酒晕青碧。

哀乐念今昔，不到中年，不信世情隔。但憾著书缘绝，咿唔抚空壁。沧波路，归思寂，早倦听、下亭凄笛。赋愁了，冷雨檐花，清漏初滴。

## 霜花腴　用梦窗自制腔韵，酬和叔问

数椽借宅，傍小城、先生坐隐危冠。花市呼围，笛家邀步，柴门闭也应难。醉乡尽宽。料陆沉、不到尊前。但词人、渐作流星，过江烟雨晓光寒。

芳节最伤吟望，问吴宫消息，总付鸣蝉。白石烟波，红梅亭榭，何期冷落朋笺。迟君放船。溯美人、秋濑娟娟。近枫桥、夜火携归，五湖同梦看。

## 瑞龙吟

春光向尽，古微先生邀同张次珊、褚伯约、郑叔问诸君集于听枫园，拍照联词，极客中之清致。余方有俗役，未终席辄去。越日赋此奉酬，仍用清真均。

吴园路，仍见镜沼开萍，罫亭攒树。年年抱月飘烟，翠裙斗草，春归甚处。

共延伫，还念旧家人渺，燕巢当户。天教借宅东偏，煮茶声里，樵青寤语。

衰鬓不堪重照，晚襟交手，风灯红舞。为道近来音书，人事多故。浮云望极，吟断江关句。知谁问、黄金赋稿，青门游步。啸侣从君去。对花对酒，翻萦黯绪，恁解愁千缕。扶醉眼，催归歌唇衔雨。怨香夜湿，迷空霏絮。

## 小重山令　赋杨花，答叔问殷勤之意

密雪轻绵舞作球。西园斜日下，没人收。无端才思说风流。寻春尽，满地是闲愁。

吹不上枝头。还能将别泪，洒江州。昨来才有几萍浮。东西水，随处且淹留。

## 瑞龙吟　和叔问饯春

平江路，还向废苑寻烟，断津攀树。依依帆角青山，送春正在，斜阳尽处。

黯愁伫，谁见小城栖隐，蓬蒿生户。天涯倦客重逢，觑帘燕子，关情对语。

年少京尘多暇，扇裙翩影，狂歌酣舞。空叹素缁衣新，何似人故。冷红瘦碧，惆怅题襟句。而今共、吴根贳酒，皋桥联步。慨想归田去。抚琴命操，离忧万绪，催老嗟霜缕。无计挽，门前榆钱飞雨。莫教便作，泥中轻絮。

## 水龙吟　枇杷词旧无传作，梁溪舟中偶一为之

果林翠晚山深，梅肥时节初过了。洞庭平望，东溪胜处，烂晴垂晓。肤拟云腴，皮兼沙白，核夸单好。自蜀都赋罢，唐宫帖后，谁误写，琵琶稿。

天与蜡兄名早，胜寻常、许多梨枣。经霜涤蕊，凭薰酿实，甜香满抱。千树黄金，但愁摘尽，园丁偷饱。忆板桥西去，隔花门闭，有才人老。

## 花犯　邓尉看梅盛开之后，致多清感

剪柔波，吴舠送酒，芳塘泛清晓。翠微春窈。惊路转溪横，诗梦曾到。绀霞万顷晴香皎，栖禽啼树杪。误几日、枯筇幽伴，今年花信早。

鸱夷载愁去匆匆，尊前事，付与寒山偷笑。残吹里，东风怨、旧家亭沼。凭谁见、一枝照水，吟秀句、江南人渐老。但又恐、重来林下，青山都换了。

## 渡江云

朝檐残雨断，柳桥路滑，挂梦酒帘青。故乡春更远，社燕飞花，冷约过清明。东风赚客，又短笛、吹入离声。年去来、曲中人在，对镜几丝星。

堪惊，江关词赋，下濮田园，数归期难定。私自怜、书空

殷浩，题泪张衡。鹃心恁比鸥心热，唤五湖、双桨愁醒。凝望处，长天恨接潮生。

## 丹凤吟

吾乡张伯琴太守，抱道负才，不可一世，而仕宦不进，垂老徜徉于吴门。既久客将归，归安朱侍郎、高密郑舍人，咸有高咏致其攀留。余时于役马洲，未获躬陪盛饯，顾忝忘年之雅。夙昔推襟送抱，于其行也，弥觉黯然。若乃柴门松桂，沅水桃花，访邻寻里，终焉渔钓，有触夙心。波路悠阻，既瞻望弗及，矢音寤歌，亦异时之贞券也。用清真韵，凡百十四字。

检点留君无计，细雨连江，回风飘阁。春归如燕，临去暗伤帘幕。吴皋帐饮，抚尘挥涕，梦逐装轻，衣沾绵薄。缅想扁舟故里，片水桃花，凝望如在檐角。

既自役形怅惘，挂冠顿触乡绪恶。便有金如土，怕青山难待，华鬓催铄。送君行矣，目极洞庭帆落。岸芷汀兰应念我，寄相思盈握。此情此恨，知甚时住着。

## 大酺　吴门饯春

借习家池，中山酒，花里行厨初熟。停车喧客到，喜狂朋犹是，旧游巾服。试拂亭栏，还欹枕簟，人影四围深竹。佳期何由醉，共伤离身世，送春心目。奈帘角昏灯，桁阴飞絮，断愁催续。

鹃啼芳事促。最无计、年轨留奔毂。且莫论、陶潜归去，毕卓酣眠，暂推排、一场拘束。未怪苏台月，流照入、越娃哀曲。况踪迹、天涯客。临水惆怅，谁见修眉重绿，夜阑更嗟短烛。

## 华胥引 重午伤逝，同朱侍郎作

香蒲摇浪，斑竹鸣风，暗惊佳节。乱笛吴城，轻帆楚水归路绝。独有高阁清樽，对井梧伤别。头白宾僚，向来恩怨能说。

重过西州，叹辚辚、素车催发。锦笺题句，而今尘封半箧。黯黮骚魂招未，指帝乡披发。多谢巫阳，大江和泪流阔。

## 小梅花

寒风结，花如雪，花前又是经年别。卷罗帷，天四垂，娟娟小红秀发香生肌。美人赠我锦绣段，何以报之青玉案。奏瑶琴，惜同心，但觉一花一岁一愁深。

湘之水，人千里，梦想冰盘旧风味。烛盈盈，赋难成，而今何逊渐老渐无情。江南城头夜吹笛，不管清寒与攀摘。粉墙坳，月当霄，赚得些时抬举放春娇。

## 八声甘州

沧浪亭，为年时游憩地。经秋再至，则晨气弥野，蒲柳向凋，引步赋情，徒增凄望。书寄张伯琴丈沅上。

坠空帘梦影卷沧浪，疏星悄然流。正吴城风晓，临江鼓角，吹过南楼。不待凭高望远，投老易悲秋。一寸潺湲水，难浣离愁。

尚想芙蓉开后，有故人岁莫，湘上扁舟。共鱼龙寂寞，垂钓下寒湫。总平生、英雄无用，叹甚时、携醉说吴钩。归来也、有溪山处，待我淹留。

## 戚氏　薄游金陵，九日陪诸公登扫叶楼，和樊山布政韵

五湖秋，蘋花飘雨点轻鸥。古驿荒砧，晚天零雁，起新愁。凝眸，望官邮，高城睥睨落帆洲。当时利名奔走，遘此佳景几回头。吴楚迢递，东南羁旅，但看江水悠悠。念悲哉宋玉，魂断千里，何以销忧。

江左第一名流。乘兴命驾，徙倚面林丘。青山好，赋诗招李，荷锸呼刘。又安求，醉后戏语，前驺若可，唤马呼牛。每逢令节，扫叶阶前，煮茗同试瓷瓯。

独有河山感，当全盛日，意气云浮。顾我人前渐老，便当歌对酒怕登楼。即今上座衣冠，过江伴侣，客里逢重九。话六朝、风物都非旧。寻往迹、争忍淹留。桂露零、涧壑沉幽。步踟躕、野色送人不。剩归来后，清凉片影，上了帘钩。

## 探芳信　灵岩览兴，同古微、诒书、寋士、剑丞

画船到，甚采香吴宫，半埋荒草。步翠岩高处，酸风射乌帽。琴台一片平烟里，树隐秋声早。认遥空，黛冷花飘，曲中

人杳。

游旧共清悄。问短发青山，谁定先老？夜火江枫，引渔笛，送归棹。柔波荡得离人醉，梦过横塘晓。剩愁心，寄与回廊自绕。

## 卜算子慢 登石壁绝顶望太湖，晚泊虎山桥下

衰虹饮水，寒雁递风，几叠莫天愁近。藓壁红干，又写饯秋霜信。下疏钟、一径藤萝引。到眼底、琴台剑阜，吴山霸气都尽。

寂寞游踪趁。快酒泛波莼，画添林粉。老客江湖，惯向冷枫题恨。过山桥、沙际潮流紧。甚雨急、衰灯梦里，系乌篷难稳。

## 三姝媚 回舟山塘，妓席有作

西兴回首地。放归桡篷窗，坐凉无睡。暗笛吹愁，搅翠澜还见，夜鱼飞起。雾晶灯昏，时荡漾、微酣游意。眼倦江湖，多是青山，笑人憔悴。

襟上尘痕初洗。趁酒席歌场，鬓丝重理。画烛更阑，缅旧欢如梦，梦都如水。绕过阊门，迸数点、悲秋清泪。恁采相思何处，芙蓉露泚。

## 喜迁莺

謇士提学甘肃，揭来吴门，言访游旧。泛扁舟，凌石湖，登天平、邓尉、灵岩诸山，意气甚盛。既连陪登，顿触景摅写，歌筵酒舫，时一寓声。念将远别，坠欢足珍，于其行也，复泚笔赋此送之。

霜林红亚。带残照一片，暮愁难画。催老关河，惊秋衣鬓，还与故人重把。试向玉门西望，自古风云潇洒。料兹去、有弓衣争绣，新诗无价。

牵惹，凭吊处，西崦断桥，烟水同游冶。似此江山，可怜歌舞，犹自燕娇莺姹。细想宦途何限，都负五湖情话。黯回首，更谁今，念我酒边吟罢。

## 念奴娇

虞山始见越绝书，山不高峻，惟西北拂水岩，叠石谽谺，下临尚湖，擅一山之胜。明人刻剑门二字其上，以其险怪比于蜀道，游屐到此稀矣。今土著但呼为剑门。探幽得词，以谂来躅。

赋愁无地，步苍岩直上，长风飘撇。蜀道艰难随处是，险为人心虚设。一线窥天，二分垂趾，鸦背斜阳阔。冷枫红透，秋山还着春色。

下有幽壑潜蛟，层澜不动，万顷光明灭。尚想英雄投钓日，意气皤然如雪。到此徘徊，几年翻覆，事与湖烟没。浩歌归去，暮云回望重叠。

## 法曲献仙音

兴福寺，旧为破山寺，即唐贤常尉题诗处。潭影山光，贞隐攸宅。寺外墓地颇多，今虞俗率以冬初祭扫。经途所遇，时见白杨。本为游山，何心叹逝。自来淹薄，吟望易悲，亦词人之本色矣。

斤竹樵稀，挂枝猿寂，缭曲三峰如线。树密迷幢，径深通屐，禅房昼晴花满。看倒影，澄潭里，云英洗双眼。

总萧散，奈兰成、惯吟愁赋，归计阻、心与去鸿共远。窈窕薜萝人，想临风、青鬓吹断。岁暮山阿，恁斜阳、来照凄恋。问苍烟覆垄，可有昔时游伴。

## 水龙吟　题大鹤山人樵风乐府

十年雪涕神州，气酣西蹴昆仑倒。素商夜起，潜蛟暗舞，危弦苦调。乱插繁花，时温浊酒，自成凄悄。为一闲放汝，掉头高咏，苍茫处，无人到。

回首东华尘渺，溯题襟、旧游都老。尧章歌曲，玉田身世，最伤怀抱。占得吴城，荒园半亩，尽堪愁了。怕茂陵他日，人间流落，有相如稿。

## 探春慢　题成竹山同年香雪寻诗图

轻暝笼寒，峭枝破腊，溪桥幽意如画。踏雪林深，提壶村近，还觉春心暗惹。消息东风里，料不许、玉人先嫁。细看芳脸琼肌，盈盈犹自无价。

凭向南云唤起，嗟老去何郎，孤恨难写。乱笛黄昏，扁舟西崦，眼暗年时游冶。才作梅边客，梦翠羽、啁啾今夜。有约疏篱，月明长伴潇洒。

## 鹧鸪天　听枫园呈古微先生

野外提壶与漫游，出门潇洒闭门愁。西风昨夜吹红叶，南客今年更白头。

寻里寂，灌园休，吴枫听得几回秋。也知坠地无人惜，莫更题诗付御沟。

## 倒　犯

祖庚员外既逝之次年，始获题其填词图，言哀已叹，聊当招魂之赋。

梦影、共秋花半零，夜窗如雨。湘鸿叫侣。弦诗地、顿成凄楚。云笺晕砑，留写相思缠绵语。认画里翩翩，玉貌无尘土。弄瑶华，按金缕。

秦柳声名，弱岁词场，推襟相尔汝。矫首隘四极，素商疾，长飙阻。竟断折、垂天羽。念衰沉、人尘悲久旅。料醉墨孤吟，不寄重泉路。片魂归且住。

## 祭天神

年前吴门窜归，古微先生有赠行之作，兹又隔一世矣。依韵奉和，殆难为怀。

送好春偏是风和雨。恨天公、不管人间心事苦。津头执手临分，泪瘗灯船语。听乌啼、怕见湛江枫林暮。况下有、蛟鼍怒。

更愁绝、南北无归路。山河在，闾井换，忍哭长终古。待何如、要离坟畔，鹦鹉洲前，一觉长眠，便了离骚赋。

## 高阳台

花外鹃髡，楼阴鹤叹，春光电泄烟消。半壁斜阳，是他亲见前朝。登临枉自伤心目，恨旧游、轻薄难招。记从来、雪艇松龛，几费吟敲。

余生天遣无聊，只长浮范宅，未反原骚。一哭松楸，麻衣短发飘萧。桃源已是寻无路，说避秦、何必今朝。恁无情、江水江花，送我渔舠。

## 阳台路

绮疏晚。堕粉尘暗笛，还吹春怨。糁东风、一剪蘼芜，都是泪浇愁染。多病光阴，正念去年，倚肩人倦。哀弦断。又怎知、而今鸳侣飞散。

此恨绵绵无尽，待诉与、宵长梦短。剂薪量米，但怪我、惯曾疏懒。怀中剩、潘郎赋笔，也自鬓霜催换。钗和钿，向灯前，不堪重展。

## 安公子

暗暑催长夜，夜长始觉风无价。烛烬虚廊生竹籁，透闻根潇洒。但细忆、银床旧对多情话。搴画屏、梦冷无痕也。盼碧天云破，可是青鸾来下。

到此成牵惹，等闲又是秋乘夏。蝉唱千声惊客鬓，感华年如泻。独自个、千愁万恨无休暇。谁料他、粉黛都虚假。认素缣尘涴，尚有崔徽遗挂。

## 过秦楼

倚月阑孤，饯秋香烬，风辞冷云成片。萤来吊水，雁去笺天，还挂旧时愁眼。宵永总是无眠，不为贪凉，顿疏罗荐。甚年光付与，秦楼一梦，玉箫吹断。

长记得、翠陌莺初，红桥鸥外，迤逦太平游衍。相如病后，元亮归来，剩有酒悲琴怨。谁更伤心觅他，将返房栊，才抛针线。道婆娑老我，离恨并刀自剪。

## 谒金门 （二首）

鸪啼急，马上单衣寒恻。路转蚕丛烟雨湿，云横山脚直。

道是欲行不得，仰胁攀天无力。今夜谁家吹玉笛？五溪深莫测。

鸦飞急，一阵蛮天云黑。野灶无烟山鬼寂，晚风吹薜荔。

道是欲归不得，何处问君消息？眼底旌旗怀故国，岭猿啼我侧。

## 蝶恋花

扑面黄尘春景暮。江上飞花，乱送征人去。几日娉婷风又雨，回肠绕遍来时路。

闻道长安不可住。好事而今，到底为谁误？细数归期期已屡，马蹄蹴踏知何处。

## 沁园春

侧望神州，白日西倾，江流未央。自周宗既坠，皇舆板荡；永嘉之季，道路豺狼。野哭千家，夷歌四起，禾黍秋风古战场。今何世，苍天已死，黄种云亡。

柴桑柳老松荒，早枯尽归来泪数行。痛西台石碎，魂招朱鸟；昆明灰烬，劫换红羊。故国山川，废池乔木，辞辇铜仙也断肠。无家别，仰天歌罢，独立苍茫。

## 花　犯

善德山，即古之枉山。隋时以善卷尝居此，故名，今但称为德山。林壑深美，擅一区之胜，予足迹不到此已四十余年。王湘绮诗所云“恒驰域外观，久负门前山”也。丙辰春日，熊宣慰使奉母避兵于此，同人携酒相劳，予亦往从。盖处离乱之时而有娱游之感，伤今念往，最难为怀。适廖君复塘和予前韵见诒，赋此答之。

近清明，晴烟媚柳，东风弄春晓，片山青窈。欢载酒携筇，樵径深到。毒龙睡稳方潭皎，残钟穿树杪。顿枨触、卌年幽梦，闲身归未早。

玄黄争战太纷纷，沙虫恨，诉与枯禅应笑。蜗角里，沧桑换、故宫都沼。知何地、结邻胜隐，休信道、秦时人未老。试重访、扁舟溪上，桃花开过了。

## 曲玉管

长沙曲园饮饯古微先生，重过已秋，赋怀却寄，即用其集中韵。

访柳赊阴，浮瓜豁暑，高楼弘索余清响。又是西风吹彻，初雁无行，搅离肠。

满眼沙虫，回头吴楚，残年那共追游赏。一卧沧波，久矣不梦羲皇，思何乡。

莽莽神州，剩遥指、前朝枯树，只今老去兰成，江南词赋空伤。视苍茫，想平生都尽，到此重寻秋径，园亭依旧，茧足徘徊，却怨迷阳。

## 秋霁　和梅溪韵

湘水苕苕，泛画舸晴波，漫剪秋色。枫咽红干，蓼披霜密，雁程惯禁风力。倦飞未息，数行影写寥天碧。念故国，谁问瘴江，闲卧钓鳌客。

年事向晚，鬓雪欺人，短歌长吟，都付凄寂。洞庭阴、灵筠夜泣。千年枯泪照斑白，归路片鸥应记得。趁早凉后，还又换酒青衫，采莼幽渚，买鲈荒驿。

## 金缕曲　答杨绮尘原韵

此笔真奇绝。涤湘波、词源千尺，聪明冰雪。写入商弦潜虬舞，飒飒动人毛发。且休赋、杜陵三别。各有沧桑无限恨，付红腔紫玉箫吹彻。谁赠汝，绕朝策。

英雄往事看消歇。恁尊前、南强北胜，花飞烟灭。归访秦时闲鸡犬，几个溪渔能说。又黄菊、篱东霜发。却忆江南吟影只，令叔绍六君。料愁侵秋序惊啼鴂。诗梦落，屋梁月。

以上《抱碧斋词》，1930年夏敬观校刊铅印本。

## 渔家傲

人静乌鸢相对语，重帘不卷肥梅雨。新渌溅愁浓几许。凭阑处，分明无想山中住。

便尔唱予谁和汝，平生总被名缰误。何日田园携橡芋。清尊注，陶潜那不思归去。

## 金缕曲　九日风雨

何日无风雨。到重阳、潇潇淅淅，便成愁谱。帘角吴山青数点，总被浮云遮住。更何地、登高能赋。偶话东篱归路杳，料黄花瘦到无人处。簪不得，为谁舞。

沉沉此恨成今古。黯东南、星飞海沸，漏天难补。岸上维舟眠较稳，我亦寻常鸥鹭。奈佳节、淹留如许。消受深秋垂老别，但扶头茗宁杯无数。檐花落，盼将曙。

## 雪梅香　夜造听枫园，叔问昌硕先生在坐

晚寒切，高城脱叶旋西风。望天涯无伴，行吟渐觉愁工。过市灯稀雨沾屐，叩门人熟酒盈钟。此何夕，邂逅平生，还似初逢。

朦胧。倚窗问，烛外梅梢，剩几新红。老客吴趋，对花忍忆游踪。岁暮音书叹寥寂，五湖烟水各西东。明朝事，待买霜鳊，分付乌篷。

## 又

雨连夕，高楼独客故伤心。揽征篷千里，霜天暮角寒侵。鱼市烟荒午收楫，鸟村风急暝呼林。点还滴，槛外窗前，多少愁音。

沉沉。数年事，蜡泪珠啼，坐冷鸳衾。尽说还期，潇湘水阔云深。枫树青凋半江叶，梅花红减十分阴。寒灰意，已是当年，何况而今。

以上辑自唐圭璋编《词话丛编·忍古楼词话》，中华书局2005年版。

# 易顺豫

易顺豫，字由甫，一字叔由，龙阳（今汉寿）人。光绪二十九年（1903）进士，官江西知县。有《琴思楼词》。

## 水龙吟

乙酉暮秋，偕程四彦清、程六子大泛舟游岳，晚泊湘潭，即事和彦清作。

晚凉欲下篷窗，西风忽卷芦花碎。斜阳立尽，彩云飞过，杜郎心事。窥燕帘栊，似曾相见，暗惊弹泪。怪后期难据，者回偏准，为唤起，双鸳睡。

赢得清湘浅醉，误惊鸿、汉皋珠佩。嫣然一笑，素波罗袜，碧愁红悴。岳气冥冥，数峰疑雨，倩魂先坠。又匆匆去也，梦中无句，写相思字。

## 暗香　寄内子成都

潇湘怨碧，又夕阳换了，霞天秋色。一缕断魂，万缕垂杨共愁织。梦里归期亦展，怕窥见、幽闺岑寂。料此际、听彻啼鹃，正念远行客。

休忆，更戚戚。记唤起画眉，花舞瑶席。别时容易，巾上盈盈泪先渍。望极蜀云千里，暗恨入、菱波千尺。雁过也、凭寄语，甚时到得。

## 摸鱼儿

甚相逢、不多时候，花骢还载人去。当筵已是销魂地，况是别时尊俎。情一缕，直袅遍、朱阑亚字回环处。相思说与。怎触上心头，悄将伊唤，携手却无语。

人间恨，惟有痴儿怨女，别离直恁凄苦。临歧已是分飞易，况是后期无据。秋又暮，空望断、碧云黄叶潇湘浦。明宵记取。但月比今宵，一分微缺，便远一程路。

## 金缕曲　次韵别子大

且缓须臾住。响空林、萧萧叶下，暗惊风雨。同向天涯沦落早，明日别君南浦。似燕子、春来秋去。几树芙蓉开又晚，泪阑干凄绝鸳鸯柱。无限恨，更无语。

酒边身世浮名误。尽消磨，少年意气，才人词赋。剩有当筵新制曲，解识杜娘情苦。把三叠、阳关细谱。后夜潇湘孤月影，送征鸿定到人归处。听哽咽，冷蛩诉。

## 渡江云

丙戌初夏，始游吴门，梅雨一天，便饶凄感。

绿杨芳草地，东风过了，梅雨又苏州。黄昏谁共倚，一曲屏山，暝色未全收。倦魂销尽，况江南、水软云柔。刚绾住、隔帘飞絮，蛛网上银钩。

扁舟，青衫沦落，翠袖殷勤，记莼波载酒。渐梦醒、断烟收浦，残照明楼。红桥旧路知仍在，算去来、只剩闲鸥。遥天外，凄凉有个人愁。

## **琵琶仙** 吴中怀古，分咏得虎丘

径冷台荒，问何处、尚有故宫花草？还又呼酒人来，平芜敛斜照。江上路、吴波自碧，有当日、阖闾曾到。剑气销沉，鹧鸪声里，旧恨多少？

算留住、残霸江山。赚千古、东南一丘小。寂寞专诸门巷，与伍员祠庙。金虎自、人间神物，卷怒涛、凄动林表。莫任麋鹿重来，更成废沼。

## 台城路

粤中女子张仲蓝流落海上，与余相知。自海上来视余，用小坡韵，同子苇五兄作。

十年沦落江湖感，相逢可怜俱是。讯远横塘，歌迷旧曲，重为访邻寻里。闲愁误矣。似老去情怀，对花慵起。罗袜翩然，几番微步软尘细。

明珠不堪再寄，怕天寒日暮，修竹单倚。玉管啼春，朱门闭雨，苦忆山中泉水。归舟自理。算如此烟波，梦游何异？溪上刘郎，枉教前度至。

## 前　调

舟泊渎川，将望太湖风雨，忽来暝色四合。

避愁已自无多地，扁舟更兼风雨。断浦看烟，小桥听水，总是黯销魂处。相思何许？渐目渺汀洲，觅鸥无路。梦里生涯，哀弦凄咽替人语。

锦笺倦题恨句，湖山清兴发，谁伴尊俎？笛外篷孤，酒边蓑冷，长似天涯羁旅。吴娘记取。乍凉过菰蒲，数声柔橹。回首江城，乱鸦啼又暮。

## 尉迟杯

秋江易暮，使人怀思，每临去波，顾望弥远，用清真韵，辄赋此解。

吹笙路，对暮色、泪洒西风树。天涯万水千山，还倚征鸿来处。婵娟自冷，曾照我、依依向南浦。怪当时、一片轻波，共春催送人去。

须信再见无期，潇湘阔、经年梦也难聚。宝瑟银筝弹瑶怨，云鬟改、欹花倦舞。重门闭、料得宵阑，断蛩替、空闺哽咽语。纵秋寒、不上针楼，翠衾幽独谁侣？

## 玲珑四犯

与蒋次香古州别后，仅一遇长沙。余待任苏州，次香适官江宁，因来过从。欢然道故，以词集见示，即用集中韵奉题。

倚铗坐愁，停尊垂老，怜君豪气非故。十年欢会几，见日仍羁旅，无题玉溪惯赋。例才人、尽容听鼓。雨馆虚灯，霜衙短刺，都是冷吟具。

吴宫久霾金虎，度荒烟一片，归向何处？楚箫吹月上，废苑犹歌舞。湘波回首空兰佩，问谁伴、灵均哀侣？携梦去，榕阴踏、云深寸许。

## 湘　月

用白石韵，赋“翠禽小小，枝上同宿”词意。

翠禽小小，记苔枝缀玉，曾赋清景。旧月湘天悄唤起，一笛梅边清兴。珍偶难侪，相思易误，梦入霜衾冷。解怜飘泊，断肠只有鸾镜。

长恨绣户窥香，巢春未稳，舞飞花成阵。十二珠帘，算比是、海上蓬山差胜。谁料而今，刘郎去后，青鸟都无信。瑶池阿母，绮窗幽怨重省。

## 琵琶仙

翠陂莲叶初生，依约湘浦，用白石韵写之。

回顾嫣然，那人似、梦里田田莲叶。罗袜微步尘生，凌波恁凄绝。从别后、相思几许，又听遍、楚天啼鴂。断浦搴裳，芳皋解佩，重向谁说？

最容易、残照西风，暗偷换、娉婷好时节。空剩紫鸳双盖，堕飘英飞荚。愁万种、无人寄语，但白蘋、一道如雪。苦忆江北江南，画桡催别。

## 凤凰台上忆吹箫

丁亥初夏，敬和天人遣怀之作，即次元韵。

柳暝迟莺，花余访蝶，落红庭院深深。过雨池塘绿，渐断飘英。误信青春仍在，数芳讯、乍歇愁吟。销凝久，一天空翠，满地新阴。

身轻，玳梁燕子，向帘幕中间，飞去无情。问东风过了，何事干卿？镜里朱颜自好，奈啼鹃、早识归心。黄昏易，明朝酒醒，一笛江城。

## 洞仙歌

携内子泛舟荷荡，莲花十里，诵东坡词赏之，因用其韵。

明妆照水，润罗衣轻汗，晓镜无波嫩凉满。倩吴娘、双桨摇入菰蒲，人未到，十里佩环云乱。

翠陂还共住，不羡鸳鸯，笑指秋星隔河汉。香雾一层多，唤起亭亭，恰吹到、笛声双转。渐送尽斜阳不须归，看月子飞来，舞衣重换。

## **摸鱼儿** 七夕，用白石韵同五兄作

浣云裳、暗催凉节，西风高处宫井。谢郎已恨银河远，愁绝玉阶珊枕。谁更省，镇长是、盈盈一水波路整。幽欢自冷。况比月难圆，和天也老，能得几回领？

空惆怅，夜夜霜凄露炯，相逢相别俄顷。蕊珠兜率无人到，为告缗钱私请。归梦回，又却误、飞星数点时度影。苍茫莫问。唤宿海神仙，针楼儿女，来共话秋景。

## **水调歌头** 中秋夜携内子泛月虎丘，用东坡韵

一片古时月，依旧古时天。姮娥窃药飞上，弹指四千年。为问吴刚玉斧，可有烂柯时候？金粟满身寒。镜里山河影，相望有无间。

一双人，三五夕，不须眠。虎丘来泛，凉玉柔橹荡波圆。赢得山塘七里，比似蕊珠宫阙，清景十分全。人道飞仙过，秋水隔娟娟。

## **浪淘沙慢** 偕五兄及次香游石壁，观太湖

万壑卷、惊涛撼魄，径入寒碧。远水平湖送晚，吴天向暝更阔。渐坐冷松根千岁石，听一片、潮声呜咽。暗打回终古夕阳色，浩荡去鸥迹。

望极，乱山数点浮白。便浇得杯底孤愁尽，事逐飞云灭。

笑夫椒槜李，霸图如叶。萝村梦断，芳草稀、越网千丝难觅。

谁伴汝浮江身世？空回首、怆念旧国。峭帆杳、无情向雁侧。问甚日、更倚苍茫，剔翠藓，呼僧细认题诗壁。

## 霜叶飞　饯秋，用清真韵

去程边草，黏天远，孤鸿时度云表。淮南无数楚山青，隔冷枫红悄。奈一夜、西风送晓，梦回乍觉秋魂小。叹伫久长亭，共目断、郊原万里，尽是斜照。

回首便入苍茫，攀留难住，后约何处寻到？莫将残酒酹空波，动故人怀抱。早锦瑟华年换了，琵琶更理伤心调。怕者番、登临倦，宋玉重来，旧悲都少。

## 祝英台近

壶园秋菊，数枝向残，主人有“赋愁”之句，依韵和之。

月情孤，霜思悄，秋共乱红扫。过尽西风，诗骨自清傲。绮窗人约花来，怪花都瘦，定窥见、隔帘人老。

冷吟稿，晋时疏俊依然，容汝白衣到。短帽斜簪，犹带一枝拗。酒醒空对南山，径松无恙，却重念、护香篱小。

## 台城路

戊子三月，遇仲鲁金陵，出与令兄伯愚《同听秋声图》索题，为赋此解。

柳边又换斜阳色，江南听秋人到。数骑荒烟，孤帆野水，一笑相逢尘帽。苍云自绕。看吟袖携来，海东图稿。万树萧然，梦中重赋谢池草。

长安乱山古道。十年相望处，愁堕天杪。客里乾坤，尊前意气，恨不从寻坡老。青春恁好。怪销尽华年，感时哀抱。况我飘零，碧湘孤雁杳。

## 一萼红

《同听秋声图》，中有五兄题词。仲鲁时与道希同游金陵，道希自津沽来，与五兄遇，动余连床之思，因再题此解。

满乾坤，荡秋声一片，何处是秋根？玄鹤无眠，素蟾易泣，庭院初过黄昏。想曾倚、西风丛桂，舞千树、寒叶正纷纷。坡颍风流，机云才调，愁动芳春。

我亦晋时兄弟，感池塘旧梦，摇落河津。画里人来，天涯客远，相对应悔沉沦。算江上、重逢俊侣，奈惟有、幽恨写青尊。又是湘波黯然，去吊湘魂。

## 庆清朝　辛卯碧浪湖怀古，和李亦元韵

软浪黏堤，疏烟界树，望中平楚苍然。一尊自倚，寻常柳态花妍。送尽兴亡送晚，斜阳应解恋前川。湖南路，平芜渐满，谁问唐年？

春去春来依旧，怪灵妃写怨，总是哀弦。碧湘宫井，甚时移向鸥边？赢得青衫五代，东风低压酒旗偏。苍梧恨，重添竹

泪，定有啼鹃。

## 念奴娇　戊戌北上，喜晤梦湘，酬见赠原韵

苍云数点，载湘心、来与诗仙同醉。马骨金台埋未尽，赢得软尘无底。隔靥呼春，因鹃断酒，换了花前泪。感时哀抱，眼中休让余子。

犹见张绪当年，灵和高柳，未逐山河异。十载京华臣朔老，大隐依然朝市。金谷论交，旗亭赌唱，梦想传闻世。几时携手，洞庭双桨摇翠。

## 前调　梦湘出其友人所藏黄小松济宁白麐夕照图属题，为赋此解

短衣呼酒，倚危栏、重见古时残照。千五百年人去远，赢得数椽楼小。劫火消红，云山蜕碧，幻作才人稿。诗魂醉魄，画中应许寻到。

遥想天宝当年，垂竿自绿，海上鳌堪钓。几树红桑新种入，见说麻姑亦老。梦里神州，眼中华发，东望宜长啸。暮鸦栖稳，断霞犹带林杪。

## 扫花游　和清真韵，同幼霞年丈、梦湘赋

翠尊恨积，又听到啼鹃，暗添酸楚。倩魂一缕，绾杨花欲坠，背人羞舞。似水红楼，见说春来怯雨。带愁去，苦忆旧时，

曾断肠处。

重见天纵许，奈怨入珍丛，欲寻无路。急弦侑俎，早盈盈泪粉，对伤幽素。窃药归迟，赚得姮娥味苦。枉凝伫，记兰桡、那宵津鼓。

## 前 调

短亭望极，渐绿入城阴，悄惊春换。泪深会浅，想钗盟钿约，坠欢似箭。梦不分明，早又沧波送晚。采香散，一片夕阳，人隔天远。

何处寻北雁？待托与相思，带将书转。去程又展，料红楼正倚，玉箫凄怨。那识飘零，杜牧归心并懒。尽肠断，问凉州、向谁重按？

## 探春慢 春草，和梦湘社作，用白石韵

酥雨浮青，毳云展碧，乡心无极横野。带柳堤平，参花路曲，来看何人试马。依旧销魂色，暗凝伫、江淹慵写。几时清梦能归？谢池相对如话。

长恨王孙去久，空怅望玉阶，新绿成把。日暖瀛州，雪消江岸，不见钿车游冶。啼鴂无情甚，渐怨入、蘼芜高下。泪渍青袍，烛痕还照残夜。

## 木兰花慢

幼霞丈招同次珊、韵珊、紫蕃、小坡、古微、梦湘词集，咫村分题得极乐寺，限棠字韵。

渐亭皋绿遍，步清画，过银塘。向废院停骢，疏寮载酒，来倚斜阳。海棠怨春自舞，甚垂垂不入晚时妆。犹有寺门三百，空余梵呗凄凉。

兴亡，付与貂珰。怀胜国，事堪伤。问鹤去何年，算来几日，早换沧桑。寻常数丝柔柳，道新来更惹御衣香。东望蓬山水浅，西看竺国天长。

## 珍珠帘

古微招同幼霞丈、次珊、小坡、梦湘、润芝词集，用梦窗“咏玻璃帘”韵咏帘。

屏山断处晴波翳，东风软、疑雾疑烟还霁。一桁绿云低，压夕阳齐地。湘妃旧恨知多少，漫卷入、闲庭空翠。持比，怪窗纱茜色，新添红泪。

长记素月窥人，倚珍珠欲下，昨宵初二。梁燕偶归迟，隔一重花气。无那寒深遮不住，露暗滴、闲阶如水。拼醉，又黄昏门掩，玉钩声里。

## 水龙吟

闰枝招同幼霞丈、古微、次珊、小坡、梦湘词集，赋“白芍药”分韵，得与字。

素娥未算来迟，梢头那便伤春暮。小屏山曲，缟衣谁赠？断肠人去。泪洗铅华，艳词罗绮，将离慵赋。自花王禅后，梨云梦醒，东皇恨、凭分付。

何事腰围全减？记当时、带环亲与。溶溶相对，翠尊婪尾，旧盟休误。廿四桥边，冷红依约，一般无主。问重逢甚日，粉痕应化，玉阶愁雨。

## 西　河

次珊招同词集，用美成《金陵怀古》韵，写燕京怀古意。

歌哭地，兴亡北雁能记。西山怨碧一峰平，一峰又起。海天浩荡始愁予，腥风潜转空际。

建瓴势，高屋倚，神州断发犹系。空悲胜国燕飞来，便留废垒。风城昨夜雨声寒，落花零乱春水。

那堪击筑向旧市，冷金台、神骏千里。寂寞酒人身世，又卢沟、月上尊前，枯对孤客乡心，啼鹃里。

## 惜余春慢

梦湘招集咫村，同赋新绿，分韵得翠字。

宿雨收寒，空烟笼暝，几日阑干慵倚。花须粉褪，柳眼春回，才是叶圆枝细。旧梦如云未消，似惜残红，乍添幽思。问春归何处，看来还在，水边苔际。

长念汝、东阁官梅，隔年开早，未算成阴容易。灯前鬓影，镜里眉痕，空对酒波摇翠。况是天涯未归，芳草萋萋，怨人千里。奈蕉心犹卷，杜郎词好，待谁题寄？

## 绮寮怨

咫村之集，夜分未散，小坡、梦湘暨余皆将出都，于是黯然有离索之感矣。和清真韵，同赋此解。

倚仗天涯消酒，醉魂休更醒。渐远笛、送尽斜阳，余音断、更袅危亭。呼灯重题秀句，银蟾底、怨入诗鬓青。叹俊游、雅集无多，分襟易、溅席珠泪盈。

杜宇暗催去程，依依垂柳，还教舞雪抛琼。小院歌清，惜良夜、共愁听。花前故人谁健？念后约、不胜情。凄凉凤城，檐花欲落处、残漏零。

## 前调 寄内

久断家山消息，倦游仍未归。怅梦里、也自迢遥，天涯路、欲去偏歧。昏灯无言独对，铜街远、夜寂更漏稀。剩泪痕、渍透瑶笺，飘零恨、暗逐辽雁飞。

渺渺绿波怨谁？封侯计左，何缘密约都违？鬓影凄迷，念人在、小楼西。惊猜沈郎应瘦，算未减、旧腰围。流光迅驰，休教更误却、重订期。

## 瑞鹤仙

古微上斜街新居，为查先生德允旧宅，古微记之以词，依韵辄和。

檐松低末碍，乍诗梦、移来古香犹在。枯藤石阑背，认窥帘月子，旧时眉黛。幽居让买，算清福、词仙早载。问西园自断，琴尊几度，燕憔莺悴。

但怪隔篱铃语，也怨来迟，答人清慨。苍云自爱，天付与，一鸥海。伴英游还又，吟笺招我，一笑林花肯待。想疏棂愁倚，高寒西山晚对。

## 前调　题梦湘琴忆图

凌波纤步丽，称风露、明湖夜凉环佩。惊尘黯然起，误琼楼一霎，玉人偷坠。相思解寄，但凝想、钗盟梦里。最难禁翠袖，单寒那日，竹边还倚。

不是凤侪鸾偶，底事天教，目成眉会。盈盈隔水，空有恨，更无计。过仙源依旧，桃花千树，可奈花憔叶悴。问瑶窗清泪，谁多金徽漫理？

## 还京乐　和美成

为谁瘦？恨满零笺剩墨羞更理。又玉箫声断，碧城路渺，高吟徒费。舞落花风际，疏檐细雨愁先委。怪别久，忘了那日，临分双泪。

向秦楼底，共当窗呼酒，回头未远，相思偷换旧味。天涯那有侯封，赚飘零、悔束行李。到归时、空梦断成烟，衾寒似水。纵有相逢面，不堪重话荣悴。

## 南浦　题幼霞丈春明感旧图，即次其旧游龙树寺韵

龙树晚婆娑，觅词仙，旧题苔径谁扫？呼酒对西山，斜阳外、依依数峰青小。鹤眠应稳，墨痕摇梦松云表。一般秀句，从去后便有，碧纱笼到。

那堪俊侣飘零，更夜笛山阳，凄音愁绕。玉宇独归迟，平生意、赢得美人香草。高吟健在，鬓丝无奈春寒峭。几时重续？莫待风城花少。

## 十二时慢　韵珊招同词集，用耆卿韵

净芳尘，一庭新绿，微雨朝来初洗。念倦旅、将归情思，苦抑花前英气。藓径风清，筠帘昼永，为翠尊扶起。算未负、俊约西园，欲去更留，不管鹃声盈耳。

甚柳丝，牵春不住，只把客愁牢系。一角翠楼，斜阳刚断，便是销魂地。叹玉人去后，天涯尽在恨里。

想酒醒，登山临水，去对苍茫何意？只恐重来，天阶露重，夜永寒侵被。早又湘篁晚，西风扇纨轻弃。

## **蓦山溪** 和幼霞丈感兴，用美成韵

萋萋芳草，指点将归路。无限故人情，尽流连、绿阴深处。高楼酒醒，已自不胜寒，闻燕语。和谁伫？柳絮风吹去。

灯前依恋，一夜天涯雨。春梦不分明，乍惊回、凤城街鼓。林花开落，于尔意云何？吟袂举，愁还注，丝鬓盈千缕。

## **玲珑四犯** 留别词社诸子，用美成体并韵

佳日西园，甚赋笔吟笺，长倚哀艳。一自春深，愁上柳眉桃脸。谁念倦旅心情？未到别时先乱。听渭城旧曲都换，何处故人重见？

翠筵亲展凭花荐。对西山、酒波明蒨。高歌寂寞燕云侧，千里应回眼。斜照向暝渐收，看送尽、冥鸿急点。叹古来但有，欢会局，终须散。

## **南浦** 五月四日出都

刚断马蹄尘，逗征衫，嫩寒朝雨微洒。谁送倦游人？苍茫处、西山黯销眉翠。一作“谁与赋销魂？层云展、西山黯然横翠”。竟成归去，酒醒却过垂杨底。怎知倦旅？飘零恨不悔，淹留非计。

休更回首觚棱，怕惨淡荒烟，渐迷边气。身世本冥鸿，孤飞影、北去南来何意？飙轮转速，从来只逐华年驶。那堪重话春前路，芳草萋萋如此。

## 应天长

叔献同年既死于都，余哭之者再，而无词以哀之。携其柩行，暮抵塘沽，乃始长歌，得成此阕，不知泪之浪浪也。

惊沙昼瞑，零雨湿衣，魂兮万里天末。不断海风相续，萧萧抵荒碛。谁携汝，道旁骨。对一片、怒涛寒彻。算到此，已极飘零，况感存没。

回首共君来，柳外轻尘，犹见旧行迹。一梦凤城飞堕，伤心顿长诀。人生事，何由说？只月里、四回圆缺。忍残泪，为拂灵旗，樽酒重酹。

## 芳草渡

塘沽待发，少坡约来未来。文鹿同出都门，则又迟留天津，吟伯、仲常皆相期不至，乃独登酒家楼，招叔献魂与对饮，时戊戌五日也。

向海角，借卖酒人家，自消佳序。恨所期来晚，深杯欲饮还住。天远斜照暮，云摇摇何许？看一例，角黍蒲觞，却在羁旅。

情苦。眼前但有，一个归魂同去路。度沙际、微茫黯下，无言共尊俎。乱帆数点，笑独倚、阑干高处。听哽咽，拍岸涛声似雨。

## 水龙吟　渡海

北来悔逐浮名，飘然且自冲波去。十洲三岛，金银宫阙，沧茫何许？皎日孤悬，长风不断，怒涛终古。念壮心未已，高歌纵好，谁呼汝？查边路。

堪笑蓬莱清浅，只寻常、鹭汀鸥溆。楼船未下，劫灰先变，昆明池土。蜃气骄夭，龙漦起陆，何人挥羽？叹仲连高致，而今空恨，更无归处。

## 前调　海天月上，倚阑歌此

行行收尽斜阳，一层水气浮天渺。似怜幽独，悬空飞上，半轮蟾小。破浪身危，乘槎讯远，且容孤啸。渐苍然瞑色，四围齐合，平生意，知多少？

谁念姮娥夜夜，倚波心、古今闲照。秦皇汉武，仙才何用？逸情空抱。海客红毛，胡儿碧眼，等闲堪傲。唤鱼龙休睡，酒边来听，谱桑田稿。

## 前调　蜀人曾可庵同舟和余词，余叠韵答之

倦游何意逢君？沧波正送闲鸥去。贝宫珠阙，相看一笑，须眉如许。海月题襟，天风侧帽，此情今古。且深杯共话，凭阑指点，订他日，屠鲸路。

休问蜀云湘水，各匆匆、断篷烟溆。神州回首，陆沉应恨，

渐非吾土。吊屈投诗，从云问字，待招鸿羽。又一声长笛，何人吹过？有蛟龙处。

## 暗香 听飞云弹琵琶

酒阑一曲，倚素琴为写，人间幽独。万古客情，渐满灯前泪珠续。依约三生影事，换此夕、纤纤鸣玉。解念得、翠袖天寒，长似倚修竹。

空谷，恨暗触。且料理旧盟，共结萝屋。五湖眷属，长抱婵娟想芳躅。休更因循误了，对绮席、衫青眉绿。听未忍、弹乍缓，别怀又促。

## 疏影 别飞云之苏州

凄然独客，有玉人并倚，来慰岑寂。几日天涯，消受温存，华灯照暖瑶席。深情密意知何限，解念汝、飘零词笔。过柳边、便上吴船，为折与嫩条盈尺。

都是销魂旧处，等闲又到也，应悔轻别。更有何人，翠袖银筝，为谱垂虹新阕。鸥程纵算无多远，早一片、暮烟沉碧。想那时、寒雨连江，望极翠楼天北。

## 长亭怨慢

晚棹吴江，是仲蓝旧时舣舟同游处，歌以吊之。

又双桨，呼鸥重到。一尺吴波，载愁多少？路入菰蒲，晚风初过，嫩凉好。月明如此，谁伴汝？孤篷小。不见酒边人，更酒醒、天涯人老。

未料，向吹箫旧处，来共小红凭吊。云裳水佩，记三十六陂秋早。剩隔岸、几树垂杨，算曾管、当时颦笑。浑不管而今，独自凄凉怀抱。

## 金缕曲

木斋招同恪士、伯浩、子大宴集，予以老人疾辞未赴。旅馆一灯，无聊已极，辄成一阕，如赋湘游。

豫也飘零惯。又匆匆，一鞭回首，慕皋庐畔。几日东风湘上路，还念老人游倦。早绝意、金尊檀板。况复中原多故久，指沧桑不比寻常见。剩一叶，冷云展。

清歌容易教肠断。怪无端、一般沦谪，小红庭院。偏是故人携手处，只许落花闲管。便销尽、华年有限。却又清明都过了，数春光已到残春半。上上策，不如散。

## 又

丙申二月，省父长沙，适木斋亦自金陵来。别十年矣，不意忽得此遇，为之狂喜。木斋出其《吴船听雨图》属题，先赋此阕，以志离合，即用图中自题韵。

一角斜阳影。记当时、秦淮初晚，看移歌艇。白夹青尊相逢处，人隔绿波葱靓。正归路、布帆风紧。十载江湖鸿雁渺，算悲歌旦夕吾能听。神共尔，梦如醒。

别来哀乐何须省？便真成、海枯石烂，肯饶清兴。侧帽天涯重携盏，芳烧劫余犹盛。黯兰楫、官河相并。昨夜红楼同话雨，问人间有几凄凉境？弦与索，乱珠迸。

## 菩萨蛮[①]

楼头柳线丝丝织，楼前草甲茸茸碧。此际正登楼，此时无限愁。

酒醒人独立，嘶马群呼急。才到第三程，山亭又水亭。

## 霜华腴　将之湘水校经堂，初发龙潭道中作

柳边控马，恨绣鞍，春来不载愁归。古驿烟荒，官堤草长，年时旧梦全非。一鞭自随，又等闲、换了征衣。问谁家？玉笛吹寒，楚天人与雁俱迟。

何事南来北去？写沅兰澧芷，身世堪悲。绛帐传经，元亭问字，空惊岁序迁移。乱山易歧，对暮鸦、泪满斜晖。怕霜华、不管飘零，暗催双鬓丝。

## 买陂塘　和中实

荡愁根、不消还长，鸥波双桨盈尺。颓阑半角无人倚，一

① 原注：以下湘社旧作。

片冷云还碧。风雨夕，早卷上珠帘，看尽黄昏色。红鸳两只。甚池北池南，分开占了，不管画桥隔。

年时恨，做了心头片石。春人休更相觅。庾郎哀怨知何限？况是小园尘积。寻梦迹，算一缕柔魂，压得垂杨直。吟边帽侧。又几日重来，落红千点，满地绿苔藉。

## 台城路

杜郎已是寻春倦，东风又吹愁满。住燕帘栊，啼莺巷陌，知我销魂曾遍。深杯更劝。奈销酒无多，旧情都浅。锦瑟飘零，为谁曲曲写清怨？

空阶暗沉雨线。隔朱阑一角，人似天远。翠箔飘灯，青衫信马，赢得几回肠断。重来未晚。早忘了花前，那时娇面。纵有千金，换华年不转。

## 沁园春　子大谋为北征，先赠以词，即呈中实

西下岷峨，来登祝融，曾几日哉？记狂歌与子，飞筇直上；浮名误我，短棹催回。七八年间，两三人耳，寂寞天门望日台。分携后，向吴丘说剑，越水浮杯。

片云领客重来，看桃李春风次第开。只旧家深巷，暗惊尘满；故人荒簏，尽有诗堆。我正南留，君偏北往，一笛江城怨落梅。潇湘路，又岳灵招手，独雁迟徊。

## 凤凰台上忆吹箫 钗，和姚二韵

香雾低鬟，宝霞托腕，晓妆帘底初停。正拾来金凤，云髻盘成。却被檀郎误指，重对镜、翻笑伊勤。簪边路，栊鹦认熟，窗燕窥频。

春魂，隔花颤也，只豆蔻梢头，添个枝横。怪渡旁桃叶，总是离痕。依自并头连理，把钿合、还插双茎。无端是，宵来堕枕，皱了螺纹。

## 湘春夜月

中实行一日矣，小窗雨夜，补和斯解，仍用黄雪舟韵。

正清明，几番啼瘦鹃魂。又是烛影红楼，摇得酒帘昏。数点西窗过也，怎敲愁不碎？却去敲春。算一声声在，眉边心上，两处收存。

芙蓉塘外，东风飒飒，暗打重门。寂寞阑干，还只恐、有梨花地，先散行云。天涯满眼，又那知、人到蓬根。料此际，把征衫湿透，和他别泪，搓作离痕。

## 摸鱼儿 送中实游衡山，用稼轩韵

卷东风、泪飘如雨，吟魂先送君去。绿波南浦寻常到，销尽酒边年数。行却住，在贾傅祠南，那角伤心路。凭谁寄语？怕几日斜阳，小园已是，飞了一池絮。

尊前恨，只有秋悲不误，春人何事相妒？蛮笺待反离骚赋，莫与湘君重诉。云乱舞，看布袜青鞋，踏遍神皋土。明朝忆苦。更七二峰头，芙蓉手把，寻我旧游处。

## 念奴娇

辛卯寒食，送仲实之衡山。斤帆竟发，讲舍独归，风雨忽来，白日遂暮。南城地高，长飙怒卷，如奔浪声，不知扁舟江上，定泊何处也？离思黯然，为赋此解，与檐溜相答矣。

对床人散，乍消停、还又愁风愁雨。一枕嫩寒眠未忍，忆得昨宵吟苦。雪浪停笺，青山拥泪，换了题春句。短篷孤棹，酒醒残梦何许？

此去十二潇湘，衡云几点，是雁来边路。三十三年行老矣，念尔天涯游旅。倚壁灯昏，悬书榻冷，我亦浮名误。归鞍慵整，柳绵吹尽千树。

## 霓裳中序第一

凉蟾堕怨魄，瘆入清湘凝寸碧。歌扇梁尘乱叠，乍唤醒玉龙，来窥檐隙。垂杨百折，劝玉尊低舞回雪。重帘下，翠釭暗剪，不语正凄咽。

江国，俊游谁识？奈病久都无气力。青衫何况是客！怅白石风流，小红空忆。路遥天更隔，似万里飘零只翼。凝波步，曲终去也，惨淡数峰色。

# 大　酺

子大出示《贞林秋忆图》，为其姊玉敻女士作。女士名敻，吾师箕仲先生第三女，性孝挚，劬学能文。吾师疾亟，女士尝刲臂肉和药进，而师竟不起。女士以为内疚，矢终身贞居，奉祖母十年。迨子大官鄂，奉以同居。壬寅冬，子大转饷北征，作诗寄忆，姜颍生部郎为之图，复题一词，属余次韵。

渐蕙烟寒，林霜炯，秋老西堂萝屋。西风吹雁语，带萧萧凉叶，几回怅触。慧业参云，灵根浣月，长忆空山凭竹。官邮孤征远，又村帘唤酒，晚炊初熟。念千里欲归，故人吟望，此时情独。

中原斜照速，绿芜外、芳草迷茵縠。何似呼灯篱落，听雨房栊，卷空波、黯然盈目。定有申申詈，还共汝倦魂，泪凝湘曲。蓦回首、啼鹃国。玉虚天杳，愁荐东园葵菽，彩鸾待迎绛烛。余姊莹亦能诗，工书，殁二十年，有降乩者云：生天上，所居曰玉虚斋。

# 一萼红　蜕园连句

乍相寻，有东风燕子，窥客在帘阴。子大。草甲青苏，柳荑黄短，春色飞上吟襟。叔由。问谁把、红阑掐遍，尚约略、留得指痕深。中实。鸥外芳盟，莺边俊语，往事难禁。子大。

侧帽依然江国，感西楼旧侣，寂寞青琴。叔由。照鬓明漪，黏鞋腻藓，思量怎到而今。中实。访那回、吹香池馆。便笼鹦、传恨语先喑。子大。怪底春云一片，也是沉沉。中实。

## 绛都春　长沙感旧连句

珠帘路断，话十载俊游，春梦都倦。中实。楼外柳丝，空自年年和愁剪。子大。夕阳不照青尊满，又镜里朱颜同换。叔由。绿窗鹦鹉，而今也似，隔花人远。中实。

偷看，雕廊屧印，怕相遇、那回嗔客双燕。子大。千缕断魂，化作春烟烟还散。叔由。杜郎未恨恨寻芳，晚恨少了，寻芳愁伴。中实。怪他几褶青衫，带围又减。子大。

## 摸鱼儿　连句，用辛幼安韵

隔红楼、几声湘雨，春魂多半销去。中实。杜郎十载青衫恨，赢得泪痕偷数。子大。关不住，只那角、珠帘便是愁来路。叔由。酒边腻语。把鹃国悲欢，莺天恩怨，细向个侬絮。中实。

年时事，门巷枇杷不误，笼鹦休更相妒。子大。朝云纵写高唐赋，梦里生涯难诉。叔由。梁燕舞，还只怕、啼红湿遍花阴土。中实。相思最苦。何处是天涯？天涯只在，窗下送郎处。叔由。

## 金缕曲　连句，用刘改之韵

影事欢场倦。更休提、兰因絮果，柳差花遣。中实。那日回廊抛一角，认得夕阳红软。算不枉、相逢肠断。子大。小院更无人替影，隔花阴有个蜻蜓颤。花下路，几回见。叔由。

寻常图画都堪卷。看生成、香君侠骨，文君娇脸。中实。十幅蛮笺都写遍，难写笑深颦浅。空闭了、银屏一扇。子大。只恐梨云飘易尽，祝东风莫做春人怨。栏曲曲，断肠远。叔由。

## 琵琶仙　连句，用姜尧章韵

真个销魂，只卿是、相对相当花叶。子大。谁把眉黛眼波，和腰作三绝？中实。楼十二、潇湘未晚，问啼到、几番愁鴂？叔由。替被瞒鸳，扶钗想凤，心事重说。子大。

算惟有、双燕依人，尚能记、初逢那时节。容易沈郎惆怅，满春衣榆荚。中实。千万点、缃桃照水。被脸霞、夺了红雪。叔由。怪底窗外银莺，劝人休别。子大。

## 凤凰台上忆吹箫　连句，用李清照韵

过雨移灯，因风想屧，夜阑慵并扶头。子大。怪新来瘦损，瘦到莲钩。中实。最是樱桃红小，欹玉枕、絮语难休。叔由。双星恨，春宵太短，转不如秋。子大。

难酬，向来恩眷，惟自祝朱颜，长为卿留。中实。唤素娥相伴，飞下琼楼。叔由。今夕灯花双笑，应笑我、别泪凝眸。子大。依还羡，衾窝绣鸳，不解离愁。中实。

## 宴清都 蜕园听雨，连句和卢蒲江

闲恨无人管，偏又是，雨声敲砌零乱。中实。销魂正在，檐花落处，酒波微暖。叔由。余寒有意相伴，未许我、春衣早换。中实。怪竹边、一阵萧萧，依然作了秋苑。叔由。

猜他替柳搓绵，催梅堕粉，慵让莺见。中实。珠帘自下，红楼更隔，几重深院？叔由。回廊屧路都断，怎还有、天涯在眼？中实。怕西园、迟了归鞍，东风易晚。叔由。

## 长亭怨 长沙客感，连句用湘绮楼韵

又呼起、天涯愁影。故国江山，倚娇成困。中实。十载萍根，剩欢零怨，也无准。叔由。楚宫何在？空留得、东风恨。香草吊三闾，却不是、南朝脂粉。中实。

隐隐，送寒林落日，身世贾生还近。叔由。文章束笋，总难写、骚人忠愤。中实。看浪打、数点衡云，算如此、英雄都尽。叔由。笑战鼓楼船，输与诗鞍吟稳。中实。

## 迈陂塘 泛月连句

带回廊、几行疏柳，画船离了盈尺。子大。烟波界出空蒙路，惟见楼朱瓦碧。寿慈。花外夕，看三两闲鸥，都是潇湘色。中实。春人易只。莫便负清光。呼来月姊，同展绿窗隔。叔由。

愁边客，补上情天片石，鸳魂休为侬觅。子大。小山半角遮人影，斜映一痕苔积。寿慈。桥上迹，怕香雾沉沉，压得虹腰直。中实。凌波步侧。似有个雏鬟，看题秀句，墨泪正零藉。叔由。

## 高阳台　落梅，连句和吴梦窗

翠羽啼春，朱门闭雨，西湖第几重湾？中实。殢粉尘香，深深葬了肥环。叔由。马嵬只是埋红地，贮素魂、应在孤山。中实。又江城，五月成阴，青似长竿。叔由。

记曾纸帐相厮守，镇冰肌少晕，玉体无瘢。中实。酒醒天涯，何人一笛吹寒？叔由。飞琼遗佩都零落，倩素娥、觅到苔边。中实。怕扬州、何逊重来，旧月空圆。叔由。

## 湘春夜月　月夜蜕园连句，用黄雪舟韵

不分明，月魂还是湘魂。中实。恰又酒醒今宵，珠箔一灯昏。叔由。十载淡欢浓怨，化二分红泪，销尽青春。中实。渐夜深风细，吹愁不去，残梦空存。叔由。

清歌易远，晚妆定卸，闭了斜门。中实。十二阑干，似隔了、楚峰十二，还隔行云。叔由。空烟织水，浸垂杨、绿影无根。中实。便见也，怕姮娥此际，都应瘦损，天上眉痕。叔由。

## 八宝妆　连句，赋调名第二字

梦接楼台，天入水、珠幡乍护卿来。子大。镜中人影，桃渡

忆否分钗？寿慈。鸭鼎浓烟熏麝陌，凤帘凉月映鸳鞋。中实。是琼娘，佩环声转，潜下瑶阶。莲父。

长记香车旧约，向九华帐里，双扇迎回。叔由。隋苑憨名，有梦曾逗依怀。子大。花王懒去作相，任雪白荼蘼红间开。中实。销魂处，又碧湘横瑟，华年暗催。叔由。

## 蕙兰芳引　连句

杯莹酒香，好重话、廿年兰约。海年。看镜里芙蓉，红艳向秋未落。中实。楚娃荡桨，渐恨满、阿娘池阁。子大。问杜郎去后，一种风流谁托？叔由。

黛画娇颦，脂留薄晕，替写飘泊。海年。检金缕尘箱，折损舞衫半角。中实。莺边人倚，倩魂又弱。子大。吹柳绵、偏是晚风帘幕。叔由。

## 八犯玉交枝　连句

对镜含颦，拥衾思梦，勾起玉奴心事。海年。月冷红楼窗六扇，顾曲风流谁似。叔由。扬州书记，十载慵问珠帘，无端却到飘灯地。中实。重话那回肠断，碧桃花底。子大。

为怜一尺楚腰，为怜玉臂，环肥差想风致。海年。倩谁写、眼波眉意？算惟有、春山秋水。叔由。听芳曲、梁尘乱坠，隔窗催得笼鹦起。中实。怕巷口枇杷，春来变作相思子。子大。

## 沁园春 连句，赠郑侯，用刘龙洲韵

别黄鹤楼，渡洞庭湖，君亦壮哉！子大。似西川人日，身依严武；江南梅雨，肠断方回。中实。一笑相逢，楚宫何处？落日同登射蜃台。叔由。台千仞，看君山如发，湘水如杯。子大。

十年江上重来，笑前度，桃花今又开。中实。记并刀剪水，汾祠雪霁；郫筒唤酒，玉垒云堆。叔由。五十功名，一双行脚，相约城东去探梅。子大。招红袖，怕长沙地小，舞亦低徊。中实。

## 眉妩 连句，和白石戏仲远韵

又雕阑月暝，绣阁春沉，花底望穿眼。寿慈。一角湘蘋影，红灯路，卢梁嗔到双燕。叔由。朱扉乍款，道略迟、相对凄感。寿慈。想同把、密意温存尽，比春夜还暖。叔由。

相限，狂吟未散。怪约来芳侣，争写愁翰。寿慈。媚眼明秋水，牵情处、柔丝还结青缆。叔由。泪珠点点，未别郎、魂梦先远。寿慈。怎吹得行云，都碎也，半宵见。叔由。

## 水龙吟 渡江连句

几人散发扁舟渡，江风雨鱼龙笑。子大。一帆如马，破空飞出，是何年少？中实。岳色西来，楚天东下，残云未扫。叔由。指危楼一角，天心积雾，似压得，阑干倒。子大。

无限烟波浩渺，掩湘鬟、数峰青峭。中实。湖山依旧，豪情顿减，几回重到。叔由。铁佛回潮，铜官喷雪，那堪凭吊。子大。莫横吹玉笛，惊他蜃气，向船窗绕。中实。

## 暗香　连句，和白石韵

茜裙血色，向酒边劝我，重携双笛。叔由。一夜嫩寒，梦里花枝忍轻摘。海年。蛾月今宵瘦了，总难写、张郎愁笔。子大。似念到、那日飘零，珠泪暗盈席。叔由。

香国，旧恨寂。奈别后宝奁，已是尘积。海年。断红自泣，背镜娇颦两相忆。子大。还恐因循误也，春更在、离魂天碧。叔由。料俊语、私属处，未应忘得。海年。

## 疏影　连句，和白石韵

天怜似玉，遣红楼月子，来伴双宿。子大。一霎情波，揉碎湘魂，啼鹃暗下春竹。叔由。回阑曲曲东风影，记那日、沉香亭北。海年。下玉阶、自折樱桃，去慰酒边人独。子大。

消得幽期密约，绣襦乍替解，窥见罗绿。叔由。怪底檀郎，忘却留欢，只道他时金屋。海年。箫声又做帘阴冷，有白石、小红歌曲。子大。怕钿盟、重订桃根，瘦减带围双幅。叔由。

## 莺啼序　连句和梦窗韵

清明又催过也，有啼红入户。隔斜照、天外朱廊，那边帘影吹暮。子大。缀青子、枝头暗满，阴阴几日成芳树。叔由。怨东风，容易飘零，一池飞絮。海年。

十里扬州，媚脸断粉，悄吹香似雾。指阑角、曾掐春纤，笑桃人寄情素。子大。系斑骓、依依细柳，乱愁织、柔丝千缕。叔由。翠堤阴，双桨来时，乍惊眠鹭。

兰因待证，蕙约教寻，更垂念倦旅。海年。奈恨袅、倩影旮际。宝篆芬冷，两地柔肠，泪珠悬雨。横塘路杳，情波双掬，分流何似郎行速？征帆又没湖南渡。子大。空怜碧玉，无端数点梅花，似梦暗坠香土。

清歌易感，况是钿箫，唱小红白苎。叔由。渐半晌、吟魂敲碎，化了离痕。紫燕文鸾，昵人娇舞。海年。谁知锦瑟？华年偷换，青衫重到寻旧馆。但荒尘、栖老鸳鸯柱。叔由。还将水驿山邮，画入银屏，认侬在否。子大。

## 兰陵王 湘舟录别连句

片云黑，做出湘天泪墨。孤篷矮，藏个恨人。中实。病酒伤春弱无力，凄然去江国，心恻，鸥应未识。子大。明朝路，何处断帆？却向城南望城北。叔由。

花边旧游迹，念隔水呼尊，偎月吹笛。中实。啼痕易污青衫色。怅那夕屏角，那回帘底。子大。哀弦难写况怨极，背灯镇长忆。叔由。

红滴，雨声寂。但化作桃花，潭影千尺。无端照出鹃魂只。中实。认柳外人倚，舵楼空碧。子大。眉弯瘦也，怕梦里，更见得。叔由。

## 西河　重录别连句

江上树，明朝不系船住。子大。孤篷一角楚山青，酒边又暮。叔由。碧湘春涨也催人，销魂来听津鼓。中实。

片帆色，连断浦，送君未送愁去。子大。汀洲自绿点沧波，更还带雨。叔由。望中缥缈是长沙，楼台灯火何处？中实。

忍看此夕共寄旅，要前峰、遮却归路。子大。最是黯然难赋。展寒云、几叠都成残句，叔由。呼起珠宫骊龙舞。中实。

## 绕佛阁　连句寄子大

绿眉夜敛，灯似水晕，凉画湘馆。中实。花路春短，梦寻不到莺边旧吟幔。叔由。屐莓齿满，犹带那日，幽翠痕远。中实。江上鹃惋，那知却是催人向蘋岸。叔由。

故国耿相忆，泪眼空廊沉雨线。中实。输与镜花临波分酒面。只恨点攒心，还剩飞箭。叔由。甚时相见？记侧帽东风，丝鬓吹乱。中实。扫芳云、约君同展。叔由。

## 多丽　瀛洲雨集连句

丙申春仲，中实客居长沙城东之小瀛洲。

舣湘舟，春寒偏酿春愁。中实。又饧箫、数声吹哑，湿云低压红楼。子大。浪三篙、还停翠缆，帘一角、乍卷银钩。叔由。锅惯销金，壶须买玉，几番拚典鹔鹴裘。中实。卿何事？不将春水，藏住两闲鸥。子大。浑只怪，旧游如梦，旧梦如沤。叔由。

指东阑、梨花开也，断魂人在瀛洲。中实。俏红鸳、瘦还禁雨，淡黄柳、病欲惊秋。子大。皂帽仓皇，青衫老大，等闲休负酒平瓯。叔由。问海上、归来燕子，已有定巢不？中实。还共祝，月移三影，水断双流。子大。

## 买陂塘　连句录别（三首）

乍连宵、风风雨雨，天公已把春葬。子大。玉箫吹得湘魂醒，还为落红惆怅。木斋。帘一桁，逗万古春愁，织作真珠浪。中实。清尊莫放。算酒变湘江，湘江变酒，都是泪痕酿。叔由。

将身罥、万树桃花如网，个侬依旧无恙。子大。尊前剩有何戡在？凭话旧时眉样。木斋。弦索响，听水阁潇潇，还似吴娘唱。中实。桃根双桨。应许学当时，鸱夷一舸，烟水五湖上。叔由。

两三人、一般孱僽，春三二月风雨。子大。檐花落尽春灯黯，犹照今宵欢聚。木斋。吾与汝，要世世生生，总向情天住。中实。闲愁漫赋。料如此江山，英雄只合，相对数儿女。叔由。

刘琨老，何必闻鸡起舞？只堪鼾睡东部。子大。不然便向南山下，笑看蓝田射虎。木斋。眉黛语，劝偕隐红楼，莫再封侯误。中实。镜台堪据。又照见天涯，飘零客子，同作倦游侣。叔由。

两三花、一般娇姹，惹他风雨无赖。子大。梦回只在红楼角，一片冷云低碍。木斋。春似海，却不道春边，总是愁先在。中实。相逢定悔。便神女生涯，非关梦里，梦也可能再。叔由。

春宵短、一点一更偿债，千金寸烛难买。子大。相思别后知何益，枉自手搓裙带。木斋。春缆解，怕回首阑干，已隔湘云外。中实。苍波杳霭。任老尽芙蓉，搴芳人去，谁共涉江采？木斋。

## 洞仙歌　连句咏红螺馆藏牙美人

香瘢冷晕，镇象床瑶夜，七寸中璋比身价。子大。定前生、住向佛国诃加，偷换却，玉骨盈盈一把。叔由。

灵犀忺不语，鸳被雷惊，花入凝脂化身化。子大。莫是李夫人，忘却披香，翩珊影、簟纹深亚。叔由。恁婀娜怀中袖中藏，剩刻骨相思，好春慵嫁。子大。

## 贺新凉

癸卯二月二十七日，新安逆旅薢茩湛寄庵，约同车赴汴。明日早发，十里渡吴寨河。车侧，水没轮入车，衣履尽湿。舆夫入水，以身承轮，轮压其胫以起，车乃得不覆，冒险竟渡。寄庵所坐为余载书车，在后见险而退，绕他道，幸得一小舟以济。明日乃复遇于确山，又同历无数苦，始同达汴。殆古所谓患难之交情，自然深厚，逾于平常。既不忍离，乃遂同寓，复同还，至九江而寄庵别归南海。江轮分袂，风雨凄然，偶触及吴寨河之危，不禁泪下。倚装匆匆，辄成此解。

一霎连江雨。写悲凉、断魂天地，断肠羁旅。离别人生常事耳，今日别君何苦？蓦回首、确山烟树。吴寨河前身幸免，不逢君一死凭谁诉？念到此，泪如注。

临歧不怨君归去。怨今宵、皖山无月，梦难飞渡。明日寻君知更远，迢递白门黄浦。渐岭海、沧波无据。此际浮名翻望切，望浮踪共向燕台住。重握手，话情愫。

以上《琴思楼词》，1914 年长沙石印本。

# 河南省省直机关事务管理局

省长李克强视察事管局时听取刘运珍局长汇报

党委书记、局长刘运珍在全省机关后勤体制改革座谈会上讲话

省直第一幼儿园新建综合楼侧面

省直机关事务管理局是主管省直机关行政事务的工作机构，担负着为整个省直机关办公和职工生活提供有效保障的重要职能。他们高举邓小平理论的伟大旗帜，坚持“两手抓，两手都要硬”的方针，按照建立社会主义市场经济体制的要求，解放思想，开拓进取，首先从改革后勤管理体制入手，实现了管理职能与服务职能的分离，继而在省直住房制度改革、房地产管理、财务管理、车辆管理、物业管理等多方面推进，取得了显著成就。一是省直房改全面展开。目前，省直单位都建立了公积金制度，归集公积金总额2.46亿元；出售住房8.5万套、630万平方米。二是基础设施建设投资多，成效大。三年来省直事管局先后建成四幢高层、工业院小区、燕乐小区、姚寨小区以及乙院、丙院住宅1800多套、20多万平方米，在建戊院、纬四路9号、14号、15号院住宅450套、5万多平方米，较大地改善了省直职工的居住条件；更新改造了政三街和戊院锅炉房，改造了供电设施，明显改善了供暖、供电条件；完成了省直第一幼儿园幼教综合楼和第二幼儿园扩建工程，两园都被评为郑州市一级一类幼儿园；扩容开通了省政府5000门程控电话，基本满足了用户要求。三是房地产管理正在开展普查登记，加强产权产籍管理。四是规范了车辆管理，四年购置分配新车190多辆，保证了省直机关工作需要。五是在自身建设方面，狠抓了“三讲”教育，狠抓了精神文明建设和党风廉政建设，职工精神面貌发生了根本性变化，外部形象进一步提高，被省委、省政府命名为省级文明单位，97、98年年度责任目标分别被省政府评为先进和优秀单位，97、98年度廉政建设均被省廉自办评为优秀。他们决心再接再厉，扎实工作，努力把后勤保障工作提高到一个新的水平。

工业院住宅新区一角

公路管理局党委书记　杨立宋

# 河南省交通厅公路管理局

省公路局副局长马健(左五)在1999年河南省公路统计年报布置会上作重要讲话

河南省交通厅公路管理局成立于1949年7月，隶属于省交通厅领导，后几经演变，于1980年11月由省交通厅公路处改为河南省交通厅公路管理局至今。她是伴随着河南公路交通事业的发展而逐步发展、完善起来的。

1949年至1956年，河南公路交通从恢复阶段走上逐步发展时期，为适应国民经济建设需要，以支援城市工业生产，救灾运输为重点，加快公路的建设与管理，取得了显著成效。

1957年至1966年，经过认真贯彻执行“调整、巩固、充实、提高”的方针，促使全省公路交通更快发展，普及与提高相结合的公路建设硕果累累。在新技术的应用中，路面改造与桥梁建设都有创新，公路交通面貌焕然一新。

1966年到至1976年，由于受到“文化大革命”的严重干扰和影响，河南公路交通进入一个曲折发展时期。

1977年至今，特别是党的十一届三中全会以来的20年，河南公路交通事业在党的十一届三中全会精神和邓小平理论的指引下，在交通部、省委、省政府以及省交通厅的正确领导和大力支持下，在公路局领导班子的精诚团结、通力协作下，深化改革、扩大开放、抓住机遇、加快发展，进入了一个崭新的发展阶段，取得了令人可喜的成绩，公路面貌有了巨大改观，较好地服务了河南改革开放和国民经济的发展。

截止1998年底，全省公路通车总里程达到57172公里，为全国第8位；公路密度百平方公里为34.23公里。高速公路465

气势雄伟的公路环岛

经济实用的县乡道路

公路管理局局长 常凤波

# 河南省交通厅公路管理局

全省统计人员在1999年河南省公路统计年报布置会上认真听取

公里，为全国第5位；一般二级公路7843公里，为全国第3位；有路面里程51254公里，为全国第8位；其中高级、次高级路面39873公里，为全国第3位；晴雨通车里程47586公里，为全国第8位；绿化里程43518公里，为全国第3位。逐步形成了以国、省干道为骨架，县乡公路为脉络的沟通城乡、贯通省际、四通八达的公路运输网络。

公路愈发展、愈现代化，愈需要依靠统计数据，公路统计的作用就愈为突出。省公路局领导十分重视对统计人员素质的培养，先后在省计划统计学校委培了两批统计人员，使全省公路系统统计机构逐步健全和完善，统计人员素质大大提高并保持人员的相对稳定。为提高统计工作效率，降低统计人员劳动强度，保证统计数据的质量，省公路局组织开发了河南省公路统计应用软件，并对基层统计人员进行了应用培训，逐步在全省范围内实现了从县到省的统计报表微机汇总工作，使我省公路统计工作迈上了现代化轨道，较好地服务了全省公路建设。

回顾过去，河南公路迅猛发展，发生了翻天覆地的变化，谱写了壮丽辉煌的历史篇章，呈现出了许多可歌可泣的动人事迹，展现了我们河南公路人大胆开拓，锐意创新、吃苦耐劳、乐于奉献的精神风貌，为河南经济建设做出了突出贡献。展望未来，在团结、廉政、高效、务实的公路局领导班子的带领下，善抓机遇的河南公路人，将以崭新的姿态昂首阔步进入二十一世纪，我省公路建设必将迎来灿烂辉煌的明天。

蜿蜒曲折的山区公路

绿洁畅美的高等级公路

# 河　南　省　煤

河南省煤炭工业厅 厅　长
河南煤炭管理局 局　长
河南省煤气集团公司 董事长

**高国安**

高级工程师

河南是我国的主要产煤省之一，煤炭资源比较丰富。目前已探明煤田19个，煤炭保有储量222.6亿吨。河南是产煤大省，也是煤炭调出大省，煤炭产业不仅有力地促进和带动了全省经济的发展，而且对华东、中南地区的经济发展有重要影响。

党的十一届三中全会以来，我省煤炭工业发生了翻天覆地的变化，改革开放对煤炭工业的发展注入了新的活力，使这个传统行业焕发了青春。原煤产量已连续18年位居全国第二位，煤炭基本建设出现了第二次建设高潮，多种经营从小到大初具规模。

展望煤炭工业发展的前景，我们在邓小平理论和党的十五大精神指引下，在中央和省委、省政府的关心和大力支持下，我省煤炭行业广大干部职工，团结一致，同心同德，顽强拼搏，克服困难，把一个健康发展的河南煤炭工业带入光辉的二十一世纪。

▲安全生产调度中心

▲中锋集团公司领导深入井下调查研究

▲平煤集团铁路运输处煤运列车整装待发

▲平煤集团铁路运输处

# 炭　　工　　业　　厅

◀ 鹤壁矿务局三矿

▲生产调度中心—平顶山矿务局一矿

◀ 井下机械化采煤—平顶山矿务局一矿

义马矿务局杨村煤矿

▲义马矿务局杨村矿貌

# 河南省交通厅高速

开洛高速公路郑州站

开洛高速公路上街站

开洛高速公路偃师站

河南省交通厅高速公路建设管理局(以下简称"高管局"),其前身是河南省高等级公路建设指挥部,于1989年12月开始筹备成立。高管局在省委、省政府制定的"政治动员、经济补偿、行政干预、各方支援"和"集资修路、有偿使用、收费还贷、滚动发展"两个十六字方针指导下,在省交通厅的直接领导下,高举邓小平建设有中国特色社会主义理论的旗帜,坚持紧紧依靠各级政府和广大群众,紧紧抓住改革开放的机遇,克服资金紧缺、经验不足等种种困难,发扬艰苦奋斗、顽强拼搏、真抓实干、无私奉献的精神,在不到十年的时间里,构画出我省高速公路的宏伟框架:

1994年底,开封至郑州高速公路建成通车;1995年底,郑州至洛阳高速公路比原计划提前一年建成,同年,郑州至新郑高速公路建成开通;1996年底,新郑至许昌高速公路建成开通;1997年底,安阳至新乡高速公路的通车,实现了我省高速公路与全国高速公路网的连通;1998年底,许昌至漯河高速公路建成通车。

从1990年至1998年底,我省完成建设投资60多亿元人民币,通车里程465公里,居全国第四位,结束了河南没有高速公路的历史,成为我省改革开放二十年的又一重大成果。

开洛高速公路凤凰山遂道

郑许高速公路长葛站立交

# 公路建设管理局

展望未来，洛阳至三门峡、商丘至开封、三门峡至灵宝、漯河至驻马店、周口至漯河、新庄至焦作高速公路已投入建设，漯河至信阳等高速公路项目已列入了计划日程。下世纪初，我省将建成贯通国道主干线“一纵一横”河南境1158公里的高速公路，初步形成以郑州为中心的“米”字型高速公路骨架。届时，以省会郑州为中心，北起安阳、南至信阳，东起商丘、西至灵宝的高速公路将连成网络，基本形成我省高速公路网络。

开洛高速公路(郑州)与107国道交叉站

郑许高速公路机场站

郑许高速公路薛店站

郑许高速公路长葛站

郑许高速公路新郑站

# 中国建筑第七工程局安装工程公司

中国建筑第七工程局安装工程公司，是国家一级综合性安装施工企业。

公司位于郑州市北环路，成立于1952年，现有职工2600人，专业技术人员568人，其中高级技术职称26人，中级职称157人，高级技工612人，中级技工1018人。目前公司资产总额13860万元人民币，各类大中型施工机械设备722台，设备总功率11821KW，并拥有种类齐全，技术先进的各类调试设备270余台套，年施工能力4亿元以上。

公司相继承担过200余项大中型石油、化工、冶金、建材、化纤、国防、科研、高级宾馆等项目的设备安装、调试任务。一九八五年打入国际市场，参加过埃及玛利亚娜旅游村别墅工程、厄立特里亚制药厂等工程的建设，共创出优质工程100余项。

法人代表张忠华

公司大门

公司办公区一角

# 中国建筑第七工程局

中建七局总部办公楼

中国建筑第七工程局系国家直属大型施工总承包壹级企业，创建于1952年。经营范围：各类建筑工程、设备安装工程、建筑装饰工程、道路桥梁工程的设计、施工与咨询，混凝土预制构件，房地产开发，物业管理，建筑机械、医疗器械及一、二类压力容器制造，锅炉安装，非标制作，建筑机械修理、租赁，塔吊安装、拆卸等业务。

该局下属23个处级公司(厂、院、校)，职工1.8万余人，平均技术等级6.5级，高中级以上技术经济职称人员1167人，拥有总资产17亿，其中固定资产3.6亿元，资本金2亿元，主要工程机械3500多台，年完成施工产值25亿元左右。

40多年来，该局先后在20多个省市自治区，近10个国家和地区，优质、快速地完成了一大批各类大中型建设项目，并有30多项工程荣获省部级优质工程奖，先后被评为中国500家最大建筑企业，中国最佳经济效益建筑企业，建设部系统25家最大建筑企业，AAA级信用企业。充分体现了“敬业、求实、创新、争先”的中建企业精神。

中建七局四公司施工的郑州市财政局培训中心工程

上海市“天宇中心”工程。该工程地下2层，地上37层，高140.6米，建筑面积86000m²，位于上海市虹桥经济开发区。

# 郑州市市政管理委员会

市政管理委员会主任刘克顺陪同全国人大代表范徐立泰视察绿城广场

郑州市市政管理委员会组建于1995年11月，是郑州市人民政府综合管理城市的一个重要行政主管部门，负责城市市容、环境卫生、园林、绿化、市政设施、客运出租汽车、金水河滨河公园、限制养犬等项管理工作。内设机构15个处室，行政编制80名，下属9个正、副县级事业单位。郑州市市政管理委员会组建三年多来，为郑州市城市实现“净、绿、亮、美”，创建国家卫生城市进行了不懈的努力，取得了令人瞩目的成就。

绿城广场

紫荆广场

经纬广场

# 郑州市市政管理会员会

道路绿化

道路绿化

夜景

# 郑州市市政管理委员会

城管卫士整装出发

文明执法

井然有序的出租车队

金水河滨河公园

碧沙岗公园沉香园一角

“拆墙透绿”后紫荆山公园北门内景色

# 郑州市市政管理委员会

郑州市市政管理委员会的工作，使郑州市的“净、绿、亮、美”工程取得了丰硕成果，为提高全市人民的生活环境质量做出了贡献，受到上级领导的充分肯定，荣获了郑州市1997年度“公仆杯”银杯奖，“创建杯”金杯奖。他们将以更高的标准，更快的速度，更好的工作成绩为把郑州建设成为环境整洁优美的现代化城市而竭诚尽智，锲而不舍。

豪华公厕

市政建设

市政建设

垃圾处理生产线

垃圾中转站

河南省农业厅厅长　杨金亮

# 河南省农业厅

党的十一届三中全会以来，我省各级党委政府切实加强对农业和农村工作的领导，认真落实党在农村的基本政策，大力实施科教兴农战略，不断改善农业生产条件，调整优化农业结构，农产品有效供给大幅度增加，农民收入稳定增长，农业综合生产能力进一步提高，为全省国民经济的持续快速发展、人民生活水平的提高和社会的稳定提供了强有力的支持。

1998年，我省粮食总产实现4009.61万吨，比1978年的2097.4万吨增加1912.21万吨，增长91.2%；棉花总产量72.84万吨，比1978年的22.42万吨增加50.42万吨，增长2.3倍；油料总产量312.13万吨，比1978年的24.16万吨增加287.97万吨，增长10.9倍。全省主要农产品产量的提高是大幅度提高单产的结果。1998年我省粮食、棉花、油料亩产分别达294公斤、61公斤、168公斤，比1978年的154公斤、25公斤、35公斤分别提高140公斤、36公斤、133公斤。

1998年，全省肉类总产量达到461.63万吨，比1978年的44万吨增加417.63万吨，增长8.5倍；奶类总产量达到12.29万吨，比1978年的1.28万吨增加11万吨，增长7.6倍。1998年末，猪、牛、羊存栏分别达3439.66万头、1300.61万头、2553.11万只、比1978年的1724.9万头、339万头、989.7万只分别增长99.4%、2.84倍和1.58倍。

1997年，全省农村增加值一、二、三产业构成为43.3：39.3：17.4，其中二、三产业比重为56.7%，而1978年全省农村增加值一、二、三产业构成为76.9：9.9：13.2，二、三产值比重只有23.1%。1998年，全省农、林、牧、渔业总产值达1823.01亿元，按可比价计算，比1978年增长2.86倍。在农林牧渔业总产值中，农业所占比重下降，林牧渔业发展迅速，从1978年到1998年，农业所占比重由85.7%下降到63.6%，而林牧渔业比重由14.3%上升到36.4%。在种植业内部，粮食作物和经济作物协调发展，粮经比例由1978年的83.2：12.4调整为1998年的72.4：18.0。

1998年，我省农民人均纯收入1864.05元，比1978年的104.71增加1759.34元，增长16.8倍，年均增长15.5%（按现价计算）。越来越多的农民摆脱了贫困、实现了小康，有300万农户人均收入达到小康水平，占全省农村总户数的15.9%；农村贫困人口已由1978年的2500万人减至1997年的400万人。

1998年，在省委、省政府的领导下，全省广大干部群众共同努力，战胜各种自然灾害，粮食生产取得较好收成，总产达4009.61万吨，再创历史最高水平。

全省各地积极改变传统种植模式，间作套种取得显著成效，图为小麦、油菜间作田间生产情况。

①1998年，我省蔬菜、瓜果种植面积超过1400万亩，有效地保证了城乡居民的菜蓝子。

②丰收棉山上，棉农喜笑颜开。

③我省各地积极发展农业高效示范园区。目前，全省28个园区项目，建设总投资达3.48亿元，年内实现总产值15.5亿元，纯收益2.43亿元。

④1998年全省畜牧业持续稳定发展，肉类总产达462万吨，生猪出栏达3593万头。

⑤西峡县猕猴桃，果大汁多，闻名中外。

①

②

③

④

⑤

# 河　南　五　十　年

河南地处中原，跨江、淮、黄、海四大水系，位于南北气候和西部山区向东部平原两个过渡带，特殊地理和气候条件，造成历史上旱、涝、洪、渍、碱并存，灾害十分频繁。建国以来，我省出现较大旱灾17年、洪涝灾15年，一般旱涝灾几乎年年都有。频繁的水旱灾害，制约着全省经济、社会的发展和人民生活的提高。

建国50年来，历届省委、政府把兴利除害作为政府的施政纲领，带领全省人民进行了大规模的水利建设。到1998年底，全省共投入水利建设资金163亿元，完成土石方223亿立方米。已建成大、中、小型水库2394座，总库容268亿立方，其中大型水库20座，总库容221亿立方米；初步治理大、中型河道130条，培修加固河道堤防1.3万公里，修建拦洪、滞洪区11处；建成万亩以上自流灌区245处，配套面积117万公顷；发展有效灌溉面积451万公顷，发展旱涝保收田面积352万公顷，发展节水型灌溉面积80万公顷；拥有排灌机械装机788万千瓦，机井107万眼；初步治理水土流失面积3.6万平方公里；建成小水电站1287处，总装机33万千瓦，年发电6亿多千瓦时；解决了1160万农村人口的吃水困难，40多个城市的供水问题；水产养殖年产量达到25万吨。

目前，河南已初步形成了以水库、河道堤防、滞洪区为主的防洪体系；以水库、河道引水灌溉，水库、河道提水灌溉，机电井灌溉为主的灌溉网络体系；以地表和地下水为主的城镇供水体系；水

运筹帷幄，决策水利
——省水利厅领导班子研究工作

劈开太行山，引来漳河水，发展山区经济
——红旗渠输水渠

平湖出峡谷
——南湾水库鸟瞰

引来黄河水，滋润风沙田。泛区面貌改，中原米粮川
——赵口灌区引黄闸

# 水利建设成就

保、小水电、水产、科技教育也取得了令人瞩目的发展。这些除害与兴利工程体系的建立，有效地抵御了洪涝旱等自然灾害，保护了改革开放成果和人民生命财产安全，改善了生态环境和农业生产条件，促进了工业和城市建设的发展，为国民经济的持续、快速、健康发展提供了保障。

调节洪峰，制服蛟龙，保障社会经济建设
—— 石漫滩水库泄洪

发展水利科技，实现农田喷灌
—— 临颍县喷灌

水保造林，绿化山区，建造秀美山川
—— 桐柏县水保造林

# 河南省土地管理局

河南省土地总面积16.7平方公里，人口9000余万，人均耕地面积1.11亩，低于全国平均水平。人口不断增加，耕地大量减少的逆向发展已成为制约全省经济发展的重要因素之一。1986年，我国正式颁布《中华人民共和国土地管理法》，1987年河南省土地管理局成立，结束了全省土地分散管理、多头管理的历史。

近年来，全省通过《土地管理法》及《河南省<土地管理法>实施办法》等法律、法规的实施，全省耕地面积税减形势得到了有效控制，非农建设项目占用耕地数量大幅度减少，较好地完成了以耕地保护为主的各项土地管理工作。

◀1998年12月25日，代省长李克强(左一)到省土地管理局检查工作，在听取卫斌局长代表土地局党组汇报工作后，李克强对全省土地管理工作所取得的成绩给予肯定，同时对今后全省土地管理工作提出了更高的要求和希望。

▶省政府张洪华副省长(右二)、省人大胡廷积副主任在参加“土地日”活动中接受记者采访

◀省土地管理局各业务处室负责人向主管领导签订一年一度的目标管理责任书

▶1998年3月22日至24日，全省土地整理工作会议在平顶山市召开。图为省土地管理局局长卫斌(前排左三)率会议代表参观该市土地整理现场。

◀原国家土地管理局副局长鹿心社代表国家土地管理局向张洪华副省长颁发“全国土地利用现状调查省级合格单位”铜牌

▲1996年6月21日，国务院副总理邹家华为荣获全国土地管理系统先进集体的长垣县(前排右二)、巩义市(前排右三)土地管理局颁奖。

▲1997年全省坚决贯彻执行中共中央国务院[1997]11号文件精神，全面开展非农业建设用地大清查工作，图为国务院非农建设用地清查领导小组在我省检查，并对我省大清查工作给予充分肯定。

◀1997年6月河南省土地利用现状调查省级汇总成果顺利通过国家验收鉴定

▶为提高市场经济条件下土地管理工作能力，省土地局不断派出业务骨干到境外学习有关知识和经验。

▶全省各地在6月25日全国“土地日”中开展声势浩大的《土地管理法》宣传教育活动

偃师市强行拆除拉在基本农田保护区所谓“开发区”的大围墙

◀ 土地管理部门经过十年艰苦创业，硬件建设发生重大变化。省局各业务处室全部配置电脑，目前，与国土资源部及各市(地)的联网工作已逐步完成，图为微机室一角。

# 河南省林业厅

河南省林业厅是主管全省林业行政管理、林业执法和林业产业发展的政府职能部门，内设办公室、造林经营处（省绿化委员会办公室）、野生动植物保护处、科技外事处、计划财务处、资源林政管理处、林业公安处、护林防火指挥部办公室、林业产业处、人事教育处、老干部处、厅直党委、监察室等13个处、室及项目办公室，行政编制91人。下设省林业勘察设计院、省林业技术推广站、省林业科学研究所（省林产品流通改革试验中心）、省林业干部学校、省林业学校、省森林病虫害防治检疫站、省经济林和林木种苗工作站、省野生动物救护中心、《河南林业》杂志社等9个处级事业单位和省兴林公司、省林工商公司、省三林联合开发公司等直属企业。全厅现有在职干部职工618人。

在省委、省政府的正确领导下，河南省林业厅认真组织开展造林绿化工作，全省林业建设持续、稳定发展。到1998年底，全省林业用地面积达到5500万亩，其中有林地面积3135万亩，活立木蓄积量1.32亿立方米，森林覆盖率19.83%。全省12个山区市地66个县（市、区）全部完成了规划的造林任务，94个平原、半平原和部分平原县（市、区）全部达到了部颁绿化标准。全省年经济林产品总产量达到31.7亿公斤，林业总产值达到113亿元。曾被国家授予“全国平原绿化先进省”、“全国部门造林绿化先进省”光荣称号。

①豫南杉木速生丰产林基地

②秋到伏牛山

③宝天曼自然保护区

④林产加工异军突起，涌现出大批专业乡、村及龙头企业

⑤“绿色通道”—公路绿化

⑥天然林保护工程—桐柏太白顶自然保护区100年以上的马尾松林

# 河南省乡镇企业管理局

局长　包建民

党的十一届三中全会以来，河南乡镇企业向世人展示出辉煌成就。在国民经济和社会发展中的地位和作用越来越重要。

河南乡镇企业已初步建成了工、农、建、运、服五大产业、36个工业行业、200多个门类的生产体系。在集体工业企业中，形成了农副产品加工、建筑建材、机械制造及冶金制品、化工医药、矿产品采选及加工、工艺美术制造六大支柱行业。建成了沁阳的玻璃钢、南阳的玉雕和地毯、周口的皮革及制品、焦作的粮食加工机械、漯河的食品加工、长葛的金钢石及制品等在全国同行业中有一定影响的10大生产基地。河南省南街村(集团)有限公司系全国最大的方便面生产厂，河南鞋城皮革集团总公司系亚洲最大的黄牛皮加工企业。河南黄河实业集团股份有限公司生产的“旋风牌”金钢石磨具，驻马店喷灌机厂生产的“鸿羽牌”喷灌机，河南鞋城皮革集团总公司生产的“龙凤牌”牛皮革，沈丘金丝猴集团有限公司生产的“金丝猴牌”奶糖，河南金星啤酒集团有限公司生产的“金星”、“蓝马牌”啤酒等产品，在国内外市场上享有较高声誉。

河南鞋城皮革集团总公司皮革加工车间一角

河南省南街村(集团)有限公司

河南金星啤酒集团有限公司

河南黄河实业集团股份有限公司

# 河南省中医

河南省中医管理局局长　庞春生

河南是医圣张仲景的故乡，中医药资源丰富。"四大怀药"著称于世；平乐郭氏正骨享誉海内外；仲景学术思想研究在全国处于领先地位；对高血压、癫痫、肛肠、颈肩腰腿痛、缺血性心脏病、周围血管病、儿科疾病等治疗以及针灸、气功、推拿、国术点穴、中草药植物标本保鲜等方面的研究在全国有一定的影响。

我省"七五"末基本实现"县县有中医"的宏伟目标，"八五"期间，又狠抓中医机构内涵建设，取得了令人瞩目的成绩。截止目前，全省拥有县级以上中医机构161所，其中中医医疗机构154所、科研机构3所、教育机构4所。中医机构病床达15900张，中医药人员3.3万余人，农村中医药人员4万多人。河南中医学院第一附属医院、郑州市中医院等9所中医院被国家中医药管理局命名为全国示范中医院；河南省洛阳正骨医院被确定为全国中医骨伤医疗中心；邓州市被命名为全国农村中医工作先进县（市）；全省共有6所中医院获得三级甲等中医医院称号，31所中医院获得二级甲等中医医院称号。中医医院的总体诊疗水平和综合服务能力明显提高，省、市、县形成了较为完善的医疗网络。南阳、焦作、安阳三所中医药学校全部通过国家达标验收，进入二期建设，为了给农村培养"下得去、留得住、用得上"的中医药实用人才，我省率先开办了农村青年不包分配班，受到广大农民的欢迎。科技工作成绩显著，"八五"以来，全省共承担厅局级以上科研项目313项，获省部级科研成果59项，获中药新药证书52个。

现代化的病房楼高高耸立

# 事业发展概况

1997年4月，省长马忠臣(右三)、卫生部副部长兼国家中医药管理局局长张文康(右二)等领导同志到河南中医机构视察。

庞春生局长（中）主持局全体会议

面对新世纪的到来，我省将积极贯彻新时期卫生工作方针和党的中医政策，以改革开放为动力，以发展学术为根本，以提高质量为宗旨，以农村中医工作为重点，继续加强内涵建设，促使中医机构服务功能健全、人才结构合理、管理手段科学、学术水平发展，使之适应社会主义市场经济体制，为发展经济服务，为人民健康服务。

研究院别具一格的仿古建筑群

河南中医学院实验楼

# 河南省石油化学工业厅

河南省石油化学工业厅厅长　何祥

河南省化学工业产生于新中国成立之后。尤其是改革开放二十年来，全省化学工业在省委、省政府和原化工部的领导下，高举邓小平理论伟大旗帜，团结奋进、开拓进取，化学工业发展迅速，经济规模和整体实力都达到一个新水平。

二十年来化学工业发展快速。1978年全省化学工业总产值20.99亿元（90年不变价，下同），在全国化工行业居第12位，1997年化学工业总产值增至159.01亿元，跃居全国化工行业第5位；二十年间化学工业总产值年平均递增10.42%。

化学工业固定资产投资增长迅速，整体实力显著提高。1978年前的29年间，累计完成投资7681万元，二十年来累计完成投资241.43亿元，形成固定资产原值172亿元，分别是改革开放前的314倍和10倍。

此外，二十年来化学工业对外经贸工作取得较大进展，科技队伍不断扩大，科技成果硕果累累，教育事业发展迅速，教育质量不断提高，为河南省国民经济全面发展作出了积极贡献。

主要产品产量大幅提高。1978年全省化肥产量218.03（折标，下同）万吨，在全国居第7位，1997年化肥生产共1103.4万吨，在全国居第2位；轮胎外胎由1978年的40.1万条增至537万条，由全国第7位上升至第4位；纯碱年产量由0.53万吨增至41万吨；烧碱年产量由4.65万吨增至32.5万吨，由全国第12位上升至全国第8位；硫酸由年产量18.9万吨增至90万吨；石油化工从无到有，乙烯1997年产量达到14万吨。

经济效益成倍增长。1978年前29年间实现利税总和为0.70亿元，二十年来累计实现利税93亿元，是改革开放前29年的133.6倍。

河南灵化集团所属企业共14个，拥有总资产8.1亿元，年利税5116万元。主要产品有：黄金、白银、碳铵、硫酸、尿素、普钙、硫精矿等19种。

平顶山化肥厂始建于1970年，1991年荣获省“五一”劳动奖，1995年和1996年被化工部授予“全国化肥生产先进企业”。

开封开化（集团）有限公司始建于1958年，目前总资产9亿元，是一家跨行业、多功能、综合型企业集团。主要产品有氮肥、磷肥、钾肥、硫酸、硝酸、盐酸等50余种。

河南恒达磷化股份有限公司(原信阳磷肥总厂)系国家大二企业，中国500家最大化学工业企业之一。主要产品：钙镁磷肥、碳酸氢铵、磷酸一铵、复混肥、硫酸。

# 河南省地质矿产厅

河南省地质矿产厅厅长　张长森

河南省地质矿产厅是省政府主管全省矿产资源、地质环境和地质勘查行业的职能部门。主要职责是：管理矿产资源和地质资料、维护矿产资源的国家所有权，保护地质环境，实施地质勘查工作的行业管理；发展地勘经济，带好直属队伍。厅机关共有处室17个，职工133人。全厅现有25个直属单位，共有职工18022人(其中离退休7173人)，全省17个市(地)、108个县(市、区)地矿行政管理机构，共有职工4528人。

截止1997年底，全省共有10998个各类经济性质的矿山企业，从事矿业生产活动，开发利用矿产82种。全省矿业现价总产值212.2亿元，占全省工业现价总产值的4%，全省矿业现价产值超千万元的县(市、区)68个，利税超百万元的县(市、区)78个。全省从事矿业生产总人数87万人。

在地矿行政管理方面，按照国土资源部和省政府的总体部署，加大矿业秩序的治理整顿力度，使我省矿业秩序实现了全面好转，成为全国第二个实现全面好转的省份。

地质找矿取得好的成果，矿产开发有新的进展，勘察施工拓宽了新领域，对外开放取得了新成就。1998年度，全厅共有11项地质、科技及勘查成果在部获奖，其中找矿一等奖1项，科技一等奖1项，找矿三等奖3项，勘查三等奖6项。

全面完成或超额完成了各类地质报告、矿产普查储量、水源地勘查、环境监测等年度工作目标及计划。

河南省地质矿产厅厅领导班子

地矿厅财务处处长王西同在研究工作

河南省地质矿产厅

矿区

# 阔步前进的畜牧业

史孝孔 河南省畜牧局局长

党的十一届三中全会以来，全省坚持“积极发展猪禽生产，大力发展草食牲畜”的方针，畜牧业发展步入了产业化发展的轨道，成为全省整个农业产业化的突破口。同时带动了饲料、兽药、食品、加工、皮革、冷藏、贮运、毛纺等相关产业的快速发展。畜牧业已成为我省农村经济的重要支柱产业、农民增收的重要途径和农村经济新的增长点。

主要生产指标成倍增长，在全国的排序中位居前列。肉牛出栏居全国第一位；羊出栏、山羊存栏均位居第二位；肉类总产量、生猪存栏、家禽存栏、禽蛋总产量位居第三位。生产结构和产品结构日益优化。

规模养殖发展迅速，一些地方已开始步入产业化发展轨道。饲料工业发展迅速。基地与项目建设发挥了重要作用。畜禽良种繁育推广体系建设得以加强。

省畜牧局领导班子在研究工作

河南省国营正阳种猪场

郑州亚卫实业总公司国内领先水平的花色雪糕生产线

河南省纯种肉牛繁育中心引进的品种牛——①西德黄牛、②西门塔尔、③牛利木赞

河南省黄金管理局局长　马存海

# 河南省黄金管理局

河南省黄金工业起步于1975年，依靠国家加快发展黄金的优惠政策，河南黄金工业迅猛崛起，位居全国产金第二位。10多年来，河南省黄金管理局坚持"以金为主，多种经营，多业养金，提高经济效益"的指导方针，坚持实施"科技兴金"战略，在采金业总体发展中采取边建设边生产，探建结合，并积极开发第三产业，从而使一批重点骨干金矿企业迅速建成，取得较好的经济效益。

10多年来，河南省黄金管理局结合河南黄金工业发展状况，先后搞了"企业管理年"、"科技进步年"、"经济效益年"，保持了河南黄金工业的稳步增长。从1975年到1998年，河南黄金工业发展速度在全国同行业中名列前茅。连续14年位居全国黄金产量第二位。为此，河南省人民政府于1998年2月20日给省黄金局颁发了嘉奖令。经过20多年的发展，河南黄金工业已逐步形成地质探矿、采矿、选矿、冶炼、基建、机修和设计研究综合配套的独立完整的工业体系，由产金大省向产金强省发展。

位于郑州文化路10号的河南省黄金管理局办公楼

位于三门峡市的全国最大黄金冶炼厂

中原黄金冶炼厂一角

# 河南省人民防空办公室

济南军区副司令员裴怀亮中将、省委书记马忠臣、省人大主任任克礼等领导同志视察郑州火车站广场地下工程。

经过全省党政军民的共同努力，特别是改革开放二十年来，我省人民防空事业有了长足的发展。我省各级人民防空主管部门认真贯彻落实《人民防空法》和《实施办法》，依照“长期准备、重点建设、平战结合”的人防建设方针，遵循与经济建设协调发展、与城市建设相结合的原则，建立起比较完善的人民防空体系。

近年来，我省人民防空主管部门，结合城市建设，集中财力物力，投资数亿元，相继建成了平时和战时可以兼容的骨干工程6万多平方米。这些新建平战结合工程的投入使用，对促进人防建设资金的良性循环，增强人防发展后劲展示了广阔的前景。目前我省已开发利用的人防工程面积达64万平方米，创产值营业额7亿元，实现利税7000万元，安排就业人员9000余人。全省各项人防战备建设初具规模，为未来防空袭斗争特别是打赢高科技条件下现代局部战争奠定了良好基础。

济南军区副司令员刘伦贤中将，省委常委、省军区司令员王英洲少将等领导同志视察郑州火车站广场地下工程。

省人防办公室领导正在研究工作

郑州市成功组织的高技术局部战争条件下防空袭研究性演习

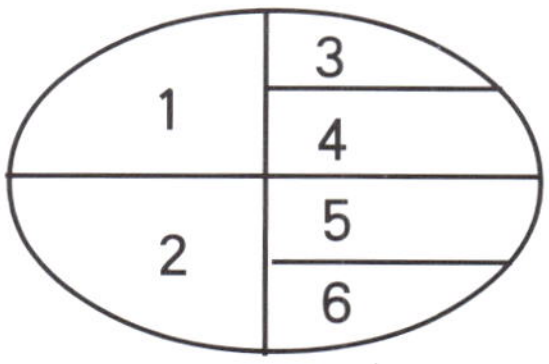


1 郑州市火车站广场地下工程购物中心一角
2 洛阳市安装的新式户外电声警报器
3 安阳市地下商业城
4 国家人防重点城市初级中学学生正在上人民防空教育防护动作演练课
5 人防通信站机房
6 新乡市怡园地下商城下沉式广场

经理　庞学孟

河南省农业综合开发公司(河南省农业国际合作公司)是一九九一年经河南省人民政府批准成立的全省唯一一家省级农业投资机构,归属河南省财政厅领导。公司投入运营以来,按照省政府确定的投资范围,运用财政信用方式,积极支持乡镇企业发展和扶贫开发事业,拥有资产7亿元,几年来共投放资金19亿元,扶持各类项目1900个,为农村经济的发展,做出了积极的贡献。随着改革的不断深入,公司的业务不断走向成熟,形成了一套适合本行业特点的运作模式和管理方式,发挥了农业投资的示范带动作用,造就了一支懂政策、懂业务、善管理的高素质人员队伍。公司的资产运营始终处于良性循环状态,项目成功率不断提高,资金回收率连年保持在80%以上。

中共十五大和十五届三中全会的召开,给公司业务的规范健康发展既提供了前所未有的机遇,同时也提出了更高的目标和要求。面对新形势,公司领导集体锐意改革,开拓进取,在社会主义市场经济大潮中,遵循政府的产业政策和宏观规划,优化投资结构,注重投资质量,及时将投资重点转向农业产业化和农业高新技术开发领域。公司恪守信誉,愿与国内外农业实业界、科技界和金融界的朋友真诚合作,共同开创河南农村经济美好的未来!

公司业务交流会

省财政厅夏厅长到公司听取工作汇报

庞经理在日本考察

省财政厅领导到公司项目库检查工作

# 河南省农业综合开发公司

公司领导考察项目

公司项目管理电算化

# 河南省经济技

河南安阳彩色显像管玻壳有限公司是我国"七五"期间成套引进国外先进设备兴建的彩电国产化系统工程之一，为了促进该重点工程项目的顺利建成，公司先后投入技改资金3945万元，支持工程建设。图为江泽民总书记视察河南安阳彩色显像管玻壳有限公司

河南省经济技术开发公司是经省人民政府批准，省财政厅领导的、经营和管理省技术改造基金的副厅级事业单位，是具有法人资格的政府投资主体。内设综合部、计划财务部、业务一、二、三部，投资开发部六个部门。在省委、省政府、省财政厅领导下，在各部门及社会各界的大力支持下，遵循国家投资和产业政策，通过各级财政技改资金管理部门，为我省基础设施建设和重点企业技术改造开展借款、直接投资、信用担保等多种服务。自1981年来，累计发放借款60多亿元，支持了交通能源基础设施建设及工商企业技术改造项目7000多个；直接投资项目10多个，投资额

郑州轻型汽车制造厂是国家大型一类企业。"八五"期间，公司累计投放技改资金8955万元，支持该厂进行的年产6千辆轻型客车和3万辆3吨载货汽车生产线的技术改造。图为郑州轻型汽车制造厂引进德国的现代化的冲压设备。

河南莲花味精企业集团是以生产"莲花牌"味精为主的国家大型一类企业。公司携周口财政技改资金管理部门累计投入技改资金1.66亿元，支持该企业先后进行的年产400吨、4万吨和12万吨等生产线的技术改造。图为河南莲花味精企业集团风景如画的办公区。

河南省中原化肥厂是我国大型一类企业，年产30万合成氨、52万吨尿素。在建设期间，公司对该企业累计投入技改资金1.3亿元。图为河南省中原化肥厂雄伟壮观的厂区外景。

# 术开发公司

1亿多元；为省内多家国家大型企业1.3亿美元和1亿多人民币贷款提供担保，催生和带动了一批企业和产业，为培植和壮大地方财源，促进我省经济发展做出了重要贡献。

公司总经理王绍祥同志将携全体员工，在省委、省政府、省财政厅领导下，继续运用政府授权经营的资金，搞好资本营运，通过发放借款、独资、合作、参股、控股、联合投资等方式，支持我省高新技术产业发展和经济结构、产业结构调整，同时提高投资效益，保证资金保值增值，为我省经济发展再上新台阶服务。

平顶山尼龙六六盐项目是经国务院批准的国家重点建设项目，是河南省20项振兴工程及平顶山10大奋进工程的前列项目，为促进该项目的顺利建设，公司为其提供了外汇贷款4630万美元的信用担保。图为马忠臣书记视察平顶山尼龙六六盐工程建设情况。

郑州华联商厦是国有大型批零兼营的商业企业。公司携郑州市财政技改资金管理部门投入技改资金4390万元，支持了该商厦自二七纺织商场拆迁重建为商厦的工程。图为郑州华联商厦外景。

郑州新郑机场于1994年6月开工建设，1997年8月建成并通过国家验收后胜利通航。遵照省、市领导要千方百计自筹资金支持机场尽快建成的指示精神，公司率先投资3亿元，对于吸引外资，争取金融部门的支持，发挥了筑巢引凤的重要作用。图为郑州新郑机场竣工开航仪式。

中原石油化工有限责任公司是省政府和中国石油天然气总公司联合组建的大型石油化工企业。在引进设备过程中，公司为该企业提供了外汇贷款4000万美元的信用担保。图为中原石油化工有限责任公司生产区外景。

# 方兴未艾的福

河南省社会福利有奖募捐委员会秘书长、河南省福利彩票发行中心主任许明成在接受记者采访

福利彩票是改革开放的产物，是开辟向社会筹集资金、发展社会福利事业的有益尝试。建国以来，在党和政府的关怀下，社会福利事业不断得到发展。随着社会和经济的发展，社会福利事业单靠国家包下来的办法已不能满足社会需要。根据国家"七五"计划关于多渠道筹集社会保障基金的精神，党中央、国务院批准民政部门在全国范围内长期发行社会福利奖券（后称"中国福利彩票"），筹集福利资金，发展社会福利事业。

1988年10月，经省人民政府批准，河南省社会福利有奖募捐委员会正式成立。其宗旨是：团结全省各界热心社会福利事业的人士，发扬社会主义人道主义精神，筹集社会福

清丰县大流乡敬老院

群众冒雨购买彩票

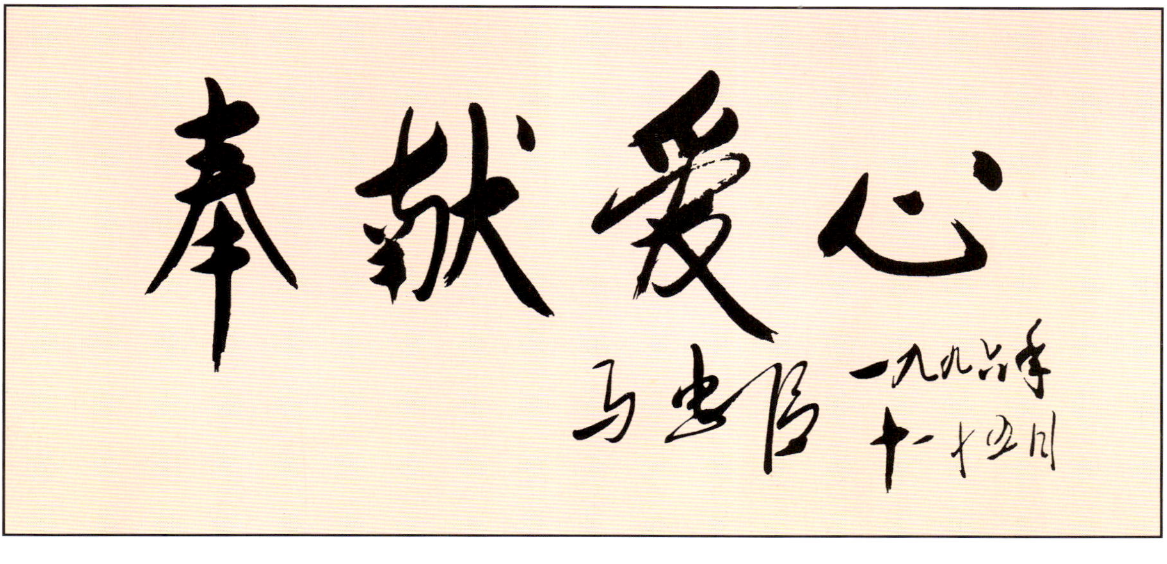

# 利　彩　票　事　业

利资金，兴办残疾人、老年人、孤儿等福利事业和帮助有困难的人。委员会下设办公室及河南省福利彩票发行中心，负责管理全省的福利彩票发行工作和省本级福利资金的管理使用工作。

河南省募委会成立10年以来，在各级党委和政府的领导下，在有关部门和福利彩票发行系统的干部职工艰苦创业，开拓进取，福利彩票事业从无到有，从小到大，目前已初具规模，形成了稳定的发行系统，摸索出了一套行之有效的管理办法，具备了自我发展的能力。

截止1997年底，全省共发行福利彩票11亿元，筹集福利资金3.3亿元，投放福利资金2.06亿元，资助各类福利项目5540个，发挥了较好的社会效益和经济效益，为发展我省的社会福利事业起到了积极作用。

福利彩票取之于民，用之于民，奉献社会，造福人民，是一项充满爱心的事业。随着社会主义市场经济体制的逐步确立和人民群众生活水平的日益提高，对发展社会福利事业的要求更加迫切。社会福利有奖募捐任务艰巨，前景广阔。我们相信，只要人人都为之献出一份情和爱，就一定能够再创辉煌。

谨向所有关心、理解和支持社会福利有奖募捐工作的人们表示诚挚的感谢!

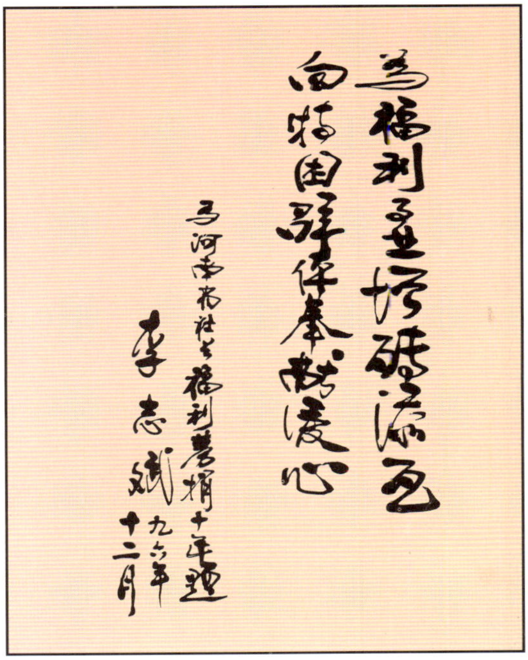

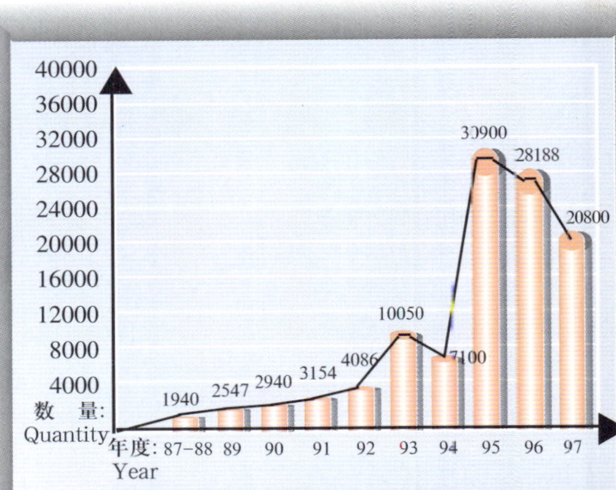


河南省1987-1997年度每年发行福利彩票情况统计

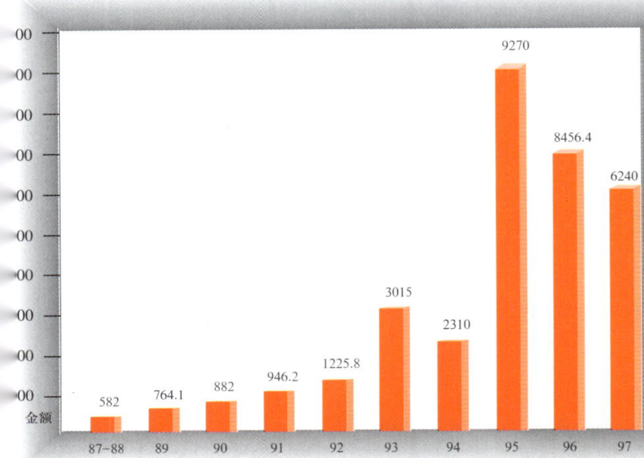


1987-1997年度全省每年筹集社会福利资金情况统计

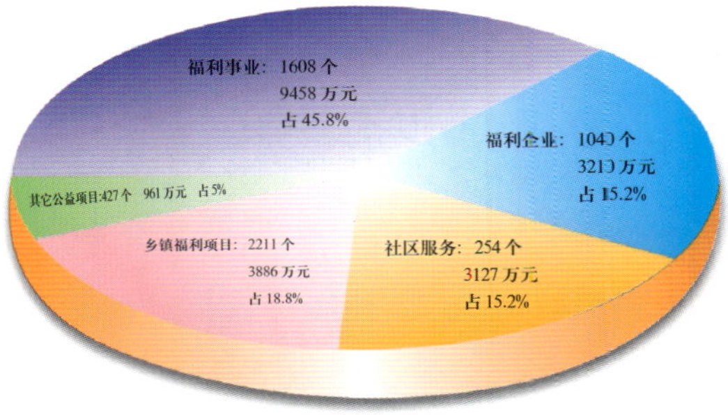


河南省1987-1997年底资助各类社会福利项目统计

# 郑州煤炭工业(集团)

郑煤集团公司、郑州煤电股份公司董事长　赵宗晋

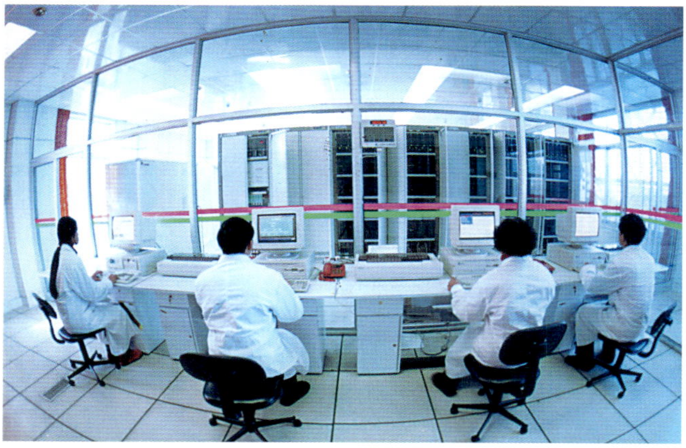

现代化管理

郑州煤炭工业(集团)有限责任公司是在原郑州矿务局基础上组建的国有独资公司(简称郑煤集团公司),国家大型一类企业,国家二级企业,河南省50家重点企业。

郑煤集团公司总部距郑州市40公里。矿区地跨新密、新郑、登封、荥阳、汝州、伊川等六市(县)及郑州市郊区。东接京广、西临焦枝、北靠陇海三大铁路干线,交通十分便利。矿区含煤面积1000平方公里,煤炭储量46亿吨。煤种为无烟煤和贫煤,主要用于发电、冶金及民用,除销往中南、华东等地区外,还出口日本、东南亚等国家和地区。

郑煤集团公司拥有资产34亿元,职工4.2万人,生产经营单位38个,其中生产矿井6对,在建矿井一对,煤炭生产能力700万吨/年;火力发电厂一座,装机容量5万千瓦;自营铁路83公里;还涉足机械

在郑州市投资兴建的四星级宾馆—中都饭店

综合机械化开采

# 有限责任公司

制造、水泥、耐火材料、冶炼、建筑、旅游、化工、商业、农林牧等十多个行业，年创产值13亿元。

郑煤集团公司广大干部职工在党的路线、方针指引下，弘扬“艰苦奋斗，脚踏实地，自信自强，争创一流”的企业精神，解放思想，拼搏进取，企业各项工作取得了长足进展，1995年跻身于“中国500家最大工业企业”、“国有企业500强”和中国工业企业综合评价最优500家“之列，位居中国煤炭行业综合评价前10强，被国家经贸委和中国人民银行确定为国家优先扶持发展的300家重点国有企业之一。

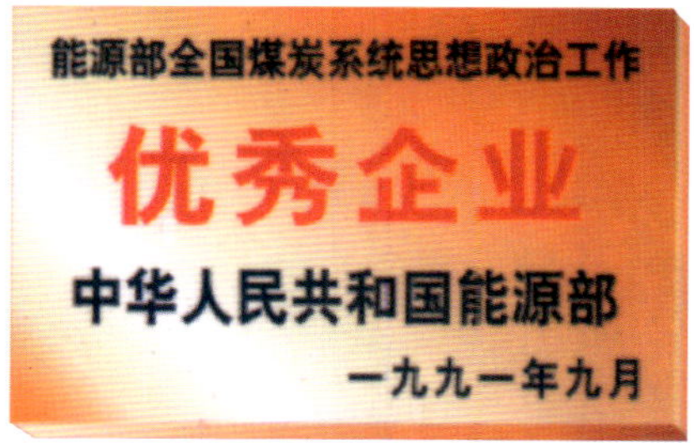


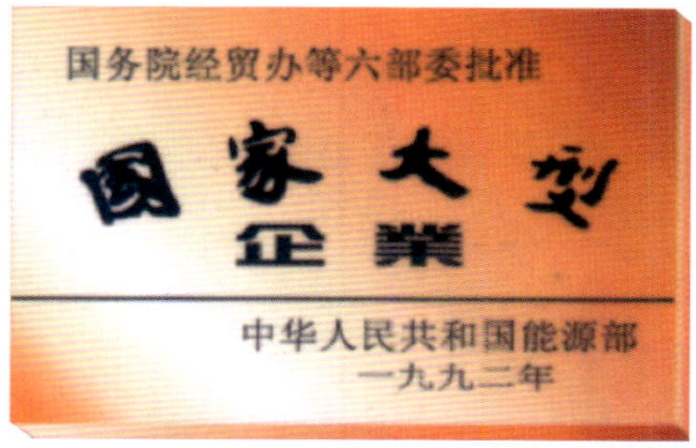


郑煤集团公司煤炭产品销售示意图

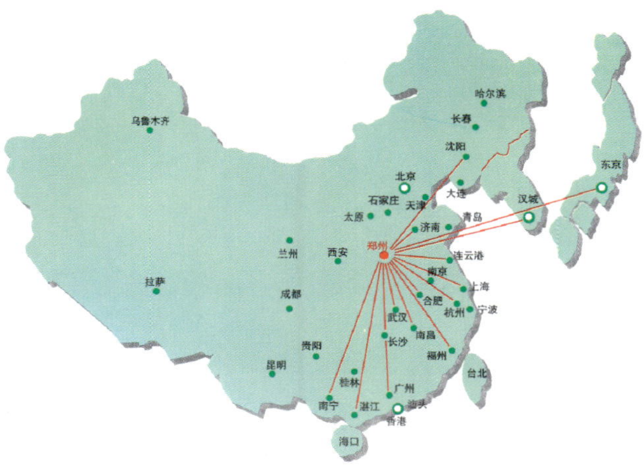

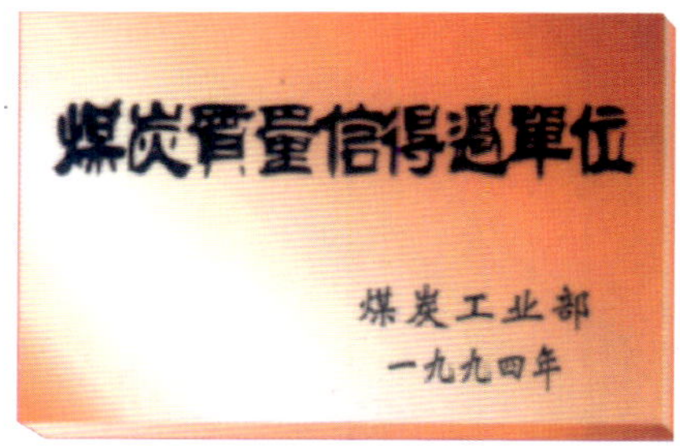


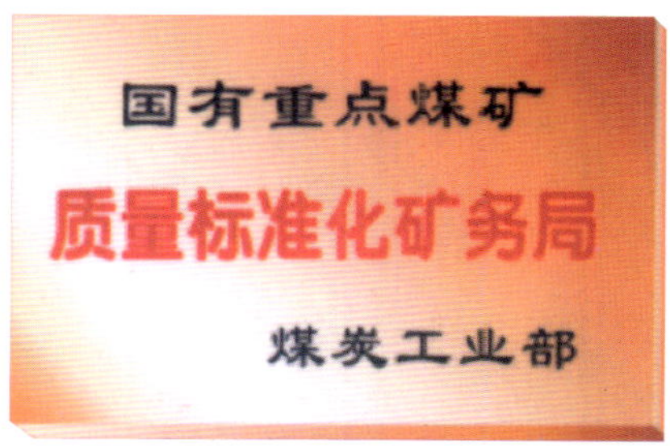


郑煤集团公司煤炭产品质量规格表

| 矿别 | 品种 | 粒度 mm | 全水 Mt% | 干基灰分 Ad% | 挥发分 Vdaf% | 全硫 St,d% | 发热量(Qnet,ar) MJ/KG | 发热量(Qnet,ar) 大卡／公斤 | 可磨性 HGI | 灰熔点 ST℃ |
|---|---|---|---|---|---|---|---|---|---|---|
| 王庄矿（无烟煤） | 混煤 | 0-50 | 5-8 | 18-25 | 9-12 | <0.5 | 22.2-24.3 | 5300-5800 | >140 | >1400 |
|  | 粉煤 | 0-6 | 5-7 | 15-17 | 9-12 | <0.5 | >25.0 | >6000 | >140 | >1400 |
| 米村矿（无烟煤） | 混煤 | 0-50 | 5-8 | 18-25 | 9-12 | <0.5 | 22.2-24.3 | 5300-5800 | >140 | >1400 |
| 芦沟矿（贫煤） | 混煤 | 0-50 | 5-8 | 18-25 | 9-12 | <0.5 | 22.2-24.3 | 5300-5800 | >140 | >1400 |
|  | 粉煤 | 0-6 | 5-7 | 15-17 | 9-12 | <0.5 | >25.0 | >6000 | >140 | >1400 |
| 太平矿（贫煤） | 混煤 | 0-50 | 5-8 | 18-25 | 11-15 | <0.5 | 23.4-25.9 | 5600-6200 | >140 | >1400 |
| 裴沟矿（贫煤） | 混煤 | 0-50 | 5-8 | 18-25 | 11-15 | <0.5 | 23.0-24.7 | 5500-5900 | >140 | >1400 |
| 超化矿（贫瘦煤） | 混煤 | 0-50 | 5-8 | 18-22 | 14-18 | <0.5 | 23.4-25.9 | 5600-6200 | >140 | >1400 |
|  | 混末 | 0-13 | 5-7 | 15-20 | 14-18 | <0.5 | 24.3-27.2 | 5800-6500 | >140 | >1400 |

# 鹤 壁 矿

鹤壁矿区一角

鹤壁矿务局位于河南省鹤壁市，北起古都安阳，南至淇河之滨，西依太行山，东临华北平原、京广铁路。107国道和京珠高速公路穿境而过，交通十分便利。

该局于1957年6月成立，已有40多年的开采历史，属国家大型煤炭生产企业，全国512家国有重点企业之一。据97年国家统计局主要经济指标排序，资产总额第444位，销售收入第476位，利税总额第435位。

鹤壁煤炭属低灰、超低硫、高发热量的优质动力和配焦用煤。现有8对生产矿井，年生产能力600万吨，有大型洗选厂两座，能生产冶炼精煤、其它精煤、洗混煤、洗粉煤、块煤、混煤、末煤等7个品种。一号冶炼精煤曾获部级优质产品称号。国内销往河南、山东、湖北、江苏、上海等300多家用户，对外出口到日本、西欧、东南亚等国家和地区。

该局现有资产总值24.3亿元，职工5.1万人，其中有高级技术职称的500余人。工业总产值13.25亿元，上缴税利1亿多元。

现有多种经营企业50多个，厂点150多家，经营总额7.6亿元。主要产品有运输带、煤矿、化工、农业机械各种铸钢、铁件、圆环链、钢丝绳、水泥、铁合金、金属镁、锦纶丝、棉纱布等共1000多个系列品种。

改革开放20年来，该局始终贯彻执行党的基本路线不动摇，坚持以经济建设为中心，全局各项事业都取得了令人瞩目的辉煌成就。20年间共向国家贡献煤炭近1亿吨。连续5年实现国家下达的扭亏增盈目标。

局党政领导在研究工作

鹤壁矿务局法人代表、局长、全国劳动模范　李永新

局长李永新经常深入基层，井下进行调研、了解职工思想动态，图为李永新局长(左三)在四矿综采工作面和职工一起探讨综彩放顶煤新工艺。

# 务　局

1998年在遇到前所未有的困难形势下，与上年相比，实现增利减亏648万元。煤炭安全生产实现稳定好转，多次荣获省部“安全生产先进单位”，连续20年杜绝瓦斯、煤尘等重大事故发生，近两年百万吨死亡率均控制在一以下。多种经营、集体经济和第三产业有了长足的发展，经营总额达到了与煤炭主业并驾齐趋的水平。煤气化一次试验成功，新建局内铁路正线全长18.5公里，轨道试车一次取得成功，并与大动脉京广线实现贯通，新增运输能力近期可达300万吨／年，远期为500万吨／年。科教卫生事业得到大力发展，20年来，全局共获省部级科技成果奖55项，市局级奖500多项，创直接经济效益1.5亿元，现有中专技校1所，中小学校20多所。有“二甲”医院2个。

党的建设取得了可喜的成绩，思想政治工作得到了加强，多次被省部、厅命名为社会公德、职业道德和普法教育先进单位。矿区职工文化生活丰富多彩，各类文化福利设施初步完善，文明小区星罗棋布，职工住宅鳞次栉比，两个文明建设同步发展。

多年来矿务局保持着“质量标准化矿务局”的荣誉称号；曾荣获全国煤炭工业优秀企业“金石奖”；国家二级企业，国家科委第一家“科技示范”企业，国家列入300家稽案特派员派驻企业。

拼搏二十载，矿区换新颜。鹤壁矿务局在新的领导班子带领下，正在高举邓小平理论的伟大旗帜，深入贯彻党的十五大精神，满怀信心地昂首阔步迈向新世纪。

局长李永新(左六)为鹤壁矿务局自备铁路全线轨道试车仪式剪彩。

矿务局和外商合资兴办的宇宙眼内人工晶体厂，图为生产车间一角。

矿务局注重职工培训，图为职工在微机培训班上课。

1998年11月27日，矿务局兼并市第一纺织厂，图为交接会议会场。

# 郑州市中原区

区委书记　苏俊魁

区长　宋柏松

中原区位于郑州市西部，是市委、市政府所在地，区辖8个街道办事处，2个镇，3个乡。西与荥阳市接壤，北与金水区、邙山区相连，东南面与二七区为邻 。南北长约17公里，东西宽约16公里，全区总面积193平方公里，1998年末全区总人口464058人。

中原区是郑州市的工业区，基础设施齐全，科技力量集中，经济信息灵通，辖区内有国有大中型企业、科研机构和高等院校百余家，纺织印染、机械制造、电子电器、磨料磨具、医药化工、建筑材料、钢木家具、电力设备等行业都是省内举足轻重的优势产业。改革开放以来，中原区的经济得到了迅猛发展，全区现有工业企业5000余家，其中民营及乡镇企业2000余家，分布在23个工业门类之中，拥有1500多种产品，其中金刚砂、棕刚玉、玩具、电缆电线、纺织品、畜产品、医药化工等产品远销美国、法国、日本、俄罗斯、阿拉伯、香港等国家和地区。

近年来，中原区第三产业发展迅速，商贸服务设施遍布全区。其中：郑州商业大厦、泰隆商厦、郑州嵩山饭店、中原大酒店、郑州纺织大世界、杜康大酒店、中州名吃城、郑州大岗刘农副产品批发市场等已成为人们休闲、购物的理想场所。

1、中原区鸟瞰
2、优美的生产环境
3、工业生产线
4、发达的第三产业——位于中原区的郑州纺织大世界
5、高科技农业示范园
6、河南亚龙超硬材料有限责任公司现代化的工业生产线
7、中原区引进的澳大利亚波尔羊

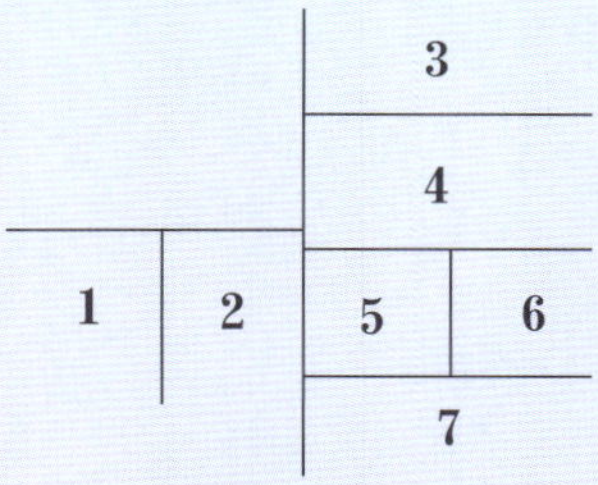

# 河南省机械设备成套局

国家重点项目，平顶山尼龙66盐厂部分生产线

党组副书记、法人代表　李长健

集展览、科研、保管为一体的，具有国内一流水平的河南省博物院

河南省机械设备成套局成立于一九五九年，是国家专职负责设备成套和机电设备招标服务的事业单位。省计委主任夏宗勇同志兼任局长、党组书记。

河南省机械设备成套局是河南省目前唯一经国家计委等部门批准的具有甲级工程设备招标资格、甲级设备成套资格、甲级工程咨询资格的机构。

自一九五九年建局以来，河南省机械设备成套局坚持以全心全意为重点建设项目服务为宗旨，累计为河南省各行业1000多个项目组织了技术先进、质量可靠的成套设备。同时还向全国各省、市自治区的重点建设项目外供我省各类机电产品11万台（件），既支援了国家重点建设，又有力地促进了河南省机电工业的发展。其中：中原、南阳油田，开封、中原化肥厂，平顶山高压开关厂，平顶山、郑州、义马等矿区，姚孟、焦作电厂，安钢、舞钢、洛钢、郑铝、中州铝厂，洛拖、洛轴、洛矿、安阳玻壳厂，中原乙烯、平顶山锦纶帘子布厂、鹤壁水泥厂、尼龙六六盐厂等企业，已经成为河南省国民经济各行业中的骨干生产企业。近期为国家重点建设项目黄河小浪底工程、河南省煤气化工程和建业房地产开发公司、西华农场、许昌农场组织了部分成套设备的招标采购。

国家重点项目，年产30万吨合成氨、52万吨尿素的中原化肥厂

正在建设中的国家重点项目—河南义马煤气化工程

# 郑州市计划委员会

郑州商贸城建设

郑州市计委成立于1954年，在社会主义革命和建设的各个时期都发挥了积极重要的作用，特别是改革开放二十年来，在计划经济向市场经济转变的过程中，制定并圆满完成了“六五”计划、“七五”计划、“八五”计划，编制了“九五”计划和2010年远景规划，使郑州市国民经济与社会发展突飞猛进，综合经济实力显著增强，城乡面貌焕然一新，社会主义市场经济体系逐步建立，已经形成了比较完整的有自已特色的工业体系；农业生产条件有了很大改善，农村经济得到全面发展；外贸出口和利用外资成效显著，商业设施完备，交通便利，城市基础设施配套齐全；科教文卫体、旅游等社会事业建设有了较大发展，人民生活有了很大提高。在全国城市评价中，郑州市是全国城市综合实力50强，投资环境40优。

郑州市计委主任　陈嘉洪

计委领导班子研究工作

郑州市计委承办的第九届全国省会城市计委主任联席会

新郑机场候机楼

# 郑州市教育委员会

郑州市教委主任 任中央

自1996年以来，郑州市教育系统8个县（市）区顺利通过政府"普九"验收；高进度高质量完成6所中小学的建设任务；职业教育迈上了新的台阶；中小学乱收费得到有效控制；社会力量办学如雨后春笋般层出不穷；成人教育稳步发展，其成绩得到市委、市政府领导的高度赞扬，中央电视台等多家新闻单位相继报道，向人民交了一份满意的答卷。

郑州市的艺术教育有声有色，图为郑州市 学生在绿广场上参加大型演出

教委主任任中央在高师毕业生分配工作座谈会上

这是联合国教科文组织在郑州师范建设的小学师资培训中心，图为任中央（前排左一）与市领导在落成典礼上

# 郑州市财政局

郑州市财政随着财政改革的进一步完善与深入，财政实力明显增强，财政收入稳步增长，有力地支持了全市国民经济和各项事业的发展。

财政收入快速稳定增长，收支连年平衡。截止1997年底，市已有八个县(市)区财政收入当年超过了亿元，巩义、新密、新郑市财政收入已超过2亿元。

财政实力的增强，促进了各项事业及经济发展，先后配合有关部门完成了白庙20吨、石佛10吨重点供水工程；建成了“四桥一路”、西郊、北郊环路、紫荆山路等城区重要通道；注入资金建设了郑州新机场；为改善城市环境，投资兴建了绿城广场，治理了金水河。尤其是近年来市财政拿出大量的资金加强了城市基础设施建设，改善了投资环境，加快了市商贸城建设步伐。

局领导班子成员在学习邓小平理论

全局党员干部职工在省博物馆参观孔繁森同志业绩展

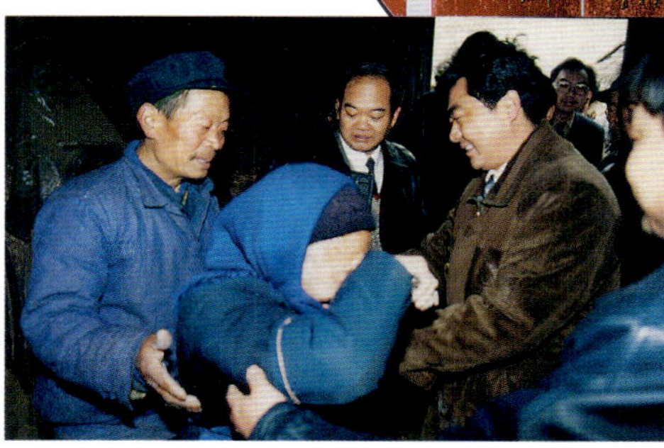

每年一次的财会业务知识考试和技能测试

现任局长、党委书记刘花果向特困中学生捐赠学费和图书

# 郑州市民政局

郑州市民政局局长　王成恩

郑州市民政局在市委、市政府的正确领导下，在省民政厅的关心指导下，坚持以邓小平理论和党的十五大精神为指导，紧紧围绕改革、发展、稳定的大局，以建立和完善城乡居民最低生活保障制度为重点，大力加强基层政权和基层民主政治建设，狠抓社会行政管理，各项工作均取得显著成绩，赢得多项殊荣。连续两次被评为“全国双拥模范城”；多次获得“河南省民政工作先进地市”；被省委、省政府命名为“省级文明单位”。在96、97年市委竞争激励机制目标考评中，连续两次夺得“公仆杯”金杯。在98年抗洪抢险斗争中被评为“全国抗洪抢险捐赠工作先进集体。”

**城乡居民最低生活保障制度建设取得重大进展。**1996年7月在全省率先建立居民最低生活保障制度。先后建立实施了城区居民最低生活保障制度、农村居民最低生活保障制度、城乡非农业户口居民最低生活保障制度目前工作运行正常，社会效果良好，已初步形成了覆盖和保障全市所有困难居民基本生活的“安全网”。

**救灾救济工作取得了很大成绩。**建立了“领导分级负责、救济款分级负担的新体制”，常年捐赠接收工作迈出实质性步伐，全市已建起常年捐赠接收站93个，救灾物资仓储制度正逐步建立。救灾工作全面实现了“七有两杜绝两不能”的工作目标。农村五保供养工作形成了以敬老院集中供养、村组分散供养、亲属包养相结合的供养体制，实现了供养粮款乡筹乡管。农村社会养老保险工作稳步发展，累计入保24万人，基金4937.1万元，在全省名列前茅。

**基层政权建设和社会行政管理取得新的进展。**自《村委会组织法》和《居委会组织法》颁布以来，依法成功地组织了三届村(居)委会换届选举，强力推进村务公开民主管理工作，广泛开展了示范村(居)委会创建活动，促进了城乡基层民主政治建设和社会稳定。较好地完成了勘界、地名区划、社团管理、收容遣送、婚姻与殡葬管理工作任务。

**双拥优抚工作开创了新局面。**积极开展双拥共建活动，坚持互办实事、互办好事，坚持科技拥军、政策拥军，在创郑州双拥工作特色上狠下功夫，营造了浓厚的双拥氛围，促进了各项优抚安置政策的落实。双拥工作保持了全省、全国的领先水平。多次荣获“河南省双拥模范城”称号，连续两次被评为“全国双拥模范城”。

**民政经济取得了长足发展。**实施了各种所有制并存，一、二、三产业并举，民政与社会齐办的多轮驱动战略，大力创办福利企业。目前我市福利企业年创产值15亿元，实现利税1.57亿元，一直保持全省领先位置。社会福利彩票发行保持较强势头，累计发行1.5亿元，占全省发行总数的1/8，名列全省第一，有力地促进了民政事业的发展。

郑州市民政局在市委竞争激励机制目标考试中，连续两次夺得“公仆杯”金杯。

郑州市民政局被省委、省政府命名为“省级文明单位”

郑州市民政局连续两次被评为“全国双拥模范城”

# 郑州市爱国卫生运动委员会

市长陈以初、市爱卫办主任张海涛等领导在世界无烟日视察宣传吸烟有害的情况

创建卫生城市引入竞争奖励机制初见成效。市委书记王有杰、市长陈以初正在给二七区颁奖

市五大班子领导带头参加义务劳动

郑州市爱卫会办公室在市委、市政府的领导下，发动和依靠群众，以创建卫生城市、农村改水改厕为重点，广泛深入开展爱国卫生运动，取得了显著成绩。

郑州市于1992年和1995年两次被评为全国卫生城市，所辖5市1县均成为省级卫生城市（县城），其中，登封市、新郑市还通过了国家卫生城市省级考核验收。巩义市北山口镇、竹林镇通过考核验收达到了国家卫生镇标准。除四害工作，自1989年灭鼠工作通过国家考核验收成为全国灭鼠先进城市后，灭蟑螂、灭蚊工作也先后通过国家考核验收成为全国先进城市。农村改水、改厕工作更是突飞猛进，到目前为止，农村改厕86万余座，使全市86%的农户用上了卫生厕所。所辖5市6县均通过省级考核验收，达到全国农村卫生厕所建设先进县（市）标准。全市使用自来水的农民已达350余万人，约占全市农村总人口的84%以上。全市累计创建省级卫生先进单位近300个，市级卫生先进单位2000个，无吸烟单位200余个，卫生先进单位总数约占全市单位总数的85%以上。市爱卫会办公室先后被市委、市政府命名为“三优杯”优秀组织单位，授予“公仆杯”银杯，被省爱卫会授予河南省爱国卫生先进集体荣誉称号。

美丽的绿城广场

郑州是我家，清洁靠大家

# 河南省公安消防总队

1998年,我省公安消防部队在各级党委、政府和公安机关的领导下,紧紧围绕改革、发展、稳定的大局,以贯彻实施《消防法》为主线,以深入贯彻江泽民总书记5.18重要指示《改革与发展纲要》为动力,大力加强部队的正规化建设和规范化管理,努力提高战斗能力和监督管理水平,成效明显,在全国重特大火灾接连不断的情况下,我省火灾形势平稳,没有发生群死群伤和影响社会稳定的恶性火灾事故,为我省的经济发展创造了良好的消防安全环境,受到了省委、省政府的高度赞扬。

一年来,他们按照"建过硬班子,带过硬队伍,创一流业绩"的指导思想,狠抓各级领导班子建设和部队管理。总队长雷成德、政委李兴全虽然在总队领导岗位上奋战了十多个春秋,但劲不松、力不减,始终以高、严、细、实的工作作风,带领全省5000多名官兵去迎接一次次挑战,部队思想稳定,士气高昂,通过学习天津消防和向全国公安现役部队优秀基层干部林道君、苏明和优秀班长刘晓强等英模人物学习活动的深入开展,年内全省有49个单位被总队评为先进单位、有201人立功;按照火怎么灭,兵就怎么练的思想,组织开展了以处置液化石油气泄漏、火灾事故为主要内容的战术研讨和大火预案制订演练评比活动,有效地增强了部队处置现代化火灾和防毒抢险的能力,去年,全省消防部队参加灭火救援7296次,出动警力近10万人次,车辆15806次,营救遇险遇难人员217名,保护国家和人民财产价值18亿元,这些火灾的成功扑救,显示了我省消防部队灭大火、打恶仗的过硬本领和良好的精神风貌。李志斌副省长称赞消防部队"火场上是英雄,抢险中是勇士"。去年以来,全省消防部队紧紧抓住《消防法》颁布实施和江泽民总书记以及马忠臣书记、王明义副省长关于消防工作的重要批示发展的机遇,广泛开展消防宣传活动,加大依法治火力度,有针对性地开展防火专项治理,集中精力整治火灾隐患,下大力气解决制约消防事业发展的难点问题,有效地预防和减少火灾事故的发生。

①

②

③

④

⑤

⑥

①省委书记马忠臣、省委副书记兼省委政法委书记郑增茂亲切慰问南阳市消防支队扑救"8.1"油罐列车火灾的有功人员。

②省公安消防总队雷成德总队长

③省公安消防总队政委李兴全

④省委副书记兼政法委书记郑增茂、省政府副省长兼省公安厅厅长王明义在省公安消防总队总队长雷成德大校陪同下在河南电视台演播大厅检查消防工作。

⑤勇降火魔。

⑥消防官兵苦练灭火基本功。

# 郑州黄河游览区

郑州市黄河浏览区，距郑州市区 30 公里，位于郑州西北黄河铁路大桥南岸，是一处集城市供水与旅游为一体的城市公用事业单位。1986 年被河南省政府批准为第一批省级风景名胜区，同年被郑州市委、市政府命名为市级“文明单位标兵”，是郑州市对外开放的一个“窗口”，是省会的主要水源地之一。

| 1 | 3 |
|---|---|
| 2 | 4 |
| 5 | |

1、浮天晴岚
2、绿化丰碑
3、美哉禹功
4、极目阁雪韵
5、大河明珠——郑州黄河游览区

# 中国
# —郑州商品交易

1996年6月5日，江泽民总书记视察郑商所

1992年7月8日，朱镕基总理视察郑商所

郑州商品交易所领导班子成员左起：副总裁程晓滨、监事长韦培新、理事长李经谋、总裁李守堂、副总裁王献立

郑州商品交易所与日本关西商品交易签定友好交易所协议

郑州商品交易所(下称郑商所)是国务院批准的我国第一家期货市场试点单位，成立于1990年10月12日，1993年5月推出期货交易。目前，郑商所与中国郑州粮食批发市场实行一套机构、两块牌子，期货、现货两种交易同时运行市场机制，形成了全国性大市场格局，被国内外专家称之为“郑州模式”；郑州市场形成的期货价格、现货粮油批发价格以及郑州市场编制的全国粮油批发价格和全国粮油批发价格指数，共同构成“郑州价格”，成为反映我国粮油市场价格变动的“晴雨表”；郑商所在相对落后的内陆地区迅速成长为一个现代化的期货市场，并保持稳步健康发展态势，这种现象被国内外专家概括为“郑州现象”，郑州现象受到社会各界的广泛重视。

截至1998年10月，郑商所共成交期货合约19773.5万张，成交额78117.2亿元，占全国期货市场份额由1996年的24%上升到1997年的

# 第一市所稳步健康发展

郑州商品交易所期货交易大厅，是目前国内最大的期货交易厅

39%，1998年1-10月则达到66%；郑州粮食批发市场共成交现货粮油1703万吨，成交金额254亿元，近几年现货粮油成交量占省际间粮油成交量的10%左右。

郑州商品交易所现货交易部

郑商所的稳步发展成为河南省改革开放的一面旗帜和中国期货市场发展的一个缩影，在国内外树立了良好形象，党和国家领导人江泽民、朱镕基、李岚清、姜春云等先后莅临市场视察指导，对郑州市场取得的成绩和快速发展予以肯定，姜春云副总理称郑商所是"我国改革开放成功的一例"，江泽民总书记1996年6月5日视察郑商所时勉励郑商所"一定要把期货市场试点搞好，把自己的事情办好"。

郑州商品交易所位于郑州市未来大道—未来大厦

1998年8月国家开始对期货市场进行规范整顿，郑商所作为被保留下来的三家期货交易所之一，面临又一难得的发展机遇。郑商所将抓住机遇，加大规范力度，加快发展，为粮食流通体制改革顺利和国民经济稳步健康发展中发挥更加重要的作用。

1990年10月12日，中国郑州粮食批发市场开业

# 中国人民保险公

党委书记、总经理　傅筱玲

作为国家重点建设项目的鸭河口电厂一期工程的全部设备、材料及其配套件，约49亿元人民币的企业财产综合保险合同，6月25日由中国人民保险公司河南省分公司与鸭河口发电有限责任公司在南阳签署。这是目前河南省企业财产保险最大的一项保险标的。

# 司 河 南 省 分 公 司

安阳特大暴风雨灾害现场

1998年7月31日，中国人民保险公司河南省分公司对安阳市"6.21"、"7.19"特大暴风雨灾害的保险定损理赔工作已全面完成。到目前为止，179家受灾企业，15117家个体工商户和居民家庭已得到了5000多万元的保险赔偿，对于安定企业生产稳定居民生活提供了有力的经济保障。图为:安阳市"6.21"、"7.19"特大暴风雨灾害保险理赔会场。

黄河是世界公认的难以治理的河流之一。小浪底枢纽工程是治理黄河最为复杂、艰难的工程。中国人民保险公司以优质服务和雄厚实力赢得了小浪底建设工程的保险，五年来承保工程险保额3.9亿美元。7.15亿马克，保费收入1817万元、支付赔款118万元，有力地支持了工程建设。

经过各院批准，中保财产保险有限公司恢复更名为中国人民保险公司，中保财产保险有限公司河南省分公司也随之更名为中国人民保险公司河南省分公司。中国人民保险公司河南省分公司是目前我省最大的国有专业财产保险公司，在全省财产保险市场上，占有90%以上的份额，拥有正式员工5000多人、各类代理人员3500多名，县以上机构200多个，乡级代理机构966个，服务网络遍及全省城乡，业务范围覆盖省内非寿险市场的所有领域，主要险种包括：企事业单位财产保险、居民家庭财产保险、机动车辆保险、船舶保险、货物运输保险、航天航空保险、建设安装工程保险、出口信用保险、农业保险和各类责任保险等200余个。

中国人民保险公司河南省分公司资金雄厚，具有补偿各种灾害能力的实力；人才荟萃，拥有一支素质高、业务精的员工队伍，在较长时间的经营中积累了丰富的实践经验，赢得了良好的市场声誉。在日益激烈的市场竞争中，中保财产保险河南省分公司充分发挥人才、技术、资金、机构和管理等多方面的优势，坚持"以人为本、效益为先、忠诚服务、笃守信誉"的立业之本，深化改革、强化管理、积极开发适销对路、贴近群众生活，有利于社会稳定的新险种，并在全省系统开展创"名优工程"活动，不断提高服务质量，更多、更好的为社会各界的财产安全与经济发展提供及时、广泛、优质的保险服务。

# 国泰证券有限公司

办公楼

总经理：贾绍君
电话：5949041　5730392
邮编：450003
地址：郑州黄河路16号
花园路53号附1号

国泰证券有限公司是全国性三大证券公司之一。国泰证券公司河南分公司（下称河南国泰）为其在河南地区唯一的全资分支机构。

河南国泰自93年3月4日成立以来，一贯坚持高标准、严要求，创造了多项第一：1993年5月19日，成为河南第一家加入中国证券交易系统（NET）会员；1993年5月25日，在河南第一家开通了上海股票卫星行情系统，9月，在河南第一家推出行情分析系统，10月16日成为全国第一家开通深圳电脑联网报盘的异地券商；96年2月成为河南第一家开通上交所无形席位场外报盘的券商。一系列第一，树立了良好的企业形象，奠定了在河南证券市场的地位。

河南国泰现有营业面积5000余平方米，大户室近50间，其中散户交易大厅面积为800余平方米，可容纳2000余人，超大面积行情显示屏，整屏显示192只股票，两块曲线屏，直观反映沪深走势。500多台自助终端委托、查询、撤单于一体，操作简便，快捷；120条电话委托线，使客户抛开了交易场所的限制，大大方便了客户操作；可视电话委托系统，先进超前，使客户足不出户即可领略股海风情。

交易大厅

# 河南分公司郑州营业部

国泰证券郑州营业部

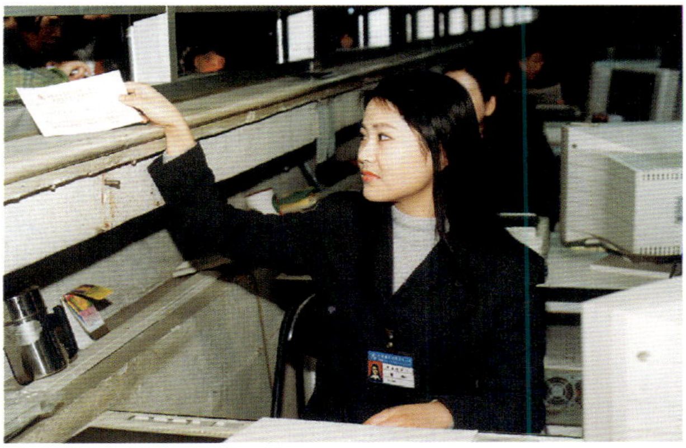

委托柜

中户室

大户室

在不断改善交易环境，提高技术手段的同时，河南国泰注重提高服务层次，拓宽服务内容：增设了咨询柜，开通了咨询电话，为客户提供更为周到的咨询服务；设立了十三个信息专栏，创办了《国泰股市咨讯》，及时为客户提供更为周到的信息服务；聘请资深人士于每周二、四下午做现场解盘，周六举办沙龙，内容有宏观经济分析、一周走势述评、风险提示等，不少投资者从中受益。

在业务发展中，河南国泰始终坚持“客户至上”的宗旨，以优良的服务，先进的技术做为自身参与市场竞争的立足点，先后推出了可视电话大赠送活动，银行证券即时转帐业务，指纹取款系统、夜市服务等，在河南证券市场上的地位和影响越来越大。

河南国泰在发行业务中，本着“优质服务立河南，开拓创新振中原，面向全国找重点”的宗旨，在93--97年间，先后担任了春都法人股、洛阳玻璃A股、万方铝业A股、河南思达A股、冰熊保鲜A股、郑百文A股、许继A股、宇通A股、同仁堂A股、豫能A股的主承销、副主承销及上市推荐工作；98年担任了双汇实业、黄河实业、新乡化纤股份有限公司的A股主承销及莲花味精等公司的A股分销商同时，还担任神马实业及宇通客车股份有限公司A股的副主承销，取得了河南发行市场三分天下有其二的好成绩。

河南国泰在发展的过程中，树立了良好的形象，创立了自身的品牌，已成为河南省内知名证券公司之一。今后，公司将继续完善和发挥中介机构的作用，提高服务层次，拓宽经营渠道，为推进河南证券市场的健康发展，抓机遇，迎挑战，争取做出更大的贡献。

# 银基商贸城

1997年度外商投资优秀企业

银基商贸城营业大楼

银基商贸城是一个以服装批发为主、集精品零售、娱乐、餐饮、信息等于一体的大型银座广场，位于郑州市一马路8号，毗邻火车站和长途汽车站，交通方便，商贾云集，日客流量十万人次，是寸土寸金的经商宝地。银基商贸城是郑州市十大重点工程之一，总投资18亿元，建筑面积25万平方米，1994年以后陆续投入营业。是河南省样板文明市场，是全国十大专业市场之一，同时也是全国建筑档次最高、管理最规范的市场。

为更好地培育大市场的流通格局，制造炙手可热的市场先机，银基商贸城利用自身优势，广招客商。目前，银基商贸城经营商户已达4000多家，其中70%为厂家直销，70%为沿海经商大户，海派、汉派等各派服装云集，品种全，价格低，环境好，服务优。面对全省各市、地及周边省份二级市场和中小型零售商，属一级批发市场，客源辐射全国20多个省、市、自治区，享有“经营服装到银基”、“批发服装到银基”的较高声誉，成为中原地区乃至全国最大的服务专业批发基地，被誉为服装批发龙头市场，多次荣获省、市“优秀外商投资企业”等荣誉称号。

商贸城内厅一角

银基商贸城发展战略研讨会

港台裤王专柜

佳汇服饰专柜

商贸城羽绒专柜

为贯彻党中央、国务院关于加快中西部地区建设的精神，配合市政府有关决策，银基商贸城服装生产加工基地已在规划之中，同时将立足郑州，有选择地在省内及全国范围内建立连锁批发市场，以增强辐射力，扩大覆盖面，使银基商贸城真正成为高标准、深吸引、远辐射的专业批发市场，为郑州商贸城建设再尽一份责，再出一把力！

商贸城羽绒专柜

# 中国房地产开

中国房地产开发郑州公司是集房地产开发、经营、建筑设计、装饰装修、工程监理、科技开发、新型建材开发、物业管理、种植养殖、信息服务、租赁、中介商业经营、餐饮娱乐为一体的国家资质一级国有房地产综合开发企业。综合实力列郑州房地产开发企业30强首位。

公司自1982年成立以来，按照"全面规划、合理布局、综合开发、配套建设"的经营方针，遵照"为政府排忧、为居民解难、为城市建设作贡献、为人民造福"的宗旨，发扬"团结、求实、开拓、奉献"的企业精神，艰苦创业、开拓进取、累计开发房屋建筑面积180多万平方米，完成投资额7亿多元，上交国家利税和社会贡献2.5亿多元，建成和改造了10多个新区和旧城项目，解决和改善了2.4万多户居民的居住条件，为郑州市商贸城建设和改善居民生活做出了突出贡献。特别是承建开发的第三批国家城市住宅建设试点－郑州绿云小区获国家试点小区建设综合金牌奖、中国建筑工程鲁班奖、国家城市住宅小区物业管理优秀示范小区、全国创建精神文明活动示范点、河南省优质住宅示范小区、河南省物业管理优秀示范小区、郑州市文明小区等多项殊荣。江泽民总书记等国家领导人先后亲临绿云小区视察，并予以充分肯定和高度赞扬。

勇于探索并不断壮大的中房郑州公司，按照党的十五大提出的深化国有企业改革和建立现代企业制度的要求，在生产经营上以市场为导向，以经济效益为中心，坚持走以综合开发为主，辅以短、平、快项目开发，旧城改造与新区开发相结合，一业为主、多种经营的发展路子，立足河南，辐射周边，面向全国，走向世界，不断拓展发展空间，继绿云小区一期工程之后又推出了绿云小区二期工程－科技示范小康住宅，居住面积、建筑材料、环境节能、室内配套均达到或超过国家小康标准，并与国际接轨，体现了科技与文明的统一、人与自然的统一、室内设置与室外环境的统一、家居与健康的统一，为郑州市乃至河南省高层住宅的开发建设树立了样板。在内部管理上，坚持"以人为本"的管理思想，强力推进和深化公司内部改革，积极转变经营管理机制，不断提高资本运营水平和职工整体素质，积极探索、实施承包、租赁、参股、兼并等多种经营方式，正朝着跨地区、跨行业、多元化、产业化、集团化的现代企业集团健康发展。目前，公司依据国家把住宅作为我国经济新的增长点，将充分发挥自身优势，抢抓机遇，扩大发展，中国房地产开发郑州公司必将有一个更加辉煌、灿烂的明天！

①党委书记、总经理　李国和
②绿云小区幼儿园
③绿云小区文明规范的物业管理
④绿云小区风格独特的别墅建筑
⑤传统特色的绿云小区条式建筑
⑥西欧韵味的绿云小区点式建筑

# 发郑州公司

江泽民同志视察绿云小区

李鹏同志观察绿云小区建设成就展

李瑞环同志观赏绿云小区建设成就展

刘华清同志视察绿云小区

新颖别致的绿云小区

# 郑州市兴华实

董事长兼总经理 樊建新

总公司办公楼

郑州市兴华实业集团总公司，位于郑州市管城回族区书院街1号，成立于1984年，是集工业、商业、饮食服务业、交通运输业为一体的综合性企业实体，属集体经济性质。以经营印刷、纸制品、塑料制品、建筑材料、饮食住宿、交通运输、五金交电、农副产口为主。注册资金为人民币1.5亿元，法定代表人樊建新。在郑州市拥有固定资产2.4亿元，土地360亩，房屋面积6万平方米，在职职工500多人，高级专业技术人员16名，1997年实现总产值1.6亿元，利税1453万元。是河南省省级文明单位、明星企业，郑州市乡镇骨干企业。

该公司自1976年开始创办企业，多年来，随着资本积累的不断扩大，先后成立了郑州市红光纸箱厂、郑州市兴华彩印厂、郑州市华丰塑钢门窗厂、郑州市兴达塑料厂、郑州市兴华泡沫塑料厂、郑州市予制构件厂、郑州市交电市场、郑州市农副水产品市场、郑州市书院街集贸市场、汽车客运东分站、郑州市豫大饭庄、郑州市兴华时装厂等十多家企业。

郑州市红光纸箱厂，成立于1976年，是“全国瓦楞纸箱产品定点生产许可企业”，多次荣获技术监督局授予的“质量信得过”企业和工商行政管理局授予的“重合同守信用”企业称号；

郑州市兴华时装厂，成立于1985年，其产品远销

总公司下属企业－郑汴路汽车客运东分站

总公司下属企业－豫大饭店

# 业 集 团 总 公 司

东南亚各国，是河南省外贸行业免检产品定点企业；

郑州市华丰塑钢门窗厂，成立于1993年，其产品荣获“95中国科技精品博览会金奖”和“河南省建设科技成果和第二批重点推广项目”，被郑州市人民政府授予“优秀科技产品金奖”证书；

郑州市兴达塑料厂，成立于1994年，产品“10千伏安可交联聚乙烯”填补了河南省空白；

郑州交电市场，是河南省工商局授予的“文明市场”，在郑州市的专业批发市场中，以其规范化管理著称；

郑汴路汽车客运东分站，成立于1988年，是响应市委、市政府“解决火车站地区拥挤状况，实行客运分流”的号召筹建的，该站设立近十年来，为郑州市的旅客分流做出了不可磨灭的贡献。

郑州市豫大饭庄，成立于1983年，开业多年来，以其优质的服务、优美的环境响誉郑州市的旅栈业。

1997年，该公司为响应郑州市政府“占道摊群及集贸市场退路进店”的号召，自筹资金兴建了郑州市商城农副水产品市场和郑州市书院街集贸市场，两个市场的建立，方便了附近近十万户居民，为管城回族区的退路进店工作做出了贡献。

多年来，该公司在党的十五届三中全会的指引下，团结奋进，勇于开拓，为管城回族区的经济振兴做出了努力。

总公司投资的大型自动化瓦楞纸箱生产线

总公司下属企业－郑州市兴华彩印厂

总公司下属企业郑州市商城农副水产品市场

总公司下属企业－郑州交电市场

# 发展中的郑州寿险分公司

中保人寿保险有限公司郑州分公司，前身为中国人民保险公司郑州分公司，1996年经国务院批准，中国人民保险公司实行分业经营，改建为中保集团，下设财产、人寿和再保险3个专业子公司。分设后的中保人寿保险有限公司郑州分公司，专业经营人寿保险业务，并率先引入国际先进营销机制，在省内成立了第一家人寿保险营销部，该公司现有职工300余人，下设16个县(市)区支公司、营业部，营业网点遍布郑州市城乡，主要经营人寿保险、健康保险、意外伤害保险业务，现已开办险种60余个。成为郑州市最大、专业技术最雄厚、人才最集中的唯一国有专业寿险公司，成功地实现了向现代化商业保险发展的历史性转变。

分设后的中保人寿保险有限公司郑州分公司干部职工团结拼搏、艰苦创业、务实创新、加压负重、勇争一流，面对竞争日趋激烈的郑州保险市场，坚持两个文明一起抓，抢抓机遇占市场，强化管理求发展，推动了业务超常规、大幅度、跳跃式发展，保费收入连年成倍递增，社会效益和经济效益取得双丰收。

# 河南省人民医院

河南省人民医院

正在建设中的现代病房大楼

团结战斗的领导核心

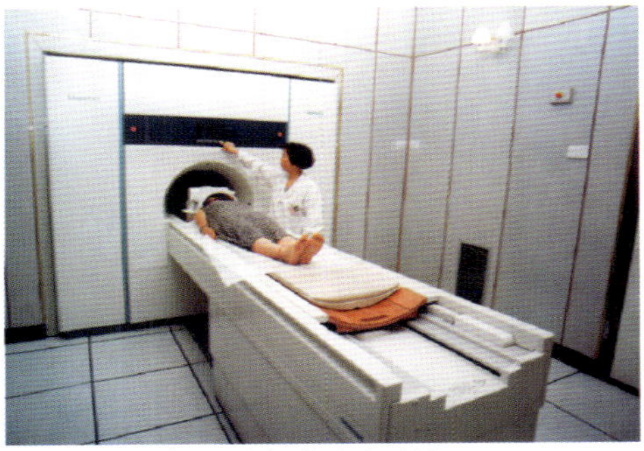

核磁共振成像扫描仪

河南省急救中心

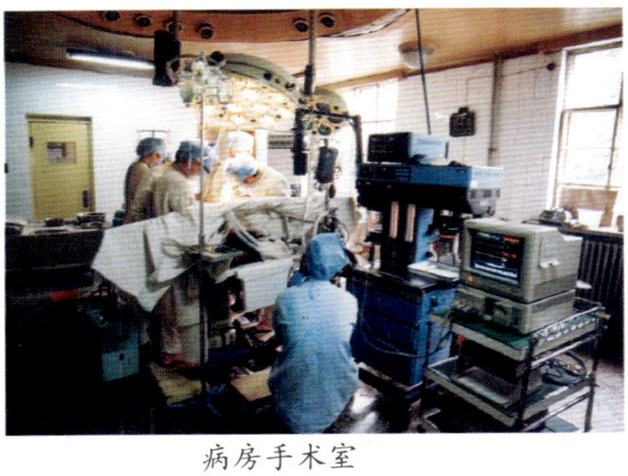

病房手术室

河南省人民医院位于郑州市的东北隅，其前身是中华基督教内地会于1906年创办的开封“福音医院”，1950年2月，被正式命名为“河南省人民医院”。1955年3月，医院随省政府迁入郑州，成为河南省医疗卫生事业的“龙头”单位。如今，河南省人民医院已成为河南省最大的一所集临床、教学、科研、预防保健、康复于一体的现代化综合性医院。全院占地面积15.2万平方米，建筑面积17万多平方米，在职职工1700多人，其中医技人员1338名，副高以上职称398人，硕士生128人，博士生10人，享受国家政府特殊津贴和省管专家22人。医院实际开放床位1300多张，下设临床、医技科室41个，建立有河南省眼科研究所、河南省老年病研究所、河南省遗传研究所等10个科研机构，附属护校一所。河南省急救中心、河南省红十字医院、河南省腹腔镜研究治疗中心、河南省白内障复明技术指导中心、河南省计划生育技术指导中心等均设在该院。

建国以来，尤其是改革开放以来，河南省人民医院紧紧围绕以病人为中心，强化“一切从病人出发，一切为病人着想，一切为病人服务”的“三个一切”的办院思想，在医、教、研等方面不断创造着引人瞩目的成绩。近五年来承担国家、省(部)及厅级科研课题114项，获国家、省(部)及厅级科技成果120项，连续四年居全省医疗卫生单位之首。发表各类学术论文1000余篇，出版学术专著46部。

1993年，该院被评为河南省首批“三级甲等医院”和“爱婴医院”，成为当时全省唯一同时获此两项殊荣的医院。

# 河南省轻工业学校

法人代表 陈立春校长

轻工业学校校貌

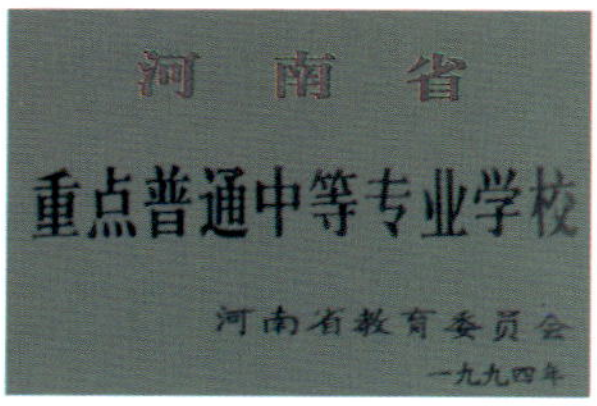

电教室

化验室

校运动会

河南省轻工业学校是一所工科类普通中等专业学校，创建于1982年，隶属于河南省轻工总会，为省(部)级重点中专。学校位于郑州市汝河路72号，占地面积55亩，建筑面积40735平方米。

学校现有教职工173人，拥有一支政治素质高，业务能力强的高、中级教师队伍(其中高级技术职称22人，中级技术职称48人)。

学校领导班子团结务实，励精图治，锐意进取。学校形成了一个“团结、奉献、求实、创新”的良好校风，在市场经济条件下走上了自我发展、自我完善的良性循环。

河南省轻工业学校是一所富有朝气、勇于进取的学校。十多年来，学校已为河南省及兄弟省市培养合格人才5000余人，他们已成为一支年轻的技术骨干队伍，为我省乃至全国轻工业的发展和经济建设发挥着积极的作用。

# 河南省艺术学校

校园一瞥

河南省艺术学校(原名河南省戏曲学校),创建于1956年,是一所培养多种艺术人才的综合性专业学校。1994年被评为省部级重点艺术专业学校。学校师资力量雄厚,教学设施齐全,开设有戏曲表演、戏曲音乐、美术、影视表演、舞蹈、器乐、声乐、礼仪、群众文化等专业,培养各类艺术人才近五千人。许多毕业生脱颖而出,成为文艺战线上的优秀人才,如被评为"全国影视十佳歌手"的李娜、曾主演过电影《少林寺》的优秀青年演员丁岚、被誉为豫剧"小红脸王"的刘忠河、获中国文化部"文华表演奖"的青年演员马兰和中国戏剧"梅花奖"的青年演员张虹等。

近年来,学校的各项建设有了新的长足的发展。目前教学楼、办公楼、学生公寓楼、剧场面目一新,电教设备日趋先进,图书资料逐年增多,教学条件不断改善。目前全校教职工已达180多名,其中高级职称26名,中级职称47名。在校生1100多人。学校一直致力于培养优秀文艺人才,许多在校学生因专业成绩突出,而获得"李剑晨奖学金"和"刘岘奖学金";在全国及全省性的戏曲、舞蹈比赛中多次获奖。同时,学校还积极开展艺术创作和学术研究,广泛开展艺术交流活动,曾与美国、日本、英国、法国、意大利、俄罗斯等国家的艺术团体和国内兄弟院校多次进行学术交流活动。

目前,全校1300多名师生满怀信心,开拓进取,顽强拼搏,以崭新的面貌迎接二十一世纪的到来。

学校专业演出盛况

省文化厅领导接见该校新时代艺术团部分演员

省文化厅和学校领导与艺术团演员合影留念

# 河南信宇房地产有限公司

河南信宇房地产有限公司是由河南省丝绸进出口公司与香港信信发展有限公司合资成立的一家房地产综合开发公司。公司成立于一九九三年，注册资金110万美元，资质等级。近年来，先后荣获“郑州商品房销售信誉单位”、“郑州房地产经营讲诚信单位”、“郑州建筑质量管理先进单位”等称号。

①

②

③

③同乐小区四期小高层时尚豪宅

②同乐花园东侧的康乐中心游泳池

①同乐花园小区实景

# 郑州北斗星房地产开发股份有限公司

郑州北斗星房地产开发股份有限公司是1993年成立的新型股份制公司。公司成立以来，在公司总经理的带领和全体员工的共同努力下，已步入稳步发展阶段。特别是近两年来，公司进一步解放思想，加大改革力度，不断拓展经营业务，开辟新的经济增长点，并坚持“一元为主，多元经营，重在积累，稳步发展”的经营方针，在重点进行房地产开发的同时，取得了物业管理和外经外贸等方面的新成绩。

公司主要经营范围：房地产开发与经营、室内外装饰工程、园林工程、通讯工程、水电暖安装、技术服务、咨询服务、建筑材料、化工产品、普通机械、电器机械及器材、粮油等。

公司主要经营业绩：近年来，公司以改造铁路小区为主，房地产开发7项，占地115亩，总建筑面积98160.03m$^2$；经营五金机电市场和服装市场各1个；运贸业务扩展到7个省市；在南美洲设点经营的外贸业务已经有了良好的开端。同时公司的现代化设备和现代化管理工作也已达到了同类企业的先进水平。

该公司经营的童装大世界

河南统计年鉴 1999
花园新村
郑州中达房地产开发有限公司
郑州中达房地产开发有限公司是中外合资企业，成立于1992年6月，投资5.8亿元人民币开发了花园新村住宅小区和花园新村融元广场，总建筑面积达21.6万平方米。在整个房地产市场不景气的情况下，公司严抓管理、统筹运作，采取多种方式灵活经营，取得了骄人的业绩，受到社会各界的普遍好评，并连续四年荣获“河南省房地产开发优秀企业”、“河南省房地产开发综合实力50强”、“郑州市房地产开发先进企业”、“治安模范住宅小区”、“郑州市商品房销售经营信誉单位”、“九八讲诚信、反欺诈经营信誉单位”等二十多项殊荣。
花园新村住宅小区位于郑州市行政区、紧临花园路北段。花园新村融元广场是花园新村的一部分，总投资2.6亿元人民币，建筑面积6万平方米，由地下停车场、地面三层裙楼及两栋大厦组成。具备金融、证券、办公、居住、餐饮、购物、娱乐等多项功能。其设计由数家甲级设计院竞标，建筑名家充分论证，施工多采用新技术、新材料。中达物业管理公司对小区实施全方位24小时封闭式专业物业管理，设有医疗、快餐、超市、学校、幼儿园、网球场、俱乐部、停车场等多项生活配套设施。
中达公司在国家政策的正确指导及各级政府的大力支持下，立足现在，着眼未来，以市场为导向，组织精干力量，积极选择储备了两个项目，将开发精品物业及经济实用型花园新村二区。中达人将一如既往地本着“团结、敬业、进取、创新”的企业精神，全心致力于房地产事业的发展与探索，广纳贤才、创立独具特色的“中达模式”，使中达公司以坚实的步伐向企业管理现代化、国际化迈进，同时为郑州商贸城的建设、河南省经济的繁荣、人民生活的富足及中华民族的全面振兴做出应有的贡献！
销售电话：5716186　5716699
花园新村融元广场
开发商：郑州中达房地产开发有限公司　地址：郑州市花园路北段花园新村　物业电话：5733699

# 河南国信房地产有限公司

董事长兼总经理　郭丛拔

海特大厦

施工中的紫光阁、红霞阁

河南国信房地产有限公司成立于1986年7月18日，是河南省房地产行业中成立最早的公司之一。从4名职员、57万元贷款起家，着手开发一宗8亩左右的土地，开始积累资金、集累经验、集聚人才，至今，公司业务领域遍及郑州、深圳、汕头、青岛、无锡等地，已累计建造各类商品房52万平方米，总投资6亿元人民币，上交各种税费上千万元，资产总额接近2亿元人民币，职工队伍也壮大到40余人，其中各类专业技术人员30余人，占职工总数的80%以上。组织形式也由当初的单一所有制演变为符合现代企业特征的中外合资的有限责任公司，并多次被评为河南省及郑州市的房地产开发综合实力30强，被银行评为“AAA”信用等级企业，成为在河南省尤其是郑州市信誉卓著的房地产开发企业。

在创造良好的经济效益的同时，公司也创造了良好的社会效益。公司开发的商品房外型美观、新潮大方，明显地改变了郑州东北隅的城市面貌，为郑州市的城市建设增添了不少光彩。

目前，公司进一步明析产权，争取进一步改善产权关系，强化管理，完善按劳和按各生产要素分配的制度，进一步调动全体职工的主人翁精神、创造精神、拼搏精神和全部的聪明才智，为99年顺利开始阳光苑影视大厦的建设和国际花园的开发而再显身手。

愿我们的公司永远踏实地，天天更上层楼。

# 中国南方航空股份有限公司
# 河南分公司

南航客货运输量占郑州空港的50%，撑起了河南航空的“半壁江山”。

中国南方航空股份有限公司河南分公司总经理　周孝堂

国务院总理吴邦国对南航河南公司空中服务表示满意，并与乘组人员合影留念。

飞行员在聚精会神地驾驶飞机

技术人员在认真维护飞机

南航河南公司是中国南方航空股份有限公司的骨干企业。自1992年成立以来，生产形势发展十分迅速。在过去的几年里，河南公司拥有4架波音-737，300型豪华客机。每周130个航班，为郑州地区飞往全国各地的旅客提供18860个座位；开辟了郑州至北京、上海、广州、沈阳、哈尔滨、海口、乌鲁木齐、昆明、香港、澳门、菲律宾苏碧克……等20余条国内、国际和地区航线。目前，南航河南公司共安全飞行25772个班次，51284小时，运送旅客2833745万人次；货邮行30006.5吨，总周转量26518.5万吨公里；航空运输年平均增长率为46%。在郑州机场起降的十几家航空公司中，南航河南公司的客货年运输量占郑州空港的50%，撑起了河南省航空运输的“半壁江山”。

河南公司拥有一个勤政廉洁、开拓进取的领导班子，有一支技术精湛、作风严谨的飞行队伍；一支保障有力、经验丰富的飞机维修技术队伍；一支文明礼貌、热情周到的空中乘务员队伍。南航河南公司全体员工牢记：“安全第一，正常飞行，优质服务”的企业宗旨。旅客满意率达到95%以上，重要旅客满意率达到100%，取得了良好的社会效益和经济效益。

南航河南公司到本世纪末将发展成为拥有8至10架大型客机，开辟有国际、国内航线、跨行业经营的一流航空公司。公司全体员工正满怀信心，抓住机遇，发展自我，增创新优势，开创新局面，大步迈向新世纪！

# 河南塑胶股份有限公司

河南塑胶股份有限公司，引进国内外先进的农地膜生产线、日本PVDC涂覆膜生产线以及意大利六色彩印复合膜生产线。成为具有八九十年代国内外先进技术，以吹塑、复合、涂覆工艺为主体的现代化企业，1988年被评为“国家二级企业”。1992年被定为大型二类企业，同年底企业改组为股份制，许德茂同志任董事长兼党委书记。

1994年以来，按照现代企业制度的要求，建立了新型企业法人领导体制，建立“精干、高效”的管理机构，深化内部改革，转换经营机制，推出了住房、医疗费、工资制度等一系列的改革措施。股份制运作三年来，经济效益在全省同行业中居领先地位。企业规模逐年扩大，先后被评为“全国500家行业最佳经济效益企业”、“河南省大中型企业工业综合经济效益百佳企业”、“河南轻工利税大户”。企业五种主导产品，三项为部优，三项为省优。1995年农用薄膜还在全国第二届农业博览会上获金奖。郑州市技术监督局授予公司“产品质量信得过、售后服务信誉好”单位称号。

河南塑胶股份有限公司生产车间

# 中原大化集团

党委书记、董事长、总经理　陈留柱

河南省中原大化集团有限责任公司（原河南省中原化肥厂），位于豫北石油化工城－濮阳市，拥有总资产15.4亿元，职工2570人，属国家大型一类企业。以中原油田天然气为原料，年产30万吨合成氨、52万吨尿素、2万吨双氧水、2000吨水质稳定剂等。合成氨装置采用英国帝国化学公司ICI-AMV工艺，尿素装置采用意大利斯纳姆公司氨汽提工艺，装置的突出特点是工艺先进、自动化程度高、能耗低。1987年9月30日正式开工建设，1990年5月5日建成投产，1992年12月1日正式通过国家竣工验收。集团公司1991年和1992年连续两年跨入全国500家最大工业企业行列，1994年又跻身于“中国的脊梁”国有企业500强，1997年被国务院确定为全国512户重点国有企业之一。

江泽民总书记视察中原大化

生产区外景

# 郑州市南五里堡村

郑州市管城实业开发公司总经理：刘铁锤

南五里堡村

航海幼儿园

郑州汽配城

南五里堡村位于郑州市南的城乡结合部，全村有六个村民组，九个自然村，400余亩耕地，1006户人家，2516口人。

近几年来，该村在上级党和政府的正确领导、关怀和支持下，在村党支部和村委会的带领下，全村上下团结一致，齐心协力，抢抓机遇，大力发展，先后建成了闻名全国的“郑州中药城”、“郑州食品城”、“郑州汽配城”、“南五里堡农贸市场”、“郑州钢材市场”等一大批专业化的大型批发市场，还招商引进了建材、粮油批发、旧机动车交易、摩托车配件、摩托整车等专业化的批发市场。除此之外，还规划筹建了总面积473.1亩集休闲、度假、游乐于一体的大型游乐场所－郑州温泉花园。97年与中国科技民营经济开发院联合开办了“郑州金惠计算机系统工程有限公司”，填补了省内没有计算机生产厂家的空白。创办了以“郑州市管城实业开发总公司”为龙头，下辖包括工业、商业、建筑、印刷、医疗卫生、饮食服务、仓储运输和高科技产业在内的19个集体企业，和194个私营个体企业及工商业户。从而使全村的经济、文化、人民群众的生活水平、居住条件和居住环境、公益事业等都发生了巨大的变化。

村里连续七年被评为村、镇先进党支部，96年又被市委表彰命名为先进基层党组织，村委会先后被省、市、区命名为先进村委会和小康村、小康示范村和河南省明星村。

五里堡小学

五里堡村办食品城

# 妇女生活杂志社

坚持正确导向
展示巾帼风采

陈慕华
一九九七年元月

祝贺《妇女生活》创刊十五周年

精神文明的重要阵地
妇女姐妹的良师益友

黄启璪
一九九六年十二月九日

总编辑兼社长 刘绪乾

花开中原地
香飘海内外！

马忠臣
一九九六年
十二月八日

全国妇女报刊工作会议代表于开封合影留念

《妇女生活》是河南省妇联主办的社科综合文化生活期刊。创刊17年来，始终坚持正确的政治方向和舆论导向，坚持为妇女的进步、发展与解放服务，为两个文明建设服务的主旋律，深刻地反映时代，紧密地贴近生活，内容丰富，格调高雅，风格清新，可读性强，读者群遍布全国，并远销十多个国家和地区。

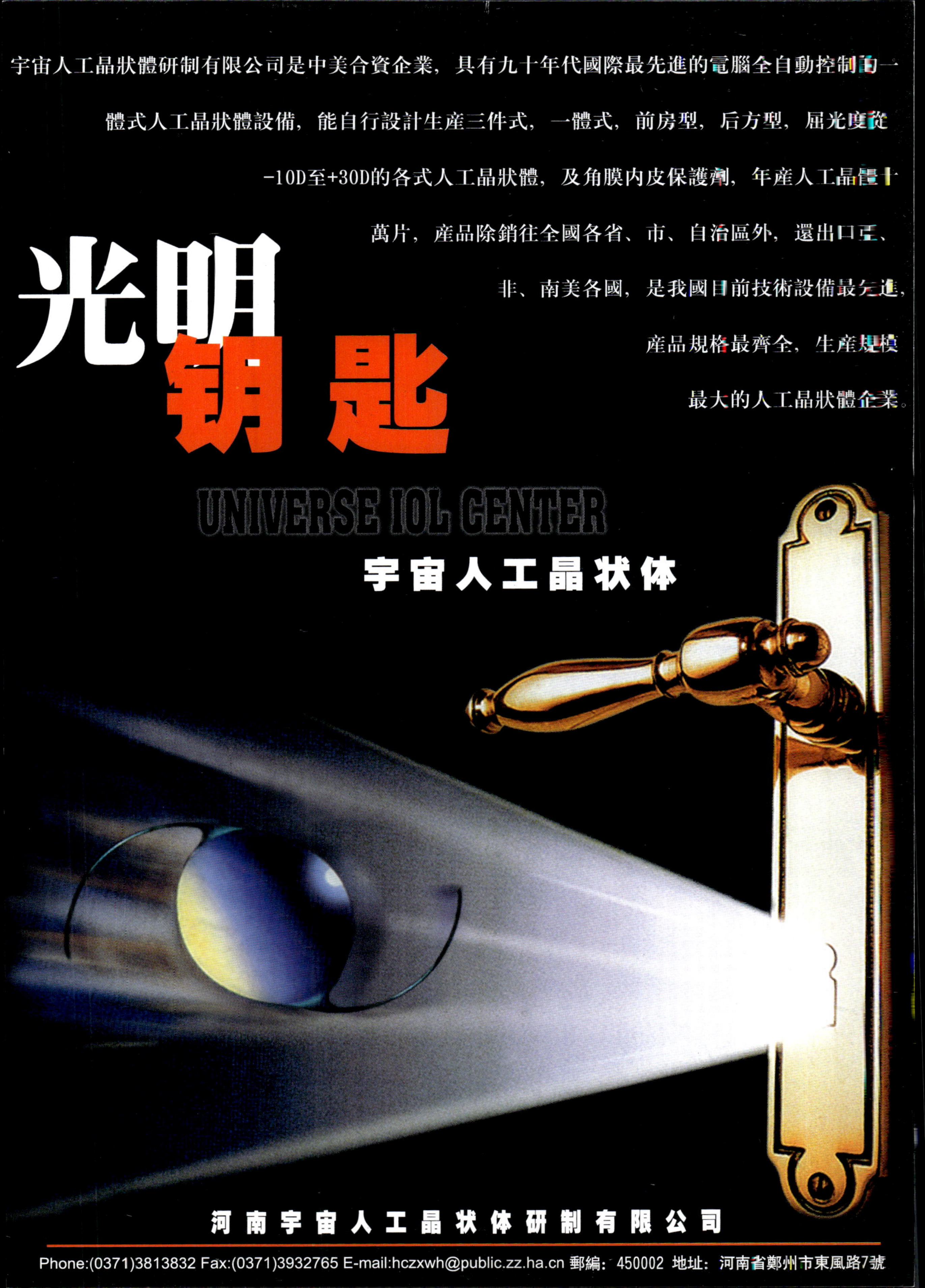

宇宙人工晶狀體研制有限公司是中美合資企業，具有九十年代國際最先進的電腦全自動控制的一
體式人工晶狀體設備，能自行設計生產三件式，一體式，前房型，后方型，屈光度從
-10D至+30D的各式人工晶狀體，及角膜內皮保護劑，年產人工晶體十
萬片，產品除銷往全國各省、市、自治區外，還出口亞、
非、南美各國，是我國目前技術設備最先進，
產品規格最齊全，生產規模
最大的人工晶狀體企業。
光明
钥匙
UNIVERSE IOL CENTER
宇宙人工晶状体
河南宇宙人工晶状体研制有限公司
Phone:(0371)3813832 Fax:(0371)3932765 E-mail:hczxwh@public.zz.ha.cn 郵編：450002 地址：河南省鄭州市東風路7號

# 河南有色地质勘查局

局长、党组书记 邱怀志

河南有色地质勘查局组建于1959年6月，现隶属于国家有色金属工业局。历经四十年的改革与发展，尤其是党的十一届三中全会以来，全局广大员工在局党组的带领下，始终坚持以经济效益为中心，强化发展地质勘查、矿业开发，岩土施工、工程勘察等主业不动摇，不断调整、优化内部产业结构，多元化发展，使产业经济和资产总量得到迅速扩张。现有13个二级单位4500名员工。其中享受政府津贴等高级人才39名，中级技术人才326名。产业集地质勘查、矿山、岩土施工、工程勘察、非金属深加工、工业制造、房地产开发、餐饮服务等于一体。资产总量1.1亿元，全年货币完成能力1亿元，利税300万元。

领导班子合影

办公楼全景

# 改革开放中的河南省商业

## —— 河南省贸易厅

河南省贸易厅厅长 白光第

张洪华副省长在白厅长的陪同下视察“菜蓝子”工程

党的十一届三中全会以来，河南商业取得了巨大发展，商品流通业在全省经济发展中的地位和作用发生了根本性的改变，对全省国民经济的影响力日益显著，商品流通的规模迅速扩大，商业企业的实力不断增强，涌现出了“郑百文”、“春都”、“双汇”等一批在全国具有较高知名度的企业。1997年，全省社会商品零售额达1358.81亿元，比1980年增长10.4倍；全省各类商业网点29.1万个，比1979年增长2.5倍。

白光第厅长在市场进行调查

# 河南人民广播电台

1996年6月，河南电台的节目通过卫星进入太空

河南人民广播电台创建于1950年9月15日。

49个春秋，它经历艰苦创业走向事业辉煌的不平凡历程。由当初只有1千瓦发射功率的小台发展到今天拥有一个综合总台、三个专业系列台，七个中波、调频，每天播出时间达67小时50分，发射总功率位居全国省级电台前列的大台。1996年河南电台的广播节目上卫星，可覆盖面达亚、欧、非及大洋洲四大洲，可服务人口占全球总人口的72%。这标志着河南广播事业发展进入了一个新的发展阶段。

49个春秋，它培养造就了一支政治强、业务精、纪律严、作风正的广播工作者队伍及优秀人才群体，他们中间有全国人大代表、全国“百佳”优秀新闻工作者、全国优秀演播艺术家、全国“十佳”优秀传音技术能手、全国“十佳”优秀节目主持人、河南省首届十大新闻人物、省优秀新闻工作者等。

事业辉煌在于创造。1997年，河南电台被中宣部、广电部、新闻出版署、全国记协确定为全国新闻界“精神文明示范单位”，全台职工将继续开拓进取，团结拼搏，争创一流工作业绩，把一个现代化的省级广播电台带入21世纪！

优秀作品生产取得优异成绩，录制的广播剧连续两年荣获全国精神文明建设“五个一工程”奖

记者深入基层，进村入户采访

# 河南审计事务所

河南审计事务所于1985年3月经河南省人民政府批准成立，目前已成为中原地区规模最大、并跻身全国一流的社会审计组织，在国家审计署和中国注册审计师协会组织的全国3375个审计事务所评比中，名列全国百强所第27位，1995年被河南省审计厅、省注册审计师协会评为全省十强审计事务所之首，在社会上享有盛誉。

河南审计事务所内设十一个部、室，下设七个分所，从业人员238个。有注册会计师、注册资产评估师、注册房地产估价师、土地估价师资格的160人。技术力量雄厚，具有承接大型、超大型业务的能力。

1993年6月经国家国资局、中国证监会批准，取得河南省首家承办证券上市公司资产评估业务资格，1993年10月经国家审计署批准，取得全国首批具有中央企业及地方企业审计查证业务资格，1996年经中国人民银行首批推荐执行金融机构相关业务。

河南审计事务所成立13年来，为社会各界办理了大量业务，仅近五年就办理审计查证、基建预决算审计、资产评估、年检、经济案件鉴定等业务近三千项，资金总额达三百多亿元，如成功地为中国郑州商品交易所、新华一厂、万达期货等上千家企业进行了审计查证和会计咨询；为安钢、豫白鸽、郑百文、冰熊股份、神马实业、河南思达、海嘉面粉、许继电气、宇通客车、中期期货等100多户企业的股份制改造、中外合资、发行上市股票等工作进行了资产评估，均顺利通过了国有资产管理部门或主管部门的验证确认，以优质服务赢得了客户的广泛好评。

河南审计事务所所长　周秀月

河南审计事务所工作人员

# 鹤壁市淇滨开发区开发建设总公司

鹤壁市淇滨开发区开发建设总公司，组建于1992年，伴随着鹤壁市淇滨开发区的创办而设立，伴随着开发区的发展而壮大，是管委会专门从事基础设施的开发、建设和管理的机构。六年来，修建城市道路19条(段)30多公里，建设了日供水10万吨自来水厂一期工程，建设了集中供热一站、二站，使新区已实现集中联片供热，开发建设了桂鹤住宅小区，同时，园林绿化公司、建材贸易公司、铝业公司、灯具厂、木器厂、预制构件厂等也都为开发区硬环境建设做出了积极贡献。

在今后的工作中，总经理钱天尧携全体员工，愿与社会各界有志之士进行广泛的交流与合作，携手共建淇滨新区。

开发区管委办公大楼

街头绿化

鹤壁市淇滨新区街景

# 鹤 壁 市 助 剂 一 厂

厂长　梅品煜

鹤壁市助剂一厂建于1986年4月5日，是化学工业部橡胶硫化促进剂定点生产厂家，国家中型二类企业，现有职工500余人，其中工程技术人员31人，拥有固定资产1200多万元。引进国内外工艺较先进的生产线六条，能够生产六种产品。“鹤峰牌”促进剂M、DM、CBS、NOBS、TMTD、发泡剂H等，年产量可达3000吨以上，年产值5000多万元，创利税1000多万元。

该厂自建厂以来，始终坚持科技兴厂的道路和质量第一、用户至上的宗旨，视产品质量为企业的生命，严格实行考核制度，全员管理，各道工序层层检验测定，道道严格把关，使产品质量在全国各地用户中享有盛名，畅销全国二十九个省、市、自治区。94年“鹤峰牌”CBS又冲出国门销往韩国，为鹤壁市橡胶助剂出口创汇填补了空白。

该厂生产的“鹤峰牌”橡胶助剂系列产品曾荣获了多种荣誉称号，特别是主导产品促进剂M，在89年经化学工业部检测中心鉴定，产品质量已达到三至五年内的国际先进水平，同年被化学工业部评为优质产品称号，促进剂DM连续十年荣获河南省优质产品称号。促进剂CBS在93年河南省第二届兴豫杯展销会上被省政府评为优秀产品。

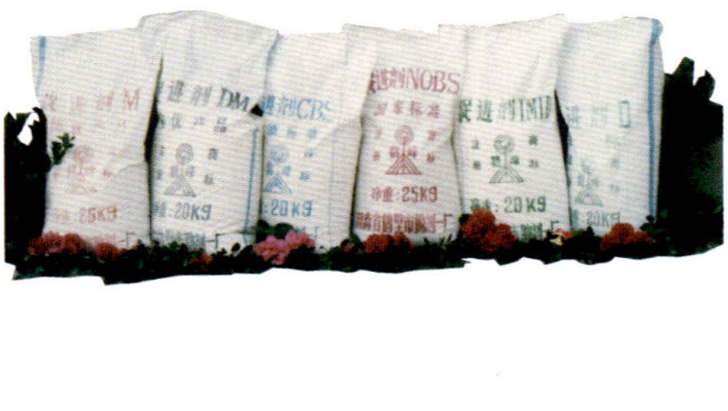

厂主导产品

# 郑州大众汽车出租公司

在97年郑州市职业道德建设中被评为“十佳单位”

郑州大众出租汽车公司位于郑州市京广路与洁云路口，公司总经理魏文涛，拥有司机1507名。大众公司建立以来，不断发展壮大，先后兼并了顺风、亚神、昌盛、安驰等8个出租汽车公司和一家企业单位，固定资产和经济效益以双千万增长的实力，进入国家大二服务企业行列。

大众公司走多业并举的道路，在出租车行业限制发展的情况下，根据市政府关于马路市场“退路进店”的政策精神，毅然投资1200万元，在南关新建一座全封闭式四层11000平方米的“大众市场”，为大众公司二次创业积累了成功的经验。

公司桑塔纳车队

公司办公楼

# 兴亚粤海温泉酒店

特点：兴亚粤海温泉酒店座落在郑州燕凤商贸区，地处郑州东大门航空港进入市区的主干道金水大道上，从酒店乘车到机场只需30分钟，到商业中心仅5公里。酒店外部绿草环抱，极具欧式建筑风格，构成郑州东郊一道亮丽的风景线。此外，酒店常年供应天然温泉水，每间客房均有源自深井的天然温泉水，水温保持摄氏56度，确保舒适。

酒店外观

设施：兴亚粤海温泉酒店有318套设计、装备精美的客房，所有房间都设有可控空调、单独的浴室、国际直拨电话、保险箱、冰箱、彩电、床边灯控装置110/220伏电源插座、24小时卫星电视和店内闭路电视节目、24小时送餐和洗衣服务；酒店有3个不同风味的餐厅、3个酒吧、商务中心24小时营业；机场穿梭巴士及行李服务；俱乐部内设健身室、室内温泉游泳池、室外塑胶网球场、桑拿蒸汽浴室和按摩服务；花店、美容美发中心、诊所、商场、保龄球馆、KTV包房、歌舞厅、外币兑换服务、包裹及邮寄服务。

酒店客房

酒店客房

# 河南省气功科学研究会

河南省气功科学研究会自治理整顿以后，迅速发展，由当初的2个市地发展到15个市地34个县。

1994年以来，该会每年向省科委申报4-6项科技攻关项目，经省科委批准的项目均以有关科技人员为主体组成科研小组，以严格的科学态度和严密的检测手段进行科学实验，较好地完成了省科委下达的科技攻关计划，并获得一批科技成果。10年来已召开气功应用学术研讨会3次，参加会议的气功科学工作者400余人，提交论文67篇。

气功应用学术研讨会

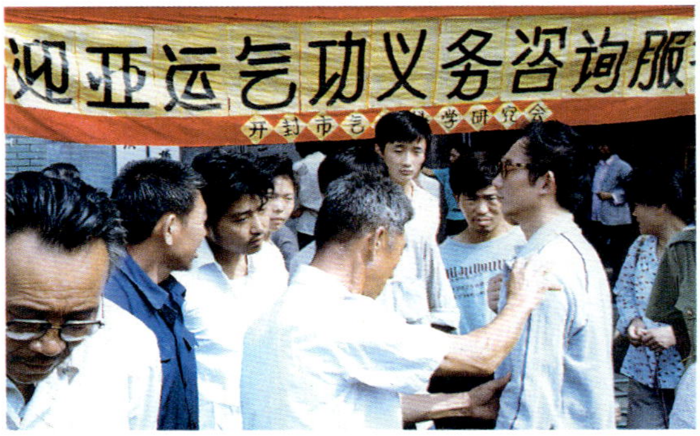


迎亚运气功师义务咨询

# 郑州市园艺场

场长　白福成

下属单位万美公司

下属单位超导热管厂

郑州市园艺场现有职工446人，土地420亩，下属经济实体9个。1978年以来，该场在坚持发展原有农业种植业的同时，大力发展二、三产业，初步形成了农业、工业、第三产业协调发展的新格局，全场资产总量、产值、利税、职工收入逐年大幅度递增。连年被评为郑州市农业系统先进单位。

场下属经济实体生产的扎啤机、节能灯、仿瓷餐具、砼构件等产品远销省内外。

# 郑州幼儿师范学校

幼师音乐楼

校长　魏诗文

幼师学校大门

校园美丽的幼师雕塑

郑州幼儿师范学校创建于1954年，是新中国成立后我国创建较早的七所幼儿师范学校之一，也是河南省唯一的一所专门培养、培育幼儿师资的中等师范学校。1970年停办，1982年恢复招生。创办至今，先后培养了7300多名幼儿教师，培训幼儿教师1万多人次，为我省乃至全国幼教事业的发展做出了贡献。

# 郑州教育学院

郑州教育学院是一所多学科高等师范院校，承担着郑州市师资培养和中学在职教师、教育行政干部培训的双重任务。学校现有政治、中文、历史、外语、数学、物理、化学、生物、地理、音乐、美术等11个系，共17个专业，其中13个专业招收普通师专生。目前在校生（全日制）1000余人，校外函授、卫电生5000余人。

郑州教育学院拥有一支实力雄厚的教学、科研队伍。全校227名教职工中，有教授4名，副教授39名，讲师80名。1988年以来，学院先后选派3名青年教师出国进修。近年来，全院教师在国家级、省级刊物发表学术论文600余篇，编写出版各种专著、教材200余种。

郑州教育学院恢复建校二十年来，培养师专生3000余人，师训生4000余人，卫电师专生5000余人，各类短期培训结业生1200余人。他们在各自的岗位上努力工作，成绩显著。

计算机中心

电教中心

美术系画展

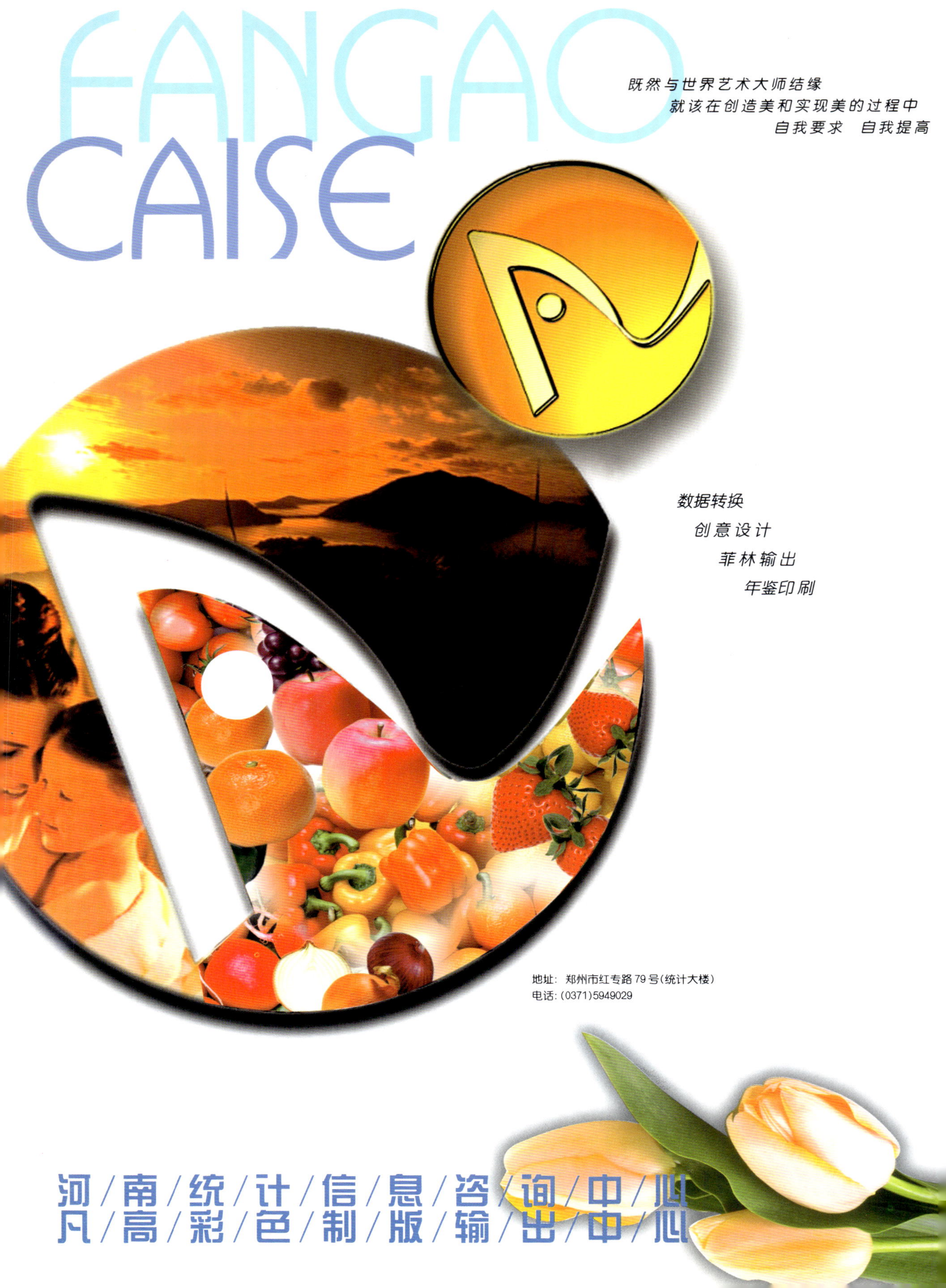
FANGAO
CAISE
既然与世界艺术大师结缘
就该在创造美和实现美的过程中
自我要求　自我提高
数据转换
创意设计
菲林输出
年鉴印刷
地址：郑州市红专路79号(统计大楼)
电话：(0371)5949029
河/南/统/计/信/息/咨/询/中/心
凡/高/彩/色/制/版/输/出/中/心

# 河南统计年鉴

STATISTICAL YEARBOOK OF HENAN

**1999**

（总第 16 期）

河南省统计局　编

中国统计出版社

(京)新登字 041 号



图书在版编目(CIP)数据

河南统计年鉴　1999/河南省统计局编.—北京：中国统计出版社，1999.7
ISBN　7－5037－2975－9

Ⅰ.河…
Ⅱ.河…
Ⅲ.统计资料—河南—1999—年鉴
Ⅳ.C832.61－54
中国版本图书馆 CIP 数据核字(1999)第 17649 号

中国统计出版社出版
(北京市西城区三里河月坛南街 75 号 100826)
河南省统计局印刷厂印刷
*
787×1092 毫米　16 开本　41.375 印张　130 万字
1999 年 7 月第 1 版　　1999 年 7 月郑州第 1 次印刷
印数：1—2500
*
定价：220.00 元

# 《河南统计年鉴——1999》
# 编委会和编辑部工作人员名单

# 编 辑 说 明

一、《河南统计年鉴－1999》是一部全面、系统、科学、翔实记载和反映1998年河南省社会、经济、科技发展情况的资料性年刊。本《年鉴》收录了河南省以及各市地县1998年经济、社会、科技各方面大量的统计资料，以及历史重要年份和近几年的全省主要统计数据。

二、本《年鉴》由以下四大部分组成：

（一）特载：内容包括河南省九届人大二次会议上的《政府工作报告》(摘要)、《关于河南省1998年国民经济和社会发展计划执行情况和1999年计划(草案)的报告》(摘要)、《关于河南省1998年财政预算执行情况和1999年财政预算(草案)的报告》(摘要)、《河南省统计局关于1998年国民经济和社会发展的统计公报》。为便于读者使用本《年鉴》，特载之后附有常用统计术语。

（二）统计资料：内容包括行政区划和自然资源；综合；人口；从业人员和职工工资；固定资产投资；物价；人民生活；城市概况；农林牧渔业；工业；建筑业；交通运输、邮电通信业；批发零售贸易业、餐饮业；对外经济贸易和国际旅游；财政、金融和保险；教育、科技和文化；体育、卫生、社会福利及其他；要素市场；各县(市)主要统计指标；全国及各省市区主要统计指标；香港特别行政区、澳门地区和台湾省社会经济主要指标。

为便于读者使用本《年鉴》，每篇前后分别附有简要说明、统计图及主要统计指标解释。

（三）大事记：辑录了河南省1998年社会经济生活中有重大影响的事件及河南统计工作要事。

（四）附录：辑录了河南省第一次外经普查公报。

三、使用本《年鉴》时请注意以下几点：

（一）部分数据合计数或相对数由于单位取舍不同产生的计算误差未作机械调整。

（二）本《年鉴》的资料大部分来自年度统计报表，一部分来自抽样调查。

（三）由于我国统计制度方法正在进行重大改革，使用本《年鉴》统计数据时，请注意每篇的“简要说明”、“主要统计指标解释”及表下的“注解”。

（四）编辑本《年鉴》时对以往年份的个别统计数据作了订正或按照现行统计制度进行了调整，以前发表过的统计数据，凡与本《年鉴》有出入者均以本《年鉴》为准，并注意可比性。

（五）统计资料表式中的符号：“…”表示数据不足本表最小单位数；“空格”表示该项统计数据不详或无该项数据；“0”表示增长指标数据持平；“#”表示其中的主要项。

本《年鉴》的编辑出版，得到了中国统计出版社、国家统计局综合司等单位和个人的大力支持和帮助，值此出版之际，谨向他们表示诚挚的谢意！

# 目　　录
# CONTENTS

## 特　　载
## SPECIAL REPORT



## 统计资料
## STATISTICS

### 一、行政区划和自然资源
### Chapter 1 ADMINISTRATIVE DIVISION AND NATURAL RESOURCES

二、综合

Chapter 2 GENERAL SURVEY

**四、从业人员和职工工资**

**Chapter 4 EMPLOYMENT AND WAGE**

**七、人民生活**

**Chapter 7 PEOPLE'S LIVELIHOOD**

**九、农林牧渔业**

**Chapter 9 AGRICULTURE**

**十一、建筑业**

**Chapter 11 CONSTRUCTION**

**十三、批发零售贸易业、餐饮业**

**Chapter 12 WHOLESALE AND RETAIL SALE TRADE AND CATERING TRADE**

## 十八、要素市场

## Chapter 18 MARKETS OF ESSENTIAL FACTOR

**十九、各县(市)主要统计指标**

**Chapter 19 MAIN ECONOMIC INDICATORS BY COUNTY AND CITY**

## 二十、全国及各省、市、区主要统计指标

## MAIN STATISTICS ON THE WHOLE NATION AND PROVINCES, MUNICIPALITIES DIRECTLY UNDER THE CENTRAL GOVERNMENT AND AUTONOMOUS REGIONS

# 大 事 记

# MAJOR EVENTS



# 附 录

# APPENDIX

# 特　　载

# 政府工作报告(摘要)[1]

——1999年2月1日在省九届人大第二次会议上

河南省人民政府省长　李克强

## 一、过去一年工作的回顾

1998年是极不平凡的一年，面对极其复杂的国内外经济环境，在党中央、国务院和省委的领导下，省人民政府认真贯彻国家关于促进经济增长的一系列重大决策，落实省九届人大一次会议确定的各项任务，经过全省人民的不懈努力，经济和社会事业都取得了新的发展。

**国民经济持续增长**。初步统计，全年国内生产总值4330亿元，比上年增长8.7%，其中第一产业增长6.9%，第二产业增长9.1%，第三产业增长9.5%。这一成绩是在宏观经济环境发生了重大变化和克服多方面困难的情况下实现的，的确是来之不易。

**粮食生产再获丰收，农村经济全面发展**。进一步加强农业的基础地位，粮食总产量创历史最高水平，初步统计达3945万吨，比上年增长1.3%；畜牧业稳定增长，肉类总产量455万吨，增长12.9%。以水利为重点的农业基本建设取得新的进展，《河南省十年造林绿化规划》任务如期完成，森林覆盖率达19.8%。乡镇企业在调整中保持稳定发展。小城镇建设步伐加快。

**工业生产保持增长，经济效益逐步回升**。加大工业生产和企业扭亏增盈工作力度，全年工业增加值1720亿元，比上年增长8.8%。轻工业增长5.4%，重工业增长10.1%。国有及年销售收入500万元以上的非国有工业企业增加值964.8亿元，增长7.1%，5月底扭转了前4个月亏损的状况，到年底实现利润55亿元。邮电通讯业快速发展，邮电业务总量103.4亿元，增长59.8%；交通运输条件明显改善。

**基础设施建设力度加大，固定资产投资平稳增长**。抓住投资拉动的机遇，争取国家安排基础设施建设项目114个，完成当年投资计划的46%。全社会固定资产投资1330亿元，比上年增长14%。年初确定的11个竣工投产重点项目已经建成投产或启用。全年新增电力装机200万千瓦，净增有效灌溉面积299万亩、旱涝保收田210万亩，新建公路2157公里，其中高速公路19公里。

**财政收入稳定增长，金融运行基本正常**。强化财税工作，全省地方财政一般预算收入208.2亿元，比上年增长8.1%，支出324亿元，增长11.4%。依法整顿金融秩序，金融机构年末各项存款余额3772.5亿元，比上年末增加487.5亿元；各项贷款余额3878.5亿元，增加553.4亿元。积极利用股票市场筹集资金，直接融资27.2亿元。

**社会消费继续增长，人民生活有所改善**。全省社会消费品零售总额1496亿元，比上年增长9%。城镇居民人均可支配收入4219元，实际比上年增长5.3%；农民人均纯收入1864元，实际增长6.5%。扶贫开发取得新成绩，贫困人口减少84万。

**改革开放取得新的进展**。稳定和完善土地承包关系，全省已有90%左右的农户签订了延长土地承包合同。积极推进粮食流通体制改革并取得明显成效。国有企业改革稳步推进，百户现代企业制度试点工作取得阶段性成果，兼并重组力度加大，出台了24条"抓大放小"优惠政策，筛选确定了63户重点培育发展的大企业，采取多种形式放开搞活小企业。有下岗职工的国有企业全部建立再就业服务中心，并向90.5%的下岗职工发放了基本生活费。企业职工养老保险金基本得到按时足额发放；城镇居民最低生活保障制度已在各市县初步建立；出台了新的城镇住房制度改革方案。国家公务员制度在全省基本建立，编制管理得到加强。外经贸战线努力开拓国际市场，在国内外成功地举办了一些大型经贸活动。

**科技、教育和各项社会事业取得新的成就**。"科教兴豫"战略深入实施。科技成果大量涌现，获得省以上奖励成果501项，其中国家级21项；高新技术产业发展步伐加快；又有一批市县进入全国科技工作先进行列，科技对经济增长的贡献率有所提高。基础教育进一步加强，又有34个县(区)完成“普九”任务，“普九”人口覆盖率达到80.5%；全省基本扫除青壮年文盲工作通过国家验收；职业教育和成人教育稳步发展；顺利完成国务院撤并部委所属31所在豫学校管理体制改革工作；高等教育改革继续深化，教育质量和办学水平不断提高。高校筒子楼改造工程已经启动。计划生育工作保持良好势头，人口自然增长率7.8‰。广播电视、新闻出版、文化艺术事业进一步繁荣，成功举办第七届全省戏剧大赛，河南博物院建成并正式对外开放。县、乡、村三级卫生服务网得到进一步加强和完善，全省有103个县(市)完成或基本完成农村初级卫生保健规划目标。群众体育和竞技体育蓬勃发展，我省运动员在国内外重大比赛中取得较好成绩，在第十三届亚运会上获11枚金牌。加强了水污染防治、矿业秩序整顿和城市环境综合整治工作，创建园林城市工作在全省蓬勃展开。审计、民族、宗教、侨务、对台工作、外事、旅游、口岸、气象、土地管理、人防、社会科学研究等方面都取得新的成绩。我省民兵预备役部队在两个文明建设中作出了积极贡献。广泛开展拥军优属、拥政爱民和军民共建活动，军政、军民团结得到进一步巩固。

**社会主义精神文明与民主法制建设进一步加强**。认真学习邓小平理论，贯彻党的十五大精神，广泛开展向英雄模范人物学习和群众性精神文明创建活动，积极组织“万人捐、助万人，为下岗困难职工送温暖”活动；大力支援抗洪救灾，全省共向灾区捐赠款物2.7亿元，全力提供抗洪物资，确保运送抗洪将士和抢险物资的车辆在河南境内畅通无阻，弘扬了优良社会道德风尚，体现了河南人民热情慷慨的传统美德。实施依法治省，加快立法步伐，提请省人大常委会审议的地方性法规16件，制定、发布行政规章17件。自觉接受人大、政协监督，认真执行人大及其常委会通过的法规、决定和决议，办理全国和省人大代表建议439件，全国和省政协委员提案443件。法制宣传教育工作深入开展，各级领导干部和执法人员的法制观念有所增强。全面实行行政执法人员持证上岗。推行村务公开、民主管理，农村民主政治建设取得新成绩。加强社会治安综合治理，积极开展严打斗争和扫除黄赌毒工作，侦破了一大批刑事案件；严厉打击经济领域的犯罪活动；加强了同危害国家安全犯罪活动的斗争。深入开展反腐纠风工作，惩治了一批腐败分子；加强对农民负担的监督管理，及时查处了加重农民负担的典型案件；减轻企业负担工作力度加大，取消了一批不合理的收费项目；在公、检、法和工商管理部门落实收支两条线的规定，加强了对预算外资金的管理；顺利实现军队、武警部队和政法机关与所办经营性企业彻底脱钩的目标。重视人民群众来信来访，尽力解决下岗职工、灾区贫困地区群众和残疾人的生产、生活困难，维护了社会大局的稳定。

各位代表，去年取得的各项成绩，是党中央、国务院和省委领导的结果，是省人大、省政协监督、帮助的结果，是全省各族人民团结奋斗的结果，是中国人民解放军驻豫部队、武警部队、中央国家机关驻豫单位、各民主党派、工商联、无党派爱国人士、各人民团体、离退休老同志和海内外各界人士共同努力的结果。借此机会，我代表省人民政府，向在经济和社会发展中做出积极贡献的全省工人、农民、知识分子、干部、人民解放军指战员、武警官兵、政法干警以及社会各界人士致以崇高的敬意！向所有关心、支持我省现代化建设的香港特别行政区同胞、台湾同胞、澳门同胞、海外侨胞和国际友人表示衷心的感谢！

过去一年，**我省经济发展中还存在一些矛盾和问题**。突出表现在两个方面：一是农民收入增幅趋缓。农产品销售不畅，价格下跌，加工转化度底，农业抗灾能力弱，农民收入与全国平均水平的差距拉大。贫困人口虽然逐年减少，但剩余贫困人口的脱贫难度更大。二是工业结构不合理，经济效益不理想。买方市场的形成使我省经济结构不合理的矛盾尖锐起来，严重影响了我省工业产品的市场竞争力和经济效益。年底全省国有及年销售收入500万元以上非国有工业亏损企业亏损额69.7亿元，比上年上升18.3%；年成品库存和应收账款净额达829.2亿元，上升16.2%。全年出口总额11.9亿美元，比上年下降7.8%。同时，**社会生活中长期积累的矛盾和群众关心的一些热点问题尚未得到有效解决**。国有企业下岗职工的解困和再就业任务较重；社会就业压力增大，特困职工、贫困人口生活比较困难；财政收支矛盾突出，部分地区金融秩序还没有得到根本改善；一些地方社会治安状况不好，有些执法人员执法不公甚至执法犯法；加重农民和企业负担的现象仍时有发生，个别地方和部门问题还相当突出；有些领导干部官僚主义、形式主义严重，少数干部虚报浮夸、以权谋私、贪污腐化，损害了政府形象。上述问题，我们必须予以高度重视，并在今后的工作中逐步加以解决。

## 二、今年政府工作的指导思想和预期目标

今年是具有特殊意义的一年。确定今年政府工作的奋斗目标，要根据我省经济社会发展的实际要求，充

分考虑有利条件和不利因素,特别是可能遇到的多种困难。今年国际经济环境变化带来的挑战将更为严峻,市场需求不振使我省经济的结构性矛盾愈加突出,国内经济社会生活中一些困难和问题甚至还会加重。但是,我们必须充分认识到,二十年的改革开放和现代化建设为我们继续前进打下了坚实的基础;国家把扩大国内需求、开拓国内市场作为经济发展的基本立足点和长期战略方针,给我们这样一个人口众多的中部省份带来新的发展机遇;我省具有独特的区位、资源和劳动力优势,在我国经济由东向西梯度推进过程中具有更多的有利条件,在开拓省内、国内市场方面具有很大的潜力。只要我们统一思想,坚定信心,抓住机遇,知难而进,团结一致,艰苦奋斗,就一定能实现我省改革开放和现代化建设事业的跨世纪发展。

今年政府工作的指导思想是:**高举邓小平理论伟大旗帜,全面贯彻落实党的十五大、十五届三中全会和中央经济工作会议精神,继续推进改革开放,着力提高经济增长的质量和效益,把扩大内需、开拓市场作为促进经济增长的基本立足点和主要措施,加大经济结构调整力度,稳定和加强农业,深化国有企业改革,防范和化解金融风险,更加有效地实施“科教兴豫、开放带动、可持续发展”三大战略,保持社会稳定,促进国民经济持续快速健康发展和社会全面进步,以优异的成绩迎接建国五十周年。**

根据上述指导思想,今年我省经济社会发展的主要预期目标是:国内生产总值增长8%左右,其中第一产业增长3.5%,第二产业增长9%,第三产业增长10%。全社会固定资产投资增长14%;社会消费品零售总额增长10%;地方财政一般预算收入增长8%;外贸出口力争有所增长;社会商品零售价格上涨幅度2%以内,居民消费价格上涨幅度4%以内;农民人均纯收入实际增长5%;城镇人均可支配收入实际增长5%;人口自然增长率9‰;城镇登记失业率3.5%。

预期今年经济增长8%左右,是必要的也是可能的。这个速度既是保证实现“一高一低”奋斗目标和“九五”计划的需要,也是缩小与发达省份差距、缓解就业压力、保持社会稳定的需要,并且充分考虑了我们面临的各种有利条件和不利因素,是比较合适的,经过努力是可以实现的。这个目标是预测性、指导性目标,是就全省而言的,不要相互攀比,层层加码。

我们追求的速度应当是实实在在的、人民群众有切身感受的速度,最终要表现为农民收入不断增加,城镇居民生活水平不断提高,低收入群众的生活状况有所改善。努力使我省人民普遍过上小康生活并逐步富裕起来,缩小与发达地区的差距,应当成为政府工作的根本出发点和奋斗目标。因此,要把人民生活水平提高与否作为衡量一个地区经济发展成效的基本标准,围绕提高城乡居民收入和企业经济效益,建立科学的评价体系,进行重点考核,引导督促各级政府把推动经济增长的侧重点放到提高质量和效益上来,为提高全省人民生活水平不懈奋斗。

## 三、扩大内需,调整结构,提高经济增长的质量和效益

要实现今年经济增长目标,必须从扩大内需入手,实行投资和消费双向拉动,把调整和优化经济结构作为工作的着力点,努力提高我省国民经济的整体素质和运行质量。

**(一)围绕增加农民收入,全面发展农村经济**

农民收入的增加,直接关系到扩大内需、提高市场购买力,对工业乃至整个国民经济的增长具有重大的带动作用。要把发展农村生产力、增加农民收入、改善和提高农民的物质文化生活水平作为全省农村经济工作的出发点和落脚点。因此必须调整优化农村经济结构。要面向市场调整和优化种植业结构,发展高产优质高效农业,在稳定粮食总产的同时,把提高质量和价值量作为重点,大力发展高品质的小麦、玉米、水稻等粮食作物,提高优质农产品的比重,为农产品深度加工创造条件。加快发展有市场需求的经济作物,适当压缩棉花等明显过剩的作物面积,稳定烟叶种植面积。已实现稳定高产的地区,要力争在提高农产品质量方面率先取得突破。在种植业结构调整中,要充分尊重农民的生产经营自主权,加强信息引导。调整农业内部结构,大力发展畜牧业、水产养殖业和林果业。积极推进农业产业化经营,着力培育和抓好“龙头企业”,逐步建立有利于农民增收的产业体系和利益机制。调整农村产业结构,大力发展乡镇企业。坚持发展和提高并重,积极支持乡镇企业适应市场需求,加快技术改造,调整产品结构,进一步深化改革,提高经营管理水平和经济效益;注意引导乡镇企业围绕农副产品加工做文章。加快发展农村第三产业,鼓励和引导农村富余劳动力多渠道转移和有序流动,搞好劳务输出。积极推进“科教兴农”,加快农业科技成果的转化和推广,加强农业服务体系建设。继续抓好“种子工程”的实施,重点抓好主要农作物和畜禽新品种的培育、开发、引进与推广,加速优良品种的更新换代。加大先进适用农业生产技术的

培训和推广力度，搞好高效农业示范园区建设；提高农业机械化水平，积极探索现代农业发展的路子。

加强以水利为重点的农业基本建设。多渠道增加水利投入，做好防洪除涝的各项准备工作，以堤防建设为重点，加快黄河、淮河及沙澧河、沁河、洪汝河、金堤河、唐白河等主要河道的治理，抓紧白龟山、孤石滩等大中型水库除险加固，确保安全度汛。继续搞好大型灌溉工程的完善配套，扩大引黄补源灌溉面积，大力发展节水灌溉，抓好农业综合开发，加快中低产田改造步伐。力争全年新打配机井7万眼，新增有效灌溉面积360万亩，旱涝保收田170万亩，节水灌溉面积150万亩。认真实施天然林保护工程，搞好黄河中游防护林、淮河上游防护林、太行山绿化等生态工程建设，治理水土流失，力争全年人工造林300万亩。做好移民安置工作。

落实党在农村的基本政策，深化农村改革，确保农民增收，农村稳定。要长期稳定以家庭承包经营为基础、统分结合的双层经营体制，尽快全面完成土地延包工作。切实减轻农民负担，认真落实农民合理负担定项限额、一定三年不变的政策，严格执行农民负担预决算、监督卡、专项审计三项基本制度；精简乡镇不在编人员，减少村级享受补贴人员；严禁向农民乱集资、乱收费、乱摊派、乱罚款，坚决取消不合理负担项目，把农民承担费用控制在国家规定的标准之内。进一步落实“三项政策、一项改革”的措施，坚定不移地推进粮食流通体制改革；积极推动棉花购销体制等改革。

**（二）加强基础设施建设，扩大固定资产投资规模**

在市场约束加大的情况下，增加投资对经济增长具有明显的拉动作用。要紧紧抓住国家实施积极财政政策的机遇，进一步加大基础设施建设投资力度，使固定资产投资增幅明显高于去年。水利方面，要千方百计争取国家较大幅度地增加对黄河堤防及滩区建设的投资，重点抓好鸭河口、梅山、昭平台等水库灌区和新三义寨等引黄灌区工程建设，争取开工建设盘石头水库。交通方面，加快洛阳至三门峡、商丘至开封、漯河至驻马店至信阳、漯河至周口等9条公路建设和濮阳至台前等地方铁路建设，争取国家尽早开工兴建宁西铁路。电力方面，所有列入规划的城乡电网改造项目全部开工建设，争取开工建设禹州电厂、沁北电厂；严禁再上小火电项目。城市市政建设和环保方面，重点抓好郑州、平顶山、安阳等14座城市污水处理项目和郑州、洛阳、新乡等9个城市供水工程建设。粮库建设方面，确保已安排建设的26个国家粮库在今年夏粮入库前全部建成交付使用。要抓紧筛选论证一批新的重点基础设施项目，积极争取国家建设资金。

严格实行项目资金筹措责任制，确保项目配套资金及时足额到位。扩大筹资渠道，积极争取国家投资、外商投资和银行贷款，充分调动企业和城乡个人的投资积极性。实行项目法人责任制，积极完善有形建筑市场，全面推行招投标制度，严格建设程序，严禁转包和非法分包，实施全过程的质量监理，杜绝劣质工程。基础设施建设项目也要注意经济效益，强化还本付息和经营管理意识，完善经营机制，搞好配套项目建设，充分发挥项目的社会效益和经济效益。

**（三）拓宽消费领域，促进消费需求**

消费需求是最终需求，潜力巨大，在目前情况下，扩大消费需求对拉动我省经济增长意义更为重大。要努力刺激居民消费，积极培育新的消费增长点，拓宽消费领域，为我省工业品和农产品提供市场，为结构调整创造条件。加快住房制度改革，实行住房货币化分配；清理整顿各种规费，切实降低住房销售价格，加快经济适用住房建设，尽快开放房产二级市场，在城市逐步实行购房落户政策，扩大住房销售，带动室内装饰装修、家具制造、家用电器、新型建材等相关产业的发展。大力发展新型流通、社区服务、旅游、体育等第三产业，促进服务消费，提高第三产业增加值在国内生产总值中的比重。千方百计开拓农村市场，通过修建道路、改造电网、兴建电视转播设施、降低农村电价等措施，为扩大农村消费创造适宜的环境。搞好国家在我省开拓农村市场试点工作。把发展小城镇作为扩大消费、开拓市场、改善农民生活质量的重要途径，加强规划，合理布局，放宽户籍管理政策，加快农村城镇化进程，形成新的消费增长点。增加城乡居民特别是低收入者的购买力，提高消费水平。

开拓市场要着眼于国内外两个市场，根据我省实际和比较优势，当前要注重开拓省内市场尤其是农村市场。推进国合商业改革，大力发展集体、个体和其他所有制商业。积极探索连锁经营、配送中心等新的流通方式，鼓励工商企业联手到农村兴建销售网点。积极举办我省名优产品博览会和省内地区间的各种地产品交易会，组织省内工商企业到省外特别是中西部地区举办河南商品展销会，继续办好“郑交会”等大型全国性交易会。对使用财政经费、政府投资和政策性贷款购买的大宗商品和劳务，实行政府采购制度，为我省有竞争力的企业扩大销售提供机会。工业企业要按照市场需求组织生产和销售，增强品牌意识，扩大销售网络，完善售后服务。取消过去一些限制居民消费的规定并出台一些鼓励消费的政策措施,稳步发展住房、汽车、大件家用电器、农机等消费信贷。提高有关改革措施的透明度,增强居民的消费信心。规范市场秩序,严厉打击假冒伪劣、合同欺诈等违法行为,维护消费者的合法权益,创造公平竞争的市场环境。

**(四)以市场为导向,加大工业结构调整力度**

影响我省工业增长质量和效益的关键因素是工业结构性矛盾突出。要把工业结构调整作为今年经济工作的紧迫任务,适应市场需求,推动工业结构优化升级,推动行业调整和改组。要从我省实际出发,以工业产品结构调整为重点,带动产业结构和企业组织结构调整。在调整过程中,要以市场为导向、效益为中心、企业为主体、科技为动力,加速现有企业的技术改造,增加产品科技含量和附加值;拉长产业链条,增加最终消费品生产。就全省而言,要重点发展市场容量大、适应多元化市场需求的名优新消费类产品,电子信息、新材料和生物工程等领域高技术产品,替代进口和同国内基础设施建设配套的上水平装备类产品,传统优势产业中提高附加值和技术档次的升级换代产品。在进一步论证、优选的基础上,确定一批省重点支持的企业和产品,加快实施。要坚决压缩过剩的生产能力,淘汰技术落后、质量低劣和污染严重的产品。认真抓好纺织行业压锭重组和煤炭行业关井压产工作。通过调整,促进产业升级,形成新的主导产业群,使我省工业由原材料和初级加工产品为主向高、深加工度为主的方向发展,使我省企业不断提高市场竞争力和盈利水平。

企业要根据市场需求,加大产品结构调整力度,大力推进技术进步。政府要积极引导和推动结构调整,遵循市场经济法则,配套多种政策措施;制定和完善我省产业政策,引导调整方向,坚决制止重复建设,制止盲目的规模扩张;下大力气抓好质量振兴工作,全面提高我省工业产品的质量。

要充分发挥市场机制的作用,多渠道筹集结构调整所需资金。企业作为投资主体要增加对更新改造的投入,积极争取商业银行对技术改造项目和优势产品生产提供信贷支持。设立省级专项资金,用于引导结构调整。将新增债券、股票发行指标集中用于省重点企业和工业结构调整重点项目。要高度重视河南与东部地区的经济合作,采取有效的政策措施,以积极主动的态度吸引东部企业向河南投资、转移部分产业,促进我省工业结构调整和经济发展。

**(五)进一步深化国有企业改革,转换企业经营机制**

今年是实现国有大中型企业三年改革与脱困目标的关键一年,必须把国企改革作为各项改革的重中之重。要实行改革与脱困目标责任制,分级分部门负责,把鼓励兼并、规范破产、减员增效作为主要措施,运用核销呆坏账准备金、封闭贷款等各项配套政策,力争国有大中型企业亏损面明显缩小。

要按照建立现代企业制度的要求,把企业改革、改组、改造和加强管理结合起来,着重促进企业转换经营机制。建立健全规范的法人治理结构,形成有效的决策、执行、监督体系。加大企业内部“三项”制度改革力度,在营销、管理、技术创新、用人、分配等方面,形成有效的激励约束机制。尽快研究制定对省属国有大中型企业的监管办法,加强对国有资产运营和企业财务状况的监督稽察。

继续贯彻“抓大放小”的方针。在抓好省50户重点企业的同时,要以产品为龙头、资本为纽带,通过多种资产重组形式,集中力量培育10户左右资产规模大、经济效益好、产品竞争力强的大型企业集团,在结构调整和技术创新中发挥带动作用。要全面理解和正确贯彻党的十五大精神,采取改组、联合、兼并、租赁、承包经营和股份合作、出售等形式,进一步放开搞活国有小企业,但不能把出售作为改革的主要形式,搞“一卖了之”。中小企业是我省经济发展中重要的增长点,必须高度重视中小企业在调整产品结构中所具有的独特优势,要采取完善贷款担保体系等多种措施,为中小企业发展创造良好条件。

要鼓励各种所有制和各类投资主体之间相互参股,推动生产要素优化组合。非公有制经济是我国社会主义市场经济的重要组成部分,要继续鼓励、引导个体、私营等非公有制经济健康发展,充分发挥其在增加就业机会,满足人们多样化的需要,促进国民经济发展方面的重要作用。

**(六)千方百计扩大出口,提高对外开放水平**

受外部环境变化的影响,今年出口的难度更大。要坚持出口市场多元化和以质取胜战略,优化出口商品结构,特别是要扩大机电产品出口。加强外贸协调服务,鼓励企业自营出口,推动非公有制企业扩大出口,力争今年出口有所增长。采取灵活多样的方式,支持有条件的企业开展加工贸易,鼓励有实力的企业以带料加工的方式开拓国际市场。加快外贸体制改革,加大外贸企业重组力度,促进工贸、技贸、农贸结合。扩大对外交往;大力发展旅游业和国际经济技术合作,增加非贸易创汇。加强口岸建设与管理。

积极合理有效地利用外资。要进一步改善投资环境特别是软环境，拓宽引资渠道，注重吸引国外大财团、大公司、大商社来豫投资，尽可能多地引进国外、省外资金，同时重视引进国外先进技术、人才、管理经验和营销方式。改进和加强利用国外贷款工作，认真做好备选项目的筛选论证，提高项目成功率，减少债务风险。

**（七）努力搞好财税工作，整顿和规范金融秩序**

要增强财政的调控能力，必须依法组织收入，确保财政收入稳定增长。进一步加强税收征管，提高征收效率，严厉打击各种偷、逃税和骗税行为，严肃查处包税、收过头税和虚抬财政收入的行为。积极培植税源，改善税收结构，提高工商税收占财政收入的比重。适应社会主义市场经济需要，转变财政职能，优化财政支出结构，提高财政对公共开支项目的保障能力。依法增加对农业、教育、科技等方面支出，优先保证人员工资及办公办案经费，落实国家确定的各项粮食政策性资金。认真贯彻落实国家积极的财政政策，管好用好国债转贷资金。改进财政支出管理办法，加强财政监督，厉行节约，反对奢侈浪费。

深化金融体制改革，优化信贷资产结构，逐步降低不良信贷资产比重。认真贯彻适度的货币政策，进一步改进金融服务，积极支持经济发展。严格规范证券、保险市场运作，坚决取缔非法金融机构和非法金融业务活动，促进依法经营，切实防范和化解金融风险。继续做好企业股票上市工作，力争筹资规模有新的增长。

## 四、积极实施“科教兴豫”战略，促进经济社会协调发展

调整优化经济结构，提高经济增长的质量和效益，从根本上讲要依靠科技进步和提高劳动者素质；改善人民生活质量，需要各项社会事业全面发展。因此，各级政府要高度重视科技、教育和各项社会事业的发展，推动社会全面进步。

**（一）大力发展科技、教育**

要促进科技与经济密切结合，提高科技对经济增长的贡献率。多层次、多渠道增加科技投入。深化科技体制改革，积极推动产学研结合，鼓励科研机构和高等院校的科技力量进入经济建设主战场。下大力气建设企业技术开发中心，使企业成为技术开发的主体。积极探索科技成果转化的新机制、办好技术市场，发展民营科技企业，加快科技成果的推广应用。办好高新技术产业开发区，设立省级专项资金，推动高新技术产业化、商业化。集中力量实施一批国家和省重大科技攻关项目。加快国民经济的信息化进程，尽快建立覆盖全省的电子信息网络。加强知识产权保护和人才资源开发工作，认真落实技术作为生产要素参与收益分配的政策，充分调动科技人才的积极性，吸引高层次科技人才到我省工作。搞好科学技术普及工作，提高全民科学文化素质。社会科学界要围绕经济社会发展的热点难点和深层次问题进行研究，为科学决策提供服务。

各级政府要切实把教育放在优先发展的战略地位，依法加大对教育的投入，深化教育改革，优化教育结构。积极发展基础教育，今年要再有6个县完成“普九”任务。全面实施素质教育，促使学生德智体美劳全面发展。继续发展职业教育和成人教育，省里今年重点扶持30所县（市）骨干职业学校，同时加快发展高等职业教育，不断扩大实用型人才的培养规模。多形式积极稳步发展高等教育，加快高等教育体制改革，提高教育质量和办学效益。努力改善教职工基本生活条件，按时足额发放教师工资，抓好高校筒子楼改造。在规范基础上，鼓励社会力量办学，多渠道吸引社会资金发展教育。重视婴幼儿教育。解决好贫困学生的上学问题。要坚持社会主义办学方向，努力为我省经济社会发展培养大批合格劳动者和高素质人才。

**（二）继续做好计划生育和环境、资源保持工作**

围绕控制人口数量和提高人口质量，进一步做好计划生育工作。完善人口与计划生育目标管理责任制，继续实行计划生育一票否决权等行之有效的政策措施。实行分类指导，抓好后进面转化，加强对流动人口的计划生育管理。搞好优生优育，提高人口素质。加强计划生育队伍建设，提高执法水平，确保实现全省人口控制目标。

切实搞好环境保护，提高城乡居民生活质量。以水污染防治为重点，努力完成工业污染源2000年达标计划年度任务，确保黄河流域所有排放废水的工业企业年底前实现达标排放。认真做好重点行业、重点城市、交通干线两侧和旅游景点的大气污染防治。加大环境管理和执法力度，坚决控制新污染的产生，严肃查处各种违法行为。加强宣传教育，提高全社会的环境保护意识。

加强对土地、水、森林、矿产等资源的管理和保护。实施资源有偿使用制度，逐步形成可再生资源占用与开发补偿动态平衡的新机制。严格实施土地用途管制，完善基本农田保护制度，依法保护耕地。坚持合理用

水、节约用水。严厉打击破坏森林、矿产资源的违法行为,合理开发利用资源,提高资源使用效益。

**(三)建立健全社会保障体系,努力改善低收入群众的生活**

要进一步完善国有企业下岗职工基本生活保障、失业保险和城镇居民最低生活保障"三条保障线"制度,确保国有企业下岗职工的基本生活;扩大养老保险的覆盖面,提高征缴率,确保企业离退休人员养老金的按时足额发放。年底基本完成城镇职工医疗保险制度改革。要落实好下岗职工的基本生活保障费,应由各级财政支出的资金必须优先列入预算,对企业承担和社会筹集确有困难的部分,地方财政要予以保证。重视解决军工、纺织等特困行业职工的生活困难。完善再就业服务中心,切实为下岗职工提供职业培训、职业介绍、就业指导等服务。积极开发就业岗位,引导下岗职工转变择业观念,走企业安置、自谋职业和社会帮助相结合的道路。完善落实再就业优惠政策,调动下岗职工再就业积极性,力争全省再就业率达50%以上。

要加大扶贫攻坚力度。坚持开发式扶贫方针,把改善贫困户的基本生活和生活条件作为关键措施,增加投入,管好用好扶贫贷款,力求再解决150万贫困人口的温饱问题。继续搞好山区人畜饮水工程建设。抓好灾区的生产救灾工作,确保灾区群众有饭吃、有衣穿、有房住、有病能及时得到治疗。

各级政府要十分重视低收入群众的生活,坚决压缩一切不必要的开支,千方百计挤出财力增加对他们的救助支出,使他们的基本生活得到保证,并逐步改善生产、生活条件,切实履行人民政府应尽的职责。

**(四)进一步推动文化、卫生、体育等项社会事业的发展**

坚持"二为"方向和"双百"方针,繁荣社会主义文化事业。努力推出一批深受群众欢迎的优秀作品,组织好庆祝建国五十周年、迎澳门回归和迎接新世纪文艺作品的创作和生产。开展群众性文化活动,丰富群众文化生活。加强文化设施建设,加快省报业大厦、广播大厦等项目建设步伐。坚持不懈地开展"扫黄打非"斗争,保障文化市场健康发展。加强文物的保护、管理和利用,严厉打击盗掘、盗窃和走私文物等违法犯罪行为。把握正确的舆论导向,努力提高节目质量,多出精品,繁荣广播电视和新闻出版事业。到2000年实现村村通广播电视。发展竞技体育和群众体育,加速体育产业化进程,搞好全国九运会的参赛准备工作,力争再创佳绩。以农村卫生工作为重点,预防为主,中西医并重,深化城镇医疗机构和卫生监督体制改革,完善城乡医疗卫生服务体系,加强乡镇卫生院建设,稳步发展合作医疗,抓好生猪定点屠宰和碘盐供应等与人民健康密切相关的工作。

继续做好宗教、侨务、对台、气象、地震、人防、档案、接待等项工作。加强和促进各民族团结进步。

## 五、加强社会主义精神文明和民主法制建设,改进政府工作作风

在抓好物质文明建设的同时,要加强精神文明和民主法制建设,为经济和社会发展提供强有力的保证。

**(一)加强社会主义精神文明建设**

坚持不懈地用邓小平理论武装广大干部和群众,深入贯彻党的十五大精神。要以迎国庆、庆回归、跨世纪为主题,采取多种形式,广泛开展爱国主义、集体主义、社会主义教育,树立正确的世界观、人生观、价值观。向英雄模范人物学习,发扬优良传统,弘扬伟大的抗洪精神和红旗渠精神,加强社会公德和职业道德教育,倡导文明礼貌和爱岗敬业的良好风尚,注重解决群众关心的、影响社会文明程度的实际问题。加强城市规划和管理,集中整治脏、乱、差问题,搞好城市绿化美化工作,积极创建文明城市,为市民创造文明舒适的生活环境。继续搞好文明村镇和"十星级文明农户"的创建活动,大力开展科技、文化、卫生三下乡活动,加强"文化大院"建设,活跃农村文化生活,引导农民移风易俗,破除封建迷信,逐步形成文明健康的生活方式。

深入开展"双拥"活动和军民共建精神文明活动,加强军政、军民团结。大力开展国防教育,不断提高全民国防意识。认真贯彻落实新的《兵役法》,积极支持驻豫解放军和武警部队建设,认真做好退役士兵、军官转业和离退休干部的接收安置工作。深化民兵工作调整改革,进一步加强我省国防后备力量建设。

**(二)加强社会主义民主建设**

各级政府要自觉接受人民代表大会及其常委会的监督,认真执行人大及其常委会通过的各项法规、决定和决议。充分发挥人民政协和民主党派、工商联、无党派爱国人士及人民团体在政治协商与民主监督中的作用。认真办理人民代表、政协委员的建议和提案,做到事事有结果,件件有回音。重大决策要事先征求各方面的意见,不断提高决策的民主化、科学化水平。要自觉接受群众监督和舆论监督,切实做好群众来信来访工作,积极采纳群众合理化建议,保障人民群众的民主权利。健全城镇居民自治和企业民主管理制度,全面推进

村级民主选举、民主决策、民主管理、民主监督，实行村务、厂务和政务公开，提高决策的透明度，维护人民的合法权益和主人翁地位。

（三）加强社会主义法制建设

要按照我省依法治省规划，根据经济社会发展的需要，抓紧起草、制定维护市场秩序、完善社会保障等方面的地方性法规、规章。各级政府工作人员要认真学法、守法，严格依法行政、依法办事，提高运用法律手段管理经济和社会的水平。执法部门要推行执法责任制和评议考核制，不断加强自身建设。依法加强监察、审计、统计、质量、物价监督和工商行政管理，充分发挥新闻媒介和人民群众的监督作用。深入开展法制宣传教育，增强全社会特别是各级领导干部和行政执法人员的法制观念。各级政府要加大社会治安工作力度，认真落实消防安全责任制，确保人民生命财产安全，确保一方平安。加强社会治安综合治理，实行群防群治，搞好基层“创安”活动，强化治安防范网络，从根本上预防和减少犯罪。深入开展“严打”斗争，严厉打击危害公共安全的暴力犯罪，带有黑社会性质的团伙犯罪和盗窃、抢劫等多发性刑事犯罪，打击走私诈骗、制假贩假等严重经济犯罪，加大对各类案件的侦破力度，努力提高破案率。打击邪教和以宗教名义进行的违法犯罪活动。坚决查禁卖淫嫖娼、赌博、吸毒贩毒等社会丑恶现象。采取有效措施，保护妇女儿童和未成年人的合法权益。正确处理人民内部矛盾，化解和消除各种不安定因素，保护社会稳定。

（四）深入开展反腐纠风工作

坚决执行中央和省关于廉政建设的一系列规章制度，认真落实党风廉政建设责任制。领导干部要廉洁自律，作出表率。要从严执法执纪，认真查办大案要案，重点查办政府领导机关、行政执法机关、经济管理部门和县处级以上领导干部违法违纪案件，查办司法、建筑、金融、财税领域及干部人事工作中的案件，查办领导干部玩忽职守造成重大损失的案件，查办严重以权谋私和严重侵犯群众权益的案件。要深化改革，强化对权力运用的监督，积极探索从源头上预防和治理腐败的途径。今年各级政府机关都要与所办经营性企业彻底脱钩，各执收执罚机关都要实行“收支两条线”，继续搞好行政执法监督部门和社会公共服务行业的纠风工作。重点治理农民和企业负担过重问题，制止药品购销中的不正之风。切实贯彻“两条例一决定”，把企业治乱减负工作纳入法制化轨道。

（五）改进工作作风，提高工作效率

各级政府工作人员特别是领导干部都要讲学习、讲政治、讲正气，深入学习马列主义、毛泽东思想特别是邓小平理论，认真学习现代化建设急需的市场经济和现代科技等知识，不断提高政治业务素质。坚持人民利益至上，全心全意为人民谋利益，一切从实际出发，从人民群众的愿望出发，集中力量办人民群众希望办的事，办人民群众看得见、摸得着、受实惠的事，把事情办实办好。领导干部要带头转变作风，减少礼仪性活动，力戒形式主义，注重深入基层调查研究，注重解决群众关心的热点难点问题。坚决反对弄虚作假、虚报浮夸，大力倡导讲实话、重实干、不图虚名、务求实效的优良作风，以对人民高度负责的态度，扎扎实实地做好政府各项工作。要根据党中央、国务院的统一部署，按照政企分开，精减、统一、效能，权责一致等原则，有计划、有步骤地搞好政府机构改革，努力建设一支人民满意的高素质公务员队伍。

---

①报告中1998年数据为预计数。

# 河南省统计局关于1998年国民经济和社会发展的统计公报

（1999年1月27日）

1998年，在省委、省政府的正确领导下，全省人民深入贯彻党的十五大精神和中央关于增加投入、扩大内需等一系列方针政策，认真落实省委六届五次全会、省人大九届一次会议和省三级干部会议确定的各项任务，努力克服经济运行中的困难，积极推进各项改革，国民经济持续发展，基础建设得到加强，国内市场基本稳定，人民生活继续改善，各项社会事业进一步发展。

## 一、综　合

国民经济总体运行平稳，保持持续发展。初步统计，全年国内生产总值4330亿元，比上年增长8.7%。其中，第一产业增加值1070亿元，增长6.9%；第二产业增加值2010亿元，增长9.1%；第三产业增加值1250亿元，增长9.5%。全年社会劳动生产率8857元，比上年提高5.1%；人均国内生产总值4666元，比上年增长7.9%。

市场物价持续低位运行。全省商品零售价格总水平比上年下降3.4%，居民消费价格总水平下降2.5%。农业生产资料价格和农产品收购价格总水平分别比上年下降5.8%和7.8%。

国民经济运行和社会发展中存在的主要问题是：结构性矛盾突出，工业经济效益不理想，部分企业经营困难，国有企业职工下岗和再就业压力大，农民现金收入增幅趋缓，市场销售不旺，出口和实际利用外资下降。

## 二、农　业

种植业获得较好收成。夏粮因灾减产，但经过努力，较好地实现了以秋补夏，初步统计，全年粮食总产量3945万吨，比上年增长1.3%。其中，小麦产量2073.53万吨，减产12.6%；稻谷产量369.68万吨，增长7.8%；玉米产量1096.33万吨，增长35.7%。经济作物产量有增有减。棉花和烟叶生产在国家政策和市场导向的作用下，种植面积减少，全年棉花产量72.84万吨，比上年减少7.8%；烤烟产量30.72万吨，比上年减少25.0%。油料产量302.00万吨，比上年增长9.2%。茶叶、蔬菜、水果等农作物持续增产。

造林绿化事业继续发展。全年完成造林面积23.03万公顷，幼林抚育实际面积34.67万公顷，林业资源的管理、保护工作取得新进展。

畜牧、水产业保持发展势头。全年肉类总产量达455.00万吨，增长12.9%；水产品产量26.0C万吨，增长8.9%。

农业生产条件继续改善。年末全省农业机械总动力达4731.69万千瓦，比上年末增长9.1%；农用拖拉机和农用载重汽车分别达到207.90万台和5.76万辆；全年农村用电量121.70亿千瓦小时，比上年增长2.9%；农田有效灌溉面积453.30万公顷，比上年增长4.6%。但农业基础设施建设仍需进一步加强。

农业产业化经营稳步发展，乡镇企业在结构调整中继续稳定增长，推动农村二、三产业的发展。

## 三、工业和建筑业

工业生产稳定增长。初步统计，全年完成工业增加值1720.00亿元，比上年增长8.8%。重工业生产快于轻工业。全年轻工业增加值657.29亿元，比上年增长5.4%；重工业增加值1062.71亿元，比上年增长10.1%。大中型工业完成增加值471.04亿元，增长2.7%。主要工业产品产量有升有降。

1998年全省国有及年产品销售收入500万元以上的非国有工业企业完成增加值964.82亿元，增长7.1%。其中，国有及国有控股企业完成增加值523.78亿元，比上年增长2.7%；集体企业完成增加值299.08亿元，增长11.7%；其他经济类型工业完成增加值141.96亿元，增长11.8%。

但部分企业生产经营困难，产品销售不畅，经济效益下滑。全年国有及年产品销售收入500万元以上的非国有工业企业实现产品销售收入2762.05亿元，比上年增长1.7%。利税总额226.64亿元，比上年下降9.4%。全年产成品资金占用319.64亿元，比上年末增长10.8%，应收帐款净额509.54亿元，增长19.9%。亏损企业亏损额69.67亿元，比上年上升18.3%，亏损面23.9%，上升3.3个百分点。其中国有及国有控股企业亏损53.36亿元，上升11.9%，亏损面41.4%，上升5.8个百分点。

建筑业持续发展。全年实现增加值270.00亿元，增长11.7%。按增加值计算的全员劳动生产率为9841元/人，比上年提高7.9%。按房屋面积计算的工程质量优良品率为38.8%，比上年提高了2.5个百分点。但全省资质等级四级及四级以上建筑企业生产下滑。全年完成建安工作量280.70亿元，下降6.3%。施工单位工程个数22891个，比上年减少23.0%。

地质勘察工作取得新进展。全年完成1:50000区域地质调查3960平方公里。地质勘察完成机械岩心钻探工作量14.37万米，新发现矿产地12处，比上年增加1处。提交可供工农业建设利用的地质报告5份。新增探明矿产储量15个。

**四、固定资产投资**

固定资产投资稳定增长，增加投资的政策效应开始显现。初步统计，全年全社会固定资产投资完成1330亿元，比上年增长14.0%。其中国有经济投资708.99亿元，增长12.2%；集体经济投资262.20亿元，增长17.8%；其他投资358.81亿元，增长18.0%。按投资管理渠道观察，基本建设完成投资530.08亿元，增长15.9%；更新改造完成投资165.52亿元，下降2.2%；房地产开发完成投资57.95亿元，增长12.0%。投资对经济增长发挥了重要的拉动作用。

受国家加大基础设施建设政策的影响，农业和交通邮电通信业投资增长较快。全年累计完成农林牧渔水利业投资75.72亿元，增长30.4%。其中，农业投资11.36亿元，增长95.2%；交通运输邮电通信业投资141.83亿元，增长41.5%；城市住宅投资100.46亿元，增长26.1%；房产公用设施服务及仓储业投资36.96亿元，增长13.4%。

基础设施和重点项目建设进展顺利。黄河小浪底水利枢纽工程、洛阳化纤工程等项目施工进度加快，鸭河口电厂、平顶山尼龙66盐工程等项目建成投产，漯河至许昌高速公路建成通车。

新开工项目增长较快。全年新开工项目7540个，比上年增加1329个。行业结构基本合理，农林水利、交通通讯、仓储、城建环保、电网改造、城市住宅等基础设施项目占新开工项目建设总规模的61%。

全年新增固定资产586.27亿元，固定资产交付使用率为72.3%。建成投产项目7033个，项目建成投产率为69.5%。竣工面积为2410.30万平方米，竣工率为50.0%。基本建设新增主要生产能力有：发电机组容量200万千瓦，原油开采35万吨，新建铁路交付运营里程12公里，新建高速公路49公里等。

**五、交通和邮电业**

交通运输业发展平缓。全年各种运输方式完成货物周转量1439.12亿吨公里，比上年下降6.1%。其中，铁路1083.35亿吨公里，下降8.2%；公路355.69亿吨公里，增长0.8%；航空840万吨公里，下降6.7%。旅客周转量完成639.87亿人公里，比上年增长3.2%。其中，铁路310.79亿人公里，增长4.7%；公路320.88亿人公里，增长2.1%；航空8.20亿人公里，下降7.2%。

邮电通信业快速发展。全年完成邮电业务总量103.44亿元，比上年增长59.8%。公用电话交换机总容量达到694.41万门。移动电话新增用户70.61万户，年末用户达到118.64万户，增长1.5倍。电话普及率达到6.54部/百人，比上年提高2.26部。已通电话的行政村占行政村总数的比重达100%，比上年提高24.2个百分点。数字数据业务、电子数据交换业务继续高速发展。分组交换用户已达6327户，新增1269户；数字数据用户达到4305户，新增2147户；计算机互联网络用户达到4.32万户，比上年增长13倍。

**六、国内贸易**

商品市场稳步运行，市场销售平稳。全年社会消费品零售总额1496.24亿元，比上年增长9.0%。分城乡看，城市消费品零售额728.32亿元，增长7.9%；县及县以下消费品零售额767.93亿元，增长10.0%。分经济类型看，国有及国有控股企业消费品零售额298.18亿元，比上年下降7.2%，集体经济243.22亿元，个体经济709.17亿元，其他经济245.67亿元，分别比上年增长6.4%、18.0%和10.8%。分行业看，批发零售贸易业零售额增长11.7%，餐饮业零售额增长2.2%。

全省大中型贸易企业生产资料销售总额359.86亿元，比上年下降12.2%。集贸市场成交活跃，全年成交额945.90亿元，比上年增长16.1%。

**七、对外经济**

对外贸易下降。据海关统计，全年进出口总额

17.31亿美元，比上年下降8.7%。其中，出口总额11.87亿美元，下降7.8%；进口总额5.45亿美元，下降10.7%。外商投资企业进出口额占全部进出口额的22.2%。全省各类企业委托省外出口3.79亿美元，下降15.5%。主要贸易伙伴依次为美国、欧盟、香港特区和日本。

利用外资下滑。全年实际利用外资金额10.34亿美元，比上年下降23.6%。其中，外商直接投资6.18亿美元，下降4.2%。

对外经济技术合作有所发展。全年承包工程、劳务合作和设计咨询业务新签合同额11148万美元，比上年增长4.0%；完成营业额6994万美元，增长7.6%。

国际旅游业稳步发展。全年接待国际旅游者17.40万人次，比上年增长0.6%，其中港澳台同胞5.40万人次，与上年持平；国际旅游外汇收入10010万美元，增长5.3%。

**八、金融和保险业**

金融形势基本稳定。年末全部金融机构各项存款余额3772.51亿元，比上年末增加487.49亿元。其中：企业存款余额为907.25亿元，增加7.39亿元；城乡居民储蓄存款余额为2657.23亿元，增加412.96亿元。各项贷款余额为3878.53亿元，比上年末增加553.35亿元。其中：短期贷款余额为2865.96亿元，增加322.15亿元；中长期贷款余额为803.88亿元，增加133.95亿元。

保险事业稳步发展。全年保费收入44.99亿元，增长29.1%。其中：财产险保费收入17.11亿元，增长10.0%；人身险保费收入27.88亿元，增长44.5%。财产险赔款金额9.28亿元，比上年增长16.0%，人身险给付金额6.96亿元(含满期给付)，增长10.9%。

**九、科学技术和教育**

科技事业持续发展。1998年末，国有企事业单位共有各类专业技术人员115万人，比上年末增长6.9%。全省拥有研究与技术开发机构1600个，从事科技活动人员15.42万人，其中科学家和工程师9.38万人。全年用于科技活动的经费支出为31.05亿元，比上年增长10.0%。其中研究与发展经费支出10.02亿元，增长15.0%。全省共取得省级以上重大科技成果1035项，其中达到国际先进水平的科技成果55项。全年技术创新计划项目398项，已完成320项。全年受理专利申请3163件，授权专利1803件，分别比上年增长7.3%和46.2%。技术市场活跃。全年全省共签订技术合同1.95万份，成交金额17.6亿元，分别比上年增长7.7%和11.7%。

综合技术服务进一步改善。1998年末，全省技术监督系统共有产品质量检验机构137个，其中国家检测中心1个；专业人员2855人。全年监督抽查产品1029个批次，抽查商品803个批次。全省已建立气象防灾减灾寻呼网11个，121气象信息电话自动答讯服务系统110个，电视气象服务系统75个。测绘部门完成基础地理信息数字化2400兆比特。计量和地震等其他服务工作继续取得进展。

教育事业进一步发展。1998年，全省有普通高校51所，成人高校45所，研究生培养单位19个。普通高等学校招生5.02万人，在校生14.64万人，在学研究生1935人；成人高校招生5.12万人，在校生14.52万人。普通高中643所，在校生51.13万人。中等职业学校在校生102.7万人(含技工学校学生)。全省普通初中在校生461.39万人，普通初中入学率96.5%。小学在校生1200.06万人，小学学龄儿童入学率达99.7%。全省又有34个县(区)完成了“普九”任务。希望工程取得新成绩，1998年接受海内外捐款1053.76万元，救助7818名失学儿童重返校园，其中女童4419名，资助建设希望小学89所。成人中等专业学校在校学生22.33万人，成人技术培训学校培训学员710.9万人次。扫除青壮年文盲工作通过国家验收。

**十、文化、卫生和体育**

文化事业继续发展。1998年末，全省共有艺术表演团体206个，文化馆196个，公共图书馆132个，博物馆67个。市地级以上广播电台20座，电视台18座，县级广播电视台80个，中、短波广播发射台和转播台21座，一千瓦以上电视发射台和转播台123座。全省广播人口覆盖率93.2%，电视人口覆盖率88.0%。各类电影放映单位170个。全年出版报纸11.01亿份，各类杂志出版1.07亿册，图书出版4.25亿册(张)。档案事业继续发展。全省共有档案馆198个，已开放各类档案53.54万卷(册)。

卫生事业稳步发展。1998年末，全省共有卫生机构(包括个体行医)11774个，床位19.42万张，其中：医院、卫生院17.99万张；卫生技术人员26.3万人，其中：医院、卫生院医生7.74万人；护师、护士5.37万人。年末全省共有卫生防疫、防治机构240个，卫生技术人员1.34万人。其中专科防治机构46个，卫生技术人员1762人。妇幼卫生机构167个，卫生技术人员8833人。县、乡、村三级卫生服务网得到进一步加强和完善。全省有103个县(市)完成或基本完成农村初级卫生保健规划目标。农村乡(镇)共有卫生院2059个，床位52070

张，卫生技术人员6.47万人。农村有医疗点的村数占总村数的97.5%，乡村医生和卫生员12.39万人。

体育事业成绩显著。1998年，在国内外的各项比赛中，我省运动健儿获得了4个世界冠军和14个亚洲冠军，破1项世界纪录和1项全国纪录。特别是在第十三届亚运会上我省运动健儿获得了11枚金牌、5枚银牌、3枚铜牌，为河南人民争了光。全民健身运动继续发展，学校体育活动活跃。

**十一、环境保护**

环境保护工作力度加大。年末全省环境保护系统共有10784人，各级环境监测站140个，环境监测人员2947人。环境法制建设加强，环境保护的执法力度进一步加大。全年完成环境污染限期治理项目820个，总投资5亿元。自然保护工作取得了新的成绩。全省自然保护区18个，其中国家级自然保护区5个。自然保护区总面积22.78万公顷，占辖区总面积的1.4%。

坚持“突出水污染防治、兼顾大气污染防治、城市环境综合整治和自然生态保护”的原则，巩固水污染防治“九七”达标成果，组织实施了2000年所有工业企业达标排放计划，重点加强了对黄河流域和海河流域水污染防治工作，开展了二氧化硫污染控制区的综合防治工作，强化了对城市环境的综合整治。在全省36个城市中建成了114个烟尘控制区，面积达994.66平方公里；在14个城市中建成了106个环境噪声达标区，面积达570.7平方公里。污染物总量控制计划与跨世纪绿色工程规划的实施工作有序进行。但环境污染的治理任务仍然十分艰巨。

**十二、人口、就业与人民生活**

人口控制工作取得新的成效。全年人口出生率14.17‰，死亡率6.37‰，自然增长率7.80‰。年末全省总人口9315万人。其中城镇人口1746万人，占18.74%；乡村人口为7569万人，占81.26%。

劳动就业工作进一步加强。全年各类职业介绍所介绍56.85万人次就业，组织35.50万人次参加了各类就业训练。通过实施再就业工程帮助46.3万人实现了再就业。年末全省从业人员达4957.39万人，比上年增长2.8%。年末城镇职工832.5万人，比上年末减少8.8万人；城镇私营个体从业人员160.42万人，增加27.83万人。年末劳动部门城镇登记失业率2.57%。国有企业职工下岗和再就业压力仍然较大。

城乡居民生活继续改善。1998年全省城镇居民人均可支配收入4219元，比上年实际增长5.3%；人均消费性支出3415元，实际增长3.3%。全省职工平均工资5277元，比上年增长1.0%。农村居民人均纯收入1864元，比上年实际增长6.5%。居民居住条件继续改善。但居民收入增幅趋缓，一部分低收入的城乡居民家庭生活比较困难，农村扶贫任务仍然艰巨。

社会保障事业稳步发展。职工基本养老保险、大病医疗统筹和离退休人员离退休费统筹、医疗费用统筹等保障制度继续推进；全省有85.1%的乡镇建立了农村社会保障网络，参加农村社会养老保险的达299.2万人。

社会福利事业继续发展。1998年全省已有36个城市建立了最低生活费保障线制度，各级劳动部门为7.56万失业职工提供了失业保险金和有关再就业服务。全省各类社会福利院床位达53797张，收养4.22万人。城镇社区服务网络不断完善，已建立起各种社区服务设施1964个，其中社区服务中心218个。

---

注：1、本公报各项统计数据为初步统计数。

2、公报中国内生产总值、各产业增加值绝对数和劳动生产率按现价计算，增长速度按可比价格计算。

**附表1：各类价格指数（以上年为100）**

| 类　　别 | 1997年 | 1998年 |
|---|---|---|
| 居民消费价格 | 103.5 | 97.5 |
| 城市 | 102.4 | 97.9 |
| 农村 | 103.9 | 97.1 |
| 食品 | 100.4 | 95.5 |
| 粮食 | 90.6 | 92.4 |
| 肉禽及其制品 | 113.4 | 87.9 |
| 蛋品 | 76.3 | 104.1 |
| 水产品 | 105.7 | 93.9 |
| 鲜菜 | 87.0 | 99.9 |
| 衣着 | 103.7 | 99.2 |
| 家庭设备及用品 | 100.6 | 98.2 |
| 医疗保健用品 | 101.5 | 99.6 |
| 交通和通信工具 | 96.7 | 97.7 |
| 娱乐教育文化用品 | 97.1 | 93.5 |
| 居住商品 | 108.0 | 98.2 |
| 服务项目 | 124.6 | 104.5 |

| | | |
|---|---|---|
| 商品零售价格 | 100.6 | 96.6 |
| 城市 | 99.8 | 96.6 |
| 农村 | 101.2 | 96.5 |
| 农业生产资料零售价格 | 99.3 | 94.2 |
| 农产品收购价格 | 95.0 | 92.2 |
| 工业品出厂价格 | 100.6 | 95.3 |
| 固定资产投资价格 | 102.9 | 98.7 |

**附表 2:1998 年工农业主要产品产量(初步统计)**

| 产品名称 | 1998 年 | 比上年增长(±%) |
|---|---|---|
| 一、农产品产量(万吨) | | |
| 粮食 | 3945.00 | 1.3 |
| 夏粮 | 2095.00 | —12.7 |
| 秋粮 | 1850.00 | 23.7 |
| 油料 | 302.00 | 9.2 |
| #花生 | 248.69 | 13.9 |
| 油菜籽 | 33.79 | —19.5 |
| 芝麻 | 18.40 | 18.9 |
| 棉花 | 72.84 | —7.8 |
| 烤烟 | 30.72 | —25.0 |
| 茶叶 | 0.80 | 17.6 |
| 蔬菜 | 3100.00 | 24.3 |
| 水果 | 312.00 | 15.9 |
| 肉类 | 455.00 | 12.9 |
| #猪牛羊肉 | 387.70 | 12.0 |
| 禽蛋 | 220.00 | 9.2 |
| 水产品 | 26.00 | 8.9 |
| 二、工业产品产量 | | |
| 纱 | 47.06 万吨 | —5.1 |
| 布 | 13.23 亿米 | —3.4 |
| 化纤 | 15.91 万吨 | 40.2 |
| 饮料酒 | 152.76 万吨 | 6.2 |
| 畜肉制品 | 34.58 万吨 | 6.1 |
| 味精 | 10.45 万吨 | —7.7 |
| 卷烟 | 275.77 万箱 | —4.9 |
| 彩色电视机 | 55.70 万台 | 162.7 |
| 家用电冰箱 | 101.05 万台 | —1.9 |
| 房间空调器 | 1.22 万台 | —30.3 |
| 能源生产总量(标准煤) | 7750.88 万吨 | —9.1 |
| 原煤 | 9406.46 万吨 | —10.6 |
| 原油 | 587.6 万吨 | 0.1 |
| 发电量(亿千瓦小时) | 631.05 | 持平 |
| 钢 | 366.58 万吨 | 9.7 |
| 钢材 | 358.02 万吨 | 8.7 |
| 十种有色金属 | 51.26 万吨 | 22.5 |
| 水泥 | 3707.00 万吨 | 8.5 |
| 平板玻璃(万重量箱) | 2165.02 | 40.0 |
| 硫酸 | 77.33 万吨 | —13.8 |
| 纯碱 | 38.56 万吨 | —6.0 |
| 化肥(折纯量) | 267.89 万吨 | —12.0 |
| 汽车 | 1.08 万辆 | 2.9 |
| 大中型拖拉机 | 1.31 万台 | —27.5 |
| 程控交换机 | 141.21 万线 | 70.5 |

# 关于河南省1998年国民经济和社会发展计划执行情况与1999年计划(草案)的报告(摘要)

——1999年2月1日在省九届人大第二次会议上

河南省计划委员会主任　夏宗勇

## 一、1998年国民经济和社会发展计划执行情况(略)

## 二、1999年国民经济和社会发展的指导思想和预期目标

今年我省国民经济和社会发展要全面贯彻省委经济工作会议提出的总体要求:高举邓小平理论伟大旗帜,全面贯彻落实党的十五大、十五届三中全会和中央经济工作会议精神,着力提高经济增长质量和效益,把扩大内需、开拓市场作为促进经济增长的基本立足点和主要措施,加大经济结构调整力度,稳定和加强农业,深化国有企业改革,防范和化解金融风险,更加有效地实施科教兴豫、开放带动、可持续发展三大战略,保持社会政治稳定,促进国民经济持续快速健康发展和社会全面进步,以优异的成绩迎接建国五十周年。

按照这一总体要求,今年我省经济社会发展突出四个重点:一是稳定和加强农业。二是深化国有企业改革及各项配套改革,狠抓扭亏增盈。三是依靠科技进步,大力调整经济结构,积极发展新兴产业。四是切实搞好财政、金融工作。

1999年的经济增长率,综合考虑各方面的因素,预期目标增长8%左右,其中第一产业增长3.5%,第二产业增长9%(工业增加值增长8.5%),第三产业增长10%。今年经济增长8%左右,是就全省来讲的。各地应从实际出发,条件允许可以快一些,不允许也可以慢一些,防止不顾条件的层层加码和互相攀比。

其他经济社会发展主要目标是:全社会固定资产投资增长14%;社会消费品零售总额增长10%;地方财政一般预算收入增长8%;外贸出口力争有所增长;社会商品零售价格上涨幅度2%以内,居民消费价格上涨幅度4%以内;人口自然增长率9‰;城镇登记失业率3.5%。

## 三、1999年国民经济和社会发展的主要任务

**(一)进一步加强农业,全面发展农村经济。** 以增加农民收入为主要目标,一是切实做好土地延包扫尾和规范化管理工作,进一步落实按保护价敞开收购余粮、减轻农民负担等各项政策,充分调动农民生产积极性。二是引导农民按市场需求调整种植结构,提高农产品质量。积极发展食品加工专用小麦、优质大米、优质蛋白玉米和反节季蔬菜、瓜果及特种种植业,减少棉花、烟叶种植面积。预期粮食总产量3850万吨,棉花产量60万吨,烟叶产量17.5万吨。大力发展节粮型、草食型畜牧业和特种养殖业,进一步提高畜牧业在农业中的比重。三是继续抓好引黄灌区、水库灌区、节水灌溉示范项目和世行贷款灌溉二期项目建设,切实搞好黄河、淮河干流及主要支流治理、险工险段和大中型水库除险加固、行滞洪区安全建设和城市防洪工程建设,确保安全度汛。加快黄河中游生态保护、太行山绿化等大型生态环境工程建设,大力植树种草,减少水土流失。四是大力推进科教兴农,积极推广先进实用的农业技术。五是积极推进农业产业化进程。大力培育农业龙头企业,抓好省确定的20个农业高新技术产业化示范项目的实施。六是积极引导乡镇企业调整产品结构,加快改组、改制、改造,实现二次创业。七是强化开发性扶贫措施,力争解决150万贫困人口的温饱问题。

**(二)继续抓好基础设施和重点工程建设,努力增强投资拉动作用。** 加强项目建设单位、地方政府和省直有关部门的协调配合,落实项目资本金、地方配套资金和银行贷款,高质量地搞好项目前期准备和工程建设组织工作,确保各类项目顺利实施。农林水项目:集中抓好冬春季施工,节水灌溉、林业生态环境、水土保持工程争取春季前完成今年建设任务;黄河、淮河堤防除

险加固及行滞洪区安全建设和金堤河、涡河、汾泉河、沙澧河治理等水利工程在汛期前完工。争取开工建设盘石头水库。交通项目:抓好洛阳至三门峡、商丘至开封、漯河至驻马店、新庄至焦作、漯河至周口、三门峡至灵宝高速公路和国道312叶集至罗山公路、焦巩黄河大桥等项目按合理工期施工;争取尽快开工建设郑州至少林寺、鹤壁至濮阳、洛阳至大安高速公路;积极推进新乡至郑州、驻马店至信阳、许昌至南阳高速公路的前期工作。电力项目:城乡电网建设改造,所有列入规划的城市和县(市)工程争取全面启动。通过改造电网、改革农电管理体制等措施,切实降低农村电价,到2000年实现全省直供县城乡分类用电同价,趸售县城乡用电同价。到2002年,在全省范围内全部实现城乡分类用电同价。稳定推进电源建设,争取禹州电厂、沁北电厂尽早开工。城建项目:郑州、平顶山、许昌、漯河、洛阳、焦作、南阳、开封、商丘以及禹州、项城、长葛等城市污水处理厂今年达到土建工程完工;濮阳、安阳污水处理厂尽快开工,争取14座城市污水处理厂都在2000年建成。同时加快郑州、洛阳、鹤壁、平顶山、新乡、漯河、信阳、商丘、南阳等城市供水工程建设。积极推进郑州、洛阳、义马城市煤气管网、长输管线建设和槐扒提水工程建设,力争义马煤气化工程和槐扒提水工程在10月底同步建成投产。中央直属储备粮库:所有26个库点确保今年夏粮入库前全部建成交付使用。经济适用住房:争取竣工面积350万平方米。

积极推进洛阳大化纤工程、新荷铁路复线建设和中原油田、南阳油田挖潜改造,争取宁西铁路尽快开工,加快郑州第二长途枢纽建设。通过各方面努力,全社会固定资产投资达1516亿元,其中基本建设612亿元,技术改造196亿元,房地产68亿元。

加强基础设施和重点项目建设管理,确保工程质量。全面推行项目法人制。完善工程招投标制度,在招投标中实行政企分开,确保招投标公开、公正、公平,坚决杜绝中标单位非法转包或分包。强化工程质量管理,实行建设全过程质量监理制,抓紧推行重点项目稽查特派员制度。

**(三)积极推进流通体制改革,大力开拓城乡市场。**粮食流通重点加强粮食收购市场管理,切实管住粮源,为实行顺价销售创造条件。进一步搞好粮食企业改革,减员增效,提高市场竞争能力。棉花流通在规范收购、加工、经营等环节的同时,放开购销价格,促进有序流通。化肥取消政府定价,实行在政府指导下依靠市场调节价格。

千方百计开拓城乡市场,扩大消费需求。加快城镇住房制度改革,整顿清理各种规费,进一步启动住宅消费。积极支持银行扩大消费信贷业务,稳定发展住房抵押贷款以及汽车、大件家用电器和高档家具等的消费信贷。发展新兴第三产业,促进服务消费。因地制宜发展小城镇,加强农村电网、供水、道路、通信等基础设施建设,改善消费环境。积极研制生产质优价廉、节能降耗、方便实用的多种农机、粮食烘干设备、净水设备和灶具等。办好各类商品交易会、展销会,提高我省产品在省内市场和中西部市场的占有率,扩大优质名牌产品在沿海市场的销售规模。搞好政府协调指导,组织好全省基础设施、重点项目建设所需物资和设备订货采购,在同等条件下优先选用省内质量合格产品。进一步清费治乱减负,打击假冒伪劣,为开拓市场创造条件。

**(四)积极推进工业结构调整,继续深化国有企业改革,努力提高工业经济增长的质量和效益。**以产品结构调整带动产业结构调整,重点抓好四大类产品的发展。一是适应多元化需求的创名牌、扩大市场占有率的消费类产品。如食品精深加工、高档面料及名牌服装、特色中成药、名牌卷烟、高档纸、优质名牌家用电器等。二是电子信息、新材料和生物工程等领域的高新技术产品。如微电脑、高档特种耐火材料、新型生物药品等。三是替代进口、扩大出口和上水平的装备类产品。如输变电设备和仪表、冶金建材大型成套设备、空分设备、特种电机、环保设备以及新型高效农用机械、工程机械等整机类产品。四是传统优势产业中提高附加值和技术档次的升级换代产品。如精细化工产品,全钢、半钢子午胎,优质特种钢材,铝、铜、钼精深加工产品,新型建筑材料和玻璃新品种等。为推动工业结构调整,积极促进企业间的兼并联合。更有效地实施名牌战略,培育壮大名牌产品群体。强化资金支持,集中支持一批工业结构调整重点项目加快实施。

坚决压缩淘汰落后和过剩生产能力,防止重复建设。煤炭行业到年底总计关闭非法开采和布局不合理的煤矿2148处,压产2000万吨。纺织行业压缩淘汰落后棉纺锭49.7万锭。电力行业支持有条件的小型纯凝气机组改造为供热机组,逐步淘汰超期服役、污染不能达标排放的小机组;停建5万千瓦以下的凝气机组,严禁新上12.5万千瓦及以下纯凝气机组。禁止技术落后、质量低劣和污染严重的产品生产。

采取切实措施,推进国有大中型企业加快建立现代企业制度。狠抓扭亏增盈工作,努力使我省国有大中型企业亏损面今年降到18%以内。采取多种有效形式加快国有小企业改制。加强对中小企业的政策扶持,促其加快技术进步和产品结构调整,形成一大批小巨人企业。

**(五)努力扩大外贸出口和利用外资,提高对外开放水平**。继续实施市场多元化和以质取胜战略,运用国家提高出口退税率的政策,巩固扩大传统优势产品出口,组织好粮食、棉花、煤炭等大宗商品及机电产品、成套设备的出口。巩固扩大传统市场,积极开拓新兴市场。积极开展境外加工出口。充分发展外贸企业的中介作用,引导我省企业更新产品、技术、设计等,按国际市场需要发展小批量、多品种的出口。加快外贸体制改革和企业重组的力度,增强国际竞争力。预期全年外贸出口总额11.9亿美元(海关口径)。

积极、合理、有效利用外资,努力提高利用外资项目的质量和效益水平,从主要为弥补建设资金缺口,转向注重引进资金、技术、产品、品牌、管理经验和营销方式并重,促进经济结构调整和产业升级。改进和加强利用国外贷款工作,抓好备选项目论证和国内配套贷款落实,提高项目成功率。争取利用外资10.3亿美元。加强外债全口径管理。

**(六)努力增加财政收入,切实稳定金融大局**。坚持依法征税,确保财政收入稳定增长。调整优化财政支出结构。强化金融监管,继续整顿金融秩序。各商业银行要积极支持全省经济结构调整和基础设施建设,加强对中小企业金融服务,增加消费信贷,有选择地对某些省重点产品提供买方信贷,争取新增贷款比去年增长10%以上。努力扩大股票、债券直接融资规模。

**(七)调整和完善所有制结构,大力发展多种经济成分**。在提高国有经济竞争力和控制力的同时,大力发展非公有特别是私营、个体经济。进一步解放思想、完善政策,鼓励私营、个体等非公有制企业同国有企业实行各种形式的联合、兼并、参股、控股,在生产经营、银行贷款、进出口等方面积极为非公有制企业发展创造条件。

**(八)切实做好下岗职工基本生活保障和再就业工作,积极推进社会保障制度改革**。坚持多分流、少下岗、先分流、后下岗的原则,合理控制国有企业下岗职工规模和流量,认真落实基本生活费,规范和加强再就业服务中心建设。调整就业结构,广开就业渠道。积极推进社会保障制度改革。巩固完善城市居民最低生活保障制度;进一步扩大失业、养老保险覆盖范围;抓紧医疗保障制度改革。

**(九)努力加快科技进步,积极推进教育结构调整**。运用生物工程、微电子、节能、环保、新材料等领域成熟的高新技术,加快对传统产业进行改造。组织好可奠定我省高新技术产业基础的一批关键技术、成套设备的开发研制。尽快形成以企业为主体的技术创新体系,扩大技术创新和产品开发投入,增加具有自主知识产权的技术和产品储备。抓好高新技术开发区、经济技术开发区、实验基地建设,加速科技成果的转化步伐。

认真抓好基础教育,切实搞好普及九年制义务教育工作。稳步发展职业技术教育。按照"共建、调整、合作、合并"原则,进一步推进高等教育改革,优化高等教育结构。调整大中专院校专业设置和招生比例。抓好高校筒子楼改造和省部共建及其它重点院校建设。计划安排普通高校招生5.35万人。

**(十)坚持可持续发展战略,促进社会全面进步**。加强对农村人口和城市流动人口的生育控制,搞好优生优育,提高人口质量。巩固淮河流域水污染防治"九七"达标成果,加大黄河流域水污染治理力度,积极开展海河流域水污染防治工作,在1999年底前,实现所有工业企业废水达标排放。加强大气污染治理,尽快扭转郑州等主要工业城市大气污染日益严重的局面。统筹安排好文化、广播、电影电视、新闻出版和卫生、体育等各项社会事业发展。继续改善人民生活,预期城镇居民人均可支配收入和农民人均纯收入分别实际增长5%左右。

# 关于河南省1998年财政预算执行情况和1999年财政预算(草案)的报告(摘要)

——1999年2月1日在省九届人大第二次会议上

河南省财政厅厅长　夏清成

## 一、1998年全省财政预算执行情况

1998年,全省财政预算是在经济发展遇到很大困难的情况下执行的。各级政府认真实施国家确定的积极的财政政策,落实扩大内需、拉动经济增长的一系列政策措施,国民经济保持了持续发展。在经济发展的基础上,全省财政预算执行情况基本正常。

省九届人大一次会议审议通过的1998年地方财政收入预算为200.9亿元,后经各级人民代表大会批准并报省人大备案的地方财政收入预算为206.6亿元。执行结果,全省地方财政收入完成208.2亿元,为年度预算的100.8%,比上年增长8.1%。地方收入主要项目完成情况是:

1、工商税收完成116.8亿元,为年预算的100.4%,增长14.1%,其中,增值税(地方分成25%部分)和营业税分别增长9.7%和13.7%。清缴欠税增加了一部分收入;

2、农业税、农业特产税、耕地占用税和契税完成21.2亿元,为年预算的94.2%,与上年基本持平;

3、受市场因素影响,企业经营困难,效益下降,所得税税源减少。企业所得税完成22.5亿元,为年预算的78.8%,下降21%,其中,国有企业所得税10.1亿元,为年预算的68.6%,下降34.7%;

4、加强收支两条线管理,行政性收费和罚没收入完成29.3亿元,为年预算的122.3%,增长18.3%;

5、专项收入完成8亿元,为年预算的106%,增长15.7%,其中:教育费附加收入4.8亿元,为年预算的101.9%,增长15.4%。

省九届人大一次会议审议通过的1998年全省财政支出预算为268.1亿元,后经各级人民代表大会批准并报省人大备案的全省财政支出预算为273.8亿元,执行中加上上年结转、中央追加等,调整后年度支出预算为354.1亿元。执行结果,全省财政支出完成324亿元,为年预算的91.5%,增长11.4%。主要支出项目完成情况是:

1、基本建设支出15.6亿元,为年预算的65.6%,增长15.5%。中央实施积极的财政政策,从下半年起加大基础设施建设投入,各级也安排了一部分配套资金,扩大了基本建设支出预算;

2、企业挖潜改造支出13.5亿元,为年预算的90%,下降10.4%。去年,取消了对部分企业的列收列支返还政策,反映在企业挖潜改造支出上相应减少;

3、科技三项费用和科学事业费支出4.9亿元,为年预算的97.6%,增长9.9%;

4、支农和农业综合开发支出21.98亿元,为年预算的92.9%,增长10.7%;

5、教育事业费支出57.5亿元,为年预算的95%,增长9%;

6、卫生经费支出14.5亿元,为年预算的98%,增长12.1%;

7、行政管理费支出39.3亿元,为年预算的99%,增长6.6%;

8、公检法司支出22.7亿元,为年预算的98.7%,增长9.3%;

9、城市维护费支出13亿元,为年预算的90.1%,增长8.7%;

10、行政事业单位离退休经费支出15.2亿元,为年预算的97.6%,增长9.6%;

11、政策性补贴支出27.2亿元,为年预算的89.4%,增长40.7%。省级增加了粮食风险基金支出10亿元;

12、支援不发达地区支出6.3亿元,为年预算的93.4%,增长38.4%。各级财政落实"八七"扶贫攻坚计划,加大了扶贫投入力度;

13、教育费附加等专项支出7.1亿元，为年预算的78.1%，增长9%。

省九届人大一次会议审查批准的1998年省级预算收入为25.1亿元，全年完成26.3亿元，为年预算的104.8%，增长7%。主要收入项目完成情况是：

1、工商税收完成20.98亿元，为年预算的98.8%，增长13.4%；

2、企业所得税完成3亿元，为年预算的123%，下降1.5%；

3、行政性收费和罚没收入完成1.6亿元，为年预算的159%，增长7.2%。

省九届人大一次会议审查批准的1998年省级财政支出预算为43.8亿元，执行中加上中央专项追加支出、上年结转等，调整后省级年度支出预算为79.4亿元。全年省级支出69.7亿元，为年预算的87.8%，增长29.9%。主要支出项目完成情况是：

1、基本建设支出9.4亿元，为年预算的70.3%，增长36.3%；

2、企业挖潜改造支出0.6亿元，为年预算的86.1%，下降72.2%。1997年省级财政增加省属企业资本金5000万元，1998年没有此项因素，支出相应下降；

3、支农和农业综合开发支出4.6亿元，为年预算的94.6%，增长20.4%；

4、教育事业费支出7.4亿元，为年预算的94.8%，增长20.7%。省级追加安排了部分高校筒子楼改造及重点实验室建设等专项支出；

5、科技三项费用和科学事业费支出1.9亿元，为年预算的100%，增长12.3%；

6、卫生经费支出2亿元，为年预算的95.4%，增长13.1%；

7、行政管理费支出1.6亿元，为年预算的95.1%，增长6.9%；

8、公检法司支出4.3亿元，为年预算的96.9%，增长34.8%。公检法部门实行收支两条线管理，提高了公用经费定额，相应增加了部分支出；

9、增加粮食风险基金支出，政策性补贴支出20.9亿元，为年预算的93.5%，增长82.8%；

10、支援不发达地区支出3.9亿元，为年预算的98%，增长35.5%。

1998年全省和省级财政预计可以实现收支平衡。

1998年，全省财政预算执行中有以下几个特点：

一是克服困难，加强征管，财政收入继续保持了一定的增长速度。1998年宏观经济环境发生很大变化，全省经济增长趋缓，物价持续走低，地方财政收入一度出现负增长，特别是工商税收主体税种到6月份才扭转下降局面，这是近年来没有过的。面对这种形势，各级政府认真贯彻国务院关于增收节支的一系列政策措施，加强税源调查，抓好重点税源，强化对零星分散税源的征收管理，努力清缴欠税，收到了明显效果，全省固定资产投资方向调节税、个人所得税、房产税分别增长112.2%、39.3%和31%。地方财政收入实现增长8.1%，是来之不易的，为各项改革和社会事业稳定发展提供了财力支持。

二是依法组织收入，收入质量有所改善。在收入增幅下降和增支压力加大的情况下，能否依法组织收入，保持收入的适度增长，是去年预算执行中的一个难点。在深入调查研究的基础上，省政府下发了《关于严禁虚列财政收入的紧急通知》，要求各级、各部门严格执行税法，不允许在财政上弄虚作假，不收过头税。各地立足于规范收入管理，挤掉水分，夯实基础，依法组织收入，防止和查处弄虚作假、虚抬财政收入的行为，收入质量有所改善，地方工商税收占财政收入的比重比1997年提高了三个百分点。

三是集中资金，优先安排重大改革及政策性支出。去年，全省财力增长有限，在预算执行中出现了粮食风险基金缺口、国有企业下岗职工基本生活保障、提高公检法工商四部门公用经费标准等多项重大政策性增支因素，财政支出压力很大。各级政府财政部门努力服务大局、支持大局，调整支出预算，保改革，保稳定。省财政筹措粮食风险基金14亿元，支持粮食企业按保护价敞开收购农民的余粮；全省安排3.2亿元专项资金，用于国有企业下岗职工基本生活保障和再就业，对保持社会稳定发挥了积极作用，落实公检法工商四部门收支两条线管理政策，省级分别按高于同级行政部门的1.3倍和0.5倍调整了省公检法及工商机关公用经费支出预算，各地按照要求积极落实政法机关和工商部门必要的经费，为四部门履行职责提供财力支持；实现了科技、教育、支农按法定比例增长，安排了一批重点科技、教育项目。全省地方支出增幅比收入增幅高出三个百分点，其中省级支出比上年增长29.9%，这是抓住国家支持中西部地区加快发展的机遇，积极争取国家的支持和帮助的结果。去年，财政部追加我省各项补助支出达43.8亿元，是历史上最多的一年，支持了基础设施建设和社会事业的发展，缓解了财政资金供求矛盾。

过去的一年中，全省财政工作取得了一些新的进展：贯彻国家积极的财政政策，争取国家对我省国债转贷资金22.9亿元，支持了公路、市政建设、环境保护、农田水利、农电改造等一批基础设施建设。加大减负治乱力度，严把收费立项关，清理取消基金、收费项目212项，减轻企业负担5.8亿元。完善省对市(地)、县转移支付制度，扩大了转移支付的覆盖面。省级按照零基预算编制办法实行了综合财政收支计划，预算内外资金统筹安排、结合使用。各地进行政府采购制度试点，收到积极效果。适应市场经济要求，改进和加强社会审计监督。开展注册会计师行业整顿，因执业质量问题责令276家事务所限期整改，撤销98家非法分支机构，对138家事务所给予警告或停业处罚，依法清理了298名兼职注册会计师，促进了社会审计中介机构的规范化。

当前，我省财政仍然面临着许多困难和矛盾。在前几年财政收入连续高幅度增长之后，随着经济环境的变化，财政收入进入一个稳定增长期。由于财政供给人员增加和各项政策性增支因素的影响，财政收支矛盾突出，特别是部分县、乡，收入水平低，财政负担重，对公共支出的保障能力不足。政府债务管理借用还不统一，一些项目配套资金不落实，长期不能产生效益，偿债发生困难，造成一些市地、县政府被迫垫还债务，影响了政府预算的正常执行。一些企事业单位财经纪律松弛，有章不循，有法不依，违反财经纪律的现象时有发生。这些问题需要通过深化改革、完善管理逐步加以解决。

## 二、1999年财政预算安排

**(一)1999年全省财政预算安排意见**

根据全省国民经济计划和国家财政预算安排意见，1999年我省预算编制的指导思想是：认真贯彻中央和全省经济工作会议精神，落实国家积极的财政政策，推进各项改革和经济结构调整，促进经济增长；积极稳妥地安排预算收入任务，依法组织收入，确保财政收入的稳定增长；调整支出结构，压缩一般性支出，加大对科学、教育、农业的投入，逐步提高财政对社会公共支出项目的保障程度；统筹安排预算内外资金，确保收支平衡。

根据上述指导思想，1999年全省地方财政收入预算安排225亿元，比上年增长8%。全省支出预算安排297.8亿元，比上年增长6.8%。全省收支预算是预测性和指导性的。根据《预算法》的要求，省财政只编制省本级收支计划，市地根据全省预算编制指导思想和原则，结合当地实际自行编制本级预算，经同级人民代表大会批准后执行，并由省财政厅汇总全省预算报省人大备案。

各级财政在编制今年预算时遵循以下原则：

——坚持依法组织收入，强化税收征收管理，财政收入与国内生产总值的增长相适应。

——调整支出结构，提高对公共支出项目的保障程度。

——重点安排好国家确定的粮食政策性资金和国有企业下岗职工基本生活保障资金。

——科技、教育、农业支出按法定比例增长。

——政府应偿还的到期外债本息纳入预算安排。

——预算内、预算外资金统筹安排，结合使用。

——坚持收支平衡，不打赤字。

**(二)1999年省级预算草案**

1、财政收入

1999年省级财政收入安排28.2亿元，比上年增长7%。主要收入项目安排情况是：

(1)增值税地方分成25%部分1.6亿元，比上年减少9513万元，下降37.3%。去年清缴欠税增收较多，今年按当期税源安排收入；

(2)金融保险营业税16.9亿元，比上年增加11.2亿元，增长8%；

(3)企业所得税3.3亿元，比上年增加2263万元，增长7.5%；

(4)行政性收费和罚没收入1.5亿元，比上年减少1082万元，下降6.6%。

2、财政支出

按照省级收入预算和分税制体制算账，1999年省级财力为54.2亿元，扣除国家规定的文教企业等列收列支返还后，省级可安排财力52亿元，比上年财力支出增长6.4%。

1999年省级财政支出继续实行零基预算编制办法，预算内外统筹安排，结合使用，预算内支出分项安排的初步意见是：

(1)基本建设支出5亿元，与上年持平；

(2)经济结构调整专项支出6568万元，增加568万元，增长9.5%；

(3)科技三项费用和科学事业费1.9亿元，增加2033万元，增长11.8%；

(4)支农和农业综合开发支出6亿元，增加5581万元，增长10.3%；

(5)教育事业费9.2亿元，增加9536万元，增长11.6%；

(6)卫生事业费和中医事业费1.7亿元，增加1304

万元，增长8.1％；

(7)行政管理费1.7亿元，增加938万元，增长6％；

(8)公检法支出和监狱劳教支出分别安排8777万元和2.4亿元，增长7.3％和5.3％；

(9)政策性补贴支出4.5亿元，增加3000万元，增长7.1％；

(10)支援不发达地区支出1.1亿元，增加2500万元，增长29.2％；

(11)其他支出1.6亿元，下降16.5％；

(12)预备费7000万元，按《预算法》规定安排。

1999年，全省财政收入安排增长8％，省级安排增长7％，收入打得比较满，完成的难度很大。与此同时，粮食流通体制改革、国有企业下岗职工基本生活保障、住房制度改革、医疗改革、中央安排项目的配套资金等方面的增支压力很大，财政资金供求矛盾突出。今年全省财政面临着更加困难的形势，编制预算草案时考虑了需要与可能，有利条件和不利因素两方面的情况，力求积极稳健，通过努力，完成预算任务。

## 三、转变职能，迎难而进，努力完成1999年财政工作任务

**(一)认真落实中央积极的财政政策，推动国民经济稳定增长**。贯彻中央积极的财政政策，当前的重点是落实已承诺的国债项目配套资金，管好用好政府转贷的建设，确保国债项目的顺利实施。规范转贷程序，加快资金到位速度，防止截留、挪用，严禁提高转贷利率或提取管理费。做好国债投资项目的工程概预算、决算审查工作，降低工程造价，节约使用资金，确保项目按期发挥效益，增强偿债能力。认真落实出口退税和创汇贴息的有关政策，鼓励企业扩大出口。

**(二)依法组织收入，保证财政收入的稳定增长**。认真落实国务院提出的“加强征管、堵塞漏洞、清缴欠税、惩治腐败”的方针，制止越权减免税和随意批准缓税欠税，打击各种偷税、骗税和逃税行为。取消到期的减免税和先征后返政策，对没有到期的税收优惠政策进行清理，逐步规范，到期取消。各类经济技术开发区实现的收入要按预算级次全额缴入国库，不能在库外循环。老“三资”企业超税负返还政策已经到期，从今年1月1日起不再返还。坚持依法组织收入，严格执行政策，制止和查处包税、虚抬财政收入的行为。继续落实三年内不增加生产环节农业特产税征收任务的政策，依法据实征收，禁止平均摊派。改进和加强乡镇财政收入和支出的管理，精简乡镇不在编人员，减少村级享受补贴人员，减轻农民和财政负担。

**(三)增加科技投入，支持经济结构调整**。增强科技兴财意识，确保科技支出按法定比例增长。从今年起，省财政安排专项资金，用于支持高新技术产业化项目建设期间的贷款贴息。对省以上确定的高新技术产业化项目，特别是对行业或地区经济发展具有突出带动作用、市场前景广阔、经济效益好的项目，采取先贷后贴的办法，在一定期限内给予全额或定额贴息，培养新的经济增长点。改进科技三项费用的使用管理，集中资金重点用于科技开发、科技成果转化和实用新技术的推广。

**(四)调整支出结构，优先安排重点支出**。适应市场经济要求，调整支出结构，财政资金逐步退出生产性和竞争性领域，增强对公共支出的保障能力。在预算中优先安排国有企业下岗职工基本生活保障资金。按照“三三制”筹资原则，应当由财政承担的资金，实行分级负担，按各级财力的1％打足安排，列入预算。支持建立和完善城镇最低生活保障制度和养老、失业保险制度，支持职工医疗保险制度改革。职工养老保险基金纳入财政专户，实行收支两条线管理。单位住房资金纳入单位财务专户管理，建立预决算制度。完善粮食风险基金筹集办法。多渠道统筹粮食风险基金。加强对补贴资金的监督管理，查处虚报库存、套取补贴的行为，支持粮食流通体制改革顺利实施。妥善安排公检法和工商部门必要的经费，对罚没收入、收费等严格实行收支两条线管理。科技、教育、支农支出要按法定比例增长。行政、事业费要首先安排编制内人员经费，特别要注意安排好中小学教师工资的发放。落实配套资金，继续实施“普及九年制义务教育工程”。调整支农支出结构，重点用于支持农业基础设施建设、改善农业生态环境和农业科技进步。加强财政扶贫资金管理，严肃查处截留、挪用、浪费扶贫资金的违法违纪行为。

**(五)建立政府采购制度，改进支出管理办法**。实行政府采购，规范政府采购行为，是加强财政支出管理，节约政府支出的重要措施。今年先从大宗商品、服务做起，有选择地进行尝试，积累经验，逐步建立政府采购制度。进一步完善转移支付制度，各级财政部门要严格控制对下级的零星补助项目，规范补助性财力的分配办法。有条件的市地积极试行零基预算的编制办法，增强预算编制的公开性和科学性。

**(六)加强政府债务管理，提高债务资金使用效益**。切实加强政府债务统一管理和宏观控制，制定合理的债务政策，掌握举债规模，落实配套资金，安排偿债计

划，确保按期还款。政府债务资金主要投向农业、水利、交通、能源、环保及市政基础设施。政府还债本息要纳入年度预算，不能按期归还本息的，从本级财力中扣还。

（七）**加强预算外资金管理，推进税费改革**。加大执法力度，贯彻《河南省预算外资金管理条例》，加强专户管理，严格实行收支两条线。完善监缴、稽查制度，减少收入流失，提高预算外资金使用效益。编制综合财政收支计划，预算内、预算外资金统筹安排，增强政府的调控能力。继续做好减负治乱工作，减轻企业及社会负担。开展调查研究，做好车辆、道路收费改革的准备工作，保证费改税的顺利实施。

（八）**完善手段，改进和加强财政监督**。适应市场经济的需要，转变财政监督重点，逐步由事后检查转向健全制度，加强经常性监督，严肃财经纪律。从今年起，实行会计信息质量抽查公告制度和企业年度会计报表注册会计师审计制度，财政部门不再审批企业的财务会计报表。加快社会审计中介机构的脱钩改制工作，加强社会中介机构执业监管，提高执业质量。加强会计人员任职资格的管理，查处弄虚作假、损害国家利益的责任人员。坚持勤俭节约，制止铺张浪费。

（九）**加强国有资本金管理，提高国有资本质量和运营效益**。转变工作重点，逐步实现由国家资产管理向国有资本金基础管理的转移，推进国有资本金基础管理体系建设。做好资产评估、产权界定和产权收益管理工作，防止国有资产流失。做好农村集体资产的清产核资工作，促进农村集体经济的稳定发展。

# 常用统计术语

1、**发展速度** 是反映某种社会经济现象发展程度的相对指标，它是报告期发展水平与基期发展水平之比，用来说明报告期水平已发展到基期水平的若干倍或百分之几。一般用百分数(以基期水平为100)表示。

发展速度分为环比发展速度和定基发展速度。环比发展速度是报告期发展水平与前期发展水平之比，反映社会经济现象逐期的发展程度；定基发展速度是报告期发展水平与某一固定基期发展水平(通常为最初水平)之比，它反映社会经济现象在较长时间内总的发展速度。

2、**增长速度** 是反映某种社会经济现象增长程度的相对指标，它是报告期增长量与基期发展水平之比。

增长速度与发展速度一样，由于采用的基期不同，分为环比增长速度和定基增长速度。环比增长速度是报告期增长量与前期发展水平之比，反映社会经济现象逐期的增长程度；定基发展速度是报告期增长量与某一固定基期发展水平(通常为最初水平)之比，它反映社会经济现象在较长时间内增长的总速度。

3、**增长量** 是说明两个不同时期发展水平增减差额的指标，它说明社会经济现象在一定时期内增长(或减少)的绝对量。计算公式为：

增长量＝报告期水平－基期水平

由于采用的基期不同，增长量分为逐期增长量和累积增长量。逐期增长量是报告期水平与前期水平的差额，反映社会经济现象逐期增长的数量；累积增长量是报告期水平与某一固定基期发展水平(通常为最初水平)的差额，它反映社会经济现象在一定时间内的总增长量。

4、**平均增长速度** 是说明社会经济现象在一个较长时期内增长的平均速度。在我国计算平均增长速度有两种方法，一种是习惯上经常用的“水平法”，又称几何平均法，是以间隔期最后一年的水平同基期水平对比来计算平均每年增长(或下降)速度。另一种是“累计法”，又称代数平均法或方程法，是以间隔期内各年水平的总和同基期水平对比来计算平均每年增长(或下降)速度。

在一般正常情况下，两种方法计算的平均每年增长速度比较接近，但在经济发展不平衡，出现大起大落时，两种方法计算的结果差别较大。

5、**“倍数”** 倍，就是跟原数相同的数。倍数，只能用于数字的增加，不能用于数字的减少。如“增长多少倍”、“扩大多少倍”、“提高多少倍”都可以；但不能说“降低多少倍”、“缩小多少倍”、“减少多少倍”。因为减少一倍就减完了，再无什么可减了。运用倍数时，还要注意用词的准确。如“增加了两倍”即原来是一，现在是三；“增加到两倍”，即原来是一，现在是二。这里的“了”和“到”不能缺少，也不能互换。

6、**“番”与“倍”的关系** 增加一倍，就是增加100%；翻一番，也是增加100%。除了一倍与一番相当外，两倍与两番以上的数字含义就不同了。而且数字越大，差距越大。如增加两倍，就指增加200%；翻两番，就是400%(一番是二、二番是四、三番就是八)，所以说翻两番就是增加了300%，翻三番就是增加了700%。“番”是按几何级数计算的，“倍”是按算术级数计算的。计算公式为：

n＝〔lg(报告期/基期)〕/lg2

n表示翻番数　　lg是常用对数符号

7、**百分数** 是用一百做分母的分数。百分数与倍数不同，他既可以表示数量的增加，也可以表示数量的减少。运用百分数时，也要注意概念的精确。

运用百分数时，还要注意有些百分数最多只能达到100%，如产品合格率等；有些百分数只能小于100%，如粮食出粉率等；有些百分数却可以大于100%，如产品产量计划完成情况等。

“占”、“超”、“为”、“增”的用法，“占计划百分之几”指完成计划的百分之几；“超计划的百分之几”，就应该扣除原来的基数(－100%)；“为去年的百分之几”就是等于或相当于去年的百分之几；“比去年增长百分之几”应扣掉原有的基数(－100%)

8、**百分点** 是指不同时期以百分数形式表示的相对指标(如速度、指数、构成等)的变动幅度。如：

河南省国内生产总值中，第三产业增加值比重由1996年的27.4%上升到1997年的28.2%，可以表述为河南省国内生产总值中，第三产业增加值所占比重

1997年比1996年上升了0.8个百分点，不能表述为上升0.8%。

9、**扣除价格因素** 按当年价格计算的价值指标，在不同年份之间对比时，有各年间价格变动因素，不能确切反映实物量的增减变动。为此必须消除价格变动因素，使之可比，才能真实反映经济发展动态。扣除价格因素的方法有两种：

(1)利用可比价格进行不同年份间价值指标的对比，即价值指标统一按相同的价格计算。

(2)价格指数缩减法，指用当年价格计算的价值指标直接对比后再扣除相应的价格指数。

如：河南省1997年城镇居民人均可支配收入为4093.62元，1996年为3755.44元，则1997年为1996年的发展速度＝4093.62/3755.44×100%＝109.0%，同期城市居民消费价格指数(以上年为100)为102.4%，则1997年河南省城镇居民人均可支配收入扣除价格因素后的发展速度＝109.0/102.4＝106.4%，即实际增长6.4%。

10、**国民经济景气监测分值及综合评分** 是通过建立国民经济监测网络，利用监测指标体系、监测和预警模型，对国民经济运行实施有效地监测和预警统计的常用方法之一。这种方法就是在所选择的一组反映经济发展状况的敏感性指标中，运用有关的数据处理方法，选择若干指标组成为一个综合性的指标体系，并通过类似于一组交通管制信号红、黄、绿灯的标志，对这组指标和综合指标反映的当时国民经济状况，发出不同的信号，最后，通过观察分析信号的变动情况，来判断未来经济发展态势的方法。

运用这种方法的基本步骤是：第一，选择和确定能够反映国民经济运行状况的监测指标，这些指标最好是按月度或季度收集整理；第二，计算各指标指数，即各指标本期的实际值与上年同期的数值相比，然后对其结果进行季节调整，消除季节因素和不规则因素，用以制订预警灯号；第三，确定各个灯区的临界限，将各指标指数按照各种临界限划分为红灯区、黄灯区、绿灯区、浅蓝灯区和蓝灯区五个区间，并将5个区间依次赋值为5分、4分、3分、2分和1分；第四，根据确定灯号分数的标准，将消除季节因素和不规则因素的各项指标的指数转换为灯号分数；第五，综合各指标的灯号分数，求得整个国民经济动态平均灯号分数；第六，根据整个国民经济动态平均灯号分数进行预警信号的分析。当预警信号亮出绿灯，表示当时的经济景气比较稳定，可在稳定中采取一定的促进经济增长的措施；当预警信号亮出黄灯，说明经济尚稳，但短期内有转热或趋稳的可能；当预警信号亮出红灯时，表明经济趋热，若无适当措施，经济增长过热必将来临；当双红灯出现时，说明已经过热，必须采取有力的紧缩措施；蓝灯表示已进入萧条，必须采取强力刺激经济复苏的对策。

目前国家统计局采用的宏观经济运行监测指标体系，是选择以下12个指标组成：工业总产值、预算内工业企业销售收入、基础产品产量指数、商品流转次数、社会消费品零售总额、商业国内工业品纯购进、固定资产投资额、狭义货币M1(现金＋企业、机关活期存款)、企业存款、银行现金总支出、出口额、生活费用价格指数。

以上指标得分相加，48分以上为红灯区(过热)；42——48分为黄灯区(偏热)；30——42分为绿灯区(正常)；24——30分为浅蓝灯区(偏冷)；24分以下为蓝灯区(冷)。

采用经济景气打分和综合评分的方法比较直观，易于理解，应用方便。近年来很多国家都运用这种方法对宏观经济运行状况进行监测和预警。值得注意的是：对于极其复杂的整个国民经济系统来说，必须定量与定性分析相结合，并充分发挥定性分析的作用，不宜片面强调这种方法的作用。

11、**投资率** 通常是指总投资占国内生产总值的比率。但是国内生产总值由于受进出口的影响，又有生产额与使用额的区分。因此，投资率也可以从以下两个不同的角度进行观察。计算公式为：

投资率＝(总投资/国内生产总值)×100%

或：投资率＝(总投资/国内生产总值国内使用额)×100%

国内生产总值生产额反映国家(或地区)的经济实力和经济发展水平，而国内生产总值使用额则反映国内生产总值实际使用于国内投资与消费的总规模。因此，前者可以观察投资与国家经济实力的关系，从中看出投资规模的经济承受能力；后者可以观察可供国内使用的国内生产总值在投资与消费之间的分配，从中可以看出投资与消费的比例关系。

由于投资不同于积累，国内生产总值不同于国民收入，因此，投资率也有别于积累率。比较起来，由于总投资包括全部固定资产投资，所以投资率能更全面地反映建设规模，更确切地观察建设与生产、建设与消费之间的关系。同时，投资率也有利于国际比较。

12、**投资系数** 是指一定时期的总投资与新增国内生产总值之比。即一定时期每新增单位国内生产总值需要多少投资。计算公式为：

投资系数＝总投资/新增国内生产总值

这个指标还可以根据需要，写成新增国内生产总值与总投资之比，即：

投资系数＝新增国内生产总值/总投资

用来表示单位投资可以新增多少国内生产总值。这两个指标都能反映出投资的经济效益，是重要的宏观经济指标。

13、**恩格尔定律及恩格尔系数** 19世纪德国统计学家恩格尔根据统计资料，对消费结构的变化得出一个定律：一个家庭收入越少，家庭收入中（或总支出中）用来购买食物的支出所占的比例就越大，随着家庭收入的增加，家庭收入中（或总支出中）用来购买食物的支出则会下降。推而广之，一个国家越穷，每个国民的平均收入中（或平均支出中）用于购买食物的支出所占比例就越大，随着国家的富裕，这个比例呈下降趋势。恩格尔定律的计算公式为：

食物支出对总支出的比例(R1)＝食物支出变动百分比/总支出变动百分比

或：食物支出对总支出的比例(R2)＝食物支出变动百分比/收入变动百分比

R2又称为食物支出的收入弹性。

恩格尔定律是根据经验数据提出的，他是在假定其他一切变量都是常数的前提下才适用的，因此在考察食物支出在收入中所占比例的变动问题时，还应当考虑都市化程度、食品工业、饮食业和食物本身结构变化等因素，都会影响家庭的食物支出增加。只有达到相当高的平均食物消费水平时，收入的进一步增加才不对食物支出发生重要的影响。

恩格尔系数是根据恩格尔定律得出的比例数，是表示生活水平高低的一个指标。其计算公式为：

恩格尔系数＝食物支出金额/总支出金额

除食物支出外，衣着、住房、日用必需品等的支出，也同样在不断增长的家庭收入或总支出中，所占比重上升一段时期后，呈递减趋势。

14、**宏观调控** 是指政府为实现宏观（总量）平衡，保持经济持续、稳定、协调增长，而对货币收支总量、财政收支总量、外汇收支总量和主要物资供求的调节与控制。由此扩展开来，通常把政府为弥补市场失灵采取的其他措施也纳入宏观调控的范畴。

政府的宏观调控主要表现为国家利用经济政策、经济法规、计划指导进行必要的行政管理。

# 统计资料

# 一、行政区划和自然资源

**简要说明**

一、本篇资料主要包括河南省行政区划、自然资源情况及主要统计指标解释等。

二、本篇资料来源

1. 行政区划资料由省民政厅提供。

2. 自然资源中的土地资料由省统计局根据有关资料整理；气候资料由省气象局提供；林木资源资料由省林业厅根据1993年林木资源清查资料整理提供；水利资源资料由省水利厅提供；矿产资源资料由省地矿厅提供。

# 河　南　地　理

**地理位置**　河南省，简称豫。位于中国中部的黄河中下游地区。地处东经110°21′～116°39′，北纬31°23′～36°22′之间，全省面积16.7万平方公里，与冀、晋、陕、鄂、皖、鲁6省毗邻，东西长约580公里，南北跨约550公里。河南是全国重要的枢纽地区之一，交通运输条件优越。京广、陇海、焦枝、京九等铁路干线纵横交错，新开通的亚欧大陆桥横穿全省。

**气候特点**　河南处于暖温带和亚热带交错的边缘地区，兼有南北之长，气候温和，四季分明，日照充足，降水丰沛。1998年平均气温为13～16.7℃，日照时数为1740～2310小时，年降水量在580～1340毫米之间。

**地势地形**　河南处于中国第二阶梯向第三阶梯的过渡地带，地势西高东低，差异明显，地表形态复杂，平原、山地、丘陵、盆地等地貌类型俱全。平原和盆地面积9.3万平方公里，山地丘陵面积7.4万平方公里，分别占全省土地总面积的55.7%和44.3%。大型水域面积近千平方公里。

**自然资源**　河南地质构造复杂，成矿条件优越。河南省已探明储量的矿种70种，矿产地950处，其中大型矿床122处，中型矿床314处。已探明的主要矿产中位居全国第一位的有钼、蓝晶石、铸型用砂岩、天然碱、珍珠岩、伊利石粘土、水泥配料用凝灰岩等七种矿产，居全国第二位的有镓矿、红柱石、耐火粘土、蓝石棉、天然油石、玻璃用凝灰岩等6种，居全国前五位的有27种矿产，居全国前十位的有48种矿产。主要矿产探明储量：铁10.98矿石亿吨，水泥灰岩26.59矿石亿吨，耐火粘土3.01矿石万吨，铝土矿4.01矿石亿吨，钼259.51钼万吨。煤保有储量227.34亿吨。

河南境内有黄河、卫河、淮河、汉水四大水系，大小河流1500多条，河川年径流量165.72亿立方米，大中型水库119座。水力资源蕴藏量484万千瓦，可供开发量323万千瓦。地表水实际可利用120亿立方米，地下水年开采利用量为130亿立方米，过境水最多可利用180亿立方米，全省水资源总量为430亿立方米。

动、植物资源比较丰富。全省维管束（高等）植物有200余种、1100余属、近4000种。其中，被子植物160余种，占全国同类总科数的64%。

河南野生动物资源中约有哺乳动物60种，鸟类300余种，爬行类35种，两栖类23种。有各种陆栖脊椎动物约400余种，占全国总数的五分之一左右。

**行政区划**　截止1998年底，全省辖15个省辖市，2个地区，1个省直管市，23个县级市，46个市辖区，89个县，2131个乡镇。

# 1—1 全 省 行 政 区 划

(1998 年底)　　单位：个

| 市　地 | 地　区 | 市 | 地级市 | 县级市 | 县 | 市辖区 |
|---|---|---|---|---|---|---|
| **全　　省** | **2** | **38** | **15** | **23** | **89** | **46** |
| 郑 州 市 | | 6 | 1 | 5 | 1 | 6 |
| 开 封 市 | | 1 | 1 | | 5 | 5 |
| 洛 阳 市 | | 2 | 1 | 1 | 8 | 6 |
| 平顶山市 | | 3 | 1 | 2 | 4 | 4 |
| 安 阳 市 | | 2 | 1 | 1 | 4 | 4 |
| 鹤 壁 市 | | 1 | 1 | | 2 | 3 |
| 新 乡 市 | | 3 | 1 | 2 | 6 | 4 |
| 焦 作 市 | | 3 | 1 | 2 | 4 | 4 |
| 濮 阳 市 | | 1 | 1 | | 5 | 1 |
| 许 昌 市 | | 3 | 1 | 2 | 3 | 1 |
| 漯 河 市 | | 1 | 1 | | 3 | 1 |
| 三门峡市 | | 3 | 1 | 2 | 3 | 1 |
| 南 阳 市 | | 2 | 1 | 1 | 10 | 2 |
| 商 丘 市 | | 2 | 1 | 1 | 6 | 2 |
| 信 阳 市 | | 1 | 1 | | 8 | 2 |
| 周口地区 | 1 | 2 | | 2 | 8 | |
| 驻马店地区 | 1 | 1 | | 1 | 9 | |
| 济 源 市 | | 1 | | 1 | | |

注：国务院国函(1998)44 号文件批复，信阳地区于 1998 年 6 月 9 日撤消，设立地级信阳市；撤消原县级信阳市、信阳县，设立浉河区、平桥区。

# 1—2 各市、地、县(市、区)名称

(1998年底)

| 市　地 | 县(市、区)数(个) | 市地辖县 | 市辖区 | 县级市 |
|---|---|---|---|---|
| 郑州市 | 12 | 中牟 | 中原区、二七区、管城回族区、金水区、上街区、邙山区 | 巩义市<br>荥阳市<br>新郑市<br>登封市<br>新密市 |
| 开封市 | 10 | 杞县、通许、尉氏、开封、兰考 | 龙亭区、顺河回族区、鼓楼区、南关区、郊区 | |
| 洛阳市 | 15 | 孟津、新安、栾川、嵩县、汝阳、宜阳、洛宁、伊川 | 老城区、西工区、瀍河回族区、涧西区、吉利区、郊区 | 偃师市 |
| 平顶山市 | 10 | 宝丰、叶县、鲁山、郏县 | 新华区、卫东区、湛河区、石龙区 | 汝州市<br>舞钢市 |
| 安阳市 | 9 | 安阳、汤阴、滑县、内黄 | 文峰区、北关区、铁西区、郊区 | 林州市 |
| 鹤壁市 | 5 | 浚县、淇县 | 鹤山区、山城区、郊区 | |
| 新乡市 | 12 | 新乡、获嘉、原阳、延津、封丘、长垣 | 红旗区、新华区、北站区、郊区 | 卫辉市<br>辉县市 |
| 焦作市 | 10 | 修武、博爱、武陟、温县 | 解放区、中站区、马村区、山阳区 | 沁阳市<br>孟州市 |
| 濮阳市 | 6 | 清丰、南乐、范县、台前、濮阳 | 市区 | |
| 许昌市 | 6 | 许昌、鄢陵、襄城 | 魏都区 | 禹州市<br>长葛市 |
| 漯河市 | 4 | 舞阳、临颍、郾城 | 源汇区 | |
| 三门峡市 | 6 | 渑池、陕县、卢氏 | 湖滨区 | 义马市<br>灵宝市 |
| 南阳市 | 13 | 南召、方城、西峡、镇平、内乡、淅川、社旗、唐河、新野、桐柏 | 卧龙区、宛城区 | 邓州市 |
| 商丘市 | 9 | 虞城、民权、宁陵、睢县、夏邑、柘城 | 梁园区、睢阳区 | 永城市 |
| 信阳市 | 10 | 息县、淮滨、潢川、光山、固始、商城、罗山、新县 | 浉河区、平桥区 | |
| 周口地区 | 10 | 扶沟、西华、商水、太康、鹿邑、郸城、淮阳、沈丘 | | 周口市<br>项城市 |
| 驻马店地区 | 10 | 确山、泌阳、遂平、西平、上蔡、汝南、平舆、新蔡、正阳 | | 驻马店市 |
| 济源市 | 1 | | | 济源市 |

# 1－3 人口和自然资源

| 项目 | 单位 | 1998年 |
|---|---|---|
| **一、人口** | | |
| 年底总人口 | 万人 | 9315 |
| 人口密度 | 人/平方公里 | 558 |
| **二、地理位置** | | |
| 东经 | | 110°21'～116°39' |
| 北纬 | | 31°23'～36°22' |
| **三、土地** | | |
| 土地面积 | 万平方公里 | 16.70 |
| 1.按地势分 | | |
| 山区 | 万平方公里 | 4.44 |
| 丘陵 | 万平方公里 | 2.96 |
| 平原 | 万平方公里 | 9.30 |
| 在山区、丘陵面积中 | | |
| 太行山脉 | 万平方公里 | 0.83 |
| 伏牛山脉 | 万平方公里 | 4.97 |
| 桐柏山脉 | 万平方公里 | 0.21 |
| 大别山脉 | 万平方公里 | 1.39 |
| 2.按四大水系分 | | |
| 淮河流域 | 万平方公里 | 8.83 |
| 黄河流域 | 万平方公里 | 3.62 |
| 海河流域 | 万平方公里 | 1.53 |
| 长江流域 | 万平方公里 | 2.72 |
| **四、气候** | | |
| 平均气温 | 摄氏度 | 13.0～16.7 |
| 年降水总量 | 毫米 | 580～1340 |
| 日照时数 | 小时 | 1740～2310 |
| **五、林木资源** | | |
| 森林面积 | 万公顷 | 175.27 |
| 林木覆盖率 | % | 16.35 |
| 有林地面积 | 万公顷 | 175.27 |
| 森林覆盖率 | % | 10.5 |
| 灌木林覆盖率 | % | 1.1 |
| 农田林网、林粮间作及四旁植树覆盖率 | % | 4.8 |
| 活立木蓄积量 | 万立方米 | 11749 |
| **六、水利资源** | | |
| 1.河川年径流总量 | 亿立方米 | 382.44 |
| 2.水面总面积 | 万公顷 | 38.83 |
| #可养殖面积 | 万公顷 | 21.42 |
| #已养殖面积 | 万公顷 | 18.35 |
| 3.水力资源理论蕴藏量 | 万千瓦 | 490.50 |
| #可开发量 | 万千瓦 | 315.00 |
| **七、矿产资源(保有储量)** | | |
| 煤 | 亿吨 | 233.49 |
| 铁 | 矿石亿吨 | 10.45 |
| 铝 | 矿石亿吨 | 3.75 |

## 主要统计指标解释

**森林面积**　指生长着乔木和竹林，郁闭度在 0.3 以上（不包括 0.3）的林地面积，即有林地面积。它是反映森林资源总面积的重要指标。森林面积包括天然林面积和人工林面积，但不包括灌木林地和疏林地面积。

**森林覆盖率**　通常是指森林面积占土地面积之比，一般用百分数表示。但国家规定在计算森林覆盖率时，森林面积还包括灌木林面积、农田林网树占地面积以及四旁树木的覆盖面积。森林覆盖率，是反映一个国家或地区森林资源和绿化水平的重要指标。计算公式为：

森林覆盖率（%）＝森林面积/土地面积×100%

**活立木蓄积量**　指全部土地上树木蓄积的总量。包括森林蓄积，疏林蓄积，散生木蓄积和四旁树蓄积。

**矿产保有储量**　指探明的矿产储量（包括工业储量和远景储量）扣除已开采部分和地下损失量后的年底实有储量。它反映国家或地区矿产资源的现状。

# 二、综　　合

**简要说明**

一、本篇资料主要包括河南省国民经济综合资料，国民经济核算资料，综合改革试点县市、城区、镇乡资料，贫困县市资料及主要统计指标解释等。

二、本篇资料来源

1. 国民经济总量、速度、结构、比例和效益及人均指标均来自本《年鉴》各篇或由各篇资料加工整理而得。

2. 国民经济核算资料由省统计局根据《国民生产总值统计年报制度》加工整理提供。

3. 综合改革试点县市、城区、镇乡资料由省统计局根据《综合改革试点县市、城区、镇乡统计监测年报制度》加工整理。

4. 贫困县市资料根据本《年鉴》"各县(市)主要统计指标"加工整理。

5. 资产负债资料由省统计局根据《国民资产核算制度》加工整理提供；资金流量资料由人民银行提供；投入产出资料由省统计局根据1997年投入产出调查和主要经济总量指标编制。

# 数 据 要 览

| | | |
|---|---|---|
| ◆1998 年国内生产总值 | 4356.60 亿元 | 比上年增长 8.7% |
| 第一产业 | 1071.39 亿元 | 比上年增长 7.0% |
| 第二产业 | 2012.74 亿元 | 比上年增长 9.2% |
| 第三产业 | 1272.47 亿元 | 比上年增长 9.4% |
| ◆1998 年人均国内生产总值 | 4695.1 元 | 比上年增长 7.8% |
| ◆1998 年国内生产总值构成 | 100% | |
| 第一产业 | 24.6% | 比上年下降 0.1 个百分点 |
| 第二产业 | 46.2% | 比上年下降 0.9 个百分点 |
| 第三产业 | 29.2% | 比上年上升 1 个百分点 |

国内生产总值

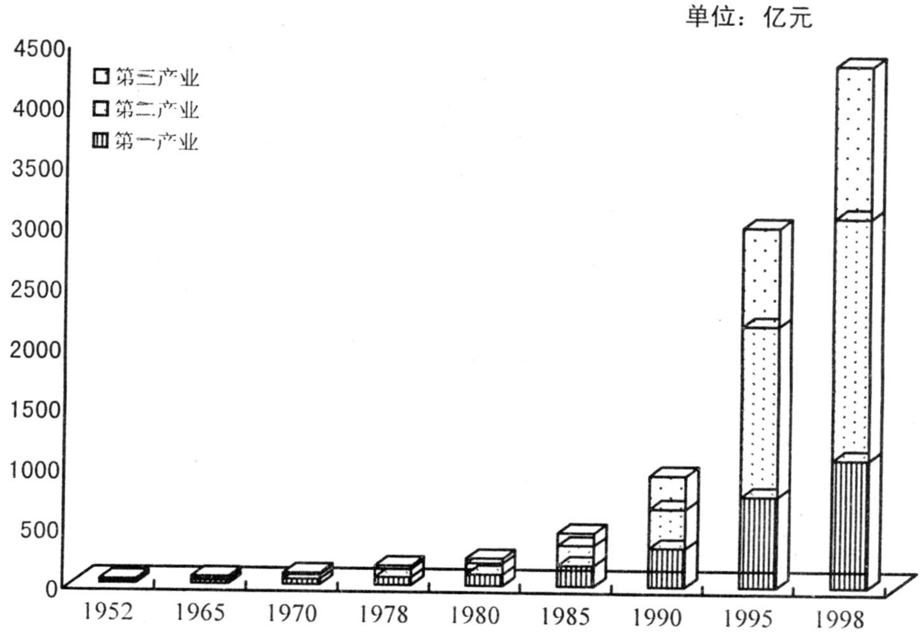

## 2－1 国民经济主要指标

| 指　　标 | 单位 | 1978 年 | 1980 年 | 1985 年 | 1990 年 | 1995 年 | 1997 年 | 1998 年 |
|---|---|---|---|---|---|---|---|---|
| **人口与就业** | | | | | | | | |
| **人口** | | | | | | | | |
| 年底总人口 | 万人 | 7067 | 7285 | 7847 | 8649 | 9100 | 9243 | 9315 |
| ＃市镇人口 | 万人 | 854 | 895 | 1440 | 3087 | 4571 | 5225 | 5570 |
| ＃男性人口 | 万人 | 3599 | 3710 | 4022 | 4440 | 4651 | 4751 | 4787 |
| **就业** | | | | | | | | |
| 年底从业人员 | 万人 | 2806.60 | 2928.90 | 3520.19 | 4085.93 | 4508.99 | 4820.09 | 4999.60 |
| ＃在岗职工 | 万人 | 420.08 | 462.38 | 593.38 | 692.61 | 815.02 | 841.33 | 748.06 |
| 城镇失业人数 | 万人 | 15.74 | 24.45 | 16.10 | 25.09 | 20.11 | 19.90 | 21.64 |
| **宏观经济** | | | | | | | | |
| **国民核算** | | | | | | | | |
| 国内生产总值 | 亿元 | 162.92 | 229.16 | 451.74 | 934.65 | 3002.74 | 4079.26 | 4356.60 |
| 第一产业 | 亿元 | 64.86 | 93.23 | 173.43 | 325.77 | 762.99 | 1008.55 | 1071.39 |
| 第二产业 | 亿元 | 69.45 | 94.44 | 170.07 | 331.85 | 1420.25 | 1920.05 | 2012.74 |
| 第三产业 | 亿元 | 28.61 | 41.49 | 108.24 | 277.03 | 819.50 | 1150.66 | 1272.47 |
| 人均国内生产总值 | 元 | 232.3 | 316.7 | 579.7 | 1090.6 | 3312.8 | 4430.1 | 4695.1 |
| 国内支出总额 | 亿元 | 162.92 | 229.16 | 451.74 | 934.65 | 3002.74 | 4079.26 | 4356.60 |
| ＃最终消费 | 亿元 | 107.07 | 151.48 | 275.95 | 527.43 | 1595.23 | 2154.98 | 2235.11 |
| 居民消费 | 亿元 | 94.34 | 135.23 | 231.11 | 447.97 | 1253.06 | 1696.54 | 1727.81 |
| 政府消费 | 亿元 | 12.73 | 16.25 | 44.84 | 79.46 | 342.17 | 458.44 | 507.30 |
| 资本形成总额 | 亿元 | 52.49 | 69.20 | 173.43 | 364.81 | 1244.31 | 1703.44 | 1870.67 |
| 固定资本形成 | 亿元 | 40.66 | 57.70 | 138.19 | 225.73 | 874.87 | 1255.59 | 1414.85 |
| 存货增加 | 亿元 | 11.83 | 11.50 | 35.24 | 139.08 | 369.44 | 447.85 | 455.82 |
| **固定资产投资** | | | | | | | | |
| 全社会固定资产投资总额 | 亿元 | | | 126.95 | 206.12 | 805.03 | 1165.19 | 1330.56 |
| ＃国有单位 | 亿元 | 24.80 | 24.27 | 64.57 | 108.23 | 437.83 | 569.15 | 638.49 |
| 集体单位 | 亿元 | | | 15.53 | 24.57 | 142.01 | 222.67 | 255.10 |
| **财政** | | | | | | | | |
| 地方财政收入 | 亿元 | 33.73 | 31.86 | 48.93 | 83.59 | 124.63 | 192.63 | 208.20 |
| 地方财政支出 | 亿元 | 27.67 | 26.74 | 49.51 | 89.53 | 207.28 | 290.84 | 323.63 |
| **物价总指数(以上年为 100)** | | | | | | | | |
| 居民消费价格总指数 | | 100.1 | 104.6 | 104.6 | 100.7 | 116.5 | 103.5 | 97.5 |
| 商品零售价格总指数 | | 100.1 | 104.9 | 105.4 | 100.1 | 114.9 | 100.6 | 96.6 |

2—1 续表 1

| 指　　标 | 单位 | 1978 年 | 1980 年 | 1985 年 | 1990 年 | 1995 年 | 1997 年 | 1998 年 |
|---|---|---|---|---|---|---|---|---|
| 农业生产资料价格总指数 | | 97.9 | 100.1 | 103.0 | 98.3 | 125.8 | 99.3 | 94.2 |
| 农产品收购价格总指数 | | 104.8 | 107.1 | 103.1 | 92.4 | 127.1 | 95.0 | 92.2 |
| **利用外资** | | | | | | | | |
| 利用外资签订协议金额 | 万美元 | | | 7513 | 2194 | 97421 | 149423 | 80689 |
| 实际利用外资金额 | 万美元 | | | 1208 | 1136 | 102842 | 132235 | 118263 |
| #外商直接投资 | 万美元 | | | 565 | 1049 | 47981 | 64735 | 61794 |
| **产　业** | | | | | | | | |
| **农林牧渔业** | | | | | | | | |
| 年底耕地面积 | 千公顷 | 7157.3 | 7128.1 | 7033.2 | 6933.2 | 6805.8 | 6773.4 | 6834.0 |
| 农林牧渔业总产值 | 亿元 | 95.38 | 134.62 | 241.54 | 502.01 | 1304.25 | 1710.12 | 1823.01 |
| 主要农产品产量 | | | | | | | | |
| 粮食 | 万吨 | 2097.40 | 2148.68 | 2710.53 | 3303.66 | 3466.50 | 3894.66 | 4009.61 |
| 棉花 | 万吨 | 22.42 | 40.62 | 54.73 | 67.61 | 77.00 | 79.00 | 72.84 |
| 油料 | 万吨 | 24.16 | 46.20 | 96.18 | 152.29 | 298.00 | 276.66 | 312.13 |
| 烟叶 | 万吨 | 29.95 | 18.89 | 53.89 | 40.86 | 22.26 | 41.60 | 31.06 |
| 水果 | 万吨 | 47.11 | 43.55 | 53.33 | 63.92 | 211.66 | 269.26 | 312.60 |
| 年底大牲畜存栏头数 | 万头 | 515.03 | 541.99 | 886.35 | 1116.33 | 1420.45 | 1420.87 | 1416.84 |
| 年底生猪存栏头数 | 万头 | 1724.90 | 1474.24 | 1621.74 | 1750.32 | 2667.72 | 2931.91 | 3439.66 |
| 年底山绵羊存栏只数 | 万只 | 989.70 | 1147.74 | 661.45 | 1279.51 | 2298.27 | 2326.01 | 2553.11 |
| 肉类产量 | 万吨 | | | 71.83 | 134.86 | 333.00 | 403.00 | 461.63 |
| #猪牛羊肉 | 万吨 | 44.00 | 53.02 | 67.47 | 123.66 | 295.86 | 346.23 | 402.57 |
| **工业** | | | | | | | | |
| 工业总产值 | 亿元 | 170.82 | 209.23 | 401.32 | 1036.73 | 4393.87 | 5642.14 | 5821.32 |
| 轻工业 | 亿元 | 78.65 | 106.91 | 193.06 | 473.13 | 1899.19 | 2366.56 | 2428.02 |
| 重工业 | 亿元 | 92.17 | 102.32 | 208.26 | 563.60 | 2494.68 | 3275.58 | 3393.30 |
| 工业增加值 | 亿元 | 59.20 | 80.51 | 144.39 | 288.58 | 1274.89 | 1681.25 | 1742.18 |
| 主要工业产品产量 | | | | | | | | |
| 自行车 | 万辆 | 6.30 | 21.28 | 153.46 | 75.72 | 188.92 | 99.28 | 32.98 |
| 电视机 | 万台 | 0.36 | 3.35 | 31.78 | 35.49 | 39.58 | 39.47 | 63.77 |
| 化学纤维 | 吨 | 9929 | 13199 | 38480 | 63663 | 101418 | 113467 | 159133 |

2—1 续表 2

| 指　　标 | 单位 | 1978 年 | 1980 年 | 1985 年 | 1990 年 | 1995 年 | 1997 年 | 1998 年 |
|---|---|---|---|---|---|---|---|---|
| 纱 | 万吨 | 16.28 | 20.17 | 22.92 | 31.45 | 41.03 | 49.59 | 47.06 |
| 布 | 亿米 | 7.39 | 9.06 | 9.36 | 11.17 | 16.64 | 13.70 | 13.23 |
| 卷烟 | 万箱 | 161.70 | 231.60 | 316.20 | 291.49 | 298.30 | 290.28 | 275.77 |
| 饮料酒 | 万吨 | 13.04 | 14.68 | 36.73 | 63.41 | 123.20 | 143.90 | 152.76 |
| 机制纸及纸板 | 万吨 | 17.13 | 23.88 | 79.73 | 148.41 | 328.85 | 254.48 | 249.81 |
| 原煤 | 万吨 | 5845 | 5625 | 7857 | 9080 | 10334 | 10520 | 9406 |
| 原油 | 万吨 | 167.44 | 230.80 | 793.31 | 882.06 | 601.96 | 587.13 | 587.60 |
| 发电量(亿千瓦小时) | | 130.68 | 159.45 | 209.34 | 319.14 | 547.71 | 630.83 | 631.05 |
| 生铁 | 万吨 | 109.72 | 95.63 | 112.81 | 171.33 | 322.06 | 362.00 | 390.31 |
| 钢 | 万吨 | 54.22 | 64.50 | 97.26 | 168.98 | 280.98 | 334.16 | 366.58 |
| 成品钢材 | 万吨 | 30.94 | 44.76 | 79.67 | 134.01 | 261.11 | 329.31 | 358.02 |
| 合成氨 | 万吨 | 73.48 | 92.19 | 112.52 | 168.16 | 266.89 | 283.46 | 279.04 |
| 农用化肥(折纯量) | 万吨 | 51.92 | 65.06 | 81.43 | 140.58 | 219.19 | 237.89 | 267.89 |
| 水泥 | 万吨 | 352.85 | 406.07 | 764.77 | 1178.91 | 3348.27 | 3417.00 | 3707.00 |
| 平板玻璃 | 万重量箱 | 184.20 | 294.61 | 595.73 | 904.80 | 2127.41 | 1546.18 | 2165.02 |
| 小型拖拉机 | 万台 | 2.23 | 1.95 | 9.42 | 16.58 | 24.07 | 30.42 | 28.82 |
| **建筑业** | | | | | | | | |
| 建筑业总产值 | 亿元 | | | 26.09 | 41.05 | 182.07 | 294.69 | 304.96 |
| 施工房屋面积 | 万平方米 | | | | 1264.50 | 3386.46 | 4984.41 | 5061.35 |
| 竣工房屋面积 | 万平方米 | | | | 609.70 | 1533.55 | 2447.91 | 2418.40 |
| **运输和邮电** | | | | | | | | |
| 旅客周转量 | 亿人公里 | 123.22 | 163.98 | 323.50 | 423.46 | 573.85 | 620.28 | 640.16 |
| #铁路 | 亿人公里 | 92.62 | 122.40 | 209.77 | 229.90 | 304.66 | 296.80 | 310.79 |
| 公路 | 亿人公里 | 30.47 | 41.35 | 113.36 | 193.10 | 262.11 | 314.26 | 320.93 |
| 货物周转量 | 亿吨公里 | 508.53 | 547.65 | 838.22 | 1169.44 | 1538.82 | 1547.18 | 1452.74 |
| #铁路 | 亿吨公里 | 484.91 | 525.31 | 728.25 | 1001.79 | 1233.74 | 1179.62 | 1083.35 |
| 公路 | 亿吨公里 | 21.57 | 21.01 | 105.72 | 160.66 | 295.18 | 352.74 | 355.48 |
| 邮电业务总量 | 万元 | 7120 | 8062 | 11057 | 48983 | 302583 | 643107 | 1035556 |
| 市内电话交换机总容量 | 万门 | | | 11.92 | 24.92 | 194.46 | 355.83 | 521.24 |
| #程控 | 万门 | | | | 4.25 | 194.46 | 355.83 | 521.24 |
| **批发零售贸易业、餐饮业** | | | | | | | | |
| 社会消费品零售总额 | 亿元 | 71.79 | 96.04 | 180.59 | 314.31 | 906.67 | 1372.81 | 1496.24 |
| **对外经济贸易和国际旅游** | | | | | | | | |

2—1 续表 3

| 指　　标 | 单位 | 1978 年 | 1980 年 | 1985 年 | 1990 年 | 1995 年 | 1997 年 | 1998 年 |
|---|---|---|---|---|---|---|---|---|
| 进出口总额 | 万美元 | 10231 | 20448 | 44991 | 100385 | 222918 | 189699 | 173196 |
| 进口额 | 万美元 | | | 8281 | 13696 | 87159 | 61036 | 54521 |
| 出口额 | 万美元 | 10231 | 20448 | 36710 | 86689 | 135759 | 128663 | 118675 |
| 接待旅游者人数 | 万人次 | | | 6.36 | 10.67 | 14.91 | 17.50 | 17.93 |
| 旅游收入 | 万美元 | | | | | 6020 | 9500 | 10132 |
| **金融** | | | | | | | | |
| 国家银行年底存款余额 | 亿元 | 45.71 | 57.77 | 146.42 | 435.23 | 1531.51 | 2257.15 | 2236.79 |
| 国家银行年底贷款余额 | 亿元 | 99.99 | 125.01 | 284.91 | 636.41 | 1716.57 | 2596.48 | 2152.40 |
| **教育、科技、文化** | | | | | | | | |
| **教育** | | | | | | | | |
| 在校学生数 | | | | | | | | |
| 高等学校 | 万人 | 2.73 | 4.59 | 6.85 | 8.04 | 12.24 | 13.60 | 14.64 |
| 中等专业学校 | 万人 | 3.39 | 6.93 | 8.39 | 13.73 | 21.43 | 29.03 | 33.36 |
| 普通中学 | 万人 | 521.62 | 487.27 | 357.46 | 352.56 | 417.86 | 480.21 | 512.51 |
| 小学 | 万人 | 1140.26 | 1133.75 | 1034.97 | 961.15 | 1039.56 | 1169.96 | 1200.06 |
| **科技** | | | | | | | | |
| 科技机构数 | 个 | | | | | 1689 | 1591 | 1569 |
| 从事科技活动人员数 | 人 | | | | | 122882 | 140083 | 142713 |
| #科学家、工程师 | 人 | | | | | 55681 | 89020 | 32488 |
| 当年经费使用总额 | 万元 | | | | | 292286 | 273395 | 303681 |
| 技术市场成交额 | 万元 | | | | 39396 | 122798 | 157766 | 171999 |
| **文化** | | | | | | | | |
| 图书出版数量 | 万册 | 18169 | 21672 | 30409 | 28361 | 36639 | 39489 | 42487 |
| 杂志出版数量 | 万册 | | 1368 | 10341 | 8460 | 10501 | 9907 | 10643 |
| 报纸出版数量 | 万张 | | 28849 | 87875 | 79742 | 89642 | 94416 | 110111 |
| **家庭、生活、环境** | | | | | | | | |
| **家庭** | | | | | | | | |
| 家庭总户数 | 万户 | 1431 | 1481 | 1675 | 2014 | 2327 | 2342 | 2375 |
| 城镇居民平均每户家庭人口 | 人 | | | 4.11 | 3.60 | 3.34 | 3.29 | 3.24 |
| 农村居民平均每户家庭人口 | 人 | | 5.54 | 5.11 | 4.86 | 4.52 | 4.37 | 4.31 |
| **婚姻** | | | | | | | | |
| 准予登记结婚 | 万对 | | | 56.94 | 74.26 | 72.03 | 71.77 | 73.05 |
| 准予登记离婚(民政部门) | 万对 | | | 1.14 | 1.94 | 2.24 | 2.57 | 2.76 |

2—1 续表 4

| 指　　　标 | 单位 | 1978 年 | 1980 年 | 1985 年 | 1990 年 | 1995 年 | 1997 年 | 1998 年 |
|---|---|---|---|---|---|---|---|---|
| **居住** | | | | | | | | |
| 城市居民人均居住面积 | 平方米 | | | 4.9 | 6.7 | 7.4 | 8.0 | 8.4 |
| 农村居民人均居住面积 | 平方米 | | | 13.42 | 15.99 | 18.64 | 21.36 | 22.56 |
| **生活** | | | | | | | | |
| 居民消费水平 | 元 | 135 | 187 | 297 | 523 | 1382 | 1842 | 1862 |
| 农村居民 | 元 | 109 | 159 | 240 | 413 | 1075 | 1418 | 1401 |
| 城镇居民 | 元 | 428 | 471 | 750 | 1273 | 3016 | 3906 | 4038 |
| 城乡居民储蓄存款年底余额 | 亿元 | 9.81 | 19.44 | 84.23 | 376.12 | 1456.35 | 2243.00 | 2657.23 |
| 城镇居民人均生活费收入 | 元 | 291.00 | 341.60 | 560.95 | 1152.95 | 3029.47 | 3713.86 | 3797.27 |
| 城镇居民人均消费性支出 | 元 | 274.00 | 335.02 | 556.72 | 1067.67 | 2673.95 | 3378.02 | 3415.65 |
| 农民人均纯收入 | 元 | 104.71 | 160.78 | 328.78 | 526.95 | 1231.97 | 1733.89 | 1864.05 |
| 农民人均生活消费支出 | 元 | 81.70 | 135.51 | 260.19 | 437.73 | 929.39 | 1270.52 | 1240.30 |
| **工资和福利** | | | | | | | | |
| 在岗职工工资总额 | 亿元 | 24.30 | 32.93 | 57.85 | 123.86 | 347.70 | 434.08 | 431.01 |
| 在岗职工平均工资 | 元 | 590 | 730 | 1015 | 1825 | 4344 | 5225 | 5781 |
| 在岗职工保险福利费 | 万元 | 28161 | 45861 | 109279 | 207630 | 305640 | 348982 | 331755 |
| **卫生** | | | | | | | | |
| 医院、卫生院数 | 个 | 2476 | 2530 | 2688 | 2824 | 2965 | 3001 | 2999 |
| 卫生机构床位数 | 万张 | 10.20 | 11.92 | 14.91 | 18.21 | 19.23 | 18.92 | 19.42 |
| #医院、卫生院 | 万张 | 9.73 | 11.17 | 13.77 | 16.36 | 17.54 | 17.58 | 17.99 |
| 卫生技术人员数 | 万人 | 11.44 | 14.48 | 19.49 | 22.28 | 25.50 | 26.20 | 26.32 |
| #医生 | 万人 | 4.38 | 5.41 | 8.36 | 9.94 | 10.57 | 10.67 | 10.68 |
| **市政建设** | | | | | | | | |
| 供水总量 | 万立方米 | | | 66240 | 153682 | 207049 | 212004 | 200912 |
| 排水管道长度 | 公里 | | | 1556 | 2662 | 4472 | 5166 | 5483 |
| 城市煤气、天然气家庭用量 | 万立方米 | | | 570 | 10124 | 16472 | 21181 | 29280 |
| 公共汽(电)车总数 | 标台 | | | 1224 | 1646 | 3804 | 5231 | 6031 |
| 道路长度 | 公里 | | | 1632 | 2586 | 3845 | 4246 | 4519 |
| 公共绿地面积 | 公顷 | | | 1056 | 1922 | 2338 | 3706 | 5372 |
| **环境、灾害** | | | | | | | | |
| 治理污染资金使用额 | 万元 | | | 7155 | 16683 | 94676 | 116056 | 70797 |
| 污染事故次数 | 次 | | | 108 | 166 | 61 | 35 | 49 |
| 火灾发生数 | 起 | | | | | 1112 | 7073 | 7217 |
| 火灾损失折款 | 万元 | | | | | 4479 | 5026 | 5020 |
| 交通事故发生数 | 起 | | | | | 13055 | 13317 | 13572 |
| 交通事故损失折款 | 万元 | | | | | 5501 | 6582 | 7192 |

注：1.本表价值量指标除邮电业务总量自 1990 年起按 1990 年不变价格计算，以前年度按 1980 年不变价格计算外，其他价值量指标均按当年价格计算。

2.1994 年始财政收入为分税制后新口径数据(下同)。

3.在岗职工、工资、福利费 1997 年及以前年度为职工口径(下同)。

4.国家银行存、贷款 1998 年为国有独资商业银行口径(下同)。

5.进出口总额 1992 年及以后年度为海关数，其他为有关部门数(下同)。

# 2—2 国民经济主要指标发展(增长)速度

| 指　标 | 1998年为以下各年% | | | | | | 平均每年增长% | | |
|---|---|---|---|---|---|---|---|---|---|
| | 1978年 | 1980年 | 1985年 | 1990年 | 1995年 | 1997年 | 1979～1998年 | 1991～1998年 | 1996～1998年 |
| **人口与就业** | | | | | | | | | |
| **人口** | | | | | | | | | |
| 年底总人口 | 131.8 | 127.9 | 118.7 | 107.7 | 102.4 | 100.8 | 1.4 | 0.9 | 0.8 |
| #市镇人口 | 652.2 | 622.3 | 386.8 | 180.4 | 121.9 | 106.6 | 9.8 | 7.7 | 6.8 |
| #男性人口 | 133.0 | 129.0 | 119.0 | 107.8 | 102.9 | 100.8 | 1.4 | 0.9 | 1.0 |
| **就业** | | | | | | | | | |
| 年底从业人员 | 178.1 | 170.7 | 142.0 | 122.4 | 110.9 | 103.7 | 2.9 | 2.6 | 3.5 |
| #在岗职工 | 178.1 | 161.8 | 126.1 | 108.0 | 91.8 | 88.9 | 2.9 | 1.0 | —2.8 |
| 城镇失业人数 | 137.5 | 88.5 | 134.4 | 86.2 | 107.6 | 108.7 | 1.6 | —1.8 | 2.5 |
| **宏观经济** | | | | | | | | | |
| **国民核算** | | | | | | | | | |
| 国内生产总值 | 790.1 | 630.0 | 362.2 | 251.3 | 136.7 | 108.7 | 10.9 | 12.2 | 11.0 |
| 第一产业 | 330.3 | 297.4 | 191.4 | 158.6 | 128.2 | 107.0 | 6.2 | 5.9 | 8.6 |
| 第二产业 | 1117.8 | 847.0 | 516.1 | 347.6 | 140.6 | 109.2 | 12.8 | 16.9 | 12.0 |
| 第三产业 | 1504.3 | 990.3 | 416.8 | 241.1 | 138.0 | 109.4 | 14.5 | 11.6 | 11.3 |
| 人均国内生产总值 | 596.7 | 491.1 | 303.9 | 231.7 | 133.4 | 107.8 | 9.3 | 11.1 | 10.1 |
| 国内支出总额 | 790.1 | 630.0 | 362.2 | 251.3 | 136.7 | 108.7 | 10.9 | 12.2 | 11.0 |
| #最终消费 | 642.1 | 476.1 | 286.0 | 228.5 | 130.1 | 105.7 | 9.7 | 10.9 | 9.2 |
| 居民消费 | 539.7 | 395.1 | 252.5 | 205.3 | 127.8 | 104.1 | 8.8 | 9.4 | 8.5 |
| 政府消费 | 1493.1 | 1232.8 | 498.0 | 366.3 | 138.0 | 111.4 | 14.5 | 17.6 | 11.3 |
| 资本形成总额 | 1092.6 | 885.8 | 438.2 | 281.7 | 145.9 | 112.2 | 12.7 | 13.8 | 13.4 |
| 固定资本形成 | 1078.3 | 838.7 | 446.8 | 338.8 | 155.2 | 114.2 | 12.6 | 16.5 | 15.8 |
| 存货增加 | 1561.8 | 1521.9 | 556.3 | 205.4 | 126.1 | 107.3 | 14.7 | 9.4 | 8.0 |
| **固定资产投资** | | | | | | | | | |
| 全社会固定资产投资总额 | | | 1048.1 | 645.5 | 165.3 | 114.2 | | 28.4 | 19.7 |
| #国有单位 | 2574.6 | 2630.8 | 988.8 | 589.9 | 145.8 | 112.2 | 17.1 | 28.4 | 14.0 |
| 集体单位 | | | 1642.6 | 1038.3 | 179.6 | 114.6 | | 37.4 | 23.8 |
| **财政** | | | | | | | | | |
| 地方财政收入 | 1133.2 | 1199.7 | 781.2 | 457.3 | 167.1 | 108.1 | 12.9 | 20.9 | 18.7 |
| 地方财政支出 | 1169.6 | 1210.3 | 653.7 | 361.5 | 156.1 | 111.3 | 13.1 | 17.4 | 16.0 |
| **物价总指数** | | | | | | | | | |
| 居民消费价格总指数 | 358.1 | 340.5 | 309.5 | 193.5 | 111.5 | 97.5 | 6.6 | 8.6 | 3.7 |
| 商品零售价格总指数 | 314.4 | 298.3 | 266.5 | 168.0 | 104.8 | 96.6 | 5.9 | 6.7 | 1.6 |

2—2续表1

| 指　　标 | 1998年为以下各年% | | | | | | 平均每年增长% | | |
|---|---|---|---|---|---|---|---|---|---|
| | 1978年 | 1980年 | 1985年 | 1990年 | 1995年 | 1997年 | 1979～1998年 | 1991～1998年 | 1996～1998年 |
| 农业生产资料价格总指数 | 351.0 | 351.0 | 293.8 | 174.7 | 100.9 | 94.2 | 6.5 | 7.2 | 0.3 |
| 农产品收购价格总指数 | 469.0 | 359.9 | 295.2 | 201.6 | 92.0 | 92.2 | 8.0 | 9.2 | —2.7 |
| **利用外资** | | | | | | | | | |
| 利用外资签订协议金额 | | | 1074.0 | 3677.7 | 82.8 | 104.0 | | 56.9 | —6.1 |
| 实际利用外资金额 | | | 9790.0 | 10410.5 | 115.0 | 89.4 | | 78.7 | 4.8 |
| #外商直接投资 | | | 10937.0 | 5890.8 | 128.8 | 95.5 | | 66.4 | 8.8 |
| **产　业** | | | | | | | | | |
| **农林牧渔业** | | | | | | | | | |
| 年底耕地面积 | 95.5 | 95.9 | 97.2 | 98.6 | 100.4 | 100.9 | —0.2 | —0.2 | 0.1 |
| 农林牧渔业总产值 | 385.8 | 363.1 | 238.7 | 180.5 | 129.9 | 106.9 | 7.0 | 7.7 | 9.1 |
| 主要农产品产量 | | | | | | | | | |
| 粮食 | 191.2 | 186.6 | 147.9 | 121.4 | 115.7 | 103.0 | 3.3 | 2.5 | 5.0 |
| 棉花 | 324.9 | 179.3 | 133.1 | 107.7 | 94.6 | 92.2 | 6.1 | 0.9 | —1.8 |
| 油料 | 1291.9 | 675.6 | 324.5 | 205.0 | 104.7 | 112.8 | 13.6 | 9.4 | 1.6 |
| 烟叶 | 103.7 | 164.4 | 57.6 | 76.0 | 139.5 | 74.7 | 0.2 | —3.4 | 11.7 |
| 水果 | 663.6 | 717.8 | 586.2 | 489.0 | 147.7 | 116.1 | 9.9 | 21.9 | 13.9 |
| 年底大牲畜存栏头数 | 275.1 | 261.4 | 159.9 | 126.9 | 99.7 | 99.7 | 5.2 | 3.0 | —0.1 |
| 年底生猪存栏头数 | 199.4 | 233.3 | 212.1 | 196.5 | 128.9 | 117.3 | 3.5 | 8.8 | 8.8 |
| 年底山绵羊存栏只数 | 258.0 | 222.4 | 386.0 | 199.5 | 111.1 | 109.8 | 4.9 | 9.0 | 3.6 |
| 肉类产量 | | | 642.7 | 342.3 | 138.6 | 114.5 | | 16.6 | 11.5 |
| #猪牛羊肉 | 914.9 | 759.3 | 596.7 | 325.5 | 136.1 | 116.3 | 11.7 | 15.9 | 10.8 |
| **工业** | | | | | | | | | |
| 工业总产值 | 1591.5 | 1327.3 | 764.8 | 399.0 | 135.9 | 108.8 | 14.8 | 18.9 | 10.8 |
| 轻工业 | 1693.6 | 1271.6 | 736.6 | 406.1 | 131.1 | 108.2 | 15.2 | 19.1 | 9.4 |
| 重工业 | 1497.0 | 1378.7 | 791.2 | 392.6 | 139.6 | 109.2 | 14.5 | 18.6 | 11.8 |
| 工业增加值 | 1225.7 | 926.2 | 560.4 | 352.3 | 137.9 | 108.7 | 13.3 | 17.0 | 11.3 |
| 主要工业产品产量 | | | | | | | | | |
| 自行车 | 523.5 | 155.0 | 21.5 | 43.6 | 17.5 | 33.2 | 8.6 | —9.9 | —44.1 |
| 电视机 | 17713.9 | 1903.6 | 200.7 | 179.7 | 161.1 | 161.6 | 29.5 | 7.6 | 17.2 |
| 化学纤维 | 1602.7 | 1205.6 | 413.5 | 250.0 | 156.9 | 140.2 | 14.9 | 12.1 | 16.2 |
| 纱 | 289.1 | 233.3 | 205.3 | 149.6 | 114.7 | 94.9 | 5.5 | 5.2 | 4.7 |
| 布 | 179.0 | 146.0 | 141.3 | 118.4 | 79.5 | 96.6 | 3.0 | 2.1 | —7.4 |
| 卷烟 | 170.5 | 119.1 | 87.2 | 94.6 | 92.4 | 95.0 | 2.7 | —0.7 | —2.6 |

2－2 续表 2

| 指　　标 | 1998 年为以下各年% | | | | | | 平均每年增长% | | |
|---|---|---|---|---|---|---|---|---|---|
| | 1978 年 | 1980 年 | 1985 年 | 1990 年 | 1995 年 | 1997 年 | 1979～1998 年 | 1991～1998 年 | 1996～1998 年 |
| 饮料酒 | 1171.5 | 1040.6 | 415.9 | 240.9 | 124.0 | 106.2 | 13.1 | 11.6 | 7.4 |
| 机制纸及纸板 | 1458.3 | 1046.1 | 313.3 | 168.3 | 76.0 | 98.2 | 14.3 | 6.7 | －8.8 |
| 原煤 | 160.9 | 167.2 | 119.7 | 103.6 | 91.0 | 89.4 | 2.4 | 0.4 | －3.1 |
| 原油 | 350.9 | 254.6 | 74.1 | 66.6 | 97.6 | 100.1 | 6.5 | －5.0 | －0.8 |
| 发电量 | 482.9 | 395.8 | 301.4 | 197.7 | 115.2 | 100.0 | 8.2 | 8.9 | 4.8 |
| 生铁 | 355.7 | 408.1 | 346.0 | 227.8 | 121.2 | 107.8 | 6.6 | 10.8 | 6.6 |
| 钢 | 676.1 | 568.3 | 376.9 | 216.9 | 130.5 | 109.7 | 10.0 | 10.2 | 9.3 |
| 成品钢材 | 1157.1 | 799.9 | 449.4 | 267.2 | 137.1 | 108.7 | 13.0 | 13.1 | 11.1 |
| 合成氨 | 379.7 | 302.7 | 248.0 | 165.9 | 104.6 | 98.4 | 6.9 | 6.5 | 1.5 |
| 农用化肥(折纯量) | 516.0 | 411.8 | 329.0 | 190.6 | 122.2 | 112.6 | 8.6 | 8.4 | 6.9 |
| 水泥 | 1050.6 | 912.9 | 484.7 | 314.4 | 110.7 | 108.5 | 12.5 | 15.4 | 3.5 |
| 平板玻璃 | 1175.4 | 734.9 | 363.4 | 239.3 | 101.8 | 140.0 | 13.1 | 11.5 | 0.6 |
| 小型拖拉机 | 1292.4 | 1477.9 | 305.9 | 173.8 | 119.7 | 94.7 | 13.7 | 7.2 | 6.2 |
| **建筑业** | | | | | | | | | |
| 建筑业总产值 | | | 1168.9 | 742.9 | 167.5 | 103.5 | | 28.5 | 18.8 |
| 施工房屋面积 | | | | 400.3 | 149.5 | 101.5 | | 18.9 | 14.3 |
| 竣工房屋面积 | | | | 396.7 | 157.7 | 98.8 | | 18.8 | 16.4 |
| **运输和邮电** | | | | | | | | | |
| 旅客周转量 | 519.5 | 390.4 | 197.9 | 151.2 | 111.6 | 103.2 | 8.6 | 5.3 | 3.7 |
| #铁路 | 335.6 | 253.9 | 148.2 | 135.2 | 102.0 | 104.7 | 6.2 | 3.8 | 0.7 |
| 公路 | 1053.3 | 776.1 | 283.1 | 166.2 | 122.4 | 102.1 | 12.5 | 6.6 | 7.0 |
| 货物周转量 | 285.7 | 265.3 | 173.3 | 124.2 | 94.4 | 93.9 | 5.4 | 2.7 | －1.9 |
| #铁路 | 223.4 | 206.2 | 148.8 | 108.1 | 87.8 | 91.8 | 4.1 | 1.0 | －4.2 |
| 公路 | 1648.0 | 1692.0 | 336.2 | 221.3 | 120.4 | 100.8 | 15.0 | 10.4 | 6.4 |
| 邮电业务总量 | 8275.9 | 7308.9 | 5329.2 | 2114.1 | 342.2 | 161.0 | 24.7 | 46.4 | 50.7 |
| 市内电话交换机总容量 | | | 4372.8 | 2091.7 | 268.0 | 146.5 | | 46.2 | 38.9 |
| #程控 | | | | 12264.5 | 268.0 | 146.5 | | 82.4 | 38.9 |
| **批发零售贸易业、餐饮业** | | | | | | | | | |
| 社会消费品零售总额 | 2084.2 | 1557.9 | 828.5 | 476.0 | 165.0 | 109.0 | 16.4 | 21.5 | 18.2 |
| **对外经济贸易和国际旅游** | | | | | | | | | |
| 进出口总额 | 1692.9 | 847.0 | 385.0 | 172.5 | 77.7 | 91.3 | 15.2 | 7.1 | －8.1 |
| 进口额 | | | 658.4 | 398.1 | 62.6 | 89.3 | | 18.8 | －14.5 |
| 出口额 | 1160.0 | 580.4 | 323.3 | 136.9 | 87.4 | 92.2 | 13.0 | 4.0 | －4.4 |

2—2续表3

| 指　　标 | 1998年为以下各年% | | | | | | 平均每年增长% | | |
|---|---|---|---|---|---|---|---|---|---|
| | 1978年 | 1980年 | 1985年 | 1990年 | 1995年 | 1997年 | 1979～1998年 | 1991～1998年 | 1996～1998年 |
| 接待旅游者人数 | | | 281.9 | 168.0 | 120.3 | 102.5 | | 6.7 | 6.3 |
| 旅游收入 | | | | | 168.3 | 106.7 | | | 19.0 |
| **金融** | | | | | | | | | |
| 国家银行年底存款余额 | 5624.4 | 4450.2 | 1755.8 | 590.7 | 167.9 | 113.9 | 22.3 | 24.9 | 18.9 |
| 国家银行年底贷款余额 | 3222.6 | 2577.6 | 1131.0 | 506.3 | 187.7 | 124.1 | 19.0 | 22.5 | 23.4 |
| **教育、科技、文化** | | | | | | | | | |
| **教育** | | | | | | | | | |
| 在校学生数 | | | | | | | | | |
| 高等学校 | 536.3 | 319.0 | 213.7 | 182.1 | 119.6 | 107.6 | 8.8 | 7.8 | 6.1 |
| 中等专业学校 | 984.1 | 481.4 | 397.6 | 243.0 | 155.7 | 114.9 | 12.1 | 11.7 | 15.9 |
| 普通中学 | 98.3 | 105.2 | 143.4 | 145.4 | 122.7 | 106.7 | —0.1 | 4.8 | 7.0 |
| 小学 | 105.2 | 105.8 | 116.0 | 124.9 | 115.4 | 102.6 | 0.3 | 2.8 | 4.9 |
| **科技** | | | | | | | | | |
| 科技机构数 | | | | | 92.9 | 98.6 | | | —2.4 |
| 从事科技活动人员数 | | | | | 116.1 | 101.9 | | | 5.1 |
| #科学家、工程师 | | | | | 148.1 | 92.7 | | | 14.0 |
| 当年经费使用总额 | | | | | 103.9 | 111.1 | | | 1.3 |
| 技术市场成交额 | | | | 436.6 | 140.1 | 109.0 | | 20.2 | 11.9 |
| **文化** | | | | | | | | | |
| 图书出版数量 | 233.8 | 196.0 | 139.7 | 149.8 | 116.0 | 107.6 | 4.3 | 5.2 | 5.1 |
| 杂志出版数量 | | 778.0 | 102.9 | 125.8 | 101.4 | 107.4 | | 2.9 | 0.4 |
| 报纸出版数量 | | 381.7 | 125.3 | 138.1 | 122.8 | 116.6 | | 4.1 | 7.1 |
| **家庭、生活、环境** | | | | | | | | | |
| **家庭** | | | | | | | | | |
| 家庭总户数 | 166.0 | 160.4 | 141.8 | 117.9 | 102.1 | 101.4 | 2.6 | 2.1 | 0.7 |
| 城镇居民平均每户家庭人口 | | | 78.8 | 90.0 | 97.0 | 98.5 | | —1.3 | —1.0 |
| 农村居民平均每户家庭人口 | | 77.8 | 84.3 | 88.7 | 95.4 | 98.6 | | —1.5 | —1.6 |
| **婚姻** | | | | | | | | | |
| 准予登记结婚 | | | 128.3 | 98.4 | 101.4 | 101.8 | | —0.2 | 0.5 |
| 准予登记离婚(民政部门) | | | 242.1 | 142.3 | 123.2 | 107.4 | | 4.5 | 7.2 |
| **居住** | | | | | | | | | |
| 城市居民人均居住面积 | | | 171.4 | 125.4 | 113.5 | 105.0 | | 2.9 | 4.3 |
| 农村居民人均居住面积 | | | 168.1 | 141.1 | 121.0 | 105.6 | | 4.4 | 6.6 |

2—2 续表 4

| 指　　标 | 1998年为以下各年% | | | | | | 平均每年增长% | | |
|---|---|---|---|---|---|---|---|---|---|
| | 1978年 | 1980年 | 1985年 | 1990年 | 1995年 | 1997年 | 1979～1998年 | 1991～1998年 | 1996～1998年 |
| **生活** | | | | | | | | | |
| 居民消费水平 | 407.2 | 307.7 | 211.7 | 189.4 | 124.9 | 103.3 | 7.3 | 8.3 | 7.7 |
| 农村居民 | 423.2 | 303.2 | 213.5 | 194.2 | 126.7 | 102.7 | 7.5 | 8.7 | 8.2 |
| 城镇居民 | 224.0 | 217.6 | 159.1 | 147.3 | 114.2 | 103.0 | 4.1 | 5.0 | 4.5 |
| 城乡居民储蓄存款年底余额 | 27087.0 | 13668.9 | 3154.7 | 706.5 | 182.5 | 118.5 | 32.3 | 27.7 | 22.2 |
| 城镇居民人均生活费收入 | 318.0 | 303.7 | 204.8 | 160.9 | 114.1 | 104.4 | 6.0 | 6.1 | 4.5 |
| 城镇居民人均消费性支出 | 1246.6 | 1019.5 | 613.5 | 319.9 | 127.7 | 101.1 | 13.4 | 15.6 | 8.5 |
| 农民人均纯收入 | 648.1 | 422.1 | 206.4 | 177.1 | 133.7 | 106.5 | 9.8 | 7.4 | 10.2 |
| 农民人均生活消费支出 | 1518.1 | 915.3 | 476.7 | 283.3 | 133.5 | 97.6 | 14.6 | 13.9 | 10.1 |
| **工资和福利** | | | | | | | | | |
| 在岗职工工资总额 | 1773.7 | 1308.9 | 745.0 | 348.0 | 124.0 | 99.3 | 15.5 | 16.9 | 7.4 |
| 在岗职工平均工资 | 238.8 | 216.4 | 172.3 | 154.7 | 121.3 | 113.0 | 4.4 | 5.6 | 6.7 |
| 在岗职工保险福利费 | 1178.1 | 723.4 | 303.6 | 159.8 | 108.5 | 95.1 | 13.1 | 6.0 | 2.8 |
| **卫生** | | | | | | | | | |
| 医院、卫生院数 | 121.1 | 118.5 | 111.6 | 106.2 | 101.1 | 99.9 | 1.0 | 0.3 | 0.4 |
| 卫生机构床位数 | 190.4 | 162.9 | 130.2 | 106.6 | 101.0 | 102.6 | 3.3 | 0.3 | 0.3 |
| #医院、卫生院 | 184.9 | 161.1 | 130.6 | 110.0 | 102.6 | 102.3 | 3.1 | 1.2 | 0.8 |
| 卫生技术人员数 | 230.1 | 181.8 | 135.0 | 118.1 | 103.2 | 100.5 | 4.3 | 2.1 | 1.1 |
| #医生 | 243.8 | 197.4 | 127.8 | 107.4 | 101.0 | 100.1 | 4.6 | 0.9 | 0.3 |
| **市政建设** | | | | | | | | | |
| 供水总量 | | | 303.3 | 130.7 | 97.0 | 94.8 | | 3.4 | —1.0 |
| 排水管道长度 | | | 352.4 | 206.0 | 122.6 | 106.1 | | 9.5 | 7.0 |
| 城市煤气、天然气家庭用量 | | | 5136.8 | 289.2 | 177.8 | 138.2 | | 14.2 | 21.1 |
| 公共汽(电)车总数 | | | 492.7 | 366.4 | 158.5 | 115.3 | | 17.6 | 16.6 |
| 道路长度 | | | 276.9 | 174.7 | 117.5 | 106.4 | | 7.2 | 5.5 |
| 公共绿地面积 | | | 508.7 | 279.5 | 229.8 | 145.0 | | 13.7 | 32.0 |
| **环境、灾害** | | | | | | | | | |
| 治理污染资金使用额 | | | 989.5 | 424.4 | 74.8 | 61.0 | | 19.8 | —9.2 |
| 污染事故次数 | | | 45.4 | 29.5 | 80.3 | 140.0 | | —14.1 | —7.0 |
| 火灾发生数 | | | | | 649.0 | 102.0 | | | 86.5 |
| 火灾损失折款 | | | | | 112.1 | 99.9 | | | 3.9 |
| 交通事故发生数 | | | | | 104.0 | 101.9 | | | 1.3 |
| 交通事故损失折款 | | | | | 130.7 | 109.3 | | | 9.3 |

注:1、本表国内生产总值、国内支出总额、农林牧渔业总产值、工业总产值、工业增加值、邮电业务总量、居民消费水平、城镇居民人均生活费收入、农民人均纯收入、在岗职工平均工资发展(增长)速度均按可比价格计算。

2、财政收入、国家银行存、贷款发展(增长)速度按可比口径计算。

# 2—3 国民经济和社会发展结构指标

单位：%

| 指 标 | 1978年 | 1980年 | 1985年 | 1990年 | 1995年 | 1997年 | 1998年 |
|---|---|---|---|---|---|---|---|
| **人口与就业** | | | | | | | |
| **人口** | | | | | | | |
| 城乡结构 | | | | | | | |
| 市镇 | 12.1 | 12.3 | 18.4 | 35.7 | 50.2 | 56.5 | 59.8 |
| 乡村 | 87.9 | 87.7 | 81.6 | 64.3 | 49.8 | 43.5 | 40.2 |
| 性别结构 | | | | | | | |
| 男 | 50.9 | 50.9 | 51.3 | 51.3 | 51.1 | 51.4 | 51.4 |
| 女 | 49.1 | 49.1 | 48.7 | 48.7 | 48.9 | 48.6 | 48.6 |
| **就业** | | | | | | | |
| 从业人员产业结构 | | | | | | | |
| 第一产业 | 80.6 | 81.2 | 73.0 | 69.3 | 62.4 | 60.3 | |
| 第二产业 | 10.5 | 10.4 | 14.9 | 16.4 | 20.6 | 21.0 | |
| 第三产业 | 8.9 | 8.4 | 12.1 | 14.3 | 17.0 | 18.7 | |
| 在岗职工人数登记注册类型结构 | | | | | | | |
| 国有单位 | 82.4 | 82.0 | 76.6 | 75.2 | 75.7 | 71.7 | 64.8 |
| 城镇集体单位 | 17.6 | 18.0 | 23.4 | 24.7 | 19.9 | 21.0 | 19.9 |
| 其他单位 | | | … | 0.1 | 4.4 | 7.3 | 15.3 |
| 城镇新就业人员登记注册类型结构 | | | | | | | |
| 国有单位 | 66.3 | 68.3 | 58.4 | 72.0 | 45.9 | 38.3 | 34.8 |
| 城镇集体单位 | 26.1 | 22.2 | 24.2 | 26.9 | 13.0 | 13.4 | 11.7 |
| 其他单位 | | | | 0.6 | 5.9 | 5.2 | 12.5 |
| 从事个体及私营劳动 | 7.6 | 9.5 | 17.4 | 0.5 | 35.2 | 43.1 | 41.0 |
| **宏观经济** | | | | | | | |
| **国民核算** | | | | | | | |
| 国内生产总值产业结构 | | | | | | | |
| 第一产业 | 39.8 | 40.7 | 38.4 | 34.9 | 25.4 | 24.7 | 24.6 |
| 第二产业 | 42.6 | 41.2 | 37.6 | 35.5 | 47.3 | 47.1 | 46.2 |
| 工 业 | 36.3 | 35.1 | 31.9 | 30.9 | 42.5 | 41.2 | 40.0 |
| 建筑业 | 6.3 | 6.1 | 5.7 | 4.6 | 4.8 | 5.9 | 6.2 |
| 第三产业 | 17.6 | 18.1 | 24.0 | 29.6 | 27.3 | 28.2 | 29.2 |
| #交通运输、仓储及邮电通信业 | 4.2 | 4.4 | 5.5 | 6.4 | 5.5 | 6.6 | 6.9 |
| 批发零售贸易业、餐饮业 | 4.8 | 5.0 | 6.1 | 6.2 | 6.1 | 7.0 | 7.3 |
| 国内支出结构 | | | | | | | |
| 资本形成总额 | 32.2 | 30.2 | 38.4 | 39.0 | 41.4 | 41.8 | 42.9 |

2—3 续表 1

单位:%

| 指　　标 | 1978 年 | 1980 年 | 1985 年 | 1990 年 | 1995 年 | 1997 年 | 1998 年 |
|---|---|---|---|---|---|---|---|
| 固定资本形成 | 24.9 | 25.2 | 30.6 | 24.1 | 29.1 | 30.8 | 32.5 |
| 存货增加 | 7.3 | 5.0 | 7.8 | 14.9 | 12.3 | 11.0 | 10.5 |
| 最终消费 | 65.7 | 66.1 | 61.1 | 56.4 | 53.1 | 52.8 | 51.3 |
| 居民消费 | 57.9 | 59.0 | 51.2 | 47.9 | 41.7 | 41.6 | 39.7 |
| 农村居民 | 43.2 | 45.5 | 36.8 | 33.1 | 27.3 | 26.6 | 24.6 |
| 城镇居民 | 14.7 | 13.5 | 14.4 | 14.8 | 14.4 | 15.0 | 15.0 |
| 政府消费 | 7.8 | 7.1 | 9.9 | 8.5 | 11.4 | 11.2 | 11.6 |
| 货物和服务净出口 | 2.1 | 3.7 | 0.5 | 4.6 | 5.5 | 5.4 | 5.8 |
| **固定资产投资** | | | | | | | |
| 登记注册类型结构 | | | | | | | |
| 国有单位 | | | 50.9 | 52.5 | 54.4 | 48.8 | 48.0 |
| 集体单位 | | | 12.2 | 11.9 | 17.6 | 19.1 | 19.2 |
| 城乡个人 | | | 36.9 | 35.6 | 15.4 | 17.8 | 19.3 |
| 其他单位 | | | | | 12.6 | 11.3 | 10.7 |
| 资金来源结构 | | | | | | | |
| 国家预算内资金 | | | 12.6 | 6.6 | 4.0 | 4.2 | 5.2 |
| 国内贷款 | | | 9.4 | 13.1 | 23.2 | 17.2 | 17.1 |
| 利用外资 | | | 3.9 | 2.2 | 10.7 | 7.0 | 5.5 |
| 自筹资金 | | | 72.3 | 74.3 | 49.6 | 52.4 | 53.1 |
| 其他投资 | | | 1.8 | 3.8 | 12.5 | 16.2 | 16.3 |
| 国有经济固定资产投资产业结构 | | | | | | | |
| 第一产业 | | | 0.7 | 0.4 | 0.5 | 0.4 | 0.8 |
| 第二产业 | | | 69.7 | 75.4 | 51.6 | 46.6 | 39.3 |
| #工业 | | | 67.8 | 74.7 | 50.2 | 45.1 | 37.4 |
| #能源工业 | | | 38.6 | 43.6 | 22.4 | 22.5 | 20.3 |
| 第三产业 | | | 29.6 | 24.2 | 47.9 | 53.0 | 59.9 |
| #交通运输、邮电通信业 | | | 6.3 | 5.2 | 14.8 | 17.3 | 21.9 |
| **利用外资** | | | | | | | |
| 实际利用外资结构 | | | | | | | |
| 对外借款 | | | 16.7 | | 53.1 | 51.0 | 47.7 |
| 外商直接投资 | | | 46.8 | 92.3 | 46.7 | 49.0 | 23.3 |
| 外商其他投资 | | | 36.5 | 7.7 | 0.2 | | |
| **产业经济** | | | | | | | |
| **农业** | | | | | | | |

2—3 续表 2

单位：%

| 指　　标 | 1978 年 | 1980 年 | 1985 年 | 1990 年 | 1995 年 | 1997 年 | 1998 年 |
|---|---|---|---|---|---|---|---|
| 农林牧渔业总产值产业结构 | | | | | | | |
| 农业 | 85.7 | 84.1 | 78.2 | 74.1 | 66.4 | 64.6 | 63.6 |
| #种植业 | 83.6 | 80.2 | 72.7 | 66.5 | 60.8 | 59.4 | 58.1 |
| 林业 | 2.7 | 2.9 | 4.3 | 4.1 | 2.9 | 2.8 | 2.8 |
| 牧业 | 11.4 | 12.8 | 17.0 | 21.0 | 30.0 | 31.8 | 32.8 |
| 渔业 | 0.2 | 0.2 | 0.5 | 0.8 | 0.7 | 0.8 | 0.9 |
| **工业** | | | | | | | |
| 工业总产值登记注册类型结构 | | | | | | | |
| 国有工业 | 74.0 | 74.6 | 65.7 | 55.2 | 31.9 | 27.6 | 28.8 |
| 集体工业 | 26.0 | 25.4 | 30.7 | 34.6 | 41.3 | 34.6 | 26.4 |
| 城乡个体工业 | | … | 3.5 | 9.8 | 20.2 | 28.1 | 30.1 |
| 其他各种类型工业 | | … | 0.1 | 0.4 | 6.6 | 9.7 | 14.7 |
| 工业总产值轻重工结构 | | | | | | | |
| 轻工业 | 46.0 | 51.1 | 48.1 | 45.6 | 43.2 | 41.9 | 41.7 |
| 重工业 | 54.0 | 48.9 | 51.9 | 54.4 | 56.8 | 58.1 | 58.3 |
| **建筑业** | | | | | | | |
| 建筑业总产值登记注册类型结构 | | | | | | | |
| 国有企业 | | | 76.2 | 81.5 | 77.6 | 64.5 | 58.3 |
| 城镇集体企业 | | | 23.8 | 18.5 | 20.7 | 31.5 | 33.1 |
| 其他各种类型企业 | | | | | 1.7 | 4.0 | 8.6 |
| **运输业** | | | | | | | |
| 货运量运输方式结构 | | | | | | | |
| 铁　路 | 37.1 | 39.6 | 22.7 | 23.7 | 19.4 | 17.8 | 16.2 |
| 公　路 | 62.2 | 59.8 | 76.7 | 75.6 | 79.6 | 81.2 | 83.0 |
| 水　运 | 0.7 | 0.6 | 0.6 | 0.7 | 0.6 | 0.8 | 0.6 |
| 货物周转量运输方式结构 | | | | | | | |
| 铁　路 | 95.4 | 95.9 | 86.9 | 85.7 | 80.2 | 76.2 | 74.6 |
| 公　路 | 4.2 | 3.8 | 12.6 | 13.7 | 19.2 | 22.8 | 24.5 |
| 水　运 | 0.4 | 0.3 | 0.5 | 0.6 | 0.6 | 0.7 | 0.7 |
| **批发零售贸易、餐饮业** | | | | | | | |
| 社会消费品零售总额登记注册类型结构 | | | | | | | |
| 国有企业 | 69.7 | 62.4 | 48.1 | 42.2 | 31.9 | 22.6 | 19.0 |
| 集体企业 | 28.3 | 32.0 | 27.0 | 28.1 | 18.9 | 16.7 | 16.3 |
| 个体 | 0.2 | 2.0 | 18.8 | 21.6 | 34.9 | 43.8 | 47.4 |

2—3续表3

单位:%

| 指　　标 | 1978年 | 1980年 | 1985年 | 1990年 | 1995年 | 1997年 | 1998年 |
|---|---|---|---|---|---|---|---|
| 其他各种类型企业 | 1.8 | 3.6 | 6.1 | 8.1 | 14.3 | 16.9 | 17.3 |
| 社会消费品零售总额地区结构 | | | | | | | |
| 市 | | | | 44.8 | 48.9 | 49.2 | 48.7 |
| 县 | | | | 24.3 | 21.8 | 21.6 | 21.7 |
| 县以下 | | | | 30.9 | 29.3 | 29.3 | 29.6 |
| **对外经济贸易和国际旅游** | | | | | | | |
| 出口商品结构 | | | | | | | |
| 初级产品 | | | | | 28.3 | 27.9 | |
| 工业制成品 | | | | | 71.7 | 72.1 | |
| 国际旅游人数结构 | | | | | | | |
| 外国人 | | | | 42.1 | 56.5 | 77.0 | 62.2 |
| 华侨 | | | | 1.0 | 4.0 | 4.1 | 3.1 |
| 港澳台同胞 | | | | 56.9 | 39.5 | 18.9 | 34.8 |
| **教育、科技** | | | | | | | |
| **教育** | | | | | | | |
| 专任教师结构 | | | | | | | |
| 大学 | 0.7 | 0.9 | 1.6 | 1.9 | 2.2 | 2.3 | 2.2 |
| 中等专业学校 | 0.4 | 0.7 | 1.3 | 1.7 | 2.0 | 2.1 | 2.2 |
| 中学(含职业中学) | 40.1 | 39.6 | 33.7 | 35.0 | 39.0 | 39.6 | 39.8 |
| 小学 | 58.7 | 58.8 | 63.4 | 61.3 | 56.7 | 56.0 | 55.8 |
| 在校学生结构 | | | | | | | |
| 大学生(含研究生) | 0.2 | 0.3 | 0.5 | 0.6 | 0.8 | 0.8 | 0.8 |
| 中专生 | 0.2 | 0.4 | 0.6 | 1.0 | 1.4 | 1.6 | 1.8 |
| 中学生(含职业中学生) | 31.3 | 29.9 | 26.0 | 27.3 | 30.2 | 30.7 | 31.5 |
| 小学生 | 68.4 | 69.4 | 73.0 | 71.1 | 67.6 | 66.9 | 65.9 |
| **科技** | | | | | | | |
| 科技经费筹集结构 | | | | | | | |
| #政府拨款 | | | | | 15.2 | 21.6 | 24.8 |
| 自筹资金 | | | | | 56.9 | 49.4 | 52.7 |
| 银行贷款 | | | | | 18.8 | 16.7 | 13.0 |
| 科技经费使用结构 | | | | | | | |
| #劳务费 | | | | | 17.2 | 21.3 | 22.8 |
| 业务费 | | | | | 24.6 | 29.1 | 30.4 |
| 固定资产购建支出 | | | | | 20.0 | 31.4 | 32.2 |

2—3 续表 4

单位：%

| 指　　标 | 1978年 | 1980年 | 1985年 | 1990年 | 1995年 | 1997年 | 1998年 |
|---|---|---|---|---|---|---|---|
| **家庭、生活、环境** | | | | | | | |
| **生活** | | | | | | | |
| 城镇居民消费结构 | | | | | | | |
| 食品类 | | | | | 50.1 | 44.6 | 42.6 |
| 衣着类 | | | | | 16.4 | 14.5 | 13.0 |
| 用品及其他 | | | | | 27.5 | 30.5 | 32.5 |
| 居住 | | | | | 6.0 | 10.4 | 11.9 |
| 农村居民消费结构 | | | | | | | |
| 食品类 | | 57.9 | 56.0 | 55.0 | 58.6 | 54.6 | 56.5 |
| 衣着类 | | 13.6 | 10.9 | 9.9 | 8.3 | 8.0 | 6.9 |
| 用品及其他 | | 12.7 | 13.2 | 16.7 | 18.9 | 21.3 | 22.3 |
| 居住 | | 15.8 | 19.9 | 18.4 | 14.2 | 16.1 | 14.3 |
| **福利** | | | | | | | |
| 在岗职工保险福利费结构 | | | | | | | |
| 国有单位 | | 89.6 | 86.9 | 89.8 | 89.0 | 91.6 | 79.6 |
| 城镇集体单位 | | | | | 8.5 | 6.4 | 6.0 |
| 其他单位 | | | | | 2.5 | 2.0 | 14.4 |
| 离退休人员结构 | | | | | | | |
| 国有单位 | | | | 79.8 | 83.5 | 85.8 | 74.5 |
| 城镇集体单位 | | | | 20.1 | 15.6 | 13.4 | 13.2 |
| 其他单位 | | | | 0.1 | 0.9 | 0.8 | 12.3 |
| **环境** | | | | | | | |
| 污染治理资金使用结构 | | | | | | | |
| 治理废水 | | | 45.8 | 54.5 | 59.0 | 79.1 | 65.4 |
| 治理废气 | | | 32.5 | 27.6 | 23.8 | 17.7 | 22.6 |
| 治理固体废物 | | | 8.3 | 13.3 | 15.0 | 2.7 | 9.2 |
| 治理噪声 | | | 3.5 | 1.7 | 1.3 | 0.2 | 0.2 |
| 其他 | | | 9.9 | 3.0 | 0.9 | 0.3 | 2.7 |

注：1、本表价值量指标均按当年价格计算，部分指标由于单位取舍造成的机械误差未做调整。

2、1994年始财政收入为分税制后新口径数据。

3、1997年及以后年度全社会固定资产投资总额中含5—50万元地方项目投资，其他指标均不包括，故各种分组结构合计不等于100。

# 2—4 国民经济和社会发展比例和效益指标

| 指　　标 | 1978年 | 1980年 | 1985年 | 1990年 | 1995年 | 1997年 | 1998年 |
|---|---|---|---|---|---|---|---|
| **人口和就业** | | | | | | | |
| **人口** | | | | | | | |
| 出生率(‰) | 21.92 | 20.00 | 20.09 | 24.92 | 14.41 | 13.97 | 14.17 |
| 死亡率(‰) | 6.30 | 6.32 | 6.13 | 6.52 | 6.28 | 6.30 | 6.37 |
| 自然增长率(‰) | 15.62 | 13.68 | 13.96 | 18.40 | 8.13 | 7.67 | 7.80 |
| **就业** | | | | | | | |
| 城镇每一就业者负担人口(人) | | | 1.83 | 1.72 | 1.77 | 1.71 | 1.75 |
| 从业人员三次产业比例(第一产业=100) | | | | | | | |
| 第一产业 | 100.0 | 100.0 | 100.0 | 100.0 | 100.0 | 100.0 | |
| 第二产业 | 13.1 | 12.8 | 20.3 | 23.7 | 33.0 | 34.8 | |
| 第三产业 | 11.0 | 10.4 | 16.6 | 20.5 | 27.2 | 30.9 | |
| 城镇登记失业率(%) | 3.6 | 5.0 | 2.5 | 3.3 | 2.1 | 2.0 | 2.6 |
| **宏观经济** | | | | | | | |
| **国民核算** | | | | | | | |
| 三次产业增加值比例(第一产业=100) | | | | | | | |
| 第一产业 | 100.0 | 100.0 | 100.0 | 100.0 | 100.0 | 100.0 | 100.0 |
| 第二产业 | 107.1 | 101.3 | 98.1 | 101.9 | 186.1 | 190.4 | 187.9 |
| 第三产业 | 44.1 | 44.5 | 62.4 | 85.0 | 107.4 | 114.1 | 118.8 |
| 全社会劳动生产率(元) | 591 | 790 | 1316 | 2328 | 6705 | 8626 | 8873 |
| 第一产业 | 290 | 393 | 674 | 1174 | 2687 | 3520 | |
| 第二产业 | 2411 | 3180 | 3784 | 4990 | 15842 | 19210 | |
| 第三产业 | 1223 | 1788 | 2646 | 4831 | 11037 | 13318 | |
| 人均国内生产总值(元) | 232.3 | 316.7 | 579.7 | 1090.6 | 3312.8 | 4430.1 | 4695.1 |
| **固定资产投资** | | | | | | | |
| 固定资产投资率(%) | | | 28.1 | 22.1 | 26.8 | 28.6 | 30.5 |
| 全社会房屋建筑面积竣工率(%) | | | 91.1 | 91.5 | 82.5 | 83.7 | 85.2 |
| 基本建设固定资产交付使用率(%) | 68.9 | 77.6 | 80.2 | 76.2 | 60.0 | 81.4 | 72.8 |
| 基本建设项目建成投产率(%) | | | 56.4 | 52.6 | 65.2 | 67.5 | 69.9 |
| **财政** | | | | | | | |
| 财政收入相当于国内生产总值比例(%) | 20.7 | 13.9 | 10.8 | 8.9 | 4.2 | 4.7 | 4.8 |
| 支援农林牧渔业生产和各项农业事业费占财政支出比例(%) | 13.8 | 12.9 | 8.9 | 10.4 | 7.5 | 5.7 | 5.6 |
| 文教科卫事业费支出占财政支出比例(%) | 20.9 | 31.1 | 28.1 | 27.4 | 28.1 | 25.9 | 25.6 |
| **物价指数** | | | | | | | |
| 工农业商品综合比价(农产品收购价格=100) | 94.6 | 93.3 | 99.5 | 108.8 | 92.2 | 106.3 | 104.6 |
| **利用外资** | | | | | | | |
| 实际利用外资额相当于签订利用外资额比例(%) | | | 16.1 | 51.8 | 105.6 | 88.5 | 146.6 |
| **产业经济** | | | | | | | |
| **农业** | | | | | | | |
| 人均耕地面积(公顷) | 0.10 | 0.10 | 0.09 | 0.08 | 0.07 | 0.07 | 0.07 |
| 每公顷耕地化肥施用折纯量(千克) | | 101.70 | 204.10 | 307.50 | 473.44 | 524.06 | 560.14 |
| 每公顷播种面积农产量(千克) | | | | | | | |
| 粮食 | 2310 | 2430 | 3000 | 3540 | 3935 | 4386 | 4405 |
| 棉花 | 375 | 645 | 675 | 825 | 770 | 910 | 911 |

2—4 续表

| 指　　标 | 1978年 | 1980年 | 1985年 | 1990年 | 1995年 | 1997年 | 1998年 |
|---|---|---|---|---|---|---|---|
| 油料 | 525 | 660 | 1215 | 1740 | 2344 | 2289 | 2525 |
| **工业** | | | | | | | |
| 国有及国有控股企业效益(%) | | | | | | | |
| 固定资产原价利税率 | 16.7 | 19.9 | 18.2 | 11.7 | 10.1 | 7.7 | 5.6 |
| 资金利税率 | 12.4 | 15.0 | 14.3 | 11.3 | 9.0 | 6.3 | 4.5 |
| 总资产贡献率 | | | | | | 7.87 | 5.81 |
| **建筑业** | | | | | | | |
| 技术装备率(元/人.年) | | | | 2274 | 3955 | 3974 | 3746 |
| 按工程个数计算工程质量优良品率(%) | | | | 42.7 | 36.6 | 35.5 | 34.3 |
| **对外经济贸易和国际旅游** | | | | | | | |
| 进出口总额相当于国内生产总值比例(%) | 1.1 | 1.3 | 3.7 | 5.2 | 6.2 | 3.9 | 3.3 |
| 每一来豫游客支出(美元) | | | | | 404 | 543 | 565 |
| **教育、科技** | | | | | | | |
| **教育** | | | | | | | |
| 小学适龄人口入学率(%) | 96.53 | 94.90 | 96.90 | 98.78 | 99.17 | 99.60 | 99.72 |
| 小学毕业生升学率(%) | 97.79 | 79.23 | 64.70 | 65.48 | 85.60 | 92.67 | 94.82 |
| 小学在校生巩固率(%) | | | | | 99.30 | 99.67 | 99.71 |
| 初中毕业生升学率(%) | 32.89 | 44.77 | 32.90 | 31.90 | 45.10 | 43.00 | 42.48 |
| 初中在校生巩固率(%) | | | | | 97.00 | 97.96 | 97.91 |
| **科技** | | | | | | | |
| 科技经费筹集额相当于国内生产总值比例(%) | | | | | 1.23 | 0.75 | 0.78 |
| **生活、环境** | | | | | | | |
| **生活** | | | | | | | |
| 城乡居民收入比例(农民人均纯收入为1) | 2.8 | 2.1 | 1.7 | 2.2 | 2.7 | 2.4 | 2.3 |
| **福利** | | | | | | | |
| 在岗职工保险福利费相当于工资总额比例(%) | 11.6 | 13.9 | 18.9 | 16.8 | 8.8 | 8.0 | 7.7 |
| 离退休退职人数相当于在职人数比例(%) | 1.1 | 3.8 | 8.5 | 13.3 | 15.8 | 17.4 | 21.2 |
| **卫生** | | | | | | | |
| 每千人口拥有医生数(人) | 0.62 | 0.74 | 1.07 | 1.15 | 1.16 | 1.15 | 1.15 |
| 每千人口拥有医院、卫生院病床数(张) | 1.38 | 1.53 | 1.75 | 1.89 | 1.93 | 1.90 | 1.93 |
| **市政建设** | | | | | | | |
| 城市自来水普及率(%) | | | 91.1 | 91.6 | 95.8 | 93.8 | 94.3 |
| 城市用气普及率(%) | | | 9.1 | 41.0 | 46.6 | 52.1 | 58.0 |
| 人均公共绿地面积(平方米) | | | 2.1 | 3.0 | 2.7 | 3.9 | 5.4 |
| **环境、灾害** | | | | | | | |
| 平均每起火灾损失(元) | | | | | | 7106 | 6956 |
| 平均每起交通事故损失(元) | | | | | | 4942 | 5299 |
| 平均每起环境污染事故赔款金额(元) | | | 19630 | 26325 | 44754 | 14286 | 7994 |

注:本表价值量指标均按当年价格计算。

# 2—5 主要社会经济指标人均水平

| 指标 | 单位 | 1978年 | 1980年 | 1985年 | 1990年 | 1995年 | 1997年 | 1998年 |
|---|---|---|---|---|---|---|---|---|
| **一、国内生产总值** | 元 | **232.3** | **316.7** | **579.7** | **1090.6** | **3312.8** | **4430.1** | **4695.1** |
| 第一产业 | 元 | 92.5 | 128.8 | 222.6 | 380.1 | 841.8 | 1095.3 | 1154.6 |
| 第二产业 | 元 | 99.0 | 130.5 | 218.2 | 387.2 | 1566.9 | 2085.2 | 2169.1 |
| 工业 | 元 | 84.4 | 111.2 | 185.3 | 336.7 | 1406.5 | 1825.9 | 1877.6 |
| 建筑业 | 元 | 14.6 | 19.3 | 32.9 | 50.5 | 160.4 | 259.3 | 291.6 |
| 第三产业 | 元 | 40.8 | 57.4 | 138.9 | 323.3 | 904.1 | 1249.6 | 1371.3 |
| #交通运输、仓储及邮电通信业 | 元 | 9.9 | 13.9 | 31.9 | 69.6 | 181.0 | 291.3 | 322.9 |
| 批发零售贸易业、餐饮业 | 元 | 11.2 | 15.8 | 35.1 | 67.9 | 201.6 | 310.6 | 341.4 |
| **二、全社会固定资产投资额** | 元 | | | **162.9** | **240.5** | **888.2** | **1265.4** | **1433.9** |
| **三、工资和人民生活** | | | | | | | | |
| 在岗职工平均工资 | 元 | 590 | 730 | 1015 | 1825 | 4344 | 5225 | 5781 |
| 城镇居民人均可支配收入 | 元 | | | | | 3299.46 | 4093.62 | 4219.42 |
| 城镇居民人均生活费收入 | 元 | 291.00 | 341.60 | 560.95 | 1152.95 | 3029.47 | 3713.86 | 3797.27 |
| 城镇居民人均消费性支出 | 元 | 274.00 | 335.02 | 556.72 | 1067.67 | 2673.95 | 3378.02 | 3415.65 |
| 农民人均纯收入 | 元 | 104.71 | 160.78 | 328.78 | 526.95 | 1231.97 | 1733.89 | 1864.05 |
| 农民人均生活消费支出 | 元 | 81.70 | 135.51 | 260.19 | 437.73 | 929.39 | 1270.52 | 1240.30 |
| 居民储蓄额 | 元 | 13.88 | 26.68 | 107.34 | 434.87 | 1600.38 | 2426.70 | 2852.64 |
| **四、农林牧渔业** | | | | | | | | |
| 1.农林牧渔业总产值 | 元 | 136.0 | 186.0 | 310.0 | 585.8 | 1438.9 | 1857.2 | 1964.7 |
| 2.主要农产品产量 | | | | | | | | |
| 粮食 | 千克 | 299.13 | 296.90 | 347.86 | 385.49 | 382.47 | 422.99 | 432.12 |
| 棉花 | 千克 | 3.20 | 5.61 | 7.02 | 7.89 | 8.50 | 8.58 | 7.85 |
| 油料 | 千克 | 3.45 | 6.38 | 12.34 | 17.77 | 32.88 | 30.05 | 33.64 |
| 烟叶 | 千克 | 4.27 | 2.61 | 6.92 | 4.77 | 2.46 | 4.52 | 3.35 |
| 水果 | 千克 | 6.72 | 6.02 | 6.84 | 7.46 | 23.35 | 29.24 | 33.59 |
| 猪牛羊肉 | 千克 | 6.27 | 7.33 | 8.66 | 14.43 | 32.64 | 37.60 | 43.39 |
| 水产品 | 千克 | 0.35 | 0.40 | 0.82 | 1.22 | 2.00 | 2.59 | 2.91 |
| **五、工业** | | | | | | | | |
| 1.工业总产值 | 元 | 243.6 | 289.1 | 515.0 | 1209.7 | 4847.9 | 6127.4 | 6273.7 |
| 2.主要工业产品产量 | | | | | | | | |
| 纱 | 千克 | 2.32 | 2.79 | 2.94 | 3.67 | 4.53 | 5.39 | 5.07 |
| 布 | 米 | 10.54 | 12.52 | 12.01 | 13.03 | 18.36 | 14.88 | 14.23 |
| 原煤 | 千克 | 833.57 | 777.26 | 1008.34 | 1059.51 | 1140.11 | 1142.48 | 1013.74 |
| 发电量 | 千瓦小时 | 186.37 | 220.33 | 268.66 | 372.39 | 604.27 | 685.09 | 680.03 |
| 钢 | 千克 | 7.73 | 8.91 | 12.48 | 19.72 | 31.00 | 36.29 | 39.5[illegible] |
| 成品钢材 | 千克 | 4.41 | 6.18 | 10.22 | 15.64 | 28.81 | 35.76 | 38.58 |
| 水泥 | 千克 | 50.32 | 56.11 | 98.15 | 137.56 | 369.40 | 371.09 | 399.50 |
| **六、社会消费品零售总额** | 元 | **102.38** | **132.71** | **231.76** | **366.76** | **1000.30** | **1490.89** | **1612.50** |
| **七、财政** | | | | | | | | |
| 财政收入 | 元 | 48.10 | 44.02 | 62.80 | 97.54 | 137.50 | 209.20 | 224.38 |
| 财政支出 | 元 | 39.46 | 36.95 | 63.54 | 104.47 | 228.68 | 315.36 | 348.78 |
| **八、教育和卫生** | | | | | | | | |
| 每万人拥有大学生(含研究生) | 人 | 3.88 | 6.33 | 8.86 | 9.41 | 13.59 | 14.90 | 15.92 |
| 每千人拥有医院、卫生院床位 | 张 | 1.38 | 1.53 | 1.75 | 1.89 | 1.93 | 1.90 | 1.93 |
| 每千人拥有医生 | 人 | 0.62 | 0.74 | 1.07 | 1.15 | 1.16 | 1.15 | 1.15 |

注:1.本表价值量指标均按当年价格计算。

2.1994年始财政收入为分税制后新口径数据。

# 2－6 历 年 总 产 出

单位:亿元

| 年 份 | 总产出 | 第一产业 | 第二产业 | 工业 | 建筑业 | 第三产业 | #运输、仓储及邮电通信业 | #批零贸易、餐饮业 |
|---|---|---|---|---|---|---|---|---|
| 1952 | 50.15 | 27.74 | 14.22 | 9.98 | 4.24 | 8.19 | 1.17 | 1.84 |
| 1957 | 83.45 | 31.57 | 34.98 | 16.63 | 18.35 | 16.90 | 3.53 | 3.28 |
| 1962 | 83.14 | 28.13 | 35.56 | 23.93 | 11.63 | 19.45 | 3.21 | 4.91 |
| 1965 | 117.13 | 42.17 | 51.54 | 42.24 | 9.30 | 23.42 | 4.84 | 5.95 |
| 1970 | 187.42 | 67.18 | 91.49 | 73.68 | 17.81 | 28.75 | 7.03 | 8.70 |
| 1975 | 278.72 | 85.98 | 153.91 | 130.46 | 23.45 | 38.83 | 9.58 | 13.41 |
| 1978 | 349.25 | 95.38 | 199.73 | 170.82 | 28.91 | 54.14 | 16.62 | 17.87 |
| 1979 | 397.36 | 113.48 | 225.93 | 193.49 | 32.44 | 57.95 | 16.50 | 19.50 |
| 1980 | 449.88 | 134.62 | 247.42 | 209.23 | 38.19 | 67.84 | 17.48 | 21.12 |
| 1981 | 497.44 | 151.24 | 264.65 | 223.50 | 41.15 | 81.55 | 18.69 | 23.25 |
| 1982 | 530.96 | 151.06 | 292.59 | 246.28 | 46.31 | 87.31 | 22.41 | 21.89 |
| 1983 | 613.40 | 187.02 | 318.00 | 268.14 | 49.86 | 108.38 | 28.06 | 25.45 |
| 1984 | 703.22 | 208.68 | 364.13 | 307.58 | 56.55 | 130.41 | 32.98 | 34.20 |
| 1985 | 911.57 | 241.54 | 487.03 | 401.32 | 85.71 | 183.00 | 43.57 | 53.20 |
| 1986 | 1038.75 | 259.49 | 577.92 | 478.09 | 99.83 | 201.34 | 46.72 | 58.63 |
| 1987 | 1289.19 | 323.62 | 709.86 | 594.64 | 115.22 | 255.71 | 54.03 | 70.88 |
| 1988 | 1631.60 | 370.67 | 929.30 | 779.90 | 149.40 | 331.63 | 73.15 | 107.35 |
| 1989 | 1933.73 | 449.88 | 1086.24 | 953.56 | 132.68 | 397.61 | 93.45 | 134.23 |
| 1990 | 2163.91 | 502.01 | 1193.52 | 1036.73 | 156.79 | 468.38 | 107.52 | 115.20 |
| 1991 | 2480.11 | 531.05 | 1412.91 | 1222.68 | 190.23 | 536.15 | 124.08 | 152.39 |
| 1992 | 3082.59 | 573.65 | 1869.78 | 1628.63 | 241.15 | 639.16 | 144.66 | 176.46 |
| 1993 | 4258.85 | 671.69 | 2775.36 | 2434.37 | 340.99 | 811.80 | 181.80 | 210.44 |
| 1994 | 5749.54 | 883.32 | 3853.10 | 3436.80 | 416.30 | 1013.12 | 204.23 | 291.41 |
| 1995 | 7947.73 | 1304.25 | 5217.64 | 4721.61 | 496.03 | 1425.84 | 307.64 | 399.56 |
| 1996 | 9502.91 | 1606.04 | 6291.46 | 5650.21 | 641.25 | 1605.41 | 390.96 | 463.54 |
| 1997 | 10471.35 | 1710.12 | 6844.87 | 6055.09 | 789.78 | 1916.36 | 465.39 | 558.50 |
| 1998 | 10963.20 | 1823.01 | 7071.02 | 6192.14 | 878.88 | 2069.17 | 522.04 | 598.62 |

注:本表按当年价格计算。

# 2—7 历年总产出指数

(以1952年为100)

| 年份 | 总产出 | 第一产业 | 第二产业 | 工业 | 建筑业 | 第三产业 | #运输、仓储及邮电通信业 | #批零贸易、餐饮业 |
|---|---|---|---|---|---|---|---|---|
| 1952 | 100.0 | 100.0 | 100.0 | 100.0 | 100.0 | 100.0 | 100.0 | 100.0 |
| 1957 | 163.6 | 121.9 | 235.7 | 188.0 | 394.1 | 199.1 | 351.9 | 162.9 |
| 1962 | 138.8 | 79.3 | 222.7 | 259.9 | 97.3 | 216.5 | 319.7 | 248.2 |
| 1965 | 223.6 | 118.7 | 441.2 | 466.1 | 356.2 | 267.9 | 482.5 | 270.3 |
| 1970 | 373.3 | 163.1 | 887.4 | 947.8 | 690.0 | 332.6 | 719.8 | 413.4 |
| 1975 | 537.7 | 201.3 | 1381.2 | 1546.9 | 830.4 | 465.7 | 982.8 | 700.1 |
| 1978 | 666.0 | 209.5 | 1788.0 | 2030.0 | 976.7 | 627.2 | 1365.5 | 869.0 |
| 1979 | 720.6 | 212.0 | 1961.4 | 2226.9 | 1070.5 | 728.2 | 1376.4 | 1107.1 |
| 1980 | 792.6 | 222.6 | 2165.4 | 2434.0 | 1257.9 | 827.3 | 1464.5 | 1189.0 |
| 1981 | 858.4 | 251.5 | 2282.3 | 2555.7 | 1358.5 | 962.1 | 1562.6 | 1268.7 |
| 1982 | 916.8 | 245.5 | 2490.0 | 2775.5 | 1528.3 | 1021.8 | 1867.3 | 1193.8 |
| 1983 | 1040.6 | 299.5 | 2709.1 | 3028.1 | 1636.8 | 1220.0 | 2070.9 | 1401.5 |
| 1984 | 1168.6 | 324.7 | 3047.8 | 3442.9 | 1725.2 | 1411.5 | 2607.2 | 1788.3 |
| 1985 | 1442.0 | 338.6 | 3776.2 | 4224.4 | 2279.0 | 1926.7 | 3371.1 | 2652.1 |
| 1986 | 1596.3 | 324.1 | 4301.1 | 4832.7 | 2527.4 | 2115.5 | 3661.0 | 2933.2 |
| 1987 | 1864.5 | 383.7 | 5040.9 | 5702.6 | 2835.7 | 2473.1 | 4202.7 | 3261.7 |
| 1988 | 2157.2 | 377.9 | 6049.1 | 6860.2 | 3354.6 | 2666.0 | 4719.8 | 3444.4 |
| 1989 | 2288.8 | 415.3 | 6430.2 | 7573.7 | 2710.5 | 2764.6 | 5078.5 | 3468.5 |
| 1990 | 2465.1 | 447.7 | 6912.4 | 8096.3 | 2973.4 | 3013.4 | 5200.4 | 3256.9 |
| 1991 | 2785.5 | 449.9 | 7935.4 | 9335.0 | 3288.6 | 3417.2 | 6058.4 | 3817.1 |
| 1992 | 3390.0 | 461.1 | 9998.6 | 11827.4 | 3916.7 | 3834.1 | 6627.9 | 4259.9 |
| 1993 | 4156.1 | 512.3 | 12858.3 | 15363.8 | 4660.9 | 4359.4 | 7529.4 | 4856.3 |
| 1994 | 4983.2 | 529.2 | 16175.7 | 19604.2 | 5155.0 | 4961.0 | 8086.6 | 5677.0 |
| 1995 | 5925.0 | 622.3 | 19507.9 | 23897.5 | 5619.0 | 5640.7 | 9582.6 | 6239.0 |
| 1996 | 6855.2 | 713.8 | 22746.2 | 27745.0 | 6855.2 | 6379.6 | 11547.0 | 7181.1 |
| 1997 | 7513.3 | 770.2 | 24725.1 | 29825.9 | 8239.9 | 7368.4 | 13637.0 | 8437.8 |
| 1998 | 8144.4 | 823.3 | 26777.3 | 32212.0 | 9121.6 | 8112.6 | 14878.0 | 9332.2 |

注：本表按可比价格计算。

## 2—8 历年国内生产总值

单位:亿元

| 年份 | 国内生产总值 | 第一产业 | 第二产业 | 工业 | 建筑业 | 第三产业 | #运输、仓储及邮电通信业 | #批零贸易、餐饮业 | 人均国内生产总值(元) |
|---|---|---|---|---|---|---|---|---|---|
| 1952 | 36.09 | 22.46 | 8.23 | 4.77 | 3.46 | 5.40 | 0.52 | 1.26 | 82.8 |
| 1957 | 52.55 | 24.27 | 18.08 | 6.87 | 11.21 | 10.20 | 1.64 | 1.66 | 109.8 |
| 1962 | 43.02 | 17.00 | 14.05 | 8.54 | 5.51 | 11.97 | 1.74 | 2.62 | 88.3 |
| 1965 | 62.96 | 29.58 | 19.10 | 16.27 | 2.83 | 14.28 | 2.45 | 3.20 | 121.8 |
| 1970 | 97.19 | 44.49 | 36.06 | 30.04 | 6.02 | 16.64 | 2.98 | 4.82 | 163.5 |
| 1975 | 127.77 | 55.71 | 50.34 | 41.54 | 8.80 | 21.72 | 4.41 | 6.35 | 190.6 |
| 1978 | 162.92 | 64.86 | 69.45 | 59.20 | 10.25 | 28.61 | 6.91 | 7.88 | 232.3 |
| 1979 | 190.09 | 77.30 | 80.52 | 68.64 | 11.88 | 32.27 | 7.79 | 8.88 | 266.7 |
| 1980 | 229.16 | 93.23 | 94.44 | 80.51 | 13.93 | 41.49 | 10.02 | 11.42 | 316.7 |
| 1981 | 249.69 | 106.04 | 95.79 | 82.61 | 13.18 | 47.86 | 11.96 | 12.00 | 340.1 |
| 1982 | 263.30 | 108.18 | 102.76 | 88.62 | 14.14 | 52.36 | 13.09 | 13.13 | 353.0 |
| 1983 | 327.95 | 143.49 | 116.36 | 100.35 | 16.01 | 68.10 | 17.02 | 17.08 | 432.9 |
| 1984 | 370.04 | 155.28 | 136.29 | 116.66 | 19.63 | 78.47 | 19.71 | 18.29 | 481.6 |
| 1985 | 451.74 | 173.43 | 170.07 | 144.39 | 25.68 | 108.24 | 24.82 | 27.34 | 579.7 |
| 1986 | 502.91 | 179.02 | 202.15 | 174.47 | 27.68 | 121.74 | 26.31 | 31.17 | 635.3 |
| 1987 | 609.60 | 220.22 | 230.25 | 195.75 | 34.50 | 159.13 | 30.08 | 42.11 | 755.8 |
| 1988 | 749.09 | 240.72 | 299.83 | 258.38 | 41.45 | 208.54 | 42.02 | 65.25 | 909.9 |
| 1989 | 850.71 | 289.95 | 317.13 | 281.71 | 35.42 | 243.63 | 51.18 | 71.14 | 1012.3 |
| 1990 | 934.65 | 325.77 | 331.85 | 288.58 | 43.27 | 277.03 | 59.65 | 58.17 | 1090.6 |
| 1991 | 1045.73 | 334.61 | 388.09 | 336.26 | 51.83 | 323.03 | 72.68 | 73.82 | 1201.2 |
| 1992 | 1279.75 | 353.92 | 545.21 | 481.11 | 64.10 | 380.62 | 82.52 | 84.95 | 1452.3 |
| 1993 | 1662.76 | 410.45 | 768.89 | 681.65 | 87.24 | 483.42 | 103.82 | 101.64 | 1867.4 |
| 1994 | 2224.43 | 546.68 | 1071.74 | 958.00 | 113.74 | 606.01 | 113.06 | 136.13 | 2475.2 |
| 1995 | 3002.74 | 762.99 | 1420.25 | 1274.89 | 145.36 | 819.50 | 164.03 | 182.75 | 3312.8 |
| 1996 | 3661.18 | 937.64 | 1718.98 | 1525.96 | 193.02 | 1004.56 | 216.12 | 236.19 | 4007.4 |
| 1997 | 4079.26 | 1008.55 | 1920.05 | 1681.25 | 238.80 | 1150.66 | 268.26 | 285.98 | 4430.1 |
| 1998 | 4356.60 | 1071.39 | 2012.74 | 1742.18 | 270.56 | 1272.47 | 299.63 | 316.81 | 4595.1 |

注:本表按当年价格计算。

# 2—9 历年国内生产总值指数

（以 1952 年为 100）

| 年　份 | 国内生产总值 | 第一产业 | 第二产业 | 工业 | 建筑业 | 第三产业 | #运输、仓储及邮电通信业 | #批零贸易、餐饮业 | 人均国内生产总值 |
|---|---|---|---|---|---|---|---|---|---|
| 1952 | 100.0 | 100.0 | 100.0 | 100.0 | 100.0 | 100.0 | 100.0 | 100.0 | 100.0 |
| 1957 | 133.0 | 115.6 | 210.3 | 154.5 | 315.8 | 199.7 | 399.7 | 120.8 | 121.0 |
| 1962 | 82.1 | 58.6 | 156.7 | 188.2 | 97.5 | 209.6 | 408.0 | 210.3 | 73.5 |
| 1965 | 135.3 | 102.1 | 285.1 | 354.1 | 155.1 | 258.7 | 619.2 | 210.4 | 114.2 |
| 1970 | 200.4 | 132.4 | 619.8 | 769.9 | 338.1 | 308.0 | 732.2 | 350.1 | 147.1 |
| 1975 | 251.8 | 159.5 | 805.4 | 1012.7 | 417.4 | 417.6 | 1074.7 | 528.7 | 163.6 |
| 1978 | 306.4 | 174.3 | 1102.8 | 1440.6 | 472.6 | 537.5 | 1671.3 | 717.2 | 190.1 |
| 1979 | 333.0 | 177.3 | 1241.7 | 1635.0 | 508.5 | 643.4 | 1875.2 | 862.1 | 203.2 |
| 1980 | 384.3 | 193.6 | 1455.3 | 1906.4 | 616.8 | 816.5 | 2280.2 | 1067.2 | 231.0 |
| 1981 | 414.3 | 216.2 | 1474.2 | 1948.4 | 591.5 | 928.3 | 2594.9 | 1103.5 | 245.6 |
| 1982 | 432.1 | 217.3 | 1564.1 | 2059.4 | 642.4 | 1011.9 | 2844.0 | 1189.6 | 252.2 |
| 1983 | 534.9 | 283.0 | 1775.3 | 2345.7 | 714.3 | 1328.6 | 3139.8 | 1538.2 | 307.4 |
| 1984 | 589.0 | 298.5 | 2041.6 | 2697.6 | 822.2 | 1470.7 | 3529.1 | 1699.7 | 333.6 |
| 1985 | 668.5 | 300.9 | 2388.6 | 3150.8 | 967.7 | 1939.9 | 4238.3 | 2311.6 | 373.3 |
| 1986 | 699.2 | 277.1 | 2723.1 | 3645.4 | 998.7 | 2106.8 | 4518.2 | 2503.4 | 384.5 |
| 1987 | 804.1 | 324.0 | 2957.2 | 3897.0 | 1200.5 | 2601.8 | 5363.1 | 3106.7 | 434.1 |
| 1988 | 882.9 | 315.5 | 3551.6 | 4746.5 | 1315.7 | 2846.4 | 6226.5 | 3373.9 | 467.0 |
| 1989 | 921.7 | 344.5 | 3466.4 | 5007.6 | 1185.4 | 3139.6 | 6052.2 | 4085.8 | 477.8 |
| 1990 | 963.2 | 363.1 | 3546.1 | 5012.6 | 1415.4 | 3353.1 | 6512.1 | 2999.0 | 489.7 |
| 1991 | 1029.7 | 353.7 | 4017.7 | 5704.3 | 1547.0 | 3701.8 | 7651.7 | 3688.8 | 515.2 |
| 1992 | 1170.8 | 359.0 | 5038.2 | 7216.0 | 1811.5 | 4112.7 | 8202.6 | 4028.1 | 578.6 |
| 1993 | 1355.8 | 396.3 | 6151.7 | 8882.9 | 2056.1 | 4589.8 | 9039.3 | 4418.9 | 663.1 |
| 1994 | 1542.9 | 401.5 | 7480.4 | 10881.5 | 2337.8 | 5181.9 | 9572.6 | 4975.7 | 747.3 |
| 1995 | 1771.2 | 449.3 | 8767.1 | 12807.6 | 2623.0 | 5860.7 | 11257.4 | 5433.5 | 850.4 |
| 1996 | 2017.4 | 500.1 | 10169.8 | 14767.2 | 3231.5 | 6599.1 | 13317.5 | 6455.0 | 961.0 |
| 1997 | 2227.2 | 538.1 | 11288.5 | 16243.9 | 3877.8 | 7391.0 | 15714.7 | 7720.2 | 1052.3 |
| 1998 | 2421.0 | 575.8 | 12327.0 | 17657.1 | 4401.3 | 8085.8 | 16909.0 | 8723.8 | 1134.4 |

注：本表按可比价格计算。

## 2—10 历年国内生产总值分产业构成

（以国内生产总值为100）

| 年　份 | 国内生产总值 | 第一产业 | 第二产业 | 工业 | 建筑业 | 第三产业 | #运输、仓储及邮电通信业 | #批零贸易、餐饮业 |
|---|---|---|---|---|---|---|---|---|
| 1952 | 100.0 | 62.2 | 22.8 | 13.2 | 9.6 | 15.0 | 1.4 | 3.5 |
| 1957 | 100.0 | 46.2 | 34.4 | 13.1 | 21.3 | 19.4 | 3.1 | 3.2 |
| 1962 | 100.0 | 39.5 | 32.7 | 19.9 | 12.8 | 27.8 | 4.0 | 6.1 |
| 1965 | 100.0 | 47.0 | 30.3 | 25.8 | 4.5 | 22.7 | 3.9 | 5.1 |
| 1970 | 100.0 | 45.8 | 37.1 | 30.9 | 6.2 | 17.1 | 3.1 | 5.0 |
| 1975 | 100.0 | 43.6 | 39.4 | 32.5 | 6.9 | 17.0 | 3.5 | 5.0 |
| 1978 | 100.0 | 39.8 | 42.6 | 36.3 | 6.3 | 17.6 | 4.2 | 4.8 |
| 1979 | 100.0 | 40.7 | 42.3 | 36.1 | 6.2 | 17.0 | 4.1 | 4.7 |
| 1980 | 100.0 | 40.7 | 41.2 | 35.1 | 6.1 | 18.1 | 4.4 | 5.0 |
| 1981 | 100.0 | 42.5 | 38.3 | 33.1 | 5.2 | 19.2 | 4.8 | 4.8 |
| 1982 | 100.0 | 41.1 | 39.0 | 33.6 | 5.4 | 19.9 | 5.0 | 5.0 |
| 1983 | 100.0 | 43.7 | 35.5 | 30.6 | 4.9 | 20.8 | 5.2 | 5.2 |
| 1984 | 100.0 | 42.0 | 36.8 | 31.5 | 5.3 | 21.2 | 5.3 | 4.9 |
| 1985 | 100.0 | 38.4 | 37.6 | 31.9 | 5.7 | 24.0 | 5.5 | 6.1 |
| 1986 | 100.0 | 35.6 | 40.2 | 34.7 | 5.5 | 24.2 | 5.2 | 6.2 |
| 1987 | 100.0 | 36.1 | 37.8 | 32.1 | 5.7 | 26.1 | 4.9 | 6.9 |
| 1988 | 100.0 | 32.1 | 40.0 | 34.5 | 5.5 | 27.9 | 5.6 | 8.7 |
| 1989 | 100.0 | 34.1 | 37.3 | 33.1 | 4.2 | 28.6 | 6.0 | 8.4 |
| 1990 | 100.0 | 34.9 | 35.5 | 30.9 | 4.6 | 29.6 | 6.4 | 6.2 |
| 1991 | 100.0 | 32.0 | 37.1 | 32.1 | 5.0 | 30.9 | 7.0 | 7.1 |
| 1992 | 100.0 | 27.7 | 42.6 | 37.6 | 5.0 | 29.7 | 6.4 | 6.6 |
| 1993 | 100.0 | 24.7 | 46.2 | 41.0 | 5.2 | 29.1 | 6.2 | 6.1 |
| 1994 | 100.0 | 24.6 | 48.2 | 43.1 | 5.1 | 27.2 | 5.1 | 6.1 |
| 1995 | 100.0 | 25.4 | 47.3 | 42.5 | 4.8 | 27.3 | 5.5 | 6.1 |
| 1996 | 100.0 | 25.6 | 47.0 | 41.7 | 5.3 | 27.4 | 5.9 | 6.5 |
| 1997 | 100.0 | 24.7 | 47.1 | 41.2 | 5.9 | 28.2 | 6.6 | 7.0 |
| 1998 | 100.0 | 24.6 | 46.2 | 40.0 | 6.2 | 29.2 | 6.9 | 7.3 |

注：本表按当年价格计算。

## 2—11 国内生产总值及构成

| 产　　业 | 1997年 | | 1998年 | | 1998年为1997年% |
|---|---|---|---|---|---|
| | 绝对数（亿元） | 构成（%） | 绝对数（亿元） | 构成（%） | |
| **国内生产总值** | **4079.26** | **100.0** | **4356.60** | **100.0** | **108.7** |
| **第一产业** | **1008.55** | **24.7** | **1071.39** | **24.6** | **107.0** |
| 农林牧渔业 | 1008.55 | 24.7 | 1071.39 | 24.6 | 107.0 |
| **第二产业** | **1920.05** | **47.1** | **2012.74** | **46.2** | **109.2** |
| 工业 | 1681.25 | 41.2 | 1742.18 | 40.0 | 108.7 |
| 建筑业 | 238.80 | 5.9 | 270.56 | 6.2 | 113.5 |
| **第三产业** | **1150.66** | **28.2** | **1272.47** | **29.2** | **109.4** |
| 农林牧渔服务业 | 3.75 | 0.1 | 4.16 | 0.1 | 104.1 |
| 地质勘查、水利管理业 | 20.17 | 0.5 | 22.51 | 0.5 | 113.1 |
| 交通运输和仓储业 | 231.41 | 5.7 | 256.02 | 5.9 | 106.8 |
| 邮电通信业 | 36.85 | 0.9 | 43.61 | 1.0 | 113.8 |
| 批发零售贸易业、餐饮业 | 285.98 | 7.0 | 316.81 | 7.3 | 113.0 |
| 金融保险业 | 132.57 | 3.2 | 139.76 | 3.2 | 106.8 |
| 房地产业 | 118.11 | 2.9 | 127.02 | 2.9 | 107.3 |
| 社会服务业 | 74.57 | 1.8 | 84.79 | 1.9 | 108.3 |
| 卫生、体育、社会福利事业 | 52.34 | 1.3 | 53.93 | 1.2 | 105.7 |
| 教育、文化、广播电影电视事业 | 73.09 | 1.8 | 84.23 | 1.9 | 108.9 |
| 科学研究和综合技术服务业 | 10.16 | 0.2 | 12.36 | 0.3 | 125.1 |
| 国家机关、政党机关和社会团体 | 102.45 | 2.5 | 116.89 | 2.7 | 110.7 |
| 其他 | 9.21 | 0.2 | 10.38 | 0.2 | 110.4 |

注：本表绝对数、构成按当年价格计算，发展速度按可比价格计算。

## 2—12 各市地国内生产总值

（1998年）

| 市　地 | 国内生产总值（万元） | 第一产业 | 第二产业 | 工业 | 建筑业 | 第三产业 | #交通运输、仓储及邮电通信业 | #批零贸易、餐饮业 | 人均国内生产总值（元） |
|---|---|---|---|---|---|---|---|---|---|
| 郑州市 | 6203185 | 388093 | 3334473 | 2698172 | 636301 | 2480619 | 610603 | 645805 | 10021 |
| 开封市 | 1885971 | 655715 | 668005 | 561891 | 106114 | 562251 | 104044 | 149357 | 4109 |
| 洛阳市 | 3648262 | 401909 | 1973276 | 1679673 | 293603 | 1273077 | 243570 | 299524 | 5991 |
| 平顶山市 | 2390078 | 404524 | 1248080 | 1125132 | 122948 | 737474 | 166187 | 212094 | 5074 |
| 安阳市 | 2212881 | 509018 | 1009249 | 894830 | 114419 | 694614 | 122253 | 164498 | 4348 |
| 鹤壁市 | 732335 | 178772 | 350982 | 300738 | 50244 | 202581 | 48492 | 38271 | 5425 |
| 新乡市 | 2560521 | 681481 | 1034792 | 915587 | 119205 | 844248 | 302439 | 241735 | 4859 |
| 焦作市 | 2508236 | 408582 | 1504422 | 1377532 | 126890 | 595232 | 285662 | 93121 | 7863 |
| 濮阳市 | 1705816 | 402160 | 883866 | 752299 | 131567 | 419790 | 49020 | 130490 | 5032 |
| 许昌市 | 2429190 | 560752 | 1235373 | 1121826 | 113547 | 633065 | 156456 | 173089 | 5623 |
| 漯河市 | 1366115 | 360258 | 689702 | 623480 | 66222 | 316155 | 65291 | 97791 | 5599 |
| 三门峡市 | 1448007 | 225098 | 737525 | 639995 | 97530 | 485384 | 164956 | 118041 | 6373 |
| 南阳市 | 4658731 | 1524433 | 2031461 | 1828110 | 203351 | 1102837 | 193691 | 338332 | 4480 |
| 商丘市 | 2405946 | 1074329 | 678987 | 559854 | 119133 | 652630 | 173699 | 172890 | 3077 |
| 信阳市 | 2288480 | 891892 | 718650 | 559401 | 159249 | 677938 | 142110 | 182308 | 2995 |
| 周口地区 | 2917002 | 1202641 | 1038035 | 885727 | 152308 | 676326 | 123147 | 197476 | 2911 |
| 驻马店地区 | 2423322 | 913301 | 891218 | 764061 | 127157 | 618803 | 95022 | 185136 | 3060 |
| 济源市 | 466326 | 70048 | 245353 | 225350 | 20003 | 150925 | 78848 | 18791 | 7290 |

注：本表按当年价格计算。

## 2—13 各市地国内生产总值指数

（1998 年，以上年为 100）

| 市地 | 国内生产总值 | 第一产业 | 第二产业 | 工业 | 建筑业 | 第三产业 | #交通运输、仓储及邮电通信业 | #批零贸易、餐饮业 | 人均国内生产总值 |
|---|---|---|---|---|---|---|---|---|---|
| 郑州市 | 110.0 | 110.0 | 108.9 | 107.9 | 116.2 | 111.6 | 103.3 | 114.7 | 108.8 |
| 开封市 | 108.9 | 110.0 | 108.1 | 107.6 | 111.7 | 108.7 | 107.5 | 114.3 | 108.4 |
| 洛阳市 | 111.5 | 129.4 | 107.8 | 107.4 | 110.9 | 112.5 | 110.7 | 115.6 | 110.8 |
| 平顶山市 | 108.6 | 117.4 | 105.5 | 105.1 | 110.3 | 109.5 | 105.2 | 116.6 | 107.9 |
| 安阳市 | 103.7 | 108.8 | 98.1 | 98.6 | 93.6 | 110.1 | 106.1 | 118.0 | 103.1 |
| 鹤壁市 | 106.9 | 107.5 | 104.8 | 103.3 | 116.8 | 110.2 | 109.5 | 111.9 | 105.3 |
| 新乡市 | 106.8 | 107.4 | 107.1 | 107.2 | 104.9 | 106.0 | 106.2 | 113.3 | 105.8 |
| 焦作市 | 104.3 | 107.0 | 103.0 | 102.6 | 109.4 | 106.3 | 105.0 | 109.6 | 103.0 |
| 濮阳市 | 109.1 | 105.1 | 110.6 | 110.1 | 113.6 | 110.3 | 105.9 | 113.8 | 108.1 |
| 许昌市 | 111.8 | 109.0 | 113.1 | 113.0 | 114.3 | 111.3 | 106.4 | 112.2 | 111.0 |
| 漯河市 | 111.5 | 105.0 | 116.4 | 114.1 | 153.7 | 107.3 | 110.7 | 118.5 | 110.1 |
| 三门峡市 | 114.6 | 120.5 | 115.5 | 115.9 | 111.9 | 110.2 | 103.8 | 114.8 | 113.5 |
| 南阳市 | 109.3 | 110.6 | 109.4 | 108.8 | 116.9 | 107.4 | 111.2 | 123.5 | 108.7 |
| 商丘市 | 108.4 | 106.4 | 110.9 | 110.2 | 114.8 | 108.8 | 103.3 | 112.8 | 107.3 |
| 信阳市 | 110.9 | 106.4 | 114.2 | 110.5 | 133.6 | 113.0 | 107.2 | 114.0 | 109.7 |
| 周口地区 | 107.2 | 100.8 | 112.1 | 110.6 | 123.6 | 110.0 | 109.4 | 117.4 | 106.2 |
| 驻马店地区 | 110.5 | 103.4 | 116.7 | 116.0 | 122.4 | 111.3 | 105.8 | 119.3 | 109.8 |
| 济源市 | 105.5 | 102.6 | 106.7 | 109.2 | 80.5 | 104.8 | 101.3 | 105.1 | 105.5 |

注：本表按可比价格计算。

## 2—14 各市地国内生产总值构成

（1998 年，以国内生产总值为 100）

| 市地 | 国内生产总值 | 第一产业 | 第二产业 | 工业 | 建筑业 | 第三产业 | #交通运输、仓储及邮电通信业 | #批零贸易、餐饮业 |
|---|---|---|---|---|---|---|---|---|
| 郑州市 | 100.0 | 6.3 | 53.8 | 43.5 | 10.3 | 40.0 | 9.8 | 10.4 |
| 开封市 | 100.0 | 34.8 | 35.4 | 29.8 | 5.6 | 29.8 | 5.5 | 7.9 |
| 洛阳市 | 100.0 | 11.0 | 54.1 | 46.0 | 8.0 | 34.9 | 6.7 | 8.2 |
| 平顶山市 | 100.0 | 16.9 | 52.2 | 47.1 | 5.1 | 30.9 | 7.0 | 8.9 |
| 安阳市 | 100.0 | 23.0 | 45.6 | 40.4 | 5.2 | 31.4 | 5.5 | 7.4 |
| 鹤壁市 | 100.0 | 24.4 | 47.9 | 41.1 | 6.9 | 27.7 | 6.6 | 5.2 |
| 新乡市 | 100.0 | 26.6 | 40.4 | 35.8 | 4.7 | 33.0 | 11.8 | 9.4 |
| 焦作市 | 100.0 | 16.3 | 60.0 | 54.9 | 5.1 | 23.7 | 11.4 | 3.7 |
| 濮阳市 | 100.0 | 23.6 | 51.8 | 44.1 | 7.7 | 24.6 | 2.9 | 7.6 |
| 许昌市 | 100.0 | 23.1 | 50.9 | 46.2 | 4.7 | 26.1 | 6.4 | 7.1 |
| 漯河市 | 100.0 | 26.4 | 50.5 | 45.6 | 4.8 | 23.1 | 4.8 | 7.2 |
| 三门峡市 | 100.0 | 15.5 | 50.9 | 44.2 | 6.7 | 33.5 | 11.4 | 8.2 |
| 南阳市 | 100.0 | 32.7 | 43.6 | 39.2 | 4.4 | 23.7 | 4.2 | 7.3 |
| 商丘市 | 100.0 | 44.7 | 28.2 | 23.3 | 5.0 | 27.1 | 7.2 | 7.2 |
| 信阳市 | 100.0 | 39.0 | 31.4 | 24.4 | 7.0 | 29.6 | 6.2 | 8.0 |
| 周口地区 | 100.0 | 41.2 | 35.6 | 30.4 | 5.2 | 23.2 | 4.2 | 6.8 |
| 驻马店地区 | 100.0 | 37.7 | 36.8 | 31.5 | 5.2 | 25.5 | 3.9 | 7.6 |
| 济源市 | 100.0 | 15.0 | 52.6 | 48.3 | 4.3 | 32.4 | 16.9 | 4.0 |

注：本表按当年价格计算。

# 2—15　历年国内支出总额

单位:亿元

| 年　份 | 国内支出总额 | 最终消费 | 居民消费 | 农村居民 | 城镇居民 | 政府消费 | 资本形成总　额 | 固定资产形成 | 存　货增　加 | 货物和服务净出　口 |
|---|---|---|---|---|---|---|---|---|---|---|
| 1952 | 36.09 | 29.50 | 27.93 | 24.61 | 3.32 | 1.57 | 6.63 | 4.90 | 1.73 | —0.04 |
| 1957 | 52.55 | 36.87 | 33.94 | 27.82 | 6.12 | 2.93 | 16.49 | 11.17 | 5.32 | —0.81 |
| 1962 | 43.02 | 40.12 | 36.46 | 25.28 | 11.18 | 3.66 | 3.41 | 8.24 | —4.83 | —0.51 |
| 1965 | 62.96 | 42.36 | 38.13 | 25.93 | 12.20 | 4.23 | 14.91 | 12.21 | 2.70 | 5.69 |
| 1970 | 97.19 | 56.98 | 52.56 | 38.24 | 14.32 | 4.42 | 39.21 | 26.05 | 13.16 | 1.00 |
| 1975 | 127.77 | 80.08 | 68.60 | 49.67 | 18.93 | 11.48 | 46.34 | 35.85 | 10.49 | 1.35 |
| 1978 | 162.92 | 107.07 | 94.34 | 70.45 | 23.89 | 12.73 | 52.49 | 40.66 | 11.83 | 3.36 |
| 1979 | 190.09 | 127.10 | 113.01 | 86.10 | 26.91 | 14.09 | 60.46 | 46.37 | 14.09 | 2.53 |
| 1980 | 229.16 | 151.48 | 135.23 | 104.36 | 30.87 | 16.25 | 69.20 | 57.70 | 11.50 | 8.48 |
| 1981 | 249.69 | 164.83 | 147.09 | 112.62 | 34.47 | 17.74 | 76.12 | 55.20 | 20.92 | 8.74 |
| 1982 | 263.30 | 183.01 | 159.95 | 123.33 | 36.62 | 23.06 | 71.15 | 66.10 | 5.05 | 9.14 |
| 1983 | 327.95 | 194.43 | 165.43 | 125.63 | 39.80 | 29.00 | 115.21 | 88.14 | 27.07 | 18.31 |
| 1984 | 370.04 | 222.17 | 187.89 | 139.32 | 48.57 | 34.28 | 130.82 | 101.87 | 28.95 | 17.05 |
| 1985 | 451.74 | 275.95 | 231.11 | 166.16 | 64.95 | 44.84 | 173.43 | 138.19 | 35.24 | 2.36 |
| 1986 | 502.91 | 307.91 | 256.87 | 182.68 | 74.19 | 51.04 | 184.00 | 158.84 | 25.16 | 11.00 |
| 1987 | 609.60 | 344.68 | 285.09 | 201.05 | 84.04 | 59.59 | 223.78 | 174.20 | 49.58 | 41.14 |
| 1988 | 749.09 | 410.63 | 348.87 | 235.34 | 113.53 | 61.76 | 307.85 | 222.33 | 85.52 | 30.61 |
| 1989 | 850.71 | 466.33 | 395.47 | 264.82 | 130.65 | 70.86 | 345.19 | 209.62 | 135.57 | 39.19 |
| 1990 | 934.65 | 527.43 | 447.97 | 309.33 | 138.64 | 79.46 | 364.81 | 225.73 | 139.08 | 42.41 |
| 1991 | 1045.73 | 572.63 | 479.04 | 325.30 | 153.74 | 93.59 | 421.32 | 279.06 | 142.26 | 51.78 |
| 1992 | 1279.75 | 641.79 | 531.59 | 357.89 | 173.70 | 110.20 | 571.96 | 346.67 | 225.29 | 66.00 |
| 1993 | 1662.76 | 879.25 | 673.10 | 453.61 | 219.49 | 206.15 | 684.59 | 485.19 | 199.40 | 98.92 |
| 1994 | 2224.43 | 1198.86 | 929.14 | 597.12 | 332.02 | 269.72 | 883.44 | 670.35 | 213.09 | 142.13 |
| 1995 | 3002.74 | 1595.23 | 1253.06 | 819.64 | 433.42 | 342.17 | 1244.31 | 874.87 | 369.44 | 163.20 |
| 1996 | 3661.18 | 1944.97 | 1540.28 | 1011.52 | 528.76 | 404.69 | 1501.28 | 1076.78 | 424.50 | 214.93 |
| 1997 | 4079.26 | 2154.98 | 1696.54 | 1083.22 | 613.32 | 458.44 | 1703.44 | 1255.59 | 447.85 | 220.84 |
| 1998 | 4356.60 | 2235.11 | 1727.81 | 1073.08 | 654.73 | 507.30 | 1870.67 | 1414.85 | 455.82 | 250.82 |

注:本表按当年价格计算。

# 2-16 历年最终消费指数

| 年份 | 以1952年为100 | | | | | 以上年为100 | | | | |
|---|---|---|---|---|---|---|---|---|---|---|
| | 最终消费 | 居民消费 | 农村居民消费 | 城镇居民消费 | 政府消费 | 最终消费 | 居民消费 | 农村居民消费 | 城镇居民消费 | 政府消费 |
| 1952 | 100.0 | 100.0 | 100.0 | 100.0 | 100.0 | | | | | |
| 1957 | 124.9 | 121.3 | 113.1 | 184.2 | 186.3 | 100.0 | 99.9 | 96.6 | 120.0 | 100.3 |
| 1962 | 123.1 | 117.7 | 93.9 | 301.9 | 220.1 | 100.6 | 102.6 | 103.2 | 101.1 | 84.6 |
| 1965 | 133.5 | 126.8 | 95.7 | 368.1 | 255.1 | 105.7 | 105.7 | 105.9 | 105.1 | 106.3 |
| 1970 | 186.6 | 181.3 | 146.3 | 451.5 | 277.7 | 109.5 | 110.1 | 111.6 | 106.4 | 102.7 |
| 1975 | 267.3 | 240.9 | 195.0 | 597.8 | 734.4 | 105.9 | 103.3 | 102.9 | 104.3 | 124.8 |
| 1978 | 356.3 | 330.7 | 276.2 | 750.8 | 812.6 | 118.3 | 118.7 | 118.3 | 119.9 | 115.7 |
| 1979 | 422.6 | 395.5 | 337.3 | 845.4 | 899.6 | 118.6 | 119.6 | 122.1 | 112.6 | 110.7 |
| 1980 | 480.5 | 451.7 | 392.6 | 908.9 | 984.2 | 113.7 | 114.2 | 116.4 | 107.5 | 109.4 |
| 1981 | 516.6 | 485.5 | 420.5 | 988.8 | 1058.0 | 107.5 | 107.5 | 107.1 | 108.8 | 107.5 |
| 1982 | 566.1 | 521.0 | 454.9 | 1032.3 | 1355.3 | 109.6 | 107.3 | 108.2 | 104.4 | 128.1 |
| 1983 | 592.7 | 531.4 | 459.5 | 1090.2 | 1675.1 | 104.7 | 102.0 | 101.0 | 105.6 | 123.6 |
| 1984 | 673.4 | 600.0 | 509.6 | 1304.9 | 1963.2 | 113.6 | 112.9 | 110.9 | 119.7 | 117.2 |
| 1985 | 800.0 | 706.8 | 587.0 | 1640.3 | 2436.3 | 118.8 | 117.8 | 115.2 | 125.7 | 124.1 |
| 1986 | 851.2 | 749.9 | 620.5 | 1758.4 | 2641.0 | 106.4 | 106.1 | 105.7 | 107.2 | 108.4 |
| 1987 | 898.8 | 785.9 | 650.3 | 1844.5 | 2899.8 | 105.6 | 104.8 | 104.8 | 104.9 | 109.8 |
| 1988 | 937.5 | 820.4 | 664.6 | 2040.1 | 3007.1 | 104.3 | 104.4 | 102.2 | 110.6 | 103.7 |
| 1989 | 957.2 | 837.7 | 677.9 | 2087.0 | 3067.2 | 102.1 | 102.1 | 102.0 | 102.3 | 102.0 |
| 1990 | 1001.2 | 869.5 | 697.5 | 2226.8 | 3312.6 | 104.6 | 103.8 | 102.9 | 106.7 | 108.0 |
| 1991 | 1061.3 | 912.1 | 729.6 | 2351.5 | 3723.4 | 106.0 | 104.9 | 104.6 | 105.6 | 112.4 |
| 1992 | 1143.0 | 970.5 | 763.2 | 2593.7 | 4285.6 | 107.7 | 106.4 | 104.6 | 110.3 | 115.1 |
| 1993 | 1402.4 | 1160.7 | 906.7 | 3146.2 | 5939.9 | 122.7 | 119.6 | 118.8 | 121.3 | 138.6 |
| 1994 | 1581.9 | 1258.2 | 977.4 | 3448.2 | 7852.3 | 112.8 | 108.4 | 107.8 | 109.6 | 132.2 |
| 1995 | 1759.1 | 1396.6 | 1089.8 | 3789.6 | 8794.5 | 111.2 | 111.0 | 111.5 | 109.9 | 112.0 |
| 1996 | 1991.3 | 1594.9 | 1280.5 | 4077.6 | 9621.2 | 113.2 | 114.2 | 117.5 | 107.6 | 109.4 |
| 1997 | 2164.5 | 1714.5 | 1347.1 | 4591.4 | 10891.2 | 108.7 | 107.5 | 105.2 | 112.6 | 113.2 |
| 1998 | 2287.9 | 1784.8 | 1387.5 | 4880.7 | 12132.8 | 105.7 | 104.1 | 103.0 | 106.3 | 111.4 |

注：本表按可比价格计算。

# 2—17　历年资本形成总额指数

| 年　份 | 以1952年为100 | | | 以上年为100 | | |
|---|---|---|---|---|---|---|
| | 资本形成总额 | 固定资本形成 | 存货增加 | 资本形成总额 | 固定资本形成 | 存货增加 |
| 1952 | 100.0 | 100.0 | 100.0 | | | |
| 1957 | 240.0 | 223.7 | 293.7 | 133.8 | 110.5 | 277.5 |
| 1962 | 54.9 | 152.4 | | 67.1 | 83.0 | |
| 1965 | 242.0 | 270.0 | 150.7 | 125.2 | 124.4 | 130.0 |
| 1970 | 646.0 | 591.3 | 818.1 | 173.7 | 168.6 | 186.8 |
| 1975 | 730.0 | 753.1 | 648.8 | 108.3 | 107.8 | 110.3 |
| 1978 | 842.0 | 880.7 | 709.9 | 103.9 | 111.6 | 81.4 |
| 1979 | 911.9 | 916.8 | 889.5 | 108.3 | 104.1 | 125.3 |
| 1980 | 1038.6 | 1132.3 | 728.5 | 113.9 | 123.5 | 81.9 |
| 1981 | 1133.2 | 1079.1 | 1301.1 | 109.1 | 95.3 | 178.6 |
| 1982 | 1058.4 | 1287.3 | 311.0 | 93.4 | 119.3 | 23.9 |
| 1983 | 1689.2 | 1687.7 | 1678.3 | 159.6 | 131.1 | 539.7 |
| 1984 | 1768.6 | 1765.3 | 1762.2 | 104.7 | 104.6 | 105.0 |
| 1985 | 2099.3 | 2125.4 | 1993.0 | 118.7 | 120.4 | 113.1 |
| 1986 | 2137.1 | 2361.4 | 1391.1 | 101.8 | 111.1 | 69.3 |
| 1987 | 2282.4 | 2264.5 | 2312.1 | 106.8 | 95.9 | 166.2 |
| 1988 | 3108.6 | 3084.3 | 3789.5 | 136.2 | 136.2 | 163.9 |
| 1989 | 3226.7 | 2797.5 | 5240.8 | 103.8 | 90.7 | 138.3 |
| 1990 | 3265.5 | 2803.1 | 5398.1 | 101.2 | 100.2 | 103.0 |
| 1991 | 3552.8 | 3161.9 | 5840.7 | 108.8 | 112.8 | 108.2 |
| 1992 | 4330.9 | 3737.3 | 7481.9 | 121.9 | 118.2 | 128.1 |
| 1993 | 4590.7 | 4309.1 | 6846.0 | 106.0 | 115.3 | 91.5 |
| 1994 | 5160.0 | 5158.0 | 6722.8 | 112.4 | 119.7 | 98.2 |
| 1995 | 6305.5 | 6117.4 | 8792.1 | 122.2 | 118.6 | 130.8 |
| 1996 | 7314.4 | 7224.6 | 9803.2 | 116.0 | 118.1 | 111.5 |
| 1997 | 8199.4 | 8315.5 | 10332.6 | 112.1 | 115.1 | 105.4 |
| 1998 | 9199.7 | 9496.3 | 11086.9 | 112.2 | 114.2 | 107.3 |

注:本表按可比价格计算。

## 2—18 历年国内支出总额构成

| 年份 | 以国内支出总额为100 | | | 以总消费为100 | |
|---|---|---|---|---|---|
| | 最终消费 | 资本形成总额 | 货物和服务净出口 | 居民消费 | 政府消费 |
| 1952 | 81.7 | 18.4 | —0.1 | 94.7 | 5.3 |
| 1957 | 70.1 | 31.4 | —1.5 | 92.1 | 7.9 |
| 1962 | 93.3 | 7.9 | —1.2 | 90.9 | 9.1 |
| 1965 | 67.3 | 23.7 | 9.0 | 90.0 | 10.0 |
| 1970 | 58.6 | 40.4 | 1.0 | 92.2 | 7.8 |
| 1975 | 62.7 | 36.3 | 1.0 | 85.7 | 14.3 |
| 1978 | 65.7 | 32.2 | 2.1 | 88.1 | 11.9 |
| 1979 | 66.9 | 31.8 | 1.3 | 88.9 | 11.1 |
| 1980 | 66.1 | 30.2 | 3.7 | 89.3 | 10.7 |
| 1981 | 66.0 | 30.5 | 3.5 | 89.2 | 10.8 |
| 1982 | 69.5 | 27.0 | 3.5 | 87.4 | 12.6 |
| 1983 | 59.3 | 35.1 | 5.6 | 85.1 | 14.9 |
| 1984 | 60.0 | 35.4 | 4.6 | 84.6 | 15.4 |
| 1985 | 61.1 | 38.4 | 0.5 | 83.8 | 16.2 |
| 1986 | 61.2 | 36.6 | 2.2 | 83.4 | 16.6 |
| 1987 | 56.6 | 36.7 | 6.7 | 82.7 | 17.3 |
| 1988 | 54.8 | 41.1 | 4.1 | 85.0 | 15.0 |
| 1989 | 54.8 | 40.6 | 4.6 | 84.8 | 15.2 |
| 1990 | 56.4 | 39.0 | 4.6 | 85.7 | 14.3 |
| 1991 | 54.7 | 40.3 | 5.0 | 84.7 | 15.3 |
| 1992 | 50.1 | 44.7 | 5.2 | 84.0 | 16.0 |
| 1993 | 52.9 | 41.2 | 5.9 | 77.4 | 22.6 |
| 1994 | 53.9 | 39.7 | 6.4 | 78.0 | 22.0 |
| 1995 | 53.1 | 41.4 | 5.5 | 78.6 | 21.4 |
| 1996 | 53.1 | 41.0 | 5.9 | 79.2 | 20.8 |
| 1997 | 52.8 | 41.8 | 5.4 | 78.7 | 21.3 |
| 1998 | 51.3 | 42.9 | 5.8 | 77.3 | 22.7 |

注:本表按当年价格计算。

# 2—19 国内支出总额及构成

| 项　目 | 1997年 | | 1998年 | | 1998年为1997年% |
|---|---|---|---|---|---|
| | 绝对额（亿元） | 构成（%） | 绝对额（亿元） | 构成（%） | |
| **国内支出总额** | **4079.26** | **100.0** | **4356.60** | **100.0** | **108.7** |
| **一、最终消费** | **2154.98** | **52.8** | **2235.11** | **51.3** | **105.7** |
| 居民消费 | 1696.54 | 41.6 | 1727.81 | 39.7 | 104.1 |
| 农村居民 | 1083.22 | 26.6 | 1073.08 | 24.6 | 103.0 |
| 自给性 | 361.97 | 8.9 | 364.41 | 8.4 | |
| 商品性 | 483.71 | 11.9 | 460.03 | 10.6 | |
| 文化生活服务性 | 141.34 | 3.5 | 139.90 | 3.2 | |
| 住房及水电 | 96.20 | 2.4 | 108.74 | 2.5 | |
| #住房 | 79.38 | 1.9 | 85.48 | 2.0 | |
| 城镇居民 | 613.32 | 15.0 | 654.73 | 15.0 | 106.3 |
| 商品性 | 434.88 | 10.7 | 433.16 | 9.9 | |
| 文化生活服务性 | 112.50 | 2.8 | 143.98 | 3.3 | |
| 住房及水电 | 65.94 | 1.6 | 77.59 | 1.8 | |
| #住房 | 53.25 | 1.3 | 61.98 | 1.4 | |
| 政府消费 | 458.44 | 11.2 | 507.30 | 11.6 | 111.4 |
| **二、资本形成总额** | **1703.44** | **41.8** | **1870.67** | **42.9** | **112.2** |
| 固定资本形成 | 1255.59 | 30.8 | 1414.85 | 32.5 | 111.2 |
| 第一产业 | 113.04 | 2.8 | 141.75 | 3.3 | |
| 第二产业 | 559.54 | 13.7 | 512.36 | 11.8 | |
| 第三产业 | 583.01 | 14.3 | 760.74 | 17.5 | |
| 存货增加 | 447.85 | 11.0 | 455.82 | 10.5 | 107.3 |
| 第一产业 | 238.96 | 5.9 | 233.07 | 5.3 | |
| 第二产业 | 144.46 | 3.5 | 168.69 | 3.9 | |
| 第三产业 | 64.43 | 1.6 | 54.06 | 1.2 | |
| **三、货物和服务净出口** | **220.84** | **5.4** | **250.82** | **5.8** | **112.5** |

注：本表绝对数、构成按当年价格计算，发展速度按可比价格计算。

## 2—20 各市地国内支出总额

(1998 年)　　单位:万元

| 市　地 | 支出总额 | 最终消费 | 居民消费 | 农村居民 | 城镇居民 | 政府消费 | 资本形成总额 | 货物和服务净出口 |
|---|---|---|---|---|---|---|---|---|
| 郑州市 | 6203185 | 2906606 | 2145559 | 658553 | 1487006 | 761047 | 3198533 | 98046 |
| 开封市 | 1885971 | 1155961 | 943871 | 641417 | 302454 | 212090 | 721708 | 8302 |
| 洛阳市 | 3648262 | 1808920 | 1285190 | 577839 | 707351 | 523730 | 1760522 | 78820 |
| 平顶山市 | 2390078 | 1193238 | 960832 | 460545 | 500287 | 232406 | 842099 | 354741 |
| 安阳市 | 2212881 | 1167253 | 895826 | 559165 | 336661 | 271427 | 1032203 | 13425 |
| 鹤壁市 | 732335 | 366812 | 304581 | 160390 | 144191 | 62231 | 358134 | 7389 |
| 新乡市 | 2560521 | 1377560 | 1123263 | 619762 | 503501 | 254297 | 844104 | 338857 |
| 焦作市 | 2508236 | 950534 | 726775 | 360806 | 365969 | 223759 | 978505 | 579197 |
| 濮阳市 | 1705816 | 755740 | 577680 | 317764 | 259916 | 178060 | 585447 | 364629 |
| 许昌市 | 2429190 | 1163350 | 940782 | 636337 | 304445 | 222568 | 1150780 | 115060 |
| 漯河市 | 1366115 | 579738 | 448901 | 270330 | 178571 | 130837 | 741874 | 44503 |
| 三门峡市 | 1448007 | 561013 | 429928 | 207767 | 222161 | 131085 | 547076 | 339918 |
| 南阳市 | 4658731 | 2062379 | 1629255 | 1154627 | 474628 | 433124 | 2651642 | —55290 |
| 商丘市 | 2405946 | 1454243 | 1261945 | 920960 | 340985 | 192298 | 946191 | 5512 |
| 信阳市 | 2288480 | 1638345 | 1309013 | 941365 | 367648 | 329332 | 745057 | —94922 |
| 周口地区 | 2917002 | 1734045 | 1418199 | 1115683 | 302516 | 315846 | 1193334 | —10377 |
| 驻马店地区 | 2423322 | 1467623 | 1219239 | 928405 | 290834 | 248384 | 908721 | 46978 |
| 济源市 | 466326 | 191654 | 155105 | 60357 | 94748 | 36549 | 118800 | 155872 |

注:本表按当年价格计算。

## 2—21 各市地国内支出总额指数

(1998 年,以上年为 100)

| 市　地 | 支出总额 | 最终消费 | 居民消费 | 农村居民 | 城镇居民 | 政府消费 | 资本形成总额 |
|---|---|---|---|---|---|---|---|
| 郑州市 | 110.0 | 109.9 | 106.8 | 110.3 | 105.1 | 119.8 | 102.1 |
| 开封市 | 108.9 | 112.9 | 113.1 | 112.8 | 113.1 | 111.7 | 112.3 |
| 洛阳市 | 111.5 | 107.7 | 103.9 | 105.0 | 102.9 | 115.4 | 107.8 |
| 平顶山市 | 108.6 | 106.0 | 105.7 | 110.5 | 100.9 | 107.4 | 104.0 |
| 安阳市 | 103.7 | 107.5 | 105.8 | 100.5 | 116.0 | 113.6 | 99.4 |
| 鹤壁市 | 106.9 | 107.1 | 106.4 | 105.2 | 107.8 | 110.9 | 107.3 |
| 新乡市 | 106.8 | 113.7 | 108.5 | 110.0 | 106.5 | 141.1 | 90.0 |
| 焦作市 | 104.3 | 105.3 | 101.3 | 104.2 | 98.8 | 119.2 | 110.3 |
| 濮阳市 | 109.1 | 108.9 | 103.9 | 107.5 | 99.9 | 130.4 | 91.4 |
| 许昌市 | 111.8 | 111.2 | 110.1 | 110.0 | 110.2 | 116.3 | 112.9 |
| 漯河市 | 111.5 | 107.2 | 104.5 | 104.3 | 104.8 | 117.3 | 116.6 |
| 三门峡市 | 114.6 | 106.1 | 102.2 | 104.6 | 99.9 | 120.7 | 102.6 |
| 南阳市 | 109.3 | 108.0 | 105.3 | 103.3 | 111.0 | 121.1 | 111.1 |
| 商丘市 | 108.4 | 102.0 | 102.3 | 98.4 | 115.9 | 100.1 | 121.0 |
| 信阳市 | 110.9 | 111.8 | 107.2 | 101.5 | 126.9 | 135.1 | 107.5 |
| 周口地区 | 107.2 | 109.5 | 106.1 | 104.3 | 115.8 | 126.5 | 108.4 |
| 驻马店地区 | 110.5 | 110.7 | 111.9 | 109.1 | 121.5 | 104.2 | 104.4 |
| 济源市 | 105.5 | 97.4 | 97.7 | 94.7 | 101.3 | 96.1 | 109.7 |

注:本表按可比价格计算。

# 2—22 国内生产总值构成项目

| 年　　份 | 国内生产总值 | 劳动者报酬 | 固定资产折旧 | 生产税净额 | 营业盈余 |
|---|---|---|---|---|---|
| **绝对数(亿元)** | | | | | |
| 1978 | 162.92 | 91.39 | 16.23 | 24.03 | 31.27 |
| 1979 | 190.09 | 111.91 | 17.93 | 24.00 | 36.25 |
| 1980 | 229.16 | 134.18 | 22.77 | 28.57 | 43.64 |
| 1981 | 249.69 | 151.29 | 22.99 | 30.42 | 44.99 |
| 1982 | 263.30 | 155.38 | 27.49 | 32.40 | 48.03 |
| 1983 | 327.95 | 196.92 | 37.45 | 37.38 | 56.20 |
| 1984 | 370.04 | 217.59 | 41.88 | 46.64 | 63.93 |
| 1985 | 451.74 | 266.09 | 53.62 | 60.91 | 71.12 |
| 1986 | 502.91 | 307.14 | 57.72 | 67.99 | 70.06 |
| 1987 | 609.60 | 373.25 | 60.36 | 86.10 | 89.89 |
| 1988 | 749.09 | 444.21 | 71.15 | 107.56 | 126.17 |
| 1989 | 850.71 | 476.53 | 106.87 | 116.95 | 150.36 |
| 1990 | 934.65 | 554.91 | 119.13 | 107.04 | 153.57 |
| 1991 | 1045.73 | 606.59 | 141.93 | 140.99 | 156.22 |
| 1992 | 1279.75 | 706.32 | 184.36 | 186.24 | 202.83 |
| 1993 | 1662.76 | 909.42 | 236.01 | 224.01 | 293.32 |
| 1994 | 2224.43 | 1422.74 | 301.73 | 256.16 | 243.80 |
| 1995 | 3002.74 | 1964.75 | 343.01 | 356.58 | 338.40 |
| 1996 | 3661.18 | 2379.18 | 482.39 | 453.29 | 346.32 |
| 1997 | 4079.26 | 2605.04 | 554.11 | 509.38 | 410.73 |
| 1998 | 4356.60 | 2653.74 | 597.37 | 485.73 | 619.76 |
| **构成(%)** | | | | | |
| 1978 | 100.0 | 56.1 | 10.0 | 14.7 | 19.2 |
| 1979 | 100.0 | 58.9 | 9.4 | 12.6 | 19.1 |
| 1980 | 100.0 | 58.6 | 9.9 | 12.5 | 19.0 |
| 1981 | 100.0 | 60.6 | 9.2 | 12.2 | 18.0 |
| 1982 | 100.0 | 59.0 | 10.4 | 12.3 | 18.3 |
| 1983 | 100.0 | 60.1 | 11.4 | 11.4 | 17.1 |
| 1984 | 100.0 | 58.8 | 11.3 | 12.6 | 17.3 |
| 1985 | 100.0 | 58.9 | 11.9 | 13.5 | 15.7 |
| 1986 | 100.0 | 61.1 | 11.5 | 13.5 | 13.9 |
| 1987 | 100.0 | 61.2 | 9.9 | 14.1 | 14.8 |
| 1988 | 100.0 | 59.3 | 9.5 | 14.4 | 16.8 |
| 1989 | 100.0 | 56.0 | 12.6 | 13.7 | 17.7 |
| 1990 | 100.0 | 59.4 | 12.7 | 11.5 | 16.4 |
| 1991 | 100.0 | 58.0 | 13.6 | 13.5 | 14.9 |
| 1992 | 100.0 | 55.2 | 14.4 | 14.6 | 15.8 |
| 1993 | 100.0 | 54.7 | 14.2 | 13.5 | 17.6 |
| 1994 | 100.0 | 63.9 | 13.6 | 11.5 | 11.0 |
| 1995 | 100.0 | 65.4 | 11.4 | 11.9 | 11.3 |
| 1996 | 100.0 | 65.0 | 13.2 | 12.4 | 9.4 |
| 1997 | 100.0 | 63.9 | 13.6 | 12.5 | 10.0 |
| 1998 | 100.0 | 60.9 | 13.7 | 11.1 | 14.2 |

注：本表按当年价格计算。

# 2—23 国内生产总值分产业构成项目

（1998 年）

单位：亿元

| 产业 | 增加值 | 劳动者报酬 | 固定资产折旧 | 生产税净额 | #补贴 | 营业盈余 |
|---|---|---|---|---|---|---|
| **国内生产总值** | **4356.60** | **2653.74** | **597.37** | **485.73** | **17.81** | **619.76** |
| **第一产业** | **1071.39** | **974.57** | **28.22** | **20.24** | | **48.36** |
| 农业 | 693.15 | 630.07 | 18.24 | 13.10 | | 31.74 |
| 林业 | 37.65 | 34.20 | 1.00 | 0.71 | | 1.74 |
| 牧业 | 329.21 | 299.96 | 8.66 | 6.22 | | 14.37 |
| 渔业 | 11.38 | 10.34 | 0.32 | 0.21 | | 0.51 |
| **第二产业** | **2012.74** | **970.04** | **266.19** | **288.55** | **11.61** | **487.96** |
| 工业 | 1742.18 | 818.70 | 249.39 | 263.11 | 11.61 | 410.98 |
| 采掘业 | 260.80 | 122.58 | 37.29 | 39.38 | | 61.55 |
| 制造业 | 1341.48 | 630.37 | 192.10 | 202.61 | 11.66 | 316.40 |
| 电力、煤气及水的生产和供应业 | 139.90 | 65.75 | 20.00 | 21.12 | | 33.03 |
| 建筑业 | 270.56 | 151.34 | 16.80 | 25.44 | | 76.98 |
| **第三产业** | **1272.47** | **709.13** | **302.96** | **176.94** | **6.20** | **83.44** |
| 农林牧渔服务业 | 4.16 | 2.23 | 0.40 | 0.31 | | 1.22 |
| 地质勘查、水利管理业 | 22.51 | 12.28 | 2.59 | 5.75 | | 1.89 |
| 交通运输、仓储及邮电通信业 | 299.63 | 161.00 | 84.33 | 29.82 | | 24.48 |
| 交通运输和仓储业 | 256.02 | 145.34 | 59.91 | 26.54 | | 24.23 |
| 邮电通信业 | 43.61 | 15.66 | 24.42 | 3.28 | | 0.25 |
| 批发零售贸易业、餐饮业 | 316.81 | 200.65 | 42.99 | 106.62 | 6.20 | —33.45 |
| 批发零售贸易业 | 237.31 | 150.33 | 36.42 | 99.98 | 6.20 | —49.42 |
| 餐饮业 | 79.50 | 50.32 | 6.57 | 6.64 | | 15.97 |
| 金融保险业 | 139.76 | 36.64 | 9.49 | 24.57 | | 69.06 |
| 金融业 | 62.94 | 35.01 | 8.96 | 22.88 | | —3.91 |
| 保险业 | 5.57 | 1.63 | 0.53 | 1.69 | | 1.72 |
| 其他 | 71.25 | | | | | 71.25 |
| 房地产业 | 127.02 | 2.42 | 125.52 | 1.50 | | —2.42 |
| 房地产管理业 | 1.96 | 0.76 | 1.20 | | | |
| 房地产开发与经营业 | 1.60 | 1.66 | 0.86 | 1.50 | | —2.42 |
| 城市居民自有住房 | 38.25 | | 38.25 | | | |
| 农村居民自有住房 | 85.21 | | 85.21 | | | |
| 社会服务业 | 84.79 | 60.30 | 11.56 | 5.97 | | 6.96 |
| 卫生、体育、社会福利事业 | 53.93 | 47.57 | 2.75 | 0.33 | | 3.28 |
| 教育、文化、广播电影电视事业 | 84.23 | 68.09 | 10.43 | 0.76 | | 4.95 |
| 科学研究和综合技术服务业 | 12.36 | 7.47 | 2.59 | 0.81 | | 1.49 |
| 国家机关、政党机关和社会团体 | 116.89 | 106.05 | 9.40 | 0.50 | | 0.94 |
| 其他行业 | 10.38 | 4.43 | 0.91 | | | 5.04 |

注：本表按当年价格计算。

# 2-24　各市地国内生产总值构成项目

（1998 年）

单位：万元

| 市　　地 | 国内生产总值 | 劳动者报酬 | 固定资产折旧 | 生产税净额 | 营业盈余 |
|---|---|---|---|---|---|
| 郑州市 | 6203185 | 3382830 | 845064 | 667483 | 1307808 |
| 开封市 | 1885971 | 1159747 | 210657 | 109774 | 405793 |
| 洛阳市 | 3648262 | 2209442 | 538963 | 364721 | 535136 |
| 平顶山市 | 2390078 | 1611673 | 473134 | 253995 | 51276 |
| 安阳市 | 2212881 | 1198215 | 340008 | 265822 | 408836 |
| 鹤壁市 | 732335 | 403321 | 86160 | 50280 | 192574 |
| 新乡市 | 2560521 | 1217309 | 411241 | 155487 | 776484 |
| 焦作市 | 2508236 | 1582797 | 263486 | 271314 | 390639 |
| 濮阳市 | 1705816 | 780063 | 344898 | 165932 | 414923 |
| 许昌市 | 2429190 | 1273765 | 308739 | 226871 | 619815 |
| 漯河市 | 1366115 | 806575 | 150414 | 101367 | 307759 |
| 三门峡市 | 1448007 | 738594 | 168962 | 146887 | 393564 |
| 南阳市 | 4658731 | 2843075 | 481389 | 518970 | 815297 |
| 商丘市 | 2405946 | 1742736 | 271841 | 176577 | 214792 |
| 信阳市 | 2288480 | 1366061 | 259999 | 198800 | 463620 |
| 周口地区 | 2917002 | 1886481 | 266653 | 233198 | 530670 |
| 驻马店地区 | 2423322 | 1297494 | 289359 | 311089 | 525380 |
| 济源市 | 466326 | 211964 | 72789 | 50232 | 131341 |

注：本表按当年价格计算。

# 2—25 综合改革试点(后备)县市基本情况

(1998年)

| 县　市 | 土地面积(平方公里) | 乡镇个数(个) | #镇 | 年末总人口(万人) | #城镇人口 | 耕地面积(千公顷) |
|---|---|---|---|---|---|---|
| **总　计** | **28305** | **394** | **216** | **1715.26** | **159.99** | **1142.15** |
| **试点县市合计** | **22961** | **299** | **177** | **1319.83** | **124.63** | **845.25** |
| 巩义市 | 1041 | 18 | 18 | 77.76 | 7.40 | 34.05 |
| 济源市 | 1931 | 12 | 6 | 64.22 | 0.19 | 39.74 |
| 新郑市 | 873 | 14 | 10 | 60.36 | 7.25 | 40.50 |
| 偃师市 | 943 | 17 | 13 | 80.16 | 5.20 | 48.01 |
| 新密市 | 978 | 15 | 11 | 72.88 | 8.69 | 42.60 |
| 辉县市 | 2007 | 26 | 11 | 76.56 | | 57.49 |
| 禹州市 | 1461 | 26 | 8 | 115.15 | | 76.80 |
| 长葛市 | 650 | 12 | 7 | 66.36 | 10.63 | 42.25 |
| 新乡县 | 524 | 10 | 8 | 41.78 | | 30.78 |
| 林州市 | 2046 | 17 | 14 | 96.47 | 9.00 | 51.00 |
| 沁阳市 | 624 | 16 | 10 | 44.06 | 11.41 | 26.70 |
| 汝州市 | 1573 | 16 | 5 | 91.74 | 10.27 | 62.50 |
| 荥阳市 | 955 | 15 | 10 | 64.57 | 7.90 | 45.50 |
| 镇平县 | 1500 | 23 | 11 | 92.73 | 10.32 | 70.30 |
| 灵宝市 | 3011 | 17 | 10 | 71.18 | 11.41 | 53.93 |
| 项城市 | 1083 | 18 | 10 | 109.98 | 10.37 | 65.60 |
| 孟州市 | 542 | 11 | 8 | 33.28 | 9.25 | 22.50 |
| 登封市 | 1219 | 16 | 7 | 60.59 | 5.34 | 35.00 |
| **后备县市合计** | **5344** | **95** | **39** | **395.43** | **35.36** | **296.90** |
| 博爱县 | 488 | 13 | 6 | 41.34 | 3.70 | 22.00 |
| 武陟县 | 860 | 15 | 7 | 62.26 | 4.66 | 40.47 |
| 卫辉市 | 882 | 16 | 7 | 47.56 | 8.75 | 37.90 |
| 郾城县 | 960 | 18 | 7 | 89.27 | 4.20 | 65.43 |
| 新野县 | 1062 | 14 | 7 | 73.33 | 8.18 | 65.00 |
| 西平县 | 1092 | 19 | 5 | 81.67 | 5.88 | 66.10 |

## 2—26　综合改革试点(后备)县市国内生产总值

(1998年)　　　　单位:万元

| 县　市 | 国内生产总值 | 第一产业 | 第二产业 | 工　业 | 建筑业 | 第三产业 | 人均国内生产总值(元) |
|---|---|---|---|---|---|---|---|
| **总　计** | **11686456** | **2078377** | **6555341** | **5895511** | **659830** | **3052739** | **6836.34** |
| **试点县市合计** | **9572686** | **1394379** | **5634769** | **5044688** | **590081** | **2543538** | **7276.84** |
| 巩义市 | 826256 | 34742 | 610461 | 542734 | 67727 | 181053 | 10675.36 |
| 济源市 | 466326 | 70048 | 245353 | 225350 | 20003 | 150925 | 7289.84 |
| 新郑市 | 660000 | 58237 | 421653 | 377176 | 44477 | 180110 | 11003.76 |
| 偃师市 | 733989 | 73503 | 459233 | 416104 | 43129 | 201253 | 9226.71 |
| 新密市 | 618190 | 39930 | 400808 | 338155 | 62653 | 177452 | 8569.75 |
| 辉县市 | 432781 | 100330 | 229561 | 203942 | 25619 | 102890 | 5664.68 |
| 禹州市 | 635296 | 115518 | 344712 | 315728 | 28984 | 175066 | 5538.19 |
| 长葛市 | 568807 | 104954 | 331267 | 297472 | 33795 | 132586 | 8601.66 |
| 新乡县 | 336526 | 84825 | 158838 | 141115 | 17723 | 92863 | 8091.08 |
| 林州市 | 381047 | 58997 | 196746 | 171051 | 25695 | 125304 | 3912.34 |
| 沁阳市 | 497970 | 61453 | 324168 | 302997 | 21171 | 112349 | 11354.38 |
| 汝州市 | 540602 | 105575 | 258159 | 243665 | 14494 | 176868 | 5916.50 |
| 荥阳市 | 585322 | 58918 | 363544 | 306621 | 56923 | 162860 | 9110.71 |
| 镇平县 | 529744 | 121604 | 283800 | 267530 | 16270 | 124340 | 5720.47 |
| 灵宝市 | 569296 | 102528 | 294281 | 277357 | 16924 | 172487 | 8033.29 |
| 项城市 | 488751 | 112775 | 269422 | 246977 | 22445 | 106554 | 4456.33 |
| 孟州市 | 266661 | 50602 | 154303 | 140587 | 13716 | 61756 | 8049.54 |
| 登封市 | 435122 | 39840 | 288460 | 230127 | 58333 | 106822 | 7213.47 |
| **后备县市合计** | **2113770** | **683998** | **920572** | **850823** | **69749** | **509201** | **5365.44** |
| 博爱县 | 334659 | 60668 | 199411 | 191367 | 8044 | 74580 | 8112.51 |
| 武陟县 | 319946 | 92853 | 128188 | 112555 | 15633 | 98905 | 5173.14 |
| 卫辉市 | 220472 | 83205 | 53832 | 45607 | 8225 | 83435 | 4649.68 |
| 郾城县 | 485922 | 165769 | 237021 | 222646 | 14375 | 83132 | 5470.71 |
| 新野县 | 405025 | 152966 | 173962 | 163977 | 9985 | 78098 | 5528.91 |
| 西平县 | 347746 | 128537 | 128158 | 114671 | 13487 | 91051 | 4274.45 |

注:本表按当年价格计算。

## 2—27 综合改革试点(后备)县市国内生产总值指数

(1998年,以上年为100)

| 县　市 | 国内生产总值 | 第一产业 | 第二产业 | 工　业 | 建筑业 | 第三产业 | 人均国内生产总值 |
|---|---|---|---|---|---|---|---|
| **试点县市合计** | **109.0** | **109.6** | **108.4** | **109.0** | | **110.2** | **108.3** |
| 巩义市 | 114.5 | 116.5 | 115.2 | 117.0 | 102.8 | 112.5 | 113.7 |
| 济源市 | 105.5 | 102.6 | 106.7 | 109.2 | 80.5 | 104.8 | 105.5 |
| 新郑市 | 102.0 | 108.8 | 96.1 | 96.3 | 94.7 | 123.2 | 102.0 |
| 偃师市 | 110.1 | 114.8 | 106.2 | 112.2 | 64.9 | 120.3 | 109.2 |
| 新密市 | 113.1 | 112.5 | 112.4 | 106.4 | 152.4 | 114.8 | 111.3 |
| 辉县市 | 106.7 | 105.6 | 109.3 | 113.4 | 79.6 | 101.4 | 105.1 |
| 禹州市 | 114.8 | 115.3 | 115.9 | 115.1 | 128.4 | 112.0 | 114.5 |
| 长葛市 | 114.2 | 106.0 | 117.7 | 118.5 | 109.9 | 111.2 | 113.5 |
| 新乡县 | 108.6 | 105.3 | 113.1 | 112.4 | 123.1 | 102.6 | 108.1 |
| 林州市 | 100.0 | 126.5 | 90.9 | 91.9 | 84.0 | 106.5 | 99.1 |
| 沁阳市 | 105.1 | 105.0 | 105.7 | 107.6 | 77.7 | 103.0 | 105.9 |
| 汝州市 | 108.9 | 113.1 | 107.6 | 107.7 | 104.8 | 108.7 | 107.9 |
| 荥阳市 | 114.0 | 108.7 | 116.9 | 116.9 | 116.6 | 109.4 | 113.2 |
| 镇平县 | 109.5 | 105.3 | 111.9 | 111.8 | 112.7 | 107.1 | 108.6 |
| 灵宝市 | 113.6 | 120.2 | 113.0 | 115.1 | 84.7 | 110.0 | 113.4 |
| 项城市 | 111.4 | 103.5 | 115.8 | 117.2 | 98.0 | 106.8 | 110.3 |
| 孟州市 | 102.6 | 106.5 | 99.7 | 98.5 | 122.6 | 108.3 | 101.5 |
| 登封市 | 99.5 | 104.8 | 91.7 | 82.5 | 135.5 | 120.7 | 98.3 |
| **后备县市合计** | **105.8** | **105.3** | **106.5** | **105.6** | | **105.2** | **104.9** |
| 博爱县 | 102.2 | 108.5 | 101.0 | 100.5 | 119.4 | 100.5 | 101.5 |
| 武陟县 | 101.5 | 104.0 | 97.3 | 96.0 | 111.5 | 106.3 | 101.1 |
| 卫辉市 | 93.4 | 101.0 | 77.0 | 72.6 | 137.1 | 100.8 | 92.3 |
| 郾城县 | 113.6 | 108.1 | 119.0 | 118.5 | 128.9 | 109.5 | 112.7 |
| 新野县 | 110.8 | 108.2 | 113.5 | 112.9 | 128.0 | 109.1 | 109.7 |
| 西平县 | 110.5 | 104.7 | 116.6 | 116.9 | 113.7 | 109.5 | 110.4 |

注:本表按可比价格计算。

## 2－28　综合改革试点(后备)县市财政、储蓄、农民人均纯收入及粮食产量

(1998 年)

| 县　　市 | 财政收入（万元） | 财政支出（万元） | 居民储蓄存款余额（万元） | 农民人均纯收入（元） | 粮食产量（吨） |
|---|---|---|---|---|---|
| **总　　计** | **342408** | **415612** | **5240289** | | **7860966** |
| **试点县市合计** | **277800** | **335401** | **4370666** | | **5652543** |
| 巩义市 | 23806 | 26694 | 426904 | 2719 | 211181 |
| 济源市 | 22164 | 28000 | 231840 | 2221 | 281333 |
| 新郑市 | 21031 | 22609 | 172805 | 2478 | 292337 |
| 偃师市 | 18312 | 22384 | 233525 | 2520 | 364758 |
| 新密市 | 20331 | 22369 | 379839 | 2486 | 240024 |
| 辉县市 | 13420 | 16523 | 229218 | 2204 | 430430 |
| 禹州市 | 13886 | 15938 | 226378 | 2442 | 531091 |
| 长葛市 | 12446 | 15661 | 183377 | 2476 | 407611 |
| 新乡县 | 12168 | 15306 | 154097 | 2632 | 257785 |
| 林州市 | 12650 | 17202 | 623162 | 2269 | 293708 |
| 沁阳市 | 17764 | 20053 | 192789 | 2728 | 328448 |
| 汝州市 | 10012 | 15763 | 142509 | 2122 | 355383 |
| 荥阳市 | 15255 | 17871 | 223518 | 2459 | 261556 |
| 镇平县 | 9260 | 12532 | 180859 | 2084 | 385580 |
| 灵宝市 | 15537 | 15542 | 343814 | 2143 | 192993 |
| 项城市 | 12483 | 17986 | 159034 | 1865 | 385308 |
| 孟州市 | 12799 | 15592 | 125116 | 2760 | 226762 |
| 登封市 | 14476 | 17376 | 141882 | 2234 | 205650 |
| **后备县市合计** | **64608** | **80211** | **869623** | | **2208423** |
| 博爱县 | 13654 | 14938 | 152566 | 2716 | 217570 |
| 武陟县 | 13918 | 15730 | 171608 | 2676 | 432577 |
| 卫辉市 | 7515 | 9753 | 105595 | 2225 | 284115 |
| 郾城县 | 10717 | 13615 | 146664 | 2348 | 501816 |
| 新野县 | 10230 | 13877 | 151419 | 2000 | 313682 |
| 西平县 | 8574 | 12298 | 141771 | 1969 | 458663 |

# 2—29 综合改革试点(后备)县市全部国有及限额以上工业企业及内外贸易主要指标

(1998年)　　　　单位:万元

| 县　市 | 产品销售收入 | 利税总额 | 利润总额 | 亏损企业亏损额 | 社会消费品零售总额 | 出口总额(美元) | 实际利用外资额(美元) | #外商直接投资 |
|---|---|---|---|---|---|---|---|---|
| **总　计** | **7724201** | **729941** | **423855** | **83344** | **3444657** | **27170** | **23217** | **22483** |
| **试点县市合计** | **6524662** | **621332** | **362703** | **75579** | **2804184** | **22589** | **21545** | **21231** |
| 巩义市 | 926681 | 4144 | 43275 | 9100 | 247183 | 3578 | 1711 | 1711 |
| 济源市 | 270000 | 9600 | —4909 | 8517 | 166432 | 1227 | 615 | 341 |
| 新郑市 | 385801 | 87926 | 13686 | 290 | 217500 | 1074 | 1383 | 1383 |
| 偃师市 | 258252 | 36640 | 20751 | 4438 | 165010 | 499 | 75 | 75 |
| 新密市 | 503054 | 78918 | 65436 | 2050 | 216518 | 448 | 4958 | 4958 |
| 辉县市 | 184136 | 12083 | 3118 | 2432 | 114109 | 484 | 3029 | 3029 |
| 禹州市 | 332918 | 27364 | 16580 | 1173 | 181001 | 2249 | 402 | 402 |
| 长葛市 | 421238 | 37076 | 26227 | 1977 | 146930 | 1152 | 266 | 266 |
| 新乡县 | 233342 | 12695 | 5537 | 4520 | 87503 | 917 | | |
| 林州市 | 252078 | 10387 | —873 | 6884 | 114114 | 277 | | |
| 沁阳市 | 427696 | 48518 | 17530 | 3797 | 96251 | 1855 | 2968 | 2968 |
| 汝州市 | 105528 | 1632 | —10457 | 14811 | 156016 | 212 | 40 | |
| 荥阳市 | 340790 | 35236 | 18743 | 3076 | 222326 | 1199 | 1645 | 1645 |
| 镇平县 | 176071 | 15246 | 6047 | 1386 | 146359 | 1776 | 20 | 20 |
| 灵宝市 | 545459 | 96029 | 90008 | 1430 | 168181 | 390 | 210 | 210 |
| 项城市 | 420470 | 40575 | 21583 | 1411 | 122985 | 1592 | 1440 | 1440 |
| 孟州市 | 325759 | 21799 | 12703 | 4069 | 76729 | 3300 | 203 | 203 |
| 登封市 | 415389 | 45464 | 17718 | 4218 | 159037 | 360 | 2580 | 2580 |
| **后备县市合计** | **1199539** | **108609** | **61152** | **7765** | **640473** | **4581** | **1672** | **1252** |
| 博爱县 | 324985 | 43412 | 31444 | 879 | 62808 | 1643 | 150 | 150 |
| 武陟县 | 199701 | 15810 | 9558 | 1019 | 91058 | 604 | 150 | 150 |
| 卫辉市 | 99799 | 3515 | —3768 | 4143 | 102420 | 277 | 360 | 152 |
| 郾城县 | 246897 | 16134 | 10119 | 1441 | 122387 | 1297 | 847 | 635 |
| 新野县 | 281501 | 26178 | 11944 | 61 | 108100 | 760 | 30 | 30 |
| 西平县 | 46656 | 3560 | 1855 | 222 | 153700 | | 135 | 135 |

## 2—30　综合改革试点城区土地面积、人口、财政及农民人均纯收入

(1998 年)

| 城　　区 | 土地面积（平方公里） | #建成区面　积 | 建成区绿化覆盖率（%） | 年　底总人口（万人） | 财政收入（万元） | 财政支出（万元） | 农民人均纯收入（元） |
|---|---|---|---|---|---|---|---|
| **总　　计** | **3297.1** | **220.6** |  | **4742793** | **84776** | **95400** |  |
| 郑州市金水区 | 242.4 | 40.0 | 29.8 | 574874 | 17368 | 13624 | 3136 |
| 郑州市上街区 | 17.9 | 8.2 | 31.0 | 67009 | 6958 | 5878 | 3530 |
| 平顶山市新华区 | 9.1 | 9.1 | 31.9 | 324000 | 4963 | 6040 | 2039 |
| 焦作市解放区 | 61.7 | 20.5 | 32.0 | 267365 | 5185 | 5541 | 2851 |
| 濮阳市市区 | 244.3 | 24.2 | 38.5 | 464942 | 8222 | 8760 | 2356 |
| 漯河市源汇区 | 80.0 | 25.0 | 33.0 | 328687 | 4879 | 5700 | 2762 |
| 许昌市魏都区 | 88.0 | 22.8 | 36.3 | 350082 | 3912 | 5508 | 2956 |
| 南阳市卧龙区 | 1017.0 | 19.0 | 29.0 | 829138 | 5991 | 9760 | 1853 |
| 洛阳市郊区 | 415.3 |  |  | 494695 | 12061 | 14325 | 2534 |
| 焦作市中站区 | 141.0 | 6.8 | 28.4 | 117692 | 4319 | 5046 | 2561 |
| 新乡市红旗区 | 16.0 | 16.0 | 30.6 | 196335 | 2820 | 2785 |  |
| 商丘市睢阳区 | 964.4 | 29.0 | 27.8 | 727974 | 8098 | 12433 | 1830 |

注：年底总人口为公安年报数。

## 2—31　综合改革试点城区国内生产总值

(1998 年)

单位：万元

| 城　区 | 国内生产总　　值 | #区本级 | 第一产业增加值 | 第二产业增加值 | #区本级 | #工　业增加值 | #区本级 | 第三产业增加值 | #区本级 |
|---|---|---|---|---|---|---|---|---|---|
| **总　　计** | **3529984** | **1508961** | **293268** | **1974498** | **614182** | **1723607** | **513806** | **1262218** | **588553** |
| 郑州市金水区 |  | 107749 |  |  | 53212 |  | 33993 |  | 41087 |
| 郑州市上街区 | 134275 | 64978 | 567 | 99239 | 34515 | 92159 | 30382 | 34469 | 29896 |
| 平顶山市新华区 | 253129 | 39925 | 5624 | 127225 | 23289 | 108379 | 20739 | 120280 | 11012 |
| 焦作市解放区 | 189381 | 42466 | 5452 | 101587 | 13361 | 93998 | 11486 | 82342 | 23653 |
| 濮阳市市区 | 811760 | 107676 | 35892 | 568936 | 32798 | 482537 | 24223 | 206932 | 38986 |
| 漯河市源汇区 | 307670 | 82259 | 6196 | 189977 | 37569 | 159198 | 34609 | 111497 | 38494 |
| 许昌市魏都区 | 354078 | 105770 | 10004 | 227531 | 41595 | 209459 | 37065 | 116543 | 54171 |
| 南阳市卧龙区 | 478683 | 256862 | 79995 | 193128 | 109723 | 174928 | 103284 | 205560 | 67791 |
| 洛阳市郊区 | 449147 | 417100 | 30916 | 213301 | 181254 | 177314 | 145266 | 204930 | 204930 |
| 焦作市东站区 | 55104 | 22523 | 3662 | 39255 | 8934 | 36170 | 7300 | 12187 | 9927 |
| 新乡市红旗区 | 232212 | 11400 |  | 129368 | 4091 | 116244 | 3348 | 102844 | 7309 |
| 商丘市睢阳区 | 264545 | 250253 | 114960 | 84951 | 73841 | 73221 | 62111 | 64634 | 61402 |

注：本表按当年价格计算，城区合计中全社会口径国内生产总值不包括金水区（下表同）。

## 2—32　综合改革试点城区国内生产总值指数

(1998 年，以上年为 100)

| 城　区 | 国内生产总　　值 | #区本级 | 第一产业增加值 | 第二产业增加值 | #区本级 | #工　业增加值 | #区本级 | 第三产业增加值 | #区本级 |
|---|---|---|---|---|---|---|---|---|---|
| 郑州市金水区 |  | 115.5 |  |  | 115.5 |  | 117.3 |  | 120.6 |
| 郑州市上街区 | 90.1 | 114.3 | 103.0 | 84.4 | 114.1 | 83.7 | 114.0 | 113.3 | 114.8 |
| 平顶山市新华区 | 108.8 | 111.3 | 112.1 | 107.0 | 108.1 | 106.4 | 110.7 | 110.5 | 118.1 |
| 焦作市解放区 | 105.9 | 114.0 | 108.2 | 101.0 | 113.5 | 99.5 | 112.3 | 115.2 | 116.1 |
| 濮阳市市区 | 106.1 | 113.0 | 109.6 | 100.9 | 119.9 | 100.7 | 119.3 | 116.7 | 110.2 |
| 漯河市源汇区 | 108.5 | 116.8 | 105.0 | 110.8 | 119.1 | 104.5 | 118.7 | 103.9 | 116.4 |
| 许昌市魏都区 | 104.8 | 118.0 | 95.4 | 103.5 | 121.2 | 101.6 | 120.8 | 107.1 | 117.4 |
| 南阳市卧龙区 | 111.5 | 109.5 | 113.9 | 111.2 | 110.4 | 115.0 | 111.0 | 111.0 | 103.8 |
| 洛阳市郊区 | 112.4 | 113.3 | 119.9 | 111.0 | 112.4 | 111.3 | 113.0 | 113.1 | 113.1 |
| 焦作市东站区 | 100.9 | 90.1 | 113.8 | 99.3 | 73.2 | 99.0 | 69.8 | 103.0 | 107.0 |
| 新乡市红旗区 | 101.7 | 74.7 |  | 99.4 | 52.3 | 98.3 | 48.3 | 106.5 | 117.9 |
| 商丘市睢阳区 | 111.9 | 111.3 | 107.4 | 121.0 | 122.3 | 122.3 | 124.0 | 107.2 | 104.6 |

注：本表按可比价格计算。

# 2—33 综合改革试点镇乡主要指标(一)

(1998年)

| 镇 乡 | 年末总人口(人) | 镇区 | 人口自然增长率(‰) | 农林牧渔牧业总产值(万元) 1998年 | 1998年为1997年% | 粮食总产量(吨) 1998年 | 1998年为1997年% | 肉类总产量(吨) 1998年 | 1998年为1997年% | 工业企业产品销售收入(万元) 1998年 | 1998年为1997年% |
|---|---|---|---|---|---|---|---|---|---|---|---|
| 巩义市竹林镇 | 6230 | 6230 | 0.65 | 270 | 109.6 | 1200 | 173.0 | 61 | 102.0 | 94858 | 103.0 |
| 新密市超化镇 | 72750 | 19940 | 2.79 | 6423 | 115.6 | 20055 | 119.8 | 1452 | 110.4 | 108261 | 74.3 |
| 新密市大隗镇 | 57198 | 8528 | 6.30 | 6135 | 86.5 | 20736 | 109.4 | 1376 | 105.6 | 216310 | 109.0 |
| 登封市大冶镇 | 75603 | 9761 | 3.63 | 7114 | 100.6 | 25307 | | 2497 | | 204623 | 107.2 |
| 新郑市龙湖镇 | 56384 | 17000 | 6.05 | 7750 | 107.8 | 26100 | 138.8 | 2054 | 100.4 | 109840 | 120.1 |
| 荥阳市峡窝镇 | 32925 | 6360 | 3.30 | 4721 | 111.0 | 14580 | 132.0 | 1547 | 122.0 | 145076 | 107.0 |
| 荥阳市汜水镇 | 27323 | 7455 | 3.15 | 3519 | 122.0 | 10246 | 110.3 | 960 | 142.4 | 89900 | 108.7 |
| 巩义市小关镇 | 38324 | 6849 | 2.40 | 2887 | 106.5 | 11926 | 136.0 | 594 | 72.4 | 78025 | 39.7 |
| 巩义市回郭镇 | 82345 | 24733 | 8.18 | 5311 | 119.0 | 24944 | 100.1 | 466 | 125.0 | 152000 | 112.0 |
| 偃师市诸葛镇 | | | | | | | | | | | |
| 偃师市翟镇镇 | 40813 | 7070 | 6.20 | 7158 | | 20484 | 101.0 | 1311 | 119.1 | 13627 | 107.3 |
| 洛阳郊区关林镇 | 58335 | 29240 | 4.20 | 4868 | 117.0 | 8680 | 101.0 | 1396 | 116.0 | 96639 | 97.0 |
| 叶县马庄乡 | 9589 | 3990 | 5.40 | 965 | | 4156 | | 220 | 90.2 | 26478 | 70.6 |
| 汝州市临汝镇 | 78013 | 24869 | 2.95 | 12668 | 117.7 | 35463 | 105.0 | 3052 | 102.2 | 29440 | 109.3 |
| 宝丰县大营镇 | 45476 | 11488 | 0.33 | 2760 | | 11925 | | 582 | 100.6 | 27078 | |
| 平顶山市湛河区北渡镇 | 51932 | 12415 | 4.70 | 7001 | 115.6 | 10682 | 124.5 | 956 | 129.4 | 13698 | 133.0 |
| 林州市姚村镇 | 76546 | 25234 | 3.87 | 10731 | 99.3 | 33114 | 104.8 | 822 | 76.2 | 80115 | 107.9 |
| 安阳县水冶镇 | 96450 | 83916 | 7.20 | 6506 | 109.0 | 9537 | 100.8 | 1113 | 105.0 | 165149 | 108.9 |
| 林州市河顺镇 | 61866 | 9357 | 1.41 | 7526 | 97.0 | 17804 | 123.6 | 2137 | 149.9 | 46277 | 109.1 |
| 林州市临淇镇 | 87315 | 17285 | 1.66 | 13240 | 105.0 | 35999 | 146.0 | 2982 | 82.0 | 16943 | 114.0 |
| 滑县白道口镇 | 62435 | 7595 | 3.87 | 18636 | 125.0 | 45516 | 94.6 | 2084 | | 15975 | 76.1 |
| 淇县高村镇 | 45271 | 7005 | 4.10 | 22581 | 110.1 | 44967 | 101.9 | 10971 | 108.0 | 29757 | 106.0 |
| 新乡县小冀镇 | 51556 | 30388 | 2.99 | 7130 | 73.4 | 15419 | 86.7 | 1132 | 123.0 | 57039 | 91.2 |
| 辉县市孟庄镇 | 54834 | 15422 | 2.28 | 15016 | 105.7 | 20803 | 90.8 | 4030 | 136.2 | 70072 | 121.2 |
| 新乡县七里营镇 | 73439 | 16337 | 5.60 | 28208 | 107.4 | 45805 | 94.9 | 4723 | 123.6 | 86350 | 100.3 |
| 卫辉市李源屯镇 | 50272 | 6755 | 5.01 | 12237 | 120.4 | 32776 | 94.8 | 4696 | 95.9 | 1496 | 116.2 |
| 获嘉县亢村镇 | 42475 | 12228 | 2.71 | 9936 | 103.1 | 40498 | 104.1 | 2371 | 60.2 | 4821 | |
| 济源市克井镇 | 61653 | 10908 | 6.50 | 16620 | 102.0 | 28786 | 118.0 | 2163 | 89.0 | 27551 | 109.0 |
| 济源市五龙口镇 | 48850 | 6856 | —1.54 | 12522 | 107.1 | 24770 | 111.4 | 1203 | 97.0 | 74460 | 89.2 |
| 沁阳市西向镇 | | | | | | | | | | | |
| 沁阳市柏香镇 | 34197 | 5149 | 6.25 | 12086 | 92.2 | 47392 | 101.6 | 2214 | 105.2 | 57321 | 104.8 |
| 博爱县许良镇 | 45465 | 8010 | 5.80 | 8600 | 108.8 | 14203 | 96.8 | 645 | 146.0 | 87430 | 100.1 |
| 博爱县月山镇 | 38170 | 13003 | 5.60 | 8729 | 102.3 | 7452 | 86.0 | 903 | | 79139 | |
| 孟州市缑村镇 | 29640 | 10612 | 7.20 | 6848 | 105.1 | 18847 | 99.8 | 2079 | 100.2 | 106107 | 99.9 |
| 温县南张羌乡 | 26067 | 7933 | 8.00 | 5100 | 110.8 | 15300 | 100.3 | 907 | 118.8 | 80010 | 108.6 |
| 温县杨垒乡 | | | | | | | | | | | |
| 武陟县西陶镇 | 42726 | 6006 | 6.80 | 11323 | 103.8 | 27459 | 105.0 | 2914 | 106.0 | 82200 | 117.0 |
| 武陟县大封乡 | 68972 | 4120 | 6.20 | 18178 | 115.2 | 51200 | 100.2 | 6686 | 102.3 | 16467 | 122.4 |
| 长葛市坡胡镇 | 54534 | 6741 | 4.62 | 15926 | 108.6 | 37934 | 102.6 | 4267 | 113.0 | 80129 | 112.0 |
| 长葛市后河镇 | 48970 | 5481 | 5.97 | 11651 | 126.6 | 29396 | 109.5 | 3436 | 109.9 | 98851 | 117.0 |
| 禹州市神后镇 | 37634 | 20600 | 5.47 | 3183 | 126.7 | 10852 | 145.6 | 965 | 114.6 | 80121 | |
| 郾城县召陵镇 | 71506 | 7795 | 6.82 | 20952 | 105.5 | 37177 | 97.7 | 13365 | 106.1 | 71450 | 121.9 |
| 临颍县繁城镇 | 57399 | 10956 | 5.20 | 22573 | 108.7 | 31776 | 105.1 | 3883 | 109.7 | 61269 | 124.7 |
| 灵宝市豫灵镇 | 56968 | 10765 | 6.58 | 8685 | | 20116 | 166.4 | 386 | 188.1 | 117242 | 104.6 |

2—33 续表 (1998 年)

| 镇 乡 | 年末总人口（人） | 镇区 | 人口自然增长率(‰) | 农林牧渔牧业总产值(万元) | | 粮食总产量(吨) | | 肉类总产量(吨) | | 工业企业产品销售收入(万元) | |
|---|---|---|---|---|---|---|---|---|---|---|---|
| | | | | 1998 年 | 1998 年为 1997 年% | 1998 年 | 1998 年为 1997 年% | 1998 年 | 1998 年为 1997 年% | 1998 年 | 1998 年为 1997 年% |
| 灵宝市阳平镇 | 47209 | 6986 | 6.58 | 11544 | 106.2 | 5885 | 111.8 | 360 | 109.1 | 53415 | 121.0 |
| 南阳市宛城区官庄镇 | 103794 | 4528 | 1.60 | 17776 | 114.5 | 34570 | 94.6 | 3391 | 113.9 | 17480 | 60.8 |
| 邓州市穰东镇 | 77545 | 19907 | 1.40 | 17402 | 98.5 | 39505 | 94.9 | 5637 | 101.4 | 16329 | |
| 镇平县贾宋镇 | 58297 | 30476 | 3.06 | 15640 | 113.9 | 23424 | 94.6 | 4727 | 119.3 | 91904 | 125.4 |
| 鹿邑县玄武镇 | 56120 | 14000 | 7.50 | 9063 | 95.6 | 26202 | 87.1 | 2674 | 75.1 | 133664 | 132.5 |
| 项城市秣陵镇 | 10432 | 10432 | 2.10 | 460 | 97.8 | 736 | 68.5 | 479 | 103.5 | 29363 | |
| 上蔡县和店乡 | 72598 | 9586 | 6.59 | 10466 | 101.2 | 34143 | 88.3 | 2378 | 103.9 | 18746 | 98.7 |
| 信阳市浉河区五星乡 | 51167 | 43948 | 9.10 | 4298 | 107.9 | 2121 | 88.5 | 494 | | 51500 | 113.5 |
| 信阳市平桥区明港镇 | 108087 | 53156 | 6.36 | 14972 | 101.5 | 34279 | 94.2 | 4645 | 112.5 | 12439 | 93.1 |
| 新郑市新村镇 | 31875 | 7568 | 2.60 | 5611 | 108.9 | 15900 | 121.4 | 964 | 94.5 | 36400 | 107.4 |
| 巩义市米河镇 | 48026 | 1861 | 4.35 | 3903 | | 15421 | 149.7 | 1207 | | 177137 | 126.1 |
| 郑州市中原区须水镇 | 54478 | 54478 | 2.10 | 3519 | 109.4 | 18039 | 102.4 | 1419 | 115.6 | 162017 | 114.2 |
| 登封市告城镇 | 43756 | 6127 | 3.89 | 5300 | 102.6 | 17096 | 154.7 | 1310 | 89.4 | 49429 | 118.6 |
| 荥阳市贾峪镇 | 49619 | 896 | 7.97 | 6299 | 120.0 | 24867 | 176.2 | 1659 | 137.0 | 20011 | 111.0 |
| 孟津县平乐镇 | 49901 | 9583 | 5.19 | 6174 | 103.9 | 28167 | 124.4 | 2532 | | 33421 | 119.9 |
| 嵩县车村镇 | 51775 | 8750 | 5.70 | 5851 | 128.7 | 14514 | 149.7 | 710 | 82.8 | 5082 | 93.5 |
| 新安县石寺镇 | 35434 | 5724 | 7.50 | 6422 | 110.6 | 9537 | 185.4 | 531 | 106.6 | 8000 | 105.0 |
| 开封市郊区东郊乡 | | | | | | | | | | | |
| 通许县四所楼镇 | 57877 | 3960 | 6.00 | 17835 | | 20196 | 82.0 | 1957 | 72.3 | 20543 | 95.6 |
| 卫辉市后河镇 | 30680 | 1631 | 1.24 | 15218 | 115.5 | 22307 | 99.3 | 3381 | 186.1 | 7882 | 153.3 |
| 汤阴县宜沟镇 | 56544 | 10410 | 6.15 | 13338 | 104.0 | 48832 | 98.4 | 2653 | 123.0 | 5467 | 91.7 |
| 叶县遵化店乡 | 29754 | 7266 | 5.60 | 7531 | | 13920 | 102.0 | 2697 | 106.0 | 14500 | 107.0 |
| 郏县安良镇 | 54938 | 10864 | 4.04 | 8929 | 117.9 | 15162 | 103.2 | 3905 | 112.8 | 9639 | 103.5 |
| 孟州市南庄镇 | 36048 | 9436 | 7.24 | 6276 | 100.5 | 21398 | 103.6 | 595 | 114.0 | 107600 | 111.2 |
| 浚县善堂镇 | 86215 | 7377 | 5.50 | 19726 | 107.3 | 49072 | 112.0 | 4050 | 107.0 | 5791 | |
| 西峡县西坪镇 | 33797 | 6545 | 5.30 | 8948 | 117.5 | 8592 | 94.5 | 1580 | 96.5 | 2272 | 125.7 |
| 唐河县张店镇 | 93653 | 4602 | 2.14 | 24005 | 108.8 | 55305 | 93.5 | 5003 | 101.0 | 15300 | 129.2 |
| 宁陵县张弓镇 | 41171 | 10196 | 7.54 | 8008 | 101.2 | 16348 | 78.6 | 1679 | 119.0 | 19676 | 127.2 |
| 夏邑县车站镇 | 55805 | 9670 | 6.80 | 12260 | 107.9 | 20203 | 74.0 | 2604 | 94.1 | 12310 | 138.7 |
| 永城市高庄镇 | 45432 | 2731 | 9.00 | 17383 | 116.0 | 21948 | 105.0 | 2272 | 113.7 | 2836 | 108.0 |
| 虞城县利民乡 | | | | | | | | | | | |
| 濮阳县文留镇 | 57519 | 5193 | 4.00 | 10456 | 106.7 | 24708 | 82.0 | 1639 | 140.0 | 45262 | 86.0 |
| 清丰县瓦屋头镇 | 49744 | 25860 | 4.00 | 19440 | 111.0 | 34303 | 96.0 | 3042 | 101.5 | | |
| 濮阳县庆祖镇 | 54441 | 8120 | 5.30 | 13650 | 104.4 | 24487 | 90.5 | 2860 | 120.5 | 13432 | 143.1 |
| 台前县侯庙乡 | 45056 | 9600 | 8.50 | 6147 | | 3824 | | 1597 | 132.0 | 4750 | 124.0 |
| 太康县逊母口镇 | 62600 | 11451 | 7.90 | 21242 | 104.0 | 52192 | 91.4 | 4061 | 104.0 | 8760 | 106.0 |
| 淮阳县四通镇 | 37922 | 8210 | 8.70 | 10767 | 114.2 | 18925 | 78.8 | 3371 | 123.3 | 31085 | 149.4 |
| 郸城县白马镇 | 71791 | 9576 | 7.33 | 21369 | 121.0 | 53180 | 106.6 | 4072 | 104.9 | 1018 | 105.1 |
| 汝南县老君庙镇 | 41946 | 11000 | 3.20 | 19500 | 100.4 | 24000 | 89.5 | 4185 | 108.0 | 9003 | 116.1 |
| 西平县二郎乡 | 51750 | 4390 | 5.40 | 26978 | 104.5 | 31744 | 100.4 | 10900 | 102.2 | 15680 | |
| 新县沙窝镇 | 28181 | 6568 | 2.62 | 7815 | 127.1 | 9702 | 111.1 | 1019 | 95.5 | 8557 | 140.9 |
| 信阳市浉河区李家寨镇 | 31241 | 3184 | 6.50 | 8189 | 105.0 | 9408 | 101.9 | 1035 | 113.0 | 3349 | 109.2 |

注：偃师市诸葛镇、沁阳市西向镇、温县杨垒镇、开封市郊区东郊乡、虞城县利民乡末报 1998 年统计监测年报，资料空缺。

## 2—34 综合改革试点镇乡主要指标(二)

(1998年)

| 镇乡 | 乡镇企业实际上交税金 | | 财政收入 | | 财政支出 | | 居民储蓄存款余额 | | 农民人均纯收入(元) | |
|---|---|---|---|---|---|---|---|---|---|---|
| | 1998年 | 1998年为1997年% | 1998年 | 1998年为1997年% | 1998年 | 1998年为1997年% | 1998年 | 1998年为1997年% | 1998年 | 1998年为1997年% |
| 巩义市竹林镇 | 2260 | 163.0 | 427 | 144.7 | 338 | 182.0 | 10122 | 226.0 | | |
| 新密市超化镇 | 2532 | 126.3 | 1501 | 119.3 | 1144 | 124.6 | 20159 | 125.0 | 2849 | 109.2 |
| 新密市大隗镇 | 2946 | 114.9 | 1347 | 132.3 | 994 | 127.4 | 16490 | 94.0 | | |
| 登封市大冶镇 | 2240 | 94.1 | 1467 | 108.6 | 828 | 83.3 | 17057 | 112.1 | 2803 | 110.5 |
| 新郑市龙湖镇 | 572 | 118.2 | 668 | 117.2 | 410 | 92.0 | 7025 | 126.2 | | |
| 荥阳市峡窝镇 | 2093 | 119.0 | 1143 | 115.0 | 753 | 100.8 | | 100.0 | 2843 | 104.0 |
| 荥阳市汜水镇 | 1529 | 124.4 | 1014 | 112.7 | 795 | 122.7 | 9888 | 107.5 | 2738 | 104.4 |
| 巩义市小关镇 | 898 | 40.3 | 740 | 148.2 | 823 | 140.2 | 17697 | 69.8 | | |
| 巩义市回郭镇 | 2298 | 104.0 | 1803 | 113.0 | 1646 | 111.0 | 30300 | 89.0 | | |
| 偃师市诸葛镇 | | | | | | | | | | |
| 偃师市翟镇镇 | 606 | 84.2 | 716 | 102.3 | 732 | 137.6 | 6094 | 92.1 | | |
| 洛阳郊区关林镇 | 1418 | 70.0 | 1464 | 98.0 | | | | | | |
| 叶县马庄乡 | 381 | 102.4 | 308 | 102.0 | 230 | 81.0 | 1230 | 125.0 | 2098 | 91.3 |
| 汝州市临汝镇 | 406 | 62.9 | 462 | 132.8 | 484 | 115.0 | 13071 | 105.2 | | |
| 宝丰县大营镇 | 276 | 57.0 | 276 | 39.0 | 228 | 78.0 | | | | |
| 平顶山市湛河区北渡镇 | 466 | 115.6 | 336 | 107.7 | 772 | 103.4 | | | | |
| 林州市姚村镇 | 1587 | 115.0 | 746 | 111.8 | 564 | 105.6 | 38751 | 119.6 | 2400 | 96.7 |
| 安阳县水冶镇 | 2618 | 116.0 | 2377 | 86.0 | 780 | 76.0 | 53768 | 104.0 | 2170 | 111.0 |
| 林州市河顺镇 | 1048 | 93.0 | 595 | 87.8 | 502 | 108.6 | 34809 | 121.4 | 2531 | 114.5 |
| 林州市临淇镇 | 356 | 126.0 | 709 | 92.0 | 902 | 121.0 | 44426 | 115.0 | | |
| 滑县白道口镇 | 254 | 66.4 | 406 | 73.1 | 429 | 98.2 | 7070 | | 1889 | 100.1 |
| 淇县高村镇 | 185 | 112.0 | 390 | 129.2 | 380 | 111.8 | 7708 | 136.0 | 2201 | 107.6 |
| 新乡县小冀镇 | 1178 | 103.2 | 1176 | 118.0 | 895 | 116.4 | 36216 | 154.0 | 2599 | 100.3 |
| 辉县市孟庄镇 | 2566 | 107.8 | 1445 | 130.0 | 1444 | 152.5 | 14300 | 120.1 | 3366 | 107.7 |
| 新乡县七里营镇 | 1947 | 108.8 | 1802 | 103.3 | 1558 | 102.2 | 14589 | 114.2 | 2480 | 104.7 |
| 卫辉市李源屯镇 | 222 | 126.9 | 158 | 111.4 | 168 | 171.1 | 3263 | 113.0 | | |
| 获嘉县亢村镇 | 196 | 91.6 | 321 | 108.8 | 325 | 107.6 | 8984 | 100.6 | | |
| 济源市克井镇 | 893 | | 760 | | 1535 | 102.0 | 1216 | 95.0 | 2350 | 102.0 |
| 济源市五龙口镇 | 532 | 92.5 | 662 | 86.0 | 844 | 95.0 | 8568 | 113.9 | | |
| 沁阳市西向镇 | | | | | | | | | | |
| 沁阳市柏香镇 | 153 | 61.4 | 1015 | 137.6 | 1067 | 152.2 | 9489 | 121.1 | | |
| 博爱县许良镇 | 1076 | 100.2 | 648 | 132.0 | 513 | 127.0 | 12166 | 122.7 | | |
| 博爱县月山镇 | 1066 | 102.0 | 667 | 90.4 | 479 | 90.5 | 14000 | 117.0 | | |
| 孟州市缑村镇 | 1143 | 87.4 | 1080 | 106.5 | 1061 | 107.4 | 11748 | 116.0 | | |
| 温县南张羌乡 | 329 | 107.0 | 504 | 112.7 | 462.7 | 100.1 | 6430 | 124.0 | | |
| 温县杨垒乡 | | | | | | | | | | |
| 武陟县西陶镇 | 1080 | 131.0 | 1507 | 146.0 | 1440 | 164.0 | 1300 | 108.0 | | |
| 武陟县大封乡 | 244 | 98.9 | 1000 | 122.4 | 1012 | 109.1 | 13255 | 115.0 | | |
| 长葛市坡胡镇 | 682 | 118.8 | 366 | 111.0 | 233 | 147.0 | 8044 | 111.9 | 2580 | 104.5 |
| 长葛市后河镇 | 820 | 110.2 | 476 | 122.0 | 290 | 170.6 | 6887 | 116.8 | 2479 | 104.4 |
| 禹州市神后镇 | 967 | 105.2 | 537 | 104.6 | 464 | 148.8 | 8143 | 114.0 | | |
| 郾城县召陵镇 | 854 | 120.2 | 1022 | 111.8 | 817 | 103.4 | 10503 | 124.9 | | |
| 临颍县繁城镇 | 328 | 101.3 | 541 | 107.9 | 432 | 94.0 | 5322 | 114.0 | 2368 | 109.2 |
| 灵宝市豫灵镇 | 1260 | 147.5 | 2207 | 145.6 | 1110 | 143.0 | 34822 | 103.0 | 2305 | 113.3 |

2—34 续表　　　　　　　　　　　　　　(1998 年)

| 镇　　乡 | 乡镇企业实际上交税金 | | 财政收入 | | 财政支出 | | 居民储蓄存款余额 | | 农民人均纯收入(元) | |
|---|---|---|---|---|---|---|---|---|---|---|
| | 1998 年 | 1998 年为 1997 年% | 1998 年 | 1998 年为 1997 年% | 1998 年 | 1998 年为 1997 年% | 1998 年 | 1998 年为 1997 年% | 1998 年 | 1998 年为 1997 年% |
| 灵宝市阳平镇 | 1101 | 134.8 | 2666 | 118.3 | 427 | | 7126 | 93.6 | 2532 | 112.0 |
| 南阳市宛城区官庄镇 | 568 | 108.6 | 596 | 112.5 | 450 | 102.5 | 9841 | 111.4 | 2222 | 101.1 |
| 邓州市穰东镇 | 305 | | 1104 | 101.1 | 860 | 141.2 | 5358 | 103.7 | | |
| 镇平县贾宋镇 | 1223 | 100.2 | 1300 | 103.6 | 1094 | 97.9 | 22733 | 105.9 | 2518 | 102.8 |
| 鹿邑县玄武镇 | 2339 | 132.7 | 738 | 136.7 | 303 | 62.9 | 3652 | 101.4 | 1890 | 98.9 |
| 项城市秣陵镇 | 211 | 61.7 | 127 | 81.9 | 305 | 96.1 | 9383 | 108.3 | 3160 | 108.9 |
| 上蔡县和店乡 | 112 | 124.4 | 431 | 82.4 | 358 | 88.0 | 5895 | 120.5 | | |
| 信阳市浉河区五星乡 | 913 | 91.3 | 977 | 144.7 | 769 | 102.2 | 19000 | 179.6 | 2497 | 105.6 |
| 信阳市平桥区明港镇 | 802 | 90.8 | 643 | 96.0 | 805 | 111.8 | 26033 | 114.7 | 2138 | 105.9 |
| 新郑市新村镇 | 676 | 111.1 | 750 | 106.4 | 740 | 111.5 | 4145 | 126.4 | | |
| 巩义市米河镇 | 2836 | 113.2 | 1497 | 119.5 | 1060 | 111.7 | 17661 | 127.3 | | |
| 登封市告城镇 | 1846 | 109.2 | 907 | 126.2 | 662 | 124.0 | 20470 | 123.2 | | |
| 登封市告成镇 | 712 | 94.7 | 499 | 117.1 | 416 | 100.2 | 7598 | 103.0 | | |
| 荥阳市贾峪镇 | 585 | 144.8 | 446 | 132.7 | 472 | 126.2 | 8511 | 117.7 | | |
| 孟津县平乐镇 | 644 | 123.4 | 542 | 113.5 | 497 | 121.5 | 11069 | 110.9 | | |
| 嵩县车村镇 | 122 | 81.0 | 344 | 136.1 | 441 | 129.7 | 6154 | 117.6 | | |
| 新安县石寺镇 | 1238 | 113.1 | 571 | 111.3 | 378 | 85.8 | 5965 | 102.8 | | |
| 开封市郊区东郊乡 | | | | | | | | | | |
| 通许县四所楼镇 | 150 | 107.9 | 670 | 127.4 | 671 | 120.3 | 4479 | 111.6 | | |
| 卫辉市后河镇 | 140 | 149.5 | 230 | 117.4 | 136 | | 2019 | 125.6 | | |
| 汤阴县宜沟镇 | 323 | 135.1 | 347 | 102.6 | 309 | 120.7 | 11395 | 110.6 | | |
| 叶县遵化店乡 | 142 | 129.0 | 130 | 125.0 | 184 | 116.0 | 3048 | 118.0 | | |
| 郏县安良镇 | 124 | 81.0 | 195 | 64.9 | 215 | 80.1 | 2323 | 129.2 | | |
| 孟州市南庄镇 | 521 | 103.2 | 966 | 138.2 | 964 | 136.2 | 10554 | 117.0 | | |
| 浚县善堂镇 | 120 | 112.2 | 344 | 127.2 | 364 | 107.2 | 8456 | 106.8 | | |
| 西峡县西坪镇 | 166 | 124.8 | 337 | 106.7 | 447 | 116.7 | 6314 | 121.1 | | |
| 唐河县张店镇 | 180 | 112.5 | 855 | 105.7 | 774 | 110.9 | 23274 | | | |
| 宁陵县张弓镇 | 332 | 112.9 | 587 | 106.3 | 762 | 100.8 | 6381 | 128.8 | | |
| 夏邑县车站镇 | 380 | 107.9 | 431 | 122.8 | 429 | 126.8 | 7031 | 134.0 | | |
| 永城市高庄镇 | 305 | 105.0 | 503 | 125.0 | 542 | 125.0 | 3950 | 131.0 | | |
| 虞城县利民乡 | | | | | | | | | | |
| 濮阳县文留镇 | 1629 | 106.0 | 1391 | 122.0 | 822 | | 17671 | 127.0 | | |
| 清丰县瓦屋头镇 | 425 | 123.0 | 571 | 165.0 | 571 | 165.0 | 2320 | 101.7 | | |
| 濮阳县庆祖镇 | 170 | 126.9 | 283 | 127.5 | 208 | 94.5 | 4832 | 121.2 | | |
| 台前县侯庙乡 | 25 | | 145 | 108.0 | 139 | 123.0 | 6718 | 144.0 | | |
| 太康县逊母口镇 | 119 | 109.0 | 338 | 106.8 | 267 | 112.0 | 5174 | 101.7 | | |
| 淮阳县四通镇 | 246 | 126.8 | 339 | 113.8 | 289 | 101.5 | 2491 | 90.0 | | |
| 郸城县白马镇 | 176 | 114.3 | 419 | 136.0 | 343 | 107.5 | 7517 | 118.0 | | |
| 汝南县老君庙镇 | 195 | 108.3 | 400 | 114.3 | 395 | 116.2 | 4310 | 109.4 | | |
| 西平县二郎乡 | 218 | 115.3 | 592 | 144.0 | 233 | 115.9 | 3885 | 112.1 | | |
| 新县沙窝镇 | 268 | 141.1 | 291 | 107.0 | 334 | 92.3 | 3206 | 101.7 | | |
| 信阳市浉河区李家寨镇 | 87 | 113.0 | 211 | 117.2 | 277 | 112.6 | 7635 | 129.0 | | |

注:部分乡镇未按统计监测制度要求开展住户抽样调查,农民人均纯收入资料空缺。

## 2—35 贫困县市主要指标(一)

(1998年)

| 县　市 | 年底总人口(万人) | 国内生产总值(万元) | 第一产业 | 第二产业 | #工业 | 第三产业 | 人均国内生产总值(元) | 粮食产量(吨) | 工业总产值(万元) |
|---|---|---|---|---|---|---|---|---|---|
| **贫困县合计** | **2328.60** | **6471972** | **2502943** | **2368735** | **1947059** | **1600294** | **2789.33** | **9986051** | **8468736** |
| 新安县 | 47.41 | 261303 | 31079 | 163091 | 132454 | 67133 | 5379.65 | 227272 | 180885 |
| 栾川县 | 30.53 | 118522 | 22100 | 66303 | 58375 | 30119 | 3902.07 | 37414 | 60931 |
| 嵩　县 | 50.83 | 98693 | 33250 | 26819 | 17432 | 38624 | 1952.97 | 171319 | 75431 |
| 汝阳县 | 41.02 | 89472 | 28261 | 31084 | 22492 | 30127 | 2187.47 | 146159 | 114857 |
| 宜阳县 | 63.69 | 137448 | 48878 | 44218 | 36462 | 44352 | 2167.92 | 323780 | 59712 |
| 洛宁县 | 42.96 | 123813 | 47084 | 29504 | 20156 | 47225 | 2893.93 | 250221 | 269725 |
| 伊川县 | 70.93 | 218522 | 50006 | 126785 | 110168 | 41731 | 3094.95 | 341156 | 1346297 |
| 鲁山县 | 81.46 | 163701 | 54097 | 55351 | 41510 | 54253 | 2012.68 | 199214 | 202232 |
| 范　县 | 46.93 | 138639 | 38818 | 55546 | 42445 | 44275 | 2966.91 | 162063 | 135177 |
| 台前县 | 33.53 | 82305 | 26113 | 32226 | 27316 | 23966 | 2463.93 | 68999 | 126158 |
| 濮阳县 | 105.59 | 272327 | 109030 | 97077 | 81680 | 66220 | 2591.29 | 490458 | 306455 |
| 渑池县 | 32.53 | 223435 | 45180 | 129734 | 116991 | 48521 | 6903.47 | 172570 | 49128 |
| 卢氏县 | 36.60 | 93588 | 33331 | 23918 | 14243 | 36339 | 2558.43 | 85252 | 936806 |
| 南召县 | 59.97 | 194081 | 53823 | 92431 | 81652 | 47827 | 3241.28 | 146511 | 225151 |
| 淅川县 | 71.73 | 255001 | 96890 | 111950 | 100080 | 46161 | 3563.66 | 231874 | 190930 |
| 桐柏县 | 42.43 | 179923 | 68521 | 78333 | 69614 | 33069 | 4246.90 | 194435 | 580239 |
| 虞城县 | 105.34 | 265996 | 141725 | 69130 | 63156 | 55141 | 2537.68 | 511974 | 152232 |
| 宁陵县 | 58.60 | 184718 | 68691 | 76855 | 69006 | 39172 | 3169.17 | 192263 | 236946 |
| 睢　县 | 76.16 | 220193 | 113134 | 55129 | 45743 | 51930 | 2906.81 | 349094 | 162115 |
| 永城市 | 129.84 | 394243 | 175874 | 130439 | 95642 | 87930 | 3052.37 | 583897 | 293479 |
| 息　县 | 89.75 | 191305 | 101874 | 49360 | 40514 | 40071 | 2141.15 | 514301 | 162077 |
| 淮滨县 | 62.68 | 167120 | 66195 | 51893 | 39267 | 49032 | 2679.82 | 282587 | 172809 |
| 潢川县 | 76.51 | 249434 | 106011 | 81616 | 64237 | 61807 | 3274.95 | 450418 | 125653 |
| 光山县 | 77.53 | 206318 | 83250 | 70088 | 54772 | 52980 | 2672.94 | 375850 | 264636 |
| 固始县 | 151.37 | 359906 | 168139 | 100952 | 75243 | 90815 | 2389.76 | 746888 | 249997 |
| 商城县 | 69.16 | 176913 | 84858 | 48708 | 34518 | 43347 | 2569.19 | 288046 | 137477 |
| 罗山县 | 72.24 | 218029 | 98166 | 62051 | 46791 | 57812 | 3030.99 | 417909 | 140731 |
| 新　县 | 32.69 | 112941 | 47456 | 39796 | 27163 | 25689 | 3465.01 | 99763 | 81165 |
| 确山县 | 58.22 | 184417 | 71825 | 70410 | 61217 | 42182 | 3180.78 | 316654 | 288256 |
| 泌阳县 | 91.34 | 230231 | 113677 | 65024 | 54694 | 51530 | 2529.65 | 397102 | 281148 |
| 上蔡县 | 130.15 | 252816 | 92629 | 90986 | 80129 | 69201 | 1952.98 | 531537 | 320799 |
| 平舆县 | 90.26 | 187617 | 81700 | 64683 | 53831 | 41234 | 2085.77 | 277716 | 240370 |
| 新蔡县 | 98.58 | 219002 | 101278 | 77245 | 68066 | 40479 | 2227.38 | 351355 | 297732 |

注：本表国内生产总值、工业总产值按当年价格计算。

## 2—36　贫困县市主要指标(二)

(1998年)

| 县　市 | 电话机拥有量(部) | 社会消费品零售总额(万元) | 财政收入(万元) | 人均财政收入(元) | 居民储蓄存款(万元) | 人均居民储蓄存款(元) | 职工平均工资(元) | 农民人均纯收入(元) |
|---|---|---|---|---|---|---|---|---|
| **贫困县合计** | **1067732** | **2251333** | **229948** | **98.75** | **2936391** | **1261.01** | | |
| 新安县 | 33296 | 87428 | 12398 | 261.50 | 87228 | 1839.80 | 5660 | 1641.43 |
| 栾川县 | 30792 | 45236 | 5380 | 176.23 | 73511 | 2407.97 | 5170 | 1529.01 |
| 嵩　县 | 36296 | 56152 | 5024 | 98.83 | 56294 | 1107.42 | 4769 | 1396.25 |
| 汝阳县 | 18672 | 49908 | 2930 | 71.43 | 49765 | 1213.22 | 4175 | 1501.19 |
| 宜阳县 | 30000 | 64632 | 4571 | 71.77 | 73552 | 1154.78 | 4409 | 1506.41 |
| 洛宁县 | 17768 | 53444 | 4646 | 108.15 | 43813 | 1019.92 | 4195 | 1497.88 |
| 伊川县 | 31548 | 85266 | 9871 | 139.16 | 92670 | 1306.43 | 4804 | 1839.04 |
| 鲁山县 | 31032 | 49578 | 5073 | 62.27 | 80115 | 983.44 | 4272 | 1448.53 |
| 范　县 | 18688 | 51088 | 4620 | 98.44 | 115454 | 2460.02 | 4255 | 1300.95 |
| 台前县 | 12120 | 31630 | 2103 | 62.71 | 76960 | 2294.96 | 4294 | 1278.00 |
| 濮阳县 | 36328 | 140092 | 8536 | 80.84 | 246102 | 2330.73 | 3996 | 1435.68 |
| 渑池县 | 31244 | 48992 | 10510 | 323.08 | 81245 | 2497.49 | 5231 | 1898.07 |
| 卢氏县 | 27744 | 41695 | 5742 | 156.88 | 51353 | 1403.03 | 4634 | 1466.75 |
| 南召县 | 39018 | 79954 | 4646 | 77.47 | 67223 | 1120.92 | 4223 | 1359.75 |
| 淅川县 | 40016 | 84013 | 7915 | 110.35 | 93002 | 1296.61 | 4529 | 1362.43 |
| 桐柏县 | 24192 | 75601 | 5386 | 126.93 | 55651 | 1311.56 | 4682 | 1357.61 |
| 虞城县 | 37168 | 78314 | 7690 | 73.00 | 97096 | 921.74 | 4223 | 1300.66 |
| 宁陵县 | 22600 | 65392 | 7626 | 130.14 | 62671 | 1069.50 | 4272 | 1486.10 |
| 睢　县 | 33792 | 55025 | 4853 | 63.72 | 83963 | 1102.51 | 4126 | 1369.00 |
| 永城市 | 43448 | 118242 | 12386 | 95.39 | 183515 | 1413.35 | 5580 | 1800.16 |
| 息　县 | 42660 | 59352 | 7386 | 82.29 | 82675 | 921.15 | 4945 | 1708.15 |
| 淮滨县 | 22288 | 58631 | 6596 | 105.23 | 52071 | 830.71 | 4219 | 1501.01 |
| 潢川县 | 52088 | 92009 | 8238 | 107.67 | 85407 | 1116.30 | 4256 | 1851.65 |
| 光山县 | 35831 | 62375 | 6681 | 86.17 | 95893 | 1236.77 | 4387 | 1690.89 |
| 固始县 | 66200 | 141601 | 10164 | 67.15 | 158494 | 1047.09 | 4634 | 1596.10 |
| 商城县 | 39500 | 58576 | 5036 | 72.81 | 87388 | 1263.48 | 4374 | 1610.00 |
| 罗山县 | 36940 | 74000 | 5601 | 77.53 | 83697 | 1158.52 | 4605 | 1829.00 |
| 新　县 | 24753 | 47007 | 4354 | 133.17 | 46210 | 1413.40 | 5236 | 1938.00 |
| 确山县 | 26496 | 48600 | 7926 | 136.14 | 84293 | 1447.88 | 4732 | 1604.11 |
| 泌阳县 | 27918 | 58400 | 8526 | 93.35 | 77299 | 846.31 | 4866 | 1685.31 |
| 上蔡县 | 34610 | 74000 | 12260 | 94.20 | 143899 | 1105.62 | 4253 | 1759.52 |
| 平舆县 | 24088 | 58000 | 7658 | 84.84 | 99301 | 1100.13 | 2905 | 1567.57 |
| 新蔡县 | 38598 | 57100 | 7616 | 77.25 | 68581 | 695.66 | 3991 | 1502.72 |

## 2—37 资 产

(19

| | 非金融企业部门 | | | | 金融机构部门 | | | |
|---|---|---|---|---|---|---|---|---|
| | 小计 | | 其中:国有单位 | | | | 其中:国有单位 | |
| | 使用 | 来源 | 使用 | 来源 | 使用 | 来源 | 使用 | 来源 |
| **一、非金融资产** | **4784.18** | | **2923.10** | | **316.45** | | **207.01** | |
| (一)固定资产 | 2872.99 | | 1849.31 | | 172.23 | | 77.23 | |
| 1.固定资产净值 | 2542.47 | | 1634.31 | | 153.94 | | 63.33 | |
| 固定资产原值 | 3842.93 | | 2391.45 | | 187.98 | | 92.09 | |
| 减:累计折旧 | 1300.46 | | 757.14 | | 34.04 | | 28.76 | |
| 2.在建工程 | 323.26 | | 210.37 | | 18.18 | | 13.84 | |
| 3.固定资产清理 | 0.76 | | 0.49 | | 0.05 | | 0.02 | |
| 4.待处理固定资产净损失 | 6.50 | | 4.14 | | 0.06 | | 0.04 | |
| (二)存货 | 1591.38 | | 970.29 | | | | | |
| #产成品和商品库存 | 805.81 | | 491.37 | | | | | |
| (三)其他非金融资产 | 319.81 | | 103.50 | | 144.22 | | 129.78 | |
| #无形资产 | 104.02 | | 64.11 | | 10.05 | | 10.05 | |
| **二、金融资产与负债** | **2399.75** | **4983.30** | **1383.24** | **3419.33** | **3686.57** | **3661.98** | **3382.15** | **3149.06** |
| (一)国内金融资产与负债 | 2395.04 | 4931.85 | 1380.54 | 3393.00 | 3681.66 | 3656.18 | 3377.24 | 3143.26 |
| 1.通货 | 84.82 | | 34.74 | | 29.69 | | 19.62 | |
| 2.存款 | 983.70 | | 291.27 | | | 3277.99 | | 2839.75 |
| 短期存款 | 785.68 | | 243.19 | | | 2089.55 | | 1894.33 |
| #财政存款 | | | | | | 24.65 | | 24.65 |
| 长期存款 | 198.02 | | 48.08 | | | 1188.44 | | 945.42 |
| 3.贷款 | | 3208.82 | | 2165.44 | 3327.29 | | 3067.67 | |
| 短期贷款 | | 2520.53 | | 1858.68 | 2573.92 | | 2507.94 | |
| #财政借款 | | | | | | | | |
| 长期贷款 | | 688.29 | | 306.76 | 753.37 | | 559.73 | |
| 4.股票及其他股权 | 117.24 | 221.25 | 87.69 | 219.89 | 222.49 | 6.42 | 207.88 | 6.42 |
| 5.证券(不含股票) | 31.92 | 71.78 | 20.29 | 59.30 | 3.92 | 14.20 | 2.10 | 7.22 |
| 短期证券 | 2.66 | 15.20 | 1.37 | 9.04 | 2.47 | 2.10 | 1.20 | |
| #政府债券 | | | | | | | | |
| 长期证券 | 29.26 | 56.58 | 18.92 | 50.26 | 1.45 | 12.10 | 0.90 | 7.22 |
| #政府债券 | | | | | 0.90 | | 0.90 | |
| 6.保险准备金 | 12.75 | | 10.96 | | | 41.62 | | 41.62 |
| 7.其他 | 1164.61 | 1430.00 | 935.59 | 948.37 | 98.27 | 315.95 | 79.97 | 248.25 |
| (二)国外金融资产与负债 | 4.71 | 51.45 | 2.70 | 26.33 | 4.91 | 5.80 | 4.91 | 5.80 |
| 1.短期资本 | | 7.90 | | 5.30 | 4.91 | | 4.91 | |
| 2.长期资本 | 4.71 | 43.55 | 2.70 | 21.03 | | 5.80 | | 5.80 |
| **三、资产负债差额** | | **2200.63** | | **887.01** | | **341.04** | | **440.10** |

# 负 债 表

97年）

单位：亿元

| 政府部门 | | 住户部门 | | 省内部门 | | 其中：国有单位 | | 国内省外 | | 国外部门 | | 总 计 | |
|---|---|---|---|---|---|---|---|---|---|---|---|---|---|
| 使用 | 来源 | 使用 | 来源 | 使用 | 来源 | 使用 | 来源 | 使用 | 来源 | 使用 | 来源 | 使用 | 来源 |
| **1018.71** | | **3513.41** | | **9632.75** | | **4148.82** | | | | | | **9632.75** | |
| 991.46 | | 2047.91 | | 6084.59 | | 2918.00 | | | | | | 6084.59 | |
| 763.41 | | 2047.91 | | 5507.73 | | 2461.05 | | | | | | 5507.73 | |
| 810.94 | | 2918.48 | | 7760.33 | | 3294.48 | | | | | | 7760.33 | |
| 47.53 | | 870.57 | | 2252.60 | | 833.43 | | | | | | 2252.60 | |
| 228.05 | | | | 569.49 | | 452.26 | | | | | | 569.49 | |
| | | | | 0.81 | | 0.51 | | | | | | 0.81 | |
| | | | | 6.56 | | 4.18 | | | | | | 6.56 | |
| 22.25 | | 1455.50 | | 3069.13 | | 992.54 | | | | | | 3069.13 | |
| | | 1455.50 | | 2261.31 | | 491.37 | | | | | | 2261.31 | |
| 5.00 | | 10.00 | | 479.03 | | 238.28 | | | | | | 479.03 | |
| | | | | 114.07 | | 74.16 | | | | | | 114.07 | |
| **199.48** | **152.23** | **2952.70** | **38.23** | **9238.50** | **8835.74** | **4964.87** | **6720.62** | **424.81** | **928.39** | **110.44** | **9.62** | **9773.75** | **9773.75** |
| 199.48 | 99.04 | 2952.70 | 38.23 | 9228.88 | 8725.30 | 4957.26 | 6635.30 | 424.81 | 928.39 | | | 9653.69 | 9653.69 |
| 3.01 | | 423.85 | | 541.37 | | 57.37 | | | 541.37 | | | 541.37 | 541.37 |
| 100.54 | | 2164.73 | | 3248.97 | 3277.99 | 391.81 | 2839.75 | 29.02 | | | | 3277.99 | 3277.99 |
| 47.80 | | 1227.05 | | 2060.53 | 2089.55 | 290.99 | 1894.33 | 29.02 | | | | 2089.55 | 2089.55 |
| 24.65 | | | | 24.65 | 24.65 | 24.65 | 24.65 | | | | | 24.65 | 24.65 |
| 52.74 | | 937.68 | | 1188.44 | 1188.44 | 100.82 | 945.42 | | | | | 1188.44 | 1188.44 |
| | 99.04 | | 19.43 | 3327.29 | 3327.29 | 3067.67 | 2264.48 | | | | | 3327.29 | 3327.29 |
| | 41.04 | | 12.35 | 2573.92 | 2573.92 | 2507.94 | 1899.72 | | | | | 2573.92 | 2573.92 |
| | 58.00 | | 7.08 | 753.37 | 753.37 | 559.73 | 364.76 | | | | | 753.37 | 753.37 |
| | | 225.75 | | 565.48 | 227.67 | 295.57 | 226.31 | | 337.81 | | | 565.48 | 565.48 |
| 5.43 | | 93.92 | | 135.19 | 85.98 | 27.82 | 66.52 | | 49.21 | | | 135.19 | 135.19 |
| 1.35 | | 33.72 | | 40.20 | 17.30 | 3.92 | 9.04 | | 22.90 | | | 40.20 | 40.20 |
| 4.08 | | 60.20 | | 94.99 | 68.68 | 23.90 | 57.48 | | 26.31 | | | 94.99 | 94.99 |
| 2.05 | | | | 2.95 | | 2.95 | | | 2.95 | | | 2.95 | 2.95 |
| 2.15 | | 26.72 | | 41.62 | 41.62 | 13.11 | 41.62 | | | | | 41.62 | 41.62 |
| 88.35 | | 17.73 | 18.80 | 1368.96 | 1764.75 | 1103.91 | 1196.62 | 395.79 | | | | 1764.75 | 1764.75 |
| | 53.19 | | | 9.62 | 110.44 | 7.61 | 85.32 | | | 110.44 | 9.62 | 120.06 | 120.06 |
| | | | | 4.91 | 7.90 | 4.91 | 5.30 | | | 7.90 | 4.91 | 12.81 | 12.81 |
| | 53.19 | | | 4.71 | 102.54 | 2.70 | 80.02 | | | 102.54 | 4.71 | 107.25 | 107.25 |
| | **1065.96** | | **6427.88** | | **10035.51** | | **2393.07** | | **−503.58** | | **100.82** | | **9632.75** |

## 2—38 资金流量表

(19

| 指标 | 非金属企业部门 | | 金融机构部门 | | 政府部门 | |
|---|---|---|---|---|---|---|
| | 使用 | 来源 | 使用 | 来源 | 使用 | 来源 |
| 一、净金融投资 | −5197414 | | −246167 | | 1635 | |
| 二、资金运用合计 | −16609 | | 12847907 | | 1133 | |
| 三、资金来源合计 | | 5180805 | | 13094074 | | −502 |
| 1.通货 | 21600 | | 15800 | | −14700 | |
| 本币 | 21600 | | 15800 | | −14700 | |
| 外币 | | | | | | |
| 2.存款 | 942925 | | 142859 | 4749653 | 16723 | |
| 活期存款 | 657180 | | | 768574 | 33698 | |
| 定期存款 | 417587 | | | 425034 | 7447 | |
| 住户储蓄存款 | | | | 3525482 | | |
| 财政存款 | | | | −45549 | −45891 | |
| 外汇存款 | −131296 | | | −211533 | −25807 | |
| 其他存款 | −546 | | 142859 | 287645 | 47276 | |
| 3.贷款 | | 5359272 | 5413959 | | | 388 |
| 短期贷款 | | 4542966 | 4596891 | | | 388 |
| 中长期贷款 | | 572999 | 573761 | | | |
| 财政贷款 | | | | | | |
| 外汇贷款 | | 26973 | 26973 | | | |
| 其他贷款 | | 216334 | 216334 | | | |
| 4.证券 | 39290 | −173290 | −363121 | 71945 | | |
| 债券 | 19190 | −173290 | −363121 | 71945 | | |
| 国债 | 19190 | | −200347 | | | |
| 金融债券 | | −109683 | −37298 | 73984 | | |
| 央行债券 | | | −3489 | −3489 | | |
| 企业债券 | | −63607 | −123437 | | | |
| 其他债券 | | | 1450 | 1450 | | |
| 股票 | 20100 | | | | | |
| 5.保险准备金 | 79000 | | | 371199 | | |
| 6.结算资金 | −490835 | | | 1000963 | | |
| 7.金融机构往来 | | | 6169904 | 6160986 | | |
| 8.准备金 | | | 804453 | 804453 | | |
| 9.库存现金 | | | 22729 | 20175 | | |
| 10.中央银行贷款 | | | 49291 | 49291 | | |
| 11.其他(净) | −608589 | −5177 | 453392 | −141102 | | |
| 12.省外长期资本 | | | 137505 | 9485 | −890 | −890 |
| 13.省外短期资本 | | | 1136 | −2974 | | |

# （金融交易）

97年）

单位:万元

| 住户部门 | | 省内合计 | | 国内省外 | | 国 外 | | 总 计 | |
|---|---|---|---|---|---|---|---|---|---|
| 使用 | 来源 | 使用 | 来源 | 使用 | 来源 | 使用 | 来源 | 使用 | 来源 |
| 6629838 | | 1187892 | | −1052628 | | −135264 | | | |
| 6684137 | | 19516568 | | 1693869 | | 5041 | | 21215478 | |
| | 54299 | | 18328676 | | 2746497 | | 140305 | | 21215478 |
| 211100 | | 233800 | | 66200 | 300000 | | | 300000 | 300000 |
| 211100 | | 233800 | | 66200 | 300000 | | | 300000 | 300000 |
| | | | | | | | | | |
| 3511275 | | 4613782 | 4749653 | 135871 | | | | 4749653 | 4749653 |
| 40223 | | 731101 | 768574 | 37473 | | | | 768574 | 768574 |
| | | 425034 | 425034 | | | | | 425034 | 425034 |
| 3525482 | | 3525482 | 3525482 | | | | | 3525482 | 3525482 |
| | | −45891 | −45549 | 342 | | | | −45549 | −45549 |
| −54430 | | −211533 | −211533 | | | | | −211533 | −211533 |
| | | 189589 | 287645 | 98056 | | | | 287645 | 287645 |
| | 54299 | 5413959 | 5413959 | | | | | 5413959 | 5413959 |
| | 53537 | 4596891 | 4596891 | | | | | 4596891 | 4596891 |
| | 762 | 573761 | 573761 | | | | | 573761 | 573761 |
| | | | | | | | | | |
| | | 26973 | 26973 | | | | | 26973 | 26973 |
| | | 216334 | 216334 | | | | | 216334 | 216334 |
| 2669563 | | 2345732 | −101345 | | 2447077 | | | 2345732 | 2345732 |
| 493213 | | 149282 | −101345 | | 250627 | | | 149282 | 149282 |
| 431784 | | 250627 | | | 250627 | | | 250627 | 250627 |
| 1599 | | −35699 | −35699 | | | | | −35699 | −35699 |
| | | −3489 | −3489 | | | | | −3489 | −3489 |
| 59830 | | −63607 | −63607 | | | | | −63607 | −63607 |
| | | 1450 | 1450 | | | | | 1450 | 1450 |
| 2176350 | | 2196450 | | | 2196450 | | | 2196450 | 2196450 |
| 292199 | | 371199 | 371199 | | | | | 371199 | 371199 |
| | | −490835 | 1000963 | 1491798 | | | | 1000963 | 1000963 |
| | | 6169904 | 6160986 | | | | | 6169904 | 6160986 |
| | | 804453 | 804453 | | | | | 804453 | 804453 |
| | | 22729 | 20175 | | | | 2554 | 22729 | 22729 |
| | | 49291 | 49291 | | | | | 49291 | 49291 |
| | | −155197 | −146279 | | | | | −155197 | −146279 |
| | | 136615 | 8595 | | | 8595 | 136615 | 145210 | 145210 |
| | | 1136 | −2974 | | −580 | −3554 | 1136 | −2418 | −2418 |

## 2—39 资金流量表

（19

| 指　　标 | 非金属企业部门 | | 金融机构部门 | | 政府部门 | |
|---|---|---|---|---|---|---|
| | 使用 | 来源 | 使用 | 来源 | 使用 | 来源 |
| **一、增加值** | | **2020.69** | | **70.57** | | **230.85** |
| **二、货物和服务出口和进口** | | | | | | |
| **三、劳动者报酬** | **1121.15** | | **20.87** | | **188.28** | |
| 1. 工资及工资性收入 | 1079.35 | | 19.41 | | 188.28 | |
| 2. 单位社会保险付款 | 41.80 | | 1.46 | | | |
| **四、生产税净额** | **363.66** | | **22.80** | | **1.46** | **375.25** |
| 1. 生产税 | 370.46 | | 22.80 | | 1.46 | 382.05 |
| 2. 生产补贴 | —6.80 | | | | | —6.80 |
| **五、财产性收入** | **232.38** | **78.83** | **232.72** | **229.46** | **8.20** | **6.60** |
| 1. 利息 | 220.11 | 66.82 | 225.18 | 229.46 | 8.20 | 1.34 |
| 2. 红利 | 10.54 | 6.32 | | | | 2.11 |
| 3. 土地租金 | 1.73 | | | | | 1.73 |
| 4. 其他 | | 5.69 | 7.54 | | | 1.42 |
| **六、初次分配总收入** | | **382.33** | | **23.64** | | **414.76** |
| **七、经常转移** | **116.15** | **9.82** | **10.76** | **25.95** | **128.67** | **332.74** |
| 1. 收入税 | 46.60 | | 3.17 | | | 50.09 |
| 2. 财政经常性拨款 | | | | | 57.36 | |
| 3. 社会保险付款 | 3.61 | | | 18.04 | | 48.14 |
| 4. 社会补助 | 33.43 | | 1.53 | | 53.85 | |
| 5. 其他 | 32.51 | 9.82 | 6.06 | 7.91 | 17.46 | 234.51 |
| **八、可支配总收入** | | **276.00** | | **38.83** | | **618.83** |
| **九、最终消费** | | | | | **458.44** | |
| **十、总储蓄** | | **276.00** | | **38.83** | | **160.39** |
| **十一、资本转移** | | **33.65** | | | **115.15** | **93.63** |
| 1. 投资性补助 | | 28.80 | | | 115.15 | 92.12 |
| 2. 其他 | | 4.85 | | | | 1.51 |
| **十二、资本形成总额** | **1185.52** | | **21.21** | | **144.89** | |
| 1. 固定资本形成总额 | 895.22 | | 12.08 | | 141.10 | |
| 2. 存货增加 | 290.30 | | 9.13 | | 3.79 | |
| **十三、其他非金融资产获得减处置** | **—28.11** | | **33.83** | | **—5.72** | |
| **十四、净金融投资** | **—847.76** | | **—16.21** | | **—0.30** | |
| **十五、统计误差** | **—328.02** | | **—8.41** | | **—0.46** | |

## （收入分配）

97 年）　　　　单位：万元

| 住户部门 | | 省内合计 | | 省　外 | | 总　计 | |
|---|---|---|---|---|---|---|---|
| 使用 | 来源 | 使用 | 来源 | 使用 | 来源 | 使用 | 来源 |
| | **1757.15** | | **4079.26** | | | | **4079.26** |
| | | | | | **－220.84** | | **－220.84** |
| **1284.34** | **2629.30** | **2614.64** | **2629.30** | **24.26** | **9.60** | **2638.90** | **2638.90** |
| 1284.34 | 2586.04 | 2571.38 | 2586.04 | 24.26 | 9.60 | 2595.64 | 2595.64 |
| | 43.26 | 43.26 | 43.26 | | | 43.26 | 43.26 |
| **121.46** | | **509.38** | **375.25** | | **134.13** | **509.38** | **509.38** |
| 121.46 | | 516.18 | 382.05 | | 134.13 | 516.18 | 516.18 |
| | | －6.80 | －6.80 | | | －6.80 | －6.80 |
| **0.87** | **159.39** | **474.17** | **474.28** | **4.02** | **3.91** | **478.19** | **478.19** |
| 0.87 | 156.85 | 454.36 | 454.47 | 4.02 | 3.91 | 458.38 | 458.38 |
| | 2.11 | 10.54 | 10.54 | | | 10.54 | 10.54 |
| | | 1.73 | 1.73 | | | 1.73 | 1.73 |
| | 0.43 | 7.54 | 7.54 | | | 7.54 | 7.54 |
| | **3139.17** | | **3959.90** | | **－101.48** | | **3858.42** |
| **89.43** | **189.88** | **345.01** | **558.39** | **258.41** | **45.03** | **603.42** | **603.42** |
| 6.39 | | 56.16 | 50.09 | | 6.07 | 56.16 | 56.16 |
| | 57.36 | 57.36 | 57.36 | | | 57.36 | 57.36 |
| 62.57 | | 66.18 | 66.18 | | | 66.18 | 66.18 |
| | 88.81 | 88.81 | 88.81 | | | 88.81 | 88.81 |
| 20.47 | 43.71 | 76.50 | 295.95 | 258.41 | 38.96 | 334.91 | 334.91 |
| | **3239.62** | | **4173.28** | | **－314.86** | | **3858.42** |
| **1696.54** | | **2154.98** | | | | **2154.98** | |
| | **1543.08** | | **2018.30** | | **－314.86** | | **1703.44** |
| | | **115.15** | **127.28** | **12.13** | | **127.28** | **127.28** |
| | | 115.15 | 120.92 | 5.77 | | 120.92 | 120.92 |
| | | | 6.36 | 6.36 | | 6.36 | 6.36 |
| **351.82** | | **1703.44** | | | | **1703.44** | |
| 207.19 | | 1255.59 | | | | 1255.59 | |
| 144.63 | | 447.85 | | | | 447.85 | |
| | | | | | | | |
| **1191.26** | | **326.99** | | **－326.99** | | | |
| **528.28** | | **208.20** | | **－208.20** | | | |

## 2—40 投入产

(19

| | 中 | | | | |
|---|---|---|---|---|---|
| | 物 质 | | | | |
| | 农业 | 第一产业合计 | 煤炭采选业 | 石油和天然气开采业 | 金属矿采选业 |
| 农业 | 2346306.68 | 2346306.68 | 401732.49 | 54.51 | 10982.00 |
| **第一产业合计** | **2346306.68** | **2346306.68** | **401732.49** | **54.51** | **10982.00** |
| 煤炭采选业 | 40551.50 | 40551.50 | 46740.40 | 15022.26 | 378.38 |
| 石油和天然气开采业 | 0.00 | 0.00 | 42.86 | 1151.03 | 0.00 |
| 金属矿采选业 | 0.00 | 0.00 | 127.87 | 9.72 | 60501.18 |
| 非金属矿采选业 | 90376.39 | 90376.39 | 122411.30 | 1654.41 | 48603.20 |
| 食品制造及烟草加工业 | 1774545.60 | 1774545.60 | 70.38 | 315.07 | 0.46 |
| 纺织业 | 5540.46 | 5540.46 | 9394.82 | 1480.72 | 1480.58 |
| 服装皮革羽绒及其他纤维制品制造业 | 0.00 | 0.00 | 7109.72 | 7704.13 | 84374.73 |
| 木材加工及家具制造业 | 152458.49 | 152458.49 | 26763.46 | 5603.40 | 17798.27 |
| 造纸印刷及文教用品制造业 | 110371.26 | 110371.26 | 7055.86 | 7143.15 | 4390.38 |
| 石油加工及炼焦业 | 146364.21 | 146364.21 | 11254.68 | 12786.84 | 42276.29 |
| 化学工业 | 1278925.17 | 1278925.17 | 52905.36 | 28185.27 | 101539.54 |
| 非金属矿物制品业 | 326182.14 | 326182.14 | 84319.59 | 19906.93 | 32489.91 |
| 金属冶炼及压延加工业 | 5959.79 | 5959.79 | 6453.91 | 9258.35 | 2592.83 |
| 金属制品业 | 96346.14 | 96346.14 | 34564.97 | 5814.00 | 48083.53 |
| 机械工业 | 29893.54 | 29893.54 | 83343.59 | 42729.16 | 16539.36 |
| 交通运输设备制造业 | 0.00 | 0.00 | 5371.03 | 12948.50 | 2245.69 |
| 电气机械及器材制造业 | 68.05 | 68.05 | 32731.50 | 13453.80 | 5419.75 |
| 电子及通信设备制造业 | 0.00 | 0.00 | 4283.75 | 4983.37 | 636.18 |
| 仪器仪表及文化办公用机械制造业 | 0.00 | 0.00 | 5692.58 | 5639.45 | 1144.56 |
| 机械设备修理业 | 23293.91 | 23293.91 | 10962.15 | 2413.37 | 7684.05 |
| 其他制造业 | 4174.30 | 4174.30 | 7750.90 | 4272.57 | 479.99 |
| 废品及废料 | 9723.84 | 9723.84 | 45.72 | 40.34 | 0.00 |
| 电力及蒸汽热水生产和供应业 | 192099.98 | 192099.98 | 203290.01 | 96523.75 | 59462.93 |
| 煤气生产和供应业 | 0.00 | 0.00 | 2.09 | 0.08 | 0.00 |
| 自来水的生产和供应业 | 0.00 | 0.00 | 1076.70 | 431.48 | 492.39 |
| 建筑业 | 1905.63 | 1905.63 | 2517.60 | 2068.65 | 1783.54 |
| **第二产业合计** | **4288780.40** | **4288780.40** | **766282.79** | **301539.81** | **540402.69** |
| 货物运输及仓储业 | 51453.42 | 51453.42 | 17688.19 | 4237.53 | 37514.17 |
| 邮电业 | 812.78 | 812.78 | 3285.22 | 3199.19 | 2434.43 |
| 商业 | 371730.87 | 371730.87 | 93654.55 | 20593.69 | 53217.51 |
| 饮食业 | 48180.40 | 48180.40 | 13970.21 | 3121.91 | 7764.82 |
| **物质生产部门合计** | **7107264.55** | **7107264.55** | **1296613.46** | **332746.65** | **652315.62** |
| 旅客运输业 | 112571.88 | 112571.88 | 23193.85 | 11106.87 | 8672.78 |
| 金融保险业 | 8227.35 | 8227.35 | 31062.26 | 14290.56 | 11619.94 |
| 房地产业 | 7248.44 | 7248.44 | 148.86 | 1.66 | 3.79 |
| 社会服务业 | 50432.86 | 50432.86 | 13560.96 | 5249.25 | 4617.31 |
| 卫生体育和社会福利业 | 0.00 | 0.00 | 162432.87 | 671.80 | 1714.31 |
| 教育文化艺术和广播电影电视业 | 4670.10 | 4670.10 | 7238.20 | 665.19 | 744.02 |
| 科学研究事业 | 0.00 | 0.00 | 67.24 | 4.65 | 47.75 |
| 综合技术服务业 | 23303.41 | 23303.41 | 1435.54 | 360.87 | 1190.34 |
| 行政机关及其他行业 | 50581.43 | 50581.43 | 34.53 | 23.46 | 4.94 |
| **第三产业合计** | **729212.92** | **729212.92** | **367772.46** | **63526.61** | **129546.10** |
| **非物质生产部门合计** | **257035.45** | **257035.45** | **239174.29** | **32374.29** | **28615.17** |
| **中间投入合计** | **7364300.00** | **7364300.00** | **1535787.74** | **365120.94** | **680930.79** |
| 固定资产折旧 | 287600.00 | 287600.00 | 141517.88 | 161823.70 | 32303.20 |
| 劳动者报酬 | 9200900.00 | 9200900.00 | 948305.75 | 124113.84 | 238997.39 |
| 生产税净额 | 180900.00 | 180900.00 | 259337.52 | 112082.14 | 66735.34 |
| 营业盈余 | 416100.00 | 416100.00 | 116595.05 | 206956.80 | 222132.72 |
| **增加值合计** | **10085500.00** | **10085500.00** | **1465756.19** | **604976.48** | **560218.65** |
| **总投入** | **17449800.00** | **17449800.00** | **3001543.93** | **970097.41** | **1241149.45** |

# 出表(一)

97年)

单位:万元

| 间 | 使 | 用 | | | | |
|---|---|---|---|---|---|---|
| 生 | 产 | 部 | 门 | | | |
| 非金属矿采选业 | 食品制造及烟草加工业 | 纺织业 | 服装皮革羽绒及其他纤维制品制造业 | 木材加工及家具制造业 | 造纸印刷及文教用品制造业 | 石油开加工及炼焦业 |
| 39.02 | 4757941.25 | 782347.32 | 3888.16 | 180.40 | 63686.00 | 3767.53 |
| **39.02** | **4757941.25** | **782347.32** | **3888.16** | **180.40** | **63686.00** | **3767.53** |
| 375.09 | 31540.66 | 20270.35 | 2792.63 | 14401.79 | 63485.36 | 59173.37 |
| 2835.76 | 57.79 | 751.32 | 47.58 | 4.51 | 4.60 | 363716.13 |
| 0.00 | 7.93 | 94.21 | 28.88 | 732.45 | 1.06 | 10.94 |
| 71196.45 | 5855.05 | 443.26 | 730.55 | 288851.34 | 2166.31 | 928.63 |
| 0.00 | 1775130.15 | 12753.97 | 428465.07 | 52.12 | 11487.26 | 3132.76 |
| 60.17 | 1659.54 | 1271783.50 | 440524.13 | 14884.62 | 12177.77 | 535.47 |
| 4829.20 | 7890.80 | 23652.85 | 365554.10 | 6839.92 | 10981.03 | 2670.91 |
| 4442.69 | 23625.89 | 5273.96 | 5944.14 | 193560.73 | 26620.36 | 1893.55 |
| 2003.04 | 306208.98 | 16871.07 | 8877.73 | 129070.80 | 676179.00 | 2175.13 |
| 50090.50 | 8277.27 | 5420.39 | 2367.85 | 9582.08 | 7543.70 | 36352.12 |
| 191111.55 | 208084.53 | 270867.63 | 72286.94 | 311574.68 | 271353.47 | 14438.55 |
| 54059.93 | 98183.55 | 9397.79 | 6830.86 | 12580.52 | 59498.86 | 9549.58 |
| 320.95 | 1541.12 | 2049.90 | 691.90 | 9899.59 | 5345.23 | 1849.31 |
| 5709.82 | 22180.51 | 8393.41 | 7603.69 | 96991.14 | 14147.16 | 3473.80 |
| 21825.75 | 13238.66 | 17523.01 | 3286.39 | 10370.87 | 62401.75 | 14528.88 |
| 39494.45 | 4241.99 | 1739.83 | 422.16 | 2350.83 | 8893.28 | 1384.58 |
| 6094.80 | 5564.56 | 10974.29 | 1862.71 | 18506.06 | 5650.09 | 4080.53 |
| 4465.57 | 2298.06 | 3594.96 | 491.97 | 12462.26 | 2632.31 | 2167.24 |
| 4083.71 | 4212.81 | 2398.28 | 527.42 | 809.60 | 2500.81 | 2459.15 |
| 7665.62 | 5363.23 | 2970.85 | 1419.31 | 4380.41 | 3539.58 | 1455.39 |
| 3027.00 | 12161.72 | 4972.01 | 8404.16 | 5006.14 | 9532.43 | 1574.29 |
| 0.00 | 107.18 | 0.00 | 1.17 | 21473.85 | 27168.70 | 6.29 |
| 79207.80 | 61904.93 | 82309.56 | 22849.14 | 25806.99 | 90363.56 | 23330.87 |
| 0.00 | 4.15 | 231.10 | 0.00 | 0.04 | 0.00 | 0.15 |
| 156.62 | 899.86 | 1225.81 | 263.53 | 605.63 | 265.52 | 211.46 |
| 2338.14 | 4834.95 | 819.50 | 1712.19 | 1423.14 | 1773.54 | 566.61 |
| **555394.61** | **2605075.83** | **1776782.78** | **1383986.17** | **1192222.10** | **1375712.74** | **554665.65** |
| 31242.07 | 37745.61 | 17546.68 | 5293.98 | 25073.30 | 16502.52 | 55806.77 |
| 1873.06 | 4356.75 | 4761.85 | 1606.75 | 5583.63 | 3253.54 | 933.64 |
| 37585.24 | 232565.18 | 142633.68 | 148470.21 | 147111.60 | 109067.76 | 60947.21 |
| 21378.04 | 19043.09 | 13001.54 | 7960.88 | 12888.47 | 10140.43 | 2395.01 |
| **647512.02** | **7656727.71** | **2737073.85** | **1551206.15** | **1383059.50** | **1578362.98** | **683515.82** |
| 22069.06 | 36821.29 | 21319.32 | 11550.13 | 13697.78 | 17667.27 | 4043.47 |
| 4902.97 | 41030.56 | 35487.47 | 18493.84 | 25489.62 | 23541.24 | 8957.72 |
| 14.89 | 945.26 | 69.63 | 319.62 | 46.57 | 421.56 | 26.23 |
| 8832.16 | 24218.31 | 8739.65 | 5659.73 | 10305.87 | 8002.41 | 2374.50 |
| 939.26 | 978.40 | 49294.96 | 366.15 | 89.71 | 981.94 | 798.76 |
| 507.78 | 2224.79 | 987.43 | 439.77 | 413.40 | 1187.58 | 432.60 |
| 0.54 | 262.17 | 8.94 | 48.05 | 0.01 | 63.37 | 147.99 |
| 849.63 | 3167.82 | 459.33 | 1874.22 | 222.99 | 8243.82 | 556.65 |
| 0.00 | 67.64 | 66.88 | 114.58 | 91.00 | 28.79 | 14.60 |
| **130194.69** | **403426.86** | **294377.36** | **202197.90** | **241013.95** | **199102.23** | **137435.15** |
| **38116.29** | **109716.23** | **116433.61** | **38866.09** | **50356.95** | **60137.98** | **17352.52** |
| **685628.31** | **7766443.94** | **2853507.46** | **1590072.23** | **1433416.44** | **1638500.96** | **700868.33** |
| 15896.33 | 254942.66 | 116839.43 | 79787.04 | 149406.38 | 79717.63 | 51739.82 |
| 168229.44 | 766149.77 | 425928.02 | 282684.53 | 269930.15 | 208289.73 | 57696.38 |
| 30493.89 | 1084011.29 | 257907.48 | 65856.97 | 41793.20 | 92453.69 | 67908.58 |
| 120544.76 | 224510.95 | 40895.44 | 61478.07 | 111106.61 | 264835.29 | 29818.77 |
| **335164.42** | **2329614.67** | **841570.38** | **489806.62** | **572236.34** | **645296.33** | **207163.55** |
| **1020792.74** | **10096058.60** | **3695077.84** | **2079878.84** | **2005652.78** | **2283797.30** | **908031.89** |

## 2—41 投入产

（19

| | 中 | | | | |
|---|---|---|---|---|---|
| | 物质 | | | | |
| | 化学工业 | 非金属矿物制品业 | 金属冶炼及压延加工业 | 金属制品业 | 机械工业 |
| 农业 | 174625.88 | 41969.24 | 26534.13 | 6.78 | 9988.48 |
| **第一产业合计** | **174625.88** | **41969.24** | **26534.13** | **6.78** | **9988.48** |
| 煤炭采选业 | 289192.94 | 961659.49 | 54741.33 | 27223.45 | 53580.73 |
| 石油和天然气开采业 | 19690.48 | 852.79 | 1052.03 | 0.31 | 1987.79 |
| 金属矿采选业 | 16132.90 | 359608.19 | 390660.74 | 95365.16 | 11065.74 |
| 非金属矿采选业 | 247212.41 | 992010.45 | 23574.48 | 59732.21 | 10251.17 |
| 食品制造及烟草加工业 | 236670.22 | 1290.39 | 1339.83 | 178.93 | 906.07 |
| 纺织业 | 103956.80 | 153492.53 | 7471.49 | 1023.36 | 3583.37 |
| 服装皮革羽绒及其他纤维制品制造业 | 15871.97 | 38116.53 | 4379.21 | 5064.79 | 14052.31 |
| 木材加工及家具制造业 | 28487.21 | 72153.86 | 14639.79 | 2441.41 | 31599.97 |
| 造纸印刷及文教用品制造业 | 159129.26 | 61782.30 | 5714.80 | 26016.40 | 34079.54 |
| 石油加工及炼焦业 | 168627.41 | 104282.35 | 128025.78 | 19058.54 | 52420.43 |
| 化学工业 | 1709311.39 | 530943.78 | 43509.75 | 53099.73 | 142674.98 |
| 非金属矿物制品业 | 133507.20 | 1439354.34 | 317401.74 | 42099.62 | 135404.77 |
| 金属冶炼及压延加工业 | 16340.59 | 128029.60 | 888599.13 | 431412.56 | 885962.04 |
| 金属制品业 | 48793.39 | 288174.71 | 74879.50 | 37303.12 | 176889.41 |
| 机械工业 | 76110.51 | 115398.19 | 39775.45 | 41048.60 | 1333922.19 |
| 交通运输设备制造业 | 19070.56 | 57079.39 | 5826.54 | 1148.17 | 12493.29 |
| 电气机械及器材制造业 | 20624.57 | 29988.87 | 11599.96 | 20508.19 | 138110.67 |
| 电子及通信设备制造业 | 7308.73 | 11931.89 | 3287.19 | 1340.76 | 10945.03 |
| 仪器仪表及文化办公用机械制造业 | 17138.36 | 8696.44 | 4182.41 | 2041.70 | 14136.09 |
| 机械设备修理业 | 15905.13 | 32693.70 | 3403.13 | 1630.71 | 7074.00 |
| 其他制造业 | 22597.47 | 18957.78 | 10127.21 | 2248.62 | 25979.03 |
| 废品及废料 | 14212.15 | 105384.86 | 31809.38 | 60.82 | 17576.55 |
| 电力及蒸汽热水生产和供应业 | 340987.94 | 680875.39 | 179312.17 | 44878.98 | 130378.33 |
| 煤气生产和供应业 | 1098.49 | 125.48 | 464.47 | 30.22 | 814.65 |
| 自来水的生产和供应业 | 3952.51 | 3718.81 | 1500.69 | 677.18 | 2543.72 |
| 建筑业 | 3228.44 | 1824.16 | 1318.42 | 2351.23 | 4742.10 |
| **第二产业合计** | **3735159.01** | **6198426.28** | **2248596.62** | **917984.77** | **3253173.95** |
| 货物运输及仓储业 | 98409.32 | 231998.76 | 53343.81 | 45208.90 | 49345.26 |
| 邮电业 | 7826.96 | 23970.65 | 2713.20 | 2720.74 | 10860.46 |
| 商业 | 354037.77 | 297770.63 | 80159.53 | 118661.75 | 350330.68 |
| 饮食业 | 37199.95 | 117181.81 | 15171.87 | 12015.74 | 52846.13 |
| **物质生产部门合计** | **4407258.90** | **6911317.38** | **2426519.15** | **1096598.69** | **3726544.95** |
| 旅客运输业 | 56892.65 | 115926.66 | 16692.44 | 21570.41 | 89824.00 |
| 金融保险业 | 78953.67 | 105354.43 | 18804.90 | 16561.70 | 68984.60 |
| 房地产业 | 210.17 | 15515.87 | 93.86 | 2.72 | 414.08 |
| 社会服务业 | 30530.17 | 52820.57 | 8282.31 | 9198.67 | 47132.94 |
| 卫生体育和社会福利业 | 3040.21 | 8236.48 | 22912.47 | 817.49 | 4985.13 |
| 教育文化艺术和广播电影电视业 | 4571.78 | 20217.07 | 1377.75 | 2108.34 | 7073.54 |
| 科学研究事业 | 324.96 | 317.84 | 46.57 | 320.88 | 441.65 |
| 综合技术服务业 | 1525.97 | 1755.66 | 824.86 | 3533.41 | 5636.68 |
| 行政机关及其他行业 | 139.97 | 227.15 | 49.65 | 26.51 | 795.86 |
| **第三产业合计** | **673663.53** | **991293.60** | **220473.21** | **232747.26** | **688676.99** |
| **非物质生产部门合计** | **176189.53** | **320371.74** | **69084.81** | **54140.13** | **225294.46** |
| **中间投入合计** | **4583448.43** | **7231689.12** | **2495603.96** | **1150738.82** | **3951839.41** |
| 固定资产折旧 | 261349.21 | 268462.70 | 99375.85 | 33513.64 | 177703.04 |
| 劳动者报酬 | 513046.43 | 1409734.04 | 259170.04 | 162016.37 | 669254.84 |
| 生产税净额 | 217269.28 | 320728.77 | 101781.72 | 33347.28 | 170104.72 |
| 营业盈余 | 360810.61 | 577790.02 | 180445.56 | 45060.25 | 124365.46 |
| **增加值合计** | **1352475.52** | **2576715.53** | **640773.17** | **273937.54** | **1141428.05** |
| **总投入** | **5935923.93** | **9808404.64** | **3136377.13** | **1424676.36** | **5093267.46** |

## 出表(二)

97年)　　　　单位:万元

| 间 | 使 | 用 | | | | |
|---|---|---|---|---|---|---|
| 生 | 产 | 部 | 门 | | | |
| 交通运输设备制造业 | 电气机械及器材制造业 | 电子及通信设备制造业 | 仪器仪表及文化办公用机械制造业 | 机械设备修理业 | 其他制造业 | 废品及废料 |
| 593.31 | 133.28 | 0.00 | 0.07 | 8.05 | 105921.96 | 0.00 |
| **593.31** | **133.28** | **0.00** | **0.07** | **8.05** | **105921.96** | **0.00** |
| 5949.08 | 2833.48 | 1229.29 | 382.78 | 726.15 | 2267.94 | 0.00 |
| 82.21 | 16.97 | 6280.57 | 0.00 | 4.13 | 0.00 | 0.00 |
| 801.85 | 4103.08 | 0.00 | 0.00 | 8.49 | 0.00 | 0.00 |
| 1484.30 | 728.62 | 120.92 | 31.43 | 207.00 | 9935.97 | 0.00 |
| 156.14 | 1457.74 | 131.56 | 1355.87 | 203.55 | 1174.09 | 0.00 |
| 526.68 | 2050.25 | 85.46 | 1169.49 | 134.78 | 79020.91 | 0.00 |
| 6086.87 | 3077.32 | 2400.12 | 693.28 | 840.42 | 10794.88 | 0.00 |
| 16917.13 | 6578.81 | 1873.35 | 459.13 | 4603.11 | 13213.53 | 0.00 |
| 14012.87 | 22746.73 | 16151.85 | 9834.08 | 2598.69 | 21884.30 | 0.00 |
| 10601.32 | 5676.35 | 766.82 | 1192.74 | 2657.58 | 15032.04 | 0.00 |
| 51922.83 | 113359.32 | 36976.75 | 7064.48 | 12915.59 | 19569.25 | 0.00 |
| 43117.16 | 175870.92 | 19113.16 | 12426.54 | 3152.34 | 35176.78 | 0.00 |
| 110625.70 | 253811.79 | 11124.02 | 4528.63 | 23800.39 | 3748.16 | 0.00 |
| 55499.28 | 44194.80 | 11224.99 | 7261.04 | 15408.80 | 5510.00 | 0.00 |
| 65192.75 | 131739.50 | 7485.69 | 3239.08 | 24004.94 | 2088.57 | 0.00 |
| 292078.09 | 706.07 | 560.33 | 142.90 | 47263.27 | 921.33 | 0.00 |
| 47839.30 | 150273.85 | 17242.83 | 4193.98 | 7243.64 | 3217.11 | 0.00 |
| 2061.60 | 58901.79 | 83045.04 | 36725.36 | 333.38 | 921.04 | 0.00 |
| 12496.48 | 15397.02 | 1067.63 | 7980.40 | 329.96 | 961.44 | 0.00 |
| 561.16 | 1047.91 | 193.71 | 908.09 | 453.82 | 440.18 | 0.00 |
| 13553.06 | 7162.40 | 412.96 | 90.26 | 1265.37 | 652775.37 | 0.00 |
| 851.60 | 643.28 | 0.00 | 11.06 | 31.30 | 0.00 | 0.00 |
| 16502.25 | 18933.48 | 12135.01 | 6068.55 | 6437.30 | 6330.40 | 0.00 |
| 1.45 | 1265.61 | 0.00 | 0.00 | 1308.48 | 0.00 | 0.00 |
| 406.93 | 538.56 | 186.51 | 148.29 | 690.72 | 257.18 | 0.00 |
| 443.93 | 639.06 | 76.02 | 46.95 | 477.05 | 497.21 | 0.00 |
| **769772.01** | **1023754.71** | **229884.59** | **105954.36** | **157100.26** | **885737.68** | **0.00** |
| 14104.49 | 11377.13 | 3879.75 | 2411.83 | 2175.82 | 7015.90 | 0.00 |
| 3060.18 | 3012.15 | 611.42 | 1161.15 | 1013.87 | 2623.37 | 0.00 |
| 102559.75 | 105039.11 | 22098.79 | 11113.24 | 24415.18 | 83475.80 | 0.00 |
| 7045.35 | 10099.84 | 1532.41 | 1207.56 | 4211.14 | 12515.20 | 0.00 |
| **897135.09** | **1153416.21** | **258006.95** | **121848.21** | **188924.32** | **1097289.90** | **0.00** |
| 33944.18 | 24837.86 | 4089.57 | 9666.88 | 4135.04 | 18359.96 | 0.00 |
| 18991.85 | 17819.66 | 7170.89 | 5350.33 | 2821.49 | 11681.50 | 0.00 |
| 227.14 | 177.46 | 403.04 | 11.26 | 4.12 | 520.68 | 0.00 |
| 13105.10 | 12076.15 | 1901.60 | 3583.36 | 1848.88 | 7731.15 | 0.00 |
| 306.99 | 351.25 | 30.08 | 315.73 | 500.57 | 424.25 | 0.00 |
| 1497.62 | 995.66 | 207.94 | 805.19 | 457.48 | 702.37 | 0.00 |
| 141.12 | 212.66 | 43.72 | 16.50 | 1.30 | 36.94 | 0.00 |
| 1219.04 | 722.39 | 94.73 | 29.62 | 66.25 | 12.01 | 0.00 |
| 317.70 | 43.27 | 76.89 | 3.11 | 15.19 | 43.80 | 0.00 |
| **196520.50** | **186764.58** | **42140.82** | **35675.76** | **41666.34** | **145142.92** | **0.00** |
| **69750.73** | **57236.35** | **14018.46** | **19781.98** | **9850.33** | **39512.66** | **0.00** |
| **966885.82** | **1210652.56** | **272025.41** | **141630.19** | **198774.65** | **1136802.56** | **0.00** |
| 29599.31 | 52688.14 | 29319.56 | 9831.67 | 8442.25 | 26161.07 | 0.00 |
| 163107.79 | 153990.64 | 34908.48 | 42955.72 | 59301.80 | 231825.79 | 0.00 |
| 54127.82 | 56028.73 | 25124.65 | 12852.75 | 12156.32 | 42320.76 | 0.00 |
| 121522.44 | 5973.18 | 50985.28 | —5051.20 | —8382.22 | 71375.99 | 235100.00 |
| **368357.37** | **268680.69** | **140337.96** | **60588.93** | **71518.15** | **371683.61** | **235100.00** |
| **1335243.19** | **1479333.26** | **412363.36** | **202219.13** | **270292.80** | **1508486.16** | **235100.00** |

2—42 投入产

(19

| | 中 | | | | |
|---|---|---|---|---|---|
| | | | | | 物　质 |
| | 电力及蒸汽热水生产和供　应　业 | 煤气生产和供应业 | 自来水的生产和供应业 | 建筑业 | 第二产业合　　计 |
| 农业 | 3516.30 | 0.21 | 111.83 | 0.00 | 6393028.19 |
| **第一产业合计** | **3516.30** | **0.21** | **111.83** | **0.00** | **6393028.19** |
| 煤炭采选业 | 842681.93 | 686.09 | 211.54 | 72.40 | 2497618.91 |
| 石油和天然气开采业 | 2592.50 | 5760.82 | 23.86 | 0.00 | 409956.02 |
| 金属矿采选业 | 2.30 | 0.02 | 0.00 | 0.00 | 939262.70 |
| 非金属矿采选业 | 2271.06 | 8.16 | 90.89 | 131666.82 | 2022166.37 |
| 食品制造及烟草加工业 | 132.99 | 1.37 | 0.00 | 0.00 | 2476405.99 |
| 纺织业 | 1926.64 | 6.97 | 31.72 | 4.65 | 2108466.41 |
| 服装皮革羽绒及其他纤维制品制造业 | 11500.29 | 279.70 | 432.93 | 3570.19 | 638768.19 |
| 木材加工及家具制造业 | 19563.69 | 94.23 | 401.37 | 88933.67 | 613486.68 |
| 造纸印刷及文教用品制造业 | 17697.72 | 241.75 | 695.52 | 10539.46 | 1563100.39 |
| 石油加工及炼焦业 | 25950.18 | 1523.50 | 378.65 | 49927.77 | 772073.15 |
| 化学工业 | 26702.49 | 147.54 | 2759.39 | 36139.21 | 4309444.00 |
| 非金属矿物制品业 | 95829.10 | 262.05 | 5297.64 | 3389963.16 | 6234794.01 |
| 金属冶炼及压延加工业 | 7996.27 | 33.73 | 232.91 | 100273.70 | 2906522.27 |
| 金属制品业 | 15488.69 | 62.57 | 771.34 | 174362.37 | 1202791.03 |
| 机械工业 | 63406.47 | 526.85 | 1127.20 | 118855.68 | 2309709.08 |
| 交通运输设备制造业 | 12537.69 | 158.21 | 308.18 | 4835.59 | 534221.94 |
| 电气机械及器材制造业 | 37820.23 | 141.93 | 892.44 | 61402.84 | 655433.50 |
| 电子及通信设备制造业 | 12624.29 | 47.72 | 481.18 | 3207.43 | 271173.09 |
| 仪器仪表及文化办公用机械制造业 | 22870.71 | 123.53 | 557.05 | 8650.27 | 146097.85 |
| 机械设备修理业 | 11444.98 | 195.52 | 1203.20 | 3362.57 | 128371.77 |
| 其他制造业 | 4497.36 | 33.06 | 3835.73 | 111.32 | 820823.22 |
| 废品及废料 | 3.30 | 18.27 | 0.36 | 0.00 | 219445.18 |
| 电力及蒸汽热水生产和供应业 | 270474.13 | 1044.47 | 30580.01 | 21866.82 | 2511854.76 |
| 煤气生产和供应业 | 0.04 | 2326.86 | 0.00 | 0.00 | 7673.35 |
| 自来水的生产和供应业 | 4602.63 | 22.09 | 1256.49 | 1580.46 | 27711.78 |
| 建筑业 | 9285.62 | 276.55 | 642.87 | 831.72 | 46519.21 |
| **第二产业合计** | **1519903.27** | **14023.56** | **52212.46** | **4210158.10** | **36373906.80** |
| 货物运输及仓储业 | 60596.85 | 427.55 | 187.05 | 27421.35 | 856554.57 |
| 邮电业 | 12058.15 | 155.89 | 471.39 | 9898.35 | 113446.00 |
| 商业 | 60432.63 | 2209.54 | 1153.29 | 165623.51 | 2824927.84 |
| 饮食业 | 13972.27 | 256.02 | 979.50 | 8915.06 | 406814.23 |
| **物质生产部门合计** | **1670479.47** | **17072.76** | **55115.53** | **4422016.37** | **46968677.63** |
| 旅客运输业 | 52816.18 | 257.62 | 1392.94 | 37490.08 | 658038.29 |
| 金融保险业 | 52453.30 | 414.62 | 443.88 | 15743.61 | 636426.58 |
| 房地产业 | 0.24 | 6.33 | 0.00 | 22.16 | 19607.19 |
| 社会服务业 | 28258.13 | 230.00 | 880.83 | 45193.45 | 354333.45 |
| 卫生体育和社会福利业 | 5213.68 | 24.82 | 70.57 | 0.00 | 265498.85 |
| 教育文化艺术和广播电影电视业 | 5930.10 | 76.03 | 360.38 | 3594.55 | 64821.55 |
| 科学研究事业 | 155.21 | 0.38 | 0.06 | 26.71 | 2737.20 |
| 综合技术服务业 | 381.93 | 14.59 | 46.72 | 987.89 | 35212.95 |
| 行政机关及其他行业 | 55.34 | 0.86 | 0.26 | 316.27 | 2558.23 |
| **第三产业合计** | **292324.00** | **4074.24** | **5986.87** | **315233.01** | **6240976.93** |
| **非物质生产部门合计** | **145264.10** | **1025.24** | **3195.64** | **103374.73** | **2039234.29** |
| **中间投入合计** | **1815743.57** | **18098.01** | **58311.16** | **4525391.10** | **49007911.92** |
| 固定资产折旧 | 497090.79 | 4419.99 | 15655.26 | 173818.80 | 2771405.33 |
| 劳动者报酬 | 329767.63 | 4721.17 | 28544.84 | 1710458.30 | 9263128.87 |
| 生产税净额 | 272543.99 | 1841.72 | 4941.92 | 248162.40 | 3651962.93 |
| 营业盈余 | 333601.98 | —188.65 | 1259.22 | 255560.50 | 3749102.87 |
| **增加值合计** | **1433004.38** | **10794.23** | **50401.25** | **2388000.00** | **19435600.00** |
| **总投入** | **3248747.95** | **28892.24** | **108712.41** | **6913391.10** | **68443511.90** |

# 出表(三)

97 年)

单位:万元

| 间 | 使 | 用 | | | | |
|---|---|---|---|---|---|---|
| 生 | 产 | 部 | 门 | | | |
| 货物运输及仓储业 | 邮电业 | 商　业 | 饮食业 | 物质生产部门合计 | 旅客运输业 | 金融保险业 |
| 182.49 | 0.00 | 6803.77 | 249931.21 | 8996252.34 | 1216.61 | 1407.36 |
| **182.49** | **0.00** | **6803.77** | **249931.21** | **8996252.34** | **1216.61** | **1407.36** |
| 13843.23 | 0.00 | 28.09 | 4085.02 | 2556126.75 | 4463.11 | 215.55 |
| 692.70 | 0.00 | 0.00 | 136.39 | 410785.10 | 0.08 | 0.00 |
| 0.00 | 0.00 | 0.00 | 0.00 | 939262.70 | 0.00 | 0.00 |
| 3732.37 | 1468.51 | 1467.95 | 32.38 | 2119243.97 | 1305.04 | 1.00 |
| 13718.49 | 0.00 | 105586.27 | 596588.27 | 4966844.62 | 24686.38 | 10772.30 |
| 2385.91 | 77.81 | 8279.92 | 1020.70 | 2125771.20 | 3560.38 | 181.19 |
| 4621.86 | 2860.29 | 41224.17 | 1190.63 | 688665.15 | 6470.16 | 2955.69 |
| 11441.21 | 11422.49 | 47823.96 | 5487.08 | 842119.91 | 9416.41 | 7021.11 |
| 8625.60 | 14320.66 | 29774.02 | 4527.03 | 1730718.95 | 37143.16 | 18102.08 |
| 103790.17 | 1381.45 | 18086.51 | 1978.19 | 1043673.67 | 411804.15 | 4051.52 |
| 53702.25 | 2761.40 | 39473.07 | 4877.62 | 5689183.51 | 129132.58 | 2024.47 |
| 43162.46 | 52903.67 | 49536.60 | 7458.09 | 6714036.97 | 21400.44 | 2482.90 |
| 3602.51 | 408.95 | 357.25 | 232.69 | 2917083.46 | 3040.87 | 0.00 |
| 4369.34 | 2848.04 | 7995.06 | 1418.69 | 1315768.30 | 3640.20 | 292.91 |
| 8637.80 | 716.66 | 34354.93 | 559.42 | 2383871.43 | 2110.38 | 5317.54 |
| 54764.40 | 6898.32 | 23754.73 | 167.15 | 619806.54 | 161627.07 | 393.05 |
| 8222.33 | 4702.54 | 175322.38 | 2763.47 | 846517.27 | 7702.23 | 1814.57 |
| 2147.04 | 12265.27 | 20872.56 | 533.02 | 306995.97 | 2931.79 | 20982.39 |
| 478.97 | 2311.00 | 3293.77 | 0.93 | 152182.52 | 1114.43 | 935.60 |
| 11269.70 | 11640.75 | 14994.35 | 53.87 | 189624.35 | 49520.65 | 4195.35 |
| 1846.09 | 2.45 | 523.72 | 1652.62 | 829027.39 | 4712.80 | 339.75 |
| 8.06 | 0.00 | 0.00 | 0.00 | 229178.08 | －31.19 | 0.00 |
| 63287.66 | 7746.30 | 131116.12 | 7242.76 | 2913347.58 | 47132.86 | 8570.55 |
| 7.84 | 0.00 | 0.00 | 440.11 | 8121.30 | 0.65 | 18.05 |
| 1068.29 | 413.79 | 9528.18 | 720.99 | 39443.02 | 3396.62 | 500.37 |
| 19027.58 | 11222.75 | 45495.05 | 60.87 | 124231.08 | 32909.76 | 6946.07 |
| **438453.86** | **148373.08** | **808888.65** | **643227.99** | **42701630.77** | **969190.99** | **98115.61** |
| 34198.92 | 1482.54 | 49982.37 | 1846.75 | 995518.56 | 64048.78 | 665.38 |
| 19287.87 | 2141.44 | 146697.00 | 2998.53 | 285383.62 | 19177.45 | 32806.31 |
| 40947.90 | 8661.62 | 50017.01 | 24761.57 | 3321046.80 | 117005.89 | 8205.22 |
| 12226.95 | 1320.34 | 243675.51 | 1848.25 | 714065.68 | 35840.14 | 33622.01 |
| **545297.98** | **161979.00** | **1306064.31** | **924614.29** | **57013897.76** | **1206479.85** | **174823.39** |
| 5419.26 | 5192.66 | 293238.72 | 1424.68 | 1075885.47 | 70494.68 | 14500.63 |
| 8742.49 | 3860.22 | 524170.22 | 1603.24 | 1183030.10 | 13815.31 | 68078.08 |
| 64.55 | 887.25 | 24206.75 | 1396.94 | 53411.10 | 1581.10 | 10923.55 |
| 8171.36 | 5129.44 | 163767.92 | 1077.81 | 582912.84 | 22154.50 | 24365.94 |
| 737.05 | 0.00 | 838.48 | 32.33 | 267106.71 | 5668.46 | 1302.65 |
| 3859.36 | 1113.63 | 21951.14 | 639.47 | 97055.25 | 7049.11 | 2572.39 |
| 41.85 | 0.00 | 107.06 | 0.00 | 2886.11 | 5.41 | 0.00 |
| 115.70 | 0.00 | 18155.32 | 0.00 | 76787.37 | 982.42 | 139.44 |
| 10938.94 | 72.95 | 2034.78 | 0.00 | 66186.33 | 2318.06 | 3670.63 |
| **144752.20** | **29862.07** | **1538842.27** | **37629.55** | **8721275.94** | **360141.30** | **200853.73** |
| **38090.56** | **16256.14** | **1048470.38** | **6174.46** | **3405261.28** | **124069.05** | **125553.81** |
| **583388.54** | **178235.14** | **2354534.69** | **930788.75** | **60419159.04** | **1330548.90** | **300377.20** |
| 120364.83 | 221938.17 | 241000.00 | 27026.39 | 3669334.72 | 296713.64 | 83345.30 |
| 276607.82 | 89338.23 | 1759100.00 | 461183.01 | 21050257.93 | 919597.93 | 150903.48 |
| 79654.35 | 22084.97 | 472300.00 | 116844.10 | 4523746.35 | 349580.64 | 158011.12 |
| 237800.61 | 35102.63 | －210200.00 | －7453.51 | 4220452.60 | 114127.79 | 933439.71 |
| **714427.60** | **368464.00** | **2262200.00** | **597600.00** | **33463791.60** | **1680020.00** | **1325700.10** |
| **1297816.14** | **546699.14** | **4616734.69** | **1528388.75** | **93882950.62** | **3010568.90** | **1626077.31** |

## 2—43 投入产

(19

| | 中 | 间 | | | |
|---|---|---|---|---|---|
| | 非 | 物 | 质 | 生 | |
| | 房地产业 | 社会服务业 | 卫生体育和社会福利业 | 教育文化艺术和广播电影电视业 | 科学研究事业 |
| 农业 | 6.00 | 20271.15 | 1516.81 | 1871.48 | 121.40 |
| **第一产业合计** | **6.00** | **20271.15** | **1516.81** | **1871.48** | **121.40** |
| 煤炭采选业 | 60.85 | 16006.94 | 13592.77 | 10977.89 | 1909.44 |
| 石油和天然气开采业 | 0.00 | 87.69 | 131.76 | 152.05 | 0.97 |
| 金属矿采选业 | 0.00 | 0.00 | 0.00 | 0.00 | 0.00 |
| 非金属矿采选业 | 0.92 | 218.14 | 247.55 | 277.81 | 0.72 |
| 食品制造及烟草加工业 | 431.67 | 62678.93 | 8425.55 | 14156.59 | 52.52 |
| 纺织业 | 4.04 | 23919.37 | 7717.77 | 3682.06 | 109.33 |
| 服装皮革羽绒及其他纤维制品制造业 | 48.09 | 6943.80 | 2629.07 | 4765.58 | 213.64 |
| 木材加工及家具制造业 | 252.63 | 34515.91 | 6455.28 | 8705.04 | 113.42 |
| 造纸印刷及文教用品制造业 | 283.97 | 41768.38 | 18543.35 | 102078.75 | 3977.28 |
| 石油加工及炼焦业 | 55.23 | 41729.57 | 2351.07 | 2021.53 | 379.75 |
| 化学工业 | 87.07 | 52989.40 | 733402.21 | 12425.09 | 1021.97 |
| 非金属矿物制品业 | 541.57 | 26839.43 | 20890.41 | 62025.56 | 1402.82 |
| 金属冶炼及压延加工业 | 0.00 | 534.40 | 40.17 | 1069.32 | 832.94 |
| 金属制品业 | 1.08 | 7104.20 | 4071.13 | 6119.09 | 873.43 |
| 机械工业 | 179.19 | 1017.87 | 51894.65 | 4626.70 | 2862.40 |
| 交通运输设备制造业 | 106.98 | 39101.68 | 1072.39 | 363.90 | 22031.50 |
| 电气机械及器材制造业 | 8.43 | 19131.18 | 9622.33 | 9172.10 | 16055.80 |
| 电子及通信设备制造业 | 46.83 | 2092.35 | 1946.81 | 4466.64 | 11495.79 |
| 仪器仪表及文化办公用机械制造业 | 0.22 | 324.90 | 385.76 | 978.15 | 3037.84 |
| 机械设备修理业 | 71.34 | 2042.40 | 8479.33 | 2951.14 | 995.37 |
| 其他制造业 | 5.12 | 1093.74 | 1029.83 | 2446.40 | 213.43 |
| 废品及废料 | 0.00 | 48.72 | 0.00 | 3.24 | 0.00 |
| 电力及蒸汽热水生产和供应业 | 419.34 | 52085.26 | 20642.91 | 29512.08 | 2097.43 |
| 煤气生产和供应业 | 0.00 | 1305.12 | 286.25 | 1626.32 | 0.00 |
| 自来水的生产和供应业 | 56.35 | 4024.36 | 1823.91 | 4495.00 | 112.46 |
| 建筑业 | 1015.44 | 30823.09 | 28484.00 | 30356.75 | 315.09 |
| **第二产业合计** | **3676.35** | **468426.79** | **944166.24** | **319454.76** | **70117.33** |
| 货物运输及仓储业 | 30.73 | 4782.88 | 11747.45 | 4672.17 | 634.17 |
| 邮电业 | 410.00 | 13274.69 | 9249.05 | 12756.66 | 743.90 |
| 商业 | 150.56 | 33249.94 | 156907.46 | 19086.26 | 3340.10 |
| 饮食业 | 1109.93 | 23968.13 | 19971.73 | 27000.56 | 1532.63 |
| **物质生产部门合计** | **5383.56** | **563973.58** | **1143558.73** | **384841.90** | **76489.53** |
| 旅客运输业 | 435.93 | 32987.62 | 18258.52 | 41265.11 | 2396.75 |
| 金融保险业 | 38651.97 | 20232.48 | 2355.31 | 2193.61 | 446.97 |
| 房地产业 | 24.83 | 1464.77 | 97.79 | 1460.02 | |
| 社会服务业 | 573.84 | 63058.08 | 8504.65 | 17506.73 | 1520.16 |
| 卫生体育和社会福利业 | 178.14 | 3133.67 | 15583.00 | 16606.04 | 196.77 |
| 教育文化艺术和广播电影电视业 | 70.35 | 1885.20 | 4829.27 | 9692.77 | 1434.14 |
| 科学研究事业 | 0.84 | 1.03 | 64.85 | 125.84 | 106.85 |
| 综合技术服务业 | 2.26 | 329.98 | 864.24 | 246.10 | 860.39 |
| 行政机关及其他行业 | 14.99 | 1167.01 | 6133.12 | 1401.50 | 92.06 |
| **第三产业合计** | **41654.35** | **199535.46** | **254566.42** | **154013.36** | **13304.88** |
| **非物质生产部门合计** | **39953.14** | **124259.82** | **56690.74** | **90497.70** | **7054.08** |
| **中间投入合计** | **45336.70** | **688233.40** | **1200249.47** | **475339.60** | **83543.61** |
| 固定资产折旧 | 1159306.10 | 124200.00 | 25304.00 | 97019.00 | 6573.00 |
| 劳动者报酬 | 12147.60 | 441057.00 | 473863.00 | 569481.40 | 26322.20 |
| 生产税净额 | 9922.30 | 121019.60 | —26969.50 | 25193.30 | 1933.80 |
| 营业盈余 | —276.00 | 59423.50 | 51196.50 | 39189.40 | 7179.00 |
| **增加值合计** | **1181100.00** | **745700.10** | **523394.00** | **730883.10** | **42013.00** |
| **总投入** | **1226436.70** | **1433933.50** | **1723643.48** | **1206222.70** | **125556.60** |

# 出表(四)

97年)　　　　单位:万元

| 使用 | | | | | | |
|---|---|---|---|---|---|---|
| 产部门 | | | | 中间使用合计 | 居民消费 | |
| 综合技术服务业 | 行政机关及其他行业 | 第三产业合计 | 非物质生产部门合计 | | 农业居民消费 | 非农业居民消费 |
| 7934.44 | 59.08 | 291322.29 | 34404.82 | 9030657.16 | 4331076.33 | 766123.77 |
| **7934.44** | **59.08** | **291322.29** | **34404.82** | **9030657.16** | **4331076.33** | **766123.77** |
| 2340.93 | 1612.47 | 69136.37 | 51180.04 | 2607306.78 | 63344.26 | 57873.19 |
| 0.00 | 0.00 | 1201.64 | 372.55 | 411157.65 | 0.00 | 12955.32 |
| 0.00 | 0.00 | 0.00 | 0.00 | 939262.70 | 0.00 | 0.00 |
| 957.64 | 8.14 | 9718.17 | 3016.96 | 2122260.93 | 3670.73 | 1227.70 |
| 75956.89 | 4758.97 | 917813.34 | 201920.30 | 5168764.93 | 1693348.34 | 1397584.97 |
| 728.71 | 103.01 | 51770.19 | 40005.85 | 2165777.05 | 204864.63 | 118165.53 |
| 4381.12 | 15093.01 | 93397.12 | 43500.17 | 732165.31 | 524781.39 | 548238.04 |
| 7520.79 | 1982.25 | 152157.59 | 75982.85 | 918102.75 | 180265.70 | 155735.95 |
| 10859.83 | 16636.84 | 306640.94 | 249393.63 | 1980112.59 | 73063.74 | 74509.92 |
| 3174.82 | 3704.21 | 594508.15 | 469271.83 | 1512945.50 | 48503.57 | 15086.70 |
| 9046.49 | 265.87 | 1041209.48 | 940395.14 | 6629578.65 | 264791.99 | 251916.22 |
| 38610.13 | 45.99 | 327300.05 | 174239.24 | 6888276.20 | 415329.23 | 313080.07 |
| 900.79 | 0.00 | 11019.88 | 6418.49 | 2923501.95 | 0.00 | 0.00 |
| 5497.82 | 40.71 | 44276.70 | 27645.57 | 1343413.87 | 38968.06 | 15647.52 |
| 2048.53 | 5.40 | 114331.46 | 70062.65 | 2453934.08 | 1381.60 | 4145.02 |
| 2169.23 | 43.99 | 312494.37 | 226909.77 | 846716.31 | 56832.42 | 31008.75 |
| 1646.62 | 5823.45 | 261988.43 | 70977.71 | 917494.98 | 46815.10 | 127281.05 |
| 1099.70 | 905.04 | 81785.21 | 45967.33 | 352963.31 | 107403.90 | 28945.20 |
| 322.19 | 2.75 | 13186.52 | 7101.85 | 159284.36 | 0.00 | 3673.65 |
| 3281.51 | 3025.16 | 112522.41 | 74563.74 | 264188.09 | 0.00 | 0.00 |
| 1171.23 | 133.45 | 15175.62 | 11150.74 | 840178.14 | 68460.42 | 33197.53 |
| 0.00 | 0.00 | 28.82 | 20.76 | 229198.84 | 0.00 | 0.00 |
| 6868.84 | 4236.71 | 380958.83 | 171565.99 | 3084913.56 | 88188.76 | 75645.63 |
| 54.25 | 21.89 | 3760.49 | 3312.54 | 11433.83 | 0.00 | 17458.40 |
| 463.89 | 686.80 | 27291.50 | 15560.26 | 55003.27 | 31743.94 | 21965.20 |
| 7057.72 | 2086.73 | 215800.88 | 139994.63 | 264225.71 | 0.00 | 0.00 |
| **186159.64** | **61222.85** | **5159474.14** | **3120530.57** | **45822161.34** | **3911757.76** | **3305341.54** |
| 3661.42 | 374.25 | 178128.29 | 90617.72 | 1086136.28 | 60123.05 | 48632.26 |
| 4697.91 | 13682.06 | 277923.35 | 106798.52 | 392182.14 | 14512.20 | 134297.80 |
| 9882.36 | 5020.51 | 477236.38 | 352848.29 | 3673895.09 | 265418.73 | 238258.44 |
| 13743.55 | 12986.28 | 428846.00 | 169774.96 | 883840.63 | 265809.42 | 328757.50 |
| **226079.30** | **93345.03** | **6812930.45** | **3874974.86** | **60888872.62** | **8848697.48** | **4821411.30** |
| 27972.54 | 670291.44 | 1183878.53 | 878603.22 | 1954488.69 | 528507.08 | 256881.10 |
| 2861.42 | 1851.44 | 688862.75 | 150486.58 | 1333516.68 | 110000.00 | 240100.00 |
| 747.78 | 825.77 | 43681.08 | 17125.60 | 70536.70 | 792400.00 | 363500.00 |
| 10134.07 | 8527.95 | 334492.44 | 156345.91 | 739258.75 | 88047.56 | 26668.40 |
| 1448.63 | 1503.54 | 47228.76 | 45620.90 | 312727.61 | 100376.30 | 252167.50 |
| 1629.62 | 1185.66 | 57912.59 | 30348.99 | 127404.24 | 364171.58 | 192471.70 |
| 346.93 | 1.77 | 802.43 | 653.52 | 3539.63 | 0.00 | 0.00 |
| 6148.93 | 31.61 | 27876.37 | 9605.36 | 86392.73 | 0.00 | 0.00 |
| 1910.59 | 2362.10 | 32116.72 | 19070.05 | 85256.38 | 0.00 | 0.00 |
| **85185.73** | **718644.37** | **3778985.68** | **2027899.60** | **10749175.53** | **2589365.92** | **2061734.69** |
| **53200.50** | **686581.27** | **2416851.66** | **1307860.12** | **4713121.40** | **1983502.52** | **1311788.70** |
| **279279.80** | **779926.30** | **9229782.11** | **5182834.98** | **65601994.03** | **10832200.00** | **6133200.00** |
| 34479.00 | 99800.00 | 2537069.94 | 1926740.54 | 5596075.26 | | |
| 211846.90 | 987143.30 | 6378591.86 | 3792362.81 | 24842620.73 | | |
| 15199.00 | 3425.30 | 1348203.98 | 657320.56 | 5181066.91 | | |
| 37273.20 | 26231.40 | 1323034.22 | 1267784.49 | 5488237.09 | | |
| **298798.10** | **1116600.00** | **11586900.00** | **7644208.40** | **41108000.00** | | |
| **578077.90** | **1896526.30** | **20816682.10** | **12827043.38** | **106709994.00** | | |

## 2—44 投入产

(19

| | 最终消费 | | | 最终资 |
|---|---|---|---|---|
| | 居民消费 | 政府消费 | 最终消费合计 | 固定资本形成 |
| 农业 | 5097200.10 | 0.00 | 5097200.10 | 750278.64 |
| **第一产业合计** | **5097200.10** | **0.00** | **5097200.10** | **750278.64** |
| 煤炭采选业 | 121217.44 | 0.00 | 121217.44 | 0.00 |
| 石油和天然气开采业 | 12955.32 | 0.00 | 12955.32 | 0.00 |
| 金属矿采选业 | 0.00 | 0.00 | 0.00 | 0.00 |
| 非金属矿采选业 | 4898.42 | 0.00 | 4898.42 | 0.00 |
| 食品制造及烟草加工业 | 3090933.30 | 0.00 | 3090933.30 | 0.00 |
| 纺织业 | 323030.16 | 0.00 | 323030.16 | 0.00 |
| 服装皮革羽绒及其他纤维制品制造业 | 1073019.43 | 0.00 | 1073019.43 | 0.00 |
| 木材加工及家具制造业 | 336001.66 | 0.00 | 336001.66 | 224934.85 |
| 造纸印刷及文教用品制造业 | 147573.66 | 0.00 | 147573.66 | 0.00 |
| 石油加工及炼焦业 | 63590.27 | 0.00 | 63590.27 | 0.00 |
| 化学工业 | 516708.21 | 0.00 | 516708.21 | 0.00 |
| 非金属矿物制品业 | 728409.30 | 0.00 | 728409.30 | 0.00 |
| 金属冶炼及压延加工业 | 0.00 | 0.00 | 0.00 | 0.00 |
| 金属制品业 | 54615.58 | 0.00 | 54615.58 | 131992.02 |
| 机械工业 | 5526.62 | 0.00 | 5526.62 | 2723126.73 |
| 交通运输设备制造业 | 87841.17 | 0.00 | 87841.17 | 632052.45 |
| 电气机械及器材制造业 | 174096.15 | 0.00 | 174096.15 | 301511.07 |
| 电子及通信设备制造业 | 136349.10 | 0.00 | 136349.10 | 428790.04 |
| 仪器仪表及文化办公用机械制造业 | 3673.65 | 0.00 | 3673.65 | 74920.75 |
| 机械设备修理业 | 0.00 | 0.00 | 0.00 | 0.00 |
| 其他制造业 | 101657.94 | 0.00 | 101657.94 | 0.00 |
| 废品及废料 | 0.00 | 0.00 | 0.00 | 0.00 |
| 电力及蒸汽热水生产和供应业 | 163834.39 | 0.00 | 163834.39 | 0.00 |
| 煤气生产和供应业 | 17458.40 | 0.00 | 17458.40 | 0.00 |
| 自来水的生产和供应业 | 53709.14 | 0.00 | 53709.14 | 0.00 |
| 建筑业 | 0.00 | 0.00 | 0.00 | 6649165.39 |
| **第二产业合计** | **7217099.29** | **0.00** | **7217099.29** | **11166493.29** |
| 货物运输及仓储业 | 108755.31 | 0.00 | 108755.31 | 230353.52 |
| 邮电业 | 148810.00 | 0.00 | 148810.00 | 0.00 |
| 商业 | 503677.17 | 0.00 | 503677.17 | 349718.58 |
| 饮食业 | 594566.92 | 0.00 | 594566.92 | 0.00 |
| **物质生产部门合计** | **13670108.78** | **0.00** | **13670108.78** | **12496844.04** |
| 旅客运输业 | 785388.18 | 0.00 | 785388.18 | 0.00 |
| 金融保险业 | 350100.00 | 0.00 | 350100.00 | 663.75 |
| 房地产业 | 1155900.00 | 0.00 | 1155900.00 | 0.00 |
| 社会服务业 | 114715.96 | 605260.06 | 719976.02 | 0.00 |
| 卫生体育和社会福利业 | 332543.80 | 1081381.49 | 1413925.29 | 0.00 |
| 教育文化艺术和广播电影电视业 | 556643.28 | 529848.37 | 1086491.65 | 0.00 |
| 科学研究事业 | 0.00 | 123259.98 | 123259.98 | 0.00 |
| 综合技术服务业 | 0.00 | 433380.17 | 433380.17 | 58392.21 |
| 行政机关及其他行业 | 0.00 | 1811269.92 | 1811269.92 | 0.00 |
| **第三产业合计** | **4651100.61** | **4584400.00** | **9235500.61** | **639128.07** |
| **非物质生产部门合计** | **3295291.22** | **4584400.00** | **7879691.22** | **59055.96** |
| **中间投入合计** | **16965400.00** | **4584400.00** | **21549800.00** | **12555900.00** |
| 固定资产折旧 | | | | |
| 劳动者报酬 | | | | |
| 生产税净额 | | | | |
| 营业盈余 | | | | |
| **增加值合计** | | | | |
| **总投入** | | | | |

# 出表(五)

97 年)　　　　　　　　　　　　　　　　　　单位:万元

| 使用 | | | | | |
|---|---|---|---|---|---|
| 本形成 | | | | | |
| 存货增加 | 资本形成合计 | 调出地区外 | 最终使用合计 | 地区外调入 | 总产出 |
| 2331108.96 | 3081387.60 | 504611.34 | 8683199.03 | 264056.24 | 17449800.00 |
| **2331108.96** | **3081387.60** | **504611.34** | **8683199.03** | **264056.24** | **17449800.00** |
| 68486.61 | 68486.61 | 406733.68 | 596437.73 | 202200.58 | 3001543.93 |
| −2673.00 | −2673.00 | 650018.80 | 660301.12 | 101361.36 | 970097.41 |
| 174055.13 | 174055.13 | 229643.65 | 403698.78 | 101812.03 | 1241149.45 |
| −28705.62 | −28705.62 | 32213.34 | 8406.15 | 1109874.33 | 1020792.74 |
| 295342.02 | 295342.02 | 2617890.24 | 6004165.55 | 1076871.92 | 10096058.60 |
| 378295.83 | 378295.83 | 1300750.78 | 2002076.76 | 472775.96 | 3695077.84 |
| 50742.07 | 50742.07 | 868063.16 | 1991824.65 | 644111.12 | 2079878.84 |
| 46717.92 | 271652.77 | 503174.45 | 1110828.88 | 23278.84 | 2005652.78 |
| 17190.63 | 17190.63 | 706825.00 | 871589.29 | 567904.58 | 2283797.30 |
| 14703.05 | 14703.05 | 421720.60 | 500013.91 | 1104927.52 | 908031.89 |
| 66590.92 | 66590.92 | 1440913.56 | 2024212.69 | 2717867.38 | 5935923.93 |
| 817895.31 | 817895.31 | 1839287.18 | 3385591.79 | 465463.34 | 9808404.64 |
| 79246.70 | 79246.70 | 1410919.49 | 1490166.19 | 1277290.99 | 3136377.13 |
| 9945.26 | 141937.28 | 175820.59 | 372373.45 | 291110.96 | 1424676.36 |
| 159012.15 | 2882138.88 | 991361.76 | 3879027.25 | 1239693.86 | 5093267.46 |
| 10135.62 | 642188.07 | 376562.82 | 1106592.05 | 618065.16 | 1335243.19 |
| −79672.30 | 221838.77 | 702018.19 | 1097953.11 | 536114.82 | 1479333.26 |
| −22581.44 | 406208.60 | 207476.52 | 750034.22 | 690634.17 | 412363.36 |
| −19895.49 | 55025.26 | 77933.78 | 136632.69 | 93697.93 | 202219.13 |
| 2644.91 | 2644.91 | 4151.37 | 6796.28 | 691.56 | 270292.80 |
| 18015.68 | 18015.68 | 630395.25 | 750068.87 | 81760.84 | 1508486.16 |
| 5901.16 | 5901.16 | 0.00 | 5901.16 | 0.00 | 235100.00 |
| 0.00 | 0.00 | 0.00 | 163834.39 | 0.00 | 3248747.95 |
| 0.00 | 0.00 | 0.00 | 17458.40 | 0.00 | 28892.24 |
| 0.00 | 0.00 | 0.00 | 53709.14 | 0.00 | 108712.41 |
| 0.00 | 6649165.39 | 0.00 | 6649165.39 | 0.00 | 6913391.10 |
| **2061393.10** | **13227886.39** | **15593874.20** | **36038859.88** | **13417509.24** | **68443511.90** |
| 13281.78 | 243635.30 | 362173.54 | 714564.15 | 502884.29 | 1297816.14 |
| 0.00 | 0.00 | 114693.31 | 263503.31 | 108986.31 | 546699.14 |
| 72008.64 | 421727.22 | 776326.38 | 1701730.76 | 758891.16 | 4616734.69 |
| 0.00 | 0.00 | 49981.20 | 644548.12 | 0.00 | 1528388.75 |
| **4477792.46** | **16974636.50** | **17401659.97** | **48046405.25** | **15052327.24** | **93882950.62** |
| 0.00 | 0.00 | 452345.53 | 1237733.71 | 181653.50 | 3010568.90 |
| 707.54 | 1371.29 | 28772.76 | 380244.05 | 87683.42 | 1626077.31 |
| 0.00 | 0.00 | 0.00 | 1155900.00 | 0.00 | 1226436.70 |
| 0.00 | 0.00 | 248.08 | 720224.10 | 25549.34 | 1433933.50 |
| 0.00 | 0.00 | 0.00 | 1413925.29 | 3009.43 | 1723643.48 |
| 0.00 | 0.00 | 73.66 | 1086565.31 | 7746.85 | 1206222.70 |
| 0.00 | 0.00 | 0.00 | 123259.98 | 1243.01 | 125556.60 |
| 0.00 | 58392.21 | 0.00 | 491772.38 | 87.21 | 578077.90 |
| 0.00 | 0.00 | 0.00 | 1811269.92 | 0.00 | 1896526.30 |
| **85997.95** | **725126.02** | **1784614.46** | **11745241.09** | **1677734.52** | **20816682.10** |
| **707.54** | **59763.50** | **481440.03** | **8420894.75** | **306972.76** | **12827043.38** |
| **4478500.00** | **17034400.00** | **17883100.00** | **56467300.00** | **15359300.00** | **106709994.00** |

# 主要统计指标解释

**国内生产总值**　是按市场价格计算的国内生产总值的简称。它是我国所有常住单位在核算期内生产活动的最终成果。国内生产总值有三种表现形态，即价值形态、收入形态及产品形态。从价值形态看，它是所有常住单位在核算期内所生产的全部货物和服务价值超过同期投入的全部非固定资产货物和服务价值的差额，即所有常住单位的增加值之和；从收入形态看，它是所有常住单位在一定时期内所创造并分配给我国常住单位和非常住单位的初次分配收入之和；从产品形态看，它是最终使用的货物和服务减去进口货物和服务。

**国民生产总值**　是按市场价格计算的国民生产总值的简称。它是我国所有常住单位在核算期内收入初次分配的最终成果。我国常住单位从事生产活动所创造的增加值在初次分配过程中主要分配给我国常住单位，但也有一部分以劳动者报酬和财产收入等形式分配给非常住单位，同时，国外生产所创造的增加值也有一部分以劳动者报酬和财产收入等形式分配给我国的常住单位，从而产生了国民生产总值概念，它等于国内生产总值加上来自国外的劳动者报酬和财产收入减去支付给国外的劳动者报酬和财产收入（即国外净要素收入）。国内生产总值是一个生产概念，而国民生产总值是个收入概念。

**国内支出总额**　指一个国家（或地区）所有常住单位在核算期内用于最终消费和投资，以及净出口的货物和服务支出总额，他反映本期生产的国内生产总值的使用构成。这一总量就是支出法测算的国内生产总值，具体包括总消费、总投资和净出口。

**最终消费**　是指常住单位在核算期内的货物和服务的全部最终消费支出，也就是常住单位为满足物质、文化和精神生活的需要，从本国经济领土和外国购买的货物和服务的消费支出（不包括非常住居民在本国经济领土内的消费支出）。总消费分为居民消费和社会消费。

**居民消费**　指常住居民在核算期内对于货物和服务的全部最终消费。包括居民以货币直接购买的各种消费品和直接支付的房租、交通、医疗、文教等各种服务费支出；居民本期自产自用的消费品和自有住房的虚拟消费；居民以实物工资形式获得的各种生活消费品等。不包括居民用于购买房屋和生产的支出。

**政府消费**　指政府部门的总产出扣除销售收入后的价值。也就是指社会公共服务部门将其生产活动总成果提供给政府，由政府购买提供给全社会享用的社会消费支出。

**总投资**　是指常住单位在核算期内对固定资产和库存的投资支出合计，分为固定资产形成和库存增加两项。

**固定资产形成**　指从常住单位在核算期内购置、转入和自产自用的固定资产中，扣除已有固定资产的销售和转出后的价值。固定资产形成包括在核算期完成的建筑工程、安装工程和设备器具购置价值，以及新增役、种、奶、毛、娱乐用牲畜和新增经济林价值等。

**库存增加**　指常住单位核算期内库存实物量变动的市场价值。期初与期末差额为正值表示库存增加，负值表示库存减少。具体包括本期购买的原材料、燃料和储备物资等商品库存；本期生产的产成品、半成品和在制品等产品库存。

**净出口**　指出口与进口的差额。出口包括常住单位向非常住单位出售或无偿转让的各种货物和服务的总值；进口包括常住单位从非常住单位购买或无偿得到的各种货物和服务的总值。由于服务活动提供与使用同时发生，因此服务的进出口业务并不发生出入境现象，应把常住单位从国外得到的服务作为进口，反之，非常住单位从我国得到的服务作为出口。

**固定资产折旧** 指核算期内为弥补固定资产损耗而应提取的补偿价值,他反映了全部固定资产在本期生产中的资产转移价值,各类企业的固定资产折旧是指从成本费用中提取的折旧费。对不计提折旧的单位,如政府机关、事业单位、学校、医院、部队和居民住房则应进行虚拟折旧。

**劳动者报酬** 指劳动者为常住单位提供劳务而获得的各种报酬,他反映劳动者参与增加值创造而获得的原始收入,具体包括从各种来源开支的货币工资和实物工资,即单位以工资、福利、社会保险等形式,从成本、费用和利润中为劳动者支付的各种开支,以及个体和其他劳动者通过参加社会生产活动所获得的各种劳动报酬。

**生产税净额** 指生产税与补贴之差,他反映政府从本期创造的增加值中所得到的原始收入份额。生产税是指政府对生产单位的生产经营活动所征收的各种税、附加和规费,具体包括销售(营业)税金及附加、增值税、管理费开支的税、应交纳的养路费、排污费和水电附加等,以及烟酒专卖上缴政府的专项收入。补贴与生产税相反,是政府对生产单位的单方面收入转移,因此视为负税处理,包括政策亏损补贴、粮食系统价格补贴、外贸企业出口退税收入等。

**营业盈余** 指常住单位创造的增加值扣除固定资产折旧价值、支付劳动者报酬和上缴政府生产税净额后的余额,他反映企业参与增加值创造而应得到的原始收入份额。该指标相当于企业的营业利润,但要扣除利税后项目中支付的工资、福利及公益金等。

**三次产业的划分** 根据社会生产活动历史发展的顺序对产业结构的划分,产品直接取自自然界的部门称为第一产业,对初级产品进行再加工的部门称为第二产业,为生产和消费提供各种服务的部门称为第三产业。它是世界上通行的产业结构分类,但各国的划分不尽一致。我国的三次产业划分是:

第一产业:农、林、牧、渔业。

第二产业:工业(包括采掘业、制造业、电力、煤气及水的生产和供应业)和建筑业。

第三产业:除第一、二产业以外的其他各业。具体包括:交通运输和仓储业、邮电通信业、批发零售贸易业、餐饮业、金融保险业、房地产业、其他行业。

**当年价格** 指报告期的实际价格,如工厂的出厂价格,农产品的收购价格,商业的零售价格等。使用当年价格计算的数据,是为了使国民经济各项指标互相衔接,便于考察当年社会经济效益,便于对生产和流通、生产和分配、生产和消费进行经济核算和综合平衡。

按当年价格计算的价值指标,在不同年份之间进行对比时,因为包含有各年间价格变动的因素,不能确切地反映实物量的增减变动。必须消除价格变动因素后,才能真实反映经济发展动态。因此,在计算发展(增长)速度时都使用按可比价格计算的数据。

**可比价格** 指在不同时期的价值指标对比时,扣除了价格变动的因素,以确切反映物量的变化。按可比价格计算有两种方法:一种是直接按产品产量乘某一年的不变价格计算;一种是用价格指数换算。

**不变价格** 指用同类产品的平均价格作为固定价格,来计算各年产品价值。按不变价格计算的产品价值消除了价格变动的因素,不同时期对比可以反映生产的发展速度。新中国成立后,随着工农业产品价格水平的变化,国家统计局先后五次制定了全国统一的工业产品不变价格和农业产品不变价格,从 1949 年到 1957 年使用 1952 年的工(农)业产品不变价格,从 1957 年到 1971 年使用 1957 年不变价格,从 1971 年到 1981 年使用 1970 年不变价格,从 1981 年到 1990 年使用 1980 年不变价格,从 1990 年开始使用 1990 年不变价格。

本《年鉴》所列"国内生产总值指数"、"农、林、牧、渔业总产值指数"、"工业总产值指数"等都是按可比价格计算的。如计算有关年份产值增长情况,可用定基指数直接对比,例如:求

1994 年国内生产总值为 1957 年的百分比，即：1542.9/133.0＝1160.1%，即增长 10.6 倍。其他以此类推。

**平均每年增长速度** 在我国计算平均增长速度有两种方法，一种是习惯上经常用的“水平法”，又称几何平均法，是以间隔期最后一年的水平同基期水平对比来计算平均每年增长（或下降）速度。另一种是“累计法”，又称代数平均法或方程法，是以间隔期内各年水平的总和同基期水平对比来计算平均每年增长（或下降）速度。在一般正常情况下，两种方法计算的平均每年增长速度比较接近，但在经济发展不平衡，出现大起大落时，两种方法计算的结果差别较大。本《年鉴》内所列的平均每年增长速度，除固定资产投资部分外，其余均用“水平法”计算。从某年到某年平均增长速度的年份，均不包括基期年在内。如建国 45 年的平均增长速度是以 1949 年为基期计算的，则写为 1950—1994 年平均增长速度，余类推。

**各个计划时期** 表内所用各个“时期”代表的年份如下，恢复时期为 1950 年到 1952 年；第一个五年计划时期（简称“一五”时期）为 1953 年到 1957 年；第二个五年计划时期（简称“二五”时期）为 1958 年到 1962 年；第三个五年计划时期（简称“三五”时期）为 1966 年到 1970 年；第四个五年计划时期（简称“四五”时期）为 1971 年到 1975 年；第五个五年计划时期（简称“五五”时期）为 1976 年到 1980 年；第六个五年计划时期（简称“六五”时期）为 1981 年到 1985 年；第七个五年计划时期（简称“七五”时期）为 1986 年到 1990 年；从 1991 年开始为第八个五年计划时期（简称“八五”时期）。

**国有企业** 指企业全部资产归国家所有，并按《中华人民共和国企业法人登记管理条例》规定登记注册的非公司制的经济组织。不包括有限责任公司中的国有独资公司。

**集体企业** 指企业资产归集体所有，并按《中华人民共和国企业法人登记管理条例》规定登记注册的经济组织。

**股份合作企业** 指以合作制为基础，由企业职工共同出资入股，吸收一定比例的社会资产投资组建，实行自主经营，自负盈亏，共同劳动，民主管理，按劳分配于按股分红相结合的一种集体经济组织。

**联营企业** 指两个及两个以上相同或不同所有性质的企业法人或事业单位之间法人，按自愿、平等、互利的原则，共同投资组成的经济组织。

**有限责任公司** 指依据《中华人民共和国公司登记管理条例》规定登记注册，由两个以上，五十个以下的股东共同出资，每个股东以其所认缴的出资额对公司承担有限责任，公司以其全部资产对其债务承担责任的经济组织。

有限责任公司包括国有独资公司以及其他有限责任公司。

国有独资公司是指国家授权的投资机构或者国家授权的部门单独投资设立的有限责任公司。

其他有限责任公司是指国有独资公司以外的其他有限责任公司。

**股份有限公司** 指根据《中华人民共和国公司登记管理条例》规定登记注册，其注册资本由等额股份构成并通过发行股票筹集资本，股东以其认购的股份对公司承担有限责任，公司以其全部资产对其债务承担责任的经济组织。

**私营企业** 指由自然人投资设立或由自然人控股，以雇佣劳动为基础的营利性经济组织，包括按照《公司法》、《合伙企业法》、《私营企业暂行条例》规定登记注册的私营有限责任公司、私营股份有限责任公司、私营合伙企业和私营独资企业。

私营独资企业是指按《私营企业暂行条例》的规定，由一名自然人投资经营，以雇佣劳动为基础，投资者对企业债务承担无限责任的企业。

私营合伙企业是指按《合伙企业法》或《私营企业暂行条例》的规定，由两个以上自然人按照协议共同投资、共同经营、共负盈亏，以雇佣劳动为基础，对债务承担无限责任的企业。

私营有限责任公司是指按《公司法》、《私营企业暂行条例》的规定，由两个以上自然人投资或有单个自然人控股的有限责任公司。

私营股份有限责任公司是指按《公司法》的规定，由五个以上自然人投资，或由单个自然人控股的股份有限公司。

**合资经营企业（港或澳、台资）** 指港澳台地区投资者与内地的企业依照《中华人民共和国中外合资经营企业法》及有关法律的规定，按合同规定的比例投资设立、分享利润和分担风险的企业。

**合作经营企业（港或澳、台资）** 指港澳台地区投资者与内地的企业依照《中华人民共和国中外合作经营企业法》及有关法律的规定，依照合作合同的约定进行投资或提供条件设立、分配利润和分但风险的企业。

**港、澳、台商独资企业** 指依照《中华人民共和国外资企业法》及有关法律的规定，在内地由港澳台地区投资者全额投资设立的企业。

**港、澳、台商投资股份公司** 指根据国家有关规定，经外经贸部依法批准设立，其中港、澳、台商的股本占公司注册资本的比例达25%以上的股份有限公司。凡其中港、澳、台商的股本占注册资本的比例小于25%的，属内资企业中的股份有限公司。

**中外合资经营企业** 指外国企业或外国人与中国内地企业依照《中华人民共和国中外合资经营企业法》及有关法律的规定，按合同规定的比例投资设立、分享利润和分担风险的企业。

**中外合作经营企业** 指外国企业或外国人与中国内地企业依照《中华人民共和国中外合作经营企业法》及有关法律的规定，依照合作合同的约定进行投资或提供条件设立、分配利润和分但风险的企业。

**外资企业** 指依照《中华人民共和国外资企业法》及有关法律的规定，在中国内地由外国投资者全额投资设立的企业。

**外商投资股份公司** 指根据国家有关规定，经外经贸部依法批准设立，其中外资的股本占公司注册资本的比例达25%以上的股份有限公司。凡其中外资股本占公司注册资本的北例小于25%的，属内资企业中的股份有限公司。

# 三、人　口

**简要说明**

一、本篇资料主要反映河南省人口方面的基本情况。主要包括人口总数，人口出生、死亡和自然增长情况，建国以来四次人口普查主要数据对比资料及主要统计指标解释等。

二、本篇资料均由省统计局根据有关报表制度整理提供。其中：

1. 非农业人口、市镇人口数为公安年报数据，男女人口根据公安年报男女比例推算。

2. 1983—1989 年数据是根据 1990 年第四次人口普查资料调整的。

3. 1990—1998 年是根据当年人口变动情况抽样调查资料推算的，其中 1995 年数据为 1995 年 1%人口抽样调查资料推算。

# 数　据　要　览

| | | |
|---|---|---|
| ◆1998 年年底总人口 | 9315 万人 | 比上年增长 0.8% |
| #市镇人口 | 5570 万人 | 比上年增长 6.6% |
| #农业人口 | 7671 万人 | 比上年增长 0.4% |
| ◆1998 年人口出生率 | 14.17‰ | 比上年增加 0.20 个千分点 |
| ◆1998 年人口死亡率 | 6.37‰ | 比上年增加 0.07 个千分点 |
| ◆1998 年自然增长率 | 7.80‰ | 比上年增加 0.13 个千分点 |
| ◆1998 年人口密度 | 每平方公里 558 人 | 比上年增加 5 人 |

## 总　人　口

单位：万人

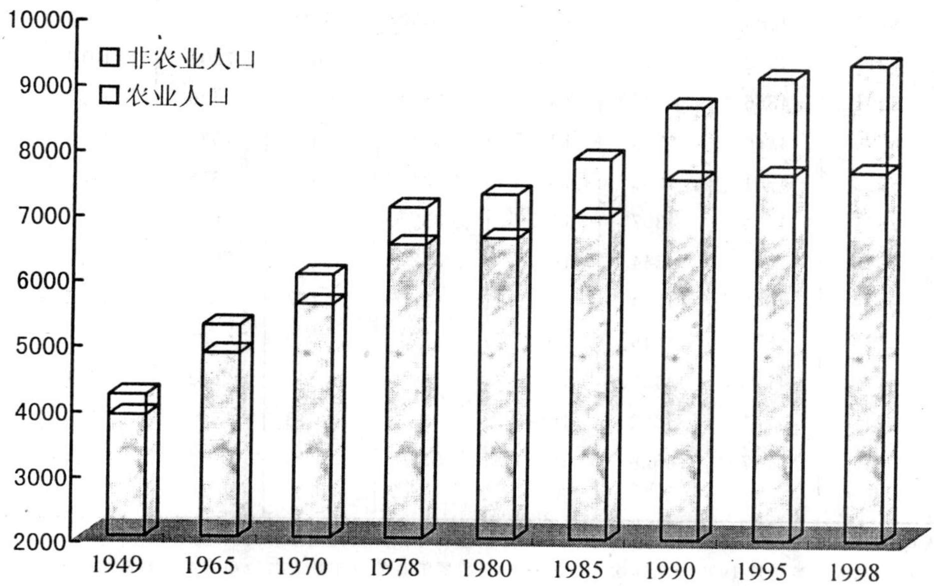

## 3—1 历 年 总 人 口

（年底数）　　单位：万人

| 年　份 | 总人口数 | 按性别分 | | 性别比（女=100） | 按城乡分 | | 按农业、非农业分 | | 人口密度（人/平方公里） |
|---|---|---|---|---|---|---|---|---|---|
| | | 男 | 女 | | 市镇 | 乡村 | 农业 | 非农业 | |
| 1949 | 4174 | 2153 | 2021 | 106.5 | 265 | 3909 | 3866 | 308 | 250 |
| 1952 | 4371 | 2238 | 2133 | 104.9 | | | 4133 | 238 | 262 |
| 1957 | 4840 | 2469 | 2371 | 104.1 | 488 | 4352 | 4496 | 344 | 290 |
| 1962 | 4940 | 2485 | 2455 | 101.2 | 522 | 4418 | 4571 | 369 | 296 |
| 1965 | 5240 | 2648 | 2592 | 102.1 | 576 | 4664 | 4814 | 426 | 314 |
| 1970 | 6026 | 3055 | 2971 | 102.8 | | | 5574 | 452 | 361 |
| 1975 | 6758 | 3436 | 3322 | 103.4 | 767 | 5991 | 6233 | 525 | 405 |
| 1978 | 7067 | 3599 | 3468 | 103.8 | 854 | 6213 | 6497 | 570 | 423 |
| 1979 | 7189 | 3662 | 3527 | 103.8 | 872 | 6317 | 6554 | 635 | 431 |
| 1980 | 7285 | 3710 | 3575 | 103.8 | 895 | 6390 | 6608 | 677 | 436 |
| 1981 | 7397 | 3768 | 3629 | 103.8 | 930 | 6467 | 6684 | 713 | 443 |
| 1982 | 7519 | 3835 | 3684 | 104.1 | 1025 | 6494 | 6772 | 747 | 450 |
| 1983 | 7632 | 3902 | 3730 | 104.6 | 1175 | 6457 | 6859 | 773 | 457 |
| 1984 | 7737 | 3960 | 3777 | 104.9 | 1228 | 6509 | 6905 | 832 | 463 |
| 1985 | 7847 | 4022 | 3825 | 105.2 | 1440 | 6407 | 6946 | 901 | 470 |
| 1986 | 7985 | 4097 | 3888 | 105.4 | 1674 | 6311 | 7069 | 916 | 473 |
| 1987 | 8148 | 4184 | 3964 | 105.5 | 2030 | 6118 | 7185 | 963 | 483 |
| 1988 | 8317 | 4272 | 4045 | 105.6 | 2661 | 5656 | 7301 | 1016 | 493 |
| 1989 | 8491 | 4366 | 4125 | 105.9 | 2884 | 5607 | 7426 | 1065 | 503 |
| 1990 | 8649 | 4440 | 4209 | 105.5 | 3087 | 5562 | 7537 | 1112 | 518 |
| 1991 | 8763 | 4501 | 4262 | 105.6 | 3213 | 5550 | 7618 | 1145 | 525 |
| 1992 | 8861 | 4554 | 4307 | 105.7 | 3307 | 5554 | 7656 | 1205 | 531 |
| 1993 | 8946 | 4602 | 4344 | 105.9 | 3527 | 5419 | 7659 | 1287 | 536 |
| 1994 | 9027 | 4643 | 4384 | 105.9 | 4260 | 4767 | 7632 | 1395 | 541 |
| 1995 | 9100 | 4651 | 4449 | 104.5 | 4571 | 4529 | 7622 | 1478 | 545 |
| 1996 | 9172 | 4715 | 4457 | 105.8 | 4930 | 4242 | 7631 | 1541 | 549 |
| 1997 | 9243 | 4751 | 4492 | 105.8 | 5225 | 4018 | 7644 | 1599 | 553 |
| 1998 | 9315 | 4787 | 4528 | 105.7 | 5570 | 3745 | 7671 | 1644 | 558 |

注：1. 非农业人口、市镇人口数为公安年报数据，男女人口数是按公安年报男女比例推算的。
2. 1983—1989 年总人口数是按 1990 年第四次人口普查 10%机器汇总的分年龄人口数和有关资料调整的。
3. 1990—1994、1996—1998 年数据是分别按 1990—1994、1996—1998 年人口变动情况抽样调查推算的。
4. 1995 年总人口根据 1995 年 1%人口抽样推算。
5. 相对指标均按原始计量单位人计算（以下表同）。

# 3－2 历年市总户数、总人口

（年底数）

| 年 份 | 市数（个） | 总户数（万户） | 总人口数（万人） | | | 性别比（女＝100） | 非农业人口 | |
|---|---|---|---|---|---|---|---|---|
| | | | | 男 | 女 | | 人口数（万人） | 占总人口 % |
| 1949 | 13 | 26 | 110 | 59 | 51 | 116.9 | 85 | 77.6 |
| 1952 | 13 | 34 | 150 | 80 | 70 | 113.3 | 95 | 63.2 |
| 1957 | 16 | 56 | 270 | 144 | 126 | 113.5 | 177 | 65.6 |
| 1962 | 14 | 74 | 370 | 194 | 176 | 110.7 | 222 | 59.9 |
| 1965 | 14 | 78 | 408 | 214 | 194 | 109.9 | 255 | 62.4 |
| 1970 | 14 | | 461 | | | | 277 | 60.0 |
| 1975 | 14 | 103 | 535 | 282 | 253 | 111.6 | 319 | 59.6 |
| 1978 | 14 | 125 | 599 | 317 | 282 | 112.2 | 349 | 58.3 |
| 1979 | 14 | 125 | 594 | 313 | 281 | 111.4 | 365 | 61.5 |
| 1980 | 16 | 136 | 635 | 334 | 301 | 110.7 | 398 | 62.7 |
| 1981 | 17 | 148 | 667 | 351 | 316 | 111.3 | 416 | 62.3 |
| 1982 | 17 | 162 | 714 | 377 | 337 | 111.9 | 434 | 60.8 |
| 1983 | 18 | 193 | 839 | 440 | 399 | 110.3 | 454 | 54.1 |
| 1984 | 18 | 202 | 861 | 451 | 410 | 110.2 | 475 | 55.1 |
| 1985 | 18 | 212 | 882 | 462 | 420 | 109.9 | 498 | 56.4 |
| 1986 | 18 | 223 | 907 | 474 | 433 | 109.6 | 515 | 56.7 |
| 1987 | 18 | 215 | 835 | 438 | 397 | 110.1 | 530 | 63.5 |
| 1988 | 24 | 339 | 1347 | 700 | 647 | 108.2 | 600 | 44.5 |
| 1989 | 25 | 365 | 1423 | 739 | 684 | 108.0 | 629 | 44.2 |
| 1990 | 26 | 381 | 1471 | 762 | 709 | 107.5 | 649 | 44.1 |
| 1991 | 27 | 407 | 1572 | 815 | 757 | 107.6 | 674 | 42.9 |
| 1992 | 27 | 422 | 1605 | 830 | 775 | 107.1 | 700 | 43.6 |
| 1993 | 28 | 453 | 1698 | 878 | 820 | 107.1 | 737 | 43.4 |
| 1994 | 36 | 520 | 2449 | 1260 | 1189 | 106.0 | 894 | 36.5 |
| 1995 | 36 | 663 | 2488 | 1278 | 1210 | 105.6 | 911 | 36.6 |
| 1996 | 38 | 708 | 2684 | 1378 | 1306 | 105.5 | 970 | 36.1 |
| 1997 | 38 | 754 | 2832 | 1452 | 1380 | 105.2 | 1012 | 35.7 |
| 1998 | 38 | 801 | 2974 | 1524 | 1450 | 105.2 | 1051 | 35.4 |

注：本表为公安年报数。

## 3—3 历 年 镇 人 口 数

（年底数）

单位：万人

| 年 份 | 总人口数 | 集镇人口（即非农业人口） | | 农业人口 | |
|---|---|---|---|---|---|
| | | 人口数 | 占总人口% | 人口数 | 占总人口% |
| 1954 | 163 | | | | |
| 1957 | 217 | 94 | 43.1 | 123 | 56.9 |
| 1962 | 152 | 94 | 61.8 | 58 | 38.2 |
| 1965 | 168 | 101 | 59.8 | 67 | 40.2 |
| 1970 | | | | | |
| 1975 | 232 | 120 | 51.7 | 112 | 48.3 |
| 1978 | 255 | 132 | 51.6 | 123 | 48.4 |
| 1979 | 278 | 160 | 57.7 | 118 | 42.3 |
| 1980 | 260 | 161 | 61.8 | 99 | 38.2 |
| 1981 | 263 | 165 | 62.8 | 98 | 37.2 |
| 1982 | 311 | 176 | 56.5 | 135 | 43.5 |
| 1983 | 336 | 184 | 54.8 | 152 | 45.2 |
| 1984 | 366 | 199 | 54.4 | 167 | 45.6 |
| 1985 | 558 | 232 | 41.6 | 326 | 58.4 |
| 1986 | 767 | 247 | 32.2 | 520 | 67.8 |
| 1987 | 1195 | 278 | 23.2 | 917 | 76.8 |
| 1988 | 1314 | 275 | 20.9 | 1039 | 79.1 |
| 1989 | 1461 | 295 | 20.2 | 1166 | 79.8 |
| 1990 | 1616 | 322 | 19.9 | 1294 | 80.1 |
| 1991 | 1641 | 336 | 20.5 | 1305 | 79.5 |
| 1992 | 1702 | 365 | 21.4 | 1337 | 78.6 |
| 1993 | 1830 | 409 | 22.3 | 1421 | 77.7 |
| 1994 | 2515 | 523 | 20.8 | 1992 | 79.2 |
| 1995 | 2820 | 564 | 20.0 | 2256 | 80.0 |
| 1996 | 3174 | 609 | 19.2 | 2565 | 80.8 |
| 1997 | 3419 | 646 | 18.9 | 2773 | 81.1 |
| 1998 | 3725 | 672 | 18.0 | 3053 | 82.0 |

注：本表为公安年报数。

## 3－4　历年人口自然变动情况

单位:万人

| 年　份 | 年平均人口数 | 出　生人口数 | 出生率(‰) | 死　亡人口数 | 死亡率(‰) | 自然增加人口数 | 自　然增长率(‰) |
|---|---|---|---|---|---|---|---|
| 1954 | 4492 | 186 | 41.49 | 60 | 13.32 | 126 | 28.17 |
| 1957 | 4787 | 161 | 33.67 | 56 | 11.80 | 105 | 21.87 |
| 1962 | 4872 | 183 | 37.50 | 39 | 8.04 | 144 | 29.46 |
| 1965 | 5170 | 187 | 36.10 | 44 | 8.45 | 143 | 27.65 |
| 1970 | 5943 | 211 | 35.54 | 45 | 7.61 | 166 | 27.93 |
| 1975 | 6703 | 158 | 23.65 | 51 | 7.66 | 107 | 15.99 |
| 1978 | 7012 | 154 | 21.92 | 44 | 6.30 | 110 | 15.62 |
| 1979 | 7128 | 153 | 21.51 | 45 | 6.35 | 108 | 15.16 |
| 1980 | 7237 | 145 | 20.00 | 46 | 6.32 | 99 | 13.68 |
| 1981 | 7341 | 151 | 20.64 | 48 | 6.57 | 103 | 14.07 |
| 1982 | 7458 | 153 | 20.62 | 46 | 6.21 | 107 | 14.41 |
| 1983 | 7576 | 154 | 20.38 | 48 | 6.30 | 106 | 14.08 |
| 1984 | 7685 | 145 | 18.89 | 48 | 6.26 | 97 | 12.63 |
| 1985 | 7792 | 157 | 20.09 | 48 | 6.13 | 109 | 13.96 |
| 1986 | 7916 | 187 | 23.65 | 51 | 6.44 | 136 | 17.21 |
| 1987 | 8067 | 212 | 26.22 | 51 | 6.32 | 161 | 19.90 |
| 1988 | 8233 | 214 | 25.95 | 48 | 5.83 | 166 | 20.12 |
| 1989 | 8404 | 223 | 26.51 | 48 | 5.76 | 175 | 20.75 |
| 1990 | 8570 | 214 | 24.92 | 56 | 6.52 | 158 | 18.40 |
| 1991 | 8706 | 172 | 19.78 | 58 | 6.63 | 114 | 13.15 |
| 1992 | 8812 | 159 | 18.13 | 61 | 6.99 | 98 | 11.14 |
| 1993 | 8904 | 141 | 15.87 | 56 | 6.35 | 85 | 9.52 |
| 1994 | 8987 | 138 | 15.36 | 57 | 6.34 | 81 | 9.02 |
| 1995 | 9064 | 130 | 14.41 | 57 | 6.28 | 73 | 8.13 |
| 1996 | 9136 | 130 | 14.28 | 58 | 6.44 | 72 | 7.84 |
| 1997 | 9208 | 129 | 13.97 | 58 | 6.30 | 71 | 7.67 |
| 1998 | 9279 | 131 | 14.17 | 59 | 6.37 | 72 | 7.80 |

注:1990－1998 年数据是根据抽样调查数据推算的,1983－1989 年是根据第四次人口普查 10%机器汇总分年龄人数和有关资料调整的,1971－1981 年数据是根据 1982 年第三次人口普查数据调整的。

## 3-5 历年市人口自然变动情况

单位:万人

| 年份 | 年平均人口数 | 出生人口数 | 出生率(‰) | 死亡人口数 | 死亡率(‰) | 自然增加人口数 | 自然增长率(‰) |
|---|---|---|---|---|---|---|---|
| 1954 | 180 | 8 | 41.10 | 2 | 9.47 | 6 | 31.63 |
| 1957 | 260 | 11 | 43.78 | 2 | 8.98 | 9 | 34.80 |
| 1962 | 377 | 13 | 34.99 | 2 | 6.59 | 11 | 28.40 |
| 1965 | 402 | 14 | 33.88 | 3 | 6.48 | 11 | 27.40 |
| 1970 | | | | | | | |
| 1975 | 532 | 9 | 16.79 | 3 | 5.47 | 6 | 11.32 |
| 1978 | 590 | 9 | 15.13 | 3 | 5.11 | 6 | 10.02 |
| 1979 | 585 | 8 | 13.98 | 3 | 5.02 | 5 | 8.96 |
| 1980 | 626 | 6 | 10.28 | 3 | 4.93 | 3 | 5.35 |
| 1981 | 655 | 8 | 12.84 | 3 | 4.94 | 5 | 7.90 |
| 1982 | 704 | 11 | 15.58 | 3 | 4.80 | 8 | 10.78 |
| 1983 | 830 | 10 | 12.71 | 4 | 5.10 | 6 | 7.61 |
| 1984 | 852 | 10 | 11.46 | 4 | 4.96 | 6 | 6.50 |
| 1985 | 872 | 10 | 11.00 | 4 | 4.90 | 6 | 6.10 |
| 1986 | 898 | 12 | 13.05 | 4 | 4.69 | 8 | 8.36 |
| 1987 | 824 | 12 | 15.08 | 3 | 4.34 | 9 | 10.74 |
| 1988 | 1326 | 23 | 17.47 | 6 | 4.85 | 17 | 12.62 |
| 1989 | 1385 | 24 | 17.22 | 7 | 4.88 | 17 | 12.34 |
| 1990 | 1447 | 27 | 18.95 | 8 | 5.22 | 19 | 13.73 |
| 1991 | 1558 | 23 | 14.70 | 8 | 4.91 | 15 | 9.79 |
| 1992 | 1589 | 20 | 12.59 | 8 | 5.03 | 12 | 7.56 |
| 1993 | 1652 | 18 | 10.89 | 8 | 4.84 | 10 | 6.05 |
| 1994 | 2074 | 23 | 11.27 | 12 | 5.96 | 11 | 5.31 |
| 1995 | 2469 | 23 | 9.25 | 13 | 5.07 | 10 | 4.18 |
| 1996 | 2586 | 25 | 9.53 | 14 | 5.36 | 11 | 4.17 |
| 1997 | 2758 | 26 | 9.60 | 13 | 4.77 | 13 | 4.83 |
| 1998 | 2954 | 30 | 10.00 | 14 | 4.88 | 16 | 5.12 |

注:本表为公安年报数。

## 3—6 历年县人口自然变动情况

单位：万人

| 年份 | 年平均人口数 | 出生人口数 | 出生率(‰) | 死亡人口数 | 死亡率(‰) | 自然增加人口数 | 自然增长率(‰) |
|---|---|---|---|---|---|---|---|
| 1954 | 4312 | 179 | 41.51 | 58 | 13.48 | 121 | 28.03 |
| 1957 | 4527 | 150 | 33.09 | 54 | 11.96 | 96 | 21.13 |
| 1962 | 4495 | 170 | 37.71 | 37 | 8.16 | 133 | 29.55 |
| 1965 | 4767 | 173 | 36.29 | 41 | 8.62 | 132 | 27.67 |
| 1970 | | | | | | | |
| 1975 | 6171 | 149 | 24.25 | 48 | 7.85 | 101 | 16.40 |
| 1978 | 6422 | 145 | 22.55 | 41 | 6.41 | 104 | 16.14 |
| 1979 | 6543 | 145 | 22.19 | 42 | 6.47 | 103 | 15.72 |
| 1980 | 6611 | 139 | 20.92 | 43 | 6.45 | 96 | 14.47 |
| 1981 | 6686 | 143 | 21.41 | 45 | 6.73 | 98 | 14.68 |
| 1982 | 6755 | 143 | 21.15 | 43 | 6.36 | 100 | 14.79 |
| 1983 | 6799 | 144 | 21.32 | 44 | 6.45 | 100 | 14.87 |
| 1984 | 6835 | 135 | 19.82 | 44 | 6.43 | 91 | 13.39 |
| 1985 | 6921 | 147 | 21.24 | 44 | 6.28 | 103 | 14.96 |
| 1986 | 7022 | 175 | 25.01 | 47 | 6.67 | 128 | 18.34 |
| 1987 | 7196 | 200 | 27.49 | 48 | 6.55 | 152 | 20.94 |
| 1988 | 7142 | 191 | 27.58 | 42 | 6.02 | 149 | 21.56 |
| 1989 | 7019 | 199 | 28.34 | 41 | 5.94 | 158 | 22.40 |
| 1990 | 7123 | 187 | 26.14 | 48 | 6.79 | 139 | 19.35 |
| 1991 | 7148 | 149 | 20.89 | 50 | 7.01 | 99 | 13.88 |
| 1992 | 7223 | 139 | 19.24 | 53 | 7.34 | 86 | 11.90 |
| 1993 | 7252 | 123 | 16.96 | 48 | 6.62 | 75 | 10.34 |
| 1994 | 6913 | 115 | 16.58 | 45 | 6.46 | 70 | 10.12 |
| 1995 | 6595 | 107 | 16.25 | 44 | 6.75 | 63 | 9.50 |
| 1996 | 6550 | 105 | 16.03 | 44 | 6.72 | 61 | 9.31 |
| 1997 | 6450 | 103 | 15.97 | 45 | 6.98 | 58 | 8.99 |
| 1998 | 6325 | 101 | 15.97 | 45 | 7.11 | 56 | 8.86 |

## 3—7 各市地总户数、总人口数

(1998年底)

| 市　地 | 总户数（万户） | 总人口（万人） | 按性别分 | | 按农业、非农业分 | | 人口密度（人/平方公里） | 年平均人口（万人） |
|---|---|---|---|---|---|---|---|---|
| | | | 男 | 女 | 农业 | 非农业 | | |
| **全　　省** | **2375** | **9315** | **4787** | **4528** | **7671** | **1644** | **558** | **9279** |
| 郑州市 | 154 | 623 | 320 | 303 | 420 | 203 | 837 | 619 |
| 开封市 | 109 | 461 | 234 | 227 | 375 | 86 | 715 | 459 |
| 洛阳市 | 164 | 610 | 314 | 296 | 463 | 147 | 401 | 609 |
| 平顶山市 | 120 | 472 | 246 | 226 | 362 | 110 | 599 | 471 |
| 安阳市 | 133 | 509 | 258 | 251 | 420 | 89 | 687 | 509 |
| 鹤壁市 | 37 | 136 | 70 | 66 | 97 | 39 | 623 | 135 |
| 新乡市 | 136 | 529 | 268 | 261 | 424 | 105 | 648 | 527 |
| 焦作市 | 80 | 320 | 163 | 157 | 221 | 99 | 786 | 319 |
| 濮阳市 | 83 | 341 | 174 | 167 | 284 | 57 | 799 | 339 |
| 许昌市 | 112 | 434 | 225 | 209 | 367 | 67 | 869 | 432 |
| 漯河市 | 66 | 245 | 124 | 121 | 192 | 53 | 936 | 244 |
| 三门峡市 | 62 | 218 | 114 | 104 | 161 | 57 | 208 | 217 |
| 南阳市 | 270 | 1042 | 545 | 497 | 903 | 139 | 392 | 1040 |
| 商丘市 | 191 | 786 | 400 | 386 | 707 | 79 | 734 | 782 |
| 信阳市 | 202 | 767 | 400 | 367 | 663 | 104 | 405 | 764 |
| 周口地区 | 240 | 1006 | 512 | 494 | 910 | 96 | 841 | 1002 |
| 驻马店地区 | 199 | 795 | 411 | 384 | 707 | 88 | 527 | 792 |
| 济源市 | 17 | 64 | 33 | 31 | 40 | 24 | 333 | 64 |

注：分市地数据是根据公安年报及有关数据推算的。

## 3—8 四次人口普查主要指标

单位:万人

| 项　　目 | 第一次(1953年7月1日) | 第二次(1964年7月1日) | 第三次(1982年7月1日) | 第四次(1990年7月1日) |
|---|---|---|---|---|
| **一、全省总人口** | **4378.5** | **5032.6** | **7442.3** | **8553.4** |
| **二、按性别分的人口** | | | | |
| 男性 | 2231.5 | 2549.1 | 3795.0 | 4380.3 |
| 女性 | 2147.0 | 2483.5 | 3647.3 | 4173.1 |
| **三、按年龄分的人口** | | | | |
| 0岁—6岁 | 913.9 | 920.3 | 1026.6 | 1268.5 |
| 7岁—12岁 | 510.9 | 846.4 | 1165.1 | 943.1 |
| 育龄妇女(15—49岁) | 1017.0 | 1108.7 | 1780.6 | 2278.6 |
| 劳动年龄人口(男16—59女16—54) | 2289.7 | 2482.0 | 3927.4 | 4985.0 |
| 男60岁女55岁以上人口 | 457.7 | 448.5 | 738.7 | 898.5 |
| **四、按民族分的人口** | | | | |
| 汉族 | 4337.9 | 4980.9 | 7362.3 | 8452.5 |
| 各少数民族 | 40.6 | 51.7 | 80.0 | 100.9 |
| **五、按城乡分的人口** | | | | |
| 市镇总人口 | 310.6 | 551.7 | 1172.5 | 1302.9 |
| 乡村总人口 | 4067.9 | 4480.9 | 6269.8 | 7250.5 |
| **六、按文化程度分的人口** | | | | |
| #大学和相当于大学 | | 9.3 | 24.5 | 72.6 |
| 高　中 | | 44.0 | 470.1 | 606.1 |
| 初　中 | | 208.5 | 1427.0 | 2269.8 |
| 小　学 | | 1229.6 | 2321.8 | 2971.9 |
| 文盲和半文盲(12周岁以上) | | 2146.8 | 2015.0 | 1395.8 |

# 主要统计指标解释

**人口数**　指一定时点、一定地区范围内的有生命的个人的总和。年度统计的年底人口数，是指每年12月31日24时的人口数。年度统计的全国人口总数内未包括台湾省和港澳同胞，以及海外华侨人数。

市镇总人口和乡村总人口　一般是按常住人口划分的。

市镇总人口　指市、镇辖区的全部人口。

乡村总人口　指县(不含镇)的全部人口。

**市**　是指经国家批准成立"市"建制的城市。

**镇**　是指经省、自治区、直辖市批准的镇。1963年以前为常住人口在2000人以上，非农业人口占50%以上的。1964年起改为常住人口在3000人以上，非农业人口占70%以上，或常住人口在2500人以上，不满3000人，非农业人口占85%以上的。1984年后又调整为，凡县级地方国家机关所在地；或总人口在20000人以下的乡，乡政府驻地非农业人口超过2000人的；或总人口在20000人以上的乡，乡政府驻地非农业人口占全乡人口10%以上；或少数民族地区、人口稀少的边远地区、山区和小型工矿区、小港口、风景旅游、边境口岸等地，非农业人口虽不足2000人，都可建镇。

**人口密度**　指一定时点一定地区的人口数与该地区的土地面积数之比，即一定时点的单位土地面积上的人口数，通常以每平方公里的居民人数来表示：

人口密度＝人口数/土地面积

**出生率(又称粗出生率)**　指在一定时期内(通常为一年)平均每千人所出生的人数的比率，一般用千分率表示。计算公式：

出生率＝年出生人数/年平均人数×1000‰

出生人数是指活产婴儿，即胎儿脱离母体时(不管怀孕月数)，有过呼吸或其他生命现象。

年平均人数是年初、年末人口数的平均数，也可用年中人口数代替。

**死亡率(又称粗死亡率)**　指在一定时期内(通常为一年)一定地区的死亡人数与同期平均人数(或期中人数)之比，一般用千分率表示。计算公式：

死亡率＝年死亡人数/年平均人数×1000‰

**人口自然增长率**　在一定时期内(通常为一年)人口自然增加数(出生人数减死亡人数)与平均人数(或期中人数)之比，一般用千分率表示。计算公式：

人口自然增长率＝(本年出生人口数－本年死亡人口数)/年平均人数×1000‰

人口自然增长率＝人口出生率－人口死亡率

**性别比**　反映两性人口比例的指标。指在总人口中或各年龄组人口中，男性人数与女性人数之比，通常以每100个女性人口相对应的男性人口数。计算公式如下：

性别比＝男性人口/女性人口×100%

# 四、从业人员和职工工资

**简要说明**

一、本篇资料反映河南省劳动经济方面的基本情况，包括全省及各市地的从业人员和职工人数，女职工、离开本单位仍保留劳动关系的职工变化情况，私营企业和城镇个体从业人员，城镇登记失业人数及城镇安置新就业人数，在岗职工工资总额，平均工资，离开本单位仍保留劳动关系的职工生活费及主要统计指标解释等。

二、本篇资料来源主要有以下三个方面：

1. 根据国家统计调查制度搜集汇总的资料。此部分资料由省统计局根据国家统计调查制度搜集、汇总整理提供，其中工业、批零贸易餐饮业为全数调查与抽样调查推算数据。

2. 省劳动厅提供的资料。内容包括城镇登记失业人数及城镇安置新就业人数，此部分资料根据国家劳动部制定的劳动统计报表制度搜集汇总。

3. 省工商行政管理局提供的资料。内容包括私营企业和城镇个体从业人员，此部分资料根据国家工商行政管理局制发的私营企业基本情况统计表和个体工商业基本情况统计表搜集汇总。

三、统计范围。从业人员统计调查范围为全社会，职工及工资为辖区内的国有、城镇集体及其他各种经济类型的独立核算单位。

# 数 据 要 览

| | | |
|---|---|---|
| ◆1998年底从业人员 | 4999.60万人 | 比上年增长3.7% |
| #在岗职工人数 | 748.06万人 | 比上年下降11.1% |
| ◆1998年城镇失业人员 | 21.64万人 | 比上年增长8.7% |
| ◆1998年城镇登记失业率 | 2.60% | 比上年上升0.6个百分点 |
| ◆在岗职工工资总额 | 431.01亿元 | 比上年下降0.7% |
| ◆在岗职工平均工资 | 5781元 | 比上年增长13.0% |

## 年末从业人员

单位：万人

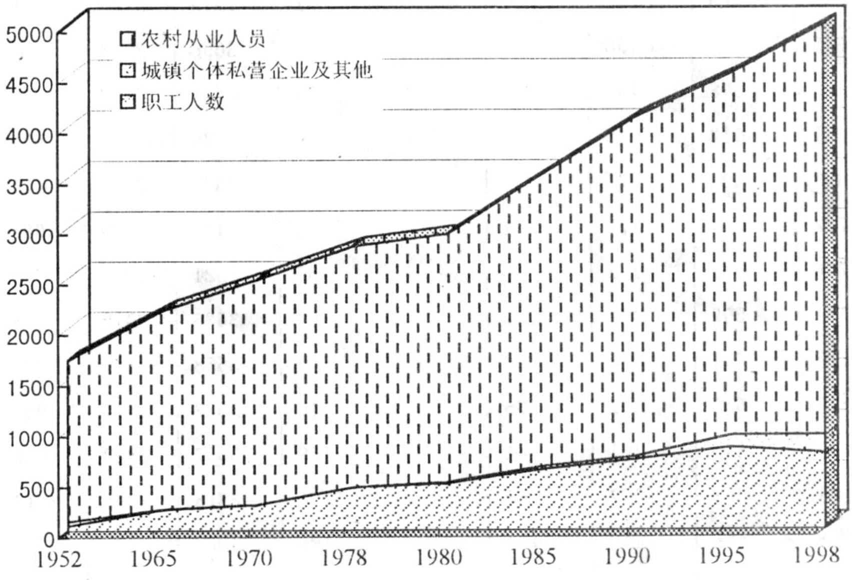

# 4－1 历 年 从 业 人 员

（年底数）

单位：万人

| 年份 | 合计 | 按登记注册类型分 | | | | | | 按三次产业分 | | |
|---|---|---|---|---|---|---|---|---|---|---|
| | | 职工人数 | 国有单位 | 城镇集体单位 | 其他单位 | 城镇个体、私营企业及其他 | 农村从业人员 | 第一产业 | 第二产业 | 第三产业 |
| 1952 | 1683 | 45 | 44 | 1 | | 42 | 1596 | 1511 | 74 | 98 |
| 1957 | 1829 | 123 | 108 | 15 | | 4 | 1702 | 1577 | 111 | 141 |
| 1962 | 2021 | 182 | 143 | 39 | | 11 | 1828 | 1698 | 82 | 241 |
| 1965 | 2172 | 205 | 155 | 50 | | 9 | 1958 | 1796 | 91 | 285 |
| 1970 | 2481 | 252 | 211 | 41 | | | 2229 | 2037 | 150 | 294 |
| 1975 | 2689 | 328 | 270 | 58 | | 1 | 2360 | 2279 | 230 | 180 |
| 1978 | 2807 | 420 | 346 | 74 | | 3 | 2384 | 2262 | 296 | 249 |
| 1979 | 2873 | 441 | 363 | 78 | | 3 | 2429 | 2366 | 290 | 217 |
| 1980 | 2929 | 462 | 379 | 83 | | 7 | 2460 | 2378 | 304 | 247 |
| 1981 | 3039 | 497 | 407 | 90 | | 11 | 2531 | 2470 | 310 | 259 |
| 1982 | 3146 | 502 | 407 | 95 | | 14 | 2630 | 2530 | 315 | 301 |
| 1983 | 3289 | 524 | 425 | 99 | | 18 | 2747 | 2598 | 341 | 350 |
| 1984 | 3346 | 548 | 419 | 129 | … | 26 | 2772 | 2578 | 376 | 392 |
| 1985 | 3520 | 593 | 454 | 139 | … | 34 | 2893 | 2571 | 523 | 426 |
| 1986 | 3598 | 618 | 469 | 149 | … | 31 | 2949 | 2574 | 568 | 456 |
| 1987 | 3782 | 645 | 488 | 156 | 1 | 41 | 3096 | 2596 | 616 | 570 |
| 1988 | 3916 | 670 | 508 | 161 | 1 | 34 | 3212 | 2648 | 659 | 609 |
| 1989 | 3943 | 681 | 512 | 168 | 1 | 36 | 3226 | 2719 | 659 | 565 |
| 1990 | 4086 | 693 | 521 | 171 | 1 | 34 | 3359 | 2833 | 671 | 582 |
| 1991 | 4216 | 722 | 544 | 177 | 1 | 52 | 3442 | 2921 | 689 | 606 |
| 1992 | 4332 | 746 | 571 | 172 | 3 | 65 | 3521 | 2955 | 724 | 653 |
| 1993 | 4400 | 771 | 599 | 162 | 10 | 94 | 3535 | 2910 | 808 | 682 |
| 1994 | 4448 | 788 | 604 | 158 | 26 | 102 | 3558 | 2865 | 864 | 719 |
| 1995 | 4509 | 815 | 617 | 162 | 36 | 116 | 3578 | 2814 | 929 | 766 |
| 1996 | 4638 | 842 | 640 | 161 | 41 | 139 | 3657 | 2822 | 988 | 828 |
| 1997 | 4820 | 841 | 603 | 177 | 61 | 161 | 3818 | 2909 | 1011 | 900 |
| 1998 | 5000 | 748 | 485 | 149 | 114 | 185 | 4067 | | | |

注：1. 自 1993 年始从业人员中含其他从业人员。

2. 1998 年度职工为在岗职工，均与以前年度不尽可比。

## 4—2 城镇从业人员

（1998年底） 单位：万人

| 类别 | 城镇 | #国有单位 | #集体单位 | #私营 | #个体 |
|---|---|---|---|---|---|
| **从业人员总计** | **932.45** | **494.82** | **162.38** | **25.83** | **134.59** |
| **一、按国民经济行业分** | | | | | |
| 农林牧渔业 | 11.64 | 9.30 | 0.94 | 0.25 | 1.01 |
| 工业 | 326.52 | 153.65 | 48.17 | 9.60 | 16.82 |
| 采掘业 | 55.72 | 31.49 | 2.11 | 0.32 | 0.18 |
| 制造业 | 249.98 | 104.10 | 45.78 | 9.28 | 16.64 |
| 电力、煤气及水的生产和供应业 | 20.83 | 18.05 | 0.27 | | |
| 建筑业 | 64.37 | 33.85 | 21.72 | 1.51 | 1.95 |
| 地质勘查业、水利管理业 | 5.31 | 5.24 | 0.07 | | |
| 交通运输、仓储及邮电通信业 | 50.31 | 32.59 | 4.59 | 0.45 | 11.79 |
| 批发和零售贸易、餐饮业 | 183.32 | 49.67 | 32.10 | 11.36 | 83.89 |
| 金融、保险业 | 20.32 | 12.89 | 6.42 | | |
| 房地产业 | 3.54 | 2.22 | 0.35 | | |
| 社会服务业 | 41.23 | 16.49 | 3.92 | 2.18 | 16.89 |
| 卫生、体育和社会福利事业 | 29.11 | 27.92 | 1.18 | | |
| 教育、文化、艺术和广播电影电视事业 | 102.50 | 60.95 | 41.47 | | |
| 科学研究和综合技术服务业 | 7.39 | 7.25 | 0.12 | | |
| 国家机关、政党机关和社会团体 | 78.63 | 78.44 | 0.19 | | |
| 其他行业 | 8.24 | 4.37 | 1.14 | 0.48 | 2.24 |
| **二、按三次产业分** | | | | | |
| 第一产业 | 6.20 | 4.87 | 0.31 | 0.22 | 0.68 |
| 第二产业 | 387.43 | 187.50 | 69.89 | 9.59 | 16.82 |
| 第三产业 | 538.82 | 302.45 | 92.19 | 16.02 | 117.09 |

# 4—3 各市地分城乡的从业人员

（1998年底）　　　　单位：万人

| 市地 | 合计 | 城镇 | #国有单位 | #集体单位 | #私营 | #个体 | 乡村 | #乡镇企业 |
|---|---|---|---|---|---|---|---|---|
| **全省** | **4999.60** | **932.45** | **494.82** | **162.38** | **25.83** | **134.59** | **4067.15** | **508.23** |
| 郑州市 | 310.99 | 102.02 | 56.67 | 14.61 | 1.97 | 9.29 | 208.97 | 57.22 |
| 开封市 | 229.72 | 47.79 | 25.02 | 11.23 | 1.45 | 7.00 | 181.93 | 17.80 |
| 洛阳市 | 333.49 | 81.85 | 39.79 | 11.10 | 4.33 | 12.91 | 251.64 | 39.16 |
| 平顶山市 | 269.40 | 61.79 | 24.93 | 11.90 | 0.71 | 8.68 | 207.61 | 20.48 |
| 安阳市 | 258.08 | 46.73 | 28.69 | 7.46 | 0.67 | 4.18 | 211.35 | 38.07 |
| 鹤壁市 | 68.63 | 20.04 | 12.86 | 3.18 | 0.26 | 1.67 | 48.59 | 5.34 |
| 新乡市 | 258.97 | 58.69 | 32.31 | 12.74 | 1.12 | 5.86 | 200.28 | 26.84 |
| 焦作市 | 161.57 | 45.67 | 28.16 | 5.87 | 1.80 | 3.97 | 115.90 | 30.66 |
| 濮阳市 | 173.87 | 43.80 | 26.68 | 5.13 | 2.68 | 6.37 | 130.07 | 19.02 |
| 许昌市 | 258.83 | 38.83 | 18.16 | 5.96 | 1.72 | 8.63 | 220.00 | 27.16 |
| 漯河市 | 144.62 | 26.60 | 10.34 | 6.24 | 0.96 | 4.91 | 118.02 | 20.25 |
| 三门峡市 | 117.46 | 29.09 | 14.50 | 3.93 | 0.63 | 2.80 | 88.37 | 8.40 |
| 南阳市 | 534.61 | 77.39 | 44.57 | 15.06 | 1.23 | 7.81 | 457.22 | 50.76 |
| 商丘市 | 406.36 | 54.55 | 27.91 | 9.97 | 2.04 | 11.53 | 351.81 | 36.95 |
| 信阳市 | 430.83 | 56.11 | 23.95 | 11.09 | 0.74 | 14.12 | 374.72 | 24.89 |
| 周口地区 | 534.97 | 64.40 | 32.60 | 13.99 | 1.18 | 13.18 | 470.57 | 37.69 |
| 驻马店地区 | 450.81 | 46.47 | 25.34 | 8.40 | 0.64 | 10.01 | 404.34 | 44.21 |
| 济源市 | 35.37 | 9.61 | 5.17 | 1.96 | 0.39 | 1.68 | 25.76 | 3.35 |

# 4－4 各种分组的在岗职工

单位：万人

| 类　　别 | 1996 年 | 1997 年 | 1998 年 |
|---|---|---|---|
| **总　　计** | **842.09** | **841.33** | **748.06** |
| **一、按企业、事业、机关分** | | | |
| 企　业 | 629.62 | 616.33 | 517.69 |
| 事　业 | 146.18 | 155.92 | 158.15 |
| 机　关 | 66.29 | 69.08 | 72.22 |
| **二、按国民经济行业分** | | | |
| 农林牧渔业 | 10.71 | 11.21 | 10.21 |
| 工　业 | 366.03 | 351.42 | 297.60 |
| 采掘业 | 60.18 | 57.72 | 55.10 |
| 制造业 | 287.12 | 274.03 | 221.77 |
| 电力、煤气及水的生产和供应业 | 18.73 | 19.66 | 20.73 |
| 建筑业 | 61.48 | 62.21 | 56.82 |
| 地质勘查业、水利管理业 | 6.01 | 5.93 | 5.22 |
| 交通运输、仓储及邮电通信业 | 42.14 | 41.38 | 37.17 |
| 批发和零售贸易、餐饮业 | 118.93 | 118.67 | 86.63 |
| 金融、保险业 | 19.17 | 20.07 | 19.74 |
| 房地产业 | 3.97 | 3.70 | 3.47 |
| 社会服务业 | 19.48 | 21.89 | 21.70 |
| 卫生、体育和社会福利事业 | 27.27 | 28.16 | 28.71 |
| 教育、文化和广播电影电视事业 | 77.01 | 84.33 | 90.01 |
| 科学研究和综合技术服务业 | 7.28 | 7.47 | 7.29 |
| 国家机关、政党机关和社会团体 | 76.33 | 75.92 | 78.06 |
| 其他行业 | 6.28 | 8.98 | 5.43 |
| **三、按三次产业分** | | | |
| 第一产业 | 5.56 | 5.79 | 5.18 |
| 第二产业 | 427.51 | 413.63 | 354.41 |
| 第三产业 | 409.02 | 421.91 | 388.47 |

注：1997 年及以前年度为职工人数。

## 4—5 按登记注册类型分组的在岗职工

（1998年底）　　　　单位：万人

| 类　别 | 合　计 | 国有单位 | 城镇集体单位 | 其他单位 |
|---|---|---|---|---|
| **总　计** | **748.06** | **485.06** | **149.24** | **113.76** |
| **一、按隶属关系分** | | | | |
| 中　央 | | 94.20 | | |
| 省、自治区、直辖市 | | 36.06 | | |
| 市　地 | | 112.36 | | |
| 县及县以下 | | 235.38 | | |
| 其　他 | | 7.06 | | |
| **二、按企业、事业、机关分** | | | | |
| 企　业 | 517.69 | 289.49 | 114.49 | 113.70 |
| 事　业 | 158.15 | 123.39 | 34.70 | 0.06 |
| 机　关 | 72.22 | 72.18 | 0.05 | |
| **三、按国民经济行业分** | | | | |
| 农林牧渔业 | 10.21 | 9.14 | 0.94 | 0.13 |
| 工　业 | 297.60 | 152.56 | 47.40 | 97.63 |
| 采掘业 | 55.10 | 31.43 | 2.09 | 21.58 |
| 制造业 | 221.77 | 103.17 | 45.04 | 73.56 |
| 电力、煤气及水的生产和供应业 | 20.73 | 17.96 | 0.27 | 2.49 |
| 建筑业 | 56.82 | 31.50 | 20.17 | 5.15 |
| 地质勘查业、水利管理业 | 5.22 | 5.15 | 0.07 | |
| 交通运输、仓储及邮电通信业 | 37.17 | 31.77 | 4.51 | 0.89 |
| 批发和零售贸易、餐饮业 | 86.63 | 48.94 | 31.45 | 6.23 |
| 金融、保险业 | 19.74 | 12.45 | 6.32 | 0.97 |
| 房地产业 | 3.47 | 2.19 | 0.34 | 0.94 |
| 社会服务业 | 21.70 | 16.17 | 3.81 | 1.72 |
| 卫生、体育和社会福利事业 | 28.71 | 27.54 | 1.16 | 0.02 |
| 教育、文化和广播电影电视事业 | 90.01 | 58.28 | 31.68 | 0.05 |
| 科学研究和综合技术服务业 | 7.29 | 7.17 | 0.11 | 0.02 |
| 国家机关、政党机关和社会团体 | 78.06 | 77.88 | 0.18 | |
| 其他行业 | 5.43 | 4.32 | 1.10 | 0.01 |
| **四、按三次产业分** | | | | |
| 第一产业 | 5.18 | 4.76 | 0.30 | 0.12 |
| 第二产业 | 354.41 | 184.06 | 67.58 | 102.77 |
| 第三产业 | 388.47 | 296.24 | 81.36 | 10.87 |

## 4－6 各市地按登记注册类型分组的在岗职工

（1998年底）

单位:万人

| 市地 | 合计 | 国有单位 | 城镇集体单位 | 其他单位 | 内资 | 港澳台投资 | 外商投资 |
|---|---|---|---|---|---|---|---|
| **全省** | **748.06** | **485.06** | **149.24** | **113.76** | **98.63** | **9.03** | **6.10** |
| 郑州市 | 88.75 | 55.65 | 13.81 | 19.29 | 15.62 | 2.46 | 1.21 |
| 开封市 | 37.29 | 24.35 | 9.87 | 3.07 | 2.46 | 0.20 | 0.41 |
| 洛阳市 | 62.69 | 38.87 | 10.27 | 13.55 | 12.02 | 0.37 | 1.16 |
| 平顶山市 | 51.08 | 24.45 | 11.10 | 15.53 | 15.11 | 0.41 | 0.01 |
| 安阳市 | 40.91 | 28.42 | 6.83 | 5.66 | 5.07 | 0.41 | 0.18 |
| 鹤壁市 | 17.80 | 12.73 | 3.01 | 2.06 | 1.51 | 0.41 | 0.14 |
| 新乡市 | 50.91 | 31.94 | 12.37 | 6.60 | 4.26 | 1.31 | 1.03 |
| 焦作市 | 38.75 | 27.17 | 5.77 | 5.81 | 5.26 | 0.30 | 0.25 |
| 濮阳市 | 33.70 | 26.14 | 4.74 | 2.82 | 2.25 | 0.26 | 0.31 |
| 许昌市 | 27.56 | 17.80 | 5.40 | 4.36 | 3.86 | 0.32 | 0.18 |
| 漯河市 | 20.15 | 10.11 | 5.99 | 4.05 | 3.58 | 0.24 | 0.23 |
| 三门峡市 | 25.12 | 14.38 | 3.53 | 7.21 | 7.06 | 0.12 | 0.03 |
| 南阳市 | 66.41 | 43.97 | 13.79 | 8.65 | 7.55 | 0.66 | 0.44 |
| 商丘市 | 39.21 | 27.35 | 8.78 | 3.08 | 2.63 | 0.39 | 0.06 |
| 信阳市 | 40.03 | 23.54 | 10.35 | 6.14 | 5.85 | 0.09 | 0.20 |
| 周口地区 | 47.19 | 31.83 | 11.94 | 3.42 | 2.63 | 0.68 | 0.11 |
| 驻马店地区 | 34.47 | 25.06 | 7.34 | 2.07 | 1.92 | 0.06 | 0.09 |
| 济源市 | 7.49 | 5.13 | 1.96 | 0.40 |  | 0.33 | 0.07 |

# 4—7 各市地分行业在岗职工

（1998年底）

单位：万人

| 市地 | 合计 | 农林牧渔业 | 工业 | 采掘业 | 制造业 | 电力、煤气及水的生产和供应业 | 建筑业 | 地质勘查业、水利管理业 | 交通运输仓储及邮电通信业 |
|---|---|---|---|---|---|---|---|---|---|
| 郑州市 | 88.75 | 0.53 | 32.61 | 5.37 | 24.53 | 2.71 | 10.83 | 0.86 | 3.19 |
| 开封市 | 37.29 | 0.54 | 14.20 |  | 13.39 | 0.81 | 2.73 | 0.19 | 1.29 |
| 洛阳市 | 62.69 | 0.40 | 29.67 | 1.75 | 26.13 | 1.79 | 5.16 | 0.44 | 2.32 |
| 平顶山市 | 51.08 | 0.34 | 27.15 | 13.47 | 12.31 | 1.37 | 3.82 | 0.24 | 1.11 |
| 安阳市 | 40.91 | 0.28 | 18.83 | 1.43 | 16.05 | 1.35 | 3.45 | 0.21 | 1.13 |
| 鹤壁市 | 17.80 | 0.29 | 10.45 | 4.19 | 5.85 | 0.41 | 0.91 | 0.05 | 0.41 |
| 新乡市 | 50.91 | 0.40 | 23.56 | 0.66 | 21.51 | 1.39 | 2.09 | 0.57 | 1.53 |
| 焦作市 | 38.75 | 0.50 | 21.19 | 4.68 | 14.69 | 1.82 | 1.96 | 0.24 | 1.20 |
| 濮阳市 | 33.70 | 0.29 | 14.95 | 8.70 | 5.62 | 0.63 | 4.73 | 0.17 | 0.80 |
| 许昌市 | 27.56 | 0.39 | 10.37 | 1.31 | 8.13 | 0.93 | 1.35 | 0.15 | 1.21 |
| 漯河市 | 20.15 | 0.16 | 8.04 | 0.07 | 7.65 | 0.32 | 1.94 | 0.05 | 0.62 |
| 三门峡市 | 25.12 | 0.28 | 13.38 | 6.68 | 5.70 | 1.00 | 1.28 | 0.11 | 0.79 |
| 南阳市 | 66.41 | 1.21 | 25.48 | 4.58 | 19.74 | 1.16 | 4.36 | 0.45 | 2.40 |
| 商丘市 | 39.21 | 0.64 | 9.16 | 1.47 | 6.83 | 0.86 | 2.89 | 0.14 | 1.61 |
| 信阳市 | 40.03 | 1.33 | 11.02 | 0.16 | 9.40 | 1.46 | 2.61 | 0.75 | 2.25 |
| 周口地区 | 47.19 | 1.51 | 13.58 |  | 12.03 | 1.55 | 3.89 | 0.20 | 1.74 |
| 驻马店地区 | 34.47 | 1.03 | 8.16 | 0.06 | 7.16 | 0.94 | 1.57 | 0.35 | 1.53 |
| 济源市 | 7.49 | 0.05 | 4.77 | 0.49 | 4.06 | 0.22 | 0.17 | 0.04 | 0.17 |

| 市地 | 批发和零售贸易、餐饮业 | 金融、保险业 | 房地产业 | 社会服务业 | 卫生、体育和社会福利业 | 教育、文化艺术和广播电影电视业 | 科学研究和综合技术服务业 | 国家机关、政党机关和社会团体 | 其他行业 |
|---|---|---|---|---|---|---|---|---|---|
| 郑州市 | 9.56 | 2.81 | 0.80 | 4.61 | 3.29 | 9.51 | 2.32 | 7.03 | 0.80 |
| 开封市 | 4.96 | 0.94 | 0.31 | 1.05 | 1.57 | 4.70 | 0.16 | 4.47 | 0.18 |
| 洛阳市 | 5.27 | 1.51 | 0.27 | 2.14 | 1.95 | 6.27 | 1.78 | 5.06 | 0.45 |
| 平顶山市 | 5.22 | 1.44 | 0.16 | 1.68 | 1.27 | 4.04 | 0.25 | 4.17 | 0.19 |
| 安阳市 | 4.03 | 1.16 | 0.20 | 1.13 | 1.45 | 4.76 | 0.24 | 3.94 | 0.10 |
| 鹤壁市 | 1.41 | 0.49 | 0.04 | 0.34 | 0.46 | 1.16 | 0.08 | 1.57 | 0.14 |
| 新乡市 | 6.94 | 1.15 | 0.11 | 1.03 | 1.98 | 5.56 | 0.42 | 5.29 | 0.28 |
| 焦作市 | 3.28 | 0.91 | 0.12 | 0.99 | 1.37 | 3.49 | 0.13 | 3.13 | 0.24 |
| 濮阳市 | 3.75 | 0.74 | 0.14 | 0.58 | 0.83 | 3.21 | 0.11 | 3.28 | 0.12 |
| 许昌市 | 4.06 | 0.86 | 0.10 | 0.73 | 1.20 | 3.66 | 0.19 | 3.14 | 0.15 |
| 漯河市 | 2.50 | 0.68 | 0.09 | 0.58 | 0.70 | 2.60 | 0.05 | 2.05 | 0.09 |
| 三门峡市 | 2.03 | 0.70 | 0.08 | 0.86 | 0.61 | 2.32 | 0.09 | 2.43 | 0.16 |
| 南阳市 | 8.50 | 1.63 | 0.33 | 1.82 | 2.74 | 9.66 | 0.56 | 6.85 | 0.42 |
| 商丘市 | 6.58 | 0.94 | 0.16 | 0.98 | 2.29 | 6.99 | 0.18 | 6.44 | 0.21 |
| 信阳市 | 5.38 | 1.27 | 0.24 | 1.17 | 1.68 | 6.84 | 0.26 | 5.07 | 0.16 |
| 周口地区 | 6.62 | 1.40 | 0.11 | 0.61 | 2.24 | 7.38 | 0.21 | 7.45 | 0.25 |
| 驻马店地区 | 5.51 | 0.97 | 0.19 | 0.64 | 2.26 | 6.22 | 0.21 | 5.69 | 0.14 |
| 济源市 | 0.48 | 0.12 |  | 0.16 | 0.21 | 0.81 | 0.01 | 0.49 | 0.01 |

# 4-8 女职工、离开本单位仍保留劳动关系的职工人数及构成

（年底数）

| 项　　目 | 1990 年 | 1995 年 | 1997 年 | 1998 年 |
|---|---|---|---|---|
| **一、女职工** | | | | |
| 绝对数(万人) | 244.79 | 298.36 | 310.66 | 272.65 |
| 国有单位 | 166.55 | 214.97 | 212.46 | 169.95 |
| 城镇集体单位 | 77.95 | 67.59 | 71.73 | 59.57 |
| 其他单位 | 0.29 | 15.80 | 26.47 | 43.13 |
| 占全部职工的比重(%) | 35.3 | 36.6 | 36.9 | 36.4 |
| 国有单位 | 32.0 | 34.8 | 35.2 | 35.0 |
| 城镇集体单位 | 45.7 | 41.7 | 40.6 | 39.9 |
| 其他单位 | 33.8 | 44.6 | 43.0 | 37.9 |
| **二、离开本单位仍保留劳动关系的职工** | | | | |
| 绝对数(万人) | | | 73.22 | 91.05 |
| 国有单位 | | | 48.66 | 52.99 |
| 城镇集体单位 | | | 19.61 | 24.27 |
| 其他单位 | | | 4.95 | 13.79 |
| 占全部职工的比重(%) | | | 8.7 | 12.2 |
| 国有单位 | | | 8.1 | 10.9 |
| 城镇集体单位 | | | 11.1 | 16.3 |
| 其他单位 | | | 8.0 | 12.1 |

注：1. 1997 年离开本单位仍保留劳动关系的职工为下岗职工。
2. 1998 年女职工为在岗女职工。

# 4-9 女在岗职工

（1998年底）

单位：万人

| 类　　别 | 合　计 | 国有单位 | 城镇集体单位 | 其他单位 |
|---|---|---|---|---|
| **总　　计** | **272.65** | **169.95** | **59.57** | **43.13** |
| **一、按企业、事业、机关分** | | | | |
| 企　业 | 189.99 | 102.05 | 44.84 | 43.10 |
| 事　业 | 65.98 | 51.23 | 14.72 | 0.03 |
| 机　关 | 16.68 | 16.67 | 0.01 | |
| **二、按国民经济行业分** | | | | |
| 农林牧渔业 | 3.25 | 2.97 | 0.23 | 0.05 |
| 工　业 | 114.94 | 55.40 | 22.46 | 37.08 |
| 采掘业 | 12.66 | 7.57 | 0.52 | 4.57 |
| 制造业 | 95.50 | 42.00 | 21.86 | 31.64 |
| 电力、煤气及水的生产和供应业 | 6.78 | 5.83 | 0.08 | 0.87 |
| 建筑业 | 8.12 | 5.14 | 2.26 | 0.72 |
| 地质勘查业、水利管理业 | 1.30 | 1.29 | 0.01 | |
| 交通运输、仓储及邮电通信业 | 11.14 | 9.29 | 1.50 | 0.35 |
| 批发和零售贸易、餐饮业 | 37.36 | 20.89 | 13.23 | 3.24 |
| 金融、保险业 | 8.56 | 5.00 | 3.05 | 0.51 |
| 房地产业 | 1.16 | 0.80 | 0.09 | 0.27 |
| 社会服务业 | 10.46 | 7.59 | 2.00 | 0.87 |
| 卫生、体育和社会福利事业 | 15.71 | 15.04 | 0.66 | 0.01 |
| 教育、文化、艺术和广播电影电视事业 | 37.82 | 24.25 | 13.56 | 0.01 |
| 科学研究和综合技术服务业 | 2.45 | 2.41 | 0.03 | 0.01 |
| 国家机关、政党机关和社会团体 | 18.45 | 18.39 | 0.06 | |
| 其他行业 | 1.93 | 1.49 | 0.43 | 0.01 |
| **三、按三次产业分** | | | | |
| 第一产业 | 1.74 | 1.62 | 0.09 | 0.03 |
| 第二产业 | 123.06 | 60.53 | 24.71 | 37.82 |
| 第三产业 | 147.85 | 107.80 | 34.77 | 5.28 |

## 4—10 离开本单位仍保留劳动关系的职工

(1998年底)

单位:万人

| 类别 | 合计 | 国有单位 | 城镇集体单位 | 其他单位 |
|---|---|---|---|---|
| **总计** | **91.05** | **52.99** | **24.27** | **13.79** |
| #内部退养职工 | 12.26 | 7.83 | 1.55 | 2.88 |
| **一、按企业、事业、机关分** | | | | |
| 企业 | 87.32 | 49.51 | 24.02 | 13.79 |
| 事业 | 2.86 | 2.61 | 0.25 | |
| 机关 | 0.87 | 0.87 | | |
| **二、按国民经济行业分** | | | | |
| 农林牧渔业 | 0.60 | 0.54 | 0.05 | 0.01 |
| 工业 | 50.51 | 27.59 | 11.20 | 11.71 |
| 采掘业 | 3.68 | 2.17 | 0.16 | 1.35 |
| 制造业 | 46.32 | 24.95 | 11.04 | 10.33 |
| 电力、煤气及水的生产和供应业 | 0.51 | 0.47 | | 0.03 |
| 建筑业 | 4.62 | 3.45 | 0.92 | 0.26 |
| 地质勘查业、水利管理业 | 0.71 | 0.71 | | |
| 交通运输、仓储及邮电通信业 | 4.43 | 2.98 | 1.26 | 0.19 |
| 批发和零售贸易、餐饮业 | 25.76 | 14.18 | 10.11 | 1.47 |
| 金融、保险业 | 0.09 | 0.05 | 0.03 | |
| 房地产业 | 0.19 | 0.14 | 0.03 | 0.02 |
| 社会服务业 | 1.38 | 0.84 | 0.42 | 0.12 |
| 卫生、体育和社会福利事业 | 0.54 | 0.51 | 0.04 | |
| 教育、文化、艺术和广播电影电视事业 | 0.69 | 0.57 | 0.12 | |
| 科学研究和综合技术服务业 | 0.16 | 0.16 | | |
| 国家机关、政党机关和社会团体 | 1.02 | 1.02 | | |
| 其他行业 | 0.35 | 0.25 | 0.09 | 0.01 |
| **三、按三次产业分** | | | | |
| 第一产业 | 0.33 | 0.32 | | 0.01 |
| 第二产业 | 55.13 | 31.04 | 12.12 | 11.97 |
| 第三产业 | 35.59 | 21.63 | 12.15 | 1.81 |

## 4—11 各市地女在岗职工

(1998年底)

单位:万人

| 市地 | 合计 | 按登记注册类型分 | | | | | | 按三次产业分 | | |
|---|---|---|---|---|---|---|---|---|---|---|
| | | 国有单位 | 城镇集体单位 | 其他单位 | 内资 | 港澳台投资 | 外商投资 | 第一产业 | 第二产业 | 第三产业 |
| **全省** | **272.65** | **169.95** | **59.57** | **43.13** | **36.60** | **4.08** | **2.45** | **1.74** | **123.06** | **147.85** |
| 郑州市 | 33.90 | 20.23 | 5.45 | 8.22 | 6.65 | 1.10 | 0.47 | 0.10 | 14.43 | 19.37 |
| 开封市 | 14.94 | 9.46 | 4.23 | 1.25 | 1.00 | 0.09 | 0.16 | 0.18 | 6.72 | 8.04 |
| 洛阳市 | 23.85 | 14.22 | 4.39 | 5.24 | 4.66 | 0.16 | 0.42 | 0.02 | 12.91 | 10.92 |
| 平顶山市 | 17.04 | 8.84 | 4.21 | 3.99 | 3.84 | 0.15 | 0.00 | 0.04 | 8.79 | 8.21 |
| 安阳市 | 14.58 | 9.40 | 2.90 | 2.28 | 2.10 | 0.11 | 0.07 | 0.04 | 7.39 | 7.15 |
| 鹤壁市 | 6.43 | 4.30 | 1.27 | 0.86 | 0.62 | 0.17 | 0.07 | 0.07 | 3.92 | 2.44 |
| 新乡市 | 20.70 | 12.45 | 5.48 | 2.77 | 1.78 | 0.59 | 0.40 | 0.07 | 10.49 | 10.14 |
| 焦作市 | 14.49 | 9.90 | 2.50 | 2.09 | 1.89 | 0.13 | 0.07 | 0.10 | 8.15 | 6.24 |
| 濮阳市 | 9.43 | 7.33 | 1.36 | 0.74 | 0.54 | 0.13 | 0.07 | 0.09 | 5.08 | 4.26 |
| 许昌市 | 10.71 | 6.38 | 2.44 | 1.89 | 1.58 | 0.20 | 0.11 | 0.09 | 4.53 | 6.09 |
| 漯河市 | 7.52 | 3.67 | 2.22 | 1.63 | 1.39 | 0.14 | 0.10 | 0.01 | 3.47 | 4.04 |
| 三门峡市 | 8.33 | 4.78 | 1.43 | 2.12 | 2.06 | 0.05 | 0.01 | 0.03 | 4.26 | 4.04 |
| 南阳市 | 24.72 | 15.59 | 5.28 | 3.85 | 3.39 | 0.31 | 0.15 | 0.09 | 11.19 | 13.44 |
| 商丘市 | 13.09 | 9.39 | 2.91 | 0.79 | 0.62 | 0.14 | 0.03 | 0.09 | 3.65 | 9.35 |
| 信阳市 | 14.23 | 7.98 | 3.67 | 2.58 | 2.44 | 0.04 | 0.10 | 0.13 | 4.87 | 9.23 |
| 周口地区 | 16.83 | 10.80 | 4.46 | 1.57 | 1.11 | 0.40 | 0.06 | 0.47 | 6.62 | 9.74 |
| 驻马店地区 | 13.01 | 9.01 | 2.99 | 1.01 | 0.93 | 0.02 | 0.06 | 0.11 | 3.96 | 8.94 |
| 济源市 | 2.76 | 1.75 | 0.81 | 0.20 | | 0.16 | 0.04 | 0.01 | 1.85 | 0.90 |

## 4—12 各市地离开本单位仍保留劳动关系的职工

(1998年底)

单位:万人

| 市地 | 合计 | 按登记注册类型分 | | | | | | 按三次产业分 | | |
|---|---|---|---|---|---|---|---|---|---|---|
| | | 国有单位 | 城镇集体单位 | 其他单位 | 内资 | 港澳台投资 | 外商投资 | 第一产业 | 第二产业 | 第三产业 |
| **全省** | **91.05** | **52.99** | **24.27** | **13.79** | **12.56** | **0.75** | **0.48** | **0.33** | **55.13** | **35.59** |
| 郑州市 | 8.44 | 4.50 | 1.48 | 2.46 | 2.19 | 0.19 | 0.08 | 0.03 | 5.96 | 2.45 |
| 开封市 | 8.20 | 5.01 | 2.55 | 0.64 | 0.52 | 0.07 | 0.05 | 0.01 | 5.69 | 2.50 |
| 洛阳市 | 9.26 | 5.35 | 2.09 | 1.82 | 1.75 | 0.02 | 0.05 | 0.03 | 6.82 | 2.41 |
| 平顶山市 | 3.40 | 1.79 | 0.95 | 0.66 | 0.66 | | | 0.01 | 2.20 | 1.19 |
| 安阳市 | 6.05 | 3.28 | 1.86 | 0.91 | 0.85 | 0.04 | 0.02 | 0.02 | 4.11 | 1.92 |
| 鹤壁市 | 2.69 | 1.31 | 1.08 | 0.30 | 0.29 | 0.01 | 0.00 | 0.04 | 1.86 | 0.79 |
| 新乡市 | 5.83 | 3.66 | 1.58 | 0.59 | 0.39 | 0.12 | 0.08 | 0.02 | 4.01 | 1.80 |
| 焦作市 | 6.02 | 3.32 | 1.90 | 0.80 | 0.72 | 0.06 | 0.02 | 0.01 | 3.93 | 2.08 |
| 濮阳市 | 1.48 | 0.96 | 0.45 | 0.07 | 0.05 | 0.01 | 0.01 | | 0.72 | 0.76 |
| 许昌市 | 4.56 | 2.71 | 1.22 | 0.63 | 0.62 | 0.01 | | | 2.70 | 1.86 |
| 漯河市 | 0.93 | 0.39 | 0.17 | 0.37 | 0.36 | 0.01 | | | 0.41 | 0.52 |
| 三门峡市 | 3.16 | 1.70 | 0.73 | 0.73 | 0.67 | 0.05 | 0.01 | 0.01 | 2.21 | 0.94 |
| 南阳市 | 7.26 | 4.27 | 1.71 | 1.28 | 1.10 | 0.11 | 0.07 | 0.01 | 3.96 | 3.29 |
| 商丘市 | 4.86 | 3.36 | 1.37 | 0.13 | 0.12 | 0.01 | 0.00 | 0.01 | 2.08 | 2.77 |
| 信阳市 | 7.49 | 4.29 | 1.53 | 1.67 | 1.64 | 0.01 | 0.02 | 0.08 | 3.41 | 4.00 |
| 周口地区 | 5.82 | 3.56 | 1.68 | 0.58 | 0.50 | 0.05 | 0.03 | 0.03 | 2.75 | 3.04 |
| 驻马店地区 | 3.89 | 2.47 | 1.30 | 0.12 | 0.12 | | | 0.02 | 1.44 | 2.43 |
| 济源市 | 0.75 | 0.57 | 0.15 | 0.03 | | | 0.03 | | 0.64 | 0.11 |

## 4—13 城镇失业和新就业人数

单位：万人

| 分　　类 | 1978年 | 1980年 | 1985年 | 1990年 | 1995年 | 1997年 | 1998年 |
|---|---|---|---|---|---|---|---|
| **一、城镇失业人数** | **15.74** | **24.45** | **16.10** | **25.09** | **20.11** | **19.90** | **21.64** |
| 登记失业率(%) | 3.6 | 5.0 | 2.5 | 3.3 | 2.1 | 2.0 | 2.6 |
| **二、城镇新就业人数** | **14.27** | **39.25** | **36.87** | **41.22** | **59.61** | **55.27** | **67.85** |
| 1.按来源分 | | | | | | | |
| 城镇劳动力 | 4.16 | 15.00 | 18.60 | 12.86 | 30.27 | 29.44 | 31.46 |
| 乡村劳动力 | 4.90 | 14.34 | 6.22 | 6.36 | 10.62 | 8.26 | 7.24 |
| 大中专技校毕业生 | 0.99 | 2.32 | 5.31 | 8.24 | 10.55 | 10.85 | 9.84 |
| 转业复员军人 | 3.02 | 1.47 | 3.68 | 4.33 | 3.30 | 2.80 | 2.73 |
| 其他 | 1.20 | 6.12 | 3.06 | 9.43 | 4.87 | 3.92 | 16.58 |
| 2.按安置去向分 | | | | | | | |
| 国有单位 | 9.46 | 26.79 | 21.54 | 29.68 | 27.36 | 21.16 | 23.57 |
| 城镇集体单位 | 3.72 | 8.71 | 8.92 | 11.09 | 7.77 | 7.39 | 7.96 |
| 其他单位 | | | | 0.25 | 3.52 | 2.90 | 8.49 |
| 从事个体及私营劳动 | 1.09 | 3.75 | 6.41 | 0.20 | 20.96 | 23.82 | 27.83 |

## 4—14 各市地城镇失业人数和失业率

| 市　　地 | 年底失业人数(人) | | | | 登记失业率(%) | | | |
|---|---|---|---|---|---|---|---|---|
| | 1990年 | 1995年 | 1997年 | 1998年 | 1990年 | 1995年 | 1997年 | 1998年 |
| 郑州市 | 19172 | 21124 | 22565 | 24241 | 2.1 | 1.9 | 2.1 | 2.3 |
| 开封市 | 21637 | 18790 | 13709 | 14569 | 5.0 | 3.6 | 2.0 | 3.1 |
| 洛阳市 | 19873 | 13487 | 15557 | 16208 | 2.8 | 1.6 | 2.1 | 2.2 |
| 平顶山市 | | | 10214 | 11592 | | | 1.9 | 2.1 |
| 安阳市 | 6553 | 22564 | 12247 | 15439 | 1.5 | 4.2 | 2.3 | 2.8 |
| 鹤壁市 | 8842 | 4677 | 6552 | 7645 | 4.7 | 1.6 | 3.0 | 3.7 |
| 新乡市 | 14379 | 10570 | 15983 | 18860 | 2.6 | 1.9 | 2.6 | 3.0 |
| 焦作市 | | | 8472 | 10571 | | | 1.7 | 2.2 |
| 濮阳市 | 6008 | 5977 | 10741 | 10970 | 2.0 | 1.5 | 2.8 | 2.8 |
| 许昌市 | | | 5708 | 7129 | | | 1.8 | 2.2 |
| 漯河市 | 6980 | 6552 | 4655 | 5087 | 4.1 | 2.9 | 2.2 | 2.3 |
| 三门峡市 | 11829 | 6991 | 7098 | 9051 | 4.4 | 2.0 | 2.7 | 3.2 |
| 南阳市 | 31420 | 21055 | 20443 | 24642 | 4.7 | 2.6 | 2.6 | 3.1 |
| 商丘市 | 4918 | 2703 | 7352 | 10664 | 1.4 | 0.6 | 2.0 | 2.3 |
| 信阳市 | 19446 | 20393 | 18420 | 12311 | 4.3 | 3.6 | 3.7 | 2.1 |
| 周口地区 | 10421 | 3881 | 5956 | 5129 | 2.3 | 0.6 | 2.0 | 1.5 |
| 驻马店地区 | 11165 | 9724 | 12141 | 10899 | 3.2 | 2.2 | 3.5 | 2.9 |
| 济源市 | | | 1608 | 1460 | | | 1.8 | 1.[illegible] |

## 4—15 历年职工工资、指数和保险福利费用

| 年份 | 工资总额（万元） | #国有单位 | #城镇集体单位 | 平均工资（元） | #国有单位 | #城镇集体单位 | 平均工资指数（以上年为100） 全部职工 | #国有单位 | #城镇集体单位 | 全部职工保险福利费用总额（万元） |
|---|---|---|---|---|---|---|---|---|---|---|
| 1952 | 14341 | 14341 | | 347 | 347 | | | | | |
| 1957 | 58953 | 58953 | | 546 | 546 | | | | | |
| 1962 | 83304 | 83304 | | 538 | 538 | | | 130.4 | | |
| 1965 | 108860 | 90662 | 18198 | 503 | 599 | 369 | 86.2 | 102.6 | | |
| 1970 | 128670 | 111797 | 16873 | 547 | 573 | 424 | 98.9 | 98.7 | 102.9 | |
| 1975 | 181204 | 153736 | 27468 | 561 | 581 | 488 | 100.5 | 98.4 | 104.7 | |
| 1978 | 242963 | 206528 | 36435 | 590 | 609 | 496 | 104.8 | 105.4 | 99.8 | 28161 |
| 1979 | 276290 | 235982 | 40307 | 644 | 668 | 533 | 108.8 | 109.4 | 107.1 | 33909 |
| 1980 | 329307 | 281420 | 47887 | 730 | 759 | 597 | 106.9 | 107.2 | 105.7 | 45861 |
| 1981 | 354286 | 303343 | 50943 | 742 | 772 | 604 | 99.3 | 99.3 | 98.8 | 56630 |
| 1982 | 374013 | 318162 | 55851 | 754 | 789 | 604 | 99.8 | 100.4 | 98.2 | 63150 |
| 1983 | 391856 | 333617 | 58239 | 767 | 805 | 606 | 98.9 | 99.2 | 97.5 | 73409 |
| 1984 | 462403 | 377555 | 84737 | 866 | 921 | 686 | 110.5 | 111.9 | 110.8 | 85071 |
| 1985 | 578470 | 470624 | 107617 | 1015 | 1080 | 804 | 110.1 | 110.1 | 110.0 | 109279 |
| 1986 | 695690 | 569687 | 125714 | 1159 | 1245 | 882 | 106.9 | 107.9 | 102.7 | 103008 |
| 1987 | 789800 | 643435 | 145781 | 1258 | 1347 | 974 | 100.7 | 100.4 | 102.4 | 112913 |
| 1988 | 959048 | 786621 | 171755 | 1470 | 1582 | 1110 | 96.2 | 96.7 | 93.8 | 123770 |
| 1989 | 1087014 | 894837 | 191249 | 1628 | 1767 | 1191 | 96.4 | 97.2 | 93.4 | 169246 |
| 1990 | 1238636 | 1025211 | 211891 | 1825 | 1997 | 1288 | 111.5 | 112.5 | 107.6 | 207630 |
| 1991 | 1381842 | 1135826 | 243273 | 1964 | 2132 | 1433 | 102.4 | 101.6 | 105.9 | 230044 |
| 1992 | 1655136 | 1383830 | 265082 | 2269 | 2473 | 1583 | 107.3 | 107.7 | 102.6 | 256433 |
| 1993 | 2008244 | 1688941 | 288980 | 2646 | 2860 | 1821 | 105.4 | 104.6 | 104.0 | 297889 |
| 1994 | 2751812 | 2298663 | 356551 | 3545 | 3851 | 2295 | 105.2 | 105.7 | 98.9 | 267836 |
| 1995 | 3477035 | 2841666 | 477868 | 4344 | 4677 | 3007 | 104.8 | 103.9 | 112.1 | 305640 |
| 1996 | 4074296 | 3320302 | 547677 | 4924 | 5265 | 3485 | 103.5 | 102.8 | 105.8 | 333663 |
| 1997 | 4340763 | 3363415 | 660451 | 5225 | 5643 | 3797 | 103.6 | 104.7 | 106.4 | 348982 |
| 1998 | 4310088 | 2997627 | 633634 | 5781 | 6204 | 4258 | 113.0 | 112.3 | 114.5 | 331755 |

注：1. 本表平均工资指数按实际工资计算，即扣除了职工生活费用价格变动因素。

2. 1994 年始全部职工保险福利费用总额，不含交通补贴和洗理费，与以前年度不尽可比。

3. 1998 年工资总额、保险福利费为在岗职工口径，与以前年度不尽可比（下同）。

# 4—16 各种分组的工资总额和平均工资

| 类别 | 工资总额(万元) | | 平均工资(元) | |
|---|---|---|---|---|
| | 1997 年 | 1998 年 | 1997 年 | 1998 年 |
| **总计** | **4340763** | **4310088** | **5225** | **5781** |
| **一、按企业、事业、机关分** | | | | |
| 企业 | 3131747 | 2966402 | 5139 | 5731 |
| 事业 | 834177 | 909537 | 5441 | 5817 |
| 机关 | 374839 | 434149 | 5502 | 6065 |
| **二、按国民经济行业分** | | | | |
| 农林牧渔业 | 41769 | 42213 | 3755 | 4160 |
| 工业 | 1863527 | 1730320 | 5369 | 5765 |
| 采掘业 | 461823 | 402245 | 7994 | 7372 |
| 制造业 | 1252271 | 1159081 | 4638 | 5148 |
| 电力、煤气及水的生产和供应业 | 149434 | 168994 | 7742 | 8283 |
| 建筑业 | 324586 | 300517 | 5281 | 5376 |
| 地质勘查业、水利管理业 | 30384 | 30080 | 5108 | 5699 |
| 交通运输、仓储及邮电通信业 | 300078 | 305670 | 7286 | 8236 |
| 批发和零售贸易、餐饮业 | 379373 | 344195 | 3230 | 4053 |
| 金融、保险业 | 145166 | 163400 | 7282 | 8218 |
| 房地产业 | 19921 | 21835 | 5500 | 6359 |
| 社会服务业 | 108684 | 118462 | 5045 | 5482 |
| 卫生、体育和社会福利事业 | 163634 | 185503 | 5886 | 6526 |
| 教育、文化和广播电影电视事业 | 440545 | 503697 | 5335 | 5684 |
| 科学研究和综合技术服务业 | 54731 | 59241 | 7348 | 8210 |
| 国家机关、政党机关和社会团体 | 412148 | 470761 | 5505 | 6073 |
| 其他行业 | 56217 | 34194 | 6386 | 6346 |
| **三、按三次产业分** | | | | |
| 第一产业 | 20856 | 19674 | 3619 | 3824 |
| 第二产业 | 2188113 | 2030838 | 5356 | 5704 |
| 第三产业 | 2131794 | 2259576 | 5118 | 5878 |

注:1998 年工资和平均工资为在岗职工工资和平均工资。

# 4-17 各种分组的在岗职工工资总额

（1998 年）　　单位：万元

| 类　别 | 工资总额 | 国有单位 | 城镇集体单位 | 其他单位 |
|---|---|---|---|---|
| **总　计** | **4310088** | **2997627** | **633634** | **678827** |
| **一、按隶属关系分** | | | | |
| 中　央 | | 894699 | | |
| 省、自治区、直辖市 | | 279791 | | |
| 市　地 | | 678673 | | |
| 县及县以下 | | 1106164 | | |
| 其　他 | | 38300 | | |
| **二、按企业、事业、机关分** | | | | |
| 企　业 | 2966402 | 1816052 | 471815 | 678536 |
| 事　业 | 909537 | 747644 | 161602 | 291 |
| 机　关 | 434149 | 433931 | 217 | |
| **三、按国民经济行业分** | | | | |
| 农林牧渔业 | 42213 | 37998 | 3562 | 653 |
| 工　业 | 1730320 | 939523 | 197171 | 593627 |
| 采掘业 | 402245 | 238656 | 11023 | 152566 |
| 制造业 | 1159081 | 557135 | 184329 | 417617 |
| 电力、煤气及水的生产和供应业 | 168994 | 143732 | 1819 | 23444 |
| 建筑业 | 300517 | 189648 | 84844 | 26025 |
| 地质勘查业、水利管理业 | 30080 | 29795 | 279 | 6 |
| 交通运输、仓储及邮电通信业 | 305670 | 284936 | 16565 | 4169 |
| 批发和零售贸易、餐饮业 | 344195 | 209879 | 106964 | 27353 |
| 金融、保险业 | 163400 | 110022 | 45003 | 8374 |
| 房地产业 | 21835 | 12972 | 2174 | 6689 |
| 社会服务业 | 118462 | 90231 | 16947 | 11284 |
| 卫生、体育和社会福利事业 | 185503 | 178905 | 6470 | 127 |
| 教育、文化和广播电影电视事业 | 503697 | 356952 | 146487 | 258 |
| 科学研究和综合技术服务业 | 59241 | 58584 | 554 | 103 |
| 国家机关、政党机关和社会团体 | 470761 | 469976 | 780 | 6 |
| 其他行业 | 34194 | 28206 | 5834 | 153 |
| **四、按三次产业分** | | | | |
| 第一产业 | 19674 | 17745 | 1317 | 612 |
| 第二产业 | 2030838 | 1129171 | 282015 | 619652 |
| 第三产业 | 2259576 | 1850711 | 350302 | 58563 |

# 4—18 各种分组的在岗职工平均工资

（1998 年）　　　　单位：元

| 类　　别 | 平均工资 | 国有单位 | 城镇集体单位 | 其他单位 |
|---|---|---|---|---|
| **总　　计** | **5781** | **6204** | **4258** | **5976** |
| **一、按隶属关系分** | | | | |
| 中　央 | | 9416 | | |
| 省、自治区、直辖市 | | 7762 | | |
| 市　地 | | 6058 | | |
| 县及县以下 | | 4745 | | |
| 其　他 | | 5487 | | |
| **二、按企业、事业、机关分** | | | | |
| 企　业 | 5731 | 6274 | 4116 | 5976 |
| 事　业 | 5817 | 6118 | 4737 | 5641 |
| 机　关 | 6065 | 6066 | 4675 | |
| **三、按国民经济行业分** | | | | |
| 农林牧渔业 | 4160 | 4179 | 3884 | 4781 |
| 工　业 | 5765 | 6133 | 3992 | 6087 |
| 采掘业 | 7372 | 7619 | 5204 | 7224 |
| 制造业 | 5148 | 5349 | 3921 | 5644 |
| 电力、煤气及水的生产和供应业 | 8283 | 8116 | 6736 | 9676 |
| 建筑业 | 5376 | 6000 | 4404 | 5179 |
| 地质勘查业、水利管理业 | 5699 | 5725 | 3802 | 5182 |
| 交通运输、仓储及邮电通信业 | 8236 | 8957 | 3735 | 4812 |
| 批发和零售贸易、餐饮业 | 4053 | 4370 | 3496 | 4343 |
| 金融、保险业 | 8218 | 8743 | 7105 | 8671 |
| 房地产业 | 6359 | 5981 | 6461 | 7202 |
| 社会服务业 | 5482 | 5624 | 4435 | 6467 |
| 卫生、体育和社会福利事业 | 6526 | 6567 | 5551 | 8063 |
| 教育、文化和广播电影电视事业 | 5684 | 6211 | 4711 | 5664 |
| 科学研究和综合技术服务业 | 8210 | 8261 | 5061 | 6893 |
| 国家机关、政党机关和社会团体 | 6073 | 6077 | 4349 | 3294 |
| 其他行业 | 6346 | 6573 | 5423 | 7274 |
| **四、按三次产业分** | | | | |
| 第一产业 | 3824 | 3754 | 4557 | 4808 |
| 第二产业 | 5704 | 6110 | 4107 | 6042 |
| 第三产业 | 5878 | 6303 | 4387 | 5366 |

## 4—19 各市地在岗职工工资总额

（1998 年）　　单位：万元

| 市　地 | 工资总额 | 按登记注册类型分 国有单位 | 城镇集体单位 | 其他单位 | 内资 | 港澳台投资 | 外商投资 | 按三次产业分 第一产业 | 第二产业 | 第三产业 |
|---|---|---|---|---|---|---|---|---|---|---|
| **全　省** | **4310088** | **2997627** | **633634** | **678827** | **575345** | **54090** | **49392** | **19674** | **2030838** | **2259576** |
| 郑州市 | 681672 | 462475 | 82318 | 136879 | 101056 | 20860 | 14963 | 1869 | 311018 | 368785 |
| 开封市 | 179904 | 128795 | 37406 | 13703 | 10625 | 700 | 2378 | 1139 | 79194 | 99571 |
| 洛阳市 | 410830 | 263541 | 52674 | 94615 | 80820 | 2313 | 11482 | 447 | 227345 | 183038 |
| 平顶山市 | 335817 | 147856 | 54359 | 133602 | 131216 | 2192 | 194 | 527 | 220522 | 114768 |
| 安阳市 | 246776 | 190853 | 28167 | 27756 | 21963 | 4746 | 1047 | 626 | 141373 | 104777 |
| 鹤壁市 | 88905 | 66421 | 12215 | 10269 | 7552 | 1868 | 849 | 928 | 53786 | 34191 |
| 新乡市 | 261334 | 175134 | 50408 | 35792 | 22165 | 5650 | 7977 | 1018 | 126431 | 133885 |
| 焦作市 | 200171 | 150971 | 19601 | 29599 | 26288 | 1774 | 1537 | 1527 | 115757 | 82887 |
| 濮阳市 | 229356 | 195836 | 17809 | 15711 | 13124 | 1907 | 680 | 616 | 158261 | 70479 |
| 许昌市 | 141743 | 98654 | 22808 | 20281 | 17252 | 2055 | 974 | 849 | 57783 | 83111 |
| 漯河市 | 91580 | 53578 | 23278 | 14724 | 11829 | 1179 | 1716 | 120 | 38264 | 53196 |
| 三门峡市 | 136831 | 85411 | 16491 | 34929 | 33984 | 749 | 196 | 859 | 75070 | 60902 |
| 南阳市 | 355921 | 256661 | 59117 | 40143 | 35032 | 2666 | 2445 | 1076 | 170889 | 183956 |
| 商丘市 | 170709 | 121138 | 30772 | 18799 | 17150 | 1553 | 96 | 1173 | 54445 | 115091 |
| 信阳市 | 187629 | 118718 | 42099 | 26812 | 24292 | 839 | 1681 | 1218 | 61757 | 124654 |
| 周口地区 | 195749 | 139467 | 41473 | 14809 | 12900 | 1509 | 400 | 4261 | 61585 | 129903 |
| 驻马店地区 | 159795 | 123785 | 27176 | 8834 | 8096 | 214 | 524 | 1037 | 41930 | 116828 |
| 济源市 | 36068 | 27045 | 7454 | 1569 | | 1316 | 253 | 130 | 20885 | 15053 |

## 4—20 各市地在岗职工平均工资

（1998 年）　　单位：元

| 市　地 | 平均工资 | 按登记注册类型分 国有单位 | 城镇集体单位 | 其他单位 | 内资 | 港澳台投资 | 外商投资 | 按三次产业分 第一产业 | 第二产业 | 第三产业 |
|---|---|---|---|---|---|---|---|---|---|---|
| **全　省** | **5781** | **6204** | **4258** | **5976** | **5824** | **6051** | **8417** | **3824** | **5704** | **5878** |
| 郑州市 | 7745 | 8410 | 6227 | 6912 | 6275 | 8420 | 12253 | 5891 | 7141 | 8354 |
| 开封市 | 4800 | 5256 | 3813 | 4330 | 4189 | 3451 | 5588 | 2796 | 4575 | 5038 |
| 洛阳市 | 6505 | 6746 | 5147 | 6830 | 6563 | 6617 | 9657 | 3577 | 6456 | 6581 |
| 平顶山市 | 6472 | 6061 | 4303 | 8991 | 9088 | 5461 | 9974 | 3532 | 6901 | 5802 |
| 安阳市 | 5966 | 6632 | 4104 | 4848 | 4274 | 11548 | 5948 | 4665 | 6184 | 5704 |
| 鹤壁市 | 5037 | 5325 | 3935 | 4954 | 4941 | 4620 | 6057 | 4247 | 4789 | 5513 |
| 新乡市 | 5294 | 5627 | 4306 | 5478 | 5186 | 4541 | 7849 | 3738 | 5032 | 5587 |
| 焦作市 | 5117 | 5502 | 3381 | 5032 | 4933 | 5580 | 6533 | 4893 | 4916 | 5431 |
| 濮阳市 | 6783 | 7471 | 3716 | 5591 | 5263 | 6976 | 15775 | 2755 | 8043 | 5065 |
| 许昌市 | 5166 | 5559 | 4239 | 4706 | 4531 | 6441 | 5316 | 3790 | 4944 | 5353 |
| 漯河市 | 4574 | 5344 | 3961 | 3572 | 3228 | 4950 | 7836 | 3384 | 3796 | 5368 |
| 三门峡市 | 5420 | 5991 | 4370 | 4840 | 4824 | 5528 | 5410 | 4322 | 5066 | 5953 |
| 南阳市 | 5389 | 5861 | 4321 | 4682 | 4685 | 4075 | 5533 | 3373 | 5766 | 5096 |
| 商丘市 | 4415 | 4466 | 3588 | 6340 | 6765 | 4180 | 1644 | 3150 | 4535 | 4378 |
| 信阳市 | 4753 | 5088 | 4146 | 4475 | 4262 | 10067 | 8043 | 3728 | 4620 | 4835 |
| 周口地区 | 4189 | 4426 | 3521 | 4307 | 4869 | 2244 | 3449 | 3792 | 3551 | 4596 |
| 驻马店地区 | 4704 | 4962 | 3806 | 4695 | 4617 | 3998 | 7047 | 3140 | 4401 | 4845 |
| 济源市 | 4881 | 5300 | 3938 | 3989 | | 3990 | 3984 | 4954 | 4265 | 6104 |

## 4—21 各市地分行业在岗职工工资总额

（1998 年）

单位：万元

| 市地 | 工资总额 | 农林牧渔业 | 工业 | 采掘业 | 制造业 | 电力、煤气及水的生产和供应业 | 建筑业 | 地质勘查业、水利管理业 | 交通运输仓储及邮电通信业 |
|---|---|---|---|---|---|---|---|---|---|
| 郑州市 | 681672 | 3320 | 243831 | 27284 | 189766 | 26782 | 67187 | 7340 | 31622 |
| 开封市 | 179904 | 1728 | 62159 |  | 56483 | 5676 | 17035 | 785 | 7217 |
| 洛阳市 | 410830 | 1931 | 192532 | 7298 | 168644 | 16590 | 34813 | 2383 | 15961 |
| 平顶山市 | 335817 | 1534 | 197165 | 108339 | 75628 | 13198 | 23357 | 1335 | 6490 |
| 安阳市 | 246776 | 1475 | 123969 | 5667 | 106164 | 12138 | 17405 | 1143 | 7270 |
| 鹤壁市 | 88905 | 1251 | 51745 | 25492 | 22489 | 3764 | 2041 | 266 | 2358 |
| 新乡市 | 261334 | 1457 | 116772 | 3770 | 103387 | 9614 | 9659 | 3868 | 10143 |
| 焦作市 | 200171 | 2342 | 102819 | 22554 | 65278 | 14987 | 12937 | 1358 | 6999 |
| 濮阳市 | 229356 | 909 | 136271 | 104000 | 26280 | 5991 | 21990 | 863 | 4724 |
| 许昌市 | 141743 | 1647 | 52300 | 5115 | 39404 | 7782 | 5483 | 848 | 7232 |
| 漯河市 | 91580 | 725 | 31301 | 23 | 28924 | 2353 | 6963 | 337 | 3471 |
| 三门峡市 | 136831 | 1247 | 69114 | 32362 | 28810 | 7943 | 5956 | 1005 | 5340 |
| 南阳市 | 355921 | 4832 | 149249 | 45825 | 92662 | 10762 | 21640 | 2154 | 13268 |
| 商丘市 | 170709 | 2198 | 43165 | 11726 | 26251 | 5188 | 11280 | 625 | 7748 |
| 信阳市 | 187629 | 5282 | 49336 | 537 | 39808 | 8991 | 12421 | 3427 | 9926 |
| 周口地区 | 195749 | 5413 | 47496 |  | 37836 | 9659 | 14089 | 592 | 10176 |
| 驻马店地区 | 159795 | 4344 | 35485 | 282 | 29410 | 5793 | 6446 | 1535 | 6816 |
| 济源市 | 36068 | 325 | 19927 | 1654 | 16489 | 1784 | 958 | 216 | 757 |

| 市地 | 批发和零售贸易、餐饮业 | 金融、保险业 | 房地产业 | 社会服务业 | 卫生、体育和社会福利业 | 教育、文化艺术和广播电影电视业 | 科学研究和综合技术服务业 | 国家机关、政党机关和社会团体 | 其他行业 |
|---|---|---|---|---|---|---|---|---|---|
| 郑州市 | 62039 | 31785 | 6587 | 34167 | 29815 | 76788 | 20791 | 59963 | 6436 |
| 开封市 | 16548 | 5893 | 1541 | 5111 | 10591 | 25793 | 1011 | 23560 | 932 |
| 洛阳市 | 22853 | 14511 | 1866 | 13405 | 13127 | 39169 | 18894 | 34811 | 4574 |
| 平顶山市 | 23410 | 13339 | 1115 | 8753 | 7964 | 22143 | 1780 | 26305 | 1127 |
| 安阳市 | 13811 | 9036 | 1381 | 6472 | 9625 | 27282 | 1692 | 25394 | 821 |
| 鹤壁市 | 4636 | 3598 | 215 | 1555 | 3113 | 6627 | 492 | 10397 | 611 |
| 新乡市 | 26460 | 8594 | 615 | 5305 | 11795 | 30474 | 3006 | 31254 | 1933 |
| 焦作市 | 10897 | 6064 | 611 | 4623 | 8426 | 20519 | 741 | 20661 | 1174 |
| 濮阳市 | 12845 | 6960 | 1172 | 2611 | 5705 | 15018 | 738 | 18874 | 676 |
| 许昌市 | 16359 | 7332 | 597 | 3371 | 6836 | 19370 | 1038 | 18474 | 855 |
| 漯河市 | 9605 | 5673 | 566 | 2686 | 3857 | 13215 | 306 | 12490 | 386 |
| 三门峡市 | 9348 | 5088 | 463 | 4157 | 3637 | 14221 | 610 | 15757 | 887 |
| 南阳市 | 32974 | 11975 | 1669 | 8586 | 15690 | 50229 | 3109 | 38379 | 2167 |
| 商丘市 | 18852 | 6299 | 702 | 3988 | 11066 | 31607 | 954 | 31110 | 1115 |
| 信阳市 | 17739 | 8659 | 1005 | 5393 | 9784 | 34388 | 1252 | 28164 | 853 |
| 周口地区 | 22506 | 10517 | 493 | 2332 | 11804 | 33482 | 952 | 34896 | 1002 |
| 驻马店地区 | 17832 | 7112 | 968 | 2426 | 14861 | 29909 | 1118 | 30195 | 748 |
| 济源市 | 1785 | 955 | 19 | 751 | 1569 | 5236 | 92 | 3389 | 89 |

## 4-22 各市地分行业在岗职工平均工资

（1998年）

单位:元

| 市地 | 平均工资 | 农林牧渔业 | 工业 | 采掘业 | 制造业 | 电力、煤气及水的生产和供应业 | 建筑业 | 地质勘查业、水利管理业 | 交通运输仓储及邮电通信业 |
|---|---|---|---|---|---|---|---|---|---|
| 郑州市 | 7745 | 6269 | 7329 | 4969 | 7551 | 10104 | 6533 | 8357 | 10238 |
| 开封市 | 4800 | 3238 | 4263 | | 4095 | 7219 | 6242 | 4188 | 5602 |
| 洛阳市 | 6505 | 4776 | 6380 | 4240 | 6319 | 9398 | 6907 | 5241 | 6837 |
| 平顶山市 | 6472 | 4687 | 6979 | 8365 | 5410 | 10002 | 6302 | 5078 | 5953 |
| 安阳市 | 5966 | 5230 | 6450 | 3701 | 6491 | 9088 | 4779 | 5485 | 6306 |
| 鹤壁市 | 5037 | 4164 | 5025 | 6578 | 3743 | 9064 | 2189 | 5446 | 5780 |
| 新乡市 | 5294 | 3716 | 5052 | 5613 | 4907 | 7000 | 4799 | 6782 | 6688 |
| 焦作市 | 5117 | 4854 | 4737 | 4767 | 4313 | 8161 | 7028 | 5690 | 5860 |
| 濮阳市 | 6783 | 3164 | 9199 | 12056 | 4712 | 9801 | 4522 | 5023 | 5855 |
| 许昌市 | 5166 | 4212 | 5031 | 3728 | 4872 | 8316 | 4243 | 5526 | 5959 |
| 漯河市 | 4574 | 4393 | 3811 | 364 | 3698 | 7162 | 3731 | 6612 | 6047 |
| 三门峡市 | 5420 | 4560 | 5117 | 4814 | 4939 | 8359 | 4541 | 6937 | 6425 |
| 南阳市 | 5389 | 4019 | 5892 | 9947 | 4734 | 9385 | 5023 | 4846 | 5553 |
| 商丘市 | 4415 | 3444 | 4743 | 8137 | 3867 | 5947 | 3886 | 4503 | 4846 |
| 信阳市 | 4753 | 3986 | 4551 | 3390 | 4302 | 6297 | 4912 | 4625 | 4425 |
| 周口地区 | 4189 | 3638 | 3515 | | 3152 | 6410 | 3676 | 2972 | 5788 |
| 驻马店地区 | 4704 | 4165 | 4424 | 4747 | 4181 | 6249 | 4278 | 4424 | 4890 |
| 济源市 | 4881 | 6082 | 4210 | 3269 | 4109 | 8312 | 5868 | 5763 | 4445 |

| 市地 | 批发和零售贸易、餐饮业 | 金融、保险业 | 房地产业 | 社会服务业 | 卫生、体育和社会福利业 | 教育、文化艺术和广播电影电视业 | 科学研究和综合技术服务业 | 国家机关、政党机关和社会团体 | 其他行业 |
|---|---|---|---|---|---|---|---|---|---|
| 郑州市 | 6585 | 11376 | 8217 | 7436 | 9262 | 8300 | 9331 | 8703 | 8413 |
| 开封市 | 3423 | 6066 | 5057 | 4855 | 6813 | 5517 | 6223 | 5299 | 5764 |
| 洛阳市 | 4266 | 9617 | 7206 | 6253 | 6734 | 6371 | 10461 | 6821 | 9720 |
| 平顶山市 | 4570 | 9076 | 7220 | 5132 | 6350 | 5572 | 7057 | 6376 | 5922 |
| 安阳市 | 3478 | 7724 | 7069 | 5799 | 6669 | 5817 | 7093 | 6472 | 7324 |
| 鹤壁市 | 3233 | 7347 | 6028 | 4515 | 6804 | 5871 | 6636 | 6740 | 3902 |
| 新乡市 | 4408 | 7340 | 5712 | 5210 | 6010 | 5543 | 7069 | 5920 | 6622 |
| 焦作市 | 3265 | 6639 | 5028 | 4739 | 6227 | 5917 | 5672 | 6600 | 5155 |
| 濮阳市 | 3314 | 9082 | 8106 | 4600 | 7016 | 4698 | 6611 | 5776 | 5242 |
| 许昌市 | 3997 | 8725 | 6106 | 4548 | 5748 | 5365 | 5407 | 5981 | 6210 |
| 漯河市 | 3939 | 8363 | 6537 | 4682 | 5559 | 5237 | 6116 | 6171 | 4478 |
| 三门峡市 | 4639 | 7223 | 5600 | 4957 | 6028 | 6116 | 7079 | 6631 | 5983 |
| 南阳市 | 3819 | 7228 | 5125 | 4777 | 5833 | 5306 | 5618 | 5629 | 4973 |
| 商丘市 | 2986 | 6675 | 4376 | 4180 | 4876 | 4614 | 5421 | 4864 | 4943 |
| 信阳市 | 3410 | 6780 | 4489 | 4638 | 5851 | 5057 | 4780 | 5594 | 5198 |
| 周口地区 | 3440 | 7357 | 4453 | 3830 | 5296 | 4588 | 4640 | 4788 | 4309 |
| 驻马店地区 | 3360 | 7286 | 5214 | 3832 | 6640 | 4849 | 5413 | 5199 | 5507 |
| 济源市 | 3942 | 7785 | 5938 | 4966 | 7422 | 6668 | 7765 | 7033 | 8145 |

# 4—23 离开本单位仍保留劳动关系的职工生活费

（1998 年）　　　　单位：万元

| 类别 | 合计 | 国有单位 | 城镇集体单位 | 其他单位 |
|---|---|---|---|---|
| **总计** | **71203.0** | **45052.6** | **8832.8** | **17317.6** |
| **一、按企业、事业、机关分** | | | | |
| 企业 | 64927.0 | 39294.1 | 8315.3 | 17317.6 |
| 事业 | 4359.7 | 3843.5 | 516.2 | |
| 机关 | 1916.3 | 1915.0 | 1.3 | |
| **二、按国民经济行业分** | | | | |
| 农林牧渔业 | 495.3 | 442.1 | 47.0 | 6.2 |
| 工业 | 44715.5 | 24302.3 | 4037.2 | 16376.0 |
| 采掘业 | 4694.4 | 1766.2 | 56.5 | 2871.7 |
| 制造业 | 38903.4 | 21476.4 | 3978.1 | 13448.9 |
| 电力、煤气及水的生产和供应业 | 1117.7 | 1059.7 | 2.6 | 55.4 |
| 建筑业 | 3903.2 | 3238.1 | 479.7 | 185.4 |
| 地质勘查业、水利管理业 | 1005.7 | 1003.6 | 2.1 | |
| 交通运输、仓储及邮电通信业 | 4409.7 | 3988.2 | 413.2 | 8.3 |
| 批发和零售贸易、餐饮业 | 10005.1 | 6423.2 | 2916.0 | 665.9 |
| 金融、保险业 | 363.8 | 265.9 | 97.6 | 0.3 |
| 房地产业 | 278.7 | 263.1 | 4.4 | 11.2 |
| 社会服务业 | 1040.1 | 682.2 | 296.7 | 61.2 |
| 卫生、体育和社会福利事业 | 642.8 | 610.4 | 32.4 | |
| 教育、文化、艺术和广播电影电视事业 | 1465.1 | 1033.9 | 431.2 | |
| 科学研究和综合技术服务业 | 240.8 | 238.7 | 2.1 | |
| 国家机关、政党机关和社会团体 | 2127.7 | 2126.4 | 1.3 | |
| 其他行业 | 509.5 | 434.5 | 71.9 | 3.1 |
| **三、按三次产业分** | | | | |
| 第一产业 | 223.2 | 222.4 | 0.6 | 0.2 |
| 第二产业 | 48618.7 | 27540.4 | 4516.9 | 16561.4 |
| 第三产业 | 22361.1 | 17289.8 | 4315.3 | 756.0 |

## 4－24 各市地离开本单位仍保留劳动关系的职工生活费

（1998 年）　　单位：万元

| 市地 | 合计 | 国有单位 | 城镇集体单位 | 其他单位 | | | |
|---|---|---|---|---|---|---|---|
| | | | | | 内资 | 港澳台投资 | 外商投资 |
| 郑州市 | 11036.3 | 6635.7 | 932.6 | 3468.0 | 3292.8 | 125.8 | 49.4 |
| 开封市 | 5116.3 | 3307.8 | 1090.5 | 718.0 | 602.7 | 39.6 | 75.7 |
| 洛阳市 | 11550.1 | 6908.3 | 799.8 | 3842.0 | 3743.2 | 6.6 | 92.2 |
| 平顶山市 | 3769.6 | 1579.0 | 267.7 | 1922.9 | 1917.6 | 5.3 | |
| 安阳市 | 3419.7 | 2261.5 | 376.7 | 781.5 | 761.1 | 8.5 | 11.9 |
| 鹤壁市 | 1307.3 | 1042.7 | 59.1 | 205.5 | 201.2 | 4.1 | 0.2 |
| 新乡市 | 3530.9 | 2302.8 | 574.0 | 654.1 | 482.1 | 82.5 | 89.5 |
| 焦作市 | 3653.9 | 2285.9 | 156.3 | 1211.7 | 1148.9 | 56.3 | 6.5 |
| 濮阳市 | 944.4 | 761.5 | 95.0 | 87.9 | 86.2 | 1.4 | 0.3 |
| 许昌市 | 2380.8 | 1918.3 | 265.1 | 197.4 | 196.7 | 0.7 | |
| 漯河市 | 1160.2 | 666.7 | 329.5 | 164.0 | 159.4 | 4.6 | |
| 三门峡市 | 2282.8 | 1311.3 | 152.2 | 819.3 | 813.5 | 4.1 | 1.7 |
| 南阳市 | 5441.5 | 3665.6 | 828.4 | 947.5 | 908.3 | 29.2 | 10.0 |
| 商丘市 | 2303.4 | 1795.3 | 365.3 | 142.8 | 135.4 | 7.4 | |
| 信阳市 | 6447.7 | 3735.2 | 865.3 | 1847.2 | 1761.2 | 5.6 | 80.4 |
| 周口地区 | 2027.4 | 1430.0 | 419.4 | 178.0 | 174.4 | 1.0 | 2.6 |
| 驻马店地区 | 1693.4 | 1163.9 | 399.8 | 129.7 | 127.1 | | 2.6 |
| 济源市 | 586.5 | 516.3 | 70.1 | 0.1 | | | 0.1 |

## 主要统计指标解释

**从业人员** 指从事一定社会劳动并取得劳动报酬或经营收入的全部劳动力。包括:全部职工、城镇私营企业从业人员、城镇个体劳动者、农村从业人员及其他从业人员。从业人员与原统计制度中的社会劳动者属同一指标。

**职工** 指在国有经济、城镇集体经济、联营经济、股份制经济、外商和港、澳、台投资经济、其他经济单位及其附属机构工作,并由其支付工资的各类人员。

**在岗职工** 指在本单位工作并由单位支付工资的人员,以及有工作岗位,但由于学习、病伤产假等原因暂时未工作,仍由单位支付工资的人员。

**离开本单位仍保留劳动关系的职工** 指由于各种原因,已经离开本人的生产或工作岗位,并已不在单位从事其他工作,但仍与用人单位保留劳动关系的职工。

**离开本单位仍保留劳动关系的职工生活费** 指上述人员在离开本单位仍保留劳动关系期间从本单位领取的生活费用。

**内部退养职工** 指接近正常退休年龄但因各种原因退出工作岗位,并办理了内退手续,在办理正式退休手续前由单位按月发生活费的职工。

**城镇私营企业从业人员** 指在工商行政管理部门办理登记,并领取营业执照的各类私营企业中,从事经营管理和参加生产,并取得经营收入和劳动报酬的全部人员。包括离、退休后,在私营企业从业的人员。

**城镇个体从业人员** 指经工商行政管理部门核准登记,领取营业执照,参加生产经营活动,户口在城镇的全部人员,包括个体经营者本人、家庭辅助人员、帮手、学徒,雇佣人员,以及离、退休后从事个体劳动的人员。

**农村从业人员** 指农村人口中经常参加合作经济组织[包括乡(镇)办企业事业单位]和家庭副业生产劳动的劳动力。凡是由合作经济组织分配劳动任务或承包各种生产任务,并从中直接取得实物、现金收入和从承包的生产任务中获得实物、现金收入的劳动力,不管从事何种劳动,都要统计为农村从业人员。国家从乡(村)调用的建勤民工;由集体经费支付工资或补贴的乡(村)脱产管理干部;乡(村)劳动力到国有经济单位或城镇集体经济单位工作,其收入交给合作经济组织,并从中取得实物或现金收入的合同工、临时工、亦工亦农人员;自行外出,但户口没有转出的劳动力,都应包括在内。

**其他从业人员** 指劳动统计制度规定不作职工统计,但实际参加社会劳动的人员。包括:聘用或留用的离休、退休人员;民办教师;参加乡村劳动的城镇人员;国营农、林、牧、渔场代管的村(队)从业人员;宗教职业者等。

**城镇失业人员** 指有非农业户口,在一定的劳动年龄内(16 岁以上及男 50 岁以下、女 45 岁以下),有劳动能力,无业而要求就业,并在当地就业服务机构进行失业登记的人员。包括失业青年、失业职工及其他失业人员。

**城镇失业率** 是城镇失业人数同城镇在业人数加城镇失业人数之比。计算公式为:

城镇失业率＝城镇失业人数/(城镇在业人数＋城镇失业人数)×100%

**职工工资总额** 指各单位在一定时期内直接支付给本单位全部职工的劳动报酬总额。工资总额的计算原则应以直接支付给职工的全部劳动报酬为根据。各单位支付给职工的劳动报酬以及其他根据有关规定支付的工资,不论是计入成本的还是不计入成本的,不论是按国家规定列入计征奖金税项目的还是未列入计征奖金税项目的，不论是以货币形式支付的还是以实物形式支付的，均应列入工资总额的计算范围。它包括：

(1)计时工资指按照计时工资标准(包括地区生活补贴)和工作时间支付给个人的劳动报酬。具体包括：对已做工作按计时工资标准支付的工资；实行结构工资制的单位支付给职工的基础工资和职务(岗位)工资；新参加工作职工的见习工资(学徒的生活费)；运动员体育津贴；根据国家法律、法规和政策规定，因病、工伤、产假、计划生育假、婚丧假、探亲假、定期休假、停工学习、执行国家或社会义务等原因按计时工资标准或计时工资标准的一定比例支付的工资；合同制职工按规定缴纳的不超过本人标准工资3%的退休养老基金，职工受处分期间的工资等。

(2)计件工资指对已做工作按计件单价支付的劳动报酬。具体包括实行超额累进计件，直接无限计件，限额计件，超定额计件等工资制，按劳动部门或主管部门批准的定额和计件单价支付给个人的工资；按工作任务包干办法支付给个人的工资；按营业额提成或利润提成办法支付给个人的工资。

(3)奖金指支付给职工的超额劳动报酬和增收节支的劳动报酬。包括生产业务奖、节约奖、劳动竞赛奖、机关、事业单位的奖励工资、其他奖金。

(4)津贴和补贴指为了补偿职工特殊或额外的劳动消耗和其他特殊原因支付给职工的津贴，以及为了保证职工工资水平不受物价影响支付给职工的物价补贴。

津贴：包括补偿职工特殊或额外劳动消耗的津贴；保健性津贴；技术性津贴；年功性津贴及其他津贴。

补贴：包括为了保证职工工资水平不受物价上涨或变动影响而支付的各种补贴。

(5)加班加点工资指对法定节假日和公布假日工作的职工，以及在正常工作日以外工作时间的职工按规定支付的加班加点工资。

(6)其他工资指其他根据国家规定支付的工资。如附加工资，保留工资以及调整工资补发的上年工资等。

**职工平均工资** 指企业、事业、机关单位的职工在一定时期内平均每人所得的货币工资额。它表明一定时期职工工资收入的高低程度，是反映职工工资水平的主要指标。计算公式为：

职工平均工资＝报告期实际支付的全部职工工资总额/报告期全部职工平均人数

# 五、固定资产投资

**简要说明**

一、本篇资料主要反映河南省固定资产投资基本情况。主要包括固定资产投资完成额、房屋建筑面积、新增固定资产、新增生产能力、房地产开发经营情况及主要统计指标解释等。

二、本篇资料的统计范围包括：基本建设投资，更新改造投资，国有其他固定资产投资，房地产开发投资，城镇集体固定资产投资，联营经济、股份制经济、外商投资经济、港澳台投资经济及其他经济类型的固定资产投资，农村集体固定资产投资、城镇工矿区私人建房投资，农村个人固定资产投资以及国防、人防基本建设投资。

三、本篇资料来源：跨地区项目来自省直各部门，农村集体和农村个人固定资产由省统计局根据农调队乡村社会经济调查资料推算，除此以外固定资产投资资料均由省统计局根据国家固定资产投资报表制度整理提供。

四、固定资产投资统计的调查方法，除农村集体和农村个人固定资产投资统计采用抽样调查方法外，其他均为全面统计报表。

# 数 据 要 览

| | | |
|---|---|---|
| ◆1998年全社会固定资产投资 | 1330.56亿元 | 比上年增长14.2% |
| #基本建设投资 | 530.00亿元 | 比上年增长15.9% |
| 更新改造投资 | 165.43亿元 | 比上年下降2.3% |
| ◆1998年国有经济单位投资 | 638.49亿元 | 比上年增长12.2% |
| ◆1998年集体经济单位投资 | 255.10亿元 | 比上年增长14.6% |
| ◆1998年城乡个人投资 | 256.38亿元 | 比上年增长23.7% |
| ◆1998年房屋竣工面积 | 16484.43万平方米 | 比上年增长17.8% |
| #住宅 | 12620.11万平方米 | 比上年增长21.2% |

## 全社会固定资产投资

单位：亿元

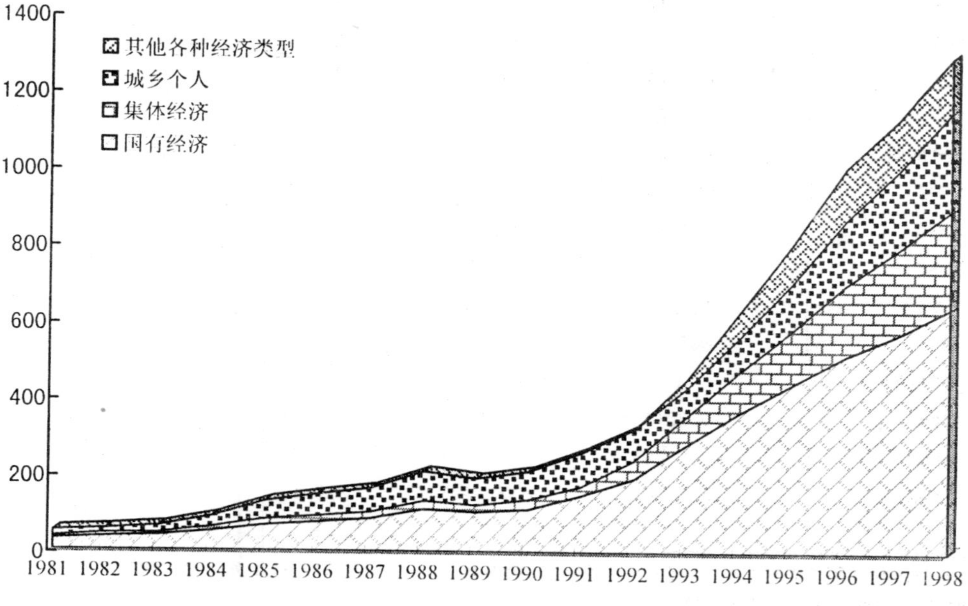

## 5－1　全社会固定资产投资总额

单位：亿元

| 年　　份 | 全社会固定资产投资总额 | 国有经济 | 集体经济 | 城乡个人 | 其他各种经济类型 |
|---|---|---|---|---|---|
| "一五"时期 | | 21.61 | | | |
| "二五"时期 | | 65.77 | | | |
| 1963－1965 | | 19.25 | | | |
| "三五"时期 | | 43.41 | | | |
| "四五"时期 | | 92.46 | | | |
| "五五"时期 | | 114.26 | | | |
| #1978 | | 24.80 | | | |
| 1979 | | 23.75 | | | |
| 1980 | | 24.27 | | | |
| "六五"时期 | 376.05 | 209.39 | 48.39 | 118.27 | |
| 1981 | 47.25 | 26.60 | 6.58 | 14.07 | |
| 1982 | 53.52 | 33.12 | 8.31 | 12.09 | |
| 1983 | 61.40 | 36.87 | 6.27 | 18.26 | |
| 1984 | 86.93 | 48.23 | 11.70 | 27.00 | |
| 1985 | 126.95 | 64.57 | 15.53 | 46.85 | |
| "七五"时期 | 903.21 | 468.33 | 97.24 | 337.64 | |
| 1986 | 144.94 | 72.48 | 16.32 | 56.14 | |
| 1987 | 160.42 | 82.37 | 16.64 | 61.41 | |
| 1988 | 204.05 | 105.63 | 21.81 | 76.61 | |
| 1989 | 187.68 | 99.62 | 17.90 | 70.16 | |
| 1990 | 206.12 | 108.23 | 24.57 | 73.32 | |
| "八五"时期 | 2458.77 | 1413.79 | 396.85 | 457.93 | 190.20 |
| 1991 | 256.46 | 144.28 | 24.17 | 88.01 | |
| 1992 | 318.83 | 189.15 | 47.62 | 82.06 | |
| 1993 | 450.43 | 278.51 | 75.39 | 73.62 | 22.91 |
| 1994 | 628.03 | 364.03 | 107.66 | 90.34 | 66.00 |
| 1995 | 805.03 | 437.83 | 142.01 | 123.90 | 101.29 |
| "九五"时期 | | | | | |
| #1996 | 1003.61 | 512.04 | 185.81 | 168.55 | 137.20 |
| 1997 | 1165.19 | 569.15 | 222.67 | 207.19 | 132.47 |
| 1998 | 1330.56 | 638.49 | 255.10 | 256.38 | 142.58 |

注：1.其他各种经济类型中自1993年起包括联营经济、股份制经济、中外合资经营、中外合作经营、外资与大陆合资经营、外资与大陆合作经营、港澳台独资和其他经济。

2.1997、1998年全社会投资总额中含5－50万元地方项目投资，投资额分别为33.71亿元、38.01亿元，其余指标均不包括(下同)。

# 5-2 各种分组的全社会固定资产投资

| 项　　目 | 1990 年 | 1991 年 | 1992 年 | 1993 年 | 1994 年 | 1995 年 | 1996 年 | 1997 年 | 1998 年 |
|---|---|---|---|---|---|---|---|---|---|
| **一、投资总额(亿元)** | **206.12** | **256.46** | **318.83** | **450.43** | **628.03** | **805.03** | **1003.61** | **1165.19** | **1330.56** |
| 1、按经济类型分 | | | | | | | | | |
| 国有经济 | 108.23 | 144.28 | 189.15 | 278.51 | 364.03 | 437.83 | 512.04 | 569.15 | 638.49 |
| 集体经济 | 24.57 | 24.17 | 47.62 | 75.39 | 107.66 | 142.01 | 185.81 | 222.67 | 255.10 |
| #农村 | 16.08 | 16.62 | 35.74 | 57.31 | 84.96 | 113.49 | 149.71 | 183.59 | 225.00 |
| 城乡个人 | 73.32 | 88.01 | 82.06 | 73.62 | 90.34 | 123.90 | 168.55 | 207.19 | 256.38 |
| #农村 | 66.79 | 81.08 | 68.76 | 55.21 | 67.71 | 91.31 | 122.00 | 152.00 | 184.00 |
| 联营经济 | | | | 0.39 | 0.75 | 0.97 | 0.94 | 0.70 | 1.57 |
| 股份制经济 | | | | 5.88 | 16.28 | 36.66 | 71.01 | 72.02 | 76.64 |
| 外商投资经济 | | | | 12.09 | 26.27 | 27.39 | 34.28 | 35.35 | 21.83 |
| 港澳台投资 | | | | 4.25 | 22.22 | 35.85 | 29.46 | 21.25 | 35.03 |
| 其他经济 | | | | 0.30 | 0.48 | 0.42 | 1.52 | 3.15 | 7.51 |
| 2、按管理渠道分 | | | | | | | | | |
| #基本建设 | 52.28 | 79.71 | 101.03 | 162.78 | 238.55 | 319.47 | 408.65 | 457.41 | 530.00 |
| 更新改造 | 32.53 | 40.19 | 58.56 | 88.08 | 117.81 | 132.47 | 155.65 | 169.30 | 165.43 |
| 房地产开发 | 3.43 | 4.08 | 8.78 | 25.27 | 49.61 | 62.56 | 54.84 | 51.75 | 58.10 |
| 城镇集体 | 8.49 | 7.55 | 11.88 | 18.08 | 20.21 | 21.84 | 30.48 | 33.09 | 27.31 |
| 其他投资 | 19.99 | 20.30 | 20.78 | 25.28 | 26.55 | 31.30 | 35.73 | 29.15 | 30.33 |
| 3、按隶属关系分 | | | | | | | | | |
| 中　央 | 63.58 | 79.21 | 81.95 | 105.74 | 147.13 | 182.37 | 212.42 | 216.75 | 237.63 |
| 地　方 | 142.54 | 177.25 | 236.88 | 344.69 | 480.90 | 622.66 | 791.19 | 914.73 | 1054.92 |
| 4、按资金来源分 | | | | | | | | | |
| 国家预算内资金 | 13.58 | 14.66 | 21.17 | 22.14 | 21.63 | 32.29 | 38.81 | 49.14 | 68.55 |
| 国内贷款 | 26.91 | 41.38 | 73.42 | 114.72 | 158.76 | 186.63 | 206.63 | 200.94 | 227.93 |
| 利用外资 | 4.49 | 10.06 | 8.14 | 22.17 | 62.64 | 86.17 | 98.06 | 81.82 | 72.53 |
| 债　券 | | | | | | | | | 4.31 |
| 自筹资金 | 153.20 | 177.00 | 198.17 | 229.19 | 301.16 | 399.56 | 539.33 | 610.83 | 706.34 |
| 其他资金 | 7.94 | 13.36 | 17.93 | 62.21 | 83.84 | 100.38 | 120.77 | 188.75 | 212.89 |
| 5、按构成分 | | | | | | | | | |
| 建筑安装工程 | 143.94 | 171.17 | 211.87 | 271.36 | 382.07 | 475.00 | 617.77 | 707.91 | 826.06 |
| 设备、工具、器具购置 | 49.76 | 65.39 | 78.19 | 128.67 | 181.47 | 237.28 | 284.43 | 305.03 | 320.88 |
| 其他费用 | 12.42 | 19.90 | 28.77 | 50.39 | 64.49 | 92.75 | 101.40 | 118.54 | 145.61 |
| **二、房屋建筑面积(万平方米)** | | | | | | | | | |
| 施工面积 | 8941.85 | 10098.01 | 9642.28 | 9406.17 | 10619.85 | 12128.69 | 14816.48 | 16710.71 | 19347.09 |
| 竣工面积 | 8181.36 | 8929.45 | 8151.00 | 7487.84 | 8422.14 | 10005.29 | 12177.57 | 13995.08 | 16484.43 |
| #住宅 | 6210.24 | 7789.41 | 6589.31 | 5341.00 | 5959.05 | 6932.04 | 8840.71 | 10412.96 | 12620.11 |

## 5—3 按登记注册类型分的全社会固定资产投资

（1998 年）　　单位：万元

| 项　　目 | 合　计 | 内　资 | #国有经济 | #集体经济 | #城镇 | #城乡个人 | #城镇 |
|---|---|---|---|---|---|---|---|
| **投资总额** | **13305619** | **12356880** | **6384916** | **2550987** | **301010** | **2563808** | **723808** |
| **按隶属关系分** | | | | | | | |
| 中　央 | 2376343 | 2373676 | 2252546 | 1446 | 1446 | | |
| 地　方 | 10549176 | 9983204 | 4132370 | 2549541 | 299564 | 2563808 | 723808 |
| **按资金来源分** | | | | | | | |
| 国家预算内资金 | 685541 | 685224 | 622283 | 56751 | 328 | | |
| 国内贷款 | 2279246 | 2161186 | 1386747 | 384070 | 50954 | 48574 | |
| 利用外资 | 725288 | 548205 | 382100 | 131795 | 4600 | | |
| 债券 | 43103 | 43103 | 41476 | 894 | 894 | | |
| 自筹资金 | 7063435 | 6884924 | 2967630 | 1372515 | 174063 | 2184362 | 723808 |
| 其他资金 | 2128906 | 2034238 | 984680 | 604962 | 70171 | 330872 | |
| **按构成分** | | | | | | | |
| 建筑安装工程 | 8260570 | 7972346 | 4011493 | 1524730 | 184395 | 2003001 | 723808 |
| 设备、工具、器具购置 | 3208847 | 3020837 | 1458923 | 751812 | 86302 | 560807 | |
| 其他费用 | 1456102 | 1363697 | 914500 | 274445 | 30313 | | |

| 项　　目 | #股份合作 | #联营 | #国有独资公司 | #其他有限责任公司 | #股份有限公司 | 港澳台投资 | 外商投资 |
|---|---|---|---|---|---|---|---|
| **投资总额** | **18236** | **15699** | **259441** | **267133** | **239789** | **350297** | **218342** |
| **按隶属关系分** | | | | | | | |
| 中　央 | 323 | | 119271 | 90 | | | 2667 |
| 地　方 | 17913 | 15699 | 140170 | 267043 | 239789 | 350297 | 215675 |
| **按资金来源分** | | | | | | | |
| 国家预算内资金 | | | 4618 | 288 | 1105 | 317 | |
| 国内贷款 | 7125 | 2879 | 189581 | 83358 | 46191 | 74137 | 43923 |
| 利用外资 | | | 21968 | 5615 | 2340 | 55474 | 121609 |
| 债券 | | | | 733 | | | |
| 自筹资金 | 9612 | 9997 | 25327 | 139652 | 152618 | 145335 | 33176 |
| 其他资金 | 1499 | 2823 | 17947 | 37487 | 37535 | 75034 | 19634 |
| **按构成分** | | | | | | | |
| 建筑安装工程 | 8666 | 10323 | 109127 | 141199 | 123756 | 190393 | 97831 |
| 设备、工具、器具购置 | 7635 | 3215 | 72351 | 60429 | 96649 | 107345 | 80665 |
| 其他费用 | 1935 | 2161 | 77963 | 65505 | 19384 | 52559 | 39846 |

# 5—4 各市地全社会固定资产投资

（1998 年）　　　　单位：万元

| 市地 | 合计 | 内资 | #国有经济 | #集体经济 | #城镇 | #城乡个人 | #城镇 |
|---|---|---|---|---|---|---|---|
| 郑州市 | 2859409 | 2596314 | 953237 | 982424 | 78199 | 455780 | 94866 |
| 开封市 | 313418 | 307949 | 165769 | 49025 | 14723 | 86533 | 16533 |
| 洛阳市 | 1163679 | 1090948 | 429379 | 314708 | 16489 | 202572 | 52572 |
| 平顶山市 | 593683 | 588218 | 372167 | 78659 | 16726 | 117263 | 30682 |
| 安阳市 | 516902 | 474479 | 196342 | 92624 | 5026 | 125340 | 23998 |
| 鹤壁市 | 188895 | 187479 | 83936 | 26785 | 13179 | 33412 | 9035 |
| 新乡市 | 547536 | 532360 | 184750 | 145273 | 9640 | 192779 | 19779 |
| 焦作市 | 645164 | 631357 | 342023 | 152273 | 13928 | 129318 | 28979 |
| 濮阳市 | 531865 | 531365 | 393742 | 46139 | 6787 | 86166 | 11156 |
| 许昌市 | 583462 | 580009 | 177455 | 209523 | 32921 | 147863 | 68651 |
| 漯河市 | 438135 | 424218 | 212359 | 85320 | 24066 | 93738 | 31587 |
| 三门峡市 | 437214 | 415941 | 301557 | 14666 | 4413 | 68073 | 18375 |
| 南阳市 | 1109869 | 1031059 | 515194 | 185844 | 16917 | 264019 | 62134 |
| 商丘市 | 539505 | 537268 | 258872 | 57572 | 5082 | 126781 | 30781 |
| 信阳市 | 689596 | 677434 | 258428 | 92413 | 12920 | 276891 | 54500 |
| 周口地区 | 695676 | 687001 | 220816 | 166724 | 15379 | 283361 | 61361 |
| 驻马店地区 | 547164 | 539134 | 179691 | 83302 | 10854 | 256654 | 23959 |
| 济源市 | 86147 | 86147 | 36887 | 19100 | 3761 | 30160 | 14187 |

| 市地 | #股份合作 | #联营 | #国有独资公司 | #其他有限责任公司 | #股份有限公司 | 港澳台投资 | 外商投资 |
|---|---|---|---|---|---|---|---|
| 郑州市 | 5853 | 3115 | 17876 | 72563 | 75906 | 180867 | 82228 |
| 开封市 |  |  |  | 912 | 4820 | 2504 | 2965 |
| 洛阳市 |  | 1077 | 107733 | 13550 | 14285 | 68900 | 3831 |
| 平顶山市 | 7005 | 25 | 2494 | 7224 | 1352 | 172 | 5293 |
| 安阳市 |  |  |  | 52278 | 7474 | 42293 | 130 |
| 鹤壁市 |  |  |  | 40807 | 2539 | 1416 |  |
| 新乡市 |  |  |  | 1164 | 6200 | 1580 | 13596 |
| 焦作市 | 300 | 729 | 605 |  | 6038 | 3733 | 10074 |
| 濮阳市 |  | 805 | 1800 | 1953 | 600 | 500 |  |
| 许昌市 | 1102 | 1275 | 30 | 11182 | 31579 | 3453 |  |
| 漯河市 | 3864 |  |  | 3179 | 19673 | 2877 | 11040 |
| 三门峡市 |  | 4870 | 10318 | 8082 | 7045 | 20773 | 500 |
| 南阳市 | 112 | 730 | 1307 | 29213 | 33894 | 4352 | 74458 |
| 商丘市 |  | 953 | 84788 |  | 8072 | 2082 | 155 |
| 信阳市 |  | 500 | 32190 | 5937 | 10725 | 5946 | 6216 |
| 周口地区 |  | 1450 | 130 | 14000 | 240 | 4369 | 4306 |
| 驻马店地区 |  | 170 |  | 5089 | 9347 | 4480 | 3550 |
| 济源市 |  |  |  |  |  |  |  |

## 5—5 国有经济固定资产投资

| 项目 | 1990年 | 1991年 | 1992年 | 1993年 | 1995年 | 1996年 | 1997年 | 1998年 |
|---|---|---|---|---|---|---|---|---|
| **一、投资总额(亿元)** | **108.23** | **144.28** | **189.15** | **278.51** | **437.83** | **512.04** | **569.15** | **638.49** |
| 1、按资金来源分 | | | | | | | | |
| 国家预算内资金 | 13.47 | 14.58 | 18.57 | 20.16 | 29.82 | 34.15 | 45.69 | 62.23 |
| 国内贷款 | 24.01 | 38.27 | 55.15 | 84.67 | 118.55 | 129.27 | 114.27 | 138.67 |
| 债券 | | | | | | | | 4.15 |
| 利用外资 | 4.24 | 9.80 | 7.42 | 12.95 | 50.49 | 43.57 | 43.50 | 38.21 |
| 自筹资金 | 59.16 | 68.92 | 92.29 | 125.48 | 188.45 | 250.78 | 275.61 | 296.76 |
| 其他资金 | 7.35 | 12.71 | 15.72 | 35.25 | 50.52 | 54.26 | 90.08 | 98.47 |
| 2、按隶属关系分 | | | | | | | | |
| 中央 | 63.58 | 79.21 | 81.94 | 105.51 | 176.98 | 196.03 | 208.57 | 225.25 |
| 地方 | 44.65 | 65.07 | 107.20 | 173.00 | 260.85 | 316.01 | 360.58 | 413.24 |
| 3、按构成分 | | | | | | | | |
| 建筑安装工程 | 65.19 | 79.78 | 109.88 | 164.19 | 260.17 | 327.16 | 355.78 | 401.15 |
| 设备、工器具购置 | 31.53 | 45.13 | 51.28 | 72.07 | 118.67 | 129.08 | 140.96 | 145.89 |
| 其他费用 | 11.51 | 19.38 | 27.98 | 42.25 | 58.99 | 55.79 | 72.41 | 91.45 |
| 4、按建设性质分 | | | | | | | | |
| #新建 | 21.42 | 40.44 | 58.01 | 85.10 | 153.31 | 198.05 | 239.84 | 273.69 |
| 扩建 | 58.95 | 68.60 | 81.19 | 118.42 | 166.14 | 181.84 | 213.35 | 219.27 |
| 改建 | 20.31 | 24.13 | 32.27 | 47.17 | 66.56 | 73.17 | 78.65 | 101.64 |
| 5、按三次产业分 | | | | | | | | |
| 第一产业 | 0.41 | 0.36 | 1.02 | 0.60 | 2.23 | 2.98 | 2.47 | 5.22 |
| 第二产业 | 81.57 | 110.16 | 125.82 | 159.21 | 226.03 | 242.51 | 265.26 | 250.80 |
| #工业 | 80.90 | 109.20 | 124.56 | 155.85 | 219.68 | 235.39 | 256.51 | 238.59 |
| #能源工业 | 47.23 | 52.03 | 53.89 | 64.26 | 98.17 | 113.78 | 128.32 | 129.66 |
| 第三产业 | 26.25 | 33.76 | 62.31 | 118.70 | 209.57 | 266.55 | 301.42 | 382.47 |
| #交通运输邮电通信业 | 5.62 | 9.70 | 16.13 | 36.19 | 64.82 | 84.88 | 98.72 | 139.70 |
| **二、新增固定资产(亿元)** | **78.61** | **109.01** | **141.78** | **193.00** | **304.32** | **361.97** | **515.34** | **411.38** |
| **三、房屋建筑面积(万平方米)** | | | | | | | | |
| 施工面积 | 1461.05 | 1641.58 | 2344.55 | 2516.55 | 3285.97 | 3195.00 | 3321.15 | 3455.96 |
| 竣工面积 | 738.79 | 817.83 | 1051.54 | 1180.58 | 1907.89 | 1649.06 | 1716.78 | 1853.73 |
| #住宅 | 259.74 | 379.68 | 453.78 | 482.71 | 752.82 | 824.18 | 838.24 | 989.78 |

# 5—6 各市地国有经济固定资产投资

（1998 年）　　　　单位:万元

| 市地 | 投资总额 | 按三次产业分 | | | 按 |
|---|---|---|---|---|---|
| | | 第一产业 | 第二产业 | 第三产业 | #新建 |
| **全　省** | **6384916** | **52158** | **2508056** | **3824702** | **2736908** |
| 郑州市 | 953237 | 4181 | 267512 | 681544 | 450171 |
| 开封市 | 165769 | | 53947 | 111822 | 28488 |
| 洛阳市 | 429379 | 609 | 249811 | 178959 | 112251 |
| 平顶山市 | 372167 | 270 | 279505 | 92392 | 110519 |
| 安阳市 | 196342 | | 142482 | 53860 | 47655 |
| 鹤壁市 | 83936 | 1277 | 45444 | 37215 | 15265 |
| 新乡市 | 184750 | 50 | 50743 | 133957 | 51925 |
| 焦作市 | 342023 | 6483 | 128681 | 206859 | 138723 |
| 濮阳市 | 393742 | 4893 | 291481 | 97368 | 60129 |
| 许昌市 | 177455 | 1334 | 57704 | 118417 | 68913 |
| 漯河市 | 212359 | 80 | 36189 | 176090 | 143800 |
| 三门峡市 | 301557 | 1140 | 177070 | 123347 | 132567 |
| 南阳市 | 515194 | 21298 | 258221 | 235675 | 175719 |
| 商丘市 | 258872 | 755 | 54232 | 203885 | 91110 |
| 信阳市 | 258428 | 3945 | 74318 | 180165 | 118596 |
| 周口地区 | 220816 | 2423 | 61829 | 156564 | 87843 |
| 驻马店地区 | 179691 | 3420 | 49295 | 126976 | 34528 |
| 济源市 | 36887 | | 17641 | 19246 | 13418 |
| 郑州铁路局 | 99522 | | | 99522 | 16015 |
| 黄委会 | 58904 | | 692 | 58212 | 18073 |
| 省直其他 | 943886 | | 211259 | 732627 | 821165 |

| 市地 | 建设性质分 | | 按构成分 | | | |
|---|---|---|---|---|---|---|
| | #扩建 | #改建 | 建筑工程 | 安装工程 | 设备购置 | 其他费用 |
| **全　省** | **2192733** | **1016424** | **3538828** | **472665** | **1458923** | **914500** |
| 郑州市 | 246807 | 125292 | 547921 | 55105 | 244850 | 105361 |
| 开封市 | 80569 | 40500 | 103112 | 3612 | 48058 | 10987 |
| 洛阳市 | 187523 | 87286 | 211255 | 37300 | 114334 | 66490 |
| 平顶山市 | 154069 | 82456 | 125955 | 48465 | 124155 | 73592 |
| 安阳市 | 44570 | 81167 | 101838 | 14843 | 58204 | 21457 |
| 鹤壁市 | 43356 | 12777 | 48895 | 4596 | 22469 | 7976 |
| 新乡市 | 72433 | 27701 | 114288 | 7129 | 48699 | 14634 |
| 焦作市 | 149140 | 38975 | 199979 | 26757 | 85362 | 29925 |
| 濮阳市 | 311696 | 12279 | 267730 | 41225 | 49732 | 35055 |
| 许昌市 | 65218 | 24882 | 102485 | 7449 | 41598 | 25923 |
| 漯河市 | 42365 | 15965 | 156772 | 7199 | 41097 | 7291 |
| 三门峡市 | 119259 | 23200 | 160332 | 26830 | 94135 | 20260 |
| 南阳市 | 268525 | 50903 | 262033 | 51785 | 151985 | 49391 |
| 商丘市 | 135143 | 22554 | 141229 | 13972 | 52232 | 51439 |
| 信阳市 | 74030 | 54803 | 165154 | 11804 | 46453 | 35017 |
| 周口地区 | 73644 | 49620 | 132806 | 24382 | 38723 | 24905 |
| 驻马店地区 | 111720 | 8685 | 132875 | 7736 | 31649 | 7431 |
| 济源市 | 12496 | 10570 | 23744 | 3670 | 8253 | 1220 |
| 郑州铁路局 | | 83507 | 64334 | 3707 | 24848 | 6633 |
| 黄委会 | 170 | 40581 | 32927 | 2828 | 10829 | 12320 |
| 省直其他 | | 122721 | 443164 | 72271 | 121258 | 307193 |

## 5—7 基本建设投资和交付使用率

单位:亿元

| 年份 | 基本建设投资总额 | #地方 | 基本建设新增固定资产 | 基本建设固定资产交付使用率(%) | 基本建设投资按建设性质分 #新建项目 | #改、扩建项目 |
|---|---|---|---|---|---|---|
| "一五"时期 | 21.06 | 4.19 | 16.26 | 77.2 | 13.98 | 6.67 |
| "二五"时期 | 62.04 | 35.69 | 43.66 | 70.4 | 45.70 | 15.32 |
| 1963—1965 | 16.77 | 6.47 | 16.66 | 99.3 | 9.81 | 6.46 |
| "三五"时期 | 35.72 | 21.65 | 21.22 | 59.4 | 20.58 | 14.60 |
| "四五"时期 | 74.02 | 45.46 | 42.14 | 56.9 | 41.74 | 31.35 |
| "五五"时期 | 87.76 | 49.68 | 62.10 | 70.8 | 46.51 | 39.82 |
| #1978 | 19.80 | 10.10 | 13.64 | 68.9 | 12.54 | 7.02 |
| 1979 | 18.25 | 9.74 | 15.96 | 87.5 | 8.18 | 9.46 |
| 1980 | 18.38 | 9.97 | 14.27 | 77.6 | 8.77 | 9.53 |
| "六五"时期 | 120.99 | 66.42 | 98.29 | 81.2 | 45.70 | 71.80 |
| 1981 | 18.97 | 15.93 | 15.57 | 82.1 | 11.01 | 7.95 |
| 1982 | 19.86 | 13.04 | 17.87 | 90.0 | 9.62 | 10.14 |
| 1983 | 18.72 | 10.24 | 15.06 | 80.4 | 5.45 | 13.09 |
| 1984 | 27.10 | 12.37 | 20.65 | 76.2 | 8.18 | 18.58 |
| 1985 | 36.34 | 14.84 | 29.14 | 80.2 | 11.44 | 22.04 |
| "七五"时期 | 236.14 | 102.34 | 172.91 | 73.2 | 90.37 | 129.48 |
| 1986 | 37.04 | 15.19 | 31.69 | 85.6 | 10.61 | 23.99 |
| 1987 | 39.74 | 19.94 | 26.07 | 65.6 | 14.15 | 22.36 |
| 1988 | 53.55 | 25.17 | 37.19 | 69.4 | 24.84 | 24.61 |
| 1989 | 53.53 | 22.26 | 38.11 | 71.2 | 20.41 | 29.59 |
| 1990 | 52.28 | 19.78 | 39.85 | 76.2 | 20.36 | 28.93 |
| "八五"时期 | 901.54 | 554.93 | 559.88 | 62.1 | 490.06 | 351.77 |
| 1991 | 79.71 | 33.62 | 50.87 | 63.8 | 38.05 | 35.85 |
| 1992 | 101.03 | 54.75 | 74.55 | 73.8 | 50.78 | 43.29 |
| 1993 | 162.78 | 104.16 | 111.29 | 68.4 | 85.56 | 67.57 |
| 1994 | 238.55 | 155.50 | 131.49 | 55.1 | 134.89 | 88.76 |
| 1995 | 319.47 | 206.90 | 191.68 | 60.0 | 180.78 | 116.30 |
| "九五"时期 | | | | | | |
| #1996 | 408.65 | 266.72 | 264.09 | 64.6 | 251.74 | 129.05 |
| 1997 | 457.41 | 313.78 | 372.13 | 81.4 | 265.87 | 161.24 |
| 1998 | 530.00 | 363.25 | 385.75 | 72.8 | 295.70 | 198.82 |

# 5—8 按农、轻、重分的基本建设投资

| 年份 | 绝对数(亿元) | | | | 比重(基本建设投资额=100) | | | |
|---|---|---|---|---|---|---|---|---|
| | 农林牧渔业 | 轻工业 | 重工业 | #能源工业 | 农林牧渔业 | 轻工业 | 重工业 | #能源工业 |
| "一五"时期 | 0.36 | 2.59 | 7.35 | 3.31 | 1.7 | 12.3 | 34.9 | 15.7 |
| "二五"时期 | 0.74 | 4.88 | 31.59 | 10.74 | 1.2 | 7.9 | 50.9 | 17.3 |
| 1963—1965 | 0.82 | 1.24 | 8.23 | 3.10 | 4.9 | 7.4 | 49.1 | 18.5 |
| "三五"时期 | 0.91 | 2.52 | 18.36 | 6.67 | 2.5 | 7.1 | 51.4 | 18.7 |
| "四五"时期 | 0.81 | 3.40 | 47.04 | 14.58 | 1.1 | 4.6 | 63.6 | 19.7 |
| "五五"时期 | 1.12 | 5.32 | 48.86 | 25.93 | 1.3 | 6.1 | 55.7 | 29.5 |
| #1978 | 0.17 | 0.62 | 12.95 | 7.81 | 0.9 | 3.1 | 65.4 | 39.4 |
| 1979 | 0.29 | 0.94 | 9.99 | 5.70 | 1.6 | 5.2 | 54.7 | 31.2 |
| 1980 | 0.31 | 1.86 | 7.92 | 4.46 | 1.7 | 10.1 | 43.1 | 24.3 |
| "六五"时期 | 1.29 | 8.82 | 62.74 | 47.37 | 1.1 | 7.3 | 51.9 | 39.2 |
| 1981 | 0.17 | 4.10 | 7.41 | 5.25 | 0.9 | 21.6 | 39.1 | 27.3 |
| 1982 | 0.23 | 1.74 | 8.82 | 5.78 | 1.2 | 8.8 | 44.4 | 29.1 |
| 1983 | 0.24 | 0.69 | 10.40 | 7.55 | 1.3 | 3.7 | 55.6 | 40.3 |
| 1984 | 0.34 | 0.84 | 16.84 | 13.62 | 1.3 | 3.1 | 62.1 | 50.3 |
| 1985 | 0.31 | 1.45 | 19.27 | 15.17 | 0.9 | 4.0 | 53.0 | 41.7 |
| "七五"时期 | 1.63 | 20.62 | 139.52 | 94.65 | 0.7 | 8.7 | 59.1 | 40.1 |
| 1986 | 0.13 | 2.90 | 19.29 | 14.36 | 0.4 | 7.8 | 52.1 | 38.8 |
| 1987 | 0.29 | 4.49 | 20.53 | 13.08 | 0.7 | 11.3 | 51.7 | 32.9 |
| 1988 | 0.38 | 3.92 | 31.99 | 21.45 | 0.7 | 7.3 | 59.7 | 40.1 |
| 1989 | 0.42 | 6.21 | 34.90 | 23.95 | 0.8 | 11.6 | 65.2 | 44.7 |
| 1990 | 0.41 | 3.10 | 32.81 | 21.81 | 0.8 | 5.9 | 62.8 | 41.7 |
| "八五"时期 | 5.34 | 67.33 | 406.34 | 244.50 | 0.6 | 7.5 | 45.1 | 27.1 |
| 1991 | 0.31 | 10.90 | 45.95 | 26.60 | 0.4 | 13.7 | 57.6 | 33.4 |
| 1992 | 0.89 | 9.51 | 49.78 | 30.13 | 0.9 | 9.4 | 49.3 | 29.8 |
| 1993 | 0.53 | 10.69 | 69.50 | 36.64 | 0.3 | 6.6 | 42.7 | 22.5 |
| 1994 | 1.45 | 16.76 | 99.63 | 55.67 | 0.6 | 7.0 | 41.8 | 23.3 |
| 1995 | 2.16 | 19.47 | 141.48 | 95.46 | 0.7 | 6.1 | 44.3 | 29.9 |
| "九五"时期 | | | | | | | | |
| #1996 | 2.94 | 24.39 | 166.19 | 114.30 | 0.7 | 6.0 | 40.7 | 28.0 |
| 1997 | 3.03 | 20.21 | 187.16 | 138.97 | 0.7 | 4.4 | 40.9 | 30.4 |
| 1998 | 5.88 | 22.42 | 179.67 | 124.50 | 1.1 | 4.2 | 33.9 | 23.5 |

# 5—9 基本建设投资

| 项　　目 | 1990年 | 1991年 | 1992年 | 1993年 | 1994年 | 1995年 | 1996年 | 1997年 | 1998年 |
|---|---|---|---|---|---|---|---|---|---|
| **一、投资总额(亿元)** | **52.28** | **79.71** | **101.03** | **162.78** | **238.55** | **319.47** | **408.65** | **457.41** | **530.00** |
| 1、按资金来源分 | | | | | | | | | |
| 国家预算内资金 | 12.50 | 13.44 | 17.71 | 19.12 | 17.93 | 27.87 | 33.56 | 44.67 | 64.60 |
| 国内贷款 | 13.44 | 23.15 | 25.98 | 44.17 | 69.13 | 78.40 | 86.99 | 90.60 | 125.90 |
| 利用外资 | 3.67 | 7.35 | 6.93 | 14.14 | 43.28 | 59.12 | 67.78 | 62.11 | 52.49 |
| 债券 | | | | | | | | | 4.50 |
| 自筹资金 | 18.22 | 27.83 | 42.22 | 70.32 | 77.52 | 122.90 | 168.10 | 179.39 | 208.12 |
| 其他资金 | 4.45 | 7.94 | 8.19 | 15.03 | 30.69 | 31.18 | 52.22 | 80.64 | 74.39 |
| 2、按隶属关系分 | | | | | | | | | |
| 中　央 | 32.50 | 46.09 | 46.29 | 58.62 | 83.04 | 112.57 | 141.93 | 143.63 | 166.76 |
| 地　方 | 19.78 | 33.62 | 54.75 | 104.16 | 155.50 | 206.90 | 266.72 | 313.78 | 363.24 |
| 3、按构成分 | | | | | | | | | |
| 建筑安装工程 | 30.97 | 44.71 | 63.14 | 103.85 | 144.52 | 192.79 | 265.14 | 289.02 | 348.66 |
| 设备、工器具购置 | 13.98 | 21.39 | 17.79 | 29.04 | 58.59 | 73.75 | 85.97 | 100.47 | 89.49 |
| 其他费用 | 7.33 | 13.61 | 20.11 | 29.89 | 35.43 | 52.93 | 57.54 | 67.92 | 91.85 |
| 4、按建设性质分 | | | | | | | | | |
| #新建 | 20.36 | 38.05 | 50.78 | 85.56 | 134.89 | 180.78 | 251.74 | 265.87 | 295.70 |
| 扩建 | 24.89 | 31.88 | 37.58 | 53.99 | 69.83 | 99.98 | 110.33 | 137.21 | 152.48 |
| 改建 | 4.04 | 3.97 | 5.71 | 13.59 | 18.93 | 16.33 | 18.72 | 24.04 | 46.34 |
| 5、按大中小型分 | | | | | | | | | |
| 大中型项目 | 28.34 | 51.79 | 52.60 | 61.55 | 93.72 | 140.68 | 153.07 | 198.06 | 221.74 |
| 小型项目 | 23.94 | 27.92 | 48.43 | 101.23 | 144.82 | 178.79 | 255.58 | 259.35 | 308.26 |
| 6、按三次产业分 | | | | | | | | | |
| 第一产业 | 0.41 | 0.31 | 0.89 | 0.53 | 1.45 | 2.16 | 2.94 | 3.03 | 5.88 |
| 第二产业 | 36.30 | 57.32 | 60.05 | 82.14 | 120.05 | 164.70 | 195.01 | 213.05 | 212.12 |
| #工业 | 35.91 | 56.85 | 59.29 | 80.19 | 116.39 | 160.95 | 190.58 | 207.37 | 202.09 |
| 轻工业 | 3.10 | 10.90 | 9.51 | 10.69 | 16.76 | 19.47 | 24.39 | 20.21 | 22.42 |
| 重工业 | 32.81 | 45.95 | 49.78 | 69.50 | 99.63 | 141.48 | 166.19 | 187.16 | 179.67 |
| #能源工业 | 21.81 | 26.60 | 30.13 | 36.64 | 55.67 | 95.46 | 114.30 | 138.97 | 124.50 |
| 第三产业 | 15.57 | 22.09 | 40.10 | 80.11 | 117.05 | 152.62 | 210.70 | 241.33 | 312.00 |
| #交通运输邮电通信业 | 3.21 | 4.82 | 6.61 | 20.33 | 38.03 | 38.29 | 55.80 | 63.33 | 99.13 |
| 教育及科学研究事业 | 2.74 | 3.21 | 3.75 | 6.27 | 8.08 | 11.65 | 17.84 | 23.53 | 27.15 |
| **二、新增固定资产(亿元)** | **39.85** | **50.87** | **74.55** | **111.29** | **131.49** | **191.68** | **264.09** | **372.13** | **385.75** |
| **三、建设项目(个)** | | | | | | | | | |
| 施工项目 | 2078 | 2738 | 3463 | 3078 | 3837 | 4706 | 5559 | 5509 | 6771 |
| #大中型项目 | 36 | 47 | 55 | 47 | 49 | 45 | 40 | 54 | 55 |
| 全部建成投产项目 | 1093 | 1580 | 2236 | 2361 | 2263 | 3070 | 3675 | 3720 | 4732 |
| #大中型项目 | 3 | 4 | 16 | 6 | 7 | 8 | 4 | 5 | 8 |
| **四、房屋建筑面积(万平方米)** | | | | | | | | | |
| 施工面积 | 888.30 | 1067.40 | 1557.40 | 1665.93 | 1785.34 | 2406.40 | 2432.24 | 2646.90 | 2975.07 |
| #住宅 | 348.19 | 444.37 | 498.62 | 537.14 | 631.80 | 783.22 | 989.85 | 1090.79 | 1386.39 |
| 竣工面积 | 428.56 | 505.86 | 672.46 | 829.39 | 891.52 | 1318.61 | 1316.56 | 1419.27 | 1627.31 |
| #住宅 | 190.68 | 243.95 | 296.18 | 308.44 | 348.69 | 361.57 | 610.71 | 635.77 | 780.17 |

# 5—10 各市地基本建设投资

（1998年）　　单位：万元

| 市地 | 投资总额 | 按三次产业分 | | | 按大中小型分 | |
|---|---|---|---|---|---|---|
| | | 第一产业 | 第二产业 | 第三产业 | 大中型 | 小型 |
| **全省** | **5300036** | **58772** | **2121258** | **3120006** | **2217407** | **3082629** |
| 郑州市 | 776288 | 6126 | 287443 | 482719 | 47108 | 729180 |
| 开封市 | 94159 | | 10389 | 83770 | | 94159 |
| 洛阳市 | 452162 | 949 | 316411 | 134802 | 235018 | 217144 |
| 平顶山市 | 234717 | 50 | 174397 | 60270 | 146183 | 88534 |
| 安阳市 | 184424 | | 138211 | 46213 | 112422 | 72002 |
| 鹤壁市 | 103264 | 277 | 66978 | 36009 | 50063 | 53201 |
| 新乡市 | 136381 | 50 | 45826 | 90505 | 19006 | 117375 |
| 焦作市 | 246834 | 5898 | 63398 | 177538 | 72004 | 174830 |
| 濮阳市 | 183849 | 4893 | 109811 | 69145 | 96365 | 87484 |
| 许昌市 | 134367 | 5155 | 43618 | 85594 | 7200 | 127167 |
| 漯河市 | 173592 | 130 | 33452 | 140010 | 65507 | 108085 |
| 三门峡市 | 255553 | 4316 | 141529 | 109708 | 99203 | 156350 |
| 南阳市 | 431287 | 20762 | 231356 | 179169 | 163509 | 267778 |
| 商丘市 | 263631 | 808 | 107044 | 155779 | 119023 | 144608 |
| 信阳市 | 255845 | 4295 | 83801 | 167749 | 50239 | 205606 |
| 周口地区 | 175860 | 2423 | 24126 | 149311 | 14894 | 160966 |
| 驻马店地区 | 139902 | 2640 | 24269 | 112993 | 7977 | 131925 |
| 济源市 | 25379 | | 7248 | 18131 | | 25379 |
| 郑州铁路局 | 29582 | | | 29582 | | 29582 |
| 黄委会 | 59074 | | 692 | 58382 | | 59074 |
| 省直其他 | 943886 | | 211259 | 732627 | 911686 | 32200 |

| 市地 | 按建设性质分 | | | 按构成分 | | | |
|---|---|---|---|---|---|---|---|
| | #新建 | #扩建 | #改建 | 建筑工程 | 安装工程 | 设备购置 | 其他费用 |
| **全省** | **2957048** | **1524786** | **463417** | **3096341** | **390255** | **894881** | **918559** |
| 郑州市 | 441405 | 174144 | 57570 | 488991 | 41273 | 157596 | 88428 |
| 开封市 | 18741 | 59593 | 2235 | 71891 | 1054 | 14612 | 6602 |
| 洛阳市 | 158867 | 228618 | 29182 | 202781 | 44123 | 105845 | 99413 |
| 平顶山市 | 99313 | 102848 | 11296 | 84282 | 36548 | 49886 | 64001 |
| 安阳市 | 42154 | 120668 | 1183 | 69980 | 23014 | 55992 | 35438 |
| 鹤壁市 | 53102 | 37152 | | 50204 | 7798 | 31828 | 13434 |
| 新乡市 | 42968 | 58226 | 18401 | 106276 | 6413 | 16603 | 7089 |
| 焦作市 | 141454 | 89862 | 9580 | 181365 | 12995 | 28940 | 23534 |
| 濮阳市 | 47232 | 124462 | 2517 | 158302 | 11147 | 7884 | 6513 |
| 许昌市 | 68196 | 39326 | 11160 | 79736 | 4830 | 27432 | 22369 |
| 漯河市 | 143255 | 16825 | 5221 | 140964 | 4530 | 19509 | 8589 |
| 三门峡市 | 138893 | 81514 | 5645 | 144763 | 19438 | 68965 | 22387 |
| 南阳市 | 258583 | 126387 | 34032 | 240206 | 60718 | 75214 | 55149 |
| 商丘市 | 162273 | 80931 | 13194 | 151816 | 7656 | 40487 | 63672 |
| 信阳市 | 150964 | 56435 | 39248 | 170175 | 9830 | 27724 | 48116 |
| 周口地区 | 90640 | 43561 | 34989 | 115209 | 18248 | 16758 | 25645 |
| 驻马店地区 | 31137 | 81961 | 670 | 118348 | 3487 | 13868 | 4199 |
| 济源市 | 12618 | 2103 | 10255 | 19180 | 2049 | 3636 | 514 |
| 郑州铁路局 | 16015 | | 13567 | 25781 | 5 | 15 | 3781 |
| 黄委会 | 18073 | 170 | 40751 | 32927 | 2828 | 10829 | 12490 |
| 省直其他 | 821165 | | 122721 | 443164 | 72271 | 121258 | 307193 |

# 5—11 各产业基本建设投资及构成

| 产业 | 1997年 | | 1998年 | | 1998年为1997年% |
|---|---|---|---|---|---|
| | 投资总额（万元） | 构成（%） | 投资总额（万元） | 构成（%） | |
| **总计** | **4574051** | **100.0** | **5300036** | **100.0** | **115.9** |
| **第一产业** | **30267** | **0.7** | **58772** | **1.1** | **194.2** |
| 农、林、牧、渔业 | 30267 | 0.7 | 58772 | 1.1 | 194.2 |
| **第二产业** | **2130488** | **46.6** | **2121258** | **40.0** | **99.6** |
| 工业 | 2073663 | 45.3 | 2020890 | 38.1 | 97.5 |
| 建筑业 | 56825 | 1.2 | 100368 | 1.9 | 176.6 |
| **第三产业** | **2413296** | **52.8** | **3120006** | **58.9** | **129.3** |
| 农、林、牧、渔服务业 | 9869 | 0.2 | 25438 | 0.5 | 257.8 |
| 地质勘查业和水利管理业 | 516539 | 11.3 | 635761 | 12.0 | 123.1 |
| 交通运输、仓储及邮电通信业 | 645092 | 14.1 | 1021774 | 19.3 | 158.4 |
| #邮电通信业 | 123731 | 2.7 | 269758 | 5.1 | 218.0 |
| 批发和零售贸易、餐饮业 | 127623 | 2.8 | 118705 | 2.2 | 93.0 |
| 金融、保险业 | 90695 | 2.0 | 69222 | 1.3 | 76.3 |
| #金融业 | 88390 | 1.9 | 62980 | 1.2 | 71.3 |
| 房地产业 | 15393 | 0.3 | 11073 | 0.2 | 71.9 |
| 社会服务业 | 223653 | 4.9 | 242220 | 4.6 | 108.3 |
| 卫生体育和社会福利事业 | 49520 | 1.1 | 65911 | 1.2 | 133.1 |
| 教育、文化艺术和广播电影电视事业 | 247479 | 5.4 | 276551 | 5.2 | 111.7 |
| #教育 | 214056 | 4.7 | 241078 | 4.5 | 112.6 |
| 科研和综合技术服务事业 | 21216 | 0.5 | 30446 | 0.6 | 143.5 |
| 国家机关、政党机关和社会团体 | 447035 | 9.8 | 586772 | 11.1 | 131.3 |
| 其他行业 | 19182 | 0.4 | 36133 | 0.7 | 188.4 |

# 5—12 国民经济各行业基本建设投资

（1998年）　　单位：万元

| 行业 | 投资总额 | 按构成分 | | | | 按建设性质分 | | |
|---|---|---|---|---|---|---|---|---|
| | | 建筑工程 | 安装工程 | 设备购置 | 其他费用 | #新建 | #扩建 | #改建 |
| **总　计** | **5300036** | **3096341** | **390255** | **894881** | **918559** | **2957048** | **1524786** | **463417** |
| **一、农、林、牧、渔业** | **84210** | **54326** | **2984** | **7161** | **19739** | **56611** | **25506** | **435** |
| 1.农业 | 28763 | 20329 | 630 | 2650 | 5154 | 21401 | 6822 | |
| 2.林业 | 10060 | 3414 | 39 | 168 | 6439 | 4014 | 5866 | 70 |
| 3.畜牧业 | 14339 | 6938 | 515 | 1916 | 4970 | 7962 | 6127 | |
| 4.渔业 | 5610 | 4842 | 62 | 478 | 228 | 5260 | 350 | |
| 5.农、林、牧、渔服务业 | 25438 | 18803 | 1738 | 1949 | 2948 | 17974 | 6341 | 365 |
| **二、工业** | **2020890** | **717679** | **262152** | **654123** | **386936** | **1024939** | **755848** | **134794** |
| （一）采掘业 | 373290 | 210759 | 40302 | 65957 | 56272 | 114853 | 245601 | |
| 1.煤炭采选业 | 192387 | 91908 | 14534 | 37511 | 48434 | 106855 | 74966 | |
| 2.石油和天然气开采业 | 162359 | 106992 | 24535 | 23993 | 6839 | | 162359 | |
| 3.黑色金属矿采选业 | | | | | | | | |
| 4.有色金属矿采选业 | 11752 | 8030 | 576 | 2169 | 977 | 5984 | 3498 | |
| 5.非金属矿采选业 | 6792 | 3829 | 657 | 2284 | 22 | 2014 | 4778 | |
| #土砂石开采业 | 2790 | 1170 | 300 | 1300 | 20 | 90 | 2700 | |
| 采盐业 | | | | | | | | |
| 6.其他矿采选业 | | | | | | | | |
| 7.木材及竹材采运业 | | | | | | | | |
| （二）制造业 | 685691 | 219292 | 78085 | 264460 | 123854 | 333843 | 274754 | 4664 |
| 1.食品加工业 | 18950 | 8254 | 1611 | 7043 | 2042 | 12527 | 4593 | 519 |
| #粮食及饲料加工业 | 6429 | 3854 | 216 | 1641 | 718 | 4397 | 1168 | 109 |
| 屠宰业及肉类蛋类加工业 | 5921 | 2856 | 443 | 2382 | 240 | 1700 | 3255 | 410 |
| 2.食品制造业 | 29886 | 14819 | 1880 | 8859 | 4328 | 22711 | 6808 | |
| #糕点及糖果制造业 | 20354 | 9983 | 1473 | 5665 | 3233 | 16817 | 3350 | |
| 3.饮料制造业 | 11504 | 7278 | 942 | 2723 | 561 | 6792 | 3833 | |
| #酒精及饮料酒制造业 | 4658 | 2687 | 92 | 1778 | 101 | 3393 | 485 | |
| 4.烟草加工业 | 4492 | 3977 | 120 | 395 | | 2002 | 1050 | |
| 5.纺织业 | 13664 | 10212 | 36 | 3021 | 395 | 2495 | 3728 | 10 |
| #纤维原料初步加工业 | 777 | 739 | 24 | | 14 | 704 | 73 | |
| 棉纺织业 | 12599 | 9205 | 12 | 3001 | 381 | 1711 | 3655 | 10 |
| 6.服装及其他纤维制品制造业 | 2117 | 1710 | | 400 | 7 | 207 | 1070 | |
| 7.皮革、毛皮、羽绒及其制品业 | 823 | 421 | 52 | 270 | 80 | 400 | 265 | |
| 8.木材加工及竹、藤、棕、草制品业 | 2686 | 426 | 120 | 2090 | 50 | 2581 | 105 | |
| 9.家具制造业 | 1396 | 1320 | | 27 | 49 | 953 | 153 | |
| 10.造纸及纸制品业 | 15896 | 5675 | 4816 | 4532 | 873 | 12620 | 84 | |
| 11.印刷业、记录媒介的复制 | 12507 | 3056 | 103 | 7795 | 1553 | 7108 | 4250 | 616 |
| #印刷业 | 12507 | 3056 | 103 | 7795 | 1553 | 7108 | 4250 | 616 |
| 12.文教体育用品制造业 | | | | | | | | |
| 13.石油加工及炼焦业 | 1827 | 787 | 100 | 672 | 268 | 1372 | | |
| #原油加工业 | | | | | | | | |
| 14.化学原料及化学制品制造业 | 293215 | 54883 | 52541 | 103884 | 81907 | 89799 | 185309 | 100 |
| #化学肥料制造业 | 76874 | 10506 | 16842 | 39962 | 9564 | 2817 | 72447 | |
| 有机化学产品制造业 | 75432 | 6663 | 17236 | 15416 | 36117 | 75312 | 120 | |
| 合成材料制造业 | 116801 | 27702 | 15710 | 39512 | 33877 | 350 | 105219 | |

5—12 续表 1　　(1998 年)　　单位:万元

| 行业 | 投资总额 | 按构成分 | | | | 按建设性质分 | | |
|---|---|---|---|---|---|---|---|---|
| | | 建筑工程 | 安装工程 | 设备购置 | 其他费用 | #新建 | #扩建 | #改建 |
| 15. 医药制造业 | 17750 | 8262 | 1498 | 5677 | 2313 | 11429 | 3717 | |
| 16. 化学纤维制造业 | | | | | | | | |
| 17. 橡胶制品业 | 2118 | 2078 | 40 | | | 785 | 530 | |
| #轮胎制造业 | 838 | 838 | | | | | 370 | |
| 18. 塑料制品业 | 21659 | 7082 | 840 | 10773 | 2964 | 20714 | 795 | |
| 19. 非金属矿物制品业 | 67497 | 22752 | 7722 | 26558 | 10465 | 55165 | 4389 | 118 |
| #水泥制造业 | 52305 | 15392 | 6305 | 21644 | 8964 | 48284 | 1399 | |
| 水泥制品及石棉水泥制品业 | 778 | 598 | | 178 | 2 | 190 | 50 | 118 |
| 玻璃及玻璃制品业 | 1138 | 978 | 15 | 145 | | | 280 | |
| 陶瓷制品业 | 2631 | 1078 | | 1200 | 353 | 1188 | 1260 | |
| 耐火材料制品业 | 2247 | 1521 | 80 | 500 | 146 | | 400 | |
| 20. 黑色金属冶炼及压延加工业 | 6788 | 3869 | 180 | 2619 | 120 | 5337 | 1341 | |
| 21. 有色金属冶炼及压延加工业 | 56069 | 9448 | 1597 | 44284 | 740 | 44897 | 10700 | |
| 22. 金属制品业 | 1655 | 1213 | 52 | 340 | 50 | 979 | 552 | |
| 23. 普通机械制造业 | 14459 | 11469 | 64 | 1877 | 1049 | 6628 | 1563 | |
| #锅炉及原动机制造业 | 2022 | 1953 | 30 | 30 | 9 | 399 | 655 | |
| 金属加工机械制造业 | 6591 | 4869 | 22 | 700 | 1000 | 4176 | 90 | |
| 通用设备制造业 | 1914 | 1313 | | 561 | 40 | 877 | 150 | |
| 24. 专用设备制造业 | 11889 | 10842 | 223 | 593 | 231 | 2727 | 1310 | 638 |
| #机电工业专用设备制造业 | 1932 | 1861 | | | 71 | 711 | | |
| 农、林、牧、渔业机械制造业 | 3123 | 2893 | 10 | 200 | 20 | 430 | 330 | 638 |
| 25. 交通运输设备制造业 | 17362 | 13778 | 362 | 625 | 2597 | 6046 | 564 | 2557 |
| #汽车制造业 | 1183 | 835 | 38 | 305 | 5 | 491 | 274 | |
| 26. 武器弹药制造业 | 416 | 391 | 25 | | | | | |
| 27. 电气机械及器材制造业 | 6224 | 4070 | 169 | 1333 | 652 | 4388 | 887 | |
| #输配电及控制设备制造业 | 3325 | 1738 | 169 | 1263 | 155 | 2245 | 887 | |
| 电工器材制造业 | 1596 | 1526 | | 70 | | 1000 | | |
| 28. 电子及通信设备制造业 | 42437 | 6760 | 2314 | 23522 | 9841 | 3754 | 37158 | |
| 29. 仪器仪表及文化、办公用机械制造业 | 2008 | 1547 | 83 | 58 | 320 | 1030 | | 106 |
| #文化、办公用机械制造业 | | | | | | | | |
| 30. 其他制造业 | 8397 | 2913 | 595 | 4490 | 399 | 8397 | | |
| (三)电力、煤气及水的生产和供应业 | 961909 | 287628 | 143765 | 323706 | 206810 | 576243 | 235493 | 130130 |
| 1. 电力、蒸汽、热水生产和供应业 | 822348 | 243895 | 125809 | 263801 | 188843 | 478982 | 195559 | 129564 |
| #电力生产业 | 477122 | 132743 | 85211 | 126589 | 132579 | 292061 | 174105 | 692 |
| 电力供应业 | 326590 | 105202 | 39392 | 135081 | 46915 | 168753 | 21279 | 128759 |
| 2. 煤气生产和供应业 | 67435 | 10646 | 6499 | 42397 | 7893 | 66899 | 350 | |
| 3. 自来水的生产和供应业 | 72126 | 33087 | 11457 | 17508 | 10074 | 30362 | 39584 | 566 |
| **三、建筑业** | **100368** | **73775** | **772** | **3869** | **21952** | **48993** | **20122** | **18843** |
| 1. 土木工程建筑业 | 90198 | 66542 | 703 | 1009 | 21944 | 46571 | 14772 | 17343 |
| 2. 线路、管道和设备的安装业 | 8559 | 5648 | 43 | 2860 | 8 | 2311 | 5350 | |
| 3. 建筑业的装修装饰业 | 1611 | 1585 | 26 | | | 111 | | 1500 |

5—12 续表 2　　　　（1998 年）　　　　单位：万元

| 行　　业 | 投资总额 | 按构成分 | | | | 按建设性质分 | | |
|---|---|---|---|---|---|---|---|---|
| | | 建筑工程 | 安装工程 | 设备购置 | 其他费用 | #新建 | #扩建 | #改建 |
| **四、地质勘查业、水利管理业** | **635761** | **350679** | **3711** | **40286** | **241085** | **527064** | **38651** | **61052** |
| 1. 地质勘查业 | 7795 | 7494 | 57 | 64 | 180 | 459 | 3206 | 838 |
| 2. 水利管理业 | 627966 | 343185 | 3654 | 40222 | 240905 | 526605 | 35445 | 60154 |
| **五、交通运输、仓储及邮电通信业** | **1021774** | **699013** | **77516** | **103430** | **141815** | **656039** | **203355** | **122649** |
| #铁路运输业 | 130014 | 96877 | 27223 | 1023 | 4891 | 111377 | 3090 | 13567 |
| 公路运输业 | 415925 | 335140 | 297 | 3783 | 76705 | 340565 | 26189 | 45834 |
| 仓储业 | 30436 | 27599 | 249 | 332 | 2256 | 9436 | 19750 | 469 |
| 邮电通信业 | 269758 | 116462 | 48746 | 93629 | 10921 | 125551 | 111752 | 8757 |
| #电信业 | 162663 | 47756 | 36875 | 73745 | 4287 | 84306 | 70399 | 3469 |
| 邮电业 | 66589 | 39196 | 5891 | 18884 | 2618 | 20142 | 27572 | 2366 |
| **六、批发和零售贸易、餐饮业** | **118705** | **103638** | **4205** | **4112** | **6750** | **60739** | **39620** | **5134** |
| #食品、饮料、烟草和家庭用品批发业 | 54922 | 46681 | 3146 | 1125 | 3970 | 28869 | 16585 | 1247 |
| 能源、材料和机械、电子设备批发业 | 13264 | 12318 | 65 | 462 | 419 | 2778 | 8457 | 448 |
| 零售业 | 33258 | 29971 | 893 | 1584 | 810 | 18433 | 10063 | 2684 |
| 餐饮业 | 8102 | 7376 | 71 | 200 | 455 | 6544 | 1035 | 400 |
| **七、金融、保险业** | **69222** | **56768** | **3837** | **5037** | **3580** | **31629** | **21754** | **1064** |
| 1. 金融业 | 62980 | 50937 | 3575 | 4908 | 3560 | 28252 | 20924 | 364 |
| 2. 保险业 | 6242 | 5831 | 262 | 129 | 20 | 3377 | 830 | 700 |
| **八、房地产业** | **11073** | **9738** | **150** | **50** | **1135** | **7951** | **1086** | **30** |
| #房地产开发与经营业 | 7414 | 6129 | 100 | 50 | 1135 | 6679 | 104 | |
| 房地产管理业 | 3629 | 3579 | 50 | | | 1272 | 982 | |
| **九、社会服务业** | **242220** | **187400** | **7917** | **17660** | **29243** | **138353** | **80265** | **14426** |
| #公共服务业 | 187883 | 147394 | 2892 | 10054 | 27543 | 103835 | 63696 | 12685 |
| 居民服务业 | 1717 | 866 | 95 | 35 | 721 | 947 | 555 | 160 |
| 旅馆业 | 40995 | 30411 | 3360 | 6785 | 439 | 25849 | 13037 | 1171 |
| **十、卫生、体育和社会福利业** | **65911** | **56648** | **2039** | **5253** | **1971** | **23440** | **29259** | **1411** |
| #卫生 | 52364 | 44264 | 2005 | 4915 | 1180 | 12927 | 27401 | 1411 |
| **十一、教育、文化艺术及广播电影电视业** | **276551** | **235773** | **6821** | **14389** | **19568** | **114932** | **105702** | **9476** |
| #教育 | 241078 | 213057 | 4628 | 7642 | 15751 | 91095 | 99371 | 8434 |
| 文化艺术业 | 20518 | 15121 | 404 | 1748 | 3245 | 15602 | 2013 | 799 |
| **十二、科学研究和综合技术服务业** | **30446** | **19123** | **1129** | **8245** | **1949** | **6887** | **6082** | **13029** |
| #科学研究业 | 19976 | 11223 | 436 | 7602 | 715 | 2244 | 3181 | 12263 |
| **十三、国家机关、政党机关和社会团体** | **586772** | **500556** | **14519** | **30307** | **41390** | **248604** | **189978** | **68822** |
| #国家机关 | 568306 | 486384 | 13904 | 27870 | 40148 | 236094 | 187617 | 67766 |
| **十四、其他行业** | **36133** | **31225** | **2503** | **959** | **1446** | **10867** | **7558** | **12252** |

## 5—13 各市地分行业基本建设投资

（1998 年）　　单位：万元

| 市　地 | 合　计 | 农、林、牧、渔业 | 工　业 | 建筑业 | 地质勘查业水利管理业 | 交通运输业仓储及邮电通信业 | 批发和零售贸易、餐饮业 |
|---|---|---|---|---|---|---|---|
| **全　　省** | **5300036** | **84210** | **2020890** | **100368** | **635761** | **1021774** | **118705** |
| 郑 州 市 | 776288 | 7668 | 279553 | 7890 | 2115 | 135318 | 30280 |
| 开 封 市 | 94159 | 225 | 10021 | 368 | 2899 | 17242 | 5802 |
| 洛 阳 市 | 452162 | 1995 | 308081 | 8330 | 8520 | 29334 | 2347 |
| 平 顶 山 市 | 234717 | 346 | 173046 | 1351 | 3509 | 20103 | 2742 |
| 安 阳 市 | 184424 | | 129712 | 8499 | 4739 | 8398 | 3949 |
| 鹤 壁 市 | 103264 | 277 | 66591 | 387 | 2199 | 5214 | 1279 |
| 新 乡 市 | 136381 | 50 | 39322 | 6504 | 5707 | 29862 | 5948 |
| 焦 作 市 | 246834 | 8645 | 58495 | 4903 | 1567 | 96844 | 6855 |
| 濮 阳 市 | 183849 | 6773 | 109601 | 210 | 12125 | 5661 | 843 |
| 许 昌 市 | 134367 | 5605 | 38474 | 5144 | 2059 | 24683 | 7053 |
| 漯 河 市 | 173592 | 585 | 32419 | 1033 | 2023 | 77666 | 4705 |
| 三 门 峡 市 | 255553 | 4733 | 139126 | 2403 | 12795 | 26231 | 5430 |
| 南 阳 市 | 431287 | 28285 | 217779 | 13577 | 17237 | 61271 | 12133 |
| 商 丘 市 | 263631 | 3703 | 106334 | 710 | 11211 | 68987 | 3665 |
| 信 阳 市 | 255845 | 6251 | 49370 | 34431 | 6222 | 34971 | 9278 |
| 周 口 地 区 | 175860 | 5142 | 20691 | 3435 | 26155 | 56369 | 8760 |
| 驻马店地区 | 139902 | 3927 | 23076 | 1193 | 2098 | 10072 | 7636 |
| 济 源 市 | 25379 | | 7248 | | | 5538 | |
| 郑州铁路局 | 29582 | | | | | 2958 | |
| 黄 委 会 | 59074 | | 692 | | 58376 | 6 | |
| 省 直 其 他 | 943886 | | 211259 | | 454205 | 278422 | |

| 市地 | 金融、保险业 | 房地产业 | 社会服务业 | 卫生、体育和社会福利事业 | 教育、文化艺术和广播电影电视事业 | 科学研究和综合技术服务事业 | 国家机关、政党机关和社会团体 | 其他行业 |
|---|---|---|---|---|---|---|---|---|
| **全　　省** | **69222** | **11073** | **242220** | **65911** | **276551** | **30446** | **586772** | **36133** |
| 郑 州 市 | 10364 | 4447 | 77925 | 16672 | 86810 | 9475 | 96811 | 10960 |
| 开 封 市 | 2255 | | 23674 | 1986 | 18824 | 565 | 10298 | |
| 洛 阳 市 | 4562 | 104 | 8929 | 3616 | 16935 | 12943 | 46466 | |
| 平 顶 山 市 | 1218 | 39 | 18462 | 1507 | 4188 | 100 | 7726 | 380 |
| 安 阳 市 | 7545 | 74 | 1169 | 495 | 5422 | 86 | 13705 | 631 |
| 鹤 壁 市 | 267 | | 1166 | 1393 | 1186 | 217 | 23000 | 88 |
| 新 乡 市 | 2798 | 230 | 9290 | 3633 | 8110 | | 22693 | 2234 |
| 焦 作 市 | 1621 | 168 | 8321 | 2017 | 16475 | 2429 | 37920 | 574 |
| 濮 阳 市 | 3070 | 65 | 5746 | 3320 | 6518 | 150 | 29507 | 260 |
| 许 昌 市 | 1833 | 120 | 9988 | 3550 | 7281 | 731 | 26274 | 1572 |
| 漯 河 市 | 3715 | | 14405 | 2478 | 5314 | 275 | 27518 | 1456 |
| 三 门 峡 市 | 4280 | 1761 | 17282 | 3149 | 11918 | 500 | 25845 | 100 |
| 南 阳 市 | 4071 | 404 | 9514 | 4435 | 23603 | 1624 | 35404 | 1950 |
| 商 丘 市 | 5953 | 1029 | 4169 | 4970 | 16228 | | 35061 | 1611 |
| 信 阳 市 | 2322 | 2310 | 2393 | 6236 | 22672 | 324 | 76189 | 2876 |
| 周 口 地 区 | 7227 | | 16074 | 2369 | 11033 | 621 | 17634 | 350 |
| 驻马店地区 | 5821 | 322 | 12726 | 4085 | 14034 | 256 | 52631 | 2025 |
| 济 源 市 | 300 | | 987 | | | 150 | 2090 | 9066 |
| 郑州铁路局 | | | | | | | | |
| 黄 委 会 | | | | | | | | |
| 省 直 其 他 | | | | | | | | |

## 5—14 国民经济各行业基本建设项目个数及新增固定资产

（1998年）

| 行业 | 施工项目（个） | #新开工 | 全部投产项目（个） | 项目建成投产率（%） | 新增固定资产（万元） | 固定资产交付使用率（%） |
|---|---|---|---|---|---|---|
| **总计** | **6771** | **5077** | **4732** | **69.9** | **3857490** | **72.8** |
| **一、农、林、牧、渔业** | **212** | **177** | **171** | **80.7** | **69189** | **82.2** |
| 1.农业 | 65 | 53 | 49 | 75.4 | 23352 | 81.2 |
| 2.林业 | 31 | 30 | 30 | 96.8 | 8775 | 87.2 |
| 3.畜牧业 | 34 | 25 | 24 | 70.6 | 8063 | 56.2 |
| 4.渔业 | 13 | 10 | 12 | 92.3 | 5890 | 105.0 |
| 5.农、林、牧、渔服务业 | 69 | 59 | 56 | 81.2 | 23109 | 90.8 |
| **二、工业** | **960** | **603** | **550** | **57.3** | **1791059** | **88.6** |
| （一）采掘业 | 52 | 23 | 19 | 36.5 | 175890 | 47.1 |
| 1.煤炭采选业 | 27 | 5 | 5 | 18.5 | 68011 | 35.4 |
| 2.石油和天然气开采业 | 2 | | | | 94340 | 58.1 |
| 3.黑色金属矿采选业 | | | | | | |
| 4.有色金属矿采选业 | 17 | 15 | 11 | 64.7 | 8795 | 74.8 |
| 5.非金属矿采选业 | 6 | 3 | 3 | 50.0 | 4744 | 69.8 |
| #土砂石开采业 | 2 | 1 | 1 | 50.0 | 2700 | 96.8 |
| 采盐业 | | | | | | |
| 6.其他矿采选业 | | | | | | |
| 7.木材及竹材采运业 | | | | | | |
| （二）制造业 | 605 | 382 | 386 | 63.8 | 425939 | 62.1 |
| 1.食品加工业 | 49 | 38 | 37 | 75.5 | 15310 | 80.8 |
| #粮食及饲料加工业 | 27 | 23 | 23 | 85.2 | 6241 | 97.1 |
| 屠宰业及肉类蛋类加工业 | 16 | 11 | 12 | 75.0 | 7729 | 130.5 |
| 2.食品制造业 | 35 | 24 | 22 | 62.9 | 26448 | 88.5 |
| #糕点及糖果制造业 | 14 | 9 | 12 | 85.7 | 18217 | 89.5 |
| 3.饮料制造业 | 29 | 23 | 22 | 75.9 | 9389 | 81.6 |
| #酒精及饮料酒制造业 | 16 | 12 | 15 | 93.8 | 5214 | 111.9 |
| 4.烟草加工业 | 20 | 11 | 15 | 75.0 | 6171 | 137.4 |
| 5.纺织业 | 39 | 26 | 31 | 79.5 | 14025 | 102.6 |
| #纤维原料初步加工业 | 4 | 4 | 3 | 75.0 | 637 | 82.0 |
| 棉纺织业 | 33 | 21 | 26 | 78.8 | 12970 | 102.9 |
| 6.服装及其他纤维制品制造业 | 10 | 8 | 6 | 60.0 | 1893 | 89.4 |
| 7.皮革、毛皮、羽绒及其制品业 | 5 | 4 | 3 | 60.0 | 823 | 100.0 |
| 8.木材加工及竹、藤、棕、草制品业 | 6 | 6 | 4 | 66.7 | 2386 | 88.8 |
| 9.家具制造业 | 8 | 3 | 6 | 75.0 | 2470 | 176.9 |
| 10.造纸及纸制品业 | 11 | 8 | 8 | 72.7 | 33850 | 212.9 |
| 11.印刷业、记录媒介的复制 | 14 | 8 | 12 | 85.7 | 13489 | 107.9 |
| #印刷业 | 14 | 8 | 12 | 85.7 | 13489 | 107.9 |
| 12.文教体育用品制造业 | | | | | | |
| 13.石油加工及炼焦业 | 3 | 1 | 3 | 100.0 | 2052 | 112.3 |
| #原油加工业 | | | | | | |
| 14.化学原料及化学制品制造业 | 69 | 38 | 38 | 55.1 | 41178 | 14.0 |
| #化学肥料制造业 | 24 | 17 | 13 | 54.2 | 12508 | 16.3 |
| 有机化学产品制造业 | 8 | 3 | 2 | 25.0 | 4402 | 5.8 |
| 合成材料制造业 | 3 | | 1 | 33.3 | 2792 | 2.4 |

5—14 续表 1　　　　　　　　　　（1998 年）

| 行　　业 | 施工项目（个） | #新开工 | 全部投产项目（个） | 项目建成投产率（%） | 新增固定资产（万元） | 固定资产交付使用率（%） |
|---|---|---|---|---|---|---|
| 15.医药制造业 | 29 | 16 | 15 | 51.7 | 12341 | 69.5 |
| 16.化学纤维制造业 | | | | | | |
| 17.橡胶制品业 | 11 | 6 | 6 | 54.5 | 2002 | 94.5 |
| #轮胎制造业 | 4 | 3 | 3 | 75.0 | 691 | 82.5 |
| 18.塑料制品业 | 10 | 8 | 5 | 50.0 | 16246 | 75.0 |
| 19.非金属矿物制品业 | 62 | 40 | 36 | 58.1 | 58674 | 86.9 |
| #水泥制造业 | 25 | 14 | 15 | 60.0 | 42236 | 80.7 |
| 水泥制品及石棉水泥制品业 | 6 | 5 | 5 | 83.3 | 812 | 104.4 |
| 玻璃及玻璃制品业 | 5 | 5 | 4 | 80.0 | 824 | 72.4 |
| 陶瓷制品业 | 8 | 6 | 2 | 25.0 | 2088 | 79.4 |
| 耐火材料制品业 | 3 | 2 | 2 | 66.7 | 1545 | 68.8 |
| 20.黑色金属冶炼及压延加工业 | 5 | 2 | 1 | 20.0 | 8009 | 118.0 |
| 21.有色金属冶炼及压延加工业 | 18 | 8 | 10 | 55.6 | 32095 | 57.2 |
| 22.金属制品业 | 9 | 6 | 8 | 88.9 | 2368 | 143.1 |
| 23.普通机械制造业 | 40 | 26 | 28 | 70.0 | 12289 | 85.0 |
| #锅炉及原动机制造业 | 8 | 6 | 5 | 62.5 | 1887 | 93.3 |
| 金属加工机械制造业 | 7 | 2 | 6 | 85.7 | 2766 | 42.0 |
| 通用设备制造业 | 8 | 5 | 5 | 62.5 | 2318 | 121.1 |
| 24.专用设备制造业 | 46 | 25 | 30 | 65.2 | 16484 | 138.6 |
| #机电工业专用设备制造业 | 11 | 4 | 8 | 72.7 | 4676 | 242.0 |
| 农、林、牧、渔业机械制造业 | 10 | 7 | 6 | 60.0 | 3089 | 98.9 |
| 25.交通运输设备制造业 | 27 | 13 | 12 | 44.4 | 14513 | 83.6 |
| #汽车制造业 | 8 | 5 | 3 | 37.5 | 717 | 60.6 |
| 26.武器弹药制造业 | 3 | | 2 | 66.7 | 1066 | 256.3 |
| 27.电气机械及器材制造业 | 14 | 12 | 8 | 57.1 | 5338 | 85.8 |
| #输配电及控制设备制造业 | 7 | 5 | 5 | 71.4 | 3467 | 104.3 |
| 电工器材制造业 | 3 | 3 | 1 | 33.3 | 1496 | 93.7 |
| 28.电子及通信设备制造业 | 17 | 11 | 7 | 41.2 | 67540 | 159.2 |
| 29.仪器仪表及文化、办公用机械制造业 | 10 | 6 | 7 | 70.0 | 1741 | 86.7 |
| #文化、办公用机械制造业 | | | | | | |
| 30.其他制造业 | 6 | 5 | 4 | 66.7 | 5749 | 68.5 |
| （三）电力、煤气及水的生产和供应业 | 303 | 198 | 145 | 47.9 | 1189230 | 123.6 |
| 1.电力、蒸汽、热水生产和供应业 | 223 | 146 | 115 | 51.6 | 1150906 | 140.0 |
| #电力生产业 | 70 | 33 | 30 | 42.9 | 996624 | 208.9 |
| 电力供应业 | 147 | 109 | 82 | 55.8 | 148314 | 45.4 |
| 2.煤气生产和供应业 | 12 | 6 | 3 | 25.0 | 18096 | 26.8 |
| 3.自来水的生产和供应业 | 68 | 46 | 27 | 39.7 | 20228 | 28.0 |
| **三、建筑业** | **199** | **155** | **136** | **68.3** | **79465** | **79.2** |
| 1.土木工程建筑业 | 182 | 145 | 126 | 69.2 | 70812 | 78.5 |
| 2.线路、管道和设备的安装业 | 15 | 9 | 8 | 53.3 | 7042 | 82.3 |
| 3.建筑业的装修装饰业 | 2 | 1 | 2 | 100.0 | 1611 | 100.0 |

5—14 续表 2　　　　　　　　　　(1998 年)

| 行　　业 | 施工项目（个） | #新开工 | 全部投产项　目（个） | 项目建成投产率（%） | 新增固定资产（万元） | 固定资产交付使用率　（%） |
|---|---|---|---|---|---|---|
| **四、地质勘查业、水利管理业** | **194** | **165** | **112** | **57.7** | **128813** | **20.3** |
| 1.地质勘查业 | 22 | 17 | 8 | 36.4 | 3856 | 49.5 |
| 2.水利管理业 | 172 | 148 | 104 | 60.5 | 124957 | 19.9 |
| **五、交通运输、仓储及邮电通信业** | **748** | **583** | **558** | **74.6** | **517223** | **50.6** |
| #铁路运输业 | 18 | 10 | 7 | 38.9 | 16426 | 12.6 |
| 公路运输业 | 200 | 161 | 154 | 77.0 | 171567 | 41.2 |
| 仓储业 | 53 | 45 | 29 | 54.7 | 9571 | 31.4 |
| 邮电通信业 | 283 | 218 | 209 | 73.9 | 196665 | 72.9 |
| #电信业 | 152 | 117 | 119 | 78.3 | 112328 | 69.1 |
| 邮电业 | 88 | 70 | 60 | 68.2 | 48252 | 72.5 |
| **六、批发和零售贸易、餐饮业** | **417** | **320** | **303** | **72.7** | **119182** | **100.4** |
| #食品、饮料、烟草和家庭用品批发业 | 198 | 155 | 144 | 72.7 | 41713 | 75.9 |
| 能源、材料和机械、电子设备批发业 | 45 | 32 | 30 | 66.7 | 17945 | 135.3 |
| 零售业 | 109 | 80 | 74 | 67.9 | 47410 | 142.6 |
| 餐饮业 | 25 | 22 | 20 | 80.0 | 4822 | 59.5 |
| **七、金融、保险业** | **212** | **146** | **145** | **68.4** | **80112** | **115.7** |
| 1.金融业 | 185 | 124 | 125 | 67.6 | 73328 | 116.4 |
| 2.保险业 | 27 | 22 | 20 | 74.1 | 6784 | 108.7 |
| **八、房地产业** | **39** | **28** | **24** | **61.5** | **9139** | **82.5** |
| #房地产开发与经营业 | 17 | 11 | 8 | 47.1 | 4870 | 65.7 |
| 房地产管理业 | 21 | 16 | 16 | 76.2 | 4269 | 117.6 |
| **九、社会服务业** | **320** | **244** | **218** | **68.1** | **225595** | **93.1** |
| #公共服务业 | 209 | 178 | 159 | 76.1 | 174102 | 92.7 |
| 居民服务业 | 12 | 8 | 7 | 58.3 | 1388 | 80.8 |
| 旅馆业 | 67 | 35 | 32 | 47.8 | 40496 | 98.8 |
| **十、卫生、体育和社会福利业** | **330** | **240** | **222** | **67.3** | **55048** | **83.5** |
| #卫生 | 284 | 208 | 196 | 69.0 | 46094 | 88.0 |
| **十一、教育、文化艺术及广播电影电视业** | **1261** | **974** | **942** | **74.7** | **230050** | **83.2** |
| #教育 | 1153 | 906 | 887 | 76.9 | 202710 | 84.1 |
| 文化艺术业 | 49 | 30 | 22 | 44.9 | 17477 | 85.2 |
| **十二、科学研究和综合技术服务业** | **80** | **43** | **38** | **47.5** | **29136** | **95.7** |
| #科学研究业 | 43 | 22 | 19 | 44.2 | 23622 | 118.3 |
| **十三、国家机关、政党机关和社会团体** | **1723** | **1337** | **1257** | **73.0** | **496166** | **84.6** |
| #国家机关 | 1652 | 1277 | 1207 | 73.1 | 479584 | 84.4 |
| **十四、其他行业** | **76** | **62** | **56** | **73.7** | **27313** | **75.6** |

# 5—15 各市地基本建设项目个数及新增固定资产

（1998年）

| 市地 | 施工项目（个） | #大中型 | 全部建成投产项目数（个） | #大中型 | 新增固定资产（万元） | 固定资产交付使用率（%） |
|---|---|---|---|---|---|---|
| **全省** | **6771** | **55** | **4732** | **8** | **3857490** | **72.8** |
| 郑州市 | 787 | 6 | 397 | 1 | 572229 | 73.7 |
| 开封市 | 209 | | 159 | | 79551 | 84.5 |
| 洛阳市 | 411 | 6 | 218 | 1 | 200144 | 44.3 |
| 平顶山市 | 241 | 4 | 128 | | 65847 | 28.1 |
| 安阳市 | 199 | 4 | 125 | 1 | 412619 | 223.7 |
| 鹤壁市 | 126 | 2 | 57 | | 42484 | 41.1 |
| 新乡市 | 287 | 2 | 217 | | 109725 | 80.5 |
| 焦作市 | 399 | 3 | 301 | | 286722 | 116.2 |
| 濮阳市 | 243 | 2 | 173 | 1 | 165311 | 89.9 |
| 许昌市 | 301 | 1 | 209 | | 88347 | 65.8 |
| 漯河市 | 226 | 1 | 189 | 1 | 190675 | 109.8 |
| 三门峡市 | 385 | 4 | 271 | 1 | 215671 | 84.4 |
| 南阳市 | 738 | 3 | 537 | 1 | 699395 | 162.2 |
| 商丘市 | 323 | 2 | 259 | | 126169 | 47.9 |
| 信阳市 | 842 | 2 | 694 | | 172092 | 67.3 |
| 周口地区 | 381 | 2 | 268 | | 129480 | 73.6 |
| 驻马店地区 | 611 | 2 | 508 | | 122085 | 87.3 |
| 济源市 | 30 | | 20 | | 33584 | 132.3 |
| 郑州铁路局 | 4 | | | | 10399 | 35.2 |
| 黄委会 | 17 | | 1 | | 45766 | 77.5 |
| 省直其他 | 11 | 9 | 1 | 1 | 89195 | 9.4 |

# 5—16 基本建设新增生产能力

| 生产能力(或效益)名称 | 单　位 | 1985 年 | 1990 年 | 1995 年 | 1997 年 | 1998 年 |
|---|---|---|---|---|---|---|
| 煤炭开采 | 万吨/年 | 60 | 15 | 164 | 230 | 224 |
| 天然石油开采 | 万吨/年 | 162 | 3 | 27 | 41 | 35 |
| 发电机组容量 | 万千瓦 | 53.20 | 29.90 | 110.21 | 67.00 | 153.00 |
| 水电 | 万千瓦 | 0.06 | | 3.11 | 2.00 | |
| 火电 | 万千瓦 | 53.26 | 29.90 | 107.10 | 65.00 | 153.00 |
| 输电线路(11 万伏以上的) | 公里 | 512.92 | 429.30 | 228.00 | 439.00 | 478.00 |
| 变电设备(11 万伏以上的) | 万千伏安 | 47.45 | 87.30 | 63.00 | 109.00 | 96.00 |
| 新建公路 | 公里 | | 11.60 | 801.62 | 552.00 | 1106.00 |
| 改建公路 | 公里 | 22.40 | 7.00 | 805.90 | 1468.00 | 2036.00 |
| 汽车购置 | 辆 | 118 | 104 | 255 | 418 | 1159 |
| 有效灌溉面积 | 万公顷 | 1.20 | 9.80 | 60.37 | 11.93 | 22.80 |
| 粮食仓库 | 平方米 | 48681 | 10301 | 99526 | 27471 | 107444 |
| | 万公斤 | 13877 | 2054 | 15523 | 7139 | 51580 |
| 批发零售贸易业、餐饮业网点 | 平方米 | 131653 | 74136 | 444107 | 240668 | 206052 |
| | 处 | 104 | 73 | 186 | 122 | 124 |
| 大专院校学生席位 | 个 | 5377 | 7692 | 14128 | 1040 | 11102 |
| 中等学校学生席位 | 个 | 43404 | 46360 | 80333 | 218892 | 182274 |
| 小学校学生席位 | 个 | 18164 | 23437 | 22750 | 85803 | 132969 |
| 其他学校学生席位 | 个 | 9092 | | 4730 | 13653 | 8743 |
| 图书馆 | 平方米 | 2338 | 38639 | 12540 | 7589 | 2766 |
| 影剧院:席位 | 个 | 5570 | 530 | | 800 | 1500 |
| 　　建筑面积 | 平方米 | 7442 | 600 | | 1160 | 8500 |
| 医院病床床位 | 张 | 3880 | 2106 | 2678 | 3389 | 6103 |
| 自来水供水能力 | 万吨/日 | 19.00 | 1.93 | 35.50 | 28.00 | 20.00 |
| 自来水管道铺设长度 | 公里 | 34.76 | 4.70 | 79.15 | 46.00 | 68.00 |
| 污水管道铺设长度 | 公里 | 15.17 | 3.10 | 56.92 | 42.00 | 107.00 |

注:批发零售贸易业、餐饮业网点,1992 年以前年度为商业、饮食服务业网点。

# 5－17 各市地基本建设施工、竣工房屋建筑面积

（1998年）

| 市地 | 施工面积（平方米） | #住宅 | 竣工面积（平方米） | #住宅 | 竣工率（%） | #住宅 |
|---|---|---|---|---|---|---|
| **全省** | **29750719** | **13863926** | **16273077** | **7801745** | **54.7** | **56.3** |
| 郑州市 | 6503984 | 2960072 | 2908816 | 1504937 | 44.7 | 50.8 |
| 开封市 | 930661 | 352117 | 547625 | 236511 | 58.8 | 67.2 |
| 洛阳市 | 2452063 | 1149928 | 1091871 | 557243 | 44.5 | 48.5 |
| 平顶山市 | 1335530 | 794040 | 438967 | 307168 | 32.9 | 38.7 |
| 安阳市 | 1146883 | 524006 | 602674 | 279516 | 52.5 | 53.3 |
| 鹤壁市 | 789374 | 524517 | 301083 | 174560 | 38.1 | 33.3 |
| 新乡市 | 1193265 | 666508 | 746729 | 396356 | 62.6 | 59.5 |
| 焦作市 | 1401784 | 607575 | 671472 | 204443 | 47.9 | 33.6 |
| 濮阳市 | 1026225 | 605991 | 776119 | 471633 | 75.6 | 77.8 |
| 许昌市 | 1355859 | 546305 | 730996 | 328603 | 53.9 | 60.2 |
| 漯河市 | 1039114 | 375341 | 765517 | 280427 | 73.7 | 74.7 |
| 三门峡市 | 1584866 | 764353 | 895793 | 442818 | 56.5 | 57.9 |
| 南阳市 | 2075189 | 834146 | 1171505 | 416882 | 56.5 | 50.0 |
| 商丘市 | 1462118 | 494957 | 1045314 | 426272 | 71.5 | 86.1 |
| 信阳市 | 2014602 | 887151 | 1398464 | 568248 | 69.4 | 64.1 |
| 周口地区 | 1084849 | 482067 | 676643 | 319206 | 62.4 | 66.2 |
| 驻马店地区 | 1845444 | 994741 | 1302243 | 738444 | 70.6 | 74.2 |
| 济源市 | 92434 |  | 37614 |  | 40.7 |  |
| 郑州铁路局 | 206909 | 175731 | 86528 | 76398 | 41.8 | 43.5 |
| 黄委会 | 200316 | 122980 | 74604 | 70680 | 37.2 | 57.5 |
| 省直其他 | 9250 | 1400 | 2500 | 1400 | 27.0 | 100.0 |

# 5—18 基本建设重点项目投资情况

（1998 年） 单位：万元

| 单位名称 | 计划总投资 | 实际需要的总投资 | 累计完成投资 | 累计新增固定资产 | 本年计划投资 | 本年完成投资 | ＃建筑工程 | ＃安装工程 | ＃设备购置 | 本年新增固定资产 |
|---|---|---|---|---|---|---|---|---|---|---|
| 郑州矿务局（扩建工程） | 239671 | 239671 | 223099 | 140686 | 10853 | 10853 | 5205 | 765 | | 4888 |
| 河南省铁生沟煤矿 | 49879 | 78832 | 48497 | 31665 | 5800 | 5856 | 3773 | 894 | 766 | 4770 |
| 平顶山煤业集团（矿区扩建） | 417225 | 448725 | 448725 | 325489 | 35000 | 35000 | 14416 | 3688 | 5696 | 22749 |
| 永城煤电（集团）有限责任公司 | 600000 | 600000 | 354629 | 133700 | 82011 | 82011 | 31451 | 5862 | 24601 | 11011 |
| 鹤壁矿务局（矿区改扩建） | 45859 | 45859 | 40858 | 989 | 12013 | 12013 | 5710 | 1668 | 1613 | |
| 焦作矿务局 | 180951 | 180951 | 153781 | 85733 | 9800 | 9800 | 4340 | 440 | 458 | 72 |
| 中原石油勘探局 | 94340 | 94340 | 94340 | 94340 | 94340 | 94340 | 83421 | 6394 | 3497 | 94340 |
| 河南石油勘探局 | 446959 | 446959 | 68019 | | 68025 | 68019 | 23571 | 18141 | 20496 | |
| 平顶山化肥厂（二期工程） | 55631 | 65795 | 58620 | 907 | 37676 | 40425 | 3551 | 9832 | 21505 | |
| 安阳化学工业集团有限责任公司 | 67525 | 67525 | 59503 | 9051 | | 27481 | 2595 | 6589 | 16018 | 5133 |
| 中国神马集团尼龙 6.6 盐有限责任公司 | 292842 | 292842 | 232732 | 1241 | 64374 | 70571 | 5315 | 16817 | 13306 | 60 |
| 洛阳石化总厂（化纤工程） | 640679 | 640679 | 154506 | | 105000 | 105219 | 16395 | 15670 | 39462 | |
| 河南省鹤壁水泥有限责任公司 | 70210 | 70210 | 66111 | 1585 | 40958 | 38050 | 8092 | 4888 | 18084 | 1585 |
| 安阳市彩色显像管玻壳有限公司（增资扩产项目） | 62538 | 62538 | 62538 | 62538 | 37158 | 37158 | 1710 | 2300 | 23365 | 62538 |
| 安阳市彩色显像管玻壳有限公司（紧凑型节能灯） | 24640 | 24640 | 768 | | 768 | 768 | 281 | | | |
| 洛阳双源热电有限责任公司 | 227951 | 227951 | 143171 | 1662 | 45000 | 77870 | 17979 | 14297 | 19865 | |
| 洛阳市东郊热电厂筹建指挥部 | 15671 | 27000 | 12056 | | 8665 | 1300 | 1 | | | |
| 洛阳龙泉电力开发有限公司 | 116434 | 116434 | 47194 | 543 | 47327 | 43071 | 10510 | 1975 | 11281 | 543 |
| 洛阳中友电力有限公司 | 36000 | 36000 | 35055 | 34800 | 1000 | 50 | 50 | | | 8700 |
| 平顶山姚孟发电有限责任公司（姚孟电厂四期工程） | 311438 | 311438 | 2344 | | | 187 | | | | |
| 安阳华祥电力有限责任公司 | 265274 | 265274 | 257981 | 257981 | 70627 | 47015 | 6246 | 13032 | 9724 | 256251 |
| 辉县市五万机组工程建设指挥部 | 52000 | 52000 | 25598 | | | 18049 | 4965 | 3727 | 5260 | |
| 许昌龙岗发电有限责任公司 | 350176 | 350176 | 21754 | 895 | 8230 | 7200 | 2734 | | | 359 |
| 渑池县火电厂（二期扩建工程） | 61840 | 60167 | 60167 | 60167 | 14641 | 12968 | 757 | 4513 | 4822 | 29347 |
| 陕县热电厂 | 51000 | 51000 | 39284 | 19937 | 28000 | 16520 | 2980 | 5500 | 3500 | 19937 |
| 南阳鸭河口发电有限责任公司 | 499675 | 530000 | 508676 | 507259 | 18845 | 25138 | 17260 | 5176 | 754 | 494[illegible]82 |
| 南阳普光电力有限公司 | 143000 | 143000 | 131165 | | 63438 | 70352 | 16885 | 15980 | 14680 | |

5—18 续表　　　　　　　　　　（1998 年）　　　　　　　　　　单位：万元

| 单位名称 | 计划总投资 | 实际需要的总投资 | 累计完成投资 | 累计新增固定资产 | 本年计划投资 | 本年完成投资 | #建筑工程 | #安装工程 | #设备购置 | 本年新增固定资产 |
|---|---|---|---|---|---|---|---|---|---|---|
| 信阳华豫发电有限责任公司 | 302428 | 302428 | 50000 | 666 | 20000 | 31239 | 6053 | 1201 | 10000 | 159 |
| 河南省驻马店地区古城发电厂 | 40095 | 40095 | 34750 |  | 1000 | 1500 | 1200 |  |  |  |
| 河南送变电工程 | 519689 | 519689 | 283950 | 247795 | 169748 | 88538 | 34039 | 6238 | 25057 | 58276 |
| 河南省电力公司（城市电网改造） | 700000 | 700000 | 64730 | 20926 | 71700 | 64730 | 12543 | 8974 | 31078 | 20926 |
| 河南省电力公司（农村电网改造） | 720000 | 720000 | 57991 |  | 186798 | 57991 | 6790 | 12059 | 38612 |  |
| 郑州市供水工程筹建处 | 10775 | 52820 | 22148 | 20034 | 8000 | 9004 | 4042 | 1810 | 2094 | 6912 |
| 郑州东周供水有限公司 | 46720 | 46720 | 13040 |  | 20000 | 12216 | 1621 | 200 | 5874 |  |
| 洛阳自来水公司（陆浑引水工程） | 43500 | 43500 | 35016 | 26156 | 9500 | 7508 | 690 | 2719 | 3824 | 550 |
| 河南煤气（集团）有限责任公司 | 154283 | 154283 | 87615 | 485 | 60602 | 60685 | 8853 | 5300 | 40093 | 485 |
| 三门峡槐扒提水工程管理局（槐扒黄河提水工程） | 38411 | 38411 | 24766 | 83 | 9000 | 9030 | 5800 | 600 | 2620 |  |
| 黄河小浪底水利管理局 | 3470000 | 3470000 | 1826204 |  | 484025 | 454205 | 216453 |  | 24566 |  |
| 河南省濮台铁路建设指挥部 | 24912 | 24912 | 19588 | 19588 | 2025 | 2025 | 900 | 218 |  | 2025 |
| 郑州铁路局（郑州—北京电气化工程河南段） | 27473 | 27473 | 27473 |  | 27473 | 27473 | 473 | 27000 |  |  |
| 郑州铁路局（新乡—荷泽铁路河南段） | 59180 | 59180 | 59180 |  | 59180 | 59180 | 59180 |  |  |  |
| 312 国道叶集—罗山段工程指挥部 | 98500 | 98500 | 19000 |  | 19000 | 19000 | 2500 |  |  |  |
| 焦作市公路管理局（焦作—巩义黄河大桥） | 48079 | 48079 | 7000 |  | 7000 | 7000 | 7000 |  |  |  |
| 焦作市公路管理局（焦作—新庄高速公路） | 124698 | 124698 | 55204 |  | 55204 | 55204 | 55204 |  |  |  |
| 许昌—漯河高速公路建设指挥部 | 96507 | 96507 | 96507 | 96507 | 65507 | 65507 | 64907 |  | 600 | 96507 |
| 商丘市公路局（开封—商丘高速公路） | 428669 | 428669 | 37012 |  | 47000 | 37012 | 2191 |  | 16 |  |
| 周口高速公路指挥部（周口—漯河高速公路） | 93400 | 93400 | 13400 |  | 25000 | 13400 |  |  |  |  |
| 驻马店高速公路指挥部（漯河—驻马店高速公路） | 162963 | 162963 | 6477 |  | 6000 | 6477 | 6477 |  |  |  |
| 河南省高速公路管理局（开封—洛阳高速公路） | 320000 | 320000 | 320000 | 312062 | 9000 | 9993 |  |  | 292 | 9993 |
| 河南省高速公路管理局（安阳—新乡高速公路） | 203073 | 203073 | 203073 |  | 5851 | 14738 | 10004 |  | 1057 |  |
| 河南省高速公路管理局（洛阳—三门峡高速公路） | 436233 | 436233 | 134838 |  | 92000 | 134838 | 94356 |  | 100 |  |
| 沙颍河郑埠口至周口段复航工程指挥部 | 13809 | 13809 | 5920 |  | 1800 | 1494 | 948 |  | 67 |  |
| 郑州大学（工科扩建） | 12000 | 21000 | 10465 | 8610 | 2570 | 2555 | 1220 | 915 | 400 | 710 |
| 河南职业技术师范学校 | 5650 | 9000 | 5587 | 4968 | 112 | 957 | 957 |  |  |  |
| 河南省博物院 | 27000 | 27000 | 26900 | 26900 |  | 6624 | 2540 | 350 | 1695 | 13461 |

# 5－19 基本建设重点项目能力(或效益)情况

(1998年)

| 单位名称 | 能力(或效益)名称 | 单 位 | 建设规模 | 施工规模 | 累计新增能力 | #本年新增 |
|---|---|---|---|---|---|---|
| 郑州矿务局(扩建工程) | 原煤开采 | 万吨/年 | 1000 | 90 | 690 | 90 |
| 河南省铁生沟煤矿 | 原煤开采 | 万吨/年 | 120 | 120 | 40 | 20 |
| 平顶山煤业集团(矿区扩建) | 原煤开采 | 万吨/年 | 120 | 60 | 60 | 60 |
| 永城煤电(集团)有限责任公司 | 原煤开采 | 万吨/年 | 780 | 660 | 240 | |
| 焦作矿务局 | 原煤开采 | 万吨/年 | 655 | 70 | 585 | |
| 中原石油勘探局 | 天然原油 | 万吨/年 | 15 | 15 | 14 | 14 |
| 河南石油勘探局 | 天然原油 | 万吨/年 | 21.2 | 21.2 | 21.2 | 21.2 |
| 安阳化学工业集团有限责任公司 | 合成氨 | 吨/年 | 80000 | 80000 | | |
| | 氮肥 | 吨/年 | 130000 | 130000 | | |
| | 其中:农用尿素 | 吨/年 | 130000 | 130000 | | |
| 洛阳石化总厂(化纤工程) | 合成纤维单体 | 吨/年 | 225000 | 225000 | | |
| | 合成纤维聚合物 | 吨/年 | 200000 | 200000 | | |
| 河南省鹤壁水泥有限责任公司 | 水泥 | 万吨/年 | 69 | 69 | 69 | 69 |
| 洛阳双源热电有限责任公司 | 火力发电 | 万千瓦 | 28.4 | 28.4 | | |
| 洛阳市东郊热电厂筹建指挥部 | 火力发电 | 万千瓦 | 5 | 5 | | |
| 洛阳龙泉电力开发有限公司 | 火力发电 | 万千瓦 | 25 | 25 | | |
| 洛阳中友电力有限公司 | 火力发电 | 万千瓦 | 10 | 10 | 10 | |
| 安阳华祥电力有限责任公司 | 火力发电 | 万千瓦 | 60 | 60 | 60 | 30 |
| 辉县市五万机组工程建设指挥部 | 火力发电 | 万千瓦 | 5.5 | 5.5 | | |
| 渑池县火电厂(二期扩建工程) | 火力发电 | 万千瓦 | 11 | 11 | 11 | 5.5 |
| 南阳鸭河口发电有限责任公司 | 火力发电 | 万千瓦 | 70 | 70 | 70 | 70 |
| 信阳华豫发电有限责任公司 | 火力发电 | 万千瓦 | 120 | 60 | | |
| 河南省驻马店地区古城发电厂 | 火力发电 | 万千瓦 | 10 | 10 | 5 | |
| 河南送变电工程 | (11万伏及以上) | | | | | |
| | 输电线路长度 | 公里 | 1846 | 1846 | 1745 | 330 |
| | (11万伏及以上) | | | | | |

5—19续表 (1998年)

| 单位名称 | 能力(或效益)名称 | 单位 | 建设规模 | 施工规模 | 累计新增能力 | #本年新增 |
|---|---|---|---|---|---|---|
| | 变电设备能力 | 万千伏安 | 586 | 548 | 321 | 66 |
| 郑州市供水工程筹建处 | 城市自来水供水能力 | 万吨/日 | 30 | 30 | 30 | |
| 洛阳自来水公司(陆浑引水工程) | 城市自来水供水能力 | 万吨/日 | 24 | 24 | 12 | |
| 三门峡槐扒提水工程管理局 | 有效灌溉面积 | 万亩 | 7512 | 7512 | | |
| 黄河小浪底水利管理局 | 水库容量(总库容) | 亿立方米 | 126.5 | 126.5 | | |
| | 水力发电 | 万千瓦 | 180 | 180 | | |
| 河南省濮台铁路建设指挥部 | 新建铁路 | 公里 | 75 | 75 | 75 | 75 |
| 郑州铁路局(新乡—荷泽铁路河南段) | 新建铁路复线 | 公里 | 126 | 126 | | |
| 312国道叶集—罗山段工程指挥部 | 改建公路 | 公里 | 163 | 163 | | |
| 焦作市公路管理局(焦作—巩义黄河大桥) | 新建公路 | 公里 | 15 | 15 | | |
| | 新建独立公路桥梁 | 延长米 | 3013 | 3013 | | |
| | | 座 | 1 | 1 | | |
| 焦作市公路管理局(焦作—新庄高速公路) | 新建高速公路 | 公里 | 56 | 56 | | |
| 许昌—漯河高速公路建设指挥部 | 新建高速公路 | 公里 | 49 | 49 | 49 | 49 |
| 商丘市公路局(开封—商丘高速公路) | 新建高速公路 | 公里 | 204 | 204 | | |
| 周口高速公路指挥部(周口—漯河高速公路) | 新建高速公路 | 公里 | 49 | 49 | | |
| 驻马店高速公路指挥部(漯河—驻马店高速公路) | 新建高速公路 | 公里 | 65 | 65 | | |
| 河南省高速公路管理局(开封—洛阳高速公路) | 新建高速公路 | 公里 | 201 | 201 | 201 | |
| 河南省高速公路管理局(安阳—新乡高速公路) | 新建高速公路 | 公里 | 121 | 121 | 121 | |
| 河南省高速公路管理局(洛阳—三门峡高速公路) | 新建高速公路 | 公里 | 136 | 136 | | |
| 沙颍河郑埠口至周口段复航工程指挥部 | 新扩建码头年吞吐量 | 万吨 | 80 | 80 | | |
| | 改善内河航道里程 | 公里 | 25 | 25 | | |
| | 泊位 | 个 | 5 | 5 | | |

# 5—20 更新改造投资

| 项　　目 | 1990 年 | 1991 年 | 1992 年 | 1993 年 | 1994 年 | 1995 年 | 1996 年 | 1997 年 | 1998 年 |
|---|---|---|---|---|---|---|---|---|---|
| **一、投资总额(万元)** | **325309** | **401913** | **585577** | **880800** | **1178064** | **1324680** | **1556527** | **1693019** | **1654322** |
| 1、按资金来源分 | | | | | | | | | |
| 国家预算内资金 | 7477 | 9879 | 5778 | 5719 | 8400 | 16295 | 5889 | 8423 | 18440 |
| 国内贷款 | 94093 | 134483 | 254210 | 368828 | 386215 | 381047 | 446392 | 426671 | 354262 |
| 利用外资 | 5746 | 6339 | 4874 | 36087 | 84230 | 116202 | 86995 | 45891 | 50111 |
| 债券 | | | | | | | | | |
| 自筹资金 | 204263 | 234780 | 306423 | 453356 | 643016 | 739817 | 1016723 | 1093533 | 1165635 |
| 其他资金 | 13730 | 16432 | 14292 | 16810 | 56203 | 71319 | 528 | 118501 | 65874 |
| 2、按隶属关系分 | | | | | | | | | |
| 中　央 | 132004 | 143674 | 166902 | 293985 | 469327 | 484549 | 522504 | 602512 | 576369 |
| 地　方 | 193305 | 258239 | 418675 | 586815 | 708737 | 840131 | 1034023 | 1090507 | 1077953 |
| 3、按构成分 | | | | | | | | | |
| 建筑安装工程 | 143110 | 159922 | 236086 | 353878 | 468485 | 484210 | 551646 | 725917 | 651142 |
| 设备、工器具购置 | 155368 | 208026 | 303456 | 469720 | 624424 | 749625 | 873817 | 849046 | 887698 |
| 其他费用 | 26831 | 33965 | 46035 | 57202 | 85155 | 90845 | 131064 | 118056 | 115482 |
| 4、按建设性质分 | | | | | | | | | |
| #新　建 | 7010 | 20013 | 24230 | 30020 | 90854 | 87811 | 71993 | 123449 | 141845 |
| 扩　建 | 171051 | 186944 | 294395 | 524691 | 594516 | 758441 | 858696 | 975958 | 989001 |
| 改　建 | 135384 | 178818 | 247677 | 308344 | 449801 | 440603 | 539217 | 520945 | 534935 |
| 5、按三次产业分 | | | | | | | | | |
| 第一产业 | 10 | 559 | 1286 | 679 | 817 | 1608 | 6052 | 1484 | 4436 |
| 第二产业 | 277606 | 348959 | 483852 | 726475 | 903768 | 1050826 | 1261117 | 1273032 | 1161552 |
| #工　业 | 274802 | 343988 | 478774 | 721064 | 896280 | 1032237 | 1243488 | 1248401 | 1145817 |
| 第三产业 | 47693 | 52395 | 100439 | 153646 | 273479 | 272246 | 289358 | 418503 | 488334 |
| **二、新增固定资产(万元)** | **224196** | **390161** | **452093** | **644395** | **870374** | **1123731** | **1350951** | **1562327** | **1248103** |
| **三、建设项目(个)** | | | | | | | | | |
| 施工项目 | 1750 | 2192 | 2639 | 3000 | 2418 | 2641 | 2883 | 2385 | 2086 |
| 全部建成投产项目 | 944 | 1339 | 1539 | 1513 | 1411 | 1712 | 1922 | 1587 | 1364 |
| **四、房屋建筑面积(万平方米)** | | | | | | | | | |
| 施工面积 | 345.39 | 335.62 | 420.27 | 443.07 | 481.41 | 473.14 | 502.85 | 487.74 | 354.07 |
| 竣工面积 | 184.30 | 206.74 | 236.67 | 217.85 | 259.27 | 276.63 | 273.27 | 234.49 | 163.51 |
| #住宅 | 56.64 | 54.30 | 50.86 | 33.93 | 52.83 | 80.36 | 91.02 | 75.47 | 61.63 |

## 5—21 按用途分的更新改造投资及构成

| 项目 | 1997年 | | 1998年 | | 1998年为1997年% |
|---|---|---|---|---|---|
| | 投资总额(万元) | 构成(%) | 投资总额(万元) | 构成(%) | |
| **总计** | **1693019** | **100.0** | **1654322** | **100.0** | **97.7** |
| 1、增产措施 | 655503 | 38.7 | 621865 | 37.6 | 94.9 |
| 2、节约措施 | 48393 | 2.9 | 52486 | 3.2 | 108.5 |
| #节约能源 | 39152 | 2.3 | 45957 | 2.8 | 117.4 |
| 3、增加品种措施 | 208794 | 12.3 | 165566 | 10.0 | 79.3 |
| 4、提高产品质量措施 | 94985 | 5.6 | 129831 | 7.8 | 136.7 |
| 5、三废治理措施 | 55541 | 3.3 | 41664 | 2.5 | 75.0 |
| 6、其他措施 | 629803 | 37.2 | 642910 | 38.9 | 102.1 |

## 5—22 各产业更新改造投资及构成

| 产业 | 1997年 | | 1998年 | | 1998年为1997年% |
|---|---|---|---|---|---|
| | 投资总额(万元) | 构成(%) | 投资总额(万元) | 构成(%) | |
| **总计** | **1693019** | **100.0** | **1654322** | **100.0** | **97.7** |
| **第一产业** | **1484** | **0.1** | **4436** | **0.3** | **298.9** |
| 农、林、牧、渔业 | 1484 | 0.1 | 4436 | 0.3 | 298.9 |
| **第二产业** | **1273032** | **75.2** | **1161552** | **70.2** | **91.2** |
| 工业 | 1248401 | 73.7 | 1145817 | 69.3 | 91.8 |
| 建筑业 | 24631 | 1.5 | 15735 | 1.0 | 63.9 |
| **第三产业** | **418503** | **24.7** | **488334** | **29.5** | **116.7** |
| 农、林、牧、渔服务业 | | | 1531 | 0.1 | |
| 地质勘查业和水利管理业 | 6017 | 0.4 | 5987 | 0.4 | 99.5 |
| 交通运输、仓储及邮电通信业 | 291119 | 17.2 | 361089 | 21.8 | 124.0 |
| 批发和零售贸易、餐饮业 | 10384 | 0.6 | 5993 | 0.4 | 57.7 |
| 金融、保险业 | 136 | … | 711 | … | 522.8 |
| 房地产业 | 208 | … | 164 | … | 78.8 |
| 社会服务业 | 62598 | 3.7 | 52978 | 3.2 | 84.6 |
| 卫生体育和社会福利事业 | 5227 | 0.3 | 8240 | 0.5 | 157.6 |
| 教育、文化艺术和广播电影电视事业 | 4918 | 0.3 | 22059 | 1.3 | 448.5 |
| 科研和综合技术服务事业 | 2703 | 0.2 | 5363 | 0.3 | 198.4 |
| 国家机关、政党机关和社会团体 | 34833 | 2.1 | 23795 | 1.4 | 68.3 |
| 其他行业 | 360 | … | 424 | … | 117.8 |

# 5—23 国民经济各行业更新改造投资

（1998年）　　　　单位：万元

| 行业 | 投资总额 | 按构成分 | | | | 按建设性质分 | | |
|---|---|---|---|---|---|---|---|---|
| | | 建筑工程 | 安装工程 | 设备购置 | 其他费用 | #新建 | #扩建 | #改建 |
| **总计** | **1654322** | **482192** | **168950** | **887698** | **115482** | **141845** | **889001** | **534935** |
| **一、农、林、牧、渔业** | **5967** | **2748** | **133** | **502** | **2584** | **2990** | **2923** | **54** |
| 1.农业 | 524 | 300 | 120 | 50 | 54 | 470 | | 54 |
| 2.林业 | | | | | | | | |
| 3.畜牧业 | 3912 | 2448 | 13 | 452 | 999 | 989 | 2923 | |
| 4.渔业 | | | | | | | | |
| 5.农、林、牧、渔服务业 | 1531 | | | | 1531 | 1531 | | |
| **二、工业** | **1145817** | **317042** | **136271** | **599808** | **92696** | **49788** | **677323** | **374606** |
| （一）采掘业 | 230640 | 108294 | 23441 | 78524 | 20381 | 3580 | 151623 | 75437 |
| 1.煤炭采选业 | 81521 | 19587 | 5406 | 46115 | 10413 | | 8425 | 73096 |
| 2.石油和天然气开采业 | 124785 | 73510 | 16639 | 25915 | 8721 | | 124785 | |
| 3.黑色金属矿采选业 | 250 | | | 250 | | | 250 | |
| 4.有色金属矿采选业 | 21825 | 14884 | 1213 | 4521 | 1207 | 3380 | 16474 | 1971 |
| 5.非金属矿采选业 | 2259 | 313 | 183 | 1723 | 40 | 200 | 1689 | 370 |
| #土砂石开采业 | 1480 | 100 | 10 | 1330 | 40 | | 1480 | |
| 采盐业 | 579 | 83 | 141 | 355 | | | 209 | 370 |
| 6.其他矿采选业 | | | | | | | | |
| 7.木材及竹材采运业 | | | | | | | | |
| （二）制造业 | 772882 | 185315 | 80715 | 456165 | 50687 | 36389 | 448106 | 245534 |
| 1.食品加工业 | 27404 | 9645 | 1989 | 15078 | 692 | 3170 | 18247 | 5679 |
| #粮食及饲料加工业 | 7705 | 2783 | 532 | 4079 | 311 | 740 | 6419 | 456 |
| 屠宰业及肉类蛋类加工业 | 9026 | 5214 | 333 | 3462 | 17 | 1175 | 5043 | 2590 |
| 2.食品制造业 | 27975 | 6949 | 2435 | 17656 | 935 | 360 | 21296 | 6117 |
| #糕点及糖果制造业 | 1973 | 299 | 211 | 1393 | 70 | 360 | 1113 | 500 |
| 3.饮料制造业 | 39467 | 11131 | 3261 | 24602 | 473 | 5198 | 28744 | 4522 |
| #酒精及饮料酒制造业 | 29832 | 8528 | 2422 | 18609 | 273 | 2840 | 22032 | 4203 |
| 4.烟草加工业 | 33113 | 4082 | 126 | 28470 | 435 | | 1245 | 7227 |
| 5.纺织业 | 59799 | 7592 | 7568 | 44256 | 383 | 101 | 46567 | 12149 |
| #纤维原料初步加工业 | 1610 | 220 | 60 | 1330 | | | | 1610 |
| 棉纺织业 | 50094 | 7135 | 7101 | 35475 | 383 | | 39104 | 10009 |
| 6.服装及其他纤维制品制造业 | 3571 | 920 | 200 | 2381 | 70 | | 2740 | |
| 7.皮革、毛皮、羽绒及其制品业 | 6235 | 1270 | 198 | 4652 | 115 | | 3709 | 326 |
| 8.木材加工及竹、藤、棕、草制品业 | 8504 | 1468 | 492 | 5965 | 579 | 322 | 7602 | 470 |
| 9.家具制造业 | 2092 | 1005 | 94 | 747 | 246 | 1312 | 550 | |
| 10.造纸及纸制品业 | 31219 | 6961 | 2854 | 20192 | 1212 | 4645 | 22021 | 4403 |
| 11.印刷业、记录媒介的复制 | 2009 | 692 | 38 | 1270 | 9 | 52 | 1019 | 591 |
| #印刷业 | 2009 | 692 | 38 | 1270 | 9 | 52 | 1019 | 591 |
| 12.文教体育用品制造业 | | | | | | | | |
| 13.石油加工及炼焦业 | 13074 | 5065 | 3946 | 3303 | 760 | | 2403 | 10671 |
| #原油加工业 | 10216 | 3657 | 3686 | 2119 | 754 | | | 10216 |
| 14.化学原料及化学制品制造业 | 126151 | 16220 | 15443 | 85767 | 8721 | 5446 | 76341 | 40552 |
| #化学肥料制造业 | 78116 | 6726 | 9291 | 57881 | 4218 | 3310 | 40051 | 33629 |
| 有机化学产品制造业 | 9497 | 1179 | 1611 | 6217 | 490 | 1299 | 6817 | 1381 |
| 合成材料制造业 | 2757 | 1417 | 363 | 977 | | | 350 | 2407 |

5—23 续表 1　　(1998 年)　　单位:万元

| 行　业 | 投资总额 | 按构成分 | | | | 按建设性质分 | | |
|---|---|---|---|---|---|---|---|---|
| | | 建筑工程 | 安装工程 | 设备购置 | 其他费用 | #新建 | #扩建 | #改建 |
| 15.医药制造业 | 25802 | 5916 | 2388 | 17094 | 404 | 4300 | 16629 | 4753 |
| 16.化学纤维制造业 | 4131 | 1233 | 334 | 2509 | 55 | 1556 | 1518 | 1057 |
| 17.橡胶制品业 | 35702 | 3976 | 3519 | 24507 | 3700 | 870 | 33670 | 1162 |
| #轮胎制造业 | 35051 | 3754 | 3509 | 24088 | 3700 | 620 | 33269 | 1162 |
| 18.塑料制品业 | 2435 | | 105 | 1330 | 1000 | 700 | 1000 | 435 |
| 19.非金属矿物制品业 | 46851 | 10399 | 8503 | 24208 | 3741 | 2046 | 33367 | 9900 |
| #水泥制造业 | 18543 | 6189 | 1323 | 8536 | 2495 | 1916 | 10999 | 4323 |
| 水泥制品及石棉水泥制品业 | 1789 | 660 | 205 | 924 | | | 1259 | 530 |
| 玻璃及玻璃制品业 | 15519 | 1405 | 5765 | 8040 | 309 | | 14672 | 796 |
| 陶瓷制品业 | 2688 | 439 | 259 | 1934 | 56 | | 2230 | 458 |
| 耐火材料制品业 | 809 | 259 | 79 | 471 | | | 359 | 450 |
| 20.黑色金属冶炼及压延加工业 | 75157 | 35992 | 6370 | 24323 | 8472 | 387 | 3694 | 71076 |
| 21.有色金属冶炼及压延加工业 | 57936 | 18010 | 11805 | 21102 | 7019 | | 41856 | 15280 |
| 22.金属制品业 | 1907 | 523 | 176 | 1198 | 10 | 50 | 1800 | 57 |
| 23.普通机械制造业 | 16503 | 4582 | 764 | 9353 | 1804 | 120 | 13242 | 1875 |
| #锅炉及原动机制造业 | 7483 | 2493 | 499 | 3960 | 531 | | 7481 | |
| 金属加工机械制造业 | 774 | 404 | | 370 | | | 320 | 100 |
| 通用设备制造业 | 2055 | 149 | 31 | 1466 | 409 | | 628 | 1227 |
| 24.专用设备制造业 | 41651 | 9430 | 2929 | 22886 | 6406 | 1490 | 14374 | 24553 |
| #机电工业专用设备制造业 | 2215 | 526 | 360 | 1170 | 159 | | 1825 | 205 |
| 农、林、牧、渔业机械制造业 | 31342 | 6525 | 2159 | 17186 | 5472 | 480 | 7424 | 23295 |
| 25.交通运输设备制造业 | 36244 | 13784 | 1283 | 20895 | 282 | 1614 | 25814 | 6399 |
| #汽车制造业 | 29362 | 12727 | 1120 | 15515 | | 1420 | 21243 | 4282 |
| 26.武器弹药制造业 | 363 | 84 | 88 | 87 | 104 | | 283 | 80 |
| 27.电气机械及器材制造业 | 31601 | 5563 | 1721 | 23899 | 418 | | 19551 | 12050 |
| #输配电及控制设备制造业 | 19618 | 3696 | 174 | 15619 | 129 | | 12753 | 6865 |
| 电工器材制造业 | 2450 | 712 | 199 | 1460 | 79 | | 1250 | 1200 |
| 28.电子及通信设备制造业 | 5688 | 266 | 706 | 3753 | 963 | | 1522 | 4000 |
| 29.仪器仪表及文化、办公用机械制造业 | 2859 | 1189 | 330 | 760 | 580 | 1600 | 913 | 150 |
| #文化、办公用机械制造业 | | | | | | | | |
| 30.其他制造业 | 7439 | 1368 | 1050 | 3922 | 1099 | 1050 | 6389 | |
| (三)电力、煤气及水的生产和供应业 | 142295 | 23433 | 32115 | 65119 | 21628 | 9819 | 77594 | 53635 |
| 1.电力、蒸汽、热水生产和供应业 | 132573 | 22209 | 26362 | 62623 | 21379 | 9819 | 71287 | 50315 |
| #电力生产业 | 41175 | 7030 | 8913 | 16984 | 8248 | 2621 | 19432 | 18392 |
| 电力供应业 | 91398 | 15179 | 17449 | 45639 | 13131 | 7198 | 51855 | 31923 |
| 2.煤气生产和供应业 | 2295 | 234 | 646 | 1166 | 249 | | | 2295 |
| 3.自来水的生产和供应业 | 7427 | 990 | 5107 | 1330 | | | 6307 | 1025 |
| **三、建筑业** | **15735** | **7062** | **1076** | **7597** | | **143** | **2480** | **8832** |
| 1.土木工程建筑业 | 9103 | 5690 | 8 | 3405 | | 80 | 206 | 6447 |
| 2.线路、管道和设备的安装业 | 6632 | 1372 | 1068 | 4192 | | 63 | 2274 | 2385 |
| 3.建筑业的装修装饰业 | | | | | | | | |

5—23 续表 2　　(1998 年)　　单位:万元

| 行业 | 投资总额 | 按构成分 | | | | 按建设性质分 | | |
|---|---|---|---|---|---|---|---|---|
| | | 建筑工程 | 安装工程 | 设备购置 | 其他费用 | #新建 | #扩建 | #改建 |
| **四、地质勘查业、水利管理业** | **5987** | **5424** | **27** | **443** | **93** | | **2423** | **2723** |
| 1.地质勘查业 | 279 | 62 | 5 | 212 | | | | 279 |
| 2.水利管理业 | 5708 | 5362 | 22 | 231 | 93 | | 2423 | 2444 |
| **五、交通运输、仓储及邮电通信业** | **361089** | **87487** | **25978** | **241036** | **6588** | **64087** | **167833** | **105685** |
| #铁路运输业 | 70280 | 38890 | 3702 | 24833 | 2855 | | | 69940 |
| 公路运输业 | 8218 | 3273 | 138 | 4182 | 625 | | | 4151 |
| 仓储业 | 1497 | 1344 | 2 | 75 | 76 | 847 | 500 | 150 |
| 邮电通信业 | 258642 | 23339 | 22103 | 210652 | 2548 | 63240 | 161277 | 16215 |
| #电信业 | 226094 | 22828 | 14400 | 186641 | 2225 | 62627 | 134887 | 14077 |
| 邮电业 | 28528 | 511 | 7703 | 19991 | 323 | | 26390 | 2138 |
| **六、批发和零售贸易、餐饮业** | **5993** | **3834** | **523** | **1256** | **380** | **596** | **693** | **3275** |
| #食品、饮料、烟草和家庭用品批发业 | 2161 | 1804 | 75 | 200 | 82 | 434 | | 1697 |
| 能源、材料和机械、电子设备批发业 | 1373 | 640 | 302 | 190 | 241 | | 115 | 704 |
| 零售业 | 1195 | 1047 | 116 | 32 | | | 373 | 822 |
| 餐饮业 | 442 | 343 | 30 | 12 | 57 | 162 | 205 | 52 |
| **七、金融、保险业** | **711** | **711** | | | | | **176** | **535** |
| 1.金融业 | 711 | 711 | | | | | 176 | 535 |
| 2.保险业 | | | | | | | | |
| **八、房地产业** | **164** | **107** | **17** | | **40** | | **164** | |
| #房地产开发与经营业 | | | | | | | | |
| 房地产管理业 | 164 | 107 | 17 | | 40 | | 164 | |
| **九、社会服务业** | **52978** | **31928** | **2723** | **8711** | **9616** | **7800** | **22361** | **18257** |
| #公共服务业 | 40462 | 28421 | 42 | 3503 | 8496 | 7800 | 19221 | 12881 |
| 居民服务业 | 70 | 70 | | | | | | 70 |
| 旅馆业 | 9695 | 1496 | 2193 | 5002 | 1004 | | 1859 | 3836 |
| **十、卫生、体育和社会福利业** | **8240** | **2116** | **36** | **6088** | | | **561** | **3475** |
| #卫生 | 7740 | 1983 | | 5757 | | | 561 | 2975 |
| **十一、教育、文化艺术及广播电影电视业** | **22059** | **5975** | **1205** | **13209** | **1670** | **16058** | **1522** | **3505** |
| #教育 | 2679 | 1142 | 185 | 1352 | | 58 | 240 | 1407 |
| 文化艺术业 | 438 | 308 | | 60 | 70 | | | 438 |
| **十二、科学研究和综合技术服务业** | **5363** | **1477** | **233** | **3163** | **490** | | **950** | **2923** |
| #科学研究业 | 3995 | 790 | 233 | 2482 | 490 | | 800 | 1705 |
| **十三、国家机关、政党机关和社会团体** | **23795** | **15967** | **698** | **5805** | **1325** | **383** | **9342** | **10891** |
| #国家机关 | 23698 | 15870 | 698 | 5805 | 1325 | 383 | 9342 | 10794 |
| **十四、其他行业** | **424** | **314** | **30** | **80** | | | **250** | **174** |

## 5－24 各市地分行业更新改造投资

（1998 年）

单位：万元

| 市地 | 合计 | 农林牧渔业 | 工业 | 建筑业 | 地质勘查业水利管理业 | 交通运输仓储及邮电通信业 | 批发和零售贸易及餐饮业 |
|---|---|---|---|---|---|---|---|
| **全省** | **1654322** | **5967** | **1145817** | **15735** | **5987** | **361089** | **5993** |
| 郑州市 | 298801 | 127 | 144369 | 1771 | | 88972 | 455 |
| 开封市 | 56490 | | 45198 | 1350 | | 6918 | |
| 洛阳市 | 118096 | | 77202 | 4510 | 2207 | 25944 | 468 |
| 平顶山市 | 116320 | | 103277 | 80 | | 11158 | 535 |
| 安阳市 | 102031 | | 97308 | | 1239 | 2139 | |
| 鹤壁市 | 18907 | 1000 | 17314 | | | 538 | |
| 新乡市 | 53913 | | 24664 | | 1395 | 26164 | 135 |
| 焦作市 | 92349 | | 81885 | 62 | | 1040 | |
| 濮阳市 | 108551 | | 97722 | | | 8221 | |
| 许昌市 | 74771 | 1414 | 42794 | 5457 | | 16688 | 561 |
| 漯河市 | 59310 | | 38367 | 93 | | 17460 | |
| 三门峡市 | 88408 | 175 | 78017 | | 329 | 9207 | 506 |
| 南阳市 | 172761 | 820 | 128130 | | 350 | 42501 | 500 |
| 商丘市 | 63362 | | 37374 | 2412 | 264 | 19387 | 210 |
| 信阳市 | 58976 | | 45730 | | 163 | 8957 | 596 |
| 周口地区 | 49941 | 1531 | 44381 | | 40 | 1539 | 927 |
| 驻马店地区 | 41002 | 900 | 31692 | | | 4316 | 1100 |
| 济源市 | 10393 | | 10393 | | | | |
| 郑州铁路局 | 69940 | | | | | 69940 | |
| 黄委会 | | | | | | | |
| 省直其他 | | | | | | | |

| 市地 | 金融、保险业 | 房地产业 | 社会服务业 | 卫生、体育和社会福利事业 | 教育、文化艺术和广播电影电视事业 | 科学研究和综合技术服务事业 | 国家机关、政党机关和社会团体 | 其他行业 |
|---|---|---|---|---|---|---|---|---|
| **全省** | **711** | **164** | **52978** | **8240** | **22059** | **5363** | **23795** | **424** |
| 郑州市 | 455 | | 34860 | 500 | 19052 | 1950 | 6290 | |
| 开封市 | 176 | | 2543 | 200 | | 105 | | |
| 洛阳市 | | | 2700 | 336 | 1390 | 2090 | 1249 | |
| 平顶山市 | 80 | | 1085 | 30 | | | 75 | |
| 安阳市 | | | 305 | 100 | | | 940 | |
| 鹤壁市 | | | | | | | 55 | |
| 新乡市 | | | | | | | 1555 | |
| 焦作市 | | | 120 | 2450 | 80 | 1068 | 5644 | |
| 濮阳市 | | | 2020 | | 120 | | 468 | |
| 许昌市 | | | 4962 | 109 | 120 | | 2416 | 250 |
| 漯河市 | | | | 2000 | 170 | | 1220 | |
| 三门峡市 | | | | | | | | 174 |
| 南阳市 | | | | 200 | | | 260 | |
| 商丘市 | | | 3284 | 431 | | | | |
| 信阳市 | | | 813 | 517 | 1127 | | 1073 | |
| 周口地区 | | | 286 | 1237 | | | | |
| 驻马店地区 | | 164 | | 130 | | 150 | 2550 | |
| 济源市 | | | | | | | | |
| 郑州铁路局 | | | | | | | | |
| 黄委会 | | | | | | | | |
| 省直其他 | | | | | | | | |

# 5—25 各市地按用途分的更新改造措施投资

(1998 年) 单位:万元

| 市地 | 合计 | 增产措施 | 节约能源 | 其他节约 | 增加品种 | 提高产品质量 | 三废治理 | 其他措施 |
|---|---|---|---|---|---|---|---|---|
| **全省** | **1654322** | **621865** | **45957** | **6529** | **165566** | **129831** | **41664** | **642910** |
| 郑州市 | 298801 | 72912 | 2748 | 2992 | 5620 | 47139 | 2056 | 165334 |
| 开封市 | 56490 | 21777 | 170 | | 14744 | 1737 | 3522 | 14540 |
| 洛阳市 | 118096 | 30695 | 3598 | | 24786 | 2066 | 532 | 56419 |
| 平顶山市 | 116320 | 45486 | 23 | | 1684 | 256 | 1753 | 67118 |
| 安阳市 | 102031 | 32091 | 11290 | 180 | 19421 | 12146 | 2493 | 24410 |
| 鹤壁市 | 18907 | 5292 | 4619 | | 1277 | 135 | 280 | 7304 |
| 新乡市 | 53913 | 7305 | 1496 | 500 | 9010 | 2067 | 3294 | 30241 |
| 焦作市 | 92349 | 54889 | 4293 | 15 | 5439 | 16411 | 4658 | 6644 |
| 濮阳市 | 108551 | 79003 | 753 | 185 | 4021 | 556 | 20 | 24013 |
| 许昌市 | 74771 | 6597 | 2416 | | 14359 | 9312 | 500 | 41587 |
| 漯河市 | 59310 | 26092 | 93 | | 9573 | 2464 | 790 | 20298 |
| 三门峡市 | 88408 | 63898 | 3230 | 928 | 8815 | 6406 | 821 | 4310 |
| 南阳市 | 172761 | 71284 | 3878 | 330 | 16613 | 13414 | 5311 | 61931 |
| 商丘市 | 63362 | 25527 | 3641 | 1229 | 6146 | 6155 | 2607 | 18057 |
| 信阳市 | 58976 | 13473 | 3013 | 170 | 11179 | 3896 | 8938 | 18307 |
| 周口地区 | 49941 | 37125 | 96 | | 3669 | 3852 | 1950 | 3249 |
| 驻马店地区 | 41002 | 18296 | 560 | | 8940 | 1819 | 2139 | 9248 |
| 济源市 | 10393 | 10123 | | | 270 | | | |
| 郑州铁路局 | 69940 | | 40 | | | | | 69900 |
| 黄委会 | | | | | | | | |
| 省直其他 | | | | | | | | |

## 5—26 国民经济各行业更新改造项目个数及新增固定资产

（1998年）

| 行业 | 施工项目（个） | 全部投产项目（个） | 项目建成投产率（%） | 新增固定资产（万元） | 固定资产交付使用率（%） |
|---|---|---|---|---|---|
| **总计** | **2086** | **1364** | **65.4** | **1248103** | **75.4** |
| **一、农、林、牧、渔业** | **12** | **8** | **66.7** | **4425** | **74.2** |
| 1.农业 | 2 | 2 | 100.0 | 354 | 67.6 |
| 2.林业 | | | | | |
| 3.畜牧业 | 9 | 5 | 55.6 | 2540 | 64.9 |
| 4.渔业 | | | | | |
| 5.农、林、牧、渔服务业 | 1 | 1 | 100.0 | 1531 | 100.0 |
| **二、工业** | **1334** | **815** | **61.1** | **804261** | **70.2** |
| （一）采掘业 | 155 | 38 | 24.5 | 141628 | 61.4 |
| 1.煤炭采选业 | 118 | 10 | 8.5 | 19494 | 23.9 |
| 2.石油和天然气开采业 | 2 | 1 | 50.0 | 99718 | 79.9 |
| 3.黑色金属矿采选业 | 1 | 1 | 100.0 | 250 | 100.0 |
| 4.有色金属矿采选业 | 29 | 21 | 72.4 | 19907 | 91.2 |
| 5.非金属矿采选业 | 5 | 5 | 100.0 | 2259 | 100.0 |
| #土砂石开采业 | 2 | 2 | 100.0 | 1480 | 100.0 |
| 采盐业 | 2 | 2 | 100.0 | 579 | 100.0 |
| 6.其他矿采选业 | | | | | |
| 7.木材及竹材采运业 | | | | | |
| （二）制造业 | 962 | 601 | 62.5 | 586634 | 75.9 |
| 1.食品加工业 | 59 | 52 | 88.1 | 26961 | 98.4 |
| #粮食及饲料加工业 | 25 | 22 | 88.0 | 7800 | 101.2 |
| 屠宰业及肉类蛋类加工业 | 15 | 13 | 86.7 | 8768 | 97.1 |
| 2.食品制造业 | 35 | 22 | 62.9 | 16077 | 57.5 |
| #糕点及糖果制造业 | 8 | 4 | 50.0 | 1060 | 53.7 |
| 3.饮料制造业 | 64 | 47 | 73.4 | 29271 | 74.2 |
| #酒精及饮料酒制造业 | 49 | 35 | 71.4 | 18252 | 61.2 |
| 4.烟草加工业 | 12 | 4 | 33.3 | 9310 | 28.1 |
| 5.纺织业 | 44 | 37 | 84.1 | 101789 | 170.2 |
| #纤维原料初步加工业 | 2 | 2 | 100.0 | 3660 | 227.3 |
| 棉纺织业 | 34 | 29 | 85.3 | 93530 | 186.7 |
| 6.服装及其他纤维制品制造业 | 6 | 5 | 83.3 | 3451 | 96.6 |
| 7.皮革、毛皮、羽绒及其制品业 | 10 | 7 | 70.0 | 11769 | 188.8 |
| 8.木材加工及竹、藤、棕、草制品业 | 18 | 15 | 83.3 | 7527 | 88.5 |
| 9.家具制造业 | 4 | 1 | 25.0 | 1562 | 74.7 |
| 10.造纸及纸制品业 | 40 | 24 | 60.0 | 27305 | 87.5 |
| 11.印刷业、记录媒介的复制 | 11 | 8 | 72.7 | 1343 | 66.8 |
| #印刷业 | 11 | 8 | 72.7 | 1343 | 66.8 |
| 12.文教体育用品制造业 | | | | | |
| 13.石油加工及炼焦业 | 43 | 36 | 83.7 | 12993 | 99.4 |
| #原油加工业 | 38 | 34 | 89.5 | 10566 | 103.4 |
| 14.化学原料及化学制品制造业 | 158 | 111 | 70.3 | 101128 | 80.2 |
| #化学肥料制造业 | 89 | 63 | 70.8 | 57783 | 74.0 |
| 有机化学产品制造业 | 17 | 12 | 70.6 | 10968 | 115.5 |
| 合成材料制造业 | 4 | 3 | 75.0 | 2757 | 100.0 |

5—26 续表 1　　(1998 年)

| 行　　业 | 施工项目(个) | 全部投产项　目(个) | 项目建成投产率(%) | 新增固定资产(万元) | 固定资产交付使用率(%) |
|---|---|---|---|---|---|
| 15.医药制造业 | 45 | 29 | 64.4 | 25251 | 97.9 |
| 16.化学纤维制造业 | 8 | 5 | 62.5 | 3296 | 79.8 |
| 17.橡胶制品业 | 17 | 13 | 76.5 | 3432 | 9.6 |
| #轮胎制造业 | 14 | 12 | 85.7 | 3032 | 8.7 |
| 18.塑料制品业 | 3 | 1 | 33.3 | 700 | 28.7 |
| 19.非金属矿物制品业 | 101 | 77 | 76.2 | 52439 | 111.9 |
| #水泥制造业 | 57 | 45 | 78.9 | 17913 | 96.6 |
| 水泥制品及石棉水泥制品业 | 3 | 3 | 100.0 | 1789 | 100.0 |
| 玻璃及玻璃制品业 | 10 | 7 | 70.0 | 14728 | 94.9 |
| 陶瓷制品业 | 6 | 5 | 83.3 | 2668 | 99.3 |
| 耐火材料制品业 | 6 | 2 | 33.3 | 1384 | 171.1 |
| 20.黑色金属冶炼及压延加工业 | 26 | 8 | 30.8 | 9064 | 12.1 |
| 21.有色金属冶炼及压延加工业 | 89 | 11 | 12.4 | 29622 | 51.1 |
| 22.金属制品业 | 11 | 10 | 90.9 | 1907 | 100.0 |
| 23.普通机械制造业 | 42 | 19 | 45.2 | 18246 | 110.6 |
| #锅炉及原动机制造业 | 11 | 4 | 36.4 | 3785 | 50.6 |
| 金属加工机械制造业 | 4 | 1 | 25.0 | 737 | 95.2 |
| 通用设备制造业 | 4 | 2 | 50.0 | 1827 | 88.9 |
| 24.专用设备制造业 | 46 | 23 | 50.0 | 19736 | 47.4 |
| #机电工业专用设备制造业 | 6 | 5 | 83.3 | 2219 | 100.2 |
| 农、林、牧、渔业机械制造业 | 27 | 13 | 48.1 | 12701 | 40.5 |
| 25.交通运输设备制造业 | 23 | 11 | 47.8 | 29055 | 80.2 |
| #汽车制造业 | 10 | 4 | 40.0 | 13007 | 44.3 |
| 26.武器弹药制造业 | 2 | | | | |
| 27.电气机械及器材制造业 | 31 | 14 | 45.2 | 26684 | 84.4 |
| #输配电及控制设备制造业 | 14 | 8 | 57.1 | 19707 | 100.5 |
| 电工器材制造业 | 5 | 2 | 40.0 | 1390 | 56.7 |
| 28.电子及通信设备制造业 | 4 | 2 | 50.0 | 5348 | 94.0 |
| 29.仪器仪表及文化、办公用机械制造业 | 4 | 3 | 75.0 | 3779 | 132.2 |
| #文化、办公用机械制造业 | | | | | |
| 30.其他工业 | 6 | 6 | 100.0 | 7589 | 102.0 |
| (三)电力、煤气及水的生产和供应业 | 217 | 176 | 81.1 | 75999 | 53.4 |
| 1.电力、蒸汽、热水生产和供应业 | 202 | 165 | 81.7 | 69022 | 52.1 |
| #电力生产业 | 80 | 75 | 93.8 | 21655 | 52.6 |
| 电力供应业 | 122 | 90 | 73.8 | 47367 | 51.8 |
| 2.煤气生产和供应业 | 1 | | | | |
| 3.自来水的生产和供应业 | 14 | 11 | 78.6 | 6977 | 93.9 |
| **三、建筑业** | **42** | **24** | **57.1** | **18016** | **114.5** |
| 1.土木工程建筑业 | 23 | 18 | 78.3 | 12889 | 141.6 |
| 2.线路、管道和设备的安装业 | 19 | 6 | 31.6 | 5127 | 77.3 |
| 3.建筑业的装修装饰业 | | | | | |

5—26 续表 2　　(1998年)　　单位:万元

| 行　业 | 施工项目(个) | 全部投产项目(个) | 项目建成投产率(%) | 新增固定资产(万元) | 固定资产交付使用率(%) |
|---|---|---|---|---|---|
| **四、地质勘查业、水利管理业** | **24** | **9** | **37.5** | **2891** | **48.3** |
| 1.地质勘查业 | 5 | 4 | 80.0 | 139 | 49.8 |
| 2.水利管理业 | 19 | 5 | 26.3 | 2752 | 48.2 |
| **五、交通运输、仓储及邮电通信业** | **360** | **262** | **72.8** | **317611** | **88.0** |
| #铁路运输业 | 120 | 60 | 50.0 | 35068 | 49.9 |
| 公路运输业 | 7 | 6 | 85.7 | 9971 | 121.3 |
| 仓储业 | 5 | 4 | 80.0 | 8677 | 579.6 |
| 邮电通信业 | 184 | 157 | 85.3 | 242122 | 93.6 |
| #电信业 | 133 | 112 | 84.2 | 213676 | 94.5 |
| 邮电业 | 50 | 45 | 90.0 | 27063 | 94.9 |
| **六、批发和零售贸易、餐饮业** | **43** | **34** | **79.1** | **7741** | **129.2** |
| #食品、饮料、烟草和家庭用品批发业 | 23 | 21 | 91.3 | 1771 | 82.0 |
| 能源、材料和机械、电子设备批发业 | 7 | 4 | 57.1 | 716 | 52.1 |
| 零售业 | 9 | 7 | 77.8 | 4175 | 349.4 |
| 餐饮业 | 4 | 2 | 50.0 | 257 | 58.1 |
| **七、金融、保险业** | **4** | **2** | **50.0** | **711** | **100.0** |
| 1.金融业 | 4 | 2 | 50.0 | 711 | 100.0 |
| 2.保险业 | | | | | |
| **八、房地产业** | **2** | **2** | **100.0** | **216** | **131.7** |
| #房地产开发与经营业 | | | | | |
| 房地产管理业 | 2 | 2 | 100.0 | 216 | 131.7 |
| **九、社会服务业** | **135** | **114** | **84.4** | **55333** | **104.4** |
| #公共服务业 | 120 | 107 | 89.2 | 42117 | 104.1 |
| 居民服务业 | 1 | 1 | 100.0 | 86 | 122.9 |
| 旅馆业 | 12 | 6 | 50.0 | 13130 | 135.4 |
| **十、卫生、体育和社会福利业** | **17** | **15** | **88.2** | **8140** | **98.8** |
| #卫生 | 16 | 14 | 87.5 | 7640 | 98.7 |
| **十一、教育、文化艺术及广播电影电视业** | **18** | **11** | **61.1** | **3451** | **15.6** |
| #教育 | 9 | 7 | 77.8 | 2642 | 98.6 |
| 文化艺术业 | 2 | 1 | 50.0 | 243 | 55.5 |
| **十二、科学研究和综合技术服务业** | **15** | **3** | **20.0** | **3203** | **59.7** |
| #科学研究业 | 5 | 2 | 40.0 | 3052 | 76.4 |
| **十三、国家机关、政党机关和社会团体** | **78** | **63** | **80.8** | **21680** | **91.1** |
| #国家机关 | 76 | 62 | 81.6 | 21600 | 91.1 |
| **十四、其他行业** | **2** | **2** | **100.0** | **424** | **100.0** |

## 5－27 各市地更新改造项目个数、投资及新增固定资产

（1998年）

| 市　地 | 施工项目（个） | 全部投产项目（个） | 项目建成投产率（%） | 投资额（万元） | 新增固定资产（万元） | 固定资产交付使用率（%） |
|---|---|---|---|---|---|---|
| **全　省** | **2086** | **1364** | **65.4** | **1654322** | **1248103** | **75.4** |
| 郑州市 | 313 | 173 | 55.3 | 298801 | 220411 | 73.8 |
| 开封市 | 74 | 62 | 83.8 | 56490 | 45376 | 80.3 |
| 洛阳市 | 229 | 139 | 60.7 | 118096 | 96955 | 82.1 |
| 平顶山市 | 132 | 46 | 34.8 | 116320 | 99563 | 85.6 |
| 安阳市 | 57 | 30 | 52.6 | 102031 | 34495 | 33.8 |
| 鹤壁市 | 21 | 14 | 66.7 | 18907 | 16653 | 88.1 |
| 新乡市 | 69 | 44 | 63.8 | 53913 | 40296 | 74.7 |
| 焦作市 | 185 | 128 | 69.2 | 92349 | 44122 | 47.8 |
| 濮阳市 | 34 | 27 | 79.4 | 108551 | 105411 | 97.1 |
| 许昌市 | 166 | 107 | 64.5 | 74771 | 65581 | 87.7 |
| 漯河市 | 54 | 48 | 88.9 | 59310 | 53401 | 90.0 |
| 三门峡市 | 120 | 95 | 79.2 | 88408 | 59328 | 67.1 |
| 南阳市 | 150 | 105 | 70.0 | 172761 | 135431 | 78.4 |
| 商丘市 | 93 | 80 | 86.0 | 63362 | 57624 | 90.9 |
| 信阳市 | 110 | 90 | 81.8 | 58976 | 58095 | 98.5 |
| 周口地区 | 43 | 34 | 79.1 | 49941 | 33943 | 68.0 |
| 驻马店地区 | 111 | 79 | 71.2 | 41002 | 33702 | 82.2 |
| 济源市 | 7 | 5 | 71.4 | 10393 | 13115 | 126.2 |
| 郑州铁路局 | 118 | 58 | 49.2 | 69940 | 34601 | 49.5 |
| 黄委会 | | | | | | |

## 5-28 更新改造新增生产能力

| 生产能力(或效益)名称 | 单　位 | 1985 年 | 1990 年 | 1995 年 | 1997 年 | 1998 年 |
|---|---|---|---|---|---|---|
| 煤炭开采 | 万吨/年 | 15 | 32 | 34 | 34 | 12 |
| 炼铁 | 万吨/年 | 1.25 | | 20.00 | 20.00 | 27.00 |
| 发电机组容量 | 万千瓦 | 0.75 | | 0.55 | 3.00 | 2.00 |
| 铝电解 | 吨/年 | 38600 | 70000 | 176000 | 10500 | |
| 合成氨 | 万吨/年 | | 3.00 | 21.20 | 34.00 | 48.23 |
| 输电线路(11 万伏以上的) | 公里 | 64 | 6 | | | 68 |
| 变电设备(11 万伏以上的) | 万千伏安 | 0.16 | 39.30 | | | 23.00 |
| 水泥 | 万吨/年 | 85.20 | 68.20 | 124.85 | 153.00 | 72.00 |
| 棉纺锭 | 锭 | 20000 | 20000 | 20000 | 70000 | 10000 |
| 毛纺锭 | 锭 | | | | 4000 | |
| 植物油(日精炼油) | 吨 | 2235 | | 183 | 64 | 111 |
| 卷烟 | 万箱/年 | 10 | | 6 | | 4 |
| 酒 | 吨/年 | 44100 | 78300 | 64780 | 546200 | 79800 |
| 机制纸及纸板 | 吨/年 | 24500 | 31800 | 157700 | 3000 | 30000 |
| 改建公路 | 公里 | 5 | 7 | 175 | 395 | 319 |
| 汽车购置 | 辆 | 873 | 427 | 616 | 422 | 653 |
| 粮食仓库 | 平方米 | 7967 | 5055 | 16884 | | 21900 |
| | 万公斤 | 2175 | 2025 | 2434 | | 7000 |
| 批发零售贸易业、餐饮业网点 | 平方米 | 32331 | 102532 | 19380 | 10370 | 6558 |
| | 处 | 30 | 38 | 57 | 8 | 5 |
| 中等学校学生席位 | 个 | 2230 | 3960 | | 1880 | 3670 |
| 小学校学生席位 | 个 | 487 | 2310 | 1080 | 900 | 649 |
| 其他学校学生席位 | 个 | 200 | | 150 | | |
| 医院病床床位 | 张 | 21 | 160 | 30 | 462 | 30 |
| 自来水供水能力 | 万吨/日 | 9.20 | 22.22 | 34.17 | 5.00 | 9.00 |
| 自来水管道铺设长度 | 公里 | 47.00 | 48.00 | 133.00 | 20.00 | 9.00 |
| 污水管道铺设长度 | 公里 | 4.00 | 22.81 | 23.79 | 31.00 | 4.00 |

注:本表批发零售贸易业、餐饮业网点,1992 年以前年度为商业、饮食服务业网点。

## 5—29 各市地更新改造施工、竣工房屋建筑面积

（1998 年）

单位：平方米

| 市　　地 | 施工面积 | #住宅 | 竣工面积 | #住宅 |
|---|---|---|---|---|
| **全　　　省** | **3540698** | **1033945** | **1635054** | **615313** |
| 郑　州　市 | 699454 | 211910 | 221441 | 103855 |
| 开　封　市 | 90065 | 14611 | 65761 | 13611 |
| 洛　阳　市 | 304847 | 97723 | 130636 | 55277 |
| 平 顶 山 市 | 50895 | 4678 | 26034 | 4100 |
| 安　阳　市 | 282441 | 81940 | 74153 | 56154 |
| 鹤　壁　市 | 48169 | | 27891 | |
| 新　乡　市 | 79649 | 1440 | 20782 | 1440 |
| 焦　作　市 | 238736 | 9300 | 121909 | 9300 |
| 濮　阳　市 | 59315 | 10654 | 39543 | 5827 |
| 许　昌　市 | 267777 | 111687 | 123444 | 54394 |
| 漯　河　市 | 63939 | 5550 | 53839 | 5550 |
| 三 门 峡 市 | 172073 | 900 | 36347 | 900 |
| 南　阳　市 | 358102 | 143077 | 262299 | 143077 |
| 商　丘　市 | 81305 | 42000 | 68041 | 42000 |
| 信　阳　市 | 111863 | 8940 | 83677 | 3300 |
| 周 口 地 区 | 70726 | 11786 | 46396 | 7056 |
| 驻马店地区 | 113175 | 5851 | 61985 | 5851 |
| 济　源　市 | 32450 | | 31450 | |
| 郑州铁路局 | 415717 | 271898 | 139426 | 103621 |
| 黄　委　会 | | | | |

## 5—30 城镇集体经济固定资产投资

| 项 目 | 1990年 | 1991年 | 1992年 | 1993年 | 1994年 | 1995年 | 1996年 | 1997年 | 1998年 |
|---|---|---|---|---|---|---|---|---|---|
| **一、投资总额(万元)** | **84955** | **75515** | **118805** | **180813** | **202058** | **218381** | **304785** | **330870** | **273064** |
| 1、按资金来源分 | | | | | | | | | |
| 国家预算内资金 | 1084 | 818 | 731 | 1092 | 3329 | 1170 | 7261 | 627 | 328 |
| 国内贷款 | 28972 | 31120 | 48326 | 60546 | 66969 | 73087 | 82232 | 82224 | 42807 |
| 利用外资 | 2536 | 2584 | 2583 | 10733 | 6228 | 4036 | 10100 | 5978 | 4598 |
| 自筹资金及其他 | 52363 | 40993 | 67165 | 108442 | 125532 | 140088 | 205192 | 242041 | 225331 |
| 2、按构成分 | | | | | | | | | |
| 建筑安装工程 | 43071 | 38935 | 69202 | 94533 | 118873 | 119005 | 156588 | 202228 | 156960 |
| 设备、工器具购置 | 32739 | 31329 | 41766 | 72522 | 72987 | 83765 | 119434 | 104225 | 92409 |
| 其他费用 | 9145 | 5251 | 7837 | 13758 | 10198 | 15611 | 28763 | 24417 | 23695 |
| **二、新增固定资产(万元)** | **80927** | **71025** | **96451** | **144879** | **144189** | **180776** | **249653** | **267400** | **247914** |
| **三、建设项目(个)** | | | | | | | | | |
| 施工项目 | 467 | 681 | 948 | 752 | 882 | 852 | 1011 | 935 | 769 |
| 竣工项目 | 287 | 447 | 699 | 523 | 651 | 573 | 671 | 697 | 620 |
| **四、房屋建筑面积(万平方米)** | | | | | | | | | |
| 施工房屋面积 | 122.95 | 125.01 | 187.44 | 252.68 | 242.83 | 219.50 | 225.20 | 262.93 | 218.42 |
| 竣工房屋面积 | 84.72 | 81.20 | 121.40 | 154.99 | 169.50 | 143.38 | 150.77 | 176.91 | 161.49 |
| #住宅 | 26.32 | 20.03 | 28.74 | 42.15 | 35.64 | 27.50 | 32.15 | 43.25 | 50.03 |

注:1994—1998年不含房地产投资(表5—31、5—32、5—33同)。

## 5—31 国民经济各行业城镇集体经济投资和新增固定资产

(1998年)

单位:万元

| 行 业 | 投资总额 | 新增固定资产 | 固定资产交付使用率(%) |
|---|---|---|---|
| **总 计** | **273064** | **247914** | **90.8** |
| 一、农、林、牧、渔业 | 14289 | 11967 | 83.7 |
| 二、工业 | 154927 | 147992 | 95.5 |
| 三、建筑业 | 8331 | 7723 | 92.7 |
| 四、地质勘查业、水利管理业 | 855 | 820 | 95.9 |
| 五、交通运输、仓储及邮电通信业 | 6277 | 6395 | 101.9 |
| 六、批发和零售贸易、餐饮业 | 29410 | 28574 | 97.2 |
| 七、金融、保险业 | 22711 | 17119 | 75.4 |
| 八、房地产业 | 340 | 386 | 113.5 |
| 九、社会服务业 | 10299 | 7759 | 75.3 |
| 十、卫生、体育和社会福利业 | 7723 | 7059 | 91.4 |
| 十一、教育、文化艺术及广播电影电视业 | 3958 | 3640 | 92.0 |
| 十二、科学研究和综合技术服务业 | 528 | | |
| 十三、国家机关、政党机关和社会团体 | 7574 | 5409 | 71.4 |
| 十四、其他行业 | 5842 | 3071 | 52.6 |

## 5—32 各市地城镇集体经济固定资产投资

（1998年）　　单位：万元

| 市　地 | 投资总额 | 按构成分 | | | |
|---|---|---|---|---|---|
| | | 建筑工程 | 安装工程 | 设备购置 | 其他费用 |
| **全　　省** | **273064** | **144549** | **12411** | **92409** | **23695** |
| 郑　州　市 | 66412 | 30329 | 2463 | 22877 | 10743 |
| 开　封　市 | 9664 | 4266 | 222 | 3977 | 1199 |
| 洛　阳　市 | 12392 | 9713 | 369 | 2240 | 70 |
| 平　顶　山　市 | 16914 | 8253 | 1636 | 6064 | 961 |
| 安　阳　市 | 3562 | 3092 | 43 | 242 | 185 |
| 鹤　壁　市 | 13179 | 8323 | 131 | 4313 | 412 |
| 新　乡　市 | 8857 | 3064 | 224 | 5252 | 317 |
| 焦　作　市 | 13346 | 4544 | 652 | 7475 | 675 |
| 濮　阳　市 | 6787 | 5257 | 1280 | 250 | |
| 许　昌　市 | 33349 | 18023 | 780 | 9721 | 4825 |
| 漯　河　市 | 27930 | 12131 | 1697 | 13151 | 951 |
| 三　门　峡　市 | 2417 | 1789 | 283 | 330 | 15 |
| 南　阳　市 | 14249 | 7496 | 858 | 4942 | 953 |
| 商　丘　市 | 4272 | 2163 | 386 | 1498 | 225 |
| 信　阳　市 | 10475 | 7879 | 824 | 1156 | 616 |
| 周　口　地　区 | 15019 | 10675 | 440 | 3478 | 426 |
| 驻　马　店　地　区 | 10479 | 6391 | 23 | 3943 | 122 |
| 济　源　市 | 3761 | 1161 | 100 | 1500 | 1000 |

## 5—33 各市地城镇集体经济施工、竣工房屋建筑面积

（1998年）　　单位：平方米

| 市　地 | 施工房屋建筑面积 | | 竣工房屋建筑面积 | |
|---|---|---|---|---|
| | | #住宅 | | #住宅 |
| **全　　省** | **2184244** | **643353** | **1614915** | **500251** |
| 郑　州　市 | 446031 | 103001 | 288883 | 88949 |
| 开　封　市 | 83276 | 18848 | 54360 | 14848 |
| 洛　阳　市 | 121461 | 48792 | 104495 | 45950 |
| 平　顶　山　市 | 64991 | 22703 | 42291 | 18623 |
| 安　阳　市 | 98020 | 67653 | 49714 | 42044 |
| 鹤　壁　市 | 112927 | 41424 | 85306 | 24080 |
| 新　乡　市 | 72118 | 44778 | 53152 | 26258 |
| 焦　作　市 | 78356 | 8662 | 74452 | 7262 |
| 濮　阳　市 | 103496 | 17780 | 54856 | 5480 |
| 许　昌　市 | 253757 | 60354 | 185435 | 46757 |
| 漯　河　市 | 130745 | 53299 | 115076 | 42775 |
| 三　门　峡　市 | 30301 | 20066 | 22121 | 12886 |
| 南　阳　市 | 146855 | 44443 | 108371 | 37239 |
| 商　丘　市 | 40098 | 793 | 38798 | 793 |
| 信　阳　市 | 102452 | 35784 | 62950 | 32134 |
| 周　口　地　区 | 167510 | 17433 | 151665 | 16633 |
| 驻　马　店　地　区 | 120085 | 37540 | 114290 | 37540 |
| 济　源　市 | 11765 | | 8700 | |

## 5—34 城镇和工矿区私人建房情况

（1998年）

| 类别 | 城镇工矿区个数（个） | 竣工房屋建筑面积（平方米） | #住宅 | 竣工房屋价值（万元） | #住宅 | 建房户数（户） |
|---|---|---|---|---|---|---|
| **总计** | **654** | **18349800** | **15760700** | **723808** | **614325** | **167216** |
| #农业户建房 | | 9671900 | 8692600 | 356482 | 319643 | 88713 |
| 1、市 | 43 | 3279200 | 3153000 | 163629 | 156666 | 32902 |
| #农业户建房 | | 1070500 | 1049300 | 61610 | 60797 | 13165 |
| 2、县城 | 98 | 5478200 | 4664800 | 230011 | 192058 | 47208 |
| #农业户建房 | | 1582000 | 1345800 | 59372 | 49893 | 11674 |
| 3、镇 | 482 | 9329000 | 7724500 | 320944 | 258341 | 85515 |
| #农业户建房 | | 6919300 | 6212700 | 232674 | 206431 | 63099 |
| 4、工矿区 | 31 | 263400 | 218400 | 9224 | 7260 | 1591 |
| #农业户建房 | | 100100 | 84800 | 2826 | 2522 | 775 |

## 5—35 各市地城镇和工矿区私人建房情况

（1998年）

| 市地 | 城镇工矿区个数（个） | 竣工房屋建筑面积（平方米） | #住宅 | 竣工房屋价值（万元） | #住宅 | 建房户数（户） |
|---|---|---|---|---|---|---|
| 郑州市 | 72 | 2037200 | 1627700 | 94866 | 70891 | 11401 |
| 开封市 | 25 | 514300 | 390500 | 16533 | 12334 | 4214 |
| 洛阳市 | 46 | 1232600 | 1161600 | 52572 | 49831 | 12007 |
| 平顶山市 | 37 | 699100 | 572200 | 30682 | 25202 | 5645 |
| 安阳市 | 42 | 692800 | 680300 | 23998 | 23466 | 5017 |
| 鹤壁市 | 13 | 205200 | 153700 | 9035 | 6511 | 1121 |
| 新乡市 | 22 | 514700 | 453700 | 19779 | 18294 | 3374 |
| 焦作市 | 37 | 1007400 | 944200 | 28979 | 25841 | 5331 |
| 濮阳市 | 18 | 242900 | 177600 | 11166 | 8272 | 2445 |
| 许昌市 | 34 | 1996600 | 1893600 | 68651 | 63466 | 18508 |
| 漯河市 | 21 | 885400 | 653900 | 31587 | 24350 | 8383 |
| 三门峡市 | 41 | 451000 | 309500 | 18375 | 12572 | 3861 |
| 南阳市 | 55 | 1670000 | 1289600 | 62134 | 51013 | 14055 |
| 商丘市 | 54 | 774400 | 634800 | 30781 | 24148 | 8014 |
| 信阳市 | 35 | 1278400 | 1140700 | 54500 | 48453 | 18779 |
| 周口地区 | 81 | 1725600 | 1370300 | 61361 | 45237 | 15799 |
| 驻马店地区 | 10 | 564300 | 502100 | 23959 | 21287 | 3563 |
| 济源市 | 11 | 259700 | 216400 | 14187 | 12079 | 1487 |

## 5—36 房地产开发企业基本情况

| 指　　标 | 单　位 | 1997年 | 1998年 |
| --- | --- | --- | --- |
| 开发企业个数 | 个 | 509 | 655 |
| #国有经济 | 个 | 237 | 250 |
| 集体经济 | 个 | 98 | 126 |
| 股份制经济 | 个 | 88 | 57 |
| 外商投资经济 | 个 | 34 | 30 |
| 港澳台投资经济 | 个 | 48 | 66 |
| 年末从业人员数 | 人 | 19532 | 23737 |
| 年平均从业人员数 | 人 | 18123 | 22711 |
| 资产总计 | 万元 | 1740105 | 2280437 |
| 固定资产累计折旧 | 万元 | 19949 | 30805 |
| #本年折旧 | 万元 | 7588 | 8592 |
| 负债总计 | 万元 | 1447544 | 1910905 |
| 所有者权益合计 | 万元 | 292561 | 369532 |
| 经营收入总计 | 万元 | 253688 | 351299 |
| 土地转让收入 | 万元 | 5168 | 13176 |
| 商品房屋销售收入 | 万元 | 219637 | 281049 |
| 房屋出租收入 | 万元 | 15007 | 12390 |
| 其他收入 | 万元 | 13876 | 44684 |
| 商品房屋销售额 | 万元 | 202561 | 273192 |
| #住宅 | 万元 | 176872 | 247047 |
| 商品房屋销售面积 | 万平方米 | 220.49 | 279.61 |
| #住宅 | 万平方米 | 201.65 | 262.94 |

注:本表统计范围为当年有开发工作量的房地产企业。

## 5—37 房地产施工、竣工面积及价值

(1998年)

| 项　目 | 施工面积(平方米) | #新开工 | 竣工房屋面　积(平方米) | 竣工房屋价　值(万元) |
| --- | --- | --- | --- | --- |
| **总　计** | **11759620** | **4649823** | **3920307** | **284124** |
| 1、住宅 | 8586414 | 3822117 | 3445985 | 243244 |
| #别墅、高档公寓 | 418894 | 136438 | 209946 | 31222 |
| 安居工程 | 2037565 | 900791 | 662025 | 44203 |
| 2、办公楼 | 1187771 | 189935 | 136781 | 11306 |
| 3、商业营业用房 | 1343563 | 352311 | 254739 | 24298 |
| 4、其他 | 641872 | 285460 | 82802 | 5276 |

# 5—38 房地产开发投资完成情况

| 项目 | 1997年 | 1998年 |
|---|---|---|
| **一、投资总额(万元)** | **517509** | **580967** |
| #商品房建设投资额 | 401166 | 423762 |
| 土地开发投资额 | 53004 | 48547 |
| 1.按构成分 | | |
| 建筑、安装工程 | 390708 | 447196 |
| 设备、工器具购置 | 38229 | 33295 |
| 其他费用 | 88572 | 100476 |
| #土地购置费 | | 68116 |
| 2.按工程用途分 | | |
| 住宅 | 271476 | 320879 |
| #别墅、高级工寓 | 15286 | 26416 |
| 安居工程 | 47563 | 75511 |
| 办公楼 | 84066 | 101398 |
| 商业营业用房 | 80455 | 68492 |
| 其他 | 81512 | 90198 |
| 3.按资金来源分 | | |
| 国家预算内资金 | 1700 | 1061 |
| 国内贷款 | 204457 | 161718 |
| 债　券 | 1734 | |
| 利用外资 | 34096 | 12678 |
| 自筹资金 | 165383 | 178395 |
| 其　他 | 110139 | 227115 |
| **二、新增固定资产(万元)** | **389385** | **324439** |
| **三、本年购置土地面积(万平方米)** | **193.25** | **358.55** |
| **四、本年完成开发土地面积(万平方米)** | **145.71** | **166.53** |
| **五、房屋建筑面积(万平方米)** | | |
| 施工面积 | 1042.19 | 1175.96 |
| #新开工面积 | 358.37 | 464.98 |
| 竣工面积 | 370.26 | 392.03 |
| **六、商品房屋销售建筑面积(万平方米)** | **220.49** | **279.61** |
| #销售给个人 | 153.72 | 180.86 |
| **七、房屋空置面积(万平方米)** | **173.04** | **141.53** |
| **八、商品房屋竣工价值(万元)** | **321026** | **284124** |
| **九、商品房屋销售额(万元)** | **202561** | **273192** |
| #销售给个人 | 136388 | 173971 |

## 5—39 各市地房地产投资完成情况

（1998 年）

| 市地 | 投资总额（万元） | #建筑工程 | #安装工程 | 新增固定资产（万元） | 土地开发面积（平方米） | 土地开发投资额（万元） |
|---|---|---|---|---|---|---|
| **全省** | **580967** | **419699** | **27497** | **324439** | **1665315** | **48547** |
| 郑州市 | 301733 | 211209 | 23379 | 128227 | 375351 | 20432 |
| 开封市 | 23837 | 18097 | | 19166 | 1774 | 186 |
| 洛阳市 | 65733 | 43792 | 270 | 45070 | 285839 | 5667 |
| 平顶山市 | 26414 | 19729 | 282 | 27085 | 15795 | 723 |
| 安阳市 | 13664 | 12581 | 173 | 16564 | 17718 | 211 |
| 鹤壁市 | 1184 | 1154 | | 805 | 3200 | 30 |
| 新乡市 | 17167 | 11131 | 120 | 12831 | 82600 | 5530 |
| 焦作市 | 13996 | 8751 | 496 | 13394 | 22867 | 665 |
| 濮阳市 | 13713 | 10418 | 812 | 7318 | 70734 | 2323 |
| 许昌市 | 9973 | 6533 | | 4628 | 248776 | 722 |
| 漯河市 | 18119 | 18119 | | 4289 | | |
| 三门峡市 | 9680 | 9061 | | 7805 | 34870 | 222 |
| 南阳市 | 29460 | 23111 | 973 | 14990 | 238228 | 5117 |
| 商丘市 | 10656 | 6811 | 465 | 6432 | 138700 | 3010 |
| 信阳市 | 7916 | 6700 | 197 | 5007 | 15839 | 308 |
| 周口地区 | 7836 | 5405 | 240 | 3477 | 3424 | 345 |
| 驻马店地区 | 9086 | 6357 | 30 | 6899 | 109600 | 2556 |
| 济源市 | 800 | 740 | 60 | 452 | | |

## 5—40 各市地房地产开发经营情况

（1998 年）

| 市地 | 经营总收入（万元） | #土地转让收入 | #商品房屋销售收入 | #房屋出租收入 | 商品房屋销售额（万元） | #住宅 | 商品房屋销售面积（平方米） | #住宅 |
|---|---|---|---|---|---|---|---|---|
| **全省** | **351299** | **13176** | **281049** | **12390** | **273192** | **247047** | **2796126** | **2629424** |
| 郑州市 | 141211 | 7174 | 99514 | 10038 | 90087 | 81763 | 586807 | 551493 |
| 开封市 | 12392 | 117 | 11022 | 491 | 11022 | 8946 | 108385 | 99220 |
| 洛阳市 | 53718 | 1595 | 48215 | 820 | 48613 | 45928 | 448131 | 434346 |
| 平顶山市 | 34015 | 120 | 29010 | 14 | 28935 | 28365 | 382201 | 377836 |
| 安阳市 | 19024 | 60 | 18611 | 106 | 19532 | 18349 | 223723 | 216157 |
| 鹤壁市 | 395 | | 395 | | 306 | 266 | 2631 | 2278 |
| 新乡市 | 14949 | 190 | 11244 | 114 | 11171 | 9831 | 153684 | 146618 |
| 焦作市 | 10199 | 524 | 9511 | 82 | 9187 | 7835 | 123966 | 116758 |
| 濮阳市 | 8760 | | 8345 | 15 | 8345 | 7325 | 117707 | 109007 |
| 许昌市 | 3513 | 236 | 3140 | 1 | 2849 | 2495 | 41062 | 38750 |
| 漯河市 | 4459 | 6 | 4453 | | 4453 | 3821 | 57291 | 51452 |
| 三门峡市 | 5667 | 258 | 5194 | 51 | 5194 | 4409 | 72084 | 57883 |
| 南阳市 | 19446 | 653 | 12878 | 162 | 12955 | 12288 | 179379 | 172279 |
| 商丘市 | 6635 | 1070 | 5117 | | 5117 | 3525 | 85117 | 67796 |
| 信阳市 | 7431 | 31 | 6793 | 65 | 7942 | 5324 | 87977 | 77795 |
| 周口地区 | 3295 | 47 | 3034 | 1 | 2922 | 2729 | 65375 | 62800 |
| 驻马店地区 | 5629 | 854 | 4253 | 430 | 4242 | 3528 | 55906 | 41756 |
| 济源市 | 561 | 241 | 320 | | 320 | 320 | 4700 | 4700 |

# 主要统计指标解释

**全社会固定资产投资** 固定资产投资是社会固定资产再生产的主要手段。通过建造和购置固定资产的活动，可以扩大社会再生产的规模，提高社会生产的技术水平，调整经济结构，改变生产力的地区分布，增强国家的经济实力，提高和改善人民物质和文化生活水平。

固定资产投资额，又称固定资产投资完成额，是以货币形式表现的在一定时期内建造和购置固定资产的工作量以及与此有关的费用的总称。它是反映固定资产投资规模、结构和发展速度的综合性指标，又是观察工程进度和考核投资效果的重要依据。

全社会固定资产投资统计范围包括：基本建设单位及更新改造企、事业单位，国有其他固定资产投资单位，城镇集体经济、联营经济、股份制经济、外商投资经济、港澳台投资经济及其他经济的固定资产投资单位，各种经济类型的房地产开发单位，农村集体单位和个人投资，城镇私人建房投资。

**基本建设投资** 基本建设是指利用国家预算内拨款、自筹资金、国内外基本建设贷款以及其他专项资金进行的，以扩大生产能力（或新增工程效益）为主要目的的新建、扩建工程及有关的工作。具体包括以下几个方面：

1、为经济、科技和社会发展而平地起家的新建项目；

2、为扩大生产能力（或新增效益）而增建分厂、主要生产车间、矿井、铁路干支线、码头泊位等扩建项目；

3、为改变生产力布局而进行的全厂性迁建项目；

4、遭受各种灾害、毁坏严重，需要重建整个企、事业单位的恢复性项目；

5、没有折旧资金或固定收入的行政、事业单位增建业务用房和职工宿舍的项目。

基本建设投资额是以货币表现的基本建设完成的工作量，是反映一定时期内基本建设规模和建设进度的综合性指标。它是根据工程的实际进度按预算价格（预算价格是编制施工图预算时所用的价格）计算的工作量。没有形成工程实体的建筑材料和没有开始安装的设备，不计算投资完成额。

基本建设投资完成额与基本建设财务拨款、贷款额和资本运用是含义完全不同的指标，“基本建设投资完成额”是按预算价格计算的工作量；财务拨款、贷款额是银行根据国家计划拨给或贷给建设单位用于基本建设的资金；资金运用指标是建设单位实际支出的与投资项目有关的各种资金之和。

**更新改造投资** 更新改造是指利用企业折旧资金、国家更新改造预算拨款、企业自有资金、国内外技术改造贷款及资金，对现有企、事业单位原有设施进行技术改造（包括固定资产更新）以及相应配套的辅助性生产、生活福利设施等工程和有关的工作。更新改造投资是以货币表现的更新改造完成的工作量。更新改造具体包括以下几个方面：

1、为了挖掘国民经济各部门潜力，提高综合经济效益，对现有企、事业单位原有车间、生产线的工艺、工程设施和技术装备进行技术改造或设备、建筑物更新，以及与生产性主体技术改造相应配套的辅助性生产、生活福利设施；

2、为了改善原有交通运输设施、港口码头的运输条件，提高运输、装卸能力而进行的更新改造工作；

3、为了节约能源和原材料，治理“三废”污染和综合利用原材料而对现有企、事业单位进行的技术改造工程；

4、为了防止职业病和人身事故，对现有建筑和技术装备采取的劳动保护措施；

5、对城市现有供热、供气、供排水和道路、桥涵等市政设施的改造；

6、现有企、事业单位由于城市环境保护和安全生产的需要，而进行的迁建工程。

**固定资产投资按构成分** 固定资产投资活动按其工作内容和实现方式分为建筑、安装工程，设备、工具、器具购置，其他费用四个部分。

1、建筑工程，是指各种房屋、建筑物的建造工程，又称建筑工作量。这部分投资额必须兴工动料，通过施工活动才能实现，是固定资产投资额的重要组成部分。具体包括：

①各种房屋建造工程如厂房、仓库、办公室、住宅、商店、学校、医院、俱乐部、食堂、车库、招待所的建设，包括列入房屋工程预算内的暖气、卫生、通风、照明、煤气等设备的价值及其装设油饰工程，列入建筑工程预算内的各种管道（如蒸气、压缩空气、石油、给排水等管道）、电力、电讯电缆导线的敷设等工程。

②设备基础、支柱、操作平台、梯子、烟囱、凉水塔、水池、灰塔等建筑工程、炼焦炉、裂解炉、蒸气炉等各种窑炉的砌筑工程及金属结构工程。

③为施工而进行的建筑场地的布置，工程地质勘探，原有建筑物和障碍物的拆除，平整土地，施工临时用水、电、气、道路工程，以及完工后建筑场地的清理、环境绿化美化工作等。

④矿井的开凿，井巷掘进延伸，露天矿的剥离，石油、天然气钻井工程和铁路，公路港口、桥梁等工程。

⑤水利工程，如水库、堤坝、灌渠以及河道整治等工程。

⑥防空、地下建筑特殊工程及其他建筑工程。

2、安装工程，是指各种设备、装置的安装工程，又称安装工作量。具体包括：

①生产、动力、起重、运输、传动和医疗、实验等各种需要安装设备的装配，与设备相连的工作台、梯子、栏杆等装设工程，附属于被安装设备的管线敷设工程，被安装设备的绝缘、防腐、保温、油漆等工作。

②为测定安装工作质量，对单个设备、系统设备进行单机试运、系统联动无负荷试运工作（投料试运工作不包括在内）。

在安装工程中，不包括被安装设备本身的价值。

3、设备、工具、器具购置，是指把工业企业生产的产品转为固定资产的购置活动，包括建设单位或企、事业单位购置或自制的，达到固定资产标准的设备、工具、器具的价值。新建单位及扩建单位的新建车间，按照设计或计划要求购置或自制的全部设备、工具、器具，不论是否达到固定资产标准均计入“设备、工具、器具购置”中。

4、其他费用，是指在固定资产建造和购置过程中发生的除建筑工程、安装工程及设备、工具、器具购置以外的各种应分摊计入固定资产的费用。具体包括：旧房屋购置、基本畜禽支出、林木支出、办公生活用家具器具购置、建设单位管理费、土地征用及迁移补偿费、勘察设计费、研究实验费、可行性研究费、临时设施费、施工机构转移费、设备检验费、负荷联合试车费、土地占用、使用费、投资方向调节税、建设期应付利息、包干节余、企业债券发行费、合同公证费及工程质量监测费、国外借款手续费及承诺费、汇兑损益、调整器材调拨价格折价、坏帐损失、固定资产亏损及损失、其他。

**固定资产投资按建设性质分** 建设项目的性质一般分为新建、扩建、改建、迁建、恢复。基本建设按建设项目划分建设性质，更新改造、国有单位其他固定资产投资及城镇集体投资按整个企业、事业单位的建设情况确定建设性质。目前基本建设和更新改造是根据我国现行的计划管理体制区分的，所以基本建设和更新改造都可以分别按新建、扩建和改建等划分。

1、新建一般是指从无到有，“平地起家”新开始建设的单位。有的单位原有的基础很小、经过建设后其新增加的固定资产价值超过原有固定资产价值(原值)三倍以上的也算新建。

2、扩建一般是指为扩大原有产品的生产能力,在厂内或其他地点增建主要生产车间(或主要工程)、独立的生产线或总厂之下的分厂的企业;事业单位和行政单位在原单位增建业务用房(如学校增建教学用房、医院增建门诊部或病床用房,行政机关增建办公楼等)也作扩建。

3、改建一般是指现有企业、事业单位为了技术进步,提高产品质量,增加花色品种,促进产品升级换代,降低消耗和成本,加强资源综合利用和三废治理,以及劳保安全等,采用新技术、新工艺、新设备、新材料等对现有设施、工艺条件进行技术改造或更新(包括相应配套的辅助性生产、生活福利设施),有的企业为充分发挥现有生产能力,进行填平补齐而增建不增加本单位主要产品能力的车间等,也属于改建。

**施工项目** 指报告期内曾进行建筑或安装施工活动的建设项目。包括报告期内新开工的项目,报告期以前开工跨入报告期继续施工的项目,报告期施过工并在报告期内全部建成投产或停缓建的项目。

**全部建成投产项目** 工业项目是指设计文件规定形成生产能力的主体工程及其相应配套的辅助设施全部建成,经负荷试运转,证明具备生产设计规定合格产品的条件,并经过验收鉴定合格或达到竣工验收标准,与生产性工程配套的生活福利设施可以满足近期正常生产的需要,正式移交生产的建设项目;非工业项目是指设计文件规定的主体工程和相应的配套工程全部建成,能够发挥设计规定的全部效益,经验收鉴定合格或达到竣工验收标准,正式移交使用的建设项目。

**新增生产能力** 指通过固定资产投资活动而增加的设计能力或工程效益,它是用实物形态表示的固定资产投资和成果。新增生产能力的计算,是以能独立发挥生产能力或效益的单项工程(或项目)为对象。当单项工程(或项目)建成,经有关部门鉴定合格,正式移交投入生产,即可计算新增生产能力。

新增生产能力或工程效益有以下几种表现形式:

1. 以建设项目或单项工程建成后的年产能力表示。如煤炭开采、石油开采等。

2. 以建设项目或单项工程建成后处理原料的能力表示。如选矿工程的年处理矿石能力,洗煤厂年洗原煤能力等。

3. 以新增的主要设备数量或容量表示。如发电机组容量、棉纺锭枚数等。

4. 以建筑物容积、容量、面积或长度表示。如铁路公路里程、水库容量等。

新增生产能力数量一般按设计能力计算。设计能力是指设计文件中规定的在正常情况下能够达到的生产能力,而不论投产后的实际产量如何。以设备数量、建筑物容积、面积、长度等表示的新增生产能力(或效益),则按建成的实际数量计算。

**施工和竣工房屋建筑面积** 房屋建筑面积是从房屋的外墙线算起,包括房屋结构(如柱、墙)占用的面积和地下室面积。多层建筑按自然层面积总和计算,包括房内的楼隔层,突出墙面的眺望间、门斗、有柱雨罩的面积。不包括突出墙面结构的构件、艺术装饰等所站面积。如台阶。凹阳台、挑阳台按其水平投影面积一半计算建筑面积。

施工面积,指报告期内施工的全部房屋建筑面积。包括本期新开工的面积和上期开工跨入本期继续施工的房屋面积,以及上期已停建在本期继续施工的房屋建筑面积。

竣工面积,指在报告期内房屋建筑按照设计要求已全部完工,达到住人和使用条件,经验收鉴定合格,正式移交使用单位的建筑面积。

**新增固定资产** 指已经建成投入生产或交付使用的工程价值和达到固定资产标准的设备、工具、器具的投资及有关应摊入的费用。它是以价值形式表示的固定资产投资成果的综合性指标,可以综合反映不同时期、不同部门、不同地区的固定资产投资成果。

**固定资产交付使用率** 又称固定资产运用动用系数，是指一定时期新增固定资产与同期完成投资额的比率。其计算公式为：

固定资产交付使用率＝报告期新增固定资产/报告期固定资产投资额×100％

固定资产交付使用率是反映固定资产动用速度，衡量建设过程中宏观投资效果的综合指标。由于新增固定资产是较长时期内形成的结果，而投资则是当年完成的，因此，这一指标一般适宜于反映较长时期内固定资产的动用情况。

**房地产开发投资额** 又称房地产开发工作量，它是以货币表示的工作量。是指房地产开发公司、商品房建设公司及其他房地产开发单位进行土地开发工程、商品房屋建设工程所完成的投资额。它包括：

1、土地开发投资额，是指房地产开发单位进行土地开发工程所完成的投资额，如进行场地平整、道路、给水、排水、供电、供热、通讯等工程所完成的投资额。未进行开发工程、只进行单纯的土地交易活动不作为土地开发投资统计。

2、商品房建设投资额，是指房地产开发单位开发建设的供出售用的商品住宅、厂房、仓库、饭店、度假村、写字楼、办公楼等房屋工程及其配套的服务设施所完成的投资额。

**商品房屋销售额** 是指房屋开发公司报告期售出商品房屋的实际收入。包括正式交付的商品房在建设前期预收的定金、预收的款项及结算尾数，不包括未交付的商品房所预收的款项。收取的外汇折算在其中。如果商品房是跨年度完成的，应包括以前年度完成价值。

# 六、物　价

**简要说明**

一、本篇资料主要反映河南省生产、流通、消费等环节的价格变动趋势和变动幅度。主要包括居民消费价格指数、商品零售价格指数、农业生产资料价格指数、农产品收购价格指数、工业品出厂价格指数(生产者价格指数)、原材料、燃料、动力购进价格指数及主要统计指标解释等。

二、资料来源

价格指数统计由省城调队组织实施,各抽中市县城调队依据国家价格统计调查制度向抽选的工商企业及餐饮服务业等企业采集原始价格数据汇总后上报。

消费、零售、农业生产资料价格指数采用抽样调查方法编制,即抽中的市县按照选定的代表商品作为样本,对市场价格进行经常性调查,以样本推断总体。目前,河南省抽选的调查市县27个,代表商品300余种。编制过程有五大要素:

1. 调查地区和调查点的选择。调查地区选择的方法是按照经济区域和地区分布合理等原则,在全省抽选具有代表性的大、中、小城市和县城;在此基础上选择经营规模大、商品种类多的商场(包括集市)作为调查点。

2. 代表商品和代表规格品的选择。代表商品是选择那些消费量大、价格变动有代表性的商品;代表规格品的确定是根据商品零售资料、城镇和农村居民的消费支出记帐资料,按照有关规定筛选。筛选的原则:一是与社会和人民生活关系密切;二是销售数量(金额)大;三是市场供应相对稳定;四是价格变动趋势有代表性;五是所选择的代表规格品之间差异性大。

3. 价格调查方式。采用派员直接到调查点登记调查,同时全省聘请1000余名辅助调查员协助登记调查。

4. 权数的确定。计算居民消费价格指数的权数根据城乡居民家庭消费支出构成确定;计算商品零售价格指数的权数根据社会消费品零售额统计确定。

5.计算公式的选择。居民消费价格指数和商品零售价格指数均采用派氏公式（$k=\sum p_1q_1/\sum p_0q_1$）编制的。

工业品出厂价格指数、原材料、燃料、动力购进价格指数也是采用抽样调查方法统计。目前全省抽选工业企业1000余家，通过这些企业采集原始价格数据编制指数。

三、省城调队编印的《河南城市统计年鉴》提供更为详细的资料。

# 数　据　要　览

| | | |
|---|---|---|
| ◆1998 年商品零售价格指数(上年＝100) | 96.6％ | 比上年下降 4 个百分点 |
| ◆1998 年居民消费价格指数(上年＝100) | 97.5％ | 比上年下降 6 个百分点 |
| ◆1998 年农业生产资料价格指数(上年＝100) | 94.2％ | 比上年下降 5.1 个百分点 |
| ◆1998 年农产品收购价格总指数(上年＝100) | 92.2％ | 比上年下降 2.8 个百分点 |
| ◆1998 年农民购进工业品价格指数(上年＝100) | 96.4％ | 比上年下降 4.6 个百分点 |
| ◆1998 年工农业商品综合比价指数(以农产品收购价格总指数为 100) | 104.6％ | 比上年下降 1.7 个百分点 |

## 各种物价指数变动情况
（以上年为100）

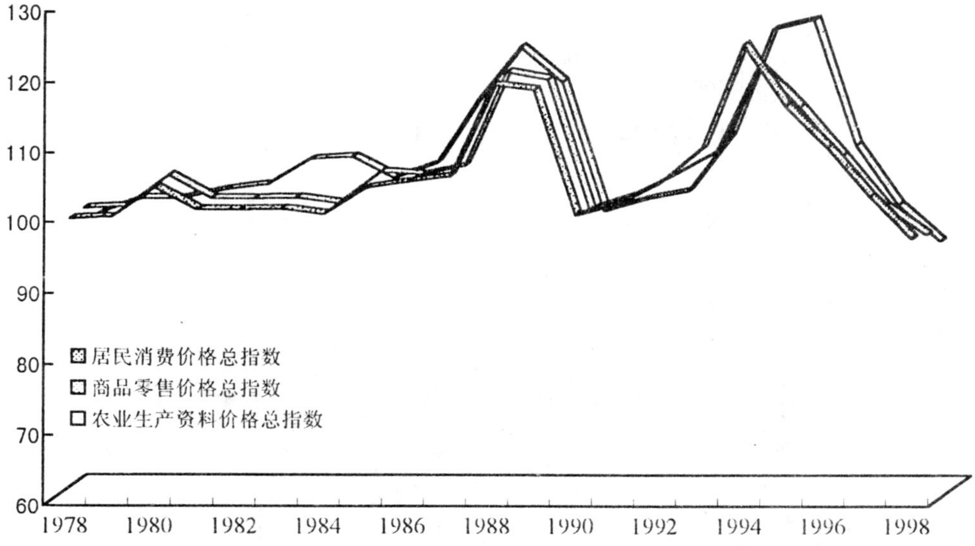

# 6—1 历年各种物价总指数

（以上年价格为100）

| 年份 | 居民消费价格总指数 | | | 商品零售价格总指数 | | | 农业生产资料价格总指数 | 农产品收购价格总指数 | 农民购进工业品价格总指数 | 农贸市场农产品成交价格指数 | 工农业商品综合比价指数(以农产品收购价格总指数为100) |
|---|---|---|---|---|---|---|---|---|---|---|---|
| | 全省 | 城市 | 农村 | 全省 | 城市 | 农村 | | | | | |
| 1952 | | | | | | | | 93.4 | 94.5 | | 101.2 |
| 1957 | | | | 102.3 | 101.7 | 102.7 | 100.7 | 104.3 | 101.5 | | 97.3 |
| 1962 | 96.4 | 86.1 | 100.8 | 100.5 | 84.4 | 100.8 | 99.2 | 72.3 | 100.5 | 48.4 | 139.0 |
| 1965 | 97.0 | 96.3 | 97.3 | 96.8 | 96.0 | 97.3 | 95.7 | 98.3 | 96.1 | 81.5 | 97.8 |
| 1970 | 99.0 | 99.8 | 98.5 | 98.8 | 99.8 | 98.5 | 99.9 | 100.4 | 98.9 | 108.1 | 98.8 |
| 1975 | 100.1 | 100.2 | 100.1 | 100.2 | 100.2 | 100.1 | 100.0 | 101.6 | 100.1 | 101.0 | 98.5 |
| 1978 | 100.1 | 100.0 | 100.1 | 100.1 | 100.0 | 100.1 | 97.9 | 104.8 | 99.1 | 94.4 | 94.6 |
| 1979 | 100.4 | 100.3 | 100.4 | 100.4 | 100.3 | 100.4 | 100.0 | 121.6 | 99.9 | 95.1 | 82.2 |
| 1980 | 104.6 | 106.0 | 103.8 | 104.9 | 106.4 | 103.8 | 100.1 | 107.1 | 99.9 | 103.5 | 93.3 |
| 1981 | 101.4 | 102.4 | 100.8 | 101.6 | 102.6 | 100.8 | 101.3 | 105.5 | 100.6 | 107.9 | 95.4 |
| 1982 | 101.4 | 101.8 | 101.2 | 101.5 | 101.8 | 101.2 | 102.1 | 99.5 | 101.5 | 102.0 | 102.0 |
| 1983 | 101.6 | 102.9 | 100.9 | 101.7 | 102.8 | 100.9 | 105.7 | 108.8 | 102.0 | 104.6 | 93.8 |
| 1984 | 100.8 | 102.2 | 100.1 | 100.9 | 102.0 | 100.0 | 106.1 | 103.7 | 102.3 | 100.6 | 98.6 |
| 1985 | 104.6 | 106.5 | 103.6 | 105.4 | 106.4 | 103.5 | 103.0 | 103.1 | 102.6 | 109.2 | 99.5 |
| 1986 | 105.5 | 106.8 | 104.3 | 105.0 | 106.5 | 104.0 | 105.1 | 104.6 | 103.9 | 109.5 | 99.3 |
| 1987 | 106.3 | 107.8 | 105.3 | 106.3 | 108.0 | 105.1 | 114.4 | 103.7 | 107.6 | 114.6 | 103.8 |
| 1988 | 119.4 | 121.5 | 118.1 | 119.7 | 122.1 | 118.2 | 121.8 | 123.6 | 117.7 | 138.3 | 95.2 |
| 1989 | 118.7 | 114.9 | 122.0 | 118.7 | 114.5 | 122.2 | 116.8 | 118.1 | 120.6 | 107.9 | 102.1 |
| 1990 | 100.7 | 100.5 | 100.9 | 100.1 | 99.8 | 100.4 | 98.3 | 92.4 | 100.5 | 94.9 | 108.8 |
| 1991 | 102.3 | 105.1 | 100.0 | 102.0 | 105.0 | 99.6 | 100.1 | 100.6 | 99.9 | 101.2 | 99.3 |
| 1992 | 105.4 | 107.7 | 102.9 | 105.0 | 107.5 | 102.2 | 101.2 | 105.7 | 101.0 | 102.2 | 95.6 |
| 1993 | 110.4 | 110.6 | 110.3 | 108.3 | 108.5 | 108.1 | 109.2 | 107.9 | 108.6 | 105.1 | 100.6 |
| 1994 | 125.2 | 127.4 | 123.5 | 120.6 | 118.2 | 122.3 | 124.4 | 150.2 | 117.5 | 132.7 | 78.2 |
| 1995 | 116.5 | 116.9 | 116.3 | 114.9 | 113.3 | 116.5 | 125.8 | 127.1 | 117.2 | 122.6 | 92.2 |
| 1996 | 110.5 | 109.5 | 110.9 | 107.9 | 106.2 | 109.4 | 107.9 | 105.1 | 106.7 | 103.7 | 101.5 |
| 1997 | 103.5 | 102.4 | 103.9 | 100.6 | 99.8 | 101.2 | 99.3 | 95.0 | 101.0 | 88.9 | 106.3 |
| 1998 | 97.5 | 97.9 | 97.1 | 96.6 | 96.6 | 96.5 | 94.2 | 92.2 | 96.4 | 90.8 | 104.6 |

## 6—2 各种物价总指数

(1998年)

| 基期 | 居民消费价格总指数 | | | 商品零售价格总指数 | | | 农业生产资料价格总指数 | 农产品收购价格总指数 | 农民购进工业品价格总指数 | 工农业商品综合比价指数(以农产品收购价格总指数为100) |
|---|---|---|---|---|---|---|---|---|---|---|
| | 全省 | 城市 | 农村 | 全省 | 城市 | 农村 | | | | |
| 以1930—1936年平均价格为100 | | | | | | | | 1984.4 | 746.9 | 37.7 |
| 以1950价格为100 | | | | | | | | 940.3 | 288.7 | 30.8 |
| 以1952年价格为100 | 417.3 | 508.8 | 363.8 | 358.5 | 423.1 | 331.3 | 294.9 | 883.5 | 261.4 | 29.6 |
| 以1957年价格为100 | 384.2 | 466.2 | 335.3 | 349.2 | 388.8 | 305.7 | 322.4 | 723.0 | 263.1 | 36.4 |
| 以1965年价格为100 | 353.8 | 428.5 | 312.8 | 308.3 | 345.5 | 284.4 | 311.2 | 556.3 | 252.8 | 45.5 |
| 以1970年价格为100 | 360.8 | 422.9 | 321.9 | 334.1 | 345.3 | 293.2 | 343.1 | 521.2 | 266.6 | 51.1 |
| 以1975年价格为100 | 361.4 | 422.6 | 324.0 | 322.4 | 345.2 | 295.0 | 358.6 | 510.8 | 273.2 | 53.6 |
| 以1978年价格为100 | 358.1 | 410.3 | 324.0 | 314.4 | 335.2 | 295.0 | 351.0 | 469.0 | 272.8 | 58.2 |
| 以1980年价格为100 | 340.47 | 366.0 | 309.8 | 298.3 | 313.5 | 283.0 | 351.0 | 359.9 | 273.1 | 75.9 |
| 以1985年价格为100 | 309.5 | 330.5 | 291.2 | 266.5 | 269.4 | 265.7 | 293.8 | 295.2 | 250.0 | 84.7 |
| 以1990年价格为100 | 193.5 | 204.7 | 182.5 | 168.0 | 168.1 | 167.4 | 174.7 | 201.6 | 156.8 | 77.8 |
| 以1995年价格为100 | 111.5 | 109.7 | 111.9 | 104.8 | 102.4 | 106.8 | 100.9 | 92.0 | 103.9 | 113.0 |
| 以1996年价格为100 | 100.9 | 100.2 | 100.9 | 97.2 | 96.4 | 97.7 | 93.5 | 87.6 | 97.4 | 111.2 |
| 以1997年价格为100 | 97.5 | 97.9 | 97.1 | 96.6 | 96.6 | 96.5 | 94.2 | 92.2 | 96.4 | 104.5 |

# 6—3 居民消费价格指数

（以上年价格为100）

| 类别及品名 | 1997年 | | | 1998年 | | |
|---|---|---|---|---|---|---|
| | 全省 | 城市 | 农村 | 全省 | 城市 | 农村 |
| **总指数** | **103.5** | **102.4** | **103.9** | **97.5** | **97.9** | **97.1** |
| **一、食品** | **100.4** | **99.0** | **101.5** | **95.5** | **96.0** | **95.0** |
| 粮食 | 90.6 | 92.7 | 87.2 | 92.4 | 92.6 | 92.2 |
| 细粮 | 90.7 | 92.9 | 86.8 | 92.3 | 92.5 | 92.0 |
| 粗粮 | 89.6 | 87.1 | 91.3 | 94.2 | 93.4 | 94.8 |
| 淀粉及薯类 | 89.7 | 90.3 | 89.0 | 102.4 | 103.0 | 102.1 |
| 干豆类及豆制品 | 104.7 | 103.2 | 106.5 | 89.8 | 91.5 | 87.8 |
| 油脂类 | 103.7 | 102.1 | 105.0 | 99.4 | 102.6 | 96.3 |
| 肉禽及其制品 | 113.4 | 111.3 | 115.3 | 87.9 | 90.4 | 85.2 |
| #猪肉 | 120.6 | 121.6 | 119.6 | 81.8 | 82.8 | 80.9 |
| 蛋类 | 76.3 | 74.8 | 79.9 | 104.1 | 104.9 | 101.5 |
| #鲜蛋 | 74.5 | 74.2 | 76.8 | 105.1 | 105.4 | 102.7 |
| 水产品类 | 105.7 | 106.2 | 105.2 | 93.9 | 94.2 | 93.3 |
| 菜类 | 88.1 | 88.5 | 87.5 | 99.4 | 98.4 | 100.6 |
| #鲜菜 | 87.0 | 87.5 | 86.3 | 99.9 | 98.4 | 102.1 |
| 调味品 | 101.3 | 101.3 | 101.3 | 98.5 | 97.5 | 99.1 |
| 糖类 | 99.9 | 99.9 | 99.6 | 96.4 | 97.1 | 95.6 |
| 烟草类 | 100.3 | 99.6 | 100.9 | 99.6 | 96.8 | 101.4 |
| 酒和饮料 | 101.4 | 103.8 | 99.8 | 97.2 | 97.8 | 96.8 |
| 干鲜瓜果类 | 90.3 | 90.7 | 90.1 | 92.2 | 92.7 | 89.1 |
| #鲜果 | 86.3 | 86.2 | 87.1 | 93.2 | 94.4 | 87.4 |
| 糕点类 | 104.5 | 104.3 | 104.6 | 100.6 | 101.2 | 100.1 |
| 奶及奶制品 | 102.3 | 102.6 | 102.3 | 98.9 | 98.4 | 100.3 |
| 其他食品 | 103.6 | 104.0 | 103.2 | 102.2 | 107.1 | 97.4 |
| 饮食业 | 105.1 | 104.8 | 105.2 | 99.1 | 98.5 | 99.8 |
| **二、衣着类** | **103.7** | **102.5** | **104.7** | **99.2** | **98.1** | **100.0** |
| 服装 | 104.9 | 103.0 | 106.9 | 99.2 | 97.6 | 101.2 |
| 衣着材料 | 100.8 | 100.4 | 101.2 | 98.3 | 98.1 | 98.4 |
| 鞋、袜、帽及其他衣着 | 104.7 | 103.0 | 105.9 | 99.9 | 99.6 | 100.2 |

6—3续表　　　　(以上年价格为100)

| 类别及品名 | 1997年 | | | 1998年 | | |
|---|---|---|---|---|---|---|
| | 全省 | 城市 | 农村 | 全省 | 城市 | 农村 |
| **三、家庭设备及用品** | **100.6** | **99.7** | **101.3** | **98.2** | **98.1** | **98.4** |
| 耐用消费品 | 98.9 | 97.9 | 99.8 | 97.4 | 97.4 | 97.4 |
| 室内装饰品 | 100.9 | 100.9 | 100.9 | 98.2 | 98.5 | 97.8 |
| 床上用品 | 101.9 | 100.6 | 102.7 | 99.2 | 99.3 | 99.1 |
| 家庭日用杂品 | 102.6 | 102.2 | 102.8 | 99.5 | 99.4 | 99.6 |
| 其他日用品 | 102.5 | 101.6 | 103.4 | 98.7 | 98.1 | 99.1 |
| **四、医疗保健** | **101.5** | **102.2** | **101.2** | **99.6** | **101.4** | **98.4** |
| 医疗器具及保健用品 | 102.9 | 102.5 | 103.3 | 100.6 | 100.6 | 100.4 |
| 中药材及中成药 | 106.1 | 109.5 | 104.7 | 105.4 | 106.9 | 104.5 |
| 西药 | 99.0 | 98.3 | 99.3 | 96.4 | 98.6 | 95.1 |
| **五、交通和通讯工具** | **96.7** | **95.8** | **98.2** | **97.7** | **97.4** | **98.0** |
| 交通工具 | 96.7 | 95.6 | 98.2 | 98.2 | 98.1 | 98.3 |
| 通讯设备 | 96.9 | 96.5 | 97.6 | 95.3 | 95.6 | 92.3 |
| **六、娱乐、教育、文化用品** | **97.1** | **97.5** | **96.7** | **93.5** | **95.0** | **92.3** |
| 文娱用耐用消费品 | 90.8 | 91.8 | 89.8 | 90.3 | 90.9 | 89.9 |
| 教材及参考书 | 115.0 | 115.9 | 115.0 | 95.4 | 95.6 | 95.3 |
| 文化娱乐用品 | 103.4 | 103.2 | 103.6 | 102.0 | 102.6 | 101.3 |
| **七、居住** | **108.0** | **114.8** | **102.4** | **98.2** | **102.6** | **95.1** |
| 住房 | 102.7 | 110.2 | 99.0 | 96.5 | 99.5 | 94.6 |
| 水、电、燃料 | 115.3 | 117.6 | 113.3 | 100.6 | 104.7 | 96.4 |
| **八、服务项目** | **124.6** | **126.2** | **124.3** | **104.5** | **104.7** | **104.3** |
| 电讯费 | 119.3 | 129.8 | 106.3 | 100.2 | 100.0 | 100.8 |
| 邮费 | 212.3 | 213.6 | 211.6 | 100.0 | 100.0 | 100.0 |
| 交通费 | 105.2 | 100.6 | 108.7 | 103.3 | 107.4 | 99.9 |
| 洗理美容费 | 109.3 | 110.8 | 108.1 | 107.1 | 108.2 | 106.2 |
| 文娱费 | 113.1 | 116.5 | 109.1 | 109.3 | 110.5 | 108.1 |
| 学杂保育费 | 134.0 | 141.2 | 129.4 | 105.0 | 103.6 | 106.0 |
| 修理及其他服务费 | 107.4 | 109.3 | 105.5 | 104.1 | 104.4 | 103.7 |
| 医疗保健服务 | 132.2 | 129.5 | 132.9 | 103.9 | 103.4 | 103.9 |

## 6—4 商品零售及农业生产资料价格指数

（以上年价格为100）

| 类别及品名 | 1997年 | | | 1998年 | | |
|---|---|---|---|---|---|---|
| | 全　省 | 城　市 | 农　村 | 全　省 | 城　市 | 农　村 |
| **商品零售价格总指数** | **100.6** | **99.8** | **101.2** | **96.6** | **96.6** | **96.5** |
| **一、食品类** | **99.8** | **98.9** | **100.7** | **95.8** | **96.4** | **95.2** |
| 粮食 | 91.1 | 93.9 | 88.1 | 91.9 | 91.9 | 91.8 |
| 细粮 | 90.9 | 94.4 | 86.6 | 92.0 | 91.8 | 92.1 |
| 粗粮 | 93.0 | 83.7 | 96.6 | 91.2 | 93.8 | 89.8 |
| 油脂类 | 103.9 | 102.9 | 105.0 | 98.4 | 100.5 | 96.3 |
| 肉禽蛋 | 105.0 | 102.1 | 108.0 | 92.0 | 94.5 | 89.6 |
| #猪肉 | 120.5 | 121.6 | 119.6 | 81.7 | 82.8 | 80.9 |
| 鲜蛋 | 75.0 | 74.2 | 76.8 | 104.5 | 105.4 | 102.7 |
| 水产品 | 105.3 | 105.6 | 105.3 | 94.1 | 94.6 | 93.6 |
| 鲜菜 | 86.9 | 87.3 | 86.5 | 100.6 | 99.3 | 102.0 |
| 干菜 | 98.9 | 98.1 | 99.3 | 94.1 | 95.3 | 93.2 |
| 鲜果 | 86.6 | 86.2 | 87.3 | 91.6 | 94.1 | 87.1 |
| 干果 | 110.2 | 112.7 | 107.7 | 91.0 | 84.7 | 97.8 |
| 其他食品类 | 102.2 | 102.5 | 102.0 | 98.9 | 99.6 | 98.3 |
| 饮食业 | 106.2 | 104.9 | 107.6 | 100.7 | 100.5 | 101.0 |
| **二、饮料、烟酒类** | **101.2** | **102.4** | **100.4** | **98.3** | **97.4** | **98.9** |
| 饮料 | 101.4 | 101.8 | 101.1 | 99.2 | 98.0 | 100.0 |
| 烟、酒 | 101.1 | 102.5 | 100.3 | 98.1 | 97.3 | 98.7 |
| **三、服装、鞋帽类** | **104.7** | **102.9** | **106.4** | **99.8** | **99.0** | **100.6** |
| 服装 | 104.7 | 102.4 | 107.1 | 99.6 | 98.1 | 101.1 |
| 鞋 | 104.7 | 103.5 | 105.7 | 99.9 | 99.9 | 99.9 |
| 其他衣着 | 104.7 | 104.0 | 105.2 | 100.7 | 101.7 | 100.1 |
| **四、纺织品类** | **101.0** | **100.7** | **101.3** | **98.5** | **98.3** | **98.6** |
| 棉布 | 104.0 | 105.5 | 103.5 | 99.0 | 99.1 | 99.0 |
| 棉布化纤混纺布 | 102.4 | 104.1 | 101.5 | 98.8 | 99.5 | 98.5 |
| 化纤布 | 99.4 | 97.9 | 100.5 | 97.6 | 95.6 | 98.9 |
| 呢绒 | 102.0 | 102.4 | 101.5 | 99.6 | 99.0 | 100.6 |
| 绸缎 | 100.8 | 100.4 | 101.3 | 99.1 | 98.9 | 99.5 |
| 其他纺织品 | 100.9 | 100.8 | 101.0 | 98.4 | 100.0 | 97.2 |

6—4 续表　　　　　　　　（以上年价格为 100）

| 类别及品名 | 1997 年 | | | 1998 年 | | |
|---|---|---|---|---|---|---|
| | 全　省 | 城　市 | 农　村 | 全　省 | 城　市 | 农　村 |
| **五、中、西药品类** | **101.5** | **101.9** | **101.2** | **99.6** | **101.0** | **98.4** |
| 中药 | 106.8 | 110.0 | 104.5 | 105.4 | 106.6 | 104.3 |
| 西药 | 98.8 | 98.0 | 99.4 | 96.7 | 98.4 | 95.3 |
| **六、化妆品类** | **101.9** | **101.8** | **102.1** | **99.6** | **101.4** | **98.3** |
| **七、书报、杂志类** | **110.4** | **109.5** | **111.5** | **101.0** | **103.4** | **98.8** |
| **八、文化体育用品类** | **102.5** | **101.3** | **103.6** | **100.1** | **99.3** | **100.9** |
| 文化用品 | 101.9 | 100.8 | 103.1 | 99.8 | 99.0 | 100.6 |
| 体育用品 | 104.3 | 103.6 | 104.9 | 101.1 | 100.4 | 101.6 |
| **九、日用品类** | **101.5** | **101.1** | **101.9** | **99.3** | **99.0** | **99.6** |
| 一般日用品 | 100.8 | 100.8 | 100.9 | 99.2 | 99.3 | 99.1 |
| 家具类 | 101.6 | 101.1 | 102.1 | 99.2 | 98.8 | 99.5 |
| 日用杂品 | 103.7 | 102.7 | 104.8 | 100.0 | 98.2 | 101.5 |
| **十、家用电器类** | **93.5** | **93.9** | **93.0** | **92.8** | **94.1** | **91.5** |
| **十一、首饰类** | **98.5** | **99.0** | **97.1** | **88.9** | **88.2** | **90.1** |
| **十二、燃料类** | **107.9** | **105.7** | **110.4** | **94.7** | **95.7** | **93.1** |
| **十三、建筑装璜材料类** | **98.2** | **98.6** | **97.9** | **95.2** | **96.1** | **94.3** |
| **十四、机电产品类** | **96.4** | **95.6** | **97.9** | **94.4** | **91.4** | **95.5** |
| **农业生产资料价格总指数** | **99.3** | | **99.3** | **94.2** | | **94.2** |
| 一、小农具 | 108.3 | | 108.3 | 102.7 | | 102.7 |
| 二、饲料 | 89.7 | | 89.7 | 103.9 | | 103.9 |
| 三、幼禽家畜 | 158.3 | | 158.3 | 82.1 | | 82.1 |
| 四、大牲畜 | 99.7 | | 99.7 | 99.4 | | 99.4 |
| 五、半机械化农具 | 101.9 | | 101.9 | 98.5 | | 98.5 |
| 六、机械化农具 | 96.1 | | 96.1 | 97.5 | | 97.5 |
| 七、化学肥料 | 88.7 | | 88.7 | 93.3 | | 93.3 |
| 八、农药及农药械 | 97.6 | | 97.6 | 94.4 | | 94.4 |
| #农药 | 97.3 | | 97.3 | 94.1 | | 94.1 |
| 九、农用机油 | 111.5 | | 111.5 | 88.8 | | 88.8 |
| 十、其他 | 99.4 | | 99.4 | 94.9 | | 94.9 |

## 6—5 各市地居民消费价格指数

(1998年,以上年价格为100)

| 市地 | 居民消费价格总指数 | 食品 | 衣着类 | 家庭设备及用品 | 医疗保健 | 交通和通讯工具 | 娱乐教育文化用品 | 居住 | 服务项目 |
|---|---|---|---|---|---|---|---|---|---|
| **全省** | **97.5** | **95.5** | **99.2** | **98.2** | **99.6** | **97.7** | **93.5** | **98.2** | **104.5** |
| 郑州市 | 99.0 | 96.9 | 99.8 | 99.0 | 102.1 | 98.1 | 93.3 | 104.0 | 108.1 |
| 开封市 | 97.7 | 96.1 | 97.0 | 97.2 | 97.1 | 100.1 | 95.4 | 107.6 | 103.2 |
| 洛阳市 | 97.2 | 94.2 | 98.0 | 97.6 | 105.8 | 99.4 | 99.4 | 101.0 | 102.4 |
| 平顶山市 | 97.3 | 97.7 | 92.3 | 97.1 | 101.2 | 94.1 | 93.6 | 102.1 | 101.4 |
| 安阳市 | 97.0 | 95.1 | 96.3 | 96.0 | 98.8 | 92.5 | 95.4 | 106.6 | 103.3 |
| 鹤壁市 | 97.1 | 95.3 | 99.8 | 99.0 | 98.4 | 101.2 | 89.2 | 98.3 | 103.3 |
| 新乡市 | 98.3 | 96.7 | 98.0 | 97.7 | 99.4 | 95.7 | 95.5 | 105.9 | 103.0 |
| 焦作市 | 96.9 | 94.5 | 95.8 | 97.0 | 101.1 | 97.8 | 91.2 | 100.8 | 108.8 |
| 濮阳市 | 98.4 | 96.4 | 99.6 | 98.7 | 96.4 | 98.9 | 97.9 | 104.6 | 103.2 |
| 许昌市 | 98.5 | 97.1 | 99.3 | 98.7 | 101.7 | 95.0 | 98.3 | 102.7 | 103.0 |
| 漯河市 | 97.9 | 97.8 | 96.3 | 97.1 | 100.1 | 93.5 | 93.2 | 101.5 | 104.4 |
| 三门峡市 | 98.8 | 96.6 | 101.9 | 100.3 | 99.2 | 98.5 | 97.9 | 103.5 | 101.9 |
| 南阳市 | 96.8 | 94.5 | 98.9 | 99.1 | 101.7 | 97.8 | 95.4 | 98.4 | 101.5 |
| 商丘市 | 98.3 | 96.5 | 101.4 | 99.5 | 93.8 | 96.6 | 93.4 | 96.9 | 109.6 |
| 信阳市 | 98.1 | 95.4 | 100.6 | 98.0 | 116.9 | 100.0 | 90.6 | 100.2 | 107.1 |
| 周口地区 | 99.4 | 98.2 | 105.3 | 98.7 | 98.1 | 97.7 | 91.0 | 97.2 | 105.3 |
| 驻马店地区 | 98.2 | 96.1 | 99.5 | 98.0 | 99.4 | 90.5 | 93.7 | 105.1 | 106.1 |
| 济源市 | | | | | | | | | |

注:各市地指数均为市政府、地区行署所在城市市区数(下表同)。

## 6—6 各市地商品零售价格指数

(1998年,以上年价格为100)

| 市地 | 商品零售价格总指数 | #食品类 | #服装、鞋帽类 | #中、西药品类 | #化妆品类 | #文化体育用品类 | #日用品类 | #家用电器类 | #燃料类 | #建筑装潢材料类 |
|---|---|---|---|---|---|---|---|---|---|---|
| **全省** | **96.6** | **95.8** | **99.8** | **99.6** | **99.6** | **100.1** | **99.3** | **92.8** | **94.7** | **95.2** |
| 郑州市 | 97.6 | 97.6 | 100.1 | 100.2 | 101.1 | 99.9 | 99.9 | 93.6 | 99.7 | 99.9 |
| 开封市 | 96.4 | 96.1 | 97.5 | 96.0 | 97.6 | 100.3 | 97.4 | 93.6 | 96.0 | 97.6 |
| 洛阳市 | 96.6 | 94.7 | 99.8 | 105.1 | 105.3 | 98.7 | 98.4 | 95.8 | 97.7 | 100.3 |
| 平顶山市 | 95.4 | 97.6 | 91.9 | 102.1 | 103.1 | 98.1 | 97.9 | 92.7 | 92.5 | 92.6 |
| 安阳市 | 95.6 | 95.7 | 97.3 | 99.5 | 99.3 | 98.7 | 97.5 | 93.7 | 91.9 | 95.6 |
| 鹤壁市 | 96.0 | 94.9 | 99.7 | 98.0 | 97.4 | 93.0 | 99.2 | 92.5 | 90.1 | 96.3 |
| 新乡市 | 95.6 | 96.9 | 98.8 | 99.3 | 98.9 | 97.6 | 98.4 | 93.9 | 88.8 | 92.3 |
| 焦作市 | 95.4 | 94.3 | 96.1 | 100.8 | 95.8 | 99.0 | 99.5 | 91.8 | 97.5 | 91.9 |
| 濮阳市 | 97.1 | 96.2 | 99.5 | 94.9 | 100.4 | 99.7 | 99.1 | 97.5 | 94.5 | 98.1 |
| 许昌市 | 97.5 | 97.8 | 99.5 | 101.4 | 100.0 | 97.8 | 101.4 | 97.3 | 98.3 | 94.8 |
| 漯河市 | 96.2 | 97.6 | 97.2 | 99.1 | 105.0 | 101.4 | 95.7 | 91.9 | 95.6 | 90.7 |
| 三门峡市 | 97.3 | 96.4 | 102.5 | 97.9 | 102.5 | 101.5 | 100.7 | 94.3 | 95.0 | 94.5 |
| 南阳市 | 95.3 | 95.0 | 98.8 | 102.2 | 99.9 | 101.4 | 99.6 | 94.5 | 92.5 | 87.9 |
| 商丘市 | 96.6 | 97.0 | 100.9 | 94.2 | 99.8 | 96.9 | 100.9 | 96.5 | 94.3 | 90.6 |
| 信阳市 | 97.5 | 96.4 | 101.1 | 116.0 | 105.2 | 96.7 | 98.2 | 89.2 | 93.9 | 100.3 |
| 周口地区 | 98.3 | 99.2 | 104.3 | 97.7 | 100.1 | 98.9 | 100.1 | 89.1 | 90.4 | 98.1 |
| 驻马店地区 | 96.3 | 96.0 | 99.5 | 99.0 | 97.7 | 99.8 | 98.7 | 94.6 | 95.6 | 95.3 |
| 济源市 | | | | | | | | | | |

## 6—7 农产品收购价格分类指数

(1998年)

| 商品类别 | 以1952年价格为100 | 以1978年价格为100 | 以1980年价格为100 | 以1985年价格为100 | 以1990年价格为100 | 以1995年价格为100 | 以1996年价格为100 | 以1997年价格为100 |
|---|---|---|---|---|---|---|---|---|
| **总指数** | **883.5** | **469.0** | **359.9** | **295.2** | **201.6** | **92.0** | **87.6** | **92.2** |
| **一、粮食类** | **1089.1** | **617.9** | **438.7** | **293.2** | **213.6** | **88.6** | **84.2** | **98.9** |
| #小麦 | | | | 256.6 | 208.3 | 92.1 | 82.4 | 95.3 |
| 玉米 | | | | 396.7 | 235.0 | 79.9 | 89.8 | 107.8 |
| 籼稻 | | | | | 167.8 | 88.7 | 86.3 | 116.6 |
| 黄豆 | | | | 367.3 | 209.2 | 98.5 | 73.9 | 77.1 |
| **二、经济作物类** | **646.9** | **462.5** | **344.9** | **331.5** | **216.9** | **101.9** | **91.5** | **90.0** |
| 食用植物油及油料 | 1456.6 | 420.6 | 266.6 | 275.9 | 182.7 | 97.6 | 91.3 | 80.4 |
| #花生果 | | | | 245.7 | 175.9 | 101.0 | 89.4 | 74.4 |
| 花生仁 | | | | 282.7 | 173.6 | 95.9 | 89.4 | 75.8 |
| 芝麻 | | | | 484.2 | 238.0 | 98.6 | 101.6 | 96.9 |
| 油菜籽 | | | | 321.7 | 189.0 | 103.8 | 100.2 | 95.2 |
| 棉花 | 747.0 | 477.7 | 356.6 | 368.0 | 221.5 | 96.2 | 90.5 | 92.0 |
| 麻类 | 421.6 | 248.9 | 248.5 | 256.0 | 148.6 | 68.6 | 58.2 | 71.8 |
| #黄红麻 | | | | 260.9 | 148.9 | 68.1 | 57.3 | 71.5 |
| 烟叶 | 583.5 | 450.7 | 424.3 | 356.7 | 255.0 | 147.0 | 108.1 | 99.7 |
| #烤烟 | | | | 366.7 | 254.7 | 146.9 | 108.4 | 100.0 |
| 茶叶 | 714.8 | 444.4 | 370.7 | 317.5 | 198.8 | 91.3 | 79.6 | 119.3 |
| **三、竹木材** | | | | | **180.9** | **121.1** | **108.2** | **104.3** |
| **四、工业用油漆类** | **2375.9** | **568.2** | **471.5** | **408.2** | **151.6** | **109.8** | **102.5** | **91.8** |
| **五、畜禽产品类** | **1547.8** | **640.8** | **499.4** | **336.0** | **216.4** | **99.9** | **96.2** | **88.5** |
| 肉畜 | 1847.5 | 669.4 | 510.6 | 414.3 | 222.1 | 98.8 | 96.1 | 84.4 |
| #肥猪 | | | | 375.0 | 205.3 | 98.5 | 94.8 | 80.5 |
| 禽蛋 | 1367.1 | 470.1 | 381.6 | 298.7 | 149.4 | 89.6 | 78.6 | 98.6 |
| #鲜鸡蛋 | | | | 282.0 | 136.8 | 87.5 | 76.1 | 101.6 |
| 皮张 | 1384.6 | 1633.1 | 1043.9 | 356.7 | 230.7 | 86.3 | 91.2 | 87.5 |
| 鬃毛 | 403.7 | 323.6 | 255.6 | 92.5 | 204.7 | 123.0 | 124.0 | 88.0 |
| 其他畜产品 | 1264.6 | 793.5 | 793.5 | 596.0 | 260.8 | 125.6 | 109.9 | 107.0 |
| **六、蚕茧蚕丝类** | **870.9** | **480.1** | **396.3** | **407.9** | **117.4** | **98.3** | **113.4** | **95.6** |
| **七、干鲜果类** | **487.3** | **283.4** | **275.4** | **219.4** | **79.2** | **59.8** | **72.7** | **83.8** |
| 瓜果 | 295.6 | 209.4 | 192.0 | 123.3 | 69.8 | 55.1 | 69.7 | 83.0 |
| 干果 | 1303.9 | 367.0 | 365.2 | 262.4 | 194.5 | 94.2 | 89.0 | 85.5 |
| **八、干鲜菜及调味品** | **470.3** | **365.6** | **345.2** | **300.4** | **210.8** | **88.1** | **76.9** | **93.9** |
| #干菜 | | | | | 215.0 | 144.3 | 133.2 | 101.8 |
| 鲜菜 | | 399.9 | 363.1 | 299.6 | 209.9 | 86.9 | 75.8 | 93.8 |
| **九、药材类** | **1685.2** | **675.7** | **672.8** | **377.6** | **172.8** | **128.4** | **100.8** | **96.3** |
| **十、土副产品类** | | **499.7** | **474.9** | **388.7** | **250.8** | **110.7** | **101.2** | **92.7** |

## 6—8 农贸市场农产品成交价格指数

（1998 年）

| 类别及品名 | 以1993年价格为100 | 以1994年价格为100 | 以1995年价格为100 | 以1996年价格为100 | 以1997年价格为100 |
|---|---|---|---|---|---|
| **总指数** | **136.2** | **102.6** | **83.7** | **80.7** | **90.8** |
| **一、粮食类** | **168.0** | **112.9** | **76.9** | **74.8** | **93.1** |
| #大米 | 196.0 | 112.4 | 75.6 | 74.7 | 95.2 |
| **二、油脂类** | **167.3** | **103.3** | **90.2** | **100.9** | **99.8** |
| 植物油 | 163.5 | 100.0 | 90.8 | 103.5 | 102.5 |
| 动物油 | 178.1 | 105.6 | 87.0 | 93.1 | 79.5 |
| **三、鲜菜类** | **152.2** | **109.4** | **88.7** | **74.7** | **91.9** |
| #大白菜 |  | 167.9 | 152.4 | 91.0 | 110.6 |
| **四、干菜类** | **113.5** | **109.0** | **91.5** | **82.2** | **93.8** |
| #黑木耳 | 92.0 | 93.0 | 94.4 | 102.2 | 101.6 |
| 干菇 | 113.9 | 111.1 | 98.7 | 95.7 | 95.9 |
| **五、肉禽蛋类** | **154.6** | **115.0** | **95.4** | **89.6** | **91.2** |
| #猪肉 | 204.2 | 127.6 | 102.0 | 99.5 | 82.2 |
| 牛肉 | 186.1 | 122.8 | 89.3 | 101.3 | 103.7 |
| 羊肉 | 157.1 | 124.4 | 104.5 | 115.9 | 101.9 |
| 鸡 | 159.9 | 128.1 | 108.2 | 90.1 | 100.7 |
| 鲜蛋 | 116.5 | 108.7 | 93.3 | 78.4 | 106.0 |
| **六、水产品** | **123.8** | **106.5** | **96.4** | **98.0** | **92.3** |
| #鲤鱼 | 113.8 | 104.0 | 94.7 | 104.9 | 91.0 |
| 鲢鱼 | 129.2 | 110.4 | 104.0 | 102.5 | 99.0 |
| **七、鲜果类** | **106.6** | **90.6** | **71.1** | **76.4** | **90.3** |
| #苹果 |  | 90.2 | 69.7 | 80.1 | 92.5 |
| 梨 |  | 104.4 | 78.6 | 88.0 | 99.4 |
| 柑桔 |  | 97.6 | 78.4 | 75.5 | 97.7 |
| 西瓜 |  | 89.0 | 70.7 | 63.6 | 78.6 |
| 香蕉 |  | 110.0 | 91.4 | 75.2 | 91.8 |
| **八、干果类** | **145.2** | **122.6** | **106.9** | **97.8** | **87.6** |
| #红枣 | 166.8 | 136.6 | 105.9 | 86.1 | 80.6 |
| 核桃 | 148.6 | 135.0 | 125.8 | 120.1 | 98.4 |
| 花生米 | 139.8 | 109.2 | 107.0 | 102.2 | 82.8 |

# 6—9 工业品出厂价格指数

（以上年价格为100）

| 类　　别 | 1990年 | 1995年 | 1996年 | 1997年 | 1998年 |
|---|---|---|---|---|---|
| **全部工业品** | **105.5** | **115.0** | **104.1** | **100.6** | **95.3** |
| **一、按轻重工业分** | | | | | |
| 轻工业 | 105.3 | 119.9 | 102.8 | 98.5 | 94.2 |
| 以农产品为原料 | 106.5 | 120.8 | 104.6 | 98.9 | 94.4 |
| 以非农产品为原料 | 101.8 | 116.0 | 97.5 | 97.2 | 93.7 |
| 重工业 | 105.5 | 110.9 | 105.1 | 102.1 | 96.0 |
| 采掘工业 | 108.5 | 108.8 | 113.1 | 107.4 | 94.3 |
| 原料工业 | 107.1 | 106.5 | 104.5 | 105.5 | 96.8 |
| 加工工业 | 102.8 | 117.2 | 102.8 | 96.1 | 95.7 |
| **二、按部类分** | | | | | |
| 生产资料 | 105.4 | 114.3 | 104.8 | 101.2 | 95.8 |
| 采掘工业 | 108.5 | 108.8 | 113.1 | 107.4 | 94.3 |
| 原料工业 | 106.8 | 112.0 | 114.2 | 103.0 | 96.4 |
| 加工工业 | 103.1 | 119.2 | 102.6 | 96.5 | 95.6 |
| 生活资料 | 105.4 | 116.2 | 103.0 | 99.5 | 94.2 |
| 食品类 | 102.7 | 115.4 | 106.5 | 101.7 | 94.6 |
| 衣着类 | 112.1 | 118.0 | 100.6 | 97.8 | 93.8 |
| 一般用品类 | 100.0 | 116.8 | 101.3 | 97.0 | 94.3 |
| 耐用消费品类 | 96.2 | 107.1 | 100.1 | 99.0 | 93.9 |
| **三、按工业部门分** | | | | | |
| 冶金工业 | 116.4 | 103.9 | 96.8 | 95.4 | 92.6 |
| 电力工业 | 102.3 | 105.9 | 116.3 | 119.9 | 106.4 |
| 煤炭及冶炼工业 | 103.5 | 108.9 | 115.3 | 108.6 | 91.6 |
| 石油工业 | 114.8 | 104.3 | 104.5 | 108.0 | 96.5 |
| 化学工业 | 106.8 | 124.8 | 102.5 | 92.7 | 91.1 |
| 机械工业 | 100.8 | 112.2 | 99.7 | 98.3 | 96.7 |
| 建筑材料工业 | 96.8 | 110.8 | 104.0 | 98.2 | 95.9 |
| 森林工业 | 95.7 | 108.9 | 109.4 | 105.5 | 101.4 |
| 食品工业 | 102.4 | 115.4 | 106.1 | 101.2 | 93.8 |
| 纺织工业 | 109.1 | 119.3 | 97.5 | 95.8 | 93.1 |
| 缝纫工业 | 130.9 | 129.1 | 103.7 | 93.1 | 95.1 |
| 皮革工业 | 99.9 | 126.8 | 100.8 | 101.1 | 104.4 |
| 造纸工业 | 98.4 | 140.5 | 123.4 | 94.7 | 93.5 |
| 文教艺术用品工业 | 97.7 | 100.4 | 99.8 | 94.6 | 88.8 |
| 其他工业 | 100.9 | 144.7 | 107.4 | 104.1 | 102.6 |

## 6—10 原材料、燃料、动力购进价格指数

(以上年价格为100)

| 类　　别 | 1990年 | 1995年 | 1996年 | 1997年 | 1998年 |
|---|---|---|---|---|---|
| **总指数** | **105.5** | **114.1** | **106.0** | **100.6** | **94.8** |
| 燃料、动力类 | 105.1 | 109.2 | 112.8 | 111.2 | 98.4 |
| 黑色金属材料类 | 107.7 | 95.0 | 99.8 | 97.5 | 95.0 |
| ＃钢材 | | 95.7 | 99.4 | 96.2 | 94.2 |
| 有色金属材料和电线类 | 98.6 | 126.7 | 94.9 | 98.1 | 89.2 |
| 化工原料类 | 89.9 | 123.8 | 98.7 | 98.4 | 93.0 |
| 木材及纸浆类 | 111.5 | 108.3 | 97.6 | 99.1 | 97.4 |
| 建筑材料及非金属矿类 | 104.3 | | | 104.1 | 97.5 |
| 建筑材料类 | | 100.4 | 102.2 | | |
| 非金属矿类 | | 109.3 | 105.0 | | |
| 其他工业原材料及半成品类 | | | | 95.4 | 93.7 |
| 农副产品类 | 106.2 | 135.1 | 123.7 | 95.9 | 94.7 |
| 纺织原料类 | 123.6 | 116.3 | 94.4 | 97.0 | 92.8 |

## 6—11 固定资产投资价格指数

(以上年价格为100)

| 类　　别 | 1995年 | 1996年 | 1997年 | 1998年 |
|---|---|---|---|---|
| **固定资产投资** | **105.9** | **103.9** | **102.9** | **98.7** |
| 建筑安装工程 | 103.8 | 103.9 | 103.9 | 98.1 |
| 设备、工具、器具 | 111.3 | 103.8 | 101.2 | 100.0 |
| 其他费用 | 104.0 | 104.6 | 102.2 | 98.5 |

# 主要统计指标解释

**居民消费价格指数** 居民消费价格是居民支付所购买生活消费品和获得的服务项目的价格。编制居民消费价格指数是根据各调查商品和服务项目的基期和报告期的平均价格采用加权算术平均公式计算。目前,编制居民消费价格指数的商品和服务项目计 333 种。权数根据住户调查中居民的实际消费构成计算,每年调整一次,基层填报单位为 17 市 10 县。

**商品零售价格指数** 商品零售价格是工业、商业、餐饮业和其他零售企业向城乡居民、机关团体出售生活消费品和办公用品。编制商品零售价格指数是根据各调查商品的基期和报告期的平均价格采用加权算术平均公式计算。目前,编制商品零售价格指数的商品计 314 种。权数根据典型调查、商品流转统计中商品销售构成及商品零售额计算,每三年调整一次,基层填报单位为 17 市 10 县。

**农业生产资料价格指数** 农业生产资料价格是工业、商业及其他单位和个人向农民出售农业生产资料的价格。农业生产资料价格指数的编制同商品零售价格指数。权数每年计算一次。商品项目 47 种,基层填报单位为 10 个县。

**农产品收购价格指数** 农产品收购价格是各种经济类型的工、商企业及其他单位和个人直接从农村集体农业生产单位、农民个人和国营农业生产单位收购农产品的价格。编制农产品收购价格指数是根据各调查商品的平均价格和各类调查商品的报告期收购额采用加权调和平均公式计算。商品项目包括农林牧渔业 11 大类 159 种农产品,基层填报单位为 30 个县市。

**农民购进工业品价格指数** 根据农业生产资料价格和农村居民消费价格中的油脂、菜制品、调味品、糖类、烟草、酒、饮料、糕点、奶及奶制品、其他食品、衣着、家庭设备、医疗保健、交通运输、娱乐教育、建材、水电等商品价格的指数加权计算。

**农贸市场农产品成交价格指数** 系根据直接调查的农贸市场商品价格,以成交额为权数,按加权倒数平均公式计算的指数。计算农贸市场农产品成交价格指数农产品为 67 种。基层填报单位为 17 个市。

**工农业商品综合比价指数** 采用农产品收购价格指数和农民购进工业品价格指数对比计算。

**工业品出厂价格指数** 是反映工业产品出厂价格水平变动趋势及变动程度的相对数。工业品出厂价格是指工业企业向商业(物资)部门或商业企业、其他生产单位、个人出售产品的价格,亦称工业生产者价格,它是工业品进入流通领域的最初价格,是制定工业产品批发价格和零售价格的基础。工业品出厂价格指数按轻重工业分类,可以分为轻工业出厂价格指数和重工业出厂价格指数;按两大部类分类,可以分为生产资料出厂价格指数和生活资料出厂价格指数。

**原材料、燃料、动力购进价格指数** 是反映工业企业作为生产投入,而从物资交易市场或能源、原材料生产企业购买原材料、燃料、动力产品时,所支付的价格水平变动趋势和程度的统计指标,它是扣除工业企业物质消耗成本中的价格变动影响的重要依据。目前,编制的原材料、燃料、动力购进价格指数指标所调查的产品包括燃料、动力类,黑色金属材料类,有色金属材料和电线类,化工原料类,木材及纸浆类,建筑材料及非金属矿类,其它工业原材料及半成品类,农副产品类,纺织原料类共九大类的产品。

**固定资产投资价格指数** 是反映全社会、

国民经济各行业及各类工程固定资产投资中涉及的各类投资品和取费项目价格变动趋势和变动幅度的相对数。固定资产投资价格指数按构成分为:建筑安装工程投资价格指数,设备、工器具投资价格指数,其它费用投资价格指数。建筑安装工程投资价格指数主要有:人工费价格指数,材料费价格指数,机械使用费价格指数。材料费按使用材料的种类分为:钢材、木材、水泥、地方材料、化工材料、电料、其它材料共七大类。

# 七、人民生活

**简要说明**

一、本篇资料反映河南省人民生活状况，包括就业、居民收支、消费水平、住房、主要消费品拥有量及主要统计指标解释等。

二、本篇资料来源主要有以下三个方面：

1. 居民消费水平由省统计局根据支出法计算的国内生产总值计算提供。

2. 城镇居民生活状况的统计资料来源于城镇住户调查资料。

城镇住户调查是由省城调队组织实施，各抽中市县依据国家统计局统一制定的城镇住户调查方案，收集资料逐级汇总上报。

城镇住户调查是采用固定样本户进行连续计帐调查方式，一般连续调查三年，每年轮换三分之一。调查户按“二阶段”、“划类选点”、“等距抽样”随机抽选。

3. 农村居民生活状况的统计资料来源于省农调队的农村住户调查。

农村住户调查采用多阶段、随机起点、对称等距的抽样方法。抽样时一般分为省抽县、县抽村、村抽户等几个阶段。

为解决调查户的厌烦情绪及样本老化问题，增强抽样调查网点的代表性，对农村住户调查网点实行样本轮换制度，每四年为一个周期。

三、省城调队编印的《河南城市统计年鉴》、省农调队编印的《河南农村统计年鉴》提供更为详细的资料。

# 数 据 要 览

| | | |
|---|---|---|
| ◆1998年居民消费水平 | 1862元 | 比上年实际增长3.3% |
| 农村居民 | 1401元 | 比上年实际增长2.7% |
| 城市居民 | 4038元 | 比上年实际增长3.0% |
| ◆1998年城镇居民人均可支配收入 | 4219.42元 | 比上年实际增长5.3% |
| ◆1998年农村居民人均纯收入 | 1864.05元 | 比上年实际增长6.5% |
| ◆1998年城市居民人均居住面积 | 8.4平方米 | 比上年增长5.0% |
| ◆1998年农村居民人均居住面积 | 22.56平方米 | 比上年增长5.6% |

城乡消费水平对比情况

(农民＝1)

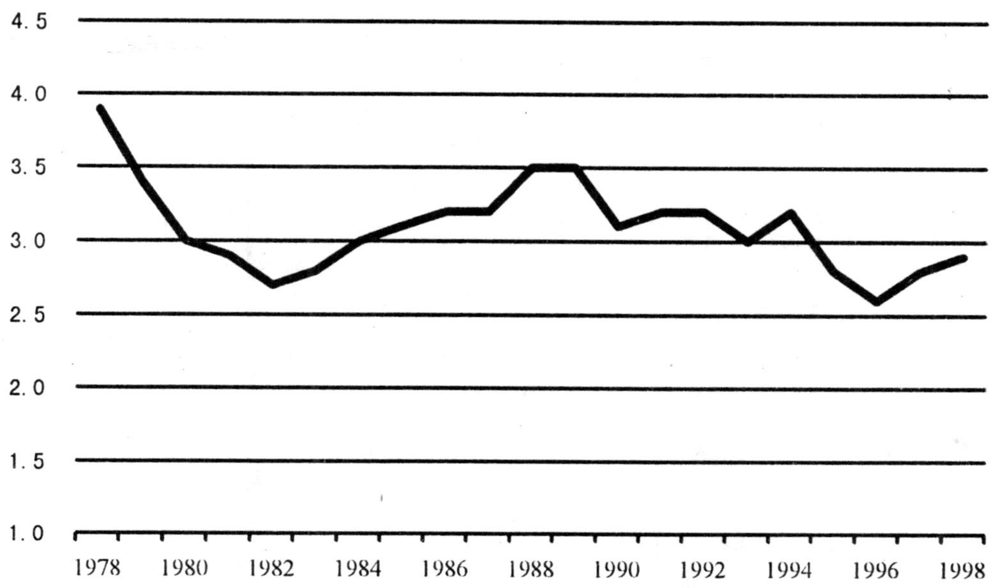

# 7—1 人民物质文化生活提高情况

| 指 标 | 单 位 | 1985 年 | 1990 年 | 1995 年 | 1997 年 | 1998 年 | 1998 年为以下各年% | | | |
|---|---|---|---|---|---|---|---|---|---|---|
| | | | | | | | 1985 年 | 1990 年 | 1995 年 | 1997 年 |
| **一、就业** | | | | | | | | | | |
| 每一农村劳动力负担人数 | 人 | 1.68 | 1.63 | 1.54 | 1.64 | 1.60 | 95.2 | 98.2 | 103.9 | 97.6 |
| 每一城镇就业者负担人数 | 人 | 1.83 | 1.72 | 1.77 | 1.71 | 1.75 | 95.6 | 101.7 | 98.9 | 102.3 |
| 城镇登记失业率 | % | 2.5 | 3.3 | 2.1 | 2.0 | | | | | |
| **二、收入** | | | | | | | | | | |
| 职工平均工资 | 元 | 1015 | 1825 | 4344 | 5225 | 5781 | 172.3 | 154.7 | 121.3 | 113.0 |
| 城镇居民家庭人均可支配收入 | 元 | | | 3299.46 | 4093.62 | 4219.42 | | | 116.5 | 105.3 |
| 城镇居民家庭人均生活费收入 | 元 | 560.95 | 1152.95 | 3029.47 | 3713.86 | 3797.27 | 204.8 | 160.9 | 114.1 | 104.4 |
| 农民家庭人均纯收入 | 元 | 328.78 | 526.95 | 1231.97 | 1733.89 | 1864.05 | 206.4 | 177.1 | 133.7 | 106.5 |
| **三、支出** | | | | | | | | | | |
| 城镇居民家庭人均消费性支出 | 元 | 556.72 | 1067.67 | 2673.95 | 3378.02 | 3415.65 | 613.5 | 319.9 | 127.7 | 101.1 |
| 农民家庭人均生活消费支出 | 元 | 260.19 | 437.73 | 929.39 | 1270.52 | 1240.30 | 476.7 | 283.3 | 133.5 | 97.6 |
| **四、居民消费水平** | | | | | | | | | | |
| 全部居民 | 元 | 297 | 523 | 1382 | 1842 | 1862 | 211.7 | 189.4 | 124.9 | 103.3 |
| 农村居民 | 元 | 240 | 413 | 1075 | 1418 | 1401 | 213.5 | 194.2 | 126.7 | 102.7 |
| 城镇居民 | 元 | 750 | 1273 | 3016 | 3906 | 4038 | 159.1 | 147.3 | 114.2 | 103.0 |
| **五、住房** | | | | | | | | | | |
| 城市平均每人居住面积 | 平方米 | 4.9 | 6.7 | 7.4 | 8.0 | 8.4 | 171.4 | 125.4 | 113.5 | 105.0 |
| 农村平均每人居住面积 | 平方米 | 13.42 | 15.99 | 18.64 | 21.36 | 22.56 | 168.1 | 141.1 | 121.0 | 105.6 |
| **六、交通** | | | | | | | | | | |
| 城市每万人拥有公交车辆 | 标台 | 2.5 | 2.5 | 4.4 | 5.5 | 6.1 | 244.0 | 244.0 | 138.6 | 110.9 |
| 城市每百户拥有自行车 | 辆 | 223.38 | 256.54 | 235.18 | 218.35 | 223.75 | 100.2 | 87.2 | 95.1 | 102.5 |
| 农村每百户拥有自行车 | 辆 | 93.38 | 127.57 | 145.19 | 154.83 | 153.76 | 164.7 | 120.5 | 105.9 | 99.3 |
| **七、储蓄** | | | | | | | | | | |
| 城乡居民储蓄存款年底余额 | 亿元 | 84.23 | 376.12 | 1456.35 | 2243.00 | 2657.23 | 3154.7 | 706.5 | 182.5 | 118.5 |
| 平均每人储蓄存款年底余额 | 元 | 107.34 | 434.87 | 1600.38 | 2426.70 | 2852.64 | 2657.6 | 656.0 | 178.2 | 117.6 |
| **八、城市公用事业** | | | | | | | | | | |
| 自来水普及率 | % | 91.1 | 91.6 | 95.8 | 93.8 | 94.3 | | | | |
| 用气普及率 | % | 9.1 | 41.0 | 46.6 | 52.1 | 58.0 | | | | |
| 每万人拥有公共绿地 | 公顷 | 2.1 | 3.0 | 2.7 | 3.9 | 5.4 | 257.1 | 180.0 | 200.0 | 138.5 |
| **九、文化** | | | | | | | | | | |
| 城镇居民每百户拥有彩色电视机 | 台 | 14.47 | 53.68 | 84.01 | 95.84 | 98.14 | 678.2 | 182.8 | 116.8 | 102.4 |
| 农村居民每百户拥有电视机 | 台 | 3.36 | 26.86 | 73.05 | 93.69 | 94.45 | 2811.0 | 351.6 | 129.3 | 100.8 |
| 农村居民每百户拥有收录机 | 台 | 2.40 | 11.69 | 20.07 | 23.95 | 24.55 | 1022.9 | 210.0 | 122.3 | 102.5 |
| **十、教育** | | | | | | | | | | |
| 小学适龄人口入学率 | % | 96.9 | 98.8 | 99.2 | 99.6 | 99.7 | | | | |
| 每万人口拥有大学生数(含研究生) | 人 | 8.86 | 9.41 | 13.59 | 14.90 | 15.92 | 179.7 | 169.2 | 117.1 | 106.8 |
| **十一、卫生** | | | | | | | | | | |
| 每千人口拥有医院、卫生院病床数 | 张 | 1.75 | 1.89 | 1.93 | 1.90 | 1.93 | 110.3 | 102.1 | 100.0 | 101.6 |
| 每千人口拥有医生数 | 人 | 1.07 | 1.15 | 1.16 | 1.15 | 1.15 | 107.5 | 100.0 | 99.1 | 100.0 |

注:1.1998 年职工平均工资为在岗职工平均工资。

2.收入发展速度为扣除物价因素后的实际发展速度。

3.居民消费水平按当年价格计算,发展速度按可比价格计算。

4.城市平均每人居住面积系城建部门数据。

# 7－2 居民消费水平及指数

| 年份 | 居民消费水平(元) | | | 城乡消费水平对比(农民＝1) | 居民消费水平指数 | | | | | |
|---|---|---|---|---|---|---|---|---|---|---|
| | | | | | 以上年为100 | | | 以1952年为100 | | |
| | 全体居民 | 农村居民 | 城镇居民 | | 全体居民 | 农村居民 | 城镇居民 | 全体居民 | 农村居民 | 城镇居民 |
| 1952 | 64 | 60 | 132 | 2.2 | | | | 100.0 | 100.0 | 100.0 |
| 1957 | 71 | 62 | 186 | 3.0 | 97.9 | 94.2 | 125.1 | 110.3 | 104.1 | 141.3 |
| 1962 | 75 | 56 | 287 | 5.1 | 101.3 | 99.9 | 122.1 | 105.2 | 85.9 | 194.8 |
| 1965 | 74 | 55 | 291 | 5.3 | 103.6 | 104.0 | 100.1 | 106.7 | 82.4 | 220.6 |
| 1970 | 88 | 70 | 326 | 4.7 | 106.8 | 108.2 | 103.2 | 132.7 | 108.7 | 258.5 |
| 1975 | 102 | 80 | 362 | 4.5 | 101.5 | 101.0 | 103.1 | 156.4 | 128.9 | 287.4 |
| 1978 | 135 | 109 | 428 | 3.9 | 116.9 | 116.7 | 116.3 | 205.4 | 175.1 | 337.9 |
| 1979 | 159 | 132 | 447 | 3.4 | 117.6 | 120.8 | 104.4 | 241.6 | 211.6 | 352.8 |
| 1980 | 187 | 159 | 471 | 3.0 | 112.5 | 115.5 | 98.6 | 271.8 | 244.4 | 347.9 |
| 1981 | 200 | 169 | 496 | 2.9 | 106.0 | 106.0 | 102.7 | 288.1 | 259.0 | 357.3 |
| 1982 | 214 | 183 | 502 | 2.7 | 105.6 | 106.9 | 99.4 | 304.2 | 276.9 | 355.1 |
| 1983 | 218 | 185 | 523 | 2.8 | 100.4 | 99.7 | 101.4 | 305.4 | 276.1 | 360.1 |
| 1984 | 244 | 202 | 605 | 3.0 | 111.3 | 109.8 | 113.5 | 339.9 | 303.1 | 408.7 |
| 1985 | 297 | 240 | 750 | 3.1 | 116.2 | 114.5 | 116.4 | 395.0 | 347.1 | 475.7 |
| 1986 | 324 | 257 | 817 | 3.2 | 104.4 | 104.4 | 102.3 | 412.4 | 362.3 | 486.7 |
| 1987 | 353 | 284 | 898 | 3.2 | 102.8 | 103.0 | 101.4 | 423.9 | 373.2 | 493.5 |
| 1988 | 424 | 325 | 1148 | 3.5 | 102.3 | 100.6 | 105.1 | 433.7 | 375.4 | 518.7 |
| 1989 | 471 | 360 | 1256 | 3.5 | 100.0 | 100.3 | 88.7 | 433.7 | 376.6 | 460.1 |
| 1990 | 523 | 413 | 1273 | 3.1 | 101.8 | 101.3 | 111.7 | 441.5 | 381.5 | 513.9 |
| 1991 | 550 | 429 | 1362 | 3.2 | 103.2 | 103.3 | 101.8 | 455.6 | 394.1 | 523.1 |
| 1992 | 603 | 469 | 1478 | 3.2 | 105.1 | 103.8 | 106.0 | 478.9 | 409.0 | 554.5 |
| 1993 | 756 | 592 | 1762 | 3.0 | 118.4 | 118.4 | 114.4 | 567.0 | 484.3 | 634.4 |
| 1994 | 1304 | 781 | 2476 | 3.2 | 107.3 | 108.0 | 101.8 | 608.4 | 523.0 | 645.8 |
| 1995 | 1382 | 1075 | 3016 | 2.8 | 110.1 | 111.8 | 102.6 | 669.8 | 584.8 | 662.6 |
| 1996 | 1686 | 1326 | 3504 | 2.6 | 113.3 | 117.5 | 102.5 | 758.9 | 687.1 | 679.2 |
| 1997 | 1842 | 1418 | 3906 | 2.8 | 106.7 | 105.0 | 108.2 | 809.7 | 721.5 | 734.9 |
| 1998 | 1862 | 1401 | 4038 | 2.9 | 103.3 | 102.7 | 103.0 | 836.4 | 741.0 | 756.9 |

注:居民消费水平按当年价格计算,指数按可比价格计算。

## 7—3 各市地居民消费水平及指数

(1998年)

| 市地 | 居民消费水平(元) | | | 指数(以上年为100) | | |
|---|---|---|---|---|---|---|
| | 全体居民 | 农村居民 | 城镇居民 | 全体居民 | 农村居民 | 城镇居民 |
| **全省** | **1862** | **1401** | **4038** | **103.3** | **102.7** | **103.0** |
| 郑州市 | 3637 | 1579 | 7361 | 105.5 | 109.8 | 102.0 |
| 开封市 | 2042 | 1701 | 3558 | 112.1 | 112.1 | 110.4 |
| 洛阳市 | 2110 | 1235 | 5017 | 103.2 | 105.4 | 98.5 |
| 平顶山市 | 2040 | 1269 | 4632 | 105.1 | 110.5 | 98.1 |
| 安阳市 | 1763 | 1332 | 3805 | 96.9 | 93.6 | 99.0 |
| 鹤壁市 | 2256 | 1654 | 3795 | 104.9 | 105.1 | 102.1 |
| 新乡市 | 2131 | 1465 | 4841 | 107.5 | 109.2 | 104.5 |
| 焦作市 | 2285 | 1582 | 4066 | 100.3 | 100.1 | 105.4 |
| 濮阳市 | 1704 | 1127 | 4560 | 102.8 | 107.3 | 94.7 |
| 许昌市 | 2178 | 1738 | 4613 | 109.3 | 110.0 | 105.1 |
| 漯河市 | 1803 | 1372 | 3434 | 103.2 | 103.4 | 102.8 |
| 三门峡市 | 1981 | 1292 | 3952 | 101.3 | 104.5 | 96.5 |
| 南阳市 | 1567 | 1279 | 3464 | 104.9 | 103.4 | 106.1 |
| 商丘市 | 1593 | 1290 | 4372 | 101.0 | 97.6 | 109.9 |
| 信阳市 | 1715 | 1424 | 3604 | 106.2 | 101.0 | 122.0 |
| 周口地区 | 1416 | 1231 | 3184 | 105.1 | 103.8 | 110.9 |
| 驻马店地区 | 1539 | 1315 | 3381 | 111.2 | 108.7 | 118.7 |
| 济源市 | 2425 | 1510 | 3947 | 96.8 | 93.9 | 100.3 |

注:居民消费水平按当年价格计算,指数按可比价格计算。

## 7—4 城乡居民收支

单位:元

| 年份 | 城镇居民家庭人均 | | | | | | 农民家庭人均 | | | |
|---|---|---|---|---|---|---|---|---|---|---|
| | 可支配收入 | 可支配收入指数 | 生活费收入 | 生活费收入指数 | 消费性支出 | #食品 | 纯收入 | 纯收入指数 | 生活消费支出 | #食品 |
| 1978 | | | 291.00 | | 274.00 | 163.00 | 104.71 | | 81.70 | |
| 1979 | | | | | | | 133.56 | | 110.83 | 67.32 |
| 1980 | | | 341.60 | | 335.02 | 192.66 | 160.78 | | 135.51 | 78.49 |
| 1981 | | | 369.73 | 105.7 | 363.23 | 205.18 | 215.57 | | 165.57 | 89.08 |
| 1982 | | | 402.23 | 106.9 | 382.47 | 214.17 | 216.74 | | 177.90 | 101.18 |
| 1983 | | | 422.06 | 102.0 | 405.00 | 232.07 | 272.00 | | 196.35 | 113.71 |
| 1984 | | | 466.82 | 108.2 | 431.68 | 244.37 | 301.17 | | 219.64 | 122.46 |
| 1985 | | | 560.95 | 112.8 | 556.72 | 277.74 | 328.78 | | 260.19 | 145.83 |
| 1986 | | | 667.55 | 111.4 | 653.83 | 333.59 | 333.64 | 99.7 | 292.48 | 159.88 |
| 1987 | | | 744.25 | 103.4 | 711.27 | 379.57 | 377.72 | 110.1 | 309.90 | 164.03 |
| 1988 | | | 862.12 | 95.3 | 896.55 | 465.99 | 401.32 | 98.2 | 346.73 | 179.42 |
| 1989 | | | 1015.01 | 102.5 | 963.97 | 533.19 | 457.06 | 102.5 | 390.05 | 199.99 |
| 1990 | | | 1152.95 | 113.0 | 1067.67 | 585.27 | 526.95 | 105.5 | 437.73 | 240.93 |
| 1991 | | | 1249.50 | 103.1 | 1199.95 | 644.26 | 539.29 | 102.3 | 454.68 | 242.83 |
| 1992 | 1608.03 | | 1459.15 | 108.5 | 1342.58 | 716.99 | 588.48 | 104.9 | 472.61 | 264.02 |
| 1993 | 1962.75 | 110.4 | 1792.88 | 111.1 | 1609.26 | 798.78 | 695.85 | 109.0 | 564.93 | 334.52 |
| 1994 | 2618.55 | 104.7 | 2398.35 | 105.0 | 2155.15 | 1074.18 | 909.81 | 103.4 | 731.78 | 426.17 |
| 1995 | 3299.46 | 107.8 | 3029.47 | 108.0 | 2673.95 | 1338.93 | 1231.97 | 109.5 | 929.39 | 544.26 |
| 1996 | 3755.44 | 103.9 | 3450.11 | 104.0 | 3009.35 | 1439.32 | 1579.19 | 113.8 | 1206.43 | 670.89 |
| 1997 | 4093.62 | 106.4 | 3713.86 | 105.1 | 3378.02 | 1506.25 | 1733.89 | 107.4 | 1270.52 | 693.09 |
| 1998 | 4219.42 | 105.3 | 3797.27 | 104.4 | 3415.65 | 1454.99 | 1864.05 | 106.5 | 1240.30 | 700.78 |

注:指数以上年为100,并扣除价格因素。

## 7—5 城镇居民家庭基本情况

| 项　　目 | 单　　位 | 1985年 | 1990年 | 1995年 | 1997年 | 1998年 |
|---|---|---|---|---|---|---|
| 一、调查市县数 | 个 | 21 | 23 | 27 | 27 | 27 |
| 二、调查户数 | 户 | 1800 | 1860 | 2200 | 2440 | 2440 |
| 三、家庭人口数 | 人 | 7394.98 | 6690.91 | 7353.67 | 8019.41 | 7905.40 |
| 平均每户家庭人口数 | 人 | 4.11 | 3.60 | 3.34 | 3.29 | 3.24 |
| 四、就业人口数 | 人 | 4049.82 | 3883.88 | 4151.26 | 4696.82 | 4520.00 |
| 平均每户就业人口数 | 人 | 2.25 | 2.09 | 1.89 | 1.92 | 1.85 |
| 平均每一就业者负担人数 | 人 | 1.83 | 1.72 | 1.77 | 1.71 | 1.75 |
| 五、平均每人全年实际收入 | 元 | 603.93 | 1274.62 | 3302.14 | 4111.54 | 4238.49 |
| #可支配收入 | 元 |  |  | 3299.46 | 4093.62 | 4219.42 |
| #生活费收入 | 元 | 560.95 | 1152.95 | 3029.47 | 3713.86 | 3797.27 |
| 六、平均每人全年实际支出 | 元 | 593.40 | 1188.91 | 3161.27 | 3945.82 | 4073.45 |
| #消费性支出 | 元 | 556.72 | 1067.67 | 2673.95 | 3378.02 | 3415.65 |
| 七、居住面积 | 平方米 | 62712 | 74625 | 88055 | 101991 | 102742 |
| 平均每户居住面积 | 平方米 | 34.84 | 40.12 | 40.03 | 41.80 | 42.11 |
| 平均每人居住面积 | 平方米 | 8.48 | 11.14 | 11.97 | 12.72 | 13.02 |
| 辅助面积 | 平方米 | 18045 | 19038 | 34444 | 45307 | 46605 |
| 平均每户辅助面积 | 平方米 | 10.03 | 10.24 | 15.66 | 18.57 | 19.10 |
| 平均每人辅助面积 | 平方米 | 2.44 | 2.84 | 4.68 | 5.65 | 5.90 |
| 居住间数 | 间 | 4880 | 5337 | 6050 | 6787 | 6758 |
| 平均每间居住人数 | 人 | 1.52 | 1.26 | 1.22 | 1.18 | 1.17 |

注:1.平均每一就业者负担人数包括就业者本人(下同)。

2.人均居住(辅助)面积是按家庭常住人口计算的。

## 7—6 按收入等级分的城镇居民家庭生活基本情况

(1998年)

| 项　　目 | 单位 | 总平均 | 最　低收入户 | #困难户 | 低收入户 | 中　等偏下户 | 中　等收入户 | 中　等偏上户 | 高收入户 | 最　高收入户 |
|---|---|---|---|---|---|---|---|---|---|---|
| 调查户数 | 户 | 2440 | 244 | 131 | 244 | 488 | 488 | 488 | 244 | 244 |
| 比重 | % | 100.0 | 10.0 | 5.4 | 10.0 | 20.0 | 20.0 | 20.0 | 10.0 | 10.0 |
| 家庭人口数 | 人 | 7905.40 | 873.82 | 467.41 | 860.55 | 1655.20 | 1592.03 | 1510.25 | 728.34 | 685.23 |
| 就业人口数 | 人 | 4520.00 | 443.19 | 233.90 | 461.01 | 929.91 | 919.69 | 920.32 | 447.05 | 398.83 |
| 平均每户 |  |  |  |  |  |  |  |  |  |  |
| 家庭人口数 | 人 | 3.24 | 3.58 | 3.57 | 3.53 | 3.39 | 3.26 | 3.09 | 2.98 | 2.81 |
| 就业人口数 | 人 | 1.85 | 1.82 | 1.78 | 1.89 | 1.91 | 1.88 | 1.89 | 1.83 | 1.63 |
| 平均每一就业者负担人数 | 人 | 1.75 | 1.97 | 2.00 | 1.87 | 1.78 | 1.73 | 1.64 | 1.63 | 1.72 |
| 平均每人全年 |  |  |  |  |  |  |  |  |  |  |
| 实际收入 | 元 | 4238.49 | 1924.83 | 1672.08 | 2653.42 | 3289.15 | 4056.73 | 5038.30 | 6114.18 | 8138.43 |
| #可支配收入 | 元 | 4219.42 | 1910.02 | 1656.27 | 2639.17 | 3272.77 | 4038.02 | 5017.70 | 6090.32 | 8108.98 |
| #生活费收入 | 元 | 3797.27 | 1807.27 | 1571.86 | 2463.45 | 3003.78 | 3685.46 | 4487.25 | 5380.93 | 6974.89 |
| 消费性支出 | 元 | 3415.65 | 2053.31 | 1974.73 | 2328.09 | 2820.75 | 3221.31 | 3920.29 | 4934.15 | 5630.98 |

## 7-7 城镇居民家庭平均每人全年现金收支情况

单位:元

| 项目 | 1992 年 | 1995 年 | 1997 年 | 1998 年 |
|---|---|---|---|---|
| **一、期初手存现金** | **94.67** | **181.53** | **194.20** | **318.96** |
| **二、可支配收入** | **1608.03** | **3299.46** | **4093.62** | **4219.42** |
| **三、现金收入** | **1905.39** | **3887.27** | **4861.47** | **5055.63** |
| (一)实际收入 | 1609.37 | 3302.14 | 4111.54 | 4238.49 |
| #生活费收入 | 1459.15 | 3029.47 | 3713.86 | 3797.27 |
| 1.国有单位职工工资 | 1078.74 | 2125.87 | 2784.72 | 2783.51 |
| 2.集体单位职工工资 | 134.38 | 183.51 | 201.14 | 187.37 |
| 3.其他经济类型单位职工全部收入 | 0.85 | 9.08 | 21.79 | 28.35 |
| 4.国有、集体单位职工从单位得到的其他收入 | 108.15 | 147.53 | | |
| 5.个体经营者的净收益 | 15.99 | 61.09 | 86.84 | 93.72 |
| 6.个体被雇者收入 | 0.51 | 4.62 | 19.13 | 21.41 |
| 7.离退休再就业人员收入 | 10.29 | 20.69 | 24.75 | 22.64 |
| 8.其他就业者收入 | 1.75 | 1.15 | 3.12 | 5.14 |
| 9.其他劳动收入 | 12.88 | 37.37 | 43.78 | 46.29 |
| 10.财产性收入 | 21.21 | 57.76 | 181.96 | 196.68 |
| #利息 | 16.64 | 41.50 | 64.71 | 57.84 |
| 11.转移收入 | 224.09 | 652.94 | 739.91 | 853.29 |
| #赡养收入 | 14.58 | 25.76 | 40.38 | 44.98 |
| 赠送收入 | 27.00 | 35.14 | 62.64 | 78.50 |
| 亲友搭伙费 | 7.92 | 13.03 | 11.55 | 12.00 |
| 记帐补贴 | 6.50 | 6.99 | 14.06 | 17.49 |
| 12.家庭副业生产收入 | 0.53 | 0.53 | 4.40 | 0.11 |
| (二)借贷收入 | 296.02 | 585.14 | 749.93 | 817.14 |
| #提取储蓄存款 | 183.69 | 443.30 | 528.07 | 600.57 |
| 借入款 | 74.97 | 107.66 | 191.79 | 188.15 |
| **四、现金支出** | **1870.98** | **3852.13** | **4740.19** | **5005.66** |
| (一)实际支出 | 1532.10 | 3161.27 | 3945.82 | 4073.45 |
| #消费性支出 | 1342.58 | 2673.95 | 3378.02 | 3415.65 |
| 非消费性支出 | 188.19 | 485.87 | 565.01 | 657.04 |
| (二)借贷支出 | 338.88 | 690.86 | 794.37 | 932.21 |
| #存入储蓄款 | 209.85 | 560.42 | 575.52 | 693.04 |
| 归还借款 | 23.37 | 53.94 | 88.20 | 87.09 |
| 借出款 | 54.24 | 26.89 | 27.38 | 29.89 |
| **五、期末手存现金** | **129.08** | **216.67** | **315.47** | **368.92** |

## 7—8 城镇居民家庭平均每人全年消费性支出

单位:元

| 项目 | 1992年 | 1995年 | 1997年 | 1998年 |
|---|---|---|---|---|
| **消费性支出** | **1342.58** | **2673.95** | **3378.02** | **3415.65** |
| **一、食品** | **716.99** | **1338.93** | **1506.25** | **1454.99** |
| #粮食 | 135.43 | 295.83 | 291.49 | 264.70 |
| 油脂类 | 27.81 | 59.64 | 61.51 | 65.1[illegible] |
| 肉禽及制品 | 138.66 | 261.05 | 300.55 | 282.1[illegible] |
| 蛋类 | 53.81 | 85.63 | 93.25 | 81.06 |
| 水产品类 | 17.21 | 31.19 | 36.86 | 38.71 |
| 菜类 | 71.18 | 140.05 | 150.70 | 145.65 |
| 烟草类 | 51.13 | 63.84 | 86.59 | 85.70 |
| 酒和饮料 | 52.69 | 81.64 | 106.94 | 101.39 |
| 奶及奶制品 | 11.78 | 24.17 | 31.35 | 32.90 |
| **二、衣着** | **221.79** | **437.45** | **491.33** | **442.34** |
| #服装 | 121.00 | 268.27 | 306.57 | 287.25 |
| **三、家庭设备、用品及服务** | **108.89** | **220.24** | **256.77** | **280.23** |
| #耐用消费品 | 56.87 | 121.38 | 134.89 | 161.15 |
| 室内装饰品 | 5.88 | 9.47 | 12.04 | 11.41 |
| 床上用品 | 8.75 | 15.32 | 19.11 | 19.69 |
| 家庭日用杂品 | 23.85 | 48.76 | 57.48 | 57.35 |
| **四、医疗保健** | **38.92** | **96.97** | **159.64** | **172.84** |
| #医药费 | 30.16 | 75.75 | 125.30 | 139.02 |
| **五、交通和通讯** | **27.53** | **114.35** | **171.60** | **193.65** |
| 交通 | 25.20 | 60.96 | 80.86 | 85.68 |
| 通讯 | 2.33 | 53.39 | 90.74 | 107.98 |
| **六、娱乐、教育、文化服务** | **102.65** | **200.18** | **299.00** | **320.88** |
| #文娱用耐用消费品 | 33.07 | 48.48 | 65.46 | 66.56 |
| 教育 | 47.33 | 105.81 | 164.30 | 183.57 |
| **七、居住** | **67.88** | **159.31** | **352.46** | **406.54** |
| 住房 | 21.22 | 52.12 | 192.11 | 233.81 |
| 水电燃料及其他 | 46.66 | 107.19 | 160.34 | 172.73 |
| **八、杂项商品和服务** | **57.93** | **106.52** | **140.97** | **144.19** |

# 7—9 按收入等级分的城镇居民家庭平均每人全年消费性支出

（1998 年）　　单位：元

| 项　　目 | 总平均 | 最低收入户 | #困难户 | 低收入户 | 中等偏下户 | 中等收入户 | 中等偏上户 | 高收入户 | 最高收入户 |
|---|---|---|---|---|---|---|---|---|---|
| **消费性支出** | **3415.65** | **2053.31** | **1974.73** | **2328.09** | **2820.75** | **3221.31** | **3920.29** | **4934.15** | **5680.98** |
| **一、食品** | **1454.99** | **994.70** | **932.69** | **1158.35** | **1312.28** | **1428.28** | **1607.22** | **1888.89** | **2024.46** |
| #粮食 | 264.70 | 236.89 | 226.98 | 244.03 | 262.18 | 266.51 | 268.05 | 295.53 | 287.78 |
| 油脂类 | 65.11 | 61.06 | 62.24 | 59.25 | 63.09 | 66.12 | 66.20 | 73.36 | 68.94 |
| 肉禽及制品 | 282.12 | 166.34 | 152.99 | 214.33 | 247.09 | 281.59 | 330.34 | 375.91 | 394.77 |
| 蛋类 | 81.06 | 63.48 | 63.06 | 70.27 | 78.95 | 84.21 | 82.58 | 93.02 | 98.78 |
| 水产品 | 38.71 | 21.20 | 18.52 | 25.15 | 32.41 | 37.48 | 46.80 | 53.62 | 62.46 |
| 菜类 | 145.65 | 111.67 | 103.73 | 123.07 | 136.39 | 142.66 | 155.61 | 180.20 | 187.94 |
| 烟草类 | 85.70 | 64.93 | 56.47 | 71.56 | 77.40 | 87.29 | 90.59 | 107.41 | 112.45 |
| 酒和饮料 | 101.39 | 59.23 | 52.50 | 64.66 | 88.25 | 102.87 | 117.32 | 144.26 | 148.87 |
| 奶及奶制品 | 32.90 | 13.68 | 12.90 | 21.86 | 27.88 | 30.26 | 40.22 | 50.49 | 54.67 |
| **二、衣着** | **442.34** | **209.84** | **182.54** | **284.63** | **357.41** | **441.97** | **538.52** | **678.46** | **679.91** |
| #服装 | 287.25 | 129.04 | 109.81 | 173.49 | 222.88 | 287.42 | 356.78 | 452.16 | 458.45 |
| **三、家庭设备、用品及服务** | **280.23** | **63.17** | **56.20** | **117.04** | **170.82** | **232.41** | **315.10** | **508.85** | **817.45** |
| #耐用消费品 | 161.15 | 12.82 | 11.50 | 42.86 | 78.65 | 120.42 | 187.47 | 333.71 | 551.36 |
| 室内装饰品 | 11.41 | 2.81 | 2.40 | 8.47 | 8.30 | 7.32 | 12.48 | 22.22 | 29.24 |
| 床上用品 | 19.69 | 7.95 | 7.73 | 10.67 | 15.93 | 17.78 | 24.06 | 22.98 | 46.37 |
| 家庭日用杂品 | 57.35 | 28.90 | 24.95 | 42.53 | 44.85 | 56.89 | 62.10 | 83.62 | 105.09 |
| **四、医疗保健** | **172.84** | **84.65** | **67.18** | **110.17** | **140.15** | **167.31** | **192.79** | **307.89** | **268.28** |
| #医药费 | 139.02 | 67.16 | 56.31 | 94.18 | 117.44 | 134.28 | 153.17 | 240.11 | 211.46 |
| **五、交通和通讯** | **193.65** | **76.95** | **67.16** | **99.17** | **145.82** | **161.50** | **267.03** | **309.46** | **366.54** |
| 交通 | 85.68 | 31.43 | 22.64 | 36.61 | 62.75 | 60.75 | 122.40 | 155.47 | 174.62 |
| 通讯 | 107.98 | 45.52 | 44.53 | 62.57 | 83.07 | 100.74 | 144.63 | 153.99 | 191.92 |
| **六、娱乐、教育、文化服务** | **320.88** | **207.85** | **179.43** | **207.31** | **255.84** | **288.23** | **400.91** | **365.90** | **616.34** |
| #文娱用耐用消费品 | 66.56 | 16.77 | 11.76 | 17.03 | 27.41 | 43.69 | 100.41 | 85.15 | 245.63 |
| 教育 | 183.57 | 164.87 | 146.01 | 146.19 | 176.96 | 179.97 | 213.92 | 165.51 | 230.97 |
| **七、居住** | **406.54** | **357.12** | **431.87** | **264.34** | **343.80** | **383.15** | **439.64** | **606.82** | **568.21** |
| 住房 | 233.81 | 239.77 | 321.67 | 134.69 | 191.82 | 202.25 | 242.89 | 385.22 | 344.52 |
| 水电燃料及其他 | 172.73 | 117.35 | 110.20 | 129.65 | 151.98 | 180.90 | 196.75 | 221.61 | 223.69 |
| **八、杂项商品和服务** | **144.19** | **59.02** | **57.66** | **87.07** | **94.62** | **118.45** | **159.09** | **267.88** | **339.79** |

# 7—10 城镇居民家庭平均每人全年购买的主要商品数量和平均每百户年末主要耐用消费品拥有量

| 商品名称 | 单位 | 1985年 | 1990年 | 1995年 | 1997年 | 1998年 |
|---|---|---|---|---|---|---|
| **一、平均每人购买主要商品** | | | | | | |
| 粮食 | 千克 | 138.50 | 141.71 | 118.12 | 111.15 | 103.01 |
| 鲜菜 | 千克 | 126.16 | 128.95 | 118.06 | 114.75 | 115.37 |
| 食用植物油 | 千克 | 5.26 | 5.27 | 6.20 | 6.62 | 6.82 |
| 猪肉 | 千克 | 10.50 | 13.86 | 12.86 | 10.82 | 12.21 |
| 牛羊肉 | 千克 | 2.67 | 3.65 | 1.98 | 2.52 | 2.19 |
| 家禽 | 千克 | 2.35 | 2.44 | 4.01 | 4.99 | 4.60 |
| 鲜蛋 | 千克 | 7.63 | 9.16 | 13.80 | 16.39 | 15.88 |
| 鱼 | 千克 | 2.43 | 3.29 | 3.40 | 3.58 | 3.86 |
| 食糖 | 千克 | 1.84 | 1.86 | 1.29 | 1.31 | 1.46 |
| 卷烟 | 盒 | 39.11 | 46.48 | 33.49 | 34.23 | 33.64 |
| 白酒 | 千克 | 2.23 | 2.79 | 2.73 | 3.04 | 2.83 |
| 啤酒 | 千克 | 1.77 | 4.00 | 5.24 | 6.13 | 6.30 |
| 其他酒 | 千克 | 0.74 | 0.71 | 0.26 | 0.12 | 0.13 |
| 茶叶 | 千克 | 0.12 | 0.13 | | 0.15 | 0.13 |
| 鲜瓜果 | 千克 | 46.36 | 44.01 | 48.83 | 63.60 | 66.30 |
| 鲜奶 | 千克 | 3.15 | 3.30 | 3.49 | 3.51 | 4.27 |
| 棉布 | 米 | 3.39 | 1.35 | 0.49 | 0.35 | 0.38 |
| 化纤布 | 米 | 2.63 | 2.36 | 1.79 | 1.41 | 1.09 |
| 绸缎 | 米 | 0.36 | 0.51 | 0.25 | 0.13 | 0.09 |
| 呢绒 | 米 | 0.23 | 0.25 | 0.22 | 0.12 | 0.06 |
| 服装 | 件 | | 3.65 | 5.70 | 5.94 | 6.10 |
| 皮鞋 | 双 | 0.42 | 0.56 | 0.75 | 0.74 | 0.71 |
| **二、平均每百户年末拥有主要耐用消费品** | | | | | | |
| 毛皮大衣 | 件 | 20.03 | 24.46 | 38.58 | 50.04 | 55.08 |
| 呢大衣 | 件 | 106.63 | 169.07 | 219.87 | 170.93 | 174.65 |
| 毛毯 | 条 | 63.23 | 102.24 | 117.32 | 113.10 | 113.72 |
| 大衣柜 | 个 | 116.33 | 116.18 | 95.32 | 91.54 | 91.33 |
| 沙发 | 个 | 138.60 | 182.56 | 242.30 | 235.20 | 238.52 |
| 写字台 | 张 | 72.13 | 89.15 | 93.34 | 93.44 | 92.66 |
| 组合家具 | 套 | 2.35 | 15.41 | 46.86 | 55.75 | 57.14 |
| 沙发床 | 个 | 2.99 | 13.54 | 39.30 | 44.33 | 43.73 |
| 自行车 | 辆 | 206.71 | 241.08 | 231.66 | 219.13 | 225.33 |
| 缝纫机 | 架 | 77.69 | 77.10 | 66.87 | 63.89 | 62.65 |
| 电风扇 | 台 | 93.32 | 179.66 | 218.18 | 217.58 | 219.03 |
| 洗衣机 | 台 | 40.43 | 75.23 | 88.06 | 87.31 | 88.58 |
| 电冰箱 | 台 | 3.38 | 33.98 | 58.84 | 67.08 | 68.33 |
| 摩托车 | 辆 | 1.27 | 1.48 | 6.46 | 12.06 | 12.82 |
| 彩色电视机 | 台 | 14.47 | 53.68 | 84.01 | 95.84 | 98.14 |
| 录音机 | 台 | 33.88 | 67.35 | 70.45 | 54.67 | 55.25 |
| 照相机 | 架 | 6.37 | 15.11 | 22.46 | 23.37 | 25.47 |
| 录放像机 | 台 | | 0.69 | 10.00 | 10.84 | 10.55 |
| 组合音响 | 套 | | 0.26 | 8.11 | 10.66 | 10.71 |
| 中高档乐器 | 件 | | 8.71 | 5.06 | 3.68 | 3.51 |
| 空调器 | 台 | | 0.31 | 9.70 | 18.86 | 22.94 |
| 钢琴 | 架 | | | 0.53 | 0.76 | 0.85 |
| 淋浴热水器 | 台 | | | 17.98 | 18.40 | 20.48 |
| 抽油烟机 | 台 | | | 22.10 | 26.90 | 28.92 |
| 吸尘器 | 台 | | | 3.71 | 3.59 | 4.06 |

## 7—11 按收入等级分的城镇居民家庭平均每人全年购买的主要商品数量和平均每百户年末主要耐用消费品拥有量

(1998年)

| 商品名称 | 单位 | 最低收入户 | #困难户 | 低收入户 | 中等偏下户 | 中等收入户 | 中等偏上户 | 高收入户 | 最高收入户 |
|---|---|---|---|---|---|---|---|---|---|
| 一、平均每人购买主要商品 | | | | | | | | | |
| 粮食 | 千克 | 105.98 | 103.58 | 103.85 | 108.70 | 109.24 | 105.40 | 113.90 | 110.73 |
| 鲜菜 | 千克 | 101.26 | 97.17 | 105.24 | 110.72 | 111.35 | 118.92 | 133.72 | 139.34 |
| 食用植物油 | 千克 | 6.76 | 7.03 | 6.28 | 6.60 | 6.97 | 6.84 | 7.46 | 7.05 |
| 猪肉 | 千克 | 8.33 | 7.81 | 9.99 | 11.06 | 12.54 | 13.76 | 15.18 | 15.44 |
| 牛羊肉 | 千克 | 1.30 | 1.33 | 1.77 | 2.02 | 2.14 | 2.45 | 2.74 | 3.26 |
| 家禽 | 千克 | 2.73 | 2.46 | 3.20 | 4.01 | 4.63 | 5.33 | 6.34 | 6.61 |
| 鲜蛋 | 千克 | 11.20 | 11.10 | 12.14 | 13.65 | 14.53 | 13.95 | 15.74 | 16.42 |
| 鱼 | 千克 | 2.38 | 2.05 | 2.77 | 3.33 | 3.83 | 4.47 | 5.08 | 5.77 |
| 食糖 | 千克 | 1.21 | 1.36 | 1.47 | 1.49 | 1.40 | 1.50 | 1.49 | 1.65 |
| 卷烟 | 盒 | 32.19 | 30.39 | 32.46 | 33.26 | 33.90 | 31.83 | 38.52 | 36.10 |
| 白酒 | 千克 | 2.16 | 2.08 | 2.56 | 2.82 | 2.88 | 2.75 | 3.71 | 3.18 |
| 啤酒 | 千克 | 5.19 | 4.24 | 5.00 | 5.95 | 6.60 | 6.73 | 8.04 | 6.68 |
| 其他酒 | 千克 | 0.04 | 0.06 | 0.18 | 0.12 | 0.14 | 0.13 | 0.21 | 0.10 |
| 鲜瓜果 | 千克 | 42.22 | 36.54 | 57.45 | 61.17 | 64.56 | 73.52 | 80.73 | 93.32 |
| 鲜奶 | 千克 | 1.72 | 1.85 | 2.39 | 3.14 | 3.53 | 4.84 | 7.35 | 9.79 |
| 棉布 | 米 | 0.17 | 0.14 | 0.20 | 0.28 | 0.34 | 0.37 | 0.81 | 0.82 |
| 化纤布 | 米 | 0.63 | 0.54 | 0.85 | 0.93 | 1.09 | 1.26 | 1.58 | 1.48 |
| 绸缎 | 米 | 0.03 | 0.04 | 0.06 | 0.12 | 0.08 | 0.08 | 0.12 | 0.21 |
| 呢绒 | 米 | | … | 0.01 | 0.05 | 0.05 | 0.07 | 0.15 | 0.11 |
| 服装 | 件 | 3.89 | 3.48 | 4.62 | 5.31 | 6.07 | 7.20 | 7.87 | 8.47 |
| 皮鞋 | 双 | 0.45 | 0.41 | 0.56 | 0.65 | 0.72 | 0.81 | 0.94 | 0.87 |
| 二、平均每百户年末拥有主要耐用消费品 | | | | | | | | | |
| 毛皮大衣 | 件 | 32.06 | 30.75 | 40.50 | 47.92 | 58.48 | 63.53 | 69.95 | 68.40 |
| 呢大衣 | 件 | 129.86 | 120.58 | 164.64 | 168.52 | 173.24 | 185.65 | 198.71 | 198.51 |
| 毛毯 | 条 | 78.74 | 82.54 | 95.17 | 110.97 | 114.90 | 120.03 | 135.20 | 136.26 |
| 大衣柜 | 个 | 75.91 | 72.86 | 90.37 | 96.16 | 89.21 | 88.69 | 97.58 | 106.30 |
| 沙发 | 个 | 183.62 | 194.36 | 202.74 | 225.26 | 237.29 | 249.41 | 258.38 | 316.59 |
| 写字台 | 张 | 82.54 | 76.30 | 87.64 | 95.50 | 86.88 | 95.99 | 99.94 | 99.75 |
| 组合家具 | 套 | 52.92 | 51.91 | 53.20 | 54.80 | 54.24 | 65.27 | 61.23 | 55.40 |
| 沙发床 | 个 | 33.68 | 30.57 | 38.54 | 40.60 | 45.12 | 48.38 | 49.12 | 47.77 |
| 自行车 | 辆 | 210.48 | 210.38 | 221.65 | 233.01 | 228.21 | 222.27 | 227.43 | 226.70 |
| 缝纫机 | 架 | 56.41 | 56.23 | 61.32 | 64.06 | 59.10 | 61.84 | 69.28 | 69.55 |
| 电风扇 | 台 | 189.39 | 188.43 | 212.95 | 217.29 | 214.43 | 227.24 | 228.11 | 241.92 |
| 洗衣机 | 台 | 76.30 | 74.24 | 86.01 | 85.02 | 89.50 | 92.38 | 94.49 | 95.21 |
| 电冰箱 | 台 | 46.86 | 42.45 | 57.02 | 65.25 | 67.39 | 76.76 | 78.05 | 82.55 |
| 摩托车 | 辆 | 8.25 | 5.33 | 9.27 | 8.52 | 11.80 | 17.19 | 16.93 | 18.77 |
| 彩色电视机 | 台 | 82.82 | 81.32 | 93.77 | 96.75 | 98.71 | 100.77 | 105.91 | 106.41 |
| 录音机 | 台 | 49.24 | 43.18 | 49.57 | 53.46 | 55.13 | 59.23 | 61.07 | 57.02 |
| 照相机 | 架 | 14.31 | 11.92 | 16.58 | 22.42 | 25.73 | 29.11 | 33.60 | 35.64 |
| 录放像机 | 台 | 6.11 | 5.92 | 9.95 | 8.32 | 9.86 | 12.25 | 13.59 | 15.09 |
| 组合音响 | 套 | 4.32 | 3.91 | 8.84 | 8.23 | 10.67 | 12.38 | 14.26 | 17.15 |
| 中高档乐器 | 件 | 2.77 | 5.17 | 3.52 | 2.57 | 2.40 | 4.67 | 5.17 | 4.34 |
| 空调器 | 台 | 4.23 | 6.99 | 9.67 | 13.50 | 20.66 | 29.07 | 41.45 | 47.61 |
| 钢琴 | 架 | | | 0.95 | 1.09 | 0.43 | 1.18 | 0.46 | 1.68 |
| 淋浴热水器 | 台 | 10.20 | 11.12 | 15.19 | 16.20 | 19.02 | 22.79 | 28.91 | 34.50 |
| 抽油烟机 | 台 | 13.79 | 14.90 | 18.61 | 25.69 | 29.38 | 31.99 | 40.21 | 42.45 |
| 吸尘器 | 台 | 0.69 | 0.53 | 3.99 | 1.44 | 4.06 | 4.02 | 8.23 | 8.67 |

## 7—12 城镇住户居住情况

| 类别 | 1997年 | | 1998年 | |
|---|---|---|---|---|
| | 调查户数（户） | 家庭常住人数（人） | 调查户数（户） | 家庭常住人数（人） |
| **总计** | **2440** | **8018** | **2440** | **7894** |
| **一、按人均居住面积分** | | | | |
| 无房户 | | | | |
| 4平方米以下 | 10 | 42 | 9 | 30 |
| 4—6平方米 | 125 | 454 | 97 | 359 |
| 6—8平方米 | 341 | 1231 | 343 | 1202 |
| 8—10平方米 | 374 | 1287 | 366 | 1229 |
| 10—12平方米 | 418 | 1379 | 406 | 1317 |
| 12—14平方米 | 306 | 955 | 322 | 1014 |
| 14平方米以上 | 866 | 2670 | 897 | 2743 |
| **二、按自来水使用情况分** | | | | |
| 无自来水 | 83 | 280 | 76 | 273 |
| 独用自来水 | 2211 | 7271 | 2219 | 7173 |
| 公用自来水 | 146 | 467 | 145 | 448 |
| **三、按卫生设备拥有情况分** | | | | |
| 无卫生设备 | 573 | 1934 | 536 | 1772 |
| 有浴室厕所 | 1101 | 3569 | 1163 | 3745 |
| 有厕所无浴室 | 553 | 1829 | 548 | 1763 |
| 公用卫生设备 | 213 | 686 | 193 | 614 |
| **四、按取暖设备拥有情况分** | | | | |
| 无取暖设备 | | | | |
| 空调设备 | 24 | 85 | 37 | 123 |
| 暖气 | 393 | 1235 | 424 | 1331 |
| 火炕、火炉、火盆等 | 2023 | 6698 | 1979 | 6440 |
| **五、按厨房使用情况分** | | | | |
| 无厨房 | 62 | 199 | 46 | 139 |
| 独用厨房 | 2365 | 7776 | 2384 | 7722 |
| 公用厨房 | 13 | 43 | 10 | 33 |
| **六、按燃料使用情况分** | | | | |
| 管道煤气 | 411 | 1328 | 517 | 1631 |
| 液化石油气 | 498 | 1586 | 510 | 1589 |
| 煤 | 1512 | 5043 | 1400 | 4629 |
| 其他 | 19 | 61 | 13 | 45 |
| **七、按电话拥有情况分** | | | | |
| 无电话 | 1119 | 3691 | 935 | 3043 |
| 公费电话 | 126 | 438 | 103 | 362 |
| 自费电话 | 1183 | 3849 | 1389 | 4450 |
| 公用电话 | 12 | 40 | 13 | 39 |
| **八、按住房建筑式样分** | | | | |
| 家庭单栋配套住宅 | 11 | 48 | 8 | 35 |
| 单元式配套住宅 | 1409 | 4513 | 1473 | 4663 |
| 普通楼房 | 139 | 460 | 103 | 312 |
| 其他住宅 | 881 | 2997 | 856 | 2883 |

注：本表二至八项统计范围为有房户。

# 7—13 农民家庭基本情况

| 项　　目 | 单位 | 1980年 | 1985年 | 1990年 | 1995年 | 1997年 | 1998年 |
|---|---|---|---|---|---|---|---|
| 调查户数 | 户 | 1296 | 4200 | 4200 | 4200 | 4200 | 4200 |
| 调查户常住人口 | 人 | 7180 | 21468 | 20400 | 18982 | 18367 | 18087 |
| 平均每户常住人口 | 人 | 5.54 | 5.11 | 4.86 | 4.52 | 4.37 | 4.31 |
| 平均每户整、半劳动力 | 人 | 2.55 | 3.04 | 2.99 | 2.94 | 2.67 | 2.70 |
| 平均每个劳动力负担人口 | 人 | 2.17 | 1.68 | 1.63 | 1.54 | 1.64 | 1.60 |
| 平均每百个劳动力文化状况 | | | | | | | |
| 1.文盲半文盲人数 | 人 | | 30.06 | 22.18 | 14.42 | 8.82 | 7.82 |
| 2.小学程度人数 | 人 | | 30.17 | 31.93 | 29.76 | 27.97 | 27.56 |
| 3.初中程度人数 | 人 | | 30.93 | 36.79 | 44.08 | 51.10 | 52.62 |
| 4.高中程度人数 | 人 | | 8.60 | 8.65 | 10.84 | 10.94 | 10.67 |
| 5.中专程度人数 | 人 | | 0.21 | 0.41 | 0.66 | 0.86 | 0.98 |
| 6.大专以上程度人数 | 人 | | 0.03 | 0.04 | 0.24 | 0.31 | 0.35 |
| 平均每百人经营耕地面积 | 公顷 | 1.00 | 11.27 | 10.53 | 10.32 | 10.06 | 10.04 |
| #承包耕地面积 | 公顷 | | 10.20 | 9.80 | 9.60 | 9.38 | 9.21 |
| 自留地面积 | 公顷 | 0.84 | 0.87 | 0.60 | 0.53 | 0.46 | 0.49 |
| 平均每百人经营山地面积 | 公顷 | | 0.47 | 0.40 | 0.19 | 0.09 | 0.06 |
| 平均每户年内新建房屋间数 | 间 | 0.37 | 0.43 | 0.27 | 0.19 | 0.31 | 0.20 |
| 平均每人年内新建房屋面积 | 平方米 | 0.86 | 1.30 | 0.90 | 0.71 | 1.31 | 0.88 |
| #砖木结构 | 平方米 | 0.43 | 1.04 | 0.65 | 0.31 | 0.41 | 0.30 |
| 钢筋混凝土结构 | 平方米 | 0.02 | 0.13 | 0.22 | 0.36 | 0.85 | 0.53 |
| 年内平均每间新建房屋价值 | 元 | 294.05 | 650.73 | 1295.12 | 2564.82 | 3980.24 | 3546.88 |
| 年内平均每平方米新建房屋价值 | 元 | 20.68 | 42.36 | 80.89 | 152.55 | 217.24 | 186.30 |
| 年内平均每人新建房屋中 | | | | | | | |
| 生活用房面积 | 平方米 | | 1.09 | 0.75 | 0.63 | 1.13 | 0.75 |
| 年内平均每人新建房屋中楼房面积 | 平方米 | | 0.08 | 0.08 | 0.02 | 0.12 | 0.04 |
| 平均每人年末住房面积 | 平方米 | | 13.42 | 15.99 | 18.64 | 21.36 | 22.56 |
| #砖木结构 | 平方米 | | 8.89 | 11.55 | 12.78 | 13.27 | 13.47 |
| 钢筋混凝土结构 | 平方米 | | 0.41 | 1.23 | 3.19 | 6.07 | 7.20 |

# 7—14 农民家庭平均每人总收入

单位：元

| 项　目 | 1980年 | 1985年 | 1990年 | 1995年 | 1997年 | 1998年 |
|---|---|---|---|---|---|---|
| **全年总收入** | **184.37** | **459.94** | **764.42** | **1862.87** | **2501.93** | **2537.18** |
| **基本收入** | **157.94** | **434.04** | **734.44** | **1794.48** | **2427.19** | **2451.00** |
| 1.劳动者的报酬收入 | 90.75 | 44.47 | 79.21 | 163.51 | 294.92 | 344.34 |
| 在集体组织中劳动的报酬收入 | 89.23 | 13.30 | 17.31 | 32.23 | 56.04 | 71.87 |
| 在企业劳动得到的报酬收入 | 1.52 | 18.70 | 37.10 | 114.35 | 211.81 | 226.93 |
| 在其他单位劳动得到的报酬收入 |  | 12.47 | 24.80 | 16.93 | 27.07 | 42.55 |
| 2.家庭经营收入 | 67.19 | 389.57 | 655.23 | 1630.97 | 2132.27 | 2106.66 |
| 种植业收入 | 18.43 | 286.10 | 468.51 | 1218.98 | 1461.37 | 1441.24 |
| #粮食收入 |  | 172.05 | 284.24 | 752.22 | 814.57 | 779.25 |
| 林业收入 |  | 4.47 | 8.65 | 15.60 | 14.69 | 19.13 |
| 牧业收入 | 32.92 | 50.01 | 90.58 | 222.38 | 369.92 | 339.86 |
| 渔业收入 |  | 1.32 | 1.17 | 4.22 | 6.42 | 6.06 |
| 手工业收入 | 4.01 | 13.88 | 17.87 | 16.85 | 24.18 | 22.77 |
| 采集捕猎收入 | 2.13 | 0.96 | 0.86 | 3.96 | 10.79 | 8.41 |
| 工业收入 |  | 1.48 | 12.03 | 7.45 | 25.22 | 29.92 |
| 建筑业收入 |  | 7.82 | 12.16 | 28.20 | 50.01 | 43.41 |
| 运输业收入 |  | 9.51 | 18.82 | 36.55 | 48.25 | 52.41 |
| 商业收入 |  |  | 7.24 | 21.14 | 39.28 | 50.78 |
| 饮食业收入 |  | 5.63 | 1.70 | 3.22 | 8.62 | 14.41 |
| 服务业收入 |  | 2.86 | 5.68 | 12.76 | 24.78 | 28.21 |
| 其他家庭经营收入 | 9.70 | 5.53 | 9.96 | 39.66 | 48.75 | 50.06 |
| **转移性收入** | **24.03** | **23.55** | **27.25** | **39.95** | **54.48** | **63.56** |
| #在外人口寄回和带回 | 7.54 | 6.40 | 6.57 | 15.76 | 21.65 | 23.62 |
| 农村外部亲友赠送收入 |  | 1.81 | 2.99 | 2.29 | 4.61 | 5.81 |
| 调查补贴 |  | 4.76 | 5.45 | 4.13 | 4.80 | 5.65 |
| **财产性收入** | **2.40** | **2.35** | **2.73** | **28.44** | **20.26** | **22.62** |

## 7—15 农民家庭平均每人现金收入

单位:元

| 项　　目 | 1980年 | 1985年 | 1990年 | 1995年 | 1997年 | 1998年 |
|---|---|---|---|---|---|---|
| **全年现金收入** | **110.60** | **293.00** | **512.92** | **1020.70** | **1597.58** | **1597.94** |
| **基本收入** | **86.99** | **257.53** | **464.46** | **939.41** | **1481.71** | **1474.90** |
| 1.劳动者的报酬收入 | 29.06 | 43.42 | 78.26 | 162.66 | 294.71 | 342.78 |
| 2.家庭经营现金收入 | 57.93 | 214.11 | 386.20 | 776.75 | 1187.00 | 1132.12 |
| #出售种植业产品的现金 | | 119.94 | 217.80 | 440.21 | 629.11 | 585.45 |
| 出售林业产品的现金 | | 3.34 | 6.57 | 9.97 | 7.99 | 6.73 |
| 出售牧业产品的现金 | | 44.85 | 77.63 | 164.24 | 273.11 | 243.03 |
| 出售渔业产品的现金 | | 0.76 | 0.83 | 2.03 | 2.81 | 2.25 |
| 出售手工业产品的现金 | | 13.34 | 16.22 | 10.74 | 10.35 | 6.80 |
| 出售采集捕猎产品的现金 | | 0.33 | 0.51 | 0.50 | 0.42 | 0.72 |
| 出售工业产品的现金 | | 1.50 | 6.55 | 0.57 | 4.81 | 4.29 |
| 建筑业现金收入 | | 7.42 | 12.03 | 28.21 | 50.01 | 43.41 |
| 运输业现金收入 | | 9.28 | 18.76 | 36.55 | 48.25 | 52.41 |
| 商业现金收入 | | 5.24 | 7.23 | 21.14 | 39.28 | 50.78 |
| 饮食业现金收入 | | | 1.70 | 3.22 | 8.62 | 14.41 |
| 服务业现金收入 | | 2.74 | 5.66 | 12.76 | 24.78 | 28.21 |
| 其他家庭经营现金收入 | 9.13 | 3.85 | 8.45 | 38.83 | 62.32 | 64.18 |
| **转移性收入** | **16.53** | **24.83** | **33.92** | **47.50** | **69.65** | **76.52** |
| **财产性收入** | **7.08** | **10.64** | **14.54** | **33.80** | **46.22** | **46.52** |

# 7—16 农民家庭平均每人总支出

单位:元

| 项　　目 | 1980年 | 1985年 | 1990年 | 1995年 | 1997年 | 1998年 |
|---|---|---|---|---|---|---|
| **全年总支出** | **164.48** | **404.18** | **688.18** | **1604.77** | **2070.44** | **1933.47** |
| **一、家庭经营费用支出** | **21.71** | **97.17** | **174.82** | **505.63** | **606.36** | **503.52** |
| 1.种植业生产支出 | | 58.96 | 112.93 | 325.28 | 346.92 | 293.34 |
| 2.林业生产支出 | | 1.03 | 0.79 | 2.65 | 1.20 | 1.34 |
| 3.牧业生产支出 | | 26.70 | 40.58 | 137.40 | 213.44 | 168.58 |
| 4.渔业生产支出 | | 0.36 | 0.13 | 3.38 | 2.71 | 2.04 |
| 5.手工业生产支出 | | 4.74 | 5.49 | 3.69 | 7.10 | 3.45 |
| 6.工业生产支出 | | 0.41 | 4.94 | 4.12 | 5.56 | 5.65 |
| 7.建筑业支出 | | 0.40 | 0.38 | 1.59 | 2.20 | 2.41 |
| 8.运输业支出 | | 2.33 | 5.74 | 15.99 | 10.55 | 13.71 |
| 9.商业支出 | | | 0.38 | 4.84 | 3.27 | 1.91 |
| 10.饮食业支出 | | 0.51 | 0.07 | 0.61 | 1.89 | 2.80 |
| 11.服务业支出 | | 0.29 | 0.72 | 1.60 | 2.00 | 2.26 |
| 12.其他经营支出 | | 1.44 | 2.67 | 4.48 | 9.52 | 6.03 |
| **二、购置生产性固定资产支出** | | **18.71** | **19.43** | **55.73** | **67.53** | **55.32** |
| #大中型铁木农具 | | 1.31 | 1.36 | 1.06 | 2.15 | 1.57 |
| 农林牧渔业机械 | | 5.15 | 8.04 | 29.56 | 35.25 | 32.39 |
| 工业机械 | | 1.01 | 1.20 | 2.03 | 2.11 | 1.40 |
| **三、缴纳税款** | **0.09** | **5.41** | **8.56** | **15.39** | **21.10** | **23.16** |
| **四、上交集体的承包任务、提留和摊派** | **1.79** | **14.07** | **32.78** | **64.73** | **78.34** | **78.77** |
| **五、生活消费支出** | **135.51** | **260.19** | **437.73** | **929.39** | **1270.52** | **1240.30** |
| **六、其他非借贷性支出** | **5.38** | **8.63** | **14.86** | **33.90** | **26.59** | **32.40** |
| #寄给和带给在外人口 | 0.43 | 0.71 | 0.67 | 1.15 | 1.31 | 1.42 |
| 赠送农村以外亲友 | | 2.61 | 1.86 | 1.40 | 1.49 | 1.74 |

## 7－17 农民家庭平均每人纯收入

| 项　　目 | 1980年 | 1985年 | 1990年 | 1995年 | 1997年 | 1998年 |
|---|---|---|---|---|---|---|
| **平均每人纯收入(元)** | **160.78** | **328.78** | **526.95** | **1231.97** | **1733.89** | **1864.05** |
| **一、按来源分** | | | | | | |
| 基本收入 | 136.13 | 307.64 | 502.42 | 1167.71 | 1663.96 | 1783.52 |
| 1.劳动者的报酬收入 | 90.75 | 44.47 | 79.21 | 163.51 | 294.92 | 344.34 |
| 2.家庭经营纯收入 | 45.38 | 263.17 | 423.21 | 1004.20 | 1369.04 | 1439.18 |
| 转移性收入 | 22.25 | 18.79 | 21.80 | 35.82 | 49.68 | 57.91 |
| 财产性收入 | 2.40 | 2.35 | 2.73 | 28.44 | 20.25 | 22.62 |
| **二、按性质分** | | | | | | |
| 生产性纯收入 | 136.13 | 305.07 | 497.46 | 1156.55 | 1643.57 | 1783.52 |
| 非生产性纯收入 | 24.65 | 23.71 | 29.49 | 75.42 | 90.32 | 80.53 |

## 7－18 农民家庭平均每人纯收入水平分组的户数构成

单位:%

| 项　　目 | 1980年 | 1985年 | 1990年 | 1995年 | 1997年 | 1998年 |
|---|---|---|---|---|---|---|
| 100元以下的户 | | 0.9 | 0.3 | 0.1 | 0.2 | … |
| 100—200元的户 | 75.0 | 14.8 | 2.8 | 0.2 | … | 0.1 |
| 200—300元的户 | 19.0 | 32.2 | 11.7 | 0.5 | 0.1 | 0.1 |
| 300—400元的户 | | 27.8 | 19.6 | 0.8 | 0.3 | 0.1 |
| 400—500元的户 | | 12.8 | 19.4 | 1.8 | 0.4 | 0.6 |
| 500—600元的户 | | 6.1 | 15.8 | 3.1 | 1.0 | 0.9 |
| 600—800元的户 | | 3.9 | 16.3 | 13.3 | 4.0 | 3.1 |
| 800—1000元的户 | 6.0 | 0.8 | 7.9 | 18.1 | 7.5 | 6.2 |
| 1000—1200元的户 | | | | 17.1 | 11.0 | 9.1 |
| 1200—1300元的户 | | 0.6 | 5.0 | 7.5 | 6.4 | 6.0 |
| 1300—1500元的户 | | | 0.9 | 12.7 | 12.7 | 11.8 |
| 1500—1700元的户 | | | | 7.6 | 11.9 | 11.0 |
| 1700—2000元的户 | | | | 7.5 | 15.6 | 15.1 |
| 2000—2500元的户 | | | | 5.7 | 14.1 | 16.1 |
| 2500—3000元的户 | | | | 2.2 | 7.0 | 8.5 |
| 3000—3500元的户 | | 0.1 | 0.3 | 0.7 | 3.2 | 4.8 |
| 3500—4000元的户 | | | | 0.6 | 1.8 | 2.3 |
| 4000—4500元的户 | | | | 0.2 | 1.0 | 1.4 |
| 4500—5000元的户 | | | | 0.1 | 0.7 | 0.9 |
| 5000元以上的户 | | | | 0.2 | 1.1 | 1.9 |

## 7—19 农民家庭平均每人生活消费支出

单位:元

| 项目 | 1980年 | 1985年 | 1990年 | 1995年 | 1997年 | 1998年 |
|---|---|---|---|---|---|---|
| **生活消费支出** | **135.51** | **260.19** | **437.73** | **929.39** | **1270.52** | **1240.30** |
| **#货币性消费** | **77.62** | **152.22** | **280.69** | **533.78** | **809.70** | **764.48** |
| **一、食品** | **78.49** | **145.83** | **240.93** | **544.26** | **693.09** | **700.78** |
| #货币性消费 | 24.80 | 51.43 | 96.44 | 190.37 | 275.04 | 271.23 |
| 主食 | 53.96 | 88.94 | 124.55 | 321.59 | 297.15 | 267.06 |
| 副食 | 19.12 | 38.10 | 71.61 | 139.85 | 253.00 | 302.11 |
| 其他食品 | | 15.76 | 33.75 | 61.27 | 113.68 | 96.29 |
| 在外饮食 | 5.41 | 3.03 | 5.33 | 13.06 | 19.09 | 23.62 |
| 食品加工费 | | | 5.69 | 8.49 | 10.16 | 11.70 |
| **二、衣着** | **18.48** | **28.38** | **43.22** | **77.07** | **101.19** | **85.03** |
| #货币性消费 | 18.26 | 28.01 | 41.35 | 75.17 | 97.40 | 83.86 |
| **三、居住** | **21.41** | **51.68** | **80.68** | **131.94** | **204.64** | **177.59** |
| #货币性消费 | 17.53 | 40.36 | 64.22 | 93.28 | 165.67 | 132.37 |
| #住房 | 14.49 | 34.17 | 56.36 | 69.37 | 111.55 | 87.25 |
| 电费 | | 0.90 | 3.31 | 10.01 | 22.02 | 23.15 |
| 燃料 | 6.92 | 16.61 | 21.01 | 49.43 | 56.44 | 59.46 |
| **四、家庭设备、用品及服务** | **6.40** | **12.10** | **23.87** | **43.76** | **60.79** | **55.07** |
| #货币性消费 | | | | 42.60 | 60.79 | 54.69 |
| **五、医疗保健** | **4.30** | **8.25** | **18.02** | **34.43** | **48.99** | **50.06** |
| #货币性消费 | | 7.93 | 17.25 | 34.43 | 48.99 | 50.06 |
| #医疗卫生保健用品 | | 5.68 | 11.52 | 22.85 | 28.77 | 28.20 |
| 医疗保健服务费 | | 2.27 | 5.89 | 11.36 | 19.94 | 21.12 |
| **六、交通和通讯** | **2.30** | **4.20** | **5.55** | **17.37** | **25.92** | **29.72** |
| #货币性消费 | | | | 17.37 | 25.92 | 29.72 |
| #交通费 | | 0.79 | 2.30 | 5.52 | 7.87 | 7.65 |
| 邮电费 | | | 0.09 | 0.18 | 1.50 | 2.63 |
| **七、文化、教育、娱乐用品及服务** | **3.80** | **7.14** | **22.30** | **63.53** | **103.27** | **113.79** |
| #货币性消费 | | 7.14 | 22.30 | 63.53 | 103.27 | 113.79 |
| 文化、教育、娱乐用品 | | 3.71 | 9.91 | 20.68 | 22.53 | 24.56 |
| 文化、教育、娱乐服务 | | 3.43 | 12.39 | 42.85 | 80.75 | 89.23 |
| **八、其他商品和服务** | **0.33** | **2.61** | **3.16** | **17.03** | **32.62** | **28.26** |
| #货币性消费 | | 2.61 | 3.16 | 17.03 | 32.62 | 28.26 |
| 商品性支出 | | 0.26 | 0.25 | 1.99 | 2.68 | 2.43 |
| 服务支出 | | 2.35 | 2.91 | 15.04 | 29.94 | 25.83 |

# 7—20 农民家庭平均每人主要消费品消费量和每百户主要耐用消费品年末拥有量

| 品　　名 | 单位 | 1980年 | 1985年 | 1990年 | 1995年 | 1997年 | 1998年 |
|---|---|---|---|---|---|---|---|
| **一、平均每人主要消费品消费量** | | | | | | | |
| 粮食(原粮) | 千克 | 221.60 | 236.86 | 253.96 | 235.67 | 237.22 | 229.67 |
| #细粮 | 千克 | 123.03 | 209.73 | 222.92 | 206.96 | 206.40 | 206.48 |
| 稻谷 | 千克 | 20.64 | 22.41 | 18.54 | 17.54 | 14.35 | 13.05 |
| 小麦 | 千克 | 102.39 | 187.32 | 204.38 | 189.42 | 192.05 | 193.43 |
| 蔬菜 | 千克 | 75.08 | 78.80 | 85.00 | 52.76 | 100.02 | 121.42 |
| 食用油 | 千克 | 1.50 | 2.45 | 3.17 | 3.32 | 5.34 | 4.74 |
| 植物油 | 千克 | 1.00 | 2.04 | 2.60 | 2.97 | 5.12 | 4.49 |
| 动物油 | 千克 | 0.50 | 0.41 | 0.57 | 0.35 | 0.22 | 0.25 |
| 肉类 | 千克 | 4.10 | 4.93 | 5.22 | 4.20 | 8.85 | 11.88 |
| #猪肉 | 千克 | 3.83 | 4.61 | 4.75 | 3.98 | 8.29 | 8.97 |
| 牛羊肉 | 千克 | 0.27 | 0.32 | 0.47 | 0.22 | 0.56 | 1.81 |
| 奶及奶制品 | 千克 | | … | 0.02 | 0.09 | 0.06 | 0.08 |
| 家禽 | 千克 | 0.23 | 0.43 | 0.46 | 0.35 | 0.66 | 0.85 |
| 蛋类及制品 | 千克 | 1.03 | 1.66 | 2.19 | 2.71 | 4.98 | 6.83 |
| 鱼虾 | 千克 | 0.27 | 0.26 | 0.22 | 0.39 | 0.54 | 0.62 |
| 糖类 | 千克 | 0.67 | 1.23 | 1.71 | 1.41 | 1.41 | 1.38 |
| 卷烟 | 盒 | | 30.33 | 33.84 | 23.37 | 23.80 | 22.16 |
| 酒 | 千克 | 0.67 | 1.40 | 2.27 | 2.80 | 3.70 | 3.84 |
| 茶叶 | 千克 | | 0.02 | 0.03 | 0.04 | 0.04 | 0.03 |
| 糕点 | 千克 | | 1.13 | 1.33 | 1.59 | 1.62 | 1.42 |
| 干鲜瓜果类 | 千克 | | 2.95 | 3.11 | 11.04 | 17.79 | 17.74 |
| 棉布 | 米 | | 2.64 | 1.03 | 0.37 | 0.27 | 0.21 |
| 化纤布 | 米 | | 2.55 | 1.74 | 1.81 | 2.14 | 1.86 |
| 呢绒 | 米 | | 0.20 | 0.07 | 0.06 | 0.03 | 0.02 |
| 绸缎 | 米 | | 0.07 | 0.10 | 0.02 | 0.01 | … |
| 毛线及毛线织品 | 千克 | | 0.06 | 0.07 | 0.15 | 0.16 | 0.15 |
| 皮鞋、球鞋、胶鞋 | 双 | | 0.43 | 0.59 | 0.43 | 0.37 | 0.36 |
| **二、平均每百户耐用消费品年末拥有量** | | | | | | | |
| 自行车 | 辆 | 36.01 | 93.38 | 127.57 | 145.19 | 154.83 | 153.76 |
| 缝纫机 | 架 | 29.53 | 55.67 | 69.50 | 79.36 | 82.36 | 83.21 |
| 钟 | 只 | 14.51 | 23.28 | 42.43 | 62.07 | 73.67 | 76.36 |
| 手表 | 只 | 15.90 | 87.62 | 135.98 | 108.31 | 96.19 | 99.50 |
| 收音机 | 台 | 40.11 | 75.48 | 74.14 | 50.26 | 42.74 | 38.64 |
| 黑白电视机 | 台 | | 2.98 | 24.05 | 60.98 | 70.71 | 65.90 |
| 彩色电视机 | 台 | | 0.38 | 2.81 | 12.07 | 22.98 | 28.55 |
| 收录机 | 台 | | 2.40 | 11.69 | 20.07 | 23.95 | 24.55 |
| 照相机 | 架 | | 0.12 | 0.24 | 0.60 | 0.90 | 0.95 |
| 电风扇 | 台 | | 3.36 | 27.83 | 83.74 | 112.10 | 126.10 |
| 洗衣机 | 台 | | 0.21 | 4.02 | 11.36 | 16.98 | 19.31 |
| 电冰箱 | 台 | | | 0.24 | 2.17 | 4.88 | 5.21 |
| 摩托车 | 辆 | | 0.24 | 0.52 | 1.43 | 5.19 | 7.36 |
| 大型家具 | 件 | | 102.95 | 191.36 | 653.40 | 698.14 | 730.17 |
| #沙发 | 个 | | 11.38 | 39.79 | 57.57 | 82.21 | 87.00 |
| 大衣柜 | 个 | | 40.93 | 72.86 | 85.05 | 88.64 | 93.95 |
| 写字台 | 张 | | 24.57 | 45.24 | 77.76 | 82.48 | 86.36 |

# 7－21 各市地农民人均纯收入

单位：元

| 市　　地 | 1985年 | 1990年 | 1991年 | 1992年 | 1993年 | 1994年 | 1995年 | 1996年 | 1997年 | 1998年 |
|---|---|---|---|---|---|---|---|---|---|---|
| 郑州市 | 376 | 692 | 710 | 796 | 924 | 1181 | 1555 | 1966 | 2336 | 2530 |
| 开封市 | 359 | 612 | 660 | 633 | 722 | 840 | 1167 | 1541 | 1871 | 1948 |
| 洛阳市 | 256 | 439 | 424 | 468 | 605 | 792 | 1040 | 1367 | 1605 | 1821 |
| 平顶山市 | 286 | 492 | 528 | 558 | 612 | 798 | 1121 | 1504 | 1669 | 1824 |
| 安阳市 | 344 | 615 | 650 | 701 | 783 | 1007 | 1299 | 1614 | 1879 | 1943 |
| 鹤壁市 | 349 | 527 | 578 | 679 | 777 | 1012 | 1285 | 1587 | 1790 | 1911 |
| 新乡市 | 352 | 601 | 693 | 697 | 858 | 1067 | 1467 | 1912 | 2154 | 2214 |
| 焦作市 | 390 | 675 | 732 | 816 | 982 | 1204 | 1779 | 2238 | 2586 | 2702 |
| 濮阳市 | 238 | 538 | 620 | 697 | 750 | 900 | 1114 | 1311 | 1614 | 1644 |
| 许昌市 | 321 | 530 | 613 | 647 | 740 | 990 | 1447 | 1877 | 2202 | 2327 |
| 漯河市 | 284 | 531 | 589 | 642 | 736 | 1123 | 1530 | 1888 | 2157 | 2232 |
| 三门峡市 | 306 | 537 | 540 | 601 | 735 | 927 | 1183 | 1501 | 1675 | 1909 |
| 南阳市 | 317 | 487 | 511 | 546 | 633 | 874 | 1124 | 1499 | 1777 | 1846 |
| 商丘市 | 257 | 438 | 478 | 505 | 578 | 710 | 980 | 1348 | 1631 | 1700 |
| 信阳市 | 240 | 450 | 362 | 476 | 599 | 771 | 1056 | 1356 | 1589 | 1741 |
| 周口地区 | 296 | 514 | 530 | 568 | 662 | 831 | 1245 | 1528 | 1768 | 1767 |
| 驻马店地区 | 316 | 449 | 322 | 462 | 571 | 711 | 1086 | 1370 | 1669 | 1737 |
| 济源市 | | | | | 699 | 1237 | 1532 | 1928 | 2170 | 2221 |

# 主要统计指标解释

**居民消费水平**　从国内生产总值使用角度出发计算的消费总额与平均人口的比值。用农业居民平均人口和非农业居民平均人口分别去除农业居民消费额和非农业居民消费额，即得农业居民消费水平和非农业居民消费水平。

**城镇居民家庭人口**　指居住在一起，经济上合在一起共同生活的家庭成员，即在同一家庭内共同生活、共同消费的成员。

**城镇居民家庭常住人口**　是指经常住在家庭中的人口数，包括家庭成员中(仅指直系亲属)在部队服役的战士(不包括干部)，户口在本市学校或工作单位住单身宿舍的学生或职工、入全托的儿童。对于职工家庭中已成家、经济自立，连用饭也不在一起的子女，虽因住房问题，现住在一户内，不计算为家庭人口，对于职工家庭中已婚，不在一起居住，而户口未迁出的子女，也不计算为该户的"家庭常住人口"。

**城镇居民家庭就业人口**　指城镇居民从事社会劳动并取得劳动报酬或经营收入的人口。就业人口包括通过国家统筹规划和指导由劳动部门介绍就业，自愿组织起来就业和自谋职业等方式，在国有单位、集体单位、中外合资、中外合作、外资在华独资的企事业单位和私营企业单位工作或从事个体劳动的有固定性职业或临时性职业的人口。被聘用和留用的离退休人员也计入就业人口。它是反映城镇居民的就业情况，计算就业面、负担系数的重要资料。

**城镇居民家庭实际收入**　指调查户的全部实际的现金收入。包括经常或固定得到的收入和一次性收入；不包括借贷收入，如提取银行存款、向亲友借入款、收回借出款以及其他各种暂收款。

**城镇居民家庭可支配收入**　指居民家庭在支付个人所得税之后，所余下的实际收入。

可支配收入＝实际收入－个人所得税－家庭副业生产支出－记帐补贴

**城镇居民家庭生活费收入**　指调查户家庭实际收入中能用于安排日常生活的收入。即用实际收入减掉"赡养支出""赠送支出"、调查户记帐所得的"记帐补贴"、非家庭人口中的经常用饭人口所交的"搭伙费"以及"家庭副业生产支出"。

**城镇居民家庭消费性支出**　指调查户用于日常生活的全部支出。包括食品、衣着、家庭设备用品及服务、医疗保健、交通和通讯、娱乐教育文化服务、居住、杂项商品和服务等八大类支出，均按用途划分归类。

**城镇居民家庭非消费性支出**　包括直接税、消费性贷款利息支出、经常性转移支出等支出。

**农民家庭总收入**　指农户年内从各种来源得到的全部实际收入(包括现金收入和实物收入)。由基本收入、转移性收入和财产性收入三部分组成。

**农民家庭纯收入**　指农民家庭总收入扣除相应的各项费用性支出后，归农民所有的收入。它既可用于生产、非生产投资，改善物质和文化生活，又可以用于再分配支出及用于结余的收入，是观察农民家庭实际收入水平，以及农民扩大再生产和改善生活的能力的主要指标。其计算公式为：

纯收入＝总收入－家庭经营费用支出－生产用固定资产折旧－税收－上交集体承包任务－集体提留和摊派－调查补贴

**农民家庭生活消费支出**　指农民家庭年内用于物质生活和精神生活方面的实际支出。它直接反映农民的生活水平，是研究农民消费结构变化的基本指标。它包括食品、衣着、居住、家庭设备、用品及服务、医疗保健、交通和通讯、文化教育娱乐用品及服务、其他商品和服务等八大类支出。

# 八、城市概况

**简要说明**

一、本篇资料主要反映河南省城市社会、经济发展及城市建设基本情况。主要内容有全省城市社会经济主要指标，省辖市市区社会经济主要指标，城市建设及公用设施指标，主要统计指标解释等。

二、资料来源

1. 全省城市社会经济主要指标、省辖城市市区社会经济主要指标由省城调队依据国家统计局制定的城市基本情况统计年报制度收集、整理提供。

2. 城市建设及公用设施方面的资料由省城建厅提供。

三、省城调队编印的《河南城市统计年鉴》提供更为详细的资料。

# 8—1 城市社会经济主要指标

（1998 年）

| 指　　标 | 单　位 | 全省总计 | 城市市区合　计 | 城市市区合计为全省总计% |
|---|---|---|---|---|
| 土地面积 | 万平方公里 | 16.70 | 1.17 | 7.0 |
| 年末城镇失业人员(登记数) | 万人 | 21.64 | 17.29 | 79.9 |
| 国内生产总值 | 亿元 | 4356.60 | 1200.83 | 27.6 |
| 第一产业 | 亿元 | 1071.39 | 84.53 | 7.9 |
| 第二产业 | 亿元 | 2012.74 | 620.52 | 30.8 |
| 第三产业 | 亿元 | 1272.47 | 495.79 | 39.0 |
| 全社会固定资产投资 | 亿元 | 1330.56 | 392.59 | 29.5 |
| 房地产开发投资额 | 亿元 | 58.10 | 52.39 | 90.2 |
| ＃住宅 | 亿元 | 32.09 | 27.37 | 85.3 |
| 地方财政收入 | 亿元 | 208.20 | 83.58 | 40.1 |
| 地方财政支出 | 亿元 | 323.63 | 108.13 | 33.4 |
| 农林牧渔业总产值 | 亿元 | 1823.01 | 143.66 | 7.9 |
| 蔬菜产量 | 万吨 | 3098.15 | 462.71 | 14.9 |
| 猪牛羊肉 | 万吨 | 402.57 | 25.53 | 6.3 |
| 工业总产值 | 亿元 | 5821.32 | 1421.02 | 24.4 |
| 全部国有及限额以上工业企业 | | | | |
| 增加值 | 亿元 | 970.34 | 509.57 | 52.5 |
| 产品销售收入 | 亿元 | 2774.43 | 1184.19 | 42.7 |
| 利润总额 | 亿元 | 71.21 | 3.25 | 4.6 |
| 年底邮电局所 | 个 | 8040 | 1034 | 12.9 |
| 邮电业务总量(1990 年不变价格) | 万元 | 1035556 | 526712 | 50.9 |
| 年底电话机数 | 万部 | 498.18 | 240.42 | 48.3 |
| 全年用电量 | 亿千瓦小时 | | 293.01 | |
| ＃工业用电 | 亿千瓦小时 | | 220.78 | |
| 城乡居民生活用电 | 亿千瓦小时 | | 29.97 | |
| 批零贸易业商品销售总额 | 亿元 | 2187.12 | 837.47 | 38.3 |
| 社会消费品零售总额 | 亿元 | 1496.24 | 595.23 | 39.8 |
| 当年实际使用外资金额 | 万美元 | 118263 | 34307 | 29.0 |
| 城乡居民储蓄年底余额 | 亿元 | 2657 | 1128 | 42.5 |
| 在岗职工工资总额 | 亿元 | 431.01 | 228.50 | 53.0 |
| 在校学生数 | | | | |
| 普通高等学校 | 万人 | 14.64 | 14.33 | 97.9 |
| 中等专业学校 | 万人 | 33.36 | 25.47 | 76.3 |
| 普通中学 | 万人 | 512.51 | 67.44 | 13.2 |
| 小学 | 万人 | 1200.06 | 146.96 | 12.2 |
| 医院、卫生院个数 | 个 | 2999 | 695 | 23.2 |
| 医院、卫生院床位数 | 万张 | 17.99 | 7.44 | 41.4 |
| 医生 | 万人 | 10.68 | 4.28 | 40.1 |

注：1. 本表价值量指标均按当年价格计算；

2. 城市市区合计数为 15 个省辖市的市区合计数。

# 8—2 省辖市市区社会经济主要指标

(1998 年)

| 指　　标 | 单　位 | 郑州 | 开封 | 洛阳 | 平顶山 | 安阳 | 鹤壁 | 新乡 |
|---|---|---|---|---|---|---|---|---|
| 年底总人口 | 万人 | 203.93 | 76.15 | 141.08 | 84.74 | 71.82 | 47.65 | 72.13 |
| #非农业人口 | 万人 | 146.51 | 56.93 | 100.22 | 61.97 | 52.80 | 27.68 | 58.34 |
| 年底单位从业人员数 | 万人 | 65.46 | 23.28 | 40.40 | 34.03 | 22.54 | 10.54 | 23.70 |
| 在岗职工平均人数 | 万人 | 64.21 | 22.92 | 39.80 | 31.74 | 22.96 | 10.32 | 23.03 |
| 土地面积 | 平方公里 | 1010 | 365 | 544 | 459 | 247 | 609 | 187 |
| #建成区土地面积 | 平方公里 | 116 | 50 | 92 | 42 | 44 | 32 | 53 |
| 国内生产总值 | 亿元 | 271.36 | 51.35 | 174.00 | 87.12 | 81.11 | 37.65 | 65.25 |
| #第二产业 | 亿元 | 110.28 | 23.51 | 93.37 | 55.82 | 49.26 | 22.31 | 33.14 |
| 第三产业 | 亿元 | 155.55 | 24.28 | 76.68 | 28.75 | 29.93 | 12.09 | 30.12 |
| 全社会固定资产投资 | 亿元 | 80.31 | 12.77 | 46.84 | 32.62 | 25.99 | 10.77 | 13.91 |
| 房地产开发投资额 | 亿元 | 29.30 | 2.34 | 6.37 | 2.49 | 1.29 | 0.11 | 1.45 |
| #住宅 | 亿元 | 12.61 | 1.45 | 3.30 | 1.65 | 1.01 | 0.09 | 0.70 |
| 地方财政收入 | 亿元 | 22.23 | 2.74 | 12.16 | 6.70 | 5.01 | 1.67 | 6.69 |
| 地方财政支出 | 亿元 | 22.83 | 5.08 | 13.19 | 8.09 | 7.96 | 3.03 | 8.00 |
| 农林牧渔业总产值 | 亿元 | 10.16 | 6.21 | 5.92 | 3.46 | 2.84 | 5.54 | 3.37 |
| 工业总产值 | 亿元 | 229.62 | 63.78 | 245.20 | 114.86 | 118.37 | 42.30 | 96.72 |
| 全部国有及限额以上工业企业 | | | | | | | | |
| 增加值 | 亿元 | 68.52 | 15.05 | 58.50 | 45.39 | 34.80 | 13.29 | 29.75 |
| 产品销售收入 | 亿元 | 315.01 | 39.22 | 227.79 | 94.15 | 89.00 | 27.83 | 80.66 |
| 利润总额 | 亿元 | 3.65 | −3.18 | 2.32 | −1.38 | 0.77 | −1.32 | 2.54 |
| 年底邮电局所 | 个 | 131 | 70 | 150 | 45 | 33 | 20 | 32 |
| 邮电业务总量(1990 年不变价格) | 万元 | 170707 | 27136 | 65343 | 27749 | 30979 | 7483 | 33163 |
| 年底电话机数 | 万部 | 65.30 | 16.22 | 30.02 | 13.91 | 14.52 | 5.80 | 14.98 |
| 全年用电量 | 亿千瓦小时 | 65.80 | 11.24 | 32.49 | 29.67 | 29.38 | 8.19 | 17.70 |
| #工业用电 | 亿千瓦小时 | 40.88 | 9.19 | 26.68 | 23.78 | 22.18 | 4.53 | 11.97 |
| 城乡居民生活用电 | 亿千瓦小时 | 12.66 | 0.94 | 3.29 | 1.76 | 2.59 | 1.00 | 2.52 |
| 批零贸易业商品销售总额 | 亿元 | 318.71 | 66.15 | 82.71 | 36.18 | 57.35 | 10.35 | 24.10 |
| 社会消费品零售总额 | 亿元 | 165.02 | 47.66 | 93.95 | 28.87 | 29.98 | 10.77 | 35.01 |
| 当年实际使用外资金额 | 万美元 | 14809 | 346 | 1846 | 714 | 133 | 347 | 1314 |
| 城乡居民储蓄存款年底余额 | 亿元 | 307.42 | 56.96 | 164.20 | 63.66 | 75.15 | 28.77 | 73.26 |
| 在岗职工工资总额 | 亿元 | 52.99 | 11.87 | 32.08 | 24.38 | 15.83 | 5.76 | 15.02 |
| 在校学生数 | | | | | | | | |
| 普通高等学校 | 万人 | 7.06 | 1.25 | 1.48 | 0.34 | 0.41 | | 1.60 |
| 中等专业学校 | 万人 | 9.30 | 1.69 | 1.92 | 1.36 | 1.02 | 0.32 | 1.34 |
| 普通中学 | 万人 | 9.15 | 3.75 | 7.26 | 4.14 | 3.25 | 2.22 | 3.43 |
| 小学 | 万人 | 20.50 | 7.34 | 13.84 | 9.29 | 7.68 | 6.14 | 7.38 |
| 医院、卫生院数 | 个 | 89 | 57 | 72 | 47 | 45 | 16 | 46 |
| 医院、卫生院床位数 | 万张 | 1.43 | 0.62 | 1.03 | 0.49 | 0.51 | 0.19 | 0.58 |
| 医生 | 万人 | 0.97 | 0.35 | 0.50 | 0.31 | 0.31 | 0.08 | 0.40 |

注:本表价值量指标均按当年价格计算。

8—2续表　　　　　　　　　　(1998年)

| 指　　标 | 单　位 | 焦作 | 濮阳 | 许昌 | 漯河 | 三门峡 | 南阳 | 商丘 | 信阳 |
|---|---|---|---|---|---|---|---|---|---|
| 年底总人口 | 万人 | 71.71 | 46.49 | 35.02 | 32.87 | 25.42 | 161.37 | 143.53 | 135.01 |
| #非农业人口 | 万人 | 53.60 | 28.92 | 27.57 | 30.66 | 18.91 | 47.71 | 31.79 | 36.63 |
| 年底单位从业人员数 | 万人 | 23.00 | 20.61 | 10.06 | 8.86 | 7.28 | 23.68 | 13.62 | 14.00 |
| 在岗职工平均人数 | 万人 | 22.70 | 20.09 | 10.02 | 8.65 | 7.25 | 23.38 | 13.32 | 13.53 |
| 土地面积 | 平方公里 | 380 | 255 | 97 | 77 | 198 | 1981 | 1656 | 3604 |
| #建成区土地面积 | 平方公里 | 46 | 25 | 23 | 24 | 20 | 37 | 36 | 30 |
| 国内生产总值 | 亿元 | 56.02 | 50.35 | 35.41 | 30.77 | 27.06 | 110.34 | 61.53 | 61.51 |
| #第二产业 | 亿元 | 38.88 | 39.55 | 22.75 | 19.00 | 13.98 | 59.35 | 17.42 | 21.91 |
| 第三产业 | 亿元 | 14.93 | 7.21 | 11.65 | 11.15 | 12.40 | 31.27 | 24.15 | 25.63 |
| 全社会固定资产投资 | 亿元 | 19.87 | 35.06 | 9.49 | 18.39 | 14.70 | 39.83 | 12.81 | 19.22 |
| 房地产开发投资额 | 亿元 | 1.13 | 1.32 | 0.94 | 1.62 | 0.83 | 1.95 | 0.58 | 0.65 |
| #住宅 | 亿元 | 0.66 | 0.88 | 0.66 | 1.33 | 0.66 | 1.53 | 0.32 | 0.51 |
| 地方财政收入 | 亿元 | 4.67 | 4.44 | 2.50 | 2.39 | 2.18 | 5.05 | 2.30 | 2.85 |
| 地方财政支出 | 亿元 | 6.50 | 5.12 | 3.89 | 3.35 | 3.44 | 7.76 | 4.54 | 5.37 |
| 农林牧渔业总产值 | 亿元 | 3.72 | 6.46 | 1.69 | 1.24 | 1.13 | 35.18 | 33.69 | 23.08 |
| 工业总产值 | 亿元 | 94.88 | 97.68 | 54.21 | 60.83 | 29.83 | 84.92 | 42.61 | 45.20 |
| 全部国有及限额以上工业企业 | | | | | | | | | |
| 增加值 | 亿元 | 22.60 | 44.76 | 18.19 | 11.65 | 9.15 | 35.68 | 9.26 | 92.99 |
| 产品销售收入 | 亿元 | 58.88 | 84.22 | 41.75 | 49.92 | 21.84 | 5.61 | 20.20 | 28.10 |
| 利润总额 | 亿元 | —0.07 | —5.33 | 1.81 | 2.68 | —1.05 | 1.52 | 0.55 | —0.28 |
| 年底邮电局所 | 个 | 54 | 44 | 26 | 17 | 27 | 171 | 77 | 137 |
| 邮电业务总量(1990年不变价格) | 万元 | 22397 | 21352 | 18262 | 16617 | 11276 | 32401 | 23301 | 18546 |
| 年底电话机数 | 万部 | 10.53 | 19.78 | 6.77 | 6.28 | 5.71 | 16.15 | 7.12 | 7.35 |
| 全年用电量 | 亿千瓦小时 | 25.98 | 21.19 | 5.86 | 4.45 | 9.66 | 19.25 | 5.52 | 6.64 |
| #工业用电 | 亿千瓦小时 | 23.37 | 19.88 | 2.87 | 3.42 | 7.72 | 16.68 | 3.13 | 4.49 |
| 城乡居民生活用电 | 亿千瓦小时 | 0.72 | 0.39 | 0.90 | 0.45 | 0.69 | 0.68 | 0.88 | 0.53 |
| 批零贸易业商品销售总额 | 亿元 | 21.54 | 24.18 | 41.16 | 21.49 | 15.41 | 65.62 | 29.38 | 23.14 |
| 社会消费品零售总额 | 亿元 | 19.57 | 10.69 | 20.67 | 14.93 | 10.13 | 48.16 | 34.67 | 25.17 |
| 当年实际使用外资金额 | 万美元 | 1300 | 1620 | 446 | 2180 | 2173 | 6441 | 222 | 416 |
| 城乡居民储蓄存款年底余额 | 亿元 | 51.41 | 62.67 | 33.05 | 36.33 | 26.63 | 56.63 | 47.79 | 44.26 |
| 在岗职工工资总额 | 亿元 | 12.55 | 17.41 | 6.07 | 4.20 | 4.61 | 12.69 | 6.05 | 7.00 |
| 在校学生数 | | | | | | | | | |
| 普通高等学校 | 万人 | 0.69 | 0.08 | 0.23 | | | 0.53 | 0.19 | 0.47 |
| 中等专业学校 | 万人 | 1.20 | 0.75 | 1.04 | 0.74 | 0.61 | 1.87 | 1.39 | 0.91 |
| 普通中学 | 万人 | 3.46 | 3.71 | 1.74 | 1.41 | 1.35 | 8.70 | 7.81 | 6.06 |
| 小学 | 万人 | 7.07 | 6.46 | 2.89 | 2.50 | 2.38 | 18.34 | 20.96 | 14.19 |
| 医院、卫生院数 | 个 | 48 | 39 | 29 | 13 | 14 | 53 | 68 | 59 |
| 医院、卫生院床位数 | 万张 | 0.48 | 0.33 | 0.29 | 0.15 | 0.14 | 0.47 | 0.40 | 0.34 |
| 医生 | 万人 | 0.34 | 0.14 | 0.14 | 0.08 | 0.08 | 0.25 | 0.19 | 0.14 |

# 8—3 城市建设基本情况

| 指　　标 | 单　位 | 1985 年 | 1990 年 | 1995 年 | 1997 年 | 1998 年 |
|---|---|---|---|---|---|---|
| 城市个数 | 个 | 18 | 26 | 36 | 38 | 38 |
| 城市人口数 | 万人 | 882.1 | 1471.0 | 1336.2 | 1530.6 | 1660.4 |
| #非农业人口 | 万人 | 497.8 | 649.3 | 866.7 | 956.3 | 992.9 |
| 城市面积 | 平方公里 | 7235 | 16643 | 7687 | 9315 | 12716 |
| #建成区面积 | 平方公里 | 426 | 605 | 854 | 959 | 990 |
| 年底房屋建筑面积 | 万平方米 | 8734 | 17941 | 25593 | 30122 | 32029 |
| #住宅 | 万平方米 | 4026 | 8544 | 12977 | 15854 | 17246 |
| 年底住宅居住面积 | 万平方米 | 2370 | 4257 | 6389 | 7832 | 8580 |
| 年底人均住宅居住面积 | 平方米 | 4.9 | 6.7 | 7.4 | 8.0 | 8.4 |
| 年底供水综合生产能力 | 万立方米/日 | 198.0 | 512.0 | 878.1 | 887.6 | 901.1 |
| 全年供水总量 | 万立方米 | 66240 | 153682 | 207049 | 212004 | 200912 |
| #生活用水量 | 万立方米 | 26840 | 47570 | 66943 | 73683 | 73980 |
| 平均每人每天生活用水量 | 升 | 162.1 | 179.3 | 175.4 | 180.0 | 176.1 |
| 用水普及率 | % | 91.1 | 91.6 | 95.8 | 93.8 | 94.3 |
| 公共交通标准运营车辆 | 标台 | 1224 | 1646 | 3804 | 5231 | 6031 |
| 平均每万人拥有公交车辆 | 标台 | 2.5 | 2.5 | 4.4 | 5.5 | 6.1 |
| 煤气家庭用量 | 万立方米 | 2 | 2040 | 7976 | 11427 | 18462 |
| 天然气家庭用量 | 万立方米 | 568 | 8084 | 8496 | 9754 | 10818 |
| 液化石油气家庭用量 | 吨 | 6223 | 42141 | 86207 | 97270 | 106739 |
| 用气普及率 | % | 9.1 | 41.0 | 46.6 | 52.1 | 58.0 |
| 集中供热面积 | 万平方米 |  | 225 | 1757 | 2626 | 3022 |
| 道路长度 | 公里 | 1632 | 2586 | 3845 | 4246 | 4519 |
| 道路面积 | 万平方米 | 1672 | 2859 | 4967 | 5707 | 6168 |
| 排水管道长度 | 公里 | 1556 | 2662 | 4472 | 5166 | 5483 |
| 建成区绿化覆盖面积 | 公顷 |  |  | 16334 | 22128 | 24232 |
| 建成区绿化覆盖率 | % |  |  | 19.1 | 23.1 | 24.5 |
| 公共绿地面积 | 公顷 | 1056 | 1922 | 2338 | 3706 | 5372 |
| 人均公共绿地面积 | 平方米 | 2.1 | 3.0 | 2.7 | 3.9 | 5.4 |
| 公园个数 | 个 | 35 | 59 | 83 | 157 | 180 |
| 公园面积 | 公顷 | 861 | 1057 | 1682 | 2116 | 2363 |
| 生活垃圾粪便清运量 | 万吨 | 296 | 384 | 496 | 546 | 570 |
| 垃圾粪便无害化处理率 | % |  | 0.5 | 53.9 | 65.2 | 70.4 |

注:1. 1985、1990 年城市人口和城市面积为行政辖区内全部人口和面积。

2. 1996 年及以后年度公园个数、面积含小游园。

## 8—4 城市市区房屋建筑及住房情况

(1998 年)

| 城市名称 | 建成区面积(平方公里) | 市区人口密度(人/平方公里) | 年底实有房屋建筑面积(万平方米) | #住宅 | 年底实有住宅使用面积(万平方米) | #居住 | 人均住宅居住面积(平方米) |
|---|---|---|---|---|---|---|---|
| 郑州 | 119.79 | 1955 | 5653 | 2816 | 1971.20 | 1374.00 | 8.90 |
| 开封 | 50.00 | 2103 | 1665 | 901 | 648.72 | 450.50 | 7.91 |
| 洛阳 | 91.92 | 2593 | 3334 | 1795 | 1292.40 | 897.50 | 9.05 |
| 平顶山 | 42.32 | 1846 | 1609 | 846 | 609.12 | 423.00 | 7.12 |
| 安阳 | 43.59 | 2907 | 1756 | 902 | 649.44 | 451.00 | 8.56 |
| 鹤壁 | 32.30 | 782 | 732 | 445 | 320.51 | 222.58 | 8.04 |
| 新乡 | 53.13 | 3861 | 1859 | 1044 | 751.68 | 522.00 | 7.31 |
| 焦作 | 46.00 | 1887 | 1468 | 860 | 611.00 | 426.00 | 9.06 |
| 濮阳 | 24.99 | 1624 | 943 | 493 | 355.00 | 248.00 | 10.04 |
| 许昌 | 22.78 | 3979 | 778 | 426 | 306.72 | 213.00 | 7.73 |
| 漯河 | 25.34 | 4102 | 849 | 472 | 339.84 | 236.00 | 7.69 |
| 三门峡 | 20.40 | 1283 | 564 | 323 | 232.56 | 161.50 | 9.79 |
| 南阳 | 37.00 | 814 | 1690 | 898 | 646.56 | 449.00 | 9.55 |
| 商丘 | 35.50 | 897 | 798 | 425 | 306.00 | 212.50 | 7.28 |
| 信阳 | 29.61 | 374 | 805 | 423 | 304.60 | 211.50 | 6.81 |
| 周口 | 17.00 | 2177 | 558 | 296 | 207.00 | 142.00 | 7.51 |
| 驻马店 | 20.54 | 1535 | 486 | 249 | 179.28 | 124.50 | 6.43 |
| 济源 | 20.41 | 4722 | 1095 | 600 | 430.56 | 299.00 | 15.99 |
| 巩义 | 12.60 | 7195 | 312 | 199 | 143.28 | 99.50 | 8.09 |
| 荥阳 | 12.50 | 5742 | 259 | 128 | 92.16 | 64.00 | 8.12 |
| 新郑 | 12.60 | 8280 | 240 | 126 | 90.72 | 63.00 | 6.79 |
| 登封 | 12.00 | 2212 | 309 | 145 | 104.40 | 68.70 | 13.74 |
| 新密 | 15.80 | 5341 | 302 | 145 | 104.40 | 72.50 | 7.79 |
| 偃师 | 11.70 | 1694 | 288 | 130 | 93.60 | 65.00 | 9.42 |
| 汝州 | 10.40 | 6678 | 248 | 174 | 125.28 | 87.00 | 9.30 |
| 舞钢 | 11.10 | 1795 | 198 | 108 | 77.76 | 54.09 | 5.82 |
| 林州 | 13.50 | 3151 | 208 | 124 | 89.28 | 62.00 | 8.38 |
| 卫辉 | 17.50 | 1751 | 218 | 133 | 95.76 | 66.50 | 7.00 |
| 辉县 | 10.60 | 5916 | 290 | 191 | 136.00 | 92.00 | 7.02 |
| 沁阳 | 15.07 | 5200 | 213 | 124 | 89.35 | 62.05 | 8.99 |
| 孟州 | 8.50 | 5833 | 254 | 121 | 87.12 | 60.50 | 7.66 |
| 禹州 | 14.50 | 4887 | 357 | 227 | 163.44 | 120.50 | 10.55 |
| 长葛 | 12.06 | 5603 | 285 | 146 | 105.00 | 75.00 | 7.14 |
| 义马 | 13.02 | 1325 | 244 | 132 | 93.72 | 64.68 | 6.50 |
| 灵宝 | 10.80 | 3479 | 214 | 109 | 78.48 | 54.50 | 6.38 |
| 永城 | 13.70 | 2710 | 361 | 200 | 144.00 | 100.00 | 9.61 |
| 邓州 | 15.00 | 4612 | 325 | 213 | 153.10 | 106.30 | 8.83 |
| 项城 | 13.90 | 6072 | 262 | 157 | 113.04 | 78.50 | 8.52 |

# 8—5 城市市区供、排水情况

（1998 年）

| 城市名称 | 年底供水综合生产能力（万立方米/日） | 供水管道长度（公里） | 全年供水总量（万立方米） | #生活用量 | 用水人口（万人） | 人均日生活用水量（升/人日） | 用水普及率（%） | 排水管道长度（公里） | 排水管道密度（公里/平方公里） |
|---|---|---|---|---|---|---|---|---|---|
| 郑州 | 108.00 | 1003 | 33890 | 17191 | 197.61 | 238.34 | 100.0 | 1004.31 | 8.38 |
| 开封 | 62.15 | 483 | 11053 | 2768 | 60.63 | 125.08 | 84.5 | 308.00 | 6.16 |
| 洛阳 | 102.35 | 1170 | 21961 | 8530 | 107.62 | 217.15 | 96.6 | 252.35 | 2.75 |
| 平顶山 | 36.70 | 398 | 9598 | 4021 | 69.40 | 158.74 | 91.3 | 129.50 | 3.06 |
| 安阳 | 106.19 | 553 | 20537 | 4910 | 57.89 | 232.37 | 100.0 | 363.94 | 8.35 |
| 鹤壁 | 34.79 | 230 | 5273 | 1836 | 34.84 | 144.38 | 97.3 | 98.14 | 3.04 |
| 新乡 | 51.00 | 293 | 12730 | 2471 | 70.95 | 95.42 | 100.0 | 312.00 | 5.87 |
| 焦作 | 58.90 | 444 | 11747 | 3404 | 71.70 | 130.07 | 99.1 | 236.00 | 5.13 |
| 濮阳 | 25.57 | 231 | 3967 | 1781 | 25.50 | 191.35 | 100.0 | 165.10 | 6.61 |
| 许昌 | 17.80 | 275 | 3706 | 1870 | 35.02 | 146.30 | 100.0 | 135.98 | 5.97 |
| 漯河 | 35.70 | 254 | 7614 | 2173 | 30.30 | 196.48 | 95.9 | 200.00 | 7.89 |
| 三门峡 | 15.54 | 146 | 2636 | 1576 | 23.04 | 187.40 | 98.3 | 112.70 | 5.52 |
| 南阳 | 33.60 | 467 | 8879 | 2883 | 48.80 | 161.86 | 96.0 | 303.38 | 8.20 |
| 商丘 | 23.00 | 208 | 5653 | 2988 | 40.10 | 204.15 | 93.1 | 106.90 | 3.01 |
| 信阳 | 21.34 | 483 | 5662 | 2709 | 29.20 | 254.18 | 70.4 | 109.65 | 3.70 |
| 周口 | 24.30 | 112 | 4406 | 1277 | 19.32 | 181.09 | 96.1 | 84.22 | 4.95 |
| 驻马店 | 11.54 | 125 | 3181 | 1112 | 19.10 | 159.51 | 87.8 | 108.40 | 5.28 |
| 济源 | 9.00 | 106 | 2181 | 714 | 17.30 | 113.07 | 97.4 | 160.70 | 7.87 |
| 巩义 | 5.80 | 195 | 1495 | 645 | 13.60 | 129.94 | 99.0 | 52.10 | 4.13 |
| 荥阳 | 7.60 | 81 | 920 | 340 | 7.50 | 124.20 | 95.7 | 46.00 | 3.68 |
| 新郑 | 3.10 | 158 | 1132 | 529 | 12.10 | 119.78 | 100.0 | 74.00 | 5.87 |
| 登封 | 2.78 | 40 | 480 | 283 | 9.40 | 82.48 | 94.7 | 98.20 | 8.18 |
| 新密 | 4.20 | 91 | 880 | 574 | 10.75 | 146.29 | 98.8 | 43.40 | 2.75 |
| 偃师 | 5.50 | 59 | 971 | 324 | 8.00 | 110.96 | 100.0 | 56.10 | 4.79 |
| 汝州 | 3.85 | 153 | 1115 | 520 | 9.30 | 153.19 | 91.1 | 85.00 | 8.17 |
| 舞钢 | 10.96 | 52 | 2692 | 714 | 9.08 | 215.44 | 89.4 | 28.60 | 2.58 |
| 林州 | 5.10 | 92 | 1300 | 420 | 7.40 | 155.50 | 100.0 | 87.00 | 6.44 |
| 卫辉 | 4.80 | 55 | 1620 | 626 | 9.40 | 182.45 | 89.8 | 48.00 | 2.74 |
| 辉县 | 6.00 | 124 | 1836 | 618 | 13.70 | 123.59 | 87.0 | 68.62 | 6.47 |
| 沁阳 | 6.40 | 48 | 446 | 198 | 7.84 | 69.19 | 99.8 | 158.30 | 10.50 |
| 孟州 | 1.00 | 35 | 318 | 234 | 4.97 | 128.99 | 49.2 | 49.80 | 5.86 |
| 禹州 | 6.60 | 70 | 1150 | 682 | 9.90 | 188.74 | 86.6 | 74.50 | 5.14 |
| 长葛 | 11.30 | 41 | 698 | 334 | 9.30 | 98.39 | 78.8 | 45.20 | 3.75 |
| 义马 | 1.00 | 30 | 390 | 335 | 12.00 | 76.48 | 94.2 | 30.00 | 2.30 |
| 灵宝 | 8.23 | 74 | 2140 | 772 | 9.40 | 225.01 | 91.5 | 53.65 | 4.97 |
| 永城 | 1.30 | 38 | 470 | 307 | 6.10 | 137.88 | 54.3 | 76.40 | 5.58 |
| 邓州 | 7.76 | 134 | 1190 | 451 | 12.54 | 98.53 | 100.0 | 44.00 | 2.93 |
| 项城 | 20.30 | 38 | 4995 | 860 | 10.50 | 224.40 | 95.7 | 73.30 | 5.27 |

# 8－6 城市市区市政设施、公共交通情况

(1998 年)

| 城市名称 | 年底道路长度(公里) | 年底道路面积(万平方米) | 人均道路面积(平方米) | 年底路灯盏数(盏) | 年底实有运营车辆(辆) | 全年客运总量(万人次) | 年底实有出租汽车(辆) |
|---|---|---|---|---|---|---|---|
| 郑州 | 628 | 818.28 | 5.84 | 12957 | 959 | 19510 | 10737 |
| 开封 | 251 | 286.40 | 5.03 | 10399 | 205 | 2386 | 2000 |
| 洛阳 | 238 | 292.60 | 2.92 | 13334 | 327 | 8499 | 3930 |
| 平顶山 | 118 | 136.20 | 2.20 | 3029 | 343 | 4035 | 2268 |
| 安阳 | 308 | 353.98 | 6.70 | 6382 | 235 | 1932 | 2100 |
| 鹤壁 | 151 | 166.74 | 6.02 | 1697 | 276 | 2215 | 600 |
| 新乡 | 199 | 234.00 | 4.01 | 7466 | 177 | 2729 | 2800 |
| 焦作 | 149 | 223.50 | 4.17 | 5635 | 534 | 3512 | 1322 |
| 濮阳 | 144 | 200.73 | 8.13 | 5654 | 352 | 862 | 2400 |
| 许昌 | 105 | 143.65 | 5.21 | 5154 | 216 | 1110 | 1500 |
| 漯河 | 137 | 207.32 | 6.76 | 6060 | 538 | 2139 | 1078 |
| 三门峡 | 111 | 86.03 | 4.55 | 2193 | 104 | 2064 | 1096 |
| 南阳 | 189 | 265.93 | 5.57 | 3789 | 108 | 1090 | 1132 |
| 商丘 | 135 | 257.24 | 8.09 | 4604 | 151 | 1849 | 1120 |
| 信阳 | 114 | 158.20 | 4.32 | 4331 | 98 | 498 | 1779 |
| 周口 | 91 | 99.33 | 5.24 | 1907 | 123 | 1653 | 400 |
| 驻马店 | 91 | 147.90 | 7.25 | 3611 | 133 | 367 | 1500 |
| 济源 | 108 | 204.95 | 11.64 | 3999 | 186 | 1152 | 290 |
| 巩义 | 55 | 82.29 | 10.18 | 2085 | 185 | 325 | 700 |
| 荥阳 | 70 | 107.50 | 14.91 | 2496 | 10 | 54 | 50 |
| 新郑 | 63 | 136.00 | 11.53 | 1788 | 287 | 324 | 120 |
| 登封 | 87 | 127.50 | 30.95 | 3160 | 149 | 969 | 275 |
| 新密 | 49 | 65.60 | 9.94 | 1990 | 164 | 318 | 260 |
| 偃师 | 37 | 59.93 | 9.99 | 3740 | 16 | 21 | 45 |
| 汝州 | 85 | 82.29 | 14.69 | 3722 | 143 | 407 | 152 |
| 舞钢 | 50 | 66.13 | 7.07 | 1226 | 35 | 266 | 70 |
| 林州 | 83 | 139.00 | 18.78 | 1770 | 23 | 120 | 980 |
| 卫辉 | 54 | 77.20 | 7.88 | 1406 | 89 | 86 | 280 |
| 辉县 | 83 | 104.00 | 13.94 | 1426 | 110 | 306 | 100 |
| 沁阳 | 114 | 130.50 | 23.51 | 3178 | 141 | 105 | 220 |
| 孟州 | 36 | 60.56 | 7.06 | 3779 | 11 | 17 | 55 |
| 禹州 | 49 | 106.60 | 11.40 | 1328 | 48 | 146 | 280 |
| 长葛 | 50 | 79.60 | 7.56 | 1376 | 18 | 130 | 140 |
| 义马 | 32 | 33.20 | 2.84 | 902 | 73 | 54 | 187 |
| 灵宝 | 67 | 87.56 | 11.28 | 1425 | 56 | 298 | 473 |
| 永城 | 81 | 163.20 | 17.36 | 1284 | 110 | 244 | 244 |
| 邓州 | 54 | 85.55 | 7.57 | 2133 | 194 | 309 | 50 |
| 项城 | 53 | 90.20 | 10.53 | 2202 | 50 | 600 | 300 |

# 8—7 城市市区供气情况

（1998 年）

| 城市名称 | 煤气 | | | 天然气 | | | 液化石油气 | | | 用气普及率（%） |
|---|---|---|---|---|---|---|---|---|---|---|
| | 供气总量（万立方米） | #家庭用量 | 用气人口（万人） | 供气总量（万立方米） | #家庭用量 | 用气人口（万人） | 供气总量（吨） | #家庭用量 | 用气人口（万人） | |
| 郑　州 | | | | 5363 | 4950 | 96.88 | 19295 | 16089 | 35.36 | 94.3 |
| 开　封 | | | | 976 | 791 | 16.12 | 2251 | 2220 | 8.13 | 42.6 |
| 洛　阳 | 2657 | 2657 | 7.76 | | | | 23477 | 20929 | 65.76 | 73.4 |
| 平顶山 | 7668 | 4441 | 43.29 | | | | 720 | 720 | 3.20 | 75.0 |
| 安　阳 | 421325 | 2409 | 5.33 | 9899 | 1105 | 24.77 | 6146 | 6146 | 17.49 | 90.1 |
| 鹤　壁 | | | | 403 | 403 | 5.36 | 2600 | 2600 | 6.24 | 41.9 |
| 新　乡 | 853 | 853 | 8.77 | | | | 4027 | 4027 | 15.66 | 41.9 |
| 焦　作 | 2381 | 2381 | 16.33 | 1396 | 1396 | | 5431 | 5431 | 21.99 | 71.5 |
| 濮　阳 | | | | 34674 | 1093 | 11.00 | 18393 | 14117 | 12.90 | 96.8 |
| 许　昌 | | | | | | | 2585 | 2304 | 8.60 | 31.2 |
| 漯　河 | 54 | 54 | 0.66 | | | | 2524 | 2477 | 9.74 | 33.9 |
| 三门峡 | | | | | | | 1950 | 1937 | 7.53 | 39.8 |
| 南　阳 | 968 | 876 | 8.84 | | | | 5021 | 4696 | 18.52 | 57.4 |
| 商　丘 | | | | | | | 1200 | 1200 | 4.62 | 14.5 |
| 信　阳 | | | | | | | 2820 | 2820 | 9.59 | 26.2 |
| 周　口 | | | | | | | 590 | 590 | 2.10 | 11.1 |
| 驻马店 | 459 | 459 | 2.80 | | | | 3201 | 3201 | 11.33 | 69.3 |
| 济　源 | 15 | 3 | 0.28 | | | | 810 | 750 | 1.80 | 11.8 |
| 巩　义 | | | | | | | | | | |
| 荥　阳 | | | | | | | 300 | 260 | 1.16 | 16.1 |
| 新　郑 | | | | | | | 1600 | 600 | 6.93 | 58.7 |
| 登　封 | | | | | | | 600 | 540 | 2.22 | 53.9 |
| 新　密 | | | | | | | 1146 | 1096 | 4.95 | 75.0 |
| 偃　师 | | | | | | | 780 | 760 | 3.40 | 56.7 |
| 汝　州 | 584 | 284 | 2.18 | | | | | | | 38.9 |
| 舞　钢 | 300 | 300 | 1.13 | | | | 310 | 300 | 1.13 | 24.2 |
| 林　州 | 1200 | 365 | 1.00 | | | | 1580 | 1580 | 3.30 | 58.1 |
| 卫　辉 | | | | | | | 600 | 600 | 2.03 | 20.7 |
| 辉　县 | | | | | | | 600 | 500 | 1.20 | 16.0 |
| 沁　阳 | | | | | | | 1200 | 1200 | 5.54 | 99.8 |
| 孟　州 | | | | | | | 600 | 600 | 1.51 | 17.6 |
| 禹　州 | | | | | | | 1460 | 939 | 2.75 | 29.4 |
| 长　葛 | | | | | | | 2830 | 2520 | 7.26 | 69.0 |
| 义　马 | | | | | | | | | | |
| 灵　宝 | | | | | | | 1410 | 1410 | 5.25 | 67.7 |
| 永　城 | | | | | | | 450 | 380 | 1.39 | 14.8 |
| 邓　州 | | | | | | | 1000 | 1000 | 4.67 | 41.3 |
| 项　城 | 4380 | 3380 | 7.36 | 1230 | 1080 | 0.79 | 820 | 200 | 0.18 | 97.2 |

注：新乡市煤气用气人口为煤气、天然气混用气人口。

## 8－8 城市市区园林绿化、废水及垃圾处理情况

（1998 年）

| 城市名称 | 建成区绿化覆盖面积（公顷） | 建成区绿化覆盖率（%） | 公共绿地面积（公顷） | 人均公共绿地面积（平方米） | 公园个数（个） | 公园面积（公顷） | 生活废水排放量（万吨） | 生活废水处理量（万吨） | 生活垃圾清运量（万吨） | 生活垃圾处理量（万吨） |
|---|---|---|---|---|---|---|---|---|---|---|
| 郑州 | 3621 | 30.2 | 593.00 | 4.23 | 41 | 565.34 | 27140 | 339 | 73.02 | 71.72 |
| 开封 | 982 | 19.6 | 216.60 | 3.80 | 12 | 181.50 | 8842 | 1022 | 25.20 | 20.70 |
| 洛阳 | 2494 | 27.1 | 1053.00 | 10.51 | 7 | 69.05 | 17569 |  | 44.00 | 40.00 |
| 平顶山 | 990 | 23.4 | 278.00 | 4.49 | 4 | 200.00 | 7966 | 7665 | 14.07 | 12.90 |
| 安阳 | 1503 | 34.5 | 183.18 | 3.47 | 4 | 66.53 | 16429 | 5155 | 28.21 | 28.21 |
| 鹤壁 | 879 | 27.2 | 58.15 | 2.10 | 2 | 49.23 | 4218 |  | 11.15 | 1.92 |
| 新乡 | 1907 | 35.9 | 299.48 | 5.13 | 16 | 130.67 | 10184 |  | 21.33 | 6.39 |
| 焦作 | 1519 | 33.0 | 231.00 | 4.31 | 6 | 128.00 | 9410 |  | 19.50 | 11.00 |
| 濮阳 | 962 | 38.5 | 171.36 | 6.94 | 6 | 76.01 | 3559 | 1901 | 5.85 | 5.85 |
| 许昌 | 827 | 36.3 | 138.00 | 5.01 | 4 | 32.47 | 2965 |  | 18.00 | 1.30 |
| 漯河 | 859 | 33.9 | 232.00 | 7.57 | 7 | 63.52 | 6091 |  | 14.56 | 14.56 |
| 三门峡 | 491 | 24.1 | 217.00 | 11.48 | 3 | 158.55 | 2109 | 470 | 10.60 | 10.60 |
| 南阳 | 1072 | 29.0 | 513.53 | 10.76 | 22 | 56.52 | 7103 |  | 19.92 | 19.92 |
| 商丘 | 1003 | 28.3 | 216.00 | 6.79 | 1 | 36.50 | 4522 | 426 | 20.50 | 12.00 |
| 信阳 | 511 | 17.3 | 68.06 | 1.86 | 1 | 20.00 | 4530 | 980 | 11.40 | 6.52 |
| 周口 | 448 | 26.4 | 32.00 | 1.69 | 2 | 14.60 | 3525 |  | 6.39 | 3.90 |
| 驻马店 | 578 | 28.1 | 101.70 | 4.99 | 4 | 73.70 | 2545 |  | 7.30 | 7.30 |
| 济源 | 504 | 24.7 | 87.29 | 4.96 | 4 | 55.33 | 1745 |  | 15.50 | 7.80 |
| 巩义 | 74 | 5.9 | 42.00 | 5.20 | 5 | 30.00 | 1196 |  | 10.00 | 10.00 |
| 荥阳 | 71 | 5.7 | 14.80 | 2.05 |  |  | 736 |  | 5.40 | 4.50 |
| 新郑 | 460 | 36.5 | 88.00 | 7.46 | 1 | 33.30 | 906 | 183 | 3.60 | 3.60 |
| 登封 | 390 | 32.5 | 81.00 | 19.66 | 3 | 37.12 | 384 | 183 | 6.95 | 2.95 |
| 新密 | 117 | 7.4 | 27.90 | 4.23 | 1 | 5.00 | 704 |  | 3.92 | 3.92 |
| 偃师 | 141 | 12.1 | 36.00 | 6.00 | 1 | 26.64 | 777 |  | 6.24 | 6.24 |
| 汝州 | 51 | 4.9 | 6.40 | 1.14 | 1 | 5.00 | 884 |  | 9.13 |  |
| 舞钢 | 41 | 3.7 | 2.81 | 0.30 |  |  | 2154 | 910 | 10.70 |  |
| 林州 | 136 | 10.1 | 114.00 | 15.41 | 1 | 100.00 | 1040 |  | 9.00 | 3.60 |
| 卫辉 | 208 | 11.9 | 30.50 | 3.11 | 1 | 13.60 | 1296 |  | 7.70 | 1.10 |
| 辉县 | 257 | 24.3 | 58.60 | 7.79 | 3 | 48.58 | 1469 |  | 4.02 | 4.02 |
| 沁阳 | 193 | 12.8 | 30.50 | 5.50 | 1 | 5.00 | 357 |  | 5.70 | 4.85 |
| 孟州 | 108 | 12.7 | 13.00 | 1.52 | 3 | 3.10 | 207 |  | 3.00 | 2.80 |
| 禹州 | 64 | 4.4 | 8.00 | 0.86 |  |  | 920 |  | 11.50 | 0.65 |
| 长葛 | 90 | 7.5 | 4.00 | 0.38 | 1 | 1.00 | 558 |  | 7.20 | 3.50 |
| 义马 | 32 | 2.5 | 2.00 | 0.17 |  |  | 312 |  | 2.20 |  |
| 灵宝 | 216 | 20.0 | 35.50 | 4.57 | 6 | 17.00 | 1712 |  | 5.60 | 5.43 |
| 永城 | 63 | 4.6 | 35.40 | 3.77 | 1 | 15.00 | 376 | 100 | 7.60 | 2.70 |
| 邓州 | 157 | 10.5 | 10.83 | 0.96 | 4 | 6.62 | 952 |  | 6.00 | 6.00 |
| 项城 | 213 | 15.3 | 41.43 | 4.83 | 1 | 38.50 | 3996 | 219 | 8.64 | 8.39 |

注：公园个数、面积含小游园。

## 主要统计指标解释

**年底自来水生产能力**指年底城建部门管理的自来水厂和社会单位自备水源的取水、净化、送水、出厂输水干管等环节的实际生产能力。

**年底供水管道长度**指从送水泵至用户水表之间所有管道的长度。

**全年供水总量**指公用自来水厂和社会单位自备水源全年的供水总量，包括有效供水量及损失水量。

**生活用水量**指居民日常生活与公共福利设施的用水量。包括饮食店、旅馆、医院、理发店、浴池、洗衣店、游泳池、商店、学校、机关、部队等单位。

**然气（煤气、天然气、液化石油气）供气总量**指供气单位年内向生产用户、家庭用户和其他用户供应的全部燃气量。

**铺设道路长度**指除土路外，路面经过铺设宽度在3.5米以上的道路，包括高级、次高级道路和普通道路。

**公共运营车辆**指年底可参加营运的全部车辆数，包括年营运车辆数和库存查封未参加营运车辆，不包括非营运车辆，如架线车、油罐车、工程车、货车及其他专用车辆和借入的客运车辆。

**建成区绿化覆盖面积**指城市建成区内各单位管理的一切用于绿化的乔灌木和多年生草本植物的垂直投影面积。包括园林绿地以外的道路绿化覆盖面积（即道路的隔车绿带、中心绿岛和林荫道绿化及行道树的覆盖面积）和单株树的覆盖面积。

**公共绿地面积**指开放的各级各类公园和街头绿地（街头绿地指沿道路、河湖、海岸和城墙）等，设有一定游憩设施或起装饰作用，供公共使用的绿化用地。

**公园面积**指常年开放供休息游览、进行科普教育、开展文化活动、有较好的植物配置，有一定设施和艺术布局的各级各类公园。包括综合性公园、儿童公园、游乐公园、文物古迹纪念性公园、郊野公园、风景名胜公园、植物园、动物园和小游园等。

**城市人口用水普及率**指城市用水的非农业人口数（不包括临时人口和流动人口）与城市非农业人口数之比。

# 九、农林牧渔业

**简要说明**

一、本部分资料反映河南省农业生产和农村经济的基本情况，包括的主要内容有：农村劳动力、耕地、农业机械拥有量、农林牧渔业总产值、增加值、主要农产品产量、水利设施与除涝治碱、农村居民家庭拥有生产性固定资产、农村自然灾害及国有农场基本情况，主要统计指标解释等。

二、本篇资料除水利设施与除涝治碱、农村自然灾害及农村住户有关资料外，其余资料均来源于省农调队根据国家统计局制定的农林牧渔业综合统计报表。

农林牧渔业综合统计报表制度的统计范围包括各市地辖区内的各种经济类型、各个系统的全部农林牧渔业生产以及各非农行业附属的农林牧渔业生产活动。军委系统的农业生产(除军马外)也包括在内，但不包括农业科学实验机构进行的农业生产。

农林牧渔业综合统计报表是按照国家统计局统一要求，省统计局统一部署，由各市地统计局收集、汇总报送。目前部分指标仍沿用逐级上报制度，并辅以多种调查方法。农业生产条件中的部分指标及林业生产情况、渔业生产情况、农村自然灾害情况、国有农场基本情况等指标均取自于同级业务部门的统计资料，有关农业主要产品生产情况指标，则主要根据省农调队农产品抽样调查数据填报，其他农产品产量或取自于全面统计、或利用部门统计资料和农村住户调查资料加工推算。

灌溉、水库、除涝治碱资料，主要来源于省水利厅的统计报表；农村自然灾害、农村基层组织资料来源于省民政厅的统计报表；国有农场基本情况资料由省农业厅农垦局统计提供。

三、省农调队编印的《河南农村统计年鉴》提供更为详细的资料。

## 数　据　要　览

| | | |
|---|---|---|
| ◆1998年乡村劳动力 | 4067万人 | 比上年增长1.3% |
| #二、三产业劳动力 | 1127万人 | 比上年增长1.3% |
| ◆1998年农林牧渔业总产值 | 1823.01亿元 | 比上年增长6.9% |
| ◆1998年末实有耕地面积 | 6834千公顷 | 人均耕地0.07公顷 |
| ◆1998年末拥有农业机械总动力 | 476.44亿瓦特 | 比上年增长9.8% |
| ◆1998年粮食产量 | 4009.61万吨 | 比上年增长3.0% |
| ◆1998年棉花产量 | 72.84万吨 | 比上年下降7.8% |
| ◆1998年油料产量 | 312.13万吨 | 比上年增长12.8% |

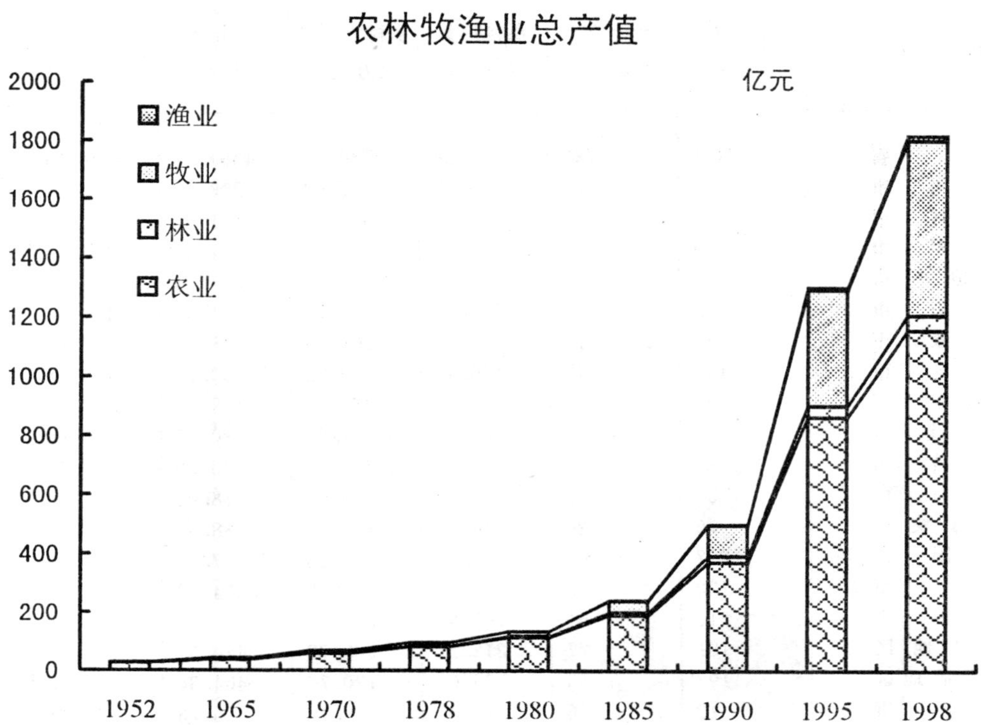

## 9—1 农村基本情况

（年底数）

| 指　　标 | 单　位 | 1990年 | 1995年 | 1997年 | 1998年 |
|---|---|---|---|---|---|
| **一、农村基层组织** | | | | | |
| 1.乡镇 | 个 | 2127 | 2138 | 2137 | 2131 |
| #镇 | 个 | 387 | 578 | 752 | 782 |
| 2.村民委员会 | 个 | 47804 | 48274 | 48009 | 48150 |
| 3.村民小组 | 个 | 403561 | 410093 | 409073 | 396356 |
| **二、农村人口和劳动力** | | | | | |
| 乡村户数 | 万户 | 1735 | 1880 | 1890 | 1912 |
| 乡村人口数 | 万人 | 7376 | 7715 | 7717 | 7740 |
| 乡村劳动力 | 万人 | 3424 | 3773 | 4015 | 4067 |
| 男劳动力 | 万人 | 1820 | 1983 | 2113 | 2145 |
| 女劳动力 | 万人 | 1604 | 1790 | 1902 | 1922 |

注：乡镇个数、镇个数、村委会个数、村民小组为民政部门数据（9—2表同）。

## 9—2 各市地农村基本情况

（1998年底）

| 市　地 | 乡镇（个） | #镇 | 乡村户数（万户） | 乡村人口数（万人） | 乡村劳动力（万人） | 男 | 女 |
|---|---|---|---|---|---|---|---|
| **全　省** | **2131** | **782** | **1912.08** | **7739.82** | **4067.15** | **2145.24** | **1921.91** |
| 郑州市 | 120 | 76 | 103.00 | 407.89 | 208.97 | 109.54 | 99.43 |
| 开封市 | 93 | 25 | 87.10 | 358.27 | 181.93 | 95.34 | 86.59 |
| 洛阳市 | 159 | 58 | 117.70 | 477.96 | 251.64 | 132.53 | 119.11 |
| 平顶山市 | 99 | 35 | 95.66 | 376.21 | 207.61 | 111.52 | 96.09 |
| 安阳市 | 95 | 42 | 110.06 | 432.78 | 211.35 | 111.22 | 100.13 |
| 鹤壁市 | 25 | 10 | 25.36 | 101.22 | 48.59 | 25.88 | 22.71 |
| 新乡市 | 153 | 48 | 100.41 | 409.32 | 200.28 | 105.68 | 94.60 |
| 焦作市 | 85 | 37 | 56.30 | 229.24 | 115.90 | 59.91 | 55.99 |
| 濮阳市 | 78 | 17 | 65.41 | 282.66 | 130.07 | 69.90 | 60.17 |
| 许昌市 | 83 | 32 | 93.96 | 372.77 | 220.00 | 114.56 | 105.44 |
| 漯河市 | 51 | 22 | 49.88 | 200.65 | 118.02 | 61.24 | 56.78 |
| 三门峡市 | 76 | 26 | 40.83 | 165.13 | 88.37 | 47.37 | 41.00 |
| 南阳市 | 227 | 104 | 227.94 | 894.53 | 457.22 | 248.47 | 208.75 |
| 商丘市 | 192 | 53 | 172.67 | 704.08 | 374.72 | 194.98 | 179.74 |
| 信阳市 | 210 | 61 | 167.53 | 651.16 | 351.81 | 187.25 | 164.56 |
| 周口地区 | 181 | 77 | 212.21 | 905.77 | 470.57 | 242.86 | 227.71 |
| 驻马店地区 | 192 | 53 | 173.06 | 720.76 | 404.34 | 213.58 | 190.76 |
| 济源市 | 12 | 6 | 13.00 | 49.42 | 25.76 | 13.41 | 12.35 |

# 9—3 全省农村劳动力转移情况

单位：万人

| 指　　标 | 1990年 | 1995年 | 1997年 | 1998年 |
|---|---|---|---|---|
| **一、农村总劳动力** | **3423.7** | **3773.0** | **4015.2** | **4067.2** |
| #二、三产业劳动力 | 603.8 | 965.0 | 1112.2 | 1127.0 |
| **二、当年由农业转向二、三产业的劳动力** | **169.6** | **319.6** | **172.7** | **222.5** |
| 1.按性别分组 | | | | |
| (1)男劳动力 | 131.9 | 223.5 | 120.0 | 151.9 |
| (2)女劳动力 | 37.7 | 96.1 | 52.7 | 70.6 |
| 2.按文化程度分组 | | | | |
| (1)文盲或半文盲 | 6.3 | 9.5 | 1.0 | 3.2 |
| (2)小学程度 | 50.3 | 51.1 | 24.4 | 32.2 |
| (3)初中程度 | 81.7 | 190.1 | 115.0 | 154.4 |
| (4)高中程度 | 25.1 | 66.3 | 25.0 | 26.2 |
| (5)中专程度 | 5.0 | 2.6 | 5.0 | 5.4 |
| (6)大专程度 | 1.2 | | 2.3 | 1.1 |
| 3.按是否受过专业培训分组 | | | | |
| (1)受过各种专业培训的劳动力 | 31.4 | 95.7 | 45.9 | 73.8 |
| (2)没有受过专业培训的劳动力 | 138.2 | 223.9 | 126.8 | 148.7 |
| 4.按转向行业分组 | | | | |
| (1)转向工业 | 37.7 | 96.4 | 49.4 | 63.4 |
| (2)转向建筑业 | 62.8 | 105.4 | 47.7 | 44.2 |
| (3)转向交通、运输邮电业 | 18.8 | 21.5 | 9.7 | 13.2 |
| (4)转向商业、饮食服务业 | 25.1 | 61.6 | 38.4 | 64.1 |
| (5)转向文教卫生事业 | 6.4 | 3.0 | 8.3 | 11.8 |
| (6)转向其他非农行业 | 18.8 | 31.7 | 19.2 | 25.8 |
| 5.按转向地域分组 | | | | |
| (1)本省内部转移 | 138.2 | 217.4 | 114.3 | 144.4 |
| #转向城市 | 50.3 | 98.7 | 69.8 | 70.2 |
| (2)转向外省 | 31.4 | 102.2 | 58.4 | 78.1 |
| ①转向东部地区 | 12.6 | 60.0 | 40.5 | 54.1 |
| #转向城市 | 6.3 | 52.1 | | |
| ②转向中部地区 | 12.6 | 26.2 | 8.6 | 13.6 |
| #转向城市 | 6.3 | 19.1 | | |
| ③转向西部地区 | 6.2 | 16.0 | 9.3 | 10.4 |
| #转向城市 | 6.2 | 12.1 | | |
| **三、当年由二、三产业返回农业的劳动力** | **37.7** | **81.3** | **50.1** | **38.9** |

# 9—4 历年农林牧渔业总产值

单位:亿元

| 年　份 | 农　林<br>牧渔业 | 农　　业 | #种植业 | 林　业 | 牧　业 | 渔　业 |
|---|---|---|---|---|---|---|
| 1949 | 17.19 | 15.32 | 13.67 | … | 1.86 | 0.01 |
| 1952 | 27.74 | 24.51 | 21.04 | 0.03 | 3.16 | 0.04 |
| 1957 | 31.57 | 27.92 | 25.52 | 0.20 | 3.38 | 0.07 |
| 1962 | 28.13 | 24.68 | 23.96 | 0.16 | 3.22 | 0.07 |
| 1965 | 42.17 | 36.87 | 33.47 | 0.35 | 4.84 | 0.11 |
| 1970 | 67.18 | 57.26 | 53.09 | 1.79 | 8.07 | 0.06 |
| 1978 | 95.38 | 81.74 | 79.74 | 2.58 | 10.87 | 0.19 |
| 1979 | 113.48 | 96.91 | 94.64 | 2.16 | 14.18 | 0.23 |
| 1980 | 134.62 | 113.17 | 107.97 | 3.88 | 17.28 | 0.29 |
| 1981 | 151.24 | 130.60 | 122.83 | 3.70 | 16.66 | 0.28 |
| 1982 | 151.06 | 128.71 | 117.16 | 3.75 | 18.25 | 0.35 |
| 1983 | 187.02 | 164.92 | 155.68 | 4.09 | 17.57 | 0.44 |
| 1984 | 208.68 | 176.39 | 165.06 | 6.88 | 24.78 | 0.63 |
| 1985 | 241.54 | 188.79 | 175.49 | 10.29 | 41.19 | 1.27 |
| 1986 | 259.49 | 202.87 | 183.65 | 12.92 | 42.20 | 1.50 |
| 1987 | 323.62 | 257.23 | 229.74 | 13.24 | 51.24 | 1.91 |
| 1988 | 370.67 | 270.78 | 239.90 | 17.25 | 79.91 | 2.73 |
| 1989 | 449.88 | 336.62 | 302.22 | 19.80 | 90.59 | 2.87 |
| 1990 | 502.01 | 372.19 | 333.70 | 20.77 | 105.17 | 3.88 |
| 1991 | 531.05 | 381.49 | 340.93 | 22.17 | 123.19 | 4.20 |
| 1992 | 573.65 | 403.47 | 357.67 | 25.13 | 140.15 | 4.90 |
| 1993 | 671.69 | 475.52 | 423.90 | 28.32 | 161.98 | 5.87 |
| 1994 | 883.32 | 609.62 | 556.26 | 29.37 | 237.76 | 6.57 |
| 1995 | 1304.25 | 865.82 | 792.71 | 38.32 | 391.08 | 9.03 |
| 1996 | 1606.04 | 1092.35 | 1009.82 | 41.61 | 461.41 | 10.67 |
| 1997 | 1710.12 | 1105.73 | 1016.33 | 47.20 | 544.05 | 13.14 |
| 1998 | 1823.01 | 1159.55 | 1059.33 | 50.20 | 597.13 | 16.13 |

注:1. 本表按当年价格计算。

2. 1996年及以前年度农林牧渔业总产值是以农业普查数据为基础调整的(下同)。

# 9—5 历年农林牧渔业总产值指数

（以1952年为100）

| 年 份 | 农 林<br>牧渔业 | 农 业 | #种植业 | 林 业 | 牧 业 | 渔 业 |
|---|---|---|---|---|---|---|
| 1949 | 62.0 | 62.6 | 65.2 | 10.5 | 58.7 | 17.9 |
| 1952 | 100.0 | 100.0 | 100.0 | 100.0 | 100.0 | 100.0 |
| 1957 | 121.9 | 123.2 | 122.7 | 562.4 | 107.3 | 147.7 |
| 1962 | 79.3 | 79.4 | 84.2 | 318.9 | 74.3 | 105.4 |
| 1965 | 118.7 | 118.5 | 117.4 | 728.8 | 111.6 | 162.6 |
| 1970 | 163.1 | 163.2 | 164.2 | 1483.7 | 145.5 | 92.8 |
| 1975 | 201.3 | 205.4 | 210.4 | 1995.1 | 156.9 | 199.4 |
| 1978 | 209.5 | 213.6 | 224.1 | 1400.5 | 178.7 | 209.1 |
| 1979 | 212.0 | 213.6 | 226.3 | 1351.8 | 198.0 | 215.3 |
| 1980 | 222.6 | 227.3 | 240.8 | 1593.8 | 185.5 | 245.5 |
| 1981 | 251.5 | 262.8 | 268.3 | 1340.4 | 183.3 | 240.1 |
| 1982 | 245.5 | 254.1 | 251.9 | 1245.2 | 191.6 | 273.7 |
| 1983 | 299.5 | 320.4 | 325.7 | 1394.6 | 184.3 | 291.8 |
| 1984 | 324.7 | 341.9 | 345.3 | 1705.6 | 222.1 | 410.8 |
| 1985 | 338.6 | 337.8 | 337.3 | 2034.8 | 318.9 | 536.1 |
| 1986 | 324.1 | 318.5 | 306.9 | 2669.6 | 307.7 | 570.9 |
| 1987 | 383.7 | 389.5 | 364.0 | 2421.3 | 321.5 | 619.4 |
| 1988 | 377.9 | 371.2 | 339.2 | 2399.5 | 377.4 | 709.8 |
| 1989 | 415.3 | 405.7 | 371.3 | 2472.4 | 431.7 | 737.6 |
| 1990 | 447.7 | 434.1 | 399.8 | 2596.4 | 483.1 | 883.7 |
| 1991 | 449.9 | 418.9 | 383.8 | 2928.7 | 539.1 | 944.6 |
| 1992 | 461.1 | 420.2 | 380.0 | 3078.1 | 583.3 | 1006.0 |
| 1993 | 512.3 | 472.7 | 437.8 | 3225.8 | 631.1 | 1203.2 |
| 1994 | 529.2 | 461.4 | 426.0 | 3409.7 | 749.1 | 1346.4 |
| 1995 | 622.3 | 522.7 | 480.5 | 3617.7 | 962.6 | 1552.4 |
| 1996 | 700.7 | 581.2 | 535.3 | 4008.4 | 1110.8 | 1786.8 |
| 1997 | 756.1 | 613.7 | 568.0 | 4140.7 | 1249.7 | 2095.9 |
| 1998 | 808.3 | 646.2 | 594.7 | 4335.3 | 1370.9 | 2404.0 |

注：本表按可比价格计算。

## 9—6 农林牧渔业增加值

| 指　　标 | 1985年 | 1990年 | 1995年 | 1997年 | 1998年 |
|---|---|---|---|---|---|
| **农林牧渔业增加值(亿元)** | **173.43** | **325.77** | **762.99** | **1005.55** | **1068.59** |
| 农业 | 139.96 | 251.82 | 512.10 | 653.48 | 690.35 |
| #种植业 | 131.46 | 231.30 | 476.42 | 610.81 | 637.03 |
| 林业 | 9.19 | 16.61 | 28.55 | 35.40 | 37.65 |
| 牧业 | 23.07 | 54.08 | 215.85 | 307.25 | 329.21 |
| 渔业 | 1.21 | 3.26 | 6.49 | 9.42 | 11.37 |
| **农林牧渔业增加值占总产值比重(%)** | **71.8** | **64.9** | **58.5** | **58.8** | **58.6** |
| 农业 | 74.1 | 67.7 | 59.1 | 59.1 | 59.5 |
| #种植业 | 74.9 | 69.3 | 60.1 | 60.1 | 60.1 |
| 林业 | 89.3 | 80.0 | 74.5 | 75.0 | 75.0 |
| 牧业 | 56.0 | 51.4 | 55.2 | 56.5 | 55.1 |
| 渔业 | 95.3 | 84.0 | 71.9 | 71.7 | 70.5 |

注:1.本表按当年价格计算。

2.农林牧渔业增加值占总产值比重按原始计量单位(万元)计算。

## 9—7 农林牧渔业分项产值

| 指　　标 | 绝对数(亿元) | | 构　成　(%) | | 1998年为1997年% |
|---|---|---|---|---|---|
| | 1997年 | 1998年 | 1997年 | 1998年 | |
| **农林牧渔业总产值** | **1710.12** | **1823.01** | **100.0** | **100.0** | **106.9** |
| **一、农业产值** | **1105.73** | **1159.55** | **64.6** | **63.6** | **105.3** |
| (一)种植业 | 1016.33 | 1059.33 | 59.4 | 58.1 | 104.7 |
| #粮食作物产值 | 557.79 | 557.86 | 32.6 | 30.6 | 101.0 |
| 1.主产品产值 | 965.51 | 1010.43 | 56.5 | 55.4 | 105.2 |
| #谷物 | 464.54 | 454.25 | 27.2 | 24.9 | 99.0 |
| 豆类 | 25.53 | 31.85 | 1.5 | 1.7 | 119.0 |
| 油料 | 74.60 | 81.18 | 4.4 | 4.5 | 113.7 |
| 棉花 | 110.60 | 94.69 | 6.5 | 5.2 | 92.2 |
| 麻类 | 4.68 | 2.12 | 0.3 | 0.1 | 55.5 |
| 薯类 | 24.83 | 30.90 | 1.5 | 1.7 | 130.4 |
| 蔬菜、瓜类 | 175.45 | 229.21 | 10.3 | 12.6 | 116.2 |
| 茶、桑、果 | 41.73 | 44.13 | 2.4 | 2.4 | 116.5 |
| 2.副产品产值 | 50.82 | 48.89 | 3.0 | 2.7 | 97.8 |
| #谷物副产品 | 39.10 | 38.56 | 2.3 | 2.1 | 101.3 |
| (二)其他农业 | 89.40 | 100.23 | 5.2 | 5.5 | 110.0 |
| 1.采集 | 4.79 | 5.41 | 0.3 | 0.3 | 112.2 |
| 2.农民家庭兼营商品性工业 | 84.61 | 94.81 | 4.9 | 5.2 | 109.9 |
| **二、林业产值** | **47.20** | **50.20** | **2.8** | **2.8** | **104.7** |
| (一)营林 | 13.82 | 13.24 | 0.8 | 0.7 | 98.3 |
| (二)林产品 | 13.17 | 15.40 | 0.8 | 0.9 | 122.9 |
| (三)竹木采伐 | 20.22 | 21.56 | 1.2 | 1.2 | 100.0 |
| **三、牧业产值** | **544.05** | **597.13** | **31.8** | **32.8** | **109.7** |
| (一)牲畜 | 367.32 | 404.24 | 21.5 | 22.2 | 114.8 |
| 1.大牲畜繁殖、增长、增重 | 54.04 | 58.75 | 3.2 | 3.2 | 106.9 |
| 2.猪 | 280.84 | 313.78 | 16.4 | 17.2 | 118.6 |
| 3.羊 | 32.44 | 31.72 | 1.9 | 1.7 | 92.6 |
| (二)家禽的饲养 | 64.60 | 56.06 | 3.8 | 3.1 | 84.6 |
| (三)活的畜禽产品 | 104.88 | 130.54 | 6.1 | 7.2 | 113.6 |
| (四)捕猎 | 0.55 | 0.63 | | | 115.0 |
| (五)其他动物及产品 | 6.70 | 5.66 | 0.4 | 0.3 | 86.7 |
| **四、渔业产值** | **13.14** | **16.13** | **0.8** | **0.9** | **114.7** |
| #养殖 | 12.15 | 14.62 | 0.7 | 0.8 | 110.6 |

注:本表绝对数、构成按当年价格计算,发展速度按可比价格计算。

## 9—8 各市地农林牧渔业总产值

(1998 年)　　单位:万元

| 市　地 | 农林牧渔业 | 农　业 | #种植业 | 林　业 | 牧　业 | 渔　业 |
|---|---|---|---|---|---|---|
| **全　省** | **18230117** | **11595535** | **10593275** | **502002** | **5971260** | **161320** |
| 郑州市 | 685514 | 429643 | 407338 | 15554 | 224765 | 15552 |
| 开封市 | 1130485 | 757723 | 727277 | 38128 | 327643 | 6991 |
| 洛阳市 | 674102 | 426507 | 381315 | 34364 | 207048 | 6183 |
| 平顶山市 | 671821 | 370657 | 349452 | 20234 | 277390 | 3540 |
| 安阳市 | 858805 | 628222 | 608988 | 25996 | 203553 | 1034 |
| 鹤壁市 | 305539 | 164211 | 148959 | 4572 | 135628 | 1128 |
| 新乡市 | 1146035 | 759493 | 619956 | 23376 | 353094 | 10072 |
| 焦作市 | 724370 | 484667 | 377105 | 7981 | 229734 | 1988 |
| 濮阳市 | 708784 | 454290 | 386527 | 11783 | 240023 | 2688 |
| 许昌市 | 966858 | 640282 | 555070 | 31852 | 289669 | 5055 |
| 漯河市 | 605006 | 396384 | 336511 | 14442 | 191836 | 2344 |
| 三门峡市 | 356320 | 273409 | 256918 | 15891 | 65922 | 1098 |
| 南阳市 | 2613323 | 1760515 | 1632369 | 73933 | 755770 | 23105 |
| 商丘市 | 1790460 | 1239401 | 1193338 | 56035 | 485552 | 9472 |
| 信阳市 | 1483139 | 898370 | 827294 | 95360 | 424901 | 64508 |
| 周口地区 | 2026217 | 1412289 | 1371903 | 41403 | 561143 | 11382 |
| 驻马店地区 | 1569916 | 919907 | 868975 | 25288 | 605179 | 19542 |
| 济源市 | 133531 | 92697 | 53218 | 6969 | 33284 | 581 |

注:本表按当年价格计算。

## 9—9 各市地农林牧渔业总产值指数

(1998 年,以上年为 100)

| 市　地 | 农林牧渔业 | 农　业 | #种植业 | 林　业 | 牧　业 | 渔　业 |
|---|---|---|---|---|---|---|
| **全　省** | **106.9** | **105.3** | **104.7** | **104.7** | **109.7** | **114.7** |
| 郑州市 | 110.5 | 115.3 | 117.6 | 98.1 | 104.8 | 109.0 |
| 开封市 | 111.6 | 109.2 | 109.7 | 97.6 | 119.3 | 117.1 |
| 洛阳市 | 128.4 | 138.4 | 147.7 | 115.0 | 116.6 | 102.3 |
| 平顶山市 | 112.1 | 114.5 | 115.5 | 97.3 | 110.8 | 104.7 |
| 安阳市 | 106.7 | 105.6 | 105.5 | 132.4 | 106.3 | 115.1 |
| 鹤壁市 | 110.9 | 105.8 | 106.3 | 96.9 | 116.9 | 98.0 |
| 新乡市 | 106.7 | 105.9 | 105.2 | 105.0 | 108.5 | 100.6 |
| 焦作市 | 106.8 | 104.2 | 103.9 | 115.3 | 111.7 | 108.4 |
| 濮阳市 | 106.7 | 97.1 | 94.4 | 110.5 | 127.0 | 87.0 |
| 许昌市 | 108.6 | 105.2 | 106.0 | 106.8 | 116.5 | 106.0 |
| 漯河市 | 105.1 | 99.5 | 97.3 | 104.4 | 118.0 | 119.3 |
| 三门峡市 | 123.4 | 131.5 | 133.2 | 72.4 | 112.9 | 118.3 |
| 南阳市 | 109.9 | 112.0 | 113.4 | 60.9 | 114.4 | 131.8 |
| 商丘市 | 107.7 | 102.5 | 102.4 | 107.1 | 122.8 | 145.4 |
| 信阳市 | 106.7 | 101.3 | 101.5 | 109.6 | 116.4 | 108.7 |
| 周口地区 | 102.2 | 95.1 | 94.2 | 106.0 | 121.9 | 110.0 |
| 驻马店地区 | 104.1 | 96.2 | 95.9 | 81.6 | 119.5 | 107.4 |
| 济源市 | 102.2 | 107.0 | 113.6 | 84.5 | 94.8 | 109.9 |

注:本表按可比价格计算。

## 9—10 各市地农林牧渔业增加值

(1998 年)　　单位:万元

| 市　　地 | 农林牧渔业 | 农　业 | #种植业 | 林　业 | 牧　业 | 渔　业 |
|---|---|---|---|---|---|---|
| **全　　省** | **10685873** | **6903517** | **6370265** | **376500** | **3292135** | **113721** |
| 郑 州 市 | 386131 | 248777 | 236255 | 9615 | 119535 | 8204 |
| 开 封 市 | 650815 | 480747 | 468856 | 28601 | 137830 | 3637 |
| 洛 阳 市 | 396669 | 258037 | 236186 | 25632 | 108763 | 4237 |
| 平 顶 山 市 | 396215 | 221894 | 208157 | 12821 | 159138 | 2362 |
| 安 阳 市 | 499838 | 390570 | 380714 | 15219 | 93401 | 648 |
| 鹤 壁 市 | 175428 | 98650 | 92163 | 2490 | 73633 | 655 |
| 新 乡 市 | 679020 | 468010 | 394936 | 16489 | 187610 | 6911 |
| 焦 作 市 | 407147 | 281819 | 250266 | 5937 | 118073 | 1318 |
| 濮 阳 市 | 396160 | 276919 | 243685 | 8437 | 108836 | 1968 |
| 许 昌 市 | 560752 | 368795 | 331652 | 23391 | 165106 | 3460 |
| 漯 河 市 | 360258 | 259341 | 235458 | 10627 | 88532 | 1758 |
| 三 门 峡 市 | 222081 | 175078 | 166997 | 11921 | 34278 | 804 |
| 南 阳 市 | 1514382 | 1071048 | 1001311 | 50359 | 376366 | 16609 |
| 商 丘 市 | 1069979 | 785780 | 763209 | 44268 | 232650 | 7281 |
| 信 阳 市 | 881892 | 564796 | 524537 | 73781 | 194180 | 49135 |
| 周 口 地 区 | 1187531 | 907453 | 887664 | 30251 | 241291 | 8536 |
| 驻 马 店 地 区 | 905988 | 545164 | 516586 | 16722 | 329519 | 14583 |
| 济 源 市 | 69622 | 44870 | 33668 | 5110 | 19277 | 365 |

注:本表按当年价格计算。

## 9—11 各市地农林牧渔业增加值占总产值的比重

(1998 年,以各业总产值为 100)

| 市　　地 | 农林牧渔业 | 农　业 | #种植业 | 林　业 | 牧　业 | 渔　业 |
|---|---|---|---|---|---|---|
| **全　　省** | **58.6** | **59.5** | **60.1** | **75.0** | **55.1** | **70.5** |
| 郑 州 市 | 56.3 | 57.9 | 58.0 | 61.8 | 53.2 | 52.8 |
| 开 封 市 | 57.6 | 63.4 | 64.5 | 75.0 | 42.1 | 52.0 |
| 洛 阳 市 | 58.8 | 60.5 | 61.9 | 74.6 | 52.5 | 68.5 |
| 平 顶 山 市 | 59.0 | 59.9 | 59.6 | 63.4 | 57.4 | 66.7 |
| 安 阳 市 | 58.2 | 62.2 | 62.5 | 58.5 | 45.9 | 62.7 |
| 鹤 壁 市 | 57.4 | 60.1 | 61.9 | 54.5 | 54.3 | 58.1 |
| 新 乡 市 | 59.2 | 61.6 | 63.7 | 70.5 | 53.1 | 68.6 |
| 焦 作 市 | 56.2 | 58.1 | 66.4 | 74.4 | 51.4 | 66.3 |
| 濮 阳 市 | 55.9 | 61.0 | 63.0 | 71.6 | 45.3 | 73.2 |
| 许 昌 市 | 58.0 | 57.6 | 59.7 | 73.4 | 57.0 | 68.4 |
| 漯 河 市 | 59.5 | 65.4 | 70.0 | 73.6 | 46.1 | 75.0 |
| 三 门 峡 市 | 62.3 | 64.0 | 65.0 | 75.0 | 52.0 | 73.2 |
| 南 阳 市 | 57.9 | 60.8 | 61.3 | 68.1 | 49.8 | 71.9 |
| 商 丘 市 | 59.8 | 63.4 | 64.0 | 79.0 | 47.9 | 76.9 |
| 信 阳 市 | 59.5 | 62.9 | 63.4 | 77.4 | 45.7 | 76.2 |
| 周 口 地 区 | 58.6 | 64.3 | 64.7 | 73.1 | 43.0 | 75.0 |
| 驻 马 店 地 区 | 57.7 | 59.3 | 59.4 | 66.1 | 54.4 | 74.6 |
| 济 源 市 | 52.1 | 48.4 | 63.3 | 73.3 | 57.9 | 62.8 |

注:本表按当年价格计算。

## 9—12 耕地面积变动情况

| 指 标 | 单 位 | 1980 年 | 1985 年 | 1990 年 | 1995 年 | 1997 年 | 1998 年 |
|---|---|---|---|---|---|---|---|
| **一、年底实有耕地面积** | **千公顷** | **7128.1** | **7033.2** | **6933.2** | **6805.8** | **6773.4** | **6834.0** |
| 1.水田 | 千公顷 | 423.7 | 397.4 | 397.6 | 446.6 | 459.6 | 451.4 |
| 占年底耕地面积比重 | % | 5.9 | 5.6 | 5.7 | 6.6 | 6.8 | 6.6 |
| 2.旱地 | 千公顷 | 6704.4 | 6635.8 | 6535.6 | 6359.2 | 6313.8 | 6382.6 |
| 占年底耕地面积比重 | % | 94.1 | 94.4 | 94.3 | 93.4 | 93.2 | 93.4 |
| **二、当年增加耕地面积** | **千公顷** | **7.9** | **2.5** | **3.1** | **6.8** | **10.0** | **12.2** |
| #新开荒地面积 | 千公顷 | 2.4 | 1.4 | 1.6 | 2.5 | 4.6 | 6.8 |
| 占增加耕地面积比重 | % | 30.4 | 56.0 | 51.6 | 36.8 | 46.0 | 55.7 |
| **三、当年减少耕地面积** | **千公顷** | **20.1** | **49.2** | **14.4** | **31.0** | **22.9** | **19.3** |
| #国家基建占地 | 千公顷 | 6.7 | 10.3 | 4.1 | 4.5 | 3.5 | 4.1 |
| 占减少耕地面积比重 | % | 33.3 | 20.9 | 28.5 | 14.5 | 15.3 | 21.2 |
| 乡村集体占地 | 千公顷 |  | 6.9 | 2.4 | 2.0 | 1.3 | 1.0 |
| 占减少耕地面积比重 | % |  | 14.0 | 16.7 | 6.5 | 5.7 | 5.2 |
| 农民个人建房占地 | 千公顷 |  | 8.7 | 1.6 | 2.1 | 1.5 | 1.4 |
| 占减少耕地面积比重 | % |  | 17.7 | 11.1 | 6.8 | 6.6 | 7.3 |
| **四、平均每人占有耕地面积** | **公顷/人** | **0.10** | **0.09** | **0.08** | **0.07** | **0.07** | **0.07** |

注:1998 年年底耕地面积大于 1997 年数系部分单位耕地面积上靠农普数。

## 9—13 各市地耕地面积变动情况

(1998 年)

单位:千公顷

| 市 地 | 年底实有耕地面积 | #水田 | 平均每人耕地面积(公顷/人) | 当年增加耕地面积 | #新开荒 | 当年减少耕地面积 | #国家基建占地 | #乡村集体基建占地 | #农民个人建房占地 |
|---|---|---|---|---|---|---|---|---|---|
| **全 省** | **6834.03** | **451.38** | **0.07** | **12.22** | **6.84** | **19.32** | **4.09** | **1.04** | **1.35** |
| 郑州市 | 295.48 | 13.61 | 0.05 | 0.49 | 0.23 | 2.00 | 0.31 | 0.16 | 0.23 |
| 开封市 | 362.44 | 10.07 | 0.08 | 0.63 | 0.24 | 0.45 | 0.13 | 0.03 | 0.04 |
| 洛阳市 | 363.58 | 3.00 | 0.06 | 1.06 | 0.47 | 2.71 | 0.32 | 0.27 | 0.30 |
| 平顶山市 | 268.04 | 2.81 | 0.06 | 0.13 | 0.12 | 0.46 | 0.02 | 0.03 | 0.06 |
| 安阳市 | 363.34 | 0.19 | 0.07 | 1.97 | 1.67 | 0.36 | 0.06 | 0.02 | 0.02 |
| 鹤壁市 | 99.68 | 0.01 | 0.07 | 0.43 | 0.01 | 0.17 | 0.04 | 0.01 | 0.01 |
| 新乡市 | 376.29 |  | 0.07 | 0.46 | 0.42 | 0.57 | 0.03 | 0.04 | 0.01 |
| 焦作市 | 169.10 | 0.52 | 0.05 | 0.64 | 0.06 | 1.88 | 0.24 | 0.03 | 0.15 |
| 濮阳市 | 243.54 | 10.70 | 0.07 | 0.19 |  | 0.60 | 0.33 | 0.02 |  |
| 许昌市 | 305.93 |  | 0.07 | 0.03 |  | 0.54 | 0.37 | 0.03 | 0.03 |
| 漯河市 | 165.65 | 0.30 | 0.07 |  |  | 0.20 | 0.04 | 0.01 | 0.01 |
| 三门峡市 | 161.98 | 0.08 | 0.07 | 0.47 | 0.22 | 2.72 | 0.30 | 0.06 | 0.05 |
| 南阳市 | 874.29 | 56.76 | 0.08 | 3.33 | 2.12 | 1.18 | 0.32 | 0.13 | 0.07 |
| 商丘市 | 626.02 |  | 0.08 | 1.43 | 1.01 | 1.23 | 0.66 | 0.04 | 0.05 |
| 信阳市 | 520.15 | 327.22 | 0.07 | 0.31 | 0.25 | 1.16 | 0.18 | 0.08 | 0.17 |
| 周口地区 | 780.00 | 0.51 | 0.08 | 0.63 | 0.02 | 0.68 | 0.30 | 0.02 | 0.05 |
| 驻马店地区 | 818.78 | 24.72 | 0.10 | 0.01 |  | 2.36 | 0.43 | 0.06 | 0.10 |
| 济源市 | 39.74 | 0.88 | 0.06 | 0.01 |  | 0.05 | 0.01 |  |  |

# 9—14 农用机械和农产品加工机械拥有量

（年底数）

| 机械名称 | 单　位 | 1980 年 | 1985 年 | 1990 年 | 1995 年 | 1997 年 | 1998 年 |
|---|---|---|---|---|---|---|---|
| 农用机械总动力 | 亿瓦特 | 117.80 | 159.00 | 226.40 | 311.54 | 433.79 | 476.44 |
| #柴油发动机动力 | 亿瓦特 | | 104.60 | 158.86 | 230.80 | 347.12 | 386.17 |
| 汽油发动机动力 | 亿瓦特 | | 9.50 | 9.46 | 12.02 | 13.71 | 14.44 |
| 电动机动力 | 亿瓦特 | | 44.90 | 58.08 | 68.71 | 72.96 | 75.70 |
| 大中型拖拉机 | 台 | 59666 | 60211 | 49288 | 49278 | 56501 | 58567 |
| | 亿瓦特 | 21.69 | 20.59 | 17.43 | 17.01 | 18.95 | 19.66 |
| 小型拖拉机 | 万台 | 12.77 | 38.71 | 82.20 | 115.64 | 202.15 | 202.15 |
| | 亿瓦特 | 11.11 | 34.52 | 75.84 | 111.53 | 170.34 | 170.34 |
| 大中型拖拉机配套农具 | 万台 | 7.41 | 6.93 | 6.57 | 7.08 | 8.77 | 9.50 |
| 小型拖拉机配套农具 | 万台 | 4.76 | 23.05 | 83.34 | 150.87 | 230.69 | 269.10 |
| 农用排灌机械 | 万台 | 80.52 | 71.97 | 86.93 | 104.50 | 114.52 | 119.27 |
| | 亿瓦特 | 57.46 | 49.84 | 60.96 | 72.75 | 80.35 | 83.94 |
| #电动机 | 万台 | 37.02 | 44.73 | 54.29 | 65.52 | 71.83 | 73.75 |
| | 亿瓦特 | 21.81 | 26.41 | 31.40 | 37.23 | 40.37 | 42.14 |
| 农用水泵 | 万台 | 56.53 | 53.68 | 79.51 | 107.92 | 144.95 | 154.75 |
| 喷灌机械 | 万套 | 2.64 | 3.89 | 8.89 | 14.74 | 14.75 | 15.70 |
| 联合收割机 | 台 | 799 | 1060 | 837 | 4952 | 11042 | 16898 |
| | 千瓦 | 28000 | 40000 | 38000 | 84523 | 244398 | 427002 |
| 机动收割机 | 台 | 5500 | 23400 | 2400 | 5682 | 6818 | 8849 |
| | 千瓦 | | | | 25838 | 33612 | 49540 |
| 机动脱粒机 | 万台 | 11.93 | 18.64 | 34.96 | 52.76 | 66.74 | 70.65 |
| 机动喷雾（粉）机 | 万部 | 0.52 | 1.60 | 3.32 | 8.53 | 10.83 | 11.95 |
| | 千瓦 | 10000 | 25000 | 54000 | 139202 | 178921 | 194681 |
| 农产品加工机械动力 | 万千瓦 | 223.80 | 270.40 | 355.10 | 411.79 | 453.34 | 436.72 |
| 碾米机 | 台 | 88500 | 68800 | 71100 | 66430 | 68914 | 68700 |
| 磨面机 | 台 | 227000 | 210500 | 205800 | 203596 | 203352 | 205000 |
| 轧花机 | 台 | 50700 | 37500 | 35700 | 37176 | 33956 | 32600 |
| 榨油机 | 台 | 48600 | 42200 | 50700 | 56682 | 59352 | 59500 |
| 农用载重汽车 | 辆 | 6631 | 33806 | 44582 | 49758 | 55691 | 57488 |
| | 万千瓦 | 40.00 | 214.20 | 321.40 | 348.02 | 397.98 | 408.25 |
| 农用运输车 | 辆 | | | | 11017 | 70300 | 137600 |
| | 万千瓦 | | | | 29.87 | 93.25 | 206.04 |

注：1996 年及以前年度的主要指标均与农业普查数接轨（下同）。

## 9—15 各市地农用机械和农产品加工机械拥有量

（1998年底）

| 市地 | 农用机械总动力（万千瓦） | #柴油发动机 | #汽油发动机 | #电动机 | 大中型拖拉机（台） | 大中型拖拉机（万千瓦） | 小型拖拉机（万台） | 小型拖拉机（万千瓦） |
|---|---|---|---|---|---|---|---|---|
| **全省** | **4764.44** | **3861.67** | **144.39** | **756.97** | **58567** | **196.62** | **202.15** | **1703.42** |
| 郑州市 | 332.52 | 243.40 | 25.10 | 63.20 | 5129 | 17.97 | 10.28 | 80.64 |
| 开封市 | 302.18 | 248.87 | 4.70 | 48.61 | 1141 | 4.19 | 16.47 | 133.54 |
| 洛阳市 | 244.12 | 151.62 | 23.16 | 69.34 | 2266 | 9.11 | 7.16 | 49.80 |
| 平顶山市 | 152.81 | 119.37 | 3.10 | 30.34 | 1049 | 3.68 | 6.32 | 43.37 |
| 安阳市 | 405.89 | 312.75 | 7.46 | 85.68 | 4078 | 14.78 | 13.85 | 130.74 |
| 鹤壁市 | 129.16 | 102.92 | 4.98 | 21.26 | 1216 | 5.00 | 6.92 | 59.84 |
| 新乡市 | 395.18 | 302.18 | 14.33 | 78.67 | 7389 | 27.67 | 13.55 | 109.33 |
| 焦作市 | 270.65 | 214.69 | 12.90 | 43.06 | 6725 | 26.62 | 5.71 | 51.99 |
| 濮阳市 | 230.68 | 177.85 | 4.54 | 47.85 | 2310 | 6.90 | 6.96 | 64.22 |
| 许昌市 | 207.65 | 168.12 | 2.35 | 37.18 | 2115 | 7.93 | 10.04 | 68.71 |
| 漯河市 | 131.12 | 116.63 | 0.65 | 13.76 | 1097 | 4.95 | 8.21 | 68.04 |
| 三门峡市 | 94.82 | 62.95 | 11.30 | 20.57 | 455 | 1.95 | 1.79 | 14.92 |
| 南阳市 | 259.33 | 201.73 | 7.70 | 49.90 | 3799 | 9.87 | 15.47 | 101.94 |
| 商丘市 | 438.92 | 389.53 | 3.61 | 45.78 | 3186 | 9.62 | 12.47 | 127.82 |
| 信阳市 | 174.11 | 146.74 | 2.73 | 24.64 | 6322 | 12.64 | 7.54 | 75.46 |
| 周口地区 | 533.77 | 489.80 | 6.10 | 37.80 | 2461 | 10.32 | 28.73 | 275.01 |
| 驻马店地区 | 405.60 | 371.30 | 5.78 | 28.52 | 6317 | 17.61 | 29.55 | 237.30 |
| 济源市 | 55.93 | 41.22 | 3.90 | 10.81 | 1512 | 5.81 | 1.13 | 10.75 |

| 市地 | 大中型拖拉机配套农具（台） | 小型拖拉机配套农具（万台） | 农用排灌动力机械（万台） | 农用排灌动力机械（万千瓦） | #电动机（万台） | #电动机（万千瓦） | 农用水泵（万台） | 喷灌机械（套） |
|---|---|---|---|---|---|---|---|---|
| **全省** | **94989** | **269.10** | **119.27** | **839.42** | **73.75** | **421.39** | **154.75** | **157036** |
| 郑州市 | 9314 | 10.80 | 5.65 | 54.61 | 4.17 | 40.65 | 7.77 | 2879 |
| 开封市 | 1142 | 21.12 | 9.00 | 50.13 | 6.58 | 28.47 | 16.18 | 2373 |
| 洛阳市 | 4710 | 7.89 | 4.70 | 44.42 | 3.84 | 36.56 | 2.49 | 3336 |
| 平顶山市 | 1436 | 7.50 | 4.02 | 25.95 | 2.88 | 15.57 | 4.17 | 3368 |
| 安阳市 | 7109 | 19.89 | 15.03 | 109.72 | 9.95 | 58.68 | 14.02 | 86 |
| 鹤壁市 | 1948 | 7.68 | 3.45 | 24.32 | 2.53 | 15.30 | 4.28 | 178 |
| 新乡市 | 13047 | 14.26 | 13.65 | 94.85 | 8.73 | 46.25 | 15.28 | 743 |
| 焦作市 | 13524 | 5.29 | 6.05 | 35.44 | 5.47 | 30.19 | 6.05 | 258 |
| 濮阳市 | 4184 | 11.59 | 10.22 | 75.50 | 5.50 | 33.83 | 9.28 | 1704 |
| 许昌市 | 4514 | 8.74 | 5.87 | 25.63 | 5.02 | 17.48 | 8.75 | 560 |
| 漯河市 | 1611 | 11.18 | 2.42 | 18.88 | 1.20 | 5.91 | 5.11 | 2622 |
| 三门峡市 | 751 | 1.90 | 1.19 | 11.75 | 0.89 | 8.88 | 1.21 | 1410 |
| 南阳市 | 9409 | 21.36 | 5.06 | 36.98 | 3.08 | 19.25 | 7.80 | 14117 |
| 商丘市 | 3466 | 17.57 | 13.04 | 84.51 | 5.58 | 22.61 | 11.99 | 36293 |
| 信阳市 | 2463 | 11.74 | 3.05 | 28.76 | 0.90 | 9.49 | 4.28 | 1893 |
| 周口地区 | 3298 | 43.85 | 11.82 | 76.88 | 5.06 | 16.85 | 30.09 | 43336 |
| 驻马店地区 | 10439 | 46.03 | 4.13 | 34.04 | 1.46 | 8.49 | 5.42 | 41821 |
| 济源市 | 2624 | 0.71 | 0.92 | 7.05 | 0.91 | 6.93 | 0.58 | 59 |

9—15 续表 （1998 年底）

| 市地 | 联合收割机（台） | 联合收割机（千瓦） | 机动收割机（台） | 机动收割机（千瓦） | 机动脱粒机（台） | 机动喷雾（粉）机（部） | 机动喷雾（粉）机（千瓦） | 农产品加工机械动力（万千瓦） |
|---|---|---|---|---|---|---|---|---|
| **全省** | **16898** | **427002** | **8849** | **49540** | **706480** | **119511** | **194681** | **436.72** |
| 郑州市 | 1852 | 45042 | 647 | 4613 | 41142 | 2368 | 4809 | 23.34 |
| 开封市 | 328 | 8092 | 351 | | 89983 | 3161 | 5308 | 24.69 |
| 洛阳市 | 1737 | 32168 | 1242 | 3386 | 93369 | 6516 | 10590 | 38.43 |
| 平顶山市 | 671 | 17525 | 207 | 1497 | 32570 | 1402 | 2431 | 17.37 |
| 安阳市 | 2045 | 38374 | 2548 | 10605 | 62481 | 8815 | 13305 | 30.53 |
| 鹤壁市 | 806 | 30055 | 23 | 472 | 10214 | 1309 | 1880 | 6.68 |
| 新乡市 | 2492 | 51600 | 154 | 900 | 27821 | 6468 | 13600 | 34.62 |
| 焦作市 | 1726 | 46549 | 85 | 712 | 20764 | 3713 | 6062 | 13.34 |
| 濮阳市 | 595 | 12525 | 223 | 1714 | 37758 | 3709 | 4576 | 16.07 |
| 许昌市 | 785 | 23140 | 30 | 484 | 21859 | 5022 | 7924 | 22.50 |
| 漯河市 | 788 | 33145 | 1256 | 10859 | 8709 | 2142 | 3852 | 1.55 |
| 三门峡市 | 279 | 5594 | 173 | 1458 | 20772 | 4352 | 13800 | 13.92 |
| 南阳市 | 251 | 8379 | 1141 | 5513 | 24900 | 19739 | 27067 | 41.83 |
| 商丘市 | 564 | 6898 | 87 | 717 | 73751 | 11407 | 16773 | 42.93 |
| 信阳市 | 44 | 581 | 75 | 235 | 5084 | 3010 | 5278 | 32.70 |
| 周口地区 | 766 | 26541 | 275 | 3215 | 106143 | 19770 | 30322 | 34.03 |
| 驻马店地区 | 976 | 33765 | 192 | 3160 | 18932 | 15964 | 26269 | 38.28 |
| 济源市 | 193 | 7029 | 140 | | 10228 | 644 | 835 | 3.91 |

| 市地 | 碾米机（万台） | 磨面机（万台） | 轧花机（万台） | 榨油机（万台） | 农用载重汽车（辆） | 农用载重汽车（万千瓦） | 农用运输车（辆） | 农用运输车（万千瓦） |
|---|---|---|---|---|---|---|---|---|
| **全省** | **6.87** | **20.50** | **3.26** | **5.95** | **57488** | **408.25** | **137600** | **206.04** |
| 郑州市 | 0.44 | 0.97 | 0.13 | 0.18 | 9809 | 69.88 | 16500 | 26.59 |
| 开封市 | 0.14 | 0.86 | 0.20 | 0.49 | 1448 | 10.34 | 12100 | 13.00 |
| 洛阳市 | 0.66 | 1.75 | 0.19 | 0.24 | 8825 | 64.52 | 20300 | 24.10 |
| 平顶山市 | 0.21 | 1.19 | 0.08 | 0.18 | 2523 | 16.65 | 3300 | 5.61 |
| 安阳市 | 0.54 | 1.40 | 0.34 | 0.44 | 4156 | 29.70 | 3400 | 5.77 |
| 鹤壁市 | 0.14 | 0.35 | 0.07 | 0.10 | 1437 | 10.88 | 500 | 1.78 |
| 新乡市 | 0.57 | 0.88 | 0.22 | 0.31 | 3782 | 25.48 | 2700 | 3.60 |
| 焦作市 | 0.14 | 0.46 | 0.05 | 0.08 | 4616 | 42.57 | 2900 | 8.27 |
| 濮阳市 | 0.38 | 0.83 | 0.20 | 0.33 | 1045 | 8.31 | 1200 | 2.42 |
| 许昌市 | 0.10 | 0.84 | 0.09 | 0.27 | 3132 | 19.70 | 6900 | 17.14 |
| 漯河市 | 0.04 | 1.21 | 0.07 | 0.10 | 592 | 3.84 | 3700 | 14.26 |
| 三门峡市 | 0.17 | 0.45 | 0.05 | 0.10 | 3244 | 24.91 | 2100 | 9.58 |
| 南阳市 | 0.83 | 1.82 | 0.27 | 0.48 | 4514 | 21.85 | 4400 | 8.95 |
| 商丘市 | 0.17 | 1.92 | 0.42 | 0.78 | 2256 | 17.64 | 4300 | 4.72 |
| 信阳市 | 1.91 | 1.51 | 0.12 | 0.40 | 1089 | 6.87 | 13500 | 16.28 |
| 周口地区 | 0.13 | 2.26 | 0.48 | 0.80 | 1753 | 12.81 | 7000 | 7.23 |
| 驻马店地区 | 0.26 | 1.70 | 0.27 | 0.66 | 2110 | 13.94 | 31800 | 34.77 |
| 济源市 | 0.04 | 0.10 | 0.01 | 0.01 | 1157 | 8.36 | 1000 | 1.97 |

# 9—16 农业机械化、电气化、化学化及水利情况

| 指标 | 单位 | 1980年 | 1985年 | 1990年 | 1995年 | 1997年 | 1998年 |
|---|---|---|---|---|---|---|---|
| 一、农业机械化情况 | | | | | | | |
| 1.当年实际机耕面积 | 千公顷 | 3323.34 | 2498.12 | 4409.58 | 4864.64 | 5282.48 | 5293.46 |
| 为耕地面积% | % | 46.6 | 35.5 | 63.6 | 71.5 | 78.0 | 77.5 |
| 2.当年机械播种面积 | 千公顷 | 520.02 | 337.94 | 809.77 | 2412.80 | 3392.16 | 3889.65 |
| 为农作物播种面积% | % | 4.8 | 2.9 | 6.8 | 19.8 | 27.6 | 30.9 |
| 3.当年机械收割面积 | 千公顷 | 116.75 | 386.18 | 1629.07 | 3064.09 | 3690.48 | 3791.59 |
| 为农作物播种面积% | % | 1.1 | 3.3 | 13.7 | 25.2 | 30.1 | 30.2 |
| 二、农村电气化情况 | | | | | | | |
| 1.农村用电量 | 亿千瓦小时 | 17.23 | 28.33 | 46.93 | 85.07 | 118.27 | 121.21 |
| 2.乡、村水电站数 | 个 | 1290 | 910 | 630 | 576 | 513 | 486 |
| 装机容量 | 万千瓦 | 7.60 | 8.09 | 5.82 | 7.09 | 6.28 | 6.20 |
| 实际发电量 | 亿千瓦小时 | | | | 0.49 | 0.50 | 0.52 |
| 三、农业化学化情况 | | | | | | | |
| 1.农用化肥施用实物量 | 万吨 | 386.23 | 662.72 | 965.73 | 1323.75 | 1475.93 | 1510.14 |
| 每公顷耕地平均施用量 | 千克 | 541.80 | 942.30 | 1392.90 | 1945.04 | 2179.00 | 2209.75 |
| 2.农用化肥施用折纯量 | 万吨 | 72.52 | 143.58 | 213.18 | 322.21 | 355.31 | 382.80 |
| 每公顷耕地平均施用量 | 千克 | 101.70 | 204.10 | 307.50 | 473.44 | 524.06 | 560.14 |
| 3.农用塑料薄膜使用量 | 万吨 | | | 2.75 | 5.32 | 6.95 | 7.49 |
| 4.农药施用实物量 | 万吨 | | | 3.31 | 7.56 | 8.49 | 9.10 |
| 四、农田水利基本情况 | | | | | | | |
| 1.农田有效灌溉面积 | 千公顷 | 3536.23 | 3189.97 | 3550.09 | 4044.19 | 4333.06 | 4513.86 |
| #机电灌溉面积 | 千公顷 | 2774.00 | 2396.59 | 2595.83 | 3128.34 | 3415.31 | 3594.20 |
| 机灌面积 | 千公顷 | | | 1059.21 | 1386.14 | 1577.30 | 1738.59 |
| 电灌面积 | 千公顷 | | | 1536.62 | 1742.20 | 1838.01 | 1855.61 |
| 有效灌溉面积占耕地面积比重 | % | 49.6 | 45.4 | 51.2 | 59.4 | 64.0 | 66.0 |
| 机电灌溉面积占有效灌溉面积比重 | % | 78.4 | 75.1 | 73.1 | 77.4 | 78.8 | 79.6 |
| 2.机电井数 | 万眼 | 61.30 | 60.35 | 69.58 | 86.21 | 99.99 | 106.87 |
| #已配套的井数 | 万眼 | 43.64 | 41.86 | 60.21 | 77.20 | 90.11 | 96.73 |
| 配套井占机电井数的比重 | % | 71.2 | 69.4 | 86.5 | 89.5 | 90.1 | 90.5 |
| 3.旱涝保收农田面积 | 千公顷 | 1958.86 | 2512.21 | 2671.43 | 3212.34 | 3416.32 | 3523.01 |

## 9－17 水库、灌区情况

| 指　　标 | 单　位 | 1980年 | 1985年 | 1990年 | 1995年 | 1997年 | 1998年 |
|---|---|---|---|---|---|---|---|
| **年底水库数** | **座** | **2486** | **2443** | **2427** | **2408** | **2389** | **2394** |
| 大型水库(1亿立方米以上) | 座 | 16 | 15 | 16 | 19 | 20 | 20 |
| 中型水库(1千万至1亿立方米) | 座 | 90 | 91 | 94 | 97 | 97 | 99 |
| 小型水库(10万至1千万立方米) | 座 | 2380 | 2337 | 2317 | 2292 | 2272 | 2275 |
| **水库库容量** | **亿立方米** | **487.53** | **493.38** | **499.96** | **265.10** | **267.30** | **267.61** |
| 大型水库 | 亿立方米 | 440.98 | 447.24 | 453.38 | 218.13 | 220.57 | 220.58 |
| 中型水库 | 亿立方米 | 26.95 | 26.09 | 26.66 | 26.61 | 26.61 | 26.88 |
| 小型水库 | 亿立方米 | 19.60 | 20.05 | 19.92 | 20.36 | 20.11 | 20.15 |
| **水库灌溉面积** | **千公顷** | **715.89** | **716.29** | **612.02** | **545.48** | **541.56** | **537.13** |
| #大型水库 | 千公顷 | 391.67 | 394.70 | 349.75 | 377.24 | 379.38 | 386.14 |
| 中型水库 | 千公顷 | 174.27 | 173.60 | 140.27 | 168.24 | 162.18 | 150.99 |
| **年底灌区数** | **处** | **180** | **177** | **146** | **157** | **159** | **165** |
| #3.3万公顷以上 | 处 | 6 | 6 | 6 | 6 | 6 | 8 |
| **灌区有效灌溉面积** | **千公顷** | **1016.46** | **1043.33** | **923.10** | **1040.41** | **1042.61** | **1106.28** |
| #3.3万公顷以上 | 千公顷 | 376.67 | 378.00 | 306.40 | 324.40 | 325.19 | 424.38 |

## 9－18 除涝、治水、治碱情况

| 指　　标 | 单　位 | 1980年 | 1985年 | 1990年 | 1995年 | 1997年 | 1998年 |
|---|---|---|---|---|---|---|---|
| 易涝面积 | 千公顷 | 2093.19 | 2102.72 | 2111.61 | 2108.88 | 2108.80 | 2108.80 |
| 除涝面积 | 千公顷 | 1498.10 | 1598.11 | 1562.51 | 1716.82 | 1789.29 | 1814.03 |
| 占易涝面积比重 | % | 71.6 | 76.0 | 74.0 | 81.4 | 84.8 | 86.0 |
| 水土流失面积 | 平方公里 | 61122 | 61417 | 60568 | 60568 | 60568 | 60567 |
| 治理水土流失面积 | 平方公里 | 37857 | 39025 | 28966 | 34009 | 35244 | 36431 |
| 占水土流失面积比重 | % | 61.9 | 63.5 | 47.8 | 56.2 | 58.2 | 60.1 |
| 盐碱耕地面积 | 千公顷 | 795.44 | 797.49 | 798.59 | 798.56 | 798.55 | 798.55 |
| 治碱面积 | 千公顷 | 575.35 | 599.45 | 630.05 | 654.71 | 672.81 | 678.14 |
| 占盐碱耕地面积 | % | 72.3 | 75.2 | 78.9 | 82.0 | 84.3 | 84.9 |
| 堤防长度 | 公里 | 11709 | 11790 | 12377 | 14941 | 14872 | 14990 |
| 堤防保护面积 | 千公顷 | 4302.90 | 5168.00 | 5716.67 | 3308.39 | 3274.00 | 3291.17 |

## 9—19 各市地农业机械化和电气化情况

(1998年)

| 市地 | 农业机械化情况 | | | 农村电气化情况 | | |
|---|---|---|---|---|---|---|
| | 机耕面积（千公顷） | 机播面积（千公顷） | 机收面积（千公顷） | 农村用电量（万千瓦小时） | 乡、村及村以下办水电站 | |
| | | | | | 个数 | 装机容量（万千瓦） |
| **全省** | **5293.46** | **3889.65** | **3791.59** | **1212092.78** | **486** | **6.20** |
| 郑州市 | 239.10 | 143.20 | 157.59 | 291121.00 | | |
| 开封市 | 334.31 | 241.91 | 242.75 | 32208.24 | | |
| 洛阳市 | 236.40 | 110.37 | 129.65 | 98288.00 | 38 | 0.57 |
| 平顶山市 | 203.85 | 202.27 | 160.96 | 31533.29 | 15 | 0.13 |
| 安阳市 | 247.20 | 187.88 | 210.55 | 99293.00 | 93 | 1.59 |
| 鹤壁市 | 80.40 | 80.69 | 72.02 | 16036.00 | 5 | 0.28 |
| 新乡市 | 305.26 | 262.97 | 255.93 | 127084.00 | 29 | 0.70 |
| 焦作市 | 154.32 | 139.26 | 134.05 | 81842.70 | 11 | 0.37 |
| 濮阳市 | 215.14 | 154.64 | 157.92 | 30860.00 | | |
| 许昌市 | 250.00 | 237.43 | 201.89 | 46601.70 | | |
| 漯河市 | 141.49 | 186.09 | 100.75 | 35810.00 | | |
| 三门峡市 | 92.63 | 79.81 | 55.05 | 21051.00 | 44 | 0.48 |
| 南阳市 | 674.69 | 278.05 | 308.28 | 86174.00 | 152 | 0.99 |
| 商丘市 | 514.19 | 370.10 | 439.99 | 44580.89 | | |
| 信阳市 | 225.56 | 94.44 | 96.20 | 35396.15 | 79 | 0.68 |
| 周口地区 | 687.19 | 475.78 | 530.82 | 62429.83 | | |
| 驻马店地区 | 666.40 | 614.09 | 515.86 | 55128.98 | | |
| 济源市 | 25.33 | 30.67 | 21.33 | 16654.00 | 20 | 0.41 |

## 9—20 各市地农用化肥施用量

(1998年)　　单位：吨

| 市地 | 农用化肥施用量 | | #氮肥 | | #磷肥 | | #钾肥 | |
|---|---|---|---|---|---|---|---|---|
| | 实物量 | 折纯量 | 实物量 | 折纯量 | 实物量 | 折纯量 | 实物量 | 折纯量 |
| **全省** | **15101419** | **3827963** | **8068085** | **1987058** | **4861893** | **880007** | **744565** | **304144** |
| 郑州市 | 610712 | 181701 | 288567 | 83829 | 175918 | 38244 | 35416 | 15782 |
| 开封市 | 710398 | 184860 | 359656 | 97424 | 265255 | 42323 | 37033 | 18535 |
| 洛阳市 | 657012 | 156533 | 377384 | 81060 | 203020 | 35796 | 17269 | 7984 |
| 平顶山市 | 625366 | 168196 | 360031 | 99031 | 173429 | 35144 | 25551 | 10184 |
| 安阳市 | 728572 | 212734 | 386181 | 120251 | 240483 | 43113 | 26401 | 12195 |
| 鹤壁市 | 229328 | 56184 | 132381 | 36294 | 80469 | 11993 | 5041 | 2538 |
| 新乡市 | 933309 | 225923 | 550435 | 141052 | 270404 | 50606 | 24795 | 11833 |
| 焦作市 | 564752 | 132468 | 327720 | 70045 | 146331 | 27719 | 15473 | 5777 |
| 濮阳市 | 526399 | 137008 | 275498 | 75163 | 185048 | 35996 | 25518 | 8406 |
| 许昌市 | 630664 | 169011 | 322304 | 81653 | 187793 | 31858 | 37136 | 10671 |
| 漯河市 | 454174 | 91194 | 267886 | 48592 | 129001 | 19552 | 19041 | 6563 |
| 三门峡市 | 338695 | 86408 | 167912 | 33382 | 100991 | 18069 | 27599 | 11827 |
| 南阳市 | 1994173 | 464986 | 1003901 | 194949 | 658312 | 124224 | 125739 | 50254 |
| 商丘市 | 1489813 | 360458 | 741784 | 187958 | 545700 | 82743 | 107172 | 48713 |
| 信阳市 | 1092053 | 230600 | 681053 | 145272 | 347823 | 59691 | 28769 | 13483 |
| 周口地区 | 1979581 | 479118 | 1042289 | 263032 | 726378 | 130015 | 84780 | 30478 |
| 驻马店地区 | 1449185 | 469204 | 734520 | 219812 | 399150 | 86852 | 97631 | 37031 |
| 济源市 | 87233 | 21377 | 48583 | 8259 | 26388 | 6069 | 4201 | 1890 |

## 9－21 各市地农田水利情况

（1998年）

| 市地 | 农田有效灌溉面积（千公顷） | #机灌 | #电灌 | 有效灌溉面积占耕地面积％ | 机电灌溉面积占有效灌溉面积％ | 机电井数（万眼） | #已配套的 | 旱涝保收农田面积（千公顷） |
|---|---|---|---|---|---|---|---|---|
| **全省** | **4513.86** | **1738.59** | **1855.61** | **66.0** | **79.6** | **106.87** | **96.73** | **3523.01** |
| 郑州市 | 182.41 | 24.55 | 134.72 | 61.7 | 87.3 | 4.29 | 4.01 | 163.50 |
| 开封市 | 317.70 | 95.44 | 209.44 | 87.7 | 96.0 | 8.46 | 8.02 | 243.28 |
| 洛阳市 | 137.90 | 7.33 | 73.78 | 37.9 | 58.8 | 1.79 | 1.57 | 119.36 |
| 平顶山市 | 175.68 | 33.06 | 70.18 | 65.5 | 58.8 | 2.94 | 2.41 | 130.31 |
| 安阳市 | 276.26 | 69.16 | 168.57 | 76.0 | 86.1 | 7.26 | 6.92 | 188.11 |
| 鹤壁市 | 84.22 | 21.70 | 61.40 | 84.5 | 98.7 | 2.08 | 2.02 | 69.57 |
| 新乡市 | 325.79 | 83.25 | 190.92 | 86.6 | 84.2 | 7.03 | 6.44 | 279.03 |
| 焦作市 | 158.87 | 0.69 | 136.67 | 94.0 | 86.5 | 4.03 | 3.88 | 142.13 |
| 濮阳市 | 222.79 | 61.32 | 116.06 | 91.5 | 79.6 | 5.79 | 5.28 | 184.26 |
| 许昌市 | 221.34 | 49.34 | 154.68 | 72.3 | 92.2 | 6.49 | 6.17 | 182.76 |
| 漯河市 | 136.07 | 93.88 | 34.66 | 82.1 | 94.5 | 4.21 | 4.05 | 116.64 |
| 三门峡市 | 45.97 | 4.07 | 19.41 | 28.4 | 51.1 | 0.40 | 0.36 | 39.32 |
| 南阳市 | 398.95 | 97.75 | 114.18 | 45.6 | 53.1 | 6.27 | 5.79 | 271.95 |
| 商丘市 | 533.35 | 324.58 | 208.77 | 85.2 | 100.0 | 15.73 | 15.44 | 429.24 |
| 信阳市 | 359.13 | 20.00 | 68.48 | 69.0 | 24.6 | 0.69 | 0.47 | 276.07 |
| 周口地区 | 545.26 | 502.70 | 41.16 | 69.9 | 99.7 | 18.85 | 15.51 | 385.12 |
| 驻马店地区 | 368.15 | 249.36 | 42.20 | 45.0 | 79.2 | 10.30 | 8.17 | 281.30 |
| 济源市 | 24.02 | 0.41 | 10.33 | 60.4 | 44.7 | 0.26 | 0.22 | 21.06 |

## 9－22 各市地水利设施和除涝治碱面积

（1998年）

| 市地 | 水库数（座） | 水库库容量（亿立方米） | 易涝面积（千公顷） | 除涝面积（千公顷） | 除涝面积占易涝面积％ | 盐碱耕地面积（千公顷） | 治碱面积（千公顷） | 治碱面积占盐碱耕地面积％ |
|---|---|---|---|---|---|---|---|---|
| **全省** | **2394** | **267.61** | **2108.80** | **1814.03** | **86.0** | **798.55** | **678.14** | **84.9** |
| 郑州市 | 161 | 5.54 | 47.37 | 45.10 | 95.2 | 13.73 | 13.45 | 98.0 |
| 开封市 | | | 126.95 | 113.80 | 89.6 | 93.71 | 71.14 | 75.9 |
| 洛阳市 | 194 | 17.44 | 10.61 | 8.42 | 79.4 | 4.31 | 3.09 | 71.7 |
| 平顶山市 | 170 | 20.96 | 61.69 | 55.36 | 89.7 | 0.47 | 0.09 | 19.1 |
| 安阳市 | 117 | 4.45 | 86.34 | 65.56 | 75.9 | 79.29 | 62.98 | 79.4 |
| 鹤壁市 | 20 | 0.23 | 33.66 | 25.69 | 76.3 | 29.20 | 26.40 | 90.4 |
| 新乡市 | 23 | 1.99 | 210.12 | 175.59 | 83.6 | 162.51 | 126.38 | 77.8 |
| 焦作市 | 25 | 1.50 | 78.38 | 74.81 | 95.4 | 40.87 | 39.64 | 97.0 |
| 濮阳市 | | | 93.24 | 86.49 | 92.8 | 78.76 | 71.63 | 90.9 |
| 许昌市 | 28 | 4.36 | 91.33 | 75.02 | 82.1 | 20.13 | 18.73 | 93.0 |
| 漯河市 | | | 105.62 | 92.22 | 87.3 | 1.80 | 1.71 | 95.0 |
| 三门峡市 | 88 | 2.93 | | | | | | |
| 南阳市 | 495 | 23.54 | 224.69 | 183.41 | 81.6 | | | |
| 商丘市 | | | 212.26 | 204.82 | 96.5 | 213.38 | 186.44 | 87.4 |
| 信阳市 | 884 | 42.45 | 112.00 | 66.27 | 59.2 | | | |
| 周口地区 | | | 373.21 | 326.73 | 87.5 | 60.39 | 56.46 | 93.5 |
| 驻马店地区 | 166 | 34.10 | 233.33 | 206.87 | 88.7 | | | |
| 济源市 | 21 | 0.37 | 8.00 | 7.87 | 98.4 | | | |

注：全省水库数及库容量中含部属水库2座、库容107.75亿立方米。

## 9—23 农民家庭平均每户生产性固定资产原价

（年底数） 单位：元

| 指　　标 | 1985年 | 1990年 | 1995年 | 1997年 | 1998年 |
|---|---|---|---|---|---|
| **总　　计** | **754.98** | **1156.14** | **2781.09** | **3768.30** | **4007.27** |
| 1.役畜、产品畜 | 367.21 | 377.67 | 753.86 | 590.59 | 489.39 |
| 2.大中型铁木农具 | 53.59 | 67.05 | 137.67 | 177.83 | 179.02 |
| 3.农林牧渔业机械 | 48.35 | 195.74 | 907.22 | 1558.13 | 1922.14 |
| 4.工业机械 | 12.07 | 40.95 | 51.71 | 128.84 | 124.19 |
| 5.运输机械 | 109.73 | 219.85 | 300.52 | 578.36 | 611.38 |
| 6.生产用房 | 135.60 | 203.07 | 461.92 | 518.85 | 503.17 |
| 7.其他 | 28.43 | 51.81 | 168.19 | 215.70 | 177.98 |

注：本表为农村住户抽样调查资料（下表同）。

## 9—24 农民家庭平均每百户拥有主要生产性固定资产数量

（年底数）

| 指　　标 | 单　位 | 1985年 | 1990年 | 1995年 | 1997年 | 1998年 |
|---|---|---|---|---|---|---|
| 汽车 | 辆 | 0.05 | 0.25 | 0.26 | 0.55 | 0.70 |
| 大中型拖拉机 | 台 | 0.49 | 0.40 | 1.46 | 2.35 | 2.65 |
| 小型和手扶拖拉机 | 台 | 2.67 | 7.22 | 18.50 | 29.40 | 33.18 |
| 机动脱粒机 | 台 | 0.85 | 2.30 | 6.53 | 8.16 | 9.04 |
| 胶轮大车 | 辆 | 2.54 | 5.12 | 7.11 | 5.23 | 5.57 |
| 架子车 | 辆 | 71.40 | 73.51 | 73.00 | 66.45 | 63.14 |
| 抽水机 | 台 | 0.75 | 1.03 | 3.92 | 5.25 | 5.56 |
| 水泵 | 台 | 1.85 | 5.63 | 15.80 | 22.24 | 24.15 |
| 役畜 | 头 | 58.72 | 57.65 | 51.42 | 39.95 | 31.98 |
| 产品畜 | 头 | 13.15 | 14.67 | 26.81 | 23.67 | 20.77 |

## 9—25 农作物播种面积

单位:千公顷

| 指　　标 | 1978年 | 1980年 | 1985年 | 1990年 | 1995年 | 1997年 | 1998年 |
|---|---|---|---|---|---|---|---|
| **播种面积总计** | **10966.7** | **10788.2** | **11685.3** | **11889.7** | **12136.8** | **12276.7** | **12567.1** |
| **一、粮食作物** | **9123.3** | **8858.9** | **9029.3** | **9316.1** | **8810.0** | **8879.9** | **9102.0** |
| #谷物 | 6901.7 | 6756.3 | 7219.8 | 7767.0 | 7433.3 | 7537.3 | 7783.4 |
| 粮食作物占总播种面积% | 83.2 | 82.1 | 77.3 | 78.4 | 72.6 | 72.3 | 72.4 |
| 1.夏收粮食 | 4125.8 | 4140.4 | 4696.3 | 4888.8 | 4888.5 | 4997.5 | 5035.7 |
| 小麦 | 3849.7 | 3926.9 | 4567.8 | 4782.7 | 4814.0 | 4927.3 | 4964.0 |
| 夏杂粮 | 276.1 | 213.5 | 128.5 | 106.1 | 74.5 | 70.2 | 71.7 |
| 2.秋收粮食 | 4997.5 | 4718.5 | 4333.0 | 4427.3 | 3921.5 | 3882.4 | 4066.3 |
| 稻谷 | 428.9 | 416.8 | 435.5 | 439.5 | 450.5 | 489.5 | 498.4 |
| 玉米 | 1684.0 | 1680.1 | 1663.7 | 2176.9 | 1957.5 | 1952.4 | 2152.7 |
| 大豆 | 871.4 | 918.1 | 880.3 | 639.6 | 559.4 | 609.8 | 601.4 |
| 薯类 | 1350.2 | 1127.2 | 763.1 | 746.1 | 698.7 | 622.9 | 591.3 |
| 高粱 | 164.1 | 139.3 | 107.4 | 47.8 | 20.9 | 16.2 | 13.1 |
| 谷子 | 294.5 | 263.9 | 214.8 | 148.5 | 112.8 | 82.3 | 85.0 |
| 其他秋杂粮(含绿豆) | 204.4 | 173.1 | 268.2 | 228.9 | 121.7 | 109.3 | 124.4 |
| **二、经济作物** | **1357.3** | **1536.7** | **2155.2** | **2024.5** | **2463.8** | **2371.7** | **2256.5** |
| 占总播种面积% | 12.4 | 14.3 | 18.4 | 17.0 | 20.3 | 19.4 | 18.0 |
| 1.棉花 | 612.0 | 626.7 | 814.3 | 823.0 | 1000.1 | 868.3 | 800.0 |
| 2.油料 | 465.6 | 710.2 | 793.7 | 876.4 | 1271.5 | 1208.5 | 1235.9 |
| #花生 | 65.3 | 207.5 | 360.5 | 441.1 | 767.3 | 754.3 | 791.0 |
| 油菜籽 | 171.8 | 222.0 | 180.0 | 226.2 | 274.4 | 240.3 | 237.2 |
| 芝麻 | 227.3 | 279.9 | 252.3 | 207.9 | 228.7 | 213.1 | 205.7 |
| 3.麻类 | 86.5 | 60.5 | 240.9 | 80.4 | 48.2 | 57.6 | 31.4 |
| #黄红麻 | 65.9 | 44.7 | 224.6 | 76.8 | 46.7 | 56.4 | 30.3 |
| 苎麻 | 0.2 | … | 1.2 | 0.1 | 0.2 | … | … |
| 大麻(线麻) | 5.5 | 3.7 | 2.4 | 1.5 | 1.2 | 1.1 | 0.9 |
| 4.烟叶 | 142.1 | 96.2 | 250.9 | 211.7 | 126.4 | 215.5 | 160.5 |
| #烤烟 | 136.3 | 94.3 | 247.1 | 207.8 | 123.3 | 211.3 | 158.7 |
| 5.糖料 | 3.3 | 2.7 | 5.0 | 2.7 | 5.0 | 3.6 | 3.7 |
| #甘蔗 | 2.5 | 1.7 | 4.3 | 2.7 | 5.0 | 3.6 | 3.6 |
| 6.药材 | 14.7 | 7.8 | 19.5 | 3.6 | 12.6 | 18.2 | 25.0 |
| 7.其他经济作物 | 33.1 | 32.6 | 30.9 | 26.7 | | | |
| **三、其他农作物** | **486.1** | **392.6** | **500.8** | **549.1** | **863.0** | **1025.1** | **1208.6** |
| 占总播种面积% | 4.4 | 3.6 | 4.3 | 4.6 | 7.1 | 8.3 | 9.6 |
| #蔬菜 | 204.7 | 192.2 | 295.5 | 408.9 | 607.4 | 760.4 | 934.5 |
| 果用瓜 | 63.5 | 56.3 | 125.2 | 80.5 | 145.5 | 167.3 | 212.8 |
| 青饲料 | 13.9 | 15.2 | 7.1 | 8.9 | 7.7 | 2.2 | 1.1 |
| 绿肥 | 202.3 | 125.1 | 72.6 | 50.7 | | | |

## 9—26 主要农产品产量

单位:万吨

| 指　　标 | 1978 年 | 1980 年 | 1985 年 | 1990 年 | 1995 年 | 1997 年 | 1998 年 |
|---|---|---|---|---|---|---|---|
| 粮食 | 2097.40 | 2148.68 | 2710.53 | 3303.66 | 3466.50 | 3894.66 | 4009.61 |
| #谷物 | 1662.50 | 1700.93 | 2384.45 | 2948.43 | 3059.27 | 3561.58 | 3587.77 |
| 夏收粮食 | 910.89 | 922.47 | 1556.58 | 1666.46 | 1776.83 | 2399.50 | 2095.14 |
| 小麦 | 868.18 | 890.37 | 1528.23 | 1639.86 | 1754.18 | 2372.35 | 2073.53 |
| 夏杂粮 | 42.71 | 32.10 | 28.35 | 26.60 | 22.65 | 27.15 | 21.61 |
| 秋收粮食 | 1186.51 | 1226.21 | 1153.95 | 1637.20 | 1689.67 | 1495.16 | 1914.47 |
| 稻谷 | 194.77 | 177.85 | 226.34 | 269.96 | 295.82 | 342.87 | 369.68 |
| 玉米 | 468.94 | 533.23 | 537.26 | 960.52 | 957.77 | 807.71 | 1096.33 |
| 大豆 | 69.53 | 92.10 | 103.21 | 86.74 | 106.69 | 95.22 | 112.05 |
| 薯类 | 367.18 | 352.42 | 208.62 | 253.74 | 286.04 | 225.76 | 294.29 |
| 高粱 | 20.96 | 14.53 | 18.02 | 10.08 | 6.12 | 3.61 | 3.98 |
| 谷子 | 49.10 | 41.33 | 36.50 | 33.62 | 22.10 | 8.57 | 21.43 |
| 其他秋杂粮(含绿豆) | 16.03 | 14.75 | 24.00 | 22.54 | 15.13 | 11.42 | 16.71 |
| 棉花 | 22.42 | 40.62 | 54.73 | 67.61 | 77.00 | 79.00 | 72.84 |
| 油料 | 24.16 | 46.20 | 96.18 | 152.29 | 298.00 | 276.66 | 312.13 |
| #花生 | 6.50 | 24.76 | 60.30 | 106.05 | 233.65 | 218.33 | 258.76 |
| 油菜籽 | 7.43 | 13.39 | 21.34 | 31.87 | 43.51 | 41.97 | 33.85 |
| 芝麻 | 10.18 | 8.00 | 14.46 | 14.25 | 20.67 | 15.47 | 19.10 |
| 麻类 | 7.93 | 8.49 | 44.91 | 17.65 | 11.34 | 13.73 | 7.67 |
| #黄红麻 | 6.63 | 7.40 | 42.78 | 17.12 | 11.02 | 13.49 | 7.38 |
| 大麻(线麻) | 0.44 | 0.38 | 0.33 | 0.27 | 0.28 | 0.23 | 0.21 |
| 烟叶 | 29.95 | 18.89 | 53.89 | 40.86 | 22.26 | 41.60 | 31.06 |
| #烤烟 | 29.36 | 18.70 | 53.19 | 40.33 | 21.82 | 40.97 | 30.72 |
| 糖料 | 8.67 | 7.00 | 17.94 | 10.07 | 20.66 | 17.27 | 15.90 |
| #甘蔗 | 8.07 | 5.36 | 17.05 | 10.06 | 20.66 | 17.27 | 15.90 |
| 蔬菜 | 613.83 | 575.00 | 654.95 | 913.21 | 1660.80 | 2493.68 | 3098.15 |
| 果用瓜 | 71.49 | 65.49 | 244.18 | 173.86 | 430.44 | 583.45 | 761.65 |

## 9—27 主要农产品单位面积产量

（按播种面积计算） 单位：千克/公顷

| 指 标 | 1978年 | 1980年 | 1985年 | 1990年 | 1995年 | 1997年 | 1998年 |
|---|---|---|---|---|---|---|---|
| 粮食 | 2310 | 2430 | 3000 | 3540 | 3935 | 4386 | 4405 |
| #谷物 | 2409 | 2336 | 3303 | 3796 | 4116 | 4725 | 4609 |
| 夏收粮食 | 2205 | 2235 | 3315 | 3405 | 3635 | 4801 | 4161 |
| 小麦 | 2250 | 2265 | 3345 | 3435 | 3644 | 4815 | 4177 |
| 夏杂粮 | 1545 | 1500 | 2205 | 2505 | 3042 | 3868 | 3014 |
| 秋收粮食 | 2370 | 2595 | 2670 | 3705 | 4309 | 3851 | 4708 |
| 稻谷 | 4545 | 4275 | 5190 | 6135 | 6566 | 7004 | 7417 |
| 玉米 | 2790 | 3180 | 3225 | 4410 | 4893 | 4137 | 5093 |
| 大豆 | 795 | 1005 | 1170 | 1350 | 1907 | 1562 | 1863 |
| 薯类 | 2730 | 3135 | 2730 | 3405 | 4094 | 3625 | 4977 |
| 高粱 | 1275 | 1050 | 1680 | 2115 | 2925 | 2231 | 3038 |
| 谷子 | 1665 | 1575 | 1695 | 2265 | 1959 | 1041 | 2521 |
| 其他秋杂粮（含绿豆） | 795 | 1005 | 960 | 990 | 1244 | 1045 | 1343 |
| 棉花 | 375 | 645 | 675 | 825 | 770 | 910 | 911 |
| 油料 | 525 | 660 | 1215 | 1740 | 2344 | 2289 | 2525 |
| #花生 | 1005 | 1200 | 1665 | 2400 | 3045 | 2895 | 3272 |
| 油菜籽 | 435 | 600 | 1185 | 1410 | 1586 | 1747 | 1427 |
| 芝麻 | 450 | 285 | 570 | 690 | 904 | 726 | 929 |
| 麻类 | 915 | 1410 | 1860 | 2190 | 2353 | 2383 | 2446 |
| #黄红麻 | 1005 | 1665 | 1905 | 2235 | 2361 | 2391 | 2438 |
| 大麻（线麻） | 765 | 1005 | 1350 | 1830 | 2295 | 2112 | 2394 |
| 烟叶 | 2115 | 1965 | 2145 | 1935 | 1761 | 1930 | 1935 |
| #烤烟 | 2160 | 1980 | 2160 | 1935 | 1770 | 1939 | 1936 |
| 糖料 | 25845 | 25815 | 35835 | 36825 | 41506 | 48246 | 42973 |
| #甘蔗 | 32955 | 32355 | 39585 | 37620 | 41506 | 48246 | 44167 |
| 蔬菜 | 29850 | 29925 | 22170 | 22335 | 27342 | 32796 | 33152 |
| 果用瓜 | 11250 | 11625 | 19500 | 21585 | 29583 | 34847 | 35790 |

注：本表单位面积产量均按原始计量单位计算，故与表9—25、9—26的计算结果略有出入。

## 9—28 按人口平均的主要农产品产量

单位：千克/人

| 指 标 | 1978年 | 1980年 | 1985年 | 1990年 | 1995年 | 1997年 | 1998年 |
|---|---|---|---|---|---|---|---|
| 粮食 | 299.13 | 296.90 | 347.86 | 385.49 | 382.47 | 422.99 | 432.12 |
| #谷物 | 237.09 | 247.75 | 306.01 | 344.04 | 337.54 | 386.81 | 386.65 |
| 棉花 | 3.20 | 5.61 | 7.02 | 7.89 | 8.50 | 8.58 | 7.85 |
| 油料 | 3.45 | 6.38 | 12.34 | 17.77 | 32.88 | 30.05 | 33.64 |
| 猪、牛、羊肉 | 6.27 | 7.33 | 8.66 | 14.43 | 32.64 | 37.60 | 43.39 |
| 水产品 | 0.35 | 0.40 | 0.82 | 1.22 | 2.00 | 2.59 | 2.91 |
| 蔬菜 | 87.54 | 79.45 | 84.05 | 106.56 | 183.24 | 270.83 | 333.89 |
| 果用瓜 | 10.20 | 9.05 | 31.34 | 20.29 | 47.49 | 63.37 | 82.08 |
| 水果 | 6.72 | 6.02 | 6.84 | 7.46 | 23.35 | 29.24 | 33.69 |

## 9—29 各市地主要农作物播种面积

（1998年）

单位：千公顷

| 市地 | 农作物播种面积 | 粮食作物 | #谷物 | 夏收粮食 | #小麦 | 秋收粮食 | #稻谷 | #玉米 | #大豆 | #薯类 |
|---|---|---|---|---|---|---|---|---|---|---|
| **全省** | **12567.05** | **9101.98** | **7783.44** | **5035.65** | **4963.98** | **4066.33** | **498.42** | **2152.70** | **601.44** | **591.32** |
| 郑州市 | 521.96 | 414.36 | 361.96 | 213.75 | 213.59 | 200.61 | 11.15 | 125.73 | 19.34 | 26.98 |
| 开封市 | 693.35 | 415.52 | 366.87 | 289.54 | 289.51 | 125.98 | 7.53 | 66.23 | 24.43 | 22.74 |
| 洛阳市 | 580.90 | 510.93 | 406.05 | 241.05 | 240.97 | 269.88 | 2.48 | 141.16 | 23.48 | 60.73 |
| 平顶山市 | 490.97 | 402.91 | 324.79 | 190.68 | 190.51 | 212.23 | 2.57 | 129.87 | 24.07 | 50.50 |
| 安阳市 | 648.74 | 487.35 | 450.56 | 278.05 | 277.78 | 209.30 | 0.08 | 152.83 | 20.06 | 14.62 |
| 鹤壁市 | 183.82 | 158.57 | 148.65 | 83.03 | 83.01 | 75.54 |  | 60.66 | 6.78 | 2.61 |
| 新乡市 | 669.81 | 529.11 | 484.32 | 287.54 | 282.11 | 241.57 | 40.04 | 150.28 | 28.42 | 15.35 |
| 焦作市 | 293.24 | 235.90 | 215.81 | 120.43 | 120.39 | 115.47 | 3.19 | 91.67 | 12.93 | 6.37 |
| 濮阳市 | 447.14 | 348.91 | 302.71 | 193.27 | 192.72 | 155.64 | 13.43 | 91.04 | 29.05 | 16.14 |
| 许昌市 | 557.45 | 421.91 | 331.78 | 222.47 | 221.99 | 199.44 |  | 106.45 | 27.50 | 61.80 |
| 漯河市 | 353.82 | 253.82 | 213.28 | 131.77 | 130.40 | 122.05 | 0.24 | 80.95 | 21.22 | 18.91 |
| 三门峡市 | 230.60 | 182.99 | 148.68 | 102.90 | 102.90 | 80.09 |  | 37.03 | 17.17 | 8.12 |
| 南阳市 | 1646.28 | 1066.41 | 835.51 | 603.74 | 597.47 | 462.67 | 59.73 | 168.00 | 79.71 | 118.96 |
| 商丘市 | 1239.37 | 827.10 | 719.61 | 510.53 | 503.91 | 316.57 | 0.11 | 208.89 | 60.07 | 40.15 |
| 信阳市 | 1016.68 | 714.49 | 665.04 | 316.08 | 296.36 | 398.41 | 332.78 | 16.49 | 19.11 | 23.58 |
| 周口地区 | 1524.20 | 1074.58 | 897.97 | 630.25 | 629.28 | 444.33 | 0.51 | 264.69 | 108.50 | 54.11 |
| 驻马店地区 | 1456.94 | 1002.93 | 861.62 | 593.44 | 563.95 | 409.49 | 23.74 | 241.28 | 75.94 | 47.70 |
| 济源市 | 61.69 | 54.19 | 48.23 | 27.13 | 27.13 | 27.06 | 0.84 | 19.45 | 3.66 | 1.95 |

| 市地 | 棉花 | 油料 | #花生 | #油菜籽 | #芝麻 | 麻类 | #黄红麻 | 烟叶 | #烤烟 | 蔬菜 | 果用瓜 |
|---|---|---|---|---|---|---|---|---|---|---|---|
| **全省** | **800.00** | **1235.93** | **790.95** | **237.18** | **205.71** | **31.35** | **30.27** | **160.47** | **158.69** | **934.54** | **212.81** |
| 郑州市 | 5.99 | 44.63 | 36.28 | 6.20 | 2.12 |  |  | 5.02 | 5.02 | 42.20 | 8.56 |
| 开封市 | 86.41 | 90.48 | 85.64 | 4.13 | 0.71 | 0.17 | 0.04 | 0.68 | 0.68 | 72.89 | 26.61 |
| 洛阳市 | 4.75 | 28.31 | 18.60 | 4.41 | 5.28 | 0.01 |  | 13.16 | 12.94 | 20.84 | 2.52 |
| 平顶山市 | 3.14 | 32.64 | 18.45 | 9.83 | 4.36 | 0.02 | 0.02 | 19.76 | 19.75 | 27.53 | 4.74 |
| 安阳市 | 36.83 | 60.90 | 57.26 | 2.56 | 1.01 | 0.07 | 0.07 |  |  | 60.56 | 2.58 |
| 鹤壁市 | 2.78 | 13.88 | 12.65 | 1.04 | 0.19 |  |  |  |  | 8.40 | 0.19 |
| 新乡市 | 28.32 | 70.82 | 64.63 | 5.74 | 0.45 |  |  |  |  | 35.79 | 4.32 |
| 焦作市 | 3.33 | 16.85 | 14.98 | 1.53 | 0.32 |  |  | 0.09 |  | 31.55 | 3.01 |
| 濮阳市 | 20.42 | 36.53 | 34.52 | 1.63 | 0.38 |  |  |  |  | 34.01 | 6.70 |
| 许昌市 | 39.47 | 27.34 | 20.20 | 5.14 | 2.00 | 0.03 | 0.02 | 23.71 | 23.71 | 34.79 | 6.57 |
| 漯河市 | 19.70 | 19.22 | 8.21 | 6.68 | 4.33 | 0.03 | 0.03 | 8.82 | 8.82 | 39.82 | 11.94 |
| 三门峡市 | 3.51 | 12.14 | 5.31 | 4.01 | 0.94 |  |  | 14.21 | 14.21 | 11.55 | 2.16 |
| 南阳市 | 164.18 | 176.66 | 100.24 | 19.33 | 57.09 | 0.77 | 0.58 | 27.10 | 25.64 | 179.58 | 25.14 |
| 商丘市 | 147.30 | 93.98 | 69.87 | 17.57 | 6.54 | 0.60 | 0.59 | 10.41 | 10.41 | 106.45 | 36.12 |
| 信阳市 | 32.61 | 123.85 | 31.84 | 83.03 | 8.98 | 27.15 | 26.42 | 9.96 | 9.96 | 61.23 | 11.98 |
| 周口地区 | 204.25 | 100.89 | 71.24 | 6.34 | 23.31 | 0.38 | 0.38 | 14.92 | 14.92 | 89.10 | 27.75 |
| 驻马店地区 | 46.44 | 284.69 | 139.55 | 57.67 | 87.40 | 2.12 | 2.12 | 11.72 | 11.72 | 74.45 | 31.80 |
| 济源市 | 0.48 | 2.12 | 1.48 | 0.34 | 0.30 |  |  | 0.91 | 0.91 | 3.80 | 0.12 |

# 9—30 各市地主要农产品产量

（1998年）

单位：万吨

| 市地 | 粮食 | #谷物 | 夏收粮食 | #小麦 | 秋收粮食 | #稻谷 | #玉米 | #大豆 | #薯类 | 棉花 |
|---|---|---|---|---|---|---|---|---|---|---|
| **全省** | **4009.61** | **3587.77** | **2095.14** | **2073.53** | **1914.47** | **369.68** | **1096.33** | **112.05** | **294.29** | **72.84** |
| 郑州市 | 177.82 | 161.13 | 90.70 | 90.63 | 87.13 | 8.00 | 59.65 | 3.56 | 12.49 | 0.57 |
| 开封市 | 194.38 | 175.68 | 130.12 | 130.11 | 64.26 | 5.53 | 38.69 | 5.92 | 12.56 | 9.87 |
| 洛阳市 | 226.07 | 186.54 | 107.17 | 107.15 | 118.90 | 1.65 | 70.91 | 4.71 | 31.76 | 0.30 |
| 平顶山市 | 165.98 | 134.88 | 70.62 | 70.57 | 95.35 | 1.56 | 62.34 | 4.66 | 26.03 | 0.22 |
| 安阳市 | 243.82 | 231.14 | 131.99 | 131.85 | 111.83 | 0.04 | 93.93 | 4.63 | 7.78 | 3.51 |
| 鹤壁市 | 82.85 | 80.42 | 41.81 | 41.81 | 41.04 | 0.00 | 37.36 | 1.25 | 1.13 | 0.18 |
| 新乡市 | 301.00 | 286.26 | 167.60 | 165.14 | 133.40 | 30.91 | 86.23 | 6.04 | 8.59 | 2.63 |
| 焦作市 | 178.58 | 167.48 | 88.51 | 88.49 | 90.07 | 2.84 | 75.96 | 4.69 | 6.20 | 0.36 |
| 濮阳市 | 160.12 | 147.91 | 93.29 | 93.04 | 66.82 | 7.25 | 46.11 | 3.32 | 8.75 | 1.79 |
| 许昌市 | 242.87 | 193.04 | 117.07 | 116.84 | 125.80 | 0.00 | 75.03 | 6.92 | 42.77 | 4.45 |
| 漯河市 | 108.40 | 93.17 | 47.06 | 46.57 | 61.34 | 0.26 | 45.72 | 4.61 | 10.56 | 2.24 |
| 三门峡市 | 63.55 | 55.85 | 38.80 | 38.80 | 24.75 | 0.00 | 14.76 | 2.77 | 3.64 | 0.20 |
| 南阳市 | 460.38 | 384.82 | 250.80 | 249.34 | 209.58 | 47.53 | 85.49 | 17.43 | 52.81 | 17.69 |
| 商丘市 | 332.65 | 296.43 | 194.42 | 192.77 | 138.24 | 0.09 | 101.79 | 12.91 | 21.95 | 16.41 |
| 信阳市 | 369.12 | 352.43 | 78.95 | 74.59 | 290.17 | 266.31 | 7.15 | 3.86 | 11.53 | 2.22 |
| 周口地区 | 452.65 | 401.71 | 263.76 | 263.40 | 188.89 | 0.31 | 136.89 | 21.92 | 26.97 | 23.84 |
| 驻马店地区 | 351.29 | 317.10 | 195.09 | 185.12 | 156.20 | 13.96 | 106.82 | 11.76 | 20.01 | 3.45 |
| 济源市 | 28.14 | 26.36 | 14.61 | 14.61 | 13.53 | 0.57 | 10.97 | 0.75 | 0.99 | 0.03 |

| 市地 | 油料 | #花生 | #油菜籽 | #芝麻 | 麻类 | #黄红麻（折熟麻） | 烟叶 | #烤烟 | 蔬菜 | 果用瓜 |
|---|---|---|---|---|---|---|---|---|---|---|
| **全省** | **312.13** | **258.76** | **33.85** | **19.10** | **7.67** | **7.38** | **31.06** | **30.72** | **3098.15** | **761.65** |
| 郑州市 | 10.79 | 9.82 | 0.79 | 0.17 | | | 1.13 | 1.13 | 117.15 | 21.61 |
| 开封市 | 31.49 | 30.61 | 0.78 | 0.10 | 0.07 | 0.02 | 0.17 | 0.17 | 272.40 | 106.39 |
| 洛阳市 | 4.67 | 3.75 | 0.47 | 0.44 | | | 1.96 | 1.93 | 73.80 | 5.35 |
| 平顶山市 | 5.99 | 4.35 | 1.25 | 0.38 | | | 3.02 | 3.01 | 103.56 | 15.20 |
| 安阳市 | 23.32 | 22.87 | 0.37 | 0.06 | 0.01 | 0.01 | | | 213.79 | 8.38 |
| 鹤壁市 | 3.99 | 3.81 | 0.17 | 0.01 | | | | | 32.24 | 0.52 |
| 新乡市 | 22.77 | 21.77 | 0.96 | 0.03 | | | | | 141.97 | 11.16 |
| 焦作市 | 5.48 | 5.14 | 0.30 | 0.03 | | | 0.05 | | 127.15 | 11.55 |
| 濮阳市 | 12.25 | 11.92 | 0.30 | 0.03 | | | | | 132.69 | 18.68 |
| 许昌市 | 8.13 | 6.90 | 0.98 | 0.25 | 0.01 | 0.01 | 4.88 | 4.88 | 117.49 | 24.37 |
| 漯河市 | 4.36 | 2.57 | 1.31 | 0.48 | 0.01 | 0.01 | 1.88 | 1.88 | 172.39 | 40.61 |
| 三门峡市 | 2.22 | 1.11 | 0.66 | 0.09 | | | 2.59 | 2.59 | 36.88 | 5.22 |
| 南阳市 | 44.04 | 32.97 | 4.15 | 6.92 | 0.16 | 0.12 | 5.57 | 5.31 | 527.75 | 111.80 |
| 商丘市 | 31.73 | 26.90 | 3.98 | 0.85 | 0.26 | 0.25 | 2.70 | 2.70 | 380.16 | 145.40 |
| 信阳市 | 15.63 | 7.58 | 7.18 | 0.86 | 6.57 | 6.39 | 1.60 | 1.60 | 142.33 | 39.42 |
| 周口地区 | 29.78 | 26.01 | 1.60 | 2.18 | 0.09 | 0.09 | 3.44 | 3.44 | 312.39 | 113.79 |
| 驻马店地区 | 55.09 | 40.33 | 8.56 | 6.18 | 0.48 | 0.48 | 1.93 | 1.93 | 177.79 | 81.85 |
| 济源市 | 0.42 | 0.34 | 0.04 | 0.03 | | | 0.15 | 0.15 | 16.24 | 0.36 |

注：全省粮食（包括分品种）、棉花产量系抽样调查推算数。

## 9—31 各市地主要农产品单位面积产量

（1998年，按播种面积计算） 单位：千克/公顷

| 市地 | 粮食 | #谷物 | 夏收粮食 | #小麦 | 秋收粮食 | #稻谷 | #玉米 | #大豆 | #薯类 | 棉花 |
|---|---|---|---|---|---|---|---|---|---|---|
| **全省** | **4405** | **4609** | **4161** | **4177** | **4708** | **7417** | **5093** | **1863** | **4977** | **911** |
| 郑州市 | 4292 | 2506 | 7538 | 4243 | 4343 | 7178 | 4745 | 1843 | 4629 | 960 |
| 开封市 | 4678 | 3547 | 6067 | 4494 | 5100 | 7350 | 5842 | 2425 | 5524 | 1142 |
| 洛阳市 | 4425 | 2639 | 7739 | 4447 | 4406 | 6657 | 5024 | 2005 | 5230 | 630 |
| 平顶山市 | 4119 | 2174 | 7074 | 3704 | 4493 | 6081 | 4800 | 1936 | 5154 | 700 |
| 安阳市 | 5003 | 2930 | 8313 | 4747 | 5343 | 5238 | 6146 | 2308 | 5321 | 953 |
| 鹤壁市 | 5225 | 2813 | 9686 | 5037 | 5433 |  | 6160 | 1837 | 4346 | 660 |
| 新乡市 | 5689 | 3461 | 9956 | 5854 | 5522 | 7720 | 5738 | 2124 | 5593 | 927 |
| 焦作市 | 7570 | 4101 | 13907 | 7350 | 7800 | 8887 | 8286 | 3626 | 9731 | 1068 |
| 濮阳市 | 4589 | 3082 | 7653 | 4828 | 4294 | 5402 | 5065 | 1144 | 5421 | 878 |
| 许昌市 | 5756 | 3529 | 8677 | 5264 | 6307 |  | 7048 | 2517 | 6921 | 1126 |
| 漯河市 | 4271 | 2207 | 7071 | 3571 | 5026 | 10975 | 5648 | 2170 | 5583 | 1139 |
| 三门峡市 | 3473 | 2610 | 5427 | 3771 | 3090 |  | 3985 | 1611 | 4482 | 574 |
| 南阳市 | 4317 | 3002 | 6374 | 4173 | 4530 | 7957 | 5089 | 2187 | 4439 | 1077 |
| 商丘市 | 4022 | 2702 | 5806 | 3825 | 4367 | 8182 | 4873 | 2149 | 5467 | 1114 |
| 信阳市 | 5166 | 1187 | 11150 | 2517 | 7283 | 8003 | 4335 | 2019 | 4888 | 680 |
| 周口地区 | 4212 | 2937 | 6374 | 4186 | 4251 | 6010 | 5172 | 2020 | 4984 | 1167 |
| 驻马店地区 | 3503 | 2264 | 5343 | 3282 | 3815 | 5879 | 4427 | 1549 | 4195 | 742 |
| 济源市 | 5193 | 3030 | 9716 | 5386 | 4998 | 6796 | 5638 | 2044 | 5071 | 542 |

| 市地 | 油料 | #花生 | #油菜籽 | #芝麻 | 麻类 | #黄红麻（折熟麻） | 烟叶 | #烤烟 | 蔬菜 | 果用瓜 |
|---|---|---|---|---|---|---|---|---|---|---|
| **全省** | **2525** | **3272** | **1427** | **929** | **2446** | **2438** | **1935** | **1936** | **33152** | **35790** |
| 郑州市 | 2417 | 2706 | 1279 | 811 |  |  | 2245 | 2245 | 27760 | 25251 |
| 开封市 | 3480 | 3574 | 1885 | 1345 | 4194 | 5225 | 2471 | 2471 | 37372 | 39982 |
| 洛阳市 | 1648 | 2015 | 1069 | 839 |  |  | 1486 | 1488 | 35413 | 21223 |
| 平顶山市 | 1835 | 2359 | 1273 | 883 |  |  | 1526 | 1526 | 37616 | 32061 |
| 安阳市 | 3830 | 3994 | 1427 | 618 | 2029 | 2029 |  |  | 35302 | 32487 |
| 鹤壁市 | 2874 | 3015 | 1587 | 542 |  |  |  |  | 38379 | 27505 |
| 新乡市 | 3215 | 3369 | 1670 | 736 |  |  |  |  | 39667 | 25831 |
| 焦作市 | 3252 | 3433 | 1973 | 1016 |  |  | 5433 |  | 40300 | 38363 |
| 濮阳市 | 3355 | 3454 | 1850 | 813 |  |  |  |  | 39014 | 27879 |
| 许昌市 | 2974 | 3415 | 1913 | 1244 | 2333 | 2750 | 2060 | 2060 | 33771 | 37089 |
| 漯河市 | 2267 | 3127 | 1956 | 1119 | 2967 | 2433 | 2136 | 2136 | 43292 | 34009 |
| 三门峡市 | 1826 | 2098 | 1654 | 927 |  |  | 1822 | 1822 | 31930 | 24175 |
| 南阳市 | 2493 | 3289 | 2144 | 1212 | 2118 | 2100 | 2054 | 2070 | 29388 | 44471 |
| 商丘市 | 3377 | 3850 | 2267 | 1304 | 4373 | 4293 | 2594 | 2594 | 35712 | 40254 |
| 信阳市 | 1262 | 2380 | 865 | 961 | 2419 | 2417 | 1609 | 1609 | 23245 | 32901 |
| 周口地区 | 2952 | 3651 | 2516 | 934 | 2392 | 2392 | 2306 | 2305 | 35061 | 41004 |
| 驻马店地区 | 1935 | 2890 | 1484 | 707 | 2247 | 2247 | 1645 | 1645 | 23881 | 25737 |
| 济源市 | 1964 | 2323 | 1229 | 1023 |  |  | 1630 | 1630 | 42732 | 30192 |

## 9—32 茶园、果园面积和茶叶、蚕茧、水果产量

| 指　　标 | 单　位 | 1978年 | 1980年 | 1985年 | 1990年 | 1995年 | 1997年 | 1998年 |
|---|---|---|---|---|---|---|---|---|
| 一、面积 | | | | | | | | |
| 茶园面积 | 千公顷 | 13.1 | 10.9 | 15.9 | 14.7 | 17.9 | 19.8 | 20.9 |
| 果园面积 | 千公顷 | 149.4 | 143.2 | 159.5 | 233.6 | 440.0 | 393.1 | 385.8 |
| 苹果园 | 千公顷 | 90.8 | 85.8 | 90.7 | 134.5 | 339.0 | 293.9 | 269.0 |
| 梨园 | 千公顷 | 11.6 | 13.3 | 10.8 | 9.6 | 22.1 | 23.5 | 27.3 |
| 葡萄园 | 千公顷 | 3.8 | 2.7 | 7.6 | 5.2 | 9.4 | 9.7 | 11.3 |
| 枣园 | 千公顷 | 29.1 | | 29.8 | 28.0 | 28.8 | 30.6 | 34.5 |
| 柿园 | 千公顷 | | | 2.6 | 3.0 | 5.3 | 5.8 | 6.6 |
| 桃园 | 千公顷 | | 4.0 | 8.3 | 18.0 | 20.3 | 21.7 | 21.8 |
| 柑桔园 | 千公顷 | | | 1.1 | 6.0 | 3.2 | 2.9 | 4.9 |
| 其他果园 | 千公顷 | | | 8.6 | 29.3 | 11.9 | 5.0 | 10.4 |
| 二、产量 | | | | | | | | |
| 茶叶产量 | 吨 | 1061 | 1325 | 1804 | 3567 | 4521 | 6776 | 7979 |
| 蚕茧产量 | 吨 | 3879 | 7166 | 5049 | 6745 | 20383 | 16034 | 15832 |
| #桑蚕茧 | 吨 | 1334 | 912 | 412 | 1343 | 17606 | 13045 | 12936 |
| 柞蚕茧 | 吨 | 2498 | 6235 | 4634 | 5402 | 2777 | 2989 | 2896 |
| 水果产量 | 万吨 | 47.11 | 43.55 | 53.33 | 63.92 | 211.66 | 269.26 | 312.60 |
| 苹果 | 万吨 | 15.71 | 15.47 | 26.05 | 35.85 | 155.34 | 197.20 | 222.64 |
| 梨 | 万吨 | 5.37 | 5.28 | 4.39 | 3.73 | 11.10 | 14.81 | 20.25 |
| 葡萄 | 万吨 | 0.62 | 0.91 | 2.28 | 3.07 | 7.60 | 12.04 | 15.30 |
| 鲜枣 | 万吨 | 5.45 | 5.16 | 7.63 | 5.35 | 10.18 | 12.88 | 14.84 |
| 柿 | 万吨 | 15.74 | 11.52 | 9.32 | 8.24 | 10.14 | 10.97 | 13.15 |
| 桃 | 万吨 | 1.89 | 1.91 | 1.76 | 4.71 | 12.79 | 16.95 | 20.17 |
| 柑桔 | 万吨 | | | 0.02 | 0.13 | 0.25 | 0.79 | 1.09 |
| 其他水果 | 万吨 | 2.33 | 3.30 | 1.88 | 2.84 | 4.26 | 3.62 | 5.16 |

## 9－33 各市地果园面积

（1998年） 单位：千公顷

| 市地 | 合计 | #苹果园 | #梨园 | #葡萄园 | #枣园 | #柿园 | #桃园 |
|---|---|---|---|---|---|---|---|
| **全省** | **385.75** | **269.02** | **27.32** | **11.30** | **34.48** | **6.56** | **21.79** |
| 郑州市 | 27.28 | 14.21 | 1.21 | 0.83 | 7.64 | 0.35 | 2.18 |
| 开封市 | 14.95 | 12.29 | 0.52 | 0.50 | 0.56 | 0.31 | 0.69 |
| 洛阳市 | 56.16 | 51.55 | 0.68 | 0.56 | 1.01 | 0.37 | 1.89 |
| 平顶山市 | 10.35 | 7.08 | 0.50 | 0.34 | 0.04 | 0.63 | 1.25 |
| 安阳市 | 41.77 | 20.17 | 0.86 | 0.28 | 16.65 | 1.50 | 1.18 |
| 鹤壁市 | 5.09 | 2.97 | 0.02 | 0.14 | 1.64 | 0.03 | 0.16 |
| 新乡市 | 11.66 | 9.22 | 0.21 | 0.33 | 0.11 | 0.16 | 1.30 |
| 焦作市 | 13.57 | 11.21 | 0.20 | 0.18 | 0.07 | 0.32 | 0.71 |
| 濮阳市 | 13.70 | 10.29 | 0.24 | 0.33 | 2.40 | 0.09 | 0.32 |
| 许昌市 | 7.18 | 5.77 | 0.27 | 0.36 | 0.04 | 0.15 | 0.53 |
| 漯河市 | 7.34 | 4.36 | 0.36 | 1.31 | 0.01 | 0.10 | 1.19 |
| 三门峡市 | 49.48 | 44.13 | 0.33 | 0.44 | 1.48 | 0.28 | 0.90 |
| 南阳市 | 46.25 | 23.01 | 8.22 | 1.16 | 0.54 | 1.46 | 3.36 |
| 商丘市 | 46.91 | 35.40 | 8.17 | 1.33 | 0.42 | 0.20 | 1.36 |
| 信阳市 | 3.59 | 0.06 | 1.22 | 0.44 | 0.07 | 0.34 | 1.39 |
| 周口地区 | 15.88 | 10.80 | 0.78 | 1.07 | 1.14 | 0.09 | 1.91 |
| 驻马店地区 | 12.03 | 4.53 | 3.27 | 1.69 | 0.63 | 0.16 | 1.39 |
| 济源市 | 2.56 | 1.97 | 0.26 | 0.01 | 0.03 | 0.02 | 0.08 |

## 9－34 各市地水果产量

（1998年） 单位：吨

| 市地 | 合计 | #苹果 | #梨 | #葡萄 | #枣 | #柿 | #桃 |
|---|---|---|---|---|---|---|---|
| **全省** | **3125976** | **2226397** | **202469** | **153047** | **148413** | **131470** | **201700** |
| 郑州市 | 185414 | 94376 | 6926 | 9650 | 33896 | 16295 | 18426 |
| 开封市 | 161685 | 133265 | 4400 | 6037 | 4126 | 2473 | 10121 |
| 洛阳市 | 163269 | 131936 | 3618 | 7411 | 495 | 9137 | 9484 |
| 平顶山市 | 31023 | 16980 | 2215 | 1582 | 160 | 4343 | 5580 |
| 安阳市 | 248893 | 134344 | 7573 | 5253 | 61939 | 21484 | 10822 |
| 鹤壁市 | 37132 | 21253 | 240 | 2174 | 10681 | 1392 | 1198 |
| 新乡市 | 76586 | 54412 | 840 | 3860 | 626 | 3982 | 10572 |
| 焦作市 | 138546 | 121868 | 586 | 2032 | 148 | 1828 | 5626 |
| 濮阳市 | 123474 | 105105 | 2679 | 5513 | 5199 | 1926 | 3043 |
| 许昌市 | 45969 | 33717 | 1370 | 4327 | 282 | 1186 | 4707 |
| 漯河市 | 72473 | 21840 | 1619 | 28440 | 280 | 1720 | 18574 |
| 三门峡市 | 775677 | 673472 | 4816 | 7268 | 11040 | 43382 | 17117 |
| 南阳市 | 153020 | 69919 | 26043 | 9137 | 4393 | 10929 | 17972 |
| 商丘市 | 586020 | 422264 | 103418 | 29265 | 3753 | 3130 | 23790 |
| 信阳市 | 29619 | 279 | 11844 | 3679 | 770 | 3283 | 9482 |
| 周口地区 | 238783 | 169945 | 14221 | 16624 | 8731 | 1699 | 25162 |
| 驻马店地区 | 42635 | 10697 | 9140 | 10747 | 1834 | 816 | 9115 |
| 济源市 | 15758 | 10725 | 921 | 48 | 60 | 2465 | 909 |

# 9—35 林业生产情况

| 指　　标 | 单　位 | 1990年 | 1995年 | 1997年 | 1998年 |
|---|---|---|---|---|---|
| 一、营林情况 | | | | | |
| 1.当年造林面积 | 千公顷 | 163.35 | 292.72 | 139.84 | 233.09 |
| 人工造林 | 千公顷 | 126.61 | 255.81 | 108.48 | 179.36 |
| 飞机播种造林 | 千公顷 | 36.74 | 36.91 | 31.36 | 53.73 |
| 按用途分的造林面积 | | | | | |
| 用材林 | 千公顷 | 91.83 | 122.47 | 89.43 | 85.21 |
| #速生丰产林面积 | 千公顷 | | 13.00 | 10.07 | 14.40 |
| 经济林 | 千公顷 | 40.11 | 102.44 | 21.84 | 56.99 |
| 防护林 | 千公顷 | 25.19 | 65.95 | 27.70 | 88.99 |
| 薪炭林 | 千公顷 | 5.67 | 1.67 | 0.79 | 1.66 |
| 特种用材林 | 千公顷 | | 0.19 | 0.08 | 0.24 |
| 2.迹地更新面积 | 千公顷 | 9.96 | 18.21 | 18.94 | 16.21 |
| 3.零星(四旁)植树 | 万株 | 15125.40 | 25038.34 | 34536.00 | 28621.00 |
| 4.育苗面积 | 千公顷 | 23.73 | 24.19 | 22.97 | 19.86 |
| 5.幼林抚育作业面积 | 千公顷次 | 408.55 | 851.95 | 890.73 | 488.73 |
| 6.成林抚育面积 | 千公顷 | 200.90 | 422.70 | 534.80 | 593.18 |
| 二、主要林产品产量 | | | | | |
| 生漆 | 吨 | 58 | 122 | 169 | 201 |
| 油桐籽 | 吨 | 11329 | 16390 | 54400 | 56422 |
| 油茶籽 | 吨 | 3565 | 2747 | 7581 | 10980 |
| 乌桕籽 | 吨 | 1759 | 2172 | 2466 | 2086 |
| 五倍子 | 吨 | 81 | 359 | 327 | 221 |
| 核桃 | 吨 | 7424 | 13439 | 12898 | 12248 |
| 木耳(按干重计算) | 吨 | | 2713 | 2783 | 2846 |
| 板栗 | 吨 | 7672 | 27666 | 54570 | 72501 |
| 猕猴桃 | 吨 | | 6043 | 11097 | 11215 |
| 山楂 | 吨 | | 59456 | 42506 | 43157 |
| 花椒 | 吨 | | 3943 | 6915 | 7022 |
| 白果 | 吨 | | 489 | 654 | 812 |
| 三、村及村以下竹木采伐量 | | | | | |
| 木材 | 万立方米 | 222.85 | 290.94 | 315.00 | 315.00 |
| 竹材 | 万根 | 14.27 | 39.79 | 59.00 | 68.00 |

## 9—36 各市地林业生产情况

(1998年)

单位:千公顷

| 市　　地 | 当年造林面积 | 人工造林 | 飞播造林 | #用材林 | #经济林 | #防护林 |
|---|---|---|---|---|---|---|
| **全　　省** | **233.09** | **179.36** | **53.73** | **85.21** | **56.99** | **88.99** |
| 郑州市 | 8.59 | 8.59 | | 6.50 | 1.99 | 0.09 |
| 开封市 | 3.60 | 3.60 | | 0.21 | 1.96 | 1.43 |
| 洛阳市 | 38.73 | 28.77 | 9.96 | 20.27 | 5.06 | 12.32 |
| 平顶山市 | 16.77 | 16.77 | | 9.32 | 6.51 | 0.90 |
| 安阳市 | 19.89 | 16.39 | 3.50 | | 6.10 | 13.80 |
| 鹤壁市 | 5.00 | 3.24 | 1.76 | 0.60 | 0.32 | 4.08 |
| 新乡市 | 15.98 | 9.07 | 6.91 | 2.69 | 0.62 | 12.67 |
| 焦作市 | 16.01 | 9.32 | 6.69 | 2.99 | 0.82 | 12.21 |
| 濮阳市 | 0.10 | 0.10 | | | 0.10 | |
| 许昌市 | 4.45 | 4.45 | | 0.47 | 2.11 | 1.87 |
| 漯河市 | 0.11 | 0.11 | | 0.10 | 0.01 | |
| 三门峡市 | 39.35 | 23.84 | 15.51 | 25.63 | 9.10 | 4.62 |
| 南阳市 | 33.47 | 26.07 | 7.40 | 7.64 | 11.33 | 14.05 |
| 商丘市 | 1.80 | 1.80 | | 0.42 | 0.62 | 0.76 |
| 信阳市 | 16.55 | 16.55 | | 5.20 | 7.39 | 3.62 |
| 周口地区 | 0.63 | 0.63 | | 0.06 | 0.20 | 0.37 |
| 驻马店地区 | 6.09 | 4.09 | 2.00 | 3.11 | 2.08 | 0.90 |
| 济源市 | 5.97 | 5.97 | | | 0.67 | 5.30 |

| 市　　地 | #薪炭林 | 迹地更新面积 | 零星(四旁)植树(万株) | 育苗面积 | 幼林抚育作业面积(千公顷次) | 成林抚育面积 |
|---|---|---|---|---|---|---|
| **全　　省** | **1.66** | **16.21** | **28621** | **19.86** | **488.73** | **593.18** |
| 郑州市 | | 0.39 | 1024 | 0.46 | 20.04 | 12.73 |
| 开封市 | | 0.26 | 2005 | 0.88 | 23.21 | 13.77 |
| 洛阳市 | 1.07 | 1.77 | 1510 | 1.96 | 53.11 | 19.01 |
| 平顶山市 | | 1.35 | 1585 | 1.01 | 39.93 | 21.75 |
| 安阳市 | | 0.55 | 1389 | 0.61 | 55.96 | 52.05 |
| 鹤壁市 | | | 305 | 0.21 | 2.11 | 11.87 |
| 新乡市 | | 0.42 | 1523 | 1.08 | 32.67 | 28.88 |
| 焦作市 | | | 691 | 0.36 | 15.84 | 0.50 |
| 濮阳市 | | | 163 | 0.38 | 3.85 | 3.36 |
| 许昌市 | | 0.17 | 1443 | 0.68 | 11.46 | 28.71 |
| 漯河市 | | | 717 | 0.33 | 0.72 | 1.65 |
| 三门峡市 | | 1.82 | 615 | 0.91 | 43.82 | 36.32 |
| 南阳市 | 0.45 | 4.26 | 3416 | 1.83 | 54.11 | 169.49 |
| 商丘市 | | 2.67 | 2026 | 1.29 | 3.27 | 0.71 |
| 信阳市 | 0.14 | 2.35 | 2312 | 2.90 | 50.79 | 103.21 |
| 周口地区 | | | 4778 | 2.18 | 42.59 | 52.47 |
| 驻马店地区 | | 0.20 | 3039 | 2.61 | 25.22 | 33.37 |
| 济源市 | | | 80 | 0.18 | 10.00 | 3.33 |

## 9—37 畜牧业生产情况

| 指　　标 | 单　位 | 1978 年 | 1980 年 | 1985 年 | 1990 年 | 1997 年 | 1998 年 |
|---|---|---|---|---|---|---|---|
| **牲畜年底头数** | | | | | | | |
| 一、大牲畜 | 万头 | 515.03 | 541.99 | 886.35 | 1116.33 | 1420.87 | 1416.84 |
| ＃役畜 | 万头 | 401.70 | 423.75 | 664.55 | 798.30 | 857.03 | 803.70 |
| 1. 牛 | 万头 | 339.02 | 339.63 | 609.86 | 892.50 | 1298.22 | 1300.61 |
| 黄牛 | 万头 | 309.33 | 307.83 | 577.59 | 857.08 | 1236.18 | 1252.71 |
| 良种及改良乳牛 | 万头 | 0.57 | 0.88 | 1.95 | 1.88 | 2.00 | 2.38 |
| 水牛 | 万头 | 29.12 | 30.92 | 30.32 | 33.54 | 60.04 | 45.52 |
| 2. 马 | 万头 | 49.15 | 52.15 | 58.09 | 39.26 | 30.94 | 31.93 |
| 3. 驴 | 万头 | 77.45 | 94.30 | 151.14 | 120.88 | 58.03 | 54.95 |
| 4. 骡 | 万头 | 49.41 | 55.91 | 67.26 | 63.69 | 33.68 | 29.35 |
| 二、猪 | 万头 | 1724.90 | 1474.24 | 1621.74 | 1750.32 | 2931.91 | 3439.66 |
| 三、羊 | 万只 | 989.70 | 1147.74 | 661.45 | 1279.51 | 2326.01 | 2553.11 |
| 1、山羊 | 万只 | 633.10 | 764.79 | 534.70 | 1129.54 | 2138.41 | 2365.11 |
| 2、绵羊 | 万只 | 356.60 | 382.95 | 126.75 | 149.97 | 187.60 | 188.00 |
| 四、家禽 | 万只 | | | | 19849.94 | 36504.41 | 37738.89 |
| 五、家兔 | 万只 | | | | 361.54 | 1504.62 | 1716.41 |
| **畜产品产量** | | | | | | | |
| 一、猪牛羊出栏头(只)数 | | | | | | | |
| 猪 | 万头 | 721.30 | 684.66 | 785.86 | 1182.44 | 3123.37 | 3592.88 |
| 牛 | 万头 | | 8.95 | 29.91 | 167.87 | 465.40 | 551.84 |
| 羊 | 万只 | 147.30 | 289.07 | 342.53 | 834.00 | 2194.11 | 2368.08 |
| 二、肉类总产量 | 万吨 | | | 71.83 | 134.86 | 403.00 | 461.63 |
| ＃猪牛羊肉 | 万吨 | 44.00 | 53.02 | 67.47 | 123.66 | 346.23 | 402.57 |
| 猪肉 | 万吨 | | 49.45 | 61.08 | 97.45 | 256.12 | 297.86 |
| 牛肉 | 万吨 | | 0.69 | 3.01 | 18.16 | 64.88 | 76.71 |
| 羊肉 | 万吨 | | 2.88 | 3.38 | 8.05 | 25.23 | 28.00 |
| 禽肉 | 万吨 | | | | 9.40 | 49.27 | 50.76 |
| 兔肉 | 万吨 | | | | 0.30 | 2.20 | 2.95 |
| 三、其他畜产品产量 | | | | | | | |
| 1. 奶类产量 | 吨 | | | | 74137 | 105536 | 122902 |
| ＃牛奶 | 吨 | | | | 26824 | 57164 | 78493 |
| 2. 山羊毛 | 吨 | | | | 1372 | 2768 | 3072 |
| 3. 绵羊毛 | 吨 | | | | 5373 | 5768 | 5855 |
| ＃细羊毛 | 吨 | | | | 2674 | 1768 | 1810 |
| 4. 羊绒 | 吨 | | | | 102 | 114 | 125 |
| 5. 蜂蜜 | 吨 | | | | 11908 | 16024 | 14501 |
| 6. 禽蛋 | 万吨 | | 15.86 | 37.15 | 59.58 | 201.40 | 229.34 |

# 9－38 各市地牲畜饲养情况

（1998年底）

| 市地 | 大牲畜年底头数（万头） | #役畜 | 牛（万头） | #黄牛 | #水牛 | 马（万头） | 驴（万头） |
|---|---|---|---|---|---|---|---|
| **全省** | **1416.84** | **803.70** | **1300.61** | **1252.71** | **42.81** | **31.93** | **54.95** |
| 郑州市 | 35.53 | 21.26 | 28.26 | 27.79 | | 1.19 | 3.79 |
| 开封市 | 58.09 | 29.97 | 48.46 | 48.16 | | 1.72 | 4.83 |
| 洛阳市 | 80.28 | 54.23 | 77.68 | 77.29 | | 0.46 | 1.39 |
| 平顶山市 | 56.44 | 47.66 | 50.41 | 50.37 | 0.02 | 1.74 | 3.32 |
| 安阳市 | 29.96 | 13.03 | 20.75 | 20.65 | | 1.82 | 4.25 |
| 鹤壁市 | 5.57 | 3.54 | 3.46 | 3.42 | | 0.33 | 0.67 |
| 新乡市 | 63.17 | 35.32 | 45.53 | 45.42 | | 3.13 | 7.52 |
| 焦作市 | 21.14 | 6.84 | 19.11 | 19.05 | | 0.33 | 0.86 |
| 濮阳市 | 45.99 | 28.17 | 29.94 | 29.91 | | 5.63 | 7.61 |
| 许昌市 | 53.69 | 37.51 | 49.42 | 49.39 | | 1.19 | 1.60 |
| 漯河市 | 20.19 | 13.38 | 17.07 | 17.05 | | 0.88 | 0.90 |
| 三门峡市 | 33.67 | 23.21 | 33.48 | 33.39 | | 0.02 | 0.10 |
| 南阳市 | 273.26 | 156.53 | 265.30 | 255.39 | 1.28 | 2.81 | 4.29 |
| 商丘市 | 177.14 | 113.20 | 164.66 | 164.59 | | 3.92 | 7.04 |
| 信阳市 | 84.78 | 60.84 | 83.45 | 43.91 | 39.52 | 0.58 | 0.61 |
| 周口地区 | 202.03 | 106.98 | 198.30 | 197.25 | | 1.44 | 1.67 |
| 驻马店地区 | 208.05 | 123.70 | 197.72 | 196.60 | 1.08 | 3.90 | 5.21 |
| 济源市 | 6.62 | 5.97 | 6.34 | 6.32 | | 0.08 | 0.07 |

| 市地 | 骡（万头） | 猪年底头数（万头） | 羊年底只数（万只） | 山羊 | 绵羊 | 家禽（万只） | 兔（万只） |
|---|---|---|---|---|---|---|---|
| **全省** | **29.35** | **3439.66** | **2553.11** | **2365.11** | **188.00** | **37738.89** | **1716.41** |
| 郑州市 | 2.29 | 142.17 | 64.35 | 54.55 | 9.80 | 1897.11 | 64.11 |
| 开封市 | 3.08 | 191.21 | 181.86 | 172.06 | 9.80 | 1511.94 | 79.72 |
| 洛阳市 | 0.75 | 158.30 | 66.09 | 47.59 | 18.50 | 1632.46 | 47.16 |
| 平顶山市 | 0.97 | 184.26 | 90.79 | 64.46 | 26.33 | 1643.09 | 58.66 |
| 安阳市 | 3.14 | 124.03 | 72.70 | 61.15 | 11.55 | 2201.10 | 137.73 |
| 鹤壁市 | 1.11 | 49.00 | 56.39 | 46.44 | 9.95 | 1047.54 | 26.18 |
| 新乡市 | 7.02 | 161.81 | 101.14 | 83.29 | 17.85 | 3397.06 | 79.21 |
| 焦作市 | 0.84 | 118.97 | 40.26 | 6.28 | 33.98 | 1814.86 | 95.78 |
| 濮阳市 | 2.81 | 100.10 | 148.36 | 128.34 | 20.02 | 2241.24 | 86.51 |
| 许昌市 | 1.48 | 199.98 | 85.62 | 76.52 | 9.10 | 1491.51 | 38.78 |
| 漯河市 | 1.34 | 136.77 | 30.27 | 28.96 | 1.31 | 1248.86 | 224.39 |
| 三门峡市 | 0.07 | 48.12 | 31.10 | 21.56 | 9.54 | 476.38 | 5.70 |
| 南阳市 | 0.86 | 428.22 | 385.33 | 349.15 | 36.18 | 4824.80 | 297.56 |
| 商丘市 | 1.52 | 345.52 | 465.15 | 460.55 | 4.60 | 2401.02 | 56.03 |
| 信阳市 | 0.15 | 285.65 | 75.37 | 75.33 | 0.04 | 3200.00 | 14.46 |
| 周口地区 | 0.62 | 405.20 | 359.30 | 358.88 | 0.42 | 2970.16 | 151.29 |
| 驻马店地区 | 1.22 | 438.75 | 280.36 | 278.19 | 2.17 | 3412.83 | 188.58 |
| 济源市 | 0.13 | 20.91 | 13.51 | 5.88 | 7.63 | 209.47 | 18.29 |

注：全省数系抽样调查评估数，不等于市地加总（下表同）。

# 9—39 各市地畜产品产量

（1998 年）

| 市地 | 猪牛羊出栏头(只)数 | | | 肉类总产量（万吨） | | | |
|---|---|---|---|---|---|---|---|
| | 猪(万头) | 牛(万头) | 羊(万只) | | #猪肉 | #牛肉 | #羊肉 |
| **全省** | **3592.88** | **551.84** | **2368.08** | **461.63** | **297.86** | **76.71** | **28.00** |
| 郑州市 | 134.26 | 11.74 | 57.86 | 16.28 | 11.01 | 1.63 | 0.68 |
| 开封市 | 205.75 | 20.34 | 195.52 | 24.09 | 16.87 | 2.83 | 2.31 |
| 洛阳市 | 133.75 | 27.52 | 45.22 | 16.98 | 10.98 | 3.85 | 0.52 |
| 平顶山市 | 193.60 | 25.06 | 98.02 | 23.83 | 16.08 | 4.10 | 1.27 |
| 安阳市 | 100.50 | 6.33 | 47.37 | 12.43 | 8.24 | 0.88 | 0.56 |
| 鹤壁市 | 55.55 | 1.03 | 50.71 | 8.60 | 4.61 | 0.15 | 0.60 |
| 新乡市 | 188.27 | 20.42 | 104.70 | 23.84 | 15.57 | 2.81 | 1.25 |
| 焦作市 | 125.33 | 8.32 | 29.19 | 14.60 | 10.40 | 1.14 | 0.48 |
| 濮阳市 | 104.62 | 10.52 | 130.20 | 14.18 | 8.20 | 1.41 | 1.29 |
| 许昌市 | 235.69 | 15.24 | 81.16 | 24.09 | 19.33 | 2.12 | 0.96 |
| 漯河市 | 179.51 | 8.18 | 31.53 | 18.10 | 14.20 | 1.13 | 0.37 |
| 三门峡市 | 38.02 | 6.99 | 14.42 | 4.52 | 3.12 | 0.97 | 0.17 |
| 南阳市 | 416.96 | 120.27 | 395.54 | 60.93 | 34.17 | 16.72 | 4.67 |
| 商丘市 | 277.07 | 75.00 | 377.72 | 40.79 | 22.72 | 10.43 | 4.46 |
| 信阳市 | 287.94 | 19.00 | 90.02 | 36.96 | 27.93 | 2.65 | 1.06 |
| 周口地区 | 371.66 | 102.72 | 383.00 | 49.80 | 29.36 | 13.35 | 3.94 |
| 驻马店地区 | 478.10 | 70.82 | 223.74 | 53.60 | 36.88 | 9.93 | 2.62 |
| 济源市 | 18.39 | 2.12 | 4.37 | 2.04 | 1.51 | 0.29 | 0.05 |

| 市地 | 奶类总产量（吨） | #牛奶 | 蜂蜜（吨） | 禽蛋（吨） | 绵羊毛（吨） | #细羊毛 | 山羊毛（吨） |
|---|---|---|---|---|---|---|---|
| **全省** | **122902** | **78493** | **14501** | **2293400** | **5855** | **1810** | **3072** |
| 郑州市 | 44311 | 15588 | 1 | 107244 | | | |
| 开封市 | 14661 | 12423 | 46 | 114733 | 545 | | |
| 洛阳市 | 14822 | 7832 | 243 | 90905 | 116 | 2 | 167 |
| 平顶山市 | 1054 | 1044 | 299 | 82155 | 886 | 81 | 231 |
| 安阳市 | 1460 | 1451 | 615 | 141779 | 200 | | 64 |
| 鹤壁市 | 828 | 828 | 58 | 70240 | 186 | 123 | 113 |
| 新乡市 | 2805 | 2399 | 128 | 249862 | 529 | 140 | 53 |
| 焦作市 | 1978 | 1615 | 145 | 149664 | 668 | 118 | 19 |
| 濮阳市 | 736 | 736 | 297 | 149342 | 355 | 106 | 214 |
| 许昌市 | 1234 | 1234 | 248 | 92649 | 625 | 421 | 114 |
| 漯河市 | 786 | 701 | 364 | 57222 | 115 | | 10 |
| 三门峡市 | 1082 | 1078 | 392 | 26712 | 157 | | 156 |
| 南阳市 | 34884 | 22146 | 7086 | 239548 | 1183 | 395 | 932 |
| 商丘市 | 4200 | 3780 | 14 | 110765 | 213 | 45 | 17 |
| 信阳市 | 190 | 190 | 3 | 101145 | | | |
| 周口地区 | 355 | 355 | 334 | 140629 | 6 | | 50 |
| 驻马店地区 | 1545 | 1545 | 2960 | 178508 | 91 | 60 | |
| 济源市 | 974 | 962 | 454 | 18237 | 95 | | 46 |

## 9—40 渔业生产情况

| 指　　标 | 单　位 | 1978年 | 1980年 | 1985年 | 1990年 | 1995年 | 1997年 | 1998年 |
|---|---|---|---|---|---|---|---|---|
| **一、水产品产量** | **吨** | **24693** | **29135** | **63663** | **104753** | **180939** | **238803** | **270224** |
| 按类别分 | | | | | | | | |
| 1.鱼类 | 吨 | 24644 | 28524 | 62451 | 102167 | 176839 | 231669 | 260845 |
| 2.虾蟹类 | 吨 | 43 | 389 | 696 | 1727 | 2274 | 3131 | 5399 |
| 3.贝类及其他 | 吨 | 6 | 222 | 516 | 859 | 1826 | 4003 | 3980 |
| 按生产性质分 | | | | | | | | |
| 1.天然生产 | 吨 | 1437 | 7945 | 9909 | 10922 | 11795 | 12780 | 16605 |
| 2.人工养殖 | 吨 | 23256 | 21190 | 53754 | 93831 | 169144 | 226023 | 253619 |
| 池塘养殖 | 吨 | 18641 | 15617 | 43433 | 79294 | 146481 | 195334 | 213975 |
| 湖泊养殖 | 吨 | 660 | 653 | 2036 | 2360 | 2692 | 3140 | 3270 |
| 水库养殖 | 吨 | 3749 | 3624 | 5619 | 9453 | 16404 | 21798 | 29507 |
| 河沟养殖 | 吨 | 206 | 1296 | 1290 | 2173 | 2379 | 3509 | 4278 |
| 其他养殖 | 吨 | | | 1376 | 551 | 1188 | 2242 | 2589 |
| **二、养殖面积** | **千公顷** | **131.2** | **147.6** | **163.6** | **161.8** | **174.3** | **180.3** | **183.5** |
| 池塘面积 | 千公顷 | 47.5 | 57.5 | 69.4 | 70.8 | 82.2 | 84.6 | 86.8 |
| 湖泊面积 | 千公顷 | 1.9 | 3.9 | 3.0 | 3.7 | 3.6 | 3.3 | 3.2 |
| 水库面积 | 千公顷 | 77.2 | 82.1 | 86.3 | 81.6 | 84.8 | 88.6 | 89.3 |
| 河沟面积 | 千公顷 | 4.6 | 4.1 | 3.6 | 3.9 | 3.2 | 2.9 | 3.3 |
| 其他面积 | 千公顷 | | | 1.3 | 1.8 | 0.5 | 0.9 | 0.9 |

## 9—41 各市地渔业生产情况

（1998年）

| 市　　地 | 水产品产量（吨） | 天然生产 | 人工养殖 | 鱼　类 | 虾蟹类 | 贝类及其他 | 养殖面积（千公顷） |
|---|---|---|---|---|---|---|---|
| **全　　省** | **270224** | **16605** | **253619** | **260845** | **5399** | **3980** | **183.48** |
| 郑州市 | 25343 | 217 | 25126 | 25199 | 53 | 91 | 4.99 |
| 开封市 | 9850 | 445 | 9405 | 9788 | 35 | 27 | 2.69 |
| 洛阳市 | 10300 | 374 | 9926 | 10287 | | 13 | 6.53 |
| 平顶山市 | 5742 | 162 | 5580 | 5554 | 136 | 52 | 11.88 |
| 安阳市 | 1956 | 145 | 1811 | 1948 | | 8 | 1.13 |
| 鹤壁市 | 1825 | 180 | 1645 | 1787 | 22 | 16 | 0.63 |
| 新乡市 | 15924 | 654 | 15270 | 15915 | 4 | 5 | 3.70 |
| 焦作市 | 3350 | 50 | 3300 | 3325 | 12 | 13 | 1.17 |
| 濮阳市 | 4430 | 425 | 4005 | 4430 | | | 1.39 |
| 许昌市 | 4120 | 340 | 3780 | 4080 | 40 | | 1.65 |
| 漯河市 | 3550 | 584 | 2966 | 3507 | 20 | 23 | 1.30 |
| 三门峡市 | 1820 | 308 | 1512 | 1811 | | 9 | 1.50 |
| 南阳市 | 34341 | 2528 | 31813 | 32979 | 1137 | 225 | 44.56 |
| 商丘市 | 13497 | 396 | 13101 | 13208 | 215 | 74 | 6.07 |
| 信阳市 | 89807 | 6896 | 82911 | 83945 | 3174 | 2688 | 60.74 |
| 周口地区 | 17375 | 1476 | 15899 | 17191 | 139 | 45 | 7.10 |
| 驻马店地区 | 25994 | 1385 | 24609 | 24901 | 412 | 681 | 26.13 |
| 济源市 | 1000 | 40 | 960 | 990 | | 10 | 0.32 |

## 9—42 农民家庭平均每人生产和出售的主要农林产品

单位:千克

| 指　标 | 生　产　量 | | | | | 出　售　量 | | | | |
|---|---|---|---|---|---|---|---|---|---|---|
| | 1985 年 | 1990 年 | 1995 年 | 1997 年 | 1998 年 | 1985 年 | 1990 年 | 1995 年 | 1997 年 | 1998 年 |
| 粮食(原粮) | 469.21 | 553.41 | 540.52 | 648.19 | 651.20 | 114.05 | 140.78 | 130.98 | 195.87 | 215.40 |
| 棉花 | 11.27 | 9.84 | 10.01 | 10.23 | 11.91 | 7.80 | 7.68 | 6.43 | 8.20 | 7.30 |
| 油料 | 22.36 | 31.04 | 46.15 | 42.67 | 59.05 | 12.36 | 16.11 | 18.80 | 17.45 | 23.07 |
| 麻类 | 13.64 | 7.70 | 4.88 | 4.91 | 3.72 | 9.48 | 7.72 | 4.70 | 3.88 | 2.74 |
| 糖料 | 3.32 | 4.11 | 0.83 | 0.75 | 0.81 | 2.42 | 1.50 | 0.27 | 0.37 | 0.33 |
| 烟叶 | 7.78 | 4.27 | 2.80 | 7.80 | 4.88 | 5.97 | 4.05 | 2.13 | 5.48 | 3.69 |
| 蔬菜 | 105.95 | 124.89 | 122.61 | 188.39 | 200.33 | 28.83 | 44.34 | 56.32 | 96.87 | 92.92 |
| 果用瓜 | 35.16 | 30.11 | 40.85 | 60.79 | 92.38 | 22.79 | 20.61 | 27.65 | 39.72 | 58.89 |
| 水果 | 5.24 | 9.23 | 22.43 | 51.76 | 53.99 | 3.52 | 5.45 | 13.14 | 40.21 | 34.27 |
| 茶叶 | 0.01 | 0.01 | … | … | … | 0.01 | 0.01 | … | … | … |
| 核桃 | 0.05 | 0.13 | 0.15 | 0.15 | 0.10 | 0.05 | 0.09 | … | … | … |

注:本表为农村住户抽样调查资料(下表同)。

## 9—43 农民家庭平均每人出售畜禽产品情况

| 指　　标 | 单　位 | 1985 年 | 1990 年 | 1995 年 | 1997 年 | 1998 年 |
|---|---|---|---|---|---|---|
| 1.出售肉猪数量 | 头 | 0.10 | 0.12 | 0.15 | 0.21 | 0.22 |
| 金额 | 元 | | | 99.39 | 169.21 | 148.22 |
| 出售猪肉数量 | 千克 | 7.98 | 10.96 | 0.34 | 0.20 | 0.11 |
| 金额 | 元 | 19.30 | 40.15 | 2.99 | 1.91 | 0.90 |
| 2.出售肉牛数量 | 头 | | | 0.01 | 0.03 | 0.01 |
| 金额 | 元 | | | 12.49 | 27.21 | 13.39 |
| 出售牛肉数量 | 千克 | 0.50 | 1.45 | … | 0.04 | … |
| 金额 | 元 | 4.79 | 6.15 | 0.05 | 0.40 | … |
| 3.出售菜羊数量 | 只 | 0.08 | 0.11 | 0.10 | 0.11 | 0.08 |
| 金额 | 元 | | | 11.64 | 13.77 | 11.31 |
| 出售羊肉数量 | 千克 | 0.78 | 1.15 | 0.01 | 0.02 | … |
| 金额 | 元 | 2.39 | 4.46 | 0.07 | 0.18 | 0.03 |
| 4.出售家禽数量 | 只 | 0.56 | 0.61 | 0.45 | 0.95 | 0.69 |
| 金额 | 元 | 1.42 | 4.03 | 4.90 | 9.65 | 7.46 |
| 5.出售蛋类数量 | 千克 | 2.14 | 1.80 | 2.07 | 4.18 | 5.01 |
| 金额 | 元 | 4.39 | 7.64 | 11.63 | 20.56 | 26.37 |
| 6.出售兔的数量 | 只 | 0.05 | | 0.02 | 0.03 | 0.02 |
| 金额 | 元 | 0.64 | 0.01 | 0.27 | 0.48 | 0.26 |
| 7.出售水产品数量 | 千克 | 0.28 | 0.75 | 0.33 | 0.74 | 0.32 |
| 金额 | 元 | 0.57 | 2.63 | 2.03 | 2.81 | 2.25 |

注:1993 年以前出售猪肉、牛肉、羊肉的数量,包括出售猪、牛、羊的毛重按胴体重折肉量。

## 9—44 农村受灾面积和成灾面积

单位：千公顷

| 指　　标 | 1994年 | 1995年 | 1997年 | 1998年 |
|---|---|---|---|---|
| **受灾面积** | **8687.2** | **5859.0** | **5836.3** | **6445.6** |
| **#成灾** | **5915.5** | **3686.9** | **3385.0** | **3828.8** |
| 1.旱灾 | 6409.1 | 3061.2 | 3609.8 | 208.7 |
| #成灾 | 4515.5 | 1962.6 | 2193.5 | 105.8 |
| 2.水灾 | 568.1 | 509.1 | 273.9 | 2830.5 |
| #成灾 | 423.8 | 345.2 | 178.2 | 1770.9 |
| 3.风雹灾 | 406.8 | 465.1 | 1158.3 | 1647.0 |
| #成灾 | 250.2 | 330.1 | 689.5 | 1048.5 |
| 4.霜灾 | 311.9 | 449.2 | | 394.8 |
| #成灾 | 172.8 | 250.2 | | 209.3 |
| 5.病虫 | 949.2 | 1233.9 | 794.3 | 1137.8 |
| #成灾 | 532.4 | 708.6 | 323.8 | 555.0 |
| 6.其他 | 42.0 | 140.6 | | 226.8 |
| #成灾 | 20.8 | 90.3 | | 139.3 |

## 9—45 各市地受灾面积和成灾面积

（1998年）

单位：千公顷

| 市　地 | 受灾面积 | #成灾面积 | 成灾面积占受灾面积% | #水灾 | | #旱灾 | | #病虫 | |
|---|---|---|---|---|---|---|---|---|---|
| | | | | 受灾面积 | #成灾面积 | 受灾面积 | #成灾面积 | 受灾面积 | #成灾面积 |
| **全　　省** | **6445.6** | **3828.8** | **59.4** | **2830.5** | **1770.9** | **208.7** | **105.8** | **1137.8** | **555.0** |
| 郑　州　市 | 165.8 | 68.8 | 41.4 | 56.8 | 25.2 | 11.0 | 7.7 | 58.3 | 18.3 |
| 开　封　市 | 331.1 | 220.5 | 66.6 | 109.2 | 83.1 | 43.0 | 15.4 | 98.0 | 53.1 |
| 洛　阳　市 | 179.1 | 97.5 | 54.4 | 33.9 | 23.5 | | | 110.4 | 49.7 |
| 平顶山市 | 176.2 | 100.6 | 57.1 | 160.8 | 90.5 | | | 9.8 | 5.0 |
| 安　阳　市 | 342.1 | 221.6 | 64.8 | 0.2 | 0.1 | 22.9 | 19.2 | 150.4 | 86.8 |
| 鹤　壁　市 | 102.8 | 67.8 | 66.0 | 24.5 | 16.1 | 7.0 | 5.4 | 28.1 | 13.9 |
| 新　乡　市 | 284.1 | 203.3 | 71.6 | 121.5 | 85.9 | 38.4 | 29.9 | 65.2 | 47.0 |
| 焦　作　市 | 141.3 | 77.6 | 54.9 | 32.4 | 14.4 | 7.5 | 3.3 | 57.4 | 28.9 |
| 濮　阳　市 | 265.5 | 194.8 | 73.4 | 99.9 | 81.3 | 1.1 | 0.1 | 96.1 | 61.[illegible] |
| 许　昌　市 | 161.1 | 82.9 | 51.5 | 9.1 | 3.7 | | | | |
| 漯　河　市 | 155.5 | 107.0 | 68.8 | 72.2 | 42.7 | | | 15.0 | 9.0 |
| 三门峡市 | 88.1 | 36.5 | 41.4 | 35.3 | 18.3 | | | 51.1 | 16.7 |
| 南　阳　市 | 880.5 | 475.1 | 54.0 | 478.9 | 256.3 | | | 29.0 | 18.5 |
| 商　丘　市 | 980.7 | 500.7 | 51.1 | 296.1 | 171.5 | 70.0 | 21.0 | 247.5 | 119.7 |
| 信　阳　市 | 524.4 | 335.3 | 63.9 | 380.4 | 250.5 | 7.8 | 3.8 | 33.5 | 14.1 |
| 周口地区 | 478.5 | 253.6 | 53.0 | 26.8 | 11.0 | | | 64.0 | |
| 驻马店地区 | 1166.8 | 777.2 | 66.6 | 891.5 | 596.0 | | | 13.0 | 9.0 |
| 济　源　市 | 22.0 | 8.0 | 36.4 | 1.0 | 0.8 | | | 11.0 | 3.2 |

# 9—46 农垦系统国有农场基本情况

| 指　　标 | 单　位 | 1985 年 | 1990 年 | 1995 年 | 1997 年 | 1998 年 |
|---|---|---|---|---|---|---|
| **一、农场数** | **个** | **94** | **96** | **97** | **97** | **97** |
| 职工人数 | 人 | 39875 | 40218 | 43494 | 44430 | 44721 |
| **二、耕地面积** | **千公顷** | **20.8** | **21.9** | **20.5** | **23.3** | **23.8** |
| **三、农业机械总动力** | **万瓦特** | **9333** | **12842** | **13897** | **16405** | **15994** |
| 大中型农用拖拉机 | 台 | 936 | 911 | 797 | 812 | 790 |
| | 万瓦特 | 3784 | 3573 | 3675 | 4025 | 3964 |
| 小型及手扶拖拉机 | 台 | 500 | 2698 | 3697 | 4414 | 4587 |
| | 万瓦特 | 443 | 2549 | 3709 | 4395 | 4534 |
| 农用排灌动力机械 | 台 | 2279 | 2665 | 3195 | 4435 | 3982 |
| | 万瓦特 | 1995 | 2197 | 2079 | 2934 | 2451 |
| 联合收割机 | 台 | 294 | 321 | 346 | 415 | 430 |
| 农用载重汽车 | 辆 | 239 | 252 | 297 | 288 | 294 |
| 农用化肥施用实物量 | 吨 | 19563 | 32503 | 43041 | 42047 | 41182 |
| 农场用电量 | 万千瓦小时 | 1714 | 4738 | 3233 | 6893 | 7429 |
| **四、农林牧渔业总产值** | | | | | | |
| 按当年价格计算 | 万元 | 5124 | 14084 | 43278 | 47519 | 44195 |
| 按 1990 年不变价格计算 | 万元 | 8158 | 14383 | 22127 | 25289 | 23550 |
| **五、农作物总播种面积** | **千公顷** | **29.3** | **36.1** | **38.5** | **39.7** | **41.7** |
| #粮食作物播种面积 | 千公顷 | 23.3 | 31.6 | 32.8 | 34.9 | 35.6 |
| 每公顷粮食产量 | 千克 | 3013 | 3464 | 4180 | 4164 | 3717 |
| 粮食总产量 | 吨 | 70213 | 109476 | 136902 | 145453 | 132488 |
| #棉花播种面积 | 千公顷 | 1.6 | 1.3 | 1.2 | 0.9 | 0.9 |
| 每公顷棉花产量 | 千克 | 693 | 751 | 679 | 856 | 819 |
| 棉花总产量 | 吨 | 1109 | 976 | 782 | 807 | 777 |
| #油料播种面积 | 千公顷 | 1.8 | 2.2 | 3.7 | 2.8 | 4.1 |
| 每公顷油料产量 | 千克 | 1331 | 1863 | 2290 | 2174 | 2680 |
| 油料总产量 | 吨 | 2397 | 4100 | 8508 | 6080 | 10980 |
| **六、年末实有果园面积** | **千公顷** | **3.7** | **3.9** | **3.3** | **2.2** | **2.1** |
| 水果总产量 | 吨 | 13788 | 19677 | 31385 | 19526 | 15204 |
| #苹果 | 吨 | 9714 | 13457 | 25902 | 10165 | 6728 |
| 葡萄 | 吨 | 2368 | 3204 | 2219 | 2283 | 2323 |
| 梨 | 吨 | 1535 | 2277 | 2334 | 6325 | 5858 |
| **七、当年造林面积** | **公顷** | **212.7** | **80.3** | **22.0** | **16.2** | **23.0** |
| **八、粮食交售量** | **吨** | **41961** | **81780** | **102014** | **108129** | **102187** |
| 肉类交售量 | 吨 | 911 | 2010 | 5169 | 8717 | 9725 |
| 盈利农场个数 | 个 | 77 | 84 | 79 | 56 | 50 |
| 盈亏总额 | 万元 | 778 | 500 | 1875 | —2428 | —2215 |

## 主要统计指标解释

**农林牧渔业总产值** 是指以货币表现的农林牧渔业全部产品总量。它反映一定时期内农林牧渔业生产的总成果和总规模。

农林牧渔四业的统计范围是：

1、农业，包括种植业和其他农业。

种植业包括谷物种植业，油料和豆类作物种植业，棉、麻等植物性纺织原料种植业，糖料作物种植业，烟草种植业，药材种植业，蔬菜、瓜类和薯类作物种植业，茶、桑、果树种植业及其他种植业。

其他农业包括采集野生植物的果实、纤维、树胶、树脂、油料以及野生药材、菌类、柴草等，以及农村集体、个体从事的不够工业生产条件的工业生产活动。

2、林业，包括采种、育苗、植树、造林、森林抚育、迹地更新、森林保护、天然林场的经营管理以及橡胶、漆树、油桐、咖啡、花椒、胡椒等林树种植及其林产品的采集。

3、畜牧业，包括各种牲畜(如猪、羊、牛、马、驴、骡、骆驼以及特种经济动物等)的饲养与放牧、家禽及珍禽的饲养、狩猎、野生动物产品的采集及其他畜牧业。

4、渔业，包括在海水和淡水水域进行的各种水生动植物养殖和捕捞。

农林牧渔业总产值的计算方法，一般采用“产品法”进行计算，即凡是有产品产量的，都按产品产量乘以其产品单价求得每一种农产品的产值，然后将四业产品的产值相加求得。

1992 年以前的农林牧渔业总产值统称为农业总产值，且包括农林牧副渔五业，从 1993 年开始，将副业中的采集和农民家庭兼营商品性手工业划为农业中的其他农业，捕猎野兽、野禽划为牧业。本《年鉴》农林牧渔业总产值均按现行统计制度统一进行了调整。

**农林牧渔业增加值** 是指农林牧渔业生产单位在一定时期内生产经营或劳务活动的最终成果。在量值上等于农林牧渔业总产出扣除中间消耗后的余额。

**耕地面积** 指可以用来种植农作物、经常进行耕锄的田地，除包括熟地、当年新开荒地、连续撂荒未满三年的耕地和当年的休闲地(轮歇地)外，还包括在种植农作物为主并附带种植桑树、茶树、果树和其他林木的土地，以及沿海、沿湖地已围垦利用的“海涂”、“湖田”等面积。但不包括属于专业性的桑园、茶园、果园、果木苗圃、林地、芦苇地、天然或人工草地面积。

**农用机械总动力** 指主要用于农、林、牧、渔业的各种动力机械的动力总和，包括耕作机械、农用排灌机械、收获机械、植保机械、畜牧机械、渔业机械、农产品加工机械、农用运输机械、其他农业机械。按能源又分为柴油、汽油、电力和其他动力。

**农田有效灌溉面积** 指具有一定的水源，地块比较平整，灌溉工程或设备已经配套，在一般年景下当年能够进行正常灌溉的耕地面积。在一般情况下，有效灌溉面积应等于灌溉工程或设备已经配套，能够进行正常灌溉的水田和水浇地面积之和。

**农作物播种面积** 指实际播种或移植有农作物的面积。凡是实际种植有农作物的面积，不论种植在耕地还是非耕地上，也不论面积大小均包括在农作物播种面积中，同时还包括因灾而重新改种和补种的农作物面积。

**粮食产量** 指全社会的产量。包括国营农场等国有经营的、集体统一经营的和农民家庭经营的粮食产量，还包括工矿企业家属办的农场和其他生产单位的产量。粮食除包括稻谷、小麦、玉米、高粱、谷子及其他杂粮外，还包括薯类和豆类。其产量计算方法，豆类按去豆荚后的干豆计算；薯类（包括甘薯和马铃薯，不包括芋头和木薯）1963 年以前按每 4 千克鲜薯折 1 千克粮食计算，从 1964 年以后按 5 千克鲜薯折 1 千克粮食计算。其他粮食一律按脱粒后的原粮计算。

**谷物产量**　谷物包括稻谷、小麦、玉米、谷子、高粮和其他谷物，不包括薯类和豆类。谷类作物一律按脱粒后的原粮计算（玉米按脱粒后的粒子计算）。

**造林面积**　指在报告期内在荒山、荒地、沙丘等一切可以造林的土地上，采用人工播种、植苗、飞机播种等方法新植的成片乔木林和灌木林，经过检查验收符合“造林技术规程”要求株数，成活率达 85％以上的面积。四旁植树如一侧在四行以上，连续面积 0.066 公顷（一亩）以上，应统计在造林面积内。

在造林面积中，不包括补植面积、治沙种草面积、经济林垦复面积，迹地更新面积和低产林改造面积。

**猪牛羊肉产量**　指当年出栏并已屠宰的猪、牛、羊肉产量。即屠宰后除去头蹄下水后带骨肉（即胴体重）的重量。

**水产品产量**　指人工养殖的水产品和天然生长的水产品的捕捞量。包括海水的鱼类、虾蟹类、贝类和藻类以及淡水的鱼类、虾蟹类和贝类，不包括淡水水生植物。

**受灾面积**　指报告期内因自然灾害（旱灾、水灾、风雹灾、霜冻、病虫害和其他自然灾害）使农作物的产量较常年产量减产一成以上的农作物播种面积。受灾面积不得重复计算，即同一土地上如先后遭受几种或几次灾害，按其受灾最重的一次统计其面积。

**成灾面积**　在遭受自然灾害影响的受灾面积中，农作物收获量较常年减产三成以上的播种面积。

# 十、工　业

**简要说明**

一、本篇资料反映河南省工业生产基本情况，包括的主要内容有：

1. 全部工业企业单位数、总产值、增加值。

2. 全部国有及限额以上工业企业单位数、总产值、增加值及销售产值。

3. 主要工业产品产量。

4. 全部国有及限额以上工业企业主要经济指标和经济效益指标。主要有企业单位数、总产值、增加值、销售产值、资本金、流动资产、固定资产、负债、所有者权益、销售收入、利润总额、利税总额、增加值率、资本保值增值率、资产负债率、总资产贡献率等。

5. 大中型工业企业主要指标。

6. 主要统计指标解释。

二、资料来源：本篇资料由省统计局根据国家统计制度整理提供。其中 1994 年以前资料为逐级上报汇总数据，1995 年资料为第三次工业普查数据，1996 年始资料为目录抽样调查数据，即对年销售收入 500 万元及以上的单位进行全数调查，对 500 万元以下的单位进行抽样调查。

# 数 据 要 览

| | | |
|---|---|---|
| ◆1998年末工业企业单位数 | 683145个 | 比上年增加46704个 |
| #大中型工业企业 | 1135个 | 比上年减少11个 |
| ◆1998年工业总产值 | 5821.32亿元 | 比上年增长8.8% |
| 轻工业 | 2428.02亿元 | 比上年增长8.2% |
| 重工业 | 3393.30亿元 | 比上年增长9.2% |
| ◆1998年全部国有及限额以上工业企业实现利税总额 | 251.73亿元 | 比上年下降12.2% |
| ◆1998年全部国有及限额以上工业企业全员劳动生产率 | 25496元/人·年 | 比上年增长5.3% |
| ◆1998年全部国有及限额以上工业企业资产总计 | 4813.59亿元 | 比上年增长13.3% |

## 工业总产值

单位：亿元

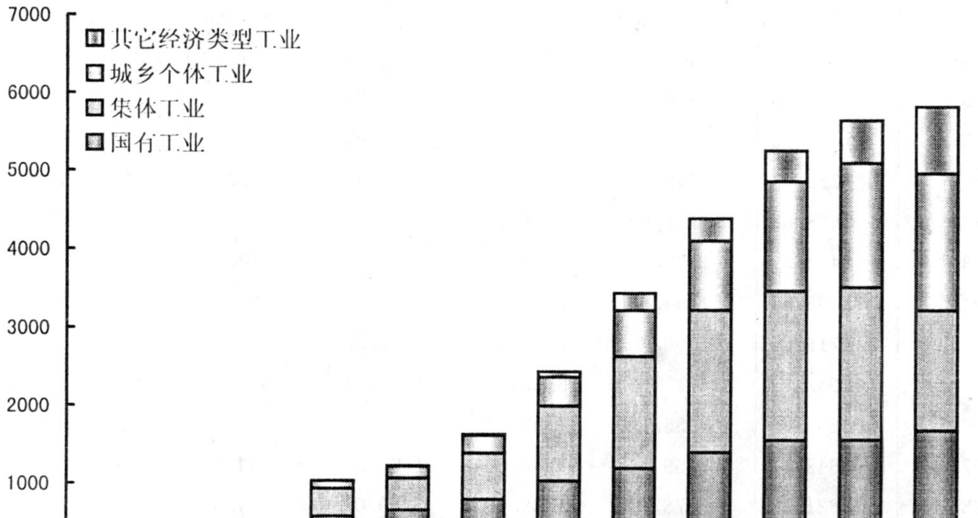

# 10—1 历年工业总产值

单位：亿元

| 年份 | 工业总产值 | 国有企业 | 集体企业 | 城乡个体 | 其他各种经济类型 | 轻工业 | 重工业 |
|---|---|---|---|---|---|---|---|
| 1949 | 2.98 | 0.25 | 0.65 | 1.71 | 0.37 | 2.49 | 0.49 |
| 1952 | 9.98 | 2.40 | 1.25 | 5.09 | 1.24 | 8.15 | 1.83 |
| 1957 | 16.63 | 7.50 | 4.80 | 2.26 | 2.07 | 11.91 | 4.72 |
| 1962 | 23.93 | 19.51 | 4.29 | 0.13 | | 13.10 | 10.83 |
| 1965 | 42.24 | 36.86 | 5.38 | | | 23.54 | 18.70 |
| 1970 | 73.68 | 63.71 | 9.97 | | | 34.68 | 39.00 |
| 1975 | 130.46 | 101.04 | 29.42 | | | 61.10 | 69.36 |
| 1978 | 170.82 | 126.48 | 44.34 | | | 78.65 | 92.17 |
| 1979 | 193.49 | 146.41 | 47.08 | | | 91.17 | 102.32 |
| 1980 | 209.23 | 155.97 | 53.20 | 0.05 | 0.01 | 106.91 | 102.32 |
| 1981 | 223.50 | 168.32 | 55.05 | 0.09 | 0.04 | 123.77 | 99.73 |
| 1982 | 246.28 | 184.82 | 61.24 | 0.16 | 0.06 | 130.36 | 115.92 |
| 1983 | 268.14 | 198.85 | 68.95 | 0.26 | 0.08 | 134.12 | 134.02 |
| 1984 | 307.58 | 219.24 | 87.72 | 0.52 | 0.10 | 150.01 | 157.57 |
| 1985 | 401.32 | 263.90 | 123.05 | 14.08 | 0.29 | 193.06 | 208.26 |
| 1986 | 478.09 | 293.19 | 154.13 | 30.30 | 0.47 | 223.60 | 254.49 |
| 1987 | 594.64 | 351.13 | 192.67 | 49.99 | 0.85 | 276.86 | 317.78 |
| 1988 | 779.90 | 446.28 | 259.81 | 72.29 | 1.52 | 361.97 | 417.93 |
| 1989 | 953.56 | 536.79 | 324.75 | 89.21 | 2.81 | 435.61 | 517.95 |
| 1990 | 1036.73 | 572.03 | 358.44 | 102.05 | 4.21 | 473.13 | 563.60 |
| 1991 | 1222.68 | 649.89 | 412.78 | 150.90 | 9.11 | 555.03 | 667.65 |
| 1992 | 1628.63 | 792.80 | 591.76 | 226.94 | 17.13 | 716.05 | 912.58 |
| 1993 | 2434.37 | 1030.87 | 959.65 | 370.96 | 72.89 | 998.80 | 1435.57 |
| 1994 | 3436.80 | 1194.87 | 1434.71 | 583.95 | 223.27 | 1438.12 | 1998.68 |
| 1995 | 4716.26 | 1600.75 | 1898.33 | 887.25 | 329.93 | 2048.78 | 2667.48 |
| | (4393.87) | (1401.16) | (1816.17) | (887.25) | (289.29) | (1899.19) | (2494.68) |
| 1996 | 5257.00 | 1555.12 | 1909.86 | 1396.84 | 395.18 | 2182.93 | 3074.07 |
| 1997 | 5642.14 | 1559.55 | 1954.53 | 1583.36 | 544.70 | 2366.56 | 3275.58 |
| 1998 | 5821.32 | 1678.64 | 1538.09 | 1750.07 | 854.52 | 2428.02 | 3393.30 |

注：1、本表按当年价格计算。

2、1995 年以前为原规定，括号内及 1996 年始为新规定。

3、1998 年国有企业为国有及国有控股企业(下表同)。

# 10—2 历年工业总产值指数

（以1952年为100）

| 年 份 | 工 业 总产值 | 国 有 企 业 | 集 体 企 业 | 城乡个体 企 业 | 其他各种 经济类型 企 业 | 轻工业 | 重工业 |
|---|---|---|---|---|---|---|---|
| 1949 | 29.9 | 9.5 | 58.6 | 33.8 | | 30.6 | 26.7 |
| 1952 | 100.0 | 100.0 | 100.0 | 100.0 | | 100.0 | 100.0 |
| 1957 | 188.0 | 438.2 | 376.6 | 44.4 | | 166.6 | 283.8 |
| 1962 | 259.9 | 792.4 | 383.1 | 2.4 | | 174.4 | 644.6 |
| 1967 | 537.2 | 1661.5 | 759.1 | | | 353.4 | 1362.9 |
| 1970 | 947.8 | 3046.4 | 1076.2 | | | 545.1 | 2750.5 |
| 1975 | 1546.9 | 4505.2 | 2724.3 | | | 802.2 | 4868.9 |
| 1978 | 2030.0 | 5651.3 | 4120.0 | | | 1034.7 | 6490.8 |
| 1979 | 2226.9 | 6267.3 | 4375.4 | | | 1162.0 | 6971.1 |
| 1980 | 2434.0 | 6749.9 | 4996.7 | 1.0 | 100.0 | 1378.1 | 7047.8 |
| 1981 | 2555.7 | 7181.9 | 5041.7 | 2.0 | 300.0 | 1553.1 | 6829.4 |
| 1982 | 2775.5 | 7720.5 | 5631.6 | 3.1 | 600.0 | 1637.0 | 7683.0 |
| 1983 | 3028.1 | 8338.2 | 6318.7 | 5.3 | 800.0 | 1709.0 | 8781.7 |
| 1984 | 3442.9 | 9080.3 | 7582.4 | 100.0 | 1000.0 | 1917.5 | 10116.5 |
| 1985 | 4224.4 | 10487.7 | 10266.6 | 206.5 | 2500.0 | 2378.8 | 12281.5 |
| 1986 | 4832.7 | 10838.4 | 12894.8 | 520.2 | 3900.0 | 2658.5 | 14369.4 |
| 1987 | 5702.6 | 12301.6 | 15319.0 | 803.7 | 6600.0 | 3102.5 | 17114.0 |
| 1988 | 6860.2 | 14134.5 | 19164.1 | 1107.5 | 11100.0 | 3676.5 | 20879.1 |
| 1989 | 7573.7 | 14870.1 | 22307.0 | 1296.9 | 17200.0 | 4036.8 | 23154.9 |
| 1990 | 8096.3 | 15345.9 | 24528.8 | 1792.3 | 19244.2 | 4315.3 | 24752.6 |
| 1991 | 9335.0 | 16788.4 | 28085.5 | 2659.8 | 42529.7 | 4962.6 | 28614.0 |
| 1992 | 11827.4 | 19202.3 | 39074.1 | 3792.7 | 78209.0 | 6233.0 | 36358.7 |
| 1993 | 15363.8 | 21256.9 | 56540.2 | 5123.9 | 310724.4 | 8383.4 | 45921.0 |
| 1994 | 19604.2 | 21745.8 | 74520.0 | 7296.4 | 896129.2 | 10613.4 | 59008.5 |
| 1995 | 23779.9 | 25751.1 | 90914.4 | 9120.5 | 1170519.8 | 13365.1 | 69612.8 |
| 1996 | 27596.6 | 27723.6 | 96096.5 | 13233.8 | 1550938.7 | 14900.8 | 83208.2 |
| 1997 | 29693.9 | 27890.0 | 98595.0 | 15046.8 | 2143397.3 | 16197.1 | 88949.5 |
| 1998 | 32306.6 | 31655.8 | 81816.5 | 17537.5 | 3545799.1 | 17523.4 | 97168.2 |

注：本表按可比价格、可比口径计算。

## 10—3 工业企业单位数、总产值及增加值

| 项　　目 | 1990 年 | 1995 年 | | 1997 年 | 1998 年 |
|---|---|---|---|---|---|
| | | (原规定) | (新规定) | | |
| **企业单位数(个)** | **810810** | **736838** | | **636441** | **683145** |
| #大中型企业 | 415 | 1106 | | 1146 | 1135 |
| #国有及国有控股 | | | | | 4593 |
| #集体企业 | 117866 | 143409 | | 66276 | 47032 |
| 外商及港澳台 | | | | | 1094 |
| 城乡个体工业 | 688319 | 585879 | | 560978 | 601535 |
| #轻工业 | 513154 | 495920 | | 419283 | 449036 |
| 重工业 | 297656 | 240918 | | 217158 | 234109 |
| **工业总产值(亿元)** | **1036.73** | **4716.26** | **4393.87** | **5642.14** | **5821.32** |
| #大中型企业 | 360.44 | 1512.22 | 1317.24 | 1593.08 | 1503.93 |
| #国有及国有控股 | | | | | 1678.64 |
| #集体企业 | 358.44 | 1898.33 | 1816.17 | 1954.53 | 1538.09 |
| 外商及港澳台 | | | | | 235.51 |
| 城乡个体工业 | 102.05 | 887.25 | 887.25 | 1583.36 | 1750.07 |
| #轻工业 | 473.13 | 2048.78 | 1899.19 | 2366.56 | 2428.02 |
| 重工业 | 563.60 | 2667.48 | 2494.68 | 3275.58 | 3393.30 |
| **工业增加值(亿元)** | | **1274.89** | | **1662.00** | **1720.48** |
| #大中型企业 | | 458.10 | | 545.80 | 519.72 |
| #国有及国有控股 | | | | | 578.13 |
| #集体企业 | | 504.24 | | 562.40 | 435.19 |
| 外商及港澳台 | | | | | 71.18 |
| 城乡个体工业 | | 212.97 | | 390.00 | 479.34 |
| #轻工业 | | 492.00 | | 651.00 | 666.26 |
| 重工业 | | 782.89 | | 1011.00 | 1054.22 |

注:1、本表工业总产值按当年价格计算,指数按可比价格、可比口径计算。

2、1996 年始工业总产值为新规定(下同)。

## 10—4 各市地工业企业单位数

（1998 年底）

单位：个

| 市地 | 合计 | #国有及国有控股企业 | #集体工业 | #外商及港澳台 | #城乡个体企业 | 大型企业 | 中型企业 | 小型企业 |
|---|---|---|---|---|---|---|---|---|
| **全省** | **683145** | **4593** | **47032** | **1094** | **601535** | **326** | **809** | **682010** |
| 郑州市 | 46122 | 467 | 5547 | 346 | 36608 | 46 | 69 | 46007 |
| 开封市 | 28869 | 224 | 2559 | 48 | 25289 | 22 | 44 | 28803 |
| 洛阳市 | 49732 | 350 | 3628 | 74 | 43802 | 40 | 62 | 49630 |
| 平顶山市 | 33529 | 227 | 1974 | 37 | 29691 | 17 | 37 | 33475 |
| 安阳市 | 28009 | 318 | 2550 | 40 | 22815 | 20 | 63 | 27926 |
| 鹤壁市 | 10018 | 134 | 987 | 19 | 8559 | 7 | 25 | 9986 |
| 新乡市 | 25843 | 295 | 2883 | 65 | 21630 | 34 | 85 | 25724 |
| 焦作市 | 32318 | 309 | 2470 | 53 | 28497 | 21 | 57 | 32240 |
| 濮阳市 | 29049 | 170 | 1070 | 33 | 25674 | 8 | 16 | 29025 |
| 许昌市 | 42455 | 174 | 2935 | 54 | 37812 | 11 | 43 | 42401 |
| 漯河市 | 22088 | 73 | 925 | 36 | 19778 | 5 | 38 | 22045 |
| 三门峡市 | 14366 | 175 | 1880 | 51 | 11839 | 14 | 22 | 14330 |
| 南阳市 | 137295 | 343 | 4804 | 96 | 128399 | 31 | 65 | 137199 |
| 商丘市 | 38312 | 303 | 1732 | 29 | 33005 | 18 | 30 | 38264 |
| 信阳市 | 41105 | 322 | 3311 | 20 | 35924 | 12 | 50 | 41043 |
| 周口地区 | 53940 | 347 | 2502 | 51 | 49097 | 6 | 63 | 53871 |
| 驻马店地区 | 42416 | 321 | 4711 | 24 | 36296 | 6 | 32 | 42378 |
| 济源市 | 7679 | 41 | 564 | 18 | 6820 | 8 | 8 | 7663 |

## 10—5 各市地工业总产值

（1998 年）

单位：亿元

| 市地 | 合计 | #国有及国有控股企业 | #集体工业 | #外商及港澳台 | #城乡个体企业 | 大型企业 | 中型企业 | 小型企业 |
|---|---|---|---|---|---|---|---|---|
| **全省** | **5821.32** | **1678.64** | **1538.09** | **235.51** | **1750.07** | **1064.66** | **439.27** | **4317.38** |
| 郑州市 | 876.99 | 195.98 | 264.14 | 54.56 | 245.54 | 126.40 | 47.49 | 703.10 |
| 开封市 | 207.53 | 61.94 | 69.66 | 9.71 | 54.39 | 29.72 | 17.28 | 160.53 |
| 洛阳市 | 533.03 | 226.60 | 92.44 | 24.68 | 160.11 | 186.20 | 28.34 | 318.49 |
| 平顶山市 | 327.65 | 119.79 | 51.09 | 3.54 | 131.52 | 92.88 | 15.52 | 219.25 |
| 安阳市 | 282.72 | 116.71 | 57.15 | 20.32 | 40.62 | 80.79 | 32.34 | 169.59 |
| 鹤壁市 | 90.75 | 36.24 | 27.44 | 8.87 | 10.84 | 25.93 | 8.26 | 56.56 |
| 新乡市 | 327.96 | 116.33 | 94.90 | 33.29 | 76.86 | 78.36 | 32.26 | 217.34 |
| 焦作市 | 455.21 | 112.86 | 170.10 | 10.77 | 125.94 | 62.48 | 35.13 | 357.59 |
| 濮阳市 | 201.53 | 100.08 | 33.10 | 2.33 | 33.15 | 70.69 | 9.12 | 121.72 |
| 许昌市 | 403.43 | 63.20 | 130.92 | 8.09 | 158.59 | 23.83 | 33.50 | 346.10 |
| 漯河市 | 239.86 | 48.16 | 65.49 | 9.55 | 70.34 | 40.31 | 37.21 | 162.34 |
| 三门峡市 | 192.35 | 72.23 | 61.33 | 2.73 | 44.73 | 44.84 | 15.41 | 132.09 |
| 南阳市 | 582.17 | 142.93 | 142.37 | 11.10 | 225.80 | 90.50 | 34.00 | 457.67 |
| 商丘市 | 189.22 | 54.72 | 42.77 | 5.61 | 47.80 | 22.65 | 13.60 | 152.97 |
| 信阳市 | 192.95 | 52.24 | 20.75 | 4.78 | 65.48 | 21.33 | 17.28 | 154.34 |
| 周口地区 | 323.27 | 81.81 | 80.40 | 18.68 | 109.55 | 37.24 | 37.75 | 248.27 |
| 驻马店地区 | 309.64 | 50.86 | 114.25 | 4.67 | 112.69 | 13.59 | 18.85 | 277.20 |
| 济源市 | 85.07 | 25.96 | 19.79 | 2.23 | 36.11 | 16.92 | 5.91 | 62.25 |

注：本表按当年价格计算。

## 10—6 各市地工业增加值

(1998 年)

| 市地 | 全部工业 | | 国有及限额以上 | | 限额以下 | | 城乡个体 | |
|---|---|---|---|---|---|---|---|---|
| | 增加值(亿元) | 增加值率(%) | 增加值(亿元) | 增加值率(%) | 增加值(亿元) | 增加值率(%) | 增加值(亿元) | 增加值率(%) |
| **全省** | **1720.48** | **29.55** | **970.34** | **31.96** | **270.80** | **26.17** | **479.34** | **27.39** |
| 郑州市 | 264.47 | 30.16 | 169.11 | 33.50 | 35.10 | 27.71 | 60.26 | 24.54 |
| 开封市 | 54.49 | 26.26 | 29.14 | 28.08 | 11.72 | 23.74 | 13.63 | 25.05 |
| 洛阳市 | 163.68 | 30.71 | 93.13 | 30.71 | 17.64 | 25.35 | 52.91 | 33.04 |
| 平顶山市 | 110.25 | 33.65 | 57.59 | 37.63 | 13.85 | 32.15 | 38.81 | 29.51 |
| 安阳市 | 86.97 | 30.76 | 61.63 | 33.31 | 14.33 | 25.11 | 11.01 | 27.11 |
| 鹤壁市 | 29.49 | 32.49 | 21.77 | 33.84 | 4.81 | 30.86 | 2.91 | 26.86 |
| 新乡市 | 89.04 | 27.15 | 56.48 | 29.12 | 13.89 | 24.31 | 18.67 | 24.29 |
| 焦作市 | 135.45 | 29.76 | 85.53 | 31.15 | 13.94 | 25.52 | 35.98 | 28.57 |
| 濮阳市 | 73.13 | 36.29 | 53.90 | 41.17 | 9.21 | 24.59 | 10.02 | 30.24 |
| 许昌市 | 111.16 | 27.55 | 55.86 | 32.18 | 19.70 | 27.65 | 35.61 | 22.45 |
| 漯河市 | 62.33 | 25.98 | 35.82 | 25.73 | 7.66 | 25.31 | 18.84 | 26.79 |
| 三门峡市 | 63.04 | 32.77 | 41.51 | 33.20 | 5.62 | 24.89 | 15.91 | 35.57 |
| 南阳市 | 180.39 | 30.99 | 77.41 | 31.92 | 34.30 | 30.12 | 68.68 | 30.41 |
| 商丘市 | 55.53 | 29.34 | 27.18 | 31.86 | 13.94 | 24.86 | 14.40 | 30.13 |
| 信阳市 | 55.42 | 28.72 | 22.84 | 29.10 | 13.88 | 28.33 | 18.70 | 28.56 |
| 周口地区 | 87.11 | 26.95 | 42.19 | 28.80 | 16.11 | 23.96 | 28.81 | 26.30 |
| 驻马店地区 | 75.83 | 24.49 | 28.67 | 29.42 | 21.10 | 21.21 | 26.06 | 23.13 |
| 济源市 | 22.70 | 26.68 | 10.58 | 30.73 | 4.00 | 27.46 | 8.13 | 22.50 |

注:1、本表按当年价格计算。
2、全部国有及限额以上工业是指全部国有工业企业及年销售收入在500万元及以上的非国有工业企业(下同)。
3、限额以下工业是指年销售收入500万元以下的非国有工业企业和非工业法人单位附营的工业产业活动单位(下同)。

## 10—7 全部国有及限额以上工业企业单位数、总产值、增加值及销售产值

(1998 年)

| 项目 | 单位数(个) | 工业总产值(亿元) | 工业总产值指数(上年=100) | 工业增加值(亿元) | 工业销售产值(亿元) |
|---|---|---|---|---|---|
| **总计** | **10450** | **3036.30** | **107.2** | **970.34** | **2950.51** |
| #国有及国有控股企业 | 3356 | 1658.98 | 102.8 | 572.43 | 1621.51 |
| #集体企业 | 5151 | 938.55 | | 270.87 | 907.56 |
| 股份有限公司 | 358 | 228.34 | | 64.26 | 220.74 |
| 私营企业 | 1109 | 152.33 | | 41.98 | 147.03 |
| 港澳台商投资企业 | 258 | 130.02 | | 43.70 | 124.06 |
| 外商投资企业 | 180 | 94.23 | | 24.67 | 90.09 |
| #轻工业 | 4878 | 1171.10 | 104.1 | 326.31 | 1131.38 |
| 以农产品为原料 | 3789 | 935.41 | 108.4 | 261.97 | 904.28 |
| 以非农产品为原料 | 1089 | 235.70 | 89.9 | 64.34 | 227.10 |
| 重工业 | 5572 | 1865.20 | 109.2 | 644.03 | 1819.13 |
| 采掘工业 | 899 | 326.75 | 108.6 | 155.16 | 319.23 |
| 原料工业 | 1569 | 763.85 | 121.1 | 270.29 | 752.73 |
| 加工工业 | 3104 | 774.59 | 99.8 | 218.59 | 747.18 |
| #大型企业 | 326 | 1064.66 | 104.8 | 376.57 | 1041.84 |
| 中型企业 | 809 | 439.27 | 103.0 | 143.15 | 428.97 |
| 小型企业 | 9315 | 1532.37 | 110.1 | 450.62 | 1479.70 |

注:本表工业总产值、增加值、销售产值按当年价格计算,指数按可比价格计算(下表同)。

## 10—8 全部国有及限额以上工业企业分行业单位数、总产值、增加值及销售产值

（1998年）

| 项目 | 单位数（个） | 工业总产值（亿元） | 工业总产值指数（上年=100） | 工业增加值（亿元） | 工业销售产值（亿元） |
|---|---|---|---|---|---|
| **总计** | **10450** | **3036.30** | **107.2** | **970.34** | **2950.51** |
| 煤炭采选业 | 563 | 168.79 | 103.8 | 86.37 | 162.85 |
| 石油和天然气开采业 | 4 | 84.79 | 111.0 | 47.39 | 84.67 |
| 黑色金属矿采选业 | 30 | 3.29 | 98.6 | 0.83 | 3.19 |
| 有色金属矿采选业 | 185 | 56.95 | 139.5 | 17.24 | 55.82 |
| 非金属矿采选业 | 115 | 12.84 | 124.8 | 3.32 | 12.60 |
| 其他矿采选业 | 2 | 0.10 | 58.5 | 0.03 | 0.09 |
| 木材及竹材采运业 | | | | | |
| 食品加工业 | 1127 | 240.76 | 121.4 | 50.19 | 233.50 |
| 食品制造业 | 398 | 92.51 | 109.7 | 26.29 | 89.50 |
| 饮料制造业 | 242 | 94.15 | 113.3 | 28.88 | 91.99 |
| 烟草加工业 | 34 | 67.15 | 93.7 | 36.92 | 67.21 |
| 纺织工业 | 627 | 194.05 | 105.2 | 48.52 | 183.41 |
| 服装及其他纤维制品制造业 | 126 | 17.74 | 110.1 | 4.66 | 17.20 |
| 皮革、毛皮、羽绒及其制品业 | 281 | 65.81 | 122.6 | 18.05 | 62.60 |
| 木材加工及竹、藤、棕、草制品业 | 141 | 15.70 | 118.8 | 4.27 | 15.41 |
| 家具制造业 | 85 | 8.30 | 168.0 | 2.45 | 7.99 |
| 造纸及纸制品业 | 487 | 78.12 | 100.7 | 22.72 | 76.50 |
| 印刷业、记录媒介的复制 | 173 | 21.24 | 132.7 | 6.29 | 20.68 |
| 文教体育用品制造业 | 21 | 1.53 | 115.2 | 0.38 | 1.49 |
| 石油加工及炼焦业 | 75 | 68.43 | 111.3 | 22.58 | 63.60 |
| 化学原料及化学制品制造业 | 770 | 201.47 | 100.2 | 56.61 | 196.13 |
| 医药制造业 | 204 | 63.05 | 112.0 | 17.36 | 59.62 |
| 化学纤维制造业 | 28 | 32.57 | 122.6 | 10.26 | 30.13 |
| 橡胶制品业 | 89 | 31.71 | 85.8 | 8.84 | 29.67 |
| 塑料制品业 | 255 | 38.00 | 120.8 | 9.33 | 36.82 |
| 非金属矿物制品业 | 1337 | 261.24 | 111.0 | 81.89 | 251.89 |
| 黑色金属冶练及压延加工业 | 171 | 120.51 | 117.6 | 33.10 | 117.16 |
| 有色金属冶练及压延加工业 | 207 | 112.46 | 122.0 | 29.11 | 110.64 |
| 金属制品业 | 319 | 48.97 | 117.0 | 12.99 | 47.17 |
| 普通机械制造业 | 524 | 112.42 | 101.4 | 32.74 | 107.43 |
| 专用设备制造业 | 567 | 160.52 | 85.7 | 41.62 | 156.46 |
| 交通运输设备制造业 | 283 | 82.38 | 89.0 | 21.51 | 80.80 |
| 武器弹药制造业 | 11 | 5.00 | 137.3 | 0.78 | 4.80 |
| 电气机械及器材制造业 | 295 | 91.43 | 98.3 | 23.37 | 88.89 |
| 电子及通信设备制造业 | 57 | 41.47 | 141.5 | 14.31 | 39.46 |
| 仪器、仪表及文化办公用机械制造业 | 46 | 6.17 | 94.6 | 1.77 | 5.69 |
| 其他制造业 | 193 | 33.42 | 123.7 | 10.03 | 32.99 |
| 电力、蒸气、热水的生产和供应业 | 248 | 288.07 | 152.7 | 131.80 | 286.42 |
| 煤气生产和供应业 | 11 | 2.94 | 136.5 | 0.90 | 2.94 |
| 自来水生产和供应业 | 119 | 10.24 | 134.1 | 4.67 | 10.10 |

## 10—9 各市地全部国有及限额以上工业企业单位数

（1998年底）　　单位：个

| 市地 | 合计 | #国有及国有控股 | #集体 | #股份有限公司 | #私营 | #外商及港澳台 | 轻工业 | 重工业 | #大型 | #中型 |
|---|---|---|---|---|---|---|---|---|---|---|
| **全省** | **10450** | **3356** | **5151** | **358** | **1109** | **438** | **4878** | **5572** | **326** | **809** |
| 郑州市 | 1814 | 364 | 1006 | 80 | 214 | 112 | 536 | 1278 | 46 | 69 |
| 开封市 | 441 | 190 | 211 | 23 | 18 | 10 | 259 | 182 | 22 | 44 |
| 洛阳市 | 698 | 280 | 294 | 14 | 78 | 36 | 258 | 440 | 40 | 62 |
| 平顶山市 | 389 | 150 | 196 | 18 | 25 | 17 | 140 | 249 | 17 | 37 |
| 安阳市 | 586 | 195 | 200 | 26 | 124 | 21 | 252 | 334 | 20 | 63 |
| 鹤壁市 | 255 | 109 | 112 | 14 | 6 | 9 | 95 | 160 | 7 | 25 |
| 新乡市 | 682 | 263 | 324 | 26 | 32 | 39 | 347 | 335 | 34 | 85 |
| 焦作市 | 905 | 246 | 528 | 17 | 88 | 32 | 386 | 519 | 21 | 57 |
| 濮阳市 | 345 | 138 | 120 | 9 | 78 | 9 | 211 | 134 | 8 | 16 |
| 许昌市 | 690 | 126 | 446 | 41 | 54 | 25 | 298 | 392 | 11 | 43 |
| 漯河市 | 416 | 63 | 193 | 1 | 109 | 17 | 270 | 146 | 5 | 38 |
| 三门峡市 | 306 | 95 | 171 | 5 | 15 | 13 | 59 | 247 | 14 | 22 |
| 南阳市 | 877 | 248 | 472 | 24 | 67 | 46 | 508 | 369 | 31 | 65 |
| 商丘市 | 422 | 225 | 118 | 8 | 59 | 11 | 288 | 134 | 18 | 30 |
| 信阳市 | 395 | 185 | 177 | 27 | 20 | 8 | 198 | 197 | 12 | 50 |
| 周口地区 | 567 | 226 | 232 | 9 | 88 | 16 | 380 | 187 | 6 | 63 |
| 驻马店地区 | 549 | 212 | 291 | 16 | 26 | 11 | 359 | 190 | 6 | 32 |
| 济源市 | 113 | 41 | 60 | | 8 | 6 | 34 | 79 | 8 | 8 |

## 10—10 各市地全部国有及限额以上工业总产值

（1998年）　　单位：亿元

| 市地 | 合计 | #国有及国有控股 | #集体 | #股份有限公司 | #私营 | #外商及港澳台 | 轻工业 | 重工业 | #大型 | #中型 |
|---|---|---|---|---|---|---|---|---|---|---|
| **全省** | **3036.30** | **1658.98** | **938.55** | **228.34** | **152.33** | **224.25** | **1171.10** | **1865.20** | **1064.66** | **439.27** |
| 郑州市 | 504.76 | 193.42 | 189.09 | 52.14 | 32.34 | 51.63 | 143.85 | 360.91 | 126.40 | 47.49 |
| 开封市 | 103.76 | 61.53 | 34.87 | 6.52 | 2.49 | 9.25 | 54.05 | 49.71 | 29.72 | 17.28 |
| 洛阳市 | 303.30 | 225.38 | 45.50 | 2.67 | 8.62 | 23.98 | 67.72 | 235.58 | 186.20 | 28.34 |
| 平顶山市 | 153.05 | 118.55 | 26.71 | 36.06 | 2.45 | 3.07 | 38.45 | 114.60 | 92.88 | 15.52 |
| 安阳市 | 185.02 | 115.58 | 31.39 | 7.79 | 19.83 | 20.05 | 53.30 | 131.72 | 80.79 | 32.34 |
| 鹤壁市 | 64.33 | 36.12 | 15.74 | 2.77 | 1.64 | 8.61 | 22.71 | 41.62 | 25.93 | 8.26 |
| 新乡市 | 193.97 | 116.13 | 53.66 | 14.18 | 4.01 | 32.54 | 88.51 | 105.46 | 78.36 | 32.26 |
| 焦作市 | 274.62 | 112.08 | 137.42 | 12.55 | 11.93 | 10.32 | 88.94 | 185.68 | 62.48 | 35.13 |
| 濮阳市 | 130.93 | 99.49 | 21.14 | 3.97 | 8.40 | 1.86 | 32.80 | 98.13 | 70.69 | 9.12 |
| 许昌市 | 173.59 | 62.78 | 84.03 | 12.21 | 9.63 | 7.44 | 71.52 | 102.07 | 23.83 | 33.50 |
| 漯河市 | 139.24 | 48.10 | 53.77 | 1.00 | 17.50 | 9.17 | 96.49 | 42.75 | 40.31 | 37.21 |
| 三门峡市 | 125.05 | 71.40 | 44.86 | 3.00 | 1.46 | 2.15 | 21.12 | 103.93 | 44.84 | 15.41 |
| 南阳市 | 242.50 | 140.85 | 72.17 | 24.35 | 7.41 | 10.43 | 125.25 | 117.25 | 90.50 | 34.00 |
| 商丘市 | 85.32 | 53.42 | 18.90 | 1.69 | 5.31 | 5.40 | 49.43 | 35.89 | 22.65 | 13.60 |
| 信阳市 | 78.49 | 52.24 | 20.75 | 19.92 | 1.71 | 4.78 | 39.72 | 38.77 | 21.33 | 17.28 |
| 周口地区 | 146.48 | 77.53 | 44.05 | 22.84 | 11.35 | 17.38 | 110.06 | 36.42 | 37.24 | 37.75 |
| 驻马店地区 | 97.47 | 48.41 | 34.53 | 4.67 | 5.95 | 4.40 | 60.86 | 36.61 | 13.59 | 18.85 |
| 济源市 | 34.41 | 25.96 | 9.98 | | 0.32 | 1.80 | 6.31 | 28.10 | 16.92 | 5.91 |

注：本表按当年价格计算。

## 10—11 各市地全部国有及限额以上工业销售产值

（1998年）

单位：亿元

| 市地 | 合计 | #国有及国有控股 | #集体 | #股份有限公司 | #私营 | #外商及港澳台 | 轻工业 | 重工业 | #大型 | #中型 |
|---|---|---|---|---|---|---|---|---|---|---|
| **全省** | **2950.51** | **1621.51** | **907.56** | **220.74** | **147.03** | **214.15** | **1131.38** | **1819.13** | **1041.84** | **428.97** |
| 郑州市 | 489.53 | 188.79 | 182.78 | 50.65 | 31.69 | 50.11 | 139.92 | 349.61 | 123.01 | 46.70 |
| 开封市 | 101.34 | 60.03 | 34.35 | 6.24 | 2.34 | 8.62 | 52.18 | 49.16 | 29.58 | 16.58 |
| 洛阳市 | 296.21 | 222.41 | 42.75 | 2.39 | 7.91 | 23.19 | 64.48 | 231.73 | 184.09 | 27.93 |
| 平顶山市 | 147.46 | 115.02 | 25.04 | 33.62 | 2.28 | 2.91 | 35.61 | 111.85 | 90.22 | 14.89 |
| 安阳市 | 176.92 | 111.67 | 29.28 | 7.36 | 19.00 | 17.90 | 50.15 | 126.77 | 78.42 | 31.22 |
| 鹤壁市 | 61.15 | 34.46 | 15.16 | 2.61 | 1.56 | 8.39 | 21.35 | 39.80 | 24.62 | 8.27 |
| 新乡市 | 190.69 | 114.47 | 52.50 | 13.80 | 3.94 | 31.63 | 86.28 | 104.41 | 76.77 | 32.03 |
| 焦作市 | 268.34 | 109.49 | 134.64 | 12.98 | 11.68 | 9.78 | 86.63 | 181.71 | 61.00 | 34.48 |
| 濮阳市 | 129.12 | 99.13 | 20.68 | 3.86 | 8.17 | 1.16 | 31.51 | 97.61 | 70.53 | 8.89 |
| 许昌市 | 167.90 | 61.49 | 80.34 | 11.78 | 9.36 | 7.18 | 69.20 | 98.70 | 23.35 | 32.94 |
| 漯河市 | 135.31 | 46.78 | 52.60 | 0.98 | 17.02 | 8.45 | 94.12 | 41.19 | 39.42 | 36.09 |
| 三门峡市 | 121.82 | 68.91 | 44.36 | 2.87 | 1.41 | 1.96 | 20.36 | 101.46 | 43.07 | 15.00 |
| 南阳市 | 236.71 | 136.92 | 70.90 | 23.51 | 7.23 | 10.20 | 121.64 | 115.07 | 88.22 | 32.69 |
| 商丘市 | 83.05 | 52.42 | 18.09 | 1.72 | 5.00 | 5.51 | 47.75 | 35.30 | 22.47 | 13.52 |
| 信阳市 | 76.60 | 50.99 | 20.29 | 19.31 | 1.65 | 4.68 | 38.60 | 38.00 | 20.92 | 16.83 |
| 周口地区 | 140.99 | 75.77 | 41.51 | 22.53 | 10.69 | 16.75 | 105.85 | 35.14 | 36.15 | 36.80 |
| 驻马店地区 | 95.10 | 47.93 | 33.12 | 4.54 | 5.84 | 4.14 | 59.92 | 35.18 | 14.00 | 18.30 |
| 济源市 | 32.30 | 24.84 | 9.17 |  | 0.28 | 1.61 | 5.83 | 26.47 | 15.94 | 5.73 |

注：本表按当年价格计算。

## 10—12 各市地全部国有及限额以上工业增加值

（1998年）

单位：亿元

| 市地 | 合计 | #国有及国有控股 | #集体 | #股份有限公司 | #私营 | #外商及港澳台 | 轻工业 | 重工业 | #大型 | #中型 |
|---|---|---|---|---|---|---|---|---|---|---|
| **全省** | **970.34** | **572.43** | **270.87** | **64.26** | **41.98** | **68.37** | **326.31** | **644.03** | **376.57** | **143.15** |
| 郑州市 | 169.11 | 68.44 | 61.26 | 15.28 | 10.28 | 17.10 | 46.46 | 122.65 | 46.32 | 15.66 |
| 开封市 | 29.14 | 17.87 | 9.25 | 1.78 | 0.60 | 2.61 | 13.66 | 15.48 | 8.75 | 4.84 |
| 洛阳市 | 93.13 | 70.67 | 12.88 | 0.78 | 2.44 | 7.18 | 17.39 | 75.74 | 55.02 | 11.02 |
| 平顶山市 | 57.59 | 46.17 | 9.09 | 9.55 | 0.72 | 0.93 | 11.75 | 45.84 | 36.93 | 5.69 |
| 安阳市 | 61.63 | 42.75 | 8.35 | 2.39 | 5.33 | 8.60 | 15.78 | 45.85 | 29.95 | 11.69 |
| 鹤壁市 | 21.77 | 14.00 | 4.62 | 0.73 | 0.37 | 2.14 | 5.58 | 16.19 | 10.72 | 2.80 |
| 新乡市 | 56.48 | 33.73 | 14.85 | 4.07 | 1.13 | 9.19 | 23.01 | 33.47 | 22.08 | 9.73 |
| 焦作市 | 85.53 | 39.30 | 38.78 | 3.32 | 3.23 | 3.35 | 24.18 | 61.35 | 24.15 | 10.99 |
| 濮阳市 | 53.90 | 45.90 | 5.59 | 1.27 | 1.96 | 0.48 | 8.17 | 45.74 | 36.43 | 3.08 |
| 许昌市 | 55.86 | 23.62 | 25.00 | 3.21 | 2.65 | 2.19 | 22.36 | 33.50 | 10.05 | 12.22 |
| 漯河市 | 35.82 | 12.35 | 14.12 | 0.29 | 4.59 | 1.89 | 23.92 | 11.90 | 9.29 | 9.97 |
| 三门峡市 | 41.51 | 25.65 | 13.32 | 0.68 | 0.39 | 0.59 | 6.25 | 35.26 | 17.08 | 5.18 |
| 南阳市 | 77.41 | 49.39 | 19.57 | 6.98 | 1.92 | 2.88 | 34.91 | 42.50 | 34.57 | 10.07 |
| 商丘市 | 27.18 | 18.74 | 4.92 | 0.45 | 1.39 | 1.50 | 13.57 | 13.61 | 8.07 | 4.68 |
| 信阳市 | 22.84 | 15.53 | 5.84 | 4.91 | 0.45 | 1.46 | 10.57 | 12.27 | 6.31 | 4.95 |
| 周口地区 | 42.19 | 24.47 | 11.16 | 7.26 | 2.88 | 4.64 | 29.67 | 12.52 | 11.90 | 11.40 |
| 驻马店地区 | 28.67 | 15.94 | 9.06 | 1.29 | 1.54 | 1.07 | 17.25 | 11.43 | 4.25 | 6.70 |
| 济源市 | 10.58 | 7.90 | 3.22 |  | 0.11 | 0.55 | 1.82 | 8.76 | 4.71 | 2.48 |

注：本表按当年价格计算。

# 10—13 主要工业产品产量

| 产品名称 | 单位 | 1978年 | 1980年 | 1985年 | 1990年 | 1995年 | 1997年 | 1998年 |
|---|---|---|---|---|---|---|---|---|
| 自行车 | 万辆 | 6.30 | 21.28 | 153.46 | 75.72 | 188.92 | 99.28 | 32.98 |
| 缝纫机 | 万架 | 7.40 | 20.07 | 11.52 | 14.75 | 16.25 | 13.04 | 4.39 |
| 表 | 万只 | 4.66 | 33.51 | 90.10 | 126.99 | 123.03 | 42.18 | 34.54 |
| 电视机 | 万台 | 0.36 | 3.35 | 31.78 | 35.49 | 39.58 | 39.47 | 63.77 |
| 电风扇 | 万台 | 4.57 | 11.46 | 31.38 | 36.07 | 37.68 | 27.24 | 2.22 |
| 家用电冰箱 | 台 | | 200 | 9537 | 123134 | 721249 | 1029705 | 1010455 |
| 化学纤维 | 吨 | 9929 | 13199 | 38480 | 63663 | 101418 | 113467 | 159133 |
| 纱 | 万吨 | 16.28 | 20.17 | 22.92 | 31.45 | 41.03 | 49.59 | 47.06 |
| 布 | 亿米 | 7.39 | 9.06 | 9.36 | 11.17 | 16.64 | 13.70 | 13.23 |
| 丝 | 吨 | 446 | 264 | 136 | 222 | 1308 | 1107 | 1503 |
| 丝织品 | 万米 | 1583 | 2188 | 3450 | 3659 | 6135 | 2783 | 2553 |
| 呢绒 | 万米 | 41.00 | 157.94 | 885.00 | 1046.34 | 1036.00 | 519.00 | 444.00 |
| 毛线 | 吨 | 956 | 1345 | 3013 | 3979 | 6687 | 5260 | 7063 |
| 服装 | 万件 | | | | 15984 | 13772 | 12424 | 10192 |
| 原盐 | 吨 | | | | 41900 | | | 353739 |
| 卷烟 | 万箱 | 161.70 | 231.60 | 316.20 | 291.49 | 298.30 | 290.28 | 275.77 |
| 饮料酒 | 万吨 | 13.04 | 14.68 | 36.73 | 63.41 | 123.20 | 143.90 | 152.76 |
| 罐头 | 吨 | | | 48297 | 40573 | 158355 | 72556 | 45789 |
| 乳制品 | 吨 | | | | 1674 | 5803 | 3618 | 3992 |
| 配、混合饲料 | 万吨 | | | 32.79 | 101.07 | 103.91 | 164.85 | 163.51 |
| 机制纸及纸板 | 万吨 | 17.13 | 23.88 | 79.73 | 148.41 | 328.85 | 254.48 | 249.81 |
| 合成洗涤剂 | 吨 | 12415 | 16683 | 62775 | 92275 | 164482 | 130730 | 163655 |
| 日用精铝制品 | 吨 | 1155 | 807 | 1476 | 3010 | 7804 | 9136 | 9980 |
| 日用陶瓷器 | 万件 | 16497 | 10737 | 12536 | 24539 | 71122 | 97904 | 98393 |
| 日用玻璃制品 | 万吨 | | 4.53 | 12.96 | 19.42 | 65.61 | 30.67 | 25.79 |
| 塑料制品 | 万吨 | 2.74 | 3.20 | 8.28 | 14.95 | 53.00 | 42.10 | 44.43 |
| #农用薄膜 | 万吨 | 0.97 | 1.04 | | 2.54 | 6.10 | 9.58 | 8.63 |
| 火柴 | 万件 | 108.30 | 118.00 | 181.30 | 197.03 | 335.67 | 281.26 | 288.86 |
| 肥皂 | 吨 | 19276 | 31715 | 40563 | 39287 | 34899 | 23944 | 19151 |
| 干电池(折手电池) | 万只 | 14279 | 23394 | 42493 | 56491 | 45556 | 32369 | 33817 |
| 原煤 | 万吨 | 5845 | 5625 | 7857 | 9080 | 10334 | 10520 | 9406 |
| 原油 | 万吨 | 167.44 | 230.80 | 793.31 | 882.06 | 601.96 | 587.13 | 587.60 |
| 原油加工量 | 万吨 | | 21.74 | 85.16 | | 51.44 | 416.79 | 464.09 |
| 汽油(不包括溶剂油) | 万吨 | 2.55 | 3.43 | 28.77 | 80.80 | 138.68 | 145.61 | 134.06 |
| 煤油 | 吨 | 46.00 | 805.00 | 18.00 | 4.19 | 21.10 | 30.78 | 26.82 |
| 柴油 | 万吨 | 4.12 | 5.29 | 27.91 | 68.82 | 121.69 | 148.67 | 152.23 |
| 润滑油 | 吨 | 25399 | 24833 | 48255 | 75771 | 105117 | 82187 | 68866 |
| 天然气 | 万立方米 | | | 61778 | 138914 | 113776 | 118963 | 131967 |

10—13 续表

| 产品名称 | 单位 | 1978年 | 1980年 | 1985年 | 1990年 | 1995年 | 1997年 | 1998年 |
|---|---|---|---|---|---|---|---|---|
| 发电量 | 亿千瓦小时 | 130.68 | 159.45 | 209.34 | 319.14 | 547.71 | 630.83 | 631.05 |
| 铁矿石(原矿量) | 万吨 | 271.37 | 180.11 | 145.39 | 187.87 | 263.94 | 322.54 | 354.80 |
| 生铁 | 万吨 | 109.72 | 95.63 | 112.81 | 171.33 | 322.06 | 362.00 | 390.31 |
| 钢 | 万吨 | 54.22 | 64.50 | 97.26 | 168.98 | 280.98 | 334.16 | 365.58 |
| 成品钢材 | 万吨 | 30.94 | 44.76 | 79.67 | 134.01 | 261.11 | 329.31 | 358.02 |
| 铁合金 | 吨 | 16222 | 14827 | 23592 | 49606 | 119291 | 119288 | 133439 |
| 焦炭 | 万吨 | 66.27 | 68.67 | 68.53 | 113.05 | 488.74 | 345.62 | 370.79 |
| 十种有色金属 | 吨 |  | 62635 | 84459 | 106491 | 319583 | 418454 | 512578 |
| 铜材 | 吨 | 28475 |  | 43709 | 45424 | 39804 | 56235 | 74651 |
| 铝 | 吨 | 928 |  | 6374 | 8949 | 187365 | 247509 | 332482 |
| 氧化铝 | 万吨 | 40.02 | 40.60 | 53.30 | 60.07 | 79.09 | 80.43 | 93.50 |
| 硫铁矿(生产量) | 万吨 | 12.30 | 5.34 | 9.08 | 15.26 | 68.36 | 32.06 | 15.89 |
| 硫酸 | 万吨 | 18.94 | 17.22 | 16.33 | 36.38 | 84.25 | 89.66 | 77.33 |
| 浓硝酸 | 吨 | 1747 |  |  | 6302 | 24054 | 20505 | 22129 |
| 纯碱 | 万吨 | 0.53 | 0.57 | 3.08 | 16.33 | 28.71 | 41.03 | 33.56 |
| 烧碱 | 万吨 | 4.65 | 5.41 | 7.31 | 12.21 | 26.94 | 32.54 | 23.41 |
| 电石(折合量) | 吨 | 49414 | 59535 | 83474 | 87099 | 151828 | 102091 | 83976 |
| 纯苯 | 吨 |  | 3448 | 4245 | 3923 | 12762 | 7243 | 8370 |
| 冰醋酸 | 吨 | 1758 |  | 3467 | 5155 | 15092 | 16354 | 6408 |
| 合成氨 | 万吨 | 73.48 | 92.19 | 112.52 | 168.16 | 266.89 | 283.46 | 279.04 |
| 农用化肥(折纯量) | 万吨 | 51.92 | 65.06 | 81.43 | 140.58 | 219.19 | 237.89 | 267.89 |
| 化学农药(原药) | 吨 | 12288 | 11351 | 1218 | 5441 | 7521 | 9218 | 11095 |
| 油漆 | 吨 | 11817 | 15815 | 23330 | 26868 | 73348 | 62299 | 54419 |
| 染料 | 吨 | 3308 | 2852 | 4056 | 6168 | 10734 | 6216 | 4602 |
| 化学医药(原药) | 吨 | 697 | 622 | 796 | 5871 | 27855 | 20494 | 14933 |
| 轮胎外胎 | 万条 | 40.09 | 47.06 | 88.24 | 212.54 | 412.79 | 536.63 | 525.64 |
| 塑料 | 吨 | 5645 | 8882 | 14689 | 29306 | 129477 | 280532 | 256029 |
| 人造板 | 立方米 | 6286 | 11689 | 25293 | 41540 | 1214187 | 824078 | 606515 |
| 水泥 | 万吨 | 352.85 | 406.07 | 764.77 | 1178.91 | 3348.27 | 3417.00 | 3707.00 |
| 平板玻璃 | 万重量箱 | 184.20 | 294.61 | 595.73 | 904.80 | 2127.41 | 1546.18 | 2165.02 |
| 发电设备 | 千瓦 |  | 25000 | 1800 | 32300 | 273548 | 184580 | 180580 |
| 交流电动机 | 万千瓦 | 137.20 | 103.90 | 164.50 | 166.49 | 239.49 | 222.80 | 162.57 |
| 金属切削机床 | 台 | 10714 | 3300 | 2758 | 1214 | 1634 | 970 | 551 |
| 汽车 | 辆 | 1358 | 2081 | 3691 | 3341 | 18394 | 10545 | 10844 |
| 大中型拖拉机 | 台 | 19751 | 19433 | 4481 | 10348 | 12468 | 18034 | 13072 |
| 小型拖拉机 | 万台 | 2.23 | 1.95 | 9.42 | 16.58 | 24.07 | 30.42 | 28.82 |
| 内燃机(商品量) | 万千瓦 | 89.26 | 52.15 |  | 208.55 | 759.00 | 808.00 | 740.60 |

# 10—14 各市地主要工业产品产量

（1998年）

| 市地 | 化学纤维（吨） | 纱（吨） | 布（万米） | 丝织品（万米） | 服装（万件） | 卷烟（万箱） | 饮料酒（吨） | 罐头（吨） |
|---|---|---|---|---|---|---|---|---|
| **全省** | **159133** | **470568** | **132338** | **2553** | **10192** | **276** | **1527554** | **45789** |
| 郑州市 | 9865 | 76245 | 32762 | 63 | 938 | 82 | 359734 | |
| 开封市 | | 19816 | 2740 | 163 | 302 | 3 | 75352 | 360 |
| 洛阳市 | 333 | 19514 | 7356 | | 1102 | 17 | 44647 | 5 |
| 平顶山市 | 47659 | 14000 | 8058 | 29 | 277 | 14 | 60801 | 6697 |
| 安阳市 | 1257 | 58467 | 6827 | | 484 | 27 | 10297 | 6435 |
| 鹤壁市 | | 25585 | 2561 | | 294 | | 10143 | |
| 新乡市 | 46632 | 59489 | 16707 | 258 | 951 | 5 | 67397 | 6058 |
| 焦作市 | 3116 | 12590 | 10299 | 212 | 526 | | 134455 | 500 |
| 濮阳市 | | 9086 | 2400 | 20 | 555 | | 26832 | 35 |
| 许昌市 | | 16408 | 8415 | 114 | 513 | 34 | 5695 | |
| 漯河市 | 2323 | 9503 | 1937 | | 303 | 14 | 98714 | 3741 |
| 三门峡市 | 44000 | 7412 | 3224 | | 144 | | 92210 | 8 |
| 南阳市 | 2663 | 68347 | 16015 | 1291 | 2193 | 39 | 63472 | 4488 |
| 商丘市 | | 15231 | 179 | 29 | 115 | 3 | 218871 | 6131 |
| 信阳市 | 1285 | 8194 | 1177 | 41 | 784 | 9 | 126666 | 1745 |
| 周口地区 | | 35130 | 8859 | 186 | 498 | 2 | 58962 | 6500 |
| 驻马店地区 | | 13909 | 2722 | 147 | 189 | 27 | 50389 | 3086 |
| 济源市 | | 1642 | 100 | | 24 | | 22917 | |

| 市地 | 乳制品（吨） | 配、混合饲料（吨） | 机制纸及纸板（万吨） | 合成洗涤剂（吨） | 日用陶瓷器（万件） | 肥皂（吨） | 原煤（万吨） | 发电量（亿千瓦小时） |
|---|---|---|---|---|---|---|---|---|
| **全省** | **3992** | **1635064** | **250** | **163655** | **98393** | **19151** | **9406** | **631** |
| 郑州市 | 820 | 115153 | 66 | 19400 | 157 | 9617 | 2613 | 88 |
| 开封市 | 252 | 170958 | 4 | 81412 | | 3253 | | 27 |
| 洛阳市 | 50 | 73395 | 4 | 31256 | 4441 | | 575 | 95 |
| 平顶山市 | 870 | 57307 | 8 | 1105 | 534 | | 2655 | 89 |
| 安阳市 | | 38095 | 10 | 12621 | 188 | 1065 | 265 | 33 |
| 鹤壁市 | | 108600 | 3 | 174 | | | 802 | 24 |
| 新乡市 | | 71604 | 47 | | 27 | | 64 | 37 |
| 焦作市 | | 89829 | 37 | 83 | 12994 | | 529 | 110 |
| 濮阳市 | | 58204 | 5 | 4920 | 311 | | | 9 |
| 许昌市 | | 58210 | 18 | | 64000 | | 450 | 11 |
| 漯河市 | | 98415 | 20 | 1567 | 10447 | 3572 | 16 | 2 |
| 三门峡市 | 2000 | 8791 | 1 | 8 | 8 | 1204 | 937 | 51 |
| 南阳市 | | 182956 | 10 | 8919 | 34 | 440 | | 13 |
| 商丘市 | | 33201 | 3 | | | | 376 | 6 |
| 信阳市 | | 241528 | | 323 | 2372 | | 9 | 13 |
| 周口地区 | | 58527 | 6 | | 22 | | | 14 |
| 驻马店地区 | | 159407 | 5 | 1867 | | | | 6 |
| 济源市 | | 10884 | 3 | | 2858 | | 115 | 5 |

10—14 续表　　　　　　　　　　　　（1998 年）

| 市　地 | 生　铁（吨） | 钢（吨） | 成品钢材（吨） | 焦　炭（机焦）（万吨） | 硫　酸（吨） | 纯　碱（吨） | 烧　碱（吨） | 电　石（折纯量）（吨） |
|---|---|---|---|---|---|---|---|---|
| **全　　省** | **3903121** | **3665849** | **3580165** | **371** | **773318** | **385626** | **284072** | **88976** |
| 郑　州　市 | 22282 | 163113 | 251181 | | 114976 | 148291 | 70342 | |
| 开　封　市 | | 7376 | 3684 | | 210573 | | 42143 | 3484 |
| 洛　阳　市 | | 289170 | 186086 | | 123363 | | | 3644 |
| 平 顶 山 市 | 50148 | 558705 | 431781 | 214 | | 548 | 18829 | 320 |
| 安　阳　市 | 2846326 | 2205028 | 1979272 | 136 | 10162 | | | 6422 |
| 鹤　壁　市 | | 1785 | 3559 | | 4058 | | | |
| 新　乡　市 | | | 105353 | | | | 11285 | 12703 |
| 焦　作　市 | 27080 | 111883 | 163998 | | 97166 | 173079 | 55166 | 40783 |
| 濮　阳　市 | 177743 | | 7610 | | | | 24696 | 5133 |
| 许　昌　市 | | | | | 2070 | | | |
| 漯　河　市 | 15054 | | 265472 | | | | | |
| 三 门 峡 市 | 19473 | 1409 | | 6 | 103191 | | 13065 | 891 |
| 南　阳　市 | 170907 | | 38482 | | 17750 | 63708 | 18501 | |
| 商　丘　市 | | | 2935 | | 24514 | | | |
| 信　阳　市 | 319474 | 124984 | | | 25934 | | 18935 | |
| 周口地区 | | | 50050 | | 39561 | | | |
| 驻马店地区 | | | 2127 | | | | | |
| 济　源　市 | 254634 | 202396 | 88575 | 15 | | | 11110 | 15591 |

| 市　地 | 合成氨（万吨） | 农用化肥（折纯量）（万吨） | 化学农药（原药）（吨） | 塑料制品（吨） | 人造板（立方米） | 水　泥（万吨） | 平板玻璃（重量箱） | 小　型拖拉机（台） |
|---|---|---|---|---|---|---|---|---|
| **全　　省** | **279** | **268** | **11095** | **444259** | **606515** | **3707** | **21650202** | **288163** |
| 郑　州　市 | 18 | 25 | 3264 | 42436 | 46744 | 881 | 125494 | 17898 |
| 开　封　市 | 15 | 11 | 1217 | 8777 | 19726 | 8 | | 72313 |
| 洛　阳　市 | 24 | 24 | | 32666 | 13947 | 277 | 12136169 | 98203 |
| 平 顶 山 市 | 15 | 11 | 147 | 11400 | 1108 | 283 | 179499 | |
| 安　阳　市 | 19 | 16 | 404 | 30910 | 116475 | 286 | | 6 |
| 鹤　壁　市 | 3 | 3 | | 6895 | | 104 | | 730 |
| 新　乡　市 | 33 | 27 | 535 | 12224 | 52564 | 388 | 72000 | 92332 |
| 焦　作　市 | 19 | 15 | 798 | 49418 | 16390 | 335 | 825762 | 30 |
| 濮　阳　市 | 30 | 23 | 117 | 12447 | 11678 | 15 | 17000 | |
| 许　昌　市 | 4 | 2 | 460 | 84498 | 95505 | 210 | | 1588 |
| 漯　河　市 | 14 | 16 | 422 | 35833 | 11384 | 25 | 56594 | 600 |
| 三 门 峡 市 | 11 | 9 | | 3937 | 10412 | 103 | | |
| 南　阳　市 | 27 | 22 | 132 | 33586 | 34029 | 408 | 120000 | 1756 |
| 商　丘　市 | 2 | 5 | 454 | 3929 | 14531 | 16 | 3941162 | |
| 信　阳　市 | 12 | 16 | 1788 | 5945 | 51302 | 134 | | 2707 |
| 周口地区 | 17 | 30 | 1357 | 22325 | 78756 | 8 | | |
| 驻马店地区 | 14 | 10 | | 44046 | 31064 | 149 | 525297 | |
| 济　源　市 | 2 | 3 | | 2987 | 900 | 77 | 3651225 | |

## 10—15 全部国有及限额以上工业企业全员劳动生产率

（1998年）　　　　单位:元/人·年

| 项　　目 | 合　计 | #国有及国有控股 | #集　体 | #股　份有限公司 | #私　营 | #外商及港澳台 |
|---|---|---|---|---|---|---|
| **总　　计** | **25496** | **24138** | **25766** | **24415** | **30445** | **55097** |
| **一、按企业规模分组** | | | | | | |
| 大型企业 | 28171 | 28154 | 31613 | 26472 | | 79097 |
| 中型企业 | 20507 | 21040 | 14425 | 16087 | 8692 | 43781 |
| 小型企业 | 25444 | 17880 | 26530 | 28965 | 31197 | 50538 |
| **二、按轻重工业分组** | | | | | | |
| 轻工业 | 23981 | 22111 | 24797 | 25481 | 29984 | 42581 |
| 以农产品为原料 | 25234 | 23835 | 25328 | 26820 | 33493 | 39115 |
| 以非农产品为原料 | 19948 | 16700 | 22606 | 22608 | 22803 | 50870 |
| 重工业 | 26339 | 25084 | 26459 | 23580 | 30799 | 77743 |
| 采掘工业 | 23099 | 21579 | 26819 | 7966 | 27090 | 28674 |
| 原材料工业 | 40450 | 43458 | 26485 | 28260 | 32829 | 88684 |
| 加工工业 | 19777 | 15469 | 26266 | 21457 | 31369 | 67902 |

## 10—16 各市地全部国有及限额以上工业企业全员劳动生产率

（1998年）　　　　单位:元/人·年

| 市　地 | 合　计 | #国有及国有控股 | #集　体 | #股　份有限公司 | #私　营 | #外商及港澳台 | 轻工业 | 重工业 | 大　型企　业 | 中　型企　业 | 小　型企　业 |
|---|---|---|---|---|---|---|---|---|---|---|---|
| **全　　省** | **25496** | **24138** | **25766** | **24415** | **30445** | **55097** | **23981** | **26339** | **28171** | **20507** | **25444** |
| 郑州市 | 29770 | 24844 | 30190 | 32778 | 38795 | 65585 | 30001 | 29683 | 25483 | 26426 | 32758 |
| 开封市 | 19455 | 17688 | 22806 | 17321 | 36843 | 86356 | 18707 | 20168 | 19640 | 13542 | 22375 |
| 洛阳市 | 23907 | 23865 | 17731 | 10735 | 26287 | 68380 | 20884 | 24728 | 26123 | 21087 | 21384 |
| 平顶山市 | 20356 | 21449 | 16449 | 24824 | 18694 | 25149 | 22027 | 19968 | 23004 | 16026 | 17233 |
| 安阳市 | 25739 | 27403 | 21851 | 14970 | 27302 | 124958 | 17003 | 31268 | 35115 | 22734 | 19457 |
| 鹤壁市 | 19767 | 17136 | 24895 | 13036 | 39916 | 23969 | 20083 | 19661 | 21157 | 15290 | 20046 |
| 新乡市 | 21794 | 20979 | 21273 | 25945 | 21139 | 67456 | 19207 | 24019 | 26737 | 15309 | 21829 |
| 焦作市 | 27715 | 21859 | 35672 | 18709 | 33179 | 43518 | 26688 | 28141 | 24914 | 17324 | 33993 |
| 濮阳市 | 45007 | 51231 | 24307 | 25555 | 36668 | 30439 | 21708 | 55676 | 73672 | 18088 | 27011 |
| 许昌市 | 30400 | 31279 | 29918 | 21344 | 30082 | 38837 | 32396 | 29198 | 36228 | 31947 | 28524 |
| 漯河市 | 29089 | 35291 | 25203 | 28850 | 34422 | 50974 | 32882 | 23613 | 41879 | 24714 | 27324 |
| 三门峡市 | 26631 | 21409 | 46865 | 8697 | 63725 | 56437 | 34842 | 25562 | 21212 | 19284 | 39698 |
| 南阳市 | 23114 | 23774 | 20522 | 25970 | 26445 | 26830 | 24036 | 22409 | 29381 | 16846 | 20811 |
| 商丘市 | 21674 | 20226 | 23316 | 10596 | 27502 | 37182 | 18484 | 26178 | 22009 | 22484 | 21244 |
| 信阳市 | 18691 | 18495 | 18048 | 19237 | 24441 | 48217 | 18806 | 18593 | 28271 | 12470 | 19240 |
| 周口地区 | 24909 | 23140 | 22227 | 48894 | 28386 | 52919 | 24578 | 25728 | 36354 | 24954 | 20769 |
| 驻马店地区 | 25769 | 26961 | 23845 | 25165 | 19310 | 51665 | 27308 | 23749 | 57759 | 28400 | 22064 |
| 济源市 | 20138 | 21851 | 19412 | | 15418 | 18146 | 20067 | 20153 | 17325 | 38024 | 17998 |

## 10—17 全部国有及限额以上工业企业分行业全员劳动生产率

（1998 年）　　单位：元/人 · 年

| 项　　目 | 合　计 | # 国有及国有控股 | # 集　体 | # 股　份有限公司 | # 私　营 | # 外商及港澳台 |
|---|---|---|---|---|---|---|
| 煤炭采选业 | 16687 | 14327 | 22654 | 5141 | 28491 | 26593 |
| 石油和天然气开采业 | 60325 | 61397 | 26596 | | | |
| 黑色金属矿采选业 | 18505 | 20491 | 14926 | 29987 | 29036 | |
| 有色金属矿采选业 | 34181 | 14859 | 59004 | 80852 | 25959 | |
| 非金属矿采选业 | 16931 | 9387 | 18323 | | 17616 | 35243 |
| 其他矿采选业 | 2985 | 2311 | | | | |
| 木材及竹材采运业 | | | | | | |
| 食品加工业 | 34725 | 32354 | 34400 | 40934 | 43827 | 53683 |
| 食品制造业 | 27607 | 26822 | 26521 | 44719 | 28270 | 33645 |
| 饮料制造业 | 30602 | 29720 | 38383 | 16673 | 32386 | 27539 |
| 烟草加工业 | 113946 | 125087 | 47680 | | | 55756 |
| 纺织工业 | 13092 | 10607 | 18130 | 14166 | 21089 | 23382 |
| 服装及其他纤维制品制造业 | 14289 | 5225 | 14565 | 12524 | 29709 | 14636 |
| 皮革、毛皮、羽绒及其制品业 | 36563 | 14153 | 37310 | | 62263 | 58717 |
| 木材加工及竹、藤、棕、草制品业 | 20896 | 11182 | 21913 | 1950 | 18282 | 36341 |
| 家具制造业 | 29352 | 12207 | 29799 | 17050 | 39406 | 15324 |
| 造纸及纸制品业 | 20277 | 11748 | 25117 | 17764 | 27767 | 13069 |
| 印刷业、记录媒介的复制 | 18471 | 12555 | 31944 | 32022 | 30813 | 37799 |
| 文教体育用品制造业 | 15974 | 4807 | 15282 | 35505 | 13189 | 20893 |
| 石油加工及炼焦业 | 58442 | 105930 | 15792 | 27500 | 14953 | 13174 |
| 化学原料及化学制品制造业 | 21705 | 17983 | 32379 | 22371 | 42933 | 23420 |
| 医药制造业 | 22728 | 20671 | 19906 | 19200 | 7163 | 68178 |
| 化学纤维制造业 | 37253 | 37988 | 25858 | 43245 | 52679 | 40056 |
| 橡胶制品业 | 21335 | 18248 | 27047 | 14213 | 25837 | 6540 |
| 塑料制品业 | 24590 | 11865 | 29764 | 27249 | 20106 | 45091 |
| 非金属矿物制品业 | 20918 | 14957 | 24495 | 23948 | 23788 | 50106 |
| 黑色金属冶练及压延加工业 | 27285 | 27043 | 25665 | 17418 | 28785 | 124801 |
| 有色金属冶练及压延加工业 | 33282 | 27177 | 35762 | 74621 | 61486 | 45774 |
| 金属制品业 | 22613 | 7007 | 25666 | 15106 | 38390 | 61885 |
| 普通机械制造业 | 16982 | 10908 | 29133 | 12628 | 29271 | 37788 |
| 专用设备制造业 | 16364 | 12099 | 26190 | 10647 | 37023 | 32508 |
| 交通运输设备制造业 | 17694 | 13082 | 21099 | 36908 | 32162 | 56510 |
| 武器弹药制造业 | 2748 | 2748 | | | | |
| 电气机械及器材制造业 | 23573 | 22360 | 24377 | 13988 | 46622 | 87015 |
| 电子及通信设备制造业 | 48260 | 56014 | 16017 | 36387 | 24977 | 203043 |
| 仪器、仪表及文化办公用机械制造业 | 9424 | 6151 | 10378 | 19495 | 30934 | 44000 |
| 其他制造业 | 19708 | 15273 | 16918 | 41203 | 24888 | 42212 |
| 电力、蒸气、热水的生产和供应业 | 78131 | 76166 | 36867 | 51300 | | 154681 |
| 煤气生产和供应业 | 18895 | 18007 | 149875 | | | |
| 自来水生产和供应业 | 16497 | 16111 | 92685 | | | |

## 10—18 全部国有及限额以上工业企业主要经济指标

(1998年)　　单位:亿元

| 指　标 | 合　计 | #国有及国有控股 | #集　体 | #股　份有限公司 | #私　营 | #外商及港澳台 |
|---|---|---|---|---|---|---|
| 企业单位数(个) | 10450 | 3356 | 5151 | 358 | 1109 | 438 |
| #亏损企业 | 2390 | 1254 | 769 | 101 | 112 | 166 |
| 平均从业人员(万人) | 380.58 | 237.15 | 105.12 | 26.32 | 13.79 | 12.41 |
| 工业总产值(现价) | 3036.30 | 1658.98 | 938.55 | 228.34 | 152.33 | 224.25 |
| #新产品产值 | 113.07 | 95.47 | 12.31 | 13.45 | 0.67 | 31.33 |
| 工业增加值(生产法) | 970.34 | 572.43 | 270.87 | 64.26 | 41.98 | 68.37 |
| 工业销售产值 | 2950.51 | 1621.51 | 907.56 | 220.74 | 147.03 | 214.15 |
| #出口交货值 | 99.80 | 52.66 | 25.33 | 9.55 | 3.72 | 19.06 |
| 资产总计 | 4813.59 | 3580.01 | 730.99 | 431.31 | 93.32 | 329.07 |
| 流动资产合计 | 2079.40 | 1484.74 | 387.83 | 187.49 | 46.39 | 155.77 |
| #应收帐款净额 | 512.79 | 376.57 | 86.32 | 46.00 | 9.88 | 34.15 |
| #存货 | 657.36 | 431.25 | 155.93 | 61.32 | 18.96 | 47.81 |
| #产成品 | 320.00 | 192.19 | 92.81 | 31.47 | 10.13 | 22.27 |
| 流动资产年平均余额 | 1990.58 | 1433.53 | 360.54 | 180.05 | 41.74 | 150.05 |
| 固定资产合计 | 2414.34 | 1851.80 | 299.95 | 210.41 | 41.62 | 157.29 |
| 固定资产原价 | 2961.01 | 2345.26 | 358.73 | 232.21 | 46.61 | 191.33 |
| #生产经营用 | 2349.21 | 1857.72 | 286.33 | 186.97 | 36.65 | 159.81 |
| 累计折旧 | 994.63 | 846.08 | 92.04 | 76.25 | 8.14 | 45.84 |
| #本年折旧 | 144.35 | 109.87 | 19.89 | 11.35 | 2.18 | 12.81 |
| 固定资产净值 | 1966.38 | 1499.18 | 266.68 | 155.96 | 38.47 | 145.49 |
| 固定资产净值年平均余额 | 1953.89 | 1488.40 | 269.13 | 143.10 | 37.16 | 145.67 |
| 无形及递延资产合计 | 124.62 | 91.38 | 15.60 | 16.18 | 2.24 | 9.36 |
| #无形资产 | 72.13 | 50.50 | 8.88 | 13.24 | 1.26 | 6.55 |
| 负债合计 | 3237.58 | 2409.41 | 492.89 | 277.15 | 58.90 | 205.54 |
| #流动负债 | 2156.27 | 1553.66 | 382.88 | 179.31 | 45.57 | 149.44 |
| 长期负债 | 1060.38 | 845.08 | 102.85 | 96.39 | 12.47 | 54.02 |
| 流动负债年平均余额 | 2055.79 | 1491.38 | 354.71 | 166.89 | 42.60 | 148.24 |
| 所有者权益合计 | 1576.01 | 1170.60 | 238.10 | 154.16 | 34.42 | 123.53 |
| #实收资本 | 1049.08 | 720.60 | 188.24 | 93.43 | 27.15 | 97.85 |
| #国家资本 | 548.04 | 523.54 | 7.01 | 32.70 | 0.45 | 30.13 |
| 集体资本 | 162.82 | 5.94 | 134.14 | 8.05 | 4.85 | 6.65 |
| 法人资本 | 213.63 | 153.08 | 24.94 | 38.90 | 8.41 | 10.49 |
| 港澳台资本 | 37.17 | 13.82 | 0.59 | 0.34 | 0.21 | 26.08 |
| 产品销售收入 | 2774.43 | 1549.20 | 835.92 | 204.38 | 139.85 | 200.63 |
| #产品销售成本 | 2278.26 | 1275.02 | 684.50 | 172.38 | 115.89 | 157.89 |
| 产品销售费用 | 101.17 | 46.14 | 36.66 | 6.87 | 5.63 | 12.99 |
| 产品销售税金及附加 | 56.37 | 41.12 | 10.43 | 1.32 | 1.82 | 2.22 |
| 产品销售利润 | 338.48 | 186.78 | 104.34 | 23.80 | 16.52 | 27.53 |
| 管理费用 | 182.37 | 134.30 | 31.37 | 13.08 | 4.02 | 9.46 |
| #税金 | 6.26 | 3.80 | 1.86 | 0.46 | 0.32 | 0.11 |
| 财产保险费 | 2.85 | 2.15 | 0.43 | 0.26 | 0.04 | 0.19 |
| 劳动待业保险费 | 33.30 | 31.03 | 1.46 | 2.03 | 0.07 | 0.39 |
| 财务费用 | 118.58 | 76.45 | 26.49 | 9.87 | 3.79 | 11.58 |
| #利息支出 | 112.00 | 75.65 | 22.29 | 9.60 | 3.06 | 11.07 |
| 营业利润 | 67.84 | —0.20 | 50.53 | 1.51 | 9.06 | 8.63 |
| 利润总额 | 71.21 | 6.83 | 46.16 | 2.88 | 8.18 | 10.24 |
| #应交所得税 | 23.37 | 13.96 | 6.49 | 2.38 | 1.02 | 1.66 |
| 应付利润 | 12.86 | 5.32 | 4.73 | 0.02 | 0.69 | 1.89 |
| 亏损企业亏损额 | 55.09 | 38.89 | 8.51 | 4.51 | 1.20 | 5.34 |
| 利税总额 | 251.73 | 132.47 | 80.92 | 14.23 | 13.38 | 23.03 |
| 本年应交增值税 | 117.88 | 80.72 | 22.47 | 9.57 | 3.06 | 10.46 |
| 本年销项税额 | 370.83 | 247.11 | 79.94 | 34.77 | 12.01 | 27.36 |
| 本年进项税额 | 263.04 | 170.09 | 60.73 | 25.74 | 9.55 | 19.65 |
| 本年应付工资额 | 214.38 | 147.48 | 47.54 | 14.85 | 6.61 | 8.27 |
| 本年应付福利费总额 | 29.09 | 21.33 | 5.51 | 1.88 | 0.59 | 1.25 |

10—18 续表　　(1998 年)　　单位:亿元

| 指　标 | 按轻重工业分 | | 按企业规模分 | | |
|---|---|---|---|---|---|
| | 轻工业 | 重工业 | 大型企业 | 中型企业 | 小型企业 |
| 企业单位数(个) | 4878 | 5572 | 326 | 809 | 9315 |
| #亏损企业 | 1223 | 1167 | 127 | 303 | 1960 |
| 平均从业人员(万人) | 136.07 | 244.51 | 133.67 | 69.80 | 177.11 |
| 工业总产值(现价) | 1171.10 | 1865.20 | 1064.66 | 439.27 | 1532.37 |
| #新产品产值 | 44.36 | 68.71 | 93.12 | 12.45 | 7.50 |
| 工业增加值(生产法) | 326.31 | 644.03 | 376.57 | 143.15 | 450.62 |
| 工业销售产值 | 1131.37 | 1819.14 | 1041.84 | 428.97 | 1479.70 |
| #出口交货值 | 72.31 | 27.49 | 44.12 | 11.87 | 43.81 |
| 资产总计 | 1440.83 | 3372.76 | 2450.52 | 762.25 | 1600.82 |
| 流动资产合计 | 732.75 | 1346.65 | 1008.66 | 339.87 | 730.88 |
| #应收帐款净额 | 146.83 | 365.97 | 258.57 | 89.24 | 164.98 |
| #存货 | 273.01 | 384.35 | 278.23 | 111.41 | 267.72 |
| #产成品 | 148.22 | 171.78 | 109.22 | 58.85 | 151.93 |
| 流动资产年平均余额 | 709.69 | 1280.90 | 974.59 | 332.54 | 683.45 |
| 固定资产合计 | 608.99 | 1805.35 | 1278.64 | 366.77 | 768.93 |
| 固定资产原价 | 688.58 | 2272.43 | 1683.41 | 448.09 | 829.52 |
| #生产经营用 | 531.35 | 1817.86 | 1387.81 | 343.56 | 617.84 |
| 累计折旧 | 190.03 | 804.61 | 676.82 | 128.44 | 189.38 |
| #本年折旧 | 33.08 | 111.27 | 83.62 | 18.71 | 42.02 |
| 固定资产净值 | 498.56 | 1467.83 | 1006.59 | 319.65 | 640.14 |
| 固定资产净值年平均余额 | 502.84 | 1451.06 | 1018.67 | 304.50 | 630.72 |
| 无形及递延资产合计 | 46.39 | 78.23 | 59.43 | 23.06 | 42.13 |
| #无形资产 | 27.97 | 44.15 | 35.52 | 11.82 | 24.79 |
| 负债合计 | 1050.21 | 2187.37 | 1530.63 | 566.28 | 1140.67 |
| #流动负债 | 806.62 | 1349.65 | 941.96 | 414.37 | 799.95 |
| 长期负债 | 231.87 | 828.51 | 586.57 | 145.79 | 328.02 |
| 流动负债年平均余额 | 777.35 | 1278.44 | 906.44 | 402.84 | 746.51 |
| 所有者权益合计 | 390.62 | 1185.39 | 919.89 | 195.97 | 460.15 |
| #实收资本 | 286.57 | 762.51 | 544.73 | 128.60 | 375.75 |
| #国家资本 | 134.35 | 413.69 | 369.42 | 93.21 | 85.40 |
| 集体资本 | 67.54 | 95.28 | 13.60 | 11.70 | 137.52 |
| 法人资本 | 31.75 | 181.88 | 130.07 | 10.39 | 73.17 |
| 港澳台资本 | 10.54 | 26.63 | 10.16 | 4.31 | 22.70 |
| 产品销售收入 | 1028.81 | 1745.62 | 1073.01 | 359.15 | 1342.27 |
| #产品销售成本 | 841.34 | 1436.92 | 881.08 | 291.17 | 1106.02 |
| 产品销售费用 | 45.70 | 55.47 | 34.35 | 9.85 | 56.97 |
| 产品销售税金及附加 | 35.54 | 20.84 | 31.88 | 9.51 | 14.99 |
| 产品销售利润 | 106.09 | 232.39 | 125.56 | 48.63 | 164.29 |
| 管理费用 | 51.93 | 130.44 | 89.70 | 31.14 | 61.52 |
| #税金 | 1.99 | 4.28 | 2.57 | 0.82 | 2.87 |
| 财产保险费 | 0.94 | 1.91 | 1.50 | 0.54 | 0.81 |
| 劳动待业保险费 | 7.05 | 26.25 | 25.31 | 4.55 | 3.44 |
| 财务费用 | 37.59 | 80.99 | 46.47 | 21.17 | 50.94 |
| #利息支出 | 33.01 | 78.99 | 47.47 | 19.65 | 44.88 |
| 营业利润 | 24.37 | 43.47 | 6.49 | 1.09 | 60.27 |
| 利润总额 | 26.77 | 44.44 | 12.12 | 3.23 | 55.86 |
| #应交所得税 | 7.80 | 15.57 | 9.32 | 3.75 | 10.30 |
| 应付利润 | 5.30 | 7.56 | 4.09 | 1.08 | 7.70 |
| 亏损企业亏损额 | 21.33 | 33.76 | 16.97 | 10.93 | 27.20 |
| 利税总额 | 101.75 | 149.98 | 105.13 | 30.26 | 116.34 |
| 本年应交增值税 | 37.46 | 80.42 | 58.57 | 16.70 | 42.62 |
| 本年销项税额 | 128.41 | 242.42 | 184.49 | 51.43 | 134.90 |
| 本年进项税额 | 97.89 | 165.14 | 129.31 | 35.76 | 97.96 |
| 本年应付工资额 | 60.40 | 153.98 | 103.90 | 31.54 | 78.94 |
| 本年应付福利费总额 | 7.14 | 21.95 | 15.45 | 4.36 | 9.27 |

## 10—19 全部国有及限额以上工业企业分行业主要经济指标

(1998年)　　单位:亿元

| 行业 | 企业单位数(个) | 资产总计 | 流动资产合计 | 流动资产年平均余额 | 固定资产合计 | 固定资产原价 | 固定资产净值年平均余额 | 所有者权益 | #实收资本 |
|---|---|---|---|---|---|---|---|---|---|
| **总计** | **10450** | **4813.59** | **2079.40** | **1990.58** | **2414.34** | **2961.01** | **1953.89** | **1576.01** | **1049.08** |
| **一、按轻重工业分** | | | | | | | | | |
| 轻工业 | 4878 | 1440.83 | 732.75 | 709.69 | 608.99 | 688.58 | 502.84 | 390.62 | 286.57 |
| 以农产品为原料 | 3789 | 1081.96 | 571.37 | 551.14 | 433.02 | 503.37 | 378.72 | 272.15 | 204.95 |
| 以非农产品为原料 | 1089 | 358.88 | 161.39 | 158.54 | 175.98 | 185.21 | 124.12 | 118.47 | 81.62 |
| 重工业 | 5572 | 3372.76 | 1346.65 | 1280.90 | 1805.35 | 2272.43 | 1451.06 | 1185.39 | 762.51 |
| 采掘工业 | 899 | 617.86 | 229.04 | 213.57 | 363.69 | 544.38 | 291.81 | 238.84 | 159.35 |
| 原料工业 | 1569 | 1567.97 | 521.30 | 486.76 | 933.24 | 1098.37 | 731.79 | 552.39 | 354.32 |
| 加工工业 | 3104 | 1186.92 | 596.30 | 580.56 | 508.42 | 629.68 | 427.45 | 394.17 | 248.84 |
| **二、按企业规模分** | | | | | | | | | |
| 大型企业 | 326 | 2450.52 | 1008.66 | 974.59 | 1278.64 | 1683.41 | 1018.67 | 919.89 | 544.73 |
| 中型企业 | 809 | 762.25 | 339.87 | 332.54 | 366.77 | 448.09 | 304.50 | 195.97 | 128.60 |
| 小型企业 | 9315 | 1600.82 | 730.88 | 683.45 | 768.93 | 829.52 | 630.72 | 460.15 | 375.75 |
| **三、按行业分** | | | | | | | | | |
| 煤炭采选业 | 563 | 320.93 | 121.86 | 114.52 | 186.37 | 230.92 | 151.07 | 123.74 | 72.55 |
| 石油和天然气开采业 | 4 | 242.42 | 86.33 | 79.21 | 146.64 | 279.36 | 115.69 | 95.93 | 74.27 |
| 黑色金属矿采选业 | 30 | 2.15 | 0.92 | 0.90 | 1.18 | 1.33 | 1.07 | 0.95 | 0.70 |
| 有色金属矿采选业 | 185 | 43.15 | 15.81 | 15.25 | 25.35 | 28.06 | 20.04 | 14.79 | 9.55 |
| 非金属矿采选业 | 115 | 8.92 | 3.96 | 3.52 | 4.03 | 4.53 | 3.82 | 3.29 | 2.20 |
| 其他矿采选业 | 2 | 0.31 | 0.18 | 0.17 | 0.11 | 0.17 | 0.11 | 0.13 | 0.09 |
| 木材及竹材采运业 | | | | | | | | | |
| 食品加工业 | 1127 | 193.37 | 98.40 | 96.27 | 79.71 | 87.08 | 70.24 | 51.37 | 45.65 |
| 食品制造业 | 398 | 113.96 | 55.58 | 49.12 | 47.77 | 49.91 | 39.88 | 37.21 | 19.12 |
| 饮料制造业 | 243 | 128.19 | 69.52 | 63.91 | 49.97 | 57.25 | 44.38 | 32.30 | 25.71 |
| 烟草加工业 | 33 | 100.84 | 57.86 | 63.03 | 39.60 | 44.28 | 32.01 | 22.60 | 15.59 |
| 纺织工业 | 627 | 282.04 | 155.96 | 143.88 | 105.82 | 134.87 | 92.26 | 35.38 | 38.07 |
| 服装及其他纤维制品制造业 | 126 | 16.17 | 8.65 | 8.39 | 6.66 | 7.86 | 6.35 | 4.58 | 4.53 |
| 皮革、毛皮、羽绒及其制品业 | 281 | 53.36 | 34.80 | 33.67 | 14.36 | 17.12 | 13.51 | 15.60 | 11.04 |
| 木材加工及竹、藤、棕、草制品业 | 141 | 19.39 | 6.69 | 6.39 | 11.41 | 11.69 | 10.21 | 5.89 | 5.41 |
| 家具制造业 | 85 | 5.86 | 2.83 | 2.59 | 2.70 | 3.05 | 2.45 | 2.44 | 2.12 |
| 造纸及纸制品业 | 487 | 98.68 | 44.50 | 47.30 | 49.65 | 56.57 | 46.84 | 37.82 | 23.43 |
| 印刷业、记录媒介的复制 | 173 | 25.84 | 10.79 | 10.14 | 13.22 | 16.83 | 11.16 | 9.44 | 6.63 |
| 文教体育用品制造业 | 21 | 0.68 | 0.35 | 0.30 | 0.33 | 0.38 | 0.34 | 0.30 | 0.22 |
| 石油加工及炼焦业 | 75 | 104.69 | 39.62 | 38.78 | 61.55 | 54.83 | 33.87 | 31.52 | 22.82 |
| 化学原料及化学制品制造业 | 770 | 350.52 | 126.38 | 123.41 | 198.56 | 232.53 | 167.25 | 78.88 | 61.74 |
| 医药制造业 | 204 | 94.19 | 49.26 | 47.68 | 38.50 | 46.04 | 33.27 | 27.62 | 19.76 |
| 化学纤维制造业 | 28 | 98.61 | 34.72 | 35.78 | 59.94 | 46.33 | 23.18 | 27.03 | 15.35 |
| 橡胶制品业 | 89 | 43.18 | 18.70 | 19.03 | 20.82 | 21.47 | 14.26 | 13.68 | 9.11 |
| 塑料制品业 | 255 | 32.03 | 14.33 | 13.58 | 14.69 | 17.86 | 13.73 | 12.56 | 10.16 |
| 非金属矿物制品业 | 1337 | 378.43 | 160.34 | 155.41 | 185.62 | 213.86 | 154.61 | 122.23 | 76.06 |
| 黑色金属冶炼及压延加工业 | 171 | 187.45 | 82.50 | 82.43 | 91.79 | 122.27 | 74.49 | 97.97 | 57.86 |
| 有色金属冶炼及压延加工业 | 207 | 176.36 | 68.30 | 68.75 | 98.79 | 112.39 | 79.13 | 54.39 | 40.42 |
| 金属制品业 | 319 | 41.94 | 22.25 | 21.88 | 16.40 | 20.21 | 15.42 | 11.46 | 10.60 |
| 普通机械制造业 | 524 | 169.84 | 97.76 | 94.28 | 61.00 | 81.13 | 52.89 | 54.29 | 39.65 |
| 专用设备制造业 | 567 | 232.32 | 124.84 | 123.72 | 92.82 | 121.46 | 73.25 | 85.24 | 52.37 |
| 交通运输设备制造业 | 283 | 147.80 | 72.42 | 69.83 | 63.99 | 72.05 | 59.71 | 47.04 | 29.27 |
| 武器弹药制造业 | 11 | 21.24 | 8.73 | 8.28 | 11.62 | 18.44 | 11.30 | 10.20 | 8.65 |
| 电气机械及器材制造业 | 295 | 140.08 | 83.24 | 80.59 | 48.49 | 58.62 | 38.93 | 50.12 | 30.89 |
| 电子及通信设备制造业 | 57 | 75.11 | 41.31 | 38.32 | 30.39 | 40.07 | 27.12 | 19.31 | 12.37 |
| 仪器、仪表及文化办公用机械制造业 | 46 | 16.83 | 8.50 | 7.83 | 6.79 | 9.08 | 6.03 | 5.44 | 3.94 |
| 其他制造业 | 193 | 19.44 | 13.29 | 12.17 | 5.29 | 6.56 | 4.74 | 7.45 | 4.18 |
| 电力、蒸气、热水的生产和供应业 | 248 | 782.16 | 226.20 | 199.09 | 490.43 | 595.37 | 382.36 | 295.60 | 167.75 |
| 煤气生产和供应业 | 11 | 11.42 | 4.66 | 4.69 | 6.42 | 7.66 | 5.05 | 6.97 | 4.71 |
| 自来水生产和供应业 | 119 | 33.73 | 7.08 | 6.47 | 25.56 | 31.49 | 21.86 | 23.26 | 14.54 |

10—19 续表 (1998年) 单位:亿元

| 行业 | 流动负债合计 | 长期负债合计 | 产品销售收入 | 产品销售费用 | 产品销售税金及附加 | 产品销售利润 | 利润总额 | 利税总额 |
|---|---|---|---|---|---|---|---|---|
| **总计** | **2156.27** | **1060.38** | **2774.43** | **101.17** | **56.37** | **338.48** | **71.21** | **251.73** |
| **一、按轻重工业分** | | | | | | | | |
| 轻工业 | 806.62 | 231.87 | 1028.81 | 45.70 | 35.54 | 106.09 | 26.77 | 101.75 |
| 以农产品为原料 | 640.69 | 159.56 | 818.89 | 33.85 | 32.81 | 82.21 | 22.29 | 85.68 |
| 以非农产品为原料 | 165.93 | 72.31 | 209.91 | 11.85 | 2.72 | 23.87 | 4.48 | 16.07 |
| 重工业 | 1349.65 | 828.51 | 1745.62 | 55.47 | 20.84 | 232.39 | 44.44 | 149.98 |
| 采掘工业 | 209.70 | 168.07 | 304.31 | 8.63 | 5.40 | 51.50 | 13.87 | 35.78 |
| 原料工业 | 552.40 | 458.24 | 753.54 | 16.65 | 10.58 | 88.23 | 16.42 | 71.77 |
| 加工工业 | 587.56 | 202.21 | 687.77 | 30.19 | 4.86 | 92.65 | 14.15 | 42.42 |
| **二、按企业规模分** | | | | | | | | |
| 大型企业 | 941.96 | 586.57 | 1073.01 | 34.35 | 31.88 | 125.56 | 12.12 | 105.13 |
| 中型企业 | 414.37 | 145.79 | 359.15 | 9.85 | 9.51 | 48.63 | 3.23 | 30.26 |
| 小型企业 | 799.95 | 328.02 | 1342.27 | 56.97 | 14.99 | 164.29 | 55.86 | 116.34 |
| **三、按行业分** | | | | | | | | |
| 煤炭采选业 | 121.76 | 74.47 | 153.60 | 6.11 | 2.63 | 26.66 | 4.83 | 17.50 |
| 石油和天然气开采业 | 64.88 | 81.61 | 83.75 | 0.12 | 2.13 | 11.96 | 0.38 | 7.97 |
| 黑色金属矿采选业 | 0.72 | 0.18 | 2.73 | 0.15 | 0.03 | 0.35 | 0.14 | 0.27 |
| 有色金属矿采选业 | 17.62 | 10.73 | 52.36 | 1.58 | 0.41 | 11.18 | 7.83 | 8.66 |
| 非金属矿采选业 | 4.55 | 1.07 | 11.78 | 0.67 | 0.18 | 1.33 | 0.68 | 1.38 |
| 其他矿采选业 | 0.17 | 0.01 | 0.09 | | | 0.02 | | 0.01 |
| 木材及竹材采运业 | | | | | | | | |
| 食品加工业 | 114.82 | 24.92 | 220.55 | 7.43 | 1.43 | 16.69 | 4.16 | 9.54 |
| 食品制造业 | 51.33 | 23.72 | 84.55 | 4.36 | 0.74 | 9.21 | 2.53 | 6.14 |
| 饮料制造业 | 75.47 | 19.43 | 81.80 | 8.74 | 4.84 | 8.65 | 1.05 | 10.37 |
| 烟草加工业 | 65.10 | 13.12 | 65.95 | 0.41 | 23.45 | 5.51 | 2.33 | 31.17 |
| 纺织工业 | 205.26 | 38.95 | 153.70 | 2.92 | 0.67 | 12.93 | −1.65 | 5.11 |
| 服装及其他纤维制品制造业 | 8.65 | 2.93 | 14.64 | 0.38 | 0.12 | 1.35 | 0.26 | 0.69 |
| 皮革、毛皮、羽绒及其制品业 | 31.64 | 5.88 | 55.73 | 1.56 | 0.33 | 7.08 | 3.67 | 5.07 |
| 木材加工及竹、藤、棕、草制品业 | 7.86 | 5.62 | 14.00 | 0.67 | 0.18 | 1.58 | 0.37 | 0.86 |
| 家具制造业 | 2.72 | 0.69 | 7.42 | 0.40 | 0.16 | 1.12 | 0.63 | 1.00 |
| 造纸及纸制品业 | 40.98 | 18.62 | 69.90 | 2.85 | 0.73 | 10.26 | 5.16 | 8.76 |
| 印刷业、记录媒介的复制 | 12.73 | 3.48 | 17.97 | 1.07 | 0.09 | 3.23 | 1.15 | 2.13 |
| 文教体育用品制造业 | 0.30 | 0.08 | 1.46 | 0.07 | 0.01 | 0.21 | 0.10 | 0.14 |
| 石油加工及炼焦业 | 45.49 | 27.64 | 66.37 | 1.15 | 4.81 | 4.11 | −0.08 | 8.20 |
| 化学原料及化学制品制造业 | 164.87 | 105.38 | 172.34 | 5.40 | 0.90 | 17.96 | −3.12 | 2.78 |
| 医药制造业 | 54.32 | 11.50 | 50.89 | 4.40 | 0.30 | 7.84 | 1.81 | 4.66 |
| 化学纤维制造业 | 34.92 | 36.19 | 29.56 | 0.41 | 0.50 | 3.60 | 0.36 | 2.62 |
| 橡胶制品业 | 19.18 | 10.17 | 26.92 | 1.50 | 0.92 | 3.58 | 0.94 | 3.03 |
| 塑料制品业 | 15.08 | 4.32 | 33.87 | 0.92 | 0.21 | 3.32 | 1.57 | 2.64 |
| 非金属矿物制品业 | 178.99 | 75.33 | 234.65 | 13.95 | 3.27 | 31.07 | 7.34 | 21.40 |
| 黑色金属冶炼及压延加工业 | 77.13 | 12.19 | 110.44 | 1.73 | 0.73 | 11.96 | 1.86 | 7.44 |
| 有色金属冶炼及压延加工业 | 78.54 | 42.15 | 104.51 | 1.95 | 0.89 | 11.96 | 1.80 | 7.09 |
| 金属制品业 | 25.28 | 5.06 | 44.57 | 1.60 | 0.31 | 4.96 | 1.98 | 3.35 |
| 普通机械制造业 | 95.24 | 19.95 | 96.40 | 4.55 | 0.60 | 12.59 | 1.18 | 5.24 |
| 专用设备制造业 | 115.11 | 30.68 | 144.50 | 5.93 | 0.79 | 17.46 | 0.42 | 5.53 |
| 交通运输设备制造业 | 73.25 | 27.41 | 77.82 | 3.39 | 1.33 | 8.58 | −0.76 | 3.66 |
| 武器弹药制造业 | 8.10 | 2.94 | 4.71 | 0.19 | 0.01 | 0.44 | −0.45 | −0.29 |
| 电气机械及器材制造业 | 69.48 | 19.60 | 84.44 | 6.50 | 0.37 | 12.93 | 4.04 | 8.49 |
| 电子及通信设备制造业 | 37.88 | 17.93 | 35.58 | 1.71 | 0.06 | 7.11 | 0.92 | 2.56 |
| 仪器、仪表及文化办公用机械制造业 | 7.45 | 3.94 | 5.54 | 0.31 | 0.04 | 1.22 | 0.09 | 0.43 |
| 其他制造业 | 9.83 | 1.90 | 29.29 | 0.83 | 0.19 | 3.04 | 1.53 | 2.78 |
| 电力、蒸气、热水的生产和供应业 | 210.62 | 274.68 | 317.33 | 4.68 | 1.85 | 43.45 | 16.20 | 42.47 |
| 煤气生产和供应业 | 2.37 | 2.08 | 3.18 | 0.17 | 0.02 | 0.29 | 0.01 | 0.18 |
| 自来水生产和供应业 | 6.61 | 3.82 | 9.55 | 0.40 | 0.11 | 1.68 | −0.03 | 0.71 |

## 10—20 各市地全部国有及限额以上工业企业主要经济指标

（1998年）　　单位：亿元

| 市　地 | 企业单位数（个） | 资产总计 | 流动资产合计 | 流动资产年平均余额 | 固定资产合计 | 固定资产原价 | 固定资产净值年平均余额 | 所有者权益 | #实收资本 |
|---|---|---|---|---|---|---|---|---|---|
| **全　　省** | **10450** | **4813.59** | **2079.40** | **1990.58** | **2414.34** | **2961.01** | **1953.89** | **1576.01** | **1049.08** |
| 郑州市 | 1814 | 960.78 | 402.08 | 376.41 | 473.23 | 590.95 | 382.31 | 345.88 | 207.59 |
| 开封市 | 441 | 131.61 | 67.90 | 67.64 | 55.46 | 66.60 | 46.21 | 21.73 | 23.22 |
| 洛阳市 | 698 | 602.97 | 256.79 | 254.82 | 299.95 | 352.09 | 232.84 | 222.80 | 136.52 |
| 平顶山市 | 389 | 328.33 | 135.66 | 132.63 | 178.44 | 223.58 | 126.41 | 113.09 | 91.72 |
| 安阳市 | 586 | 295.41 | 135.05 | 134.60 | 141.18 | 176.01 | 115.56 | 98.52 | 58.56 |
| 鹤壁市 | 255 | 96.38 | 46.32 | 51.97 | 42.95 | 56.25 | 43.11 | 19.83 | 16.56 |
| 新乡市 | 682 | 268.89 | 129.81 | 122.43 | 126.09 | 162.21 | 135.10 | 100.93 | 69.46 |
| 焦作市 | 905 | 306.19 | 126.81 | 125.26 | 159.06 | 200.70 | 136.83 | 94.98 | 64.08 |
| 濮阳市 | 345 | 307.71 | 95.43 | 84.97 | 196.25 | 326.91 | 159.98 | 93.65 | 87.26 |
| 许昌市 | 690 | 154.97 | 79.82 | 78.33 | 65.61 | 79.71 | 57.47 | 59.75 | 35.74 |
| 漯河市 | 416 | 128.48 | 60.97 | 56.18 | 56.27 | 65.34 | 46.95 | 48.65 | 27.68 |
| 三门峡市 | 306 | 213.99 | 76.09 | 70.73 | 125.66 | 144.93 | 108.82 | 70.08 | 50.14 |
| 南阳市 | 877 | 385.97 | 156.65 | 148.66 | 212.53 | 200.03 | 132.13 | 108.98 | 72.50 |
| 商丘市 | 422 | 142.50 | 61.90 | 56.93 | 70.79 | 74.44 | 52.29 | 39.43 | 21.73 |
| 信阳市 | 395 | 105.44 | 46.66 | 46.47 | 53.26 | 64.58 | 46.07 | 26.30 | 17.18 |
| 周口地区 | 567 | 214.54 | 128.91 | 113.05 | 70.53 | 78.88 | 61.35 | 60.16 | 35.95 |
| 驻马店地区 | 549 | 101.91 | 46.94 | 44.80 | 49.46 | 57.26 | 40.59 | 28.44 | 16.50 |
| 济源市 | 113 | 67.52 | 25.61 | 24.69 | 37.64 | 40.55 | 29.88 | 22.82 | 16.70 |

| 市　地 | 流动负债合计 | 长期负债合计 | 产品销售收入 | 产品销售费用 | 产品销售税金及附加 | 产品销售利润 | 利润总额 | 利税总额 |
|---|---|---|---|---|---|---|---|---|
| **全　　省** | **2156.27** | **1060.38** | **2774.43** | **101.17** | **56.37** | **338.48** | **71.21** | **251.73** |
| 郑州市 | 410.06 | 201.31 | 583.71 | 19.10 | 15.28 | 71.95 | 23.58 | 70.29 |
| 开封市 | 82.67 | 26.28 | 80.28 | 2.72 | 0.63 | 8.45 | −1.71 | 1.38 |
| 洛阳市 | 255.22 | 124.95 | 271.21 | 8.53 | 8.04 | 28.51 | 2.25 | 21.84 |
| 平顶山市 | 145.39 | 68.72 | 138.12 | 4.92 | 2.45 | 17.75 | −2.65 | 8.65 |
| 安阳市 | 151.26 | 45.63 | 152.09 | 4.67 | 3.54 | 20.57 | 0.88 | 12.11 |
| 鹤壁市 | 54.67 | 21.55 | 52.25 | 1.49 | 0.56 | 6.77 | −0.47 | 2.43 |
| 新乡市 | 128.58 | 38.20 | 169.24 | 11.15 | 0.89 | 21.01 | 4.57 | 12.91 |
| 焦作市 | 123.45 | 87.57 | 225.73 | 10.90 | 3.37 | 28.93 | 9.02 | 21.62 |
| 濮阳市 | 91.38 | 121.69 | 115.78 | 1.44 | 1.94 | 11.86 | −3.81 | 3.33 |
| 许昌市 | 76.22 | 16.98 | 152.01 | 5.11 | 4.75 | 17.46 | 8.02 | 17.53 |
| 漯河市 | 57.08 | 21.68 | 131.19 | 4.46 | 1.78 | 14.15 | 6.54 | 11.42 |
| 三门峡市 | 80.19 | 63.72 | 113.06 | 5.29 | 1.14 | 22.37 | 9.34 | 15.55 |
| 南阳市 | 167.81 | 108.27 | 216.09 | 6.63 | 5.12 | 27.29 | 5.80 | 21.71 |
| 商丘市 | 68.42 | 32.84 | 76.41 | 3.49 | 1.89 | 9.19 | 2.54 | 7.59 |
| 信阳市 | 55.89 | 22.26 | 65.66 | 2.91 | 0.88 | 6.77 | 0.95 | 4.50 |
| 周口地区 | 123.64 | 26.00 | 121.67 | 5.01 | 1.20 | 12.98 | 2.97 | 8.40 |
| 驻马店地区 | 52.83 | 19.56 | 82.94 | 2.48 | 2.75 | 9.21 | 3.90 | 9.48 |
| 济源市 | 31.50 | 13.19 | 27.00 | 0.86 | 0.15 | 3.25 | −0.49 | 0.96 |

# 10－21 国有及国有控股工业企业主要经济指标

（1998 年）

单位：亿元

| 行业 | 企业单位数（个） | 资产总计 | 流动资产合计 | 流动资产年平均余额 | 固定资产合计 | 固定资产原价 | 固定资产净值年平均余额 | 所有者权益 | #实收资本 |
|---|---|---|---|---|---|---|---|---|---|
| **总计** | **3356** | **3580.01** | **1484.74** | **1433.53** | **1851.80** | **2345.26** | **1488.40** | **1170.60** | **720.60** |
| **一、按轻重工业分** | | | | | | | | | |
| 轻工业 | 1689 | 932.75 | 457.32 | 452.59 | 413.28 | 456.25 | 324.95 | 229.32 | 151.80 |
| 以农产品为原料 | 1297 | 688.66 | 354.87 | 351.13 | 284.31 | 327.75 | 244.45 | 151.05 | 104.79 |
| 以非农产品为原料 | 392 | 244.09 | 102.45 | 101.46 | 128.97 | 128.50 | 80.49 | 78.27 | 47.01 |
| 重工业 | 1667 | 2647.27 | 1027.42 | 980.94 | 1438.51 | 1889.02 | 1163.45 | 941.28 | 568.80 |
| 采掘工业 | 140 | 551.36 | 198.27 | 185.42 | 330.88 | 505.68 | 262.89 | 211.44 | 138.59 |
| 原料工业 | 523 | 1236.46 | 411.38 | 384.08 | 727.54 | 912.09 | 592.70 | 451.76 | 268.07 |
| 加工工业 | 1004 | 859.44 | 417.76 | 411.44 | 380.10 | 471.25 | 307.87 | 278.08 | 162.14 |
| **二、按企业规模分** | | | | | | | | | |
| 大型企业 | 297 | 2368.85 | 972.83 | 938.25 | 1241.21 | 1636.24 | 984.49 | 892.17 | 519.88 |
| 中型企业 | 617 | 622.67 | 269.61 | 265.42 | 309.29 | 375.28 | 254.22 | 166.59 | 103.38 |
| 小型企业 | 2442 | 588.50 | 242.30 | 229.85 | 301.29 | 333.75 | 249.69 | 111.85 | 97.34 |
| **三、按行业分** | | | | | | | | | |
| 煤炭采选业 | 68 | 273.43 | 100.05 | 94.93 | 162.95 | 203.96 | 130.92 | 106.89 | 59.33 |
| 石油和天然气开采业 | 2 | 241.13 | 85.65 | 78.60 | 146.06 | 278.53 | 115.19 | 95.21 | 73.75 |
| 黑色金属矿采选业 | 2 | 0.36 | 0.20 | 0.19 | 0.15 | 0.20 | 0.10 | －0.06 | 0.07 |
| 有色金属矿采选业 | 46 | 32.23 | 10.67 | 10.25 | 19.68 | 20.82 | 14.72 | 8.43 | 4.53 |
| 非金属矿采选业 | 21 | 3.92 | 1.54 | 1.28 | 1.93 | 2.02 | 1.85 | 0.84 | 0.83 |
| 其他矿采选业 | 1 | 0.29 | 0.16 | 0.16 | 0.11 | 0.17 | 0.11 | 0.12 | 0.09 |
| 木材及竹材采运业 | | | | | | | | | |
| 食品加工业 | 421 | 133.46 | 69.82 | 70.64 | 53.71 | 57.34 | 47.48 | 26.42 | 24.80 |
| 食品制造业 | 184 | 71.14 | 38.04 | 32.75 | 26.72 | 26.73 | 21.79 | 22.47 | 7.57 |
| 饮料制造业 | 119 | 95.46 | 54.49 | 50.29 | 34.83 | 40.22 | 30.15 | 20.57 | 15.36 |
| 烟草加工业 | 25 | 96.53 | 55.45 | 60.60 | 37.92 | 42.92 | 31.06 | 21.71 | 14.92 |
| 纺织工业 | 202 | 174.13 | 84.38 | 79.05 | 76.70 | 98.62 | 65.48 | 21.98 | 22.25 |
| 服装及其他纤维制品制造业 | 27 | 3.95 | 1.82 | 1.88 | 1.91 | 2.21 | 1.80 | 0.27 | 0.60 |
| 皮革、毛皮、羽绒及其制品业 | 37 | 10.24 | 6.29 | 6.19 | 2.80 | 3.82 | 2.59 | 1.26 | 1.73 |
| 木材加工及竹、藤、棕、草制品业 | 17 | 7.41 | 1.58 | 1.45 | 5.04 | 5.14 | 4.65 | 1.24 | 1.41 |
| 家具制造业 | 15 | 1.41 | 0.63 | 0.48 | 0.65 | 0.70 | 0.49 | 0.09 | 0.27 |
| 造纸及纸制品业 | 94 | 46.61 | 19.78 | 25.73 | 24.03 | 24.83 | 23.39 | 15.28 | 6.36 |
| 印刷业、记录媒介的复制 | 118 | 16.14 | 6.87 | 6.52 | 8.46 | 11.02 | 7.02 | 5.23 | 3.60 |
| 文教体育用品制造业 | 3 | 0.10 | 0.03 | 0.03 | 0.07 | 0.08 | 0.07 | 0.06 | 0.05 |
| 石油加工及炼焦业 | 14 | 86.27 | 29.65 | 28.45 | 54.54 | 47.35 | 28.80 | 26.18 | 18.43 |
| 化学原料及化学制品制造业 | 283 | 287.33 | 95.07 | 92.93 | 173.34 | 200.66 | 143.84 | 59.91 | 43.97 |
| 医药制造业 | 96 | 57.65 | 31.06 | 29.27 | 23.28 | 27.25 | 18.79 | 14.71 | 7.47 |
| 化学纤维制造业 | 13 | 93.15 | 32.61 | 33.60 | 57.11 | 43.49 | 20.97 | 25.73 | 13.93 |
| 橡胶制品业 | 29 | 31.25 | 13.01 | 12.75 | 15.49 | 15.31 | 9.03 | 9.26 | 5.75 |
| 塑料制品业 | 57 | 7.70 | 3.12 | 2.86 | 4.13 | 4.81 | 3.75 | 1.76 | 1.70 |
| 非金属矿物制品业 | 304 | 211.14 | 86.94 | 85.53 | 100.53 | 110.90 | 74.71 | 66.97 | 33.81 |
| 黑色金属冶炼及压延加工业 | 35 | 160.20 | 69.30 | 70.01 | 78.95 | 107.62 | 63.48 | 89.49 | 50.68 |
| 有色金属冶炼及压延加工业 | 34 | 140.36 | 52.37 | 53.60 | 80.92 | 90.49 | 62.57 | 44.24 | 30.16 |
| 金属制品业 | 52 | 8.49 | 4.55 | 4.63 | 3.39 | 4.41 | 2.95 | 0.86 | 1.50 |
| 普通机械制造业 | 162 | 117.02 | 65.86 | 65.09 | 43.79 | 58.42 | 36.81 | 34.62 | 25.05 |
| 专用设备制造业 | 201 | 179.76 | 94.30 | 94.07 | 74.58 | 97.03 | 56.43 | 64.50 | 37.67 |
| 交通运输设备制造业 | 140 | 106.14 | 49.38 | 47.23 | 47.52 | 52.54 | 46.06 | 33.73 | 18.27 |
| 武器弹药制造业 | 11 | 21.24 | 8.73 | 8.28 | 11.62 | 18.44 | 11.30 | 10.20 | 8.65 |
| 电气机械及器材制造业 | 94 | 99.25 | 58.03 | 57.36 | 34.47 | 41.35 | 26.01 | 37.69 | 20.19 |
| 电子及通信设备制造业 | 25 | 69.67 | 37.98 | 35.36 | 28.69 | 38.00 | 25.56 | 17.85 | 10.81 |
| 仪器、仪表及文化办公用机械制造业 | 26 | 10.17 | 4.81 | 4.82 | 4.47 | 6.53 | 4.20 | 2.64 | 2.14 |
| 其他制造业 | 32 | 1.73 | 0.99 | 0.96 | 0.61 | 0.70 | 0.59 | 0.20 | 0.22 |
| 电力、蒸气、热水的生产和供应业 | 219 | 638.53 | 197.83 | 174.58 | 378.74 | 521.60 | 326.86 | 251.74 | 133.50 |
| 煤气生产和供应业 | 10 | 11.38 | 4.63 | 4.67 | 6.41 | 7.65 | 5.03 | 6.95 | 4.68 |
| 自来水生产和供应业 | 117 | 33.65 | 7.07 | 6.45 | 25.50 | 31.40 | 21.81 | 23.23 | 14.51 |

10—21 续表　　(1998年)　　单位:亿元

| 行业 | 流动负债合计 | 长期负债合计 | 产品销售收入 | 产品销售费用 | 产品销售税金及附加 | 产品销售利润 | 利润总额 | 利税总额 |
|---|---|---|---|---|---|---|---|---|
| **总计** | **1553.66** | **845.08** | **1549.20** | **46.14** | **41.12** | **186.78** | **6.83** | **132.47** |
| **一、按轻重工业分** | | | | | | | | |
| 轻工业 | 528.65 | 167.98 | 482.90 | 21.25 | 28.35 | 48.13 | 1.92 | 54.81 |
| 以农产品为原料 | 423.56 | 108.00 | 388.95 | 15.01 | 27.71 | 34.99 | 1.60 | 48.47 |
| 以非农产品为原料 | 105.09 | 59.98 | 93.95 | 6.24 | 0.64 | 13.15 | 0.32 | 6.34 |
| 重工业 | 1025.01 | 677.10 | 1066.30 | 24.89 | 12.76 | 138.65 | 4.91 | 77.65 |
| 采掘工业 | 181.22 | 158.37 | 186.18 | 3.42 | 3.45 | 32.59 | 2.51 | 18.84 |
| 原料工业 | 419.26 | 363.31 | 540.13 | 9.24 | 7.62 | 58.20 | 4.93 | 46.65 |
| 加工工业 | 424.53 | 155.43 | 339.98 | 12.24 | 1.69 | 47.86 | —2.54 | 12.16 |
| **二、按企业规模分** | | | | | | | | |
| 大型企业 | 904.52 | 570.05 | 1019.37 | 30.09 | 30.02 | 121.15 | 12.77 | 101.67 |
| 中型企业 | 331.00 | 121.02 | 275.99 | 7.35 | 8.64 | 37.84 | 2.50 | 25.34 |
| 小型企业 | 318.14 | 154.00 | 253.84 | 8.70 | 2.46 | 27.78 | —8.44 | 5.46 |
| **三、按行业分** | | | | | | | | |
| 煤炭采选业 | 100.01 | 66.49 | 92.35 | 3.01 | 1.29 | 17.77 | 1.14 | 9.55 |
| 石油和天然气开采业 | 64.36 | 81.56 | 82.65 | 0.08 | 2.11 | 11.88 | 0.37 | 7.89 |
| 黑色金属矿采选业 | 0.09 | 0.03 | 0.15 | | | 0.02 | —0.02 | —0.01 |
| 有色金属矿采选业 | 13.88 | 9.92 | 9.74 | 0.20 | 0.05 | 2.77 | 1.00 | 1.19 |
| 非金属矿采选业 | 2.72 | 0.35 | 1.25 | 0.13 | 0.01 | 0.14 | 0.02 | 0.20 |
| 其他矿采选业 | 0.16 | | 0.04 | | | 0.01 | | |
| 木材及竹材采运业 | | | | | | | | |
| 食品加工业 | 87.97 | 18.11 | 113.71 | 3.67 | 0.37 | 6.40 | —0.84 | 1.99 |
| 食品制造业 | 33.95 | 13.30 | 29.28 | 1.28 | 0.13 | 2.55 | 0.01 | 1.87 |
| 饮料制造业 | 58.07 | 15.73 | 53.49 | 6.43 | 3.42 | 5.65 | 0.26 | 6.87 |
| 烟草加工业 | 62.07 | 12.74 | 62.39 | 0.37 | 23.31 | 5.05 | 2.24 | 30.81 |
| 纺织工业 | 120.58 | 29.52 | 83.20 | 0.97 | 0.29 | 7.95 | —1.85 | 2.23 |
| 服装及其他纤维制品制造业 | 2.78 | 0.90 | 1.16 | 0.04 | | 0.06 | —0.20 | —0.16 |
| 皮革、毛皮、羽绒及其制品业 | 7.87 | 1.05 | 3.64 | 0.08 | 0.01 | 0.61 | —0.14 | —0.02 |
| 木材加工及竹、藤、棕、草制品业 | 2.20 | 3.95 | 1.03 | 0.03 | 0.01 | 0.04 | —0.13 | —0.06 |
| 家具制造业 | 1.25 | 0.07 | 0.49 | 0.07 | | 0.08 | —0.03 | |
| 造纸及纸制品业 | 21.97 | 8.92 | 12.45 | 0.37 | 0.05 | 1.56 | 0.17 | 0.99 |
| 印刷业、记录媒介的复制 | 8.00 | 2.85 | 8.11 | 0.20 | 0.06 | 2.03 | 0.55 | 1.24 |
| 文教体育用品制造业 | 0.04 | | 0.01 | | | | | |
| 石油加工及炼焦业 | 33.80 | 26.26 | 57.55 | 0.84 | 4.72 | 3.23 | —0.13 | 7.68 |
| 化学原料及化学制品制造业 | 128.03 | 98.54 | 107.24 | 2.29 | 0.28 | 10.14 | —5.67 | —2.48 |
| 医药制造业 | 35.00 | 7.67 | 30.31 | 2.42 | 0.12 | 4.99 | 1.04 | 2.65 |
| 化学纤维制造业 | 32.24 | 34.73 | 27.08 | 0.31 | 0.26 | 3.52 | 0.30 | 2.23 |
| 橡胶制品业 | 14.01 | 7.97 | 13.87 | 0.65 | 0.74 | 1.80 | 0.38 | 1.99 |
| 塑料制品业 | 4.26 | 1.67 | 3.13 | 0.10 | 0.01 | 0.20 | —0.12 | —0.02 |
| 非金属矿物制品业 | 98.93 | 44.61 | 64.36 | 4.02 | 0.40 | 8.32 | —1.13 | 3.53 |
| 黑色金属冶炼及压延加工业 | 61.37 | 9.21 | 80.13 | 1.13 | 0.47 | 9.60 | 1.27 | 5.93 |
| 有色金属冶炼及压延加工业 | 60.64 | 35.47 | 58.79 | 0.83 | 0.33 | 7.69 | 0.37 | 3.70 |
| 金属制品业 | 6.48 | 1.12 | 2.67 | 0.13 | 0.01 | 0.29 | —0.25 | —0.10 |
| 普通机械制造业 | 67.14 | 15.12 | 42.58 | 1.63 | 0.15 | 5.43 | —1.32 | 0.46 |
| 专用设备制造业 | 88.89 | 25.87 | 77.98 | 2.47 | 0.20 | 9.26 | —2.49 | —0.05 |
| 交通运输设备制造业 | 53.68 | 18.63 | 39.57 | 1.14 | 0.19 | 6.09 | —0.95 | 1.06 |
| 武器弹药制造业 | 8.10 | 2.94 | 4.71 | 0.19 | 0.01 | 0.44 | —0.45 | —0.29 |
| 电气机械及器材制造业 | 47.57 | 13.50 | 51.79 | 4.80 | 0.16 | 8.99 | 2.91 | 6.21 |
| 电子及通信设备制造业 | 34.01 | 17.80 | 32.83 | 1.57 | 0.04 | 6.61 | 0.92 | 2.44 |
| 仪器、仪表及文化办公用机械制造业 | 4.81 | 2.71 | 2.12 | 0.10 | 0.01 | 0.52 | —0.24 | —0.09 |
| 其他制造业 | 1.08 | 0.43 | 1.01 | 0.04 | 0.01 | 0.09 | 0.06 | 0.09 |
| 电力、蒸气、热水的生产和供应业 | 176.71 | 209.43 | 283.99 | 3.99 | 1.76 | 33.09 | 9.86 | 32.09 |
| 煤气生产和供应业 | 2.36 | 2.07 | 3.05 | 0.15 | 0.01 | 0.28 | —0.01 | 0.16 |
| 自来水生产和供应业 | 6.57 | 3.82 | 9.29 | 0.39 | 0.11 | 1.65 | —0.06 | 0.68 |

# 10—22 各市地国有及国有控股工业企业主要经济指标

（1998年）

单位：亿元

| 市地 | 企业单位数（个） | 资产总计 | 流动资产合计 | 流动资产年平均余额 | 固定资产合计 | 固定资产原价 | 固定资产净值年平均余额 | 所有者权益 | #实收资本 |
|---|---|---|---|---|---|---|---|---|---|
| **全省** | **3356** | **3580.01** | **1484.74** | **1433.53** | **1851.80** | **2345.26** | **1488.40** | **1170.60** | **720.60** |
| 郑州市 | 364 | 684.24 | 271.73 | 254.31 | 343.06 | 430.14 | 261.31 | 255.12 | 134.24 |
| 开封市 | 190 | 94.85 | 45.67 | 47.34 | 43.64 | 53.20 | 35.66 | 11.76 | 14.72 |
| 洛阳市 | 280 | 506.63 | 208.42 | 207.30 | 256.88 | 297.08 | 193.50 | 184.00 | 105.35 |
| 平顶山市 | 150 | 282.74 | 112.74 | 111.17 | 159.06 | 201.22 | 109.87 | 102.84 | 79.70 |
| 安阳市 | 195 | 220.28 | 98.97 | 100.08 | 107.12 | 134.49 | 84.19 | 80.88 | 42.66 |
| 鹤壁市 | 109 | 72.21 | 34.44 | 40.31 | 34.82 | 46.08 | 35.14 | 14.58 | 10.87 |
| 新乡市 | 263 | 168.20 | 84.74 | 83.19 | 76.83 | 99.41 | 87.36 | 55.92 | 32.99 |
| 焦作市 | 246 | 211.74 | 77.95 | 77.65 | 117.25 | 147.65 | 98.26 | 58.57 | 34.00 |
| 濮阳市 | 138 | 287.17 | 83.84 | 75.95 | 187.84 | 317.37 | 152.37 | 85.86 | 82.09 |
| 许昌市 | 126 | 89.47 | 46.36 | 45.06 | 38.36 | 47.18 | 32.65 | 30.67 | 16.93 |
| 漯河市 | 63 | 60.54 | 28.80 | 27.61 | 25.31 | 28.61 | 20.03 | 26.87 | 13.28 |
| 三门峡市 | 95 | 192.90 | 66.18 | 61.09 | 115.30 | 132.87 | 99.12 | 59.73 | 41.22 |
| 南阳市 | 248 | 248.46 | 108.97 | 104.23 | 128.69 | 165.39 | 106.12 | 79.16 | 47.12 |
| 商丘市 | 225 | 112.78 | 47.03 | 43.66 | 58.81 | 61.54 | 41.49 | 28.94 | 13.22 |
| 信阳市 | 185 | 84.44 | 36.14 | 35.97 | 44.65 | 54.89 | 38.49 | 20.80 | 12.33 |
| 周口地区 | 226 | 140.29 | 81.50 | 69.90 | 49.81 | 56.07 | 42.29 | 40.62 | 20.77 |
| 驻马店地区 | 212 | 72.81 | 32.63 | 31.17 | 36.30 | 42.28 | 28.27 | 17.07 | 7.18 |
| 济源市 | 41 | 50.26 | 18.63 | 17.55 | 28.06 | 29.79 | 22.26 | 17.21 | 11.92 |

| 市地 | 流动负债合计 | 长期负债合计 | 产品销售收入 | 产品销售费用 | 产品销售税金及附加 | 产品销售利润 | 利润总额 | 利税总额 |
|---|---|---|---|---|---|---|---|---|
| **全省** | **1553.66** | **845.08** | **1549.20** | **46.14** | **41.12** | **186.78** | **6.83** | **132.47** |
| 郑州市 | 275.95 | 152.72 | 299.15 | 4.06 | 11.53 | 32.53 | 6.68 | 37.42 |
| 开封市 | 60.76 | 22.00 | 44.78 | 1.51 | 0.30 | 4.47 | −3.23 | −1.41 |
| 洛阳市 | 210.93 | 111.70 | 199.45 | 5.11 | 6.15 | 20.81 | −0.28 | 14.19 |
| 平顶山市 | 117.21 | 61.88 | 108.28 | 3.69 | 1.87 | 14.57 | −2.64 | 6.71 |
| 安阳市 | 107.34 | 32.06 | 94.43 | 2.28 | 3.06 | 14.91 | 0.46 | 9.48 |
| 鹤壁市 | 38.33 | 19.13 | 30.61 | 0.55 | 0.28 | 5.00 | −0.40 | 1.44 |
| 新乡市 | 84.70 | 27.09 | 101.91 | 8.58 | 0.36 | 12.64 | 1.78 | 6.88 |
| 焦作市 | 83.14 | 69.83 | 75.09 | 2.07 | 0.91 | 8.49 | 0.06 | 5.03 |
| 濮阳市 | 80.60 | 119.95 | 88.70 | 0.51 | 1.71 | 9.06 | −5.69 | 0.93 |
| 许昌市 | 47.60 | 10.30 | 53.20 | 1.52 | 4.08 | 6.81 | 2.03 | 8.78 |
| 漯河市 | 25.93 | 7.61 | 47.26 | 1.63 | 0.79 | 4.48 | 2.79 | 5.44 |
| 三门峡市 | 72.07 | 61.10 | 60.49 | 3.56 | 0.64 | 12.16 | 1.32 | 6.65 |
| 南阳市 | 112.02 | 56.35 | 128.34 | 2.99 | 4.39 | 17.60 | 1.78 | 13.43 |
| 商丘市 | 54.25 | 29.17 | 46.60 | 2.31 | 1.39 | 5.91 | 1.33 | 5.13 |
| 信阳市 | 44.23 | 18.84 | 43.59 | 1.62 | 0.50 | 4.23 | −0.01 | 2.36 |
| 周口地区 | 75.84 | 20.15 | 65.84 | 2.55 | 0.56 | 6.11 | 0.16 | 3.80 |
| 驻马店地区 | 40.41 | 14.50 | 40.53 | 1.09 | 2.46 | 4.51 | 0.83 | 5.27 |
| 济源市 | 22.36 | 10.68 | 20.94 | 0.53 | 0.12 | 2.46 | −0.15 | 0.96 |

# 10—23 全部国有及限额以上工业企业主要经济效益指标

(1998年)　　单位:%

| 行　　业 | 总资产贡献率 | 成本费用利润率 | 资　产负债率 | 产　品销售率 | 流动资产周转率 |
|---|---|---|---|---|---|
| **总　　计** | **7.56** | **2.66** | **67.26** | **97.17** | **1.39** |
| **一、按轻重工业分** | | | | | |
| 轻工业 | 9.35 | 2.74 | 72.89 | 96.61 | 1.45 |
| 以农产品为原料 | 10.22 | 2.89 | 74.85 | 96.67 | 1.49 |
| 以非农产品为原料 | 6.74 | 2.17 | 66.99 | 96.35 | 1.32 |
| 重工业 | 6.79 | 2.61 | 64.85 | 97.53 | 1.36 |
| 采掘工业 | 7.47 | 4.85 | 61.34 | 97.70 | 1.42 |
| 原料工业 | 7.05 | 2.21 | 64.77 | 98.54 | 1.55 |
| 加工工业 | 6.09 | 2.10 | 66.79 | 96.46 | 1.18 |
| **二、按企业规模分** | | | | | |
| 大型企业 | 6.23 | 1.15 | 62.46 | 97.86 | 1.10 |
| 中型企业 | 6.55 | 0.91 | 74.29 | 97.66 | 1.08 |
| 小型企业 | 10.07 | 4.38 | 71.26 | 96.56 | 1.96 |
| **三、按行业分** | | | | | |
| 煤炭采选业 | 6.72 | 3.26 | 61.44 | 96.48 | 1.34 |
| 石油和天然气开采业 | 5.21 | 0.49 | 60.43 | 99.86 | 1.06 |
| 黑色金属矿采选业 | 15.51 | 5.67 | 55.66 | 97.14 | 3.03 |
| 有色金属矿采选业 | 23.12 | 17.42 | 65.72 | 98.03 | 3.43 |
| 非金属矿采选业 | 17.97 | 6.23 | 63.11 | 98.16 | 3.35 |
| 其他矿采选业 | 5.17 | 1.57 | 57.85 | 90.92 | 0.52 |
| 木材及竹材采运业 | | | | | |
| 食品加工业 | 7.70 | 1.92 | 73.43 | 96.98 | 2.29 |
| 食品制造业 | 8.27 | 3.10 | 67.35 | 96.75 | 1.72 |
| 饮料制造业 | 10.53 | 1.37 | 74.81 | 97.70 | 1.28 |
| 烟草加工业 | 31.06 | 5.70 | 77.59 | 100.10 | 1.05 |
| 纺织工业 | 4.12 | —1.06 | 87.46 | 94.51 | 1.07 |
| 服装及其他纤维制品制造业 | 6.74 | 1.79 | 71.71 | 96.91 | 1.74 |
| 皮革、毛皮、羽绒及其制品业 | 13.15 | 7.05 | 70.76 | 95.11 | 1.66 |
| 木材加工及竹、藤、棕、草制品业 | 7.20 | 2.72 | 69.65 | 98.14 | 2.19 |
| 家具制造业 | 20.28 | 9.54 | 58.36 | 96.24 | 2.86 |
| 造纸及纸制品业 | 11.31 | 7.96 | 61.67 | 97.93 | 1.48 |
| 印刷业、记录媒介的复制 | 10.15 | 6.83 | 63.47 | 97.38 | 1.77 |
| 文教体育用品制造业 | 25.91 | 7.81 | 55.80 | 97.34 | 4.79 |
| 石油加工及炼焦业 | 9.18 | —0.12 | 69.90 | 100.25 | 1.71 |
| 化学原料及化学制品制造业 | 3.83 | —1.76 | 77.50 | 97.35 | 1.40 |
| 医药制造业 | 7.54 | 3.68 | 70.67 | 94.56 | 1.07 |
| 化学纤维制造业 | 4.22 | 1.23 | 72.58 | 92.50 | 0.83 |
| 橡胶制品业 | 9.59 | 3.68 | 68.32 | 93.56 | 1.41 |
| 塑料制品业 | 10.42 | 4.86 | 60.79 | 96.88 | 2.49 |
| 非金属矿物制品业 | 8.43 | 3.27 | 67.70 | 96.42 | 1.51 |
| 黑色金属冶练及压延加工业 | 5.13 | 1.72 | 47.74 | 97.21 | 1.34 |
| 有色金属冶练及压延加工业 | 6.45 | 1.75 | 69.16 | 98.38 | 1.52 |
| 金属制品业 | 10.79 | 4.65 | 72.68 | 96.34 | 2.04 |
| 普通机械制造业 | 5.27 | 1.25 | 68.04 | 95.56 | 1.02 |
| 专用设备制造业 | 4.26 | 0.29 | 63.31 | 97.47 | 1.17 |
| 交通运输设备制造业 | 5.41 | —0.95 | 68.17 | 98.10 | 1.11 |
| 武器弹药制造业 | 0.32 | —7.59 | 51.98 | 95.96 | 0.57 |
| 电气机械及器材制造业 | 8.40 | 5.00 | 64.22 | 97.23 | 1.05 |
| 电子及通信设备制造业 | 8.02 | 2.67 | 74.30 | 95.15 | 0.93 |
| 仪器、仪表及文化办公用机械制造业 | 5.10 | 1.50 | 67.70 | 92.14 | 0.71 |
| 其他制造业 | 17.16 | 5.52 | 61.68 | 98.71 | 2.41 |
| 电力、蒸气、热水的生产和供应业 | 8.06 | 5.18 | 62.21 | 99.43 | 1.59 |
| 煤气生产和供应业 | 1.14 | 0.28 | 38.95 | 100.06 | 0.68 |
| 自来水生产和供应业 | 2.79 | —0.33 | 31.03 | 98.69 | 1.48 |

# 10—24 国有及国有控股工业企业主要经济效益指标

(1998 年)

单位:%

| 行业 | 总资产贡献率 | 成本费用利润率 | 资产负债率 | 产品销售率 | 流动资产周转率 |
|---|---|---|---|---|---|
| **总计** | **5.81** | **0.45** | **67.30** | **97.74** | **1.08** |
| **一、按轻重工业分** | | | | | |
| 轻工业 | 7.90 | 0.42 | 75.41 | 96.68 | 1.07 |
| 以农产品为原料 | 9.07 | 0.44 | 78.07 | 96.80 | 1.11 |
| 以非农产品为原料 | 4.62 | 0.34 | 67.93 | 96.16 | 0.93 |
| 重工业 | 5.08 | 0.46 | 64.44 | 98.27 | 1.09 |
| 采掘工业 | 4.94 | 1.38 | 61.65 | 97.65 | 1.00 |
| 原料工业 | 6.13 | 0.91 | 63.46 | 99.39 | 1.41 |
| 加工工业 | 3.66 | —0.73 | 67.64 | 97.04 | 0.83 |
| **二、按企业规模分** | | | | | |
| 大型企业 | 6.19 | 1.28 | 62.34 | 97.89 | 1.09 |
| 中型企业 | 6.42 | 0.92 | 73.25 | 97.87 | 1.04 |
| 小型企业 | 3.65 | —3.21 | 80.99 | 97.11 | 1.10 |
| **三、按行业分** | | | | | |
| 煤炭采选业 | 4.51 | 1.22 | 60.91 | 96.16 | 0.97 |
| 石油和天然气开采业 | 5.21 | 0.48 | 60.51 | 99.90 | 1.05 |
| 黑色金属矿采选业 | 5.23 | —10.02 | 117.23 | 100.49 | 0.81 |
| 有色金属矿采选业 | 6.28 | 10.48 | 73.84 | 95.14 | 0.95 |
| 非金属矿采选业 | 7.18 | 1.73 | 78.49 | 98.74 | 0.98 |
| 其他矿采选业 | 1.35 | —7.69 | 57.39 | 79.98 | 0.24 |
| 木材及竹材采运业 | | | | | |
| 食品加工业 | 4.20 | —0.73 | 80.20 | 97.72 | 1.61 |
| 食品制造业 | 5.00 | 0.02 | 68.41 | 96.94 | 0.89 |
| 饮料制造业 | 9.81 | 0.51 | 78.34 | 97.55 | 1.06 |
| 烟草加工业 | 31.93 | 5.97 | 77.51 | 100.33 | 1.03 |
| 纺织工业 | 3.73 | —2.17 | 87.38 | 93.40 | 1.05 |
| 服装及其他纤维制品制造业 | —0.37 | —14.46 | 93.13 | 111.80 | 0.62 |
| 皮革、毛皮、羽绒及其制品业 | 2.82 | —3.59 | 87.71 | 84.28 | 0.59 |
| 木材加工及竹、藤、棕、草制品业 | 0.85 | —10.88 | 83.23 | 98.60 | 0.71 |
| 家具制造业 | 3.09 | —5.64 | 93.44 | 90.17 | 1.02 |
| 造纸及纸制品业 | 3.59 | 1.30 | 67.21 | 98.27 | 0.48 |
| 印刷业、记录媒介的复制 | 9.59 | 7.19 | 67.62 | 97.08 | 1.24 |
| 文教体育用品制造业 | 3.31 | 9.70 | 38.63 | 94.81 | 0.46 |
| 石油加工及炼焦业 | 10.12 | —0.25 | 69.66 | 100.99 | 2.02 |
| 化学原料及化学制品制造业 | 2.17 | —4.93 | 79.15 | 98.14 | 1.15 |
| 医药制造业 | 7.07 | 3.54 | 74.49 | 97.39 | 1.04 |
| 化学纤维制造业 | 3.94 | 1.11 | 72.38 | 91.66 | 0.81 |
| 橡胶制品业 | 8.29 | 2.89 | 70.36 | 92.20 | 1.09 |
| 塑料制品业 | 1.72 | —3.63 | 77.10 | 95.75 | 1.10 |
| 非金属矿物制品业 | 3.68 | —1.71 | 68.28 | 96.46 | 0.75 |
| 黑色金属冶炼及压延加工业 | 4.50 | 1.62 | 44.14 | 98.46 | 1.14 |
| 有色金属冶炼及压延加工业 | 4.76 | 0.63 | 68.48 | 99.36 | 1.10 |
| 金属制品业 | 1.33 | —8.43 | 89.83 | 101.28 | 0.58 |
| 普通机械制造业 | 2.13 | —3.00 | 70.42 | 95.05 | 0.65 |
| 专用设备制造业 | 1.72 | —3.05 | 64.12 | 98.97 | 0.83 |
| 交通运输设备制造业 | 3.87 | —2.23 | 68.22 | 98.92 | 0.84 |
| 武器弹药制造业 | 0.32 | —7.59 | 51.98 | 95.96 | 0.57 |
| 电气机械及器材制造业 | 8.38 | 5.90 | 62.03 | 97.86 | 0.90 |
| 电子及通信设备制造业 | 8.25 | 2.88 | 74.38 | 95.30 | 0.93 |
| 仪器、仪表及文化办公用机械制造业 | 1.97 | —8.99 | 74.02 | 84.61 | 0.44 |
| 其他制造业 | 8.57 | 5.82 | 88.55 | 103.48 | 1.06 |
| 电力、蒸气、热水的生产和供应业 | 7.68 | 3.47 | 60.58 | 99.56 | 1.63 |
| 煤气生产和供应业 | 1.00 | —0.17 | 38.96 | 100.45 | 0.65 |
| 自来水生产和供应业 | 2.70 | —0.61 | 30.98 | 98.71 | 1.44 |

## 10—25 各市地全部国有及限额以上工业企业主要经济效益指标

(1998年) 单位:%

| 市地 | 总资产贡献率 | 成本费用利润率 | 资产负债率 | 产品销售率 | 流动资产周转率 |
|---|---|---|---|---|---|
| **全省** | **7.56** | **2.66** | **67.26** | **97.17** | **1.39** |
| 郑州市 | 9.93 | 4.22 | 64.00 | 96.98 | 1.55 |
| 开封市 | 3.90 | −2.10 | 83.49 | 97.66 | 1.19 |
| 洛阳市 | 5.08 | 0.85 | 63.05 | 97.66 | 1.06 |
| 平顶山市 | 4.59 | −1.91 | 65.56 | 96.35 | 1.04 |
| 安阳市 | 6.77 | 0.59 | 66.65 | 95.62 | 1.13 |
| 鹤壁市 | 4.81 | −0.90 | 79.42 | 95.04 | 1.01 |
| 新乡市 | 7.08 | 2.76 | 62.46 | 98.31 | 1.38 |
| 焦作市 | 9.25 | 4.25 | 68.98 | 97.71 | 1.80 |
| 濮阳市 | 3.99 | −3.26 | 69.57 | 98.62 | 1.36 |
| 许昌市 | 12.93 | 5.69 | 61.44 | 96.72 | 1.94 |
| 漯河市 | 11.63 | 5.27 | 62.14 | 97.17 | 2.33 |
| 三门峡市 | 10.47 | 8.97 | 67.25 | 97.42 | 1.60 |
| 南阳市 | 7.85 | 2.79 | 71.77 | 97.61 | 1.45 |
| 商丘市 | 7.46 | 3.49 | 72.33 | 97.33 | 1.34 |
| 信阳市 | 6.95 | 1.46 | 75.06 | 97.61 | 1.41 |
| 周口地区 | 6.20 | 2.49 | 71.96 | 96.24 | 1.08 |
| 驻马店地区 | 11.52 | 5.08 | 72.10 | 97.57 | 1.85 |
| 济源市 | 3.88 | −1.77 | 66.20 | 93.85 | 1.09 |

## 10—26 各市地国有及国有控股工业企业主要经济效益指标

(1998年) 单位:%

| 市地 | 总资产贡献率 | 成本费用利润率 | 资产负债率 | 产品销售率 | 流动资产周转率 |
|---|---|---|---|---|---|
| **全省** | **5.81** | **0.45** | **67.30** | **97.74** | **1.08** |
| 郑州市 | 7.75 | 2.26 | 62.71 | 97.61 | 1.18 |
| 开封市 | 1.40 | −6.78 | 87.60 | 97.56 | 0.95 |
| 洛阳市 | 4.03 | −0.14 | 63.68 | 98.68 | 0.96 |
| 平顶山市 | 4.17 | −2.41 | 63.63 | 97.02 | 0.97 |
| 安阳市 | 6.58 | 0.50 | 63.28 | 96.62 | 0.94 |
| 鹤壁市 | 4.10 | −1.27 | 79.80 | 95.40 | 0.76 |
| 新乡市 | 6.44 | 1.76 | 66.75 | 98.57 | 1.22 |
| 焦作市 | 3.87 | 0.08 | 72.34 | 97.69 | 0.97 |
| 濮阳市 | 3.32 | −6.19 | 70.10 | 99.64 | 1.17 |
| 许昌市 | 10.88 | 4.23 | 65.72 | 97.94 | 1.18 |
| 漯河市 | 10.71 | 6.23 | 55.62 | 97.25 | 1.71 |
| 三门峡市 | 6.56 | 2.20 | 69.04 | 96.50 | 0.99 |
| 南阳市 | 7.85 | 1.44 | 68.14 | 97.21 | 1.23 |
| 商丘市 | 6.29 | 2.98 | 74.34 | 98.12 | 1.07 |
| 信阳市 | 5.36 | −0.03 | 75.37 | 97.64 | 1.21 |
| 周口地区 | 4.75 | 0.24 | 71.05 | 97.73 | 0.94 |
| 驻马店地区 | 9.31 | 2.20 | 76.56 | 98.99 | 1.30 |
| 济源市 | 4.20 | −0.70 | 65.76 | 95.68 | 1.19 |

## 10－27 工业企业能源购进、消费及库存

（1998年） 单位：万吨标准煤

| 行业 | 年初库存 | 购进量 | 消费量 | 工业生产消费 | 非工业生产消费 | 年末库存 |
|---|---|---|---|---|---|---|
| **总计** | **419.51** | **8590.37** | **10047.45** | **9862.46** | **184.98** | **475.52** |
| 煤炭采选业 | 7.43 | 942.50 | 1571.77 | 1524.30 | 47.47 | 15.17 |
| 石油和天然气开采业 | 1.97 | 103.86 | 322.01 | 297.07 | 24.94 | 1.24 |
| 黑色金属矿采选业 | 0.08 | 2.76 | 2.77 | 2.75 | 0.02 | 0.06 |
| 有色金属矿采选业 | 0.26 | 31.39 | 31.47 | 31.26 | 0.21 | 0.18 |
| 非金属矿采选业 | 0.49 | 11.10 | 11.09 | 10.93 | 0.15 | 0.50 |
| 其他矿采选业 |  | 0.17 | 0.17 | 0.15 | 0.02 |  |
| 木材及竹材采运业 |  |  |  |  |  |  |
| 食品加工业 | 2.49 | 96.29 | 96.19 | 94.63 | 1.56 | 2.57 |
| 食品制造业 | 2.40 | 87.12 | 87.16 | 86.54 | 0.62 | 2.06 |
| 饮料制造业 | 2.62 | 59.12 | 59.08 | 58.11 | 0.97 | 2.32 |
| 烟草加工业 | 0.69 | 22.59 | 22.55 | 18.73 | 3.81 | 1.09 |
| 纺织工业 | 3.28 | 174.54 | 174.63 | 167.43 | 7.21 | 3.14 |
| 服装及其他纤维制品制造业 | 0.06 | 4.27 | 4.22 | 4.14 | 0.07 | 0.08 |
| 皮革、毛皮、羽绒及其制品业 | 0.34 | 38.41 | 38.41 | 36.86 | 1.55 | 0.32 |
| 木材加工及竹、藤、棕、草制品业 | 0.32 | 12.70 | 11.50 | 11.33 | 0.18 | 0.71 |
| 家具制造业 | 0.02 | 2.08 | 2.09 | 2.03 | 0.06 | 0.01 |
| 造纸及纸制品业 | 3.94 | 173.22 | 173.87 | 171.49 | 2.39 | 4.47 |
| 印刷业、记录媒介的复制 | 0.20 | 7.86 | 7.87 | 7.61 | 0.26 | 0.18 |
| 文教体育用品制造业 |  | 0.23 | 0.23 | 0.23 |  |  |
| 石油加工及炼焦业 | 23.05 | 778.46 | 795.62 | 787.15 | 8.47 | 37.50 |
| 化学原料及化学制品制造业 | 54.24 | 1002.55 | 1049.46 | 1038.35 | 11.11 | 49.92 |
| 医药制造业 | 2.62 | 56.13 | 59.18 | 58.62 | 0.57 | 1.74 |
| 化学纤维制造业 | 4.48 | 273.90 | 275.47 | 274.27 | 1.20 | 2.63 |
| 橡胶制品业 | 3.30 | 38.57 | 38.22 | 38.16 | 0.06 | 3.62 |
| 塑料制品业 | 0.31 | 19.07 | 19.00 | 18.76 | 0.24 | 0.34 |
| 非金属矿物制品业 | 49.44 | 1007.06 | 1016.19 | 1004.14 | 12.05 | 55.39 |
| 黑色金属冶练及压延加工业 | 31.85 | 868.71 | 1049.94 | 1040.37 | 9.57 | 32.13 |
| 有色金属冶练及压延加工业 | 10.85 | 389.19 | 421.37 | 418.03 | 3.34 | 25.42 |
| 金属制品业 | 0.46 | 30.66 | 30.54 | 30.14 | 0.40 | 0.69 |
| 普通机械制造业 | 1.35 | 87.27 | 87.95 | 85.96 | 1.99 | 1.95 |
| 专用设备制造业 | 3.04 | 95.72 | 95.61 | 92.43 | 3.18 | 4.69 |
| 交通运输设备制造业 | 0.87 | 28.83 | 29.97 | 28.04 | 1.93 | 0.98 |
| 武器弹药制造业 | 0.38 | 18.23 | 18.50 | 12.19 | 6.32 | 0.21 |
| 电气机械及器材制造业 | 1.16 | 31.73 | 30.98 | 27.42 | 3.56 | 1.67 |
| 电子及通信设备制造业 | 0.20 | 26.81 | 26.66 | 25.49 | 1.17 | 0.44 |
| 仪器、仪表及文化办公用机械制造业 | 0.21 | 5.71 | 5.83 | 5.63 | 0.20 | 0.05 |
| 其他制造业 | 0.13 | 12.97 | 12.89 | 12.62 | 0.27 | 0.15 |
| 电力、蒸气、热水的生产和供应业 | 204.61 | 2004.23 | 2324.08 | 2298.45 | 25.63 | 221.64 |
| 煤气生产和供应业 | 0.31 | 5.11 | 3.65 | 1.57 | 2.08 | 0.17 |
| 自来水生产和供应业 | 0.08 | 39.26 | 39.28 | 39.11 | 0.16 | 0.08 |

## 10—28 部分大中型工业企业主要指标

（1998 年）

单位：万元

| 企业名称 | 平均职工人数（人） | 工业增加值 | 实收资本 | 资产合计 | 固定资产净值平均余额 | 流动资产平均余额 | 销售收入 | 利税总额 |
|---|---|---|---|---|---|---|---|---|
| 郑州煤炭工业(集团)有限责任公司 | 41506 | 61311 | 66836 | 364048 | 194727 | 109784 | 71654 | 6615 |
| 河南省原田(集团)公司景家洼煤业公司(一矿) | 2140 | 31 | 510 | 2755 | 1765 | 2402 |  | －197 |
| 义马煤业(集团)有限责任公司 | 49707 | 76743 | 77465 | 386898 | 204961 | 113128 | 91740 | 15815 |
| 郑州市大峪沟矿务局 | 4145 | 6279 | 12472 | 27159 | 11491 | 17562 | 5622 | 656 |
| 河南省新中矿业集团股份有限公司 | 2280 | 1406 | 5200 | 12340 | 6495 | 3607 | 1879 | 49 |
| 地方国营登封市新新煤矿 | 1448 | 360 | 2534 | 6891 | 1854 | 2322 | 775 | 71 |
| 登封市新登煤矿 | 2001 | 3306 | 6687 | 17411 | 6951 | 5231 | 3745 | 456 |
| 新密市煤炭工业总公司 | 1141 | －1866 | 2914 | 8643 | 6240 | 2263 | 3621 | 863 |
| 郑州金山企业集团公司 | 1680 | 2819 | 1764 | 7580 | 1979 | 4093 | 5053 | 453 |
| 洛阳市龙门煤矿 | 1913 | 1278 | 1734 | 5721 | 3298 | 1719 | 1203 | 95 |
| 河南省偃师市焦村煤矿 | 1350 | 914 | 4567 | 9128 | 2717 | 1594 | 1368 | 42 |
| 地方国营河南省新安县渠里煤矿 | 650 | 310 | 4070 | 5970 | 5092 | 998 | 637 | 48 |
| 平顶山煤业(集团)香山多种经营公司 | 2050 | 1845 | 339 | 4632 | 2002 | 1441 | 3516 | －143 |
| 平顶山煤业(集团)有限责任公司 | 90908 | 240327 | 197073 | 770231 | 384123 | 287732 | 348300 | 33320 |
| 平顶山梁洼矿务局 | 6217 | 3227 | 6497 | 23636 | 9181 | 12908 | 5212 | －353 |
| 河南省平顶山市香山煤矿 | 2123 | 788 | 2767 | 6505 | 2982 | 2431 | 1176 | 116 |
| 安阳市小太阳实业总公司 | 875 | 137 | 1064 | 4344 | 2475 | 1798 | 189 | －71 |
| 浚县安林煤矿 | 1517 | 893 | 1844 | 4686 | 2740 | 1920 | 1636 | 13 |
| 河南省安阳矿务局 | 9164 | 3518 | 4946 | 28911 | 16487 | 10337 | 8216 | －1452 |
| 鹤壁矿务局 | 38812 | 53986 | 44450 | 243284 | 106332 | 103673 | 112468 | 12409 |
| 河南省新乡市陈召煤矿 | 1647 | 938 | 1791 | 7747 | 4897 | 2056 | 2404 | －245 |
| 辉县市吴村煤矿 | 4998 | 7307 | 7851 | 25768 | 10538 | 13426 | 21335 | 2898 |
| 焦作矿务局 | 39446 | 42004 | 50521 | 224621 | 98719 | 118720 | 70915 | 6610 |
| 焦作市金科尔集团有限责任公司 | 5331 | 6624 | 5097 | 22216 | 16030 | 5918 | 11758 | 973 |
| 焦作市白庄煤矿 | 2135 | 3917 | 3373 | 12678 | 6323 | 5442 | 4554 | 665 |
| 河南省三门峡英豪煤矿 | 2586 | 1838 | 1690 | 9507 | 2786 | 4856 | 2877 | 502 |
| 河南神火(集团)有限公司 | 9188 | 37457 | 21649 | 106724 | 45138 | 23056 | 52780 | 13491 |
| 河南省朝川矿务局 | 4623 | －272 | 1483 | 16462 | 5542 | 5981 | 1290 | －1852 |
| 河南省平顶山市梨园矿务局 | 5948 | 4907 | 4435 | 17565 | 10450 | 7745 | 5485 | －3589 |
| 河南省济源五星集团公司 | 1280 | 1971 | 2431 | 12438 | 5007 | 6049 | 2088 | －80 |
| 河南省济源煤矿 | 3410 | 2365 | 3107 | 16357 | 5715 | 7345 | 4702 | －121 |
| 河南省新峰矿务局 | 8061 | 4970 | 5080 | 24990 | 12721 | 11260 | 11722 | 213 |
| 河南省禹州市风达集团有限公司 | 1072 | 177 | 607 | 2483 | 1172 | 953 | 50 | 8 |
| 禹州市白庙矿业集团公司 | 3179 | 2562 | 1499 | 8566 | 4309 | 3539 | 6526 | 572 |
| 平顶山韩庄矿务局 | 2857 | 522 | 3396 | 9451 | 3035 | 6419 | 1769 | －887 |
| 禹州市中锋(吕沟)企业集团公司 | 3059 | 3484 | 3058 | 16860 | 8890 | 3857 | 8951 | 888 |
| 宝丰县苗李煤矿 | 1173 | 393 | 653 | 973 | 838 | 135 | 964 | 132 |
| 汝州市蟒川乡胡沟煤矿 | 784 | 90 | 1239 | 5025 | 1765 | 1422 | 1067 | 21 |
| 林州市大众煤矿 | 1247 | 227 | 3391 | 12912 | 6607 | 5640 | 1206 | －346 |
| 平顶山市洗煤厂 | 720 | 6721 | 3055 | 18092 | 5275 | 10700 | 17091 | 2017 |
| 河南石油勘探局 | 35176 | 163589 | 166347 | 695715 | 339970 | 255719 | 261524 | 28395 |
| 中原石油勘探局 | 40964 | 385572 | 571164 | 1715599 | 811911 | 530316 | 564929 | 50533 |
| 河南省南阳大河铜矿 | 1016 | 496 | 2028 | 5670 | 2505 | 3043 | 2024 | －188 |
| 栾川县康山金矿 | 582 | －73 | 257 | 4019 | 1738 | 577 | 948 | －266 |
| 洛阳君山制药有限公司 | 1240 | 3743 | 1132 | 13820 | 6816 | 3736 | 6256 | 606 |
| 河南省洛宁县上宫金矿 | 944 | 1999 | 2076 | 10926 | 5919 | 4767 | 3552 | 27 |
| 地方国营河南灵宝市金矿 | 209 | 597 | 588 | 3599 | 1722 | 1009 |  | 100 |
| 河南省灵宝市樊岔金矿 | 370 | 1213 | 1148 | 8531 | 1221 | 5698 | 330 | 283 |
| 河南省灵宝市枪马金矿 | 689 | 2468 | 1625 | 7534 | 1312 | 2349 | 4918 | 840 |
| 河南文峪金矿 | 4896 | 2258 | 10525 | 38573 | 17684 | 16353 | 4592 | －231 |

10—28 续表 1　　　　(1998 年)　　　　单位:万元

| 企业名称 | 平均职工人数(人) | 工业增加值 | 实收资本 | 资产合计 | 固定资产净值平均余额 | 流动资产平均余额 | 销售收入 | 利税总额 |
|---|---|---|---|---|---|---|---|---|
| 河南省灵宝市大湖金矿 | 591 | 1147 | 442 | 10708 | 4577 | 1423 | 4802 | 608 |
| 河南秦岭金矿 | 3256 | 1380 | 7453 | 22818 | 13718 | 3972 | 4821 | —750 |
| 河南省灵宝市藏珠金矿 | 260 | 1375 | 320 | 8087 | 1836 | 3631 | 534 | 348 |
| 三门峡市金渠金矿 | 643 | 3843 | 36 | 28346 | 5557 | 4361 | 9127 | 4199 |
| 河南省灵宝市安底金矿 | 582 | 1915 | 1230 | 7438 | 3941 | 2320 | 1580 | 615 |
| 河南省灵宝市灵湖金矿 | 484 | 1240 | 538 | 5332 | 3002 | 756 | 2478 | 543 |
| 河南省南阳市桐柏县银洞坡金矿 | 1719 | 2179 | 1983 | 29118 | 11615 | 9709 | 6470 | 2140 |
| 河南省金源黄金矿业有限责任公司 | 771 | 1402 | 3742 | 6692 | 3452 | 1834 | 3578 | 325 |
| 洛阳栾川钼业公司钼城企业公司 | 792 | 1172 | 518 | 5535 | 3540 | 1845 | 3009 | 86 |
| 洛阳钼都矿冶有限公司 | 818 | —13 | 1775 | 11082 | 8757 | 1568 | 1358 | —18 |
| 栾川县冶金化工公司 | 1210 | 1783 | 1457 | 10809 | 6623 | 3422 | 6238 | 464 |
| 河南省南阳吴城盐碱矿 | 1910 | 3270 | 6800 | 26890 | 14360 | 7010 | 7094 | 1540 |
| 信阳市平桥区明港萤石集团公司 | 623 | 235 | 853 | 2867 | 1101 | 1573 | 332 | —1 |
| 郑州面粉厂 | 492 | 174 | 1824 | 8904 | 3198 | 11773 | 315 | —647 |
| 洛阳面粉厂 | 580 | —1137 | 1108 | 10216 | 3465 | 4723 | 5258 | 371 |
| 洛阳第二面粉厂 | 243 | 203 | 676 | 5887 | 2450 | 2986 | 3265 | 372 |
| 孟津县面粉厂 | 396 | 502 | 188 | 3195 | 1013 | 1227 | 1504 | 68 |
| 孟津县第二面粉厂 | 172 | 278 | 34 | 1711 | 765 | 454 | 717 | 53 |
| 安阳市狮牌面粉集团有限责任公司 | 630 | 300 | 1930 | 7073 | 4605 | 1971 | 1300 | —181 |
| 林州市昌达粮油实业公司 | 340 | 224 | 79 | 1358 | 439 | 676 | 1341 | —32 |
| 内黄县雪尔面粉集团有限责任公司 | 225 | 1405 | 135 | 3783 | 1290 | 2450 | 3002 | 24 |
| 濮阳市大磨坊面粉有限公司 | 158 | —827 | 5825 | 9036 | 7478 | 2973 | 2550 | —1651 |
| 许昌市面粉厂 | 170 | —162 | 287 | 2183 | 1614 | 457 | 121 | —184 |
| 河南省龙云工贸公司(杜曲) | 3959 | 27250 | 1998 | 17525 | 8334 | 7030 | 29198 | 4749 |
| 商丘市德丰面粉厂 | 321 | 213 | 5600 | 9336 | 4390 | 3743 | 5045 | —287 |
| 夏邑县面粉厂 | 146 | —160 | 197 | 1019 | 414 | 640 | 109 | —153 |
| 商水县粮食局第二面粉厂 | 185 | 27 | 26 | 5296 | 991 | 4297 | 207 | 1 |
| 驻马店市粮油加工厂 | 297 | 400 | 448 | 3647 | 1737 | 1696 | 3746 | —24 |
| 邓州市面粉厂 | 335 | 1872 | 459 | 6123 | 1241 | 3862 | 6333 | 183 |
| 济源市粮油加工厂 | 456 | 712 | 533 | 3962 | 1754 | 2158 | 1716 | —384 |
| 郑州海嘉食品有限公司 | 489 | 2936 | 3000 | 11354 | 3606 | 4745 | 17228 | 669 |
| 汝南县制粉食品集团公司 | 120 | 506 | 29 | 4350 | 1426 | 1189 | 757 | 1 |
| 平顶山第一面粉厂 | 479 | 1289 | 2045 | 7274 | 2737 | 3803 | 5447 | 64 |
| 漯河市颍川工区工贸公司 | 3841 | 8846 | 2615 | 19816 | 9258 | 8675 | 34152 | 6726 |
| 河南淇县宏大集团 | 310 | —33 | 287 | 12103 | 3183 | 8949 | 5529 | 710 |
| 河南亚美集团股份有限公司 | 907 | 2454 | 6062 | 22560 | 10560 | 6357 | 21281 | 513 |
| 开封正大有限公司 | 532 | 3350 | 7548 | 21296 | 9123 | 25658 | 52074 | 1842 |
| 开封市通达利油脂公司 | 165 | 459 | 300 | 2632 | 1758 | 745 | 1016 | —481 |
| 开封县上禾集团 | 678 | 6408 | 362 | 12518 | 2116 | 8309 | 7134 | —1351 |
| 河南新乡万达福植物油股份有限公司 | 206 | 976 | 395 | 2785 | 802 | 1751 | 6504 | 84 |
| 扶沟县粮食局油脂加工厂 | 320 | 631 | 348 | 4607 | 1025 | 3430 | 4867 | 154 |
| 商水县粮食局油厂 | 162 | —427 | 296 | 6789 | 1014 | 4949 | 384 | —13 |
| 驻马店市华豫油脂有限公司 | 326 | 1182 | 3441 | 8196 | 2817 | 1949 | 5739 | 297 |
| 遂平县兴达油脂有限公司 | 124 | 242 | 120 | 1294 | 489 | 838 | 918 | 3 |
| 汝南县油脂厂 | 268 | 943 | 151 | 6159 | 1841 | 3448 | 3660 | 1 |
| 平舆县油厂 | 142 | 749 | 112 | 4188 | 1075 | 3030 | 947 | 91 |
| 邓州市油厂 | 260 | 493 | 242 | 8521 | 1401 | 5503 | 4445 | —119 |
| 孟州市宇龙油脂化工有限责任公司 | 200 | —141 | 457 | 2626 | 2013 | 457 | 1497 | —232 |
| 河南华英禽业集团股份有限公司 | 1628 | 13835 | 6000 | 22830 | 12535 | 5918 | 48209 | 1267 |
| 河南省信阳肉类联合加工厂 | 932 | 1061 | 1010 | 7413 | 1787 | 4733 | 4274 | —91 |

10—28 续表 2　　(1998 年)　　单位:万元

| 企业名称 | 平均职工人数(人) | 工业增加值 | 实收资本 | 资产合计 | 固定资产净值平均余额 | 流动资产平均余额 | 销售收入 | 利税总额 |
|---|---|---|---|---|---|---|---|---|
| 河南省淮滨县三和实业集团公司 | 450 | 95 | 66 | 8031 | 4171 | 3831 | 912 | |
| 开封双汇食品有限责任公司 | 1267 | 784 | 2500 | 6911 | 3555 | 3568 | 8642 | —750 |
| 郑州郑荣食品有限公司 | 1263 | 6118 | 19074 | 31453 | 8493 | 12052 | 19873 | —2713 |
| 河南省安阳肉类联合加工厂 | 728 | 892 | 1164 | 6078 | 2972 | 3067 | 4589 | —486 |
| 中原美好食品有限公司 | 190 | 343 | 729 | 1627 | 1455 | 236 | 1180 | —158 |
| 漯河市外贸实业公司 | 298 | —316 | 507 | 3689 | 1051 | 2364 | 1578 | —496 |
| 商丘市福源食品企业集团有限公司 | 823 | 1398 | 1153 | 17631 | 6836 | 9273 | 5569 | —434 |
| 河南省周口肉类联合加工厂 | 512 | 166 | 516 | 4040 | 998 | 2981 | 1245 | 97 |
| 河南省南阳肉类联合加工厂 | 1288 | 666 | 2522 | 10772 | 6604 | 3288 | 2235 | —133 |
| 河南省漯河市双汇实业集团有限责任公司 | 4286 | 39971 | 65273 | 191229 | 58137 | 83361 | 286210 | 29365 |
| 洛阳春都集团有限责任公司 | 5460 | 32214 | 57995 | 261171 | 102374 | 153582 | 137815 | 5632 |
| 洛阳三乐食品集团股份有限公司 | 1522 | 479 | 2883 | 22298 | 3696 | 5694 | 2135 | 57 |
| 河南省中原工贸公司 | 11100 | 22851 | 32000 | 130652 | 72973 | 36675 | 111437 | 3695 |
| 河南五洋食品工业集团有限公司 | 288 | 168 | 249 | 6186 | 2174 | 2319 | 576 | —38 |
| 杞县莲花周杞味精有限公司 | 946 | 976 | 1521 | 12101 | 4995 | 3046 | 2354 | —346 |
| 河南省莲花味精企业集团 | 13000 | 82715 | 45663 | 488248 | 118515 | 238570 | 208740 | 21303 |
| 夏邑县谷氨酸厂 | 150 | —309 | 953 | 3119 | 2083 | 1084 | 1592 | 138 |
| 洛阳市百味集团有限公司 | 360 | 504 | 895 | 2939 | 2215 | 1045 | 1430 | 141 |
| 商水县粮食粮油实业公司 | 360 | 614 | 600 | 9370 | 4047 | 5551 | 1097 | —14 |
| 洛阳青海康尔素食品厂 | 380 | —152 | 302 | 1465 | 696 | 534 | 98 | —274 |
| 新乡市酒精厂 | 443 | —154 | 50 | 528 | 3328 | 347 | 212 | —107 |
| 辉县市百泉春酒厂 | 450 | 1777 | 250 | 3708 | 907 | 2669 | 4290 | 277 |
| 柘城县酿酒总厂 | 368 | —4330 | 1421 | 5958 | 2537 | 3248 | 5964 | 1029 |
| 河南省南阳酒精总厂 | 2896 | 14272 | 7598 | 53122 | 18693 | 25257 | 50288 | 6821 |
| 河南新野汉华(集团)公司 | 786 | 2793 | 1337 | 13680 | 6857 | 4326 | 11379 | 536 |
| 河南省信阳市酿酒工业公司 | 868 | 119 | 645 | 11859 | 5775 | 5374 | 353 | —56 |
| 汝州市宋宫酒厂 | 815 | —197 | 539 | 11377 | 3861 | 7521 | 92 | —213 |
| 柘城商粮集团有限责任公司 | 1086 | 1676 | 7500 | 34986 | 7250 | 21822 | 8390 | 241 |
| 河南省君利酒业股份有限公司 | 253 | 161 | 1050 | 3617 | 1123 | 2166 | 376 | 63 |
| 河南仰韶集团有限公司 | 1983 | 34941 | 6464 | 46592 | 16527 | 22567 | 80013 | 12459 |
| 河南林河集团有限公司 | 4682 | 5623 | 6754 | 54160 | 10026 | 37664 | 50106 | 7342 |
| 河南省汝阳县杜康集团总公司 | 3268 | 3528 | 32600 | 55774 | 17459 | 23789 | 6396 | 1562 |
| 三九企业集团伊川杜康酒厂 | 1012 | 904 | 6549 | 17619 | 7977 | 8892 | 3219 | —833 |
| 河南省宝丰酒业集团有限责任公司 | 1725 | 7710 | 3254 | 23778 | 1512 | 17511 | 18108 | 2921 |
| 濮阳市八都酒厂 | 623 | 802 | 545 | 7826 | 2046 | 4428 | 57 | —68 |
| 河南省许昌姚花春酒业集团 | 789 | 3374 | 1373 | 6027 | 1262 | 4813 | 9276 | 1217 |
| 河南省舞阳县宝瑞集团公司 | 950 | 6454 | 392 | 18793 | 5959 | 8310 | 13636 | 3289 |
| 临颍县少康集团有限公司 | 826 | 1825 | 200 | 4771 | 3600 | 781 | 6643 | 150 |
| 虞城县酿酒集团公司 | 540 | 1246 | 377 | 6650 | 2370 | 2999 | 997 | 255 |
| 宁陵县张弓集团有限公司 | 4706 | 36229 | 7412 | 55315 | 15344 | 36966 | 56189 | 11032 |
| 河南省睢州酒厂 | 1200 | —943 | 1089 | 21217 | 4727 | 12167 | 4544 | 1368 |
| 永城市皇沟酒业总公司 | 381 | 2576 | 146 | 6151 | 27 | 1139 | 858 | 73 |
| 周口市酿酒总厂 | 956 | 5820 | 185 | 13510 | 2348 | 8212 | 16270 | 3027 |
| 河南省宋河酒厂 | 5821 | 6894 | 23130 | 77335 | 17244 | 57601 | 17239 | —4103 |
| 泌阳县河南倖皇酒厂 | 438 | 2317 | 828 | 7519 | 1871 | 5073 | 5530 | 1325 |
| 河南省豫坡酒厂 | 500 | 4116 | 2280 | 15197 | 3863 | 6409 | 2669 | 370 |
| 河南省天中酒厂 | 438 | 1143 | 127 | 4964 | 1255 | 2693 | 2125 | 913 |
| 平舆河南省永乐仙酒厂 | 367 | 2122 | 500 | 2802 | 681 | 2037 | 6926 | 340 |
| 方城县酿酒公司 | 295 | 883 | 391 | 3519 | 967 | 2068 | 979 | 156 |
| 河南省赊店酒厂 | 1510 | 16638 | 918 | 54811 | 15926 | 25869 | 54675 | 7704 |

10—28 续表 3　　(1998 年)　　单位:万元

| 企业名称 | 平均职工人数(人) | 工业增加值 | 实收资本 | 资产合计 | 固定资产净值平均余额 | 流动资产平均余额 | 销售收入 | 利税总额 |
|---|---|---|---|---|---|---|---|---|
| 河南省淮滨县乌龙酒业有限责任公司 | 607 | 1386 | 915 | 5593 | 2187 | 2255 | 1815 | 384 |
| 河南金星啤酒集团有限公司 | 3494 | 16747 | 2744 | 33756 | 17298 | 17619 | 37648 | 8863 |
| 河南蓝牌集团平顶山啤酒有限公司 | 1102 | 1238 | 774 | 21305 | 9497 | 9194 | 2377 | 731 |
| 河南新乡亚洲脾酒股份有限公司 | 734 | 6104 | 5172 | 9960 | 4420 | 2137 | 5880 | 2095 |
| 河南省漯河市黑马啤酒有限公司 | 760 | 1105 | 829 | 6608 | 2781 | 2993 | 1870 | 536 |
| 河南蓝牌集团商丘啤酒有限公司 | 1516 | 3162 | 2928 | 37508 | 20880 | 12465 | 10617 | 2771 |
| 河南省三利酿酒有限公司 | 550 | 697 | 1062 | 6837 | 3156 | 1067 | 2812 | 698 |
| 信阳市平桥区河南金狮啤酒有限公司 | 1831 | 4145 | 3624 | 21506 | 11961 | 8996 | 10353 | 2252 |
| 开封亚太啤酒有限公司 | 1035 | 2982 | 6650 | 15800 | 9041 | 3326 | 5676 | 1627 |
| 洛阳亚洲啤酒有限公司 | 592 | 968 | 6805 | 8833 | 4193 | 3108 | 3638 | 501 |
| 洛阳市汇康酒业饮料有限公司 | 731 | 65 | 172 | 611 | 15 | 403 | 685 | —115 |
| 濮阳市啤酒厂 | 586 | 241 | 849 | 2666 | 1811 | 1277 | 544 | 113 |
| 民权五丰葡萄酒有限公司 | 942 | 1965 | 12254 | 13121 | 3003 | 6468 | 5334 | 835 |
| 河南省豫酒厂 | 989 | 2130 | 490 | 7559 | 1541 | 5503 | 4385 | 722 |
| 洛阳康乐食品厂 | 399 | 999 | 476 | 4049 | 2535 | 1157 | 2343 | 232 |
| 郑州中天食品有限公司 | 255 | —49 | 335 | 6879 | 1484 | 915 | 694 | —1135 |
| 洛阳春都集团内黄食品饮料有限公司 | 510 | —860 | 1256 | 14177 | 4088 | 10296 | 400 | —1505 |
| 河南信阳华栗实业公司 | 226 | 1502 | 690 | 7199 | 1964 | 3056 | 5830 | 150 |
| 河南伊思特天然食品饮料厂 | 438 | 418 | —310 | 4695 | 1687 | 1726 | 586 | —276 |
| 郑州亚卫实业总公司 | 533 | 569 | 1761 | 8029 | 3345 | 2742 | 3190 | 191 |
| 许昌烤烟厂 | 1513 | 216 | 3426 | 46313 | 6504 | 33854 | 8127 | —765 |
| 郑州卷烟厂 | 2990 | 74360 | 33092 | 156568 | 48443 | 110619 | 114921 | 64460 |
| 河南省新郑卷烟厂 | 2991 | 71788 | 27330 | 202694 | 37961 | 146178 | 121213 | 63310 |
| 开封卷烟厂 | 2306 | —1110 | 2541 | 30396 | 13085 | 18522 | 1859 | —2710 |
| 洛阳卷烟厂 | 1188 | 16275 | 8553 | 32958 | 19062 | 12109 | 25022 | 11916 |
| 安阳卷烟厂 | 2439 | 44523 | 11261 | 83756 | 36040 | 43923 | 70258 | 37306 |
| 许昌卷烟厂 | 3018 | 60420 | 23275 | 128234 | 46009 | 78726 | 96981 | 49561 |
| 漯河卷烟厂 | 1423 | 9503 | 2562 | 28052 | 13120 | 17092 | 12771 | 6643 |
| 商丘市卷烟厂 | 733 | 1892 | 629 | 15664 | 9329 | 5965 | 2913 | 1191 |
| 驻马店卷烟厂 | 1519 | 29827 | 12305 | 64100 | 23074 | 41475 | 53965 | 25387 |
| 南阳卷烟厂 | 2401 | 42697 | 15515 | 61007 | 18649 | 36218 | 62145 | 35891 |
| 邓州卷烟厂 | 759 | 3704 | 1247 | 11527 | 2570 | 6542 | 9038 | 2504 |
| 河南汝州卷烟厂 | 948 | 10520 | 975 | 35644 | 11448 | 18430 | 15623 | 8708 |
| 河南龙马集团有限公司 | 6492 | 15523 | 19189 | 97914 | 33873 | 62429 | 51030 | 2180 |
| 河南旭牛纺织集团股份有限公司 | 3974 | 4318 | 8153 | 28077 | 16287 | 10585 | 9370 | 509 |
| 河南嵩岳集团郑州四棉有限公司 | 7533 | 12708 | 10329 | 60714 | 24533 | 18860 | 35454 | 2703 |
| 河南嵩岳集团郑州三棉有限公司 | 7158 | 12303 | 13698 | 64890 | 22570 | 20960 | 36001 | 3147 |
| 河南嵩岳集团郑州第六纺织有限公司 | 7504 | 9121 | 9848 | 61780 | 26767 | 18109 | 24029 | 1902 |
| 河南嵩岳集团郑州一棉有限公司 | 5458 | 9781 | 10889 | 52021 | 17781 | 18713 | 30343 | 2557 |
| 河南嵩岳集团郑州蓝雀有限公司 | 7559 | 9015 | 8109 | 63436 | 20251 | 17419 | 25630 | 2205 |
| 开封纱厂 | 2534 | 2327 | 913 | 14051 | 2727 | 1064 | 7402 | 464 |
| 洛阳白马企业集团公司 | 9042 | 10151 | 10880 | 64371 | 29212 | 28614 | 39491 | 1436 |
| 汝阳县春意斋染织厂 | 592 | 4 | 2 | 1271 | 1110 | 161 | 2 | —96 |
| 河南第一绢麻纺织印染厂 | 2607 | 1020 | 2117 | 14950 | 9016 | 5970 | 5101 | —1602 |
| 平顶山天使集团股份有限公司 | 3821 | 3504 | 16848 | 28721 | 12418 | 10299 | 13644 | —795 |
| 河南省豫北棉纺织厂 | 8814 | 4572 | 4197 | 42451 | 12811 | 27849 | 16845 | —1498 |
| 安阳市化纤纺织厂 | 3738 | 5130 | 2274 | 36192 | 15543 | 12543 | 18627 | 591 |
| 林州市纺纱厂 | 1140 | 2211 | 472 | 12163 | 7916 | 3006 | 4152 | —648 |
| 河南省安阳市昌泰纺织有限责任公司 | 2425 | 4226 | 2410 | 14877 | 6258 | 5750 | 15164 | 1266 |
| 新乡市纺织厂 | 2164 | 3120 | 3126 | 23223 | 7073 | 11737 | 9392 | 50 |

10—28 续表 4　　(1998 年)　　单位:万元

| 企业名称 | 平均职工人数(人) | 工业增加值 | 实收资本 | 资产合计 | 固定资产净值平均余额 | 流动资产平均余额 | 销售收入 | 利税总额 |
|---|---|---|---|---|---|---|---|---|
| 河南省中原棉纺织厂 | 4420 | 2158 | 864 | 22319 | 12401 | 9189 | 4212 | 332 |
| 河南省延津县棉纺织厂 | 2225 | 2631 | 67 | 6975 | 2509 | 4520 | 8644 | 1095 |
| 焦作市金芳企业集团有限责任公司 | 4087 | 2885 | 2746 | 21109 | 4603 | 9734 | 12522 | —444 |
| 博爱县棉纺织厂 | 1153 | 2477 | 1185 | 10055 | 4076 | 5038 | 5269 | 276 |
| 濮阳市纺织厂 | 2611 | 828 |  | 24884 | 7945 | 4303 | 9927 | —349 |
| 许昌豫中纺织厂 | 2582 | 3958 | 2108 | 15359 | 9536 | 5767 | 14484 | 1143 |
| 漯河双龙纺织集团 | 2598 | 1385 | 458 | 20165 | 9393 | 7422 | 11661 | 1170 |
| 河南商丘九天集团 | 3310 | 2972 | 2974 | 12263 | 1799 | 8950 | 9388 | 619 |
| 周口地区棉纺织印染厂 | 10032 | 13873 | 8189 | 66524 | 18446 | 34985 | 31131 | 761 |
| 淮阳县申龙有限责任公司 | 1092 | 3192 | 5340 | 9125 | 4553 | 3214 | 6636 | 443 |
| 项城市棉纺织厂 | 2206 | 4465 | 2723 | 16009 | 2464 | 10973 | 9654 | 370 |
| 河南省西平县棉纺织实业总公司 | 200 | 664 | 37 | 1488 | 1266 | 208 | 490 | 27 |
| 河南省南阳棉纺织厂 | 9133 | 20006 | 2769 | 56053 | 27102 | 23813 | 52774 | 3882 |
| 南阳丽荔纺织印染有限公司 | 936 | 852 | 3000 | 8003 | 4341 | 3310 | 3069 | 329 |
| 河南新野纺织(集团)股份有限公司 | 10148 | 30348 | 9798 | 77801 | 36604 | 33731 | 100424 | 6165 |
| 光山县棉麻纺织有限公司 | 620 | 672 | 2451 | 9372 | 3012 | 5071 | 1100 | 47 |
| 禹州市神禹纺织有限公司 | 600 | 897 | 283 | 2956 | 1722 | 1163 | 722 | —5 |
| 广东伟嘉发展有限公司罗山分公司 | 302 | 614 | 496 | 3003 | 2924 | 244 | 1236 | 139 |
| 河南嵩岳纺织工业集团郑州色织印染厂 | 1198 | 333 | 1116 | 7401 | 1596 | 716 | 1161 | —236 |
| 河南省安阳市织染厂 | 433 | —12 | 1 | 2970 | 2282 | 704 | 397 | —175 |
| 河南省新乡市帆布厂 | 580 | 1021 | 168 | 1577 | 248 | 1315 | 2616 | 49 |
| 卫辉市华新棉纺织厂 | 8261 | 6805 | 4334 | 46367 | 20797 | 20756 | 24048 | 217 |
| 辉县市纺织印染集团有限公司 | 1000 | 1500 | 581 | 4235 | 1651 | 1376 | 5002 | 355 |
| 焦作市联盟卫生材料有限责任公司 | 1452 | 2706 | 620 | 6275 | 2293 | 3772 | 8176 | 61 |
| 焦作市棉织二厂 | 1186 | 433 | 441 | 4756 | 765 | 2069 | 1348 | —175 |
| 焦作市棉织五厂 | 590 | 531 | 286 | 1596 | 943 | 517 | 1085 | 45 |
| 武陟县棉织厂 | 1320 | 1498 | 562 | 8220 | 3413 | 2780 | 947 | 47 |
| 温县棉织厂 | 250 | 249 | 203 | 2402 | 337 | 1826 | 585 | 13 |
| 三门峡会兴纺织(集团)股份有限公司 | 5569 | 3843 | 3409 | 35753 | 6001 | 21215 | 9701 | 416 |
| 淮阳县棉织厂 | 540 | 871 | 628 | 2951 | 444 | 2669 | 5241 | 254 |
| 驻马店地区棉纺织厂 | 3789 | 2626 | 863 | 16019 | 4519 | 9153 | 12729 | 674 |
| 河南省南阳市色织厂 | 1342 | 1321 | 460 | 4186 | 961 | 3075 | 4144 | 133 |
| 南阳市化纤纺织厂 | 1204 | 708 | 441 | 4236 | 1659 | 2414 | 1518 | 59 |
| 新乡荣祥织染有限公司 | 1263 | 1461 | 1889 | 7551 | 1700 | 4940 | 5228 | 426 |
| 洛阳市印染厂 | 342 | 973 | 289 | 1405 | 718 | 631 | 400 | —220 |
| 安阳印染厂 | 370 | 196 | 1 | 4625 | 2537 | 1625 | 375 | —97 |
| 河南省新乡印染厂 | 2139 | 555 | 3844 | 28113 | 16436 | 8408 | 4341 | —1248 |
| 许昌亨丰印染有限责任公司 | 360 | 354 | 1023 | 2969 | 1455 | 1408 | 7433 | 84 |
| 潢川县织染厂 | 432 |  | 223 | 246 | 125 | 18 |  |  |
| 开封通达纺织总厂 | 1210 | 1677 | 145 | 7252 | 4134 | 2356 | 2026 | —22 |
| 平顶山市被单厂 | 1312 | 490 | 1226 | 11543 | 4141 | 6611 | 1801 | —965 |
| 安阳市针织厂 | 1208 | 97 | 1 | 1786 | 937 | 874 | 662 | —178 |
| 新乡市印织厂 | 754 | 233 | 321 | 2549 | 1410 | 1074 | 1133 | —247 |
| 许昌市毛巾被单厂 | 1060 | 1076 | 853 | 4857 | 1532 | 2456 | 2748 | 72 |
| 周口市毛巾床单厂 | 912 | 236 | 310 | 843 | 322 | 556 | 227 | —14 |
| 周口市棉织厂 | 561 | 163 | 248 | 1326 | 353 | 662 |  |  |
| 商水县魁星毛巾有限公司 | 400 | 252 | 25 | 576 | 2 | 406 | 160 | 36 |
| 信阳市平桥区雪梅巾被有限公司 | 760 | —26 | 469 | 2236 | 628 | 1436 | 114 | —9 |
| 河南省博大纺织品有限公司 | 1263 | 1057 | 673 | 5758 | 2452 | 2388 | 3711 | 179 |
| 河南省新乡市染织厂 | 1351 | 1450 | 783 | 6518 | 2983 | 3420 | 4037 | 141 |

10—28 续表 5　　(1998 年)　　单位:万元

| 企业名称 | 平均职工人数(人) | 工业增加值 | 实收资本 | 资产合计 | 固定资产净值平均余额 | 流动资产平均余额 | 销售收入 | 利税总额 |
|---|---|---|---|---|---|---|---|---|
| 河南第一毛纺织服装(集团)公司 | 3134 | 703 | 3257 | 17885 | 7286 | 10998 | 1711 | —917 |
| 河南羊洋毛纺集团有限公司 | 2043 | 1536 | 4578 | 14491 | 5812 | 11415 | 5008 | —469 |
| 郑州市毛纺织厂 | 600 | 60 | 390 | 6496 | 3396 | 2325 | 533 | —163 |
| 河南省第二毛纺织厂 | 1172 | 105 | 2141 | 12363 | 5018 | 7444 | 1141 | —182 |
| 焦作市第一毛纺织厂 | 135 | 83 | 743 | 5962 | 2166 | 3430 | 348 | —283 |
| 商丘市毛纺厂 | 1305 | 332 | 615 | 6944 | 2046 | 3810 | 415 | 13 |
| 商丘市亚翔集团 | 2364 | 2620 | 1632 | 22325 | 12041 | 9492 | 2231 | —717 |
| 周口市万盛企业集团公司 | 1278 | 1149 | 426 | 7004 | 3474 | 3218 | 1381 | 143 |
| 驻马店市麻纺织厂 | 1709 | 1390 | 235 | 11646 | 2984 | 7895 | 957 | 158 |
| 汝南县豫粮麻纺厂 | 475 | 409 | 45 | 3944 | 917 | 677 | 301 | 8 |
| 潢川县第二麻纺织厂 | 400 | 664 | 312 | 3690 | 408 | 2028 | 587 | 3 |
| 固始县麻纺集团有限公司 | 2201 | 1164 | 75 | 5634 | 1124 | 3782 | 2076 | 113 |
| 郑州市丝织厂 | 362 | 41 | 279 | 3388 | 1475 | 980 | 103 | —81 |
| 新乡市丝绸总厂 | 1473 | 490 | 1227 | 14700 | 6839 | 4482 | 1552 | —357 |
| 周口市东方丝绒厂 | 1003 | 318 | 101 | 2435 | 1397 | 847 | | |
| 南阳市丝织厂 | 1128 | 824 | 349 | 10861 | 4380 | 3405 | 4236 | 231 |
| 开封针织内衣厂 | 1146 | —22 | 100 | 2148 | 1612 | 575 | 102 | —377 |
| 开封针织厂 | 956 | 24 | 24 | 2468 | 540 | 1804 | 2 | —339 |
| 新乡市棉织厂 | 1143 | 392 | 1019 | 5547 | 1973 | 3430 | 409 | —122 |
| 新乡市针织厂 | 1111 | 555 | 776 | 9150 | 3482 | 4623 | 944 | —129 |
| 睢阳区针织内衣厂 | 1242 | 1286 | 91 | 2566 | 1167 | 1270 | 6932 | 56 |
| 河南省驻马店地区内衣厂 | 936 | 198 | 30 | 1933 | 1467 | 502 | 742 | 63 |
| 河南省镇平县蝴蝶花集团有限公司 | 1374 | —45 | 182 | 6414 | 3965 | 1626 | 396 | —109 |
| 信阳市精诚针织工业有限责任公司 | 473 | 137 | 163 | 2829 | 1946 | 750 | 454 | 36 |
| 卫辉市人造毛皮厂 | 322 | 259 | 50 | 1102 | 860 | 939 | 418 | —10 |
| 新乡市化纤纺织厂 | 2029 | 841 | 1813 | 13151 | 6806 | 4633 | 1201 | —674 |
| 许昌康隆吉爱服装有限公司 | 425 | 670 | 649 | 3180 | 521 | 2065 | 2093 | 274 |
| 吉雄(漯河)万得制衣有限公司 | 460 | 16 | 3817 | 4422 | 2210 | 1142 | 408 | —295 |
| 中国人民解放军 3519 工厂 | 1141 | 12 | 2242 | 8527 | 3660 | 4364 | 3303 | —1037 |
| 河南省辉县市鞋厂 | 270 | 177 | 232 | 1015 | 308 | 892 | 446 | 12 |
| 许昌美菊鞋业集团公司 | 2461 | 1470 | 2620 | 7380 | 2293 | 6069 | 3306 | —1190 |
| 开封制革联合工业公司 | 190 | 308 | 140 | 5278 | 1768 | 3103 | 751 | —256 |
| 河南省平顶山市制革厂 | 522 | 112 | 850 | 2775 | 1423 | 1143 | 528 | —304 |
| 焦作市制革厂 | 220 | —23 | 874 | 2498 | 1409 | 1058 | 265 | —86 |
| 周口市制革厂 | 442 | 212 | 449 | 3856 | 1214 | 1579 | 88 | —19 |
| 河南鞋城皮革制品有限公司 | 1990 | 37866 | 4355 | 67160 | 7543 | 56994 | 85077 | 7634 |
| 河南省信阳市制革厂 | 420 | 33 | 197 | 1886 | 1532 | 901 | | —41 |
| 漯河市鞋业集团股份有限公司 | 1210 | 579 | 1987 | 14463 | 5382 | 9309 | 1500 | 53 |
| 中国人民解放军第三五一五工厂 | 4025 | 6645 | 5756 | 32760 | 5721 | 25687 | 17786 | 1501 |
| 河南省通达皮鞋厂 | 305 | 376 | 146 | 2722 | 1171 | 881 | 1307 | —20 |
| 河南祥鸿鞋业有限公司 | 1800 | 3449 | 1835 | 17371 | 841 | 14981 | 10075 | 824 |
| 河南省辉县市制革工业公司 | 200 | 662 | 329 | 5219 | 901 | 3729 | 2157 | 77 |
| 河南省平顶山市金泰利股份有限公司 | 785 | 66 | 1102 | 2827 | 730 | 1642 | 615 | —258 |
| 周口市皮毛工艺厂 | 319 | 227 | 558 | 4329 | 830 | 3003 | 323 | 27 |
| 河南省金鸳鸯服装集团有限公司 | 1084 | 2308 | 387 | 14695 | 1456 | 9512 | 3264 | 65 |
| 洛阳人造板厂 | 711 | 80 | 1033 | 6465 | 4531 | 1387 | 582 | —35 |
| 商丘桐木制品实业有限责任公司 | 680 | —182 | 7424 | 22399 | 18052 | 1661 | 582 | —846 |
| 河南省华森股份有限公司 | 1180 | 938 | 1034 | 11793 | 4508 | 5616 | 3851 | 288 |
| 许昌大观家具(集团)有限公司 | 466 | 949 | 723 | 4676 | 2205 | 1825 | 1976 | 161 |
| 孟州市造纸集团公司 | 100 | 227 | 863 | 6139 | 2958 | 3650 | 605 | —47 |

10—28 续表 6 (1998 年) 单位:万元

| 企业名称 | 平均职工人数(人) | 工业增加值 | 实收资本 | 资产合计 | 固定资产净值平均余额 | 流动资产平均余额 | 销售收入 | 利税总额 |
|---|---|---|---|---|---|---|---|---|
| 河南省金伦纸业股份有限公司 | 660 | 541 | 1259 | 13723 | 3965 | 6768 | 1658 | 17 |
| 新密市天达造纸(集团)有限责任公司 | 714 | 2844 | 576 | 8950 | 2094 | | 4211 | 324 |
| 河南省开封裕安实业总公司 | 1040 | —122 | —499 | 11571 | 2681 | 8189 | 1590 | —1066 |
| 安阳市造纸厂 | 140 | 511 | 108 | 8742 | 2636 | 5280 | 131 | 193 |
| 河南省滑县纸业股份有限公司 | 1700 | 928 | 1277 | 17448 | 7595 | 8081 | 3399 | —1924 |
| 浚县皎玉集团公司 | 730 | 2342 | 1010 | 9005 | 1505 | 2085 | 2644 | 204 |
| 淇县造纸厂 | 1459 | 5163 | 356 | 11718 | 59708 | 65231 | 9633 | 1362 |
| 河南省新乡红旗造纸厂 | 600 | 71 | 517 | 3033 | 954 | 1431 | 1018 | —47 |
| 卫辉市卫达纸业有限公司 | 1280 | 1037 | 2177 | 17377 | 4924 | 9609 | 6939 | 1760 |
| 焦作市造纸厂包装总厂 | 1270 | —67 | 2197 | 13584 | 9913 | 3819 | 1032 | —804 |
| 地方国营武陟县第二造纸厂 | 700 | 1539 | 375 | 9471 | 4082 | 2278 | 1235 | 104 |
| 河南省沁阳市第一造纸厂 | 239 | —112 | 734 | 5471 | 1350 | 2958 | 240 | —288 |
| 台前县造纸厂 | 710 | 946 | 778 | 7507 | 3381 | 2675 | 2042 | —312 |
| 许昌造纸厂 | 670 | 747 | 479 | 4336 | 2563 | 1466 | 2959 | 258 |
| 漯河市制浆造纸股份有限公司 | 1003 | 5506 | 18580 | 77840 | 20834 | 41039 | 11200 | 10496 |
| 漯河市纸业集团股份有限公司 | 905 | 584 | 6636 | 18598 | 7284 | 5097 | 5127 | 258 |
| 临颍县白云纸业有限公司 | 576 | 4556 | 540 | 5423 | 283 | 1718 | 2993 | 86 |
| 郾城县造纸厂龙翔纸业集团 | 1100 | 2837 | 2493 | 18229 | 2574 | 2295 | 2374 | 385 |
| 中外合资商丘悦隆纸业有限公司 | 385 | 267 | 2700 | 8786 | 3245 | 1754 | 481 | 56 |
| 永城市纸业公司 | 612 | 430 | 80 | 1867 | 911 | 737 | 1283 | 110 |
| 周口市造纸厂 | 1031 | | 1253 | 4856 | 1745 | 1956 | | |
| 太康县造纸厂 | 388 | 749 | 60 | 4647 | 1126 | 2466 | 572 | 41 |
| 驻马店市第一造纸厂 | 840 | 2460 | 1212 | 5764 | 3800 | 1800 | 4658 | 544 |
| 遂平县造纸厂 | 995 | 195 | 186 | 8628 | 6035 | 1649 | 1293 | 26 |
| 南阳市第一造纸厂 | 550 | 470 | 867 | 8086 | 4860 | 2066 | 1206 | —113 |
| 河南省南阳市造纸厂 | 341 | —353 | 201 | 6052 | 1649 | 3950 | 1411 | 206 |
| 内乡县制浆造纸股份有限公司 | 969 | 1959 | 3063 | 8231 | 3774 | 3623 | 2657 | 636 |
| 河南省信阳金鸽纸业有限责任公司 | 701 | 2 | 357 | 4416 | 2218 | 1825 | 340 | —115 |
| 睢县豫东纸业有限公司 | 591 | 805 | 1690 | 10103 | 6028 | 3370 | 6061 | 773 |
| 国营郑州纸袋厂 | 193 | 15 | 1148 | 1718 | 695 | 947 | 161 | —123 |
| 洛阳万千包装股份有限公司 | 1031 | 692 | 978 | 4594 | 1410 | 3044 | 1915 | —42 |
| 河南第二新华印刷厂 | 894 | 2663 | 3084 | 12688 | 5016 | 2388 | 4640 | 944 |
| 河南第一新华印刷厂 | 1226 | 4129 | 7043 | 16076 | 10282 | 2864 | 6088 | 1120 |
| 郑州印刷股份有限公司 | 274 | 880 | 1026 | 4212 | 742 | 1134 | 1271 | 102 |
| 开封市三兴印务有限公司 | 403 | 972 | 510 | 3436 | 896 | 1678 | 2041 | 167 |
| 周口地区第二印刷厂 | 200 | 174 | 122 | 1051 | 512 | 520 | 89 | 18 |
| 开封胶印厂 | 557 | —61 | 721 | 3776 | 2120 | 1368 | 887 | —491 |
| 洛阳市印刷厂 | 1172 | 1553 | 6 | 9167 | 6133 | 2432 | 3745 | 5 |
| 河南省汝阳县印刷厂 | 298 | 253 | 186 | 4476 | 1537 | 2706 | 814 | —243 |
| 河南省安阳市长虹彩印厂 | 1355 | 6018 | 11287 | 14909 | 11482 | 3267 | 22952 | 3215 |
| 新乡市德腾包装有限公司 | 130 | 23 | 1650 | 7938 | 2731 | 2632 | 155 | —133 |
| 南阳印刷总厂 | 673 | 1521 | 332 | 5468 | 2435 | 2006 | 1893 | 52 |
| 河南云河彩印包装有限公司分公司 | 180 | 357 | 2251 | 3040 | 1547 | 1025 | 1412 | 131 |
| 安阳印铁厂 | 530 | 1139 | 668 | 6428 | 2903 | 2017 | 2289 | 31 |
| 河南省贝利石化集团股份有限公司 | 1237 | 3736 | 9872 | 39732 | 1122 | 8647 | 21968 | 2912 |
| 郑州古海石油化工厂 | 100 | —3 | 282 | 3545 | 2649 | 958 | 481 | —251 |
| 中国石化洛阳石油化工总厂 | 10032 | 156933 | 161041 | 707298 | 233964 | 214323 | 469438 | 72773 |
| 濮阳市光璞石化有限责任公司 | 540 | 1052 | 25 | 3260 | 1797 | 1368 | 1575 | 279 |
| 义马矿务局多经处 | 6473 | 2660 | 1843 | 16829 | 2876 | 13485 | 6814 | 451 |
| 平顶山炼焦化学工业(集团)有限公司 | 4122 | 849 | 5891 | 71691 | 31633 | 40544 | 28958 | —5339 |

10—28 续表 7　　(1998 年)　　单位:万元

| 企业名称 | 平均职工人数(人) | 工业增加值 | 实收资本 | 资产合计 | 固定资产净值平均余额 | 流动资产平均余额 | 销售收入 | 利税总额 |
|---|---|---|---|---|---|---|---|---|
| 平顶山煤业(集团)五矿焦化厂 | 525 | —549 | 31 | 4899 | 1299 | 3193 | 1179 | —733 |
| 河南省汝州煤焦化集团有限公司 | 1179 | 953 | 1795 | 44226 | 4702 | 28654 | 4146 | —506 |
| 河南省明达集团有限公司 | 1150 | 1646 | 1752 | 11490 | 7713 | 2283 | 2286 | 226 |
| 新乡市予北化工厂 | 530 | 344 | 563 | 2216 | 500 | 1669 | 1307 | 103 |
| 焦作市化工总厂 | 2279 | 1610 | 1020 | 14369 | 4898 | 5770 | 9230 | 1016 |
| 郑州市中州硫酸厂 | 253 | 182 | 537 | 2078 | 1127 | 1699 | 3663 | 30 |
| 河南省信阳富邦化工股份有限公司 | 2958 | 1987 | 4089 | 29897 | 12423 | 12570 | 8108 | —208 |
| 郑州化工厂 | 588 | 491 | 684 | 18673 | 7693 | 8600 | 1662 | 46 |
| 开封东大化工集团有限公司 | 2153 | 2194 | 1409 | 32844 | 14229 | 10764 | 11360 | 1276 |
| 河南省陕县化工厂 | 1012 | 1969 | 751 | 11638 | 3122 | 4593 | 3365 | 438 |
| 南阳市石油化工厂 | 1307 | 875 | 1167 | 13170 | 5033 | 7558 | 4653 | 288 |
| 郑州水晶股份有限公司 | 1267 | 2102 | 2232 | 20521 | 8664 | 8223 | 7656 | —379 |
| 焦作碱业股份有限公司 | 3129 | 2760 | 5630 | 39032 | 14632 | 16854 | 15896 | 1343 |
| 河南金山化工总厂 | 1150 | 3068 | 1742 | 20100 | 5126 | 12179 | 8897 | —765 |
| 河南省新乡市第一化工厂 | 775 | —188 | 3749 | 14191 | 8417 | 2303 | 329 | —247 |
| 焦作化电集团有限责任公司 | 2191 | 4577 | 4260 | 50433 | 22197 | 24749 | 28730 | 2604 |
| 河南省南乐县吉乐化工集团有限公司 | 400 | 2910 | 626 | 5588 | 2650 | 2000 | 5900 | 332 |
| 三门峡金虹化工有限责任公司 | 755 | 614 | 1118 | 8517 | 3314 | 4571 | 3601 | —85 |
| 淅川县豫淅鹏程化冶总公司 | 1966 | 1431 | 1317 | 10734 | 2489 | 8065 | 3018 | 51 |
| 中牟化肥厂 | 1266 | 2072 | 16 | 11127 | 5447 | 3846 | 8396 | 114 |
| 河南省新郑市化学工业总公司 | 1220 | 2867 | 378 | 13870 | 4221 | 1438 | 4782 | 150 |
| 新密市化肥工业总公司 | 1454 | 3360 | 483 | 15861 | 9681 | 4510 | 8862 | 162 |
| 开封黄河化肥化工集团 | 7087 | 12423 | 14656 | 93009 | 27563 | 38650 | 43776 | 1559 |
| 杞县二化 | 1074 | 2401 | 1000 | 11287 | 4958 | 4214 | 3753 | 24 |
| 开封市尉氏县化工总厂 | 2219 | 291 | 2 | 35842 | 15972 | 10625 | 1290 | —79 |
| 河南省孟津县化肥厂 | 1059 | 1535 | 462 | 8195 | 4166 | 3462 | 5456 | 49 |
| 汝阳县化肥厂 | 1137 | 2619 | 798 | 8191 | 3644 | 4204 | 7478 | 162 |
| 洛阳氮肥厂 | 3125 | 1584 | 4388 | 44504 | 36910 | 5996 | 16593 | —1918 |
| 伊川县氮肥厂 | 654 | —91 | 648 | 6921 | 2577 | 4379 | 3935 | 5 |
| 河南省平顶山化肥厂 | 3152 | 5804 | 11523 | 30883 | 14546 | 13966 | 18139 | 739 |
| 安阳化学工业集团有限责任公司 | 3518 | 7054 | 17880 | 112654 | 16257 | 35047 | 25560 | 1148 |
| 滑县化学工业有限公司 | 1425 | 2471 | 729 | 11498 | 5153 | 5536 | 10655 | 117 |
| 鹤壁市化肥厂 | 637 | —293 | 358 | 6414 | 2716 | 5200 | 416 | —575 |
| 地方国营河南省浚县化肥厂 | 848 | 773 | 522 | 4764 | 2946 | 1696 | 2978 | —161 |
| 河南省新乡市燃料化肥总厂 | 1025 | 1733 | 1615 | 5810 | 4436 | 1515 | 7573 | 329 |
| 河南省新乡化肥总厂 | 1643 | 2939 | 2160 | 19691 | 12020 | 4640 | 16193 | 580 |
| 新乡市大有集团 | 2567 | 7067 | 5345 | 32570 | 95513 | 13125 | 14073 | 165 |
| 获嘉县化肥厂 | 1027 | 577 | 1050 | 7561 | 4685 | 2382 | 2398 | 138 |
| 延津县化肥厂 | 1030 | 1643 | 1115 | 12642 | 5667 | 6125 | 8878 | 827 |
| 封丘县化肥厂 | 1340 | 1260 | 499 | 23721 | 12980 | 10269 | 6300 | 9 |
| 河南玉源化学工业有限公司 | 832 | 1574 | 854 | 8989 | 6246 | 4432 | 2198 | 103 |
| 武陟县绿宇化电股份有限公司 | 1723 | 2522 | 299 | 10277 | 8915 | 1955 | 4447 | 26 |
| 沁阳市化肥厂 | 1306 | 1524 | 1682 | 10199 | 5752 | 3315 | 4676 | —86 |
| 焦作市鑫泉化工集团有限责任公司 | 1655 | 3165 | 848 | 18029 | 3389 | 3963 | 6235 | 62 |
| 河南省中原大化集团有限责任公司 | 2572 | 18121 | 47493 | 150395 | 91752 | 34189 | 55340 | 4029 |
| 漯河迎丰化工有限责任公司 | 1080 | 3764 | 3168 | 25647 | 9773 | 7979 | 12248 | 673 |
| 河南省舞阳县天马集团公司 | 940 | 3491 | 231 | 9193 | 6443 | 2042 | 6306 | 474 |
| 临颍县化肥厂 | 1480 | 4028 | 845 | 16648 | 4300 | 4768 | 12326 | 76 |
| 郾城县第二化肥厂 | 1056 | —290 | 913 | 11592 | 5019 | 2719 | 3892 | —768 |
| 河南省三化集团有限公司 | 1685 | 3640 | 1984 | 25783 | 12841 | 9920 | 11876 | 1080 |

10—28 续表 8　　(1998 年)　　单位:万元

| 企业名称 | 平均职工人数(人) | 工业增加值 | 实收资本 | 资产合计 | 固定资产净值平均余额 | 流动资产平均余额 | 销售收入 | 利税总额 |
|---|---|---|---|---|---|---|---|---|
| 商丘市化肥厂 | 900 | 875 | 482 | 6653 | 1794 | 4215 | 3043 | |
| 商水县化肥厂 | 1068 | 1645 | 722 | 13960 | 4223 | 7510 | 4147 | —12 |
| 化学工业部太康化肥厂 | 1300 | 501 | 250 | 16955 | 9265 | 6938 | 2143 | —33 |
| 郸城县化肥厂 | 1058 | 1539 | 1311 | 15835 | 5324 | 4957 | 5861 | 10 |
| 项城市化肥厂 | 761 | —887 | 3165 | 16479 | 9608 | 5347 | 7414 | —292 |
| 河南省驻马店地区化工总厂 | 1354 | 2090 | 1531 | 18850 | 12480 | 5696 | 12199 | 151 |
| 遂平县化肥厂 | 720 | 494 | 625 | 6667 | 3668 | 2139 | 3527 | 8 |
| 河南省西平县化肥公司 | 435 | 339 | 314 | 4389 | 1689 | 1257 | 1157 | —83 |
| 南阳市氮肥厂 | 1339 | 1728 | 465 | 10926 | 4982 | 4952 | 9585 | 39 |
| 方城县化肥厂 | 648 | 263 | 158 | 4866 | 2477 | 1950 | 3888 | 67 |
| 南阳市宛丰化工厂 | 1380 | 1386 | 845 | 17683 | 5413 | 9203 | 3313 | —292 |
| 内乡隆丰化工有限责任公司 | 1005 | 1945 | 1198 | 5609 | 3130 | 2976 | 4398 | 214 |
| 河南省淅川县化肥厂 | 1214 | 1655 | 1310 | 6065 | 331 | 3110 | 4315 | 69 |
| 社旗县乘风集团有限公司 | 700 | 986 | 362 | 4717 | 2703 | 5429 | 3315 | 14 |
| 唐河县春宇化工集团有限公司 | 1236 | —356 | 542 | 12470 | 3886 | 8579 | 3143 | —1118 |
| 邓州市第一化肥厂 | 969 | 2508 | 2054 | 13010 | 1833 | 8586 | 15207 | 35 |
| 邓州市第二化肥厂 | 1502 | 5124 | 1281 | 14877 | 6321 | 7240 | 12280 | 19 |
| 河南省金旺化工股份有限公司 | 807 | 1403 | 1413 | 14711 | 4083 | 7858 | 7633 | 391 |
| 潢川县化肥厂 | 846 | 356 | 168 | 5718 | 2570 | 2501 | 1956 | —55 |
| 河南省伟力化工股份有限公司 | 898 | 2340 | 1072 | 11763 | 4838 | 4673 | 4965 | 5 |
| 固始县裕丰化工有限责任公司 | 570 | 723 | 381 | 5539 | 1516 | 2881 | 1933 | 1 |
| 河南省商城县银松化工(集团)有限公司 | 652 | 1246 | 665 | 4169 | 850 | 2299 | 1392 | 21 |
| 河南省罗山县金鼎化工股份有限公司 | 1062 | 4001 | 1003 | 25600 | 11918 | 9316 | 1305 | |
| 河南省新县化肥厂 | 128 | 187 | 434 | 3493 | 2196 | 302 | 547 | |
| 汝州市化肥厂 | 801 | —536 | 1540 | 5778 | 2673 | 2673 | 2811 | —1137 |
| 河南省济源市化肥厂 | 2458 | 1363 | 4820 | 26788 | 14615 | 9307 | 7398 | —844 |
| 河南省禹州市化工总厂 | 1143 | 2062 | 271 | 6266 | 4681 | 1344 | 5370 | 268 |
| 河南省商都集团有限责任公司 | 1311 | 1789 | 2014 | 19160 | 10022 | 5975 | 10226 | 32 |
| 洛阳万丰化工有限公司 | 890 | 36 | 463 | 8853 | 3775 | 4851 | 2635 | —79 |
| 西华县奕青化工股份有限公司 | 670 | 1388 | 566 | 4756 | 1849 | 2688 | 5080 | 56 |
| 卫辉市豫北有限公司 | 121 | 1878 | 205 | 4536 | 1111 | 1796 | 3095 | 212 |
| 河南省恒达(集团)有限公司 | 1403 | 2277 | 1621 | 8185 | 4223 | 3408 | 6356 | 60 |
| 辉县市第二化肥厂 | 611 | 1058 | 2762 | 7072 | 3975 | 1990 | 3229 | —466 |
| 濮阳县化肥厂 | 1022 | 2409 | 1195 | 6282 | 3428 | 1330 | 2395 | 77 |
| 河南恒达磷化股份有限公司 | 2896 | 2493 | 2255 | 22707 | 11577 | 5436 | 17862 | 93 |
| 洛阳泰和实业总公司 | 655 | 671 | 1568 | 7399 | 2388 | 4068 | 3050 | —587 |
| 河南省孟津县磷肥厂 | 890 | 733 | 596 | 5060 | 1260 | 2903 | 4585 | 13 |
| 鹤壁市化工一厂 | 766 | —453 | 226 | 9526 | 5483 | 1524 | 2613 | —1203 |
| 沁阳市怀州化工有限责任公司 | 477 | 353 | 99 | 3020 | 2594 | 1447 | 2086 | 53 |
| 漯河市磷肥厂 | 1405 | 1928 | 1806 | 17576 | 6606 | 7523 | 7695 | 15 |
| 河南省华鑫实业集团公司 | 1347 | 4945 | 776 | 10968 | 2390 | 3684 | 11200 | 49 |
| 河南新野化工(集团)股份有限公司 | 1341 | 2598 | 947 | 22304 | 8811 | 9437 | 7466 | 294 |
| 郑州农药厂 | 1556 | 3721 | 4908 | 17504 | 7797 | 7570 | 11699 | 40 |
| 安阳林药厂 | 732 | 392 | 298 | 7861 | 4344 | 3119 | 744 | —98 |
| 鹤壁市天元集团有限责任公司 | 700 | 23379 | 212 | 19483 | 5499 | 12072 | 12399 | 1616 |
| 周口地区农药厂 | 176 | 310 | 614 | 1063 | 570 | 526 | 663 | 26 |
| 河南省安阳化学工业集团公司塑料厂 | 548 | 228 | 290 | 5081 | 2076 | 2765 | 1961 | —97 |
| 淇县化工总厂 | 842 | 395 | 30 | 10683 | 2196 | 5970 | 1262 | 33 |
| 河南省中原化工集团股份有限公司 | 1200 | 149 | 736 | 28495 | 6273 | 4330 | 2561 | —1412 |
| 西华县溶剂厂 | 225 | 307 | 1831 | 2779 | 1274 | 1079 | 865 | —153 |

10—28 续表 9　　(1998 年)　　单位:万元

| 企 业 名 称 | 平均职工人数(人) | 工业增加值 | 实收资本 | 资产合计 | 固定资产净值平均余额 | 流动资产平均余额 | 销售收入 | 利税总额 |
|---|---|---|---|---|---|---|---|---|
| 郑州市油漆厂 | 943 | 2917 | 1720 | 11460 | 2811 | 6556 | 9296 | 1316 |
| 南阳市油漆化工厂 | 216 | 2313 | 1358 | 3904 | 1155 | 2191 | 7662 | 886 |
| 河南新乡染化总厂 | 520 | 1861 | 2184 | 8481 | 3248 | 4397 | 4687 | 723 |
| 河南省安阳化学工业集团公司染料厂 | 1349 | 778 | 3 | 5719 | 2523 | 2446 | 5603 | 226 |
| 沈丘县有机化工厂 | 200 | 24 | 1500 | 4141 | 3452 | 615 | | —42 |
| 河南锦捷(集团)有限公司 | 1443 | 4493 | 4374 | 14030 | 7672 | 5737 | 9720 | —845 |
| 河南省平顶山市树脂厂 | 1445 | 2008 | 1281 | 19766 | 7673 | 8793 | 6526 | 389 |
| 新乡市树脂厂 | 1258 | —465 | 2168 | 7195 | 4329 | 3220 | 7138 | —1861 |
| 开封油脂化工厂 | 822 | 132 | 316 | 4057 | 1051 | 2618 | 1598 | —161 |
| 河南省庆安化工(集团)有限公司 | 358 | 2916 | 1520 | 7716 | 2567 | 1486 | 8334 | 896 |
| 开封化工三厂 | 534 | 503 | 2161 | 28574 | 9005 | 18569 | 4472 | —235 |
| 河南省安阳市助剂厂 | 444 | 136 | 2163 | 4864 | 1984 | 2100 | 501 | —116 |
| 滑县化工厂 | 360 | 1358 | 683 | 3178 | 1074 | 1915 | 3800 | 371 |
| 鹤壁市助剂一厂(鹤壁市助剂总厂) | 390 | 791 | 400 | 2394 | 389 | 1779 | 1973 | 177 |
| 焦作市鑫达化工有限公司 | 1640 | 5673 | 2954 | 11933 | 4065 | 6179 | 9197 | 548 |
| 濮阳中原石油化工集团有限责任公司 | 2010 | 9768 | 2321 | 38651 | 12121 | 5509 | 3552 | 359 |
| 鹤壁市树脂有限责任公司 | 420 | 97 | 12324 | 26989 | 7007 | 1541 | 478 | —188 |
| 河南省工农机械厂(9645 厂) | 875 | 1823 | 1132 | 7486 | 1218 | 4071 | 4618 | 537 |
| 河南省前进化工厂(9654 厂) | 1460 | 1820 | 1290 | 5915 | 1640 | 3628 | 3171 | 503 |
| 河南省汤阴县化工厂 | 520 | 935 | 175 | 2996 | 1255 | 1377 | 1224 | 206 |
| 辉县市化工厂 | 387 | 1219 | 400 | 1688 | 215 | 123 | 2701 | 261 |
| 中国乐凯胶片公司第二胶片厂 | 3391 | 11646 | 13035 | 59948 | 19307 | 21267 | 34887 | 3240 |
| 河南威纳利面粉改良剂有限公司 | 486 | 3059 | 2600 | 5097 | 1337 | 3700 | 5360 | 1873 |
| 开封矛盾集团股份有限公司 | 1308 | 3401 | 6672 | 19141 | 4217 | 6161 | 25198 | 1524 |
| 郑州油脂化学厂 | 1551 | 2242 | 2043 | 68165 | 12642 | 20071 | 14240 | 875 |
| 洛阳明花洗涤剂股份有限公司 | 797 | 1291 | 2520 | 11308 | 3798 | 6504 | 10619 | 188 |
| 安阳市日用化工厂 | 1031 | 897 | 1570 | 9782 | 1740 | 3037 | 3220 | 166 |
| 周口市化工总厂 | 320 | 30 | 56 | 256 | 59 | 69 | | |
| 河南省开封火柴厂 | 2042 | 1401 | 1559 | 3092 | 1263 | 2215 | 4364 | —1009 |
| 河南省安阳火柴厂 | 2083 | 2045 | 1973 | 9609 | 4926 | 3521 | 5102 | 374 |
| 河南省焦作金箭实业总公司 | 579 | 1760 | 1158 | 11139 | 5587 | 4675 | 5259 | 658 |
| 河南省开封制药厂 | 2972 | 4035 | 1022 | 19255 | 6937 | 10768 | 11157 | —133 |
| 河南省开封黄龙药业有限公司 | 332 | | 530 | 1202 | 1105 | 49 | | |
| 河南省平原制药厂 | 1594 | 782 | 3502 | 30661 | 7960 | 20734 | 3675 | —1386 |
| 河南省安阳市化学制药厂 | 692 | 429 | 155 | 2678 | 919 | 1123 | 1763 | 42 |
| 河南省新乡制药股份有限公司 | 1108 | 1629 | 1246 | 7391 | 4086 | 2982 | 8059 | 733 |
| 河南新星药业股份有限公司 | 625 | 759 | 1610 | 9656 | 1495 | 6366 | 1423 | 93 |
| 河南新乡永泰制药厂 | 350 | 292 | 1875 | 1971 | 1878 | 46 | 409 | —181 |
| 焦作市第三制药厂 | 636 | 806 | 800 | 9506 | 1107 | 5551 | 3484 | 141 |
| 商丘市豫东制药厂 | 1080 | 812 | 145 | 7251 | 2429 | 2800 | 265 | 30 |
| 河南省华鑫制药厂 | 1482 | 11213 | 5129 | 20168 | 5930 | | 23703 | 2771 |
| 河南省东方医药化工集团 | 802 | 4819 | | 26921 | 6045 | 17055 | 17007 | 1196 |
| 河南省华中医药集团公司 | 2520 | 13935 | 3835 | 70869 | 20144 | 26942 | 59257 | 7294 |
| 河南省信阳豫南制药厂 | 916 | —18 | 558 | 6921 | 4082 | 3166 | 256 | —76 |
| 中国人民解放军第九七三五工厂 | 515 | 524 | 696 | 2384 | 1231 | 747 | 1897 | 119 |
| 河南省南阳普康药业集团公司 | 3039 | 9732 | 6163 | 39515 | 19863 | 16244 | 36151 | 3916 |
| 吉雄(漯河)药业有限公司 | 398 | 1097 | 5345 | 17562 | 2546 | 11609 | 6645 | 338 |
| 郑州市新郑制药股份有限公司 | 1204 | 2304 | 1364 | 5158 | 1671 | 2845 | 12235 | 922 |
| 河南省中州制药厂 | 1286 | 82 | 974 | 8242 | 3921 | 3713 | 1588 | —264 |
| 平顶山市华利制药厂 | 916 | 2013 | 291 | 9307 | 2346 | 5469 | 8034 | 598 |

10—28 续表 10　　(1998 年)　　单位:万元

| 企业名称 | 平均职工人数(人) | 工业增加值 | 实收资本 | 资产合计 | 固定资产净值平均余额 | 流动资产平均余额 | 销售收入 | 利税总额 |
|---|---|---|---|---|---|---|---|---|
| 河南省安阳市第一制药厂 | 540 | 461 | 570 | 13295 | 1798 | 9357 | 134 | —224 |
| 河南省安阳予北制药厂 | 409 | —589 | 1766 | 8855 | 1414 | 5821 | 1146 | —645 |
| 河南省安阳市益康制药厂 | 809 | 459 | 970 | 4729 | 1572 | 2668 | 3280 | 57 |
| 新乡市新辉医药厂 | 850 | 346 | 2022 | 19181 | 6262 | 12780 | 1161 | —655 |
| 焦作市康力药业集团有限公司 | 1550 | 7078 | 1423 | 21336 | 4911 | 14095 | 9884 | 512 |
| 许昌药业(集团)股份有限公司 | 150 | 35 | 1500 | 1956 | 1112 | 587 | 62 | —12 |
| 河南省漯河市第二制药厂 | 860 | 2551 | 840 | 7251 | 1351 | 4219 | 6078 | 51 |
| 商丘市制药厂 | 618 | 585 | 53 | 6967 | 1461 | 3294 | 237 | —20 |
| 河南省四方药业有限公司 | 390 | 619 | 452 | 3778 | 1055 | 2542 | 1524 | 175 |
| 雪樱花(太康)药业有限公司 | 1020 | 487 | —1200 | 4878 | 2379 | 2366 | 285 | —416 |
| 河南省镇平县东风制药厂 | 569 | 2910 | 201 | 6634 | 2706 | 2516 | 1402 | 16 |
| 河南省淅川制药集团有限公司 | 1328 | 2268 | 2850 | 30517 | 10918 | 18346 | 5832 | 672 |
| 河南省信阳制药厂 | 1207 | 229 | 530 | 9583 | 4069 | 4700 | 240 | —106 |
| 河南省援生制药股份有限公司 | 700 | 2701 | 1219 | 8427 | 1769 | 4962 | 6001 | 266 |
| 河南省新谊医药集团公司 | 877 | —638 | 2993 | 26468 | 16361 | 20104 | 3188 | —1051 |
| 河南信心药业集团有限公司 | 1000 | 354 | 2595 | 6547 | 1428 | 1445 | 844 | —472 |
| 河南天地药业股份有限公司 | 558 | 274 | 1406 | 4565 | 1233 | 1893 | 1216 | 146 |
| 河南省百泉制药厂 | 550 | 698 | 304 | 5730 | 2812 | 2776 | 1618 | 106 |
| 河南省宛西制药股份有限公司 | 1550 | 12701 | 6511 | 24695 | 7298 | 14250 | 13816 | 1708 |
| 禹州市制药集团有限公司 | 680 | 506 | 2189 | 3360 | 1946 | 1117 | 2266 | 126 |
| 新县羚锐制药有限公司 | 358 | 10674 | 1432 | 11908 | 2666 | 6144 | 10788 | 4464 |
| 郑州生物药厂 | 488 | 881 | 1226 | 2980 | 1117 | 996 | 1702 | —302 |
| 三门峡神力企业集团 | 4424 | 11517 | 10125 | 89128 | 25273 | 44657 | 41114 | 2734 |
| 南阳市南杭浆粕厂 | 460 | 365 | 3204 | 8237 | 2127 | 3283 | 2460 | —238 |
| 安阳化学纤维工业股份有限公司 | 920 | 692 | 7700 | 23747 | 8470 | 9070 | 2363 | —1412 |
| 国营新乡化学纤维厂(白鹭集团) | 3668 | 21067 | 23023 | 90877 | 52264 | 27853 | 64731 | 10306 |
| 中国神马集团有限责任公司 | 10437 | 34768 | 91284 | 663892 | 90203 | 233250 | 139082 | 12634 |
| 郑州银河股份有限公司 | 1100 | —1189 | 3517 | 20418 | 15047 | 4574 | 8090 | —2753 |
| 漯河市针织化纤厂 | 1345 | 388 | 1770 | 18782 | 8551 | 8708 | 3757 | 152 |
| 方城县翔宇化纤有限公司 | 1226 | 3213 | 55 | 5729 | 2100 | 1222 | 5850 | 745 |
| 河南省光山化纤总公司 | 708 | 801 | 1998 | 9654 | 5620 | 2490 | 1301 | 1 |
| 洛阳市华帝卷烟滤材厂 | 230 | 77 | 197 | 7402 | 3439 | 2192 | 1469 | —396 |
| 河南省平顶山市东风塑料厂 | 356 | 432 | 781 | 2046 | 1143 | 945 | 592 | —39 |
| 河南轮胎集团有限责任公司 | 7320 | 26041 | 33578 | 161089 | 50430 | 57527 | 66645 | 14185 |
| 郑州中原轮胎橡胶股份有限公司 | 1277 | 1587 | 5000 | 25214 | 7842 | 10814 | 7470 | 588 |
| 河南省轮胎厂孟州市内胎分厂 | 1000 | 495 | 796 | 2736 | 1320 | 1204 | 1376 | 155 |
| 中州轮胎有限责任公司 | 1453 | 6733 | 2101 | 11225 | 3126 | 7305 | 13238 | 1069 |
| 洛阳海虹轮胎有限公司 | 1605 | 6389 | 6250 | 21677 | 6334 | 9016 | 10604 | 1429 |
| 安阳市黄河轮胎有限责任公司 | 1578 | 2292 | 1482 | 10908 | 2300 | 6300 | 6967 | 433 |
| 开封恩达橡胶集团有限公司 | 1349 | 1769 | 1106 | 11794 | 5398 | 5686 | 5284 | —17 |
| 河南省地方国营尉氏县橡胶厂 | 2210 | 2418 | 1479 | 10965 | 2448 | 8345 | 9288 | 680 |
| 安阳市第二橡胶厂 | 564 | 180 | 499 | 5793 | 1794 | 2502 | 1019 | 12 |
| 商丘市橡胶厂 | 683 | 1696 | 59 | 7919 | 168 | 573 | 916 | 53 |
| 洛阳市豫沪橡胶制品有限公司 | 557 | 395 | 50 | 461 |  | 457 | 546 | 32 |
| 许昌方圆橡塑有限公司 | 529 | 762 | 1325 | 6060 | 1533 | 2195 | 1314 | 24 |
| 安阳市胶鞋厂 | 362 | 276 | 1 | 4799 | 1280 | 2612 | 717 | —35 |
| 鹤壁飞鹤股份有限公司 | 893 | 795 | 1000 | 3953 | 1740 | 2476 | 2337 | 101 |
| 河南飞舟实业股份有限公司 | 423 | 822 | 1349 | 3217 | 788 | 2351 | 2137 | —11 |
| 河南塑胶股份有限公司 | 488 | 2642 | 5049 | 10194 | 3226 | 6956 | 12046 | 552 |
| 开封塑料厂 | 217 | 223 | 663 | 3050 | 787 | 1156 | 2095 | —79 |

10—28 续表 11　　(1998 年)　　单位:万元

| 企业名称 | 平均职工人数(人) | 工业增加值 | 实收资本 | 资产合计 | 固定资产净值平均余额 | 流动资产平均余额 | 销售收入 | 利税总额 |
|---|---|---|---|---|---|---|---|---|
| 洛阳市锦屏塑化集团有限公司 | 486 | 207 | 561 | 3809 | 1318 | 1717 | 1248 | 7 |
| 新乡市塑料厂 | 235 | 2 | 338 | 793 | 162 | 359 | 113 | —18 |
| 周口地区塑料总厂 | 185 | 950 | 800 | 3172 | 1150 | 1439 | 4283 | —93 |
| 河南省南阳市塑料厂 | 1017 | 1336 | 1342 | 13931 | 7155 | 5361 | 7782 | 229 |
| 河南省信阳市塑料厂 | 422 | 176 | 2025 | 4373 | 1121 | 1938 | 1273 | —122 |
| 郑州市塑料五厂 | 168 | 276 | 555 | 1259 | 657 | 628 | 799 | —42 |
| 河南大同塑胶有限公司 | 214 | 718 | 781 | 7108 | 2501 | 4167 | 3326 | —12 |
| 平顶山市第一塑料制品厂 | 592 | 424 | 1019 | 4461 | 1270 | 1629 | 713 | —65 |
| 濮阳市编织袋厂 | 435 | 386 | 1327 | 2801 | 1272 | 1176 | 833 | —36 |
| 驻马店市南丰实业集团公司 | 530 | 259 | 2803 | 4362 | 2115 | 2519 | 1044 | 103 |
| 郑州市塑料三厂 | 281 | 1654 | 1990 | 4693 | 1092 | 2810 | 5498 | 130 |
| 新乡市第四塑料厂 | 225 | 56 | 333 | 909 | 350 | 549 | 346 | —17 |
| 汝州市天龙塑料制品有限公司 | 177 | 328 | 742 | 1432 | 351 | 1086 | 566 | 36 |
| 新乡市第二塑料厂 | 500 | 27 | 1265 | 4727 | 1305 | 3154 | 1036 | —218 |
| 信阳市大别山水泥股份有限公司 | 587 | 572 | 1638 | 4493 | 2756 | 1419 | 1790 | 176 |
| 郑州建材实业总公司 | 3127 | 1843 | 2862 | 17065 | 5492 | 7886 | 6431 | 68 |
| 郑州龙飞实业股份有限公司 | 1134 | 1682 | 2340 | 12280 | 8126 | 1713 | 5590 | —220 |
| 新郑市水泥股份有限公司 | 777 | 1412 | 1864 | 7117 | 3540 | 2152 | 4157 | 591 |
| 河南省七里岗水泥厂 | 890 | 379 | 42 | 43571 | 32215 | 8744 | 10025 | —14 |
| 郑州磊鑫企业集团公司 | 942 | 1107 | 100 | 4500 | 2500 | 1598 | 2368 | 226 |
| 河南省香山水泥集团公司 | 946 | 3108 | 2055 | 10437 | 2964 | 2963 | 7220 | 1025 |
| 河南省偃师市诸葛水泥二厂 | 858 | 2113 | 2276 | 5903 | 3524 | 2155 | 6290 | 1328 |
| 洛阳市铁门水泥有限公司 | 1193 | 475 | 1063 | 12915 | 9524 | 2554 | 1616 | 8 |
| 洛阳水泥厂 | 3101 | 4739 | 9042 | 48376 | 11656 | 14514 | 14574 | 1602 |
| 洛阳明天水泥有限公司 | 1230 | 1046 | 990 | 9326 | 7166 | 1808 | 3430 | 98 |
| 洛阳市龙门水泥厂 | 917 | 696 | 1328 | 4094 | 2864 | 1000 | 2656 | —4 |
| 河南省伊川县水泥厂 | 710 | 702 | 506 | 1949 | 810 | 1182 | 1776 | 55 |
| 平顶山水泥厂劳动服务公司 | 168 | 276 | 940 | 3499 | 1012 | 1599 | 934 | 39 |
| 河南省平顶山水泥厂 | 1699 | 4323 | 8888 | 36496 | 6285 | 7384 | 11860 | 1286 |
| 河南省林州市水泥厂 | 717 | 980 | 171 | 6740 | 3133 | 1555 | 2833 | —314 |
| 林州市红旗水泥厂 | 950 | 317 | 771 | 11569 | 8863 | 2697 | 2031 | 145 |
| 河南省豫北水泥股份有限公司 | 320 | 829 | 1067 | 5361 | 2795 | 1563 | 1678 | 263 |
| 濮阳市水冶水泥厂 | 1060 | 989 | 1381 | 4940 | 2307 | 2259 | 1656 | —261 |
| 鹤壁市水泥厂 | 460 | 1121 | 374 | 3508 | 1716 | 1230 | 2529 | 387 |
| 淇县水泥厂 | 905 | 373 | 1154 | 8036 | 3194 | 4330 | 4131 | 643 |
| 河南省新乡建材厂 | 583 | 576 | 668 | 5719 | 3481 | 2099 | 4042 | —135 |
| 河南新乡水泥厂 | 1606 | 2043 | 8143 | 38440 | 14233 | 16009 | 6240 | 400 |
| 新乡豫新水泥总厂 | 956 | 1802 | 1356 | 6901 | 3092 | 3070 | 4292 | 348 |
| 新乡誉华水泥股份有限公司 | 524 | 1053 | 877 | 4939 | 3106 | 1621 | 2368 | 202 |
| 卫辉市水泥有限责任公司 | 2480 | 884 | 2060 | 25168 | 7028 | 14700 | 3714 | —2057 |
| 河南省新乡市李固水泥厂 | 967 | 1939 | 2559 | 7904 | 3487 | 4048 | 5492 | 755 |
| 河南省博爱县建材股份有限公司 | 572 | 446 | 867 | 8193 | 2367 | 5621 | 962 | 10 |
| 河南省舞阳县昆峰建筑材料集团公司 | 2226 | 5813 | 651 | 33755 | 10319 | 10129 | 23421 | 1864 |
| 漯河金柱水泥有限责任公司 | 513 | 1497 | 228 | 7044 | 3500 | 3650 | 4671 | 229 |
| 渑池县仰韶水泥集团 | 1742 | 3687 | 1817 | 28794 | 14935 | 6676 | 8457 | 1586 |
| 周口地区建材总厂 | 630 | 65 | 757 | 3426 | 1543 | 1245 | | |
| 驻马店地区龙山水泥厂 | 776 | 2392 | 785 | 5885 | 3687 | 1530 | 7358 | 784 |
| 遂平县水泥厂 | 896 | 1152 | 488 | 9304 | 6434 | 2716 | 4205 | 227 |
| 河南省南阳水泥厂 | 1383 | 3293 | 3077 | 23902 | 4191 | 4558 | 7147 | 682 |
| 方城县水利水泥厂 | 540 | 1065 | 274 | 2949 | 710 | 1040 | 2709 | 734 |

10—28 续表 12　　(1998 年)　　单位:万元

| 企业名称 | 平均职工人数(人) | 工业增加值 | 实收资本 | 资产合计 | 固定资产净值平均余额 | 流动资产平均余额 | 销售收入 | 利税总额 |
|---|---|---|---|---|---|---|---|---|
| 中国人民解放军第九五零一工厂 | 791 | 3403 | 4945 | 11070 | 2408 | 5590 | 6194 | 2257 |
| 南阳水泥股份有限公司 | 738 | 695 | 1658 | 7238 | 3839 | 2001 | 2948 | 298 |
| 河南光达实业(集团)股份有限公司 | 1503 | 5976 | 2877 | 17532 | 6575 | 6825 | 16721 | 1450 |
| 河南省桐柏县桐柏山水泥有限公司 | 547 | 1027 | 153 | 4270 | 2726 | 1261 | 1985 | 303 |
| 河南省金濮建材股份有限公司 | 382 | 1844 | 303 | 5802 | 4036 | 1420 | 3853 | 379 |
| 信阳强山建材集团有限公司 | 1598 | 3551 | 1555 | 15055 | 4199 | 4553 | 9608 | 961 |
| 汝州市磊裕水泥股份有限公司 | 2246 | 96 | 2317 | 23482 | 13933 | 3875 | 8264 | —1675 |
| 河南禹灵集团股份有限公司 | 350 | 2294 | 1388 | 9735 | 4854 | 2503 | 5075 | 438 |
| 中国人民解放军九四一二工厂 | 1135 | 33 | 2389 | 6617 | 2330 | 4147 | 3750 | —180 |
| 唐河县龙山水泥集团有限公司 | 735 | 1837 | 497 | 9066 | 4532 | 1757 | 5519 | 1169 |
| 焦作市永青水泥总厂 | 863 | 1354 | 1412 | 5198 | 3024 | 1627 | 1944 | 206 |
| 焦作天方建材股份有限公司 | 1727 | 1456 | 2546 | 13063 | 6907 | 4146 | 4682 | 440 |
| 新乡市黄河水泥厂 | 708 | 1075 | 1127 | 4405 | 1896 | 1590 | 2975 | 342 |
| 驻马店地区秀山水泥厂 | 1169 | 1238 | 945 | 6672 | 2081 | 2559 | 4925 | 218 |
| 铁道部平顶山混凝土轨枕工厂 | 762 | 1802 | 6625 | 12550 | 6545 | 4252 | 5349 | 390 |
| 河南省新乡市银河水泥厂 | 336 | 886 | 322 | 3187 | 594 | 2209 | 1693 | 243 |
| 河南省漯河市宏泰集团实业总公司 | 1093 | 382 | 180 | 9606 | 4953 | 3636 | 1148 | —357 |
| 邓州市水泥厂 | 548 | 3288 | 235 | 3932 | 1737 | 1788 | 7904 | 969 |
| 新乡市综合建材厂 | 371 | 294 | 1132 | 9961 | 7892 | 2065 | 813 | 8 |
| 新乡锦绣防水材料股份有限公司 | 608 | 868 | 1129 | 5699 | 3147 | 1894 | 2394 | 144 |
| 中国洛阳浮法玻璃集团有限责任公司 | 9874 | 9550 | 70992 | 387875 | 64962 | 215768 | 50903 | 360 |
| 河南奔月集团公司 | 3885 | 9998 | 12289 | 63179 | 15912 | 14389 | 28539 | 1689 |
| 河南省建华玻璃厂 | 957 | 2080 | 5913 | 42302 | 7918 | 9707 | 17554 | 955 |
| 平顶山煤业(集团)十矿劳动服务公司玻璃厂 | 630 | 389 | 330 | 1357 | 645 | 703 | 638 | 110 |
| 沁阳市第一玻璃厂 | 1401 | 1833 | 2174 | 22794 | 8770 | 5120 | 5489 | 11 |
| 商丘市振华玻璃厂 | 1916 | 4128 | 2798 | 68002 | 37249 | 24362 | 20089 | 1748 |
| 开封第二玻璃厂 | 1017 | 508 | 415 | 9053 | 2584 | 6639 | 2938 | —869 |
| 河南省安阳药用玻璃总厂 | 2019 | 615 | 304 | 9155 | 2162 | 5462 | 1094 | —452 |
| 河南省遂平县玻璃一分厂 | 500 | 530 | 31 | 229 | 20 | 126 | 1360 | 66 |
| 新乡市保温瓶厂 | 2181 | 3100 | 1047 | 9356 | 4009 | 4251 | 9567 | 1122 |
| 许昌市玻璃厂 | 854 | 285 | 386 | 2469 | 1361 | 1539 | 733 | —148 |
| 洛阳市建筑陶瓷厂 | 1030 | 503 | 468 | 5916 | 3427 | 2493 | 518 | 69 |
| 洛阳市卫生陶瓷厂 | 595 | 564 | 998 | 6328 | 1670 | 2379 | 549 | 64 |
| 鹤壁市瓷件厂 | 786 | 20 | 715 | 4922 | 1046 | 1904 | 427 | —146 |
| 河南省新乡金轮实业总公司 | 794 | 3277 | 3311 | 16932 | 5550 | 6340 | 4248 | 679 |
| 焦作市陶瓷二厂 | 1082 | 5 | 870 | 7937 | 2001 | 2797 | 457 | 30 |
| 河南洁达陶瓷集团股份有限公司 | 432 | 1018 | 100 | 5559 | 3864 | 894 | 927 | 51 |
| 地方国营禹州市建筑卫生陶瓷厂 | 1275 | 319 | 558 | 4500 | 3000 | 550 | 534 | 59 |
| 新美陶瓷工业有限公司 | 346 | 701 |  | 6850 | 2070 | 3819 | 2636 | —385 |
| 河南省红星电瓷厂 | 814 | 1264 | 852 | 13089 | 4817 | 5404 | 3277 | 147 |
| 焦作市陶瓷总厂 | 5496 | 5323 | 4008 | 14570 | 7733 | 6061 | 12058 | 384 |
| 焦作市建筑陶瓷厂 | 1183 | 503 | 161 | 2470 | 1382 | 903 | 2023 | —136 |
| 焦作市陶瓷四厂 | 612 | 361 | 217 | 4588 | 1683 | 2612 | 725 | 91 |
| 禹州市宝光瓷业有限公司 | 360 | 277 | 461 | 654 | 475 | 139 | 679 | 85 |
| 罗山县圆多利瓷业有限责任公司 | 680 | 673 | 76 | 4666 | 2897 | 438 | 923 | 60 |
| 河南景弘(集团)有限公司 | 1999 | 2068 | 2732 | 25209 | 8334 | 14288 | 2500 | 156 |
| 河南中州企业集团 | 1981 | 4902 | 5733 | 27713 | 15055 | 9733 | 17098 | 1321 |
| 国营新密耐火材料厂 | 515 | 2249 | 621 | 6967 | 1645 | 5165 | 4124 | 858 |
| 郑州新星实业集团股份有限公司 | 386 | 966 | 1191 | 7598 | 1719 | 5588 | 1756 | 525 |
| 开封市特耐集团股份有限公司 | 136 | 710 | 2210 | 4916 | 1375 | 2916 | 2722 | 343 |

10—28 续表 13　　(1998 年)　　单位:万元

| 企业名称 | 平均职工人数(人) | 工业增加值 | 实收资本 | 资产合计 | 固定资产净值平均余额 | 流动资产平均余额 | 销售收入 | 利税总额 |
|---|---|---|---|---|---|---|---|---|
| 洛阳耐火材料集团有限责任公司 | 5825 | 6130 | 11123 | 74272 | 25810 | 40744 | 27191 | 2521 |
| 河南省平顶山新型耐材股份有限公司 | 908 | 929 | 2644 | 5955 | 2907 | 2938 | 2482 | 229 |
| 河南省新乡市伯马集团耐火材料厂 | 1200 | 1152 | 4412 | 15559 | 5213 | 9435 | 11296 | 1412 |
| 卫辉市熔金耐火材料有限责任公司 | 430 | 1203 | 180 | 3348 | 796 | 2227 | 2171 | 187 |
| 焦作市耐火材料厂 | 2576 | 1473 | 3404 | 12994 | 4667 | 9288 | 5257 | —253 |
| 沁阳市矿山公司 | 120 | 532 | 521 | 2962 | 924 | 1635 | 9 | 1 |
| 三门峡电熔刚玉有限责任公司 | 614 | 819 | 4175 | 9357 | 2841 | 5960 | 3873 | 170 |
| 三门峡新源热工装备集团公司 | 312 | 200 | 557 | 6106 | 1869 | 3002 | 646 | 60 |
| 焦作市中州炭素股份有限公司 | 462 | 263 | 1516 | 6727 | 2346 | 2775 | 650 | —201 |
| 新郑市大泽炭素制品有限公司 | 286 | 1202 | 379 | 7598 | 2544 | 2493 | 2531 | 169 |
| 河南省安阳炭素厂 | 542 | 431 | 263 | 5220 | 822 | 1924 | 1091 | 112 |
| 白鸽(集团)股份有限公司 | 1563 | 14770 | 34853 | 190928 | 32313 | 109928 | 53533 | 2323 |
| 河南省安阳市林州市钢铁公司 | 900 | 2062 | 83 | 14011 | 5228 | 7264 | 8135 | —250 |
| 安钢集团公司信阳钢铁厂 | 5103 | 3906 | 11495 | 66130 | 25196 | 36537 | 40092 | —851 |
| 河南省南阳市云阳钢铁总厂 | 3459 | 787 | 4501 | 41357 | 9737 | 28377 | 17658 | 151 |
| 濮阳市林州钢铁有限责任公司 | 4975 | 7440 | 13350 | 53290 | 14328 | 26749 | 19761 | 1278 |
| 河南省安阳钢铁集团有限责任公司 | 36849 | 153199 | 208505 | 731103 | 264993 | 317913 | 405773 | 51044 |
| 河南济源钢铁公司 | 4783 | —3877 | 1677 | 100154 | 53606 | 34258 | 52131 | 2586 |
| 洛阳钢铁集团有限责任公司 | 6514 | 4034 | 10948 | 73559 | 31295 | 21905 | 36342 | 384 |
| 郑州第一钢厂 | 755 | —436 | 2617 | 15006 | 3560 | 8779 | 6312 | —295 |
| 郑州钢铁股份有限公司 | 1398 | 28 | 2238 | 14079 | 3501 | 7382 | 359 | —531 |
| 河南省洛阳市钢管厂 | 412 | —66 | 442 | 2424 | 659 | 960 | 58 | —170 |
| 河南省新乡钢厂(河南省新乡新钢集团) | 3482 | 1540 | 2299 | 32709 | 15642 | 17628 | 20849 | —150 |
| 焦作钢铁股份有限公司 | 3590 | 4576 | 5186 | 39446 | 14108 | 12186 | 31803 | 1807 |
| 河南光大钢管总厂 | 532 | 380 | 1776 | 8480 | 3887 | 3593 | 1323 | —413 |
| 漯河市仁和线材有限公司 | 635 | 10590 | 7068 | 16875 | 702 | 8104 | 45418 | 1002 |
| 舞阳钢铁有限责任公司 | 10714 | 31773 | 230157 | 328785 | 154419 | 133142 | 112333 | 3354 |
| 河南省淅川县铁合金厂 | 1336 | 2974 | 1542 | 15976 | 11498 | 6481 | 19001 | 581 |
| 河南省信阳铁合金厂 | 1265 | 1455 | 2218 | 14343 | 5233 | 9148 | 8605 | 317 |
| 郑州锌业公司 | 1519 | 7526 | 1582 | 39890 | 1390 | 11588 | 9310 | 740 |
| 河南豫光金铅集团有限责任公司 | 3078 | 7019 | 12893 | 60472 | 23300 | 25186 | 42622 | 3078 |
| 中国长城铝业公司 | 21811 | 74849 | 130397 | 383578 | 164682 | 173597 | 204333 | 22057 |
| 郑州市中原铝厂 | 1268 | 1672 | 2466 | 16350 | 5321 | 10304 | 10898 | 430 |
| 河南省巩义市铝厂 | 1600 | 15238 | 5078 | 37978 | 16022 | 18744 | 39119 | 236 |
| 中国长城铝业公司中州铝厂 | 5759 | 17158 | 25744 | 253001 | 209272 | 29230 | 42002 | 4508 |
| 焦作市万方铝业股份有限公司 | 3141 | 10207 | 22471 | 102950 | 25603 | 53440 | 50320 | 2519 |
| 三门峡天元铝业(集团)有限公司 | 2719 | 4668 | 30091 | 141311 | 52246 | 60867 | 44399 | 2233 |
| 商丘永和铝业公司 | 1560 | 1643 | 13969 | 47152 | 24430 | 18110 | 36515 | —5214 |
| 河南中原黄金冶炼厂 | 1405 | 8510 | 2838 | 23085 | 15347 | 22200 | 36136 | 1152 |
| 洛阳栾川钼业公司 | 3918 | 2298 | 3860 | 52572 | 28694 | 15470 | 12856 | 797 |
| 郑州铝城实业开发总公司 | 2723 | 2145 | 2355 | 10021 | 2077 | 6469 | 9287 | 624 |
| 洛阳铜加工厂 | 8989 | 16507 | 48429 | 212901 | 46801 | 79603 | 56215 | 1902 |
| 河南豫北铜加工厂 | 1169 | 3069 | 951 | 10483 | 3656 | 6685 | 6333 | 352 |
| 河南新乡金龙铜业公司 | 992 | 5290 | 6224 | 56376 | 29068 | 13468 | 27510 | 1955 |
| 洛阳单晶硅有限责任公司 | 1095 | 585 | 1998 | 16411 | 9087 | 7296 | 2614 | 141 |
| 河南第一工具厂 | 735 | 448 | 574 | 5000 | 1669 | 3103 | 988 | 87 |
| 河南新乡金钢工具有限公司 | 980 | 828 | 1344 | 6802 | 3678 | 2368 | 1469 | 87 |
| 新乡市海达股份有限公司 | 340 | 17 | 424 | 1460 | 741 | 911 | 407 | 8 |
| 河南省卫辉市虎头工具有限公司 | 2120 | 1114 | 86 | 6605 | 1995 | 2667 | 938 | —3 |
| 河南省信阳市金属容器厂 | 220 | 6 | 252 | 705 | 171 | 437 | 24 | 6 |

10－28 续表 14 (1998 年) 单位：万元

| 企业名称 | 平均职工人数(人) | 工业增加值 | 实收资本 | 资产合计 | 固定资产净值平均余额 | 流动资产平均余额 | 销售收入 | 利税总额 |
|---|---|---|---|---|---|---|---|---|
| 河南开封松鹤网业股份公司 | 688 | 1276 | 1072 | 8771 | 4113 | 3436 | 2230 | 356 |
| 国营九六九九厂 | 266 | 311 | 1537 | 3170 | 1672 | 1367 | 841 | －225 |
| 河南省松林集团有限公司 | 1282 | 4377 | 1131 | 11598 | 4941 | 5033 | 11362 | 957 |
| 方城县第一丝钉厂 | 1315 | 1068 | 640 | 5055 | 1218 | 3993 | 4400 | 163 |
| 新乡市建筑五金总厂 | 417 | 86 | 412 | 1907 | 612 | 1204 | 528 | －18 |
| 沈丘县新亚总公司 | 2158 | 5447 | 5481 | 28655 | 6352 | 15420 | 17912 | 1287 |
| 河南信阳环宇机械(集团)有限责任公司 | 635 | 125 | 778 | 6294 | 2718 | 3490 | 273 | －35 |
| 郑州海燕搪瓷股份有限公司 | 1115 | 235 | 1515 | 13785 | 1292 | 8783 | 1395 | －433 |
| 河南省三胜实业股份有限公司 | 1233 | 1078 | 1397 | 5743 | 2271 | 3442 | 2255 | －143 |
| 商丘市金瓷股份有限公司 | 936 | 3084 | 1493 | 4990 | 1861 | 1801 | 5248 | 627 |
| 平顶山市荣利达铝制品股份有限公司 | 764 | －118 | 1738 | 2557 | 1334 | 1108 | 94 | －426 |
| 河南省上蔡锅厂 | 748 | 823 | 1713 | 6138 | 2643 | 2879 | 3689 | 531 |
| 郑州市电焊条厂 | 435 | 606 | 784 | 2118 | 397 | 1191 | 1934 | 85 |
| 郑州锅炉厂 | 1129 | 1336 | 1820 | 13749 | 2653 | 9762 | 3465 | 417 |
| 河南开封市得胜锅炉股份有限公司 | 1057 | 899 | 1299 | 7890 | 4878 | 2940 | 1411 | 164 |
| 郑州金牛(集团)股份有限公司 | 4103 | 12161 | 15071 | 64065 | 10752 | 35227 | 33623 | 3044 |
| 郑州飞马(集团)股份有限公司 | 2855 | －1074 | 1822 | 30290 | 8707 | 14555 | 3232 | －3132 |
| 开封汽车发动机制造厂 | 273 | 34 | 113 | 5185 | 1568 | 2801 | 137 | －272 |
| 开封柴油机厂 | 1720 | 2355 | 1077 | 17823 | 3225 | 10140 | 8108 | －86 |
| 河南省内燃机厂 | 1112 | 11098 | 1814 | 31716 | 6194 | 24146 | 44749 | 3457 |
| 南阳柴油机厂 | 2482 | 899 | 1671 | 12471 | 3286 | 7422 | 4439 | －46 |
| 中国一拖(信阳)柴油机有限公司 | 1255 | 1953 | 3188 | 16678 | 10576 | 5800 | 4702 | 117 |
| 中州汽轮机厂 | 920 | 90 | 4514 | 20990 | 15449 | 5632 | 2575 | －132 |
| 河南新乡市三利股份有限公司 | 1234 | 890 | 5795 | 10916 | 4374 | 5977 | 4916 | 8 |
| 河南省中原内燃机配件总厂 | 2830 | 5151 | 2654 | 22163 | 4376 | 13740 | 11673 | 1644 |
| 许昌内燃机配件厂 | 800 | 49 | 465 | 5753 | 1917 | 3338 | 1638 | 93 |
| 河南省信阳内燃机配件总厂 | 541 | 734 | 1113 | 6722 | 1841 | 3112 | 2311 | 229 |
| 开封黄河机床厂 | 637 | 66 | 80 | 2628 | 1139 | 1457 | 297 | －264 |
| 河南省安阳市第二机床厂 | 1041 | 1074 | 740 | 13257 | 1852 | 7117 | 1428 | －557 |
| 河南省安阳机床厂 | 2752 | 706 | 3964 | 26444 | 15494 | 5976 | 1819 | －737 |
| 新乡机床厂 | 2533 | 11151 | 18240 | 44376 | 14189 | 14758 | 22488 | 907 |
| 洛阳机床厂 | 785 | 687 | 690 | 2767 | 1703 | 1133 | 709 | －128 |
| 安阳锻压机械工业股份有限公司 | 647 | 98 | 1493 | 5441 | 1703 | 3464 | 980 | 81 |
| 河南黄河实业(集团)公司 | 2566 | 18181 | 19561 | 67757 | 15286 | 28826 | 55000 | 8147 |
| 河南英威东风机械制造有限公司 | 980 | 1274 | 5250 | 10133 | 1354 | 5593 | 5518 | 473 |
| 鹤壁通用机械股份有限公司 | 1310 | －1199 | 1155 | 6087 | 1969 | 4930 | 983 | －1321 |
| 新乡市起重设备厂 | 1013 | 3859 | 611 | 6390 | 1328 | 3122 | 5684 | 342 |
| 焦作市起重机械总厂 | 1392 | 1735 | 897 | 14171 | 1829 | 10162 | 5247 | 290 |
| 南阳市起重工具厂 | 493 | 1012 | 664 | 4501 | 1290 | 2084 | 2322 | 169 |
| 信阳市港口运输机械厂 | 338 | 391 | 283 | 4236 | 2007 | 1943 | 927 | 51 |
| 河南省兴华机械制造厂 | 3368 | －59 | 10215 | 22785 | 12916 | 8087 | 1055 | 291 |
| 郑州电力机械厂 | 651 | 625 | 2867 | 10605 | 3582 | 5575 | 3019 | 64 |
| 河南中州泵业有限公司 | 129 | 1880 | 339 | 3370 | 725 | 2297 | 1102 | |
| 河南省洛阳市水泵厂 | 527 | 699 | 522 | 4300 | 1396 | 2694 | 932 | 13 |
| 河南省豫通企业(集团)公司 | 3345 | 4696 | 7090 | 23717 | 7553 | 13963 | 6247 | 421 |
| 漯河市潜水泵厂 | 300 | －178 | 913 | 4328 | 228 | 2900 | 400 | －50 |
| 郑州市蛟龙泵业有限公司 | 329 | 1093 | 96 | 4535 | 2696 | 1396 | 677 | 19 |
| 河南省博爱县机械制造有限公司 | 703 | 644 | 366 | 2641 | 1471 | 1116 | 642 | 57 |
| 周口市风机厂 | 1008 | 807 | 287 | 2447 | 1165 | 1346 | 578 | －89 |
| 项城市泰隆机械有限公司 | 398 | 658 | 2263 | 3491 | 2008 | 1464 | 1422 | 102 |

10—28 续表 15　　(1998 年)　　单位:万元

| 企业名称 | 平均职工人数(人) | 工业增加值 | 实收资本 | 资产合计 | 固定资产净值平均余额 | 流动资产平均余额 | 销售收入 | 利税总额 |
|---|---|---|---|---|---|---|---|---|
| 开封空分集团有限公司 | 3601 | 3652 | 6241 | 36841 | 5695 | 27896 | 12536 | 819 |
| 开封通用机械厂 | 753 | 763 | 842 | 5956 | 1224 | 3560 | 1866 | 102 |
| 国内贸易部洛阳制冷机械厂 | 905 | 463 | 3450 | 13732 | 1659 | 5169 | 869 | —316 |
| 三门峡市四达化工集团有限责任公司 | 2540 | 1068 | 3344 | 17113 | 4638 | 10561 | 3696 | —929 |
| 郑州轴承厂 | 1039 | 480 | 363 | 8640 | 2182 | 5311 | 2533 | —108 |
| 开封轴承厂 | 1199 | 609 | 410 | 4253 | 1659 | 2713 | 2370 | —62 |
| 洛阳轴承(集团)公司 | 30623 | 31797 | 61636 | 297407 | 80395 | 193683 | 126933 | 5619 |
| 河南省钢球厂 | 488 | 2990 |  | 16253 | 2947 | 8545 | 6761 | 743 |
| 伊川县轴承厂 | 706 | 708 | 431 | 4118 | 641 | 3496 | 2506 | 197 |
| 洛阳轴承集团平顶山兴州机械厂 | 1367 | 568 | 1668 | 10233 | 2698 | 3849 | 1777 | —313 |
| 洛阳轴承工业联营公司中原轴承厂 | 356 | 320 | 194 | 4379 | 693 | 3584 | 547 | —5 |
| 河南省安阳轴承厂 | 430 | 79 | 332 | 3967 | 816 | 1653 | 296 | —143 |
| 洛轴集团濮阳市轴承厂 | 340 | 436 | 271 | 1324 | 565 | 722 | 924 | 174 |
| 豫西轴承厂 | 396 | 925 | 512 | 5965 | 1615 | 4259 | 2093 | 115 |
| 河南省豫东轴承厂 | 247 | 258 | 205 | 4344 | 707 | 294 | 682 | 31 |
| 河南省环飞轴承有限公司 | 508 | 433 | 400 | 2761 | 919 | 1915 | 1170 | —22 |
| 新密中州轴承厂 | 592 | 704 | 301 | 4553 | 1813 | 2625 | 1304 | 22 |
| 开封高压伐门厂 | 2245 | 2022 | 3556 | 18157 | 4167 | 15610 | 4302 | —9521 |
| 周口市阀门厂 | 918 | 265 | 1349 | 3113 | 969 | 2122 | 59 | 16 |
| 河南省鹤壁标准件厂 | 841 | 935 | 1745 | 4794 | 1770 | 3090 | 1855 | —3270 |
| 商丘市标准件厂 | 325 | 17 | 104 | 1581 | 631 | 3914 | 31 | —24 |
| 河南省安阳齿轮厂 | 936 | 1600 | 1096 | 7759 | 2520 | 4004 | 4028 | 484 |
| 罗山县鑫元齿轮股份有限公司 | 449 | 783 | 1241 | 3374 | 1533 | 1944 | 327 | 63 |
| 河南省焦作市制动器(集团)有限公司 | 1560 | 1616 | 703 | 21774 | 8742 | 9323 | 5060 | 732 |
| 濮阳市铸锻集团有限公司 | 180 | 829 | 108 | 1736 | 629 | 567 | 217 | 24 |
| 商丘市铸造股份有限公司 | 513 | 169 | 974 | 2323 | 825 | 1246 | 1360 | —73 |
| 河南省洛阳金冕实业总公司 | 594 | 1321 | 4702 | 19483 | 6032 | 9210 | 7558 | 703 |
| 河南中原特殊钢厂 | 4182 | 4587 | 36326 | 67297 | 37639 | 23593 | 17598 | 735 |
| 郑州高科技电站辅机保温材料有限公司 | 179 | 735 | 340 | 1304 | 261 | 1208 | 890 | 118 |
| 水利部三门峡水工机械厂 | 1536 | 2492 | 1442 | 13985 | 4322 | 9341 | 10359 | 1399 |
| 濮阳铸钢厂 | 336 | 547 | 110 | 3694 | 1341 | 1846 | 137 | 63 |
| 中信重型机械公司 | 19288 | 4559 | 69502 | 205410 | 81070 | 106808 | 50294 | —10914 |
| 郑州煤矿机械厂 | 3867 | 1816 | 7294 | 30365 | 10412 | 16326 | 7818 | —2186 |
| 地方国营河南省荥阳煤矿机械厂 | 390 | 1852 | 123 | 5147 | 1320 | 4550 | 3096 | 346 |
| 洛阳风动工具厂 | 1195 | 1236 | 609 | 6239 | 2883 | 2859 | 2646 | 240 |
| 河南省平顶山市煤矿专用设备厂 | 278 | —30 | 478 | 1235 | 501 | 795 | 184 | —112 |
| 河南省平顶山煤矿机械厂 | 1164 | 1369 | 1761 | 8371 | 1916 | 4613 | 4146 | 118 |
| 河南省新乡市长城矿山机械厂 | 260 | 244 | 486 | 3331 | 698 | 2312 | 736 | —139 |
| 焦作市矿山机器股份有限公司 | 3662 | 3092 | 7739 | 22394 | 4419 | 13302 | 7896 | —1593 |
| 河南省温县煤矿机械总厂 | 1201 | 681 | 414 | 5374 | 1050 | 4028 | 591 | 51 |
| 许昌永盛达煤矿机械制造有限责任公司 | 1016 | 183 | 209 | 5772 | 3516 | 2031 | 394 | —24 |
| 漯河冶金机械设备集团股份有限公司 | 850 | 194 | 1179 | 8386 | 1184 | 4265 | 691 | —122 |
| 鹤壁无线电专用设备厂 | 543 | 411 | 479 | 3941 | 970 | 2133 | 790 | —244 |
| 濮阳市华宇机械制造有限公司 | 490 | 79 | 1777 | 8309 | 5095 | 973 | 325 | 11 |
| 新乡市利民机械工业公司 | 1148 | 910 | 1015 | 9251 | 6482 | 3789 | 1430 | —306 |
| 中国第一拖拉机工程机械公司许昌通用机械厂 | 852 | —86 | 878 | 5763 | 3739 | 1758 | 1081 | —634 |
| 河南省新乡市石油化工机械厂 | 609 | 801 | 872 | 6230 | 1069 | 4932 | 642 | —152 |
| 河南纺织机械厂 | 1720 | 1140 | 3135 | 13015 | 5056 | 6780 | 3366 | —240 |
| 新乡市塑料机械厂 | 784 | 445 | 389 | 2654 | 160 | 1552 | 1571 | —158 |
| 驻马店地区塑料机械股份有限公司 | 770 | 994 | 834 | 5713 | 873 | 4354 | 2184 | 58 |

10—28 续表 16　　(1998 年)　　单位:万元

| 企业名称 | 平均职工人数(人) | 工业增加值 | 实收资本 | 资产合计 | 固定资产净值平均余额 | 流动资产平均余额 | 销售收入 | 利税总额 |
|---|---|---|---|---|---|---|---|---|
| 漯河电机集团股份有限公司 | 515 | 15 | 819 | 2789 | 1618 | 989 | 265 | —169 |
| 洛阳建材机械厂 | 500 | 729 | 1286 | 9199 | 1360 | 7591 | 1945 | 201 |
| 郑州食品机械制造总公司 | 2380 | 9700 | 21839 | 28521 | 10824 | 9564 | 27021 | 2954 |
| 河南省新乡轻工机械制造厂 | 1038 | 1554 | 4370 | 12597 | 3515 | 5769 | 3740 | 614 |
| 中国烟草总公司许昌烟草工业机械厂 | 1608 | 3622 | 5595 | 25002 | 4892 | 19604 | 8700 | 692 |
| 周口食品包装机械有限公司 | 346 | 598 | 343 | 2386 | 1222 | 888 | 983 | 111 |
| 河南企鹅集团有限公司 | 1760 | 1914 | 1675 | 11610 | 4608 | 5463 | 6614 | 470 |
| 开封第二粮机厂 | 1080 | 4585 | 763 | 4695 | 1159 | 3216 | 4177 | 236 |
| 汝阳县液压机械有限公司 | 170 | 205 | 249 | 2492 | 957 | 1164 | 491 | 48 |
| 修武县永乐粮机集团有限责任公司 | 1366 | 3577 | 4750 | 9503 | 4539 | 4653 | 11078 | 617 |
| 沈丘县机械厂 | 698 | 456 | 315 | 1982 | 724 | 980 | 1567 | 101 |
| 南阳光辉机械厂 | 1320 | 4328 | 1024 | 11167 | 5308 | 3066 | 8616 | 1311 |
| 河南信阳三维集团有限责任公司 | 455 | 209 | 325 | 4075 | 1729 | 1525 | 581 | 36 |
| 郑州粮机股份有限公司 | 545 | 43 | 1006 | 4697 | 1865 | 2044 | 1170 | —359 |
| 河南二纺机股份有限公司 | 1294 | 1399 | 1600 | 7909 | 3937 | 3661 | 1499 | 120 |
| 国营郑州纺织机械厂 | 6282 | 470 | 18689 | 65258 | 19140 | 24195 | 8388 | —2531 |
| 郑州市通达纺织机械(集团)公司 | 650 | 2063 | 618 | 6705 | 1449 | 3719 | 562 | 47 |
| 开封市缝纫机总厂 | 2203 | 795 | 1400 | 13372 | 3384 | 9211 | 3380 | —130 |
| 武陟县纺织机械厂 | 388 | 279 | 249 | 505 | 32 | 463 | 128 | —27 |
| 河南第二纺织器材厂 | 733 | 457 | 2556 | 9323 | 2756 | 4654 | 510 | —101 |
| 淮阳县纺织机械厂 | 423 | 211 | 1250 | 5502 | 1990 | 3404 | 302 | 23 |
| 河南省济源纺织机械厂 | 150 | —61 | 894 | 9645 | 4999 | 3642 | 80 | |
| 河南省新乡市电光机械厂 | 706 | 1074 | 636 | 3820 | 1571 | 2367 | 1609 | 235 |
| 中国轻工机械总公司安阳机械厂 | 1171 | 222 | 2731 | 7437 | 4261 | 2607 | 1214 | —701 |
| 沁阳市机械厂 | 826 | 1448 | 1670 | 8247 | 2640 | 3120 | 4938 | 915 |
| 中国一拖集团有限公司 | 46496 | 51564 | 147151 | 688077 | 179808 | 369474 | 355031 | 9814 |
| 郑州拖拉机厂 | 1581 | 885 | 2819 | 16332 | 4355 | 7621 | 5784 | 56 |
| 开封机械厂 | 2297 | 2752 | 3732 | 18533 | 6041 | 11888 | 21713 | 320 |
| 河南省浚县拖拉机厂 | 500 | —249 | 282 | 3419 | 920 | 2568 | 1264 | —782 |
| 新乡市第一拖拉机厂 | 2960 | 12326 | 2860 | 32615 | 4721 | 25065 | 66894 | 2128 |
| 临颍县燎原集团公司 | 882 | 2974 | 562 | 4884 | 2776 | 1968 | 5643 | —134 |
| 河南省机器制造集团公司 | 730 | 158 | 75 | 1140 | | 1036 | 866 | 2 |
| 河南新野机械(集团)股份有限公司 | 1003 | 1350 | 462 | 6082 | 2025 | 2790 | 4101 | 138 |
| 开封豫鹰农用车辆总厂 | 482 | —51 | 13 | 273 | 273 | | 42 | —85 |
| 河南省漯河市舞阳县惠方集团公司 | 1195 | 5859 | 1588 | 11959 | 2625 | 5498 | 16827 | 1702 |
| 临颍县机械厂 | 720 | 2712 | 726 | 5752 | 1851 | 2730 | 2273 | 21 |
| 商丘市机引农具厂 | 1687 | 136 | | 10864 | 8418 | 2533 | 274 | —534 |
| 国营汝南县广源车辆有限公司 | 368 | 3051 | 292 | 2600 | 872 | 1806 | 5909 | 294 |
| 河南省南阳市宏大机械厂 | 771 | 381 | 648 | 5317 | 855 | 2380 | 739 | 15 |
| 首钢开封联合收割机厂 | 2630 | —530 | 3480 | 10175 | 5794 | 4912 | 888 | —2172 |
| 河南省水利机械厂 | 365 | 698 | 447 | 4534 | 2654 | 1883 | 1223 | 102 |
| 水利部郑州水工机械厂 | 1611 | 3102 | 3653 | 27152 | 8648 | 15187 | 10087 | 761 |
| 河南中轴集团公司 | 2457 | 3960 | 5922 | 26807 | 9038 | 10600 | 9108 | 798 |
| 郑州市齿轮厂 | 469 | 385 | 267 | 7715 | 2691 | 3963 | 1381 | 75 |
| 开封拨叉厂 | 1020 | 4201 | 286 | 8418 | 2595 | 3447 | 12489 | 261 |
| 中国第一拖拉机工程机械公司配件厂 | 1321 | 2018 | 1651 | 4204 | 996 | 2404 | 6887 | 464 |
| 河南省林州市八一拖拉机配件厂 | 537 | 696 | 100 | 4934 | 2131 | 1999 | 1072 | —47 |
| 商丘利华机械制造厂 | 304 | —82 | 289 | 3587 | 2282 | 1324 | 118 | —53 |
| 解放军第六九一一工厂(华昌通讯器材厂) | 401 | 154 | 997 | 2267 | 698 | 1559 | 546 | —172 |
| 许昌机器制造厂 | 1760 | 3531 | 2057 | 23463 | 13325 | 11947 | 13015 | 93 |

10—28 续表 17　　　　(1998 年)　　　　单位:万元

| 企业名称 | 平均职工人数(人) | 工业增加值 | 实收资本 | 资产合计 | 固定资产净值平均余额 | 流动资产平均余额 | 销售收入 | 利税总额 |
|---|---|---|---|---|---|---|---|---|
| 河南省中原轧辊有限责任公司 | 820 | 698 | 433 | 2680 | 1079 | 1676 | 1715 | 131 |
| 郑州工程机械制造厂 | 3129 | 5449 | 5145 | 39270 | 10184 | 24444 | 11766 | 520 |
| 河南省林州市东方红机械厂 | 105 | 150 | 50 | 1632 | 312 | 399 | 98 | −8 |
| 中国建材工业建设总公司平顶山电收尘器厂 | 823 | 1785 | 1575 | 12880 | 1418 | 10377 | 5495 | 436 |
| 信阳木工机械股份有限公司 | 1564 | 406 | 1777 | 19381 | 4296 | 11540 | 2623 | −1099 |
| 郑州勘察机械厂 | 691 | 2211 | 909 | 17393 | 3938 | 3435 | 3972 | 264 |
| 商丘市机械厂 | 670 | 541 | 895 | 2433 | 1471 | 785 | 2052 | 185 |
| 中国人民解放军第五七一五工厂 | 908 | 1561 | 10898 | 22229 | 5301 | 5479 | 4462 | 324 |
| 中国人民解放军第六四五六工厂 | 1093 | 1368 | 3390 | 10125 | 5576 | 3185 | 3507 | 201 |
| 郑州轻型汽车制造厂 | 1488 | 641 | 11500 | 40385 | 4229 | 4819 | 6651 | −1312 |
| 南阳汽车制造厂 | 1619 | −1943 | 458 | 8659 | 2842 | 3518 | 104 | −1695 |
| 三九企业集团洛阳凌空汽车制造厂(5408 厂) | 525 | −217 | 3171 | 9636 | 4389 | 3915 | 1948 | −364 |
| 郑州宇通客车股份有限公司 | 1646 | 11717 | 11382 | 93176 | 7369 | 34207 | 56542 | 8222 |
| 鹤壁无线电四厂 | 1342 | 1298 | 1071 | 12991 | 2469 | 9786 | 7258 | 59 |
| 郑州市拖车厂 | 801 | 4643 | 1207 | 9570 | 1683 | 6866 | 15075 | 3185 |
| 漯河宝马实业有限公司 | 612 | −1222 | 500 | 6252 | 1798 | 6534 | 538 | −1246 |
| 驻马店市华骏车辆有限公司 | 658 | 1010 | 501 | 4129 | 1700 | 2200 | 5254 | 112 |
| 开封汽车配件厂 | 682 | 271 | 53 | 3667 | 1418 | 2645 | 1495 | −200 |
| 洛阳市冠华精锻齿轮总厂 | 525 | 1415 | 2119 | 7623 | 4504 | 2998 | 1458 | 35 |
| 安阳金爵有限责任公司 | 144 | 33 | 690 | 4914 | 812 | 3620 | 290 | −130 |
| 鹤壁市汽车电器厂 | 684 | 1555 | 5007 | 18894 | 4773 | 8653 | 2224 | 182 |
| 许昌中亚(集团)公司 | 2870 | 4319 | 4758 | 27462 | 7853 | 17203 | 7720 | 349 |
| 河南省气缸盖厂 | 1661 | 740 | 1175 | 4515 | 2124 | 1585 | 1755 | 124 |
| 南阳威克达汽车齿轮股份有限公司 | 1204 | 23 | 1445 | 10285 | 3046 | 4188 | 1001 | −853 |
| 西峡县汽车水泵厂 | 780 | 778 | 71 | 6712 | 1557 | 4919 | 4003 | 293 |
| 淅川县汽车配件厂 | 1600 | 5368 | 4798 | 39197 | 17372 | 16720 | 11003 | 470 |
| 唐河县汽车变速箱总厂 | 163 | 100 | 308 | 10395 |  | 2358 | 193 | 1 |
| 洛阳北方北方企业集团有限公司(5111 厂) | 2199 | 5656 | 12269 | 61841 | 19193 | 20631 | 18519 | 2080 |
| 邮电部偃师摩托车厂(538 厂) | 1186 | 629 | 1255 | 5968 | 2804 | 2218 | 6037 | 155 |
| 洛阳北方易初摩托车有限公司 | 3356 | 19763 | 36891 | 100820 | 33401 | 72654 | 99270 | 6988 |
| 河南省黄河机械厂(856 厂) | 1425 | −238 | 721 | 3187 | 1172 | 1976 | 249 | −583 |
| 国营九六七六厂(华原机械厂) | 964 | 680 | 1062 | 5663 | 3673 | 1893 | 1938 | −388 |
| 河南中原机械厂 | 2334 | −63 | 1757 | 19815 | 11748 | 6182 | 2781 | −1066 |
| 河南中南光电仪器厂 | 1320 | 262 | 181 | 18233 | 6685 | 7658 | 4620 | 60 |
| 河南华夏光学电子仪器厂 | 1610 | −2914 | 2178 | 28536 | 20563 | 7082 | 2245 | −1906 |
| 安阳飞鹰集团有限责任公司 | 3950 | −1584 | 4831 | 51096 | 11841 | 36421 | 8197 | −4987 |
| 国营河南柴油机厂(407 厂) | 6898 | −512 | 10063 | 41075 | 20709 | 19359 | 9440 | −4176 |
| 郑州新卫飞机设备公司 | 4432 | 5390 | 6800 | 29306 | 16020 | 14479 | 8671 | 282 |
| 洛阳航空电器厂(158 厂) | 927 | 1227 | 2473 | 15625 | 8000 | 4074 | 2792 | −205 |
| 洛阳航空精密机电有限公司(202 厂) | 2823 | 5228 | 4799 | 24388 | 9234 | 7861 | 10295 | 263 |
| 国营豫北机械厂 | 1690 | 931 | 2452 | 13234 | 6083 | 5612 | 2589 | 168 |
| 国营巴山机械厂 | 893 | 1255 | 3355 | 6813 | 2934 | 3259 | 2929 | 319 |
| 国营豫新机械厂 | 3664 | 4095 | 5603 | 34279 | 120555 | 14008 | 12927 | 559 |
| 中国航空工业总公司第一一六厂 | 3182 | 9294 | 7193 | 60335 | 36102 | 21231 | 21341 | 2901 |
| 铁道部洛阳机车工厂 | 6552 | 9370 | 26397 | 44307 | 29334 | 13624 | 23292 | 2295 |
| 商丘市车辆厂 | 1337 | 512 | 703 | 7428 | 1596 | 4206 | 1181 | 4 |
| 郑州电气装备总厂 | 1042 | 585 | 2564 | 21000 | 6791 | 11487 | 3659 | −27 |
| 西峡县水电设备厂 | 579 | 932 | 130 | 4832 | 1763 | 2838 | 1595 | 155 |
| 开封博达(集团)股份有限公司 | 1621 | 84 | 2305 | 18863 | 1701 | 12780 | 3408 | −922 |
| 安阳煤矿电机厂 | 381 | 121 | 2 | 3711 | 1170 | 2032 | 546 | −346 |

10—28 续表 18　　(1998 年)　　单位:万元

| 企业名称 | 平均职工人数(人) | 工业增加值 | 实收资本 | 资产合计 | 固定资产净值平均余额 | 流动资产平均余额 | 销售收入 | 利税总额 |
|---|---|---|---|---|---|---|---|---|
| 河南省电机厂 | 1616 | 1396 | 651 | 10468 | 2604 | 8290 | 6993 | 691 |
| 河南省商丘电机厂 | 460 | 262 | 69 | 2752 | 1623 | 867 | 350 | 11 |
| 周口地区电机厂 | 1038 | 1385 | 650 | 7336 | 1283 | 4586 | 3335 | 237 |
| 南阳防爆集团有限公司 | 2843 | 9211 | 4184 | 31563 | 7821 | 20914 | 15664 | 2060 |
| 许昌市微型电机有限公司 | 400 | 386 | 1017 | 3843 | 1521 | 2060 | 1687 | 21 |
| 河南省南阳变压器股份有限公司 | 660 | 2099 | 1735 | 11834 | 3433 | 7757 | 3954 | 321 |
| 温县中原电力电容器有限公司 | 429 | 622 | 413 | 2220 | 520 | 1588 | 847 | —101 |
| 开开电器股份有限公司 | 670 | 1188 | 1063 | 5419 | 834 | 4038 | 3924 | 361 |
| 郑州市亚力电器设备有限公司 | 264 | 169 | 611 | 3280 | 383 | 2825 | 163 | —117 |
| 平顶山天鹰集团有限责任公司 | 4914 | 9618 | 11456 | 76890 | 23152 | 47394 | 40898 | 4208 |
| 新乡电力开关总厂 | 160 | 275 | 657 | 2036 | 764 | 1139 | 310 | 28 |
| 河南省获嘉县协力电器股份有限公司 | 480 | 1968 | 1010 | 4300 | 1203 | 2896 | 1634 | 213 |
| 河南省远东电器设备制造总公司 | 463 | 994 | 3250 | 8336 | 5283 | 2805 | 3071 | 210 |
| 河南省济源银盾机电设备制造总公司 | 804 | 568 | 920 | 4161 | 1958 | 1828 | 1185 | —96 |
| 河南信开电器有限责任公司 | 1125 | 441 | 1060 | 10111 | 3736 | 4971 | 1093 | 69 |
| 安阳机床电器厂 | 429 | 305 | 1253 | 7019 | 3745 | 3046 | 662 | 23 |
| 许继集团有限公司 | 4157 | 43723 | 46114 | 182717 | 33489 | 106564 | 99991 | 18530 |
| 郑州电磁线厂 | 688 | 486 | 2576 | 8936 | 2739 | 6373 | 3594 | 249 |
| 郑州电缆(集团)股份有限公司 | 6274 | 10726 | 18691 | 136648 | 31543 | 63278 | 51136 | 3403 |
| 开封电缆股份有限公司 | 733 | 279 | 944 | 4552 | 1888 | 2697 | 1645 | —438 |
| 新乡市电缆厂 | 363 | 598 | 839 | 2459 | 823 | 1733 | 1103 | 122 |
| 新乡市漆包线厂 | 227 | 265 | 448 | 1511 | 462 | 722 | 572 | —32 |
| 河南金龙电缆集团有限公司 | 1477 | 5016 | 2468 | 54743 | 14748 | 23373 | 11069 | 593 |
| 焦作市铁路电缆厂 | 1421 | 6687 | 11195 | 26442 | 8526 | 16796 | 15520 | 1199 |
| 周口市康鑫企业集团公司 | 960 | 2873 | 8290 | 50780 | 26590 | 24391 | 4946 | —836 |
| 许昌市绝缘材料总厂 | 574 | —135 | 666 | 4442 | 1728 | 2271 | 732 | —362 |
| 豫西绝缘材料厂 | 448 | 762 | 1716 | 4360 | 1553 | 1613 | 1076 | 31 |
| 国营风云器材厂 | 3540 | 2146 | 4314 | 31744 | 6992 | 14092 | 10403 | 882 |
| 中华电池联合企业集团(河南省新乡电池厂) | 2291 | 681 | 1790 | 25766 | 4327 | 18157 | 4109 | —61 |
| 安阳电池厂 | 2331 | 2469 | 1932 | 15798 | 3903 | 10384 | 10934 | 219 |
| 河南新飞电器集团 | 4504 | 46050 | 66864 | 175142 | 53144 | 116434 | 187272 | 30150 |
| 开封电冰箱厂 | 142 | —239 | 545 | 2976 | 912 | 2346 | 171 | —429 |
| 安阳市一都企业集团 | 400 | 2330 | 2409 | 4902 | 2260 | 2068 | 9020 | 1222 |
| 河南省新乡中州股份有限公司 | 893 | 68 | 1010 | 5828 | 2288 | 2713 | 304 | —272 |
| 新乡市科隆电器股份有限公司 | 983 | 1992 | 1886 | 8079 | 3306 | 3444 | 4996 | 504 |
| 河南省安阳灯泡厂 | 1009 | 435 | 300 | 18959 | 5652 | 8928 | 1086 | 21 |
| 河南省华星照明电器总厂 | 587 | 520 | 559 | 6147 | 2895 | 2359 | 571 | —113 |
| 安阳灯头厂 | 107 | —103 | 1639 | 2801 | 756 | 1698 | 204 | —181 |
| 新乡市灯具总厂 | 456 | 71 | 762 | 3261 | 1947 | 1077 | 165 | —21 |
| 博爱县中光照明集团有限公司 | 745 | 487 | 816 | 8151 | 1124 | 4317 | 1381 | 80 |
| 河南新野运通(集团)公司 | 1300 | 3044 | 994 | 8890 | 1817 | 6175 | 4359 | 730 |
| 安阳天牌电器工业(集团)有限责任公司 | 1957 | 2427 | 1218 | 10020 | 2693 | 5650 | 5330 | 419 |
| 国营燎原无线电厂 | 5258 | 6799 | 13158 | 91565 | 17480 | 61822 | 81993 | —5166 |
| 郑州欧丽电子(集团)股份有限公司 | 1121 | 2701 | 3132 | 25881 | 3316 | 14834 | 6860 | 286 |
| 邮电部洛阳电话设备厂(537 厂) | 2592 | 9734 | 7588 | 84994 | 10897 | 62487 | 34397 | 2039 |
| 焦作市无线电总厂 | 570 | 1004 | 533 | 3854 | 1260 | 2783 | 1909 | 223 |
| 国营中原专用材料厂(744 厂) | 850 | —659 | 3259 | 23486 | 8685 | 3889 | 252 | —1276 |
| 河南安阳彩色显像管玻壳有限公司 | 2825 | 61949 | 64809 | 336222 | 157858 | 154169 | 141651 | 23145 |
| 河南省新乡市半导体厂(新乡市一二八厂) | 783 | 379 | 523 | 5900 | 2697 | 2169 | 1094 | 114 |
| 国营华中器材厂 | 1280 | 966 | 1679 | 10354 | 2642 | 4573 | 3261 | 274 |

10—28 续表 19　　　　(1998 年)　　　　单位:万元

| 企业名称 | 平均职工人数(人) | 工业增加值 | 实收资本 | 资产合计 | 固定资产净值平均余额 | 流动资产平均余额 | 销售收入 | 利税总额 |
|---|---|---|---|---|---|---|---|---|
| 鹤壁市华鹤电子有限公司 | 408 | 264 | 119 | 897 | 1023 | 630 | 150 | —751 |
| 南阳金冠电气股份有限公司 | 4437 | 11179 | 10000 | 85539 | 43089 | 29123 | 51126 | 5604 |
| 南阳市晶体管厂 | 478 | 228 | 116 | 3941 | 903 | 1943 | 579 | 155 |
| 河南省信阳声宇电子有限责任公司 | 736 | 47 | 137 | 5547 | 2983 | 1597 | 234 | 11 |
| 鹤壁博大电子集团有限公司 | 1327 | 1372 | 1565 | 13714 | 6257 | 6113 | 2696 | —153 |
| 开封广厦电子电器工业有限公司 | 148 | 3 | 190 | 361 | 121 | 234 | 47 | —72 |
| 开封仪表厂 | 1492 | 2003 | 2013 | 8440 | 2674 | 5448 | 3555 | 372 |
| 河南省金雀电气(集团)有限公司 | 2035 | 3685 | 2727 | 16815 | 5207 | 7263 | 11305 | 1753 |
| 河南平原光学电子仪器厂 | 3013 | 1695 | 8211 | 32494 | 16661 | 14541 | 7052 | —347 |
| 河南川光电子光学仪器厂 | 1255 | 164 | 1765 | 16350 | 8124 | 6735 | 1594 | —1299 |
| 三门峡仪电有限责任公司 | 544 | 403 | 588 | 2708 | 1083 | 1618 | 753 | 107 |
| 开封量具刃具厂 | 170 | 39 | 223 | 806 | 340 | 454 | 59 | 188 |
| 三门峡中原量仪股份有限公司 | 850 | 537 | 1340 | 5085 | 1688 | 2556 | 1621 | 185 |
| 新乡市衡器厂 | 604 | 195 | 597 | 5182 | 1339 | 3002 | 832 | 25 |
| 河南南阳金冠电气股份公司郑州光电仪器厂 | 375 | 546 | 1426 | 8234 | 2785 | 2367 | 1153 | 80 |
| 郑州手表厂 | 541 | 149 | 350 | 4792 | 2038 | 1572 | 179 | 21 |
| 洛阳手表厂 | 1966 | —63 | 2130 | 5205 | 1227 | 3109 | 155 | —516 |
| 河南省新乡市钟表总厂 | 958 | 167 | 185 | 8186 | 2641 | 5426 | 792 | —26 |
| 泌阳县光亚集团有限公司 | 1160 | 1791 | 2064 | 4305 | 1695 | 2611 | 4327 | 901 |
| 河南省镇平县地毯集团工业公司 | 1395 | 7534 | 5758 | 14553 | 4866 | 9578 | 8923 | 1157 |
| 河南省信阳市地毯总厂 | 243 | 1168 | 313 | 1624 | 176 | 1232 | 488 | 259 |
| 巩义市第二电厂 | 1660 | 4238 | 6000 | 67787 | 38938 | 23068 | 17833 | 3517 |
| 登封市电厂集团公司 | 2314 | 28817 | 19759 | 132959 | 69708 | 29923 | 55036 | 10878 |
| 新密市昌源集团电力有限公司 | 569 | 3812 | 3792 | 16902 | 8780 | 3501 | 5953 | 1983 |
| 新安县电力集团有限公司 | 1986 | 41238 | 4300 | 83150 | 35431 | 15130 | 31353 | 13405 |
| 平顶山鸿翔热电有限责任公司 | 1413 | 12522 | 19191 | 56432 | 39573 | 11962 | 26853 | 4424 |
| 平顶山姚孟发电有限责任公司 | 2960 | 43298 | 83660 | 116914 | 81174 | 34573 | 97386 | 12465 |
| 安阳市热电厂 | 996 | 2867 | 1395 | 18776 | 11421 | 8112 | 5260 | —811 |
| 林州市电力(集团)股份有限公司 | 2165 | 7451 | 12619 | 56245 | 35930 | 12425 | 14027 | 1969 |
| 滑县热电厂 | 527 | 427 | 1895 | 5211 | 3116 | 2047 | 2247 | —78 |
| 鹤壁万和发电有限责任公司 | 1376 | 12810 | 14300 | 87822 | 57394 | 31995 | 36220 | 3402 |
| 淇县热电厂 | 937 | 6403 | 932 | 26914 | 7119 | 17754 | 3697 | 564 |
| 辉县市电厂 | 1475 | 4449 | 4780 | 18048 | 11404 | 5477 | 12500 | 1486 |
| 沁阳市铝电集团公司 | 3445 | 6910 | 19702 | 89071 | 17585 | 17929 | 35792 | 5699 |
| 濮阳市热电厂 | 1566 | 10452 | 14553 | 73633 | 54103 | 12117 | 23261 | 3707 |
| 许昌市火力发电厂 | 806 | 5132 | 2715 | 14902 | 6927 | 4978 | 7001 | 1531 |
| 许昌市热电厂 | 690 | 2570 | 358 | 10370 | 7754 | 1998 | 5470 | 722 |
| 三门峡华阳发电有限责任公司 | 796 | 29374 | 52156 | 298606 | 217320 | 34878 | 76562 | 2675 |
| 渑池县黄河铝电集团 | 2270 | 11913 | 32929 | 88822 | 71147 | 17180 | 18238 | 4538 |
| 商丘商电铝业集团公司 | 1625 | 6873 | 3560 | 28313 | 11934 | 15003 | 22152 | 1446 |
| 周口地区电厂 | 1716 | 6072 | 26730 | 36529 | 19459 | 10634 | 15949 | 3854 |
| 周口市热电厂 | 669 | 375 | 169 | 3657 | 2224 | 889 | 1088 | 7 |
| 太康县热电厂 | 460 | 819 | 211 | 6983 | 5009 | 980 | 1573 | 206 |
| 郸城县热电厂 | 378 | 729 | 15 | 5458 | 2471 | 1643 | 2343 | 273 |
| 项城市热电厂 | 1080 | 6159 | 12100 | 47407 | 33653 | 11240 | 18439 | 2920 |
| 信阳地区电业管理局 | 3120 | 10631 | 9848 | 83624 | 51576 | 26300 | 47996 | 7163 |
| 河南省豫源电力(集团)有限责任公司 | 1261 | 3842 | 22838 | 46781 | 26424 | 11244 | 13112 | 315 |
| 禹州市第一火力发电厂 | 2450 | 6936 | 7827 | 39933 | 10994 | 8988 | 20061 | 2241 |
| 西华县热电厂 | 475 | 842 | 223 | 5506 | 3297 | 1761 | 1805 | 232 |
| 沈丘县发电厂 | 984 | 840 | 299 | 3684 | 3383 | 269 | 2082 | 167 |

10—28 续表 20　　(1998 年)　　单位:万元

| 企业名称 | 平均职工人数(人) | 工业增加值 | 实收资本 | 资产合计 | 固定资产净值平均余额 | 流动资产平均余额 | 销售收入 | 利税总额 |
|---|---|---|---|---|---|---|---|---|
| 水利部黄河水利委员会三门峡水利枢纽管理局 | 2357 | 9500 | 87329 | 134236 | 88830 | 27821 | 13000 | 685 |
| 荥阳市电业局 | 368 | 3351 | 4672 | 11796 | 6256 | 4768 | 14117 | 2294 |
| 孟州市电力公司 | 310 | 965 | 2654 | 7527 | 2437 | 3951 | 9825 | 1088 |
| 武陟县电业总公司 | 1004 | 3853 | 2167 | 5535 | 2711 | 2856 | 7522 | 518 |
| 登封市电业公司 | 629 | 2494 | 4297 | 19970 | 7054 | 6758 | 15337 | 1200 |
| 栾川县电业局 | 404 | 1578 | 3375 | 5917 | 3996 | 1497 | 9391 | 590 |
| 林州市电业局 | 573 | 5281 | 1686 | 28089 | 11721 | 8591 | 17535 | 626 |
| 滑县电业管理公司 | 614 | 1685 | 2121 | 9837 | 4451 | 5551 | 10916 | 662 |
| 内黄县电业管理公司 | 286 | 901 | 1475 | 6572 | 3940 | 2159 | 5634 | 575 |
| 河南省光泰电力公司 | 2359 | 9874 | 4100 | 31051 | 10576 | 18227 | 29289 | 2448 |
| 获嘉县电业综合公司 | 581 | 1313 | 983 | 4956 | 1435 | 2902 | 5570 | 582 |
| 修武县电业管理局 | 446 | 801 | 1614 | 7644 | 2834 | 4162 | 4307 | 727 |
| 沁阳市电业综合公司 | 459 | 2127 | 2781 | 13552 | 6867 | 6311 | 12033 | 1274 |
| 长葛市电力工业公司 | 256 | 1916 | 1542 | 10036 | 4581 | 2967 | 10663 | 758 |
| 许昌县电业公司 | 270 | 902 | 1360 | 7477 | 4578 | 2454 | 6986 | 580 |
| 郾城县电业公司 | 417 | —3714 | 5415 | 8251 | 4948 | 2954 | 5839 | 643 |
| 灵宝市电业局 | 344 | 2679 | 2558 | 19305 | 9678 | 3207 | 7766 | 1823 |
| 周口地区电业局 | 758 | 14195 | 4271 | 35483 | 7622 | 18384 | 51228 | 2040 |
| 周口市供电局 | 428 | 1373 | 823 | 3825 | 1976 | 1732 | 4624 | 217 |
| 项城市电业局 | 1000 | 6307 | 4707 | 10615 | 5098 | 4948 | 18407 | 943 |
| 河南省驻马店地区电业局 | 2129 | 13028 | 7618 | 114382 | 54588 | 31198 | 48444 | 8488 |
| 方城县电业局 | 655 | 2840 | 738 | 5769 | 2232 | 2036 | 5503 | 318 |
| 淅川县电业局 | 724 | 3832 | 4992 | 21901 | 7584 | 10584 | 15121 | 1551 |
| 邓州市电业局 | 761 | 1798 | 3137 | 6869 | 3147 | 2961 | 9065 | 451 |
| 禹州市电力工业公司 | 1100 | 8836 | 5350 | 15198 | 6691 | 5233 | 21099 | 1286 |
| 商丘市电业局永城分局 | 867 | 2777 | 1214 | 7852 | 2666 | 4384 | 21745 | 1862 |
| 信阳市平桥区电业管理局 | 739 | 5018 | 1973 | 9498 | 3530 | 4797 | 8687 | 455 |
| 新密市电业管理局 | 926 | 3958 | 6217 | 22575 | 9195 | 6875 | 19413 | 954 |
| 偃师市电业局 | 657 | 3220 | 1488 | 10568 | 4810 | 3884 | 13158 | 1288 |
| 浚县电业局 | 432 | 2480 | 1584 | 4637 | 2583 | 2035 | 8505 | 745 |
| 巩义市电业总公司 | 709 | 16418 | 7313 | 60872 | 27652 | 25564 | 44341 | 3439 |
| 新乡县电业局 | 330 | 4184 | 4821 | 8551 | 3933 | 4446 | 14330 | 977 |
| 卫辉市电业局 | 811 | 5573 | 3461 | 8490 | 4938 | 3458 | 6114 | 632 |
| 郑州市热力总公司 | 964 | 2994 | 26623 | 43391 | 20579 | 22109 | 6108 | 317 |
| 郑州市燃气有限公司 | 1248 | 4243 | 18479 | 44747 | 16086 | 27431 | 9353 | 2044 |
| 平顶山市煤气公司 | 513 | 884 | 10276 | 15022 | 7731 | 4936 | 2384 | 89 |
| 河南省安阳市天然气公司 | 601 | 1881 | 2150 | 17283 | 9678 | 3225 | 11128 | 443 |
| 郑州市自来水总公司 | 3352 | 13149 | 36784 | 65835 | 43941 | 13178 | 19152 | 617 |
| 洛阳市自来水公司 | 1313 | 9583 | 11291 | 58174 | 36108 | 9538 | 12203 | 2026 |
| 平顶山市自来水公司 | 1163 | 3705 | 7284 | 13361 | 7374 | 3044 | 5225 | 581 |
| 安阳市供水总公司 | 655 | 2434 | 3029 | 13539 | 10050 | 3961 | 4950 | 468 |
| 焦作市自来水公司 | 1119 | 1818 | 4579 | 7738 | 5121 | 2344 | 3556 | 339 |
| 商丘市自来水公司 | 1087 | —435 | 1206 | 2157 | 1214 | 835 | 1637 | 114 |
| 周口市自来水公司 | 312 | 186 | 1997 | 3736 | 2155 | 670 | 769 | 155 |
| 开封市供水总公司 | 1158 | 3373 | 5137 | 21312 | 12707 | 3343 | 5083 |  |
| 鹤壁市自来水公司 | 366 | 748 | 2150 | 4473 | 3473 | 846 | 1641 | 291 |
| 新乡市自来水公司 | 933 | 3495 | 6691 | 18383 | 13919 | 1817 | 6575 | 737 |
| 许昌市供水总公司 | 806 | 1172 | 3937 | 10104 | 6679 | 2105 | 2228 | 177 |
| 南阳市自来水公司 | 963 | 1411 | 7839 | 10438 | 5933 | 996 | 2857 | 258 |
| 信阳市自来水集团有限责任公司 | 535 | 1665 | 3356 | 8023 | 5911 | 752 | 2696 | 490 |

# 主要统计指标解释

**工业** 指从事自然资源的开采，对采掘品和农产品进行加工和再加工的物质生产部门。具体包括：①对自然资源的开采，如采矿、晒盐、森林采伐等（但不包括禽兽捕猎和水产捕捞）；②对农副产品的加工、再加工，如粮油加工、食品加工、轧花、缫丝、纺织、制革等；③对采掘品的加工、再加工，如炼铁、炼钢、轧钢、化工生产、石油加工、机器制造、木材加工等，以及电力、自来水、煤气的生产和供应等；④对工业品的修理、翻新，如机器设备的修理、交通运输工具（包括小卧车）的修理等。

**工业统计调查单位** 工业统计调查单位分为两类：独立核算法人工业企业和工业活动单位。

**独立核算法人工业企业** 是指从事工业生产经营活动的单位。独立核算法人工业企业应同时具备以下条件：①依法成立，有自己的名称、组织机构和场所，能够承担民事责任；②独立拥有和使用资产，承担负债，有权与其他单位签订合同；③独立核算盈亏，并能编制资产负债表。

**工业活动单位** 是指在一个场所从事一种或主要从事一种工业生产活动的经济单位。它包括独立核算工业企业按主营业务活动（即工业生产活动）划分的主营业务活动单位和非工业企业所属的工业生产活动单位（即原非独立核算工业生产单位）。工业活动单位，一般应同时具备以下三个条件：①具有一个场所，从事一种或主要从事一种工业活动；②单独组织工业生产、经营或业务活动；③单独核算收入和支出。

**村及村以下工业** 包括农村村办工业、农村合作经营工业、农村个体工业。

**轻工业** 指主要提供生活消费品和制作手工工具的工业，是为满足人们吃、穿、用需要的工业，按其所使用的原料不同，可分为两大类：①以农产品为原料的轻工业，是指直接或间接以农产品为基本原料的轻工业。主要包括食品制造、饮料制造、烟草加工、纺织、缝纫、皮革和毛皮制作、造纸以及印刷等工业；②以非农产品为原料的轻工业，是指以工业品为原料的轻工业。主要包括文教体育用品、化学药品制造、合成纤维制造、日用化学制品、日用玻璃制品、日用金属制品、手工工具制造、医疗器械制造、文化和办公用机械制造等工业。

**重工业** 是指为国民经济各部门提供物质技术基础的主要生产资料的工业。按其生产和产品用途，可以分为下列三类：①采掘（伐）工业，是指对自然资源的开采，包括石油开采、煤炭开采、金属矿开采、非金属矿开采和木材采伐等工业；②原材料工业，是指提供国民经济各部门使用的原料、动力和燃料的工业。包括金属冶炼及加工、炼焦及焦炭化学、化工原料、水泥、人造板及电力、石油和煤炭加工等工业；③加工工业，是指对原材料进行加工制造的工业。包括装备国民经济各部门的机械设备制造工业、金属结构、水泥制品等工业，以及为农业提供的生产资料和化肥、农药等工业。根据上述划分原则，修理业中修理作业对象是重工业的划为重工业，否则划为轻工业。

**大、中、小型企业** 大、中、小型企业的划分标准有下列两类：

①按企业产品的年生产能力划分。凡产品比较单一的行业，如电力、原煤、石油、钢铁、有色金属、硫酸、烧碱、纯碱、合成氨、汽车、拖拉机、水泥、平板玻璃、纺织、造纸、制糖、手表、缝纫机、自行车等均以产品生产能力作为划分大、中、小型的标准（生产多种产品的企业，以其主

要产品的生产能力来划分)。

②按企业拥有的固定资产原价划分。凡产品种类繁多,难以按生产能力划分的,则以企业的固定资产原价作为划分大、中、小型的标准。

**工业总产值** 是以货币形式表现的,工业企业在一定时期内生产的工业最终产品或提供工业性劳务的总价值量。计算工业总产值时应遵循工业生产、最终产品两个原则。

原规定工业总产值的内容包括:在本企业内不再进行加工,经检验、包装入库的成品价值;工业性作业价值;自制半成品、在制品期末期初差额价值(生产周期较长的企业计算)。

新规定工业总产值针对原规定工业总产值计算方法上的缺陷,作了四方面的调整:一是凡自备原材料,不论其加工繁简程度如何,一律按全价,即包括自备原材料的价值;二是凡来料加工,加工企业一律按财务上结算的加工费计算工业总产值,即不包括定货来料价值;三是自制半成品、在制品期末期初差额价值,原则上计入工业总产值,但如果会计产品成本核算中不计算自制半成品、在制品成本,则亦不计入工业总产值。四是计算工业总产值、中间投入中的中间物质消耗价值,直接利用现有会计核算资料,一律按不含增值税的价格计算。

新规定工业总产值的内容包括:在本企业内不再进行加工,经检验、包装入库的成品价值;对外加工费收入;自制半成品、在制品期末期初差额价值。

工业总产值原规定与新规定的区别:一是全价与加工费的计算原则不同。新规定凡自备原材料,不论其加工繁简程度如何,一律按全价计算总产值,凡来料加工,一律按加工费计算总产值;原规定则对此有一些特殊规定。二是自制半成品、在制品期末期初差额价值的计算原则不同。新规定要求,凡会计产品核算时计算了成本的差额价值,总产值中就应包括,否则不包括;原规定则区分了生产周期六个月的界限确定是否计入。三是计算价格不同。新规定按不含增值税(销项税额)的价格计算;原规定按含增值税(销项税额)的价格计算。

工业总产值采用"工厂法"计算,即以工业企业作为一个整体,按企业工业生产活动的最终成果来计算,企业内部不允许重复计算,不能把企业内部各个车间(分厂)生产的成果相加。但在企业之间、行业之间、地区之间存在着重复计算。轻重工业总产值的划分也是按"工厂法"计算的,即一个工业企业在正常情况下生产的主要产品的性质属于轻工业,则该企业的全部总产值作为轻工业总产值;一个工业企业生产的主要产品的性质属于重工业,则该企业的全部总产值作为重工业总产值。

**工业增加值** 是工业企业在报告期内以货币表现的工业生产活动的最终成果。工业增加值有两种计算方法,一是生产法,二是收入法。本《年鉴》所列的工业增加值按生产法计算。

**固定资产原价** 是指工业企业在建造、购置、安装、改建、扩建、技术改造某项固定资产时所支出的全部货币总额。它一般包括买价、包装费、运杂费和安装费等。

**固定资产净值** 是指固定资产原价减去历年已提折旧额后的净额。

**流动资产** 是指可以在一年或者超过一年的一个营业周期内变现或者耗用的资产,包括现金及各种存款、短期投资、应收及预付货款、存货等。

**利润和税金总额** 指企业指企业销售税金及附加、管理费用中的税金、应交增值税和利润总额之和。

**工业经济效益综合指数** 是衡量工业经济效益各方面在数量上总体水平的一种特殊相对数,是反映工业经济运行质量的综合指标。他以一组经济效益指标分别除以各项指标的全省标准值,乘以各自的权数,加总后除以总权数求得,经济效益指标选择以下七项:

①总资产贡献率=(利润总额+税金总额+利息支出)/平均资产总额×100%

②资本保值增值率=报告期期末所有者权益/上年同期期末所有者权益×100%

③资产负债率＝负债总额/资产总额×100％

④流动资产周转率（次）＝产品销售收入/全部流动资产平均余额

⑤成本费用利润率（％）＝报告期实现利润总额/报告期成本费用总额×100％

⑥全员劳动生产率（元/人）＝报告期工业增加值/报告期全部职工平均人数

⑦工业产品销售率（％）＝现价工业销售产值/现价工业总产值×100％

综合指数计算公式如下：

工业企业经济效益综合指数（％）＝∑（某项经济效益指标报告期数值/该项指标全省标准值×权数）÷总权数

全省标准值的确定是根据上述指标“七五”期间的年度数据加权平均计算的。权数是上述七项工业经济效益指标各自在综合经济效益中的重要程度，是根据专家权数法分别确立的。

# 十一、建 筑 业

**简要说明**

一、本篇资料主要反映河南省建筑业概况和发展情况。主要包括建筑业企业生产经营情况，具体有企业个数、职工人数、总产值、增加值、建筑面积、设备拥有量、资本金、资产负债、利润税金、劳动生产率、工程质量优良品率及主要统计指标解释等。

二、建筑业企业资料由省统计局根据国家建筑业统计报表制度整理提供，统计范围 1995 年及以前年度为除乡镇企业局管理以外的各种经济类型的独立核算建筑业企业，1996 年及以后年度为资质等级四级及四级以上的独立核算的建筑业企业。

# 11－1 建筑业生产情况

| 指　　标 | 单　位 | 合　　计 | | ＃国　有 | | ＃集体企业 | |
|---|---|---|---|---|---|---|---|
| | | 1997年 | 1998年 | 1997年 | 1998年 | 1997年 | 1998年 |
| 企业个数 | 个 | 1975 | 2027 | 492 | 467 | 1345 | 1340 |
| 从业人员 | 万人 | | 93.79 | | 39.42 | | 46.36 |
| 计算劳动生产率的平均人数 | 万人 | 93.60 | 85.62 | 43.19 | 37.65 | 46.80 | 40.01 |
| 建筑业总产值 | 亿元 | 294.69 | 304.96 | 190.13 | 177.90 | 92.87 | 100.96 |
| 建筑工程 | 亿元 | 245.47 | 247.64 | 153.76 | 138.65 | 81.26 | 87.42 |
| 安装工程 | 亿元 | 42.67 | 50.50 | 32.79 | 36.26 | 8.67 | 10.21 |
| 房屋构筑物修理 | 亿元 | 3.68 | 3.92 | 0.94 | 0.48 | 2.71 | 3.05 |
| 非标准设备制造 | 亿元 | 2.87 | 2.90 | 2.64 | 2.52 | 0.23 | 0.28 |
| 建筑业增加值 | 亿元 | 85.37 | 87.55 | 59.64 | 50.41 | 22.35 | 29.19 |
| 建筑业竣工产值 | 亿元 | 217.03 | 215.21 | 141.18 | 120.10 | 67.49 | 74.60 |
| 全员劳动生产率 | | | | | | | |
| 按建筑业总产值计算 | 元/人 | 31485 | 35619 | 44025 | 47248 | 19845 | 25233 |
| 按建筑业增加值计算 | 元/人 | 9121 | 10225 | 13811 | 13387 | 4775 | 7296 |
| 单位工程施工个数 | 个 | 29714 | 27909 | 13785 | 12086 | 13577 | 12992 |
| ＃本年新开工 | 个 | 18056 | 17802 | 7713 | 7563 | 8534 | 8702 |
| ＃投标承包个数 | 个 | 11876 | 14489 | 6752 | 7488 | 4605 | 5635 |
| ＃本年新开工 | 个 | 7633 | 8725 | 4165 | 4161 | 3173 | 3689 |
| 单位工程竣工个数 | 个 | 18589 | 17120 | 7598 | 6543 | 9175 | 8866 |
| ＃优良工程个数 | 个 | 6593 | 5879 | 3346 | 2829 | 2087 | 2379 |
| 房屋建筑施工面积 | 万平方米 | 4984.41 | 5061.35 | 2194.78 | 2075.44 | 2567.84 | 2514.78 |
| ＃本年新开工 | 万平方米 | 2481.00 | 2618.66 | 903.68 | 963.98 | 1458.01 | 1412.59 |
| ＃投标承包面积 | 万平方米 | 2926.63 | 3364.52 | 1471.72 | 1578.41 | 1323.29 | 1483.96 |
| ＃本年新开工 | 万平方米 | 1576.81 | 1774.43 | 617.60 | 760.93 | 893.79 | 856.46 |
| 房屋建筑竣工面积 | 万平方米 | 2447.91 | 2418.40 | 857.61 | 832.95 | 1481.77 | 1379.56 |
| ＃优良工程 | 万平方米 | 888.24 | 886.74 | 364.19 | 363.94 | 481.87 | 449.06 |
| 房屋竣工率 | % | 49.1 | 47.8 | 39.1 | 40.1 | 57.7 | 54.9 |
| 工程质量优良品率 | | | | | | | |
| 按单位工程个数计算 | % | 35.5 | 34.3 | 44.0 | 43.2 | 22.7 | 26.8 |
| 按房屋竣工面积计算 | % | 36.3 | 36.7 | 42.5 | 43.7 | 32.5 | 32.6 |
| 施工工程招投标承包面 | | | | | | | |
| 按单位工程个数计算 | % | 40.0 | 51.9 | 49.0 | 62.0 | 33.9 | 43.4 |
| 按房屋施工面积计算 | % | 58.7 | 66.5 | 67.1 | 76.1 | 51.5 | 59.0 |
| 年底自有机械设备总台数 | 台 | 244518 | 252892 | 113372 | 113548 | 123356 | 121007 |
| 年底自有机械设备总功率 | 万千瓦 | 340.64 | 309.38 | 207.27 | 179.69 | 123.37 | 108.99 |
| ＃施工机械 | 万千瓦 | 254.53 | 228.42 | 148.12 | 125.28 | 99.09 | 88.45 |
| 年底自有机械设备净值 | 亿元 | 37.20 | 32.07 | 23.89 | 20.30 | 10.79 | 8.19 |
| 年末拖欠工程款 | 亿元 | | 59.78 | | 44.64 | | 9.87 |
| ＃竣工欠款 | 亿元 | | 33.80 | | 25.66 | | 5.62 |

注：1.本表统计范围为资质等级四级及四级以上的独立核算建筑业企业(下同)。

2.本表中的部分指标是按原始计量单位计算的(下同)。

# 11－2 建筑业生产情况

(1998年)

| 指标 | 单位 | 合计 | 土木工程建筑业 | #房屋 | #铁路、公路、隧道、桥梁 | 线路管道设备安装业 | 装修装饰业 |
|---|---|---|---|---|---|---|---|
| 企业个数 | 个 | 2027 | 1795 | 1577 | 84 | 136 | 96 |
| 从业人员 | 万人 | 93.79 | 86.20 | 75.77 | 6.45 | 6.72 | 0.87 |
| 计算劳动生产率的平均人数 | 万人 | 85.62 | 78.24 | 67.68 | 6.39 | 6.44 | 0.94 |
| 建筑业总产值 | 亿元 | 304.96 | 256.58 | 198.42 | 41.42 | 44.90 | 3.48 |
| 建筑工程 | 亿元 | 247.64 | 237.49 | 182.04 | 40.61 | 7.61 | 2.54 |
| 安装工程 | 亿元 | 50.50 | 14.74 | 12.41 | 0.77 | 34.92 | 0.84 |
| 房屋构筑物修理 | 亿元 | 3.92 | 3.73 | 3.41 | 0.03 | 0.09 | 0.10 |
| 非标准设备制造 | 亿元 | 2.90 | 0.62 | 0.56 | 0.01 | 2.28 | |
| 建筑业增加值 | 亿元 | 87.55 | 71.56 | 56.59 | 9.90 | 14.97 | 1.02 |
| 建筑业竣工产值 | 亿元 | 215.21 | 176.06 | 143.44 | 20.52 | 36.41 | 2.74 |
| 全员劳动生产率 | | | | | | | |
| 按建筑业总产值计算 | 元/人 | 35619 | 32795 | 29317 | 64820 | 69720 | 37021 |
| 按建筑业增加值计算 | 元/人 | 10225 | 9146 | 8361 | 15493 | 23292 | 10851 |
| 单位工程施工个数 | 个 | 27909 | 22929 | 18865 | 1986 | 4980 | |
| #本年新开工 | 个 | 17802 | 14367 | 11257 | 1411 | 3435 | |
| #投标承包个数 | 个 | 14489 | 13037 | 10748 | 1448 | 1452 | |
| #本年新开工 | 个 | 8725 | 7950 | 6272 | 1034 | 775 | |
| 单位工程竣工个数 | 个 | 17120 | 13686 | 11043 | 947 | 3434 | |
| #优良工程个数 | 个 | 5879 | 4683 | 3857 | 539 | 1196 | |
| 房屋建筑施工面积 | 万平方米 | 5061.35 | 5012.90 | 4882.55 | 51.64 | 48.45 | |
| #本年新开工 | 万平方米 | 2618.66 | 2592.96 | 2521.79 | 27.17 | 25.70 | |
| #投标承包面积 | 万平方米 | 3364.52 | 3336.89 | 3265.36 | 29.01 | 27.63 | |
| #本年新开工 | 万平方米 | 1774.43 | 1760.21 | 1720.56 | 15.95 | 14.22 | |
| 房屋建筑竣工面积 | 万平方米 | 2418.40 | 2394.98 | 2328.43 | 21.74 | 23.42 | |
| #优良工程 | 万平方米 | 886.74 | 880.74 | 854.72 | 14.55 | 6.00 | |
| 房屋竣工率 | % | 47.8 | 47.8 | 47.7 | 42.1 | 48.3 | |
| 工程质量优良品率 | | | | | | | |
| 按单位工程个数计算 | % | 34.3 | 34.2 | 34.9 | 56.9 | 34.8 | |
| 按房屋竣工面积计算 | % | 36.7 | 36.8 | 36.7 | 66.9 | 25.6 | |
| 施工工程招投标承包面 | | | | | | | |
| 按单位工程个数计算 | % | 51.9 | 56.9 | 57.0 | 72.9 | 29.2 | |
| 按房屋施工面积计算 | % | 66.5 | 66.6 | 66.9 | 56.2 | 57.0 | |
| 年底自有机械设备总台数 | 台 | 252892 | 228901 | 200196 | 11292 | 20877 | 3114 |
| 年底自有机械设备总功率 | 万千瓦 | 309.38 | 275.86 | 196.94 | 41.38 | 29.19 | 4.33 |
| #施工机械 | 万千瓦 | 228.42 | 207.51 | 150.99 | 32.23 | 17.33 | 3.58 |
| 年底自有机械设备净值 | 亿元 | 32.07 | 27.43 | 18.50 | 5.67 | 4.41 | 0.23 |
| 年末拖欠工程款 | 亿元 | 59.78 | 50.83 | 42.04 | 5.95 | 8.38 | 0.57 |
| #竣工欠款 | 亿元 | 33.80 | 27.74 | 21.48 | 4.32 | 5.67 | 0.39 |

# 11—3 建筑业主要经济指标

单位:万元

| 指　　标 | 合　计 | | #国有企业 | | #集体企业 | |
|---|---|---|---|---|---|---|
| | 1997年 | 1998年 | 1997年 | 1998年 | 1997年 | 1998年 |
| **一、年末资产负债** | | | | | | |
| 资产总计 | 2744805.6 | 3054761.6 | 1854799.2 | 1944281.1 | 760656.4 | 797383.3 |
| 流动资产合计 | 1840801.6 | 2074757.2 | 1233058.8 | 1325568.2 | 526168.3 | 535530.5 |
| #存货 | 581529.3 | 623229.7 | 316971.9 | 310928.1 | 242438.9 | 241045.1 |
| #在建工程 | 308027.3 | 332280.8 | 149173.3 | 151829.2 | 145462.3 | 139192.3 |
| 固定资产合计 | 737795.2 | 810454.3 | 518110.8 | 520087.2 | 183545.7 | 215960.2 |
| 固定资产原价 | 1018028.4 | 1115774.0 | 731752.1 | 731349.1 | 242175.5 | 284522.6 |
| #生产经营用 | 718435.3 | 780312.4 | 489532.7 | 498679.4 | 195496.4 | 215265.1 |
| 累计折旧 | 280233.2 | 322836.0 | 213641.3 | 222456.8 | 58629.8 | 74570.3 |
| #本年折旧 | 50975.0 | 55767.2 | 37598.8 | 36940.2 | 11258.9 | 12399.8 |
| 无形及递延资产合计 | 24043.5 | 29249.2 | 14127.4 | 7650.4 | 7753.6 | 12002.9 |
| #无形资产 | 17465.5 | 23458.8 | 10785.7 | 4600.3 | 6060.9 | 9567.8 |
| 负债合计 | 1906874.9 | 2152516.8 | 1327152.2 | 1445921.3 | 499609.9 | 502512.3 |
| 流动负债 | 1776013.4 | 1992035.2 | 1228556.3 | 1343809.6 | 471334.2 | 455252.6 |
| 长期负债 | 130861.5 | 160481.6 | 98595.9 | 102111.7 | 28275.7 | 47259.7 |
| 所有者权益合计 | 837930.7 | 902244.8 | 527647.0 | 498359.8 | 261046.5 | 294871.0 |
| #实收资本 | 583129.6 | 690271.1 | 339512.4 | 348834.8 | 201539.1 | 246166.8 |
| #国家 | | 375843.9 | | 340914.7 | | |
| 集体 | | 243681.6 | | | | 231234.1 |
| 法人 | | 49992.0 | | 7920.1 | | 14573.7 |
| **二、损益及分配** | | | | | | |
| 工程结算收入 | 2595664.8 | 2729361.8 | 1750839.0 | 1639193.6 | 741632.3 | 855087.3 |
| 工程结算成本 | 2250145.7 | 2392914.9 | 1513464.2 | 1446997.5 | 648710.3 | 745674.8 |
| 工程结算税金及附加 | 80678.0 | 84440.8 | 52291.3 | 47384.9 | 24588.0 | 28504.4 |
| 工程结算利润 | 264841.1 | 252006.1 | 185083.5 | 144811.2 | 68334.0 | 80908.1 |
| 管理费用 | 194916.1 | 208210.8 | 145533.2 | 145124.1 | 40442.0 | 44913.4 |
| #税金 | 5657.2 | 7866.5 | 2641.0 | 2615.9 | 2559.2 | 3923.0 |
| 财产保险费 | 1162.3 | 867.1 | 859.1 | 545.9 | 258.1 | 245.9 |
| 劳动待业保险费 | 38737.4 | 37572.5 | 36630.6 | 32389.7 | 1562.3 | 2302.7 |
| 财务费用 | 33361.2 | 32736.9 | 21155.1 | 19172.1 | 10517.0 | 10115.1 |
| #利息支出 | 25860.3 | 19909.7 | 18490.4 | 12960.2 | 6348.5 | 5391.4 |
| 营业利润 | 49189.2 | 24187.2 | 27491.3 | －8908.0 | 20012.0 | 27736.8 |
| 利润总额 | 26028.7 | 21146.0 | 4124.1 | －13047.0 | 20976.2 | 29157.0 |
| #应交所得税 | 8154.6 | 10017.1 | 3480.2 | 3585.2 | 3892.7 | 4935.3 |
| 应付利润 | 6629.5 | 9422.9 | 1751.0 | 2127.1 | 4165.2 | 5459.5 |
| 利税总额 | 112363.9 | 113453.3 | 59056.4 | 36953.8 | 48123.4 | 61584.4 |
| **三、工资、福利费** | | | | | | |
| 本年应付工资总额 | 372563.0 | 424445.8 | 251954.6 | 231233.3 | 106093.0 | 161076.7 |
| 本年应付福利费总额 | 41188.4 | 40298.6 | 30424.4 | 25550.2 | 9673.0 | 10070.5 |
| **四、亏损企业个数(个)** | **462** | **524** | **146** | **153** | **265** | **307** |

# 11－4 建筑业主要经济指标

(1998年) 单位:万元

| 指标 | 合计 | 土木工程建筑业 | #房屋 | #铁路、公路、隧道、桥梁 | 线路管道设备安装业 | 装修装饰业 |
|---|---|---|---|---|---|---|
| **一、年末资产负债** | | | | | | |
| 资产总计 | 3054761.6 | 2514593.6 | 1807744.9 | 459478.4 | 491280.0 | 48888.0 |
| 流动资产合计 | 2074757.2 | 1701273.7 | 1234068.0 | 311174.3 | 335577.1 | 37906.4 |
| #存货 | 623229.7 | 540738.3 | 418960.9 | 78596.3 | 72005.0 | 10486.4 |
| #在建工程 | 332280.8 | 305190.5 | 231194.0 | 45002.4 | 19042.9 | 8047.4 |
| 固定资产合计 | 810454.3 | 680917.0 | 473466.6 | 128370.9 | 122113.1 | 7424.2 |
| 固定资产原价 | 1115774.0 | 918084.8 | 621933.0 | 182770.8 | 188402.2 | 9287.0 |
| #生产经营用 | 780312.4 | 647128.9 | 437325.2 | 134437.0 | 125759.8 | 7423.7 |
| 累计折旧 | 322836.0 | 253539.9 | 163904.0 | 54741.6 | 67424.8 | 1871.3 |
| #本年折旧 | 55767.2 | 42818.8 | 26050.0 | 10861.7 | 12532.7 | 415.7 |
| 无形及递延资产合计 | 29249.2 | 28218.0 | 25629.1 | 1620.9 | 587.7 | 443.5 |
| #无形资产 | 23458.8 | 22983.9 | 21396.2 | 1363.2 | 98.4 | 376.5 |
| 负债合计 | 2152516.8 | 1762855.3 | 1242748.6 | 355677.5 | 354355.2 | 35306.3 |
| 流动负债 | 1992035.2 | 1630498.8 | 1150386.4 | 325385.9 | 329910.9 | 31625.5 |
| 长期负债 | 160481.6 | 132356.5 | 92362.2 | 30291.6 | 24444.3 | 3680.8 |
| 所有者权益合计 | 902244.8 | 751738.3 | 564996.3 | 103800.9 | 136924.8 | 13581.7 |
| #实收资本 | 690271.1 | 588422.4 | 454870.0 | 70927.2 | 90427.6 | 11421.1 |
| #国家 | 375843.9 | 298001.7 | 182217.6 | 62735.9 | 77060.6 | 781.6 |
| 集体 | 243681.6 | 228655.3 | 217447.5 | 5034.7 | 11325.4 | 3700.9 |
| 法人 | 49992.0 | 46873.8 | 41807.4 | 2108.6 | 568.9 | 2549.3 |
| **二、损益及分配** | | | | | | |
| 工程结算收入 | 2729361.8 | 2310425.3 | 1780475.7 | 397014.7 | 388872.5 | 30064.0 |
| 工程结算成本 | 2392914.9 | 2043857.8 | 1575319.5 | 355428.8 | 323594.6 | 25462.5 |
| 工程结算税金及附加 | 84440.8 | 71139.4 | 57766.9 | 9568.5 | 12232.5 | 1068.9 |
| 工程结算利润 | 252006.1 | 195428.1 | 147389.3 | 32017.4 | 53045.4 | 3532.6 |
| 管理费用 | 208210.8 | 159829.7 | 113445.0 | 30238.2 | 45689.8 | 2691.3 |
| #税金 | 7866.5 | 6621.1 | 5482.8 | 689.3 | 1188.7 | 56.7 |
| 财产保险费 | 867.1 | 639.9 | 515.4 | 114.9 | 209.6 | 17.6 |
| 劳动待业保险费 | 37572.5 | 25931.7 | 18066.3 | 3801.7 | 11618.2 | 22.6 |
| 财务费用 | 32736.9 | 29659.8 | 22796.7 | 3921.5 | 1891.1 | 1186.0 |
| #利息支出 | 19909.7 | 17909.6 | 14525.4 | 2134.8 | 1587.2 | 412.9 |
| 营业利润 | 24187.2 | 17527.7 | 18581.5 | －1642.6 | 6838.0 | －178.5 |
| 利润总额 | 21146.0 | 17777.1 | 21152.5 | －1802.8 | 3499.6 | －130.7 |
| #应交所得税 | 10017.1 | 8005.4 | 7147.6 | 556.1 | 1898.1 | 113.6 |
| 应付利润 | 9422.9 | 8231.8 | 7546.0 | 430.7 | 1049.3 | 141.8 |
| 利税总额 | 113453.3 | 95537.6 | 84402.2 | 8455.0 | 16920.8 | 994.9 |
| **三、工资、福利费** | | | | | | |
| 本年应付工资总额 | 424445.8 | 363808.7 | 302213.5 | 40117.6 | 55757.9 | 4879.2 |
| 本年应付福利费总额 | 40298.6 | 32342.6 | 26284.4 | 3807.5 | 7594.7 | 361.3 |
| **四、亏损企业个数(个)** | **524** | **445** | **377** | **25** | **39** | **40** |

## 11—5 建筑业企业建筑材料消耗情况

（1998 年）

| 类　　别 | 材料费用合计（万元） | #钢材 | #木材 | #水泥 | 消耗量 钢材（吨） | 消耗量 木材（立方米） | 消耗量 水泥（吨） |
|---|---|---|---|---|---|---|---|
| **总　　计** | **1219895.8** | **372239.3** | **83912.1** | **205411.1** | **1413965** | **778825** | **7782569** |
| #一、二级企业 | 824784.1 | 255970.4 | 44348.0 | 119343.3 | 923907 | 377464 | 4467086 |
| #国有及国有控股 | 726828.4 | 232105.1 | 32269.8 | 90922.0 | 814932 | 273094 | 3362255 |
| **一、按登记注册类型分** | | | | | | | |
| 内资企业 | 1204643.3 | 369118.2 | 83256.6 | 204194.6 | 1404305 | 773768 | 7744979 |
| #国有企业 | 687350.7 | 215572.1 | 30705.8 | 84918.7 | 756162 | 256975 | 3132483 |
| 集体企业 | 438543.8 | 124516.9 | 46558.6 | 103484.3 | 531139 | 456775 | 3984633 |
| 股份合作企业 | 4978.1 | 1254.9 | 535.3 | 933.9 | 4283 | 4784 | 35974 |
| 联营企业 | 971.7 | 191.2 | 60.2 | 122.0 | 673 | 645 | 4790 |
| 有限责任公司 | 33938.6 | 14414.1 | 1965.5 | 5851.0 | 53448 | 18239 | 243356 |
| 股份有限公司 | 25373.6 | 8753.3 | 1869.6 | 5768.5 | 41756 | 19855 | 221169 |
| 私营企业 | 13257.7 | 4284.3 | 1542.6 | 3037.6 | 16318 | 16349 | 119003 |
| 港澳台商投资企业 | 6114.6 | 230.9 | 432.2 | 68.5 | 875 | 3216 | 2621 |
| 外商投资企业 | 9137.9 | 2890.2 | 223.3 | 1148.0 | 8785 | 1841 | 34969 |
| **二、按行业分** | | | | | | | |
| 土木工程建筑业 | 1046961.7 | 317086.0 | 81595.0 | 200130.7 | 1251605 | 755540 | 7590125 |
| 房屋 | 854212.2 | 268791.3 | 75525.1 | 175666.5 | 1085483 | 702539 | 6705035 |
| 矿山 | 8703.1 | 1164.1 | 214.7 | 796.9 | 3933 | 2487 | 26847 |
| 铁路公路隧道桥梁 | 139710.1 | 37750.8 | 3846.9 | 15157.2 | 129731 | 33846 | 537559 |
| 堤坝电站码头 | 21397.0 | 4164.9 | 534.6 | 3867.4 | 13807 | 4078 | 134572 |
| 其他土木工程 | 22939.3 | 5214.9 | 1473.7 | 4642.7 | 18651 | 12590 | 186112 |
| 线路管道设备安装业 | 155229.5 | 52575.0 | 662.2 | 3960.9 | 150626 | 7164 | 138977 |
| 线路管道安装业 | 63737.8 | 12098.5 | 400.0 | 2450.5 | 38296 | 3415 | 84990 |
| 设备安装业 | 91491.7 | 40476.5 | 262.2 | 1510.4 | 112330 | 3749 | 53987 |
| 装修装饰业 | 17704.6 | 2578.3 | 1654.9 | 1319.5 | 11734 | 16121 | 53467 |

## 11—6 建筑业企业房屋建筑工程生产情况

单位：万平方米

| 类　　别 | 1997 年 | 1998 年 |
|---|---|---|
| **总　　计** | **2447.91** | **2418.40** |
| 厂房 | 230.16 | 219.96 |
| 住宅 | 1380.01 | 1424.23 |
| 办公用房 | 290.39 | 283.63 |
| 商业、居民服务业用房 | 198.40 | 154.66 |
| 文化教育用房 | 162.60 | 174.27 |
| 医疗用房 | 33.29 | 33.12 |
| 科研用房 | 10.93 | 6.21 |
| 其他 | 142.13 | 122.32 |

## 11—7 各市地建筑业企业个数

(1998年底)

单位:个

| 市 地 | 企业个数 | #国有企业 | #地 方 | #资 质 一、二级 | #集体企业 | #资 质 一、二级 |
|---|---|---|---|---|---|---|
| **全 省** | **2027** | **467** | **403** | **212** | **1340** | **119** |
| 郑州市 | 243 | 65 | 42 | 50 | 130 | 24 |
| 开封市 | 49 | 14 | 11 | 5 | 32 | 4 |
| 洛阳市 | 189 | 29 | 14 | 24 | 123 | 12 |
| 平顶山市 | 164 | 24 | 21 | 8 | 133 | 8 |
| 安阳市 | 122 | 30 | 29 | 15 | 76 | 6 |
| 鹤壁市 | 59 | 15 | 15 | 7 | 37 | 2 |
| 新乡市 | 107 | 28 | 25 | 14 | 71 | 8 |
| 焦作市 | 85 | 12 | 10 | 5 | 66 | 6 |
| 濮阳市 | 68 | 33 | 32 | 24 | 29 | 7 |
| 许昌市 | 83 | 14 | 14 | 8 | 57 | 3 |
| 漯河市 | 55 | 7 | 7 | 1 | 32 | 2 |
| 三门峡市 | 69 | 19 | 14 | 9 | 45 | 14 |
| 南阳市 | 197 | 57 | 54 | 10 | 120 | 7 |
| 商丘市 | 77 | 16 | 14 | 7 | 50 | 6 |
| 信阳市 | 190 | 27 | 24 | 8 | 158 | 6 |
| 周口地区 | 140 | 38 | 38 | 7 | 92 | 3 |
| 驻马店地区 | 121 | 35 | 35 | 7 | 84 | 1 |
| 济源市 | 9 | 4 | 4 | 3 | 5 | |

## 11—8 各市地建筑业职工平均人数

(1998年)

单位:人

| 市 地 | 计算劳动生产率的平均人数 | #国有企业 | #地 方 | #资 质 一、二级 | #集体企业 | #资 质 一、二级 |
|---|---|---|---|---|---|---|
| **全 省** | **856176** | **376531** | **264088** | **319445** | **400124** | **98527** |
| 郑州市 | 162883 | 93321 | 50785 | 89385 | 57994 | 27720 |
| 开封市 | 31393 | 17814 | 11762 | 15196 | 12573 | 4953 |
| 洛阳市 | 84800 | 50149 | 22735 | 48874 | 28152 | 6359 |
| 平顶山市 | 45522 | 16248 | 8959 | 14061 | 19908 | 3024 |
| 安阳市 | 80662 | 28625 | 28385 | 23970 | 48250 | 7133 |
| 鹤壁市 | 16408 | 8852 | 8852 | 6016 | 6237 | 599 |
| 新乡市 | 40750 | 20572 | 15706 | 17265 | 11852 | 1955 |
| 焦作市 | 22634 | 11561 | 4486 | 11125 | 10090 | 2925 |
| 濮阳市 | 57305 | 35911 | 31717 | 33622 | 15245 | 5100 |
| 许昌市 | 29784 | 5047 | 5047 | 3942 | 14405 | 1842 |
| 漯河市 | 20598 | 2045 | 2045 | 187 | 15149 | 5133 |
| 三门峡市 | 12759 | 7087 | 2943 | 6045 | 5111 | 1419 |
| 南阳市 | 71782 | 24359 | 21714 | 14931 | 42091 | 7502 |
| 商丘市 | 45087 | 14541 | 8650 | 12406 | 24185 | 13498 |
| 信阳市 | 53409 | 10072 | 9975 | 7184 | 41710 | 5009 |
| 周口地区 | 50244 | 18019 | 18019 | 8272 | 29577 | 4204 |
| 驻马店地区 | 26561 | 10038 | 10038 | 5099 | 16270 | 152 |
| 济源市 | 3595 | 2270 | 2270 | 1865 | 1325 | |

## 11—9 各市地建筑业总产值

(1998年)

单位:万元

| 市地 | 总产值 | #国有企业 | #地方 | #资质一、二级 | #集体企业 | #资质一、二级 |
|---|---|---|---|---|---|---|
| **全省** | **3049638.5** | **1779031.8** | **813852.2** | **1641052.5** | **1009636.9** | **281715.9** |
| 郑州市 | 725744.1 | 494380.0 | 219595.0 | 482723.7 | 184205.6 | 94690.9 |
| 开封市 | 126710.6 | 91481.5 | 43519.2 | 86412.7 | 32255.5 | 9952.7 |
| 洛阳市 | 477043.4 | 372215.1 | 72041.1 | 368963.1 | 87784.0 | 25947.2 |
| 平顶山市 | 189804.2 | 109504.7 | 31471.6 | 105043.7 | 47773.5 | 8412.1 |
| 安阳市 | 192642.3 | 72666.3 | 71046.3 | 65401.4 | 109273.9 | 22924.5 |
| 鹤壁市 | 39667.7 | 24254.4 | 24254.4 | 18363.3 | 12549.3 | 666.0 |
| 新乡市 | 166797.8 | 102538.3 | 37699.1 | 93872.5 | 26322.5 | 4646.1 |
| 焦作市 | 112188.8 | 81951.6 | 10897.6 | 80984.4 | 27982.6 | 9411.5 |
| 濮阳市 | 197673.6 | 120158.8 | 73672.0 | 115701.3 | 61738.3 | 27836.0 |
| 许昌市 | 92533.9 | 15100.0 | 15100.0 | 12366.0 | 40787.8 | 3194.0 |
| 漯河市 | 41022.6 | 5075.9 | 5075.9 | 1188.9 | 26920.8 | 5876.4 |
| 三门峡市 | 61525.3 | 44273.4 | 9161.8 | 40446.5 | 15103.4 | 3537.8 |
| 南阳市 | 193315.6 | 92648.2 | 68123.2 | 65839.4 | 80578.5 | 17403.2 |
| 商丘市 | 97929.3 | 37892.0 | 17834.8 | 33890.8 | 50182.8 | 21660.0 |
| 信阳市 | 131917.1 | 32053.3 | 31521.9 | 24958.3 | 97060.0 | 14497.5 |
| 周口地区 | 117206.9 | 44921.2 | 44921.2 | 22387.2 | 61880.6 | 10605.0 |
| 驻马店地区 | 77575.6 | 31956.4 | 31956.4 | 17940.3 | 44858.8 | 455.0 |
| 济源市 | 8339.7 | 5960.7 | 5960.7 | 4569.0 | 2379.0 | |

## 11—10 各市地建筑业总产值中建筑工程产值

(1998年)

单位:万元

| 市地 | 建筑工程产值 | #国有企业 | #地方 | #资质一、二级 | #集体企业 | #资质一、二级 |
|---|---|---|---|---|---|---|
| **全省** | **2476419.1** | **1386456.7** | **728490.8** | **1265896.1** | **874173.7** | **259031.3** |
| 郑州市 | 554147.4 | 359736.2 | 185689.8 | 348854.8 | 152241.5 | 83308.3 |
| 开封市 | 83365.7 | 49901.6 | 42554.3 | 46466.5 | 30490.5 | 9807.7 |
| 洛阳市 | 393973.7 | 297860.9 | 63911.2 | 294811.1 | 81540.5 | 24775.2 |
| 平顶山市 | 147770.3 | 77986.0 | 26438.7 | 74322.6 | 41416.4 | 6745.7 |
| 安阳市 | 159607.9 | 66449.2 | 64829.2 | 59653.3 | 87400.5 | 21997.5 |
| 鹤壁市 | 34702.7 | 21648.9 | 21648.9 | 15821.3 | 10491.9 | 666.0 |
| 新乡市 | 160631.0 | 100149.6 | 36778.6 | 93152.0 | 22544.4 | 4318.1 |
| 焦作市 | 71428.7 | 46097.1 | 10475.1 | 45275.5 | 23303.6 | 8411.8 |
| 濮阳市 | 142879.7 | 78520.2 | 63225.6 | 75975.3 | 55035.7 | 26616.0 |
| 许昌市 | 82055.4 | 15088.0 | 15088.0 | 12354.0 | 36918.6 | 3134.0 |
| 漯河市 | 34263.9 | 4163.9 | 4163.9 | 1188.9 | 22502.3 | 5043.5 |
| 三门峡市 | 57218.5 | 40719.7 | 8995.8 | 37018.8 | 14350.3 | 3537.8 |
| 南阳市 | 159445.3 | 85735.0 | 62408.3 | 63963.7 | 65994.3 | 15144.2 |
| 商丘市 | 91512.1 | 36651.9 | 16734.9 | 32944.8 | 45458.7 | 21540.0 |
| 信阳市 | 117851.1 | 28999.9 | 28799.9 | 22547.3 | 86194.9 | 13925.5 |
| 周口地区 | 106071.8 | 40690.1 | 40690.1 | 20077.8 | 55586.6 | 9605.0 |
| 驻马店地区 | 71706.0 | 30285.5 | 30285.5 | 16899.4 | 40688.1 | 455.0 |
| 济源市 | 7787.9 | 5773.0 | 5773.0 | 4569.0 | 2014.9 | |

## 11—11 各市地建筑业增加值

(1998年)

单位：万元

| 市地 | 增加值 | #国有企业 | #地方 | #资质一、二级 | #集体企业 | #资质一、二级 |
|---|---|---|---|---|---|---|
| **全省** | **875479.5** | **504079.1** | **247547.7** | **463144.6** | **291921.3** | **84581.8** |
| 郑州市 | 197400.1 | 141843.7 | 59210.6 | 138954.8 | 43976.9 | 20580.3 |
| 开封市 | 44760.0 | 33550.0 | 15667.4 | 31859.6 | 10864.5 | 4683.2 |
| 洛阳市 | 128393.9 | 93950.5 | 31620.6 | 93015.0 | 28280.5 | 10196.4 |
| 平顶山市 | 62286.3 | 35221.8 | 11760.0 | 33346.7 | 15028.6 | 3277.1 |
| 安阳市 | 55886.8 | 21617.5 | 21408.4 | 19117.9 | 30747.2 | 6635.1 |
| 鹤壁市 | 12800.8 | 8144.0 | 8144.0 | 6542.8 | 3834.0 | 269.4 |
| 新乡市 | 40923.3 | 26840.3 | 9764.0 | 24556.5 | 6998.9 | 1740.6 |
| 焦作市 | 30362.2 | 21337.6 | 3025.2 | 20970.9 | 8235.2 | 2333.1 |
| 濮阳市 | 59870.4 | 39980.3 | 22426.3 | 38188.2 | 14289.6 | 5694.6 |
| 许昌市 | 26280.0 | 3115.2 | 3115.2 | 2493.7 | 13220.7 | 1064.1 |
| 漯河市 | 11711.6 | 1430.3 | 1430.3 | 313.9 | 8012.6 | 2512.7 |
| 三门峡市 | 18569.7 | 13047.8 | 3045.5 | 11986.1 | 4948.2 | 1283.6 |
| 南阳市 | 56746.7 | 25394.7 | 22069.2 | 16612.7 | 21567.4 | 4311.7 |
| 商丘市 | 30077.5 | 8166.1 | 4520.1 | 6986.3 | 17588.2 | 11335.0 |
| 信阳市 | 41367.4 | 8873.3 | 8774.9 | 6463.2 | 31461.8 | 4864.4 |
| 周口地区 | 35393.9 | 12510.2 | 12510.2 | 6319.0 | 19439.2 | 3562.4 |
| 驻马店地区 | 20046.2 | 7343.4 | 7343.4 | 4149.5 | 12537.5 | 238.1 |
| 济源市 | 2602.7 | 1712.4 | 1712.4 | 1267.8 | 890.3 | |

## 11—12 各市地建筑业竣工产值

(1998年)

单位：万元

| 市地 | 竣工产值 | #国有企业 | #地方 | #资质一、二级 | #集体企业 | #资质一、二级 |
|---|---|---|---|---|---|---|
| **全省** | **2152129.0** | **1200956.9** | **587471.8** | **1106891.3** | **746009.0** | **205648.6** |
| 郑州市 | 499609.5 | 350791.3 | 166167.2 | 344846.6 | 120709.1 | 73273.3 |
| 开封市 | 88534.2 | 59908.8 | 48292.7 | 54629.4 | 26152.1 | 8593.3 |
| 洛阳市 | 308626.4 | 224351.8 | 50146.3 | 223420.8 | 69807.6 | 19132.1 |
| 平顶山市 | 162416.9 | 93112.3 | 15475.2 | 90013.3 | 29633.5 | 4841.7 |
| 安阳市 | 154047.4 | 50349.6 | 49849.6 | 46366.6 | 94004.7 | 19135.2 |
| 鹤壁市 | 24512.0 | 15638.0 | 15638.0 | 13445.6 | 7600.0 | 448.0 |
| 新乡市 | 116235.5 | 59070.6 | 24073.0 | 51057.3 | 20520.1 | 3765.9 |
| 焦作市 | 79361.1 | 55644.6 | 6642.6 | 54921.1 | 22953.9 | 7759.9 |
| 濮阳市 | 163734.4 | 102687.2 | 62772.8 | 99170.7 | 49253.2 | 22324.0 |
| 许昌市 | 69665.3 | 10627.4 | 10627.4 | 9295.4 | 33596.7 | 2230.7 |
| 漯河市 | 29137.5 | 3197.0 | 3197.0 | 184.6 | 17006.9 | 2890.9 |
| 三门峡市 | 50226.4 | 35352.4 | 8823.9 | 31872.7 | 13075.5 | 2588.0 |
| 南阳市 | 121156.5 | 62138.5 | 48311.3 | 43145.8 | 50661.9 | 8007.8 |
| 商丘市 | 56734.0 | 12274.9 | 12124.7 | 9079.5 | 39078.1 | 15395.7 |
| 信阳市 | 95798.9 | 14802.4 | 14320.0 | 9703.1 | 79444.3 | 12219.1 |
| 周口地区 | 71430.6 | 25228.2 | 25228.2 | 11712.8 | 37843.3 | 2543.0 |
| 驻马店地区 | 55620.2 | 21684.3 | 21684.3 | 10840.0 | 33483.5 | 500.0 |
| 济源市 | 5282.2 | 4097.6 | 4097.6 | 3186.0 | 1184.6 | |

## 11—13 各市地建筑业全员劳动生产率

（1998 年）

单位：元/人

| 市地 | 全员劳动生产率 | | 国有企业 | | 地方国有 | | 集体企业 | |
|---|---|---|---|---|---|---|---|---|
| | 按总产值计算 | 按增加值计算 | 按总产值计算 | 按增加值计算 | 按总产值计算 | 按增加值计算 | 按总产值计算 | 按增加值计算 |
| **全省** | **35619** | **10225** | **47248** | **13387** | **30817** | **9374** | **25233** | **7296** |
| 郑州市 | 44556 | 12119 | 52976 | 15200 | 43240 | 11659 | 31763 | 7583 |
| 开封市 | 40363 | 14258 | 51354 | 18834 | 37000 | 13320 | 25655 | 8641 |
| 洛阳市 | 56255 | 15141 | 74222 | 18734 | 31687 | 13908 | 31182 | 10046 |
| 平顶山市 | 41695 | 13683 | 67396 | 21678 | 35128 | 13126 | 23997 | 7549 |
| 安阳市 | 23883 | 6929 | 25386 | 7552 | 25030 | 7542 | 22647 | 6372 |
| 鹤壁市 | 24176 | 7802 | 27400 | 9200 | 27400 | 9200 | 20121 | 6147 |
| 新乡市 | 40932 | 10043 | 49844 | 13047 | 24003 | 6217 | 22209 | 5905 |
| 焦作市 | 49566 | 13414 | 70886 | 18457 | 24292 | 6744 | 27733 | 8162 |
| 濮阳市 | 34495 | 10448 | 33460 | 11133 | 23228 | 7071 | 40497 | 9373 |
| 许昌市 | 31068 | 8824 | 29919 | 6172 | 29919 | 6172 | 28315 | 9178 |
| 漯河市 | 19916 | 5686 | 24821 | 6994 | 24821 | 6994 | 17771 | 5289 |
| 三门峡市 | 48221 | 14554 | 62471 | 18411 | 31131 | 10348 | 29551 | 9681 |
| 南阳市 | 26931 | 7905 | 38034 | 10425 | 31373 | 10164 | 19144 | 5124 |
| 商丘市 | 21720 | 6671 | 26059 | 5616 | 20618 | 5226 | 20750 | 7272 |
| 信阳市 | 24699 | 7745 | 31824 | 8810 | 31601 | 8797 | 23270 | 7543 |
| 周口地区 | 23328 | 7044 | 24930 | 6943 | 24930 | 6943 | 20922 | 6572 |
| 驻马店地区 | 29207 | 7547 | 31835 | 7316 | 31835 | 7316 | 27571 | 7706 |
| 济源市 | 23198 | 7240 | 26259 | 7544 | 26259 | 7544 | 17955 | 6719 |

## 11—14 各市地建筑业单位工程施工、竣工个数

（1998 年）

单位：个

| 市地 | 施工个数 | #国有企业 | #地方 | #集体企业 | 竣工个数 | #国有企业 | #地方 | #集体企业 |
|---|---|---|---|---|---|---|---|---|
| **全省** | **27909** | **12086** | **7524** | **12992** | **17120** | **6543** | **4359** | **8866** |
| 郑州市 | 4793 | 2806 | 1524 | 1747 | 2291 | 1218 | 733 | 969 |
| 开封市 | 1029 | 675 | 485 | 339 | 603 | 374 | 312 | 218 |
| 洛阳市 | 2977 | 1702 | 529 | 1129 | 1805 | 876 | 216 | 816 |
| 平顶山市 | 2105 | 793 | 386 | 933 | 1122 | 301 | 203 | 667 |
| 安阳市 | 1808 | 455 | 434 | 1179 | 1382 | 295 | 280 | 937 |
| 鹤壁市 | 494 | 233 | 233 | 238 | 295 | 125 | 125 | 161 |
| 新乡市 | 1273 | 476 | 361 | 392 | 804 | 286 | 210 | 286 |
| 焦作市 | 1285 | 619 | 139 | 604 | 757 | 237 | 78 | 472 |
| 濮阳市 | 1671 | 1260 | 551 | 315 | 1280 | 1010 | 445 | 195 |
| 许昌市 | 1054 | 128 | 128 | 510 | 752 | 75 | 75 | 397 |
| 漯河市 | 775 | 78 | 78 | 472 | 561 | 61 | 61 | 296 |
| 三门峡市 | 527 | 179 | 113 | 327 | 394 | 103 | 82 | 274 |
| 南阳市 | 2570 | 961 | 887 | 1259 | 1443 | 569 | 532 | 750 |
| 商丘市 | 1016 | 275 | 234 | 593 | 715 | 141 | 139 | 467 |
| 信阳市 | 1740 | 390 | 386 | 1312 | 1159 | 203 | 199 | 939 |
| 周口地区 | 1245 | 435 | 435 | 737 | 801 | 269 | 269 | 482 |
| 驻马店地区 | 1476 | 578 | 578 | 878 | 913 | 374 | 374 | 523 |
| 济源市 | 71 | 43 | 43 | 28 | 43 | 26 | 26 | 17 |

## 11—15 各市地建筑业房屋建筑施工、竣工面积

(1998年)　　单位:万平方米

| 市地 | 施工面积 | #国有企业 | #地方 | #集体企业 | 竣工面积 | #国有企业 | #地方 | #集体企业 |
|---|---|---|---|---|---|---|---|---|
| **全省** | **5061.35** | **2075.44** | **1628.10** | **2514.78** | **2418.40** | **832.95** | **713.25** | **1379.56** |
| 郑州市 | 959.92 | 431.89 | 361.41 | 460.64 | 360.84 | 156.95 | 128.99 | 185.61 |
| 开封市 | 201.01 | 101.12 | 92.15 | 95.28 | 102.30 | 40.32 | 37.90 | 59.14 |
| 洛阳市 | 615.40 | 374.16 | 162.83 | 203.30 | 228.24 | 88.51 | 44.19 | 117.09 |
| 平顶山市 | 301.34 | 118.27 | 46.95 | 152.82 | 116.47 | 38.93 | 19.98 | 65.89 |
| 安阳市 | 421.64 | 158.51 | 156.41 | 249.11 | 243.50 | 89.85 | 88.05 | 145.12 |
| 鹤壁市 | 103.82 | 64.08 | 64.08 | 34.34 | 43.10 | 27.72 | 27.72 | 14.09 |
| 新乡市 | 265.72 | 123.04 | 119.88 | 66.00 | 131.25 | 69.64 | 67.89 | 40.81 |
| 焦作市 | 133.13 | 49.15 | 34.48 | 79.67 | 58.87 | 15.21 | 12.36 | 42.23 |
| 濮阳市 | 179.77 | 96.78 | 96.06 | 69.62 | 118.36 | 71.57 | 70.93 | 42.58 |
| 许昌市 | 236.89 | 24.82 | 24.82 | 104.84 | 127.45 | 8.37 | 8.37 | 78.77 |
| 漯河市 | 130.69 | 11.39 | 11.39 | 94.33 | 71.56 | 4.23 | 4.23 | 47.54 |
| 三门峡市 | 61.13 | 27.63 | 19.21 | 28.82 | 36.44 | 13.79 | 10.59 | 18.71 |
| 南阳市 | 504.74 | 215.20 | 159.90 | 262.62 | 218.33 | 84.52 | 69.40 | 119.19 |
| 商丘市 | 162.25 | 45.43 | 45.22 | 90.31 | 113.43 | 21.93 | 21.93 | 71.84 |
| 信阳市 | 279.22 | 42.91 | 42.24 | 228.51 | 174.68 | 13.60 | 12.93 | 157.13 |
| 周口地区 | 279.32 | 103.65 | 103.65 | 158.88 | 149.05 | 44.70 | 44.70 | 92.94 |
| 驻马店地区 | 208.32 | 79.16 | 79.16 | 126.90 | 113.89 | 38.34 | 38.34 | 74.99 |
| 济源市 | 17.04 | 8.25 | 8.25 | 8.79 | 10.65 | 4.78 | 4.78 | 5.87 |

## 11—16 各市地建筑业工程质量优良品率

(1998年)　　单位:%

| 市地 | 按单位工程个数计算 | #国有企业 | #地方 | #集体企业 | 按房屋建筑竣工面积计算 | #国有企业 | #地方 | #集体企业 |
|---|---|---|---|---|---|---|---|---|
| **全省** | **34.3** | **43.2** | **32.6** | **26.8** | **36.7** | **43.7** | **45.1** | **32.6** |
| 郑州市 | 40.9 | 53.5 | 37.7 | 24.9 | 41.1 | 46.5 | 47.1 | 36.0 |
| 开封市 | 45.9 | 40.1 | 30.8 | 56.9 | 54.6 | 54.4 | 54.9 | 54.8 |
| 洛阳市 | 42.7 | 70.2 | 27.3 | 15.7 | 28.1 | 30.1 | 48.7 | 26.0 |
| 平顶山市 | 22.1 | 38.2 | 21.2 | 7.6 | 30.9 | 53.1 | 45.6 | 21.3 |
| 安阳市 | 23.5 | 34.2 | 35.7 | 23.1 | 38.1 | 41.4 | 41.8 | 36.4 |
| 鹤壁市 | 46.8 | 24.8 | 24.8 | 63.4 | 13.6 | 15.8 | 15.8 | 8.4 |
| 新乡市 | 46.3 | 44.4 | 46.2 | 45.8 | 49.9 | 54.4 | 55.8 | 41.9 |
| 焦作市 | 24.0 | 67.9 | 11.5 | 4.4 | 22.5 | 47.1 | 42.9 | 14.4 |
| 濮阳市 | 35.2 | 31.9 | 38.7 | 45.6 | 53.0 | 54.2 | 54.5 | 48.3 |
| 许昌市 | 40.6 | 30.7 | 30.7 | 49.6 | 54.0 | 39.3 | 39.3 | 57.2 |
| 漯河市 | 60.6 | 6.6 | 6.6 | 50.7 | 22.2 | 19.1 | 19.1 | 24.6 |
| 三门峡市 | 24.9 | 24.3 | 29.3 | 25.2 | 21.3 | 17.3 | 22.5 | 23.4 |
| 南阳市 | 26.7 | 24.8 | 23.3 | 30.5 | 37.0 | 48.3 | 44.8 | 30.5 |
| 商丘市 | 22.1 | 19.9 | 20.1 | 20.3 | 24.2 | 22.1 | 22.1 | 23.1 |
| 信阳市 | 26.7 | 51.2 | 52.3 | 21.3 | 24.3 | 43.5 | 45.8 | 22.3 |
| 周口地区 | 39.7 | 36.4 | 36.4 | 42.5 | 39.0 | 45.9 | 45.9 | 37.9 |
| 驻马店地区 | 28.6 | 34.8 | 34.8 | 24.9 | 35.7 | 45.6 | 45.6 | 30.5 |
| 济源市 | 7.0 | 7.7 | 7.7 | 5.9 | 4.0 | 3.8 | 3.8 | 4.3 |

## 11—17 各市地建筑业自有机械设备总功率

(1998 年底)

单位:万千瓦

| 市地 | 总功率 | #国有企业 | #地方 | #资质一、二级 | #集体企业 | #资质一、二级 |
|---|---|---|---|---|---|---|
| **全省** | **309.38** | **179.69** | **106.74** | **163.68** | **108.99** | **30.84** |
| 郑州市 | 68.70 | 49.42 | 24.44 | 48.54 | 17.00 | 5.98 |
| 开封市 | 5.79 | 2.71 | 2.11 | 2.54 | 3.06 | 1.02 |
| 洛阳市 | 33.74 | 23.46 | 10.27 | 22.55 | 8.78 | 2.98 |
| 平顶山市 | 17.37 | 8.42 | 2.38 | 7.84 | 4.50 | 0.76 |
| 安阳市 | 28.26 | 14.74 | 14.70 | 13.07 | 12.12 | 3.57 |
| 鹤壁市 | 6.31 | 4.32 | 4.32 | 2.89 | 1.62 | 0.07 |
| 新乡市 | 16.05 | 11.97 | 6.39 | 11.20 | 2.67 | 0.59 |
| 焦作市 | 10.04 | 5.87 | 1.85 | 5.70 | 3.85 | 1.73 |
| 濮阳市 | 27.79 | 16.44 | 11.78 | 15.16 | 9.26 | 5.50 |
| 许昌市 | 7.51 | 2.75 | 2.75 | 2.45 | 2.68 | 0.20 |
| 漯河市 | 5.04 | 1.11 | 1.11 | 0.47 | 3.35 | 1.10 |
| 三门峡市 | 12.66 | 10.53 | 0.99 | 10.28 | 1.98 | 0.28 |
| 南阳市 | 18.80 | 5.62 | 4.95 | 3.87 | 11.17 | 2.15 |
| 商丘市 | 10.79 | 5.69 | 2.08 | 5.49 | 4.21 | 2.76 |
| 信阳市 | 13.59 | 5.44 | 5.42 | 4.70 | 7.95 | 0.82 |
| 周口地区 | 17.67 | 5.98 | 5.98 | 2.90 | 10.77 | 1.28 |
| 驻马店地区 | 7.61 | 4.24 | 4.24 | 3.31 | 3.34 | 0.05 |
| 济源市 | 1.66 | 0.98 | 0.98 | 0.72 | 0.68 | |

## 11—18 各市地建筑业自有机械设备净值

(1998 年底)

单位:万元

| 市地 | 自有设备净值 | #国有企业 | #地方 | #资质一、二级 | #集体企业 | #资质一、二级 |
|---|---|---|---|---|---|---|
| **全省** | **320682.3** | **203003.9** | **101324.5** | **190220.5** | **81862.1** | **22166.0** |
| 郑州市 | 71083.1 | 47938.4 | 27624.0 | 47187.8 | 15134.9 | 5516.0 |
| 开封市 | 7551.6 | 6186.7 | 1638.1 | 6119.0 | 1099.9 | 236.0 |
| 洛阳市 | 46230.0 | 36252.7 | 10036.0 | 36000.4 | 8060.6 | 1605.4 |
| 平顶山市 | 27796.3 | 14544.3 | 3571.3 | 13393.2 | 3860.5 | 753.0 |
| 安阳市 | 26215.5 | 14463.7 | 14453.7 | 12970.6 | 9914.7 | 2966.8 |
| 鹤壁市 | 5787.1 | 3719.3 | 3719.3 | 3395.6 | 1631.5 | 184.0 |
| 新乡市 | 14930.4 | 11162.7 | 2738.9 | 10619.6 | 1381.9 | 235.6 |
| 焦作市 | 14852.9 | 11378.6 | 1860.9 | 11181.9 | 3307.2 | 937.8 |
| 濮阳市 | 18707.7 | 14783.1 | 11083.5 | 13289.5 | 2592.0 | 1478.8 |
| 许昌市 | 13643.5 | 6234.6 | 6234.6 | 5766.1 | 3811.7 | 162.2 |
| 漯河市 | 3841.1 | 491.8 | 491.8 | 199.2 | 2400.0 | 735.7 |
| 三门峡市 | 14869.1 | 12249.5 | 905.5 | 12039.7 | 2202.3 | 368.9 |
| 南阳市 | 15701.3 | 5700.3 | 4991.6 | 3448.2 | 7201.2 | 1915.4 |
| 商丘市 | 12722.2 | 7828.5 | 1908.9 | 7317.0 | 4502.3 | 3088.8 |
| 信阳市 | 10940.4 | 4875.2 | 4871.9 | 4330.7 | 5738.9 | 581.1 |
| 周口地区 | 10266.9 | 2339.4 | 2339.4 | 798.1 | 6456.6 | 1336.2 |
| 驻马店地区 | 4442.2 | 2272.2 | 2272.2 | 1757.7 | 2047.8 | 64.3 |
| 济源市 | 1101.0 | 582.9 | 582.9 | 406.2 | 518.1 | |

## 11—19 各市地建筑业实收资本

(1998年)　　单位:万元

| 市地 | 实收资本 | #国有企业 | #地方 | #资质一、二级 | #集体企业 | #资质一、二级 |
|---|---|---|---|---|---|---|
| **全省** | **690271.1** | **348834.8** | **211869.9** | **311326.9** | **246166.8** | **71132.1** |
| 郑州市 | 165294.1 | 103668.5 | 55522.8 | 101955.0 | 41303.4 | 16035.5 |
| 开封市 | 18331.5 | 9158.8 | 5747.8 | 8141.2 | 8620.6 | 3413.0 |
| 洛阳市 | 90778.5 | 60821.1 | 23628.8 | 59397.9 | 23790.0 | 5536.6 |
| 平顶山市 | 38615.6 | 17421.5 | 6603.9 | 15306.1 | 10848.3 | 1339.9 |
| 安阳市 | 49929.7 | 24897.3 | 24817.3 | 19766.5 | 21360.4 | 4816.4 |
| 鹤壁市 | 10739.5 | 5202.4 | 5202.4 | 3861.1 | 3995.7 | 349.0 |
| 新乡市 | 44292.4 | 20877.5 | 12098.7 | 19155.3 | 9430.5 | 4468.4 |
| 焦作市 | 24698.9 | 10294.9 | 3803.2 | 9755.1 | 13146.4 | 4385.8 |
| 濮阳市 | 44417.8 | 24442.8 | 24403.4 | 22174.6 | 11878.2 | 5210.0 |
| 许昌市 | 23814.7 | 4887.1 | 4887.1 | 4095.9 | 10549.5 | 552.5 |
| 漯河市 | 9726.3 | 338.5 | 338.5 | 100.5 | 6966.1 | 3726.8 |
| 三门峡市 | 28968.5 | 21679.1 | 2727.6 | 17231.1 | 4813.8 | 633.9 |
| 南阳市 | 44103.5 | 13469.3 | 10987.3 | 8622.5 | 23613.9 | 6717.6 |
| 商丘市 | 17608.7 | 3612.2 | 3055.4 | 2773.1 | 11315.2 | 6892.0 |
| 信阳市 | 30878.5 | 9459.0 | 9440.9 | 7645.3 | 20512.4 | 2106.0 |
| 周口地区 | 33307.4 | 11380.1 | 11380.1 | 6483.7 | 16533.6 | 4715.7 |
| 驻马店地区 | 13566.5 | 6637.7 | 6637.7 | 4490.0 | 6876.8 | 233.0 |
| 济源市 | 1199.0 | 587.0 | 587.0 | 372.0 | 612.0 | |

## 11—20 各市地建筑业流动资产

(1998年底)　　单位:万元

| 市地 | 流动资产合计 | #国有企业 | #地方 | #资质一、二级 | #集体企业 | #资质一、二级 |
|---|---|---|---|---|---|---|
| **全省** | **2074757.2** | **1325568.2** | **637739.1** | **1229023.9** | **535530.5** | **167267.3** |
| 郑州市 | 489859.9 | 370858.3 | 169436.1 | 364142.6 | 92731.2 | 39966.8 |
| 开封市 | 67937.9 | 51094.7 | 33383.7 | 47647.4 | 16313.7 | 10082.0 |
| 洛阳市 | 384705.7 | 312815.2 | 97772.8 | 309118.3 | 50924.7 | 19697.4 |
| 平顶山市 | 156767.7 | 90945.3 | 27102.2 | 88519.2 | 43550.4 | 10895.2 |
| 安阳市 | 108498.4 | 47492.8 | 45913.5 | 41933.2 | 44940.6 | 11631.2 |
| 鹤壁市 | 40079.9 | 17065.3 | 17065.3 | 10686.8 | 16235.7 | 2889.8 |
| 新乡市 | 137187.9 | 69122.4 | 35234.6 | 64463.8 | 37426.5 | 15315.4 |
| 焦作市 | 100588.5 | 71230.7 | 15128.4 | 69972.2 | 25719.0 | 8906.9 |
| 濮阳市 | 63090.6 | 44091.9 | 33553.7 | 40506.3 | 11046.4 | 3812.0 |
| 许昌市 | 45602.2 | 15376.2 | 15376.2 | 13254.1 | 13323.6 | 1795.8 |
| 漯河市 | 15032.9 | 7294.3 | 7294.3 | 3550.9 | 5496.4 | 871.5 |
| 三门峡市 | 71406.6 | 58541.9 | 11071.9 | 48430.5 | 9724.8 | 4029.2 |
| 南阳市 | 164401.2 | 83693.4 | 60424.6 | 63050.2 | 50689.5 | 9476.8 |
| 商丘市 | 44647.9 | 26894.5 | 9962.8 | 25233.5 | 15162.8 | 4781.4 |
| 信阳市 | 72038.6 | 20138.3 | 20106.0 | 15064.5 | 43558.8 | 16026.7 |
| 周口地区 | 51602.4 | 13423.9 | 13423.9 | 6440.1 | 23049.8 | 5804.3 |
| 驻马店地区 | 56146.4 | 21871.9 | 21871.9 | 13929.8 | 34091.3 | 1284.9 |
| 济源市 | 5162.5 | 3617.2 | 3617.2 | 3080.5 | 1545.3 | |

## 11—21 各市地建筑业固定资产原价

(1998年底)　　单位:万元

| 市地 | 固定资产原价 | #国有企业 | #地方 | #资质一、二级 | #集体企业 | #资质一、二级 |
|---|---|---|---|---|---|---|
| **全省** | **1115774.0** | **731349.1** | **378497.3** | **686638.3** | **284522.6** | **87620.1** |
| 郑州市 | 281412.8 | 213081.6 | 91704.8 | 209903.0 | 49656.9 | 20983.0 |
| 开封市 | 45438.5 | 36241.0 | 22711.5 | 34346.5 | 8833.2 | 3212.2 |
| 洛阳市 | 187434.9 | 153069.3 | 61363.4 | 150995.2 | 27821.5 | 8216.0 |
| 平顶山市 | 72381.9 | 42320.5 | 12184.4 | 40430.6 | 15601.7 | 3270.1 |
| 安阳市 | 67386.7 | 35820.9 | 35668.5 | 31227.7 | 27153.0 | 8211.5 |
| 鹤壁市 | 15599.9 | 10142.6 | 10142.6 | 7997.6 | 4205.5 | 522.6 |
| 新乡市 | 58799.7 | 35684.8 | 17557.3 | 33557.8 | 12789.4 | 6930.1 |
| 焦作市 | 45858.6 | 31502.3 | 9183.1 | 30630.8 | 13284.6 | 4246.2 |
| 濮阳市 | 63648.2 | 38202.3 | 30265.9 | 34953.4 | 16442.1 | 8117.0 |
| 许昌市 | 36886.7 | 13102.7 | 13102.7 | 12108.9 | 10947.6 | 1417.0 |
| 漯河市 | 10389.1 | 1926.9 | 1926.9 | 587.3 | 5707.5 | 1208.3 |
| 三门峡市 | 48408.0 | 40698.6 | 5475.4 | 39873.7 | 5914.1 | 377.4 |
| 南阳市 | 49208.6 | 19708.1 | 16365.5 | 13319.4 | 20481.3 | 4284.1 |
| 商丘地区 | 30661.5 | 14726.9 | 5751.8 | 13533.0 | 13994.8 | 9055.0 |
| 信阳市 | 40687.7 | 16001.5 | 15974.4 | 13701.7 | 23917.6 | 3090.8 |
| 周口地区 | 36666.7 | 15508.9 | 15508.9 | 9022.6 | 16656.3 | 3040.5 |
| 驻马店地区 | 20660.7 | 10698.3 | 10698.3 | 8100.9 | 9783.6 | 938.3 |
| 济源市 | 4243.8 | 2911.9 | 2911.9 | 2348.2 | 1331.9 | |

## 11—22 各市地建筑业工程结算收入

(1998年)　　单位:万元

| 市地 | 工程结算收入 | #国有企业 | #地方 | #资质一、二级 | #集体企业 | #资质一、二级 |
|---|---|---|---|---|---|---|
| **全省** | **2729361.8** | **1639193.6** | **709634.8** | **1513098.0** | **855087.3** | **241822.5** |
| 郑州市 | 576313.5 | 398031.4 | 165587.1 | 388416.6 | 140279.8 | 75169.2 |
| 开封市 | 115512.5 | 84999.0 | 41590.9 | 78919.5 | 29657.5 | 11004.7 |
| 洛阳市 | 490317.1 | 406764.3 | 80265.9 | 402489.6 | 68224.7 | 21238.3 |
| 平顶山市 | 183384.8 | 110760.0 | 33132.1 | 105716.0 | 41628.1 | 7005.1 |
| 安阳市 | 163407.7 | 58381.3 | 55990.0 | 51462.9 | 94464.2 | 22344.7 |
| 鹤壁市 | 34739.7 | 22370.1 | 22370.1 | 15358.1 | 9739.5 | 466.0 |
| 新乡市 | 152157.0 | 94570.3 | 28665.4 | 87776.7 | 19788.7 | 4082.7 |
| 焦作市 | 107894.0 | 81003.3 | 9950.3 | 80341.6 | 25183.7 | 7307.8 |
| 濮阳市 | 192192.6 | 117687.2 | 70494.0 | 112908.5 | 57935.2 | 27933.0 |
| 许昌市 | 81824.0 | 12465.4 | 12465.4 | 10377.7 | 37602.6 | 2593.8 |
| 漯河市 | 34040.3 | 3888.2 | 3888.2 | 634.2 | 21746.4 | 4555.0 |
| 三门峡市 | 44594.1 | 30748.3 | 8488.1 | 27725.2 | 12855.5 | 2897.3 |
| 南阳市 | 177894.2 | 90802.9 | 66633.9 | 65026.8 | 70596.2 | 12965.4 |
| 商丘市 | 90098.3 | 33344.8 | 17267.7 | 28619.3 | 47225.5 | 20249.1 |
| 信阳市 | 116927.9 | 27291.1 | 26759.7 | 21177.9 | 86832.0 | 12303.6 |
| 周口地区 | 104960.1 | 41279.3 | 41279.3 | 21237.9 | 53711.1 | 9413.1 |
| 驻马店地区 | 58501.3 | 21851.0 | 21851.0 | 12609.5 | 35969.6 | 293.7 |
| 济源市 | 4602.7 | 2955.7 | 2955.7 | 2300.0 | 1647.0 | |

## 11—23 各市地建筑业利润总额

(1998年)

单位:万元

| 市地 | 利润总额 | #国有企业 | #地方 | #资质一、二级 | #集体企业 | #资质一、二级 |
|---|---|---|---|---|---|---|
| **全省** | **21146.0** | **—13047.0** | **—14484.8** | **—14271.4** | **29157.0** | **5940.7** |
| 郑州市 | 698.0 | —2403.3 | —2353.8 | —2379.1 | 2747.6 | 1331.7 |
| 开封市 | 877.1 | 58.5 | —133.1 | 94.2 | 811.3 | —12.3 |
| 洛阳市 | —4618.1 | —7218.5 | —7886.2 | —7320.4 | 2856.6 | 1064.2 |
| 平顶山市 | 1422.0 | 729.4 | 326.0 | 555.8 | 476.4 | 209.0 |
| 安阳市 | —1100.4 | —3297.1 | —3322.8 | —3158.9 | 2278.3 | 297.6 |
| 鹤壁市 | —162.1 | —38.8 | —38.8 | 138.2 | —56.4 | —30.1 |
| 新乡市 | 1449.2 | 933.7 | —20.1 | 885.6 | 434.5 | —253.4 |
| 焦作市 | 317.6 | 42.1 | —767.5 | 39.6 | 204.7 | —143.0 |
| 濮阳市 | 3408.7 | 55.3 | —3.2 | —2.7 | 2817.8 | 1579.4 |
| 许昌市 | 4809.9 | —797.0 | —797.0 | —635.2 | 4192.6 | 9.5 |
| 漯河市 | 1953.1 | 19.5 | 19.5 | —10.7 | 1370.1 | 37.2 |
| 三门峡市 | 274.7 | —68.8 | 234.9 | —63.0 | 341.5 | 106.0 |
| 南阳市 | 2159.0 | 147.3 | 93.2 | —449.6 | 1548.7 | —53.2 |
| 商丘市 | 1892.4 | —1322.8 | 67.0 | —1384.6 | 2177.7 | 1428.0 |
| 信阳市 | 3144.0 | —151.5 | —167.9 | —243.4 | 3287.5 | 77.6 |
| 周口地区 | 3605.1 | 696.1 | 696.1 | 199.8 | 2229.0 | 270.8 |
| 驻马店地区 | 904.0 | —605.2 | —605.2 | —714.6 | 1501.4 | 21.7 |
| 济源市 | 111.8 | 174.1 | 174.1 | 177.6 | —62.3 | |

## 11—24 各市地建筑业利税总额

(1998年)

单位:万元

| 市地 | 利税总额 | #国有企业 | #地方 | #资质一、二级 | #集体企业 | #资质一、二级 |
|---|---|---|---|---|---|---|
| **全省** | **113453.3** | **36953.8** | **10293.8** | **30571.4** | **61584.4** | **14444.2** |
| 郑州市 | 20111.4 | 10008.0 | 3118.8 | 9757.1 | 7982.4 | 3899.3 |
| 开封市 | 4973.3 | 2741.8 | 1201.7 | 2580.3 | 2197.5 | 347.4 |
| 洛阳市 | 9674.2 | 3283.9 | —5168.5 | 3055.7 | 5938.1 | 1856.0 |
| 平顶山市 | 7588.5 | 4311.0 | 1381.9 | 3950.2 | 1934.5 | 468.2 |
| 安阳市 | 4423.8 | —1063.4 | —1167.9 | —1286.9 | 5055.2 | 1035.9 |
| 鹤壁市 | 1095.2 | 670.9 | 670.9 | 635.1 | 411.4 | 8.1 |
| 新乡市 | 6137.9 | 3711.1 | 1090.4 | 3212.9 | 1161.7 | —94.3 |
| 焦作市 | 3972.0 | 2718.0 | —505.2 | 2695.8 | 1097.5 | 105.8 |
| 濮阳市 | 8636.4 | 3007.2 | 2326.3 | 2730.7 | 4199.0 | 1966.0 |
| 许昌市 | 7245.3 | —473.7 | —473.7 | —350.2 | 5253.9 | 275.6 |
| 漯河市 | 3308.9 | 109.6 | 109.6 | 3.3 | 2295.4 | 188.4 |
| 三门峡市 | 2008.9 | 1137.4 | 620.7 | 1052.0 | 832.7 | 209.8 |
| 南阳市 | 8906.6 | 3326.2 | 2496.0 | 1743.1 | 3991.4 | 398.3 |
| 商丘市 | 5132.1 | —575.2 | 585.7 | —787.8 | 4356.6 | 2477.8 |
| 信阳市 | 7374.7 | 631.4 | 597.5 | 343.3 | 6640.6 | 483.5 |
| 周口地区 | 8993.1 | 2610.3 | 2610.3 | 994.1 | 5204.3 | 783.7 |
| 驻马店地区 | 3518.7 | 473.1 | 473.1 | —43.8 | 3006.1 | 34.7 |
| 济源市 | 352.3 | 326.2 | 326.2 | 286.5 | 26.1 | |

## 主要统计指标解释

**建筑业** 是国民经济中专门从事建筑安装工程施工的物质生产部门。它是以工农业产品为原料，经过建筑安装活动形成各种用途的固定资产。其主要活动包括：

1、各种房屋、建筑物和构筑物的建造；

2、各种线路、管道和机械设备的安装；

3、原有房屋、建筑物和构筑物的修理；

4、部分非标准设备的制造。

**建筑业总产值** 也是自行完成施工产值。是以货币表现的建筑安装企业和附营施工单位在一定时期内生产的建筑业产品的总和。是反映建筑业生产规模、发展速度、经营成果的重要标志，也是用以计算建筑业经济效益、劳动生产率和建筑业在国民经济中所占比重的依据。它包括建筑工程产值、设备安装工程产值、房屋构筑物修理产值及非标准设备制造产值。

**建筑业增加值** 是建筑业企业在报告期内以货币表现的建筑业生产经营活动的最终成果。其计算方法有两种：一是生产法，即建筑业总产出减去建筑业中间消耗后的余额；二是分配法(收入法)，即从收入的角度出发，根据生产要素在生产过程中应得到的收入份额计算，具体构成项目有固定资产折旧、劳动者报酬、生产税净额、营业盈余。本《年鉴》建筑业增加值是按分配法计算的。

考虑到独立核算企业和内部单独核算附营单位的会计资料不完全一致，其计算公式为：

独立核算企业建筑业增加值的计算公式为：建筑业增加值＝本年提取的固定资产折旧＋主营业务应付工资＋主营业务应付福利费＋管理费用中的劳动待业保险费＋工程结算税金及附加＋管理费用中的税金＋工程结算利润－转作奖金的利润

附营单位建筑业增加值的计算公式为：

建筑业增加值＝本年提取的固定资产折旧＋从业人员报酬＋本年应付福利费(推算数)＋工程结算税金及附加＋工程结算利润

**建筑业竣工产值** 是以货币表现的建筑业生产所形成的成品的价值，反映建筑业的成就，是考核建筑业施工速度和经济效益的依据之一。它一般是以单位工程为对象，当该工程按照设计所规定的工程内容全部完成，达到了设计规定的交工条件，经有关部门检查验收鉴定合格的单位工程价值。

**年底自有机械设备总功率** 是指建筑业企业自有施工机械、生产设备、运输设备以及其他设备等列为在册固定资产的生产性机械设备年底总功率，按设定能力或查定能力计算。包括机械本身的动力和为该机械服务的单独动力设备。

**资本金** 是指企业在工商行政管理部门登记注册的资金。企业筹集的资本金按其投资主体一般分为国家资本金、法人资本金、个人资本金及外商资本金等。

1、国家资本金 指有权代表国家投资的政府部门或者机构以国有资产投入企业形成的资本金。

2、法人资本金 指其他法人单位以其依法可以支配的资产投入企业形成的资本金。

3、个人资本金 指社会个人或者企业内部职工以个人合法财产投入企业形成的资本金。

4、外商资本金 指外国投资者以及我国香港、澳门和台湾地区投资者投入企业形成的资金。

**流动资产** 是指可以在一年或者超过一年的一个营业周期内变现或者耗用的资产，包括现金及各种存款、短期投资应收及预付款项、存货等。

**固定资产原价** 指建筑业企业在建造、购置、安装、改建扩建、技术改造某项固定资产时所支出的全部货币总额。它一般包括买价、包装费、运杂费和安装费等。利税总额指建筑业企业实现利润与上缴税金(利前税)之和，包括利润总额、工程结算税金及附加、管理费用中的税金。

# 十二、交通运输、邮电通信业

**简要说明**

一、本篇资料主要反映河南省交通运输业和邮电通信业的发展情况。运输业主要包括线路里程,运输设备拥有量,货物和旅客运输量,主要技术经济指标和财务指标。邮电通信业主要包括邮电局(所),邮电业务完成情况,邮电通信企业主要财务指标,邮电通信服务水平及主要统计指标解释等。

二、本篇资料来源:有关交通运输业资料分别来源于全省交通运输业统计年报及交通运输业各有关厅、局、公司。邮电通信业资料来源于省邮电管理局。

# 数 据 要 览

| | | |
|---|---|---|
| ◆1998 年公路通车里程 | 57172 公里 | 比上年增加 2156 公里 |
| #高速公路 | 465 公里 | 比上年增加 49 公里 |
| ◆1998 年客运量 | 74182 万人 | 平均每天发送旅客 203 万人次 |
| ◆1998 年货运量 | 58150 万吨 | 平均每天发送货物 159 万吨 |
| ◆1998 年邮电业务总量 | 103.56 亿元 | 比上年增长 61.0% |
| ◆1998 年末电话机拥有量 | 498.18 万部 | 比上年增长 43.4% |
| ◆1998 年末百人电话拥有量 | 5.3 部 | 比上年增加 1.5 部 |
| ◆1998 年末移动电话用户 | 118.64 万户 | 比上年增加 70.61 万户 |

运输、仓储及邮电通讯业发展情况

(以1952年为100)

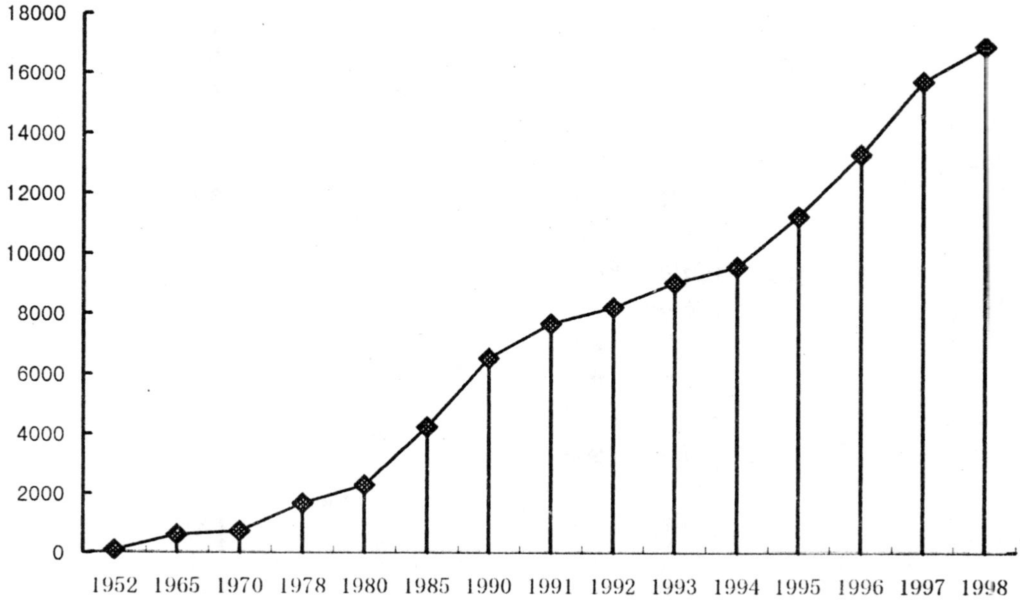

## 12—1 铁路、公路、内河通车通航里程

（年底数） 单位：公里

| 指　　标 | 1978年 | 1980年 | 1985年 | 1990年 | 1995年 | 1997年 | 1998年 |
|---|---|---|---|---|---|---|---|
| **一、铁　路** | **3212** | **3192** | **3248** | **3536** | **3382** | **3428** | **3461** |
| #电气化 | | | | 384 | 3061 | 3514 | 3484 |
| 中央铁路 | 2104 | 2133 | 1926 | 2179 | 2089 | 2150 | 2150 |
| 地方铁路 | 1108 | 1059 | 1322 | 1357 | 1293 | 1278 | 1311 |
| **二、公　路** | **31549** | **36423** | **38840** | **43150** | **49707** | **55016** | **57172** |
| #晴雨通车 | 18951 | 20002 | 23811 | 29793 | 38734 | 44605 | 47822 |
| #高级、次高级路面 | 12726 | 13839 | 16626 | 20991 | 30299 | 36801 | 39873 |
| #高速公路 | | | | | | 416 | 465 |
| **三、内　河** | **2202** | **1361** | **1110** | **1110** | **1104** | **1104** | **1104** |
| #通机动船 | 1453 | 1361 | 997 | 1110 | 1104 | 1104 | 1104 |

注：铁路通车里程为正线里程；铁路电气化里程为郑州铁路局全局数据。

## 12—2 地方铁路分线路里程

（1998年底） 单位：公里

| 线　路　名　称 | 起　止　地　点 | 延展里程 | 正线里程 |
|---|---|---|---|
| **总　计** | | **1669** | **1311** |
| 漯阜线(准轨) | 漯河——宋阁(省界) | 209 | 137 |
| 漯舞线(准轨) | 漯河——舞阳 | 94 | 69 |
| 风郸线 | 风翅山——郸城 | 386 | 288 |
| 朝杞线 | 朝阳沟——开封 | 315 | 253 |
| 汤台线 | 汤阴——台前 | 177 | 161 |
| 辉长线 | 辉县——长垣 | 3 | 1 |
| 克温线 | 克井——温县 | 113 | 95 |
| 方修线 | 方庄——修武 | 21 | 19 |
| 辉吴线 | 辉县——吴村 | 60 | 46 |
| 新白线(准轨) | 新乡——小白屯 | 11 | 5 |
| 驻平线 | 驻马店——平舆 | 90 | 84 |
| 南保线 | 南阳——保安 | 85 | 73 |
| 明堡线 | 明港——堡子 | 75 | 56 |
| 泌堡线 | 泌阳——堡子 | 31 | 24 |

# 12—3 各市地公路线路里程

（1998 年底） 单位：公里

| 市地 | 总计 | 等级公路 | 高速 | 一级 | 二级 | 三级 | 四级 |
|---|---|---|---|---|---|---|---|
| **全省** | **57172** | **54556** | **465** | **78** | **7843** | **11960** | **34210** |
| 郑州市 | 5786 | 5744 | | | 1005 | 1706 | 3033 |
| 开封市 | 2133 | 2103 | | | 427 | 342 | 1334 |
| 洛阳市 | 4419 | 4115 | | | 575 | 1431 | 2109 |
| 平顶山市 | 2915 | 2875 | | | 399 | 557 | 1919 |
| 安阳市 | 3136 | 3018 | | | 409 | 1170 | 1439 |
| 鹤壁市 | 1208 | 1208 | | | 152 | 349 | 707 |
| 新乡市 | 3048 | 2874 | | | 463 | 363 | 2048 |
| 焦作市 | 1953 | 1837 | | | 463 | 344 | 1030 |
| 濮阳市 | 2183 | 2183 | | | 365 | 492 | 1326 |
| 许昌市 | 2053 | 2050 | | | 451 | 199 | 1400 |
| 漯河市 | 1667 | 1667 | | | 196 | 184 | 1287 |
| 三门峡市 | 2995 | 2852 | | | 223 | 393 | 2236 |
| 南阳市 | 6192 | 5123 | | | 764 | 1119 | 3240 |
| 商丘市 | 3636 | 3608 | | | 535 | 877 | 2196 |
| 信阳市 | 4847 | 4326 | | | 368 | 1096 | 2862 |
| 周口地区 | 3692 | 3692 | | | 533 | 667 | 2492 |
| 驻马店地区 | 3897 | 3870 | | | 424 | 575 | 2871 |
| 济源市 | 844 | 844 | | | 66 | 96 | 681 |

| 市地 | 等外公路 | 有路面公路 | 高级、次高级 | 中级 | 低级 | 无路面里程 |
|---|---|---|---|---|---|---|
| **全省** | **2616** | **51254** | **39873** | **6246** | **5135** | **5918** |
| 郑州市 | 42 | 5704 | 4981 | 688 | 35 | 82 |
| 开封市 | 30 | 1509 | 1492 | 9 | 8 | 624 |
| 洛阳市 | 304 | 3625 | 2452 | 656 | 517 | 794 |
| 平顶山市 | 40 | 2855 | 1739 | 835 | 279 | 60 |
| 安阳市 | 118 | 3096 | 2448 | 587 | 61 | 40 |
| 鹤壁市 | | 1208 | 1172 | 32 | 3 | |
| 新乡市 | 174 | 2787 | 2495 | | 292 | 261 |
| 焦作市 | 116 | 1795 | 1749 | 37 | 10 | 158 |
| 濮阳市 | 2145 | 2142 | 4 | | 38 | |
| 许昌市 | 3 | 2033 | 1978 | 10 | 45 | 20 |
| 漯河市 | | 1637 | 1624 | 13 | | 30 |
| 三门峡市 | 143 | 2573 | 845 | 713 | 1016 | 422 |
| 南阳市 | 1069 | 5065 | 2168 | 1035 | 1862 | 1126 |
| 商丘市 | 28 | 2914 | 2894 | 16 | 4 | 722 |
| 信阳市 | 521 | 4197 | 2649 | 1138 | 410 | 650 |
| 周口地区 | | 3412 | 3313 | 43 | 56 | 280 |
| 驻马店地区 | 27 | 3358 | 2896 | 372 | 90 | 539 |
| 济源市 | | 769 | 265 | 58 | 447 | 74 |

注：本表市地线路里程不包括高速公路、一级公路里程和二级公路中的郑州、新乡高管处辖桥梁以及开封黄河公路大桥里程，因此市地合计不等于全省总计。

## 12—4 交通运输工具拥有量

（年底数）

| 指标 | 单位 | 1978 年 | 1980 年 | 1985 年 | 1990 年 | 1995 年 | 1997 年 | 1998 年 |
|---|---|---|---|---|---|---|---|---|
| 一、铁路 | | | | | | | | |
| 国家铁路 | | | | | | | | |
| 蒸气机车 | 台 | 1084 | 1025 | 978 | 708 | 412 | 265 | 176 |
| 内燃机车 | 台 | 168 | 223 | 357 | 561 | 815 | 879 | 893 |
| 电力机车 | 台 | 156 | 165 | 214 | 528 | 887 | 939 | 965 |
| 客车 | 辆 | 1264 | 1949 | 2565 | 3532 | 4077 | 4470 | 4634 |
| 地方铁路 | | | | | | | | |
| 蒸气机车 | 台 | 106 | 123 | 101 | 77 | 59 | 54 | 53 |
| 内燃机车 | 台 | 56 | 76 | 80 | 83 | 80 | 79 | 81 |
| 客车 | 辆 | 72 | 79 | 91 | 93 | 87 | 84 | 81 |
| 货车 | 辆 | 1240 | 1611 | 1881 | 1577 | 1459 | 1424 | 1447 |
| 二、公路 | | | | | | | | |
| 普通货车 | 辆 | 49402 | 64816 | 130186 | 210886 | 251586 | 286830 | 308375 |
| 大货车 | 辆 | 49270 | 64494 | 119013 | 168634 | 172797 | 186480 | 190428 |
| 小货车 | 辆 | 132 | 322 | 11173 | 42252 | 78789 | 100350 | 117947 |
| 客车 | 辆 | 10439 | 15222 | 38787 | 82262 | 196851 | 293737 | 349364 |
| 大客车 | 辆 | 3246 | 4285 | 9452 | 15840 | 22124 | 24956 | 30667 |
| 小客车 | 辆 | 7193 | 10937 | 29335 | 66422 | 174727 | 268781 | 318697 |
| 特种车 | 辆 | 3124 | 5099 | 9275 | 7023 | 8275 | 8653 | 9332 |
| 三、内河 | | | | | | | | |
| 机动船 | 艘 | 69 | 110 | 60 | 3445 | 3091 | 3387 | 3179 |
| 驳船 | 艘 | 430 | 315 | 304 | 319 | 352 | 328 | 431 |
| 木帆船 | 艘 | 1881 | 1582 | 2655 | | 20 | | |

# 12-5 各种民用车辆和运输船舶拥有量

(1998 年底)

| 指　标 | 合　计 | | #私　人 | | #交通系统 | |
|---|---|---|---|---|---|---|
| | 辆(艘)数 | 吨(客)位 | 辆(艘)数 | 吨(客)位 | 辆(艘)数 | 吨(客)位 |
| **一、民用汽车** | **680875** | | **220091** | | **32053** | |
| 1.载客汽车 | 349364 | 5059342 | 128363 | 1787231 | 15991 | 440758 |
| #大型 | 30667 | 1020169 | 5029 | 183077 | 7094 | 280999 |
| 2.普通载货汽车 | 308375 | 1347200 | 90495 | 454705 | 15821 | 93337 |
| #大型 | 190428 | 1029370 | 54915 | 329444 | 15193 | 91477 |
| 3.专用载货汽车 | 9175 | 48348 | 756 | 3771 | 241 | 1879 |
| 4.其他专用汽车 | 4629 | | 254 | | | |
| 5.特种汽车 | 9332 | | 223 | | | |
| **二、轮胎式拖拉机** | **1461522** | | **1434691** | | **256** | |
| #手扶拖拉机 | 608608 | | 608179 | | | |
| **三、摩托车** | **1249110** | | **1152328** | | | |
| #两轮摩托车 | 1099121 | | 937390 | | | |
| **四、其他机动车** | **339350** | | **321960** | | **1494** | |
| **五、载货挂车** | **48531** | | **21720** | | | |
| **六、民用运输船舶** | | | | | | |
| 1.货船 | 3106 | 355174 | | | 3106 | 355174 |
| 2.客货船 | | | | | | |
| 3.客船 | 17 | 2292 | | | 17 | 2292 |
| 4.拖船 | 56 | | | | 56 | |
| 5.驳船 | 431 | 59271 | | | 431 | 59271 |
| 6.帆船 | | | | | | |

注:客货船、驳船吨(客)位的单位为吨位/客位。

# 12—6 各市地民用汽车拥有量

（1998年底）

| 市地 | 民用汽车（辆） | #私人 | 普通载货汽车 | | | | 专用载货汽车 | |
|---|---|---|---|---|---|---|---|---|
| | | | 辆数 | #私人 | 吨位 | #私人 | 辆数 | 私人 |
| **全省** | **680875** | **220091** | **308375** | **89811** | **1347200** | **454705** | **9175** | **756** |
| 郑州市 | 143782 | 47178 | 45845 | 11100 | 171485 | 42248 | 1124 | 27 |
| 开封市 | 25863 | 9732 | 12711 | 4624 | 61012 | 22195 | 1070 | 213 |
| 洛阳市 | 71644 | 14944 | 33980 | 6728 | 129123 | 25565 | 1561 | 68 |
| 平顶山市 | 39828 | 14051 | 18539 | 6970 | 83426 | 52961 | 427 | 20 |
| 安阳市 | 42053 | 15347 | 22547 | 6564 | 112350 | 32708 | 274 | 24 |
| 鹤壁市 | 15375 | 3446 | 7961 | 1922 | 34531 | 9508 | 128 | 2 |
| 新乡市 | 35956 | 8712 | 19355 | 3959 | 62100 | 10609 | 443 | 24 |
| 焦作市 | 39764 | 12605 | 23448 | 7715 | 107798 | 35468 | 320 | |
| 濮阳市 | 37012 | 10120 | 16167 | 4655 | 72752 | 34448 | 945 | |
| 许昌市 | 29277 | 11511 | 14191 | 4683 | 70935 | 23415 | 236 | 236 |
| 漯河市 | 14039 | 4647 | 5212 | 1316 | 20054 | 5198 | 284 | 24 |
| 三门峡市 | 30354 | 13452 | 14332 | 4970 | 52339 | 17216 | 195 | 14 |
| 南阳市 | 40795 | 13195 | 18814 | 4696 | 86543 | 44601 | 896 | |
| 商丘市 | 23856 | 10465 | 10547 | 6151 | 101346 | 38809 | 279 | 34 |
| 信阳市 | 22352 | 8169 | 9930 | 3679 | 46821 | 18395 | 295 | 41 |
| 周口地区 | 33615 | 11269 | 14425 | 1752 | 62106 | 4872 | 303 | 10 |
| 驻马店地区 | 25525 | 4926 | 14026 | 3335 | 45942 | 16246 | 331 | 12 |
| 济源市 | 9785 | 6322 | 6345 | 4992 | 26537 | 20243 | 64 | 7 |

| 市地 | 载客汽车 | | | | 其他专用汽车（辆） | 特种汽车（辆） | 摩托车（辆） | |
|---|---|---|---|---|---|---|---|---|
| | 辆数 | #私人 | 客位 | #私人 | | | | #两轮 |
| **全省** | **349364** | **122340** | **5059342** | **1787231** | **4629** | **9332** | **1249110** | **1099121** |
| 郑州市 | 94611 | 34871 | 742460 | 267092 | 618 | 1584 | 168092 | 152982 |
| 开封市 | 11531 | 4868 | 288275 | 121700 | 355 | 196 | 37673 | 36111 |
| 洛阳市 | 34896 | 8137 | 383856 | 79947 | 29 | 1178 | 174133 | 155416 |
| 平顶山市 | 19612 | 7029 | 313792 | 140580 | 260 | 990 | 46682 | 46032 |
| 安阳市 | 18080 | 8707 | 204082 | 98282 | 457 | 695 | 34033 | 25196 |
| 鹤壁市 | 6917 | 1513 | 76082 | 14068 | 59 | 310 | 41131 | 35890 |
| 新乡市 | 15177 | 4703 | 139520 | 32808 | 510 | 471 | 136836 | 114024 |
| 焦作市 | 15423 | 4890 | 262191 | 83130 | 124 | 449 | 167649 | 143206 |
| 濮阳市 | 19488 | 5465 | 506688 | 275152 | | 412 | 51325 | 46564 |
| 许昌市 | 14238 | 5980 | 170856 | 71760 | 109 | 503 | 63243 | 57034 |
| 漯河市 | 8356 | 3302 | 125340 | 50326 | 44 | 143 | 21104 | 17786 |
| 三门峡市 | 15244 | 8439 | 182614 | 83571 | 108 | 475 | 50622 | 44288 |
| 南阳市 | 19547 | 3499 | 664598 | 118966 | 723 | 815 | 83835 | 76205 |
| 商丘市 | 12241 | 4280 | 287545 | 134058 | 490 | 299 | 46962 | 37042 |
| 信阳市 | 12005 | 4418 | 204082 | 75105 | 63 | 59 | 41240 | 39371 |
| 周口地区 | 18310 | 9453 | 320856 | 92806 | 74 | 503 | 18340 | 9895 |
| 驻马店地区 | 10427 | 1466 | 104980 | 14880 | 595 | 146 | 45260 | 42226 |
| 济源市 | 3261 | 1320 | 81525 | 33000 | 11 | 104 | 20950 | 19853 |

# 12-7 历年旅客和货物周转量、邮电业务总量

| 年　份 | 旅　客周转量（亿人公里） | #铁　路 | #公　路 | #水　运 | 货　物周转量（亿吨公里） | #铁　路 | #公　路 | #水　运 | 邮电业务总量（万元） |
|---|---|---|---|---|---|---|---|---|---|
| 1949 | 6.46 | 6.45 | 0.01 | | 16.53 | 16.00 | 0.21 | 0.32 | 161 |
| 1952 | 15.62 | 15.26 | 0.36 | | 39.12 | 36.56 | 0.88 | 1.68 | 502 |
| 1957 | 33.23 | 30.85 | 2.33 | 0.05 | 112.68 | 106.68 | 3.13 | 2.87 | 1193 |
| 1962 | 90.02 | 82.01 | 7.98 | 0.03 | 131.21 | 125.02 | 4.08 | 2.11 | 2084 |
| 1965 | 46.46 | 37.79 | 8.65 | 0.02 | 227.88 | 219.56 | 6.07 | 2.25 | 2300 |
| 1970 | 80.54 | 64.74 | 15.66 | 0.14 | 332.55 | 322.03 | 8.74 | 1.78 | 3502 |
| 1975 | 105.23 | 82.18 | 22.90 | 0.15 | 390.80 | 372.67 | 16.29 | 1.84 | 4902 |
| 1978 | 123.22 | 92.62 | 30.47 | 0.13 | 508.53 | 484.91 | 21.57 | 2.05 | 7120 |
| 1979 | 140.25 | 105.73 | 34.37 | 0.15 | 528.92 | 507.48 | 19.77 | 1.67 | 7540 |
| 1980 | 163.98 | 122.40 | 41.35 | 0.23 | 547.65 | 525.31 | 21.01 | 1.33 | 8062 |
| 1981 | 176.99 | 126.76 | 49.98 | 0.25 | 563.45 | 537.75 | 24.45 | 1.25 | 8390 |
| 1982 | 195.70 | 135.60 | 59.87 | 0.23 | 617.77 | 578.55 | 37.41 | 1.81 | 8666 |
| 1983 | 226.31 | 155.09 | 70.96 | 0.26 | 674.22 | 624.37 | 47.86 | 1.99 | 9024 |
| 1984 | 253.11 | 171.10 | 81.71 | 0.30 | 702.70 | 643.53 | 55.88 | 3.29 | 9647 |
| 1985 | 323.50 | 209.77 | 113.36 | 0.37 | 838.22 | 728.25 | 105.72 | 4.25 | 11057 |
| 1986 | 358.20 | 228.54 | 129.34 | 0.32 | 881.90 | 777.12 | 99.73 | 5.05 | 11977 |
| 1987 | 400.06 | 249.01 | 150.75 | 0.30 | 1020.81 | 880.94 | 133.83 | 6.04 | 14675 |
| 1988 | 484.77 | 290.16 | 194.24 | 0.37 | 1079.26 | 932.37 | 139.64 | 7.25 | 18349 |
| 1989 | 488.56 | 280.00 | 208.16 | 0.40 | 1157.63 | 1007.00 | 142.70 | 7.93 | 22805 |
| 1990 | 423.46 | 229.90 | 193.10 | 0.46 | 1169.44 | 1001.79 | 160.66 | 6.99 | 48983 |
| 1991 | 459.53 | 249.52 | 209.64 | 0.37 | 1199.31 | 1022.17 | 170.03 | 7.11 | 59324 |
| 1992 | 511.40 | 275.46 | 235.56 | 0.38 | 1302.34 | 1085.18 | 209.03 | 8.13 | 80685 |
| 1993 | 538.45 | 295.85 | 242.15 | 0.45 | 1337.03 | 1099.61 | 227.37 | 10.05 | 122245 |
| 1994 | 566.29 | 305.35 | 260.74 | 0.20 | 1432.97 | 1164.43 | 258.41 | 9.60 | 188902 |
| 1995 | 573.85 | 304.66 | 262.11 | 0.24 | 1538.82 | 1233.74 | 295.18 | 9.32 | 302583 |
| 1996 | 584.25 | 285.72 | 289.65 | 0.35 | 1603.52 | 1263.13 | 326.16 | 10.26 | 461609 |
| 1997 | 620.28 | 296.80 | 314.26 | 0.38 | 1547.18 | 1179.62 | 352.74 | 10.92 | 643107 |
| 1998 | 640.16 | 310.79 | 320.93 | 0.21 | 1452.74 | 1083.35 | 355.48 | 9.93 | 1035556 |

注：1. 旅客周转量不包括市内交通，铁路运输包括国家和地方铁路，水运不包括远洋和沿海。

2. 邮电业务总量 1990 年及以后年度按 1990 年不变价格计算，以前年度按 1980 年不变价格计算。

## 12－8 客货运量及周转量

| 指　　标 | 1990 年 | 1995 年 | 1997 年 | 1998 年 |
|---|---|---|---|---|
| 一、运输量 | | | | |
| （一）客运量（万人） | 53567 | 61964 | 69863 | 74182 |
| 铁路 | 4429 | 4288 | 3843 | 4133 |
| 国家铁路 | 4063 | 4031 | 3592 | 3897 |
| 地方铁路 | 366 | 257 | 251 | 236 |
| 公路 | 48977 | 57522 | 65786 | 69917 |
| #交通系统 | 34626 | 34204 | 40983 | 43247 |
| 私人 | | | 18604 | 16718 |
| 水运 | 150 | 82 | 152 | 55 |
| 民用航空 | 11 | 72 | 82 | 77 |
| （二）货运量（万吨） | 38111 | 53582 | 56113 | 58150 |
| #铁路 | 9038 | 10373 | 9996 | 9416 |
| 国家铁路 | 8343 | 9522 | 9181 | 8706 |
| 地方铁路 | 695 | 851 | 815 | 710 |
| 公路 | 28818 | 42692 | 45542 | 48250 |
| #交通系统 | 3719 | 2972 | 3272 | 3254 |
| 私人 | | | 20107 | 22708 |
| 水运 | 255 | 324 | 433 | 342 |
| 民用航空 | … | 1 | 1 | 1 |
| 二、周转量 | | | | |
| （一）旅客周转量（百万人公里） | 42346 | 57385 | 62028 | 64016 |
| 铁路 | 22990 | 30466 | 29680 | 31079 |
| 国家铁路 | 22878 | 30371 | 29537 | 30932 |
| 地方铁路 | 112 | 95 | 143 | 147 |
| 公路 | 19310 | 26211 | 31426 | 32093 |
| #交通系统 | 14721 | 16048 | 19211 | 19422 |
| 私人 | | | 8674 | 7435 |
| 水运 | 46 | 24 | 38 | 21 |
| 民用航空 | … | 684 | 884 | 823 |
| （二）货物周转量（百万吨公里） | 116944 | 153882 | 154718 | 145274 |
| #铁路 | 100179 | 123374 | 117962 | 108335 |
| 国家铁路 | 99716 | 122648 | 117235 | 107702 |
| 地方铁路 | 463 | 726 | 727 | 633 |
| 公路 | 16066 | 29518 | 35274 | 35548 |
| #交通系统 | 2009 | 2068 | 2910 | 3144 |
| 私人 | | | 12816 | 13154 |
| 水运 | 699 | 932 | 1092 | 993 |
| 民用航空 | … | 5 | 9 | 8 |

## 12—9 各市地客货运量

（1998年）

| 市地 | 客运量（万人） | #公路 | #交通系统 | 货运量（万吨） | #公路 | #交通系统 |
|---|---|---|---|---|---|---|
| **全省** | **69972** | **69917** | **43247** | **48592** | **48250** | **3254** |
| 郑州市 | 7321 | 7321 | 4251 | 5344 | 5342 | 129 |
| 开封市 | 2908 | 2908 | 1694 | 1927 | 1919 | 140 |
| 洛阳市 | 8808 | 8808 | 6938 | 4410 | 4410 | 248 |
| 平顶山市 | 4728 | 4728 | 2327 | 3100 | 3100 | 50 |
| 安阳市 | 3897 | 3897 | 1997 | 2785 | 2785 | 100 |
| 鹤壁市 | 825 | 825 | 535 | 1374 | 1374 | 91 |
| 新乡市 | 2376 | 2376 | 1506 | 2699 | 2699 | 89 |
| 焦作市 | 2309 | 2309 | 1519 | 3773 | 3773 | 381 |
| 濮阳市 | 1615 | 1615 | 705 | 1841 | 1838 | 11 |
| 许昌市 | 2343 | 2343 | 1512 | 2546 | 2546 | 310 |
| 漯河市 | 2104 | 2104 | 1414 | 1333 | 1325 | 188 |
| 三门峡市 | 3129 | 3129 | 2149 | 2075 | 2075 | 32 |
| 南阳市 | 5892 | 5864 | 4243 | 3569 | 3487 | 111 |
| 商丘市 | 3203 | 3203 | 1863 | 2240 | 2209 | 317 |
| 信阳市 | 4814 | 4787 | 1891 | 2311 | 2201 | 308 |
| 周口地区 | 5761 | 5761 | 3969 | 2908 | 2885 | 247 |
| 驻马店地区 | 6381 | 6381 | 3361 | 3410 | 3335 | 481 |
| 济源市 | 1558 | 1558 | 1373 | 947 | 947 | 21 |

注：本表不包括铁路、民航及管道运输（下表同）。

## 12—10 各市地客货周转量

（1998年）

| 市地 | 旅客周转量（万人公里） | #公路 | #交通系统 | 货物周转量（万吨公里） | #公路 | #交通系统 |
|---|---|---|---|---|---|---|
| **全省** | **3211370** | **3209307** | **1942237** | **3654082** | **3554766** | **314366** |
| 郑州市 | 333167 | 333167 | 188178 | 426951 | 425943 | 17543 |
| 开封市 | 185282 | 185282 | 112761 | 165142 | 162892 | 13222 |
| 洛阳市 | 332154 | 332154 | 232467 | 354862 | 354862 | 50976 |
| 平顶山市 | 156435 | 156435 | 58179 | 220609 | 220609 | 5606 |
| 安阳市 | 195112 | 195112 | 96432 | 206045 | 206045 | 5985 |
| 鹤壁市 | 46564 | 46564 | 28214 | 114586 | 114586 | 10403 |
| 新乡市 | 146600 | 146600 | 107780 | 181706 | 181706 | 8539 |
| 焦作市 | 114161 | 114161 | 65156 | 314244 | 314244 | 68534 |
| 濮阳市 | 84162 | 84162 | 40332 | 127713 | 125948 | 1321 |
| 许昌市 | 114215 | 114215 | 70750 | 190063 | 190063 | 20611 |
| 漯河市 | 105778 | 105778 | 66998 | 89014 | 84622 | 11642 |
| 三门峡市 | 121280 | 121280 | 58597 | 172720 | 172720 | 490 |
| 南阳市 | 318928 | 317346 | 241623 | 264518 | 253290 | 28510 |
| 商丘市 | 182030 | 182030 | 120402 | 164051 | 157180 | 22940 |
| 信阳市 | 267383 | 266902 | 151600 | 162680 | 130948 | 9188 |
| 周口地区 | 220539 | 220539 | 145336 | 227881 | 210264 | 21744 |
| 驻马店地区 | 248127 | 248127 | 129982 | 212181 | 189728 | 14568 |
| 济源市 | 39453 | 39453 | 27450 | 59116 | 59116 | 2544 |

## 12—11 铁路、公路分货类运输量

(1998年)

| 货类 | 铁路 货运量(万吨) | 铁路 货物周转量(百万吨公里) | 货类 | 公路 货运量(万吨) | 公路 货物周转量(万吨公里) |
|---|---|---|---|---|---|
| 煤 | 12377 | 61270 | 煤炭及制品 | 1020 | 123429 |
| 石油 | 1872 | 11900 | 石油、天然气及制品 | 11 | 808 |
| 焦炭 | 1063 | 6520 | 金属矿石 | 44 | 4869 |
| 钢铁 | 3442 | 20553 | 钢铁 | 171 | 9119 |
| 金属矿石 | 1410 | 5199 | 矿物性建筑材料 | 101 | 10070 |
| 非金属矿石 | 1408 | 6164 | 水泥 | 119 | 8476 |
| 磷矿石 | 662 | 4906 | 木材 | 137 | 3881 |
| 矿建材料 | 1990 | 8727 | 非金属矿石 | 25 | 3373 |
| 水泥 | 394 | 1187 | 化肥及农药 | 179 | 9467 |
| 木材 | 463 | 2457 | 盐 | 34 | 2799 |
| 粮食 | 1865 | 12373 | 粮食 | 248 | 16349 |
| 棉花 | 90 | 693 | 机械、设备、电器 | 95 | 22200 |
| 化肥和农药 | 1729 | 11904 | 化工原料及制品 | 31 | 3325 |
| 盐 | 299 | 1374 | 有色金属 | 5 | 669 |
| 其他 | 7324 | 51893 | 轻工、医药产品 | 72 | 13761 |
| #农副土特产品 | 424 | 2819 | 农林牧渔业产品 | 81 | 13193 |
| 鲜活易腐货物 | 590 | 4175 | 其他 | 881 | 68598 |

注:铁路为郑州铁路局全局数,公路为交通系统数。

## 12—12 铁路运输主要技术经济指标

| 指标 | 单位 | 1990年 | 1995年 | 1997年 | 1998年 |
|---|---|---|---|---|---|
| 货运机车日车公里 | 公里 |  | 420 | 428 | 423 |
| 货运机车平均牵引总量 | 吨 | 2747 | 2983 | 2980 | 2945 |
| 蒸气机车 | 吨 | 2596 | 2511 | 2487 | 2291 |
| 内燃机车 | 吨 | 2930 | 3025 | 2904 | 2862 |
| 电力机车 | 吨 | 2676 | 3042 | 3065 | 3017 |
| 货运机车日产量 | 万吨公里 | 102.0 | 107.5 | 108.2 | 105.7 |
| 蒸气机车 | 万吨公里 | 78.0 | 67.6 | 57.2 | 42.9 |
| 内燃机车 | 万吨公里 | 143.0 | 115.5 | 113.7 | 109.6 |
| 电力机车 | 万吨公里 |  | 112.6 | 110.2 | 105.8 |
| 蒸气机车每万吨公里耗煤 | 公斤 | 93.0 | 106.8 | 146.8 | 257.6 |
| 内燃机车每万吨公里耗油 | 公斤 | 21.0 | 22.3 | 23.5 | 24.4 |
| 电力机车每万吨公里耗电 | 千瓦小时 |  | 103.7 | 105.9 | 109.7 |
| 旅客列车出发正点率 | % | 98.0 | 93.3 | 99.8 | 99.9 |
| 旅客列车运行正点率 | % | 94.0 | 93.4 | 92.6 | 99.1 |
| 旅客列车技术速度 | 公里/小时 |  | 60.5 |  | 65.0 |
| 旅客列车旅行速度 | 公里/小时 |  | 50.7 |  | 55.1 |
| 货物列车出发正点率 | % | 89.0 | 99.6 | 94.1 | 91.6 |
| 货物列车运行正点率 | % | 92.0 | 97.1 | 93.7 | 95.2 |
| 货物列车技术速度 | 公里/小时 |  | 44.7 |  | 45.6 |
| 货物列车旅行速度 | 公里/小时 | 28.0 | 29.0 | 30.5 | 30.8 |
| 货物列车周转时间 | 天 | 3.00 | 3.14 | 3.00 | 3.60 |
| 一次货物作业时间 | 小时 | 20.0 | 19.8 | 19.4 | 25.0 |
| 货物列车中转停留时间 | 小时 | 4.0 | 4.8 | 4.8 | 5.3 |
| 货物列车载重力利用率 | % |  | 99.1 | 98.5 | 98.4 |
| 货车净载重量(准轨) | 吨 |  |  | 58.5 | 58.6 |

## 12—13 交通系统公路、水运主要技术经济指标

| 指 标 | 单 位 | 1990年 | 1995年 | 1997年 | 1998年 |
|---|---|---|---|---|---|
| 一、公路 | | | | | |
| 1.载客汽车 | | | | | |
| 完好率 | % | 88.7 | 93.6 | 95.3 | 95.4 |
| 工作率 | % | 78.2 | 79.7 | 83.1 | 84.6 |
| 实载率 | % | 79.9 | 63.1 | 62.7 | 61.7 |
| 车座年产量 | 人公里 | 49973 | 41256 | 47794 | 44307 |
| 每百车公里耗汽油 | 升 | 29.00 | 25.90 | 24.50 | 24.50 |
| 每百车公里耗柴油 | 升 | 28.30 | 20.30 | 18.70 | 21.30 |
| 每百人公里耗汽油 | 升 | 0.82 | 0.97 | 0.98 | 1.07 |
| 每百人公里耗柴油 | 升 | 0.62 | 0.76 | 0.99 | 1.07 |
| 2.载货汽车 | | | | | |
| 完好率 | % | 88.1 | 90.4 | 93.5 | 91.1 |
| 工作率 | % | 63.0 | 69.5 | 70.5 | 73.6 |
| 实载率 | % | 60.3 | 65.4 | 65.4 | 63.00 |
| 车座年产量 | 吨公里 | 29680 | 36377 | 39862 | 35900 |
| 每百车公里耗汽油 | 升 | 36.30 | 34.30 | 32.90 | 32.00 |
| 每百车公里耗柴油 | 升 | 34.90 | 34.10 | 30.00 | 28.20 |
| 每百吨公里耗汽油 | 升 | 6.80 | 5.90 | 6.50 | 7.60 |
| 每百吨公里耗柴油 | 升 | 5.50 | 5.10 | 6.00 | 6.40 |
| 二、水运 | | | | | |
| 拖轮每千瓦小时拖带量 | 吨 | 4.1 | 6.3 | 6.1 | 6.6 |
| 航运率 | % | 15.1 | 29.6 | 19.8 | 17.2 |
| 营运率 | % | 99.2 | 99.8 | 100.0 | 100.0 |

## 12—14 民航基本情况

| 指　　标 | 单　位 | 1995 年 | 1997 年 | 1998 年 |
|---|---|---|---|---|
| 航线条数 | 条 | 30 | 35 | 46 |
| 国际 | 条 | | | |
| 地区 | 条 | 1 | 1 | 1 |
| 国内 | 条 | 29 | 34 | 45 |
| 航线里程 | 公里 | 40438 | 50282 | 50735 |
| 国际 | 公里 | | | |
| 地区 | 公里 | 1500 | 1572 | 1572 |
| 国内 | 公里 | 38938 | 48710 | 49163 |
| 民用机场数 | 个 | 3 | 3 | 3 |
| #可降 737 以上机型 | 个 | 3 | 3 | 3 |
| 飞机期末架数 | 架 | 8 | 9 | 9 |
| 客运量 | 万人 | 72 | 82 | 77 |
| 旅客周转量 | 百万人公里 | 684 | 884 | 823 |
| 货邮运量 | 吨 | 3900 | 6388 | 6807 |
| 货邮周转量 | 万吨公里 | 477 | 851 | 785 |

注:1997 年新增郑州—澳门一条地区航线,原地区航线郑州—香港划归国内航线。

## 12—15 铁路主要站客货发送量

| 站　　名 | 1997 年 | | 1998 年 | |
|---|---|---|---|---|
| | 旅客发送量(万人) | 货物发送量(万吨) | 旅客发送量(万人) | 货物发送量(万吨) |
| 郑　州 | 1040 | 3 | 1120 | 3 |
| 开　封 | 108 | 66 | 105 | 62 |
| 洛　阳 | 286 | 89 | 308 | 79 |
| 平顶山 | 41 | 65 | 42 | 29 |
| 安　阳 | 181 | 72 | 181 | 75 |
| 鹤　壁 | 6 | 9 | 11 | … |
| 新　乡 | 214 | 114 | 214 | 104 |
| 焦　作 | 59 | | 51 | |
| 许　昌 | 71 | 108 | 78 | 87 |
| 漯　河 | 150 | 198 | 167 | 172 |
| 三门峡 | 87 | 95 | 87 | 99 |
| 南　阳 | 88 | 72 | 99 | 75 |
| 商　丘 | 184 | 53 | 181 | 53 |
| 驻马店 | 137 | 37 | 155 | 37 |
| 信　阳 | 200 | 99 | 210 | 88 |

注:本表数据均为各站本身数据,不包括所辖区域内其他站数据。

## 12—16 铁路运输主要经济指标

单位：万元

| 指标 | 1997年 | | | 1998年 | | |
|---|---|---|---|---|---|---|
| | 合计 | 国家铁路 | 地方铁路 | 合计 | 国家铁路 | 地方铁路 |
| 运输总收入 | 1044907 | 1030194 | 14712 | 1178522 | 1165826 | 12696 |
| 客运收入 | 329291 | 328479 | 812 | 355909 | 355251 | 658 |
| 货运收入 | 540186 | 527718 | 12468 | 646719 | 635915 | 10804 |
| 行李包裹收入 | 18916 | 18916 | | 20758 | 20758 | |
| 邮运收入 | 2786 | 2786 | | 2892 | 2892 | |
| 其他收入 | 153728 | 152295 | 1433 | 152244 | 151010 | 1234 |
| 营业支出 | 1253574 | 1238475 | 15099 | 1292907 | 1283690 | 9217 |
| 工资 | 229166 | 225431 | 3735 | 235274 | 231838 | 3436 |
| 材料 | 100163 | 99292 | 871 | 108559 | 107913 | 646 |
| 燃料 | 103709 | 102117 | 1592 | 91134 | 89812 | 1322 |
| 电力 | 145337 | 145337 | | 151259 | 151259 | |
| 折旧 | 378869 | 377342 | 1527 | 200514 | 199193 | 1321 |
| 其他 | 296330 | 288956 | 7374 | 506167 | 503675 | 2492 |
| 营业外收支净额 | 60907 | 61076 | −169 | 63608 | 63370 | 238 |
| 实现利润 | −71087 | −70064 | −1023 | −51840 | −51019 | −821 |
| 应交税费 | 36528 | 36043 | 485 | 41851 | 41356 | 495 |
| 固定资产原价年底余额 | 6463846 | 6377672 | 86174 | 7103319 | 7018650 | 84669 |
| #在用固定资产 | 5970656 | 5897414 | 73242 | 6556867 | 6505458 | 51409 |
| #机车车辆 | 5101 | | 5101 | 6081 | | 6081 |
| 线路 | 27370 | | 27370 | 28062 | | 28062 |
| 通信线路 | 720 | | 720 | 811 | | 811 |
| 通信信号设备 | 399 | | 399 | 360 | | 360 |
| 机械动力设备 | 5103 | | 5103 | 5546 | | 5546 |
| 运输设备 | 1912 | | 1912 | 722 | | 722 |
| 传导设备 | 244 | | 244 | 211 | | 211 |
| 未使用固定资产 | 5390 | | 5390 | 780 | | 780 |
| 固定资产折旧 | 2277383 | 2256309 | 21074 | 2420368 | 2398257 | 22111 |
| 固定资产净值年底余额 | 4186463 | 4121363 | 65100 | 4682951 | 4620393 | 62558 |
| 应提折旧的固定资产平均总值 | 45005 | | 45005 | 51790 | | 51790 |

注：在用固定资产不含国家铁路。

## 12—17 邮电通信网

（年底数）

| 指标 | 单位 | 1978年 | 1980年 | 1985年 | 1990年 | 1995年 | 1997年 | 1998年 |
|---|---|---|---|---|---|---|---|---|
| 邮电局、所 | 处 | 2442 | 2450 | 2596 | 2810 | 3368 | 4879 | 8040 |
| 邮路及农村投递线路总长度 | 万公里 | 19 | 19 | 21 | 23 | 24 | 27 | 27 |
| 电报电路 | 路 | 283 | 394 | 446 | 489 | 603 | 682 | 739 |
| 长话电路 | 路 | 845 | 942 | 1688 | 4103 | 27314 | 68975 | 92054 |
| 市话交换机总容量 | 万门 |  |  | 11.92 | 24.92 | 194.46 | 355.83 | 521.24 |
| #程控 | 万门 |  |  |  | 4.25 | 194.46 | 355.83 | 521.24 |
| 城市电话机 | 万部 | 8.58 | 10.62 | 17.61 | 37.51 | 164.03 | 283.37 | 395.86 |
| 乡村电话机 | 万部 | 7.33 | 6.73 | 5.60 | 6.43 | 20.90 | 64.06 | 102.32 |

注：1. 自1998年8月始省至镇乡邮政、电信分设，1998年邮电局、所增幅较大。

2. 1995—1998年市话交换机总容量为中央国有局用交换机总容量。

## 12—18 邮电业务总量

| 指标 | 单位 | 1978年 | 1980年 | 1985年 | 1990年 | 1995年 | 1997年 | 1998年 |
|---|---|---|---|---|---|---|---|---|
| **邮电业务总量** | **万元** | **7120** | **8062** | **11057** | **27872 (48983)** | **302583** | **643107** | **1035556** |
| **一、中央国有业务总量** | **万元** | **5551** | **6420** | **9370** | **24262 (44008)** | **273747** | **562691** | **965911** |
| 1. 国内业务 |  |  |  |  |  |  |  |  |
| 函件 | 万件 | 11629 | 14230 | 20304 | 21954 | 21857 | 19089 | 18747 |
| 包件 | 万件 | 273 | 299 | 327 | 442 | 648 | 489 | 489 |
| 邮政快件 | 万件 |  |  |  |  |  | 2295 | 1045 |
| 特快专递 | 万件 |  |  |  |  |  | 173 | 197 |
| 汇票 | 万张 | 407 | 482 | 585 | 575 | 640 | 621 | 578 |
| 订销报纸期发数 | 万份 | 267 | 368 | 726 | 632 | 509 | 584 | 519 |
| 订销报纸累计数 | 万份 | 75270 | 82191 | 118481 | 80302 | 98104 | 105819 | 95112 |
| 订销杂志期发数 | 万份 | 274 | 467 | 886 | 513 | 488 | 547 | 410 |
| 订销杂志累计数 | 万份 | 2971 | 5599 | 11631 | 6739 | 7808 | 7552 | 6865 |
| 报刊流转额 | 万元 | 3054 | 4133 | 8939 | 16246 | 38208 | 57044 | 58455 |
| 公众电报 | 万份 | 687 | 778 | 1191 | 1459 | 676 | 285 | 216 |
| 传真 | 份 |  |  | 528 | 5761 | 127884 | 273754 | 301220 |
| 用户电报 | 万次 |  |  |  | 9.15 | 7.40 | 4.61 | 2.00 |
| 长途电话 | 万次 | 703 | 853 | 1291 | 2404 | 34595 | 62286 | 80133 |
| 市话期末到达数 | 户 | 42664 | 47934 | 74999 | 175250 | 1167158 | 2300688 | 3417802 |
| 无线寻呼用户期末数 | 户 |  |  |  |  |  | 1317551 | 1979498 |
| 移动通信用户到达数 | 户 |  |  |  |  |  | 480230 | 1186361 |
| 2. 国际及港澳业务 |  |  |  |  |  |  |  |  |
| 函件 | 万件 |  |  |  | 78 | 101 | 75 | 52 |
| 包件 | 件 |  |  |  | 1906 | 5599 | 5457 | 5874 |
| 特快专递 | 件 |  |  |  | 12102 | 41757 | 34683 | 28567 |
| 公众电报 | 份 |  |  |  | 7937 | 2995 | 1083 | 641 |
| 用户电报 | 次 |  |  |  | 89117 | 19804 | 9102 | 2921 |
| 传真 | 份 |  |  |  | 1481 | 6869 | 7840 | 6646 |
| 国际电话 | 万次 |  |  |  | 19 | 114 | 130 | 127 |
| 港澳电话 | 万次 |  |  |  | 4 | 103 | 74 | 68 |
| **二、地方国有业务总量** | **万元** | **1569** | **1642** | **1687** | **3610 (4975)** | **28835** | **80416** | **69645** |
| 农话期末到达数 | 户 | 77853 | 81635 | 81684 | 52359 | 190220 | 624771 | 1009824 |
| 农话通话次数 | 万次 |  |  |  | 1932 | 16517 | 59654 | 72264 |
| 出租代维及其他 | 万元 |  |  |  | 2372 | 11018 | 16655 | 16575 |

注：1. 1990年邮电业务总量有两个不变价格，括号外为1980年不变价格，括号内为1990年不变价格。

2. 1991年以后邮电业务总量按1990年不变价格计算，以前年度按1980年不变价格计算。

## 12—19 各市地邮电通信网

（1998 年底）

| 市　地 | 邮电局、所（处） | 邮路及农村投递路线长度（公里） | 长话电路（路） | 市话交换机容量（门） | 电话机拥有量（部） | #城市电话机 |
|---|---|---|---|---|---|---|
| **全　省** | **8040** | **266564** | **92054** | **5212439** | **4981804** | **3958560** |
| 郑州市 | 519 | 14085 | 58784 | 1120922 | 958066 | 815214 |
| 开封市 | 233 | 11084 | 6491 | 333484 | 227209 | 227209 |
| 洛阳市 | 509 | 15584 | 9930 | 468652 | 462517 | 369126 |
| 平顶山市 | 271 | 10287 | 5208 | 318700 | 267104 | 244680 |
| 安阳市 | 267 | 9951 | 7433 | 215000 | 277837 | 190173 |
| 鹤壁市 | 121 | 3238 | 2582 | 129532 | 101643 | 94756 |
| 新乡市 | 1635 | 12393 | 6366 | 354403 | 365349 | 289599 |
| 焦作市 | 266 | 7227 | 4552 | 227360 | 283046 | 174798 |
| 濮阳市 | 218 | 7303 | 3338 | 168672 | 196855 | 189846 |
| 许昌市 | 217 | 5423 | 3858 | 205168 | 198411 | 136858 |
| 漯河市 | 196 | 8917 | 5707 | 132120 | 153676 | 105232 |
| 三门峡市 | 189 | 4947 | 3545 | 181804 | 176719 | 143425 |
| 南阳市 | 1430 | 21704 | 5859 | 397145 | 386168 | 275562 |
| 商丘市 | 418 | 19076 | 4381 | 260962 | 228741 | 174421 |
| 信阳市 | 607 | 18026 | 9160 | 204319 | 219219 | 150530 |
| 周口地区 | 473 | 30022 | 4921 | 226276 | 214395 | 175415 |
| 驻马店地区 | 427 | 17528 | 4044 | 234376 | 221542 | 170220 |
| 济源市 | 44 | 1698 | 120 | 33544 | 43307 | 31496 |

注：1. 长话电路省内地区间电路在全省汇总时折半，全省总计不等于市地电路合计。

2. 邮路及农村投递线路长度分市地数据不含省机要局、省邮票公司的邮路长度。

## 12—20 各市地邮电业务总量

（1998 年）

| 市　地 | 邮电业务总量（万元） | 国内函件（万件） | 报刊期发数（万份） | 移动通信用户到达数（户） | 无线寻呼用户期末数（户） | 市话期末到达数（户） | 农话期末到达数（户） |
|---|---|---|---|---|---|---|---|
| **全　省** | **1035556** | **18747** | **929** | **1186361** | **1979498** | **3417802** | **1009824** |
| 郑州市 | 247001 | 6302 | 174 | 290432 | 290308 | 702468 | 140481 |
| 开封市 | 45384 | 785 | 29 | 52552 | 121271 | 206693 |  |
| 洛阳市 | 92139 | 2059 | 76 | 97654 | 139019 | 301990 | 90187 |
| 平顶山市 | 52768 | 589 | 57 | 67170 | 127961 | 215897 | 22424 |
| 安阳市 | 57978 | 737 | 37 | 64673 | 146987 | 156671 | 84994 |
| 鹤壁市 | 17107 | 199 | 19 | 18102 | 40380 | 84956 | 6887 |
| 新乡市 | 70579 | 1427 | 69 | 82486 | 129057 | 269470 | 74929 |
| 焦作市 | 49334 | 581 | 35 | 63340 | 92022 | 148133 | 107596 |
| 濮阳市 | 35290 | 510 | 34 | 44509 | 54608 | 99926 | 7009 |
| 许昌市 | 42330 | 591 | 28 | 49031 | 90772 | 132773 | 61553 |
| 漯河市 | 34080 | 280 | 35 | 45957 | 87709 | 100880 | 48403 |
| 三门峡市 | 32204 | 617 | 25 | 40084 | 79575 | 124777 | 32622 |
| 南阳市 | 71477 | 1071 | 91 | 69656 | 170122 | 228381 | 109523 |
| 商丘市 | 47450 | 594 | 66 | 55993 | 106979 | 159645 | 54134 |
| 信阳市 | 45440 | 909 | 57 | 42712 | 86135 | 135579 | 67241 |
| 周口地区 | 44855 | 551 | 49 | 50204 | 98962 | 163013 | 38980 |
| 驻马店地区 | 41687 | 823 | 38 | 43785 | 107020 | 160673 | 51224 |
| 济源市 | 8238 | 122 | 10 | 8021 | 10611 | 25877 | 11637 |

注：邮电业务总量按 1990 年不变价格计算、市地不包括省机要局业务量 215 万元。

## 12—21 邮电通信企业主要经济指标

单位:万元

| 指　　标 | 1997年 | 1998年 |
|---|---|---|
| **全部邮电企业** | | |
| 业务收入 | 634678 | 805457 |
| 固定资产原价 | 1788084 | 2421485 |
| 固定资产净值 | 1161827 | 1555126 |
| **中央国营邮电企业** | | |
| 业务收入 | 549920 | 701025 |
| 收支差额 | —28350 | —29853 |
| 年末固定资产原价 | 1586833 | 2196092 |
| 年末固定资产净值 | 1021728 | 1418055 |
| **地方国营邮电企业** | | |
| 业务收入 | 84758 | 104432 |
| 固定资产原价 | 201251 | 225393 |
| 固定资产净值 | 140099 | 137071 |
| **人均邮电业务总量(元/人)** | **121064** | **200779** |

## 12—22 邮电通信服务水平

| 指　　标 | 单　位 | 1995年 | 1997年 | 1998年 |
|---|---|---|---|---|
| 进入长途自动网的县(市) | 个 | 112 | 112 | 111 |
| 开通无线寻呼的县(市) | 个 | 111 | 112 | 111 |
| 开通移动通信的县(市) | 个 | 95 | 112 | 111 |
| 设有邮电局、所的乡(镇) | 个 | 1914 | 1999 | 2002 |
| 占全部乡(镇)的比重 | % | 89.3 | 93.7 | 93.4 |
| 开办邮储业务的乡(镇) | 个 | 1626 | 1737 | 1762 |
| 占全部乡(镇)的比重 | % | 75.9 | 81.4 | 82.2 |
| 已通电话的乡(镇) | 个 | 2042 | 2130 | 2144 |
| 占全部乡(镇)的比重 | % | 95.3 | 99.9 | 100.0 |
| 已装农话交换机的乡(镇) | 个 | 1592 | 1766 | 1853 |
| 占全部乡(镇)的比重 | % | 74.3 | 82.8 | 86.4 |
| #装自动交换机的 | 个 | 1557 | 1764 | 1853 |
| #程控 | 个 | 1555 | 1764 | 1853 |
| 进入长话自动网的乡(镇) | 个 | 1931 | 2097 | 2127 |
| 占全部乡(镇)的比重 | % | 90.1 | 98.3 | 99.2 |
| #直拔国际及港澳 | 个 | 1645 | 2060 | 2107 |
| 已通电话的行政村 | 个 | 19755 | 36300 | 48219 |
| 占全部行政村的比重 | % | 41.4 | 75.8 | 100.0 |
| 已装交换机的行政村 | 个 | 90 | 133 | 197 |
| 占全部行政村的比重 | % | 0.2 | 0.3 | 0.4 |
| 地方国营电话交换点 | 处 | 1665 | 1800 | 1806 |
| #邮电局经营的 | 处 | 1611 | 1758 | 1791 |
| 邮政储蓄市场占有率 | % | 5.4 | 5.5 | 6.2 |
| 总包邮件损失量 | 个 | | 7 | 7 |
| 自动来话接通率 | % | | 52.4 | 53.5 |
| 省内去话接通率 | % | | 48.7 | 49.1 |

# 主要统计指标解释

**铁路营业里程**　指办理客货运输业务的铁路正线总长度。凡是全线或部分建成双线及以上的线路，以第一线的实际长度计算；复线、站线、段管线、岔线和特别用途线以及不计算运费的联络线都不计算营业里程。铁路营业里程是反映铁路运输业基础设施发展水平的重要指标，也是计算客货周转量、运输密度和机车车辆运用效率等指标的基础资料。本《年鉴》铁路通车里程为营业里程。

**公路里程**　也称“公路通车里程”，是指实际达到《公路工程技术标准 JTJ101－88》规定的等级公路，并经公路管理部门正式验收交付使用的公路里程数。它包括大中城市的市区公路以及通过小城镇街道的公路里程，也包括桥梁、渡口的长度，但不包括城市的街道以及厂矿、林区和农业生产用道的里程。两条或多条公路共同经由同一路段，只计算一次，不得重复计算里程长度。公路里程是反映公路建设发展规模的重要指标，也是计算运输网密度等指标的基础资料。

**货（客）运量**　指运输业实际运送的货物（旅客）数量。是反映运输业为国民经济和人民生活服务的数量指标，也是制定和检查运输生产计划，研究运输发展规模和速度的重要指标。货运按吨计算，客运按人计算。货物不论运输距离长短，货物类别，均按实际重量统计；旅客不论行程远近或票价多少，均按一人一次作为客运量统计。半价票、小孩票也按一人统计。

**货物（旅客）周转量**　指运输业运送的货物（旅客）数量与其相应运输距离的乘积之总和。是反映运输业生产总成果的重要指标，也是编制和检查运输生产计划、计算运输效率、劳动生产率以及核算运输单位成本的主要基础资料。通常以吨公里和人公里为计算单位。计算货物周转量通常按发出站与到达站之间的最短距离，也就是计费距离计算。本《年鉴》货物（旅客）周转量数据均不包括民航运输。其计算公式为：

货物周转量＝$\sum$（每批货物量×该批货物的运程）

旅客周转量＝$\sum$（实际运送的每一旅客×该旅客起程与到达站间距离）

铁路货运机车日产量　指平均每台货运机车在一昼夜内所完成的总重吨公里数。它既包括载运货物的重量，也包括车辆本身的自重，它从时间和牵引能力两方面反映了机车运用效率。计算公式为：

货运机车平均日产量＝货运总重吨公里数/货运机车台日数

**邮电业务总量**　指以货币表现的邮电部门为用户传递信息和提供其他邮电服务的总量。它综合反映了一定时期邮电工作的总成果，是研究邮电业务量构成和发展趋势的重要指标。它用各种邮电分类业务量，如函件件数、电报份数、长话张数、市内电话和农村电话的年均户数、订销报刊累计份数等，分别乘以相应的平均单价（不变价），加总后再加上出租电路和设备的收入、代用户维护电话交换机和线路等设备的收入、其他业务收入求得。

# 十三、批发零售贸易业、餐饮业

**简要说明**

一、本篇资料主要反映河南省国内市场发展变化情况及批发零售贸易业、餐饮业经营情况。主要内容有社会消费品零售总额、批发零售贸易业、餐饮业财务状况、商品流通情况、集市贸易情况及主要统计指标解释等。

二、本篇资料除城乡集市贸易情况由省工商行政管理局提供外，其余均由省统计局根据国家统计局统一制定的批发零售贸易业、餐饮业统计报表制度进行搜集、加工整理提供。

近几年来，河南批发零售贸易业、餐饮业统计调查方法进行了一系列改革，主要内容是：批发零售贸易业企业、餐饮业企业采用目录抽样调查，即对限额以上企业实施全数调查，对限额以下企业及个体批发零售贸易、餐饮业实施抽样调查。

# 数 据 要 览

| | | |
|---|---|---|
| ◆1998年全省社会消费品零售总额 | 1496.24亿元 | 比上年增长9.0% |
| 市的零售额 | 728.32亿元 | 比上年增长7.9% |
| 县的零售额 | 325.10亿元 | 比上年增长9.9% |
| 县以下零售额 | 442.83亿元 | 比上年增长10.2% |
| ◆1998年批发零售贸易业商品购进总额 | 2074.32亿元 | 比上年下降5.3% |
| ◆1998年批发零售贸易业商品销售总额 | 2187.12亿元 | 比上年增长4.4% |
| ◆1998年城乡集贸市场 | 5621个 | 比上年增加38个 |
| ◆1998年城乡集贸市场成效总额 | 945.99亿元 | 比上年增长16.1% |

社会消费品零售总额

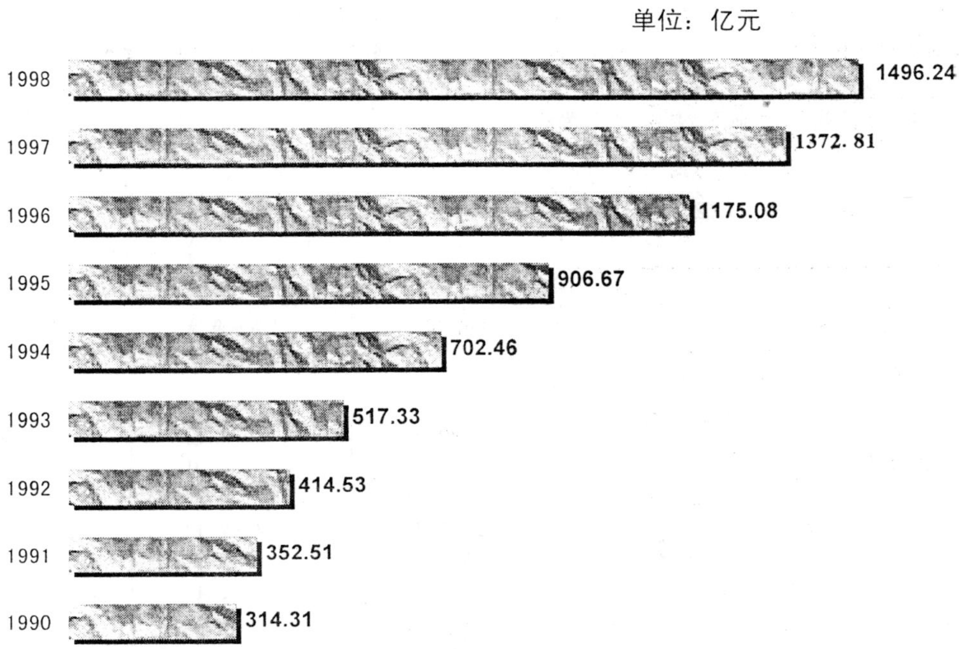

## 13—1 社会消费品零售总额

单位：亿元

| 指　　标 | 1990 年 | 1995 年 | 1997 年 | 1998 年 |
|---|---|---|---|---|
| **社会消费品零售总额** | **314.31** | **906.67** | **1372.81** | **1496.24** |
| **1. 按销售地区分** | | | | |
| 市的零售额 | 140.85 | 443.74 | 674.97 | 728.32 |
| 县的零售额 | 76.21 | 197.16 | 295.89 | 325.10 |
| 县以下的零售额 | 97.25 | 265.77 | 401.95 | 442.83 |
| **2. 按经济类型分** | | | | |
| 国有经济 | 132.72 | 289.22 | 310.55 | 284.59 |
| 集体经济 | 88.32 | 171.18 | 228.59 | 243.22 |
| 私营经济 | | | 19.40 | 14.73 |
| 个体经济 | 67.81 | 316.15 | 601.17 | 709.17 |
| 联营经济 | | | 3.10 | 2.71 |
| 股份制经济 | | | 41.40 | 36.23 |
| #国有绝对控股 | | | 10.72 | 13.59 |
| 外商投资经济 | | | 1.19 | 1.83 |
| 港澳台投资经济 | | | 2.55 | 2.67 |
| 其他经济 | 25.46 | 130.12 | 164.86 | 201.09 |
| **3. 按行业分** | | | | |
| 批发零售贸易业 | 215.09 | 565.48 | 842.95 | 941.36 |
| 餐饮业 | 16.42 | 82.42 | 165.59 | 169.22 |
| 制造业 | 43.33 | 126.52 | 189.37 | 195.66 |
| 其他 | 39.47 | 132.25 | 174.90 | 190.01 |
| #农民对城镇居民零售 | 25.36 | 87.73 | 132.30 | 142.80 |

注：1995 年及以前年度社会消费品零售总额含居民购买住房。

## 13—2 全社会批发零售贸易业商品购、销、存总额

单位：亿元

| 指　　标 | 1997 年 | 1998 年 | 1998 年为 1997 年% |
|---|---|---|---|
| **商品购进总额** | **2190.01** | **2074.32** | **94.7** |
| #从生产者购进 | 1261.65 | 1195.01 | 94.7 |
| 进口 | 6.61 | 6.26 | 94.7 |
| **商品销售总额** | **2095.73** | **2187.12** | **104.4** |
| 批发 | 1348.81 | 1685.41 | 125.0 |
| #出口 | 48.45 | 42.45 | 87.6 |
| 零售 | 746.92 | 501.71 | 67.2 |
| **年末库存总额** | **448.44** | **424.67** | **94.7** |

# 13—3 各市地社会消费品零售总额

（1998 年） 单位：万元

| 市　　地 | 社会消费品零售总额 | 国有经济 | 集体经济 | 私营经济 | 个体经济 | 联营经济 | 股份制经济 | #国家绝对控股 | 外商、港澳台经济 |
|---|---|---|---|---|---|---|---|---|---|
| 郑州市 | 2856600 | 485951 | 384459 | 82543 | 857146 | 6658 | 108030 | 57680 | 24000 |
| 开封市 | 704734 | 72736 | 230102 | 5013 | 332437 |  | 23217 | 4773 |  |
| 洛阳市 | 1462900 | 296701 | 145270 | 8370 | 755992 | 1072 | 62212 | 37083 | 7021 |
| 平顶山市 | 707886 | 173637 | 85088 | 5398 | 347291 | 989 | 3806 | 2727 | 1423 |
| 安阳市 | 693542 | 136758 | 129401 | 8219 | 311908 | 1341 | 13176 | 1446 | 2013 |
| 鹤壁市 | 181869 | 36410 | 33938 | 1020 | 60619 | 63 | 4104 | 1029 | 1087 |
| 新乡市 | 913851 | 204232 | 181697 | 2342 | 339756 | 725 | 150 | 150 | 1048 |
| 焦作市 | 637241 | 175889 | 135566 | 7057 | 243737 | 1161 | 12522 | 8087 | 2061 |
| 濮阳市 | 415010 | 73045 | 60689 | 5248 | 225650 | 5649 | 7636 | 4185 | 16 |
| 许昌市 | 693286 | 97675 | 104620 | 4840 | 430892 | 1213 | 13438 | 2772 | 1583 |
| 漯河市 | 488600 | 45559 | 55319 | 981 | 336538 | 100 | 9811 |  | 2125 |
| 三门峡市 | 451420 | 101856 | 92077 | 273 | 168470 | 415 | 14139 | 20 | 723 |
| 南阳市 | 1470335 | 343634 | 345954 | 14059 | 605601 | 5369 | 49147 |  | 4643 |
| 商丘市 | 850410 | 138464 | 75668 | 6305 | 568666 | 46 | 13050 | 750 | 2 |
| 信阳市 | 845300 | 152742 | 152846 | 8119 | 391228 | 952 | 23929 | 7534 | 5015 |
| 周口地区 | 872273 | 109218 | 96988 | 6868 | 622060 |  | 3670 |  |  |
| 驻马店地区 | 806100 | 113251 | 94013 | 1249 | 472467 |  | 20800 | 3964 |  |
| 济源市 | 166432 | 44133 | 26883 |  | 64949 |  | 2761 |  |  |

| 市　　地 | 其他经济 | 批发零售贸易业 | 餐饮业 | 制造业 | 其　他 | #农民对城镇居民零售 | 市 | 县 | 县以下 |
|---|---|---|---|---|---|---|---|---|---|
| 郑州市 | 907813 | 1976917 | 284931 | 297106 | 297646 | 247573 | 2135001 | 84973 | 636626 |
| 开封市 | 41229 | 415265 | 70174 | 34442 | 184853 | 41229 | 476644 | 93736 | 134354 |
| 洛阳市 | 186262 | 840655 | 227828 | 160688 | 233729 | 186262 | 916091 | 269918 | 276891 |
| 平顶山市 | 90254 | 464338 | 84352 | 66524 | 92672 | 88570 | 402070 | 117707 | 188109 |
| 安阳市 | 90726 | 422206 | 76459 | 86402 | 108475 | 90553 | 377066 | 70360 | 246116 |
| 鹤壁市 | 44628 | 68782 | 22464 | 46333 | 44290 | 43369 | 100984 | 34565 | 46320 |
| 新乡市 | 183901 | 523404 | 97623 | 102279 | 190545 | 174574 | 479402 | 146658 | 287791 |
| 焦作市 | 59248 | 343704 | 71292 | 140859 | 81386 | 59248 | 293330 | 152039 | 191872 |
| 濮阳市 | 37077 | 320756 | 30992 | 20582 | 42680 | 37077 | 96761 | 196211 | 122038 |
| 许昌市 | 39025 | 463995 | 109158 | 72812 | 47321 | 38851 | 398293 | 72523 | 222470 |
| 漯河市 | 38167 | 326660 | 77986 | 56111 | 27843 | 16402 | 154678 | 175127 | 158795 |
| 三门峡市 | 73467 | 277569 | 44342 | 39041 | 90468 | 73467 | 223794 | 56250 | 171376 |
| 南阳市 | 101928 | 807076 | 131858 | 304469 | 226932 | 134591 | 433360 | 414815 | 622160 |
| 商丘市 | 48209 | 633043 | 126993 | 43595 | 46779 | 46779 | 361497 | 223171 | 265742 |
| 信阳市 | 110469 | 434984 | 83627 | 218047 | 108642 | 85251 | 187035 | 243298 | 414967 |
| 周口地区 | 33469 | 602369 | 143937 | 88810 | 37157 | 33469 | 201650 | 289679 | 380944 |
| 驻马店地区 | 104320 | 528275 | 100832 | 82788 | 94205 | 92364 | 140921 | 289636 | 375543 |
| 济源市 | 27706 | 78877 | 25217 | 34632 | 27706 | 27706 | 106619 |  | 59813 |

# 13－4 限额以上批发零售贸易业商品购、销、存总额

（1998年）　　单位：万元

| 指　　标 | 购进总额 | #从生产者购进 | #进　　口 |
|---|---|---|---|
| **总　　计** | **9029948** | **5854206** | **17891** |
| #国有及国有控股 | 5680459 | 3385910 | 10971 |
| **一、按登记注册类型分** | | | |
| 内资企业 | 9023815 | 5849333 | 17891 |
| #国有企业 | 6026245 | 3673406 | 10971 |
| 集体企业 | 1688545 | 1153508 | 2094 |
| 股份合作企业 | 361672 | 298688 | 1170 |
| 联营企业 | 12471 | 10411 | |
| 有限责任公司 | 315233 | 223150 | 3657 |
| 股份有限公司 | 552029 | 433692 | |
| 私营企业 | 67620 | 56478 | |
| 港、澳、台商投资企业 | 6134 | 4874 | |
| 外商投资企业 | | | |
| **二、按行业分** | | | |
| 批发业 | 7446936 | 4950108 | 14227 |
| #食品、饮料、烟草批发业 | 2780667 | 1122809 | 4571 |
| 棉、麻、土畜产品批发业 | 434750 | 417489 | 1079 |
| 纺织品、服装和鞋帽批发业 | 141127 | 128551 | 220 |
| 日用百货批发业 | 362846 | 327839 | 1170 |
| 日用杂品批发业 | 21700 | 12373 | |
| 五金、交电、化工批发业 | 204041 | 171052 | |
| 药品及医疗器械批发业 | 162434 | 109650 | |
| 能源批发业 | 705220 | 575876 | 2086 |
| 化工材料批发业 | 76225 | 64221 | |
| 木材批发业 | 1980 | 1980 | |
| 建筑材料批发业 | 5658 | 2875 | |
| 矿产品批发业 | 34886 | 15480 | 3655 |
| 金属材料批发业 | 431821 | 360481 | |
| 机械、电子设备批发业 | 563002 | 518024 | |
| 汽车、摩托车及零配件批发业 | 377297 | 249327 | |
| 图书报刊批发业 | 166308 | 147430 | |
| 农业生产资料批发业 | 863815 | 638929 | |
| 零售业 | 1583012 | 904098 | 3664 |
| #食品、饮料、烟草零售业 | 137962 | 97229 | |
| 日用百货零售业 | 717905 | 357362 | 3664 |
| 纺织品、服装和鞋帽零售业 | 37127 | 22368 | |
| 日用杂品零售业 | 28842 | 14340 | |
| 五金、交电、化工零售业 | 126180 | 66209 | |
| 药品及医疗器械零售业 | 50429 | 23380 | |
| 图书报刊零售业 | 129615 | 46361 | |

13—4 续表　　　　　　　　　　(1998 年)　　　　　　　　　　单位:万元

| 指　　标 | 销售总额 | 批　　发 | #对生产经营单位 | #出　口 | 零　　售 | 年　末库存额 |
|---|---|---|---|---|---|---|
| **总　　计** | **10157813** | **8540156** | **2686772** | **424450** | **1617657** | **1843055** |
| #国有及国有控股 | 6684753 | 5742693 | 1592260 | 389435 | 942061 | 810407 |
| **一、按登记注册类型分** | | | | | | |
| 内资企业 | 10151367 | 8538271 | 2685492 | 424450 | 1613096 | 1841308 |
| #国有企业 | 7068912 | 6098348 | 1879112 | 391242 | 970565 | 911222 |
| 集体企业 | 1694827 | 1342677 | 593250 | | 352150 | 728465 |
| 股份合作企业 | 376349 | 334523 | 31446 | 2277 | 41827 | 39853 |
| 联营企业 | 11341 | 5737 | 864 | | 5605 | 1727 |
| 有限责任公司 | 315189 | 221841 | 95104 | 29676 | 93348 | 63447 |
| 股份有限公司 | 615795 | 492957 | 69174 | 1254 | 122838 | 89751 |
| 私营企业 | 68954 | 42190 | 16543 | | 26764 | 6844 |
| 港、澳、台商投资企业 | 6445 | 1884 | 1279 | | 4561 | 1747 |
| 外商投资企业 | | | | | | |
| **二、按行业分** | | | | | | |
| 批发业 | 8432969 | 7892349 | 2409292 | 423455 | 540620 | 1379419 |
| #食品、饮料、烟草批发业 | 3509242 | 3417897 | 688763 | 80715 | 91345 | 320987 |
| 棉、麻、土畜产品批发业 | 347688 | 344816 | 254570 | 39693 | 2872 | 465860 |
| 纺织品、服装和鞋帽批发业 | 178399 | 172596 | 25101 | 124232 | 5804 | 26047 |
| 日用百货批发业 | 424864 | 393878 | 22786 | 29760 | 30986 | 34240 |
| 日用杂品批发业 | 23029 | 17625 | 9132 | | 5405 | 2456 |
| 五金、交电、化工批发业 | 208213 | 172250 | 23260 | 10906 | 35963 | 24159 |
| 药品及医疗器械批发业 | 188696 | 120169 | 22541 | 8059 | 68527 | 67333 |
| 能源批发业 | 784395 | 711140 | 281627 | 12385 | 73256 | 59011 |
| 化工材料批发业 | 71911 | 71459 | 31606 | 7579 | 452 | 4925 |
| 木材批发业 | 1865 | 913 | 913 | | 952 | 66 |
| 建筑材料批发业 | 6242 | 5455 | 2683 | | 787 | 448 |
| 矿产品批发业 | 40575 | 35801 | 849 | 31913 | 4774 | 2880 |
| 金属材料批发业 | 449301 | 439865 | 287401 | 3180 | 9436 | 61459 |
| 机械、电子设备批发业 | 606255 | 573772 | 112954 | 35466 | 32483 | 95831 |
| 汽车、摩托车及零配件批发业 | 389296 | 268024 | 103732 | | 121272 | 47068 |
| 图书报刊批发业 | 160971 | 152282 | 12956 | | 8689 | 14634 |
| 农业生产资料批发业 | 919176 | 872078 | 452250 | 14100 | 47098 | 131122 |
| 零售业 | 1724843 | 647807 | 277480 | 995 | 1077037 | 463635 |
| #食品、饮料、烟草零售业 | 133338 | 49065 | 6822 | | 84274 | 56946 |
| 日用百货零售业 | 812295 | 219480 | 84867 | 103 | 592815 | 222755 |
| 纺织品、服装和鞋帽零售业 | 39229 | 10910 | 5519 | | 28319 | 32363 |
| 日用杂品零售业 | 32409 | 14176 | 5561 | | 18234 | 6614 |
| 五金、交电、化工零售业 | 133424 | 32996 | 7437 | 892 | 100428 | 25612 |
| 药品及医疗器械零售业 | 70036 | 20864 | 1540 | | 49173 | 16611 |
| 图书报刊零售业 | 125880 | 42002 | 8371 | | 83879 | 30121 |

## 13—5 限额以下批发零售贸易业商品销售总额

单位：万元

| 行业 | 1997年 | 批发 | 零售 | 1998年 | 批发 | 零售 |
|---|---|---|---|---|---|---|
| **总计** | **4800071** | **3275823** | **1524248** | **4738078** | **3013218** | **1724860** |
| **批发业** | **3772475** | **2939812** | **832664** | **3599191** | **2699868** | **899322** |
| #食品、饮料、烟草批发业 | 800620 | 596442 | 204178 | 969852 | 748011 | 221841 |
| 棉、麻、土畜产品批发业 | 157423 | 145594 | 11830 | 58523 | 57470 | 1053 |
| 纺织品、服装和鞋帽批发业 | 95314 | 85701 | 9613 | 32963 | 21780 | 11183 |
| 日用百货批发业 | 95349 | 79765 | 15584 | 99839 | 33536 | 66303 |
| 日用杂品批发业 | 68715 | 68036 | 679 | 32087 | 22065 | 10022 |
| 五金、交电、化工批发业 | 121010 | 79778 | 41232 | 85497 | 61617 | 23879 |
| 药品及医疗器械批发业 | 284352 | 199305 | 85047 | 125525 | 50135 | 75390 |
| 能源批发业 | 182848 | 122171 | 60678 | 176857 | 120022 | 56836 |
| 化工材料批发业 | 78037 | 73930 | 4107 | 36475 | 26195 | 10280 |
| 木材批发业 | 88388 | 74935 | 13453 | 13873 | 5021 | 8852 |
| 建筑材料批发业 | 71605 | 56763 | 14842 | 13315 | 7508 | 5807 |
| 矿产品批发业 | 6146 | 3727 | 2420 | 9736 | 9736 | |
| 金属材料批发业 | 441743 | 399549 | 42193 | 107859 | 88654 | 19205 |
| 机械、电子设备批发业 | 153863 | 141510 | 12353 | 46634 | 32951 | 13683 |
| 汽车、摩托车及零配件批发业 | 35822 | 25482 | 10340 | 54830 | 26251 | 28580 |
| 图书报刊批发业 | 7224 | | 7224 | 42464 | 19133 | 23331 |
| 农业生产资料批发业 | 999495 | 712408 | 287087 | 901051 | 603975 | 297076 |
| **零售业** | **1027596** | **336011** | **691585** | **1138887** | **313350** | **825537** |
| #食品、饮料、烟草零售业 | 195620 | 57638 | 137982 | 230413 | 72281 | 158133 |
| 日用百货零售业 | 348789 | 144996 | 203793 | 420081 | 151698 | 268383 |
| 纺织品、服装和鞋帽零售业 | 9965 | 164 | 9801 | 71384 | 6981 | 64403 |
| 日用杂品零售业 | 49261 | 11805 | 37456 | 41250 | 17138 | 24112 |
| 五金、交电、化工零售业 | 206404 | 75371 | 131033 | 75985 | 15939 | 60046 |
| 药品及医疗器械零售业 | 9116 | 2221 | 6895 | 82272 | 23786 | 58486 |
| 图书报刊零售业 | 166 | | 166 | 24480 | | 24480 |

注：本表不包括个体。

## 13—6 各市地限额以上批发零售贸易业商品购、销、存总额

(1998年)　　单位:万元

| 市　地 | 购进总额 | #从生产者购进 | #进　口 | 销售总额 | 批　发 | #对生产经营单位 | #出　口 | 零　售 | 年末库存额 |
|---|---|---|---|---|---|---|---|---|---|
| 郑　州　市 | 3394101 | 2629756 | 9253 | 3742579 | 2633403 | 584011 | 363676 | 1109175 | 417047 |
| 开　封　市 | 736300 | 458950 | 1849 | 746203 | 647663 | 250276 |  | 98541 | 118760 |
| 洛　阳　市 | 690734 | 497064 |  | 786123 | 596852 | 188422 | 19554 | 189271 | 140162 |
| 平顶山市 | 370761 | 242575 | 3657 | 469912 | 355165 | 123627 | 10012 | 114747 | 86407 |
| 安　阳　市 | 949133 | 632363 |  | 956465 | 767422 | 322735 | 181 | 189044 | 350612 |
| 鹤　壁　市 | 78439 | 33451 |  | 84668 | 68630 | 32138 |  | 16038 | 13196 |
| 新　乡　市 | 366929 | 180893 |  | 387710 | 310321 | 64218 | 389 | 77388 | 67711 |
| 焦　作　市 | 292081 | 180877 | 1679 | 526221 | 371253 | 62542 | 2846 | 154968 | 36939 |
| 濮　阳　市 | 315869 | 247883 |  | 324193 | 270696 | 159186 | 892 | 53497 | 79269 |
| 许　昌　市 | 362894 | 194152 | 3185 | 795546 | 659078 | 235043 | 13596 | 136468 | 80279 |
| 漯　河　市 | 160751 | 132383 |  | 203366 | 171858 | 29929 |  | 31509 | 39998 |
| 三门峡市 | 301908 | 151494 |  | 393927 | 306394 | 215984 |  | 87533 | 49908 |
| 南　阳　市 | 824111 | 509646 |  | 976018 | 810408 | 269600 | 2378 | 165611 | 298996 |
| 商　丘　市 | 403937 | 255862 |  | 420560 | 351150 | 115080 | 12722 | 69410 | 147844 |
| 信　阳　市 | 287489 | 143256 |  | 324787 | 248046 | 44064 |  | 76741 | 86652 |
| 周口地区 | 574363 | 355651 | 118 | 573405 | 509785 | 189058 |  | 63620 | 232966 |
| 驻马店地区 | 468034 | 264048 | 472 | 712645 | 572218 | 97024 | 745 | 140427 | 100882 |
| 济　源　市 | 58218 | 31930 |  | 62444 | 41667 | 27433 |  | 20777 | 9026 |

注:由于省与市地"限额以上的切割点"不同,所以全省数据不等于市地累加数(下同)。

## 13—7 各市地限额以上批发零售贸易业批发总额

(1998年)　　单位:万元

| 市　地 | 批发总额 | #食品饮料烟草类 | #日用品类 | #纺织服装鞋帽类 | #文化体育用品类 | #家　用电器类 | #医用类 | #书　报杂志类 |
|---|---|---|---|---|---|---|---|---|
| 郑　州　市 | 2633403 | 693522 | 65670 | 76194 | 61852 | 217694 | 40797 | 125991 |
| 开　封　市 | 647663 | 63147 | 4859 | 440 | 1025 | 10414 | 4137 | 11585 |
| 洛　阳　市 | 596852 | 182707 | 10567 | 1066 | 4394 | 8493 | 8297 | 3667 |
| 平顶山市 | 355165 | 149931 | 3427 | 1061 | 76 | 16791 | 12594 | 632 |
| 安　阳　市 | 767422 | 225265 | 4311 | 1212 | 986 | 2952 | 19492 | 8743 |
| 鹤　壁　市 | 68630 | 26689 | 86 | 104 | 2 | 19 |  | 526 |
| 新　乡　市 | 310321 | 95639 | 1499 | 1493 | 23996 | 427 | 3546 | 1173 |
| 焦　作　市 | 371253 | 62539 | 1161 | 839 | 649 | 807 | 2113 | 6047 |
| 濮　阳　市 | 270696 | 48711 | 795 | 863 |  | 300 | 627 | 1712 |
| 许　昌　市 | 659078 | 309439 | 402 | 563 | 3398 | 11355 | 3581 | 2479 |
| 漯　河　市 | 171858 | 75361 | 13 | 17 | 13 | 956 | 818 | 2464 |
| 三门峡市 | 306394 | 139463 | 306 | 822 | 1772 | 59 |  | 607 |
| 南　阳　市 | 810408 | 337799 | 947 | 34353 | 596 | 39849 | 4329 | 2246 |
| 商　丘　市 | 351150 | 154215 | 4041 | 292 | 1217 | 5474 | 4073 | 3996 |
| 信　阳　市 | 248046 | 137530 | 322 | 710 | 549 | 459 | 520 | 4455 |
| 周口地区 | 509785 | 22723 | 148 | 7382 | 536 | 1386 | 5824 | 5087 |
| 驻马店地区 | 572218 | 301889 | 1188 | 1574 | 154 | 3625 | 610 | 2041 |
| 济　源　市 | 41667 | 6530 | 31 | 228 | 149 | 72 | 49 | 87 |

## 13—8 各市地限额以上批发零售贸易业零售总额

(1998年)　　单位:万元

| 市地 | 零售总额 | #食品饮料烟草类 | #日用品类 | #纺织服装鞋帽类 | #文化体育用品类 | #家用电器类 | #医用类 | #书报杂志类 |
|---|---|---|---|---|---|---|---|---|
| 郑州市 | 1109175 | 52512 | 12230 | 28452 | 22408 | 51076 | 19001 | 7432 |
| 开封市 | 98541 | 10752 | 5883 | 10654 | 1661 | 18920 | 6970 | 4312 |
| 洛阳市 | 189271 | 15572 | 10838 | 32301 | 5242 | 20748 | 13192 | 9871 |
| 平顶山市 | 114747 | 16808 | 4291 | 16063 | 1867 | 14758 | 28426 | 6020 |
| 安阳市 | 189044 | 13917 | 3930 | 4782 | 1159 | 14526 | 9538 | 4894 |
| 鹤壁市 | 16038 | 699 | 219 | 1199 | 88 | 1140 | | 1473 |
| 新乡市 | 77388 | 11976 | 4731 | 4188 | 4525 | 1506 | 5421 | 6144 |
| 焦作市 | 154968 | 15560 | 5508 | 11423 | 1999 | 10624 | 6675 | 4420 |
| 濮阳市 | 53497 | 6292 | 2708 | 6036 | 1707 | 5211 | 8 | 2226 |
| 许昌市 | 136468 | 6329 | 2181 | 3790 | 1099 | 7156 | 5771 | 3940 |
| 漯河市 | 31509 | 4668 | 1009 | 2042 | 405 | 2840 | 1206 | 2757 |
| 三门峡市 | 87533 | 14338 | 11308 | 4060 | 8243 | 2051 | 1330 | 4911 |
| 南阳市 | 165611 | 22434 | 6036 | 15582 | 2696 | 16835 | 22494 | 12752 |
| 商丘市 | 69410 | 9742 | 4589 | 13784 | 2567 | 10031 | 6076 | 7621 |
| 信阳市 | 76741 | 18564 | 3477 | 8560 | 2581 | 6698 | 2378 | 8055 |
| 周口地区 | 63620 | 4468 | 2072 | 6427 | 2841 | 4874 | 3127 | 3957 |
| 驻马店地区 | 140427 | 10294 | 3191 | 8347 | 1041 | 6828 | 1445 | 8894 |
| 济源市 | 20777 | 4277 | 1882 | 1028 | 2112 | 546 | 11 | 1175 |

## 13—9 个体批发零售贸易业、餐饮业基本情况

(1998年)

| 指标 | 户数(个) | 从业人员(人) | 销售总额(万元) | 零售 | 批发 |
|---|---|---|---|---|---|
| **总计** | **823433** | **2068819** | **8560950** | **1733011** | **6827939** |
| **一、贸易业** | **662618** | **1537997** | **6975181** | **1674559** | **5300622** |
| 市 | 164885 | 293017 | 2880693 | 868058 | 2012635 |
| 县 | 146063 | 271061 | 1582947 | 267560 | 1315387 |
| 县以下 | 351670 | 973919 | 2511541 | 538941 | 1972600 |
| **二、餐饮业** | **160815** | **530822** | **1585769** | **58452** | **1527317** |
| 市 | 42266 | 180814 | 612804 | 12988 | 599816 |
| 县 | 35680 | 105185 | 392231 | 3858 | 388373 |
| 县以下 | 82869 | 244823 | 580734 | 41606 | 539128 |

## 13—10 限额以上批发零售贸易企业主要经济指标

(1998 年)

单位:万元

| 指　　标 | 总　计 | #国有及国有控股 | #内资企业 | #国有企业 | #集体企业 | #股份合作企业 | #联营企业 |
|---|---|---|---|---|---|---|---|
| **一、年末资产负债** | | | | | | | |
| 流动资产合计 | 4973524 | 2734246 | 4968339 | 2822969 | 1489719 | 264050 | 1375[illegible] |
| #存货 | 1777983 | 944973 | 1776426 | 988035 | 626641 | 32044 | 151[illegible] |
| 长期投资 | 177160 | 108878 | 177110 | 113664 | 43689 | 10033 | |
| 固定资产合计 | 1343733 | 850640 | 1341318 | 867557 | 246460 | 22658 | 98[illegible] |
| 固定资产原价 | 1657938 | 1043953 | 1654849 | 1062793 | 335730 | 27207 | 1159[illegible] |
| #生产经营用 | 922816 | 606012 | 919939 | 619353 | 185290 | 13977 | 974[illegible] |
| 累计折旧 | 314205 | 193313 | 313531 | 195236 | 89270 | 4550 | 173[illegible] |
| #本年提取折旧 | 42711 | 26645 | 42548 | 26899 | 10933 | 789 | 21[illegible] |
| 资产合计 | 6744171 | 3779855 | 6735541 | 3892477 | 1904612 | 300270 | 2505[illegible] |
| 流动负债合计 | 5627828 | 3123035 | 5624031 | 3225441 | 1632985 | 262441 | 1538[illegible] |
| 长期负债合计 | 377124 | 222383 | 377067 | 231436 | 96655 | 7049 | |
| 负债合计 | 6004952 | 3345418 | 6001097 | 3456878 | 1729640 | 269489 | 1538[illegible] |
| 所有者权益合计 | 739219 | 434437 | 734444 | 435599 | 174972 | 30780 | 967[illegible] |
| #实收资本 | 689522 | 370133 | 684997 | 374128 | 160810 | 30156 | 898[illegible] |
| #国家 | 402928 | 345459 | 400298 | 346636 | 22034 | 7965 | 6[illegible] |
| 集体 | 186268 | 1803 | | 2182 | 129122 | 2156 | 712[illegible] |
| 法人 | 66562 | 20247 | 66412 | 21040 | 9126 | 7374 | |
| **二、损益及分配** | | | | | | | |
| 商品销售收入(营业收入) | 8765605 | 6017423 | 8749681 | 6104969 | 1489421 | 329472 | 608[illegible] |
| 商品销售收入净额 | 8706542 | 5961672 | 8690618 | 6049196 | 1486528 | 329472 | 608[illegible] |
| 商品销售成本(营业成本) | 7957835 | 5348256 | 7944931 | 5429801 | 1397720 | 335875 | 526[illegible] |
| 经营费用(营业费用) | 351667 | 271257 | 351395 | 273876 | 45689 | 5850 | 42[illegible] |
| 商品销售税金及附加费 | 16727 | 10729 | 16725 | 10839 | 3004 | 301 | 1[illegible] |
| 商品销售利润 | 380313 | 331430 | 377567 | 334682 | 40116 | —12554 | 38[illegible] |
| 主营业务利润 | 383049 | 333932 | 380303 | 337194 | 40314 | —12552 | 38[illegible] |
| 管理费用 | 367685 | 274795 | 364662 | 278032 | 58419 | 5188 | 13[illegible] |
| #税金 | 9445 | 5717 | 9386 | 5763 | 2464 | 108 | |
| 财产保险 | 4379 | 3181 | 4373 | 3194 | 786 | 45 | |
| 劳动、待业保险费 | 23269 | 15708 | 23266 | 15800 | 4694 | 627 | |
| 财务费用 | 204221 | 136091 | 204178 | 138947 | 37279 | 13308 | 26[illegible] |
| #利息支出 | 184658 | 123399 | 184619 | 125869 | 33037 | 13126 | 26[illegible] |
| 利润总额 | —102453 | —12308 | —102687 | —14364 | —46770 | —30180 | —1[illegible] |
| #应交所得税 | 22778 | 19981 | 22715 | 20209 | 1107 | 44 | |
| 应付利润 | —125230 | —32290 | —125402 | —34572 | —47877 | —30225 | —1[illegible] |
| **三、工资福利及增值税** | | | | | | | |
| 本年应付工资总额 | 156153 | 103806 | 155355 | 105153 | 34226 | 2859 | 38[illegible] |
| 本年应付福利费总额 | 19175 | 13277 | 19067 | 13416 | 3769 | 254 | 6[illegible] |
| 本年应缴增值税 | 103354 | 77142 | 102694 | 77363 | 10230 | 6182 | [illegible] |
| 本年进项增值税 | 1034992 | 762398 | 1032762 | 768823 | 104705 | 43486 | 76[illegible] |
| 本年销项增值税 | 1101670 | 810568 | 1098809 | 817186 | 110169 | 49501 | 76[illegible] |

13－10 续表　　(1998 年)　　单位:万元

| 指　　标 | #股　份有限公司 | #有　限责任公司 | #港澳台商投资企业 | 批发业 | #食品饮料烟　草 | 零售业 | #食品饮料烟　草 |
|---|---|---|---|---|---|---|---|
| 一、年末资产负债 | | | | | | | |
| 流动资产合计 | 235844 | 122204 | 5185 | 4164093 | 1345220 | 809431 | 111880 |
| #存货 | 88061 | 34988 | 1557 | 1495108 | 537372 | 282875 | 57264 |
| 长期投资 | 5319 | 4222 | 50 | 151224 | 35264 | 25935 | 749 |
| 固定资产合计 | 137079 | 51912 | 2416 | 794058 | 254679 | 549675 | 49048 |
| 固定资产原价 | 150137 | 60866 | 3090 | 1013143 | 321971 | 644795 | 59464 |
| #生产经营用 | 46907 | 40041 | 2877 | 551468 | 171529 | 371348 | 38918 |
| 累计折旧 | 13059 | 8954 | 674 | 219085 | 67292 | 95120 | 10416 |
| #本年提取折旧 | 1161 | 2323 | 163 | 30555 | 10139 | 12156 | 1468 |
| 资产合计 | 402707 | 182853 | 8630 | 5281714 | 1673077 | 1462457 | 168186 |
| 流动负债合计 | 315407 | 153523 | 3797 | 4551094 | 1341238 | 1076734 | 138186 |
| 长期负债合计 | 29895 | 9261 | 58 | 206089 | 79057 | 171035 | 16828 |
| 负债合计 | 345302 | 162784 | 3855 | 4757183 | 1420295 | 1247769 | 155014 |
| 所有者权益合计 | 57405 | 20069 | 4775 | 524531 | 252782 | 214689 | 13172 |
| #实收资本 | 54320 | 19771 | 4525 | 487185 | 125639 | 202337 | 12522 |
| #国家 | 15621 | 7913 | 2630 | 309345 | 115813 | 93583 | 9103 |
| 集体 | 14492 | 3816 | | 100302 | 6468 | 85965 | 2110 |
| 法人 | 13910 | 7947 | 150 | 44813 | 1160 | 21749 | 160 |
| 二、损益及分配 | | | | | | | |
| 商品销售收入(营业收入) | 511425 | 245972 | 15924 | 7465162 | 3187377 | 1300444 | 97050 |
| 商品销售收入净额 | 511406 | 245598 | 15924 | 7422227 | 3183194 | 1284315 | 96906 |
| 商品销售成本(营业成本) | 489581 | 227003 | 12904 | 6797114 | 2784127 | 1160721 | 90520 |
| 经营费用(营业费用) | 13696 | 10064 | 272 | 287372 | 146635 | 64295 | 6665 |
| 商品销售税金及附加费 | 633 | 1755 | 2 | 10489 | 5536 | 6239 | 601 |
| 商品销售利润 | 7496 | 6776 | 2746 | 327253 | 246897 | 53060 | －880 |
| 主营业务利润 | 7496 | 6808 | 2746 | 329675 | 248077 | 53374 | －732 |
| 管理费用 | 12402 | 9235 | 3023 | 292348 | 167029 | 75337 | 8123 |
| #税金 | 689 | 301 | 60 | 6219 | 2170 | 3227 | 238 |
| 财产保险 | 99 | 238 | 5 | 3530 | 1391 | 848 | 47 |
| 劳动、待业保险费 | 1521 | 552 | 3 | 16343 | 5466 | 6926 | 1153 |
| 财务费用 | 9283 | 4449 | 43 | 168145 | 70766 | 36076 | 5906 |
| #利息支出 | 7979 | 4001 | 39 | 154174 | 66452 | 30484 | 5546 |
| 利润总额 | －9538 | －994 | 235 | －73193 | 37381 | －29260 | －8233 |
| #应交所得税 | 699 | 552 | 63 | 20960 | 14101 | 1818 | 14 |
| 应付利润 | －10237 | －1546 | 172 | －94153 | 23280 | －31078 | －8246 |
| 三、工资福利及增值税 | | | | | | | |
| 本年应付工资总额 | 6381 | 5469 | 798 | 105912 | 46156 | 50241 | 5677 |
| 本年应付福利费总额 | 772 | 689 | 108 | 13440 | 6160 | 5735 | 554 |
| 本年应缴增值税 | 5949 | 2638 | 660 | 85848 | 44572 | 17507 | 1431 |
| 本年进项增值税 | 79997 | 27248 | 2231 | 929422 | 445880 | 105570 | 5455 |
| 本年销项增值税 | 85251 | 27907 | 2861 | 980729 | 479169 | 120941 | 6836 |

# 13—11 各市地限额以上批发零售贸易企业主要经济指标

（1998 年）

单位：万元

| 市　地 | 流动资产合计 | #存货 | 固定资产合计 | 固定资产原价 | 资产总计 | 所有者权益 | #实收资本 | 商品销售收入（营业收入） |
|---|---|---|---|---|---|---|---|---|
| 郑州市 | 1592779 | 404265 | 418624 | 404359 | 2204121 | 329467 | 296780 | 2676863 |
| 开封市 | 286639 | 114938 | 59515 | 74111 | 370078 | 44533 | 33726 | 683980 |
| 洛阳市 | 359909 | 91122 | 115805 | 130552 | 488154 | 17144 | 15928 | 665009 |
| 平顶山市 | 223661 | 62803 | 79312 | 91130 | 308418 | 34714 | 30842 | 359259 |
| 安阳市 | 155617 | 45421 | 64398 | 71317 | 236843 | 26263 | 24715 | 354932 |
| 鹤壁市 | 27431 | 9959 | 13737 | 15752 | 42214 | 4812 | 4784 | 76148 |
| 新乡市 | 142646 | 64730 | 46227 | 52886 | 193135 | 23575 | 20378 | 335235 |
| 焦作市 | 85561 | 30081 | 46047 | 47289 | 138027 | 23974 | 22553 | 248558 |
| 濮阳市 | 49340 | 18412 | 26039 | 30885 | 81271 | 18657 | 12692 | 207378 |
| 许昌市 | 255179 | 122298 | 59444 | 70649 | 327280 | 38485 | 31122 | 485369 |
| 漯河市 | 122487 | 55533 | 40148 | 33656 | 175163 | 24436 | 23308 | 215269 |
| 三门峡市 | 99005 | 30663 | 52673 | 57860 | 157141 | 30682 | 19842 | 184488 |
| 南阳市 | 542574 | 257121 | 111743 | 129394 | 697059 | 65959 | 63774 | 859285 |
| 商丘市 | 314540 | 139729 | 50045 | 59698 | 396355 | 16778 | 14807 | 384354 |
| 信阳市 | 135297 | 50655 | 55842 | 61610 | 202489 | 21966 | 21211 | 314116 |
| 周口地区 | 520456 | 227345 | 82169 | 100709 | 645784 | 3154 | 3094 | 543033 |
| 驻马店地区 | 263661 | 131952 | 70476 | 73969 | 351893 | 1149 | 568 | 1838 |
| 济源市 | 26851 | 10322 | 12878 | 13965 | 43782 | 10580 | 10483 | 57057 |

| 市　地 | 商品销售收入净额 | 商品销售成本（营业成本） | 商品销售税金及附加费 | 商品销售利润 | 管理费用 | #税金 | 利润总额 | 应缴增值税 |
|---|---|---|---|---|---|---|---|---|
| 郑州市 | 2646264 | 2435114 | 4212 | 85637 | 111611 | 2192 | －55434 | 29322 |
| 开封市 | 680413 | 653542 | 671 | 12175 | 11548 | 507 | －1911 | 7570 |
| 洛阳市 | 662874 | 615161 | 1984 | 18209 | 25291 | 978 | －13565 | 6961 |
| 平顶山市 | 357994 | 314187 | 1059 | 24716 | 19987 | 346 | －2059 | 6392 |
| 安阳市 | 353461 | 334305 | 438 | 8993 | 12782 | 550 | －6002 | 2036 |
| 鹤壁市 | 75863 | 69486 | 235 | 2841 | 3091 | 48 | －1440 | 958 |
| 新乡市 | 334763 | 314813 | 646 | 8104 | 10471 | 297 | －2222 | 2652 |
| 焦作市 | 247516 | 229036 | 492 | 8032 | 8286 | 340 | －3061 | 1962 |
| 濮阳市 | 202648 | 185417 | 424 | 10200 | 7110 | 434 | 2117 | 1050 |
| 许昌市 | 484437 | 407081 | 822 | 56322 | 40329 | 187 | －310 | 6623 |
| 漯河市 | 214348 | 184765 | 429 | 20271 | 6160 | 123 | 9584 | 1899 |
| 三门峡市 | 183990 | 157644 | 747 | 17445 | 10927 | 259 | 4197 | 6288 |
| 南阳市 | 854204 | 773109 | 1765 | 50855 | 49956 | 1043 | －20217 | 15514 |
| 商丘市 | 383666 | 359606 | 715 | 14332 | 11122 | 272 | 220 | 3058 |
| 信阳市 | 312623 | 281670 | 655 | 10849 | 12295 | 271 | －4379 | 3325 |
| 周口地区 | 541683 | 508413 | 1388 | 18239 | 21574 | 1497 | －12049 | 6988 |
| 驻马店地区 | 1838 | 1255 | 35 | 187 | 191 | 14 | －7 | 1 |
| 济源市 | 57044 | 52077 | 147 | 2185 | 1901 | 238 | －188 | 715 |

## 13－12 限额以上餐饮企业主要经济指标

（1998 年）　　　　单位：万元

| 指标 | 总计 | #国有及国有控股 | 内资企业 | #国有企业 | #集体企业 | #联营企业 | 港澳台商投资企业 | 外商投资企业 |
|---|---|---|---|---|---|---|---|---|
| 一、年末资产负债 | | | | | | | | |
| 流动资产合计 | 36591 | 17788 | 31778 | 17964 | 6892 | 110 | 4593 | 220 |
| #存货 | 4859 | 1885 | 4569 | 1904 | 1193 | 10 | 262 | 28 |
| 长期投资 | 1663 | 418 | 1663 | 420 | 491 | | | |
| 固定资产合计 | 98812 | 41768 | 91467 | 43124 | 21895 | 900 | 7017 | 328 |
| 固定资产原价 | 89657 | 38002 | 84361 | 39556 | 17076 | 1130 | 4769 | 527 |
| #生产经营用 | 74620 | 26198 | 70619 | 27752 | 16200 | 1130 | 3596 | 405 |
| 累计折旧 | 13151 | 6259 | 12254 | 6457 | 3213 | 230 | 698 | 199 |
| #本年提取折旧 | 2099 | 706 | 1864 | 791 | 554 | 19 | 210 | 25 |
| 资产合计 | 151811 | 63953 | 134628 | 65487 | 29988 | 1010 | 16369 | 814 |
| 流动负债合计 | 79588 | 26937 | 65597 | 27800 | 13236 | 60 | 13786 | 205 |
| 长期负债合计 | 24239 | 9629 | 23322 | 9863 | 6783 | | 917 | |
| 负债合计 | 103827 | 36566 | 88919 | 37663 | 20019 | 60 | 14703 | 205 |
| 所有者权益合计 | 47984 | 27387 | 45709 | 27824 | 9969 | 950 | 1666 | 609 |
| #实收资本 | 40126 | 12998 | 32089 | 13380 | 5256 | 950 | 5570 | 2467 |
| #国家 | 13430 | 12338 | 13171 | 12720 | 411 | | 258 | |
| 集体 | 9057 | 575 | 8844 | 575 | 3332 | 910 | 106 | 107 |
| 法人 | 10207 | 85 | 6597 | 85 | 292 | | 2233 | 1377 |
| 二、损益及分配 | | | | | | | | |
| 商品销售收入（营业收入） | 67460 | 30486 | 62108 | 31171 | 16225 | 735 | 4674 | 678 |
| 商品销售收入净额 | 67429 | 30486 | 62077 | 31171 | 16225 | 730 | 4674 | 678 |
| 商品销售成本（营业成本） | 38099 | 17382 | 35560 | 17822 | 8746 | 580 | 2212 | 327 |
| 经营费用（营业费用） | 16999 | 8072 | 15410 | 8234 | 3590 | 32 | 1300 | 288 |
| 商品销售税金及附加费 | 2845 | 1443 | 2578 | 1475 | 472 | 16 | 233 | 34 |
| 商品销售利润 | 9486 | 3588 | 8529 | 3640 | 3418 | 103 | 929 | 28 |
| 主营业务利润 | 9517 | 3588 | 8560 | 3640 | 3418 | 108 | 929 | 28 |
| 管理费用 | 10528 | 4389 | 8777 | 4408 | 1945 | 9 | 1532 | 218 |
| #税金 | 286 | 96 | 271 | 96 | 87 | 1 | 5 | 10 |
| 财产保险 | 61 | 15 | 56 | 15 | 27 | | 4 | 1 |
| 劳动、待业保险费 | 534 | 433 | 526 | 433 | 20 | | 3 | 5 |
| 财务费用 | 4487 | 1665 | 3911 | 1698 | 1142 | 13 | 578 | －2 |
| #利息支出 | 3729 | 1500 | 3254 | 1528 | 1088 | | 477 | －2 |
| 利润总额 | －4568 | －1671 | －3112 | －1667 | 301 | 86 | －1269 | －188 |
| #应交所得税 | 283 | 34 | 283 | 34 | 178 | | | |
| 应付利润 | 181 | －6 | 181 | －6 | 101 | | | |
| 三、工资福利及增值税 | | | | | | | | |
| 本年应付工资总额 | 8544 | 4396 | 7743 | 4478 | 1519 | 65 | 676 | 125 |
| 本年应付福利费总额 | 979 | 544 | 861 | 556 | 144 | 4 | 100 | 18 |
| 本年应缴增值税 | 226 | 54 | 226 | 54 | 146 | 4 | | |
| 本年进项增值税 | 332 | 173 | 332 | 173 | 20 | 2 | | |
| 本年销项增值税 | 556 | 225 | 556 | 225 | 166 | 6 | | |

## 13—13 各市地限额以上餐饮企业主要经济指标

（1998年）

单位：万元

| 市　地 | 流动资产合计 | #存货 | 固定资产合计 | 固定资产原价 | 资产总计 | 所有者权益 | #实收资本 | 商品销售收入（营业收入） |
|---|---|---|---|---|---|---|---|---|
| 郑州市 | 17729 | 1555 | 30048 | 27341 | 58045 | 18158 | 17426 | 21470 |
| 开封市 | 1418 | 199 | 3156 | 2162 | 7305 | 3921 | 1636 | 4062 |
| 洛阳市 | 3243 | 407 | 7525 | 7984 | 11544 | 5571 | 3069 | 12722 |
| 平顶山市 | 1952 | 418 | 5877 | 6888 | 8038 | 1752 | 1624 | 5215 |
| 安阳市 | 2201 | 365 | 6235 | 7078 | 8472 | 2828 | 1922 | 4069 |
| 鹤壁市 | 100 | 47 | 399 | 300 | 512 | 190 | 171 | 467 |
| 新乡市 | 107 | 1 | 620 | 784 | 727 | 111 | 110 | 110 |
| 焦作市 | 1867 | 417 | 12119 | 12879 | 15055 | 5373 | 3009 | 2873 |
| 濮阳市 | 1047 | 123 | 3601 | 4000 | 4752 | 3712 | 3707 | 3822 |
| 许昌市 | 2802 | 289 | 8673 | 6763 | 12573 | 518 | 510 | 5838 |
| 漯河市 | 666 | 4 | 1177 | 1017 | 1843 | 801 | 490 | 996 |
| 三门峡市 | 720 | 188 | 3088 | 3557 | 4214 | 2494 | 2445 | 2353 |
| 南阳市 | 2687 | 533 | 10485 | 10788 | 13746 | 7067 | 3770 | 6861 |
| 商丘市 | 579 | 169 | 4047 | 3159 | 4675 | 2228 | 1167 | 3975 |
| 信阳市 | 1255 | 280 | 10425 | 4416 | 11741 | 2487 | 890 | 4828 |
| 周口地区 | 1791 | 388 | 1957 | 2180 | 3750 | 1633 | 1264 | 3098 |
| 驻马店地区 | 322 | 40 | 1860 | 2190 | 2346 | 1149 | 568 | 1838 |
| 济源市 | 725 | 39 | 809 | 862 | 1540 | | | 342 |

| 市　地 | 商品销售收入净额 | 商品销售成本（营业成本） | 商品销售税金及附加费 | 商品销售利润 | 管理费用 | #税金 | 利润总额 | 应缴增值税 |
|---|---|---|---|---|---|---|---|---|
| 郑州市 | 21470 | 11036 | 1002 | 2800 | 4188 | 75 | －2338 | 13[illegible] |
| 开封市 | 4062 | 2549 | 193 | 371 | 339 | 3 | －11 | [illegible] |
| 洛阳市 | 12722 | 8033 | 475 | 1630 | 1459 | 42 | 178 | 11[illegible] |
| 平顶山市 | | 3001 | 267 | | 767 | 23 | －1347 | |
| 安阳市 | 4069 | 2282 | 209 | 263 | 500 | 17 | －165 | [illegible] |
| 鹤壁市 | 334 | 323 | 18 | －27 | 69 | 1 | －91 | |
| 新乡市 | 110 | | 6 | 29 | 5 | | | |
| 焦作市 | | 1696 | 158 | | 554 | 10 | －252 | |
| 濮阳市 | 3761 | 2657 | 99 | 411 | 143 | 18 | 277 | 29[illegible] |
| 许昌市 | | 2506 | 207 | | 1823 | 13 | －834 | 16[illegible] |
| 漯河市 | 996 | 869 | 5 | 106 | 66 | 4 | 30 | |
| 三门峡市 | 2353 | 1360 | 79 | 348 | 350 | 9 | －104 | [illegible] |
| 南阳市 | 6853 | 4218 | 196 | 1421 | 677 | 54 | 607 | 17[illegible] |
| 商丘市 | 3975 | 2510 | 123 | 922 | 124 | | 746 | |
| 信阳市 | 4828 | 2672 | 204 | 967 | 498 | 68 | 30 | |
| 周口地区 | 3098 | 2203 | 46 | 718 | 157 | 18 | 369 | 15[illegible] |
| 驻马店地区 | 1838 | 1255 | 35 | 187 | 191 | 14 | －7 | [illegible] |
| 济源市 | 342 | 289 | 19 | | 45 | 3 | 2 | |

## 13—14 城乡集市贸易市场个数、成交额及成交量

| 指标 | 1997年 | | | 1998年 | | |
|---|---|---|---|---|---|---|
| | 合计 | 城市 | 农村 | 合计 | 城市 | 农村 |
| **一、集市贸易市场个数(个)** | **5583** | **1202** | **4381** | **5621** | **1343** | **4278** |
| **二、集市贸易成交额(万元)** | **8145390** | **4509931** | **3635459** | **9459914** | **5727135** | **3732779** |
| 粮食类 | 559631 | 140407 | 419224 | 521792 | 183677 | 338115 |
| 油脂油料类 | 275016 | 92690 | 182326 | 305786 | 101287 | 204499 |
| 棉烟麻类 | 25070 | 3000 | 22070 | 34220 | 5892 | 28328 |
| 肉食禽蛋类 | 1041086 | 416705 | 624381 | 1160783 | 580580 | 580203 |
| 水产品类 | 225814 | 115505 | 110309 | 245435 | 141100 | 104335 |
| 蔬菜类 | 807563 | 365933 | 441630 | 844970 | 445942 | 399028 |
| 干鲜果类 | 520452 | 275951 | 244501 | 478086 | 253250 | 224836 |
| 大牲畜类 | 87783 | 3023 | 84760 | 112400 | 6474 | 105926 |
| 家禽牲畜类 | 96509 | 3929 | 92580 | 118103 | 6094 | 112009 |
| 工业品类 | 3038051 | 2247252 | 790799 | 3726443 | 2924771 | 801672 |
| 其他类 | 1468415 | 845536 | 622879 | 1911896 | 1078068 | 833828 |
| **三、主要商品成交量(吨)** | | | | | | |
| 粮食(贸易粮) | 2049040 | 457387 | 1591653 | 2362019 | 487102 | 1874917 |
| 食用植物油 | 327472 | 89690 | 237782 | 402515 | 107029 | 295486 |
| 猪和猪肉 | 383495 | 141766 | 241729 | 468927 | 184067 | 284860 |
| 牛羊肉 | 169656 | 70869 | 98787 | 167613 | 73687 | 93926 |
| 家禽 | 102480 | 39238 | 63242 | 144811 | 60045 | 84766 |
| 鲜蛋 | 355445 | 132687 | 222758 | 387012 | 155533 | 231479 |
| 水产品 | 184212 | 83110 | 101102 | 270393 | 122053 | 148340 |
| 蔬菜 | 4743663 | 2201135 | 2542528 | 5852975 | 2920781 | 2932194 |
| 大牲畜(万头) | 55 | | 55 | 40 | | 40 |

## 13—15 各市地城乡集市贸易市场个数及成交额

| 市地 | 1997年 | | | | 1998年 | | | |
|---|---|---|---|---|---|---|---|---|
| | 市场个数(个) | #农村 | 成交额(万元) | #农村 | 市场个数(个) | #农村 | 成交额(万元) | #农村 |
| **全省** | **5583** | **4381** | **8145390** | **3635459** | **5621** | **4278** | **9459914** | **3732779** |
| 郑州市 | 380 | 240 | 1807324 | 394787 | 377 | 218 | 2490989 | 395293 |
| 开封市 | 367 | 252 | 382327 | 141989 | 332 | 218 | 421625 | 156613 |
| 洛阳市 | 360 | 207 | 1468655 | 276875 | 364 | 190 | 1659003 | 292484 |
| 平顶山市 | 255 | 181 | 251520 | 159640 | 255 | 181 | 276672 | 175604 |
| 安阳市 | 212 | 126 | 627923 | 237087 | 231 | 141 | 628278 | 236589 |
| 鹤壁市 | 77 | 40 | 82957 | 40263 | 77 | 41 | 96982 | 46196 |
| 新乡市 | 322 | 260 | 315852 | 203700 | 325 | 263 | 307556 | 181683 |
| 焦作市 | 175 | 75 | 304035 | 96706 | 179 | 75 | 258270 | 77837 |
| 濮阳市 | 211 | 194 | 161802 | 115261 | 218 | 194 | 185828 | 154643 |
| 许昌市 | 275 | 227 | 481069 | 376304 | 223 | 160 | 487525 | 398177 |
| 漯河市 | 210 | 169 | 149013 | 54680 | 242 | 144 | 249358 | 80793 |
| 三门峡市 | 117 | 92 | 105037 | 57469 | 128 | 93 | 110722 | 64494 |
| 南阳市 | 591 | 452 | 419161 | 291790 | 617 | 536 | 451085 | 282254 |
| 商丘市 | 473 | 427 | 374142 | 290201 | 525 | 437 | 456686 | 203055 |
| 信阳市 | 454 | 413 | 351808 | 313088 | 479 | 449 | 393994 | 351866 |
| 周口地区 | 638 | 593 | 310819 | 175659 | 638 | 593 | 332695 | 171312 |
| 驻马店地区 | 427 | 406 | 390620 | 321120 | 372 | 318 | 504240 | 380111 |
| 济源市 | 39 | 27 | 161326 | 88840 | 39 | 27 | 148406 | 83775 |

## 13—16 百家批发额最大贸易业企业

（1998年） 单位：万元

| 位 次 | 单 位 名 称 | 法人代表 | 销售总额 | #批发额 |
|---|---|---|---|---|
| 1 | 郑州百文股份有限公司 | 李福乾 | 299949 | 282073 |
| 2 | 开封机电设备(集团)股份有限公司 | 姚福顺 | 233050 | 232251 |
| 3 | 新郑卷烟销售公司 | 魏平建 | 213367 | 213367 |
| 4 | 郑州卷烟厂供销公司 | 杨志中 | 192849 | 192849 |
| 5 | 河南省烟草公司驻马店分公司 | 张丰年 | 174458 | 174458 |
| 6 | 许昌卷烟调拨站 | 王建民 | 133673 | 133673 |
| 7 | 中原油田物资公司 | 贺广玉 | 124335 | 124335 |
| 8 | 河南省烟草公司开封分公司 | 王忠伟 | 119307 | 119307 |
| 9 | 一拖公司销售服务公司洛阳公司 | 孙维强 | 110450 | 110450 |
| 10 | 南阳卷烟厂购销公司 | 连仲祥 | 106230 | 106230 |
| 11 | 河南省烟草公司郑州分公司 | 牛长江 | 100582 | 100582 |
| 12 | 河南省新华书店 | 王英明 | 99130 | 99130 |
| 13 | 河南仰韶集团有限公司销售公司 | 将武举 | 93307 | 92627 |
| 14 | 河南省机电设备总公司 | 张 翔 | 141708 | 83983 |
| 15 | 河南省烟草公司周口分公司 | 赵 群 | 83355 | 83277 |
| 16 | 河南省石油总公司 | 陈天源 | 79580 | 79577 |
| 17 | 南阳烟草分公司 | 连种详 | 78799 | 78014 |
| 18 | 河南省信阳市烟草专卖局 | 郭荣伟 | 74195 | 74195 |
| 19 | 河南省农业生产资料总公司 | 耿玉生 | 73464 | 73464 |
| 20 | 洛阳物产集团股份有限公司 | 卜道广 | 85237 | 66610 |
| 21 | 中原贸易中心 | 王奇民 | 56192 | 56192 |
| 22 | 河南省烟草总公司安阳分公司 | 赵志正 | 55639 | 55639 |
| 23 | 河南省服装进出口公司 | 伍光灿 | 52791 | 52791 |
| 24 | 河南省粮油食品进出口公司 | 郑胜庭 | 48715 | 48715 |
| 25 | 河南省印刷物资总公司 | 郭趁意 | 47989 | 47989 |
| 26 | 河南省烟草公司许昌分公司 | 王建民 | 46250 | 46250 |
| 27 | 商丘市烟草专卖局 | 常新民 | 45873 | 45873 |
| 28 | 河南省平顶山市烟草公司 | 罗广善 | 42861 | 42715 |
| 29 | 中国石油物资郑州公司 | 范秋茂 | 38095 | 38095 |
| 30 | 河南省石油总公司郑州分公司 | 万德泉 | 42516 | 37659 |
| 31 | 漯河卷烟厂卷烟销售公司 | 付顺卿 | 36768 | 36768 |
| 32 | 郑州市机电设备总公司 | 路德禄 | 62539 | 36701 |
| 33 | 南阳市华苑金属材料集团有限公司 | 李聚兴 | 36453 | 35824 |
| 34 | 河南仰韶集团有限公司采购供应公 | 赵松林 | 35270 | 35270 |
| 35 | 洛阳摩托车经销公司 | 张迎新 | 43416 | 34617 |
| 36 | 河南省烟草公司新乡分公司新乡市 | 乔 勇 | 33803 | 33803 |
| 37 | 郑州市第二金属材料总公司 | 王富祥 | 33263 | 33249 |
| 38 | 中国烟草总公司河南卷烟销售分公 | 潘顺强 | 32442 | 32442 |
| 39 | 洛阳石化总厂宏达产业总公司实华 | 李晓梅 | 32134 | 32134 |
| 40 | 河南省邮电器材公司 | 高长建 | 31883 | 31883 |
| 41 | 河南省石油总公司新乡公司 | 孙立法 | 32291 | 31861 |
| 42 | 开封日化销售有限公司 | 韩计超 | 29967 | 29967 |
| 43 | 太康县棉麻集团公司 | 李仰性 | 29536 | 29536 |
| 44 | 河南省郏县烟草公司 | 王新昌 | 28826 | 28826 |
| 45 | 博爱县物资局贸易中心 | 毋乃明 | 28312 | 28312 |
| 46 | 周口地区商业副食品公司 | 李士强 | 28137 | 28137 |
| 47 | 邓州市烟草公司 | 李天亮 | 27540 | 27540 |
| 48 | 河南省轻工业品进出口公司 | 屈政河 | 27482 | 27482 |
| 49 | 鹿邑县烟草公司 | 张殿义 | 27356 | 27356 |
| 50 | 商丘市农业机械总公司 | 李向东 | 27047 | 27047 |

13—16 续表 (1998年) 单位:万元

| 位 次 | 单 位 名 称 | 法人代表 | 销售总额 | #批发额 |
|---|---|---|---|---|
| 51 | 河南省烟草公司濮阳分公司 | 窦明祥 | 26815 | 26815 |
| 52 | 郑州市宝隆摩托车销售有限公司 | 王六保 | 26992 | 26696 |
| 53 | 河南石油总公司南阳分公司 | 张文乾 | 29930 | 26286 |
| 54 | 郑州市棉麻公司 | 杨成立 | 26056 | 26056 |
| 55 | 洛阳市物资贸易中心 | 谢国华 | 25394 | 25394 |
| 56 | 河南省油脂公司 | 穆德林 | 25389 | 25036 |
| 57 | 河南省油脂公司 | 穆德林 | 25389 | 25036 |
| 58 | 新野县棉麻集团公司 | 王书汉 | 24903 | 24903 |
| 59 | 襄城县烟草公司 | 阎 伟 | 24624 | 24624 |
| 60 | 辉县市轻化物资总公司 | 董 新 | 28365 | 23843 |
| 61 | 南阳市宛城区棉麻公司 | 李明宏 | 23722 | 23722 |
| 62 | 新乡市农机总公司 | 陈运科 | 23182 | 23182 |
| 63 | 河南省烟草公司卢氏县支公司 | 王留军 | 22808 | 22808 |
| 64 | 河南省烟草公司三门峡分公司 | 秦留拽 | 23154 | 22601 |
| 65 | 河南省烟草公司许昌县公司 | 郭喜昌 | 22491 | 22491 |
| 66 | 河南省医药公司 | 闫国斌 | 23804 | 22434 |
| 67 | 南阳市南贸家用电器有限总公司 | 陈瑞琦 | 26118 | 22350 |
| 68 | 河南省石油总公司许昌分公司 | 韩宏彬 | 25714 | 22124 |
| 69 | 河南省石油总公司安阳分公司 | 高玉广 | 22724 | 22091 |
| 70 | 中国烟草河南进出口公司 | 孟喜朝 | 20778 | 20778 |
| 71 | 河南省石油公司周口公司 | 张新远 | 22668 | 20688 |
| 72 | 新乡市家用电器有限公司 | 耿孟兰 | 22310 | 20657 |
| 73 | 河南省石油总公司平顶山分公司 | 焦 键 | 24132 | 19951 |
| 74 | 叶县烟草公司 | 顾建国 | 19769 | 19769 |
| 75 | 南阳市农业生产资料公司 | 张洪敏 | 19683 | 19683 |
| 76 | 郑州高新技术产业开发区发展总公 | 陈松强 | 19565 | 19565 |
| 77 | 平煤集团物资供应公司 | 梁铁山 | 18628 | 18628 |
| 78 | 中国磨料磨具进出口联营公司 | 陈和生 | 18554 | 18554 |
| 79 | 河南省新乡市农业生产资料公司 | 张文明 | 18051 | 18051 |
| 80 | 河南阳天冠供销公司 | 张晓阳 | 17938 | 17938 |
| 81 | 河南省烟草公司禹州烟草专卖局 | 沈金昌 | 17909 | 17909 |
| 82 | 濮阳高新技术产业开发区华油物资 | 王 琦 | 17807 | 17807 |
| 83 | 河南省畜产品进出口公司 | 张松安 | 17797 | 17797 |
| 84 | 河南省丝绸进出口公司 | 樊松奎 | 17649 | 17649 |
| 85 | 河南省棉麻公司 | 张文明 | 17330 | 17330 |
| 86 | 河南省纺织工业总公司 | 袁晓光 | 17081 | 17081 |
| 87 | 河南鸿源郑州电力燃料公司 | 丁远福 | 16816 | 16816 |
| 88 | 中国抽纱河南进出口公司 | 苗永清 | 16625 | 16625 |
| 89 | 中国抽纱河南进出口公司 | 苗永清 | 16625 | 16625 |
| 90 | 河南省电子工业总公司 | 李春志 | 17566 | 16431 |
| 91 | 周口地区糖酒副食品总公司 | 李明义 | 16407 | 16407 |
| 92 | 河南省石油公司开封分公司 | 康东高 | 18099 | 16269 |
| 93 | 洛阳市副食品集团公司 | 李捷健 | 16570 | 16081 |
| 94 | 河南省漯河石油股份有限公司 | 陈天源 | 17486 | 16055 |
| 95 | 民权县棉麻公司 | 董怀安 | 15642 | 15642 |
| 96 | 河南省石油总公司焦作石油分公司 | 张丙三 | 17087 | 15356 |
| 97 | 河南省土产进出口公司 | 李清树 | 15345 | 15345 |
| 98 | 河南省石油总公司信阳分公司 | 陈 奇 | 17358 | 15289 |
| 99 | 新乡市粮油经营公司 | 马一泓 | 20788 | 15185 |
| 100 | 河南省烟草公司登封市分公司 | 何相德 | 15182 | 15182 |

# 13－17 百家零售额最大贸易业企业

（1998年）　　　　单位：万元

| 位次 | 单位名称 | 法人代表 | 销售总额 | #零售额 |
|---|---|---|---|---|
| 1 | 河南省机电设备总公司 | 张　翔 | 141708 | 57725 |
| 2 | 郑州市机电设备总公司 | 路德禄 | 62539 | 25838 |
| 3 | 洛阳市百货大楼 | 董公元 | 21017 | 20512 |
| 4 | 洛阳物产集团股份有限公司 | 卜道广 | 85237 | 18628 |
| 5 | 郑州百文股份有限公司 | 李福乾 | 299949 | 17876 |
| 6 | 郑州友谊商业(集团)总公司 | 刘继臣 | 19277 | 16122 |
| 7 | 郑州市花园商厦 | 乔松龄 | 14639 | 14528 |
| 8 | 郑州市紫荆山百货大楼 | 张根湘 | 13664 | 13640 |
| 9 | 郑州市汽车供应公司 | 程湘君 | 13636 | 13636 |
| 10 | 安阳市工业品贸易中心 | 付新生 | 13485 | 13316 |
| 11 | 河南省平顶山市中原(集团)公司 | 张建平 | 24613 | 12806 |
| 12 | 洛阳工贸股份有限公司 | 董树斌 | 12407 | 12252 |
| 13 | 河南省平顶山市商业大楼 | 夏　素 | 12864 | 11732 |
| 14 | 郑州百货大楼股份有限公司 | 林扬铭 | 21506 | 10964 |
| 15 | 郑州商业大厦股份有限公司 | 张清海 | 11195 | 10908 |
| 16 | 河南金博大购物中心有限公司 | 黄建风 | 10507 | 10507 |
| 17 | 郑州市果品食杂总公司 | 付留德 | 18613 | 9770 |
| 18 | 宝丰酒厂销售公司 | 诸双全 | 20985 | 9756 |
| 19 | 郑州华联商厦 | 张淑云 | 11927 | 9368 |
| 20 | 三门峡市百货大楼股份有限公司 | 柴光旭 | 9326 | 9177 |
| 21 | 河南省商城大厦集团股份有限公司 | 赵国昌 | 15481 | 9066 |
| 22 | 洛阳百货总公司 | 卫广立 | 20775 | 9065 |
| 23 | 洛阳摩托车经销公司 | 张迎新 | 43416 | 8799 |
| 24 | 河南思达商业有限公司 | 汪远思 | 8652 | 8652 |
| 25 | 郑州市医药总公司 | 王学斌 | 11011 | 8378 |
| 26 | 河南省平顶山市华宝商场 | 杨　勇 | 8155 | 8114 |
| 27 | 焦作市百货大楼股份有限公司 | 姬广泰 | 8089 | 8089 |
| 28 | 南阳市卧龙区医药公司 | 胡祥宝 | 11100 | 7972 |
| 29 | 郑州市电信局通信开发总公司 | 丁继平 | 7919 | 7919 |
| 30 | 河南省洛阳医药采购供应站 | 朱耀明 | 11417 | 7129 |
| 31 | 许昌市亚细亚商场有限责任公司 | 袁桂宝 | 6684 | 6684 |
| 32 | 洛阳市上海市场百货大楼 | 潘惠民 | 6510 | 6448 |
| 33 | 洛阳市广州市场百货大楼 | 张振兴 | 6565 | 6423 |
| 34 | 原阳县农业机械供应公司 | 杜发天 | 6327 | 6297 |
| 35 | 许昌汽车销售总公司 | 李伟民 | 18862 | 6061 |
| 36 | 驻马店市乐山商场实业有限公司 | 徐泽波 | 5867 | 5867 |
| 37 | 商丘市梁园区医药公司 | 李振高 | 8775 | 5624 |
| 38 | 南阳市五金交电化工采购供应站 | 王　刚 | 19328 | 5620 |
| 39 | 新乡市粮油经营公司 | 马一泓 | 20788 | 5604 |
| 40 | 郑铁商丘车站实业开发公司 | 陈文超 | 5511 | 5511 |
| 41 | 河南省南阳市医药器械化玻采购供 | 任天林 | 6153 | 5469 |
| 42 | 开封医药采购供应站 | 杨　杰 | 8764 | 5363 |
| 43 | 信阳亚细亚商场有限责任公司 | 赵国功 | 5656 | 5259 |
| 44 | 新乡市第二机电设备总公司 | 张好政 | 8179 | 5190 |
| 45 | 河南省驻马店商业大厦(集团)有限 | 孙亚力 | 9298 | 5174 |
| 46 | 河南省平顶山市平顶山商场 | 赵宇明 | 5262 | 5139 |
| 47 | 河南万宝股份有限公司 | 杨　琦 | 10901 | 5116 |
| 48 | 新乡市百货大楼 | 王树安 | 6311 | 5102 |
| 49 | 洛阳市东都商厦 | 李志坚 | 4903 | 4903 |
| 50 | 洛阳市蔬菜副食品总公司 | 薛国胜 | 9392 | 4900 |

13—17 续表　　(1998 年)　　单位:万元

| 位次 | 单位名称 | 法人代表 | 销售总额 | #零售额 |
|---|---|---|---|---|
| 51 | 杞县农业机械供应公司 | 孟照才 | 4879 | 4879 |
| 52 | 平顶山市副食品公司 | 周得军 | 8257 | 4859 |
| 53 | 河南省石油总公司郑州分公司 | 万德泉 | 42516 | 4858 |
| 54 | 叶县中原工贸总公司 | 朱新永 | 4825 | 4825 |
| 55 | 郑州亚细亚商场 | 王　锋 | 4791 | 4790 |
| 56 | 栾川县泰丰矿业有限责任公司 | 王福生 | 4774 | 4774 |
| 57 | 南阳金汉丰商厦 | 史恒纯 | 16253 | 4724 |
| 58 | 河南省焦作市糖业烟酒总公司 | 李善忠 | 17087 | 4707 |
| 59 | 巩义市孝义供销合作社 | 孙一纲 | 5376 | 4659 |
| 60 | 永城市生产公司 | 崔秀连 | 6006 | 4651 |
| 61 | 辉县市轻化物资总公司 | 董　新 | 28365 | 4522 |
| 62 | 河南省南阳市医药采购供应站 | 黄文联 | 5154 | 4484 |
| 63 | 商丘市梁园区百货大楼股份有限公 | 沈艳芳 | 4457 | 4457 |
| 64 | 开封市爱华声像电脑部 | 丁丽敏 | 4455 | 4455 |
| 65 | 新密市机电设备总公司 | 袁华营 | 4378 | 4378 |
| 66 | 焦作市医药采购供应站(医药经销) | 姬广达 | 6185 | 4340 |
| 67 | 河南省焦作市食品公司 | 王克礼 | 7505 | 4291 |
| 68 | 方城县小史店供销社 | 陈庆永 | 4900 | 4290 |
| 69 | 开封市柏益贸易有限公司 | 韩有玲 | 4216 | 4216 |
| 70 | 河南省石油总公司平顶山分公司 | 焦　键 | 24132 | 4181 |
| 71 | 濮阳市汽车交易市场 | 李道中 | 4163 | 4163 |
| 72 | 濮阳亚细亚商厦股份有限公司 | 韩　梅 | 4100 | 4100 |
| 73 | 商丘电业局天宇商厦 | 吕新翔 | 4192 | 4094 |
| 74 | 河南省阿波罗实业有限公司 | 王　安 | 4086 | 4086 |
| 75 | 新密石油公司 | 王文才 | 6405 | 4057 |
| 76 | 郑州丹尼斯百货有限公司 | 王任生 | 4016 | 4016 |
| 77 | 开封市航天家电有限公司 | 吕光中 | 3995 | 3995 |
| 78 | 洛阳市五金交电总公司 | 张树跃 | 5521 | 3976 |
| 79 | 郑州市燃料总公司 | 韩国钧 | 4839 | 3847 |
| 80 | 河南省新华书店郑州市店 | 张沪生 | 8987 | 3792 |
| 81 | 河南省安阳市医药采购供应站 | 彭砚青 | 5965 | 3772 |
| 82 | 南阳市南贸家用电器有限总公司 | 陈瑞琦 | 26118 | 3767 |
| 83 | 郑州市石油总公司 | 万德泉 | 3766 | 3766 |
| 84 | 新乡市工业品贸易中心 | 尹传宝 | 4684 | 3716 |
| 85 | 洛阳国家开发区国脉通信有限公司 | 王心诚 | 9810 | 3709 |
| 86 | 焦作市新亚商厦 | 闪桂林 | 3697 | 3697 |
| 87 | 河南石油总公司南阳分公司 | 张文乾 | 29930 | 3644 |
| 88 | 河南省舞阳县人民商场 | 张东旭 | 3631 | 3631 |
| 89 | 河南省平顶山市纺织品公司 | 李腾柱 | 4057 | 3600 |
| 90 | 河南省石油总公司许昌分公司 | 韩宏彬 | 25714 | 3591 |
| 91 | 濮阳市南乐县农业生产资料公司 | 薛少伟 | 4350 | 3563 |
| 92 | 禹州市供销社工业品总公司 | 陈合顺 | 3560 | 3560 |
| 93 | 镇平县杨营乡供销社 | 庞子立 | 8300 | 3400 |
| 94 | 周口市人民商场责任有限公司 | 张国安 | 3343 | 3343 |
| 95 | 平顶山市食品城 | 任长旺 | 3342 | 3342 |
| 96 | 登封市五交化公司 | 温德宪 | 3321 | 3321 |
| 97 | 南阳市邮电器材公司 | 史大磊 | 8199 | 3315 |
| 98 | 河南省郸城县食品公司 | 刘士生 | 3229 | 3229 |
| 99 | 临颍县汽车贸易有限责任公司 | 马西林 | 9024 | 3213 |
| 100 | 登封市纺织品公司 | 胡爱民 | 3206 | 3206 |

# 主要统计指标解释

**社会消费品零售总额** 指各种经济类型的批发零售贸易业、餐饮业、制造业和其他行业对城乡居民和社会集团的消费品零售额及农民对非农业居民零售额的总和。它是反映通过各种商品流通渠道向居民和社会集团供应的生活消费品来满足他们生活需要，是研究人民生活、社会消费品购买力、货币流通等问题的重要指标。

**商品购进总额** 即商品购进原价，指从本企业以外的单位和个人购进（包括从国外直接进口）作为转卖或加工后转卖的商品。购进的各种商品，不论是否进入本单位仓库，凡是通过本企业结算货款的，都包括在内。本指标由从生产者购进额、从批发零售贸易业购进额、进口额和其他项目组成。它反映批发零售贸易企业从国内、国外市场上购进商品的总量。

1. 从生产者购进额，指直接从工农业生产单位购进的各种工矿产品、农副产品。

2. 从批发零售贸易业购进额，指从本企业（单位）以外的各种经济类型的批发零售贸易企业或其他行业办的附营批发零售贸易业单位购进的商品。包括国产商品和国外商品。

3. 进口额，指直接从国外进口的商品和委托外贸部门代理进口的商品，不包括从国内有关单位（包括对外贸易部门和其他单位）购进的进口商口。

4. 其他，指从生产者、批发零售贸易业以外的其他单位购进的商品。

**商品销售总额** 指对本企业以外的单位和个人出售（包括对国（境）外直接出口）的商品（包括售给本单位消费用的商品）。本指标由对生产经营单位批发额、对批发零售贸易业批发额、出口额和对居民和社会集团商品零售额项目组成。它反映批发零售贸易企业在国内市场上销售商品及出口商品的总量。

1. 对生产经营单位批发额，指售给国民经济和社会各部门作为生产或经营使用的商品。

2. 对批发零售贸易业批发额，指售给各种经济类型的批发零售贸易业用作转卖或加工后转卖的商品。

3. 出口额，指直接向国（境）外出口商品和委托外贸部门代理出口的商品。不包括售给外贸部门出口或加工后出口的商品以及在国内市场以外币销售的商品。

4. 对居民和社会集团的商品零售额，指售给城乡居民直接用于生活消费的商品和社会集团直接用于公用消费的商品。

**期末库存** 指报告期末批发零售贸易企业已取得所有权的全部商品。它反映批发零售贸易企业的商品库存情况，对市场商品供应的保证程度。

**资本金** 指批发零售贸易业、餐饮业企业在工商行政管理部门登记的注册资金。资本金按投资主体分为国家资本金、法人资本金、个人资本金和外商资本金等。

1. 国家资本金，指有权代表国家投资的政府或机构以国有资产投入企业形成的资本金。

2. 法人资本金，指企业接受其他法人单位投资形成的资本金。

3. 个人资本金，指社会个人或本企业内部职工以个人的合法财产投入企业而形成的资本金。

4. 外商资本金，指外国投资者以及我国港、澳、台地区投资者以各种形式的财产进行投资形成的资本金。

**商品销售收入（营业收入）** 指批发零售贸易企业商品销售收入、接受其他单位委托代销商品的收入和餐饮企业的营业收入（包括餐费收入、冷热饮收入、服务收入和其他收入）。

**商品销售收入净额** 指批发零售贸易企业商品销售收入减去商品销售折扣与折让后的净额。

**利润总额** 指企业全年实现的利润。包括营业利润、投资净收益及营业外收支净额。

**城乡集市贸易成交额** 指在农村集市和城市集市上买卖双方(包括农民、非农业居民、机关、团体、工商企业、个体商贩)成交的全部商品金额,是反映集市贸易规模的综合性指标。

# 十四、对外经济贸易和国际旅游

**简要说明**

一、本篇资料主要反映河南省对外贸易、利用外资、对外承包工程和劳务合作、国际旅游方面的基本情况。主要内容有进出口总额及构成、主要出口商品数量、协议利用外资和实际利用外资情况、外商投资企业注册登记情况、对外承包工程和劳务合作情况、国际旅游情况及主要统计指标解释等。

二、资料来源

1. 进出口资料1991年及以前年度为有关部门统计数据;1992年及以后年度为海关数据。

2. 利用外资资料1991年及以前年度为省外经贸厅根据国家对外贸易经济合作部《利用外资统计制度》进行全面统计并加工整理提供;1992—1994年为省统计局根据有关制度规定加工整理;1995年及以后年度为按照新的统计制度统计数据。

3. 外商投资企业注册登记情况,由省工商行政管理局根据国家工商行政管理局《工商行政管理系统统计报表制度》进行统计,并加工整理提供。

4. 进出口商品检验情况由省商检局提供。

5. 国际旅游业资料中接待人数由省统计局根据有关制度加工整理,其他资料由省旅游局加工、整理提供。

## 数 据 要 览

| | | |
|---|---|---|
| ◆1998 年全省进出口总额 | 17.32 亿美元 | 比上年下降 8.7% |
| 进口总额 | 5.45 亿美元 | 比上年下降 10.7% |
| 出口总额 | 11.87 亿美元 | 比上年下降 7.8% |
| ◆1998 年实际利用外资 | 11.83 亿美元 | 比上年下降 10.6% |
| ◆1998 年接待国际旅游人数 | 17.93 万人次 | 比上年增长 2.5% |
| ◆1998 年国际旅游创汇收入 | 10132 万美元 | 比上年增长 6.7% |

### 历年进出口总额

单位：万美元

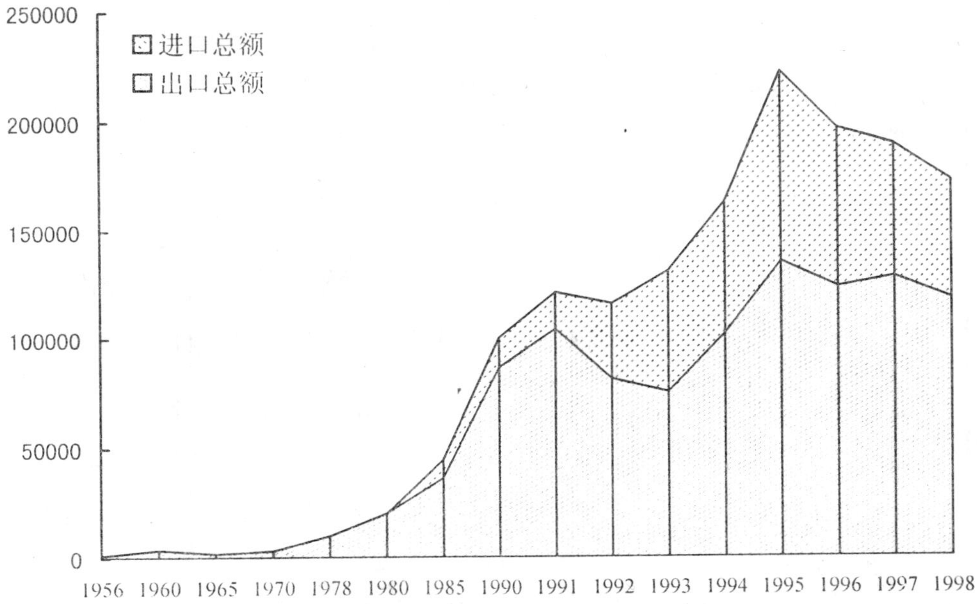

# 14－1 历年进出口总额

| 年份 | 美元（万元） | | | | 人民币（万元） | | | |
|---|---|---|---|---|---|---|---|---|
| | 进出口总额 | 出口总额 | 进口总额 | 差额 | 进出口总额 | 出口总额 | 进口总额 | 差额 |
| 1957 | 1387 | 1387 | | 1387 | 3412 | 3412 | | 3412 |
| 1962 | 1309 | 1309 | | 1309 | 3220 | 3220 | | 3220 |
| 1965 | 1914 | 1914 | | 1914 | | | | |
| 1970 | 3328 | 3328 | | 3328 | | | | |
| 1975 | 5438 | 5438 | | 5438 | 10115 | 10115 | | 10115 |
| 1978 | 10231 | 10231 | | 10231 | 17188 | 17188 | | 17188 |
| 1979 | 13422 | 13422 | | 13422 | 20804 | 20804 | | 20804 |
| 1980 | 20448 | 20448 | | 20448 | 30672 | 30672 | | 30672 |
| 1981 | 24948 | 24948 | | 24948 | 37531 | 37531 | | 37531 |
| 1982 | 25471 | 25471 | | 25471 | 48140 | 48140 | | 48140 |
| 1983 | 27963 | 27963 | | 27963 | 55367 | 55367 | | 55367 |
| 1984 | 34174 | 34174 | | 34174 | 79625 | 79625 | | 79625 |
| 1985 | 44991 | 36710 | 8281 | 28429 | 167367 | 136561 | 30806 | 105755 |
| 1986 | 50671 | 45263 | 5408 | 39855 | 188496 | 168378 | 20118 | 148260 |
| 1987 | 74732 | 65434 | 9298 | 56136 | 278003 | 243414 | 34589 | 208825 |
| 1988 | 84961 | 75052 | 9909 | 65143 | 316055 | 279193 | 36862 | 242331 |
| 1989 | 98539 | 81897 | 16642 | 65255 | 335157 | 304657 | 30500 | 274157 |
| 1990 | 100385 | 86689 | 13696 | 72993 | 481848 | 416107 | 65741 | 350366 |
| 1991 | 121489 | 104297 | 17192 | 87105 | 643892 | 552774 | 91118 | 461656 |
| 1992 | 116194 | 81632 | 34562 | 47070 | 633257 | 444894 | 188363 | 256532 |
| 1993 | 131423 | 75546 | 55877 | 19669 | 756996 | 435145 | 321852 | 113293 |
| 1994 | 163193 | 102242 | 60951 | 41291 | 1398564 | 876214 | 522350 | 353864 |
| 1995 | 222918 | 135759 | 87159 | 48600 | 1861365 | 1133588 | 727778 | 405810 |
| 1996 | 196855 | 124001 | 72854 | 51147 | 1631928 | 1027968 | 603960 | 424009 |
| 1997 | 189699 | 128663 | 61036 | 67627 | 1572604 | 1066616 | 505988 | 560628 |
| 1998 | 173196 | 118675 | 54521 | 64154 | 1435795 | 983816 | 451979 | 531837 |

注：本表1991年及以前年度为有关部门统计数据，从1992年开始为海关进出口数据。

## 14－2 海关出口总额

单位：万美元

| 类别 | 1997年 | 1998年 | 1998年为1997年％ |
|---|---|---|---|
| **总计** | **128663** | **118675** | **92.2** |
| 1.动物类 | 11346 | 10462 | 92.2 |
| 2.植物类 | 3918 | 3599 | 91.9 |
| 3.动、植物油、脂及其分解产品 | 122 | 199 | 163.1 |
| 4.食品、饮料、烟草及制品 | 5654 | 3928 | 69.5 |
| 5.矿产品 | 3409 | 2143 | 62.9 |
| 6.化学工业及相关工业的产品 | 14469 | 12410 | 85.8 |
| 7.塑料、橡胶及其制品 | 570 | 832 | 146.0 |
| 8.皮革制品 | 4131 | 5711 | 138.2 |
| 9.木及木制品 | 2283 | 2173 | 95.2 |
| 10.木浆及其制品 | 233 | 201 | 86.3 |
| 11.纺织原料及纺织制品 | 36884 | 33643 | 91.2 |
| 12.鞋、帽、羽毛及其制品 | 8272 | 11548 | 139.6 |
| 13.建材制品 | 4838 | 4938 | 102.1 |
| 14.珍珠、宝石、首饰、贵金属及其制品 | 416 | 522 | 125.5 |
| 15.贱金属及其制品 | 18337 | 15556 | 84.8 |
| 16.机电产品 | 9952 | 6841 | 68.7 |
| 17.交通运输设备 | 636 | 627 | 98.6 |
| 18.钟表、光电、医疗器械 | 407 | 528 | 129.7 |
| 19.武器、弹药、及其零件、附件 | | | |
| 20.杂制品 | 2783 | 2809 | 100.9 |
| 21.艺术品、收藏品、及古物 | | 1 | |

## 14－3 我省向一些国家(地区)海关出口总额

单位:万美元

| 国家(地区)名称 | 1997年 | 1998年 | 1998年为1997年% |
|---|---|---|---|
| 香港 | 25934 | 21193 | 81.7 |
| 澳门 | 35 | 186 | 531.4 |
| 日本 | 17838 | 14007 | 78.5 |
| 菲律宾 | 1283 | 821 | 64.0 |
| 泰国 | 1885 | 1193 | 63.3 |
| 马来西亚 | 1555 | 901 | 57.9 |
| 新加坡 | 4033 | 1999 | 49.6 |
| 印度尼西亚 | 1487 | 919 | 61.8 |
| 巴基斯坦 | 349 | 271 | 77.7 |
| 孟加拉 | | | |
| 德国 | 7742 | 6394 | 82.6 |
| 法国 | 791 | 1009 | 127.6 |
| 意大利 | 2686 | 2869 | 106.8 |
| 比利时 | 1506 | 1644 | 109.2 |
| 英国 | 1790 | 1550 | 86.6 |
| 瑞士 | 277 | 251 | 90.6 |
| 西班牙 | 785 | 1234 | 157.2 |
| 波兰 | 157 | 440 | 280.3 |
| 匈亚利 | 380 | 482 | 126.8 |
| 罗马尼亚 | 948 | 1545 | 163.0 |
| 荷兰 | 3815 | 3180 | 83.4 |
| 古巴 | 7 | 39 | 557.1 |
| 加拿大 | 689 | 1134 | 164.6 |
| 美国 | 17452 | 22738 | 130.3 |
| 澳大利亚 | 1250 | 1788 | 143.0 |

## 14－4 各市地海关出口总额

单位:万美元

| 市地 | 1997年 | 1998年 | 1998年为1997年% |
|---|---|---|---|
| **全省** | **128663** | **118675** | **92.2** |
| 郑州市 | 70245 | 57744 | 82.2 |
| 开封市 | 3925 | 2454 | 62.5 |
| 洛阳市 | 10786 | 10696 | 99.2 |
| 平顶山市 | 3607 | 2674 | 74.1 |
| 安阳市 | 2720 | 1116 | 41.0 |
| 鹤壁市 | 2017 | 4898 | 242.8 |
| 新乡市 | 4348 | 3709 | 85.3 |
| 焦作市 | 3926 | 4718 | 120.2 |
| 濮阳市 | 1553 | 1481 | 95.4 |
| 许昌市 | 7351 | 9723 | 132.3 |
| 漯河市 | 1809 | 958 | 53.0 |
| 三门峡市 | 832 | 760 | 91.3 |
| 南阳市 | 6758 | 7211 | 106.7 |
| 商丘市 | 4206 | 3984 | 94.7 |
| 信阳市 | 893 | 682 | 76.4 |
| 周口地区 | 2528 | 3797 | 150.2 |
| 驻马店地区 | 644 | 843 | 130.9 |
| 济源市 | 514 | 1227 | 238.7 |

# 14—5 主要商品海关出口数量

| 商 品 名 称 | 单位 | 1997 年 | 1998 年 |
|---|---|---|---|
| 其他材料制假、假胡须、假眉毛、假睫毛及类似品 | 吨 | 1092 | 1906 |
| 未锻轧的非合金铝 | 吨 | 31818 | 35365 |
| 50 公斤及以上的猪，改良种用除外 | 万头 | 21.44 | 20.62 |
| 人造刚玉，不论是否已有化学定义 | 吨 | 115375 | 91033 |
| 瓷餐具 | 吨 | 34207 | 43220 |
| 冻去骨牛肉 | 吨 | 5747 | 10479 |
| 碳化硅 | 吨 | 39773 | 39099 |
| 丝制的结织裁绒地毯及其他结织裁绒铺地制品 | 平方米 | 42509 | 65788 |
| 钼铁 | 吨 | 2477 | 3202 |
| 其他冻猪肉 | 吨 | 9172 | 8927 |
| 含棉 85%及以上未漂白平纹机制物，<br>(每平方米重量超过 100 克，但不超过 200 克) | 万米 | 2755.54 | 2442.17 |
| 圣诞树用的成套灯具 | 吨 | 9386 | 8409 |
| 滚珠轴承 | 万套 | 1759.42 | 1878.14 |
| 焦炭及半焦炭 | 万吨 | 32.18 | 19.46 |
| 含镁量至少为 99.8%的未锻轧镁 | 吨 | 5231 | 5503 |
| 棉制浴巾 | 万条 | 1001.32 | 1320.06 |
| 棉制其他盥洗及厨房用毛巾织物或类似毛圈织物的制品 | 万条 | 5368.16 | 4761.91 |
| 合成纤维制其他男裤 | 万条/公斤 | 713.02 | 624.23 |
| 棉制针织或钩编的 T 恤衫、汗衫、背心 | 万件 | 1721.55 | 1593.13 |
| 其他抗菌素 | 吨 | 364 | 240 |
| 经纵锯、纵切、刨切或旋切的泡桐木木材，厚度超过 6 毫米 | 立方米 | 28891 | 26229 |
| 部分或全部去梗的烤烟 | 吨 | 4316 | 5746 |
| 盐渍绵羊肠衣 | 吨 | 523 | 286 |
| 棉制货物包装用袋 | 万条 | 2035.99 | 2755.80 |
| 含棉 85%以下主要或仅与化学纤维混纺的未漂白平纹机制物，<br>(每平方米重量不超过 200 克) | 万米 | 1386.33 | 1670.91 |
| 非工业用无可锻性铸铁制品 | 吨 | 7601 | 7417 |
| 味精 | 吨 | 5710 | 4860 |
| 尼龙或其他聚酰胺高强力纱制帘子布 | 吨 | 2314 | 1619 |
| 其他冻整头及半头猪肉 | 吨 | 4894 | 3854 |
| 陶餐具 | 吨 | 16600 | 10129 |

# 14－6 出口企业主要经济指标

（1998年）　　　　单位:万元

| 指　　标 | 合　计 | 省公司（含部委） | 市地公司 | 出口生产企业 | 外商和港澳台商投资企业 |
|---|---|---|---|---|---|
| **一、企业个数(个)** | **2209** | **43** | **51** | **340** | **1775** |
| **二、资本负债及所有者权益** | | | | | |
| 流动资产合计 | 10530929 | 433106 | 75014 | 6364756 | 3658053 |
| 固定资产合计 | 9324485 | 90547 | 45605 | 6455136 | 2733197 |
| #本年折旧 | 580460 | 3398 | 955 | 392240 | 183867 |
| 资产总计 | 21712639 | 628682 | 124445 | 13789578 | 7169933 |
| 负债合计 | 13749080 | 535072 | 118655 | 8744806 | 4350546 |
| #流动负债 | 10114450 | 519792 | 111878 | 6224447 | 3258333 |
| 长期负债 | 3628963 | 15279 | 6777 | 2517358 | 1089548 |
| 所有者权益合计 | 8051186 | 93610 | 5789 | 5132399 | 2819387 |
| #实收资本 | 5859169 | 123184 | 12855 | 3194761 | 2528369 |
| #国家 | 2672916 | 102461 | 11975 | 1903363 | 655117 |
| 港澳台 | 779624 | | | 61851 | 717772 |
| 外商 | 540754 | | | 43794 | 496960 |
| **三、损益及分配** | | | | | |
| 产品销售(营业)收入 | 10144682 | 592306 | 97483 | 6391693 | 3063201 |
| 产品销售(营业)成本 | 8395026 | 535415 | 84878 | 5350119 | 2424614 |
| 产品销售(营业)费用 | 382486 | 24930 | 6965 | 166570 | 184020 |
| 产品销售(营业)税金及附加 | 152461 | 1306 | 732 | 107910 | 42513 |
| 管理费用 | 768399 | 31227 | 5097 | 525338 | 206736 |
| #税金 | 22242 | 1987 | 81 | 16770 | 3405 |
| 劳动待业保险费 | 159473 | 1568 | 444 | 148369 | 9093 |
| 财务费用 | 541279 | 23594 | 3424 | 320792 | 193469 |
| 营业利润 | 12340 | －18882 | －3145 | －17304 | 51670 |
| 利润总额 | 70742 | －17860 | －2706 | 19990 | 71319 |
| 应交所得税 | 70345 | 1598 | 160 | 42660 | 25926 |
| 应付利润 | 114857 | －1389 | | 37914 | 78332 |
| #外商 | 8001 | | | 1512 | 6489 |
| 港澳台商 | 34239 | －1421 | | 9806 | 25855 |
| **四、本年应付工资总额** | **853776** | **8389** | **3264** | **694244** | **147879** |
| 本年应付福利费总额 | 117179 | 1319 | 414 | 95882 | 19564 |
| 本年应交增值税 | 416219 | 323 | 1358 | 278548 | 135991 |
| 本年进项税额 | 1148014 | 61728 | 8731 | 799790 | 277766 |
| 本年销项税额 | 1547233 | 45604 | 9731 | 1077516 | 414382 |

# 14—7 各市地出口企业主要经济指标

（1998年）

单位：万元

| 市地 | 流动资产合计 | 固定资产合计 | 资产合计 | 负债合计 | #流动负债 | 所有者权益 | #实收资本 | #国家 |
|---|---|---|---|---|---|---|---|---|
| **全省** | **10530929** | **9324485** | **21712639** | **13749080** | **10114450** | **8051186** | **5859169** | **2672916** |
| 郑州市 | 2637435 | 1941834 | 5183461 | 3559803 | 2737993 | 1623658 | 1282533 | 494556 |
| 开封市 | 284756 | 209217 | 582246 | 435797 | 302366 | 146449 | 119964 | 68987 |
| 洛阳市 | 1795491 | 1413649 | 3508363 | 2084419 | 1609302 | 1423944 | 876004 | 524023 |
| 平顶山市 | 920687 | 1301977 | 2322335 | 1438076 | 905652 | 884259 | 658739 | 322665 |
| 安阳市 | 758747 | 672772 | 1544577 | 852059 | 683855 | 692518 | 356270 | 302361 |
| 鹤壁市 | 98504 | 48408 | 176877 | 128518 | 108511 | 48360 | 42650 | 22445 |
| 新乡市 | 556445 | 501935 | 1132857 | 646644 | 516066 | 486213 | 333919 | 117124 |
| 焦作市 | 667008 | 692284 | 1447507 | 954095 | 607970 | 493412 | 368177 | 210952 |
| 濮阳市 | 581593 | 31721 | 1717152 | 974634 | 508381 | 742519 | 648653 | 13116 |
| 许昌市 | 265616 | 129972 | 457214 | 241716 | 204021 | 215498 | 126095 | 37493 |
| 漯河市 | 258869 | 198577 | 514208 | 230687 | 188379 | 283521 | 180644 | 69556 |
| 三门峡市 | 225430 | 259282 | 524334 | 340094 | 239553 | 184240 | 175809 | 121197 |
| 南阳市 | 530235 | 354675 | 927459 | 647205 | 449834 | 280253 | 235721 | 122965 |
| 商丘市 | 135326 | 89196 | 275343 | 193413 | 146521 | 81930 | 80549 | 41991 |
| 信阳市 | 76012 | 78889 | 171537 | 109680 | 74917 | 61858 | 43216 | 21440 |
| 周口地区 | 183507 | 98358 | 303824 | 174883 | 149300 | 128941 | 81505 | 42229 |
| 驻马店地区 | 49627 | 64277 | 148444 | 62318 | 49225 | 86126 | 56528 | 10173 |
| 济源市 | 77612 | 144549 | 236569 | 142807 | 95461 | 93762 | 71026 | 26584 |

| 市地 | 产品销售（营业）收入 | 产品销售（营业）成本 | 产品销售（营业）税金及附加费 | 管理费用 | #税金 | 利润总额 | 应缴增值税 |
|---|---|---|---|---|---|---|---|
| **全省** | **10144682** | **8395026** | **152461** | **768399** | **22242** | **70742** | **416219** |
| 郑州市 | 1931047 | 1547193 | 66977 | 155764 | 4013 | —22983 | 100925 |
| 开封市 | 302385 | 249614 | 3397 | 29101 | 551 | —9300 | 7556 |
| 洛阳市 | 1457704 | 1239259 | 15942 | 133792 | 3273 | —3018 | 47818 |
| 平顶山市 | 845897 | 680096 | 9900 | 99169 | 3204 | —10903 | 48162 |
| 安阳市 | 734514 | 599332 | 4100 | 68846 | 14723 | 782 | 42079 |
| 鹤壁市 | 81031 | 73982 | 3 | 3866 | 41 | —2333 | 1174 |
| 新乡市 | 628713 | 486645 | 2387 | 43046 | 1430 | 27983 | 35157 |
| 焦作市 | 721429 | 586948 | 9550 | 56695 | 2832 | 28984 | 27784 |
| 濮阳市 | 545374 | 457463 | 13907 | 29415 | 1477 | —2130 | 28971 |
| 许昌市 | 304214 | 246877 | 613 | 22409 | 232 | 18776 | 11390 |
| 漯河市 | 635307 | 551136 | 11528 | 12030 | 141 | 41394 | 19988 |
| 三门峡市 | 152134 | 129170 | 1370 | 11897 | 409 | —2739 | 6541 |
| 南阳市 | 555014 | 469166 | 5995 | 34531 | 870 | 9513 | 23841 |
| 商丘市 | 160525 | 138700 | 1148 | 8112 | 131 | —4007 | 1599 |
| 信阳市 | 125391 | 98825 | 2208 | 7809 | 40 | 2533 | 2416 |
| 周口地区 | 213599 | 178822 | 272 | 9996 | 100 | 9747 | 5917 |
| 驻马店地区 | 57360 | 44371 | 1417 | 4568 | 27 | 5293 | 349 |
| 济源市 | 102457 | 84955 | 448 | 6098 | 51 | 680 | 4205 |

注：各市地不包括省公司数据。

# 14—8 利用外资概况

| 年份 | 总计 | | #对外借款 | | #外商直接投资 | |
|---|---|---|---|---|---|---|
| | 个数 | 金额（万美元） | 个数 | 金额（万美元） | 个数 | 金额（万美元） |
| **签订利用外资协议（合同）** | | | | | | |
| 1985 | 51 | 7513 | 1 | 202 | 29 | 6870 |
| 1986 | 16 | 8415 | 2 | 5691 | 14 | 2724 |
| 1987 | 55 | 13066 | 1 | 400 | 31 | 12562 |
| 1988 | 52 | 13128 | 4 | 10952 | 38 | 1986 |
| 1989 | 48 | 25122 | 6 | 23084 | 36 | 1681 |
| 1990 | 53 | 2194 | | | 50 | 2107 |
| 1991 | 167 | 23371 | 11 | 10626 | 154 | 12716 |
| 1992 | 1064 | 105202 | 8 | 15718 | 1053 | 88327 |
| 1993 | 1744 | 225912 | 17 | 68144 | 1727 | 157768 |
| 1994 | 1031 | 161536 | 20 | 82368 | 1011 | 79168 |
| 1995 | 842 | 97421 | 27 | 10341 | 815 | 86748 |
| 1996 | 517 | 170163 | 39 | 77997 | 478 | 92166 |
| 1997 | 459 | 149423 | 36 | 62624 | 423 | 86799 |
| 1998 | 393 | 80689 | 40 | 23356 | 353 | 57333 |
| **实际利用外资额** | | | | | | |
| 1985 | | 1208 | | 202 | | 565 |
| 1986 | | 737 | | 132 | | 605 |
| 1987 | | 2868 | | 1425 | | 467 |
| 1988 | | 6486 | | 50 | | 6436 |
| 1989 | | 11336 | | 6730 | | 4266 |
| 1990 | | 1136 | | | | 1049 |
| 1991 | | 14425 | | 10626 | | 3791 |
| 1992 | | 26510 | | 15718 | | 10691 |
| 1993 | | 56745 | | 22351 | | 34197 |
| 1994 | | 90487 | | 47587 | | 42488 |
| 1995 | | 102842 | | 54628 | | 47981 |
| 1996 | | 120563 | | 67997 | | 52566 |
| 1997 | | 132235 | | 67500 | | 64735 |
| 1998 | | 118263 | | 56469 | | 61794 |

## 14—9 利用外资签订协议(合同)个数及金额

| 指　　标 | 1997年 | | 1998年 | |
|---|---|---|---|---|
| | 个　数 | 金额(万美元) | 个　数 | 金额(万美元) |
| **总　　计** | **459** | **149423** | **393** | **80689** |
| **一、对外借款** | **36** | **62624** | **40** | **23356** |
| #外国政府贷款 | 10 | 46037 | 11 | 11222 |
| 国际金融组织贷款 | 8 | 1583 | 1 | 1886 |
| 出口信贷 | 1 | 30 | 2 | 285 |
| 外国银行商业贷款 | 17 | 14974 | 26 | 9963 |
| **二、外商直接投资** | **423** | **86799** | **353** | **57333** |
| 独资经营 | 80 | 3420 | 79 | 12348 |
| 合资经营 | 292 | 54700 | 242 | 35520 |
| 合作经营 | 51 | 28679 | 32 | 9465 |
| 合作开发 | | | | |
| **三、外商其他投资** | | | | |
| 补偿贸易 | | | | |
| 加工装配 | | | | |
| 国际租赁 | | | | |

## 14—10 实际利用外资金额

单位:万美元

| 指　　标 | 1985年 | 1990年 | 1995年 | 1997年 | 1998年 |
|---|---|---|---|---|---|
| **总　　计** | **1208** | **1136** | **102842** | **132235** | **118263** |
| **一、对外借款** | **202** | | **54628** | **67500** | **56469** |
| #外国政府贷款 | 202 | | 10875 | 32500 | 20313 |
| 国际金融组织贷款 | | | 23816 | 25800 | 24440 |
| 出口信贷 | | | 18611 | | 232 |
| 外国银行商业贷款 | | | 1326 | 9200 | 11484 |
| **二、外商直接投资** | **565** | **1049** | **47981** | **64735** | **61794** |
| 独资经营 | | 75 | 5064 | 14096 | 6198 |
| 合资经营 | 541 | 708 | 42121 | 30159 | 36356 |
| 合作经营 | 24 | 266 | 796 | 20480 | 19240 |
| 合作开发 | | | | | |
| **三、外商其他投资** | **441** | **87** | **233** | | |
| 补偿贸易 | 36 | 87 | 233 | | |
| 加工装配 | 20 | | | | |
| 国际租赁 | 385 | | | | |

注:对外借款从1994年起包括中央在豫项目。

## 14—11 外商和港澳台地区在豫直接投资

(1998 年)

| 项目 | 新签协议 合同个数(个) | 新签协议 投资额(万美元) | 实际投入资金(万美元) |
|---|---|---|---|
| **总计** | **353** | **57333** | **61794** |
| **一、按登记注册类型分** | | | |
| 与外国和港澳台商合资经营 | 242 | 35520 | 36356 |
| 与外国和港澳台商合作经营 | 32 | 9465 | 19240 |
| 外国和港澳台商独资 | 79 | 12348 | 6198 |
| 外国和港澳台商投资股份制企业 | | | |
| 其他 | | | |
| **二、按国民经济行业分** | | | |
| 农、林、牧、渔业 | 15 | 1605 | 343 |
| 工业 | 266 | 40163 | 46264 |
| 建筑业 | 6 | 1209 | 26 |
| 交通运输、仓储及邮电通信业 | | | 1045 |
| 批发零售贸易业、餐饮业 | 8 | 1023 | 101 |
| 房地产业、公用事业、服务业 | 38 | 10012 | 12454 |
| 其他各类行业 | 20 | 3321 | 1561 |
| **三、按地区、国别分** | | | |
| 香港 | 119 | 26674 | 36207 |
| 澳门 | 5 | 342 | 393 |
| 台湾 | 52 | 1713 | 759 |
| 日本 | 20 | 987 | 48 |
| 新加坡 | 11 | 1207 | 325 |
| 德国 | | | |
| 美国 | 49 | 8228 | 10511 |
| 泰国 | 14 | 1066 | 1506 |
| 意大利 | 6 | 4483 | 138 |
| 澳大利亚 | 12 | 464 | 87 |
| 其他 | 65 | 12169 | 11820 |

## 14－12 各市地外商直接投资金额

单位:万美元

| 市地 | 新签协议(合同)金额 1997年 | 新签协议(合同)金额 1998年 | 新签协议(合同)金额 1998年为1997年% | 实际利用外资 1997年 | 实际利用外资 1998年 | 实际利用外资 1998年为1997年% |
|---|---|---|---|---|---|---|
| **全省** | **86799** | **57333** | **66.1** | **64735** | **61794** | **95.5** |
| 郑州市 | 30836 | 19172 | 62.2 | 22333 | 23786 | 106.5 |
| 开封市 | 625 | 830 | 132.8 | 420 | 345 | 82.1 |
| 洛阳市 | 16813 | 3456 | 20.6 | 4907 | 1846 | 37.6 |
| 平顶山市 | 485 | 697 | 143.7 | 2221 | 714 | 32.1 |
| 安阳市 | 18 | 344 | 1911.1 | 126 | 196 | 155.6 |
| 鹤壁市 | 33 | 1013 | 3069.7 | 918 | 347 | 37.8 |
| 新乡市 | 2435 | 3067 | 126.0 | 2206 | 4240 | 192.2 |
| 焦作市 | 3876 | 8279 | 213.6 | 3220 | 6100 | 189.4 |
| 濮阳市 | 5901 | 3493 | 59.2 | 1776 | 212 | 11.9 |
| 许昌市 | 738 | 1820 | 246.6 | 1854 | 442 | 23.8 |
| 漯河市 | 1231 | 1906 | 154.8 | 2253 | 5332 | 236.7 |
| 三门峡市 | 5979 | 4715 | 78.9 | 4411 | 2418 | 54.8 |
| 南阳市 | 861 | 742 | 86.2 | 5771 | 6901 | 119.6 |
| 商丘市 | 6908 | 1910 | 27.6 | 1818 | 1498 | 82.4 |
| 信阳市 | 2809 | 491 | 17.5 | 701 | 516 | 73.6 |
| 周口地区 | 1545 | 2200 | 142.4 | 2471 | 1332 | 53.9 |
| 驻马店地区 | 5685 | 2265 | 39.8 | 4986 | 5228 | 104.9 |
| 济源市 | 22 | 933 | 4240.9 | 2343 | 341 | 14.6 |

## 14－13 外商和港澳台商在豫直接投资企业主要经济指标

(1998年)

单位:万元

| 登记注册类型 | 资产总额 | 负债总额 | 主营业务收入 | 实交各种税金及附加 | 利润总额 |
|---|---|---|---|---|---|
| **总计** | **7169933** | **4350546** | **3063201** | **207835** | **71319** |
| **港澳台商投资经济** | **4423425** | **2827917** | **1866692** | **132479** | **26472** |
| 与港澳台商合资经营 | 3637464 | 2441223 | 1651023 | 114234 | 5849 |
| 与港澳台商合作经营 | 409999 | 158386 | 105847 | 12846 | 17889 |
| 港澳台商独资 | 371395 | 224883 | 108028 | 5300 | 2881 |
| 港澳台商投资股份有限公司 | 4567 | 3425 | 1794 | 99 | －147 |
| **外商投资经济** | **2746509** | **1522629** | **1196511** | **75358** | **44847** |
| 与外商合资经营 | 1950122 | 1089929 | 1017115 | 56170 | 19873 |
| 与外商合作经营 | 582445 | 316290 | 117397 | 17607 | 27973 |
| 外商独资 | 213942 | 116410 | 61999 | 1581 | －2999 |
| 外商投资股份有限公司 | | | | | |

## 14—14 河南对外国和港澳台地区投资

(1998 年)

| 项　　目 | 单　位 | 合　计 | 独资经营 | 合资经营 | 合作经营 | 其　　他 |
|---|---|---|---|---|---|---|
| 新签协议(合同)个数 | 个 | 11 | 9 | 2 | | |
| 中方新签协议(合同)投资额 | 万美元 | 193 | 88 | 105 | | |
| 中方实际投资 | 万美元 | 49 | 34 | 15 | | |
| 中方利润和股息 | 万美元 | | | | | |
| 汇回利润 | 万美元 | | | | | |
| 年末已建成投产(开业)企业数 | 个 | 110 | 65 | 45 | | |

## 14—15 外商投资企业注册登记情况

| 指　　标 | 单　位 | 1992 年 | 1993 年 | 1994 年 | 1995 年 | 1996 年 | 1997 年 | 1998 年 |
|---|---|---|---|---|---|---|---|---|
| **年底登记企业数** | **户** | **1179** | **2957** | **3787** | **4382** | **4392** | **4331** | **4254** |
| 中外合资 | 户 | | | 3116 | 3532 | 3502 | 3385 | 3291 |
| 中外合作 | 户 | | | 188 | 244 | 244 | 275 | 268 |
| 外商独资 | 户 | | | 483 | 606 | 646 | 671 | 693 |
| 中外股份公司 | 户 | | | | | | | 2 |
| **投资总额** | **万美元** | **169662** | **574491** | **733503** | **895393** | **972870** | **1248333** | **1219357** |
| **注册资本** | **万美元** | **126014** | **420679** | **545281** | **675343** | **718883** | **8715196** | **836356** |
| #外方 | 万美元 | 59743 | 201186 | 268380 | 335185 | 365349 | 455691 | 446671 |

## 14—16 对外承包工程和劳务合作

| 指　　标 | 单位 | 1990 年 | 1991 年 | 1992 年 | 1993 年 | 1994 年 | 1995 年 | 1996 年 | 1997 年 | 1998 年 |
|---|---|---|---|---|---|---|---|---|---|---|
| 签订合同数 | 个 | 36 | 70 | 64 | 67 | 98 | 134 | 93 | 106 | 120 |
| 签订合同金额 | 万美元 | 2466 | 3186 | 9780 | 8706 | 10800 | 8608 | 10939 | 11703 | 11148 |
| 营业额 | 万美元 | 2410 | 2593 | 3154 | 7313 | 5626 | 5432 | 5654 | 6500 | 6994 |
| 派出人员 | 人次 | 814 | 2243 | 5067 | 6790 | 6961 | | 7533 | 7891 | 8126 |
| 年底在外人员 | 人 | | | | | | 7192 | | 11277 | 11368 |

## 14—17 进出口商品检验情况

(1998年)

| 项目 | 批次(批) | 进口 | 出口 | 金额(万美元) | 进口 | 出口 |
|---|---|---|---|---|---|---|
| 商品检验 | 11341 | 879 | 10462 | 73548 | 22810 | 50738 |
| 经检验不合格 | 160 | 72 | 88 | 421 | 97 | 324 |
| 经检验直接出口 | 10510 | | 10510 | 47888 | | 47888 |
| 不合格率(%) | 1.41 | 8.19 | 0.84 | 0.57 | 0.43 | 0.64 |

## 14—18 国际旅游事业基本情况

| 项目 | 单位 | 1990年 | 1995年 | 1996年 | 1997年 | 1998年 |
|---|---|---|---|---|---|---|
| **一、旅游设施** | | | | | | |
| 饭店 | 个 | 30 | 76 | 97 | 103 | 130 |
| 床位 | 张 | 12154 | 29433 | 30983 | 27944 | 34639 |
| 汽车 | 辆 | 271 | 216 | 342 | | |
| **二、职工人数** | **人** | **8070** | **15684** | **21775** | **25023** | **329297** |
| **三、接待国外和港澳台地区旅游人数** | **人次** | **106652** | **149085** | **158188** | **175000** | **179297** |
| **四、旅游收入** | **万美元** | | **6020** | **7290** | **9500** | **10132** |

注:1. 本表接待国外和港澳台旅游人数不包括不过夜人数(以下表同)。
2. 旅游收入为旅游部门抽样调查数。
3. 职工人数从1995年始仅包括涉外饭店职工人数。

## 14—19 接待国外和港澳台地区旅游人数及旅游收入

| 项目 | 单位 | 1997年 | 1998年 | 1998年为1997年% |
|---|---|---|---|---|
| **一、接待旅游人数** | **人次** | **175000** | **179297** | **102.5** |
| 外国人 | 人次 | 134694 | 111453 | 82.7 |
| 华侨 | 人次 | 7231 | 5516 | 76.3 |
| 港澳台同胞 | 人次 | 33075 | 62328 | 188.4 |
| #台湾同胞 | 人次 | 15631 | 34813 | 222.7 |
| **二、旅游收入** | **万美元** | **9500** | **10132** | **106.7** |
| 商品性收入 | 万美元 | 2917 | 2698 | 92.5 |
| 劳务性收入 | 万美元 | 6583 | 7434 | 112.9 |

注:旅游收入为旅游部门抽样调查数。

# 14—20 开发区主要经济指标

| 指　　标 | 单　位 | 1997 年 | 1998 年 |
|---|---|---|---|
| 一、年末全部企业数 | 个 | 2762 | 3862 |
| #三资企业 | 个 | 467 | 510 |
| 内联企业 | 个 | 1257 | 1387 |
| 二、利用外资批准合同数 | 个 | 143 | 95 |
| 三、合同外资额 | 万美元 | 19867 | 39843 |
| 四、实际投资额 | 万元 | 847982 | 578649 |
| #外商实际投资额 | 万元 | 67850 | 44899 |
| 五、全部企业年末总人口 | 人 | 104082 | 136987 |
| #三资企业年末人数 | 人 | 22048 | 20220 |
| 六、年末全部投产(开业)企业数 | 个 | 1809 | 2556 |
| #三资企业 | 个 | 242 | 244 |
| 内联企业 | 个 | 922 | 909 |
| 七、总收入 | 万元 | 1520972 | 2229362 |
| #工业销售收入 | 万元 | 1147741 | 1757094 |
| #外商及港澳台商投资企业收入 | 万元 | 527921 | 783817 |
| 八、亏损企业 | 个 | 298 | 499 |
| 九、亏损额 | 万元 | 22726 | 61415 |
| 十、税收总额 | 万元 | 48678 | 94623 |
| #工商企业纳税额 | 万元 | 39408 | 71145 |
| #外商及港澳台商投资企业纳税额 | 万元 | 16015 | 34612 |
| 十一、出口总值 | 万美元 | 13079 | 13630 |
| #外商及港澳台商投资企业出口 | 万美元 | 7358 | 8009 |
| 十二、进口总值 | 万美元 | 8509 | 9704 |
| #外商及港澳台商投资企业进口 | 万美元 | 8058 | 1165 |
| 十三、土地出让金收入 | 万元 | 22025 | 22179 |
| 十四、财政收入 | 万元 | 34597 | 39672 |
| 十五、财政支出 | 万元 | 35909 | 44049 |

# 主要统计指标解释

**进出口总值** 是指实际进出我国国境的货物总金额。包括对外贸易实际进出口货物，来料加工装配进出口货物、中外合资企业、合作企业和外商独资企业进出口货物和公用物品，以及国家间、联合国及国际组织无偿援助的物资和赠送品，华侨、港澳台同胞、外籍华人的捐赠品的金额。进口按到岸价格计算，出口按离岸价格计算。

**出口总值** 指在对外贸易中实际离开我国口岸或边境直接出口或转口的商品，包括来料加工装配(工缴费)和补偿贸易出口。

**进口总值** 指在对外贸易中实际到达我国口岸或边境的进口商品。

**利用外资** 是指我国各级政府、部门、企业、中国银行和其他单位通过对外借款、吸收外商直接投资和外商其他投资方式，从国外和岗澳台地区筹措的资金。

**对外借款** 指由我国政府、部门、企业和其他经济组织在境外借入的资金或发行的外币债券等。包括由我国政府和政府授权部门对外提供担保的借款。

**外商直接投资** 是指外国企业和经济组织或个人(包括华侨、港澳台胞以及我国在境外注册的企业)按我国有关政策、法规，用现汇、实物、技术等在我国境内开办外商独资企业、与我国境内的企业或经济组织共同举办中外合资经营企业、合作经营企业或合作开发资源的投资(包括外商投资收益的再投资)以及经政府有关部门批准的项目投资总额内，企业从境借入的资金。

**对外承包工程** 包括各对外承包公司以招标议标承包方式承揽的下列业务：

1.承包国外工程建设项目；

2.承包我国对外经援项目；

3.承包我国驻外机构的工程建设项目；

4.承包我国境内利用外资进行建设的工程项目；

5.与外国承包公司合营或联合承包工程项目时我国公司分包部分；

6.以服务成果向业主收费的技术服务项目(包括承担地形地貌测绘；地质资源勘探和普查；建设区域规划；提供设计文件、图纸、生产工艺技术资料和工程技术经济咨询；工程项目的可行性考察、研究和评估；进行技术指导和培训人员等)；

7.对外承包兼营的房屋开发业务。

对外承包工程的营业额是以货币表现的本期内完成的对外承包工程的工作量，包括以前年度签订的合同和本年度新签订的合同在报告期完成的工作量。

**对外劳务合作** 指以收取工资的形式向业主或承包商提供技术和劳务的活动。我国对外承包公司在境外开办的合营企业，中国公司同时又提供劳务的，其劳务部分也纳入劳务合作统计。劳务合作营业额按报告期内向雇主提交的结算数(包括工资、加班费和奖金等)统计。

**旅游人数** 指来我国参观、访问、旅行、探亲、访友、休养、考察、参加会议和从事经济、科技、文化、教育、体育、宗教等活动的外国人、华侨、港澳和台湾同胞的人数。不包括外国在我国的常住机构，如使领馆、通讯社、企业办事处的工作人员；来我国常住的外国专家、留学生以及在岸逗留不过夜人员。

**旅游外汇收入** 指国内各部门为来我国旅游的外国人、华侨、港澳和台湾同胞提供商品和劳务而获得的外汇收入。包括供应商品、饮食和提供住宿、交通、邮电文化娱乐、导游等各项服务所得到的全部外汇收入。

# 十五、财政、金融和保险

**简要说明**

一、本篇资料主要反映河南省财政收支状况以及金融、保险业发展情况。主要内容有地方预算内财政收支、预算外资金收支、金融机构活动情况、保险业务情况及主要统计指标解释等。

二、资料来源

1.财政收支、预算外资金收支资料来源于省财政厅财政收支决算总表、决算明细表以及预算外资金收支决算表。

2.金融活动情况由省人民银行提供。

3.保险业务情况由有关保险部门提供。

三、注意事项。1993年由于实施新的财务通则和会计准则，使用本篇财政资料时，请注意表下的注解。

# 数　据　要　览

| | | |
|---|---|---|
| ◆1998年地方财政收入 | 208.20亿元 | 比上年增长8.1% |
| #各项税收 | 160.60亿元 | 比上年增长5.6% |
| ◆1998年地方财政支出 | 323.63亿元 | 比上年增长11.2% |
| #基本建设支出 | 15.50亿元 | 比上年增长14.8% |
| ◆1998年金融机构各项存款年末余额 | 3772.51亿元 | 比上年增长15.3% |
| ◆1998年金融机构各项贷款年末余额 | 3878.53亿元 | 比上年增长16.8% |
| ◆1998年城乡居民储蓄存款年末余额 | 2657.23亿元 | 比上年增长18.5% |

城乡居民储蓄存款年底余额

单位：亿元

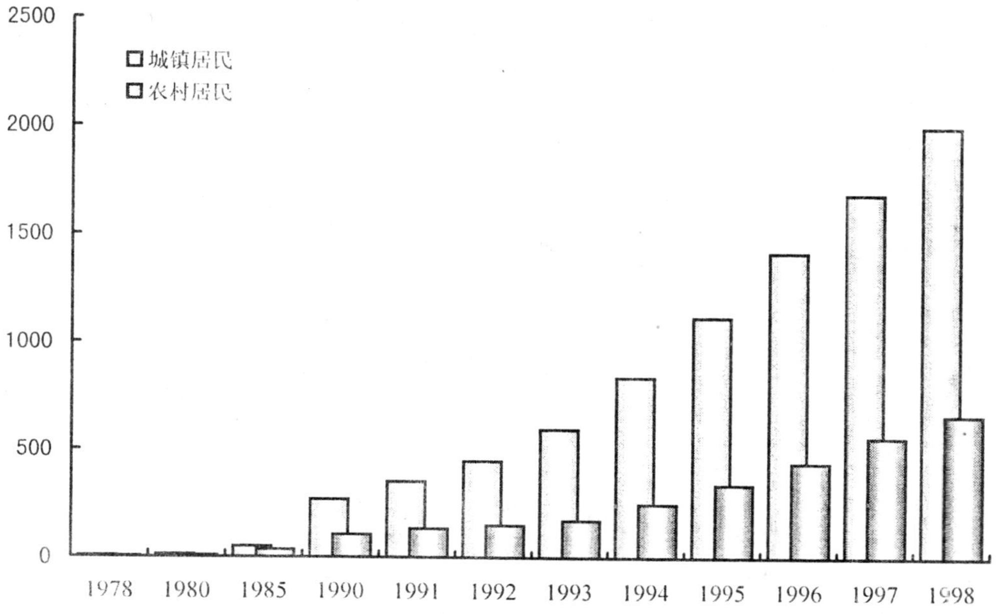

# 15—1 历年地方财政收支总额

单位:亿元

| 年份 | 总收入 | #企业收入 | #各项税收 | 总支出 | #基本建设 | #支援农业生产和各项农业事业费 | #文教、科学、卫生事业费 | #行政管理费 |
|---|---|---|---|---|---|---|---|---|
| 1952 | 4.39 | 0.11 | 4.13 | 1.66 | 0.30 | 0.04 | 0.24 | 0.46 |
| 1957 | 7.35 | 0.83 | 6.11 | 4.35 | 1.14 | 0.23 | 1.30 | 0.88 |
| 1962 | 7.56 | 0.85 | 6.49 | 6.17 | 0.93 | 0.88 | 1.63 | 1.16 |
| 1965 | 10.17 | 3.37 | 6.66 | 9.43 | 2.35 | 0.90 | 1.91 | 1.19 |
| 1970 | 21.15 | 8.05 | 13.04 | 14.39 | 7.94 | 0.81 | 2.17 | 1.48 |
| 1975 | 23.06 | 4.92 | 18.11 | 20.32 | 5.22 | 2.29 | 4.29 | 2.05 |
| 1978 | 33.73 | 10.59 | 23.04 | 27.67 | 8.02 | 3.83 | 5.77 | 2.39 |
| 1979 | 33.68 | 10.02 | 23.62 | 29.86 | 6.14 | 4.74 | 7.05 | 2.90 |
| 1980 | 31.86 | 6.96 | 24.86 | 26.74 | 4.70 | 3.45 | 8.31 | 3.45 |
| 1981 | 34.23 | 4.42 | 29.73 | 25.84 | 2.62 | 3.63 | 8.84 | 4.03 |
| 1982 | 33.49 | 2.38 | 30.96 | 29.81 | 3.77 | 3.94 | 9.83 | 4.34 |
| 1983 | 36.49 | 5.63 | 30.69 | 30.06 | 3.08 | 4.02 | 10.45 | 4.94 |
| 1984 | 39.26 | 4.60 | 34.54 | 36.79 | 5.10 | 4.19 | 11.83 | 6.35 |
| 1985 | 48.93 | 3.67 | 44.57 | 49.51 | 5.65 | 4.42 | 13.93 | 7.05 |
| 1986 | 54.92 | 4.34 | 49.71 | 69.20 | 7.80 | 5.10 | 15.78 | 8.00 |
| 1987 | 63.15 | 5.57 | 56.10 | 65.26 | 5.40 | 6.11 | 16.67 | 8.58 |
| 1988 | 70.98 | 2.96 | 65.09 | 76.22 | 5.80 | 7.51 | 19.47 | 11.34 |
| 1989 | 80.97 | 2.64 | 75.50 | 87.67 | 5.24 | 9.40 | 22.76 | 13.96 |
| 1990 | 83.59 | —0.91 | 78.85 | 89.53 | 5.44 | 9.33 | 24.54 | 11.61 |
| 1991 | 91.36 | 0.52 | 84.61 | 97.88 | 5.47 | 10.67 | 26.99 | 13.16 |
| 1992 | 104.03 | 1.64 | 95.41 | 116.49 | 6.72 | 11.58 | 33.22 | 17.24 |
| 1993 | 139.20 | 4.10 | 126.36 | 147.73 | 8.10 | 12.66 | 39.28 | 20.85 |
| 1994 | (171.38) | | | | | | | |
| | 93.35 | 11.39 | 81.77 | 169.62 | 8.96 | 13.60 | 50.64 | 26.83 |
| 1995 | 124.63 | 17.10 | 103.45 | 207.28 | 11.31 | 15.60 | 58.30 | 31.89 |
| 1996 | 162.06 | 20.32 | 126.63 | 255.29 | 12.91 | 18.75 | 69.49 | 38.04 |
| 1997 | 192.63 | 28.46 | 152.09 | 290.84 | 13.50 | 16.67 | 75.43 | 36.90 |
| 1998 | 208.20 | 23.82 | 160.60 | 323.63 | 15.50 | 18.05 | 82.89 | 38.39 |

注:1.财政收入1993年以前为分税制前老口径,1994年以后为分税制后新口径,括号内为分税制前老口径。

2.1997年、1998年财政收支包括"专项收支"(下同)。

# 15—2 地方财政收入

单位:万元

| 项目 | 1997年 | | 1998年 | | 1998年为1997年% |
|---|---|---|---|---|---|
| | 绝对数 | 比重(%) | 绝对数 | 比重(%) | |
| **收入总计** | **1926282** | **100.0** | **2081962** | **100.0** | **108.1** |
| 一、增值税 | 327967 | 17.0 | 360721 | 17.3 | 110.0 |
| 二、营业税 | 388539 | 20.2 | 428282 | 20.6 | 110.2 |
| 三、企业所得税 | 284316 | 14.8 | 226756 | 10.9 | 79.8 |
| 四、企业所得税退税 | —221 | … | —1872 | —0.1 | |
| 五、外商投资企业和外国企业所得税 | 19008 | 1.0 | 24140 | 1.2 | 127.0 |
| 六、个人所得税 | 63770 | 3.3 | 88408 | 4.2 | 138.6 |
| 七、资源税 | 20883 | 1.1 | 22240 | 1.1 | 106.5 |
| 八、固定资产投资方向调节税 | 8808 | 0.5 | 18699 | 0.9 | 212.3 |
| 九、城市维护建设税 | 111784 | 5.8 | 122831 | 5.9 | 109.9 |
| 十、房产税 | 41409 | 2.1 | 54214 | 2.6 | 130.9 |
| 十一、印花税 | 8006 | 0.4 | 8778 | 0.4 | 109.6 |
| 十二、城镇土地使用税 | 14441 | 0.7 | 16840 | 0.8 | 116.6 |
| 十三、土地增值税 | 171 | … | 368 | … | 215.2 |
| 十四、车船使用税 | 5167 | 0.3 | 5630 | 0.3 | 109.0 |
| 十五、屠宰税 | 13909 | 0.7 | 17666 | 0.8 | 127.0 |
| 十六、筵席税 | | | | | |
| 十七、农业税 | 95856 | 5.0 | 96602 | 4.6 | 100.8 |
| 十八、农业特产税 | 90397 | 4.7 | 85148 | 4.1 | 94.2 |
| 十九、牧业税 | | | | | |
| 二十、耕地占用税 | 15911 | 0.8 | 14246 | 0.7 | 89.5 |
| 二十一、契税 | 10513 | 0.5 | 16327 | 0.8 | 155.3 |
| 二十二、国有资产经营收益 | 37132 | 1.9 | 39922 | 1.9 | 107.5 |
| 二十三、国有企业计划亏损补贴 | —36614 | —1.9 | —26642 | —1.3 | |
| 二十四、行政性收费收入 | 100695 | 5.2 | 123721 | 5.9 | 122.9 |
| 二十五、罚没收入 | 147386 | 7.7 | 169391 | 8.1 | 114.9 |
| 二十六、土地和海域有偿使用收入 | 29110 | 1.5 | 20058 | 1.0 | 68.9 |
| 二十七、专项收入 | 69014 | 3.6 | 78856 | 3.8 | 112.7 |
| 二十八、其他收入 | 58925 | 3.1 | 70632 | 3.4 | 119.9 |

注:1.1997年地方财政收入以1998年口径做了相应调整。

2.“国有资产经营收益”指标,1997年为“国有企业上缴利润类”。

## 15—3 地方财政收入

(1998年)　　单位:万元

| 项　目 | 合计 | 省级 | 市地级 | 县市级 | 乡级 |
|---|---|---|---|---|---|
| **收入总计** | **2081962** | **263598** | **799694** | **503565** | **515105** |
| 一、增值税 | 360721 | 25813 | 204183 | 77048 | 53677 |
| 二、营业税 | 428282 | 161908 | 152136 | 51341 | 62897 |
| 三、企业所得税 | 226756 | 26567 | 85996 | 68531 | 45662 |
| 四、企业所得税退税 | —1872 | | —446 | —1426 | |
| 五、外商投资企业和外国企业所得税 | 24140 | 4192 | 13236 | 6248 | 464 |
| 六、个人所得税 | 88408 | 693 | 32677 | 12206 | 42832 |
| 七、资源税 | 22240 | | 7190 | 6036 | 9014 |
| 八、固定资产投资方向调节税 | 18699 | 9120 | 6757 | 2009 | 813 |
| 九、城市维护建设税 | 122831 | | 82835 | 31694 | 8302 |
| 十、房产税 | 54214 | | 36072 | 12442 | 5700 |
| 十一、印花税 | 8778 | | 5710 | 1544 | 1524 |
| 十二、城镇土地使用税 | 16840 | 8213 | 5958 | 2004 | 665 |
| 十三、土地增值税 | 368 | 181 | 152 | 29 | 6 |
| 十四、车船使用税 | 5630 | | 1986 | 1149 | 2495 |
| 十五、屠宰税 | 17666 | | 1729 | 1294 | 14643 |
| 十六、筵席税 | | | | | |
| 十七、农业税 | 96602 | | 5411 | 12347 | 78844 |
| 十八、农业特产税 | 85148 | | 4119 | 5837 | 75192 |
| 十九、牧业税 | | | | | |
| 二十、耕地占用税 | 14246 | 5773 | 3561 | 3517 | 1395 |
| 二十一、契税 | 16327 | | 10507 | 2252 | 3568 |
| 二十二、国有资产经营收益 | 39922 | | 14698 | 19182 | 6042 |
| 二十三、国有企业计划亏损补贴 | —26642 | —4550 | —19082 | —3010 | |
| 二十四、行政性收费收入 | 123721 | 13975 | 21689 | 41548 | 46509 |
| 二十五、罚没收入 | 169391 | 2408 | 55302 | 94490 | 17191 |
| 二十六、土地和海域有偿使用收入 | 20058 | 2942 | 12799 | 4317 | |
| 二十七、专项收入 | 78856 | 3645 | 46749 | 25204 | 3258 |
| 二十八、其他收入 | 70632 | 2718 | 7770 | 25732 | 34412 |

## 15—4 地方财政支出

单位:万元

| 项目 | 1997年 | | 1998年 | | 1998年为1997年% |
|---|---|---|---|---|---|
| | 绝对数 | 比重(%) | 绝对数 | 比重(%) | |
| **支出总计** | **2908429** | **100.0** | **3236255** | **100.0** | **111.3** |
| 一、基本建设支出 | 134963 | 4.6 | 155002 | 4.8 | 114.8 |
| #农林水等部门 | 21584 | 0.7 | 28919 | 0.9 | 134.0 |
| 文教卫生等部门 | 31555 | 1.1 | 36828 | 1.1 | 116.7 |
| 科学等部门 | 503 | … | 1750 | 0.1 | 347.9 |
| 二、企业挖潜改造资金 | 150965 | 5.2 | 134486 | 4.2 | 89.1 |
| #工业部门 | 98234 | 3.4 | 88708 | 2.7 | 90.3 |
| 农林水等部门 | 6921 | 0.2 | 1903 | 0.1 | 27.5 |
| 三、简易建筑费 | 601 | … | 395 | … | 65.7 |
| 四、科技三项费用 | 27715 | 1.0 | 28782 | 0.9 | 103.8 |
| 五、流动资金 | 12124 | 0.4 | 6120 | 0.2 | 50.5 |
| 六、支援农村生产支出 | 73752 | 2.5 | 74205 | 2.3 | 100.6 |
| #小型农田水利和水土保持补助费 | 37766 | 1.3 | 35936 | 1.1 | 95.2 |
| 农村农技推广和植保补助费 | 2630 | 0.1 | 3704 | 0.1 | 140.8 |
| 七、农业综合开发支出 | 38712 | 1.3 | 40072 | 1.2 | 103.5 |
| 八、农林水利气象等部门事业费 | 88420 | 3.0 | 106293 | 3.3 | 120.2 |
| #农业事业费 | 25227 | 0.9 | 28579 | 0.9 | 113.2 |
| 畜牧事业费 | 9710 | 0.3 | 11330 | 0.4 | 116.7 |
| 农机事业费 | 10778 | 0.4 | 11198 | 0.3 | 103.9 |
| 林业事业费 | 9132 | 0.3 | 12765 | 0.4 | 139.8 |
| 水利事业费 | 22290 | 0.8 | 29373 | 0.9 | 131.8 |
| 九、工业交通等部门事业费 | 15694 | 0.5 | 17105 | 0.5 | 109.0 |
| 十、流通部门事业费 | 2647 | 0.1 | 3727 | 0.1 | 140.8 |
| 十一、文体、广播事业费 | 77918 | 2.7 | 85427 | 2.6 | 109.6 |
| #文化事业费 | 15212 | 0.5 | 15386 | 0.5 | 101.1 |
| 十二、教育事业费 | 524655 | 18.0 | 578873 | 17.9 | 110.3 |
| 十三、科学事业费 | 16961 | 0.6 | 19968 | 0.6 | 117.7 |
| 十四、卫生事业费 | 134802 | 4.6 | 144678 | 4.5 | 107.3 |
| 十五、税务统计财政审计等部门事业费 | 151120 | 5.2 | 159308 | 4.9 | 105.4 |
| 十六、抚恤和社会福利救济费 | 63690 | 2.2 | 66446 | 2.1 | 104.3 |
| 十七、行政事业单位离退休经费 | 126295 | 4.3 | 155209 | 4.8 | 122.9 |
| 十八、社会保障补助支出 | 1577 | 0.1 | 33329 | 1.0 | 2113.4 |
| 十九、国防支出 | 1229 | … | 1281 | … | 104.2 |
| 二十、行政管理费 | 368974 | 12.7 | 383938 | 11.9 | 104.1 |
| 二十一、外交外事支出 | 1227 | … | 679 | … | 55.3 |
| 二十二、公检法司支出 | 212071 | 7.3 | 231484 | 7.2 | 109.2 |
| 二十三、城市维护费 | 119483 | 4.1 | 131478 | 4.1 | 110.0 |
| 二十四、政策性补贴支出 | 193309 | 6.6 | 276211 | 8.5 | 142.9 |
| 二十五、支援不发达地区支出 | 45464 | 1.6 | 62268 | 1.9 | 137.0 |
| 二十六、土地和海域开发建设支出 | 16303 | 0.6 | 14600 | 0.5 | 89.6 |
| 二十七、专款支出 | 64712 | 2.2 | 69695 | 2.2 | 107.7 |
| 二十八、其他支出 | 243046 | 8.4 | 255196 | 7.9 | 105.0 |

注:1997年支出科目及科目反映的内容以1998年为准做了同口径调整。

# 15—5 地方财政支出

(1998年)　　单位:万元

| 项目 | 合计 | 省级 | 市地级 | 县市级 | 乡级 |
|---|---|---|---|---|---|
| **支出总计** | **3236255** | **700330** | **1068027** | **919517** | **548381** |
| 一、基本建设支出 | 155002 | 94008 | 45649 | 13494 | 1851 |
| 二、企业挖潜改造资金 | 134486 | 5932 | 82053 | 35513 | 10988 |
| 三、简易建筑费 | 395 | 100 | 196 | 95 | 4 |
| 四、科技三项费用 | 28782 | 7825 | 10410 | 9409 | 1138 |
| 五、流动资金 | 6120 | | 5502 | 618 | |
| 六、支援农村生产支出 | 74205 | 11235 | 19997 | 32869 | 10104 |
| 七、农业综合开发支出 | 40072 | 17016 | 7720 | 12417 | 2919 |
| 八、农林水利气象等部门事业费 | 106293 | 17604 | 32081 | 43631 | 12977 |
| 九、工业交通等部门事业费 | 17105 | 3060 | 8091 | 5845 | 109 |
| 十、流通部门事业费 | 3727 | 1584 | 1649 | 494 | |
| 十一、文体广播事业费 | 85427 | 16087 | 28277 | 32859 | 8204 |
| 十二、教育事业费 | 578873 | 73815 | 132535 | 115220 | 257303 |
| 十三、科学事业费 | 19968 | 11167 | 5930 | 2740 | 131 |
| 十四、卫生经费 | 144678 | 20044 | 61264 | 51425 | 11945 |
| 十五、税务统计财政审计等部门事业费 | 159308 | 58789 | 44556 | 39091 | 16872 |
| 十六、抚恤和社会福利救济费 | 66446 | 3652 | 19488 | 30043 | 13263 |
| 十七、行政事业单位离退休经费 | 155209 | 24291 | 55803 | 38739 | 36376 |
| 十八、社会保障补助支出 | 33329 | 2755 | 20612 | 9630 | 332 |
| 十九、国防支出 | 1281 | 1250 | | 31 | |
| 二十、行政管理费 | 383938 | 15642 | 122234 | 147252 | 98810 |
| 二十一、外交外事支出 | 679 | 345 | 171 | 163 | |
| 二十二、公检法司支出 | 231484 | 42911 | 89755 | 95533 | 3285 |
| 二十三、城市维护费 | 131478 | 1400 | 88775 | 36267 | 5036 |
| 二十四、政策性补贴支出 | 276211 | 210413 | 27143 | 38497 | 158 |
| 二十五、支援不发达地区支出 | 62268 | 38624 | 7095 | 12764 | 3785 |
| 二十六、土地和海域开发建设支出 | 14600 | 4 | 12312 | 2279 | 5 |
| 二十七、专项支出 | 69695 | 6 | 42731 | 24725 | 2233 |
| 二十八、其他支出 | 255196 | 20771 | 95998 | 87874 | 50553 |

## 15—6 各市地财政收入

(1998年)　　单位:万元

| 市　地 | 合　计 | 增值税 | 营业税 | 个　人<br>所得税 | 农　业<br>四　税 | 企　业<br>收　入 | 其他各<br>项收入 |
|---|---|---|---|---|---|---|---|
| 郑州市 | 324939 | 73341 | 65048 | 19243 | 14458 | 38035 | 114814 |
| 开封市 | 67823 | 9372 | 9756 | 3127 | 7527 | 4407 | 33634 |
| 洛阳市 | 186813 | 37598 | 30664 | 8420 | 10437 | 24880 | 74814 |
| 平顶山市 | 102236 | 28953 | 15566 | 3709 | 7824 | 13251 | 32933 |
| 安阳市 | 95870 | 23946 | 13665 | 5134 | 8728 | 8773 | 35624 |
| 鹤壁市 | 28148 | 7662 | 3867 | 665 | 1929 | 3812 | 10213 |
| 新乡市 | 122419 | 22543 | 12682 | 5010 | 6611 | 34545 | 41028 |
| 焦作市 | 115865 | 19039 | 10360 | 4258 | 5465 | 22245 | 54498 |
| 濮阳市 | 65217 | 14349 | 12739 | 3290 | 4984 | 2999 | 26856 |
| 许昌市 | 72956 | 11678 | 9268 | 2821 | 10569 | 7935 | 30685 |
| 漯河市 | 51753 | 10142 | 6796 | 2650 | 8418 | 11624 | 12123 |
| 三门峡市 | 60065 | 10771 | 8346 | 5249 | 7554 | 9995 | 18150 |
| 南阳市 | 153260 | 21898 | 21201 | 5722 | 27551 | 17438 | 59450 |
| 商丘市 | 73374 | 10053 | 8629 | 3230 | 16533 | 8395 | 26534 |
| 信阳市 | 81865 | 7982 | 11494 | 3631 | 19326 | 3370 | 36062 |
| 周口地区 | 91241 | 13569 | 11312 | 5956 | 23437 | 8032 | 28935 |
| 驻马店地区 | 102356 | 8053 | 10122 | 4481 | 24245 | 12552 | 42903 |
| 济源市 | 22164 | 3959 | 4859 | 1119 | 954 | 3807 | 7466 |

## 15—7 各市地财政支出

(1998年)　　单位:万元

| 市　地 | 合　计 | 基本建设<br>支　　出 | 支援农村<br>生产支出 | 农林水气事<br>业费支出 | 教　　育<br>事业费 | 社会保障<br>补助支出 | 行　　政<br>管理费 | 公检法司<br>支　　出 | 其他各项<br>支　　出 |
|---|---|---|---|---|---|---|---|---|---|
| 郑州市 | 347298 | 13189 | 6899 | 8929 | 47991 | 3143 | 39895 | 32459 | 194793 |
| 开封市 | 110521 | 341 | 2048 | 4577 | 24148 | 2938 | 20076 | 8409 | 47984 |
| 洛阳市 | 229628 | 10477 | 5805 | 7140 | 40656 | 1584 | 31246 | 15830 | 116890 |
| 平顶山市 | 141567 | 909 | 4039 | 4941 | 25498 | 1878 | 21998 | 11508 | 70796 |
| 安阳市 | 146305 | 3107 | 2611 | 5065 | 29935 | 4874 | 20115 | 11590 | 69008 |
| 鹤壁市 | 47200 | 2681 | 1369 | 1469 | 7806 | 636 | 5945 | 4408 | 22886 |
| 新乡市 | 159971 | 528 | 3920 | 5400 | 32052 | 2170 | 23595 | 10827 | 81479 |
| 焦作市 | 145653 | 3063 | 2472 | 4239 | 21541 | 1033 | 18531 | 9723 | 85051 |
| 濮阳市 | 105341 | 5405 | 3096 | 3582 | 18790 | 898 | 14945 | 7582 | 51043 |
| 许昌市 | 105464 | 2830 | 2446 | 4307 | 21067 | 1180 | 12993 | 9045 | 51596 |
| 漯河市 | 70081 | 2862 | 1441 | 2999 | 14824 | 617 | 10086 | 4634 | 32618 |
| 三门峡市 | 85359 | 1655 | 3766 | 3048 | 18113 | 781 | 11276 | 6010 | 40710 |
| 南阳市 | 224886 | 1660 | 6435 | 8671 | 50759 | 1786 | 32602 | 14496 | 108477 |
| 商丘市 | 134388 | 1827 | 3694 | 4229 | 32777 | 1941 | 24495 | 9377 | 56048 |
| 信阳市 | 151538 | 4417 | 3754 | 6250 | 40803 | 1887 | 28071 | 10577 | 55779 |
| 周口地区 | 151122 | 1929 | 5274 | 7237 | 39564 | 1541 | 28298 | 9574 | 57705 |
| 驻马店地区 | 151603 | 2588 | 3373 | 5604 | 33628 | 1503 | 20768 | 11142 | 72997 |
| 济源市 | 28000 | 1526 | 528 | 1002 | 5106 | 184 | 3361 | 1382 | 14911 |

## 15—8 地方预算外资金收支情况

（1998 年）

单位：万元

| 项目 | 本年收入 | 项目 | 本年支出 |
|---|---|---|---|
| **一、收入合计** | **1529938** | **二、支出合计** | **1408259** |
| 1.行政事业性收费 | 1024430 | 1、行政事业支出 | 737642 |
| 2.基金和附加收入 | 111338 | 2.专项支出 | 193627 |
| 3.主管部门集中收入 | 16438 | #生产性支出 | 151764 |
| 4.乡镇自筹、统筹资金 | 287067 | 非生产性支出 | 41863 |
| 5.其他收入 | 90665 | 3.基本建设支出 | 95645 |
| | | 4.乡镇统筹、自筹资金支出 | 278357 |
| | | 5.其他支出 | 102988 |

注：按可比口径，1998 年全省预算外资金总收入比上年增长 26.3%，全省预算外资金总支出比上年增长 14.5%。

## 15—9 1995 年以来利率变动情况表

单位：年利率%

| 项目 | 1995 年 1 月 1 日 | 1995 年 7 月 1 日 | 1996 年 5 月 1 日 | 1996 年 8 月 23 日 | 1997 年 10 月 23 日 | 1998 年 3 月 25 日 | 1998 年 7 月 1 日 | 1998 年 12 月 7 日 |
|---|---|---|---|---|---|---|---|---|
| 存款利率平均调幅 | 0.00 | 0.00 | —0.98 | —1.50 | —1.10 | —0.16 | —0.49 | —0.50 |
| 各档次利率： | | | | | | | | |
| 活期 | 3.15 | 3.15 | 2.97 | 1.98 | 1.71 | 1.71 | 1.44 | 1.44 |
| 定期 | | | | | | | | |
| 三个月 | 6.66 | 6.66 | 4.68 | 3.33 | 2.88 | 2.88 | 2.79 | |
| 半年 | 9.00 | 9.00 | 7.20 | 5.40 | 4.14 | 4.14 | 3.96 | |
| 一年 | 10.98 | 10.98 | 9.18 | 7.47 | 5.67 | 5.22 | 4.77 | 3.78 |
| 二年 | 11.70 | 11.70 | 9.90 | 7.92 | 5.94 | 5.58 | 4.86 | |
| 三年 | 12.24 | 12.24 | 10.08 | 8.28 | 6.21 | 6.21 | 4.95 | |
| 五年 | 13.86 | 13.86 | 12.06 | 9.00 | 6.66 | 6.66 | 5.22 | |
| 贷款利率平均调幅 | 0.36 | 0.96 | —0.75 | —1.20 | —1.50 | —0.60 | —1.12 | |
| 短期贷款利率 | | | | | | | | |
| 六个月以内 | 9.00 | 10.08 | 9.72 | 9.18 | 7.65 | 7.02 | 6.57 | |
| 六个月至一年（含一年） | 10.98 | 12.06 | 10.98/11.52 | 10.08 | 8.64 | 7.92 | 6.93 | 6.39 |
| 中长期贷款利率 | | | | | | | | |
| 一至三年（含三年） | 12.96 | 13.50 | 13.14 | 10.98 | 9.36 | 9.00 | 7.11 | |
| 三至五年（含五年） | 14.58 | 15.12 | 14.94 | 11.70 | 9.90 | 9.72 | 7.65 | |
| 五年以上 | 14.76 | 15.30 | 15.12 | 12.42 | 10.53 | 10.35 | 8.01 | |
| 人民银行对金融机构存、贷款利率 | | | | | | | | |
| 存款准备金 | 9.18 | 9.18 | 8.82 | 8.28 | 7.56 | 5.22 | 3.51 | 3.24 |
| 备付金存款 | 9.18 | 9.18 | 8.82 | 7.92 | 7.02 | | | |
| 再贷款： | | | | | | | | 5.06 |
| 二十天以内 | 10.26 | 10.44 | 9.00 | 9.00 | 8.55 | 6.39 | 5.22 | |
| 三个月以内 | 10.44 | 10.62 | 10.08 | 9.72 | 8.82 | 6.84 | 5.49 | |
| 六个月以内 | 10.71 | 10.98 | 10.17 | 10.17 | 9.09 | 7.02 | 5.58 | |
| 一年期 | 10.89 | 11.16 | 10.98 | 10.62 | 9.36 | 7.92 | 5.67 | |
| 再贴现 * | | | | | | 6.03 | 4.32 | 3.96 |

注：* 按同期同档次再贷款利率下浮 5—10%。

# 15—10 金融机构综合信贷收支情况

（年底数） 单位:亿元

| 项目 | 1990年 | 1995年 | 1996年 | 1997年 | 1998年 |
|---|---|---|---|---|---|
| **资金来源总计** | **789.37** | **2469.82** | **3098.36** | **3804.36** | **4018.21** |
| 一、各项存款 | 593.96 | 2131.69 | 2707.65 | 3271.76 | 3772.51 |
| 企业存款 | 120.86 | 524.66 | 700.86 | 861.43 | 907.25 |
| 财政存款 | 10.33 | 16.51 | 13.94 | 13.80 | 50.50 |
| 机关团体部队存款 | 24.60 | 24.65 | 22.46 | 29.49 | 36.71 |
| 城镇储蓄存款 | 270.07 | 1116.74 | 1416.87 | 1687.32 | 1997.48 |
| 农户储蓄存款 | 106.03 | 339.60 | 438.42 | 555.68 | 659.75 |
| 农业存款 | 14.09 | 33.57 | 42.38 | 47.24 | 43.82 |
| 信托存款 | 16.04 | 47.51 | 38.45 | 36.49 | 5.48 |
| 委托存款 | | | | | 19.92 |
| 其他存款 | 31.94 | 28.44 | 34.28 | 40.31 | 51.60 |
| 二、债券 | 2.71 | 0.34 | 0.20 | 0.18 | 0.32 |
| 三、证券业务款项 | | 15.21 | 15.34 | 17.66 | 15.69 |
| 四、呆账准备金 | | 11.91 | 17.59 | 13.87 | |
| 五、所有者权益 | 76.31 | 145.76 | 87.97 | 77.10 | −88.50 |
| 六、其他 | 116.39 | 164.91 | 269.61 | 423.79 | 318.19 |
| **资金运用总计** | **789.37** | **2469.82** | **3098.36** | **3804.36** | **4018.21** |
| 一、各项贷款 | 773.04 | 2170.17 | 2665.41 | 3320.89 | 3878.53 |
| 工业贷款 | 201.27 | 417.29 | 503.51 | 672.28 | 732.31 |
| 商业贷款 | 295.80 | 658.84 | 807.27 | 1018.44 | 1011.79 |
| 建筑业贷款 | 12.56 | 30.01 | 34.90 | 59.72 | 49.98 |
| 私营企业及个体贷款 | 4.36 | 13.16 | 18.11 | 23.80 | 23.37 |
| 乡镇企业贷款 | 54.13 | 167.36 | 206.77 | 245.22 | 225.55 |
| 三资企业贷款 | | 23.40 | 32.75 | 39.48 | 49.39 |
| 农业贷款 | 88.42 | 168.56 | 220.84 | 287.63 | 410.57 |
| 中长期贷款 | 73.72 | 342.44 | 393.43 | 493.16 | 803.88 |
| 信托贷款 | 22.48 | 45.97 | 39.39 | 35.55 | 4.79 |
| 委托贷款 | | | | | 15.47 |
| 其他贷款 | 20.30 | 303.14 | 408.44 | 445.61 | 551.43 |
| 二、有价证券及投资 | 10.82 | 128.66 | 150.57 | 121.79 | 56.07 |
| 三、外汇占款 | 1.59 | 0.63 | 0.71 | 0.65 | 0.80 |
| 四、金银占款 | 3.92 | 9.78 | 14.84 | 23.96 | 31.85 |
| 五、其他 | | 160.58 | 266.83 | 337.07 | 50.96 |

## 15—11 各市地金融机构存款年底余额

单位:万元

| 市 地 | 1997年 | #企业存款 | #财政存款 | #农村存款 | 1998年 | #企业存款 | #财政存款 | #农村存款 |
|---|---|---|---|---|---|---|---|---|
| 郑州市 | 7249091 | 3099670 | —19619 | 151083 | 8338697 | 3315809 | 209552 | 124602 |
| 开封市 | 1252351 | 317710 | | | 1330164 | 249376 | 2425 | 17855 |
| 洛阳市 | 3148151 | 815253 | 12121 | 54574 | 3593652 | 983415 | 18855 | 51038 |
| 平顶山市 | 1437374 | 340385 | 11069 | 30022 | 1628946 | 340951 | 11681 | 28068 |
| 安阳市 | 2259434 | 389537 | 20886 | 27450 | 2540197 | 341824 | 28851 | 26333 |
| 鹤壁市 | 551065 | 118522 | 1880 | 4362 | 608976 | 87945 | 2676 | 4144 |
| 新乡市 | 2050287 | 380769 | 31294 | 16959 | 2395905 | 385418 | 41776 | 16534 |
| 焦作市 | 1490474 | 261470 | 2421 | 13693 | 1732507 | 261604 | 16532 | 10267 |
| 濮阳市 | 1320349 | 218179 | —4105 | 7286 | 1532104 | 218875 | 7798 | 4968 |
| 许昌市 | 1098646 | 219977 | 7448 | 18456 | 1387335 | 237221 | 9853 | 13150 |
| 漯河市 | 861493 | 161850 | 5777 | 4583 | 1014244 | 184223 | 10493 | 5919 |
| 三门峡市 | 1057392 | 214754 | 4096 | 11442 | 1210400 | 217009 | 12752 | 14076 |
| 南阳市 | 2364519 | 576202 | 16048 | 34748 | 2666288 | 559319 | 23966 | 40160 |
| 商丘市 | 1297283 | 214308 | 2536 | 19442 | 1427923 | 208473 | 12692 | 25667 |
| 信阳市 | 1254240 | 259968 | 12376 | 20104 | 1544501 | 309314 | 13609 | 27052 |
| 周口地区 | 1639655 | 213735 | 8707 | 18871 | 1914296 | 246608 | 10053 | 18245 |
| 驻马店地区 | 1085449 | 206490 | 9112 | 11316 | 1460456 | 182119 | 17615 | 10573 |
| 济源市 | 245701 | 37930 | 288 | 3396 | 283944 | 39132 | 305 | 2874 |

## 15—12 各市地金融机构贷款年底余额

单位:万元

| 市 地 | 1997年 | #工业贷款 | #商业贷款 | #农业贷款 | 1998年 | #工业贷款 | #商业贷款 | #农业贷款 |
|---|---|---|---|---|---|---|---|---|
| 郑州市 | 6064598 | 1485732 | 1271146 | 241798 | 7207115 | 1517407 | 1159539 | 351969 |
| 开封市 | 1456497 | 290875 | 555126 | 145153 | 1631607 | 294259 | 590132 | 188820 |
| 洛阳市 | 2885474 | 730890 | 507503 | 136250 | 2842952 | 810878 | 519966 | 207429 |
| 平顶山市 | 1492451 | 339902 | 326648 | 113700 | 1569163 | 407336 | 320359 | 170599 |
| 安阳市 | 1839062 | 453940 | 499121 | 165627 | 2037646 | 450170 | 589304 | 281127 |
| 鹤壁市 | 625225 | 134494 | 202669 | 71910 | 794215 | 158566 | 209489 | 132250 |
| 新乡市 | 1785127 | 482793 | 554342 | 136463 | 2010632 | 523577 | 632568 | 187165 |
| 焦作市 | 1434725 | 307278 | 284780 | 65421 | 1533597 | 342701 | 286470 | 116480 |
| 濮阳市 | 1359230 | 268848 | 364975 | 134632 | 1501020 | 314857 | 405407 | 178860 |
| 许昌市 | 1041168 | 224051 | 351744 | 141967 | 1244343 | 252349 | 422125 | 208916 |
| 漯河市 | 1023860 | 168597 | 363923 | 93246 | 1142283 | 189878 | 364620 | 131652 |
| 三门峡市 | 1150731 | 230354 | 206379 | 122860 | 1268509 | 265028 | 207065 | 167298 |
| 南阳市 | 2671238 | 375702 | 925097 | 388363 | 3078879 | 416877 | 965126 | 516079 |
| 商丘市 | 1719903 | 216439 | 890752 | 178246 | 2231215 | 262925 | 1049298 | 270956 |
| 信阳市 | 1427029 | 185388 | 573529 | 208177 | 1637004 | 204435 | 569358 | 266250 |
| 周口地区 | 2045970 | 243379 | 981259 | 326272 | 2392453 | 228049 | 1073479 | 511753 |
| 驻马店地区 | 1471782 | 168076 | 706094 | 193287 | 1648860 | 182946 | 670740 | 233497 |
| 济源市 | 291099 | 70150 | 53694 | 9998 | 318576 | 72872 | 64129 | 14936 |

# 15—13 历年国家银行各项存款、贷款及金融机构居民储蓄存款年底余额

单位:万元

| 年份 | 各项存款合计 | #企业存款 | #农业存款 | 各项贷款合计 | #短期贷款 | #工业贷款 | #农业贷款 | 城乡居民储蓄存款年底余额 | #城镇居民 |
|---|---|---|---|---|---|---|---|---|---|
| 1952 | 19068 | 7362 | 4 | 7836 | 7836 | 639 | 3016 | 1795 | 1780 |
| 1957 | 36365 | 9337 | 144 | 145162 | 141721 | 5533 | 23277 | 10497 | 6977 |
| 1962 | 122114 | 44870 | 2309 | 379285 | 369186 | 51147 | 65504 | 13375 | 9554 |
| 1965 | 121877 | 44417 | 866 | 339464 | 328730 | 47579 | 86356 | 19526 | 15337 |
| 1970 | 286872 | 62380 | 2649 | 573963 | 572369 | 146242 | 98469 | 31513 | 23994 |
| 1975 | 359434 | 108409 | 4641 | 836475 | 833568 | 266406 | 66078 | 68368 | 45277 |
| 1978 | 457072 | 122648 | 4911 | 999943 | 996828 | 311487 | 83714 | 98071 | 62363 |
| 1979 | 520045 | 141524 | 4788 | 1081385 | 1077946 | 347821 | 93105 | 129657 | 83233 |
| 1980 | 577690 | 175125 | 6525 | 1250059 | 1225173 | 380902 | 78292 | 194361 | 118343 |
| 1981 | 684460 | 190951 | 6732 | 1464186 | 1430572 | 440543 | 77460 | 269038 | 155356 |
| 1982 | 740776 | 219622 | 7581 | 1537267 | 1478888 | 470623 | 83513 | 328280 | 194907 |
| 1983 | 880956 | 264734 | 10720 | 1748298 | 1668563 | 492112 | 77190 | 455905 | 259354 |
| 1984 | 1368445 | 533764 | 18817 | 2298777 | 2109950 | 645281 | 97227 | 643509 | 363717 |
| 1985 | 1464158 | 591263 | 15497 | 2849146 | 2581303 | 732455 | 177800 | 842280 | 495574 |
| 1986 | 1846588 | 696414 | 20512 | 3502108 | 3132152 | 981694 | 224700 | 1150281 | 697029 |
| 1987 | 2317128 | 855375 | 26125 | 3923167 | 3426394 | 1150958 | 148000 | 1678777 | 1039098 |
| 1988 | 2706683 | 920058 | 30715 | 4479912 | 3887809 | 1307799 | 186037 | 2093320 | 1374515 |
| 1989 | 3290130 | 887850 | 52397 | 5119010 | 4439953 | 1550323 | 233715 | 2763367 | 1937252 |
| 1990 | 4352325 | 1093726 | 63293 | 6364111 | 5454120 | 1933026 | 302689 | 3761229 | 2700696 |
| 1991 | 5516429 | 1388996 | 79161 | 7740762 | 6420909 | 2188645 | 388775 | 4848436 | 3518498 |
| 1992 | 6913909 | 1858160 | 89503 | 9080151 | 7281980 | 2477732 | 489938 | 5953905 | 4467575 |
| 1993 | 8506821 | 2519007 | 42238 | 11065764 | 8537331 | 2938238 | 379763 | 7665698 | 5944640 |
| 1994 | 11620216 | 3426098 | 41866 | 13535749 | 10012948 | 3291722 | 440401 | 10858017 | 8360696 |
| 1995 | 15315135 | 4741807 | 50396 | 17165700 | 11921814 | 3878328 | 523467 | 14563472 | 11167443 |
| 1996 | 19152611 | 6139764 | 66641 | 20849125 | 14623917 | 4591542 | 638215 | 18552849 | 14168681 |
| 1997 | 22571475 | 7408466 | 66541 | 25964816 | 19025726 | 6141286 | 886227 | 22430004 | 16873185 |
| 1998 | 22367852 | 6435901 | 67542 | 21523997 | 15491396 | 6511080 | 1208865 | 26572250 | 19974801 |

注:1. 城乡居民储蓄存款年底余额1986年以前为国家银行口径,1986—1989年含城市、农村信用社,1989年开始为金融机构口径;
2. 国家银行各项存款、贷款年底余额1998年数据为国有独资商业银行口径。

# 15—14 国有独资商业银行信贷收支情况

（年底数） 单位：万元

| 项目 | 1997年 | | 1998年 | | 1998年为1997年% |
|---|---|---|---|---|---|
| | 绝对数 | 比重(%) | 绝对数 | 比重(%) | |
| **资金来源总计** | **23922973** | **100.0** | **25408534** | **100.0** | **106.2** |
| 一、各项存款 | 19638093 | 82.1 | 22367852 | 88.0 | 113.9 |
| 企业存款 | 6493604 | 27.1 | 6435901 | 25.3 | 99.1 |
| 城镇储蓄存款 | 12967077 | 54.2 | 15090646 | 59.4 | 116.4 |
| 农业存款 | 66541 | 0.3 | 67542 | 0.3 | 101.5 |
| 信托存款 | 67221 | 0.3 | | | |
| 其他存款 | 43650 | 0.2 | 773763 | 3.0 | 1772.7 |
| 二、发行金融债券 | 311 | … | 159 | … | 51.1 |
| 三、国家投资债券 | | | 142 | … | |
| 四、向中央银行借款 | 133623 | 0.6 | 91419 | 0.4 | 68.4 |
| 五、所有者权益 | 292813 | 1.2 | −581250 | −2.3 | |
| 六、其他 | 3858133 | 16.1 | 3530212 | 13.9 | 91.5 |
| **资金运用总计** | **23922973** | **100.0** | **25408534** | **100.0** | **106.2** |
| 一、各项贷款 | 17343737 | 72.5 | 21523997 | 84.7 | 124.1 |
| 1.短期贷款 | 12670433 | 53.0 | 15491396 | 61.0 | 122.3 |
| 工业贷款 | 5998670 | 25.1 | 6511080 | 25.6 | 108.5 |
| 商业贷款 | 3578932 | 15.0 | 4369375 | 17.2 | 122.1 |
| 建筑业贷款 | 597180 | 2.5 | 477708 | 1.9 | 80.0 |
| 农业贷款 | 886227 | 3.7 | 1208865 | 4.8 | 136.4 |
| 乡镇企事业贷款 | 715347 | 3.0 | 898144 | 3.5 | 125.6 |
| 三资企业贷款 | 344160 | 1.4 | 427589 | 1.7 | 124.2 |
| 私营企业及个体贷款 | 25181 | 0.1 | 57058 | 0.2 | 226.6 |
| 贴现 | | | 120486 | 0.5 | |
| 其他短期贷款 | 524736 | 2.2 | 1421091 | 5.6 | 270.8 |
| 2.中长期贷款 | 4111744 | 17.2 | 5471085 | 21.5 | 133.1 |
| 3.信托贷款 | 76167 | 0.3 | 2171 | … | 2.9 |
| 4.其他类贷款 | 485393 | 2.0 | 559345 | 2.2 | 115.2 |
| 二、国家投资债券贷款 | 39675 | 0.2 | 38085 | 0.1 | 96.0 |
| 三、有价证券及投资 | 787494 | 3.3 | 431106 | 1.7 | 54.7 |
| 四、在人行存款 | 1126360 | 4.7 | 1175269 | 4.6 | 104.3 |
| 五、库存现金 | 232043 | 1.0 | 193616 | 0.8 | 83.4 |
| 六、外汇占款 | | | −649 | … | |
| 七、其他 | 4393664 | 18.4 | 2047110 | 8.1 | 46.6 |

## 15—15 其他商业银行信贷收支情况

(年底数)

单位:万元

| 项目 | 1997年 | | 1998年 | | 1998年为1997年% |
|---|---|---|---|---|---|
| | 绝对数 | 比重(%) | 绝对数 | 比重(%) | |
| **资金来源总计** | **1716770** | **100.0** | **1902825** | **100.0** | **110.8** |
| 一、各项存款 | 1684379 | 98.1 | 2237046 | 117.6 | 132.8 |
| 企业存款 | 1274519 | 74.2 | 1569988 | 82.5 | 123.2 |
| 城镇储蓄存款 | 397741 | 23.2 | 639187 | 33.6 | 160.7 |
| 农业存款 | | | | | |
| 信托存款 | | | | | |
| 其他存款 | 12119 | 0.7 | 27871 | 1.5 | 230.0 |
| 二、发行金融债券 | 2 | … | 2 | … | 100.0 |
| 三、国家投资债券 | | | | | |
| 四、向中央银行借款 | 5125 | 0.3 | | | |
| 五、所有者权益 | 11166 | 0.7 | 36558 | 1.9 | 327.4 |
| 六、其他 | 16098 | 0.9 | —370781 | —19.5 | |
| **资金运用总计** | **1716770** | **100.0** | **1902825** | **100.0** | **110.8** |
| 一、各项贷款 | 1077192 | 62.7 | 1400115 | 73.6 | 130.0 |
| 1.短期贷款 | 747982 | 43.6 | 1068678 | 56.2 | 142.9 |
| 工业贷款 | 250040 | 14.6 | 324913 | 17.1 | 129.9 |
| 商业贷款 | 157486 | 9.2 | 114348 | 6.0 | 72.6 |
| 建筑业贷款 | | | 4795 | 0.3 | |
| 农业贷款 | | | | | |
| 乡镇企事业贷款 | | | | | |
| 三资企业贷款 | 50669 | 3.0 | 65212 | 3.4 | 128.7 |
| 私营企业及个体贷款 | 3993 | 0.2 | 4376 | 0.2 | 109.6 |
| 贴现 | | | 131165 | 6.9 | |
| 其他短期贷款 | 285794 | 16.6 | 423869 | 22.3 | 148.3 |
| 2.中长期贷款 | 33917 | 2.0 | 142243 | 7.5 | 419.4 |
| 3.信托贷款 | 21730 | 1.3 | | | |
| 4.其他类贷款 | 273563 | 15.9 | 189194 | 9.9 | 69.2 |
| 二、国家投资债券贷款 | | | | | |
| 三、有价证券及投资 | 107559 | 6.3 | 184142 | 9.7 | 171.2 |
| 四、在人行存款 | 193579 | 11.3 | 150393 | 7.9 | 77.7 |
| 五、库存现金 | 10119 | 0.6 | 13135 | 0.7 | 129.8 |
| 六、外汇占款 | 280 | … | 1206 | 0.1 | 430.7 |
| 七、其他 | 328041 | 19.1 | 153834 | 8.1 | 46.9 |

## 15—16 城市合作机构信贷收支情况

（年底数） 单位：万元

| 项目 | 1997年 绝对数 | 1997年 比重(%) | 1998年 绝对数 | 1998年 比重(%) | 1998年为1997年% |
|---|---|---|---|---|---|
| **资金来源总计** | **4792424** | **100.0** | **3338984** | **100.0** | **69.7** |
| 一、各项存款 | 3361188 | 70.1 | 3511983 | 105.2 | 104.5 |
| #城镇储蓄存款 | 2265507 | 47.3 | 2594702 | 77.7 | 114.5 |
| 二、发行债券 | 424 | … | 2715 | 0.1 | 640.3 |
| 三、向中央银行借款 | 9501 | 0.2 | 26538 | 0.8 | 279.3 |
| 四、所有者权益 | 167568 | 3.5 | −8949 | −0.3 | |
| 五、其他 | 1253743 | 26.2 | −193303 | −5.8 | |
| **资金运用总计** | **4792424** | **100.0** | **3338984** | **100.0** | **69.7** |
| 一、各项贷款 | 2246247 | 46.9 | 2502110 | 74.9 | 111.4 |
| #私营企业及个体贷款 | 208877 | 4.4 | 172268 | 5.2 | 82.5 |
| 中长期贷款 | 74394 | 1.6 | 75697 | 2.3 | 101.8 |
| 二、准备金存款 | 251164 | 5.2 | 271262 | 8.1 | 108.0 |
| 三、库存现金 | 49505 | 1.0 | 57277 | 1.7 | 115.7 |
| 四、外汇占款 | | | | | |
| 五、其他 | 2245508 | 46.9 | 508335 | 15.2 | 22.6 |

注：城市合作机构口径包括城市合作银行、城市信用社和县级城市信用社。

## 15—17 农村信用社信贷收支情况

（年底数） 单位：万元

| 项目 | 1997年 绝对数 | 1997年 比重(%) | 1998年 绝对数 | 1998年 比重(%) | 1998年为1997年% |
|---|---|---|---|---|---|
| **资金来源总计** | **8884839** | **100.0** | **6900972** | **100.0** | **77.7** |
| 一、各项存款 | 5947152 | 66.9 | 7071892 | 102.5 | 118.9 |
| #企业存款 | 405881 | 4.6 | 39471 | 0.6 | 9.7 |
| #定期 | 39963 | 0.4 | 39471 | 0.6 | 98.8 |
| 农户储蓄存款 | 5556819 | 62.5 | 6597449 | 95.6 | 118.7 |
| #定期 | 4471784 | 50.3 | 5309102 | 76.9 | 118.7 |
| 二、银行借款 | 40162 | 0.5 | 12867 | 0.2 | 32.0 |
| 三、同业往来 | 1837084 | 20.7 | 145729 | 2.1 | 7.9 |
| 四、所有者权益 | 151415 | 1.7 | −42472 | −0.6 | |
| 五、其他 | 909026 | 10.2 | −287044 | −4.2 | |
| **资金运用总计** | **8884839** | **100.0** | **6900972** | **100.0** | **77.7** |
| 一、各项贷款 | 4419724 | 49.7 | 5147556 | 74.6 | 116.5 |
| #短期贷款 | 1899578 | 21.4 | 4809497 | 69.7 | 253.2 |
| #农业贷款 | 1007872 | 11.3 | 2896672 | 42.0 | 287.4 |
| 乡镇企业贷款 | 629124 | 7.1 | 1336932 | 19.4 | 212.5 |
| 中长期贷款 | 378477 | 4.3 | 338059 | 4.9 | 89.3 |
| 逾期贷款 | 947701 | 10.7 | | | |
| 二、同业往来 | 2170167 | 24.4 | 289090 | 4.2 | 13.3 |
| 三、库存现金 | 100738 | 1.1 | 112055 | 1.6 | 111.2 |
| 四、其他 | 2194210 | 24.7 | 1352271 | 19.6 | 61.6 |

# 15—18 信托投资公司信贷收支情况

（年底数）　　单位：万元

| 项　　目 | 1997 年 |  | 1998 年 |  | 1998 年为 1997 年% |
|---|---|---|---|---|---|
|  | 绝对数 | 比重(%) | 绝对数 | 比重(%) |  |
| **资金来源总计** | **483201** | **100.0** | **372697** | **100.0** | **77.1** |
| 一、各项存款 | 277318 | 57.4 | 278086 | 74.6 | 100.3 |
| 委托存款 | 199839 | 41.4 | 207410 | 55.7 | 103.8 |
| 信托存款 | 74071 | 15.3 | 54848 | 14.7 | 74.0 |
| 保证金存款 | 105 | … | 105 | … | 100.0 |
| 其他存款 | 3303 | 0.7 | 15723 | 4.2 | 476.0 |
| 二、发行债券 | 1004 | 0.2 | 112 | … | 11.2 |
| 三、证券业务款项 | 21095 | 4.4 | 70953 | 19.0 | 336.3 |
| 四、所有者权益 | 72012 | 14.9 | 87591 | 23.5 | 121.6 |
| 五、其他 | 111772 | 23.1 | —64045 |  |  |
| **资金运用总计** | **483201** | **100.0** | **372697** | **100.0** | **77.1** |
| 一、各项贷款 | 230498 | 47.7 | 267873 | 71.9 | 116.2 |
| 委托贷款 | 145942 | 30.2 | 151585 | 40.7 | 103.9 |
| 信托贷款 | 60139 | 12.4 | 39399 | 10.6 | 65.5 |
| 抵押贷款 | 13298 | 2.8 | 10900 | 2.9 | 82.0 |
| 贴现 | 224 | … |  |  |  |
| 租赁 | 4082 | 0.8 | 3846 | 1.0 | 94.2 |
| 其他贷款 | 6813 | 1.4 | 62143 | 16.7 | 912.1 |
| 二、投资 | 31563 | 6.5 | 64844 | 17.4 | 205.4 |
| 三、证券业务占款 | 23394 | 4.8 | 10226 | 2.7 | 43.7 |
| 四、在人民银行存款 | 3597 | 0.7 | 4675 | 1.3 | 130.0 |
| 五、缴存人行准备金 | 13753 | 2.8 |  |  |  |
| 六、库存现金 | 1495 | 0.3 | 1408 | 0.4 | 94.2 |
| 七、外币占款 | 5696 | 1.2 | 7440 | 2.0 | 130.6 |
| 八、其他 | 173205 | 35.8 | 16231 | 4.4 | 9.4 |

## 15—19 金融机构现金收支情况

单位:万元

| 项目 | 1998年 | 1998年为1997年% |
|---|---|---|
| **收入合计** | **111127321** | **156.5** |
| 商品销售收入 | 12717410 | 113.6 |
| 服务业收入 | 3999133 | 156.6 |
| 税款收入 | 756251 | 149.6 |
| 城乡个体经营收入 | 4908026 | 340.3 |
| 储蓄存款收入 | 71802387 | 176.5 |
| 其他金融机构收入 | 2288031 | 62.4 |
| 居民归还贷款收入 | 2476282 | |
| 汇兑收入 | 1008153 | 134.2 |
| 有价证券收入 | 256876 | 162.2 |
| 其他收入 | 10914772 | 108.4 |
| **支出合计** | **110716638** | **153.8** |
| 工资性支出 | 7529393 | 121.4 |
| 产品采购支出 | 5049474 | 116.3 |
| #农副产品采购支出 | 2330437 | 63.9 |
| 行政企事业管理费支出 | 4447367 | 133.1 |
| 城乡个体经营支出 | 5447387 | 345.7 |
| 储蓄存款支出 | 70146515 | 168.0 |
| 其他金融机构支出 | 2242512 | 80.9 |
| 居民提取贷款支出 | 2419137 | |
| 汇兑支出 | 1041837 | 121.6 |
| 有价证券支出 | 236089 | 147.7 |
| 其他支出 | 12156927 | 111.7 |
| **净投放(+)净回笼(—)** | **—410683** | **716.5** |

## 15—20 城乡居民储蓄存款年底余额

单位:万元

| 项　　目 | 1997 年 | | 1998 年 | | 1998 年为1997 年% |
|---|---|---|---|---|---|
| | 绝对数 | 比重(%) | 绝对数 | 比重(%) | |
| **总　　计** | **22430004** | **100.0** | **26572250** | **100.0** | **118.5** |
| 一、城镇居民储蓄 | 16873185 | 75.2 | 19974801 | 75.2 | 118.4 |
| #定期储蓄 | 12881783 | 57.4 | 15487911 | 58.3 | 120.2 |
| 二、农村居民储蓄 | 5556819 | 24.8 | 6597449 | 24.8 | 118.7 |
| #定期储蓄 | 4471784 | 19.9 | 5309102 | 20.0 | 118.7 |

## 15—21 各市地城乡居民储蓄存款年底余额

单位:万元

| 市　　地 | 1997 年 | | | 1998 年 | | |
|---|---|---|---|---|---|---|
| | 合　计 | 城镇居民 | 农村居民 | 合　计 | 城镇居民 | 农村居民 |
| 郑州市 | 3725315 | 3033255 | 692060 | 4545652 | 3739182 | 806470 |
| 开封市 | 904215 | 698451 | 205764 | 1032567 | 783175 | 249392 |
| 洛阳市 | 2099489 | 1699811 | 399678 | 2461995 | 2012201 | 449794 |
| 平顶山市 | 1025005 | 784210 | 240795 | 1205670 | 918632 | 287038 |
| 安阳市 | 1779627 | 1256300 | 523327 | 2106706 | 1472723 | 633983 |
| 鹤壁市 | 417440 | 306219 | 111221 | 486245 | 356713 | 129532 |
| 新乡市 | 1591340 | 1088427 | 502913 | 1889683 | 1519613 | 370070 |
| 焦作市 | 1169625 | 882180 | 287445 | 1384040 | 1048247 | 335793 |
| 濮阳市 | 1077122 | 878098 | 199024 | 1270209 | 1038509 | 231700 |
| 许昌市 | 838185 | 596089 | 242096 | 1096955 | 799596 | 297359 |
| 漯河市 | 679749 | 410141 | 269608 | 768224 | 453531 | 314693 |
| 三门峡市 | 775813 | 532113 | 243700 | 908187 | 639088 | 269099 |
| 南阳市 | 1599848 | 1110565 | 489283 | 1906725 | 1304953 | 601772 |
| 商丘市 | 1049810 | 794115 | 255695 | 1166357 | 844010 | 322347 |
| 信阳市 | 940605 | 669143 | 271462 | 1134420 | 787879 | 346541 |
| 周口地区 | 1362260 | 896106 | 466154 | 1589614 | 1013854 | 575760 |
| 驻马店地区 | 1033430 | 742627 | 290803 | 1207507 | 883599 | 323908 |
| 济源市 | 195729 | 139413 | 56316 | 231840 | 165905 | 65935 |

# 15—22 保险业务情况

| 项　　目 | 单　位 | 1997 年 | 1998 年 | 1998 年为 1997 年% |
|---|---|---|---|---|
| 一、保费收入 | 万元 | 348372 | 449162 | 128.9 |
| 财产保险 | 万元 | 155521 | 171101 | 110.0 |
| #运输工具险 | 万元 | 97043 | 102269 | 105.4 |
| 企业财产险 | 万元 | 35445 | 42223 | 119.1 |
| 家庭财产险 | 万元 | 4471 | 4381 | 98.0 |
| 人寿保险 | 万元 | 192851 | 278061 | 144.2 |
| #寿险 | 万元 | 161155 | 242899 | 150.7 |
| 短期人险 | 万元 | 31696 | 35162 | 110.9 |
| 二、年末有效储金 | 万元 | 37140 | 36480 | 98.2 |
| 三、保险金额 | 万元 | 51790913 | 43919358 | 84.8 |
| 四、赔款支出 | 万元 | 97320 | 111798 | 114.9 |
| 财产保险 | 万元 | 79980 | 92780 | 116.0 |
| #机动车辆险 | 万元 | 53281 | 56132 | 105.4 |
| 企业财产险 | 万元 | 16429 | 21608 | 131.5 |
| 家庭财产险 | 万元 | 2073 | 2189 | 105.6 |
| 人寿保险 | 万元 | 17340 | 19018 | 109.7 |
| #寿险 | 万元 | 1770 | 2609 | 147.4 |
| 短期人险 | 万元 | 15570 | 16409 | 105.4 |
| 五、已决赔款件数 | 件 | 136232 | 19755 | 14.5 |
| 六、未决赔案件数 | 件 | 13892 | 13282 | 95.6 |
| 七、未决赔款估损金额 | 万元 | 12333 | 12485 | 101.2 |
| 八、满期返还与给付 | 万元 | 62846 | 65964 | 105.0 |
| 九、解除合同金额 | 万元 | 7335 | 8275 | 112.8 |
| 十、年内平均职工人数 | 人 | 8219 | 8253 | 100.4 |
| 十一、年末职工人数 | 人 | 8248 | 8297 | 100.6 |
| 十二、年内费用支出 | 元 | 47093 | 68199 | 144.8 |
| 十三、人均保费收入 | 万元 | 42 | 54 | 128.6 |
| 十四、机构数 | 个 | 442 | 453 | 102.5 |

注：本表数据包括中保人寿太保险、中保财产保险和太平洋保险的数据(下表同)。

# 15—23 各市地国内保险业务主要指标

(1998 年)　　单位:万元

| 市　地 | 保费收入 | #运输工具 | #企业财产 | #家庭财产 | #寿　险 | #短期人险 |
|---|---|---|---|---|---|---|
| 郑州市 | 68771 | 19259 | 7329 | 456 | 36190 | 4004 |
| 开封市 | 20281 | 5081 | 1350 | 471 | 10840 | 1926 |
| 洛阳市 | 47304 | 11475 | 4663 | 603 | 25141 | 2824 |
| 平顶山市 | 26762 | 5451 | 3226 | 425 | 14371 | 2110 |
| 安阳市 | 26812 | 5927 | 3112 | 280 | 14042 | 2333 |
| 鹤壁市 | 8104 | 2408 | 703 | 30 | 3998 | 700 |
| 新乡市 | 25789 | 5280 | 2571 | 166 | 14382 | 2506 |
| 焦作市 | 24332 | 5808 | 3127 | 117 | 12010 | 2210 |
| 濮阳市 | 21348 | 6265 | 1774 | 35 | 11382 | 1160 |
| 许昌市 | 19414 | 4043 | 1512 | 108 | 11229 | 1718 |
| 漯河市 | 13811 | 2845 | 1200 | 77 | 7853 | 1057 |
| 三门峡市 | 14321 | 2795 | 1844 | 127 | 7699 | 1211 |
| 南阳市 | 36933 | 8074 | 3954 | 368 | 18676 | 3931 |
| 商丘市 | 18240 | 3301 | 1020 | 345 | 10423 | 1560 |
| 信阳市 | 18583 | 4161 | 1083 | 168 | 10842 | 1722 |
| 周口地区 | 17418 | 3138 | 1508 | 370 | 9890 | 1576 |
| 驻马店地区 | 20217 | 3785 | 1155 | 189 | 10582 | 1928 |
| 济源市 | 3198 | 915 | 316 | 12 | 1326 | 307 |

| 市　地 | 赔款支出 | #机动车辆 | #企业财产 | #家庭财产 | #寿　险 | #短期人险 | 满期返还与给付 |
|---|---|---|---|---|---|---|---|
| 郑州市 | 15607 | 10455 | 1899 | 98 | 271 | 2001 | 12100 |
| 开封市 | 4684 | 2620 | 638 | 387 | 52 | 676 | 542 |
| 洛阳市 | 9287 | 4622 | 2078 | 157 | 259 | 1183 | 4870 |
| 平顶山市 | 6383 | 3285 | 1189 | 145 | 341 | 1011 | 1991 |
| 安阳市 | 10361 | 3616 | 4909 | 192 | 124 | 931 | 4572 |
| 鹤壁市 | 2002 | 1374 | 161 | 10 | 49 | 311 | 1051 |
| 新乡市 | 5254 | 2664 | 742 | 80 | 50 | 1206 | 3231 |
| 焦作市 | 5888 | 3447 | 1285 | 41 | 48 | 695 | 2479 |
| 濮阳市 | 6099 | 3774 | 1330 | 48 | 152 | 450 | 1303 |
| 许昌市 | 4153 | 2344 | 415 | 64 | 100 | 832 | 2366 |
| 漯河市 | 3142 | 1598 | 507 | 93 | 181 | 509 | 1203 |
| 三门峡市 | 3656 | 1541 | 949 | 29 | 165 | 543 | 2370 |
| 南阳市 | 8595 | 3729 | 1938 | 195 | 191 | 1818 | 2996 |
| 商丘市 | 5118 | 2144 | 681 | 163 | 228 | 979 | 1685 |
| 周口地区 | 5760 | 2393 | 735 | 185 | 56 | 1146 | 2842 |
| 驻马店地区 | 7658 | 2376 | 786 | 174 | 121 | 1149 | 2941 |
| 信阳地区 | 4335 | 2529 | 483 | 110 | 121 | 802 | 1333 |
| 济源市 | 982 | 552 | 132 | 2 | 17 | 131 | 297 |

# 主要统计指标解释

**财政收入** 是国家通过财政各个环节筹集的财政资金的总称，它是保证国家行使其职能不可缺少的财力。主要包括：各项税收、企业收入、专款收入、其他收入、国家能源交通重点基金收入及国家预算调节基金。

(1)各项税收 是国家按法律规定对经济单位和个人无偿征收的实物和货币，是财政收入的主要来源。我国现行的税收主要有工商税收类，包括增值税、营业税、消费税、所得税、城市维护建设税、房产税、车船税、资源税、印花税、投资方向调节税等；农牧业税和耕地占用税类；企业所得税类和个人所得税类等。

(2)企业收入 包括各部门所属国有企业及事业单位上交国家的利润和事业收入。

**财政支出** 是国家政权为行使其职能，对筹集的财政资金进行有计划的分配使用的名称。国家财政总支出，体现政府的活动范围和方向，反映财政资金的分配关系，财政总支出主要包括基本建设支出、企业挖潜改造资金、流动资金类、科技三项费用、工交商部门事业费、支援农村生产支出和各项农业事业费、文教科学卫生事业费、抚恤和社会救济费、国防费、行政管理费及其他支出等。

(1)基本建设支出 是指国家预算内的基本建设拨款，不包括国家预算外自筹的各种基本建设资金。基本建设基金分为经营性的和非经营性的两部分。各专业投资公司对经营性建设项目执行基本建设基金贷款，各主管部门对非经营性建设项目执行基本建设基金拨款。(2)流动资金类 是指国家预算增拨各部门所属国有企业的流动资金和增拨银行的信贷资金。

(3)企业挖潜改造资金 是指国家预算安排用于企业挖潜、革新、改造方面的资金。企业用于挖潜、革新、改造方面的资金，主要来自企业的更新改造资金、大修理基金等自有资金及银行贷款，国家预算安排的挖潜、革新、改造资金主要用于支持重点行业的技术改造。

(4)文教、科学、卫生事业费 是指国家预算用于科学、文化、教育、卫生、公费医疗、体育、通讯和广播、地震、海洋、文物、计划生育等方面的事业费。

**预算外资金** 是指不纳入国家财政预算，由各地方、各事业行政单位，按国家规定范围自行筹集和使用的资金。它是国家财政预算内资金的补充财力。其收入来源，主要包括地方财政机关掌握使用的自筹资金，如工商税附加、农业税附加、城市公用事业附加等。事业行政单位自收自支和以收抵支未纳入预算管理的各项资金，如养路费、学杂费等。这些资金一般都有特定用途，主要是：基本建设或更新改造固定资产投资，支付养路费、城市维护费，职工福利和奖励支出，补充事业、行政经费，上交财政能源交通重点建设基金、预算调节基金和其他支出等。预算外资金的使用，也要纳入计划管理的轨道，不得擅自扩大使用范围。

**财政用于农业的支出** 指国家财政预算内资金安排用于农业的各项投资支出。包括：

(1)对农垦、农业、畜牧、林业、农机管理、水利、水产、气象等部门的各项事业经费和基本建设、流动资金、科技三项费用等专项拨款；(2)支援农村集体(户)的各项生产支出，如小型农田水利和水土保持补助费、扶持农村经济困难的乡镇企业、农业生产队(组、户)改善生产基本条件的资金和农村开荒补助费、农村草场和畜禽保护补助费、农村造林和林木保护补助费、农村水产补助费、农业发展和发展粮食生产专项资金支出等；(3)农村社会救济费。

**存款** 企业、机关、团体或居民根据可以收回的原则，把货币资金存入银行或其他信用机构保管并取得一定利息的一种信用活动形式。财政存款、机关团体部队存款、城乡居民储蓄存款、农村存款、信托存款和其他存款等科目。

**贷款** 银行或其他信用机构根据必须归还的原则，按一定利率，为企业、个人等提供资金的一种信用活动形式。我国金融机构贷款分短期贷款、农业贷款、中长期贷款、信托贷款和其他贷款等科目。

**城乡居民储蓄年底余额** 包括城镇居民储蓄和农户储蓄两部分的年底余额不包括工矿企业、部队、机关团体等集团存款。

城镇居民储蓄年底余额是指各国家银行的城镇居民储蓄、城市信用社居民储蓄及邮政储蓄等。

农户储蓄是指在农村信用社的农户储蓄。

**承保额**又叫保险额。它是保险人对被保险人负担损失补偿或约定给付的金额，它是保险合同上的最高责任额，也是计算保费的依据。

**保费**被保险人按其得到保险利益的保障程度（保险金额）的一定比率向保险人缴付的费用。

**赔款**保险人对财产保险和保险事故给予的经济补偿或对人身保险的保险事故给付的保险金。分为已决赔款和未决赔款。

# 十六、教育、科技和文化

**简要说明**

本篇资料主要反映河南省教育、科学技术活动基本情况和文化事业发展情况，包括的主要内容有：

一、教育：包括的主要内容为高等教育（普通高等教育和研究生教育）、中等教育（中等专业学校、技工学校、普通中学及职业中学）、初等教育（小学）、幼儿教育、特殊教育和各种类型的各级成人教育等。主要指标有各级各类学校的学校数、教职工数、教师数、在校学生数、招生数、毕业生数等。

此部分资料主要由省教委根据国家教委制定的教育统计报表制度收集、加工整理提供。

二、科学技术：内容有科技活动机构、人员、经费情况，科技成果，高校科研、大中型工业科技活动情况及专利申请、授权情况等。

专业技术人员由省委组织部提供，其统计对象和统计范围是在事业、国有企业中，专职从事专业技术工作的人员以及原评有专业技术职称（职务）而现从事行政管理的人员。

科技成果资料由省科委提供。

高校科研资料由省教委提供。

专利申请、授权资料由省专利局提供。

大中型工业企业科技活动资料由省统计局根据国家统计报表制度收集、加工整理。

三、文化：主要内容有文化、艺术、图书馆、群众文化、文物、广播、电视、新闻出版等文化事业的机构、人员及业务活动情况等。

文化艺术事业、图书馆事业、群众文化事业资料来源于省文化厅。

文物资料来源于省文物局。

广播、电视事业资料来源于省广播电视厅。

新闻出版的有关资料来源于省新闻出版局。

四、主要统计指标解释

# 数　据　要　览

| | | |
|---|---|---|
| ◆1998年普通高等学校毕业学生数 | 3.96万人 | 比上年增长1.8% |
| ◆1998年普通中等专业学校毕业学生数 | 8.23万人 | 比上年增长12.7% |
| ◆1998年每万人口在校大学生数(含研究生) | 15.92人 | 比上年增加1.02人 |
| ◆1998年科技成果获奖 | 501项 | 比上年增加39项 |
| #国家级 | 21项 | 比上年减少1项 |
| ◆1998年图书出版量 | 42487万册 | 比上年增长7.6% |
| ◆1998年杂志出版量 | 10643万册 | 比上年增长7.4% |
| ◆1998年报纸出版量 | 110111万张 | 比上年增长16.6% |

每万人口在校大学生数

单位：人

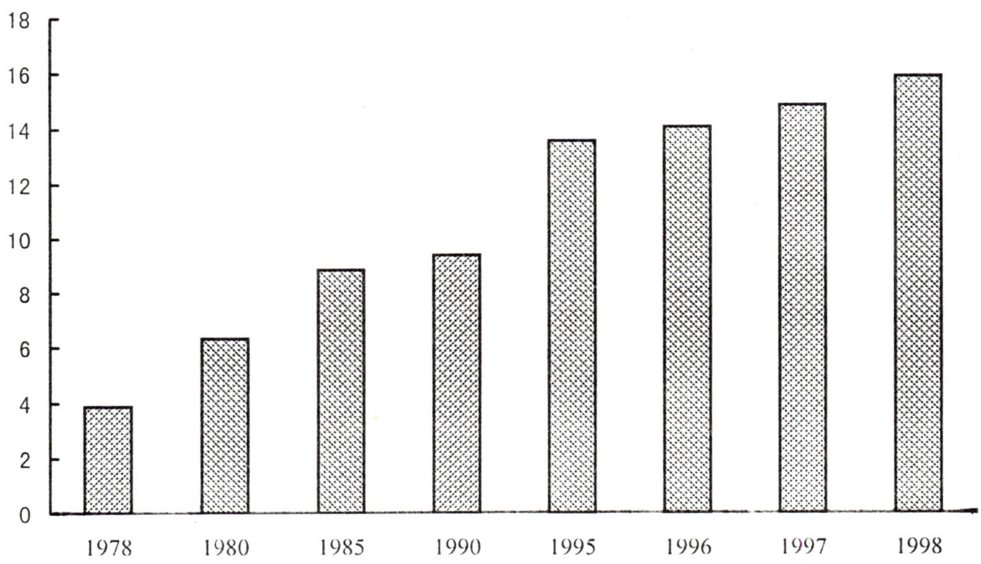

## 16－1 学校教育学校数和教职工数

| 项　　目 | 1978年 | 1980年 | 1985年 | 1990年 | 1995年 | 1997年 | 1998年 |
|---|---|---|---|---|---|---|---|
| **学校数(所)** | | | | | | | |
| 普通高等学校 | 24 | 25 | 43 | 47 | 50 | 50 | 51 |
| 中等学校 | 26670 | 12835 | 10016 | 8899 | 7334 | 7069 | 6976 |
| 1.普通中等专业学校 | 84 | 102 | 167 | 170 | 182 | 185 | 185 |
| 普通中等技术学校 | 56 | 73 | 126 | 127 | 137 | 140 | 140 |
| 普通中等师范学校 | 28 | 29 | 41 | 43 | 45 | 45 | 45 |
| 2.普通中学 | 26586 | 12672 | 9459 | 8249 | 6367 | 6142 | 6069 |
| 普通高中 | 3705 | 2431 | 1069 | 920 | 641 | 645 | 643 |
| 普通初中 | 22881 | 10241 | 8390 | 7329 | 5726 | 5497 | 5426 |
| 3.职业中学 | | 61 | 390 | 480 | 785 | 742 | 722 |
| 职业高中 | | | 284 | 418 | 736 | 714 | 702 |
| 职业初中 | | | 106 | 62 | 49 | 28 | 20 |
| 小学 | 48772 | 46672 | 41935 | 43286 | 41698 | 41526 | 41238 |
| 幼儿园 | 1191 | 16806 | 5461 | 4786 | 2575 | 2657 | 2763 |
| 特殊教育学校 | 7 | 8 | 13 | 33 | 109 | 110 | 115 |
| 技工学校 | 41 | 135 | 135 | 168 | 204 | 200 | 201 |
| **教职工数(万人)** | | | | | | | |
| 普通高等学校 | 1.43 | 1.80 | 2.92 | 3.57 | 4.00 | 4.03 | 4.08 |
| 中等学校 | 34.90 | 37.67 | 30.83 | 34.00 | 35.70 | 38.30 | 39.57 |
| 1.普通中等专业学校 | 0.80 | 1.24 | 1.98 | 2.51 | 2.80 | 3.03 | 3.14 |
| 普通中等技术学校 | 0.53 | 0.85 | 1.48 | 1.85 | 2.03 | 2.25 | 2.35 |
| 普通中等师范学校 | 0.27 | 0.39 | 0.50 | 0.66 | 0.77 | 0.78 | 0.79 |
| 2.普通中学 | 34.10 | 36.38 | 27.84 | 29.68 | 29.71 | 31.61 | 32.66 |
| 普通高中 | 5.79 | 5.41 | 4.54 | 5.53 | 4.97 | 5.11 | 5.20 |
| 普通初中 | 28.31 | 30.97 | 23.30 | 24.15 | 24.75 | 26.50 | 27.45 |
| 3.职业中学 | | 0.05 | 1.01 | 1.81 | 3.19 | 3.66 | 3.77 |
| 职业高中 | | 0.01 | 0.83 | 1.65 | 3.05 | 3.52 | 3.69 |
| 职业初中 | | 0.04 | 0.18 | 0.16 | 0.14 | 0.15 | 0.08 |
| 小学 | 44.39 | 47.42 | 46.65 | 47.71 | 42.30 | 44.15 | 45.69 |
| 幼儿园 | 1.02 | 4.17 | 3.29 | 4.96 | 3.09 | 3.24 | 3.17 |
| 特殊教育学校 | 0.02 | 0.03 | 0.03 | 0.08 | 0.22 | 0.25 | 0.26 |
| 技工学校 | 0.28 | 0.61 | 0.79 | 1.48 | 1.77 | 1.66 | 1.55 |

# 16—2 学校教育专任教师数和在校学生数

| 项　　目 | 1978年 | 1980年 | 1985年 | 1990年 | 1995年 | 1997年 | 1998年 |
|---|---|---|---|---|---|---|---|
| **专任教师数(万人)** | | | | | | | |
| 普通高等学校 | 0.54 | 0.68 | 1.10 | 1.40 | 1.55 | 1.65 | 1.70 |
| 中等学校 | 29.66 | 30.70 | 23.79 | 26.55 | 28.37 | 30.61 | 32.03 |
| 1.普通中等专业学校 | 0.32 | 0.54 | 0.90 | 1.23 | 1.41 | 1.56 | 1.67 |
| 普通中等技术学校 | 0.19 | 0.34 | 0.63 | 0.84 | 0.97 | 1.10 | 1.20 |
| 普通中等师范学校 | 0.13 | 0.20 | 0.27 | 0.39 | 0.44 | 0.46 | 0.47 |
| 2.普通中学 | 29.34 | 30.13 | 22.21 | 24.05 | 24.68 | 26.38 | 27.60 |
| 普通高中 | 4.98 | 4.48 | 3.41 | 3.79 | 3.45 | 3.61 | 3.75 |
| 普通初中 | 24.36 | 25.65 | 18.80 | 20.26 | 21.23 | 22.76 | 23.86 |
| 3.职业中学 | | 0.03 | 0.68 | 1.27 | 2.28 | 2.67 | 2.76 |
| 职业高中 | | 0.02 | 0.56 | 1.13 | 2.16 | 2.55 | 2.70 |
| 职业初中 | | 0.01 | 0.12 | 0.14 | 0.12 | 0.12 | 0.07 |
| 小学 | 42.88 | 44.72 | 43.09 | 44.34 | 39.23 | 41.12 | 42.55 |
| 幼儿园 | 0.44 | 3.36 | 2.44 | 3.80 | 1.89 | 2.04 | 2.04 |
| 特殊教育学校 | 0.01 | 0.01 | 0.02 | 0.05 | 0.16 | 0.19 | 0.20 |
| 技工学校 | 0.06 | 0.26 | 0.38 | 0.59 | 0.79 | 0.82 | 0.79 |
| **在校学生数(万人)** | | | | | | | |
| 研究生 | 0.01 | 0.02 | 0.10 | 0.10 | 0.13 | 0.17 | 0.19 |
| 普通高等学校 | 2.73 | 4.59 | 6.85 | 8.04 | 12.24 | 13.60 | 14.64 |
| 中等学校 | 525.01 | 494.78 | 376.74 | 381.90 | 485.15 | 566.08 | 605.97 |
| 1.普通中等专业学校 | 3.39 | 6.93 | 8.39 | 13.73 | 21.43 | 29.03 | 33.36 |
| 普通中等技术学校 | 1.71 | 3.49 | 4.90 | 7.67 | 13.89 | 20.05 | 23.45 |
| 普通中等师范学校 | 1.68 | 3.44 | 3.49 | 6.06 | 7.54 | 8.98 | 9.91 |
| 2.普通中学 | 521.62 | 487.27 | 357.46 | 352.56 | 417.86 | 480.21 | 512.51 |
| 普通高中 | 116.38 | 83.75 | 52.27 | 49.27 | 42.91 | 46.68 | 51.13 |
| 普通初中 | 405.24 | 403.52 | 305.19 | 303.29 | 374.95 | 433.54 | 461.39 |
| 3.职业中学 | | 0.58 | 10.89 | 15.61 | 45.86 | 56.84 | 60.10 |
| 职业高中 | | 0.47 | 8.83 | 13.40 | 42.98 | 54.66 | 58.79 |
| 职业初中 | | 0.11 | 2.06 | 2.21 | 2.88 | 2.18 | 1.31 |
| 小学 | 1140.26 | 1133.75 | 1034.97 | 961.15 | 1039.56 | 1169.96 | 1200.06 |
| 幼儿园 | 16.87 | 100.22 | 76.54 | 115.66 | 230.58 | 222.19 | 204.17 |
| 特殊教育学校 | 0.08 | 0.11 | 0.16 | 0.28 | 0.81 | 1.18 | 1.22 |
| 技工学校 | 1.24 | 3.49 | 2.63 | 5.64 | 9.32 | 10.67 | 9.24 |

## 16－3 学校教育招生数和毕业生数

| 项目 | 1978年 | 1980年 | 1985年 | 1990年 | 1995年 | 1997年 | 1998年 |
|---|---|---|---|---|---|---|---|
| **招生数(万人)** | | | | | | | |
| 研究生 | 0.01 | 19(人) | 0.06 | 0.03 | 0.05 | 0.06 | 0.07 |
| 普通高等学校 | 1.39 | 1.25 | 2.67 | 2.66 | 4.32 | 4.66 | 5.02 |
| 中等学校 | 236.53 | 172.52 | 128.02 | 134.01 | 187.62 | 206.71 | 225.57 |
| 1.普通中等专业学校 | 1.82 | 2.56 | 3.67 | 5.11 | 8.53 | 11.30 | 12.34 |
| 普通中等技术学校 | 0.97 | 1.22 | 2.32 | 2.77 | 5.45 | 7.60 | 8.42 |
| 普通中等师范学校 | 0.85 | 1.34 | 1.35 | 2.34 | 3.08 | 3.69 | 3.92 |
| 2.普通中学 | 234.71 | 169.65 | 118.93 | 122.53 | 158.34 | 171.79 | 189.67 |
| 普通高中 | 53.79 | 28.69 | 17.22 | 16.92 | 14.58 | 16.41 | 18.72 |
| 普通初中 | 180.92 | 140.96 | 101.71 | 105.61 | 143.76 | 155.39 | 170.95 |
| 3.职业中学 | | 0.31 | 5.42 | 6.37 | 20.75 | 23.61 | 23.56 |
| 职业高中 | | 0.22 | 4.57 | 5.49 | 19.86 | 22.79 | 23.21 |
| 职业初中 | | 0.09 | 0.85 | 0.88 | 0.89 | 0.82 | 0.36 |
| 小学 | 254.37 | 239.12 | 174.24 | 172.46 | 232.52 | 239.79 | 217.82 |
| 特殊教育学校 | 0.01 | 0.01 | 0.04 | 0.06 | 0.18 | 0.20 | 0.23 |
| 技工学校 | 0.88 | 1.68 | 1.57 | 2.00 | 3.39 | 3.54 | 2.46 |
| **毕业生数(万人)** | | | | | | | |
| 研究生 | | | 0.02 | 0.05 | 0.03 | 0.05 | 0.06 |
| 普通高等学校 | 0.96 | | 1.17 | 2.61 | 3.76 | 3.89 | 3.96 |
| 中等学校 | 214.32 | 111.15 | 93.17 | 107.57 | 124.08 | 155.64 | 171.34 |
| 1.普通中等专业学校 | 0.98 | 1.23 | 2.17 | 4.04 | 5.51 | 7.30 | 8.23 |
| 普通中等技术学校 | 0.48 | 0.43 | 1.35 | 2.00 | 3.10 | 4.31 | 5.13 |
| 普通中等师范学校 | 0.50 | 0.80 | 0.82 | 2.04 | 2.41 | 2.99 | 3.10 |
| 2.普通中学 | 213.34 | 109.74 | 88.92 | 99.36 | 109.35 | 133.16 | 145.88 |
| 普通高中 | 44.37 | 45.66 | 15.44 | 16.70 | 13.51 | 13.78 | 14.93 |
| 普通初中 | 168.97 | 64.08 | 73.48 | 82.66 | 95.84 | 119.38 | 130.94 |
| 3.职业中学 | | 0.18 | 2.08 | 4.17 | 9.22 | 15.18 | 17.23 |
| 职业高中 | | 0.15 | 1.65 | 3.51 | 8.14 | 14.35 | 16.76 |
| 职业初中 | | 0.03 | 0.43 | 0.66 | 1.08 | 0.84 | 0.47 |
| 小学 | 185.03 | 173.62 | 158.48 | 162.60 | 168.96 | 168.57 | 180.67 |
| 特殊教育学校 | 0.01 | … | 0.01 | 0.02 | 0.04 | 0.09 | 0.11 |
| 技工学校 | 0.19 | 0.97 | 0.92 | 1.63 | 2.30 | 3.13 | 3.60 |

## 16－4 研究生分学科毕业、招生及在学人数

单位:人

| 学科 | 1978年 | 1980年 | 1985年 | 1990年 | 1995年 | 1997年 | 1998年 |
|---|---|---|---|---|---|---|---|
| **分学科毕业生数** | | | **166** | **476** | **340** | **459** | **584** |
| 哲学 | | | 4 | 4 | 6 | 5 | 7 |
| 经济学 | | | 8 | 20 | 9 | 31 | 57 |
| 法学 | | | | 8 | 15 | 30 | 34 |
| 教育学 | | | | 18 | 8 | 9 | 9 |
| 文学 | | | 9 | 59 | 33 | 45 | 61 |
| 历史学 | | | 15 | 28 | 12 | 14 | 18 |
| 理学 | | | 50 | 93 | 74 | 77 | 95 |
| 工学 | | | 44 | 129 | 101 | 126 | 186 |
| 农学 | | | 21 | 30 | 14 | 20 | 28 |
| 医学 | | | 15 | 87 | 68 | 102 | 89 |
| **分学科招生数** | **138** | **19** | **649** | **334** | **469** | **638** | **717** |
| 哲学 | | | 22 | | 9 | 8 | 9 |
| 经济学 | | | 37 | 10 | 23 | 63 | 60 |
| 法学 | | | 41 | 19 | 29 | 49 | 53 |
| 教育学 | 74 | 6 | 19 | 8 | 8 | 11 | 11 |
| 文学 | 5 | 7 | 77 | 35 | 59 | 66 | 64 |
| 历史学 | | | 27 | 13 | 17 | 19 | 26 |
| 理学 | 27 | | 153 | 61 | 78 | 108 | 130 |
| 工学 | | | 161 | 92 | 151 | 158 | 201 |
| 农学 | 13 | | 29 | 21 | 21 | 59 | 47 |
| 医学 | 19 | 6 | 83 | 75 | 74 | 97 | 116 |
| **分学科在学人数** | **138** | **218** | **996** | **1037** | **1307** | **1695** | **1935** |
| 哲学 | | | 28 | 15 | 23 | 23 | 24 |
| 经济学 | | | 45 | 30 | 71 | 143 | 180 |
| 法学 | | | 41 | 34 | 77 | 116 | 135 |
| 教育学 | 74 | 108 | 21 | 25 | 23 | 28 | 31 |
| 文学 | 5 | 14 | 98 | 95 | 148 | 186 | 191 |
| 历史学 | | | 40 | 52 | 51 | 56 | 63 |
| 理学 | 27 | 32 | 243 | 200 | 218 | 280 | 333 |
| 工学 | | 3 | 268 | 283 | 386 | 495 | 542 |
| 农学 | 13 | 12 | 48 | 66 | 56 | 108 | 134 |
| 医学 | 19 | 49 | 164 | 237 | 254 | 260 | 302 |

## 16—5 普通高等学校分学科毕业生、招生及在校学生数

(1998 年)

单位:人

| 学科 | 毕业生 | 本科 | 专科 | 招生 | 本科 | 专科 | 在校学生 | 本科 | 专科 |
|---|---|---|---|---|---|---|---|---|---|
| **总计** | **39606** | **14479** | **25127** | **50186** | **22693** | **27493** | **146365** | **76546** | **69819** |
| 哲学 | 19 | 19 | | | | | | | |
| 经济学 | 7100 | 2632 | 4468 | 7715 | 4192 | 3523 | 25484 | 14968 | 10516 |
| 法学 | 1214 | 386 | 828 | 1650 | 530 | 1120 | 4450 | 1769 | 2681 |
| 教育学 | 2355 | 517 | 1838 | 2421 | 671 | 1750 | 5940 | 2332 | 3608 |
| 文学 | 6553 | 1003 | 5550 | 7177 | 2001 | 5176 | 18804 | 6530 | 12274 |
| 历史学 | 951 | 228 | 723 | 1030 | 289 | 741 | 2578 | 993 | 1585 |
| 理学 | 4634 | 1403 | 3231 | 5235 | 1819 | 3416 | 13236 | 5914 | 7322 |
| 工学 | 12248 | 6151 | 6097 | 19844 | 10340 | 9504 | 58402 | 33266 | 25136 |
| 农学 | 1797 | 836 | 961 | 2245 | 1242 | 1003 | 6416 | 3869 | 2547 |
| 医学 | 2735 | 1304 | 1431 | 2869 | 1609 | 1260 | 11055 | 6905 | 4150 |

## 16—6 普通高等学校分学科专任教师数

(1998 年)

单位:人

| 学科 | 合计 | 正高级 | 副高级 | 中级 | 初级 | 无职称 |
|---|---|---|---|---|---|---|
| **总计** | **16963** | **974** | **4788** | **7052** | **3352** | **797** |
| 哲学 | 641 | 37 | 166 | 311 | 103 | 24 |
| 经济学 | 1675 | 73 | 361 | 751 | 399 | 91 |
| 法学 | 411 | 20 | 94 | 182 | 92 | 23 |
| 教育学 | 1315 | 31 | 286 | 661 | 264 | 73 |
| 文学 | 2757 | 130 | 688 | 1119 | 636 | 184 |
| 历史学 | 391 | 38 | 122 | 165 | 51 | 15 |
| 理学 | 3644 | 219 | 1196 | 1471 | 611 | 147 |
| 工学 | 4078 | 214 | 1112 | 1727 | 878 | 147 |
| 农学 | 645 | 78 | 264 | 208 | 75 | 20 |
| 医学 | 1406 | 134 | 499 | 457 | 243 | 73 |

## 16－7 普通高等学校专任教师分年龄的人数

(1998年)　　单位:人

| 年龄 | 合计 | 正高级 | 副高级 | 中级 | 初级 | 无职称 |
|---|---|---|---|---|---|---|
| **总计** | **16963** | **974** | **4788** | **7052** | **3352** | **797** |
| 30岁及以下 | 4830 | | 4 | 1160 | 2905 | 761 |
| 31——35岁 | 5054 | 21 | 701 | 3963 | 345 | 24 |
| 36——40岁 | 2042 | 68 | 927 | 966 | 79 | 2 |
| 41——45岁 | 1662 | 109 | 1064 | 470 | 15 | 4 |
| 46——50岁 | 868 | 84 | 562 | 217 | 5 | |
| 51——55岁 | 957 | 175 | 625 | 154 | 2 | 1 |
| 56——60岁 | 1309 | 349 | 844 | 114 | 1 | 1 |
| 61岁及以上 | 241 | 168 | 61 | 8 | | 4 |

## 16－8 普通高等学校专任教师分学历的人数

(1998年)　　单位:人

| 学历 | 合计 | 正高级 | 副高级 | 中级 | 初级 | 无职称 |
|---|---|---|---|---|---|---|
| **总计** | **16963** | **974** | **4788** | **7052** | **3352** | **797** |
| 研究生毕业 | 3551 | 249 | 1165 | 1775 | 259 | 103 |
| 博士 | 330 | 67 | 170 | 89 | 2 | 2 |
| 硕士 | 3108 | 178 | 954 | 1625 | 252 | 99 |
| 未授博士、硕士学位的 | 113 | 4 | 41 | 61 | 5 | 2 |
| 高等学校本科毕业 | 12653 | 704 | 3404 | 4928 | 2971 | 646 |
| 学士 | 11069 | 512 | 2523 | 4570 | 2827 | 637 |
| 研究生肄业 | 5 | | | 5 | | |
| 未获学士学位的 | 1579 | 192 | 881 | 353 | 144 | 9 |
| 高等学校专科毕业及本专科肄业二年以上 | 624 | 16 | 166 | 297 | 105 | 40 |
| 高等学校本专科肄业未满二年及以下 | 135 | 5 | 53 | 52 | 17 | 8 |

## 16—9 普通中等专业学校分学科毕业生、招生及在校学生数

（1998 年）　　单位：人

| 学科 | 毕业生 | 招生 | 高中毕业 | 初中毕业 | 在校学生 |
|---|---|---|---|---|---|
| **总计** | **82285** | **123433** | **9263** | **114170** | **333636** |
| 工科 | 17273 | 32050 | 2678 | 29372 | 91467 |
| 农科 | 1311 | 2894 | 344 | 2550 | 6764 |
| 林科 | 538 | 1001 | 45 | 956 | 2774 |
| 医药卫生科 | 7743 | 12931 | 284 | 12647 | 36010 |
| 财经 | 10882 | 11332 | 1747 | 9585 | 35999 |
| 管理 | 6672 | 11664 | 1897 | 9767 | 31098 |
| 政法 | 2949 | 3429 | 2073 | 1356 | 7915 |
| 艺术 | 3476 | 7495 | 195 | 7300 | 21606 |
| 体育 | 1488 | 2495 |  | 2495 | 6273 |
| 师范 | 29953 | 38142 |  | 38142 | 93730 |

## 16—10 普通中等专业学校分学科、学历专任教师数

（1998 年）　　单位：人

| 学科 | 合计 | 高校本科毕业及以上 | 专科及本、专科肄业两年以上 | 本、专科肄业未满二年 | 中等、高中毕业及以下 |
|---|---|---|---|---|---|
| **总计** | **16669** | **12853** | **2974** | **108** | **734** |
| 工科 | 1999 | 1721 | 254 | 5 | 19 |
| 农科 | 354 | 301 | 48 |  | 5 |
| 林科 | 127 | 100 | 21 |  | 6 |
| 医药卫生科 | 1208 | 799 | 290 | 16 | 103 |
| 财经 | 1268 | 994 | 250 | 8 | 16 |
| 管理 | 453 | 368 | 79 | 2 | 4 |
| 政法 | 508 | 397 | 93 | 3 | 15 |
| 艺术 | 1064 | 429 | 354 | 15 | 266 |
| 体育 | 620 | 411 | 148 | 9 | 52 |
| 师范 | 1497 | 1347 | 136 |  | 14 |
| 普通课 | 6315 | 5123 | 1032 | 32 | 128 |
| 技术基础课 | 1086 | 800 | 220 | 7 | 59 |
| 实习指导课 | 170 | 63 | 49 | 11 | 47 |

## 16—11 普通中等专业学校专任教师分年龄的人数

（1998年）

单位：人

| 年龄 | 合计 | 副高级 | 中级 | 初级 | 无职称 |
|---|---|---|---|---|---|
| **总计** | **16669** | **3068** | **6776** | **6025** | **800** |
| **中等技术学校** | **12007** | **2200** | **4940** | **4282** | **585** |
| 30岁及以下 | 4330 | 10 | 634 | 3173 | 513 |
| 31——35岁 | 2960 | 89 | 2008 | 826 | 37 |
| 36——40岁 | 1466 | 284 | 971 | 196 | 15 |
| 41——45岁 | 1284 | 544 | 689 | 46 | 5 |
| 46——50岁 | 744 | 384 | 334 | 22 | 4 |
| 51——55岁 | 694 | 485 | 193 | 10 | 6 |
| 56——60岁 | 494 | 377 | 103 | 9 | 5 |
| 61岁以上 | 35 | 27 | 8 | | |
| **中等师范学校** | **4662** | **868** | **1836** | **1743** | **215** |
| 30岁及以下 | 1592 | | 194 | 1189 | 209 |
| 31——35岁 | 1465 | 42 | 980 | 439 | 4 |
| 36——40岁 | 494 | 128 | 296 | 70 | |
| 41——45岁 | 425 | 214 | 184 | 26 | 1 |
| 46——50岁 | 298 | 177 | 111 | 10 | |
| 51——55岁 | 208 | 150 | 51 | 6 | 1 |
| 56——60岁 | 180 | 157 | 20 | 3 | |
| 61岁以上 | | | | | |

## 16—12 技工学校数、学生数和教职工数

| 指标 | 单位 | 1985年 | 1990年 | 1995年 | 1997年 | 1998年 |
|---|---|---|---|---|---|---|
| 学校数 | 所 | 135 | 168 | 204 | 200 | 201 |
| 在校学生数 | 万人 | 2.63 | 5.64 | 9.32 | 10.67 | 9.24 |
| 毕业生数 | 万人 | 0.92 | 1.63 | 2.30 | 3.13 | 3.60 |
| 招生数 | 万人 | 1.57 | 2.00 | 3.39 | 3.54 | 2.46 |
| 教职工数 | 万人 | 0.79 | 1.48 | 1.77 | 1.66 | 1.55 |

## 16—13 各类技工学校情况

(1998 年)

| 指标 | 单位 | 合计 | 地方所属 | 中央部属 |
|---|---|---|---|---|
| 学校数 | 所 | 201 | 162 | 39 |
| 在校学生数 | 人 | 92355 | 74005 | 18350 |
| 一年制 | 人 | 573 | 71 | 502 |
| 两年制 | 人 | 3165 | 2680 | 485 |
| 三年制 | 人 | 88617 | 71254 | 17363 |
| 毕业生数 | 人 | 35956 | 29040 | 6916 |
| 招生数 | 人 | 24606 | 19031 | 5575 |
| 教职工数 | 人 | 15493 | 11248 | 4245 |
| #文化技术理论课指导教师 | 人 | 5695 | 4219 | 1476 |
| 生产实习课指导教师 | 人 | 2224 | 1613 | 611 |

## 16—14 普通中小学和幼儿园专任教师分学历的人数与构成

单位:人

| 学历 | 1997 年 | | 1998 年 | | 1998 年为 1997 年% |
|---|---|---|---|---|---|
| | 绝对数 | 构成(%) | 绝对数 | 构成(%) | |
| **高中教师** | **36148** | **100.0** | **37473** | **100.0** | **103.7** |
| 大学本科毕业及以上的 | 21726 | 60.1 | 24109 | 64.4 | 111.0 |
| 大学专科毕业 | 13425 | 37.1 | 12565 | 33.5 | 93.6 |
| 中专、高中毕业及以下的 | 997 | 2.8 | 799 | 2.1 | 80.1 |
| **初中教师** | **227643** | **100.0** | **238555** | **100.0** | **104.8** |
| 大学本科毕业及以上的 | 15717 | 6.9 | 18324 | 7.7 | 116.6 |
| 大学专科毕业 | 155416 | 68.3 | 175909 | 73.7 | 113.2 |
| 中专毕业 | 43672 | 19.2 | 34708 | 14.6 | 79.5 |
| 高中毕业及以下的 | 12838 | 5.6 | 9614 | 4.0 | 74.9 |
| **小学教师** | **411192** | **100.0** | **425474** | **100.0** | **103.5** |
| 大学专科毕业及以上的 | 43304 | 10.5 | 55247 | 13.0 | 127.6 |
| 中专毕业 | 285051 | 69.3 | 309015 | 72.6 | 108.4 |
| 高中毕业 | 57950 | 14.1 | 43831 | 10.3 | 75.6 |
| 高中毕业以下的 | 24887 | 6.1 | 17381 | 4.1 | 69.8 |
| **幼儿园教师** | **20366** | **100.0** | **22240** | **100.0** | **109.2** |
| 高师毕业及以上 | 2124 | 10.4 | 3225 | 14.5 | 151.8 |
| 中师毕业 | 11867 | 58.3 | 12823 | 57.7 | 108.1 |
| 普通高中、职业高中、幼师毕业 | 5327 | 26.2 | 5229 | 23.5 | 98.2 |
| 初中毕业及以下 | 1048 | 5.1 | 963 | 4.3 | 91.9 |

注:1998 年幼儿园教师包括幼儿园园长。

# 16—15 学校教育女学生和女教师数

| 项目 | 1978 年 | 1980 年 | 1985 年 | 1990 年 | 1995 年 | 1997 年 | 1998 年 |
|---|---|---|---|---|---|---|---|
| **一、女学生数(万人)** | **744.22** | **703.71** | **613.24** | **606.65** | **722.78** | **830.22** | **866.41** |
| 普通高等学校 | 0.70 | 0.95 | 1.96 | 2.57 | 4.42 | 4.98 | 5.68 |
| 普通中等专业学校 | 0.96 | 1.71 | 3.55 | 6.48 | 11.20 | 16.58 | 19.04 |
| 普通中学 | 220.94 | 193.46 | 144.16 | 146.71 | 189.68 | 219.39 | 235.88 |
| 职业中学 | … | 0.22 | 4.34 | 7.04 | 21.59 | 27.02 | 27.62 |
| 小学 | 521.62 | 507.37 | 459.23 | 443.85 | 495.89 | 562.25 | 578.19 |
| **二、女学生占学生总数%** | **44.6** | **43.1** | **43.3** | **44.9** | **47.0** | **47.5** | **47.6** |
| 普通高等学校 | 25.6 | 20.7 | 28.6 | 32.0 | 36.1 | 36.6 | 38.3 |
| 普通中等专业学校 | 28.3 | 24.7 | 42.3 | 47.2 | 52.3 | 57.1 | 57.1 |
| 普通中学 | 42.4 | 39.7 | 40.3 | 41.6 | 45.4 | 45.7 | 46.0 |
| 职业中学 | … | 37.9 | 39.9 | 45.1 | 47.1 | 47.5 | 46.0 |
| 小学 | 45.7 | 44.8 | 44.4 | 46.2 | 47.7 | 48.1 | 48.2 |
| **三、女教师数(万人)** | **20.95** | **19.47** | **20.71** | **25.24** | **26.82** | **30.34** | **32.46** |
| 普通高等学校 | 0.14 | 0.17 | 0.28 | 0.40 | 0.49 | 0.55 | 0.59 |
| 普通中等专业学校 | 0.08 | 0.17 | 0.29 | 0.44 | 0.55 | 0.63 | 0.70 |
| 普通中学 | 5.16 | 4.79 | 4.65 | 6.23 | 8.09 | 9.58 | 10.44 |
| 职业中学 | … | … | 0.12 | 0.33 | 0.76 | 0.98 | 1.00 |
| 小学 | 15.57 | 14.34 | 15.37 | 17.84 | 16.93 | 18.60 | 19.73 |
| **四、女教师占教师总数%** | **28.7** | **28.1** | **30.4** | **33.2** | **37.7** | **41.4** | **42.5** |
| 普通高等学校 | 25.9 | 25.0 | 25.5 | 28.6 | 31.6 | 33.3 | 34.7 |
| 普通中等专业学校 | 25.0 | 32.1 | 32.2 | 35.8 | 39.0 | 40.4 | 41.2 |
| 普通中学 | 17.6 | 15.9 | 20.9 | 25.9 | 32.8 | 36.3 | 37.8 |
| 职业中学 | … | … | 17.6 | 26.0 | 33.3 | 36.7 | 36.2 |
| 小学 | 36.3 | 32.1 | 35.7 | 40.2 | 43.2 | 45.2 | 46.4 |

## 16－16 平均每万人口在校学生数、教师负担学生数及其他

| 项目 | 1978年 | 1980年 | 1985年 | 1990年 | 1995年 | 1997年 | 1998年 |
|---|---|---|---|---|---|---|---|
| **一、平均每万人口在校学生数(人)** | | | | | | | |
| 大学生(含研究生) | 3.88 | 6.33 | 8.86 | 9.41 | 13.59 | 14.90 | 15.92 |
| 普通中专生 | 4.80 | 9.51 | 10.69 | 15.87 | 23.55 | 31.41 | 35.82 |
| 职业学生 | | 0.80 | 13.88 | 18.05 | 50.40 | 61.50 | 64.49 |
| 普通高中生 | 164.68 | 114.96 | 66.61 | 56.97 | 47.15 | 50.50 | 54.89 |
| 普通初中生 | 573.43 | 553.91 | 388.93 | 350.66 | 412.03 | 469.05 | 495.31 |
| 小学生 | 1613.50 | 1556.28 | 1318.94 | 1111.28 | 1142.38 | 1265.78 | 1288.31 |
| **二、平均每个教师负担学生数(人)** | | | | | | | |
| 高等学校(含研究生) | 5.07 | 6.78 | 6.32 | 5.81 | 7.98 | 8.35 | 8.74 |
| 普通中等专业学校 | 10.59 | 13.08 | 9.32 | 11.16 | 15.20 | 18.61 | 20.02 |
| 普通中学 | 17.78 | 16.17 | 16.09 | 14.66 | 16.93 | 18.20 | 18.57 |
| 小学 | 26.59 | 25.35 | 24.02 | 21.68 | 26.50 | 28.45 | 28.21 |
| **三、入学率、巩固率、升学率** | | | | | | | |
| 初中适龄人口入学率(%) | | | | | 83.30 | 94.06 | 96.51 |
| 初中在校生巩固率(%) | | | | | 97.00 | 97.96 | 97.91 |
| 初中毕业生升学率(%) | 32.89 | 44.77 | 32.90 | 31.90 | 45.10 | 43.00 | 42.48 |
| 小学适龄人口入学率(%) | 96.53 | 94.90 | 96.90 | 98.78 | 99.17 | 99.60 | 99.72 |
| 小学在校生巩固率(%) | | | | | 99.30 | 99.67 | 99.71 |
| 小学毕业生升学率(%) | 97.79 | 79.23 | 64.70 | 65.48 | 85.60 | 92.67 | 94.82 |
| **四、教育经费总支出(预算内、外)(万元)** | | | | | | **1264023.6** | **1277545.3** |
| 国家财政性教育经费 | | | | | | 851242.7 | 894487.6 |
| #预算内教育经费 | | | | | | 614585.4 | 655547.2 |
| 社会团体和公民个人办学经费 | | | | | | 10355.8 | 12002.0 |
| 社会捐资和集资办学经费 | | | | | | 169440.5 | 150582.2 |
| 学费和杂费 | | | | | | 185451.9 | 192399.7 |
| 其他教育经费 | | | | | | 47532.7 | 28073.8 |
| **五、中小学学校校舍危房率(%)** | | | | | | **0.3** | **0.3** |
| **六、小学生辍学人数(万人)** | | | | | | **5.10** | **5.06** |
| **七、初中学生辍学人数(万人)** | | | | | | **9.27** | **9.84** |
| **八、小学教师学历合格率(%)** | | | | | | **93.9** | **95.9** |
| **九、"希望工程"基本情况** | | | | | | | |
| 全年共接受捐款(万元) | | | | | | 1100 | 993 |
| 建设希望小学(所) | | | | | | 89 | 46 |
| 资助失学儿童(万人) | | | | | | 1.32 | 0.79 |

## 16－17 特殊教育学校基本情况

(1998年) 单位:人

| 项目 | 学校数(所) | 教职工数 | #专任教师 | 在校学生数 | 招生数 | 毕业生数 |
|---|---|---|---|---|---|---|
| **总计** | **115** | **2599** | **1967** | **12223** | **2303** | **1135** |
| 盲聋哑学校 | 94 | 2360 | 1760 | 7030 | 1444 | 499 |
| #盲聋哑学校 | 18 | 665 | 490 | 2153 | 501 | 253 |
| 聋哑学校 | 76 | 1695 | 1270 | 4877 | 943 | 246 |
| 弱智儿童辅读校、班 | 21 | 239 | 207 | 5193 | 859 | 636 |

## 16—18 成人学校基本情况

(1998 年)

单位:人

| 各类学校 | 学校数(所) | 教职工数 | #专任教师 | 在校学生数 | 招生数 | 毕业生数 |
|---|---|---|---|---|---|---|
| **一、成人高等学校** | **45** | **8626** | **4183** | **145168** | **51150** | **47719** |
| 广播电视大学 | 1 | 1735 | 698 | 20330 | 7317 | 10043 |
| 职工、农民学院 | 22 | 2674 | 1343 | 14546 | 5238 | 4495 |
| 管理干部学院 | 4 | 1211 | 547 | 7405 | 3536 | 2127 |
| 教育学院 | 18 | 3006 | 1595 | 13065 | 5693 | 5213 |
| 高校函授部、夜大学 | | | | 89822 | 29366 | 25836 |
| **二、成人中等学校** | **34753** | **32358** | **21505** | **3584322** | **6623842** | **7199659** |
| 1. 中等专业学校 | 289 | 18087 | 10172 | 223309 | 75023 | 75698 |
| 广播电视中专 | 4 | 1970 | 777 | 63977 | 19390 | 11655 |
| 干部中专 | 28 | 1631 | 886 | 11210 | 3436 | 4890 |
| 职工中专 | 78 | 3297 | 1733 | 30523 | 9747 | 11122 |
| 农民中专 | 47 | 2370 | 1549 | 27643 | 9913 | 8085 |
| 函授中专 | 2 | 2994 | 1613 | 23885 | 10472 | 9938 |
| 教师进修学校 | 130 | 5825 | 3614 | 42737 | 13811 | 23601 |
| 普通中专成人中专班 | | | | 17763 | 6362 | 4366 |
| 成人高校成人中专班 | | | | 5571 | 1892 | 2041 |
| 2. 中学 | 40 | 122 | 84 | 14920 | 15410 | 14933 |
| 职工中学 | 9 | 83 | 53 | 2340 | 1757 | 1526 |
| 高中 | 8 | 82 | 52 | 1628 | 1157 | 1026 |
| 初中 | 1 | 1 | 1 | 712 | 600 | 500 |
| 农民中学 | 31 | 39 | 31 | 12580 | 13653 | 13407 |
| 高中 | 1 | | | 138 | 72 | |
| 初中 | 30 | 39 | 31 | 12442 | 13581 | 13407 |
| 3. 技术培训学校 | 34424 | 14149 | 11249 | 3346093 | 6533409 | 7109028 |
| 职工技术培训学校 | 787 | 3027 | 1539 | 123801 | 331171 | 330135 |
| 农民技术培训学校 | 33637 | 11122 | 9710 | 3222292 | 6202238 | 6778893 |
| **三、成人初等学校** | **18146** | **2345** | **1913** | **391242** | **468678** | **462651** |
| 1. 职工初等学校 | 171 | 69 | 52 | 13791 | 14572 | 8403 |
| 2. 农民初等学校 | 17975 | 2276 | 1861 | 377451 | 454106 | 454248 |
| #扫盲班 | 12952 | 1802 | 1436 | 180751 | 206066 | 205118 |

## 16－19 各市地普通高等学校基本情况

（1998年）

| 市地 | 学校数（所） | 教职工数（人） | #专任教师 | 在校学生数（人） | 招生数（人） | 毕业生数（人） |
|---|---|---|---|---|---|---|
| **全省** | **51** | **40843** | **16963** | **146365** | **50186** | **39606** |
| 郑州市 | 20 | 19463 | 7759 | 74605 | 23827 | 18642 |
| 开封市 | 5 | 4699 | 2229 | 12527 | 4081 | 3399 |
| 洛阳市 | 6 | 4704 | 1615 | 14840 | 5408 | 4086 |
| 平顶山市 | 2 | 802 | 455 | 3435 | 1450 | 960 |
| 安阳市 | 2 | 647 | 284 | 2640 | 1072 | 691 |
| 鹤壁市 | | | | | | |
| 新乡市 | 6 | 4627 | 1923 | 15989 | 5348 | 4086 |
| 焦作市 | 2 | 1745 | 727 | 5878 | 2046 | 1374 |
| 濮阳市 | | | | | | |
| 许昌市 | 1 | 515 | 225 | 2269 | 1100 | 1076 |
| 漯河市 | | | | | | |
| 三门峡市 | | | | | | |
| 南阳市 | 2 | 1277 | 545 | 5255 | 2234 | 1856 |
| 商丘市 | 1 | 513 | 250 | 1914 | 924 | 928 |
| 信阳市 | 1 | 975 | 517 | 3881 | 1205 | 1024 |
| 周口地区 | 2 | 495 | 253 | 1836 | 908 | 861 |
| 驻马店地区 | 1 | 381 | 181 | 1296 | 583 | 623 |
| 济源市 | | | | | | |

## 16－20 各市地成人教育基本情况

（1998年）

| 市地 | 学校数（所） | 教职工数（人） | #专任教师 | 在校学生数（人） | 招生数（人） | 毕业生数（人） |
|---|---|---|---|---|---|---|
| **全省** | **52944** | **43329** | **27601** | **4120732** | **7143670** | **7710029** |
| 郑州市 | 2429 | 12813 | 6274 | 500963 | 579662 | 628309 |
| 开封市 | 2031 | 1154 | 659 | 72859 | 192109 | 239166 |
| 洛阳市 | 2917 | 2532 | 1755 | 268075 | 387861 | 517508 |
| 平顶山市 | 3964 | 6186 | 4386 | 242999 | 293147 | 437473 |
| 安阳市 | 3017 | 817 | 487 | 170729 | 162967 | 214230 |
| 鹤壁市 | 39 | 848 | 361 | 70999 | 102163 | 145672 |
| 新乡市 | 3577 | 1162 | 757 | 67644 | 466464 | 532237 |
| 焦作市 | 1812 | 1263 | 760 | 176212 | 311911 | 301822 |
| 濮阳市 | 1872 | 1514 | 1057 | 204109 | 264565 | 247558 |
| 许昌市 | 1042 | 1269 | 1022 | 95613 | 247559 | 243869 |
| 漯河市 | 1538 | 599 | 365 | 146907 | 176495 | 169689 |
| 三门峡市 | 257 | 259 | 140 | 62951 | 232175 | 237881 |
| 南阳市 | 7599 | 4688 | 3683 | 706096 | 1190562 | 1186659 |
| 商丘市 | 3954 | 1544 | 983 | 538761 | 622723 | 664133 |
| 信阳市 | 5205 | 2529 | 2099 | 218933 | 733584 | 716720 |
| 周口地区 | 8372 | 1077 | 697 | 147348 | 638523 | 643657 |
| 驻马店地区 | 2989 | 2998 | 2048 | 392877 | 480059 | 521242 |
| 济源市 | 330 | 77 | 68 | 36657 | 61141 | 62204 |

## 16—21 各市地成人高等教育基本情况

（1998 年）

| 市地 | 学校数（所） | 教职工数（人） | #专任教师 | 在校学生数（人） | 招生数（人） | 毕业生数（人） |
|---|---|---|---|---|---|---|
| **全省** | **45** | **8626** | **4183** | **145168** | **51150** | **47719** |
| 郑州市 | 17 | 5452 | 2386 | 127869 | 44028 | 41790 |
| 开封市 | 3 | 225 | 128 | 1303 | 613 | 296 |
| 洛阳市 | 6 | 555 | 330 | 4042 | 1654 | 1237 |
| 平顶山市 | 2 | 318 | 131 | 987 | 403 | 288 |
| 安阳市 | 2 | 239 | 135 | 1022 | 311 | 407 |
| 鹤壁市 | 1 | 58 | 40 | 210 | 92 | 62 |
| 新乡市 | 2 | 110 | 65 | 697 | 195 | 223 |
| 焦作市 | 3 | 397 | 214 | 1243 | 386 | 434 |
| 濮阳市 | 1 | 119 | 115 | 336 | 101 | 130 |
| 许昌市 | 1 | 107 | 71 | 724 | 358 | 379 |
| 漯河市 | 1 | 60 | 44 | 744 | 313 | 214 |
| 三门峡市 | | | | | | |
| 南阳市 | 2 | 480 | 202 | 2122 | 896 | 804 |
| 商丘市 | 1 | 128 | 82 | 1172 | 550 | 488 |
| 信阳市 | 1 | 124 | 80 | 287 | 98 | 211 |
| 周口地区 | 1 | 118 | 85 | 1277 | 595 | 329 |
| 驻马店地区 | 1 | 136 | 75 | 1133 | 557 | 427 |
| 济源市 | | | | | | |

## 16—22 各市地普通中等专业学校基本情况

（1998 年）

| 市地 | 学校数（所） | 教职工数（人） | #专任教师 | 在校学生数（人） | 招生数（人） | 毕业生数（人） |
|---|---|---|---|---|---|---|
| **全省** | **185** | **31380** | **16669** | **333636** | **123433** | **82285** |
| 郑州市 | 52 | 8547 | 4688 | 100914 | 37192 | 24716 |
| 开封市 | 12 | 1560 | 841 | 17937 | 6874 | 4513 |
| 洛阳市 | 14 | 1906 | 1064 | 20013 | 7268 | 5760 |
| 平顶山市 | 9 | 1708 | 784 | 17695 | 7221 | 3762 |
| 安阳市 | 9 | 1344 | 723 | 12348 | 4803 | 3515 |
| 鹤壁市 | 2 | 312 | 204 | 3202 | 1341 | 425 |
| 新乡市 | 11 | 1455 | 794 | 14767 | 5052 | 3677 |
| 焦作市 | 8 | 1579 | 762 | 13303 | 4354 | 3324 |
| 濮阳市 | 6 | 992 | 523 | 7491 | 2393 | 2105 |
| 许昌市 | 8 | 1110 | 677 | 14083 | 5011 | 2754 |
| 漯河市 | 3 | 621 | 474 | 7376 | 2495 | 1993 |
| 三门峡市 | 3 | 694 | 429 | 6074 | 2485 | 1010 |
| 南阳市 | 14 | 3215 | 1375 | 27921 | 10187 | 6595 |
| 商丘市 | 9 | 1480 | 855 | 18058 | 6713 | 4770 |
| 信阳市 | 8 | 1632 | 716 | 16968 | 6683 | 4080 |
| 周口地区 | 6 | 1041 | 571 | 15511 | 6474 | 4099 |
| 驻马店地区 | 10 | 1773 | 985 | 17360 | 6245 | 4462 |
| 济源市 | 1 | 411 | 204 | 2615 | 637 | 725 |

## 16－23 各市地技工学校基本情况

（1998年）

| 市地 | 学校数（所） | 教职工数（人） | #专任教师 | 在校学生数（人） | 招生数（人） | 毕业生数（人） |
|---|---|---|---|---|---|---|
| **全省** | **201** | **15493** | **7919** | **92355** | **24606** | **35956** |
| 郑州市 | 34 | 3094 | 1619 | 20180 | 6063 | 6665 |
| 开封市 | 18 | 1223 | 658 | 8407 | 2002 | 2157 |
| 洛阳市 | 23 | 1697 | 817 | 8153 | 2255 | 3655 |
| 平顶山市 | 13 | 855 | 427 | 6111 | 1896 | 2233 |
| 安阳市 | 9 | 639 | 356 | 2725 | 503 | 1853 |
| 鹤壁市 | 4 | 374 | 190 | 2064 | 390 | 785 |
| 新乡市 | 18 | 1219 | 645 | 8143 | 2263 | 3690 |
| 焦作市 | 8 | 870 | 323 | 4938 | 1285 | 1829 |
| 濮阳市 | 4 | 489 | 243 | 1467 | 170 | 679 |
| 许昌市 | 7 | 542 | 235 | 2887 | 695 | 1417 |
| 漯河市 | 5 | 306 | 200 | 2273 | 636 | 1104 |
| 三门峡市 | 9 | 761 | 394 | 2717 | 901 | 1231 |
| 南阳市 | 23 | 1737 | 938 | 11441 | 2884 | 3969 |
| 商丘市 | 5 | 264 | 174 | 1386 | 381 | 972 |
| 信阳市 | 10 | 597 | 273 | 2369 | 604 | 1304 |
| 周口地区 | 3 | 238 | 155 | 2057 | 431 | 665 |
| 驻马店地区 | 6 | 519 | 223 | 4612 | 1023 | 1545 |
| 济源市 | 2 | 69 | 49 | 425 | 224 | 203 |

## 16－24 各市地普通中学基本情况

（1998年）

| 市地 | 学校数（所） | 教职工数（人） | #专任教师 | 在校学生数（人） | 招生数（人） | 毕业生数（人） |
|---|---|---|---|---|---|---|
| **全省** | **6069** | **326566** | **276028** | **5125128** | **1896722** | **1458781** |
| 郑州市 | 433 | 23475 | 18772 | 326127 | 117726 | 94957 |
| 开封市 | 313 | 17013 | 14205 | 286400 | 105424 | 77065 |
| 洛阳市 | 502 | 25031 | 21120 | 329947 | 122795 | 93817 |
| 平顶山市 | 306 | 16455 | 13606 | 231654 | 84942 | 65334 |
| 安阳市 | 359 | 18941 | 15688 | 285210 | 111215 | 85756 |
| 鹤壁市 | 83 | 5354 | 3982 | 70696 | 27080 | 21829 |
| 新乡市 | 452 | 20974 | 17176 | 310415 | 122409 | 88114 |
| 焦作市 | 258 | 13808 | 11345 | 185964 | 68841 | 60079 |
| 濮阳市 | 234 | 12881 | 10104 | 207047 | 79609 | 52612 |
| 许昌市 | 300 | 14687 | 12741 | 228111 | 83845 | 66657 |
| 漯河市 | 131 | 8625 | 7212 | 145689 | 52394 | 42378 |
| 三门峡市 | 174 | 8827 | 7202 | 106785 | 40030 | 30929 |
| 南阳市 | 641 | 38572 | 33695 | 620316 | 210665 | 199563 |
| 商丘市 | 502 | 24225 | 21184 | 488767 | 183114 | 128078 |
| 信阳市 | 403 | 22035 | 19213 | 341301 | 130241 | 96549 |
| 周口地区 | 560 | 30418 | 27078 | 586474 | 217555 | 149644 |
| 驻马店地区 | 354 | 22303 | 19212 | 333784 | 124590 | 92729 |
| 济源市 | 64 | 2942 | 2493 | 40441 | 14247 | 12691 |

## 16—25 各市地普通高中基本情况

（1998年）

| 市地 | 学校数（所） | 教职工数（人） | #专任教师 | 在校学生数（人） | 招生数（人） | 毕业生数（人） |
|---|---|---|---|---|---|---|
| **全省** | **643** | **52048** | **37473** | **511275** | **187216** | **149336** |
| 郑州市 | 71 | 4647 | 3219 | 46023 | 17365 | 12842 |
| 开封市 | 34 | 2477 | 1785 | 25564 | 10030 | 6895 |
| 洛阳市 | 68 | 4797 | 3526 | 41799 | 15620 | 11862 |
| 平顶山市 | 23 | 2126 | 1517 | 23294 | 8400 | 7365 |
| 安阳市 | 31 | 2548 | 1742 | 25304 | 9170 | 8015 |
| 鹤壁市 | 10 | 928 | 523 | 7188 | 2549 | 2310 |
| 新乡市 | 48 | 3374 | 2240 | 34801 | 13773 | 9657 |
| 焦作市 | 36 | 2565 | 1844 | 29630 | 11560 | 6937 |
| 濮阳市 | 20 | 1930 | 1289 | 20251 | 7662 | 5798 |
| 许昌市 | 24 | 2133 | 1598 | 21620 | 7818 | 5730 |
| 漯河市 | 12 | 1246 | 864 | 14566 | 5050 | 3958 |
| 三门峡市 | 18 | 1384 | 941 | 11852 | 4442 | 3182 |
| 南阳市 | 71 | 5900 | 4501 | 48680 | 16439 | 16057 |
| 商丘市 | 37 | 3190 | 2335 | 28619 | 11458 | 8085 |
| 信阳市 | 55 | 4071 | 3076 | 40776 | 14294 | 12651 |
| 周口地区 | 42 | 4651 | 3469 | 46477 | 16502 | 14670 |
| 驻马店地区 | 35 | 3498 | 2575 | 39112 | 13066 | 11663 |
| 济源市 | 8 | 583 | 429 | 5719 | 2018 | 1659 |

## 16—26 各市地普通初中基本情况

（1998年）

| 市地 | 学校数（所） | 教职工数（人） | #专任教师 | 在校学生数（人） | 招生数（人） | 毕业生数（人） | 初中适龄人口入学率（%） | 初中在校生巩固率（%） |
|---|---|---|---|---|---|---|---|---|
| **全省** | **5426** | **274518** | **238555** | **4613853** | **1709506** | **1309445** | **96.51** | **97.91** |
| 郑州市 | 362 | 18828 | 15553 | 280104 | 100361 | 82115 | 98.47 | 98.42 |
| 开封市 | 279 | 14536 | 12420 | 260836 | 95394 | 70170 | 98.30 | 98.27 |
| 洛阳市 | 434 | 20234 | 17594 | 288148 | 107175 | 81955 | 97.46 | 98.18 |
| 平顶山市 | 283 | 14329 | 12089 | 208360 | 76542 | 57969 | 92.22 | 98.09 |
| 安阳市 | 328 | 16393 | 13946 | 259906 | 102045 | 77741 | 96.71 | 96.87 |
| 鹤壁市 | 73 | 4426 | 3459 | 63508 | 24531 | 19519 | 98.75 | 98.57 |
| 新乡市 | 404 | 17600 | 14936 | 275614 | 108636 | 78457 | 92.10 | 97.33 |
| 焦作市 | 222 | 11243 | 9501 | 156334 | 57281 | 53142 | 99.57 | 99.09 |
| 濮阳市 | 214 | 10951 | 8815 | 186796 | 71947 | 46814 | 91.63 | 97.53 |
| 许昌市 | 276 | 12554 | 11143 | 206491 | 76027 | 60927 | 95.30 | 100.23 |
| 漯河市 | 119 | 7379 | 6348 | 131123 | 47344 | 38420 | 96.78 | 98.04 |
| 三门峡市 | 156 | 7443 | 6261 | 94933 | 35588 | 27747 | 96.65 | 98.03 |
| 南阳市 | 570 | 32672 | 29194 | 571636 | 194226 | 183506 | 98.24 | 98.32 |
| 商丘市 | 465 | 21035 | 18849 | 460148 | 171656 | 119993 | 97.74 | 95.43 |
| 信阳市 | 348 | 17964 | 16137 | 300525 | 115947 | 83898 | 95.01 | 99.19 |
| 周口地区 | 518 | 25767 | 23609 | 539997 | 201053 | 134974 | 96.82 | 98.55 |
| 驻马店地区 | 319 | 18805 | 16637 | 294672 | 111524 | 81066 | 95.90 | 96.24 |
| 济源市 | 56 | 2359 | 2064 | 34722 | 12229 | 11032 | 99.97 | 99.94 |

## 16—27 各市地职业中学基本情况

（1998 年）

| 市　地 | 学校数（所） | 教职工数（人） | #专任教师 | 在校学生数（人） | 招生数（人） | 毕业生数（人） |
|---|---|---|---|---|---|---|
| **全　　省** | **722** | **37724** | **27617** | **600968** | **235607** | **172320** |
| 郑 州 市 | 70 | 4077 | 3081 | 61828 | 25287 | 14732 |
| 开 封 市 | 36 | 2243 | 1530 | 26421 | 11978 | 6745 |
| 洛 阳 市 | 64 | 2682 | 2031 | 33817 | 13255 | 10551 |
| 平 顶 山 市 | 44 | 1710 | 1263 | 19970 | 8927 | 6976 |
| 安 阳 市 | 37 | 2170 | 1665 | 30438 | 12220 | 8564 |
| 鹤 壁 市 | 12 | 813 | 595 | 9530 | 3467 | 3382 |
| 新 乡 市 | 62 | 2821 | 2086 | 31494 | 14132 | 9887 |
| 焦 作 市 | 31 | 1932 | 1431 | 30763 | 13000 | 8059 |
| 濮 阳 市 | 22 | 2166 | 1412 | 21001 | 7090 | 4897 |
| 许 昌 市 | 24 | 1285 | 790 | 26136 | 8240 | 8990 |
| 漯 河 市 | 18 | 1375 | 982 | 25093 | 8688 | 10274 |
| 三 门 峡 市 | 16 | 821 | 577 | 13165 | 5234 | 4137 |
| 南 阳 市 | 93 | 4402 | 3145 | 71779 | 26128 | 21663 |
| 商 丘 市 | 34 | 1906 | 1416 | 48693 | 16688 | 13348 |
| 信 阳 市 | 50 | 2301 | 1859 | 47036 | 18595 | 14775 |
| 周 口 地 区 | 50 | 2323 | 1749 | 52123 | 22477 | 11273 |
| 驻 马 店 地 区 | 48 | 2116 | 1607 | 40953 | 16285 | 10954 |
| 济 源 市 | 11 | 581 | 398 | 10728 | 3916 | 3113 |

## 16—28 各市地职业高中基本情况

（1998 年）

| 市　地 | 学校数（所） | 教职工数（人） | #专任教师 | 在校学生数（人） | 招生数（人） | 毕业生数（人） |
|---|---|---|---|---|---|---|
| **全　　省** | **702** | **36930** | **26967** | **587900** | **232055** | **167641** |
| 郑 州 市 | 68 | 4042 | 3046 | 61436 | 25165 | 14621 |
| 开 封 市 | 36 | 2243 | 1530 | 26421 | 11978 | 6745 |
| 洛 阳 市 | 63 | 2660 | 2010 | 33475 | 13155 | 10447 |
| 平 顶 山 市 | 44 | 1710 | 1263 | 19970 | 8927 | 6976 |
| 安 阳 市 | 37 | 2170 | 1665 | 30438 | 12220 | 8514 |
| 鹤 壁 市 | 10 | 720 | 525 | 8207 | 3000 | 2960 |
| 新 乡 市 | 62 | 2821 | 2086 | 31494 | 14132 | 9887 |
| 焦 作 市 | 31 | 1932 | 1431 | 30763 | 13000 | 8059 |
| 濮 阳 市 | 22 | 2166 | 1412 | 21001 | 7090 | 4897 |
| 许 昌 市 | 24 | 1285 | 790 | 26136 | 8240 | 8275 |
| 漯 河 市 | 18 | 1375 | 982 | 25093 | 8688 | 10221 |
| 三 门 峡 市 | 14 | 765 | 529 | 12623 | 5045 | 4003 |
| 南 阳 市 | 83 | 4272 | 3047 | 70322 | 25707 | 21080 |
| 商 丘 市 | 34 | 1901 | 1411 | 48479 | 16688 | 13348 |
| 信 阳 市 | 48 | 2134 | 1702 | 42453 | 17667 | 13863 |
| 周 口 地 区 | 49 | 2290 | 1725 | 51424 | 22197 | 10312 |
| 驻 马 店 地 区 | 48 | 1863 | 1415 | 37437 | 15240 | 10320 |
| 济 源 市 | 11 | 581 | 398 | 10728 | 3916 | 3113 |

## 16—29 各市地职业初中基本情况

（1998 年）

| 市　地 | 学校数（所） | 教职工数（人） | #专任教师 | 在校学生数（人） | 招生数（人） | 毕业生数（人） |
|---|---|---|---|---|---|---|
| **全　省** | **20** | **794** | **650** | **13068** | **3552** | **4679** |
| 郑州市 | 2 | 35 | 35 | 392 | 122 | 111 |
| 开封市 | | | | | | |
| 洛阳市 | 1 | 22 | 21 | 342 | 100 | 104 |
| 平顶山市 | | | | | | |
| 安阳市 | | | | | | 50 |
| 鹤壁市 | 2 | 93 | 70 | 1323 | 467 | 422 |
| 新乡市 | | | | | | |
| 焦作市 | | | | | | |
| 濮阳市 | | | | | | |
| 许昌市 | | | | | | 715 |
| 漯河市 | | | | | | 53 |
| 三门峡市 | 2 | 56 | 48 | 542 | 189 | 134 |
| 南阳市 | 10 | 130 | 98 | 1457 | 421 | 583 |
| 商丘市 | | 5 | 5 | 214 | | |
| 信阳市 | 2 | 167 | 157 | 4583 | 928 | 912 |
| 周口地区 | 1 | 33 | 24 | 699 | 280 | 961 |
| 驻马店地区 | | 253 | 192 | 3516 | 1045 | 634 |
| 济源市 | | | | | | |

## 16—30 各市地小学基本情况

（1998 年）

| 市　地 | 学校数（所） | 教职工数（人） | #专任教师 | 在校学生数（人） | 招生数（人） | 毕业生数（人） | 小学适龄人口入学率（%） | 小学在校生巩固率（%） | 小学毕业生升学率（%） |
|---|---|---|---|---|---|---|---|---|---|
| **全　省** | **41238** | **456913** | **425474** | **12000564** | **2178220** | **1806681** | **99.72** | **99.71** | **94.82** |
| 郑州市 | 1975 | 29139 | 26984 | 838475 | 128926 | 102630 | 99.93 | 99.99 | 97.91 |
| 开封市 | 1895 | 20744 | 19286 | 626683 | 112656 | 101050 | 99.52 | 99.60 | 94.40 |
| 洛阳市 | 2912 | 28583 | 26248 | 736488 | 132766 | 111231 | 99.84 | 99.91 | 96.44 |
| 平顶山市 | 2387 | 25291 | 23470 | 601536 | 107222 | 86992 | 99.88 | 99.74 | 87.99 |
| 安阳市 | 2707 | 24476 | 23247 | 669305 | 116349 | 108258 | 99.67 | 99.99 | 94.26 |
| 鹤壁市 | 422 | 6823 | 6189 | 183972 | 33670 | 26261 | 99.96 | 99.66 | 95.19 |
| 新乡市 | 2743 | 23183 | 21428 | 734557 | 131827 | 113161 | 99.06 | 99.67 | 96.00 |
| 焦作市 | 1162 | 14135 | 12958 | 373574 | 72824 | 58986 | 99.93 | 100.13 | 97.11 |
| 濮阳市 | 1972 | 16466 | 15223 | 484496 | 76426 | 76904 | 100.00 | 99.50 | 93.55 |
| 许昌市 | 2082 | 19885 | 18914 | 548836 | 100156 | 79596 | 99.02 | 99.56 | 95.52 |
| 漯河市 | 987 | 12269 | 11462 | 295277 | 60389 | 48759 | 99.96 | 99.81 | 97.10 |
| 三门峡市 | 1289 | 12707 | 11690 | 260252 | 48414 | 40581 | 99.70 | 100.68 | 88.16 |
| 南阳市 | 4294 | 49726 | 45384 | 1174719 | 193299 | 204504 | 99.86 | 99.79 | 95.18 |
| 商丘市 | 3706 | 42875 | 40634 | 1186665 | 256336 | 173478 | 100.00 | 99.26 | 98.95 |
| 信阳市 | 3169 | 39048 | 36140 | 914063 | 157857 | 121742 | 99.60 | 100.55 | 96.00 |
| 周口地区 | 4382 | 47805 | 45525 | 1380528 | 266803 | 211110 | 99.91 | 99.57 | 95.37 |
| 驻马店地区 | 2889 | 40765 | 37937 | 914545 | 167224 | 129199 | 99.39 | 98.68 | 87.13 |
| 济源市 | 265 | 2993 | 2755 | 76593 | 15076 | 12239 | 100.00 | 100.13 | 99.92 |

## 16—31 各市地幼儿教育基本情况

(1998年)

| 市地 | 机构数 (所) | 机构数 (处) | 班数 (个) | 教职工数 (人) | #专任教师 | 在园(班)幼儿数 (人) |
|---|---|---|---|---|---|---|
| **全省** | **5071** | **45487** | **93575** | **58444** | **38270** | **3662667** |
| 郑州市 | 260 | 1792 | 5164 | 5356 | 2778 | 175427 |
| 开封市 | 204 | 3044 | 5700 | 4010 | 2434 | 217992 |
| 洛阳市 | 360 | 3842 | 8530 | 6370 | 3232 | 319638 |
| 平顶山市 | 366 | 186 | 4900 | 4296 | 2262 | 174218 |
| 安阳市 | 142 | 3654 | 5214 | 2522 | 1714 | 193114 |
| 鹤壁市 | 70 | 1102 | 1546 | 1214 | 708 | 59612 |
| 新乡市 | 592 | 3638 | 6028 | 4848 | 3300 | 232234 |
| 焦作市 | 60 | 1488 | 3688 | 1896 | 1254 | 136690 |
| 濮阳市 | 98 | 196 | 1994 | 3522 | 1780 | 76948 |
| 许昌市 | 238 | 3170 | 5332 | 1578 | 1036 | 207642 |
| 漯河市 | 30 | 1910 | 2784 | 970 | 670 | 117110 |
| 三门峡市 | 352 | 2012 | 3626 | 2528 | 1586 | 114602 |
| 南阳市 | 1150 | 6538 | 10776 | 4034 | 2848 | 353806 |
| 商丘市 | 126 |  | 8042 | 2888 | 2644 | 392158 |
| 信阳市 | 456 | 3888 | 7086 | 5222 | 4482 | 328598 |
| 周口地区 | 195 | 3461 | 5257 | 1298 | 1076 | 245394 |
| 驻马店地区 | 316 | 4874 | 6100 | 3704 | 2988 | 269472 |
| 济源市 | 56 | 692 | 1808 | 2188 | 1478 | 48012 |

注:本表包括学前班,与有关表的范围不一致.

## 16—32 各市地教育经费情况

(1998年) 单位:万元

| 市地 | 合计 | 国家财政性教育经费 | #预算内 | 社会团体和公民个人办学经费 | 社会捐资和集资办学经费 | 学费和杂费 | 其他教育经费 |
|---|---|---|---|---|---|---|---|
| **全省** | **1277545.3** | **894487.6** | **655547.2** | **12002.0** | **150582.2** | **192399.7** | **28073.8** |
| 郑州市 | 117306.4 | 88779.4 | 60321.0 | 4153.1 | 8384.5 | 12173.9 | 3815.5 |
| 开封市 | 55035.5 | 37250.0 | 28793.8 | 897.6 | 5350.0 | 10493.2 | 1044.7 |
| 洛阳市 | 86018.1 | 60789.9 | 45687.1 | 3619.2 | 8315.6 | 10870.1 | 2423.3 |
| 平顶山市 | 49949.7 | 40168.9 | 28521.4 |  | 2876.5 | 5907.5 | 996.8 |
| 安阳市 | 61006.9 | 44289.9 | 30516.4 |  | 7314.2 | 8068.7 | 1334.1 |
| 鹤壁市 | 16097.6 | 12359.3 | 8794.0 |  | 930.0 | 2415.7 | 392.6 |
| 新乡市 | 55903.3 | 40448.7 | 31074.7 | 648.8 | 3843.6 | 9578.7 | 1383.5 |
| 焦作市 | 40272.2 | 29762.5 | 23591.8 |  | 1715.2 | 7954.9 | 839.6 |
| 濮阳市 | 41586.0 | 28389.0 | 19609.3 | 147.5 | 8437.9 | 4272.6 | 339.0 |
| 许昌市 | 43760.3 | 31680.0 | 22232.8 | 21.7 | 3364.0 | 8126.6 | 568.0 |
| 漯河市 | 29978.2 | 20212.9 | 15809.5 | 154.0 | 1210.2 | 7756.5 | 644.6 |
| 三门峡市 | 34407.5 | 25149.0 | 17960.9 | 38.2 | 4647.9 | 2900.3 | 1672.1 |
| 南阳市 | 130237.4 | 93405.2 | 58487.6 | 700.8 | 13530.7 | 19291.6 | 3309.1 |
| 商丘市 | 94266.8 | 53447.9 | 37680.4 | 43.7 | 23613.7 | 15631.3 | 1530.2 |
| 信阳市 | 95884.6 | 58644.9 | 40361.3 | 317.8 | 24018.7 | 10864.3 | 2038.9 |
| 周口地区 | 105012.2 | 63494.4 | 42091.3 | 604.4 | 23073.3 | 16781.7 | 1058.4 |
| 驻马店地区 | 113872.8 | 93405.2 | 39111.4 |  | 6818.3 | 13190.9 | 458.4 |
| 济源市 | 10402.8 | 7911.1 | 5232.1 |  | 675.7 | 1568.2 | 247.8 |

# 16—33 科技活动概况

| 指　　标 | 单　位 | 1991 年 | 1992 年 | 1993 年 | 1994 年 | 1995 年 | 1997 年 | 1998 年 |
|---|---|---|---|---|---|---|---|---|
| 单位数 | 个 | 889 | 1394 | 1518 | 1551 | 1689 | 1591 | 1569 |
| 从事科技活动的人员数 | 人 | 62837 | 73441 | 80861 | 108471 | 122882 | 140083 | 142713 |
| #科学家工程师 | 人 | 31846 | 38592 | 50150 | 62988 | 55681 | 89020 | 82488 |
| 课题活动人员 | 人 | 17029 | 33252 | 17692 | 29561 | 30398 | 41832 | 40451 |
| 当年经费筹集总额 | 万元 | 104531 | 161994 | 192249 | 233158 | 368086 | 304758 | 340995 |
| #政府拨款 | 万元 | 1936 | 32896 | 31824 | 39920 | 56049 | 65689 | 84437 |
| 自筹资金 | 万元 | 55508 | 83316 | 105677 | 116753 | 209329 | 150600 | 179679 |
| 银行贷款 | 万元 | 6302 | 30743 | 40792 | 52704 | 69346 | 50973 | 44459 |
| 当年经费使用总额 | 万元 | 94072 | 142063 | 199181 | 218988 | 292286 | 273395 | 303681 |
| #劳务费 | 万元 | 11828 | 20304 | 65899 | 39115 | 50386 | 58324 | 69255 |
| 业务费 | 万元 | 27672 | 48133 | 48302 | 51003 | 71790 | 79448 | 92303 |
| 固定资产购建支出 | 万元 | 40965 | 50381 | 67373 | 78889 | 58386 | 85816 | 97863 |
| #科研仪器支出 | 万元 | 18784 | 24641 | 39269 | 38403 | 55657 | 37182 | 49187 |
| 科研课题(项目)数 | 项 | 8107 | 7616 | 7203 | 9730 | 9703 | 10178 | 10496 |
| 研究与试验发展课题(项目) | 项 | 3843 | 3073 | 3453 | 3211 | 3585 | 6439 | 7102 |
| #基础研究 | 项 | 839 | 643 | 728 | 470 | 643 | 1042 | 1077 |
| 应用研究 | 项 | 1640 | 1683 | 1660 | 467 | 1677 | 2573 | 2529 |
| 试验发展 | 项 | 1364 | 747 | 1065 | 2274 | 1265 | 2824 | 3496 |
| 研究与试验发展课题(项目)投入人员 | 人 | 10869 | 8332 | 11736 | 11407 | 20516 | 33429 | 29107 |
| #基础研究 | 人 | 1578 | 1291 | 1419 | 2877 | | 1959 | 1899 |
| 应用研究 | 人 | 3153 | 4307 | 4909 | 3178 | | 7970 | 8183 |
| 试验发展 | 人 | 6138 | 2734 | 5408 | 5352 | | 23499 | 19025 |
| 研究与试验发展课题(项目)投入经费额 | 万元 | 6514 | 7966 | 19520 | 23094 | 41175 | 86076 | 107067 |
| #基础研究 | 万元 | 200 | 174 | 412 | 750 | | 1621 | 4363 |
| 应用研究 | 万元 | 3642 | 2335 | 5606 | 3832 | | 27985 | 38090 |
| 试验发展 | 万元 | 2672 | 5457 | 13502 | 18512 | | 56470 | 64613 |
| 科技成果奖 | 项 | 426 | 434 | 427 | 398 | 440 | 462 | 501 |
| 国家级 | 项 | 35 | 20 | 30 | | 36 | 22 | 21 |
| #发明奖 | 项 | 7 | 7 | 3 | | 6 | 4 | 1 |
| 进步奖 | 项 | 17 | 7 | 22 | | 30 | 17 | 20 |
| 星火奖 | 项 | 11 | 6 | 5 | | | | |
| 省部级 | 项 | 391 | 414 | 397 | 398 | 404 | 440 | 480 |
| 进步奖 | 项 | 342 | 330 | 310 | 318 | 322 | 357 | 381 |
| 星火奖 | 项 | 49 | 84 | 87 | 80 | 82 | 83 | 99 |
| 国家级高新技术开发区 | 个 | | | | | | 2 | 2 |
| 省级高新技术开发区 | 个 | | | | | | 6 | 7 |
| 认定高新技术企业 | 家 | | | | | | 458 | 538 |

## 16—34 全省独立科研机构、人员、经费情况

| 项目 | 机构数 | 职工总数（人） | #科学家工程师 | #其他科技人员 | 收入总额（万元） | #政府拨款 | 支出总额（万元） | #资产购建支出 |
|---|---|---|---|---|---|---|---|---|
| **全省总计** | | | | | | | | |
| 1991年 | 325 | 27084 | 9695 | 5967 | 42805 | 13655 | 37837 | 6980 |
| 1992年 | 317 | 27045 | 10254 | 6117 | 50597 | 17217 | 48490 | 10219 |
| 1993年 | 321 | 27107 | 10674 | 5697 | 61248 | 15516 | 59818 | 9300 |
| 1994年 | 319 | 26608 | 10825 | 5314 | 74439 | 19508 | 70731 | 9075 |
| 1995年 | 318 | 27035 | 11117 | 5386 | 109555 | 21692 | 100283 | 20784 |
| 1996年 | 317 | 26964 | 9690 | 4009 | 113910 | 25481 | 105467 | 12638 |
| 1997年 | 312 | 26169 | 9576 | 4047 | 120257 | 27828 | 118320 | 15578 |
| 1998年 | 311 | 27972 | 10626 | 3990 | 129335 | 35710 | 112844 | 11005 |
| **一、自然科学和技术领域** | | | | | | | | |
| 1991年 | 163 | 22367 | 8746 | 4633 | 39646 | 11827 | 34793 | 6192 |
| 1992年 | 161 | 22680 | 9260 | 5063 | 46715 | 15069 | 44893 | 9097 |
| 1993年 | 162 | 22698 | 9628 | 4665 | 57250 | 13384 | 56342 | 8577 |
| 1994年 | 162 | 22171 | 9782 | 4255 | 70387 | 17562 | 67111 | 8378 |
| 1995年 | 163 | 22602 | 10082 | 4390 | 105105 | 19338 | 96019 | 18828 |
| 1996年 | 162 | 22463 | 8609 | 3193 | 107697 | 22391 | 100742 | 11901 |
| 1997年 | 162 | 21713 | 8555 | 3206 | 114587 | 24761 | 113044 | 14834 |
| 1998年 | 163 | 23632 | 9611 | 3138 | 122577 | 32205 | 106850 | 10397 |
| **二、社会和人文科学领域** | | | | | | | | |
| 1991年 | 13 | 599 | 325 | 190 | 794 | 485 | 849 | 264 |
| 1992年 | 13 | 576 | 340 | 149 | 900 | 809 | 914 | 112 |
| 1993年 | 13 | 533 | 329 | 128 | 923 | 824 | 955 | 90 |
| 1994年 | 13 | 558 | 353 | 140 | 962 | 698 | 986 | 162 |
| 1995年 | 13 | 560 | 351 | 131 | 953 | 701 | 955 | 511 |
| 1996年 | 14 | 590 | 349 | 112 | 1053 | 857 | 974 | 56 |
| 1997年 | 14 | 597 | 357 | 122 | 1470 | 1162 | 1291 | 61 |
| 1998年 | 14 | 597 | 361 | 117 | 1871 | 1152 | 1449 | 87 |
| **三、科技信息和文献机构** | | | | | | | | |
| 1991年 | 15 | 447 | 210 | 169 | 374 | 327 | 404 | 150 |
| 1992年 | 15 | 440 | 222 | 146 | 634 | 427 | 623 | 217 |
| 1993年 | 15 | 417 | 221 | 122 | 561 | 367 | 531 | 183 |
| 1994年 | 15 | 389 | 219 | 102 | 601 | 458 | 622 | 189 |
| 1995年 | 17 | 412 | 243 | 109 | 841 | 629 | 813 | 295 |
| 1996年 | 17 | 415 | 208 | 77 | 1112 | 904 | 827 | 200 |
| 1997年 | 17 | 407 | 209 | 76 | 1061 | 766 | 957 | 187 |
| 1998年 | 17 | 411 | 232 | 86 | 1530 | 1046 | 1335 | 251 |
| **四、县属研究与开发机构** | | | | | | | | |
| 1991年 | 134 | 3671 | 414 | 975 | 1991 | 1016 | 1791 | 374 |
| 1992年 | 128 | 3349 | 432 | 759 | 2348 | 912 | 2060 | 793 |
| 1993年 | 131 | 3459 | 496 | 782 | 2514 | 941 | 1990 | 450 |
| 1994年 | 129 | 3490 | 471 | 817 | 2489 | 790 | 2012 | 346 |
| 1995年 | 125 | 3461 | 441 | 756 | 2656 | 1024 | 2496 | 1150 |
| 1996年 | 124 | 3496 | 524 | 627 | 4048 | 1329 | 2924 | 481 |
| 1997年 | 119 | 3452 | 455 | 643 | 3139 | 1139 | 3028 | 496 |
| 1998年 | 117 | 3332 | 422 | 649 | 3357 | 1307 | 3210 | 271 |

注：本表不包括国防科技工业系统。

# 16－35 按职称(务)分的地方国有企业、事业单位各类专业技术人员数

(1998年底)

单位:人

| 项目 | 合计 | 高级 | 中级 | 初级 | 未聘 |
|---|---|---|---|---|---|
| **总计** | **1151418** | **60806** | **363170** | **628380** | **99062** |
| 1.工程技术人员 | 134735 | 9024 | 43340 | 70547 | 11824 |
| 2.农业技术人员 | 23837 | 1277 | 6725 | 12546 | 3289 |
| 3.科学研究人员 | 4594 | 1075 | 2086 | 1083 | 350 |
| 4.卫生技术人员 | 137468 | 8922 | 49197 | 71028 | 8321 |
| 5.教学人员 | 671234 | 34905 | 200322 | 374336 | 61671 |
| 6.民航飞行技术人员 | 63 | 1 | 5 |  | 57 |
| 7.船舶技术人员 |  |  |  |  |  |
| 8.经济人员 | 62577 | 1014 | 20143 | 36493 | 4927 |
| 9.会计人员 | 51440 | 396 | 12891 | 33696 | 4457 |
| 10.统计人员 | 10300 | 84 | 3029 | 6286 | 901 |
| 11.翻译人员 | 944 | 107 | 410 | 371 | 56 |
| 12.图书档案、文博人员 | 11522 | 595 | 4740 | 5496 | 691 |
| 13.新闻、出版人员 | 7336 | 1059 | 2896 | 2496 | 885 |
| 14.律师、公证人员 | 1993 | 108 | 479 | 792 | 614 |
| 15.播音人员 | 650 | 22 | 169 | 361 | 98 |
| 16.工艺美术人员 | 744 | 30 | 208 | 453 | 53 |
| 17.体育人员 | 1663 | 176 | 477 | 469 | 541 |
| 18.艺术人员 | 3461 | 458 | 1263 | 1413 | 327 |
| 19.政工人员 | 26857 | 1553 | 14790 | 10514 |  |

## 16－36 按国民经济行业分的地方国有企业、事业单位各类专业技术人员数

（1998 年底）　　单位：人

| 项　　目 | 合　计 | 农、林、牧、渔业 | 工　业 | 建筑业 | 地质勘查业、水利管理业 | 交通运输、仓储及邮电通信业 | 批发和零售贸易、餐饮业 |
|---|---|---|---|---|---|---|---|
| **总　　计** | **1151418** | **36705** | **136154** | **13365** | **11039** | **22862** | **36162** |
| 1.工程技术人员 | 134735 | 7581 | 64012 | 7452 | 8270 | 8303 | 3750 |
| 2.农业技术人员 | 23837 | 21877 | 254 | 2 | 176 | 130 | 356 |
| 3.科学研究人员 | 4594 | 37 | 15 |  | 2 |  | 1 |
| 4.卫生技术人员 | 137468 | 764 | 8619 | 852 | 162 | 735 | 1328 |
| 5.教学人员 | 671234 | 755 | 9603 | 467 | 89 | 608 | 183 |
| 6.民航飞行技术人员 | 63 |  |  |  |  | 57 |  |
| 7.船舶技术人员 |  |  |  |  |  |  |  |
| 8.经济人员 | 62577 | 2215 | 22378 | 1556 | 540 | 4818 | 16528 |
| 9.会计人员 | 51440 | 2342 | 13014 | 1596 | 1152 | 3854 | 8354 |
| 10.统计人员 | 10300 | 344 | 3791 | 211 | 129 | 971 | 1292 |
| 11.翻译人员 | 944 | 3 | 418 | 4 |  | 10 | 100 |
| 12.图书档案、文博人员 | 11522 | 118 | 1124 | 48 | 111 | 156 | 114 |
| 13.新闻、出版人员 | 7336 | 20 | 151 |  | 5 | 10 | 4 |
| 14.律师、公证人员 | 1993 | 2 | 31 |  | 1 | 6 | 7 |
| 15.播音人员 | 650 | 2 | 6 |  |  |  |  |
| 16.工艺美术人员 | 744 | 5 | 254 | 17 |  | 11 | 74 |
| 17.体育人员 | 1663 | 10 | 13 |  |  |  | 2 |
| 18.艺术人员 | 3461 |  | 25 |  | 2 | 3 | 3 |
| 19.政工人员 | 26857 | 630 | 12446 | 1160 | 400 | 3190 | 4066 |

| 项　　目 | 金融、保险业 | 房地产业、社会服务业 | 卫生、体育和社会福利事业 | 教育、文化艺术和广播电影电视业 | 科学研究和综合技术服务事业 | 其他行业 |
|---|---|---|---|---|---|---|
| **总　　计** | **2121** | **33952** | **131725** | **691111** | **15627** | **20595** |
| 1.工程技术人员 | 104 | 11850 | 1250 | 5470 | 8723 | 7970 |
| 2.农业技术人员 |  | 398 | 41 | 245 | 267 | 91 |
| 3.科学研究人员 | 2 | 9 | 102 | 1620 | 2781 | 25 |
| 4.卫生技术人员 | 6 | 964 | 120191 | 2724 | 341 | 782 |
| 5.教学人员 | 2 | 904 | 1459 | 656302 | 57 | 805 |
| 6.民航飞行技术人员 |  |  | 5 | 1 |  |  |
| 7.船舶技术人员 |  |  |  |  |  |  |
| 8.经济人员 | 653 | 6084 | 996 | 1784 | 990 | 4035 |
| 9.会计人员 | 1238 | 7261 | 4251 | 3776 | 1156 | 3446 |
| 10.统计人员 | 54 | 1380 | 791 | 259 | 361 | 717 |
| 11.翻译人员 | 6 | 266 | 33 | 24 | 54 | 26 |
| 12.图书档案、文博人员 | 9 | 642 | 609 | 7665 | 485 | 441 |
| 13.新闻、出版人员 |  | 288 | 68 | 6175 | 135 | 480 |
| 14.律师、公证人员 |  | 1624 | 36 | 50 | 21 | 215 |
| 15.播音人员 |  | 22 |  | 612 | 3 | 5 |
| 16.工艺美术人员 |  | 105 | 37 | 163 | 24 | 54 |
| 17.体育人员 |  | 13 | 1450 | 175 |  |  |
| 18.艺术人员 |  | 14 | 11 | 3394 | 5 | 4 |
| 19.政工人员 | 47 | 2128 | 395 | 672 | 224 | 1499 |

# 16—37 各市地按职称(务)分的专业技术人员

(1998年底)　　单位:人

| 市　　地 | 合　计 | 高　级 | 中　级 | 初　级 | 未　聘 |
|---|---|---|---|---|---|
| **全　　省** | **1151418** | **60806** | **363170** | **628380** | **99062** |
| 郑州市 | 95652 | 5243 | 33675 | 49256 | 7478 |
| 开封市 | 51761 | 3070 | 18144 | 27947 | 2600 |
| 洛阳市 | 106130 | 5391 | 31320 | 61602 | 7817 |
| 平顶山市 | 52424 | 2138 | 15710 | 30241 | 4335 |
| 安阳市 | 69066 | 3265 | 20066 | 41109 | 4626 |
| 鹤壁市 | 18778 | 936 | 5966 | 10572 | 1304 |
| 新乡市 | 74730 | 3925 | 23474 | 42125 | 5206 |
| 焦作市 | 49903 | 2084 | 15442 | 27094 | 5283 |
| 濮阳市 | 34066 | 1364 | 10757 | 19982 | 1963 |
| 许昌市 | 42484 | 1408 | 11115 | 25138 | 4823 |
| 漯河市 | 29106 | 1064 | 7765 | 17097 | 3180 |
| 三门峡市 | 32357 | 935 | 8577 | 19424 | 3421 |
| 南阳市 | 104241 | 3557 | 33749 | 55178 | 11757 |
| 商丘市 | 82842 | 3974 | 21030 | 48327 | 9511 |
| 信阳市 | 74317 | 2904 | 26725 | 39461 | 5227 |
| 周口地区 | 82328 | 2905 | 24365 | 49116 | 5942 |
| 驻马店地区 | 64307 | 2863 | 20953 | 33054 | 7437 |
| 济源市 | 9530 | 212 | 2178 | 5567 | 1573 |
| 省　　直 | 77396 | 13568 | 32159 | 26090 | 5579 |

# 16—38 各市地按行业分的专业技术人员

（1998 年底）　　单位：人

| 市地 | 合计 | 农、林、牧、渔业 | 工业 | 建筑业 | 地质勘查业、水利管理业 | 交通运输、仓储及邮电通信业 | 批发和零售贸易、餐饮业 |
|---|---|---|---|---|---|---|---|
| **全省** | **1151418** | **36705** | **136154** | **13365** | **11039** | **22862** | **36162** |
| 郑州市 | 95652 | 1979 | 20571 | 1593 | 761 | 1746 | 3111 |
| 开封市 | 51761 | 1427 | 6797 | 1120 | 306 | 1028 | 1615 |
| 洛阳市 | 106130 | 1724 | 29389 | 4197 | 597 | 2434 | 3133 |
| 平顶山市 | 52424 | 937 | 6292 | 462 | 457 | 1164 | 1476 |
| 安阳市 | 69066 | 1798 | 15505 | 916 | 440 | 974 | 2125 |
| 鹤壁市 | 18778 | 606 | 2673 | 321 | 203 | 535 | 676 |
| 新乡市 | 74730 | 1827 | 13844 | 1278 | 527 | 1937 | 3588 |
| 焦作市 | 49903 | 1561 | 8372 | 383 | 305 | 1019 | 1152 |
| 濮阳市 | 34066 | 1402 | 1892 | 119 | 411 | 450 | 1007 |
| 许昌市 | 42484 | 1172 | 3427 | 284 | 360 | 726 | 1011 |
| 漯河市 | 29106 | 893 | 1332 | 40 | 110 | 227 | 921 |
| 三门峡市 | 32357 | 1122 | 3353 | 151 | 248 | 569 | 746 |
| 南阳市 | 104241 | 4678 | 5996 | 935 | 1010 | 1366 | 2277 |
| 商丘市 | 82842 | 2884 | 2404 | 323 | 778 | 1710 | 2657 |
| 信阳市 | 74317 | 2691 | 3941 | 207 | 966 | 1329 | 1832 |
| 周口地区 | 82328 | 3844 | 3930 | 369 | 896 | 1622 | 2205 |
| 驻马店地区 | 64307 | 2672 | 1029 | 489 | 673 | 1137 | 1621 |
| 济源市 | 9530 | 303 | 1750 | 21 | 80 | 84 | 142 |
| 省直 | 77396 | 3185 | 3657 | 157 | 1911 | 2805 | 4867 |

| 市地 | 金融、保险业 | 房地产业、社会服务业 | 卫生、体育和社会福利事业 | 教育、文化艺术和广播电影电视业 | 科学研究和综合技术服务事业 | 其他行业 |
|---|---|---|---|---|---|---|
| **全省** | **2121** | **33952** | **131725** | **691111** | **15627** | **20595** |
| 郑州市 | 252 | 3963 | 10894 | 49116 | 1614 | 52 |
| 开封市 |  | 601 | 6421 | 27362 | 334 | 4750 |
| 洛阳市 |  | 5985 | 9404 | 48310 | 957 |  |
| 平顶山市 | 98 | 1118 | 5958 | 31208 | 705 | 2549 |
| 安阳市 | 135 | 1230 | 6960 | 37023 | 835 | 1125 |
| 鹤壁市 | 22 | 589 | 2286 | 10651 | 216 |  |
| 新乡市 | 179 | 2979 | 8760 | 38942 | 869 |  |
| 焦作市 | 77 | 2863 | 6816 | 27035 | 315 | 5 |
| 濮阳市 | 20 | 678 | 4258 | 22679 | 435 | 715 |
| 许昌市 | 3 | 1566 | 5352 | 28329 | 233 | 21 |
| 漯河市 | 60 | 305 | 3305 | 20722 | 143 | 1048 |
| 三门峡市 | 73 | 613 | 3372 | 19956 | 224 | 1930 |
| 南阳市 |  | 2819 | 10367 | 73771 | 1017 | 5 |
| 商丘市 | 147 | 902 | 9762 | 57742 | 358 | 3175 |
| 信阳市 | 8 | 1227 | 7290 | 53011 | 713 | 1102 |
| 周口地区 | 269 | 574 | 8497 | 58197 | 484 | 1441 |
| 驻马店地区 | 626 | 643 | 8345 | 43801 | 2032 | 1239 |
| 济源市 | 6 | 95 | 1102 | 5623 | 9 | 315 |
| 省直 | 146 | 5202 | 12576 | 37633 | 4134 | 1123 |

## 16－39 高等院校科技活动情况

| 指　　标 | 单位 | 1990 年 | 1991 年 | 1992 年 | 1993 年 | 1995 年 | 1997 年 | 1998 年 |
|---|---|---|---|---|---|---|---|---|
| 科技活动人员 | 人 | 22014 | 19547 | 20422 | 24122 | 33571 | 35734 | 38188 |
| 研究与发展机构 | 个 | 132 | 146 | 157 | 185 | 188 | 148 | 155 |
| 研究与发展人员 | 人 | 3938 | 3945 | 4254 | 5057 | 6187 | 5861 | 4468 |
| 研究与发展其他技术系列人员 | 人 | 933 | 746 | 966 | 1005 | 1260 | 1481 | 12309 |
| 理工农医类 | | | | | | | | |
| 研究与发展课题 | 项 | 1552 | 1799 | 1924 | 1976 | 2355 | 2796 | 2888 |
| 基础研究 | 项 | 411 | 566 | 451 | 432 | 377 | 689 | 574 |
| 应用研究 | 项 | 766 | 770 | 1096 | 1096 | 1246 | 1189 | 1057 |
| 试验发展 | 项 | 375 | 463 | 377 | 448 | 732 | 918 | 1257 |
| 当年研究与发展投入人员 | 人 | 3155 | 3562 | 3730 | 4019 | 4736 | 4466 | 3939 |
| 基础研究 | 人 | 1060 | 1194 | 882 | 971 | 1000 | 1127 | 835 |
| 应用研究 | 人 | 1370 | 1518 | 2110 | 2247 | 2550 | 2051 | 1630 |
| 试验发展 | 人 | 725 | 850 | 738 | 801 | 1186 | 1288 | 1474 |
| 当年研究与发展投入经费 | 万元 | 7314 | 8209 | 9838 | 18772 | 20423 | 50151 | 56796 |
| 基础研究 | 万元 | 1663 | 1829 | 1432 | 1617 | 2144 | 11234 | 8301 |
| 应用研究 | 万元 | 3540 | 3821 | 5124 | 12969 | 10297 | 17999 | 24823 |
| 试验发展 | 万元 | 2111 | 2559 | 3282 | 4186 | 7982 | 20918 | 23672 |
| 出版科技专著 | 部 | 122 | 65 | 89 | 153 | 190 | 245 | 235 |
| 发表学术论文 | 篇 | 3841 | 3879 | 4554 | 5095 | 6628 | 7611 | 8757 |
| 鉴定成果 | 项 | 173 | 199 | 202 | 238 | 295 | 400 | 429 |
| 获奖成果 | 项 | 106 | 169 | 282 | 246 | 259 | 624 | 566 |

## 16—40 理工类高等院校科技活动人员情况

（1998 年底）　　单位：人

| 分　类 | 合　计 | #教师 | #正副教授 | #讲师 | #助教 | #其他技术职务系列人　员 | #高级 | #中级 |
|---|---|---|---|---|---|---|---|---|
| **总　计** | **30046** | **17083** | **5960** | **6838** | **3400** | **12309** | **1650** | **5563** |
| **按原学科分** | | | | | | | | |
| 自然科学 | 5074 | 3948 | 1419 | 1569 | 768 | 1126 | 204 | 619 |
| 工程与技术 | 6462 | 3447 | 1136 | 1404 | 732 | 3015 | 408 | 1561 |
| 医学科学 | 8868 | 2740 | 1151 | 960 | 485 | 6128 | 861 | 2614 |
| 农业科学 | 1214 | 874 | 373 | 308 | 151 | 340 | 68 | 183 |
| 人文、社会科学 | 7287 | 6064 | 1879 | 2595 | 1258 | 1223 | 107 | 474 |
| 未分学科 | 1141 | 10 | 2 | 2 | 6 | 477 | 2 | 112 |
| **按最后学历分** | | | | | | | | |
| 研究生 | 3717 | 3333 | 1434 | 1387 | 373 | 384 | 164 | 156 |
| 大学本科 | 16281 | 12279 | 4157 | 4692 | 2684 | 4002 | 1055 | 1871 |
| 大学专科 | 5257 | 1167 | 344 | 571 | 252 | 4090 | 327 | 2031 |
| 中专 | 3650 | 294 | 23 | 186 | 85 | 3356 | 102 | 1393 |
| 高中及以下 | 1141 | 10 | 2 | 2 | 6 | 477 | 2 | 112 |

## 16—41 高等院校研究与发展机构情况

（1998 年底）　　单位：人

| 分　类 | 机构数（个） | 研究与发展人员 | #正副教授 | #讲　师 | #助　教 | 其他技术职务系列人　员 | #高　级 | #中　级 |
|---|---|---|---|---|---|---|---|---|
| **理工农医类** | **132** | **1038** | **464** | **246** | **101** | **219** | **67** | **119** |
| 自然科学 | 14 | 132 | 76 | 34 | 15 | 7 | 3 | 4 |
| 工程与技术 | 78 | 634 | 277 | 157 | 62 | 133 | 42 | 69 |
| 医学科学 | 15 | 155 | 52 | 40 | 20 | 43 | 8 | 28 |
| 农业科学 | 25 | 117 | 59 | 15 | 4 | 36 | 14 | 18 |
| **人文社科类** | **23** | **175** | **72** | **44** | **7** | **52** | | |

## 16—42 高等院校研究与发展课题情况

（1998年）

| 项目 | 理工农医类 | 自然科学 | 工程和技术 | 医学科学 | 农业科学 | 人文社科类 |
|---|---|---|---|---|---|---|
| **一、课题总计（项）** | **2888** | **569** | **1590** | **519** | **210** | **1002** |
| 基础研究 | 574 | 340 | 108 | 98 | 28 | 402 |
| 应用研究 | 1057 | 185 | 474 | 299 | 99 | 350 |
| 试验发展 | 1257 | 44 | 1008 | 122 | 83 | 250 |
| **二、当年投入人员总计（人）** | **3939** | **712** | **1743** | **1158** | **326** | **581** |
| 基础研究 | 835 | 413 | 117 | 257 | 48 | 240 |
| 应用研究 | 1630 | 186 | 636 | 645 | 163 | 230 |
| 试验发展 | 1474 | 113 | 990 | 256 | 115 | 111 |
| **三、当年支出经费总计（千元）** | **56796** | **8701** | **39955** | **4134** | **4006** | **1817** |
| 基础研究 | 8301 | 2991 | 2975 | 1520 | 815 | 769 |
| 应用研究 | 24823 | 4883 | 15738 | 2211 | 1991 | 643 |
| 试验发展 | 23672 | 827 | 21242 | 403 | 1200 | 405 |

## 16—43 大中型工业企业科技活动情况（一）

| 指标 | 单位 | 1990年 | 1995年 | 1997年 | 1998年 |
|---|---|---|---|---|---|
| 企业科技活动人员 | 人 | 33336 | 63280 | 80253 | 79108 |
| #高、中级职称 | 人 | 14431 | 23083 | 25984 | 24373 |
| 企业办科技机构 | 个 | 332 | 801 | 629 | 599 |
| 企业办科技机构人员 | 人 | 15863 | 20073 | 21810 | 22084 |
| #高、中级职称 | 人 | 6923 | 10341 | 8062 | 9280 |
| 本年经费筹集总额 | 万元 | 56861 | 206569 | 158954 | 168575 |
| #上级拨款 | 万元 | 4737 | 13487 | 10468 | 13171 |
| 银行贷款 | 万元 | 17946 | 45848 | 28128 | 17897 |
| 企业自筹 | 万元 | 28872 | 139761 | 108060 | 131593 |
| 本年经费支出总额 | 万元 | 54065 | 192733 | 144894 | 163672 |
| #新产品开发 | 万元 | 16631 | 69144 | 71792 | 64965 |
| 新产品销售收入 | 万元 | 283427 | 898098 | 997777 | 1046852 |
| #出口 | 万元 | 22896 | 50113 | 62735 | 74965 |
| 新产品实现利税 | 万元 | 50042 | 133840 | 132801 | 121055 |
| 生产用设备原值 | 万元 | 2102648 | 6587640 | 9714754 | 11534554 |
| #微电子技术控制 | 万元 | 99694 | 703133 | 538808 | 661665 |
| 技术改造支出总额 | 万元 | 79602 | 417538 | 573716 | 334830 |
| 技术引进支出总额 | 万元 | 19902 | 151971 | 81768 | 80557 |
| 消化吸收支出总额 | 万元 | 470 | 7644 | 3811 | 7988 |
| 购买国内技术用款 | 万元 | 1186 | 23787 | 9164 | 6573 |
| 科技活动项目 | 项 | 1264 | 5443 | 4235 | 4038 |

注：1. 1993年技术开发机构人员中的科学家、工程师系推算数。

2. 1996年当年完成项目为完成新产品项目。

# 16－44 大中型工业企业科技活动情况(二)

(1998年)

| 指　　标 | 单位 | 合计 | #国有 | 大型 | 中型 |
|---|---|---|---|---|---|
| 企业办科技机构数 | 个 | 599 | 399 | 326 | 273 |
| 企业科技活动人员 | 人 | 79108 | 56982 | 58596 | 20512 |
| #具有高、中级职称 | 人 | 24373 | 19213 | 19184 | 5189 |
| #工程技术人员 | 人 | 46418 | 33790 | 35536 | 10882 |
| 企业办科研机构人员 | 人 | 22084 | 16465 | 16698 | 5386 |
| #具有高、中级职称 | 人 | 9280 | 6968 | 7269 | 2011 |
| 本年经费筹集总额 | 千元 | 1685746 | 1094807 | 1275081 | 410665 |
| #上级拨款 | 千元 | 131708 | 121304 | 101434 | 30274 |
| 企业自筹 | 千元 | 1315929 | 819395 | 1012713 | 303216 |
| 银行贷款 | 千元 | 178971 | 97800 | 110016 | 68955 |
| 本年经费支出总额 | 千元 | 1636717 | 1063817 | 1238225 | 398492 |
| #内部支出 | 千元 | 1478024 | 969821 | 1116472 | 361552 |
| #新产品开发经费 | 千元 | 649648 | 315683 | 421110 | 228538 |
| #研究与发展经费 | 千元 | 437545 | 360261 | 375702 | 61843 |
| #劳务费 | 千元 | 332309 | 246935 | 264234 | 68075 |
| 原材料费 | 千元 | 409699 | 261360 | 292110 | 117589 |
| 固定资产购建费 | 千元 | 564710 | 314266 | 432658 | 132052 |
| #仪器设备 | 千元 | 301907 | 152963 | 249353 | 52554 |
| 新产品销售收入 | 千元 | 10468521 | 4946340 | 8305648 | 2162873 |
| #出口 | 千元 | 749652 | 422087 | 662170 | 87482 |
| 企业科技活动获奖成果数 | 项 | 1005 | 762 | 794 | 211 |
| #国家级 | 项 | 53 | 23 | 27 | 26 |
| 省部级 | 项 | 321 | 205 | 239 | 82 |
| 专利申请 | 件 | 258 | 171 | 215 | 43 |
| 专利授权 | 件 | 216 | 152 | 179 | 37 |
| 科技活动项目个数 | 项 | 4038 | 3031 | 2788 | 1250 |
| #新产品开发 | 项 | 2034 | 1309 | 1223 | 811 |
| 科技活动项目参加人员 | 人 | 28903 | 21959 | 21727 | 7176 |
| 科技活动项目经费支出总额 | 千元 | 1181466 | 750886 | 886477 | 294989 |

## 16－45 大中型工业企业科技活动情况(三)

(1998年)　　单位:人

| 类别 | 企业科技活动人员 | #高、中级职称人员 | #工程技术人员 | 企业办科技机构人员 | #高、中级职称人员 | #无高中级职称的大学本科及以上人员 |
|---|---|---|---|---|---|---|
| **总计** | **79108** | **24373** | **46418** | **22084** | **9280** | **3401** |
| **一、按登记注册类型分** | | | | | | |
| 国有 | 56982 | 19213 | 33790 | 16465 | 6968 | 2400 |
| 集体企业 | 4832 | 1081 | 3032 | 1506 | 574 | 878 |
| 其他企业 | 17294 | 4079 | 9596 | 4113 | 1738 | 123 |
| **二、按隶属关系分** | | | | | | |
| 中央企业 | 23728 | 8557 | 13744 | 8334 | 3419 | 1020 |
| 省属企业 | 9858 | 3528 | 6390 | 999 | 484 | 161 |
| 市地属企业 | 28424 | 9084 | 17255 | 8355 | 3842 | 1154 |
| 县及县以下 | 15536 | 2774 | 8169 | 3618 | 1238 | 958 |
| 其他属企业 | 1562 | 430 | 860 | 778 | 297 | 108 |
| **三、按规模分** | | | | | | |
| 特大型企业 | 12190 | 5340 | 9344 | 3724 | 1607 | 293 |
| 大一型企业 | 27798 | 8443 | 15599 | 7336 | 3510 | 1255 |
| 大二型企业 | 18608 | 5401 | 10593 | 5638 | 2152 | 867 |
| 中型企业 | 20512 | 5189 | 10882 | 5386 | 2011 | 986 |
| **四、按行业分** | | | | | | |
| #煤炭采选 | 6305 | 2990 | 4435 | 666 | 267 | 63 |
| 石油和天然气开采业 | 3741 | 1760 | 2849 | 2354 | 999 | 299 |
| 有色金属矿采选业 | 395 | 226 | 326 | 113 | 47 | 9 |
| 食品加工业 | 2096 | 348 | 1632 | 252 | 79 | 64 |
| 食品制造业 | 1056 | 89 | 419 | 129 | 42 | 53 |
| 饮料制造业 | 2469 | 467 | 1533 | 572 | 201 | 110 |
| 烟草加工业 | 1260 | 214 | 692 | 233 | 42 | 51 |
| 纺织业 | 4126 | 678 | 2061 | 768 | 286 | 65 |
| 石油加工及炼焦业 | 2436 | 1082 | 2436 | 64 | 20 | |
| 化学原料及化学制品制造业 | 2819 | 938 | 1893 | 1026 | 316 | 176 |
| 医药制造业 | 2319 | 484 | 1260 | 822 | 210 | 347 |
| 化学纤维制造业 | 905 | 163 | 454 | 26 | 22 | 2 |
| 非金属矿物制品业 | 3384 | 1001 | 2075 | 1035 | 425 | 158 |
| 黑色金属冶炼及压延加工业 | 1904 | 547 | 521 | 240 | 63 | 22 |
| 有色金属冶炼及压延加工业 | 3841 | 1431 | 2423 | 821 | 179 | 76 |
| 普通机械制造业 | 6329 | 2274 | 4247 | 1764 | 767 | 491 |
| 专用设备制造业 | 10360 | 3011 | 4807 | 4110 | 2414 | 497 |
| 交通运输设备制造业 | 5845 | 1290 | 2336 | 2168 | 620 | 356 |
| 电气机械及器材制造业 | 6220 | 2269 | 3474 | 2330 | 996 | 234 |
| 电子及通讯设备制造业 | 4040 | 798 | 2151 | 736 | 487 | 97 |
| 仪器仪表及文化、办公用机械制造业 | 818 | 356 | 515 | 312 | 188 | 66 |
| 电力、蒸气、热水的生产和供应业 | 3118 | 866 | 1842 | 372 | 140 | 28 |

# 16—46 大中型工业企业科技活动情况(四)

(1998 年)　　　　单位:千元

| 类别 | 本年经费筹集额 | #上级拨款 | #企业自筹 | #银行贷款 | 本年经费支出总额 | #内部支出 | #新产品开发 | #劳务费 |
|---|---|---|---|---|---|---|---|---|
| **总计** | **1685746** | **131708** | **1315929** | **178971** | **1636717** | **1478024** | **649648** | **332309** |
| **一、按登记注册类型分** | | | | | | | | |
| 国有 | 1094807 | 121304 | 819395 | 97800 | 1063817 | 969821 | 315683 | 246935 |
| 集体企业 | 81949 | 1176 | 70683 | 7960 | 78463 | 71214 | 47408 | 13090 |
| 其他企业 | 508990 | 9228 | 425851 | 73211 | 494437 | 436989 | 286557 | 72284 |
| **二、按隶属关系分** | | | | | | | | |
| 中央企业 | 512581 | 89996 | 370606 | 9465 | 468327 | 434496 | 107313 | 119182 |
| 省属企业 | 207540 | 6398 | 194042 | 3070 | 224346 | 210280 | 123223 | 27848 |
| 市地属企业 | 618694 | 30493 | 522210 | 62617 | 619172 | 576702 | 292125 | 146457 |
| 县及县以下 | 316884 | 4281 | 204224 | 101149 | 296780 | 231668 | 112842 | 30375 |
| 其他属企业 | 30047 | 540 | 24847 | 2670 | 28092 | 24878 | 14145 | 8447 |
| **三、按规模分** | | | | | | | | |
| 特大型企业 | 425055 | 33089 | 378997 | | 414426 | 386388 | 136515 | 58709 |
| 大一型企业 | 499054 | 30652 | 381302 | 57778 | 499332 | 431378 | 156262 | 150764 |
| 大二型企业 | 350972 | 37693 | 252414 | 52238 | 324467 | 298706 | 128333 | 54761 |
| 中型企业 | 410665 | 30274 | 303216 | 68955 | 398492 | 361552 | 228538 | 68075 |
| **四、按行业分** | | | | | | | | |
| #煤炭采选 | 36245 | 1090 | 35155 | | 36424 | 30199 | 3441 | 3477 |
| 石油和天然气开采业 | 96280 | 25719 | 57316 | | 93369 | 81786 | 2386 | 35409 |
| 有色金属矿采选业 | 8794 | | 4654 | 4140 | 8464 | 7483 | 530 | 1062 |
| 食品加工业 | 40033 | 310 | 30987 | 8580 | 37575 | 33739 | 19007 | 5516 |
| 食品制造业 | 42624 | 200 | 17905 | 24319 | 40937 | 38734 | 4240 | 5101 |
| 饮料制造业 | 36629 | 6 | 35257 | 1316 | 32307 | 29291 | 14608 | 5931 |
| 烟草加工业 | 18718 | | 16532 | 2156 | 18666 | 18266 | 11807 | 3515 |
| 纺织业 | 39737 | 140 | 39053 | | 38940 | 38431 | 31589 | 7623 |
| 石油加工及炼焦业 | 68050 | 500 | 67550 | | 68050 | 67370 | 1165 | 4215 |
| 化学原料及化学制品制造业 | 164743 | 1150 | 107313 | 56200 | 161171 | 105217 | 30172 | 15956 |
| 医药制造业 | 35892 | | 32639 | 2803 | 33920 | 24784 | 14460 | 3916 |
| 化学纤维制造业 | 49374 | 50 | 35755 | 13569 | 49224 | 45954 | 8495 | 1915 |
| 非金属矿物制品业 | 65699 | 3086 | 58253 | 3940 | 64941 | 61731 | 19257 | 13980 |
| 黑色金属冶炼及压延加工业 | 26810 | 54 | 26656 | | 46829 | 42155 | 1038 | 4883 |
| 有色金属冶炼及压延加工业 | 92721 | 1050 | 91641 | 30 | 73026 | 67113 | 11512 | 21320 |
| 普通机械制造业 | 64127 | 5119 | 52968 | 5200 | 64574 | 62779 | 36617 | 15367 |
| 专用设备制造业 | 180221 | 3308 | 143164 | 10343 | 178311 | 166601 | 87456 | 55539 |
| 交通运输设备制造业 | 90151 | 18972 | 63947 | 105 | 81347 | 78826 | 48644 | 17903 |
| 电气机械及器材制造业 | 177741 | 5070 | 123811 | 41840 | 177282 | 161728 | 153511 | 39754 |
| 电子及通讯设备制造业 | 147024 | 1660 | 141364 | | 139431 | 131546 | 109587 | 20070 |
| 仪器仪表及文化、办公用机械制造业 | 16216 | 11140 | 4776 | | 14996 | 14450 | 3966 | 2801 |
| 电力、蒸气、热水的生产和供应业 | 79106 | 40369 | 33617 | 4000 | 69250 | 64474 | 2464 | 4359 |

# 16—47 大中型工业企业科技活动情况(五)

(1998 年)　　单位:万元

| 类　　别 | 新产品销售收入 | 新产品实现利税 | 生产用机器设备原价 | #微电子技术控制 | 企业办科技机构(个) | 专利申请数(件) | 专利授权数(件) |
|---|---|---|---|---|---|---|---|
| **总　　计** | **10468521** | **1210553** | **115345537** | **6616647** | **599** | **258** | **216** |
| **一、按登记注册类型分** | | | | | | | |
| 国有 | 4946340 | 515666 | 88703322 | 4724208 | 399 | 171 | 152 |
| 集体企业 | 1000736 | 90239 | 4111913 | 472091 | 71 | 20 | 12 |
| 其他企业 | 4521445 | 604648 | 22530302 | 1420348 | 129 | 67 | 52 |
| **二、按隶属关系分** | | | | | | | |
| 中央企业 | 1121623 | 156654 | 36979542 | 1930654 | 95 | 50 | 55 |
| 省属企业 | 1428699 | 212504 | 14987611 | 695869 | 32 | 27 | 24 |
| 市地属企业 | 5295862 | 620272 | 33482152 | 2947424 | 250 | 109 | 92 |
| 县及县以下 | 2037859 | 165014 | 24406293 | 668554 | 194 | 63 | 42 |
| 其他属企业 | 584478 | 56109 | 5489939 | 374146 | 28 | 9 | 3 |
| **三、按规模分** | | | | | | | |
| 特大型企业 | 2096065 | 180956 | 29137805 | 1426144 | 22 | 54 | 44 |
| 大一型企业 | 4016635 | 480676 | 29646031 | 1953740 | 125 | 97 | 85 |
| 大二型企业 | 2192948 | 258764 | 25901779 | 2036777 | 179 | 64 | 50 |
| 中型企业 | 2162873 | 290157 | 30659922 | 1199986 | 273 | 43 | 37 |
| **四、按行业分** | | | | | | | |
| #煤炭采选 | 58081 | 9980 | 7142838 | 74684 | 11 | 16 | 13 |
| 石油和天然气开采业 | 55494 | 2201 | 7355372 | 173490 | 12 | 33 | 33 |
| 有色金属矿采选业 | 14131 | | 1076936 | 9967 | 6 | | |
| 食品加工业 | 253912 | 48868 | 2544854 | 320596 | 15 | 38 | 29 |
| 食品制造业 | 299135 | 31605 | 1971379 | 198141 | 5 | 4 | 3 |
| 饮料制造业 | 598945 | 74214 | 2132296 | 113651 | 34 | 10 | 7 |
| 烟草加工业 | 345290 | 101205 | 2705015 | 534907 | 10 | 4 | 4 |
| 纺织业 | 723604 | 35927 | 5335024 | 413635 | 34 | | |
| 石油加工及炼焦业 | 5500 | 830 | 2367601 | 120139 | 2 | 4 | 1 |
| 化学原料及化学制品制造业 | 526780 | 49906 | 10771143 | 242521 | 57 | 14 | 8 |
| 医药制造业 | 181741 | 18734 | 1548570 | 26714 | 34 | 7 | 7 |
| 化学纤维制造业 | 153695 | 28212 | 3523482 | 204375 | 4 | 1 | 1 |
| 非金属矿物制品业 | 616251 | 57140 | 6094621 | 484301 | 50 | 7 | 3 |
| 黑色金属冶炼及压延加工业 | 21120 | 3100 | 7076914 | 45597 | 5 | 8 | 10 |
| 有色金属冶炼及压延加工业 | 27412 | —683 | 4409236 | 285642 | 22 | 8 | 11 |
| 普通机械制造业 | 643516 | 27822 | 3014582 | 137187 | 50 | 28 | 17 |
| 专用设备制造业 | 1533988 | 87669 | 5457312 | 720827 | 54 | 29 | 25 |
| 交通运输设备制造业 | 741707 | 72593 | 2285291 | 180476 | 42 | 10 | 8 |
| 电气机械及器材制造业 | 2045546 | 345066 | 2742781 | 577622 | 55 | 24 | 21 |
| 电子及通讯设备制造业 | 1185205 | 172171 | 2353189 | 139560 | 26 | 1 | 2 |
| 仪器仪表及文化、办公用机械制造业 | 60556 | 4957 | 513155 | 20681 | 7 | 4 | 3 |
| 电力、蒸气、热水的生产和供应业 | 6505 | 2595 | 26079302 | 1063759 | 10 | 1 | |

# 16－48 大中型工业企业科技活动情况（六）

（1998年）　　单位：项

| 类别 | 科技活动项目数 | 新产品研究开发项目数 | 项目人员合计(人) | 项目经费支出合计(千元) | 企业科技开发获奖成果数 | #国家级 | #省部级 |
|---|---|---|---|---|---|---|---|
| **总计** | **4038** | **2034** | **28903** | **1181466** | **1005** | **53** | **321** |
| **一、按登记注册类型分** | | | | | | | |
| 国有 | 3031 | 1309 | 21959 | 750886 | 762 | 23 | 205 |
| 集体企业 | 259 | 202 | 1678 | 64589 | 57 | 7 | 28 |
| 其他企业 | 748 | 523 | 5266 | 365991 | 186 | 23 | 88 |
| **二、按隶属关系分** | | | | | | | |
| 中央企业 | 1106 | 330 | 9274 | 330786 | 377 | 7 | 74 |
| 省属企业 | 376 | 125 | 3340 | 170194 | 134 | 6 | 32 |
| 市地属企业 | 1784 | 1119 | 9673 | 414555 | 303 | 24 | 147 |
| 县及县以下 | 674 | 384 | 5881 | 250575 | 166 | 13 | 52 |
| 其他属企业 | 98 | 76 | 735 | 15356 | 25 | 3 | 16 |
| **三、按规模分** | | | | | | | |
| 特大型企业 | 865 | 199 | 5798 | 240159 | 275 | 4 | 85 |
| 大一型企业 | 1144 | 522 | 8860 | 352589 | 340 | 14 | 74 |
| 大二型企业 | 779 | 502 | 7069 | 293729 | 179 | 9 | 80 |
| 中型企业 | 1250 | 811 | 7176 | 294989 | 211 | 26 | 82 |
| **四、按行业分** | | | | | | | |
| #煤炭采选 | 247 | 23 | 2814 | 29810 | 109 | | 16 |
| 石油和天然气开采业 | 377 | 27 | 2471 | 72278 | 240 | 1 | 14 |
| 有色金属矿采选业 | 20 | 7 | 181 | 4334 | | | |
| 食品加工业 | 113 | 101 | 456 | 22489 | 30 | 1 | 19 |
| 食品制造业 | 43 | 33 | 337 | 32505 | 14 | | 11 |
| 饮料制造业 | 126 | 75 | 854 | 22220 | 61 | 3 | 15 |
| 烟草加工业 | 50 | 31 | 218 | 14404 | 8 | 2 | 3 |
| 纺织业 | 293 | 248 | 2311 | 34523 | 22 | 3 | 7 |
| 石油加工及炼焦业 | 13 | 4 | 200 | 35180 | 21 | 1 | 20 |
| 化学原料及化学制品制造业 | 166 | 80 | 1255 | 140576 | 33 | 1 | 17 |
| 医药制造业 | 72 | 54 | 561 | 27899 | 37 | 7 | 9 |
| 化学纤维制造业 | 73 | 60 | 328 | 33699 | 2 | | 1 |
| 非金属矿物制品业 | 323 | 156 | 1495 | 45303 | 29 | 2 | 9 |
| 黑色金属冶炼及压延加工业 | 68 | 41 | 353 | 13475 | 25 | | 6 |
| 有色金属冶炼及压延加工业 | 198 | 44 | 1671 | 55191 | 31 | 1 | 21 |
| 普通机械制造业 | 303 | 176 | 1983 | 51476 | 45 | 5 | 8 |
| 专用设备制造业 | 601 | 296 | 3004 | 100983 | 144 | 11 | 75 |
| 交通运输设备制造业 | 225 | 169 | 2989 | 56294 | 17 | 3 | 10 |
| 电气机械及器材制造业 | 222 | 141 | 1966 | 120546 | 67 | 5 | 28 |
| 电子及通讯设备制造业 | 96 | 81 | 1018 | 113867 | 17 | 1 | 9 |
| 仪器仪表及文化、办公用机械制造业 | 81 | 72 | 266 | 11656 | 11 | 3 | 5 |
| 电力、蒸气、热水的生产和供应业 | 143 | 29 | 898 | 60752 | 13 | 1 | 5 |

## 16—49 各市地大中型工业企业科技活动情况(一)

(1998年)　　单位:人

| 市　地 | 企业科技活动人员 | #高、中级职称人员 | #工程技术人员 | 企业办科技机构人员 | #高、中级职称人员 | #无高中级职称的大学本科及以上人员 |
|---|---|---|---|---|---|---|
| **全　省** | **79108** | **24373** | **46418** | **22084** | **9280** | **3401** |
| 郑州市 | 10322 | 3932 | 5824 | 3346 | 1404 | 367 |
| 开封市 | 2811 | 1022 | 2038 | 740 | 357 | 151 |
| 洛阳市 | 10025 | 4309 | 7298 | 4057 | 1873 | 548 |
| 平顶山市 | 3962 | 1809 | 3098 | 668 | 201 | 55 |
| 安阳市 | 6099 | 1420 | 3100 | 484 | 221 | 76 |
| 鹤壁市 | 2407 | 441 | 948 | 336 | 108 | 22 |
| 新乡市 | 5052 | 1692 | 3130 | 1534 | 779 | 193 |
| 焦作市 | 4965 | 1866 | 3001 | 1255 | 481 | 95 |
| 濮阳市 | 1595 | 837 | 1355 | 1380 | 615 | 104 |
| 许昌市 | 4601 | 1027 | 2909 | 1442 | 501 | 336 |
| 漯河市 | 2680 | 400 | 1980 | 708 | 210 | 181 |
| 三门峡市 | 2648 | 737 | 1755 | 503 | 188 | 40 |
| 南阳市 | 12803 | 2874 | 6158 | 3293 | 1408 | 617 |
| 商丘市 | 1407 | 461 | 821 | 424 | 224 | 55 |
| 信阳市 | 2423 | 776 | 882 | 490 | 275 | 83 |
| 周口地区 | 2011 | 223 | 623 | 662 | 191 | 298 |
| 驻马店地区 | 774 | 160 | 460 | 331 | 88 | 110 |
| 济源市 | 2523 | 387 | 1038 | 431 | 156 | 70 |

## 16—50 各市地大中型工业企业科技活动情况(二)

(1998年)　　单位:千元

| 市　地 | 本年经费筹集额 | #上级拨款 | #企业自筹 | #银行贷款 | 本年经费支出总额 | #内部支出 | #新产品开发 | #劳务费 |
|---|---|---|---|---|---|---|---|---|
| **全　省** | **1685746** | **131708** | **1315929** | **178971** | **1636717** | **1478024** | **649648** | **332309** |
| 郑州市 | 179019 | 12047 | 152169 | 7076 | 150490 | 142438 | 68897 | 42232 |
| 开封市 | 30439 | 1171 | 19518 | 9300 | 31075 | 26561 | 15526 | 5887 |
| 洛阳市 | 279617 | 6909 | 223218 | 28139 | 276229 | 260050 | 61907 | 48440 |
| 平顶山市 | 79989 | 14921 | 64808 | 160 | 88325 | 74935 | 20148 | 10209 |
| 安阳市 | 201013 | 20335 | 154994 | 24600 | 208123 | 194113 | 94648 | 15306 |
| 鹤壁市 | 29190 | 5485 | 23590 | 105 | 28947 | 28381 | 22589 | 3651 |
| 新乡市 | 164876 | 7900 | 137363 | 13713 | 164876 | 157411 | 112807 | 29849 |
| 焦作市 | 125380 | 20270 | 103390 | 300 | 122403 | 114515 | 19223 | 48365 |
| 濮阳市 | 51257 | 23589 | 15883 | | 48872 | 42934 | 1432 | 13848 |
| 许昌市 | 107179 | 3600 | 100459 | 3120 | 105800 | 99733 | 77556 | 32426 |
| 漯河市 | 24632 | 2188 | 21224 | 990 | 21981 | 17558 | 13661 | 4549 |
| 三门峡市 | 34124 | 980 | 32644 | 500 | 33799 | 33139 | 12103 | 2443 |
| 南阳市 | 261441 | 5986 | 181398 | 65872 | 244076 | 215076 | 98178 | 57786 |
| 商丘市 | 15939 | | 15739 | 200 | 16294 | 14599 | 8432 | 2421 |
| 信阳市 | 58529 | 5871 | 28512 | 23920 | 53501 | 19926 | 7797 | 5630 |
| 周口地区 | 23819 | 40 | 22389 | 940 | 23293 | 19905 | 8833 | 5387 |
| 驻马店地区 | 10337 | 400 | 9901 | 36 | 9816 | 9082 | 3544 | 2220 |
| 济源市 | 8966 | 16 | 8730 | | 8817 | 7668 | 2367 | 1660 |

## 16－51 各市地大中型工业企业科技活动情况(三)

(1998年)　　　　单位:千元

| 市　　地 | 新产品销售收入 | 新产品实现利税 | 生产用机器设备原值 | #微电子技术控制 | 企业办科技机构(个) | 专利申请数(件) | 专利授权数(件) |
|---|---|---|---|---|---|---|---|
| **全　　省** | **10468521** | **1210553** | **115345537** | **6616647** | **599** | **258** | **216** |
| 郑　州　市 | 989407 | 271844 | 13738090 | 1294919 | 65 | 29 | 27 |
| 开　封　市 | 539417 | 15695 | 2885564 | 226770 | 24 | 7 | 5 |
| 洛　阳　市 | 1775878 | 119167 | 17829846 | 1734115 | 61 | 41 | 29 |
| 平顶山市 | 320053 | 41541 | 13057993 | 399949 | 18 | 13 | 11 |
| 安　阳　市 | 909403 | 152888 | 8667311 | 228408 | 34 | 10 | 10 |
| 鹤　壁　市 | 316429 | 22399 | 2575763 | 35566 | 11 | 17 | 10 |
| 新　乡　市 | 1788053 | 167877 | 6185223 | 585308 | 77 | 11 | 15 |
| 焦　作　市 | 173001 | 23627 | 7085539 | 119392 | 39 | 9 | 10 |
| 濮　阳　市 | 36729 | 1381 | 10215191 | 233140 | 13 | 25 | 18 |
| 许　昌　市 | 748234 | 115760 | 2483939 | 72454 | 24 | 14 | 2 |
| 漯　河　市 | 474045 | 61761 | 3538787 | 315356 | 22 | 15 | 12 |
| 三门峡市 | 44633 | 3215 | 6489645 | 74857 | 17 | 3 | |
| 南　阳　市 | 1624575 | 152400 | 7431193 | 420179 | 97 | 25 | 36 |
| 商　丘　市 | 206639 | 25643 | 3004386 | 73687 | 22 | 20 | 18 |
| 信　阳　市 | 45152 | 7147 | 2452686 | 84172 | 22 | 12 | 9 |
| 周口地区 | 254941 | 17721 | 3921307 | 632472 | 16 | 5 | 3 |
| 驻马店地区 | 202069 | 8288 | 1884619 | 26349 | 21 | 1 | |
| 济　源　市 | 19863 | 2199 | 1898455 | 59554 | 16 | 1 | 1 |

## 16－52 各市地大中型工业企业科技活动情况(四)

(1998年)　　　　单位:项

| 市　　地 | 科技活动项目数 | 新产品研究开发项目数 | 项目人员合计(人) | 项目经费支出合计(千元) | 企业科技开发获奖成果数 | #国家级 | #省部级 |
|---|---|---|---|---|---|---|---|
| **全　　省** | **4038** | **2034** | **28903** | **1181466** | **1005** | **53** | **321** |
| 郑　州　市 | 602 | 243 | 4592 | 95477 | 69 | 6 | 27 |
| 开　封　市 | 98 | 93 | 511 | 23570 | 26 | 2 | 14 |
| 洛　阳　市 | 603 | 305 | 3936 | 128558 | 124 | 1 | 75 |
| 平顶山市 | 330 | 144 | 2319 | 47614 | 50 | 1 | 22 |
| 安　阳　市 | 141 | 95 | 1397 | 159392 | 38 | 3 | 7 |
| 鹤　壁　市 | 85 | 62 | 518 | 26662 | 39 | 4 | 12 |
| 新　乡　市 | 361 | 270 | 1799 | 138341 | 68 | 9 | 30 |
| 焦　作　市 | 289 | 127 | 2206 | 103106 | 29 | | 10 |
| 濮　阳　市 | 217 | 23 | 1271 | 24027 | 130 | | 5 |
| 许　昌　市 | 218 | 130 | 791 | 73879 | 16 | | 7 |
| 漯　河　市 | 134 | 103 | 838 | 17186 | 19 | | 9 |
| 三门峡市 | 162 | 93 | 630 | 33404 | 39 | | 10 |
| 南　阳　市 | 459 | 166 | 5412 | 231808 | 202 | 6 | 36 |
| 商　丘　市 | 70 | 41 | 836 | 12906 | 43 | 4 | 9 |
| 信　阳　市 | 101 | 71 | 549 | 43323 | 58 | 8 | 27 |
| 周口地区 | 87 | 24 | 547 | 8777 | 41 | 8 | 19 |
| 驻马店地区 | 54 | 32 | 280 | 6790 | 12 | 1 | 1 |
| 济　源　市 | 27 | 12 | 471 | 6646 | 2 | | 1 |

# 16—53 三种专利申请受理量及授权量

单位:项

| 项　　目 | 1985 年 | 1990 年 | 1995 年 | 1997 年 | 1998 年 |
|---|---|---|---|---|---|
| **一、申请量合计** | **293** | **1133** | **2386** | **2948** | **3163** |
| 发明 | 131 | 208 | 415 | 495 | 505 |
| 实用新型 | 150 | 894 | 1727 | 2107 | 2087 |
| 外观设计 | 12 | 31 | 244 | 346 | 571 |
| **二、授权量合计** | **2** | **621** | **1145** | **1233** | **1803** |
| 发明 | 1 | 32 | 34 | 39 | 32 |
| 实用新型 | 1 | 570 | 1009 | 977 | 1388 |
| 外观设计 | | 19 | 102 | 217 | 383 |
| **三、在三种专利申请受理量中** | | | | | |
| #个人 | 159 | 876 | 2007 | 2473 | 2642 |
| 大专院校 | | 22 | 9 | 12 | 26 |
| 科研单位 | | 69 | 71 | 59 | 56 |
| 工矿企业 | 134 | 131 | 223 | 380 | 425 |
| 机关团体 | | 35 | 76 | 24 | 14 |
| **四、在三种专利授权量中** | | | | | |
| #个人 | 1 | 446 | 905 | 980 | 1415 |
| 大专院校 | | 12 | 8 | 3 | 7 |
| 科研单位 | | 49 | 38 | 38 | 38 |
| 工矿企业 | 1 | 87 | 108 | 190 | 318 |
| 机关团体 | | 27 | 86 | 22 | 25 |

## 16—54 文化机构和人员数

（1998年底）

单位：机构：个　人员：人

| 机构类别 | 总计 | | 文化部门 | | | | 其他部门 | |
|---|---|---|---|---|---|---|---|---|
| | | | 国有单位 | | 集体单位 | | | |
| | 机构 | 人员 | 机构 | 人员 | 机构 | 人员 | 机构 | 人员 |
| **总计** | **11793** | **71251** | **1362** | **32265** | **1725** | **5771** | **8706** | **33215** |
| **一、文化事业** | **11589** | **66764** | **1158** | **27778** | **1725** | **5771** | **8706** | **33215** |
| 艺术事业 | 373 | 16007 | 342 | 14702 | 31 | 1305 | | |
| 艺术表演团体 | 206 | 10576 | 177 | 9311 | 29 | 1265 | | |
| 话剧、儿童剧、滑稽剧团 | 1 | 87 | 1 | 87 | | | | |
| 歌舞团 | 9 | 544 | 9 | 544 | | | | |
| 文工团、文宣队 | 3 | 106 | 3 | 106 | | | | |
| 戏曲剧团 | 172 | 9111 | 150 | 8024 | 22 | 1087 | | |
| #京剧团 | 4 | 138 | 4 | 138 | | | | |
| 曲、杂、木、皮团 | 21 | 728 | 14 | 550 | 7 | 178 | | |
| 艺术表演场所 | 167 | 5431 | 165 | 5391 | 2 | 40 | | |
| #剧场、影剧院 | 167 | 5431 | 165 | 5391 | 2 | 40 | | |
| 图书馆事业 | 132 | 2554 | 132 | 2554 | | | | |
| 群众文化事业 | 2492 | 6704 | 388 | 4012 | 1385 | 1885 | 719 | 807 |
| 教育事业 | 22 | 1485 | 22 | 1485 | | | | |
| 娱乐业 | 5778 | 29132 | 43 | 544 | 145 | 1899 | 5590 | 26689 |
| 其他文化事业 | 2792 | 10882 | 231 | 4481 | 164 | 682 | 2397 | 5719 |
| 艺术创作机构 | | | | | | | | |
| 艺术研究机构 | 19 | 185 | 19 | 185 | | | | |
| 演出公司 | 42 | 609 | 31 | 366 | 5 | 141 | 6 | 102 |
| 其他 | 2731 | 10088 | 181 | 3930 | 159 | 541 | 2391 | 5617 |
| **二、文物事业** | **204** | **4487** | **204** | **4487** | | | | |

## 16—55 文化艺术事业单位数

（年底数）

单位：个

| 机构类别 | 1980年 | 1985年 | 1990年 | 1995年 | 1997年 | 1998年 |
|---|---|---|---|---|---|---|
| 艺术表演团体 | 280 | 264 | 231 | 216 | 208 | 206 |
| 文化馆 | 212 | 210 | 203 | 201 | 198 | 195 |
| 公共图书馆 | 70 | 118 | 127 | 132 | 132 | 132 |
| 博物馆 | 11 | 38 | 53 | 66 | 67 | 68 |

## 16－56 出版、发行、图书馆、群众文化事业机构和人员数

（1998年底）

| 项目 | 机构（个） | 人员（人） | 项目 | 机构（个） | 人员（人） |
|---|---|---|---|---|---|
| 出版、发行事业 | | | 群众文化事业 | 2492 | 6704 |
| 出版社 | 17 | 807 | 群众艺术馆 | 22 | 640 |
| 书刊印刷厂（直属） | 2 | 2168 | 文化馆 | 195 | 3187 |
| 书店（国有） | 138 | 4102 | 文化站 | 2275 | 2877 |
| 图书馆事业 | 132 | 2554 | ＃乡镇文化站 | 2207 | 2750 |

## 16－57 书籍、图片、报纸、杂志出版情况

| 类别 | 1997年 | | | | 1998年 | | | |
|---|---|---|---|---|---|---|---|---|
| | 种 | | 总印数（万册、万张） | 总印张（千印张） | 种 | | 总印数（万册、万张） | 总印张（千印张） |
| | 本版图书 | 租型图书 | | | 本版图书 | 租型图书 | | |
| **一、书籍** | **2181** | **416** | **39489.20** | **1707677.20** | **2501** | **457** | **42487.42** | **1873925.63** |
| 1.马列主义、毛泽东思想 | 5 | | 1.85 | 391.42 | 3 | | 2.80 | 468.50 |
| 2.哲学 | 20 | | 7.34 | 910.70 | 19 | | 8.28 | 1095.62 |
| 3.社会科学总论 | 11 | | 7.57 | 787.60 | 18 | | 8.73 | 1232.22 |
| 4.政治、法律 | 55 | 13 | 80.17 | 4758.93 | 36 | 2 | 17.86 | 1818.84 |
| 5.军事 | 7 | | 2.90 | 432.58 | 7 | | 3.10 | 446.13 |
| 6.经济 | 35 | | 10.75 | 1488.80 | 34 | | 10.18 | 1426.13 |
| 7.文化、科学、教育、体育 | 1197 | 403 | 38679.33 | 1611494.40 | 1398 | 455 | 41446.43 | 1800226.09 |
| 8.语言、文字 | 38 | | 25.38 | 4786.04 | 12 | | 6.68 | 1959.80 |
| 9.文学 | 191 | | 112.38 | 23787.18 | 197 | | 121.93 | 17004.02 |
| 10.艺术 | 91 | | 116.50 | 7447.31 | 236 | | 558.94 | 15753.95 |
| 11.历史、地理 | 99 | | 83.30 | 15913.14 | 85 | | 32.21 | 6158.05 |
| 12.自然科学总论 | 1 | | 0.10 | 18.75 | | | | |
| 13.数学科学、化学 | 7 | | 3.24 | 481.60 | 8 | | 2.44 | 426.05 |
| 14.天文学、地理科学 | 1 | | 0.30 | 30.00 | | | | |
| 15.生物科学 | | | | | 3 | | 0.57 | 123.63 |
| 16.医药、卫生 | 126 | | 93.43 | 13210.30 | 158 | | 84.10 | 12688.24 |
| 17.农业科学 | 146 | | 158.14 | 7788.47 | 143 | | 122.08 | 6098.78 |
| 18.工业技术 | 100 | | 36.67 | 4983.31 | 110 | | 49.17 | 5550.62 |
| 19.交通运输 | 1 | | 0.15 | 18.63 | 1 | | 0.20 | 24.83 |
| 20.环境科学 | 2 | | 0.43 | 69.53 | | | | |
| 21.综合性图书 | 48 | | 69.27 | 8878.51 | 33 | | 11.72 | 1424.13 |
| **二、报纸** | | | **94416.00** | **938168.00** | | | **110111.00** | **1536123.00** |
| **三、杂志** | | | **9906.88** | **266246.59** | | | **10643.37** | **293507.60** |

## 16—58 少年儿童读物类图书出版数量

| 指　标 | 单　位 | 1991 年 | 1992 年 | 1993 年 | 1994 年 | 1995 年 | 1996 年 | 1997 年 | 1998 年 |
|---|---|---|---|---|---|---|---|---|---|
| 种数 | 种 | 87 | 56 | 70 | 59 | 105 | 181 | 129 | 213 |
| 印数 | 万册 | 312 | 87 | 103 | 67 | 114 | 1905 | 186 | 235 |
| 印张 | 千印张 | 8983 | 3008 | 3914 | 1708 | 5076 | 49131 | 9645.05 | 13884 |

## 16—59 图书发行流转情况

| 指　标 | 单　位 | 1991 年 | 1992 年 | 1993 年 | 1994 年 | 1995 年 | 1996 年 | 1997 年 | 1998 年 |
|---|---|---|---|---|---|---|---|---|---|
| **图书购进** | | | | | | | | | |
| 册数 | 万册 | 71746 | 76151 | 75572 | 66187 | 83243 | 110888 | 105386 | 111321 |
| 金额 | 万元 | 69108 | 78663 | 91483 | 110746 | 184875 | 293289 | 332641 | 364946 |
| **图书销售** | | | | | | | | | |
| 册数 | 万册 | 69672 | 74646 | 74972 | 65791 | 79438 | 107983 | 102951 | 108229 |
| 金额 | 万元 | 65954 | 76659 | 87024 | 107768 | 173174 | 283304 | 324125 | 351951 |
| **图书库存** | | | | | | | | | |
| 册数 | 万册 | 10619 | 10979 | 11034 | 10505 | 13085 | 14434 | 15143 | 16897 |
| 金额 | 万元 | 11040 | 11980 | 14565 | 15680 | 25520 | 33707 | 38697 | 48807 |

## 16－60 文化部门艺术表演团体演出及收支情况

（1998年）

| 项　目 | 演出场次（万场） | #到农村演出 | 观众人数（万人次） | 总收入（万元） | #演出收入 | 总支出（万元） |
|---|---|---|---|---|---|---|
| **总计** | **4.2** | **3.6** | **5462.1** | **8235.1** | **2797.8** | **8202.1** |
| **按登记注册类型分** | | | | | | |
| 国有剧团 | 3.5 | 2.9 | 4649.6 | 7825.8 | 2476.6 | 7783.3 |
| 集体剧团 | 0.7 | 0.7 | 812.5 | 409.3 | 321.2 | 418.8 |
| **按剧种分** | | | | | | |
| #话剧、儿童剧、滑稽剧团 | | | 3.0 | 109.0 | 27.1 | 109.0 |
| 歌舞团 | 0.1 | | 54.5 | 568.6 | 151.4 | 559.3 |
| 文工团、文宣队 | 0.1 | | 39.2 | 106.4 | 48.7 | 98.8 |
| 戏曲剧团 | 3.5 | 3.3 | 5023.5 | 6790.1 | 2298.0 | 6771.8 |
| #京剧团 | | | 2.8 | 222.4 | 7.3 | 222.4 |
| 曲、杂、木、皮团 | 0.5 | 0.3 | 341.9 | 661.0 | 172.6 | 663.2 |

## 16－61 群众艺术馆、文化馆业务活动及经费情况

| 项　目 | 单　位 | 1997年 | 群众艺术馆 | 文化馆 | 1998年 | 群众艺术馆 | 文化馆 |
|---|---|---|---|---|---|---|---|
| 单位数 | 个 | 220 | 22 | 198 | 217 | 22 | 195 |
| 举办展览 | 个 | 752 | 86 | 666 | 801 | 107 | 694 |
| 组织文艺活动次数 | 次 | 2468 | 670 | 1798 | 2884 | 848 | 2036 |
| 举办培训班 | | | | | | | |
| 班次 | 次 | 914 | 194 | 720 | 1379 | 251 | 1128 |
| 结业人员 | 万人次 | 5 | 1 | 4 | 10 | 6 | 4 |
| 文化户 | 户 | 18837 | 115 | 18722 | 7060 | 44 | 7016 |
| 民间职业剧团 | 个 | 1547 | 354 | 1193 | 1148 | 88 | 1060 |
| 群众业余演出团体(队) | 个 | 1948 | 52 | 1896 | 2125 | 46 | 2079 |
| 总支出 | 万元 | 3318 | 847 | 2471 | 3671 | 987 | 2684 |
| #事业支出 | 万元 | 3208 | 814 | 2394 | 3593 | 962 | 2631 |
| #业务费 | 万元 | 296 | 103 | 193 | 346 | 125 | 221 |

## 16—62 公共图书馆、博物馆、文物机构业务活动及经费情况

| 项　　目 | 单　位 | 1995 年 | 1996 年 | 1997 年 | 1998 年 |
|---|---|---|---|---|---|
| **一、公共图书馆业务活动及经费** | | | | | |
| 总藏量 | 万册 | 1062.2 | 1065.0 | 1101.2 | 1193.3 |
| #图书 | 万册 | 778.9 | 771.0 | 796.2 | 833.6 |
| 报刊 | 万册 | 147.3 | 159.0 | 168.3 | 168.1 |
| 书架单层总长度 | 万米 | 21.4 | 22.0 | 24.6 | 25.4 |
| 发放借书证数 | 万个 | 22.5 | 22.0 | 22.7 | 23.3 |
| 图书流动情况 | | | | | |
| 外借人次 | 万人次 | 650.4 | 601.0 | 403.7 | 672.4 |
| 外借 | 万册次 | 516.8 | 546.7 | 603.3 | 655.4 |
| 为读者服务举办各种活动 | | | | | |
| 次数 | 次 | 1057 | 2128 | 908 | 1139 |
| 参加人数 | 万人次 | 11.7 | 15.0 | 34.8 | 22.5 |
| 总支出 | 万元 | 2139.5 | 2516.0 | 2773.6 | 3239.9 |
| #事业支出 | 万元 | 1808.1 | 2260.0 | 2704.7 | 3166.7 |
| #购书费 | 万元 | 255.1 | 311.0 | 357.0 | 362.4 |
| 本年新购图书 | 万册 | 15.7 | 19.0 | 16.8 | 35.0 |
| 公共用房建筑面积 | 万平方米 | 19.7 | 21.0 | 21.9 | 22.4 |
| #书库 | 万平方米 | 4.2 | 5.0 | 4.8 | 4.9 |
| 阅览室座席 | 万个 | 1.2 | 1.8 | 1.3 | 4.2 |
| **二、博物馆业务活动及经费** | | | | | |
| 藏品 | 件 | 440370 | 455184 | 458618 | 448315 |
| #一级品 | 件 | 1194 | 1197 | 1182 | 1262 |
| 业务活动 | | | | | |
| 陈列 | 个 | 130 | 137 | 138 | 121 |
| 展览 | 个 | 192 | 141 | 156 | 246 |
| 参观人数 | 万人次 | 815.0 | 999.0 | 998.4 | 1295.5 |
| 经费支出 | 万元 | 2310.9 | 2665.0 | 2696.7 | 3902.2 |
| #事业支出 | 万元 | 1403.1 | 2618.0 | 2603.1 | 3894.1 |
| #业务费 | 万元 | 273.1 | 305.0 | 328.1 | 705.6 |
| **三、文物机构业务活动及经费** | | | | | |
| 藏品 | 件 | 515925 | 537415 | 508552 | 504422 |
| #一级品 | 件 | 444 | 385 | 334 | 232 |
| 参观人数 | 万人次 | 186.8 | 171.0 | 182.4 | 412.0 |
| 经费支出 | 万元 | 2752.1 | 7548.0 | 3181.0 | 6071.8 |
| #事业支出 | 万元 | 704.8 | 7328.0 | 3003.2 | 5859.7 |
| #业务费 | 万元 | 520.9 | | | |

# 16－63 广播、电视事业情况

| 项　　目 | 单　位 | 1985年 | 1990年 | 1995年 | 1997年 | 1998年 |
|---|---|---|---|---|---|---|
| 全部职工人数 | 人 | 13007 | 17362 | 27148 | 24187 | 24985 |
| 广播电台 | 座 | 3 | 11 | 20 | 77 | 19 |
| 广播发射台及转播台 | 座 | 9 | 16 | 20 | 25 | 21 |
| 广播节目套数 | 套 | 4 | 11 | 22 | 85 | 100 |
| 平均每日广播节目播出时间 | 小时:分 | 52:25 | 122:25 | 289:25 | 887:36 | 1008:45 |
| 平均每日自办广播节目时间 | 小时:分 | 45:05 | 107:20 | 265:58 | 676:36 | 727:58 |
| ＃新闻节目 | 小时:分 | 3:44 | 12:22 | 25:47 | 65:13 | 81:47 |
| 教育节目 | 小时:分 | 5:30 | 4:35 | 14:02 | 39:27 | 37:57 |
| 文艺节目 | 小时:分 | 24:38 | 51:20 | 108:27 | 311:22 | 310:13 |
| 广播人口覆盖率 | % | 82.0 | 88.0 | 89.0 | 93.2 | 93.2 |
| 县、市有线广播站 | 个 | 151 | 149 | 141 | 130 | |
| 有线广播喇叭数 | 万只 | 822.10 | 1072.90 | 966.16 | 793.71 | 687.34 |
| ＃农村有线广播喇叭数 | 万只 | 793.90 | 1045.68 | 957.49 | | |
| 喇叭入农户率 | % | 53.8 | 63.6 | 52.6 | 48.1 | |
| 电视台 | 座 | 4 | 9 | 40 | 73 | 17 |
| 电视发射台及转播台(千瓦以上) | 座 | 17 | 34 | 83 | 125 | 123 |
| 电视节目套数 | 套 | 4 | 10 | 42 | 76 | 81 |
| 平均每周电视节目播出时间 | 小时:分 | 236:00 | 469:48 | 2534:35 | 5443:18 | 6051:15 |
| 平均每周自办电视节目时间 | 小时:分 | 40:25 | 164:05 | 1972:55 | 3025:44 | 3715:20 |
| ＃新闻节目 | 小时:分 | 4:55 | 14:29 | 136:44 | 202:21 | 274:53 |
| 教育节目 | 小时:分 | 6:00 | 25:40 | 29:48 | 49:36 | 70:59 |
| 文艺节目 | 小时:分 | 25:10 | 95:12 | 1349:38 | 2155:17 | 2470:25 |
| 电视人口覆盖率 | % | 75.0 | 80.0 | 81.0 | 87.5 | 88.0 |

注：从1998年起，县级改为广播电视台，不单称电台、电视台。

## 主要统计指标解释

**普通高等学校** 指按照国家规定的审批程序批准举办，通过全国统一招生考试，招收高级中等学校毕业生和具有同等学历者，实施高等教育，培养高等专门人才的学校。包括大学、专门学院、专科学校和短期职业大学。

**成人高等学校** 指按照国家规定的审批程序批准举办，招收在职高中毕业或同等学历者，利用多种形式对成人实施高等教育，培训相当普通高等学校专科或本科毕业水平的专门人才的学校。包括广播电视大学、职工高等学校、农民高等学校、干部管理学院、教育学院、独立函授学院以及普通高等学校举办的函授、夜大学等。

**综合性研究机构** 指主要从事揭示客观事物本质，运动规律，提出新发现，新学说和对有重大应用前景的新的产品、工艺、材料和方法等提出新的理论、构思、原理等工作的机构。

**技术开发机构** 指主要从事提供国际、国内第一次出现的新产品、工艺、材料、方法等和为新的技术成果应用提供完整的技术规范设计图纸、样品和操作规程的机构。

**科学家工程师** 指大学毕业及以上文化程度和其他具有高、中级职称的从事科技活动人员。

**其他技术人员** 指中专、大专毕业和具有初级职称的从事科技活动人员。

**自然科学技术人员** 指已取得科学技术职称，或大学、中专的理、工、农、医科系毕业，以及国民经济各部门从工作实践中提拔，从事理、工、农、医等自然科学技术的研究、教学、生产(事业)技术方面工作的专业人员和在机关、企业、事业中从事科学技术业务管理工作的专业人员。

**工程技术人员** 指在国民经济各行业从事工程技术工作的自然科学技术的专业人员，包括高级工程师、工程师、助理工程师、技术员和未定职称的技术人员。

**农业技术人员** 指在国民经济各行业从事农业技术工作的自然科学技术的专业人员，包括高级农艺师、农艺师、助理农艺师、技术员和未评定职称的技术人员。

**卫生技术人员** 指在国民经济各行业从事卫生医务工作的自然科学技术的专业人员，包括正副主任医师、主治医师、医师、医(护)士和未评定职称的技术人员。

**科学研究人员** 指在国民经济各行业从事科学技术活动的自然科学技术的专业人员，包括正副研究员、助理研究员、研究实习员、技术员和未评定职称的技术人员。

**教学人员** 指在国民经济各行业从事自然科学技术方面的教学活动的专业人员，包括正副教授、讲师、助教、教师和在中学从事自然科学技术方面的教学活动的人员。

**发明** 专利法所称的发明是指对产品、方法或者其改进所提出的新的技术方案。

**实用新型** 专利法所称的实用新型是指对产品的形状、构造或者其结合所提出的适于实用的新的技术方案。

**外观设计** 专利法所称的外观设计是指对产品形状、图案、色彩或者其结合所作出的富有美感并适于工业上应用的新设计。

**文化事业机构** 指从事专业文化工作和为专业文化工作服务的单独核算、独立建制的单位。不包括文化主管部门直属单位举办的其他行业和各部门的业余文化组织。

**艺术表演团体** 指从事戏曲、音乐、舞蹈、杂技等专业艺术表演，有独立帐户，实行单独核算的团体，不包括半工半艺、半农半艺的业余剧团。

**电影放映单位** 指具有放映机器设备、固定或不固定的放映场所与专职或兼职的放映技术人员，经文化行政部门登记批准，经常为一定的观众对象映出电影的机构。包括经批准对外开放进行营业，并与电影发行放映管理机构分帐的专用放映单位或军委系统租片单位在内。

**电影观众人数** 指各类型放映单位及军委系统租片单位映出的观众人数。一个观众连续看了一部长片或短片专场规定的短片，为二人次。

**艺术表演观众人数** 指售票、包场演出或民族地区免费演出的艺术表演观众人次数。不包括彩排审查和内部观摩演出的观看人次数。

# 十七、体育、卫生、社会福利及其他

**简要说明**

一、本篇资料主要反映河南省体育、卫生、民政、司法及其他社会事业发展情况，包括的主要内容有：

体育：包括群众体育和竞技体育，主要内容为体育系统职工、运动员、裁判员人数，体育场地数，运动员获奖情况，体育锻炼达标人数等。

卫生：主要内容包括卫生机构、人员、床位数，医院诊疗人次和入院人数，城乡主要疾病构成和主要疾病死亡原因及构成等。

民政：主要包括社会福利事业、社会保障网络、结婚及离婚等情况。

司法：主要包括律师及公证基本情况。

其他：包括的主要内容有交通事故、火灾事故、环境保护、测绘事业、档案事业及技术监督等基本情况，主要统计指标解释等。

二、本篇资料分别由省体委、卫生厅、民政厅、司法厅、公安厅、环保局、测绘局、档案局、技术监督局等部门根据有关部门制定的统计报表制度进行统计、汇总整理提供。

# 数　据　要　览

| | | |
|---|---|---|
| ◆1998 年卫生机构床位 | 19.42 万张 | 每千人拥有 2.08 张 |
| ＃医院、卫生院 | 17.99 万张 | 每千人拥有 1.93 张 |
| ◆1998 年卫生技术人员 | 26.32 万人 | 每千人拥有 2.83 人 |
| ＃医生 | 10.68 万人 | 每千人拥有 1.15 人 |
| ◆1998 年社会福利事业单位 | 341 个 | 比上年增加 7 个 |
| ◆1998 年自然保护区数 | 18 个 | 比上年减少 5 个 |
| ◆1998 年自然保护区面积 | 227836 公顷 | 比上年增加 39674 公顷 |

## 卫生事业发展情况

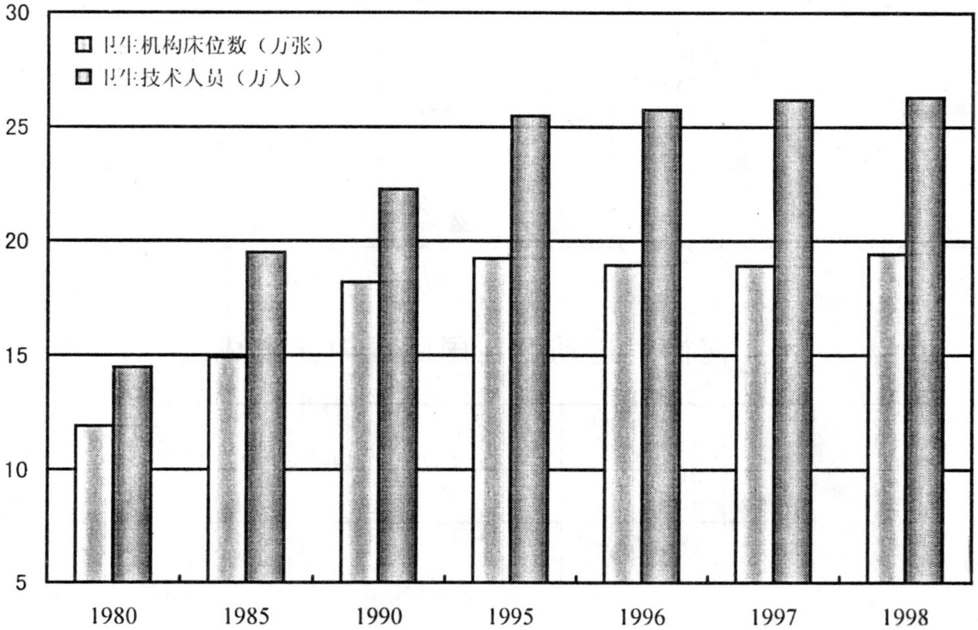

## 17—1 体委系统职工人数

单位:人

| 人员分类 | 1997年 | 省级 | 市地级 | 县区级 | 1998年 | 省级 | 市地级 | 县区级 |
|---|---|---|---|---|---|---|---|---|
| **总 计** | **6819** | **1986** | **2334** | **2499** | **6978** | **1945** | **2367** | **2666** |
| 专职教练员 | 1357 | 202 | 569 | 586 | 1376 | 209 | 560 | 607 |
| 运动员 | 691 | 649 | 42 | | 666 | 630 | 36 | |
| 管理干部 | 2433 | 541 | 814 | 1078 | 2595 | 581 | 840 | 1174 |
| 专职文化教师 | 624 | 66 | 329 | 229 | 633 | 70 | 311 | 252 |
| 科技人员 | 35 | 19 | 16 | | 39 | 18 | 21 | |
| 医务人员 | 77 | 53 | 18 | 6 | 81 | 54 | 19 | 8 |
| 工人 | 1593 | 447 | 546 | 600 | 1588 | 383 | 580 | 625 |
| 其他 | 9 | 9 | | | | | | |

## 17—2 等级运动员、裁判员人数

单位:人

| 人员分类 | 1997年 | #女 | 1998年 | #女 |
|---|---|---|---|---|
| **等级运动员人数** | **3653** | **1591** | **2451** | **1075** |
| 一级 | 149 | 68 | 137 | 39 |
| 二级 | 206 | 57 | 281 | 98 |
| 三级 | 1897 | 825 | 1115 | 517 |
| 少年级 | 1401 | 641 | 918 | 421 |
| **等级裁判员人数** | **1420** | **231** | **1676** | **351** |
| 一级 | 57 | 7 | 103 | 26 |
| 二级 | 465 | 71 | 604 | 103 |
| 三级 | 898 | 153 | 969 | 222 |

## 17—3 河南省运动员在国际国内比赛成绩

| 项 目 | 单位 | 1985年 | 1990年 | 1995年 | 1997年 | 1998年 |
|---|---|---|---|---|---|---|
| 荣获金牌数 | 枚 | 51 | 56 | 59 | 60 | 56 |
| 荣获银牌数 | 枚 | 38 | 45 | 52 | 40 | 44 |
| 荣获铜牌数 | 枚 | 46 | 38 | 36 | 43 | 46 |
| 获团体和个人全国前六名 | 人次 | 256 | 234 | 111 | 247 | 265 |

## 17—4 体育场地数

单位:个

| 项目 | 1985年 | 1990年 | 1995年 | 1997年 | 1998年 |
| --- | --- | --- | --- | --- | --- |
| **一、体育场** | **5** | **9** | **41** | **26** | **26** |
| 甲级 | 1 | 2 | 3 | 4 | 4 |
| 乙级 | 1 |  | 3 | 4 | 4 |
| 丙级 | 3 | 5 | 6 | 4 | 4 |
| 丁级 |  | 2 | 29 | 14 | 14 |
| **二、体育馆** | **10** | **15** | **25** | **16** | **16** |
| 甲级 |  |  |  |  |  |
| 乙级 | 3 | 3 | 2 | 2 | 2 |
| 丙级 | 5 | 8 | 18 | 10 | 10 |
| 丁级 | 2 | 4 | 5 | 4 | 4 |
| **三、游泳池** | **63** | **97** | **159** | **54** | **54** |
| #室内池 | 5 | 9 | 15 | 12 | 12 |
| **四、有固定看台的灯光球场** | **98** | **134** | **177** | **50** | **50** |
| **五、运动场** | **131** | **169** | **237** | **60** | **61** |

## 17—5 群众体育活动情况

| 项目 | 单位 | 1985年 | 1990年 | 1995年 | 1997年 | 1998年 |
| --- | --- | --- | --- | --- | --- | --- |
| **《国家体育锻炼标准》达标人数** | **万人** | **297.53** | **613.86** | **888.12** | **1035.00** | **1016.30** |
| 优秀级 | 万人 | 43.89 | 272.02 | 159.62 | 193.00 | 189.96 |
| 良好级 | 万人 | 96.06 | 217.26 | 296.71 | 341.00 | 339.66 |
| 达标级 | 万人 | 157.58 | 124.58 | 431.79 | 501.00 | 486.68 |
| **县以上体委举办运动会次数** | **次** | **1516** | **2063** | **1541** | **1432** | **1541** |
| 省级办 | 次 | 54 | 61 | 47 | 28 | 37 |
| 市地级办 | 次 | 348 | 528 | 445 | 308 | 354 |
| 县区级办 | 次 | 1114 | 1474 | 1049 | 1096 | 1150 |
| **参加县以上运动会的运动员人数** | **万人** | **48.55** | **70.78** | **72.65** | **62.00** | **79.18** |
| 省级办 | 万人 | 0.66 | 0.86 | 1.84 | 0.50 | 0.76 |
| 市地级办 | 万人 | 11.99 | 20.87 | 28.52 | 9.50 | 19.53 |
| 县区级办 | 万人 | 35.90 | 49.05 | 42.29 | 52.00 | 58.89 |

## 17－6 卫生事业发展情况

| 项目 | 单位 | 1980年 | 1985年 | 1990年 | 1995年 | 1997年 | 1998年 |
|---|---|---|---|---|---|---|---|
| **一、卫生机构数** | **个** | **7831** | **9207** | **8676** | **7661** | **7194** | **11774** |
| 市 | 个 | 3088 | 3644 | 3754 | 3891 | 3746 | 5700 |
| 县 | 个 | 4743 | 5563 | 4922 | 3770 | 3448 | 6074 |
| #医院、卫生院 | 个 | 2530 | 2688 | 2824 | 2965 | 3001 | 2999 |
| #县及县以上医院 | 个 | 433 | 625 | 765 | 886 | 927 | 925 |
| 疗养院、所 | 个 | 15 | 14 | 12 | 8 | 7 | 7 |
| 门诊部、所 | 个 | 4559 | 5706 | 5142 | 3942 | 222 | 225 |
| 专科防治所、站 | 个 | 33 | 51 | 45 | 44 | 43 | 46 |
| 卫生防疫站 | 个 | 174 | 182 | 189 | 194 | 194 | 194 |
| 妇幼保健所、站 | 个 | 139 | 141 | 138 | 142 | 138 | 137 |
| **二、卫生机构床位数** | **万张** | **11.92** | **14.91** | **18.21** | **19.23** | **18.92** | **19.42** |
| 市 | 万张 | 4.18 | 5.97 | 8.63 | 10.31 | 10.32 | 11.02 |
| 县 | 万张 | 7.74 | 8.94 | 9.58 | 8.92 | 8.60 | 8.40 |
| #医院、卫生院 | 万张 | 11.17 | 13.77 | 16.36 | 17.54 | 17.58 | 17.99 |
| #县及县以上医院 | 万张 | 5.90 | 8.41 | 10.70 | 12.05 | 12.42 | 12.70 |
| 疗养院、所 | 万张 | 0.17 | 0.17 | 0.22 | 0.15 | 0.13 | 0.15 |
| 门诊部、所 | 万张 | 0.37 | 0.60 | 1.10 | 0.84 | 0.47 | 0.52 |
| 平均每千人口卫生机构床位数 | 张 | 1.64 | 1.90 | 2.11 | 2.11 | 2.05 | 2.08 |
| #医院、卫生院床位数 | 张 | 1.53 | 1.75 | 1.89 | 1.93 | 1.90 | 1.93 |
| **三、卫生机构人员数** | **万人** | **17.93** | **23.77** | **27.06** | **31.31** | **32.18** | **32.60** |
| #卫生技术人员 | 万人 | 14.48 | 19.49 | 22.28 | 25.50 | 26.20 | 26.32 |
| #医生 | 万人 | 5.41 | 8.36 | 9.94 | 10.57 | 10.67 | 10.68 |
| #中医师 | 万人 |  | 0.85 | 1.43 | 1.57 | 1.54 | 1.55 |
| 中医士 | 万人 |  | 1.01 | 0.58 | 0.38 | 0.36 | 0.36 |
| 西医师 | 万人 | 1.58 | 3.18 | 5.76 | 6.67 | 6.71 | 6.69 |
| 西医士 | 万人 | 2.28 | 2.87 | 1.97 | 1.83 | 1.93 | 1.97 |
| 护师 | 万人 |  | 0.37 | 2.16 | 3.19 | 3.44 | 3.54 |
| 护士 | 万人 |  | 2.49 | 2.48 | 2.50 | 2.56 | 2.52 |
| 平均每千人口医生数 | 人 | 0.74 | 1.07 | 1.15 | 1.16 | 1.15 | 1.15 |
| **四、卫生经费** | **万元** |  |  |  |  | **91562** | **104480** |
| **五、孕产妇死亡率** | **1/10万** |  |  |  | **55.70** | **66.70** | **62.27** |

注：1. 1996年及以后年度门诊部、所不含诊所、卫生保健所和医务室，与以前年度不可比(下同)。

2. 由于统计口径调整，1998年卫生机构包括个体开业4819个(下同)。

## 17—7 卫生机构、床位、人员数

（1998 年）

| 机构类别 | 机构数（个） | 床位数（张） | 人员合计（人） | 卫生技术人员 | 其他技术人员 | 管理人员 | 工勤人员 |
|---|---|---|---|---|---|---|---|
| **总计** | **11774** | **194214** | **326035** | **263156** | **8338** | **23988** | **30553** |
| 市 | 5700 | 110222 | 184292 | 142991 | 6793 | 14880 | 19628 |
| 县 | 6074 | 83992 | 141743 | 120165 | 1545 | 9108 | 10925 |
| 一、医院合计 | 940 | 127799 | 181614 | 143063 | 3050 | 13799 | 21702 |
| 市 | 634 | 87569 | 123783 | 96186 | 2607 | 9998 | 14992 |
| 县 | 306 | 40230 | 57831 | 46877 | 443 | 3801 | 6710 |
| 1. 县及县以上医院小计 | 925 | 127038 | 180870 | 142392 | 3043 | 13760 | 21675 |
| 综合医院 | 654 | 91668 | 133280 | 105000 | 2070 | 9927 | 16283 |
| 中医医院 | 161 | 17211 | 24103 | 19769 | 330 | 1746 | 2258 |
| 医学院、校附属医院 | 12 | 6274 | 9035 | 6434 | 300 | 878 | 1423 |
| 传染病院 | 5 | 670 | 817 | 630 | | 73 | 114 |
| 精神病院 | 21 | 3786 | 2629 | 1967 | 20 | 260 | 382 |
| 结核病院 | 1 | 178 | 163 | 136 | 9 | 1 | 17 |
| 妇幼保健院 | 29 | 2102 | 3961 | 3206 | 115 | 289 | 351 |
| 妇产医院 | 1 | 225 | 310 | 239 | 32 | 11 | 28 |
| 儿童医院 | 2 | 516 | 805 | 599 | | 69 | 137 |
| 麻风病院 | 1 | 200 | 44 | 25 | | 6 | 13 |
| 肿瘤医院 | 9 | 1613 | 2046 | 1530 | 113 | 228 | 175 |
| 康复医院 | 2 | 115 | 97 | 85 | | 7 | 5 |
| 口腔医院 | 7 | 185 | 813 | 653 | 25 | 57 | 78 |
| 眼耳鼻喉科医院 | 7 | 670 | 740 | 583 | | 54 | 103 |
| 骨科医院 | 5 | 656 | 970 | 739 | 2 | 71 | 158 |
| 中西医结合医院 | 1 | 218 | 338 | 227 | 18 | 6 | 87 |
| 其他专科医院 | 7 | 751 | 719 | 570 | 9 | 77 | 63 |
| 2. 其他医院 | 15 | 761 | 744 | 671 | 7 | 39 | 27 |
| 二、区、乡（镇）卫生院 | 2059 | 52070 | 73517 | 64689 | 1280 | 4594 | 2954 |
| #中心乡卫生院 | 557 | 20262 | 27596 | 24322 | 489 | 1577 | 1208 |
| 三、疗养院、所 | 7 | 1479 | 695 | 384 | 5 | 85 | 221 |
| 四、门诊部、所 | 225 | 5166 | 8839 | 7490 | 124 | 657 | 563 |
| 五、专科防治所、站 | 46 | 1174 | 2330 | 1762 | 47 | 247 | 274 |
| #结核病防治所、站 | 30 | 774 | 1321 | 1060 | 24 | 148 | 89 |
| 六、卫生防疫站 | 194 | 151 | 16499 | 13365 | 588 | 1167 | 1379 |
| 七、妇幼保健所、站 | 137 | 3009 | 6308 | 5388 | 125 | 406 | 389 |
| 八、药品检验所、室 | 133 | 14 | 2467 | 1884 | 76 | 223 | 284 |
| 九、医学科学研究机构 | 10 | 120 | 811 | 446 | 187 | 86 | 92 |
| 十、高等医药院校 | 6 | 100 | 4509 | 1231 | 1544 | 970 | 764 |
| 十一、中等医药卫生学校 | 140 | 2037 | 10929 | 6724 | 1186 | 1468 | 1551 |
| 十二、其他事业卫生机构 | 71 | 1095 | 2362 | 1575 | 126 | 286 | 375 |
| 十三、诊所、卫生保健所、医务室及个体 | 7806 | | 15155 | 15155 | | | |

# 17—8 卫生机构各类人员

单位：人

| 人员类别 | 1985年 | 1990年 | 1995年 | 1997年 | 1998年 |
|---|---|---|---|---|---|
| **一、各类人员总计** | **237726** | **270573** | **313116** | **321818** | **326035** |
| 卫生技术人员 | 194920 | 222771 | 255006 | 262028 | 263156 |
| 其他技术人员 | 1493 | 2256 | 6173 | 3919 | 8338 |
| 管理人员 | 17693 | 19856 | 23391 | 24721 | 23988 |
| 工勤人员 | 23620 | 25690 | 28546 | 31150 | 30553 |
| **二、卫生技术人员** | **194920** | **222771** | **255006** | **262028** | **263156** |
| #医生 | 83647 | 99354 | 105688 | 106673 | 106753 |
| #中医师 | 8470 | 14270 | 15719 | 15411 | 15484 |
| 西医师 | 31811 | 57633 | 66749 | 67128 | 66931 |
| 中西医结合医师 | 29 | 131 | 501 | 568 | 521 |
| 护师 | 3672 | 21563 | 31879 | 34364 | 35378 |
| 中药师 | 1287 | 4130 | 5893 | 5657 | 5736 |
| 西药师 | 1788 | 5918 | 8555 | 8713 | 8545 |
| 检验师 | 1166 | 4496 | 6158 | 6485 | 6423 |
| 其他技师 | 878 | 3235 | 5671 | 6140 | 6300 |
| 中医士 | 10057 | 5812 | 3830 | 3628 | 3621 |
| 西医士 | 28678 | 19717 | 18250 | 19298 | 19737 |
| 护士 | 24867 | 24828 | 25000 | 25641 | 25229 |
| 助产士 | 3201 | 3083 | 2940 | 2960 | 2869 |
| 中药剂士 | 3502 | 4691 | 3473 | 3158 | 3019 |
| 西药剂士 | 4120 | 5481 | 5002 | 5352 | 5156 |
| 检验士 | 3505 | 3709 | 3867 | 3929 | 3907 |
| 其他技士 | 3063 | 3746 | 3939 | 4292 | 4050 |
| 其他中医 | 4602 | 1791 | 639 | 640 | 459 |
| 护理员 | 17144 | 11115 | 12022 | 12442 | 12521 |
| 中药剂员 | 4153 | 2001 | 2025 | 2012 | 2036 |
| 西药剂员 | 6365 | 3591 | 3988 | 4275 | 4243 |
| 检验员 | 3505 | 2039 | 2354 | 2794 | 2940 |
| 其他初级卫生技术人员 | 29057 | 19791 | 26552 | 27141 | 28051 |
| **三、平均每千人口卫生技术人员** | **2.48** | **2.58** | **2.80** | **2.83** | **2.83** |
| #医生 | 1.07 | 1.15 | 1.16 | 1.15 | 1.15 |

## 17—9 县及县以上医院床位使用情况

| 项　目 | 单位 | 1978年 | 1980年 | 1985年 | 1990年 | 1995年 | 1997年 | 1998年 |
|---|---|---|---|---|---|---|---|---|
| 床位周转次数 | 次 | 20.1 | 21.6 | 16.1 | 15.9 | 15.4 | 15.6 | 16.9 |
| 床位工作日 | 日 | 304.1 | 316.6 | 294.4 | 275.2 | 247.3 | 222.8 | 219.9 |
| 床位使用率 | % | 83.3 | 86.5 | 80.7 | 75.4 | 67.7 | 61.1 | 60.3 |
| 出院者平均住院日 | 日 | 13.9 | 13.2 | 16.7 | 15.4 | 13.9 | 13.2 | 11.9 |

## 17—10 医院、卫生院诊疗人次及入院人数

(1998年)

| 类　别 | 诊疗人次（万人次） | #门、急诊 | 入院人数（万人） | 每百门、急诊次的入院人数（人） |
|---|---|---|---|---|
| **总　计** | **11787.7** | **11021.6** | **335.5** | **3.04** |
| 县及县以上医院 | 7056.0 | 6512.3 | 198.2 | 3.04 |
| #卫生部门 | 4452.4 | 4260.7 | 160.5 | 3.77 |
| 工业及其他部门 | 2430.0 | 2082.6 | 33.7 | 1.62 |
| 集体所有制 | 166.1 | 161.5 | 4.0 | 2.47 |
| 农村乡镇卫生院 | 4713.4 | 4491.7 | 136.8 | 3.04 |
| 其他医院 | 18.3 | 17.6 | 0.5 | 3.10 |

## 17—11 卫生部门城市、县医院住院病人前十位疾病构成

(1998年)

| 顺序 | 城市医院 疾病种类 | 疾病构成(%) | 顺序 | 县医院 疾病种类 | 疾病构成(%) |
|---|---|---|---|---|---|
|  | **十种疾病合计** | **80.67** |  | **十种疾病合计** | **83.79** |
| 1 | 损伤和中毒 | 16.37 | 1 | 损伤和中毒 | 21.54 |
| 2 | 呼吸系病 | 13.95 | 2 | 消化系病 | 16.15 |
| 3 | 消化系病 | 12.69 | 3 | 呼吸系病 | 14.69 |
| 4 | 脑血管病 | 6.96 | 4 | 妊娠分娩及产褥期并发症 | 7.26 |
| 5 | 恶性肿瘤 | 6.46 | 5 | 传染病 | 5.27 |
| 6 | 心脏病 | 5.86 | 6 | 心脏病 | 4.95 |
| 7 | 妊娠分娩及产褥期并发症 | 5.61 | 7 | 脑血管病 | 4.63 |
| 8 | 泌尿生殖系病 | 5.55 | 8 | 泌尿生殖系病 | 3.93 |
| 9 | 传染病 | 4.10 | 9 | 恶性肿瘤 | 2.73 |
| 10 | 眼病 | 3.12 | 10 | 内分泌营养代谢及免疫疾病 | 2.65 |

# 17－12 部分市、县前十位主要疾病死亡率

（1998年）

| 顺　序 | 死亡原因 | 死亡率(1/10万) |
|---|---|---|
| | **合　　计** | |
| 1 | 心脏病 | 148.95 |
| 2 | 脑血管病 | 119.22 |
| 3 | 恶性肿瘤 | 96.75 |
| 4 | 损伤和中毒 | 46.12 |
| 5 | 呼吸系病 | 30.81 |
| 6 | 消化系病 | 14.91 |
| 7 | 内分泌营养代谢及免疫疾病 | 9.03 |
| 8 | 传染病 | 7.16 |
| 9 | 新生儿病 | 6.28 |
| 10 | 泌尿生殖系病 | 5.00 |
| | **城　　市** | |
| 1 | 心脏病 | 136.38 |
| 2 | 脑血管病 | 120.09 |
| 3 | 恶性肿瘤 | 93.92 |
| 4 | 损伤和中毒 | 31.31 |
| 5 | 呼吸系病 | 24.87 |
| 6 | 消化系病 | 15.01 |
| 7 | 内分泌营养代谢及免疫疾病 | 12.87 |
| 8 | 泌尿生殖系病 | 9.44 |
| 9 | 新生儿病 | 8.15 |
| 10 | 传染病 | 3.86 |
| | **县** | |
| 1 | 心脏病 | 152.67 |
| 2 | 脑血管病 | 118.96 |
| 3 | 恶性肿瘤 | 97.58 |
| 4 | 损伤和中毒 | 50.51 |
| 5 | 呼吸系病 | 32.57 |
| 6 | 消化系病 | 14.89 |
| 7 | 传染病 | 8.14 |
| 8 | 内分泌营养代谢及免疫疾病 | 7.89 |
| 9 | 新生儿病 | 5.73 |
| 10 | 先天异常 | 3.82 |

## 17—13 各市地卫生事业基本情况

（1998年底）

| 市地 | 卫生机构数（个） | #医院、卫生院 | #疗养院、所 | #门诊部、所 | #卫生、防疫站 | #妇幼保健所、站 | #医学科学研究机构 |
|---|---|---|---|---|---|---|---|
| **全省** | **11774** | **2999** | **7** | **225** | **194** | **137** | **10** |
| 郑州市 | 776 | 222 | | 36 | 18 | 10 | 6 |
| 开封市 | 568 | 154 | | 10 | 7 | 7 | 1 |
| 洛阳市 | 458 | 235 | 3 | 15 | 18 | 15 | |
| 平顶山市 | 692 | 167 | 1 | 25 | 12 | 11 | |
| 安阳市 | 481 | 126 | | 19 | 10 | 9 | |
| 鹤壁市 | 175 | 41 | | 11 | 7 | 6 | |
| 新乡市 | 871 | 212 | 1 | 22 | 15 | 12 | |
| 焦作市 | 621 | 140 | | 14 | 11 | 8 | 1 |
| 濮阳市 | 872 | 124 | | 9 | 8 | 7 | 2 |
| 许昌市 | 472 | 124 | | 8 | 8 | 5 | |
| 漯河市 | 344 | 69 | | | 4 | | |
| 三门峡市 | 334 | 117 | 2 | 16 | 10 | 4 | |
| 南阳市 | 1621 | 295 | | 17 | 16 | 10 | |
| 商丘市 | 651 | 241 | | 1 | 12 | 8 | |
| 信阳市 | 459 | 260 | | 5 | 14 | 5 | |
| 周口地区 | 1100 | 225 | | 14 | 12 | 11 | |
| 驻马店地区 | 1202 | 224 | | | 11 | 9 | |
| 济源市 | 77 | 23 | | 3 | 1 | | |

| 市地 | 卫生机构床位数（张） | #医院、卫生院 | #疗养院、所 | 卫生机构人员数（人） | 卫生技术人员数（人） | #医生 | #护师、护士 |
|---|---|---|---|---|---|---|---|
| **全省** | **194214** | **179869** | **1479** | **326035** | **263156** | **106753** | **60607** |
| 郑州市 | 23212 | 21523 | | 40885 | 30581 | 13712 | 9080 |
| 开封市 | 11885 | 11184 | | 18404 | 14248 | 5493 | 3773 |
| 洛阳市 | 17474 | 16183 | 530 | 25841 | 20058 | 8281 | 5569 |
| 平顶山市 | 12517 | 11082 | 400 | 19098 | 15703 | 6181 | 3977 |
| 安阳市 | 8964 | 8415 | | 15618 | 12208 | 5421 | 2505 |
| 鹤壁市 | 4153 | 3516 | | 6710 | 5161 | 2073 | 1517 |
| 新乡市 | 14911 | 13748 | 150 | 25144 | 20315 | 8886 | 4998 |
| 焦作市 | 9512 | 8932 | | 17307 | 14101 | 5985 | 3171 |
| 濮阳市 | 7315 | 6688 | | 12333 | 10090 | 4232 | 2381 |
| 许昌市 | 7969 | 7303 | | 13247 | 10989 | 4412 | 2123 |
| 漯河市 | 4630 | 4500 | | 7545 | 6194 | 2385 | 1254 |
| 三门峡市 | 6632 | 5907 | 399 | 9192 | 7555 | 3135 | 2019 |
| 南阳市 | 15727 | 14244 | | 29316 | 24028 | 8718 | 4114 |
| 商丘市 | 13415 | 12593 | | 21637 | 17630 | 6301 | 3455 |
| 信阳市 | 9965 | 9735 | | 16223 | 13437 | 5521 | 2980 |
| 周口地区 | 13007 | 11844 | | 24301 | 20985 | 8342 | 3947 |
| 驻马店地区 | 11036 | 10802 | | 20651 | 17653 | 6759 | 3232 |
| 济源市 | 1890 | 1670 | | 2583 | 2220 | 916 | 512 |

## 17—14 社会福利事业单位基本情况

（1998年）

| 项　　目 | 院数（个） | 工作人员（人） | 床位（张） | 年底收养人数（人） |
|---|---|---|---|---|
| **总　　计** | **2297** | **9922** | **53707** | **41948** |
| **一、民政部门办社会福利事业单位** | **107** | **2388** | **5858** | **4367** |
| 优抚休、疗养院 | 4 | 906 | 1240 | 888 |
| 光荣院 | 43 | 355 | 1245 | 794 |
| 社会福利院 | 60 | 1127 | 3373 | 2685 |
| **二、城镇集体办光荣院、敬老院** | **745** | **2704** | **16742** | **13235** |
| 光荣院 | 16 | 58 | 272 | 241 |
| 敬老院 | 729 | 2646 | 16470 | 12994 |
| **三、农村集体办光荣院、敬老院** | **1445** | **4830** | **31107** | **24346** |
| 光荣院 | 36 | 137 | 730 | 642 |
| 敬老院 | 1409 | 4693 | 30377 | 23704 |

注：社会福利院包括福利院、精神病院、儿童福利院。

## 17—15 社会福利事业、企业单位数和工作人员

| 项　　目 | 1997年 | | 1998年 | |
|---|---|---|---|---|
| | 机构（个） | 人员（人） | 机构（个） | 人员（人） |
| **总　　计** | **3464** | **104178** | **3032** | **92302** |
| **一、社会福利事业单位** | **334** | **4711** | **341** | **4972** |
| 军供转运站 | 23 | 915 | 23 | 993 |
| 烈士纪念建筑物管理单位 | 85 | 1004 | 85 | 1048 |
| 收容遣送站 | 22 | 594 | 22 | 592 |
| 殡葬事业单位 | 117 | 1623 | 122 | 1737 |
| 军队离退休干部休养所 | 87 | 575 | 89 | 602 |
| **二、社会福利企业单位** | **3130** | **99467** | **2691** | **87330** |
| 民政部门办 | 453 | 16480 | 413 | 14552 |
| #假肢厂 | 2 | 143 | 2 | 140 |
| 安置农场 | 3 | 134 | 3 | 130 |
| 社会办 | 2677 | 82987 | 2278 | 72778 |

## 17—16 由国家支出的社会福利救济主要费用情况

单位：万元

| 项　　目 | 1985 年 | 1990 年 | 1995 年 | 1997 年 | 1998 年 |
|---|---|---|---|---|---|
| **总　　计** | **16384** | **22368** | **37113** | **46160** | **48973** |
| 一、抚恤事业费 | 4528 | 9943 | 17521 | 24636 | 27264 |
| 二、社会救济福利事业费 | 2968 | 3674 | 6097 | 7917 | 10495 |
| #农村社会救济费 | 817 | 751 | 931 | 982 | 1006 |
| 城镇社会救济费 | 144 | 249 | 411 | 564 | 562 |
| 三、自然灾害救济费 | 8888 | 8751 | 13495 | 13607 | 11214 |

## 17—17 享受补助、救济人员情况

| 项　　目 | 单　位 | 1985 年 | 1990 年 | 1995 年 | 1997 年 | 1998 年 |
|---|---|---|---|---|---|---|
| 农村贫困户得到救济人次数 | 万人次 | 101.29 | 180.14 | 118.84 | 80.68 | 95.07 |
| 农村散居五保户人数 | 万人 | 26.95 | 26.12 | 24.15 | 20.89 | 20.78 |
| #得到国家定期定量救济人数 | 万人 | 0.26 | 0.11 | 0.16 | 0.18 | 0.16 |
| 得到集体给予补助人数 | 万人 | 16.79 | 13.65 | 16.65 | 16.33 | 15.74 |
| 城镇困难户得到救济人次数 | 万人次 | 4.97 | 32.79 | 7.07 | 8.09 | 8.01 |
| #得到国家定期定量救济人次数 | 万人次 | 0.26 | 0.25 | 0.19 | 0.19 | 0.19 |
| 精减退职老弱职工得到救济人数 | 万人 | 3.30 | 3.20 | 3.15 | 3.12 | 3.09 |
| 享受原工资 40%救济人数 | 万人 | 1.59 | 1.69 | 1.72 | 1.68 | 1.68 |
| 享受定期定量救济人数 | 万人 | 1.71 | 1.51 | 1.43 | 1.44 | 1.41 |

注：1985 年城镇困难户得到救济人次数及 1992 年以前年度得到国家定期定量救济人次数均为人数。

## 17—18 各市地离休、退休、退职职工人数

(1998 年)　　　　单位:人

| 市　　地 | 合　计 | | | 离休、退休、退职职工人数与在职职工人数之比(以离退休人数为 1) | | |
|---|---|---|---|---|---|---|
| | | #国有及国有控股经济 | #城镇集体经济 | 合　计 | #国有及国有控股经济 | #城镇集体经济 |
| **全　　省** | **1587935** | **1183515** | **209218** | **4.7** | **4.1** | **7.1** |
| 郑州市 | 224333 | 120115 | 26583 | 4.0 | 4.6 | 5.2 |
| 开封市 | 90499 | 71585 | 18709 | 4.1 | 3.4 | 5.3 |
| 洛阳市 | 172875 | 126052 | 21154 | 3.6 | 3.1 | 4.9 |
| 平顶山市 | 107614 | 52343 | 8890 | 4.7 | 4.7 | 12.5 |
| 安阳市 | 93292 | 61631 | 13505 | 4.4 | 4.6 | 5.1 |
| 鹤壁市 | 44031 | 34670 | 3428 | 4.0 | 3.7 | 8.8 |
| 新乡市 | 146285 | 115111 | 28515 | 3.5 | 2.8 | 4.3 |
| 焦作市 | 84374 | 74088 | 7163 | 4.6 | 3.7 | 8.1 |
| 濮阳市 | 49065 | 43329 | 4789 | 6.9 | 6.0 | 9.9 |
| 许昌市 | 62284 | 45531 | 11019 | 4.4 | 3.9 | 4.9 |
| 漯河市 | 38330 | 30465 | 7396 | 5.3 | 3.3 | 8.1 |
| 三门峡市 | 47532 | 42999 | 3355 | 5.3 | 3.3 | 10.5 |
| 南阳市 | 109885 | 89087 | 16228 | 6.0 | 4.9 | 8.5 |
| 商丘市 | 62246 | 52764 | 9407 | 6.3 | 5.2 | 9.3 |
| 信阳市 | 56730 | 45226 | 9361 | 7.1 | 5.2 | 11.1 |
| 周口地区 | 51410 | 43715 | 7655 | 9.2 | 7.3 | 15.6 |
| 驻马店地区 | 65835 | 54763 | 10787 | 5.2 | 4.6 | 6.8 |
| 济源市 | 9189 | 7915 | 1274 | 8.2 | 6.5 | 15.4 |

## 17—19 国有经济职工保险福利费

单位:万元

| 项　　目 | 1990 年 | 1995 年 | 1997 年 | 1998 年 |
|---|---|---|---|---|
| **在职职工保险福利费** | **186446** | **271945** | **319507** | **264146** |
| 医疗卫生费 | 78092 | 135283 | 166075 | 135575 |
| 职工死亡丧葬及抚恤费 | 4748 | 8627 | | |
| 职工生活困难补助 | 3240 | 4787 | | |
| 文娱体育宣传费 | 7892 | 14570 | 19049 | 16053 |
| 集体福利事业补贴费、设施费 | 27638 | 54205 | 72907 | 70458 |
| 计划生育补贴 | 5091 | 6909 | | |
| 上下班交通补贴 | 15732 | | | |
| 洗理卫生费 | 30036 | | | |
| 冬季取暖补贴 | | 17796 | 18078 | |
| 其他 | 13977 | 29768 | 43398 | 42059 |
| **非在职职工保险福利费** | **144201** | **536812** | **748150** | **745704** |
| 离休金 | 17736 | 66803 | 84112 | 80497 |
| 退休金 | 75580 | 343939 | 515965 | 527611 |
| 退职生活费 | 1123 | 3470 | 5313 | 3985 |
| 医疗卫生费 | 24753 | 66239 | 88409 | 83301 |
| 护理费 | 1272 | | | |
| 生活补贴 | 9022 | | | |
| 交通费补贴 | 2088 | 5741 | | |
| 丧葬抚恤救济费 | 3152 | 8355 | | |
| 冬季取暖补贴 | | 4511 | | |
| 其他 | 9475 | 37754 | 54351 | 50310 |

## 17－20 各市地国有经济在职职工保险福利费

（1998 年）　　　　单位：万元

| 市　地 | 合　计 | 医疗卫生费 | 文娱体育宣传费 | 集体福利事业补贴及集体福利设施费 | 其　他 |
|---|---|---|---|---|---|
| 郑州市 | 46666.0 | 24658.4 | 1844.9 | 13471.3 | 6691.4 |
| 开封市 | 12522.4 | 6064.0 | 1012.2 | 4494.3 | 951.9 |
| 洛阳市 | 32365.0 | 16610.6 | 1178.9 | 8956.8 | 5618.7 |
| 平顶山市 | 16460.5 | 8133.9 | 1105.6 | 4066.8 | 3154.2 |
| 安阳市 | 10206.9 | 6312.5 | 357.5 | 2276.6 | 1260.3 |
| 鹤壁市 | 4364.4 | 2865.8 | 170.0 | 492.5 | 836.1 |
| 新乡市 | 12790.4 | 6100.0 | 639.4 | 3481.0 | 2570.0 |
| 焦作市 | 18252.9 | 10409.4 | 1081.0 | 4187.2 | 2575.3 |
| 濮阳市 | 14965.5 | 9412.6 | 570.3 | 1826.1 | 3156.5 |
| 许昌市 | 7603.9 | 3353.0 | 525.9 | 1959.1 | 1765.9 |
| 漯河市 | 3746.7 | 1382.4 | 691.2 | 1173.2 | 499.9 |
| 三门峡市 | 9833.3 | 4652.3 | 516.0 | 3302.1 | 1362.9 |
| 南阳市 | 19180.4 | 8961.5 | 1497.6 | 5489.4 | 3231.9 |
| 商丘市 | 6720.7 | 2870.8 | 635.1 | 1951.8 | 1263.0 |
| 信阳市 | 7433.2 | 2835.5 | 723.9 | 2138.6 | 1735.2 |
| 周口地区 | 10413.8 | 5542.2 | 823.3 | 2608.4 | 1439.9 |
| 驻马店地区 | 8407.9 | 3440.5 | 830.3 | 2939.8 | 1197.3 |
| 济源市 | 5160.7 | 976.8 | 312.4 | 3641.7 | 229.8 |

## 17－21 城镇社区服务设施和农村社会保障网络基本情况

| 项目 | 单位 | 1997年 | 1998年 | 1998年为1997年% |
|---|---|---|---|---|
| 城镇社区服务设施 | 个 | 1968 | 1964 | 99.8 |
| 农村社会保障网络 | | | | |
| 建立社会保障网络的乡镇数 | 个 | 1806 | 1814 | 100.4 |
| 社会保障基金会 | 个 | 18129 | 15649 | 86.3 |
| 社会保障基金会基金额 | 万元 | 80827 | 76368 | 94.5 |

## 17－22 各市地城镇社区服务设施和农村社会保障网络基本情况

（1998年）

单位：个

| 市地 | 城镇社区服务设施 | 农村社会保障网络 | | |
|---|---|---|---|---|
| | | 建立社会保障网络的乡镇数 | 社会保障基金会 | 社会保障基金会基金额（万元） |
| **全省** | **1964** | **1814** | **15649** | **76368** |
| 郑州市 | 52 | 113 | 273 | 1050 |
| 开封市 | 171 | 93 | 1664 | 2219 |
| 洛阳市 | 295 | 157 | 1381 | 5038 |
| 平顶山市 | 66 | 87 | 412 | 9573 |
| 安阳市 | 109 | 78 | 193 | 4488 |
| 鹤壁市 | 80 | 25 | 714 | 1272 |
| 新乡市 | 220 | 129 | 121 | 891 |
| 焦作市 | 469 | 81 | 76 | 663 |
| 濮阳市 | 9 | 58 | 590 | 1186 |
| 许昌市 | 79 | 74 | 883 | 1751 |
| 漯河市 | 83 | 51 | 55 | 813 |
| 三门峡市 | 100 | 76 | 355 | 8666 |
| 南阳市 | 166 | 225 | 2760 | 30687 |
| 商丘市 | 8 | 192 | 869 | 454 |
| 信阳市 | 19 | 103 | 1178 | 874 |
| 周口地区 | 35 | 93 | 2564 | 2773 |
| 驻马店地区 | 2 | 167 | 1540 | 3231 |
| 济源市 | 1 | 12 | 21 | 739 |

## 17—23 律师、公证、调解工作基本情况

| 项　　目 | 单位 | 1985 年 | 1990 年 | 1995 年 | 1997 年 | 1998 年 |
|---|---|---|---|---|---|---|
| 一、律师工作 | | | | | | |
| 律师事务所 | 个 | 188 | 201 | 439 | 458 | 470 |
| 律师 | 人 | 1726 | 2357 | 5047 | 4129 | 5708 |
| #专职律师 | 人 | 929 | 1647 | 3582 | 2827 | 31[illegible] |
| 兼职律师 | 人 | 797 | 710 | 826 | 753 | 73[illegible] |
| 聘请担任常年法律顾问的单位 | 家 | 2926 | 3614 | 10087 | 16237 | 18123 |
| 民事代理 | 件 | 5220 | 16794 | 20992 | 41662 | 48065 |
| 刑事辩护 | 件 | 5443 | 9953 | 12970 | 21410 | 21821 |
| 非诉讼法律事务 | 件 | 2905 | 2435 | 54921 | 243000 | 313293 |
| 解答法律询问 | 万件 | 8.93 | 21.53 | 30.65 | 29.30 | 36.00 |
| 代写法律事务文书 | 万件 | 1.46 | 2.01 | 5.15 | 11.40 | 13.50 |
| 二、公证工作 | | | | | | |
| 公证处 | 个 | 160 | 173 | 178 | 180 | [illegible]78 |
| 公证人员 | 人 | 646 | 924 | 963 | 926 | 1052 |
| #公证员 | 人 | | 615 | 612 | 685 | 726 |
| 助理公证员 | 人 | | 136 | 138 | 93 | 1[illegible]5 |
| 国内公证 | 万件 | 9.85 | 17.75 | 35.71 | 138.98 | 155.[illegible]3 |
| 涉外公证 | 件 | | | | 16703 | 19538 |
| 挽回经济损失 | 亿元 | | | | 9.03 | 8.23 |
| 三、人民调解工作 | | | | | | |
| 专职司法助理员 | 人 | 2414 | 2605 | 2788 | 2477 | 2374 |
| 人民调解委员会 | 万个 | 5.54 | 5.51 | 5.85 | 5.59 | 5.54 |
| 调解人员 | 万人 | 28.04 | 31.76 | 41.89 | 51.33 | 40.60 |
| 调解民间纠纷 | 万件 | 36.15 | 48.62 | 38.56 | 35.20 | 38.97 |

## 17—24 调解民间纠纷分类

| 项　　目 | 调解纠纷(件) | | 各类纠纷所占比重(%) | |
|---|---|---|---|---|
| | 1997年 | 1998年 | 1997年 | 1998年 |
| **总　计** | **352034** | **389732** | **100.0** | **100.0** |
| 婚姻 | 61946 | 77668 | 17.6 | 19.9 |
| 继承 | 24161 | 25049 | 6.9 | 6.4 |
| 赡抚、扶养 | 26243 | 26824 | 7.5 | 6.9 |
| 房屋、宅基地 | 42464 | 51249 | 12.1 | 13.1 |
| 债务 | 34187 | 37195 | 9.7 | 9.5 |
| 生产经营 | 32479 | 33001 | 9.2 | 8.5 |
| 损害赔偿 | 27183 | 28390 | 7.7 | 7.3 |
| 邻里 | 43634 | 48820 | 12.4 | 12.5 |
| 其他 | 59737 | 61536 | 17.0 | 15.8 |

## 17—25 婚姻登记情况

| 项　　目 | 单　位 | 1985年 | 1990年 | 1995年 | 1997年 | 1998年 |
|---|---|---|---|---|---|---|
| **一、准予登记结婚** | **对** | **569414** | **742611** | **720282** | **717748** | **730483** |
| 初婚 | 人 | 1111684 | 1445552 | 1393857 | 1385971 | 1405146 |
| 再婚 | 人 | 27144 | 39670 | 46707 | 49450 | 55820 |
| **二、离婚** | **对** | | | | **70656** | **69978** |
| #民政部门 | 对 | 11432 | 19385 | 22426 | 25711 | 27569 |

## 17－26　各市地婚姻登记情况

单位：对

| 市　地 | 1997 年 | | | 1998 年 | | |
|---|---|---|---|---|---|---|
| | 准予登记结婚 | 离婚 | #民政部门 | 准予登记结婚 | 离婚 | #民政部门 |
| **全　　省** | **717748** | **70656** | **25711** | **730483** | **69978** | **27569** |
| 郑 州 市 | 52955 | 8573 | 3082 | 54961 | 8817 | 3635 |
| 开 封 市 | 31429 | 3079 | 1106 | 32979 | 3074 | 1145 |
| 洛 阳 市 | 43313 | 6932 | 3490 | 46437 | 6281 | 3046 |
| 平顶山市 | 30057 | 4385 | 1240 | 38008 | 4778 | 2030 |
| 安 阳 市 | 40356 | 4710 | 1310 | 36032 | 4232 | 1293 |
| 鹤 壁 市 | 11085 | 1539 | 618 | 11533 | 1467 | 709 |
| 新 乡 市 | 42194 | 4848 | 1549 | 41366 | 4708 | 1625 |
| 焦 作 市 | 25638 | 2822 | 816 | 28169 | 2548 | 884 |
| 濮 阳 市 | 25579 | 1320 | 550 | 18825 | 1632 | 812 |
| 许 昌 市 | 34556 | 1988 | 1180 | 34335 | 2247 | 1168 |
| 漯 河 市 | 13595 | 2046 | 560 | 16097 | 2079 | 822 |
| 三门峡市 | 15430 | 2276 | 805 | 15831 | 2202 | 941 |
| 南 阳 市 | 78618 | 8048 | 2056 | 84210 | 8185 | 1928 |
| 商 丘 市 | 65168 | 5303 | 1522 | 66937 | 5470 | 2080 |
| 信 阳 市 | 52688 | 3707 | 1608 | 51337 | 3980 | 1720 |
| 周口地区 | 81765 | 3621 | 1326 | 81607 | 3142 | 1479 |
| 驻马店地区 | 68803 | 5161 | 2770 | 67025 | 4666 | 2144 |
| 济 源 市 | 4144 | 289 | 114 | 4396 | 268 | 105 |

## 17－27　交通事故发生情况

（1998 年）

| 项　目 | 单　位 | 合　计 | 按事故发生程度分 | | | 按事故发生地区分 | |
|---|---|---|---|---|---|---|---|
| | | | 特大 | 重大 | 一般 | 城市 | 郊区、县 |
| 发生 | 起 | 13572 | 9 | 302 | 13261 | 3895 | 9677 |
| 死亡 | 人 | 3678 | 30 | 306 | 3342 | 734 | 2944 |
| 受伤 | 人 | 10907 | 18 | 121 | 10768 | 3010 | 7897 |
| 损失折款 | 万元 | 7192 | 23 | 157 | 7012 | 1630 | 5562 |
| 平均每起事故损失 | 元 | 5299 | 25556 | 5199 | 5288 | 4185 | 5743 |

注：损失折款为直接损失（下同）。

## 17—28 各市地交通事故发生情况

| 市地 | 1997年 | | | | 1998年 | | | |
|---|---|---|---|---|---|---|---|---|
| | 事故发生数（起） | 死亡人数（人） | 受伤人数（人） | 损失折款（万元） | 事故发生数（起） | 死亡人数（人） | 受伤人数（人） | 损失折款（万元） |
| **全省** | **13317** | **3514** | **10194** | **6582** | **13572** | **3678** | **10907** | **7192** |
| 郑州市 | 2910 | 369 | 2144 | 1524 | 2954 | 386 | 2279 | 1456 |
| 开封市 | 617 | 215 | 555 | 248 | 589 | 255 | 584 | 262 |
| 洛阳市 | 1038 | 292 | 602 | 579 | 1026 | 288 | 594 | 561 |
| 平顶山市 | 847 | 229 | 733 | 482 | 728 | 202 | 712 | 443 |
| 安阳市 | 629 | 181 | 396 | 234 | 627 | 190 | 392 | 253 |
| 鹤壁市 | 513 | 77 | 404 | 327 | 445 | 86 | 413 | 319 |
| 新乡市 | 959 | 172 | 584 | 344 | 817 | 155 | 532 | 351 |
| 焦作市 | 887 | 219 | 748 | 388 | 1149 | 253 | 1030 | 424 |
| 濮阳市 | 532 | 141 | 404 | 301 | 476 | 175 | 447 | 329 |
| 许昌市 | 683 | 184 | 637 | 244 | 624 | 202 | 603 | 247 |
| 漯河市 | 288 | 95 | 158 | 98 | 329 | 90 | 249 | 159 |
| 三门峡市 | 279 | 90 | 210 | 151 | 275 | 93 | 162 | 158 |
| 南阳市 | 1144 | 414 | 943 | 387 | 997 | 355 | 948 | 331 |
| 商丘市 | 264 | 125 | 252 | 172 | 273 | 149 | 231 | 126 |
| 信阳市 | 578 | 231 | 358 | 329 | 522 | 225 | 444 | 290 |
| 周口地区 | 379 | 226 | 345 | 196 | 357 | 199 | 378 | 149 |
| 驻马店地区 | 446 | 297 | 376 | 336 | 432 | 254 | 418 | 289 |
| 济源市 | 345 | 70 | 213 | 130 | 440 | 57 | 324 | 164 |
| 高速支队 | | | | | 512 | 64 | 167 | 881 |

## 17—29 火灾事故发生情况

（1998年）

| 项目 | 单位 | 合计 | 特大 | 重大 | 一般 |
|---|---|---|---|---|---|
| 发生 | 起 | 7217 | 3 | 18 | 7196 |
| 死亡 | 人 | 116 | | 34 | 82 |
| 受伤 | 人 | 232 | | 3 | 229 |
| 损失折款 | 万元 | 5019.9 | 414.4 | 651.9 | 3953.6 |
| 平均每起事故损失 | 元 | 6956 | 1381333 | 362167 | 5494 |

## 17－30 各市地火灾事故发生情况

| 市地 | 1997年 | | | | 1998年 | | | |
|---|---|---|---|---|---|---|---|---|
| | 事故发生数（起） | 死亡人数（人） | 受伤人数（人） | 损失折款（万元） | 事故发生数（起） | 死亡人数（人） | 受伤人数（人） | 损失折款（万元） |
| **全省** | **7073** | **114** | **296** | **5026** | **7217** | **116** | **232** | **5020** |
| 郑州市 | 990 | 14 | 37 | 760 | 1262 | 8 | 47 | 645 |
| 开封市 | 515 | 4 | 6 | 282 | 592 | 10 | 5 | 198 |
| 洛阳市 | 612 | 14 | 41 | 292 | 699 | 5 | 27 | 377 |
| 平顶山市 | 325 | 10 | 40 | 82 | 304 | 3 | 5 | 339 |
| 安阳市 | 500 | 9 | 21 | 255 | 488 | 3 | 11 | 315 |
| 鹤壁市 | 211 | 3 | 6 | 108 | 225 | 5 | 11 | 214 |
| 新乡市 | 806 | 4 | 13 | 611 | 603 | 4 | 13 | 311 |
| 焦作市 | 247 | 5 | 17 | 77 | 199 | | | 103 |
| 濮阳市 | 272 | 1 | 12 | 326 | 205 | 5 | 7 | 135 |
| 许昌市 | 395 | 0 | 3 | 172 | 466 | 11 | 13 | 292 |
| 漯河市 | 118 | 3 | 10 | 138 | 95 | 7 | 6 | 109 |
| 三门峡市 | 301 | 4 | 2 | 207 | 279 | 3 | 4 | 400 |
| 南阳市 | 527 | 15 | 25 | 421 | 653 | 14 | 19 | 520 |
| 商丘市 | 265 | 13 | 26 | 240 | 277 | 9 | 11 | 314 |
| 信阳市 | 213 | 5 | 21 | 544 | 304 | 2 | 15 | 341 |
| 周口地区 | 386 | 1 | 5 | 170 | 299 | 19 | 25 | 204 |
| 驻马店地区 | 240 | 3 | 7 | 195 | 189 | 7 | 10 | 189 |
| 济源市 | 150 | 6 | 4 | 148 | 78 | 1 | 3 | 14 |

## 17－31 自然资源保护情况

| 分类 | 单位 | 1985年 | 1990年 | 1995年 | 1997年 | 1998年 |
|---|---|---|---|---|---|---|
| **一、自然保护区情况** | | | | | | |
| 1.自然保护区数 | 个 | 15 | 21 | 23 | 23 | 18 |
| 2.自然保护区面积 | 公顷 | 160867 | 131800 | 164635 | 188162 | 227836 |
| 3.自然保护区面积占辖区总面积比重 | % | 0.96 | 0.79 | 1.00 | 1.12 | 1.36 |
| 4.管理机构数 | 个 | 11 | 18 | 20 | 23 | 18 |
| 5.管理人员数 | 人 | 140 | 1234 | 1411 | 1541 | 1541 |
| **二、野生动植物保护情况** | | | | | | |
| 1.已建珍稀、濒危动物人工繁殖场数 | 个 | | 4 | 8 | 8 | 10 |
| 2.已建珍稀植物引种栽培场数 | 个 | | 5 | 10 | 10 | 10 |

## 17—32 环境保护系统工作人员情况

单位:人

| 人员分类 | 1985年 | 1990年 | 1997年 | 1998年 |
|---|---|---|---|---|
| **总计** | **1816** | **3812** | **9367** | **10784** |
| 科技业务人员 | 851 | 1928 | 2553 | 3285 |
| 行政干部 | 418 | 732 | 2637 | 2598 |
| 工人 | 547 | 1152 | 4177 | 4901 |

## 17—33 环境保护系统科研、教育等工作情况

| 项目 | 单位 | 1990年 | 1995年 | 1997年 | 1998年 |
|---|---|---|---|---|---|
| **一、教育工作情况** | | | | | |
| 举办各种培训班 | 个 | 237 | 285 | 214 | 5 |
| 培训班培训人次 | 人次 | | 17232 | 14322 | 236 |
| **二、获奖科研成果数** | **项** | **5** | **22** | **6** | **23** |
| **三、群众来信、来访情况** | | | | | |
| 群众来信总数 | 封 | 1769 | 1699 | 2370 | 4250 |
| 当年已处理来信数 | 封 | | 1576 | 2092 | 4175 |
| 群众来访人次 | 人次 | 7731 | 8830 | 6905 | 6391 |
| 当年已处理来访批次 | 批 | | 2735 | 1524 | 2473 |

注:1998年教育工作情况为省本级数。

## 17—34 “三废”排放及处理情况

| 项　目 | 单位 | 1985 年 | 1990 年 | 1995 年 | 1997 年 | 1998 年 |
|---|---|---|---|---|---|---|
| **一、工业废水排放量** | **万吨** | **128056** | **104934** | **98364** | **128969** | **92737** |
| 排放达标量 | 万吨 | 29520 | 45656 | 48288 | 59764 | 62587 |
| 工业废水排放达标率 | % | 23.1 | 43.5 | 49.1 | 46.3 | 70.8 |
| 废水治理设施数量 | 套 | 740 | 1811 | 2613 | 3390 | 3200 |
| 废水治理设备原价 | 万元 | | | | 307542 | 375176 |
| 工业废水处理量 | 万吨 | | | | 204652.00 | 204696.90 |
| **二、工业废气排放量** | **亿标立方米** | | | **6091.80** | **7101.00** | **6613.92** |
| 燃料燃烧过程中废气排放量 | 亿标立方米 | | | 3999.90 | 4486.00 | 4120.33 |
| #经过消烟除尘的 | 亿标立方米 | | | 3751.40 | 4045.00 | 3829.34 |
| 生产工艺过程中废气排放量 | 亿标立方米 | 4892.72 | 1063.55 | 2091.90 | 2615.00 | 2498.54 |
| #经过净化处理的 | 亿标立方米 | 4205.89 | 533.74 | 1235.60 | 1806.00 | 1963.40 |
| 废气中污染物排放量 | | | | | | |
| 二氧化硫 | 万吨 | 37.84 | 48.73 | 65.90 | 83.30 | 88.36 |
| 烟尘 | 万吨 | 62.35 | 58.96 | 69.10 | 70.00 | 66.67 |
| 工业废气处理率 | % | | | 81.9 | 82.4 | 87.5 |
| **三、工业粉尘排放量** | **万吨** | **75.69** | **51.00** | **40.20** | **191.00** | **122.18** |
| 工业粉尘去除量 | 万吨 | 125.00 | 117.00 | 255.30 | 112.00 | 197.07 |
| **四、工业固体废物产生量** | **万吨** | **1871.00** | **2039.00** | **2792.00** | **3302.00** | **3366.72** |
| #综合利用量 | 万吨 | 288.00 | 436.00 | 1253.00 | 1767.90 | 1582.71 |
| 综合利用率 | % | 15.4 | 21.4 | 44.9 | 47.8 | 50.0 |
| **五、“三废”综合利用产品产值** | **万元** | **5708.00** | **23165.00** | **111491.00** | **136621.00** | **136505.80** |
| “三废”综合利用利润 | 万元 | 1376.00 | 6652.00 | 30932.00 | 15162.00 | 22249.30 |

# 17—35 污染治理情况

| 项目 | 单位 | 1985年 | 1990年 | 1995年 | 1997年 | 1998年 |
|---|---|---|---|---|---|---|
| **一、治理污染项目本年投资来源合计** | **万元** | **7155** | **16683** | **94676** | **116056** | **70797** |
| 1.基本建设国家预算内资金 | 万元 | 2461 | 5132 | 40261 | 5528 | 1919 |
| 2.更新改造国家预算内资金 | 万元 | 1961 | 3610 | 30284 | 5257 | 5632 |
| 3.综合利用利润留成资金 | 万元 | 86 | 416 | 4163 | 11824 | 6423 |
| 4.环境保护补助资金 | 万元 | 1833 | 5673 | 6059 | 1987 | 1635 |
| 5.环保贷款 | 万元 | 723 | 3376 | 4106 | 9433 | 5119 |
| 6.其他资金 | 万元 | 814 | 1852 | 13909 | 82026 | 50069 |
| #利用外资 | 万元 | | | | 1614 | 1274 |
| **二、污染治理项目本年完成投资合计** | **万元** | **7155** | **16683** | **94676** | **116056** | **70797** |
| 1.治理废水 | 万元 | 3276 | 9084 | 55891 | 91792 | 46301 |
| 2.治理废气 | 万元 | 2326 | 4605 | 22534 | 20533 | 16012 |
| 3.治理固体废物 | 万元 | 594 | 2212 | 14167 | 3162 | 6494 |
| 4.治理噪声 | 万元 | 248 | 285 | 1187 | 214 | 112 |
| 5.其他 | 万元 | 711 | 497 | 897 | 355 | 1879 |
| **三、当年安排治理项目** | **个** | **729** | **1406** | **1703** | **1054** | **678** |
| **四、当年竣工项目** | **个** | **693** | **1224** | **1520** | **892** | **538** |
| **五、排污收费和污染赔款情况** | | | | | | |
| 1.排污收费情况 | | | | | | |
| 交纳排污费单位 | 个 | 2337 | 10281 | 16219 | 21361 | 25017 |
| 排污费收入总额 | 万元 | 3376 | 7667 | 18357 | 22347 | 23510 |
| 排污费使用总额 | 万元 | 2195 | 5670 | 17538 | 22650 | 19999 |
| 2.污染赔款情况 | | | | | | |
| 污染事故次数 | 次 | 108 | 166 | 61 | 35 | 49 |
| 污染事故赔款总额 | 万元 | 212 | 437 | 273 | 50 | 39 |

## 17—36 各系统完成测绘工作量情况

（1998 年）

| 系统名称 | 大地测量 | | 地形图测图（平方公里） | | 地图编制 | | 地图印刷（色令） |
|---|---|---|---|---|---|---|---|
| | 三角测量（点） | 水准测量（点） | 1:5 千及以小比例尺 | 1:2 千及以大比例尺 | 幅 | 册 | |
| **总　　计** | **4477** | **13106** | **9675** | **2812** | **888** | **8** | **4956** |
| 一、测绘系统 | 411 | 600 | 6625 | 325 | 200 | 2 | 3816 |
| 二、地矿系统 | 400 | 200 | 1000 | 126 | 28 | 2 | 500 |
| 三、水电系统 | 1000 | 2000 | 2000 | 150 | 100 | 2 | 650 |
| 四、冶金系统 | 30 | 30 | | 60 | | | |
| 五、有色金属系统 | 60 | 800 | | 575 | | | |
| 六、城建系统 | 418 | 531 | | 33 | | | |
| 七、煤炭系统 | 520 | 1000 | | | | | |
| 八、石油系统 | 368 | 5673 | | 30 | | | |
| 九、化工系统 | | | | 30 | | | |
| 十、核工系统 | | | | 236 | | | |
| 十一、交通系统 | 420 | 420 | | 600 | | 2 | |
| 十二、国土系统 | 400 | 1000 | | | 10 | | |
| 十三、科教系统 | | | | | 50 | | |
| 十四、地震系统 | 150 | 650 | | 20 | | | |
| 十五、军测系统 | | | 50 | 7 | | | |
| 十六、铁道系统 | 300 | 202 | | 20 | | | |
| 十七、其他 | | | | 600 | 500 | | |

## 17—37 各系统测绘人员情况

（1998 年，持有测绘合格证单位）　　单位：人

| 系统名称 | 年底职工总数 | 测绘技术人员 | | | |
|---|---|---|---|---|---|
| | | | 高级工程师 | 工程师 | 助工和技术员 |
| **总　　计** | **5695** | **4190** | **552** | **1366** | **2272** |
| 一、测绘系统 | 519 | 226 | 30 | 50 | 146 |
| 二、地矿系统 | 704 | 450 | 35 | 160 | 255 |
| 三、水电系统 | 1251 | 1003 | 120 | 320 | 563 |
| 四、冶金系统 | 16 | 11 | 2 | 3 | 6 |
| 五、有色金属系统 | 287 | 147 | 13 | 53 | 81 |
| 六、城建系统 | 1163 | 1054 | 108 | 300 | 646 |
| 七、煤炭系统 | 687 | 412 | 68 | 140 | 204 |
| 八、石油系统 | 120 | 106 | 12 | 25 | 69 |
| 九、化工系统 | 36 | 28 | 5 | 7 | 16 |
| 十、核工系统 | 68 | 34 | 6 | 13 | 15 |
| 十一、交通系统 | 287 | 340 | 55 | 147 | 138 |
| 十二、科教系统 | 148 | 58 | 25 | 26 | 7 |
| 十三、地震系统 | 62 | 52 | 17 | 21 | 14 |
| 十四、军测系统 | 19 | 19 | 3 | 5 | 11 |
| 十五、铁道系统 | 200 | 159 | 40 | 64 | 55 |
| 十六、国土系统 | 80 | 46 | 4 | 14 | 28 |
| 十七、其他 | 48 | 45 | 9 | 18 | 18 |

## 17—38 档案管理基本情况

| 指　　标 | 单　　位 | 1997年 | 1998年 | 1998年为1997年% |
|---|---|---|---|---|
| 档案馆馆藏 | 卷(册) | 8257499 | 9770522 | 118.3 |
| 档案馆馆库面积 | 平方米 | 175256 | 182498 | 104.1 |
| 档案专业人员 | 人 | 31794 | 27291 | 85.8 |

## 17—39 技术监督基本情况

| 指　　标 | 单　　位 | 1997年 | 1998年 | 1998年为1997年% |
|---|---|---|---|---|
| 产品质量监督检验机构 | 个 | 88 | 146 | 165.9 |
| 国家质检中心 | 个 | | 13 | |
| 省监督抽查产品 | 种 | 1059 | 1029 | 97.2 |
| 产品合格率 | % | 82.6 | 84.6 | |
| 行政执法人员 | 人 | 3865 | 4585 | 118.6 |
| 质量体系认证企业 | 个 | 47 | 120 | 255.3 |
| 产品质量等级品率 | % | 93.4 | 92.7 | |
| 计量认证数 | 个 | 86 | 157 | 182.6 |

## 17－40 行政事业单位主要财务指标

（1998年）　　单位：万元

| 行　　业 | 单位数（个） | 经费支出 | #基本工资 | 专款支出 | 年末固定资产原价 |
|---|---|---|---|---|---|
| **总　　计** | **32825** | **3229728** | **772726** | **147883** | **5135137** |
| 公共设施服务业 | 573 | 70409 | 18359 | 21199 | 78338 |
| 居民服务业 | 136 | 5667 | 787 | 298 | 8108 |
| 旅馆业 | 31 | 7356 | 1055 | 14 | 17389 |
| 租赁服务业 | | | | | |
| 娱乐服务业 | 6 | 146 | 50 | 29 | 330 |
| 信息、咨询服务业 | 672 | 16606 | 4582 | 730 | 10322 |
| 计算机应用服务业 | 12 | 689 | 218 | 146 | 3787 |
| 卫生 | 3706 | 659014 | 101055 | 22261 | 545725 |
| 体育 | 59 | 7205 | 1013 | 12 | 20800 |
| 社会福利保障业 | 533 | 22405 | 3359 | 3596 | 44548 |
| 教育 | 8801 | 883390 | 298114 | 41827 | 2198900 |
| 文化艺术业 | 1159 | 48931 | 9803 | 3128 | 76468 |
| 广播电影电视业 | 557 | 59337 | 7282 | 4866 | 106278 |
| 科学研究业 | 291 | 77399 | 11828 | 25344 | 140100 |
| 综合技术服务业 | 928 | 98268 | 15304 | 5190 | 115621 |
| 国家机关 | 12279 | 1171908 | 280383 | 18722 | 1650881 |
| 政党机关 | 1764 | 82567 | 15556 | 84 | 96925 |
| 社会团体 | 1318 | 18431 | 3978 | 437 | 20546 |

## 17－41 服务企业和企业化管理的事业单位主要财务指标

（1998年）　　单位：万元

| 行　　业 | 单位数（个） | 资产总计 | 负债合计 | #长期负债 | 所有者权益 | 主营业务收入 | 利润总额 | 年末固定资产原价 |
|---|---|---|---|---|---|---|---|---|
| **总　　计** | **3404** | **1430907** | **795294** | **215446** | **635614** | **518836** | **－3536** | **845252** |
| 公共设施服务业 | 186 | 119453 | 61244 | 9613 | 58209 | 37171 | －5164 | 87581 |
| 居民服务业 | 583 | 29168 | 15731 | 2936 | 13438 | 20766 | 84 | 14776 |
| 旅馆业 | 1158 | 830228 | 500337 | 162317 | 329892 | 221131 | －26740 | 558131 |
| 租赁服务业 | 116 | 26704 | 21661 | 7680 | 5044 | 7222 | －1 | 12540 |
| 娱乐服务业 | 155 | 31134 | 21261 | 958 | 9873 | 4022 | －1873 | 11385 |
| 信息、咨询服务业 | 567 | 65421 | 38690 | 6243 | 26731 | 16993 | 763 | 14371 |
| 计算机应用服务业 | 94 | 10878 | 8221 | 1022 | 2656 | 9058 | －280 | 3832 |
| 卫生 | 16 | 834 | 421 | | 413 | 594 | －22 | 422 |
| 体育 | 4 | 3815 | 1541 | 232 | 2274 | 412 | －367 | 3778 |
| 社会福利保障业 | 5 | 4341 | 702 | | 3639 | 746 | －20 | 4269 |
| 教育 | 12 | 9135 | 5591 | 4960 | 3544 | 2896 | －43 | 5945 |
| 文化艺术业 | 69 | 134471 | 35512 | 2194 | 98960 | 139607 | 30409 | 59395 |
| 广播电影电视业 | 115 | 24401 | 10719 | 1866 | 13682 | 8237 | －540 | 19680 |
| 科学研究业 | 22 | 49283 | 17691 | 1080 | 31593 | 17978 | 413 | 29996 |
| 综合技术服务业 | 302 | 91641 | 55972 | 14345 | 35666 | 32003 | －152 | 38051 |

# 主要统计指标解释

**等级运动员人数** 指经考核正式批准授予等级运动员称号的人数。运动员等级分为国际级运动健将、运动健将、一级运动员、二级运动员、三级运动员、少年运动员。

**等级裁判员人数** 指经考核正式批准授予等级裁判员称号的人数。裁判员等级分为国际裁判、国家级裁判、一级裁判、二级裁判、三级裁判。

**体育场** 指在400米跑道(中心含足球场)。有固定道牙,跑道6条以上,并有固定看台的室外田径场地。以看台容纳观众人数分:甲级25000人以上,乙级15000－25000人,丙级5000－15000人,丁级5000人以下。

**体育馆** 指有固定看台可供篮球、排球、羽毛球、乒乓球、体操等项目训练比赛活动的室内运动场地,以看台容纳观众人数分:甲级6000人以上,乙级4000－6000人,丙级2000－4000人,丁级2000人以下。

**医院** 指名称为医院,设有固定床位能收容病人住院并能为病人提供医疗、护理服务的医疗机构。包括县及县以上医院、农村乡(镇)卫生院、其他医院三部分。按所属性质分为卫生部门、工业及其他部门、集体单位三类。其中县及县以上医院按业务性质分为综合医院和专科医院。

**卫生技术人员** 指由卫生事业机构支付工资的全部固定职工和合同制职工中现任职务为卫生技术工作的专业人员。包括中医师、西医师、中西医结合高级医师、护师、中药师、西药师、检验师、其他技师、中医士、西医士、护士、助产士、中药剂士、西药剂士、检验士、其他技士、其他中医、护理员、中药剂员、西药剂员、检验员、其他初级卫生技术人员等。

**医生** 指经卫生部门审查合格,从事医疗工作的专业人员。分为中医医生和西医医生。包括卫生技术人员中的中医师、西医师、中西结合高级医师、中医士、西医士和其他中医。

**社会福利事业单位** 指集中收养社会孤、老、残、幼的机构。包括由民政部门管理的社会福利院、儿童福利院、精神病人福利院和城镇集体办的福利院,以及农村集体办的敬老院。

**社会福利企业单位** 指以安置城镇有一定劳动能力的盲、聋、哑和肢体残疾人员就业为目的,享受国家减免税待遇的国有或集体企业,包括福利工厂、福利商业服务业、假肢厂和安置农场等单位。

**在职职工保险福利费** 指企业、事业、机关单位在工资以外实际支付给在职职工个人以及用于集体的劳动保险和福利费用。具体包括:医疗卫生费或公费医疗费用、职工死亡丧葬费及抚恤费、职工生活困难补助、文娱体育宣传费、集体福利事业补贴费、集体福利设施费、计划生育补贴、冬季取暖补贴及其他费用。自1994年始,上下班交通费补贴、洗理卫生费,不再计入保险福利费中。

**非在职职工保险福利费** 指企业、事业、机关单位在工资以外实际支付给离休、退休、退职人员个人的各项保险福利费用。具体包括:离休金、退休金、退职生活费、医疗卫生费、交通费补贴、丧葬抚恤救济费、冬季取暖补贴及其他费用。从1994年始,护理费、生活补贴不再计入保险福利费中。

**律师工作者** 指在律师事务所工作,担任法律顾问、刑(民)事代理人、刑事辩护人,办理非诉讼事件、解答法律询问、代写法律事务文书等主要律师业务的专职法律工作者和兼职律师。

**公证人员** 指在国家公证机关依法办理公

证事务的司法人员。包括公证员、助理公证员和在公证处工作的其他人员。

**办理公证文书** 指公证处年内办结的公证文书件数。公证文书系按司法部规定或批准的格式制作。包括国内公证和涉外公证两部分。其中国内公证分为经济合同公证和民事法律关系公证两大类。

**调解人员** 在人民调解委员会担负调解民间一般纠纷和轻微违法行为所引起的纠纷的工作人员。包括调解委员会的委员和调解小组的调解员。

**调解民间纠纷** 指调解委员会依照法律规定，根据自愿原则，用说服教育的方法调解民间发生的有关民事权利和义务的争执，促成当事双方达成协议和谅解，解决纠纷。包括婚姻家庭纠纷，财产权益纠纷等，不包括法院受理调解的民事案件数。

**废水排放总量** 统计范围为有供水系统（自来水和自备水）的单位；包括由公用自来水厂和社会单位自备水源供水的单位和居民全年排放的生产废水和生活污水总量。生产废水指企、事业单位在生产、科研过程中向外环境排放的所有排放口的废水量总和。生活污水指城镇居民区和企、事业单位职工集中居住区排放的污水量。

**工业废水排放量** 指经过企业厂区所有排放口排到企业外部的工业废水总量，包括外排的直接冷却水和矿区超标排放的有毒有害矿井地下水和与工业废水混排的厂区生活污水，但不包括外排的间接冷却水（清污不分流间接冷却水的应计算在内）。

**工业废水排放达标量** 指全面达到国家地方排放标准的外排工业废水量（包括经过处理和未经处理的），但不包括虽经处理仍未达到国家排放标准的工业废水。国家尚未正式颁布标准的，以地方制定的标准为准。

**工业废水处理量** 指报告期内经过各种水处理装置净化处理后的外排工业废水量（包括虽经处理仍未达到国家或地方标准的外排工业废水量），计算时，如遇有车间和厂排放口均有处理设施，并对同一废水分级处理时，不应重复计算废水处理量。

**废气排放总量** 指燃料燃烧和生产工艺过程中排放的各种废气总量，以标准状态下每亿万标立方米表示。

**净化处理的废气量** 指生产工艺过程中排放的废气经过各种处理装置净化、处理的量。

**工业粉尘排放量** 指生产工艺过程中排放的固体微粒重量。

**工业粉尘去除量** 指经过各种回收处理装置去除的工业粉尘和尘泥量（包括干法和湿法），不包括电厂的烟尘。

**工业固体废物产生量** 指工矿企业、事业单位在生产（试验）过程中产生的工业固体废弃物总量，不包括矿山开采的剥离废石和掘进废石（煤矸石除外）。

**工业固体废物综合利用量** 指已用作农业肥料、造田、生产建筑材料，以及其他方式综合利用的工业固体废物量（不包括填埋和焚烧量）。利用量由原产固体废物的单位统计。

**工业固体废物综合利用率** 指当年已综合利用的工业固体废物量（包括利用往年的）与当年工业固体废物产生量（包括综合利用往年堆存量）之比，计算公式为：工业固体废物综合利用率＝已综合利用的工业固体废物量/（工业固体废物产生量＋综合利用往年堆存量）×100%

**“三废”综合利用产品产值** 指企业利用“三废”作为主要原料生产和回收利用的产品产值。

**“三废”综合利用利润** 指企业利用“三废”作为主要原料生产和回收利用的产品出售后所得的利润额。

**企事业污染治理资金** 指企事业单位当年实际完成的各项治理资金。

# 十八、要素市场

**简要说明**

一、本篇资料主要反映河南省要素市场基本情况，包括的主要内容有：

国有土地使用权出让与划拨情况、城市房产市场交易情况、劳动力市场情况、人才流动及人才市场情况、国债发行情况、股票发行、交易情况、技术市场交易情况、信息、咨询服务业情况以及主要统计指标解释等。

二、资料来源

国有土地使用权出让与划拨情况由省土地管理局提供；城市房产市场交易情况由省建设厅、省房改办提供；劳动力市场情况由省劳动厅提供；人才流动及人才市场情况由省人才交流中心提供；国债发行情况由中国人民银行济南分行郑州中心支行、省财政厅提供；股票发行、交易情况由郑州证券监管特派员办事处提供；技术市场交易情况由省科委提供；信息、咨询服务业情况由省工商局、省统计局提供。

## 18—1 国有土地使用权出让与划拨情况

| 指　　标 | 单　位 | 1997 年 | 1998 年 |
|---|---|---|---|
| **一、国有土地使用权出让** | | | |
| 地块 | 宗 | 4301 | 7168 |
| 面积 | 万平方米 | 1302 | 1853 |
| 出让金总额 | 万元 | 51111 | 76157 |
| 征地费 | 万元 | 13935 | 19000 |
| 开发费 | 万元 | 6297 | 5706 |
| 净收益 | 万元 | 28305 | 50186 |
| 其他收入 | 万元 | 2574 | 1265 |
| **二、国有土地使用权划拨** | | | |
| 地块 | 宗 | 4180 | 6286 |
| 面积 | 万平方米 | 2570 | 4987 |

## 18—2 各市地国有土地使用权出让与划拨情况

(1998 年)

| 市　地 | 土地面积(平方公里) | 土地使用权出让 | | | | | | 土地使用权划转 | | 实现流转的土地数量(万平方米) |
|---|---|---|---|---|---|---|---|---|---|---|
| | | 地　块(宗) | 面　积(万平方米) | 出让金总额(万元) | | | | 地　块(宗) | 面　积(万平方米) | |
| | | | | 征地费 | 开发费 | 净收益 | 其　他 | | | |
| **全　　省** | **167000** | **7168** | **1853** | **19000** | **5706** | **50186** | **1265** | **6286** | **4987** | **2117** |
| 郑　州　市 | 7446 | 357 | 342 | 2143 | | 22035 | | 250 | 637 | 222 |
| 开　封　市 | 6444 | 68 | 38 | 291 | | 1283 | | 25 | 103 | 38 |
| 洛　阳　市 | 15200 | 128 | 138 | 473 | | 1790 | 8 | 65 | 82 | 194 |
| 平 顶 山 市 | 7882 | 66 | 41 | 480 | | 5732 | 18 | 32 | 14 | 137 |
| 安　阳　市 | 7413 | 73 | 60 | 74 | | 2715 | | 14 | 22 | 27 |
| 鹤　壁　市 | 2182 | 10 | | | | 40 | | 47 | 9 | 147 |
| 新　乡　市 | 8169 | 352 | 112 | 3531 | | 3517 | 620 | 414 | 291 | 50 |
| 焦　作　市 | 4071 | 46 | 46 | 928 | 621 | 627 | 182 | 964 | 934 | 70 |
| 濮　阳　市 | 4266 | 56 | 28 | 662 | 215 | 1659 | | 3 | 4 | 29 |
| 许　昌　市 | 4996 | 117 | 91 | | 1005 | 1604 | | 123 | 95 | 148 |
| 漯　河　市 | 2617 | 35 | 20 | | | 512 | | 243 | 402 | 147 |
| 三 门 峡 市 | 10496 | 421 | 103 | 2607 | | 1453 | 125 | 592 | 336 | 4 |
| 南　阳　市 | 26600 | 517 | 73 | 944 | 754 | 3041 | 95 | 453 | 143 | 417 |
| 商　丘　市 | 10704 | 3 | 3 | | | 450 | | 132 | 1193 | |
| 信　阳　市 | 19541 | 4492 | 261 | 1286 | 1617 | 421 | 22 | 2044 | 243 | 384 |
| 周 口 地 区 | 11959 | 199 | 86 | 4902 | 1489 | 1952 | 195 | 861 | 454 | 19 |
| 驻马店地区 | 15083 | 198 | 389 | 635 | 5 | 893 | | 24 | 20 | 21 |
| 济　源　市 | 1931 | 30 | 22 | 44 | | 462 | | | | 63 |

## 18—3 城市房产市场交易情况

| 指标 | 单位 | 1997 年 | 1998 年 |
| --- | --- | --- | --- |
| 一、房产买卖 | | | |
| 成交面积 | 万平方米 | 428 | 643 |
| #住宅 | 万平方米 | 346 | 562 |
| 办公用房 | 万平方米 | 53 | 34 |
| 商服用房 | 万平方米 | 29 | 47 |
| 成交金额 | 万元 | 235644 | 401406 |
| #住宅 | 万元 | 134091 | 302808 |
| 办公用房 | 万元 | 59758 | 27405 |
| 商服用房 | 万元 | 41795 | 71193 |
| 契税 | 万元 | | 8916 |
| 二、房屋租赁 | | | |
| 出租面积 | 万平方米 | 263 | 342 |
| #住宅 | 万平方米 | 75 | 70 |
| 办公用房 | 万平方米 | 17 | 25 |
| 商服用房 | 万平方米 | 171 | 247 |
| 出租金额 | 万元 | 44709 | 67566 |
| #住宅 | 万元 | 3710 | 4088 |
| 办公用房 | 万元 | 1811 | 7674 |
| 商服用房 | 万元 | 39188 | 55804 |
| 土地收益金 | 万元 | | 736 |
| 房产税 | 万元 | | 1150 |
| 三、向个人出售住宅 | | | |
| 新建住宅 | | | |
| 面积 | 万平方米 | 268 | 393 |
| 收回资金 | 万元 | 148593 | 252890 |
| 旧住宅 | | | |
| 面积 | 万平方米 | 383 | 214 |
| 收回资金 | 万元 | 149972 | 67917 |

## 18—4 各市地城市房产市场房屋买卖情况

（1998 年）

| 市 地 | 成交面积（万平方米） | #住宅 | #办公用房 | #商务用房 | 成交金额（万元） | #住宅 | #办公用房 | #商务用房 | 契 税（万元） |
|---|---|---|---|---|---|---|---|---|---|
| **全 省** | **642.50** | **562.09** | **33.92** | **46.49** | **401406** | **302808** | **27405** | **71193** | **8916** |
| 郑 州 市 | 284.00 | 265.45 | 6.23 | 12.32 | 201232 | 155771 | 9308 | 36153 | 6257 |
| 开 封 市 | 23.40 | 17.22 | 3.18 | 3.00 | 19120 | 11141 | 2609 | 5370 | 267 |
| 洛 阳 市 | 15.66 | 15.66 | | | 16374 | 16374 | | | 256 |
| 平 顶 山 市 | 82.27 | 81.00 | 1.03 | 0.24 | 42508 | 41381 | 865 | 262 | |
| 安 阳 市 | 16.80 | 15.89 | 0.80 | 0.11 | 6691 | 6271 | 153 | 267 | 419 |
| 鹤 壁 市 | 37.72 | 37.69 | | 0.03 | 7607 | 7569 | | 38 | 19 |
| 新 乡 市 | 26.04 | 16.59 | 5.00 | 4.45 | 16739 | 8438 | 4310 | 3991 | 454 |
| 焦 作 市 | 20.05 | 16.10 | 3.58 | 0.37 | 10032 | 8298 | 1389 | 345 | 182 |
| 濮 阳 市 | 11.69 | 9.96 | 0.50 | 1.23 | 8799 | 6973 | 353 | 1473 | 97 |
| 许 昌 市 | 21.18 | 14.48 | 4.70 | 2.00 | 8632 | 4861 | 2071 | 1700 | 91 |
| 漯 河 市 | 32.00 | 28.00 | 0.30 | 3.70 | 22730 | 15120 | 210 | 7400 | 183 |
| 三 门 峡 市 | 17.69 | 12.73 | 1.02 | 3.94 | 6405 | 4456 | 554 | 1395 | 35 |
| 南 阳 市 | 14.33 | 9.38 | 0.91 | 4.04 | 8565 | 4408 | 1136 | 3021 | 551 |
| 商 丘 市 | 19.20 | 11.40 | 2.80 | 5.00 | 13510 | 7056 | 1400 | 5054 | |
| 信 阳 市 | 5.63 | 3.09 | 1.08 | 1.46 | 4509 | 1550 | 485 | 2474 | 96 |
| 周 口 地 区 | 8.05 | 5.45 | | 2.60 | 2613 | 2097 | | 516 | |
| 驻马店地区 | 6.20 | 1.60 | 2.60 | 2.00 | 5060 | 855 | 2471 | 1734 | |
| 济 源 市 | 0.59 | 0.40 | 0.19 | | 280 | 189 | 91 | | 9 |

## 18—5 各市地城市房产市场房屋出租情况

（1998 年）

| 市 地 | 出租面积（万平方米） | #住宅 | #办公用房 | #商务用房 | 出租金额（万元） | #住宅 | #办公用房 | #商务用房 | 土 地 收益金（万元） | 房产税（万元） |
|---|---|---|---|---|---|---|---|---|---|---|
| **全 省** | **341.90** | **70.45** | **24.97** | **246.48** | **67566** | **4088** | **7674** | **55804** | **736** | **1150** |
| 郑 州 市 | 170.14 | 25.24 | 3.80 | 141.10 | 40465 | 1748 | 684 | 38033 | 568 | 1102 |
| 开 封 市 | 9.35 | 5.00 | | 4.35 | 1140 | 180 | | 960 | 53 | |
| 洛 阳 市 | 10.84 | 0.90 | 8.50 | 1.44 | 6142 | 21 | 5834 | 287 | 3 | |
| 平 顶 山 市 | 31.29 | 12.97 | 4.66 | 13.66 | 3243 | 601 | 420 | 2222 | 61 | |
| 安 阳 市 | 7.27 | 4.87 | | 2.40 | 1221 | 701 | | 520 | | |
| 鹤 壁 市 | 2.48 | | | 2.48 | 560 | | | 560 | | |
| 新 乡 市 | 22.03 | | | 22.03 | 3361 | | | 3361 | | |
| 焦 作 市 | 8.20 | 1.20 | 0.40 | 6.60 | 529 | 71 | 20 | 438 | | |
| 濮 阳 市 | 6.00 | | 0.80 | 5.20 | 1506 | | 19 | 1487 | 2 | |
| 许 昌 市 | 9.77 | 3.45 | 0.50 | 5.82 | 1421 | 271 | 60 | 1090 | | 8 |
| 漯 河 市 | 4.56 | 0.22 | 0.97 | 3.37 | 1393 | 4 | 145 | 1244 | 38 | |
| 三 门 峡 市 | 7.27 | | 2.45 | 4.82 | 1442 | | 345 | 1097 | 11 | |
| 南 阳 市 | 11.30 | 0.40 | | 10.90 | 1375 | 3 | | 1372 | | 17 |
| 商 丘 市 | 13.57 | 8.40 | 0.67 | 4.50 | 1718 | 340 | 59 | 1319 | | |
| 信 阳 市 | 1.83 | 0.80 | | 1.03 | 296 | 56 | | 240 | | 23 |
| 周 口 地 区 | 20.10 | 6.90 | 1.92 | 11.28 | 1252 | 90 | 71 | 1091 | | |
| 驻马店地区 | 4.40 | 0.10 | 0.30 | 4.00 | 297 | 2 | 17 | 278 | | |
| 济 源 市 | 1.50 | | | 1.50 | 205 | | | 205 | | |

## 18—6 劳动力市场情况

单位:万人

| 指标 | 1997年 | 1998年 |
|---|---|---|
| 职业介绍服务机构(个) | 1719 | 1789 |
| 劳动部门属 | 1395 | 1398 |
| 非劳动部门属 | 324 | 391 |
| 求职登记人数 | 124.79 | 98.96 |
| #本年求职登记 | 71.62 | 63.08 |
| 本年介绍成功人数 | 63.52 | 56.85 |
| 年末实有外省劳动力 | 22.44 | 26.28 |
| 本年新增加外省劳动力 | 8.86 | 8.34 |
| 年末实有省内外来农村劳动力 | 41.92 | 44.78 |
| 年末实有外出劳动力 | 662.25 | 659.18 |
| 办理外来人员就业证人数 | 12.26 | 11.17 |
| 办理外出登记卡人数 | 48.31 | 57.08 |

## 18—7 各市地劳动力市场情况

(1998年)

单位:万人

| 市地 | 职业介绍服务机构(个) | 劳动部门所属 | 非劳动部门所属 | 本年求职登记人数 | 本年介绍成功人数 | 年末实有外省劳动力 | 本年新增加的外省劳动力 | 年末实有省内外来农村劳动力 | 年末实有外出农村劳动力 | 办理外来人员就业证人数 | 办理外出登记卡人数 |
|---|---|---|---|---|---|---|---|---|---|---|---|
| **全省** | **1789** | **1398** | **391** | **630761** | **568521** | **262757** | **83397** | **447784** | **6591758** | **111735** | **570820** |
| 郑州市 | 60 | 14 | 46 | 15513 | 13054 | 21600 | 3940 | 143300 | 138 | 9495 | 218 |
| 开封市 | 96 | 92 | 4 | 15772 | 11522 | 3239 | 960 | 14826 | 319541 | 293 | 3235 |
| 洛阳市 | 218 | 215 | 3 | 52201 | 32332 | 18077 | 14051 | 29292 | 145230 | 21979 | 13122 |
| 平顶山市 | 114 | 89 | 25 | 49511 | 34653 | 38334 | 14912 | 39276 | 157795 | 24268 | 40948 |
| 安阳市 | 40 | 36 | 4 | 13615 | 12082 | 24531 | 2655 | 35223 | 204196 | 4264 | 33694 |
| 鹤壁市 | 10 | 4 | 6 | 764 | 297 | 9255 | 146 | 6033 | 21000 | 116 | 6616 |
| 新乡市 | 94 | 15 | 79 | 36690 | 33156 | 19000 | 9000 | 51000 | 166000 | 5800 | 72000 |
| 焦作市 | 45 | 41 | 4 | 17709 | 16124 | 18713 | 2310 | 14281 | 22989 | 6272 | 1178 |
| 濮阳市 | 52 | 40 | 12 | 28153 | 24294 | 9565 | 2160 | 7560 | 180935 | 3148 | 45568 |
| 许昌市 | 97 | 88 | 9 | 31540 | 30727 | 11371 | 1542 | 12578 | 252970 | 1451 | 9826 |
| 漯河市 | 10 | 8 | 2 | 7472 | 7036 | 1772 | 230 | 2618 | 176747 | 463 | 23696 |
| 三门峡市 | 51 | 40 | 11 | 9437 | 12046 | 18048 | 5516 | 13796 | 53988 | 7736 | 9560 |
| 南阳市 | 290 | 236 | 54 | 77411 | 80264 | 18200 | 8600 | 24500 | 964000 | 17800 | 103300 |
| 商丘市 | 215 | 194 | 21 | 117915 | 108162 | 7513 | 2305 | 4493 | 1085000 | 968 | 108100 |
| 信阳市 | 111 | 88 | 23 | 11684 | 6394 | 13900 | 6800 | 21000 | 89600 | 4900 | 28300 |
| 周口地区 | 125 | 88 | 37 | 107629 | 116417 | 10672 | 1726 | 6040 | 998020 | 848 | 65922 |
| 驻马店地区 | 159 | 108 | 51 | 20290 | 16241 | 16707 | 6194 | 19968 | 945409 | 1429 | 4877 |
| 济源市 | 1 | 1 | | 1942 | 666 | 2210 | 350 | 2000 | 1800 | 505 | 660 |

注:各市地不包括省直其他。

## 18—8 人才流动及人才市场情况

| 指　　标 | 单　位 | 1997 年 | 1998 年 |
|---|---|---|---|
| 人才流动机构数 | 个 | 227 | 194 |
| 登记要求流动人数 | 人 | 238920 | 326512 |
| 实现流动人数 | 人 | 30295 | 61530 |
| #流向企业 | 人 | 28768 | 59280 |
| 国有企业 | 人 | 8906 | 24686 |
| 外商及港、澳、台商投资企业 | 人 | 430 | 503 |
| 乡镇企业 | 人 | 7600 | 13721 |
| 其他企业 | 人 | 11832 | 20370 |
| 流向机关事业单位 | 人 | 1527 | 2250 |
| 机关 | 人 | | |
| 事业 | 人 | 1527 | 2250 |
| 人才市场数 | 个 | 134 | 178 |
| 人才交流情况 | | | |
| 举办人才交流会次数 | 次 | 198 | 210 |
| 参加人才交流会人数 | 人 | 672341 | 682164 |
| 达成流动协议人数 | 人 | 72345 | 75130 |
| 人才引进人数 | 人 | 132 | 135 |
| 国际人才交流人数 | 人 | 62 | 39 |

## 18—9 国债发行情况

单位:万元

| 指　　标 | 1997 年 | 1998 年 |
|---|---|---|
| **总　　计** | **534220** | **414369** |
| 无记名式国库券 | 20000 | |
| 凭证式国库券 | 447760 | 407809 |
| 记帐式国债 | 50900 | |
| 特种定向债券 | 15560 | 6560 |

## 18—10 各市地国债发行情况

（1998 年）　　　　单位：万元

| 市地 | 合计 | 凭证式国库券 | 特种定向债券 |
|---|---|---|---|
| **全省** | **414369** | **407809** | **6560** |
| 郑州市 | 125994 | 125134 | 860 |
| 开封市 | 7806 | 7486 | 320 |
| 洛阳市 | 56362 | 55692 | 670 |
| 平顶山市 | 17160 | 16700 | 460 |
| 安阳市 | 27499 | 27109 | 390 |
| 鹤壁市 | 3266 | 3096 | 170 |
| 新乡市 | 28431 | 27881 | 550 |
| 焦作市 | 21269 | 20769 | 500 |
| 濮阳市 | 19454 | 19234 | 220 |
| 许昌市 | 12558 | 12338 | 220 |
| 漯河市 | 2710 | 2500 | 210 |
| 三门峡市 | 4593 | 4273 | 320 |
| 南阳市 | 8811 | 8281 | 530 |
| 商丘市 | 7010 | 6700 | 310 |
| 信阳市 | 6343 | 6233 | 110 |
| 周口地区 | 8411 | 8101 | 310 |
| 驻马店地区 | 9369 | 9059 | 310 |
| 济源市 | 2860 | 2760 | 100 |

注：各市地不包括省直其他。

## 18—11 各市地股票、证券发行与交易情况

（1998 年）

| 市地 | 累计股票发行 | | | | 累计股本结构（万股） | | | | | 证券公司股票交易 | |
|---|---|---|---|---|---|---|---|---|---|---|---|
| | 企业数（个） | 发行股数（万股） | 发行总额（万元） | | 合计 | 国家持股 | 法人持股 | 个人持股 | 港澳台和外资股 | 成交金额（万元） | 交易税费（万元） |
| | | | 面值 | 实际 | | | | | | | |
| **全省** | **18** | **140978** | **140978** | **691891** | **482111** | **276400** | **33693** | **117018** | **55000** | **10301294** | **38190** |
| 郑州市 | 6 | 30299 | 30299 | 107100 | 139961 | 78183 | 14485 | 47293 | | 4695053 | 16444 |
| 开封市 | | | | | | | | | | 1370000 | 1186 |
| 洛阳市 | 3 | 70500 | 70500 | 336431 | 161000 | 95000 | | 11000 | 55000 | 1180226 | 4194 |
| 平顶山市 | 1 | 5500 | 5500 | 25000 | 51480 | 38610 | | 12870 | | 919701 | 3778 |
| 安阳市 | | | | | | | | | | 219982 | 897 |
| 鹤壁市 | | | | | | | | | | 47823 | 359 |
| 新乡市 | | | | | | | | | | 189917 | 1614 |
| 焦作市 | 2 | 4679 | 4679 | 22500 | 29790 | 18353 | 612 | 10825 | | 187700 | 87 |
| 濮阳市 | | | | | | | | | | 216598 | 1841 |
| 许昌市 | 2 | 9000 | 9000 | 71800 | 26000 | 6660 | 8590 | 10750 | | 225643 | 1918 |
| 漯河市 | 2 | 9000 | 9000 | 49200 | 35880 | 19594 | 4006 | 12280 | | 105485 | 897 |
| 三门峡市 | | | | | | | | | | 276346 | 1389 |
| 南阳市 | | | | | | | | | | 162181 | 1310 |
| 商丘市 | 1 | 2000 | 2000 | 9760 | 8000 | | 6000 | 2000 | | 141594 | 1204 |
| 信阳市 | | | | | | | | | | 220000 | |
| 周口地区 | 1 | 10000 | 10000 | 70100 | 30000 | 20000 | | 10000 | | 66593 | 499 |
| 驻马店地区 | | | | | | | | | | 76452 | 573 |
| 济源市 | | | | | | | | | | | |

## 18—12 技术贸易情况

| 指　　标 | 单位 | 1990 年 | 1991 年 | 1992 年 | 1993 年 | 1994 年 | 1995 年 | 1996 年 | 1997 年 | 1998 年 |
|---|---|---|---|---|---|---|---|---|---|---|
| 技术贸易机构 | 个 | 1941 | 1941 | 3619 | 5052 | 5856 | 6508 | 7013 | 7829 | 8847 |
| 从事技术贸易活动人员 | 人 | 47000 | 47000 | 62000 | 77000 | 100108 | 105000 | 110000 | 131497 | 157129 |
| 技术市场成交合同 | 个 | 15581 | 14651 | 14601 | 17140 | 19148 | 15774 | 15605 | 18111 | 19234 |
| 技术市场成交额 | 万元 | 39396 | 48231 | 70750 | 84098 | 106797 | 122798 | 142122 | 157766 | 171999 |

## 18—13 技术市场交易情况

(1998 年)

| 指　　标 | 项　　数<br>（项） | 金　　额<br>（万元） |
|---|---|---|
| **技术买方** | **19234** | **171999** |
| #工业企业 | 7986 | 93859 |
| 科研机构 | 390 | 5700 |
| 各级管理部门 | 824 | 10287 |
| 技术贸易机构 | 2847 | 17636 |
| 个人及个人合伙 | 5079 | 12070 |
| **技术卖方** | **19234** | **171999** |
| #科研机构 | 4326 | 54278 |
| 大中专院校 | 536 | 8363 |
| 工业企业 | 2040 | 39029 |
| 技术贸易机构 | 10840 | 55772 |
| 个人及个人合伙 | 1128 | 3439 |

## 18—14 各市地技术市场交易成交项数

（1998 年）　　　　单位：项

| 市地 | 技术买方 | #工业企业 | #科研机构 | #各级管理部门 | #技术贸易机构 | 技术卖方 | #科研机构 | #大中专院校 | #工业企业 | #技术贸易机构 |
|---|---|---|---|---|---|---|---|---|---|---|
| **全省** | **19234** | **7986** | **390** | **824** | **2847** | **19234** | **4326** | **536** | **2040** | **10840** |
| 郑州市 | 4106 | 1987 | 40 | 91 | 951 | 4106 | 786 | 77 | 343 | 2736 |
| 开封市 | 2499 | 496 | 50 |  | 266 | 2499 | 1793 | 25 | 182 | 454 |
| 洛阳市 | 1269 | 1134 | 73 | 3 |  | 1269 | 1069 | 1 | 1 | 198 |
| 平顶山市 | 492 | 315 |  | 138 | 39 | 492 | 81 | 2 | 175 | 202 |
| 安阳市 | 193 | 42 | 1 |  | 3 | 193 | 1 |  | 18 | 174 |
| 鹤壁市 | 314 | 277 | 2 | 8 | 7 | 314 | 13 |  | 26 | 252 |
| 新乡市 | 5248 | 2238 | 52 | 20 | 768 | 5248 | 112 | 96 | 314 | 4726 |
| 焦作市 | 708 | 295 | 60 | 3 | 162 | 708 | 70 | 56 | 164 | 265 |
| 濮阳市 | 220 | 180 |  |  | 33 | 220 |  |  | 120 | 85 |
| 许昌市 | 1069 | 223 |  |  | 26 | 1069 | 6 |  | 190 | 565 |
| 漯河市 | 371 |  |  |  | 284 | 371 | 3 |  | 26 | 342 |
| 三门峡市 | 50 | 31 | 5 | 8 |  | 50 | 15 | 8 | 10 | 5 |
| 南阳市 | 580 | 321 | 100 |  | 76 | 580 | 180 | 76 | 220 | 94 |
| 商丘市 | 858 | 196 | 7 | 9 | 170 | 858 | 87 | 162 | 130 | 287 |
| 信阳市 | 542 | 185 |  |  | 62 | 542 | 48 | 12 | 76 | 384 |
| 周口地区 | 546 | 2 |  | 544 |  | 546 | 28 |  | 8 | 35 |
| 驻马店地区 | 93 |  |  |  |  | 93 | 9 | 3 | 10 | 30 |
| 济源市 | 76 | 64 |  |  |  | 76 | 25 | 18 | 27 | 6 |

## 18—15 各市地技术市场交易成交金额

（1998 年）　　　　单位：万元

| 市地 | 技术买方 | #工业企业 | #科研机构 | #各级管理部门 | #技术贸易机构 | 技术卖方 | #科研机构 | #大中专院校 | #工业企业 | #技术贸易机构 |
|---|---|---|---|---|---|---|---|---|---|---|
| **全省** | **171999** | **93859** | **5700** | **10287** | **17636** | **171999** | **54278** | **8363** | **39029** | **55772** |
| 郑州市 | 39761 | 19741 | 997 | 2032 | 9965 | 39761 | 7314 | 1638 | 3560 | 23771 |
| 开封市 | 9485 | 5048 | 360 |  | 1081 | 9485 | 1543 | 232 | 4596 | 2233 |
| 洛阳市 | 32219 | 26840 | 858 | 123 |  | 32219 | 29462 | 1 | 1 | 2755 |
| 平顶山市 | 8816 | 8583 |  | 141 | 92 | 8816 | 2688 | 3 | 5339 | 512 |
| 安阳市 | 4641 | 2410 | 694 |  | 1 | 4641 | 400 |  | 2127 | 2114 |
| 鹤壁市 | 2203 | 1803 | 38 | 24 | 14 | 2203 | 51 |  | 1787 | 335 |
| 新乡市 | 9086 | 4674 | 120 | 53 | 1353 | 9086 | 374 | 293 | 725 | 7694 |
| 焦作市 | 4016 | 3245 | 88 | 16 | 414 | 4016 | 133 | 649 | 1928 | 933 |
| 濮阳市 | 2670 | 2253 |  |  | 353 | 2670 |  |  | 1620 | 985 |
| 许昌市 | 5340 | 2096 |  |  | 408 | 5340 | 61 |  | 2236 | 1509 |
| 漯河市 | 6300 |  |  |  | 1970 | 6300 | 160 |  | 2890 | 3250 |
| 三门峡市 | 6043 | 5111 | 157 | 570 |  | 6043 | 1931 | 706 | 2063 | 375 |
| 南阳市 | 8900 | 4875 | 2108 |  | 957 | 8900 | 3100 | 1050 | 3860 | 800 |
| 商丘市 | 14680 | 3962 | 280 | 3820 | 926 | 14680 | 3280 | 2180 | 3356 | 2876 |
| 信阳市 | 5420 | 2440 |  |  | 102 | 5420 | 2184 | 60 | 1020 | 2078 |
| 周口地区 | 3808 | 300 |  | 3508 |  | 3808 | 863 |  | 736 | 863 |
| 驻马店地区 | 8098 |  |  |  |  | 8098 | 615 | 1405 | 943 | 2684 |
| 济源市 | 513 | 478 |  |  |  | 513 | 119 | 146 | 242 | 5 |

## 18—16 信息、咨询服务业情况

（1998年）

| 指　　标 | 机　构<br>（个） | 从业人员<br>（人） | 营业收入<br>（万元） |
|---|---|---|---|
| **总　　计** | **3122** | **33878** | **131006** |
| 广告业 | 2112 | 22001 | 101860 |
| 咨询服务业 | 646 | 8832 | 19202 |
| 其他类 | 364 | 3045 | 9944 |

## 18—17 各市地信息、咨询服务业情况

（1998年）

| 市　地 | 机　构<br>（个） | #广告业 | #咨　询<br>服务业 | 从业人员<br>（人） | #广告业 | #咨　询<br>服务业 | 营业收入<br>（万元） | #广告业 | #咨　询<br>服务业 |
|---|---|---|---|---|---|---|---|---|---|
| **全　　省** | **3122** | **2112** | **646** | **33878** | **22001** | **8832** | **131006** | **101860** | **19202** |
| 郑　州　市 | 562 | 338 | 122 | 5714 | 3158 | 1558 | 28844 | 17254 | 6510 |
| 开　封　市 | 126 | 81 | 19 | 1359 | 880 | 390 | 3480 | 2422 | 685 |
| 洛　阳　市 | 341 | 225 | 74 | 2866 | 1883 | 776 | 10980 | 7948 | 2023 |
| 平 顶 山 市 | 125 | 84 | 24 | 1747 | 1224 | 378 | 2785 | 1346 | 721 |
| 安　阳　市 | 148 | 72 | 47 | 1367 | 654 | 576 | 2039 | 1015 | 387 |
| 鹤　壁　市 | 50 | 30 | 16 | 408 | 228 | 180 | 1180 | 770 | 410 |
| 新　乡　市 | 178 | 114 | 42 | 2044 | 1234 | 676 | 5191 | 3832 | 1312 |
| 焦　作　市 | 93 | 54 | 22 | 1181 | 525 | 398 | 2544 | 1373 | 625 |
| 濮　阳　市 | 64 | 46 | 9 | 706 | 480 | 135 | 1634 | 1030 | 249 |
| 许　昌　市 | 79 | 45 | 31 | 914 | 382 | 512 | 2449 | 1552 | 372 |
| 漯　河　市 | 85 | 70 | 13 | 1169 | 969 | 194 | 1883 | 1518 | 353 |
| 三 门 峡 市 | 119 | 39 | 40 | 1274 | 549 | 506 | 2920 | 1610 | 960 |
| 南　阳　市 | 131 | 38 | 76 | 1610 | 433 | 1024 | 3730 | 2211 | 1463 |
| 商　丘　市 | 107 | 80 | 22 | 1206 | 941 | 219 | 2617 | 2171 | 414 |
| 信　阳　市 | 103 | 57 | 32 | 1515 | 689 | 521 | 3945 | 2410 | 700 |
| 周 口 地 区 | 87 | 73 | 8 | 941 | 711 | 152 | 1880 | 1503 | 291 |
| 驻马店地区 | 118 | 65 | 46 | 1411 | 667 | 601 | 2569 | 1658 | 784 |
| 济　源　市 | 13 | 8 | 3 | 112 | 60 | 36 | 397 | 298 | 38 |

注：各市地不包括省直其他。

## 主要统计指标解释

**职业介绍机构** 指直接从事求职登记、用人登记，提供各类就业和用人服务，以帮助求职者实现就业和用人单位招聘用人为目的，有固定场所，并进行合法登记的机构、组织或实体。包括劳动部门办、非劳动部门办职业介绍机构。

**劳动部门办职业介绍机构** 指职业介绍机构中，由劳动部门开办的，专门从事职业介绍服务的各类职业介绍中心、职业介绍所或劳动力市场交流机构。亦包括有专职人员从事求职、用人登记并提供职业介绍服务的街道和乡镇劳动就业服务机构。

**非劳动部门办职业介绍机构** 指职业介绍机构中，经劳动部门批准并领取职业介绍许可证，由机关、企事业单位、社会团体和个人等社会各方面举办的职业介绍机构。

**求职登记人数** 指报告期内所有求职人员登记求职人次数。包括上年末结转数、本年求职登记人数。

**上年末结转数** 指上年末尚未实现就业仍登记在册，转入本年的求职登记人数；

**本年求职登记人数** 年内到劳动部门职业介绍机构进行求职登记的人数之和。

**介绍成功人数** 指职业介绍机构动用各种就业服务手段，介绍帮助登记求职人员实现就业的人数。

**年末实有外省劳动力** 指年末本地区各类企业、事业单位、机关团体和个体经济组织招用、聘请以及从事零星劳务，常住户口不在本地的来自其他省(市、区)的劳务人员实际数。

**办理外来人员就业证人数** 指外来劳动力中按规定已办理《河南省外来人员就业证》的人数。

**办理外出就业登记卡人数** 指常住户口在本地的城乡劳动力，离开本地到其他地区就业，按规定已领取《河南省外出人员就业登记卡》的人数。

# 十九、各县（市）主要统计指标

**简要说明**

一、本篇资料主要反映河南省112个县市经济、社会发展情况。主要内容有各县市的面积、人口、从业人员、国内生产总值、固定资产投资、职工工资、农林牧渔业、工业、邮电通信业、国内贸易、财政、金融、教育、卫生等主要指标。

二、资料来源

本篇资料除邮电资料由省邮电管理局提供、财政收支资料由省财政厅提供、金融资料由中国人民银行济南分行郑州中心支行提供、教育资料由省教委提供、卫生资料由省卫生厅提供外，其余资料均由省统计局整理提供。

# 19—1 各县(市)土地面积、人口及从业人员

(1998年)

| 县市 | 土地面积（平方公里） | 年底总人口（万人） | #非农业人口 | 年平均人口（万人） | 人口密度（人/平方公里） | 从业人员（万人） |
|---|---|---|---|---|---|---|
| **郑州市** | | | | | | |
| 巩义市 | 1041 | 77.76 | 11.90 | 77.39 | 747 | 40.92 |
| 荥阳市 | 955 | 64.57 | 9.76 | 64.25 | 676 | 30.71 |
| 新郑市 | 873 | 60.36 | 13.70 | 59.98 | 691 | 31.98 |
| 登封市 | 1219 | 60.59 | 6.34 | 60.32 | 497 | 31.51 |
| 新密市 | 978 | 72.88 | 8.69 | 72.14 | 745 | 36.10 |
| 中牟县 | 1393 | 65.94 | 6.60 | 65.64 | 473 | 37.08 |
| **开封市** | | | | | | |
| 杞　县 | 1244 | 102.68 | 6.39 | 102.05 | 825 | 59.00 |
| 通许县 | 767 | 57.04 | 4.29 | 56.74 | 744 | 29.70 |
| 尉氏县 | 1256 | 83.43 | 6.43 | 83.90 | 664 | 51.80 |
| 开封县 | 1449 | 70.16 | 4.74 | 69.78 | 484 | 33.90 |
| 兰考县 | 1367 | 71.25 | 7.46 | 70.90 | 521 | 32.10 |
| **洛阳市** | | | | | | |
| 偃师市 | 943 | 80.16 | 7.52 | 79.55 | 850 | 42.20 |
| 孟津县 | 759 | 43.08 | 4.55 | 42.84 | 568 | 23.20 |
| 新安县 | 1160 | 47.41 | 6.10 | 48.57 | 409 | 23.80 |
| 栾川县 | 2185 | 30.53 | 3.45 | 30.37 | 140 | 16.70 |
| 嵩　县 | 2981 | 50.83 | 3.83 | 50.53 | 171 | 27.90 |
| 汝阳县 | 1325 | 41.02 | 4.34 | 40.90 | 310 | 25.20 |
| 宜阳县 | 1651 | 63.69 | 7.57 | 63.40 | 386 | 36.90 |
| 洛宁县 | 2306 | 42.96 | 4.13 | 42.78 | 186 | 26.50 |
| 伊川县 | 1243 | 70.93 | 5.66 | 70.61 | 571 | 31.80 |
| **平顶山市** | | | | | | |
| 汝州市 | 1573 | 91.74 | 10.27 | 91.37 | 583 | 47.30 |
| 舞钢市 | 629 | 31.97 | 9.36 | 31.94 | 508 | 16.30 |
| 宝丰县 | 706 | 47.18 | 11.09 | 47.10 | 668 | 28.60 |
| 叶　县 | 1387 | 83.57 | 6.29 | 83.49 | 603 | 45.40 |
| 鲁山县 | 2407 | 81.46 | 6.91 | 81.33 | 338 | 42.90 |
| 郏　县 | 727 | 55.08 | 3.78 | 54.85 | 758 | 33.80 |
| **安阳市** | | | | | | |
| 林州市 | 2046 | 96.47 | 11.05 | 97.40 | 472 | 45.70 |
| 安阳县 | 1499 | 111.51 | 8.27 | 111.23 | 744 | 51.60 |
| 汤阴县 | 646 | 43.79 | 5.22 | 43.67 | 678 | 24.10 |
| 滑　县 | 1814 | 117.32 | 7.81 | 116.89 | 647 | 67.00 |
| 内黄县 | 1161 | 67.82 | 4.23 | 67.62 | 584 | 35.00 |
| **鹤壁市** | | | | | | |
| 浚　县 | 1117 | 62.40 | 5.75 | 64.42 | 559 | 33.50 |
| 淇　县 | 591 | 24.81 | 5.14 | 24.61 | 420 | 14.40 |
| **新乡市** | | | | | | |
| 卫辉市 | 882 | 47.56 | 9.90 | 47.42 | 539 | 18.70 |
| 辉县市 | 2007 | 76.56 | 9.51 | 76.40 | 381 | 31.30 |
| 新乡县 | 524 | 41.78 | 3.91 | 41.59 | 797 | 19.40 |
| 获嘉县 | 473 | 38.02 | 4.72 | 37.85 | 804 | 14.00 |

19—1 续表 1　　　　(1998年)

| 县　市 | 土地面积（平方公里） | 年底总人口（万人） | #非农业人口 | 年平均人口（万人） | 人口密度（人/平方公里） | 从业人员（万人） |
|---|---|---|---|---|---|---|
| 原阳县 | 1339 | 62.20 | 4.69 | 61.92 | 465 | 24.60 |
| 延津县 | 947 | 44.87 | 4.35 | 44.57 | 474 | 16.70 |
| 封丘县 | 1221 | 70.75 | 4.14 | 70.42 | 579 | 29.90 |
| 长垣县 | 1050 | 75.33 | 5.52 | 74.99 | 717 | 39.20 |
| **焦作市** | | | | | | |
| 沁阳市 | 624 | 44.06 | 8.13 | 43.86 | 706 | 22.35 |
| 修武县 | 722 | 28.40 | 4.78 | 28.27 | 393 | 13.50 |
| 博爱县 | 488 | 41.34 | 6.26 | 41.25 | 847 | 21.77 |
| 武陟县 | 860 | 62.26 | 10.69 | 61.85 | 724 | 28.11 |
| 温　县 | 462 | 39.28 | 5.80 | 39.13 | 850 | 23.60 |
| 孟州市 | 542 | 33.28 | 9.25 | 33.13 | 614 | 17.76 |
| **濮阳市** | | | | | | |
| 清丰县 | 869 | 66.62 | 6.51 | 66.32 | 767 | 37.00 |
| 南乐县 | 623 | 48.22 | 3.41 | 48.02 | 774 | 25.90 |
| 范　县 | 610 | 46.93 | 4.90 | 46.73 | 769 | 19.10 |
| 台前县 | 454 | 33.53 | 3.15 | 33.40 | 739 | 17.90 |
| 濮阳县 | 1455 | 105.59 | 10.41 | 105.09 | 726 | 57.30 |
| **许昌市** | | | | | | |
| 禹州市 | 1461 | 115.15 | 13.36 | 114.71 | 788 | 64.70 |
| 长葛市 | 650 | 66.36 | 11.72 | 66.13 | 1021 | 39.76 |
| 许昌县 | 1002 | 78.08 | 4.11 | 78.00 | 779 | 46.18 |
| 鄢陵县 | 872 | 60.57 | 5.03 | 60.32 | 695 | 34.70 |
| 襄城县 | 920 | 78.26 | 5.22 | 78.06 | 851 | 44.90 |
| **漯河市** | | | | | | |
| 舞阳县 | 777 | 60.02 | 5.73 | 59.70 | 772 | 33.50 |
| 临颍县 | 821 | 68.08 | 8.49 | 67.75 | 829 | 40.00 |
| 郾城县 | 960 | 89.27 | 7.97 | 88.82 | 930 | 50.00 |
| **三门峡市** | | | | | | |
| 义马市 | 112 | 14.85 | 11.68 | 14.76 | 1326 | 8.40 |
| 灵宝市 | 3011 | 71.18 | 11.41 | 70.87 | 236 | 41.35 |
| 渑池县 | 1421 | 32.53 | 6.10 | 32.37 | 229 | 16.80 |
| 陕　县 | 1763 | 34.02 | 5.70 | 33.94 | 193 | 18.00 |
| 卢氏县 | 4004 | 36.60 | 3.58 | 36.58 | 91 | 18.60 |
| **南阳市** | | | | | | |
| 邓州市 | 2294 | 151.73 | 11.90 | 151.38 | 661 | 81.50 |
| 南召县 | 2946 | 59.97 | 9.21 | 59.88 | 204 | 29.70 |
| 方城县 | 2539 | 96.44 | 8.05 | 96.44 | 380 | 51.90 |
| 西峡县 | 3453 | 41.15 | 4.46 | 41.18 | 119 | 24.20 |
| 镇平县 | 1500 | 92.73 | 11.39 | 92.61 | 618 | 56.80 |
| 内乡县 | 2465 | 61.91 | 6.64 | 62.12 | 251 | 35.70 |
| 淅川县 | 2798 | 71.73 | 6.94 | 71.56 | 256 | 40.40 |
| 社旗县 | 1203 | 62.05 | 5.91 | 61.98 | 516 | 35.20 |
| 唐河县 | 2512 | 127.11 | 10.89 | 126.65 | 506 | 73.10 |

19—1续表2 (1998年)

| 县 市 | 土地面积(平方公里) | 年底总人口(万人) | #非农业人口 | 年平均人口(万人) | 人口密度(人/平方公里) | 从业人员(万人) |
|---|---|---|---|---|---|---|
| 新野县 | 1062 | 73.33 | 7.75 | 73.26 | 690 | 43.50 |
| 桐柏县 | 1941 | 42.43 | 8.08 | 42.37 | 219 | 24.70 |
| **商丘市** | | | | | | |
| 虞城县 | 1558 | 105.34 | 6.01 | 104.82 | 676 | 65.00 |
| 民权县 | 1222 | 84.86 | 8.24 | 84.44 | 694 | 46.00 |
| 宁陵县 | 786 | 58.60 | 4.49 | 58.29 | 746 | 42.00 |
| 睢 县 | 924 | 76.16 | 5.25 | 75.75 | 824 | 42.00 |
| 夏邑县 | 1481 | 106.09 | 6.20 | 105.54 | 716 | 56.00 |
| 柘城县 | 1042 | 91.49 | 5.60 | 90.91 | 878 | 59.00 |
| 永城市 | 1944 | 129.84 | 11.87 | 129.16 | 668 | 70.00 |
| **信阳市** | | | | | | |
| 息 县 | 1895 | 89.75 | 7.30 | 89.35 | 474 | 47.50 |
| 淮滨县 | 1192 | 62.68 | 6.24 | 62.36 | 526 | 36.00 |
| 潢川县 | 1635 | 76.51 | 10.45 | 76.16 | 468 | 41.00 |
| 光山县 | 1835 | 77.53 | 9.28 | 77.19 | 423 | 42.00 |
| 固始县 | 2946 | 151.37 | 15.34 | 150.60 | 514 | 78.00 |
| 商城县 | 2117 | 69.16 | 6.36 | 68.86 | 327 | 37.00 |
| 罗山县 | 2077 | 72.24 | 7.42 | 71.93 | 348 | 40.00 |
| 新 县 | 1546 | 32.69 | 5.12 | 32.59 | 211 | 18.00 |
| **周口地区** | | | | | | |
| 周口市 | 141 | 32.16 | 18.94 | 31.89 | 2281 | 19.60 |
| 项城市 | 1083 | 109.98 | 10.37 | 109.43 | 1015 | 60.00 |
| 扶沟县 | 1170 | 69.53 | 6.26 | 69.21 | 594 | 34.80 |
| 西华县 | 1210 | 83.45 | 7.54 | 83.08 | 690 | 45.90 |
| 商水县 | 1313 | 111.50 | 6.19 | 110.67 | 849 | 65.90 |
| 太康县 | 1761 | 129.27 | 9.29 | 128.76 | 734 | 77.50 |
| 鹿邑县 | 1238 | 110.57 | 8.94 | 110.08 | 893 | 74.50 |
| 郸城县 | 1504 | 124.25 | 7.77 | 123.55 | 826 | 76.50 |
| 淮阳县 | 1469 | 128.75 | 9.82 | 128.05 | 876 | 70.80 |
| 沈丘县 | 1070 | 116.94 | 10.95 | 116.36 | 1093 | 77.00 |
| **驻马店地区** | | | | | | |
| 驻马店市 | 203 | 31.18 | 20.40 | 30.95 | 1536 | 18.70 |
| 确山县 | 2013 | 58.22 | 5.08 | 57.98 | 289 | 34.90 |
| 泌阳县 | 2774 | 91.34 | 6.17 | 91.01 | 329 | 54.70 |
| 遂平县 | 1221 | 59.78 | 5.56 | 59.63 | 490 | 36.00 |
| 西平县 | 1092 | 81.67 | 14.11 | 81.35 | 748 | 49.00 |
| 上蔡县 | 1529 | 130.15 | 7.77 | 129.45 | 851 | 73.00 |
| 汝南县 | 1628 | 81.49 | 10.40 | 81.14 | 501 | 49.00 |
| 平舆县 | 1281 | 90.26 | 5.14 | 89.95 | 705 | 54.00 |
| 新蔡县 | 1453 | 98.58 | 6.93 | 98.32 | 678 | 59.00 |
| 正阳县 | 1889 | 72.57 | 6.55 | 72.33 | 384 | 44.00 |
| **济源市** | | | | | | |
| 济源市 | 1931 | 64.22 | 24.14 | 63.97 | 333 | 38.00 |

注:本表人口数据为公安年报数。

# 19－2 各县（市）在岗职工人数和国内生产总值

（1998年）

| 县 市 | 在岗职工（人） | #国有及国有控股单位 | #城镇集体单位 | 国内生产总值（万元） | 第一产业 | 第二产业 | 第三产业 | 人均国内生产总值（元） |
|---|---|---|---|---|---|---|---|---|
| **郑州市** | | | | | | | | |
| 巩义市 | 58660 | 30237 | 12360 | 826256 | 34742 | 610461 | 181053 | 10675.86 |
| 荥阳市 | 41490 | 24203 | 11237 | 585322 | 58918 | 363544 | 162860 | 9110.71 |
| 新郑市 | 38390 | 23618 | 8316 | 660000 | 58237 | 421653 | 180110 | 11003.76 |
| 登封市 | 35649 | 26652 | 6201 | 435122 | 39840 | 288460 | 106822 | 7213.47 |
| 新密市 | 44089 | 29500 | 10028 | 618190 | 39930 | 400808 | 177452 | 8569.75 |
| 中牟县 | 27984 | 20612 | 6426 | 367697 | 104125 | 146748 | 116824 | 5601.80 |
| **开封市** | | | | | | | | |
| 杞 县 | 35827 | 25736 | 9838 | 321618 | 166638 | 93338 | 61642 | 3151.50 |
| 通许县 | 25499 | 18806 | 6693 | 239319 | 110482 | 73171 | 55666 | 4217.84 |
| 尉氏县 | 33864 | 23225 | 10082 | 286936 | 120725 | 107371 | 58840 | 3419.96 |
| 开封县 | 24791 | 15952 | 5720 | 270990 | 125365 | 78568 | 67057 | 3883.37 |
| 兰考县 | 26944 | 21603 | 4706 | 253633 | 96921 | 80442 | 76270 | 3577.50 |
| **洛阳市** | | | | | | | | |
| 偃师市 | 33901 | 25031 | 6508 | 733989 | 73503 | 459233 | 201253 | 9226.71 |
| 孟津县 | 25079 | 15788 | 7844 | 156033 | 28194 | 86645 | 41194 | 3642.59 |
| 新安县 | 26669 | 19153 | 3879 | 261303 | 31079 | 163091 | 67133 | 5379.65 |
| 栾川县 | 22040 | 17491 | 4244 | 118522 | 22100 | 66303 | 30119 | 3902.07 |
| 嵩 县 | 21319 | 11622 | 4800 | 98693 | 33250 | 26819 | 38624 | 1952.97 |
| 汝阳县 | 20019 | 15346 | 4271 | 89472 | 28261 | 31084 | 30127 | 2187.47 |
| 宜阳县 | 27789 | 22890 | 4819 | 137448 | 48878 | 44218 | 44352 | 2167.92 |
| 洛宁县 | 21488 | 16084 | 5129 | 123813 | 47084 | 29504 | 47225 | 2893.93 |
| 伊川县 | 24444 | 14995 | 6829 | 218522 | 50006 | 126785 | 41731 | 3094.95 |
| **平顶山市** | | | | | | | | |
| 汝州市 | 51168 | 36074 | 10598 | 540602 | 105575 | 258159 | 176868 | 5916.50 |
| 舞钢市 | 30882 | 11328 | 7543 | 122258 | 28242 | 55853 | 38163 | 3827.27 |
| 宝丰县 | 28430 | 18880 | 5417 | 271852 | 43790 | 147351 | 80711 | 5772.16 |
| 叶 县 | 29960 | 20045 | 7383 | 234368 | 89845 | 85401 | 59122 | 2807.23 |
| 鲁山县 | 32189 | 23333 | 8039 | 163701 | 54097 | 55351 | 54253 | 2012.68 |
| 郏 县 | 22685 | 14978 | 5197 | 186972 | 58426 | 87728 | 40818 | 3409.01 |
| **安阳市** | | | | | | | | |
| 林州市 | 53111 | 32040 | 9628 | 381047 | 58997 | 196746 | 125304 | 3912.34 |
| 安阳县 | 43993 | 28306 | 9697 | 327467 | 90559 | 129761 | 107147 | 2944.10 |
| 汤阴县 | 27253 | 16578 | 3945 | 167975 | 58960 | 58039 | 50976 | 3846.11 |
| 滑 县 | 37869 | 19728 | 10285 | 305932 | 157996 | 82775 | 65161 | 2617.20 |
| 内黄县 | 22693 | 15026 | 5752 | 221500 | 120907 | 54714 | 45879 | 3275.53 |
| **鹤壁市** | | | | | | | | |
| 浚 县 | 30731 | 23636 | 4990 | 196138 | 94345 | 59805 | 41988 | 3044.85 |
| 淇 县 | 26694 | 19404 | 3283 | 171898 | 51862 | 79312 | 40724 | 6983.61 |
| **新乡市** | | | | | | | | |
| 卫辉市 | 37962 | 19434 | 9786 | 220472 | 83205 | 53832 | 83435 | 4649.68 |
| 辉县市 | 49219 | 40922 | 6118 | 432781 | 100330 | 229561 | 102890 | 5664.68 |
| 新乡县 | 28765 | 14939 | 8013 | 336526 | 84825 | 158838 | 92863 | 8091.08 |
| 获嘉县 | 27745 | 20314 | 6116 | 170634 | 49526 | 61924 | 59184 | 4508.19 |

19－2 续表 1　　　　　　　　　　　　(1998 年)

| 县　市 | 在岗职工（人） | #国有及国有控股单位 | #城镇集体单位 | 国内生产总值（万元） | 第一产业 | 第二产业 | 第三产业 | 人均国内生产总值（元） |
|---|---|---|---|---|---|---|---|---|
| 原阳县 | 24325 | 16851 | 7195 | 198560 | 96227 | 60906 | 41427 | 3206.31 |
| 延津县 | 27377 | 18327 | 8691 | 134967 | 57668 | 42013 | 35286 | 3028.44 |
| 封丘县 | 23118 | 14524 | 8448 | 187346 | 103471 | 40389 | 43486 | 2660.30 |
| 长垣县 | 27963 | 20564 | 6960 | 228757 | 86626 | 57582 | 84549 | 3050.52 |
| **焦作市** | | | | | | | | |
| 沁阳市 | 31379 | 25418 | 4329 | 497970 | 61453 | 324168 | 112349 | 11354.38 |
| 修武县 | 19056 | 16952 | 1748 | 257339 | 61865 | 153858 | 41616 | 9101.58 |
| 博爱县 | 29014 | 22078 | 5313 | 334659 | 60668 | 199411 | 74580 | 8112.51 |
| 武陟县 | 32364 | 24741 | 5010 | 319946 | 92853 | 128188 | 98905 | 5173.14 |
| 温　县 | 25503 | 20345 | 2348 | 269015 | 59022 | 155695 | 54293 | 6875.66 |
| 孟州市 | 25636 | 18442 | 4611 | 266661 | 50602 | 154303 | 61756 | 8049.54 |
| **濮阳市** | | | | | | | | |
| 清丰县 | 27419 | 23602 | 2907 | 242431 | 113927 | 83232 | 45272 | 3655.73 |
| 南乐县 | 26612 | 18031 | 8081 | 159837 | 79993 | 46849 | 32995 | 3323.87 |
| 范　县 | 21692 | 15872 | 2966 | 138639 | 38818 | 55546 | 44275 | 2965.91 |
| 台前县 | 11304 | 8927 | 2372 | 82305 | 26113 | 32226 | 23966 | 2463.93 |
| 濮阳县 | 39888 | 27413 | 11300 | 272327 | 109030 | 97077 | 66220 | 2591.29 |
| **许昌市** | | | | | | | | |
| 禹州市 | 52907 | 40438 | 8439 | 635296 | 115518 | 344712 | 175066 | 5538.19 |
| 长葛市 | 43476 | 22144 | 14434 | 568807 | 104954 | 331267 | 132586 | 8601.66 |
| 许昌县 | 29753 | 19986 | 5372 | 376929 | 114661 | 163660 | 98608 | 4832.16 |
| 鄢陵县 | 27832 | 17822 | 7407 | 294660 | 130075 | 99507 | 65078 | 4885.08 |
| 襄城县 | 21437 | 17884 | 3458 | 253337 | 90697 | 77967 | 84673 | 3245.26 |
| **漯河市** | | | | | | | | |
| 舞阳县 | 25968 | 14102 | 6772 | 211942 | 72426 | 87634 | 51882 | 3550.38 |
| 临颍县 | 49611 | 25654 | 19359 | 360601 | 115867 | 175090 | 69644 | 5322.51 |
| 郾城县 | 39144 | 24541 | 12721 | 485922 | 165769 | 237021 | 83132 | 5470.71 |
| **三门峡市** | | | | | | | | |
| 义马市 | 61836 | 5535 | 6602 | 110093 | 2819 | 75631 | 31643 | 7459.43 |
| 灵宝市 | 47166 | 38849 | 6146 | 569296 | 102528 | 294281 | 172487 | 8033.29 |
| 渑池县 | 25023 | 17917 | 4172 | 223435 | 45180 | 129734 | 48521 | 6903.47 |
| 陕　县 | 26784 | 22419 | 4216 | 186005 | 34876 | 76736 | 74393 | 5480.54 |
| 卢氏县 | 18330 | 12850 | 5271 | 93588 | 33331 | 23918 | 36339 | 2553.43 |
| **南阳市** | | | | | | | | |
| 邓州市 | 57939 | 34738 | 21480 | 594049 | 234176 | 195945 | 163928 | 3924.15 |
| 南召县 | 24948 | 17215 | 6335 | 194081 | 53823 | 92431 | 47827 | 3241.28 |
| 方城县 | 32692 | 22502 | 7362 | 250745 | 114585 | 73477 | 62683 | 2599.99 |
| 西峡县 | 28893 | 18652 | 4219 | 198472 | 69716 | 83072 | 45684 | 4819.43 |
| 镇平县 | 37026 | 20156 | 9163 | 529744 | 121604 | 283800 | 124340 | 5720.47 |
| 内乡县 | 31428 | 16866 | 7105 | 254561 | 96765 | 98543 | 59253 | 4098.22 |
| 淅川县 | 42070 | 29661 | 8496 | 255001 | 96890 | 111950 | 46161 | 3563.66 |
| 社旗县 | 23068 | 16752 | 4388 | 225395 | 109800 | 64960 | 50635 | 3636.30 |
| 唐河县 | 45483 | 25837 | 14449 | 449867 | 208475 | 162922 | 78470 | 3551.92 |

19—2续表2　　　　(1998年)

| 县　市 | 在岗职工（人） | #国有及国有控股单位 | #城镇集体单位 | 国内生产总值（万元） | 第一产业 | 第二产业 | 第三产业 | 人均国内生产总值（元） |
|---|---|---|---|---|---|---|---|---|
| 新野县 | 48330 | 20608 | 10705 | 405025 | 152965 | 173962 | 78098 | 5528.91 |
| 桐柏县 | 24207 | 16278 | 4717 | 179923 | 68521 | 78333 | 33069 | 4246.90 |
| **商丘市** | | | | | | | | |
| 虞城县 | 37014 | 26901 | 9187 | 265996 | 141725 | 69130 | 55141 | 2537.68 |
| 民权县 | 33430 | 24076 | 7238 | 212631 | 110327 | 48382 | 53922 | 2518.04 |
| 宁陵县 | 29019 | 20323 | 8301 | 184718 | 68691 | 76855 | 39172 | 3169.17 |
| 睢　县 | 33991 | 17901 | 9799 | 220193 | 113134 | 55129 | 51930 | 2906.81 |
| 夏邑县 | 29875 | 21168 | 8339 | 252968 | 133749 | 65756 | 53463 | 2396.86 |
| 柘城县 | 37480 | 29395 | 7469 | 234121 | 125722 | 52031 | 56368 | 2575.32 |
| 永城市 | 56660 | 31067 | 9031 | 394243 | 175874 | 130439 | 87930 | 3052.37 |
| **信阳市** | | | | | | | | |
| 息　县 | 29864 | 15985 | 10876 | 191305 | 101874 | 49360 | 40071 | 2141.15 |
| 淮滨县 | 30108 | 17921 | 10491 | 167120 | 66195 | 51893 | 49032 | 2679.82 |
| 潢川县 | 40294 | 21043 | 10668 | 249434 | 106011 | 81616 | 61807 | 3274.95 |
| 光山县 | 34869 | 21785 | 11809 | 206318 | 83250 | 70088 | 52980 | 2672.94 |
| 固始县 | 49782 | 28492 | 15536 | 359906 | 168139 | 100952 | 90815 | 2389.76 |
| 商城县 | 30451 | 19142 | 8243 | 176913 | 84858 | 48708 | 43347 | 2569.19 |
| 罗山县 | 31471 | 20773 | 6271 | 218029 | 98166 | 62051 | 57812 | 3030.99 |
| 新　县 | 15167 | 11637 | 2296 | 112941 | 47456 | 39796 | 25689 | 3465.01 |
| **周口地区** | | | | | | | | |
| 周口市 | 87697 | 70260 | 12332 | 247004 | 14562 | 106869 | 125573 | 7746.69 |
| 项城市 | 52452 | 28419 | 7049 | 488751 | 112775 | 269422 | 106554 | 4466.33 |
| 扶沟县 | 34463 | 20900 | 12829 | 225367 | 126426 | 53705 | 45236 | 3256.22 |
| 西华县 | 32047 | 22686 | 9183 | 305486 | 148610 | 86510 | 70366 | 3677.23 |
| 商水县 | 36233 | 24479 | 10128 | 215578 | 118887 | 51540 | 45151 | 1947.94 |
| 太康县 | 52403 | 28298 | 21232 | 357702 | 198799 | 102663 | 56240 | 2778.12 |
| 鹿邑县 | 41905 | 29485 | 11490 | 355030 | 119737 | 135884 | 99409 | 3225.29 |
| 郸城县 | 37518 | 23647 | 11891 | 242421 | 143429 | 56109 | 42883 | 1962.08 |
| 淮阳县 | 36525 | 26759 | 8674 | 302353 | 149402 | 95518 | 57433 | 2361.26 |
| 沈丘县 | 48545 | 31516 | 14620 | 235866 | 94032 | 95611 | 46223 | 2027.04 |
| **驻马店地区** | | | | | | | | |
| 驻马店市 | 75329 | 61483 | 4824 | 321398 | 13671 | 177456 | 130271 | 10385.37 |
| 确山县 | 23432 | 18590 | 4343 | 184417 | 71825 | 70410 | 42182 | 3180.78 |
| 泌阳县 | 31470 | 20670 | 9160 | 230231 | 113677 | 65024 | 51530 | 2529.65 |
| 遂平县 | 33402 | 21046 | 5300 | 231229 | 95252 | 82101 | 53876 | 3877.87 |
| 西平县 | 28169 | 20813 | 7072 | 347746 | 128537 | 128158 | 91051 | 4274.45 |
| 上蔡县 | 36900 | 23453 | 12733 | 252816 | 92629 | 90986 | 69201 | 1952.98 |
| 汝南县 | 31587 | 24077 | 7135 | 233533 | 101095 | 81809 | 50629 | 2878.26 |
| 平舆县 | 27322 | 18755 | 8567 | 187617 | 81700 | 64683 | 41234 | 2085.77 |
| 新蔡县 | 28838 | 20623 | 8151 | 219002 | 101278 | 77245 | 40479 | 2227.38 |
| 正阳县 | 28245 | 21130 | 6095 | 212320 | 114370 | 55272 | 42678 | 2935.43 |
| **济源市** | | | | | | | | |
| 济源市 | 74908 | 51258 | 19641 | 466326 | 70048 | 245353 | 150925 | 7289.84 |

注：本表国内生产总值、人均国内生产总值按当年价格计算。

## 19—3 各县(市)固定资产投资和在岗职工工资

(1998 年)

| 县　市 | 国有单位固定资产投资(万元) | #基本建设 | #更新改造 | 城镇集体单位固定资产投资(万元) | 在岗职工工资总额(万元) | #国有及国有控股单位 | #城镇集体单位 | 在岗职工平均工资(元) | #国有及国有控股单位 | #城镇集体单位 |
|---|---|---|---|---|---|---|---|---|---|---|
| **郑州市** | | | | | | | | | | |
| 巩义市 | 37438 | 36451 | 676 | 117 | 34750 | 19467 | 6228 | 6208 | 6759 | 5188 |
| 荥阳市 | 47462 | 30450 | 15654 | 28355 | 22907 | 13938 | 5282 | 5825 | 5935 | 5017 |
| 新郑市 | 73976 | 35168 | 20265 | 7470 | 26003 | 18610 | 4205 | 6856 | 7933 | 4453 |
| 登封市 | 50900 | 37463 | 13437 | | 22673 | 17739 | 3259 | 6497 | 6799 | 4710 |
| 新密市 | 25934 | 21033 | 4301 | 2949 | 28194 | 20365 | 5038 | 6491 | 7023 | 4388 |
| 中牟县 | 19678 | 17664 | 892 | 631 | 17556 | 14464 | 2702 | 6518 | 7085 | 3945 |
| **开封市** | | | | | | | | | | |
| 杞　县 | 8925 | 5864 | 3061 | 1307 | 13772 | 10285 | 3436 | 3901 | 4096 | 3455 |
| 通许县 | 7698 | 4993 | 2705 | 1200 | 11324 | 8815 | 2509 | 4444 | 4367 | 3805 |
| 尉氏县 | 24006 | 5687 | 18219 | 2620 | 15170 | 10813 | 4276 | 4516 | 4721 | 4163 |
| 开封县 | 8689 | 5152 | 3177 | 100 | 9998 | 6342 | 2592 | 4007 | 4019 | 4389 |
| 兰考县 | 8712 | 5629 | 3083 | 1801 | 10965 | 9059 | 1658 | 4176 | 4252 | 3833 |
| **洛阳市** | | | | | | | | | | |
| 偃师市 | 16504 | 5599 | 8937 | 80 | 19247 | 14631 | 3294 | 5749 | 5933 | 5113 |
| 孟津县 | 16701 | 15708 | 883 | 5936 | 11806 | 7916 | 3137 | 4875 | 5114 | 4304 |
| 新安县 | 35860 | 30235 | 5625 | 336 | 14979 | 11423 | 2018 | 5660 | 6044 | 5151 |
| 栾川县 | 11880 | 4380 | 7500 | 150 | 11501 | 9207 | 2170 | 5170 | 5229 | 5008 |
| 嵩　县 | 11963 | 9804 | 2159 | 239 | 9948 | 5925 | 1837 | 4769 | 5174 | 3954 |
| 汝阳县 | 7218 | 3410 | 3808 | | 8414 | 6564 | 1839 | 4175 | 4244 | 4133 |
| 宜阳县 | 7885 | 4911 | 2974 | | 12279 | 10482 | 1760 | 4409 | 4538 | 3772 |
| 洛宁县 | 10817 | 5671 | 5146 | 600 | 8964 | 7240 | 1660 | 4195 | 4550 | 3205 |
| 伊川县 | 5513 | 3661 | 1852 | | 12289 | 7849 | 3265 | 4804 | 4845 | 4784 |
| **平顶山市** | | | | | | | | | | |
| 汝州市 | 16267 | 6915 | 7579 | 1967 | 23420 | 16254 | 5097 | 4655 | 4611 | 4801 |
| 舞钢市 | 5174 | 3064 | 1406 | 3693 | 15690 | 5401 | 3303 | 5185 | 4830 | 4587 |
| 宝丰县 | 10807 | 7960 | 1185 | 238 | 11493 | 7577 | 2151 | 4168 | 4037 | 4560 |
| 叶　县 | 11289 | 4560 | 6409 | 50 | 12046 | 8675 | 2544 | 3996 | 4234 | 3465 |
| 鲁山县 | 12340 | 3894 | 2410 | 140 | 13157 | 9842 | 3160 | 4272 | 4416 | 3960 |
| 郏　县 | 2383 | 1347 | 573 | 640 | 9631 | 6687 | 2352 | 4351 | 4632 | 4635 |
| **安阳市** | | | | | | | | | | |
| 林州市 | 8157 | 4533 | 3444 | 50 | 30363 | 20451 | 642 | 5664 | 6189 | 5272 |
| 安阳县 | 3892 | 3044 | 848 | 1098 | 19566 | 13868 | 537 | 4578 | 4977 | 3836 |
| 汤阴县 | 9399 | 6982 | 1846 | | 12111 | 7764 | 292 | 4461 | 4743 | 4158 |
| 滑　县 | 9379 | 6903 | 2193 | 445 | 16612 | 9373 | 153 | 4357 | 4730 | 3918 |
| 内黄县 | 8600 | 3460 | 5140 | 655 | 9874 | 7155 | 4 | 4394 | 4797 | 3793 |
| **鹤壁市** | | | | | | | | | | |
| 浚　县 | 3080 | 1774 | 1250 | | 13225 | 10227 | 2132 | 4318 | 4339 | 4332 |
| 淇　县 | 13517 | 9445 | 4072 | 9950 | 12461 | 8958 | 1715 | 4714 | 4663 | 5155 |
| **新乡市** | | | | | | | | | | |
| 卫辉市 | 2420 | 2360 | | 1050 | 12216 | 7521 | 2615 | 3475 | 4125 | 3214 |
| 辉县市 | 30935 | 23583 | 7352 | 1471 | 24637 | 21646 | 1878 | 4407 | 5289 | 3097 |
| 新乡县 | 7756 | 4792 | 569 | 150 | 15532 | 8595 | 4414 | 4824 | 5570 | 4173 |
| 获嘉县 | 3362 | 2512 | 850 | 445 | 12904 | 10091 | 2443 | 4964 | 5261 | 4050 |

19—3 续表 1　　(1998 年)

| 县　市 | 国有单位固定资产投资(万元) | #基本建设 | #更新改造 | 城镇集体单位固定资产投资(万元) | 在岗职工工资总额(万元) | #国有及国有控股单位 | #城镇集体单位 | 在岗职工平均工资(元) | #国有及国有控股单位 | #城镇集体单位 |
|---|---|---|---|---|---|---|---|---|---|---|
| 原阳县 | 12222 | 3316 | 8756 | | 9639 | 6855 | 2701 | 4030 | 4114 | 3863 |
| 延津县 | 12184 | 10903 | 1194 | 150 | 10280 | 7482 | 2662 | 3832 | 4157 | 3133 |
| 封丘县 | 10302 | 7302 | 3000 | | 8309 | 5567 | 2698 | 3598 | 3828 | 3209 |
| 长垣县 | 10121 | 9721 | 400 | | 9567 | 7273 | 2114 | 3564 | 3562 | 3314 |
| **焦作市** | | | | | | | | | | |
| 沁阳市 | 17698 | 12533 | 4585 | 5338 | 15205 | 13237 | 1493 | 4886 | 5265 | 3416 |
| 修武县 | 14227 | 11569 | 2658 | 1165 | 8249 | 7494 | 644 | 4278 | 4431 | 3349 |
| 博爱县 | 28370 | 21049 | 5009 | 2116 | 13475 | 10743 | 2208 | 4590 | 4820 | 4179 |
| 武陟县 | 44605 | 37211 | 6394 | 475 | 13405 | 11100 | 1665 | 4159 | 4489 | 3428 |
| 温　县 | 32530 | 25638 | 6892 | | 11150 | 9463 | 776 | 4356 | 4620 | 3340 |
| 孟州市 | 19848 | 14134 | 5102 | 454 | 13158 | 10308 | 1668 | 4939 | 5308 | 3634 |
| **濮阳市** | | | | | | | | | | |
| 清丰县 | 7029 | 3036 | 2771 | 512 | 11632 | 10476 | 807 | 4227 | 4411 | 2820 |
| 南乐县 | 7574 | 5071 | 2226 | 198 | 10067 | 7334 | 2543 | 3783 | 4067 | 3147 |
| 范　县 | 13041 | 11177 | 1500 | 300 | 8856 | 6906 | 793 | 4255 | 4319 | 2672 |
| 台前县 | 8591 | 8177 | | 278 | 5342 | 4350 | 991 | 4294 | 4438 | 3764 |
| 濮阳县 | 12467 | 10539 | 1300 | 804 | 15940 | 11429 | 4220 | 3996 | 4169 | 3734 |
| **许昌市** | | | | | | | | | | |
| 禹州市 | 38303 | 26960 | 10815 | 1399 | 23804 | 19097 | 3205 | 4436 | 4656 | 3738 |
| 长葛市 | 31279 | 28042 | 2732 | 22883 | 22930 | 12932 | 6841 | 5450 | 5938 | 4900 |
| 许昌县 | 17757 | 13081 | 4550 | 3008 | 13321 | 9327 | 2556 | 4510 | 4705 | 4827 |
| 鄢陵县 | 13102 | 5854 | 4738 | 1920 | 12458 | 8602 | 2943 | 4515 | 4887 | 3955 |
| 襄城县 | 6761 | 2040 | 4721 | 100 | 10008 | 8531 | 1447 | 4688 | 4804 | 4142 |
| **漯河市** | | | | | | | | | | |
| 舞阳县 | 15907 | 12274 | 3373 | 13020 | 10398 | 5754 | 2931 | 4071 | 4128 | 4479 |
| 临颍县 | 23917 | 14094 | 8723 | 137 | 19572 | 11364 | 6314 | 3957 | 4414 | 3298 |
| 郾城县 | 22441 | 11949 | 9530 | 8823 | 19609 | 12435 | 6050 | 5060 | 5206 | 4954 |
| **三门峡市** | | | | | | | | | | |
| 义马市 | 70308 | 68151 | 1708 | 771 | 29566 | 3301 | 2537 | 4676 | 5954 | 3383 |
| 灵宝市 | 48094 | 36542 | 11140 | 470 | 25097 | 20685 | 3332 | 5486 | 5481 | 5658 |
| 渑池县 | 57677 | 38506 | 18996 | | 12972 | 9971 | 2023 | 5231 | 5796 | 4024 |
| 陕　县 | 50038 | 31739 | 17924 | 410 | 14606 | 12248 | 2228 | 5263 | 5492 | 4337 |
| 卢氏县 | 23988 | 18417 | 5571 | 235 | 8536 | 6619 | 1852 | 4634 | 5173 | 3439 |
| **南阳市** | | | | | | | | | | |
| 邓州市 | 37577 | 25638 | 7762 | 2108 | 25078 | 15283 | 9196 | 4377 | 4426 | 4373 |
| 南召县 | 14626 | 13985 | 641 | 194 | 10536 | 8492 | 1572 | 4223 | 4919 | 2490 |
| 方城县 | 26167 | 18603 | 7200 | 852 | 14703 | 10883 | 2965 | 4666 | 4970 | 4368 |
| 西峡县 | 23463 | 19372 | 2899 | 1426 | 13563 | 9577 | 1492 | 4705 | 5156 | 3485 |
| 镇平县 | 15197 | 10787 | 780 | 236 | 17330 | 10431 | 4102 | 4635 | 5219 | 4277 |
| 内乡县 | 14064 | 12443 | 1621 | 2453 | 13731 | 8355 | 2766 | 4351 | 4951 | 3858 |
| 淅川县 | 21286 | 8711 | 12025 | 1095 | 17716 | 12920 | 3319 | 4529 | 4703 | 4012 |
| 社旗县 | 21612 | 15717 | 5738 | 302 | 11118 | 8771 | 1864 | 4849 | 5223 | 4336 |
| 唐河县 | 20319 | 17113 | 979 | 1124 | 20779 | 13032 | 5822 | 4603 | 5093 | 4066 |

19—3 续表 2 (1998 年)

| 县　市 | 国有单位固定资产投资(万元) | #基本建设 | #更新改造 | 城镇集体单位固定资产投资(万元) | 在岗职工工资总额(万元) | #国有及国有控股单位 | #城镇集体单位 | 在岗职工平均工资(元) | #国有及国有控股单位 | #城镇集体单位 |
|---|---|---|---|---|---|---|---|---|---|---|
| 新野县 | 17901 | 10330 | 3879 | 2020 | 22023 | 10059 | 4394 | 4612 | 4951 | 4098 |
| 桐柏县 | 19739 | 13122 | 5848 | 60 | 11174 | 7976 | 2027 | 4682 | 4981 | 4300 |
| 商丘市 | | | | | | | | | | |
| 虞城县 | 11049 | 7877 | 3022 | 360 | 15606 | 11939 | 3345 | 4223 | 4431 | 3699 |
| 民权县 | 17286 | 4633 | 4923 | 398 | 12885 | 9449 | 2617 | 3866 | 3931 | 3649 |
| 宁陵县 | 14195 | 4417 | 4157 | | 11689 | 8923 | 2675 | 4272 | 4467 | 3803 |
| 睢　县 | 18805 | 12612 | 5535 | 200 | 13809 | 7522 | 3403 | 4126 | 4234 | 3515 |
| 夏邑县 | 22185 | 16932 | 4723 | 884 | 11982 | 8797 | 3025 | 4145 | 4312 | 3714 |
| 柘城县 | 10512 | 5303 | 5072 | | 12762 | 9902 | 2755 | 3451 | 3407 | 3774 |
| 永城市 | 41472 | 33058 | 4219 | 870 | 31482 | 14918 | 3671 | 5580 | 4800 | 4033 |
| 信阳市 | | | | | | | | | | |
| 息　县 | 23662 | 20167 | 3495 | 610 | 14642 | 6925 | 6346 | 4945 | 4348 | 5889 |
| 淮滨县 | 18683 | 15089 | 3584 | 294 | 12501 | 8289 | 3832 | 4219 | 4718 | 3689 |
| 潢川县 | 24413 | 20275 | 3843 | 755 | 17101 | 9896 | 3383 | 4256 | 4741 | 3177 |
| 光山县 | 16296 | 13800 | 2496 | 500 | 15114 | 9581 | 4949 | 4387 | 4440 | 4251 |
| 固始县 | 28828 | 26522 | 2306 | 1021 | 22420 | 13791 | 6331 | 4634 | 4867 | 4313 |
| 商城县 | 17640 | 13636 | 3426 | 345 | 13072 | 8848 | 3077 | 4374 | 4693 | 3858 |
| 罗山县 | 13457 | 10750 | 2707 | | 14913 | 10399 | 2448 | 4605 | 5058 | 3963 |
| 新　县 | 22670 | 18859 | 3811 | | 7821 | 5927 | 983 | 5236 | 5145 | 4409 |
| 周口地区 | | | | | | | | | | |
| 周口市 | 52301 | 31280 | 12235 | 120 | 37588 | 32017 | 4016 | 4336 | 4601 | 3346 |
| 项城市 | 31281 | 12060 | 17857 | | 27357 | 14455 | 3071 | 5285 | 5211 | 4370 |
| 扶沟县 | 12267 | 9845 | 150 | 217 | 13823 | 9233 | 4339 | 4011 | 4423 | 3384 |
| 西华县 | 25899 | 14358 | 8733 | 7738 | 12840 | 9797 | 2984 | 4179 | 4476 | 3367 |
| 商水县 | 11664 | 11164 | 500 | 75 | 15111 | 10639 | 3915 | 4213 | 4405 | 3886 |
| 太康县 | 24053 | 21049 | 2047 | 88 | 19828 | 12255 | 7354 | 3818 | 4368 | 3514 |
| 鹿邑县 | 6430 | 5608 | 822 | 1057 | 15444 | 10911 | 4419 | 3720 | 3713 | 3950 |
| 郸城县 | 12868 | 12868 | | 140 | 15560 | 10662 | 4042 | 4094 | 4464 | 3330 |
| 淮阳县 | 18403 | 13350 | 2000 | 5304 | 15823 | 12339 | 3043 | 4521 | 4856 | 3582 |
| 沈丘县 | 25650 | 24512 | 1008 | 640 | 17752 | 12656 | 4290 | 3662 | 3979 | 3007 |
| 驻马店地区 | | | | | | | | | | |
| 驻马店市 | 57921 | 49025 | 3179 | 4977 | 40819 | 35759 | 1752 | 5588 | 5914 | 3827 |
| 确山县 | 7203 | 3504 | 2657 | | 11114 | 9058 | 1914 | 4732 | 4866 | 3866 |
| 泌阳县 | 12098 | 11014 | 1084 | 588 | 15265 | 10311 | 4378 | 4866 | 5013 | 4778 |
| 遂平县 | 21816 | 15930 | 3687 | 1223 | 15259 | 9286 | 2036 | 4669 | 4430 | 3762 |
| 西平县 | 16197 | 11667 | 1270 | 1765 | 12274 | 10142 | 2044 | 4345 | 4583 | 3499 |
| 上蔡县 | 15374 | 7610 | 6304 | 430 | 15419 | 10201 | 4917 | 4253 | 4410 | 3958 |
| 汝南县 | 11085 | 3413 | 5534 | 415 | 14025 | 10550 | 3350 | 4518 | 4479 | 4693 |
| 平舆县 | 17041 | 8363 | 5000 | | 7872 | 6145 | 1727 | 2905 | 3295 | 2044 |
| 新蔡县 | 9566 | 7072 | | 1038 | 11332 | 8688 | 2632 | 3991 | 4293 | 3251 |
| 正阳县 | 11390 | 6307 | 4845 | 418 | 12417 | 9647 | 2428 | 4407 | 4555 | 4130 |
| 济源市 | | | | | | | | | | |
| 济源市 | 36887 | 25379 | 10393 | 3761 | 36068 | 27045 | 7454 | 4881 | 5300 | 3938 |

# 19—4 各县(市)农业生产条件

(1998年)

| 县　市 | 乡　村劳动力(万人) | 耕地面积(千公顷) | 农用机械总动力(万千瓦) | 农田有效灌溉面积(千公顷) | 化肥施用折纯量(吨) | 农村用电量(万千瓦小时) | 农　药使用量(吨) | 地　膜使用量(吨) |
|---|---|---|---|---|---|---|---|---|
| **郑州市** | | | | | | | | |
| 巩义市 | 34.50 | 34.06 | 46.81 | 14.76 | 13386 | 134034 | 268 | 110 |
| 荥阳市 | 26.01 | 45.47 | 48.13 | 28.63 | 28878 | 25215 | 377 | 102 |
| 新郑市 | 27.53 | 40.52 | 48.42 | 25.70 | 24943 | 11730 | 471 | 183 |
| 登封市 | 27.44 | 35.01 | 25.14 | 12.62 | 29112 | 9547 | 221 | 51 |
| 新密市 | 31.08 | 42.58 | 32.20 | 13.65 | 24511 | 59730 | 222 | 91 |
| 中牟县 | 32.12 | 60.72 | 75.59 | 56.04 | 37593 | 4652 | 710 | 1342 |
| **开封市** | | | | | | | | |
| 杞　县 | 48.94 | 83.10 | 81.12 | 67.38 | 44039 | 6727 | 1627 | 936 |
| 通许县 | 26.41 | 49.92 | 55.88 | 47.58 | 32948 | 3263 | 1166 | 593 |
| 尉氏县 | 36.93 | 78.35 | 55.93 | 70.55 | 32892 | 4866 | 986 | 947 |
| 开封县 | 30.44 | 75.40 | 37.55 | 63.38 | 33747 | 5663 | 530 | 883 |
| 兰考县 | 29.09 | 62.80 | 56.79 | 58.12 | 36166 | 5658 | 925 | 244 |
| **洛阳市** | | | | | | | | |
| 偃师市 | 39.17 | 48.01 | 60.59 | 33.54 | 29339 | 33198 | 619 | 88 |
| 孟津县 | 20.83 | 36.68 | 22.02 | 12.59 | 14274 | 6760 | 210 | 123 |
| 新安县 | 22.97 | 36.17 | 22.05 | 5.26 | 13082 | 1875 | 191 | 86 |
| 栾川县 | 14.74 | 11.32 | 18.50 | 2.85 | 4996 | 2478 | 42 | 52 |
| 嵩　县 | 24.59 | 31.77 | 22.01 | 7.84 | 13371 | 2488 | 118 | 24 |
| 汝阳县 | 20.37 | 25.86 | 14.65 | 14.22 | 13340 | 3399 | 132 | 41 |
| 宜阳县 | 29.25 | 58.16 | 22.98 | 13.13 | 27827 | 5240 | 211 | 298 |
| 洛宁县 | 22.41 | 43.92 | 8.78 | 9.58 | 11237 | 2355 | 116 | 198 |
| 伊川县 | 33.36 | 53.61 | 24.22 | 24.89 | 16608 | 15380 | 129 | 68 |
| **平顶山市** | | | | | | | | |
| 汝州市 | 41.98 | 62.52 | 36.48 | 41.48 | 53138 | 7308 | 269 | 83 |
| 舞钢市 | 13.17 | 20.16 | 8.10 | 8.55 | 9991 | 1333 | 57 | 25 |
| 宝丰县 | 25.84 | 33.12 | 16.36 | 21.33 | 16785 | 4207 | 140 | 74 |
| 叶　县 | 42.25 | 66.19 | 27.46 | 43.98 | 40124 | 3888 | 167 | 104 |
| 鲁山县 | 39.17 | 35.05 | 18.70 | 24.09 | 16951 | 5197 | 197 | 50 |
| 郏　县 | 31.44 | 39.66 | 28.19 | 27.70 | 25786 | 3479 | 293 | 85 |
| **安阳市** | | | | | | | | |
| 林州市 | 36.29 | 51.27 | 44.63 | 32.48 | 27310 | 28951 | 321 | 76 |
| 安阳县 | 50.84 | 84.22 | 57.98 | 57.60 | 37953 | 31453 | 1018 | 90 |
| 汤阴县 | 17.87 | 41.35 | 39.52 | 32.75 | 21498 | 7939 | 450 | 205 |
| 滑　县 | 64.45 | 114.23 | 197.34 | 92.11 | 87806 | 12498 | 1603 | 93 |
| 内黄县 | 30.49 | 63.90 | 54.82 | 53.62 | 31957 | 8963 | 1513 | 102 |
| **鹤壁市** | | | | | | | | |
| 浚　县 | 28.34 | 62.27 | 88.35 | 52.11 | 37597 | 7735 | 1144 | 64 |
| 淇　县 | 11.15 | 21.05 | 18.35 | 19.68 | 10596 | 3096 | 269 | 55 |
| **新乡市** | | | | | | | | |
| 卫辉市 | 18.65 | 37.90 | 30.22 | 31.87 | 19499 | 6848 | 666 | 138 |
| 辉县市 | 31.25 | 57.49 | 56.88 | 48.92 | 32674 | 59792 | 591 | 67 |
| 新乡县 | 19.40 | 30.78 | 32.83 | 29.94 | 30856 | 27064 | 685 | 82 |
| 获嘉县 | 14.00 | 29.21 | 36.34 | 28.63 | 23887 | 5785 | 415 | 160 |

19—4 续表 1　　　　(1998 年)

| 县　市 | 乡　村劳动力（万人） | 耕地面积（千公顷） | 农用机械总动力（万千瓦） | 农田有效灌溉面积（千公顷） | 化肥施用折纯量（吨） | 农村用电量（万千瓦小时） | 农　药使用量（吨） | 地　膜使用量（吨） |
|---|---|---|---|---|---|---|---|---|
| 原阳县 | 24.60 | 52.98 | 88.10 | 50.89 | 31461 | 4244 | 562 | 102 |
| 延津县 | 16.71 | 42.07 | 39.48 | 35.73 | 15910 | 5447 | 932 | 41 |
| 封丘县 | 29.87 | 61.13 | 57.62 | 51.43 | 33529 | 4423 | 1357 | 194 |
| 长垣县 | 39.24 | 57.84 | 41.91 | 41.54 | 30604 | 5641 | 366 | 109 |
| **焦作市** | | | | | | | | |
| 沁阳市 | 19.00 | 26.68 | 50.50 | 26.12 | 24184 | 14494 | 425 | 20 |
| 修武县 | 10.58 | 23.90 | 34.87 | 20.65 | 14191 | 7177 | 200 | 19 |
| 博爱县 | 16.51 | 21.89 | 31.40 | 21.11 | 15435 | 13610 | 444 | 64 |
| 武陟县 | 24.86 | 40.47 | 68.67 | 37.80 | 36439 | 11801 | 675 | 70 |
| 温　县 | 20.23 | 23.52 | 30.58 | 24.15 | 17469 | 14151 | 277 | 22 |
| 孟州市 | 15.56 | 22.47 | 35.45 | 22.32 | 18668 | 10862 | 703 | 128 |
| **濮阳市** | | | | | | | | |
| 清丰县 | 27.63 | 56.88 | 47.52 | 55.63 | 45419 | 9729 | 983 | 198 |
| 南乐县 | 18.81 | 33.22 | 45.46 | 32.32 | 26440 | 6940 | 662 | 271 |
| 范　县 | 14.94 | 33.70 | 18.67 | 32.90 | 13782 | 1793 | 232 | 23 |
| 台前县 | 15.86 | 17.99 | 17.33 | 14.60 | 6581 | 3111 | 85 | 79 |
| 濮阳县 | 43.75 | 87.83 | 87.98 | 72.74 | 36460 | 6219 | 1218 | 174 |
| **许昌市** | | | | | | | | |
| 禹州市 | 62.22 | 76.67 | 59.97 | 40.56 | 31310 | 12732 | 425 | 191 |
| 长葛市 | 31.99 | 42.01 | 33.30 | 38.98 | 35356 | 9674 | 464 | 117 |
| 许昌县 | 41.78 | 66.92 | 33.55 | 50.78 | 34178 | 8780 | 561 | 214 |
| 鄢陵县 | 31.84 | 61.29 | 50.40 | 50.10 | 37185 | 3859 | 931 | 505 |
| 襄城县 | 47.67 | 54.54 | 24.80 | 36.55 | 28134 | 5892 | 354 | 153 |
| **漯河市** | | | | | | | | |
| 舞阳县 | 30.89 | 48.34 | 27.98 | 35.31 | 26144 | 3804 | 675 | 219 |
| 临颍县 | 34.81 | 49.59 | 44.48 | 38.92 | 21336 | 17867 | 708 | 610 |
| 郾城县 | 47.89 | 65.43 | 56.02 | 59.51 | 42633 | 11427 | 848 | 842 |
| **三门峡市** | | | | | | | | |
| 义马市 | 2.18 | 2.16 | 2.80 | 0.46 | 678 | 2783 | 13 | 22 |
| 灵宝市 | 35.61 | 53.93 | 32.33 | 22.20 | 42639 | 8663 | 1061 | 247 |
| 渑池县 | 14.31 | 40.70 | 19.22 | 4.83 | 15411 | 2661 | 165 | 332 |
| 陕　县 | 15.46 | 34.43 | 21.91 | 11.83 | 16485 | 3725 | 346 | 117 |
| 卢氏县 | 16.76 | 26.16 | 12.99 | 4.37 | 8603 | 1435 | 104 | 167 |
| **南阳市** | | | | | | | | |
| 邓州市 | 68.43 | 155.79 | 31.98 | 73.27 | 71730 | 11000 | 3475 | 734 |
| 南召县 | 21.01 | 26.91 | 6.19 | 13.56 | 13535 | 2690 | 106 | 35 |
| 方城县 | 45.01 | 100.46 | 19.00 | 31.10 | 47414 | 5770 | 691 | 402 |
| 西峡县 | 18.06 | 18.07 | 10.51 | 7.52 | 12763 | 4410 | 237 | 135 |
| 镇平县 | 42.31 | 70.31 | 18.56 | 37.21 | 34132 | 7140 | 794 | 303 |
| 内乡县 | 27.08 | 47.43 | 15.18 | 15.79 | 30808 | 5840 | 416 | 98 |
| 淅川县 | 31.36 | 44.52 | 18.83 | 14.47 | 27117 | 17390 | 209 | 193 |
| 社旗县 | 28.76 | 71.92 | 18.29 | 20.81 | 29113 | 2800 | 959 | 226 |
| 唐河县 | 60.15 | 132.93 | 17.96 | 48.11 | 68085 | 5310 | 2717 | 825 |

19—4 续表 2　　(1998 年)

| 县　市 | 乡村劳动力(万人) | 耕地面积(千公顷) | 农用机械总动力(万千瓦) | 农田有效灌溉面积(千公顷) | 化肥施用折纯量(吨) | 农村用电量(万千瓦小时) | 农药使用量(吨) | 地膜使用量(吨) |
|---|---|---|---|---|---|---|---|---|
| 新野县 | 37.56 | 64.91 | 27.60 | 49.15 | 44769 | 10180 | 2200 | 680 |
| 桐柏县 | 18.11 | 30.77 | 19.30 | 19.19 | 18202 | 1890 | 313 | 138 |
| **商丘市** | | | | | | | | |
| 虞城县 | 49.51 | 91.98 | 49.29 | 74.41 | 52849 | 9331 | 1187 | 380 |
| 民权县 | 37.72 | 68.98 | 51.41 | 52.87 | 36714 | 2959 | 1178 | 939 |
| 宁陵县 | 29.11 | 45.36 | 38.27 | 41.35 | 29134 | 4110 | 792 | 247 |
| 睢　县 | 37.94 | 56.97 | 47.34 | 54.58 | 34843 | 2685 | 932 | 293 |
| 夏邑县 | 52.73 | 86.06 | 72.79 | 75.00 | 47542 | 5555 | 1356 | 232 |
| 柘城县 | 45.14 | 69.11 | 40.28 | 54.14 | 33645 | 3317 | 1361 | 626 |
| 永城市 | 66.57 | 106.55 | 78.31 | 91.43 | 66368 | 8256 | 1591 | 639 |
| **信阳市** | | | | | | | | |
| 息　县 | 42.87 | 93.81 | 28.58 | 50.67 | 45939 | 4157 | 810 | 385 |
| 淮滨县 | 30.35 | 52.52 | 22.78 | 22.97 | 23173 | 1950 | 582 | 196 |
| 潢川县 | 35.53 | 62.82 | 18.28 | 50.59 | 28920 | 2505 | 398 | 205 |
| 光山县 | 34.41 | 50.35 | 15.89 | 37.91 | 20073 | 5671 | 177 | 66 |
| 固始县 | 76.90 | 92.83 | 23.74 | 81.77 | 42816 | 7905 | 1103 | 537 |
| 商城县 | 33.51 | 31.31 | 11.53 | 22.24 | 11428 | 2960 | 331 | 94 |
| 罗山县 | 32.19 | 54.49 | 16.45 | 44.10 | 21444 | 2814 | 528 | 218 |
| 新　县 | 13.53 | 13.09 | 6.09 | 8.04 | 4721 | 1277 | 133 | 10 |
| **周口地区** | | | | | | | | |
| 周口市 | 6.42 | 6.70 | 4.42 | 5.53 | 2833 | 2372 | 101 | 49 |
| 项城市 | 52.12 | 65.64 | 36.26 | 44.49 | 37892 | 7800 | 2325 | 602 |
| 扶沟县 | 31.71 | 75.25 | 74.57 | 65.63 | 53908 | 5134 | 2897 | 1028 |
| 西华县 | 40.22 | 73.28 | 63.62 | 59.85 | 56974 | 4724 | 1674 | 670 |
| 商水县 | 57.78 | 89.63 | 53.60 | 65.80 | 44067 | 4154 | 1271 | 330 |
| 太康县 | 59.77 | 114.26 | 92.04 | 80.52 | 85319 | 7539 | 2899 | 1553 |
| 鹿邑县 | 53.25 | 82.81 | 53.38 | 61.49 | 34157 | 5683 | 1177 | 516 |
| 郸城县 | 59.69 | 98.84 | 52.17 | 50.83 | 59630 | 5210 | 1865 | 1106 |
| 淮阳县 | 55.14 | 96.52 | 56.95 | 58.84 | 55013 | 11369 | 2766 | 1159 |
| 沈丘县 | 54.06 | 67.03 | 39.16 | 45.08 | 44993 | 7738 | 977 | 310 |
| **驻马店地区** | | | | | | | | |
| 驻马店市 | 6.57 | 10.28 | 10.91 | 7.44 | 3599 | 15397 | 80 | 48 |
| 确山县 | 33.16 | 82.72 | 53.20 | 31.26 | 44450 | 2923 | 381 | 269 |
| 泌阳县 | 44.01 | 96.31 | 35.41 | 26.89 | 38815 | 3463 | 298 | 290 |
| 遂平县 | 30.10 | 66.00 | 42.32 | 41.87 | 47693 | 4679 | 205 | 184 |
| 西平县 | 44.70 | 76.53 | 40.08 | 43.64 | 53783 | 10668 | 302 | 282 |
| 上蔡县 | 63.32 | 103.91 | 55.62 | 57.59 | 51828 | 4721 | 647 | 481 |
| 汝南县 | 42.42 | 102.26 | 49.84 | 53.81 | 69870 | 3788 | 750 | 405 |
| 平舆县 | 48.81 | 79.52 | 38.92 | 34.50 | 46321 | 3064 | 404 | 365 |
| 新蔡县 | 52.32 | 98.79 | 26.36 | 34.44 | 47024 | 3770 | 955 | 418 |
| 正阳县 | 38.93 | 102.46 | 52.93 | 36.71 | 65821 | 2656 | 684 | 407 |
| **济源市** | | | | | | | | |
| 济源市 | 25.76 | 39.74 | 55.93 | 24.02 | 21377 | 16654 | 432 | 94 |

## 19—5 各县(市)农林牧渔业总产值和农民人均纯收入

(1998年)

| 县　市 | 农林牧渔业总产值(万元) | #农业 | #种植业 | #牧业 | 农林牧渔业总产值指数(以上年为100) | #农业 | #种植业 | #牧业 | 农民人均纯收入(元) |
|---|---|---|---|---|---|---|---|---|---|
| **郑州市** | | | | | | | | | |
| 巩义市 | 59862 | 41106 | 37836 | 15906 | 113.9 | 120.5 | 123.3 | 103.4 | 2718.56 |
| 荥阳市 | 102162 | 60333 | 56271 | 40590 | 110.5 | 123.6 | 125.8 | 99.2 | 2459.41 |
| 新郑市 | 104509 | 69687 | 65295 | 33840 | 110.1 | 113.1 | 115.0 | 105.6 | 2477.59 |
| 登封市 | 75340 | 43037 | 41333 | 26882 | 128.5 | 146.4 | 168.5 | 114.3 | 2234.48 |
| 新密市 | 71024 | 43003 | 39521 | 25861 | 113.2 | 125.0 | 127.1 | 101.3 | 2485.53 |
| 中牟县 | 183344 | 118509 | 115990 | 55436 | 107.3 | 108.9 | 110.8 | 105.6 | 2340.44 |
| **开封市** | | | | | | | | | |
| 杞　县 | 297567 | 205742 | 197764 | 86951 | 110.7 | 111.1 | 107.7 | 111.4 | 1888.73 |
| 通许县 | 186246 | 133190 | 130070 | 47685 | 113.2 | 115.1 | 120.1 | 110.0 | 1998.04 |
| 尉氏县 | 206693 | 133241 | 130140 | 65259 | 114.4 | 107.2 | 107.4 | 131.4 | 1852.24 |
| 开封县 | 211718 | 140373 | 129723 | 57569 | 110.1 | 106.9 | 109.9 | 117.3 | 2108.23 |
| 兰考县 | 166182 | 106061 | 102268 | 51983 | 110.0 | 106.7 | 105.7 | 125.0 | 1779.02 |
| **洛阳市** | | | | | | | | | |
| 偃师市 | 122897 | 75074 | 64252 | 46340 | 118.6 | 113.0 | 115.1 | 125.6 | 2519.98 |
| 孟津县 | 47911 | 32173 | 32117 | 12916 | 114.5 | 129.8 | 129.9 | 96.9 | 1674.18 |
| 新安县 | 53819 | 35652 | 32663 | 15865 | 149.6 | 166.4 | 185.3 | 136.0 | 1641.43 |
| 栾川县 | 36424 | 18251 | 13889 | 10841 | 127.6 | 140.0 | 170.5 | 118.8 | 1529.01 |
| 嵩　县 | 54356 | 27571 | 25837 | 18272 | 136.4 | 175.4 | 183.9 | 116.3 | 1396.25 |
| 汝阳县 | 47115 | 26449 | 22799 | 16386 | 131.3 | 141.8 | 159.4 | 130.9 | 1501.19 |
| 宜阳县 | 84383 | 66044 | 57873 | 16066 | 141.1 | 166.7 | 196.6 | 92.2 | 1506.41 |
| 洛宁县 | 80505 | 54693 | 50913 | 19111 | 121.5 | 128.6 | 132.4 | 103.3 | 1497.88 |
| 伊川县 | 87501 | 51201 | 49573 | 34757 | 140.4 | 168.9 | 175.4 | 116.2 | 1839.04 |
| **平顶山市** | | | | | | | | | |
| 汝州市 | 175825 | 80355 | 71015 | 90086 | 111.9 | 122.2 | 126.8 | 106.5 | 2121.93 |
| 舞钢市 | 46703 | 25551 | 25511 | 17861 | 108.7 | 106.0 | 106.0 | 113.7 | 1885.09 |
| 宝丰县 | 74236 | 45984 | 40984 | 26193 | 111.1 | 107.7 | 108.5 | 115.8 | 1904.47 |
| 叶　县 | 148555 | 77346 | 75766 | 67453 | 113.9 | 117.5 | 118.1 | 112.2 | 1722.39 |
| 鲁山县 | 91113 | 55539 | 51905 | 29725 | 116.8 | 120.4 | 126.5 | 112.3 | 1448.53 |
| 郏　县 | 100742 | 64098 | 62898 | 35409 | 114.0 | 109.1 | 109.1 | 127.2 | 1782.32 |
| **安阳市** | | | | | | | | | |
| 林州市 | 112851 | 54726 | 53280 | 43429 | 129.1 | 116.2 | 132.5 | 117.6 | 2269.01 |
| 安阳县 | 152493 | 110654 | 99778 | 37211 | 104.4 | 106.0 | 105.1 | 110.5 | 1862.39 |
| 汤阴县 | 101177 | 65302 | 62857 | 32892 | 103.5 | 109.4 | 109.8 | 96.8 | 1783.00 |
| 滑　县 | 262289 | 208821 | 206971 | 48859 | 103.0 | 101.0 | 101.0 | 108.5 | 1831.00 |
| 内黄县 | 200511 | 164368 | 164177 | 35113 | 103.0 | 103.1 | 103.1 | 103.8 | 1829.00 |
| **鹤壁市** | | | | | | | | | |
| 浚　县 | 158546 | 106282 | 98072 | 50221 | 105.1 | 106.9 | 107.2 | 102.2 | 1828.11 |
| 淇　县 | 91586 | 30057 | 26140 | 60066 | 118.1 | 101.4 | 101.9 | 126.9 | 2160.18 |
| **新乡市** | | | | | | | | | |
| 卫辉市 | 150620 | 79037 | 53433 | 69287 | 99.8 | 103.7 | 101.7 | 96.1 | 2225.13 |
| 辉县市 | 165540 | 92740 | 74990 | 67420 | 106.0 | 106.0 | 104.5 | 105.0 | 2204.36 |
| 新乡县 | 139510 | 92616 | 68378 | 41661 | 106.3 | 108.7 | 108.1 | 105.1 | 2631.51 |
| 获嘉县 | 84974 | 57162 | 54802 | 26079 | 110.1 | 107.8 | 108.0 | 114.3 | 2260.23 |

19—5 续表 1 （1998 年）

| 县 市 | 农林牧渔业总产值（万元） | #农业 | #种植业 | #牧业 | 农林牧渔业总产值指数(以上年为100) | #农业 | #种植业 | #牧业 | 农民人均纯收入（元） |
|---|---|---|---|---|---|---|---|---|---|
| 原阳县 | 156645 | 109331 | 96302 | 42295 | 106.9 | 105.0 | 103.8 | 111.9 | 2106.18 |
| 延津县 | 95957 | 72838 | 68028 | 20876 | 107.8 | 104.7 | 103.1 | 115.9 | 2020.42 |
| 封丘县 | 169543 | 126841 | 99001 | 38215 | 107.6 | 105.5 | 105.7 | 116.8 | 2072.10 |
| 长垣县 | 145834 | 105627 | 82736 | 33551 | 108.2 | 105.9 | 104.1 | 115.3 | 2162.93 |
| **焦作市** | | | | | | | | | |
| 沁阳市 | 111354 | 82151 | 48888 | 27853 | 105.0 | 103.3 | 100.8 | 109.2 | 2727.72 |
| 修武县 | 112898 | 58952 | 45099 | 52511 | 112.9 | 110.4 | 118.2 | 115.7 | 2678.57 |
| 博爱县 | 113919 | 89979 | 66205 | 22119 | 108.6 | 100.8 | 99.1 | 158.1 | 2715.54 |
| 武陟县 | 159675 | 80593 | 77793 | 76923 | 102.0 | 103.3 | 102.5 | 100.0 | 2675.83 |
| 温 县 | 105336 | 81600 | 67386 | 23046 | 107.9 | 105.0 | 104.9 | 117.3 | 2691.00 |
| 孟州市 | 84021 | 65153 | 50360 | 16923 | 106.9 | 104.4 | 102.4 | 112.4 | 2760.10 |
| **濮阳市** | | | | | | | | | |
| 清丰县 | 195562 | 134903 | 114164 | 57686 | 107.0 | 102.0 | 99.3 | 121.5 | 1948.00 |
| 南乐县 | 140654 | 89760 | 83379 | 50430 | 107.7 | 98.7 | 97.2 | 125.1 | 1869.81 |
| 范 县 | 67983 | 33941 | 27148 | 31057 | 104.6 | 90.1 | 81.7 | 122.7 | 1300.95 |
| 台前县 | 46278 | 17044 | 14364 | 26279 | 94.2 | 69.0 | 61.9 | 116.2 | 1278.00 |
| 濮阳县 | 196124 | 134108 | 111148 | 59306 | 105.3 | 96.6 | 93.7 | 129.1 | 1485.68 |
| **许昌市** | | | | | | | | | |
| 禹州市 | 198202 | 121995 | 94858 | 65797 | 113.2 | 115.0 | 124.8 | 110.4 | 2442.00 |
| 长葛市 | 180102 | 108181 | 81812 | 58823 | 105.7 | 101.5 | 100.0 | 114.4 | 2476.05 |
| 许昌县 | 200282 | 132751 | 112713 | 64515 | 105.0 | 100.8 | 99.3 | 114.1 | 2322.02 |
| 鄢陵县 | 224268 | 159671 | 154083 | 57288 | 111.3 | 108.1 | 106.8 | 120.8 | 2388.25 |
| 襄城县 | 158347 | 112056 | 106557 | 43029 | 118.9 | 111.5 | 112.2 | 140.9 | 1945.00 |
| **漯河市** | | | | | | | | | |
| 舞阳县 | 121238 | 65026 | 54677 | 44809 | 94.9 | 82.3 | 77.6 | 114.4 | 1973.12 |
| 临颍县 | 195492 | 141284 | 132180 | 51641 | 108.5 | 103.9 | 103.6 | 120.2 | 2351.00 |
| 郾城县 | 275890 | 182112 | 142754 | 91390 | 108.1 | 103.2 | 100.9 | 119.2 | 2348.26 |
| **三门峡市** | | | | | | | | | |
| 义马市 | 5045 | 3497 | 3122 | 1368 | 131.9 | 144.2 | 151.8 | 113.5 | 2221.61 |
| 灵宝市 | 152451 | 132596 | 126006 | 15371 | 124.7 | 128.8 | 129.9 | 113.9 | 2142.51 |
| 渑池县 | 76283 | 45461 | 44198 | 27675 | 123.7 | 131.6 | 132.4 | 108.4 | 1898.07 |
| 陕 县 | 57922 | 44253 | 41658 | 12015 | 133.8 | 138.8 | 141.6 | 123.1 | 1880.72 |
| 卢氏县 | 53631 | 39523 | 34284 | 6820 | 109.7 | 136.7 | 142.4 | 116.5 | 1466.75 |
| **南阳市** | | | | | | | | | |
| 邓州市 | 393275 | 290540 | 276674 | 99306 | 112.3 | 109.1 | 111.5 | 122.8 | 1930.67 |
| 南召县 | 91243 | 41855 | 35184 | 37306 | 108.6 | 106.3 | 112.3 | 108.0 | 1359.75 |
| 方城县 | 193302 | 121708 | 115682 | 66837 | 113.2 | 114.0 | 115.3 | 119.5 | 1714.36 |
| 西峡县 | 118505 | 72426 | 64586 | 31246 | 115.0 | 179.9 | 234.8 | 106.6 | 1937.67 |
| 镇平县 | 205333 | 145757 | 113397 | 54809 | 103.6 | 103.8 | 104.4 | 105.4 | 2083.80 |
| 内乡县 | 163560 | 99603 | 92172 | 53609 | 111.5 | 115.8 | 124.5 | 116.5 | 1868.49 |
| 淅川县 | 163035 | 106667 | 92865 | 47619 | 105.8 | 117.5 | 119.6 | 113.0 | 1362.43 |
| 社旗县 | 188007 | 121739 | 105883 | 64788 | 114.1 | 112.1 | 116.5 | 119.4 | 1852.42 |
| 唐河县 | 367241 | 260926 | 256288 | 99180 | 112.0 | 112.4 | 112.7 | 111.9 | 1998.44 |

19—5 续表 2 (1998 年)

| 县 市 | 农林牧渔业总产值(万元) | #农业 | #种植业 | #牧业 | 农林牧渔业总产值指数(以上年为100) | #农业 | #种植业 | #牧业 | 农民人均纯收入(元) |
|---|---|---|---|---|---|---|---|---|---|
| 新野县 | 254674 | 184773 | 176763 | 66012 | 107.7 | 106.0 | 106.3 | 111.8 | 2000.45 |
| 桐柏县 | 123360 | 67675 | 62697 | 34247 | 108.1 | 151.5 | 142.1 | 112.0 | 1357.61 |
| **商丘市** | | | | | | | | | |
| 虞城县 | 235615 | 174186 | 168610 | 55727 | 105.8 | 100.1 | 99.9 | 128.9 | 1300.66 |
| 民权县 | 185193 | 139278 | 131978 | 39385 | 121.9 | 124.2 | 126.4 | 109.2 | 1811.13 |
| 宁陵县 | 113863 | 81041 | 80170 | 24498 | 105.9 | 96.3 | 96.1 | 125.5 | 1486.10 |
| 睢 县 | 188293 | 120425 | 112425 | 51191 | 114.0 | 104.6 | 104.4 | 136.6 | 1369.00 |
| 夏邑县 | 228605 | 138996 | 132446 | 85258 | 117.6 | 98.5 | 98.2 | 173.7 | 1802.00 |
| 柘城县 | 211299 | 149639 | 143295 | 57327 | 110.5 | 107.5 | 107.8 | 119.2 | 1800.02 |
| 永城市 | 290239 | 197603 | 189603 | 81299 | 108.1 | 95.5 | 94.2 | 144.7 | 1800.16 |
| **信阳市** | | | | | | | | | |
| 息 县 | 172255 | 123126 | 117292 | 42123 | 106.2 | 99.5 | 98.8 | 128.0 | 1708.15 |
| 淮滨县 | 115871 | 72483 | 68544 | 38076 | 105.5 | 93.5 | 88.5 | 131.3 | 1501.01 |
| 潢川县 | 177641 | 103299 | 96285 | 61922 | 108.7 | 93.7 | 97.2 | 138.4 | 1851.65 |
| 光山县 | 136203 | 84754 | 78745 | 40115 | 108.1 | 101.5 | 102.3 | 122.9 | 1690.89 |
| 固始县 | 278764 | 167844 | 154788 | 87934 | 106.6 | 99.2 | 98.3 | 122.5 | 1596.10 |
| 商城县 | 142242 | 73580 | 63712 | 45146 | 109.8 | 101.3 | 109.4 | 118.9 | 1610.00 |
| 罗山县 | 161486 | 97323 | 86605 | 42566 | 108.2 | 104.8 | 106.7 | 111.3 | 1829.00 |
| 新 县 | 80434 | 32361 | 28239 | 20462 | 108.8 | 108.3 | 107.9 | 113.8 | 1938.00 |
| **周口地区** | | | | | | | | | |
| 周口市 | 24606 | 18480 | 17994 | 5074 | 109.7 | 104.4 | 101.5 | 139.0 | 2230.00 |
| 项城市 | 192281 | 124390 | 116040 | 61512 | 102.6 | 93.0 | 92.2 | 127.5 | 1865.04 |
| 扶沟县 | 211630 | 177783 | 174783 | 30711 | 99.5 | 98.5 | 97.6 | 102.1 | 1904.75 |
| 西华县 | 232320 | 170462 | 163767 | 55168 | 101.9 | 99.1 | 98.8 | 112.4 | 1926.13 |
| 商水县 | 200997 | 136519 | 128287 | 57182 | 92.9 | 86.4 | 85.1 | 106.7 | 1726.10 |
| 太康县 | 340410 | 234502 | 231952 | 97221 | 104.1 | 96.4 | 96.1 | 124.5 | 1868.06 |
| 鹿邑县 | 202258 | 141923 | 132338 | 53344 | 100.8 | 93.7 | 92.4 | 130.8 | 1806.00 |
| 郸城县 | 245177 | 184534 | 182158 | 55381 | 106.9 | 99.2 | 99.2 | 138.7 | 1670.38 |
| 淮阳县 | 255827 | 173798 | 171119 | 74084 | 106.5 | 99.6 | 98.8 | 124.0 | 1531.39 |
| 沈丘县 | 155026 | 83693 | 76553 | 66989 | 96.9 | 78.4 | 75.8 | 128.7 | 1650.15 |
| **驻马店地区** | | | | | | | | | |
| 驻马店市 | 23985 | 13352 | 12352 | 10180 | 116.9 | 106.8 | 99.3 | 131.3 | 2376.71 |
| 确山县 | 128360 | 66305 | 64705 | 55903 | 108.1 | 99.8 | 99.5 | 118.2 | 1604.11 |
| 泌阳县 | 203683 | 131616 | 125406 | 60050 | 123.0 | 139.0 | 144.0 | 110.8 | 1685.34 |
| 遂平县 | 165849 | 72101 | 67195 | 91721 | 108.7 | 98.5 | 97.7 | 117.6 | 1960.31 |
| 西平县 | 212760 | 115065 | 108899 | 93059 | 103.4 | 90.8 | 93.4 | 124.5 | 1968.87 |
| 上蔡县 | 152187 | 114453 | 103793 | 34141 | 105.2 | 97.3 | 96.2 | 134.2 | 1759.52 |
| 汝南县 | 176744 | 97285 | 91785 | 74409 | 99.0 | 87.7 | 86.4 | 119.6 | 1770.26 |
| 平舆县 | 139562 | 91325 | 81735 | 45043 | 95.3 | 87.3 | 84.0 | 120.0 | 1567.57 |
| 新蔡县 | 176924 | 98550 | 95850 | 74378 | 94.3 | 84.0 | 82.6 | 111.0 | 1502.72 |
| 正阳县 | 189862 | 119855 | 117255 | 66295 | 100.8 | 90.1 | 89.7 | 127.6 | 1818.46 |
| **济源市** | | | | | | | | | |
| 济源市 | 133531 | 92697 | 53218 | 33284 | 102.2 | 107.0 | 113.6 | 94.8 | 2220.91 |

注:本表农林牧渔业总产值按当年价格计算,指数按可比价格计算。

## 19—6 各县(市)主要农作物播种面积和产量

(1998年)

| 县市 | 总播种面积(千公顷) | #粮食 | #棉花 | #油料 | 粮食产量(吨) | #小麦 | #玉米 | 棉花产量(吨) | 油料产量(吨) |
|---|---|---|---|---|---|---|---|---|---|
| **郑州市** | | | | | | | | | |
| 巩义市 | 61.64 | 55.93 | 0.67 | 2.90 | 211181 | 108406 | 76064 | 332 | 4144 |
| 荥阳市 | 74.98 | 63.74 | 0.49 | 4.60 | 261556 | 142982 | 98286 | 353 | 8875 |
| 新郑市 | 75.49 | 60.42 | 0.37 | 9.01 | 292387 | 145990 | 118684 | 325 | 24782 |
| 登封市 | 61.19 | 52.29 | 1.14 | 3.60 | 205650 | 104354 | 71062 | 930 | 6916 |
| 新密市 | 71.17 | 63.31 | 0.11 | 3.15 | 240024 | 112358 | 101593 | 106 | 5500 |
| 中牟县 | 112.35 | 71.90 | 2.97 | 16.35 | 351837 | 186494 | 77418 | 3565 | 46494 |
| **开封市** | | | | | | | | | |
| 杞　县 | 168.49 | 93.78 | 26.62 | 16.17 | 466384 | 304216 | 97168 | 31547 | 79203 |
| 通许县 | 101.53 | 50.72 | 14.95 | 8.58 | 228206 | 167706 | 39704 | 16807 | 35151 |
| 尉氏县 | 140.18 | 88.45 | 23.81 | 14.26 | 378303 | 259495 | 75835 | 26444 | 44734 |
| 开封县 | 139.70 | 88.25 | 8.96 | 27.84 | 425215 | 283856 | 96867 | 10669 | 79677 |
| 兰考县 | 120.25 | 81.25 | 12.07 | 20.27 | 380620 | 252960 | 71934 | 13233 | 68768 |
| **洛阳市** | | | | | | | | | |
| 偃师市 | 79.92 | 69.98 | 0.85 | 3.74 | 364758 | 182877 | 148503 | 539 | 6048 |
| 孟津县 | 54.63 | 48.29 | 0.20 | 3.43 | 219727 | 117219 | 65808 | 97 | 6026 |
| 新安县 | 61.01 | 57.14 | 0.29 | 1.36 | 227272 | 114434 | 61874 | 184 | 1867 |
| 栾川县 | 22.17 | 20.74 | 0.05 | 0.33 | 87414 | 36764 | 41109 | 42 | 616 |
| 嵩　县 | 52.22 | 45.93 | 0.58 | 3.03 | 171319 | 77800 | 58153 | 276 | 3568 |
| 汝阳县 | 42.07 | 36.71 | 0.56 | 3.18 | 146159 | 64187 | 44008 | 368 | 6221 |
| 宜阳县 | 93.75 | 77.95 | 0.96 | 7.59 | 323780 | 146776 | 85745 | 499 | 14554 |
| 洛宁县 | 64.55 | 56.39 | 0.27 | 2.34 | 250221 | 148112 | 54612 | 132 | 2638 |
| 伊川县 | 81.09 | 73.25 | 0.94 | 2.73 | 341156 | 119054 | 92690 | 777 | 3310 |
| **平顶山市** | | | | | | | | | |
| 汝州市 | 101.30 | 86.48 | 1.84 | 6.46 | 355888 | 161771 | 127997 | 1082 | 12926 |
| 舞钢市 | 37.89 | 31.32 | 0.48 | 2.50 | 125615 | 49924 | 55320 | 345 | 3583 |
| 宝丰县 | 61.70 | 50.28 | 0.37 | 3.76 | 200185 | 87537 | 74048 | 318 | 5982 |
| 叶　县 | 128.30 | 107.73 | 0.05 | 9.78 | 430104 | 160973 | 189799 | 38 | 14706 |
| 鲁山县 | 64.52 | 54.84 | 0.03 | 4.47 | 199214 | 87903 | 87121 | 15 | 9973 |
| 郏　县 | 75.38 | 55.56 | 0.36 | 4.49 | 280572 | 130409 | 64831 | 390 | 10614 |
| **安阳市** | | | | | | | | | |
| 林州市 | 87.16 | 76.23 | 3.65 | 2.45 | 293708 | 137854 | 104418 | 1605 | 3136 |
| 安阳县 | 135.61 | 116.13 | 10.01 | 1.63 | 528241 | 263171 | 221236 | 5836 | 2298 |
| 汤阴县 | 72.79 | 55.65 | 7.08 | 1.65 | 304998 | 146442 | 141184 | 6696 | 4042 |
| 滑　县 | 220.79 | 163.05 | 10.24 | 37.70 | 917977 | 513305 | 352151 | 10517 | 156449 |
| 内黄县 | 122.73 | 64.95 | 18.17 | 17.12 | 332417 | 229532 | 89744 | 22306 | 66928 |
| **鹤壁市** | | | | | | | | | |
| 浚　县 | 115.97 | 97.94 | 1.74 | 11.87 | 540372 | 288552 | 231867 | 1284 | 36043 |
| 淇　县 | 39.14 | 36.21 | 0.20 | 1.28 | 183059 | 82240 | 95353 | 127 | 2921 |
| **新乡市** | | | | | | | | | |
| 卫辉市 | 65.86 | 54.66 | 3.42 | 4.18 | 284115 | 148063 | 127882 | 3582 | 13932 |
| 辉县市 | 101.59 | 87.35 | 0.13 | 7.23 | 430430 | 212342 | 191849 | 79 | 13756 |
| 新乡县 | 55.80 | 42.89 | 2.14 | 5.05 | 257785 | 130228 | 95421 | 2176 | 22370 |
| 获嘉县 | 46.31 | 40.58 | 0.55 | 1.30 | 307504 | 137452 | 89849 | 517 | 3831 |

19—6 续表 1 (1998 年)

| 县 市 | 总播种面积（千公顷） | #粮食 | #棉花 | #油料 | 粮食产量（吨） | #小麦 | #玉米 | 棉花产量（吨） | 油料产量（吨） |
|---|---|---|---|---|---|---|---|---|---|
| 原阳县 | 92.70 | 75.55 | 2.34 | 11.71 | 507222 | 248812 | 70186 | 2224 | 45523 |
| 延津县 | 78.09 | 48.50 | 8.48 | 18.21 | 254371 | 164787 | 64663 | 7448 | 61460 |
| 封丘县 | 110.95 | 85.57 | 8.85 | 9.95 | 517156 | 286423 | 130950 | 8014 | 31840 |
| 长垣县 | 107.08 | 86.11 | 2.41 | 13.12 | 415281 | 266139 | 99391 | 2214 | 34657 |
| **焦作市** | | | | | | | | | |
| 沁阳市 | 49.71 | 45.07 | 0.10 | 1.25 | 328448 | 161196 | 153621 | 65 | 3122 |
| 修武县 | 39.40 | 30.69 | 0.80 | 2.36 | 215542 | 115480 | 79951 | 776 | 7018 |
| 博爱县 | 38.84 | 26.66 | 0.16 | 0.20 | 217570 | 106120 | 94597 | 186 | 794 |
| 武陟县 | 65.59 | 53.52 | 1.15 | 5.21 | 432577 | 208512 | 160258 | 1313 | 21569 |
| 温 县 | 42.68 | 34.32 | 0.48 | 2.55 | 283596 | 130757 | 139200 | 493 | 8309 |
| 孟州市 | 38.43 | 29.99 | 0.63 | 4.90 | 226762 | 121994 | 95326 | 716 | 13492 |
| **濮阳市** | | | | | | | | | |
| 清丰县 | 102.65 | 72.08 | 5.62 | 14.78 | 431342 | 222270 | 173716 | 5562 | 65938 |
| 南乐县 | 72.18 | 55.29 | 3.48 | 5.30 | 343764 | 156170 | 149533 | 3833 | 25805 |
| 范 县 | 55.54 | 49.37 | 1.21 | 2.24 | 162063 | 104130 | 5386 | 626 | 2371 |
| 台前县 | 31.84 | 27.74 | 0.18 | 1.49 | 68999 | 64517 | 2720 | 2 | 1127 |
| 濮阳县 | 158.36 | 127.22 | 9.51 | 9.24 | 490458 | 335659 | 81616 | 7491 | 16237 |
| **许昌市** | | | | | | | | | |
| 禹州市 | 124.79 | 105.10 | 2.06 | 4.64 | 531091 | 233382 | 157932 | 2142 | 10426 |
| 长葛市 | 77.89 | 59.38 | 2.55 | 7.29 | 407611 | 199534 | 172925 | 2670 | 23659 |
| 许昌县 | 124.17 | 99.22 | 5.68 | 7.49 | 594432 | 272031 | 195570 | 6518 | 23843 |
| 鄢陵县 | 117.69 | 71.99 | 28.67 | 4.43 | 407883 | 233820 | 113490 | 32680 | 15181 |
| 襄城县 | 104.48 | 79.82 | 0.51 | 3.33 | 448602 | 210893 | 92973 | 439 | 7752 |
| **漯河市** | | | | | | | | | |
| 舞阳县 | 92.24 | 74.40 | 2.55 | 5.48 | 252800 | 98583 | 128465 | 3219 | 7915 |
| 临颍县 | 112.84 | 69.57 | 11.38 | 5.07 | 316451 | 152714 | 99245 | 12463 | 14495 |
| 郾城县 | 143.38 | 106.77 | 5.77 | 8.54 | 501816 | 207963 | 223259 | 6748 | 20997 |
| **三门峡市** | | | | | | | | | |
| 义马市 | 4.31 | 3.40 | 0.02 | 0.13 | 11712 | 7350 | 2981 | 4 | 130 |
| 灵宝市 | 75.74 | 56.37 | 2.15 | 5.86 | 192993 | 113560 | 60119 | 1280 | 12582 |
| 渑池县 | 56.70 | 47.02 | 0.42 | 3.03 | 172570 | 108058 | 18821 | 216 | 5527 |
| 陕 县 | 44.01 | 36.61 | 0.72 | 2.37 | 151103 | 98656 | 33501 | 400 | 2990 |
| 卢氏县 | 43.13 | 34.25 | 0.12 | 0.40 | 85252 | 44343 | 28133 | 70 | 320 |
| **南阳市** | | | | | | | | | |
| 邓州市 | 276.52 | 169.83 | 34.00 | 26.41 | 757880 | 467606 | 140155 | 36924 | 82194 |
| 南召县 | 45.71 | 36.17 | | 6.29 | 146511 | 50190 | 30444 | | 19589 |
| 方城县 | 180.78 | 129.47 | 6.38 | 28.53 | 489161 | 257152 | 124118 | 5532 | 66636 |
| 西峡县 | 34.93 | 29.95 | 0.01 | 0.97 | 116578 | 51349 | 32623 | 2 | 1910 |
| 镇平县 | 130.12 | 95.77 | 8.22 | 13.20 | 385580 | 228090 | 82748 | 7704 | 34906 |
| 内乡县 | 83.70 | 55.60 | 2.87 | 3.35 | 238714 | 127004 | 59581 | 3125 | 7891 |
| 淅川县 | 100.56 | 65.22 | 0.05 | 11.05 | 231874 | 106057 | 57450 | 41 | 12281 |
| 社旗县 | 127.82 | 92.93 | 12.04 | 10.89 | 405768 | 201771 | 71288 | 13208 | 17149 |
| 唐河县 | 266.50 | 166.68 | 30.39 | 28.40 | 723954 | 384514 | 101910 | 30496 | 73565 |

19－6 续表 2 （1998 年）

| 县 市 | 总播种面积（千公顷） | #粮食 | #棉花 | #油料 | 粮食产量（吨） | #小麦 | #玉米 | 棉花产量（吨） | 油料产量（吨） |
|---|---|---|---|---|---|---|---|---|---|
| 新野县 | 127.96 | 60.32 | 28.47 | 13.24 | 313682 | 223529 | 31008 | 31942 | 36710 |
| 桐柏县 | 71.06 | 45.98 | 0.85 | 20.60 | 194435 | 61842 | 2621 | 685 | 52040 |
| **商丘市** | | | | | | | | | |
| 虞城县 | 189.10 | 137.65 | 15.36 | 11.79 | 511974 | 262453 | 174380 | 15443 | 38093 |
| 民权县 | 126.41 | 74.41 | 21.87 | 16.84 | 295025 | 205102 | 60790 | 25639 | 71367 |
| 宁陵县 | 87.01 | 50.01 | 13.05 | 14.29 | 192263 | 143687 | 35764 | 13830 | 55499 |
| 睢 县 | 119.11 | 76.14 | 14.11 | 14.15 | 349094 | 212410 | 95579 | 14155 | 44795 |
| 夏邑县 | 164.60 | 127.85 | 13.71 | 7.65 | 474622 | 255133 | 158661 | 12843 | 20735 |
| 柘城县 | 139.78 | 82.05 | 19.54 | 6.22 | 365132 | 232441 | 103297 | 24841 | 20598 |
| 永城市 | 214.37 | 160.03 | 12.17 | 10.48 | 583897 | 277348 | 230781 | 12113 | 25182 |
| **信阳市** | | | | | | | | | |
| 息 县 | 176.03 | 124.43 | 10.07 | 19.17 | 514301 | 184573 | 35141 | 8305 | 32786 |
| 淮滨县 | 104.61 | 74.09 | 4.43 | 13.27 | 282587 | 58844 | 14600 | 3975 | 19420 |
| 潢川县 | 108.51 | 79.60 | 1.90 | 11.26 | 450418 | 74810 | 104 | 1056 | 9849 |
| 光山县 | 95.84 | 67.27 | 3.46 | 16.12 | 375850 | 63427 | 3 | 1814 | 15771 |
| 固始县 | 187.39 | 131.72 | 3.91 | 21.32 | 746888 | 138065 | 13547 | 2463 | 20787 |
| 商城县 | 66.06 | 50.25 | 1.07 | 5.27 | 288046 | 46942 | 38 | 1388 | 6762 |
| 罗山县 | 115.75 | 73.07 | 3.33 | 17.61 | 417909 | 56252 | 245 | 1138 | 15467 |
| 新 县 | 27.71 | 17.88 | 0.14 | 4.73 | 99763 | 12688 | 65 | 120 | 6966 |
| **周口地区** | | | | | | | | | |
| 周口市 | 12.64 | 9.07 | 0.04 | 0.59 | 33397 | 19695 | 4459 | 36 | 2612 |
| 项城市 | 131.47 | 104.42 | 4.75 | 8.28 | 385308 | 209280 | 130750 | 5782 | 11859 |
| 扶沟县 | 131.56 | 62.15 | 46.78 | 6.04 | 277955 | 235253 | 24732 | 54244 | 22208 |
| 西华县 | 145.17 | 85.94 | 29.84 | 13.97 | 443049 | 264472 | 140024 | 36700 | 51246 |
| 商水县 | 184.69 | 141.24 | 10.46 | 14.15 | 509600 | 271847 | 164210 | 8795 | 25871 |
| 太康县 | 213.93 | 143.69 | 55.92 | 6.50 | 748222 | 469802 | 227606 | 68301 | 25311 |
| 鹿邑县 | 158.04 | 123.76 | 13.74 | 6.41 | 515686 | 278890 | 184356 | 17966 | 15467 |
| 郸城县 | 198.62 | 154.23 | 15.78 | 5.44 | 655631 | 325931 | 223608 | 21248 | 13165 |
| 淮阳县 | 195.10 | 118.99 | 21.20 | 31.29 | 469186 | 295853 | 96544 | 21780 | 115554 |
| 沈丘县 | 134.83 | 115.04 | 5.31 | 6.83 | 428133 | 220109 | 162777 | 3258 | 9053 |
| **驻马店地区** | | | | | | | | | |
| 驻马店市 | 20.81 | 16.92 | 0.01 | 1.83 | 59864 | 29533 | 26935 | 4 | 1956 |
| 确山县 | 127.47 | 87.94 | 0.29 | 31.40 | 316654 | 165296 | 100050 | 174 | 65624 |
| 泌阳县 | 166.54 | 115.65 | 6.83 | 33.40 | 397102 | 229761 | 63777 | 5294 | 55163 |
| 遂平县 | 126.92 | 102.78 | 2.38 | 13.58 | 405932 | 184394 | 201261 | 1669 | 18224 |
| 西平县 | 142.47 | 105.49 | 0.89 | 14.87 | 458663 | 207286 | 209379 | 712 | 31656 |
| 上蔡县 | 192.69 | 147.54 | 5.95 | 26.61 | 531537 | 281479 | 186958 | 4372 | 32843 |
| 汝南县 | 163.83 | 102.61 | 5.15 | 44.10 | 346867 | 194911 | 126136 | 3952 | 99894 |
| 平舆县 | 154.37 | 98.16 | 4.67 | 32.69 | 277716 | 169227 | 82550 | 2637 | 28944 |
| 新蔡县 | 168.80 | 112.02 | 19.02 | 23.61 | 351355 | 198149 | 50266 | 14931 | 25222 |
| 正阳县 | 193.04 | 113.82 | 1.25 | 62.60 | 367259 | 191118 | 20933 | 724 | 191337 |
| **济源市** | | | | | | | | | |
| 济源市 | 61.69 | 54.19 | 0.48 | 2.12 | 281383 | 146133 | 109666 | 260 | 4163 |

# 19—7 各县(市)其他农产品面积和产量及牧、渔业生产情况

(1998年)

| 县 市 | 果园面积(千公顷) | 水果产量(吨) | 肉类产量(吨) | #猪牛羊肉 | 大牲畜年底头数(万头) | #役畜 | 猪年底头数(万头) | 禽蛋产量(吨) | 水产品产量(吨) |
|---|---|---|---|---|---|---|---|---|---|
| **郑州市** | | | | | | | | | |
| 巩义市 | 2.10 | 27298 | 10883 | 9071 | 3.54 | 2.21 | 10.01 | 10614 | 532 |
| 荥阳市 | 2.56 | 29231 | 24585 | 19065 | 2.70 | 1.67 | 21.10 | 26320 | 818 |
| 新郑市 | 8.17 | 42644 | 24124 | 19155 | 5.42 | 5.11 | 23.01 | 18219 | 246 |
| 登封市 | 4.77 | 24649 | 20182 | 17796 | 8.17 | 7.34 | 18.28 | 8368 | 420 |
| 新密市 | 1.85 | 10031 | 18117 | 14925 | 2.60 | 2.22 | 17.40 | 13237 | 560 |
| 中牟县 | 4.08 | 23720 | 49235 | 41718 | 11.49 | 5.26 | 35.04 | 15110 | 8561 |
| **开封市** | | | | | | | | | |
| 杞 县 | 1.76 | 13117 | 73199 | 66793 | 12.21 | 7.49 | 61.74 | 22269 | 450 |
| 通许县 | 1.35 | 18650 | 35110 | 33063 | 4.89 | 1.29 | 26.37 | 11838 | 248 |
| 尉氏县 | 3.32 | 24161 | 46976 | 42529 | 10.00 | 7.36 | 38.28 | 35171 | 2259 |
| 开封县 | 4.55 | 50287 | 35445 | 31028 | 15.45 | 6.14 | 29.51 | 21616 | 1493 |
| 兰考县 | 3.55 | 51888 | 39848 | 36240 | 14.21 | 7.12 | 27.16 | 19116 | 660 |
| **洛阳市** | | | | | | | | | |
| 偃师市 | 2.83 | 22264 | 29656 | 23880 | 3.08 | 1.60 | 27.36 | 28525 | 279 |
| 孟津县 | 1.47 | 5986 | 9733 | 9159 | 3.68 | 3.38 | 10.84 | 6335 | 3240 |
| 新安县 | 2.71 | 6596 | 9344 | 8279 | 6.17 | 3.64 | 12.93 | 8418 | 101 |
| 栾川县 | 1.40 | 8567 | 9200 | 8507 | 4.57 | 2.97 | 8.70 | 3970 | 33 |
| 嵩 县 | 1.74 | 6339 | 17063 | 16391 | 11.19 | 6.61 | 16.70 | 4903 | 676 |
| 汝阳县 | 0.83 | 4147 | 14670 | 13260 | 6.88 | 4.33 | 12.95 | 6674 | 250 |
| 宜阳县 | 8.14 | 15891 | 14869 | 13677 | 11.03 | 7.57 | 17.90 | 7827 | 325 |
| 洛宁县 | 35.08 | 82483 | 22498 | 21003 | 16.92 | 11.98 | 10.51 | 5598 | 300 |
| 伊川县 | 0.99 | 5019 | 33682 | 31338 | 15.53 | 11.59 | 25.99 | 9564 | 201 |
| **平顶山市** | | | | | | | | | |
| 汝州市 | 2.08 | 5623 | 63069 | 55496 | 23.66 | 13.24 | 47.10 | 35282 | 570 |
| 舞钢市 | 1.86 | 2122 | 18564 | 16151 | 9.80 | 5.16 | 11.55 | 1431 | 582 |
| 宝丰县 | 1.99 | 4660 | 22112 | 20441 | 5.16 | 4.20 | 22.60 | 7412 | 360 |
| 叶 县 | 1.98 | 3602 | 67448 | 63540 | 19.09 | 11.00 | 45.56 | 16500 | 760 |
| 鲁山县 | 1.22 | 9668 | 20514 | 18936 | 6.12 | 5.81 | 26.98 | 8122 | 1150 |
| 郏 县 | 0.78 | 3243 | 35453 | 27179 | 9.48 | 7.47 | 24.00 | 6700 | 225 |
| **安阳市** | | | | | | | | | |
| 林州市 | 4.07 | 43854 | 34962 | 27299 | 5.46 | 1.75 | 27.98 | 32525 | 345 |
| 安阳县 | 3.56 | 22353 | 20530 | 18419 | 5.04 | 2.83 | 21.11 | 30510 | 282 |
| 汤阴县 | 4.26 | 3297 | 18330 | 5810 | 2.91 | 0.16 | 11.47 | 9082 | 350 |
| 滑 县 | 4.86 | 39523 | 24364 | 20893 | 9.67 | 4.84 | 28.73 | 39193 | 270 |
| 内黄县 | 22.81 | 138388 | 25107 | 23122 | 6.34 | 3.07 | 31.86 | 20649 | 310 |
| **鹤壁市** | | | | | | | | | |
| 浚 县 | 4.30 | 30437 | 38325 | 28524 | 1.29 | 0.85 | 24.15 | 14653 | 560 |
| 淇 县 | 0.28 | 797 | 37595 | 20068 | 1.81 | 0.84 | 19.70 | 31585 | 520 |
| **新乡市** | | | | | | | | | |
| 卫辉市 | 0.73 | 2968 | 34132 | 23364 | 5.37 | 3.34 | 19.09 | 63756 | 1600 |
| 辉县市 | 1.26 | 11728 | 47236 | 42765 | 10.90 | 5.84 | 35.16 | 54095 | 590 |
| 新乡县 | 1.06 | 13199 | 20677 | 17185 | 3.76 | 2.34 | 13.40 | 28665 | 3500 |
| 获嘉县 | 1.47 | 8060 | 21192 | 18011 | 2.24 | 1.72 | 17.29 | 14953 | 1420 |

19—7 续表 1 （1998 年）

| 县　市 | 果园面积（千公顷） | 水果产量（吨） | 肉类产量（吨） | #猪牛羊肉 | 大牲畜年底头数（万头） | #役畜 | 猪年底头数（万头） | 禽蛋产量（吨） | 水产品产量（吨） |
|---|---|---|---|---|---|---|---|---|---|
| 原阳县 | 1.99 | 15401 | 32663 | 27201 | 15.04 | 8.43 | 19.31 | 31425 | 3601 |
| 延津县 | 2.54 | 4272 | 16102 | 12778 | 7.37 | 5.01 | 14.82 | 13112 | 1950 |
| 封丘县 | 1.37 | 16166 | 39875 | 31484 | 10.77 | 4.13 | 18.96 | 21691 | 1903 |
| 长垣县 | 0.94 | 3540 | 22543 | 18019 | 7.54 | 4.43 | 19.53 | 18031 | 1000 |
| **焦作市** | | | | | | | | | |
| 沁阳市 | 0.15 | 775 | 20428 | 16144 | 5.07 | 2.64 | 16.32 | 16089 | 230 |
| 修武县 | 2.53 | 6869 | 28972 | 22094 | 4.89 | 0.78 | 19.87 | 44884 | 660 |
| 博爱县 | 0.26 | 2749 | 13882 | 10965 | 3.05 | 2.08 | 11.52 | 17854 | 95 |
| 武陟县 | 1.77 | 16326 | 49135 | 41263 | 4.44 | 0.52 | 38.46 | 48151 | 1205 |
| 温　县 | 2.06 | 15449 | 15821 | 14123 | 1.23 | 0.03 | 16.15 | 8277 | 80 |
| 孟州市 | 6.19 | 93527 | 11822 | 10199 | 1.73 | 0.61 | 10.67 | 6852 | 580 |
| **濮阳市** | | | | | | | | | |
| 清丰县 | 2.78 | 14965 | 46002 | 33014 | 10.76 | 4.24 | 24.63 | 35020 | 1010 |
| 南乐县 | 5.65 | 76729 | 30035 | 25012 | 17.90 | 13.20 | 23.72 | 33395 | 395 |
| 范　县 | 0.22 | 1551 | 17785 | 14196 | 5.95 | 4.42 | 13.58 | 18491 | 500 |
| 台前县 | 0.68 | 5125 | 9945 | 5544 | 2.77 | 1.98 | 3.50 | 23464 | 360 |
| 濮阳县 | 1.33 | 6242 | 30261 | 24506 | 7.56 | 3.80 | 28.28 | 27807 | 1205 |
| **许昌市** | | | | | | | | | |
| 禹州市 | 3.77 | 19638 | 59789 | 56119 | 8.15 | 6.20 | 48.83 | 15307 | 880 |
| 长葛市 | 0.26 | 2352 | 47800 | 44482 | 2.92 | 1.66 | 33.87 | 19261 | 780 |
| 许昌县 | 0.56 | 5398 | 52846 | 48570 | 7.09 | 4.00 | 43.33 | 18620 | 630 |
| 鄢陵县 | 0.57 | 4185 | 49188 | 45428 | 18.52 | 12.19 | 34.77 | 20774 | 870 |
| 襄城县 | 1.79 | 11423 | 28330 | 26134 | 16.89 | 13.37 | 35.60 | 16104 | 570 |
| **漯河市** | | | | | | | | | |
| 舞阳县 | 1.44 | 8822 | 39081 | 34426 | 7.43 | 5.25 | 30.26 | 7477 | 1310 |
| 临颍县 | 1.31 | 5558 | 49341 | 39469 | 7.72 | 5.19 | 35.25 | 18371 | 685 |
| 郾城县 | 4.58 | 57883 | 88671 | 79156 | 5.00 | 2.94 | 69.10 | 29815 | 1180 |
| **三门峡市** | | | | | | | | | |
| 义马市 | 0.22 | 1332 | 1170 | 1125 | 0.33 | 0.29 | 1.23 | 570 | 60 |
| 灵宝市 | 27.10 | 540028 | 10668 | 10051 | 7.89 | 5.56 | 11.47 | 4027 | 550 |
| 渑池县 | 11.81 | 85888 | 19353 | 18145 | 10.06 | 6.32 | 20.17 | 14459 | 280 |
| 陕　县 | 6.95 | 109573 | 8486 | 7920 | 6.86 | 4.17 | 8.16 | 4640 | 520 |
| 卢氏县 | 1.50 | 26999 | 4863 | 4770 | 8.16 | 6.47 | 5.16 | 1869 | 250 |
| **南阳市** | | | | | | | | | |
| 邓州市 | 4.47 | 15016 | 84756 | 77620 | 44.18 | 22.61 | 59.08 | 32140 | 2750 |
| 南召县 | 4.99 | 11242 | 28495 | 27512 | 14.06 | 8.19 | 28.00 | 8940 | 5573 |
| 方城县 | 4.41 | 12021 | 54451 | 50029 | 36.66 | 21.39 | 33.28 | 20255 | 1560 |
| 西峡县 | 5.80 | 13992 | 22134 | 21017 | 5.76 | 3.50 | 20.88 | 6714 | 580 |
| 镇平县 | 0.44 | 3270 | 40036 | 35468 | 7.91 | 6.86 | 34.68 | 15852 | 2175 |
| 内乡县 | 2.26 | 11369 | 42258 | 39997 | 13.62 | 10.09 | 27.69 | 12355 | 900 |
| 淅川县 | 6.55 | 12650 | 36302 | 34231 | 19.78 | 11.36 | 28.66 | 10990 | 5100 |
| 社旗县 | 1.78 | 2903 | 63340 | 58772 | 32.19 | 18.14 | 34.79 | 22330 | 1456 |
| 唐河县 | 5.73 | 35000 | 92160 | 79714 | 45.04 | 22.79 | 53.90 | 33181 | 3620 |

19—7 续表 2 (1998年)

| 县市 | 果园面积（千公顷） | 水果产量（吨） | 肉类产量（吨） | #猪牛羊肉 | 大牲畜年底头数（万头） | #役畜 | 猪年底头数（万头） | 禽蛋产量（吨） | 水产品产量（吨） |
|---|---|---|---|---|---|---|---|---|---|
| 新野县 | 3.27 | 8178 | 53547 | 49082 | 19.07 | 11.71 | 34.02 | 23710 | 2973 |
| 桐柏县 | 1.91 | 6667 | 24708 | 22730 | 11.87 | 7.94 | 20.69 | 8580 | 4600 |
| **商丘市** | | | | | | | | | |
| 虞城县 | 9.87 | 126083 | 44444 | 39789 | 22.62 | 14.25 | 38.19 | 13455 | 2018 |
| 民权县 | 9.94 | 115778 | 25114 | 22593 | 8.61 | 5.42 | 28.11 | 11191 | 2100 |
| 宁陵县 | 2.02 | 26133 | 21772 | 20098 | 6.16 | 3.88 | 20.41 | 4982 | 704 |
| 睢　县 | 1.06 | 10699 | 42751 | 39767 | 6.00 | 3.78 | 34.18 | 13750 | 1100 |
| 夏邑县 | 9.15 | 115793 | 65867 | 60761 | 28.29 | 21.50 | 46.75 | 20487 | 1200 |
| 柘城县 | 1.06 | 14227 | 68577 | 64605 | 21.32 | 13.43 | 44.32 | 12171 | 810 |
| 永城市 | 7.61 | 98033 | 61190 | 50596 | 23.37 | 14.72 | 35.00 | 34051 | 3500 |
| **信阳市** | | | | | | | | | |
| 息　县 | 0.15 | 2013 | 36798 | 32059 | 15.60 | 12.41 | 27.29 | 8100 | 4950 |
| 淮滨县 | 0.36 | 2668 | 31825 | 27684 | 10.69 | 5.37 | 23.61 | 6746 | 6950 |
| 潢川县 | 0.33 | 2431 | 49727 | 36878 | 11.66 | 8.30 | 32.15 | 12616 | 14500 |
| 光山县 | 0.39 | 3313 | 39009 | 33528 | 9.88 | 9.10 | 30.04 | 8213 | 10060 |
| 固始县 | 0.87 | 10703 | 72673 | 61229 | 12.29 | 7.58 | 54.72 | 20839 | 17500 |
| 商城县 | 0.34 | 1831 | 36929 | 30037 | 7.55 | 5.60 | 16.54 | 16500 | 7100 |
| 罗山县 | 0.42 | 2411 | 37114 | 33446 | 8.24 | 5.35 | 31.20 | 10574 | 11988 |
| 新　县 | 0.09 | 882 | 17672 | 16306 | 5.46 | 3.77 | 13.67 | 5744 | 2698 |
| **周口地区** | | | | | | | | | |
| 周口市 | 0.65 | 9218 | 4371 | 4055 | 1.30 | 0.41 | 4.75 | 1405 | 430 |
| 项城市 | 0.10 | 750 | 46614 | 42063 | 12.07 | 5.77 | 51.81 | 21381 | 2385 |
| 扶沟县 | 1.07 | 9932 | 26419 | 24275 | 19.42 | 13.67 | 25.51 | 7019 | 980 |
| 西华县 | 5.00 | 91232 | 49727 | 47884 | 18.84 | 11.39 | 41.47 | 9714 | 930 |
| 商水县 | 0.86 | 7857 | 54120 | 50405 | 15.49 | 10.38 | 41.68 | 10140 | 2660 |
| 太康县 | 4.78 | 76918 | 85686 | 80080 | 35.66 | 15.66 | 58.52 | 23724 | 1430 |
| 鹿邑县 | 0.33 | 12843 | 51175 | 49056 | 21.41 | 12.24 | 40.57 | 11325 | 1000 |
| 郸城县 | 1.95 | 21528 | 48751 | 45665 | 23.55 | 12.83 | 44.40 | 13478 | 2260 |
| 淮阳县 | 0.91 | 4764 | 65907 | 60760 | 33.94 | 13.64 | 51.40 | 30462 | 2800 |
| 沈丘县 | 0.17 | 1496 | 61230 | 58079 | 20.34 | 10.98 | 39.89 | 11878 | 2500 |
| **驻马店地区** | | | | | | | | | |
| 驻马店市 | 0.43 | 359 | 8955 | 8089 | 0.41 | 0.05 | 7.14 | 2176 | 436 |
| 确山县 | 1.39 | 2887 | 53835 | 50687 | 25.16 | 18.36 | 40.51 | 9761 | 1520 |
| 泌阳县 | 2.93 | 10167 | 36327 | 33019 | 48.10 | 32.20 | 30.32 | 19141 | 4237 |
| 遂平县 | 0.56 | 1516 | 73848 | 68664 | 15.61 | 10.87 | 58.84 | 41987 | 1100 |
| 西平县 | 3.66 | 8559 | 78249 | 73816 | 5.71 | 4.50 | 71.50 | 24224 | 1420 |
| 上蔡县 | 0.91 | 5628 | 27261 | 22655 | 11.58 | 8.10 | 38.93 | 16303 | 2050 |
| 汝南县 | 1.33 | 5428 | 68306 | 63042 | 16.53 | 8.54 | 42.86 | 13898 | 7481 |
| 平舆县 | 0.28 | 1517 | 39733 | 35854 | 24.10 | 14.77 | 27.38 | 12678 | 3100 |
| 新蔡县 | 0.17 | 3310 | 69316 | 61335 | 44.72 | 20.10 | 49.77 | 24157 | 2900 |
| 正阳县 | 0.37 | 3264 | 80660 | 77116 | 16.13 | 6.21 | 71.50 | 14183 | 1750 |
| **济源市** | | | | | | | | | |
| 济源市 | 2.56 | 15758 | 20434 | 18528 | 6.62 | 5.97 | 20.91 | 18237 | 1000 |

## 19—8 各县(市)工业和邮电主要指标

(1998年)

| 县 市 | 工业总产值(万元) | #全部国有及限额以上 | 邮电业务总量(1990年不变价)(万元) | 电话交换机拥有量(门) | 电话机拥有量(部) |
|---|---|---|---|---|---|
| **郑州市** | | | | | |
| 巩义市 | 1880001 | 1026432 | 15954.28 | 122096 | 65612 |
| 荥阳市 | 1016926 | 433483 | 9991.27 | 81920 | 42882 |
| 新郑市 | 1142438 | 403957 | 10635.97 | 53500 | 41275 |
| 登封市 | 845132 | 435494 | 9746.78 | 58112 | 36580 |
| 新密市 | 1078239 | 535207 | 15745.23 | 95980 | 64026 |
| 中牟县 | 332278 | 126920 | 6522.70 | 57816 | 30452 |
| **开封市** | | | | | |
| 杞　县 | 316734 | 122807 | 3698.05 | 30848 | 21695 |
| 通许县 | 216018 | 74018 | 3648.24 | 28360 | 17337 |
| 尉氏县 | 373896 | 166223 | 4506.66 | 35240 | 22569 |
| 开封县 | 247350 | 106528 | 2893.39 | 38160 | 15047 |
| 兰考县 | 254000 | 65306 | 3501.28 | 28312 | 20659 |
| **洛阳市** | | | | | |
| 偃师市 | 1346297 | 291111 | 6225.01 | 62508 | 36363 |
| 孟津县 | 185058 | 63292 | 3395.36 | 28944 | 17248 |
| 新安县 | 319108 | 109721 | 2970.91 | 33296 | 20265 |
| 栾川县 | 180885 | 63595 | 516.59 | 30792 | 19507 |
| 嵩　县 | 60931 | 36085 | 2062.29 | 36296 | 14586 |
| 汝阳县 | 75431 | 36878 | 1536.78 | 18672 | 10755 |
| 宜阳县 | 114857 | 46854 | 2566.49 | 30000 | 17633 |
| 洛宁县 | 59712 | 27816 | 1610.08 | 17768 | 9527 |
| 伊川县 | 269725 | 89872 | 3697.78 | 31548 | 19342 |
| **平顶山市** | | | | | |
| 汝州市 | 757040 | 118848 | 5802.11 | 49484 | 36474 |
| 舞钢市 | 202232 | 145176 | 3872.96 | 20000 | 16515 |
| 宝丰县 | 425476 | 123622 | 4232.35 | 28528 | 18393 |
| 叶　县 | 270841 | 50715 | 4277.51 | 25496 | 19244 |
| 鲁山县 | 156977 | 41863 | 4484.46 | 31032 | 22879 |
| 郏　县 | 267381 | 38797 | 2350.01 | 28440 | 14534 |
| **安阳市** | | | | | |
| 林州市 | 583531 | 306056 | 9411.01 | 70580 | 49432 |
| 安阳县 | 420253 | 185655 | 5767.11 | 34992 | 24392 |
| 汤阴县 | 164952 | 78314 | 3086.58 | 28232 | 19850 |
| 滑　县 | 280439 | 119842 | 5638.59 | 40448 | 32353 |
| 内黄县 | 170182 | 72269 | 3096.61 | 34528 | 19126 |
| **鹤壁市** | | | | | |
| 浚　县 | 184803 | 111001 | 3667.45 | 47604 | 27546 |
| 淇　县 | 258263 | 201557 | 2929.08 | 24632 | 16063 |
| **新乡市** | | | | | |
| 卫辉市 | 163258 | 109253 | 3829.38 | 30232 | 26563 |
| 辉县市 | 795660 | 254925 | 7981.63 | 75104 | 43010 |
| 新乡县 | 525614 | 256654 | 5315.09 | 22600 | 22267 |
| 获嘉县 | 211682 | 124351 | 4189.10 | 37340 | 27623 |

19—8 续表 1　　(1998 年)

| 县　市 | 工业总产值(万元) | #全部国有及限额以上 | 邮电业务总量(1990年不变价)(万元) | 电话交换机拥有量(门) | 电话机拥有量(部) |
|---|---|---|---|---|---|
| 原阳县 | 172855 | 79798 | 3897.21 | 26464 | 26123 |
| 延津县 | 110696 | 65021 | 2417.72 | 20616 | 16540 |
| 封丘县 | 114180 | 51152 | 4209.03 | 30848 | 23467 |
| 长垣县 | 145156 | 73517 | 5576.29 | 49204 | 29960 |
| **焦作市** | | | | | |
| 沁阳市 | 1028650 | 457359 | 6092.12 | 51808 | 36963 |
| 修武县 | 442178 | 223877 | 3128.10 | 34920 | 21866 |
| 博爱县 | 686705 | 336548 | 4139.86 | 43264 | 28266 |
| 武陟县 | 431642 | 240699 | 4533.40 | 69000 | 33044 |
| 温　县 | 512448 | 235181 | 4287.03 | 43552 | 26779 |
| 孟州市 | 488088 | 345965 | 4756.53 | 44208 | 30844 |
| **濮阳市** | | | | | |
| 清丰县 | 283761 | 109300 | 2918.78 | 24512 | 13903 |
| 南乐县 | 146816 | 59755 | 2161.77 | 19968 | 12674 |
| 范　县 | 136177 | 56276 | 2210.85 | 18688 | 10159 |
| 台前县 | 126158 | 38133 | 1873.25 | 12120 | 8128 |
| 濮阳县 | 306455 | 138492 | 4773.20 | 36328 | 21227 |
| **许昌市** | | | | | |
| 禹州市 | 1171362 | 371308 | 7731.67 | 82496 | 46594 |
| 长葛市 | 1178701 | 489735 | 6758.19 | 44400 | 35699 |
| 许昌县 | 544195 | 220140 | 2538.90 | 21760 | 12456 |
| 鄢陵县 | 309502 | 121864 | 3731.08 | 28024 | 17367 |
| 襄城县 | 564553 | 354198 | 3234.59 | 36572 | 18592 |
| **漯河市** | | | | | |
| 舞阳县 | 280585 | 157521 | 3905.88 | 41832 | 24102 |
| 临颍县 | 635287 | 481500 | 6834.70 | 43028 | 32582 |
| 郾城县 | 822153 | 261069 | 6534.49 | 45520 | 34154 |
| **三门峡市** | | | | | |
| 义马市 | 136151 | 124733 | 2514.93 | 12900 | 13654 |
| 灵宝市 | 936806 | 580021 | 9384.82 | 78960 | 49114 |
| 渑池县 | 298262 | 154599 | 3528.18 | 31244 | 20142 |
| 陕　县 | 193813 | 103420 | 2739.63 | 24560 | 19384 |
| 卢氏县 | 49128 | 20468 | 1995.70 | 27744 | 17304 |
| **南阳市** | | | | | |
| 邓州市 | 580239 | 233594 | 4661.57 | 53704 | 27126 |
| 南召县 | 286218 | 61819 | 3717.74 | 39018 | 21771 |
| 方城县 | 225151 | 70319 | 3154.92 | 39016 | 17822 |
| 西峡县 | 234129 | 80424 | 2846.09 | 33470 | 14261 |
| 镇平县 | 899016 | 209425 | 4757.41 | 37152 | 27318 |
| 内乡县 | 232036 | 64483 | 2955.17 | 35520 | 17347 |
| 淅川县 | 322680 | 99907 | 2856.58 | 40016 | 16323 |
| 社旗县 | 190930 | 88943 | 2928.35 | 37220 | 18655 |
| 唐河县 | 519440 | 100607 | 4651.21 | 56104 | 29635 |

19—8 续表 2　　　　　　　　　　　　（1998 年）

| 县　市 | 工业总产值（万元） | #全部国有及限额以上 | 邮电业务总量(1990年不变价)（万元） | 电话交换机拥有量（门） | 电话机拥有量（部） |
|---|---|---|---|---|---|
| 新野县 | 506656 | 297821 | 4144.86 | 41066 | 23600 |
| 桐柏县 | 220563 | 61416 | 2441.84 | 24192 | 10860 |
| **商丘市** | | | | | |
| 虞城县 | 218479 | 83494 | 3586.42 | 37168 | 21175 |
| 民权县 | 152232 | 61313 | 3156.23 | 31896 | 19238 |
| 宁陵县 | 236946 | 121782 | 2348.79 | 22600 | 15177 |
| 睢　县 | 158651 | 46850 | 2617.97 | 33792 | 18429 |
| 夏邑县 | 181266 | 50211 | 4182.60 | 36490 | 21821 |
| 柘城县 | 162115 | 48147 | 3030.46 | 44680 | 20516 |
| 永城市 | 293479 | 147272 | 5226.59 | 43448 | 32708 |
| **信阳市** | | | | | |
| 息　县 | 162077 | 44390 | 2970.05 | 42660 | 14532 |
| 淮滨县 | 172809 | 75271 | 2456.30 | 22288 | 14510 |
| 潢川县 | 125653 | 34303 | 4488.83 | 52088 | 23025 |
| 光山县 | 264636 | 60694 | 4421.79 | 35831 | 20945 |
| 固始县 | 249997 | 106642 | 6063.44 | 66200 | 28993 |
| 商城县 | 137477 | 61019 | 2290.54 | 39500 | 16281 |
| 罗山县 | 140731 | 56997 | 2876.76 | 36940 | 17772 |
| 新　县 | 81165 | 30795 | 1626.33 | 24753 | 10036 |
| **周口地区** | | | | | |
| 周口市 | 328564 | 226837 | 10578.65 | 40240 | 39547 |
| 项城市 | 858127 | 442039 | 5988.75 | 40000 | 29225 |
| 扶沟县 | 157546 | 98539 | 3067.77 | 24288 | 14287 |
| 西华县 | 251974 | 132771 | 2889.88 | 32992 | 18327 |
| 商水县 | 179672 | 25880 | 3347.12 | 24336 | 16215 |
| 太康县 | 360812 | 124792 | 3337.56 | 26112 | 20828 |
| 鹿邑县 | 354242 | 185905 | 3913.18 | 35200 | 19950 |
| 郸城县 | 176079 | 52661 | 3448.73 | 30456 | 15971 |
| 淮阳县 | 282592 | 93865 | 3591.19 | 34560 | 19739 |
| 沈丘县 | 283044 | 81521 | 4691.93 | 35420 | 20306 |
| **驻马店地区** | | | | | |
| 驻马店市 | 490910 | 362175 | 10695.38 | 58274 | 44087 |
| 确山县 | 288256 | 55902 | 3084.14 | 26496 | 21267 |
| 泌阳县 | 281148 | 65624 | 3252.54 | 27918 | 19229 |
| 遂平县 | 274954 | 98914 | 3715.20 | 34152 | 21828 |
| 西平县 | 483611 | 69852 | 4027.77 | 42528 | 21534 |
| 上蔡县 | 320799 | 59719 | 3976.80 | 34610 | 21296 |
| 汝南县 | 261046 | 77469 | 3491.61 | 30854 | 19682 |
| 平舆县 | 240370 | 69851 | 3163.35 | 24088 | 17103 |
| 新蔡县 | 297732 | 68149 | 3260.83 | 38598 | 16936 |
| 正阳县 | 169361 | 46995 | 3019.38 | 26864 | 18580 |
| **济源市** | | | | | |
| 济源市 | 850740 | 344132 | 8237.55 | 49692 | 43307 |

注：本表工业总产值按当年价格计算。

## 19—9 各县(市)全部国有及限额以上工业企业主要指标

(1998年)

| 县 市 | 企业数 (个) | 年末在岗职工人数 (人) | 工业增加值 (万元) | 流动资产年均余额 (万元) | 固定资产净值年均余额 (万元) | 利润总额 (万元) |
|---|---|---|---|---|---|---|
| **郑州市** | | | | | | |
| 巩义市 | 346 | 82712 | 348802 | 467791 | 508366 | 43275 |
| 荥阳市 | 159 | 33003 | 150161 | 172651 | 166186 | 18743 |
| 新郑市 | 131 | 25571 | 168261 | 241245 | 104117 | 13686 |
| 登封市 | 258 | 70202 | 154367 | 183221 | 302939 | 17718 |
| 新密市 | 351 | 65936 | 190428 | 187311 | 227428 | 65436 |
| 中牟县 | 61 | 15506 | 37763 | 34330 | 31236 | 5358 |
| **开封市** | | | | | | |
| 杞 县 | 66 | 13165 | 32568 | 64432 | 27499 | 2010 |
| 通许县 | 39 | 10477 | 20232 | 29483 | 27840 | 3008 |
| 尉氏县 | 86 | 20335 | 43841 | 80143 | 42336 | 5382 |
| 开封县 | 40 | 6789 | 26011 | 35503 | 34878 | 2116 |
| 兰考县 | 39 | 8384 | 18252 | 27232 | 23764 | 2077 |
| **洛阳市** | | | | | | |
| 偃师市 | 135 | 32426 | 87699 | 133568 | 145325 | 20751 |
| 孟津县 | 41 | 8592 | 17525 | 43248 | 44883 | —234 |
| 新安县 | 57 | 24582 | 47073 | 68404 | 106565 | 7140 |
| 栾川县 | 26 | 12841 | 22485 | 41072 | 79692 | —943 |
| 嵩 县 | 22 | 7801 | 10271 | 24735 | 33218 | 1492 |
| 汝阳县 | 25 | 10169 | 11809 | 44973 | 43193 | —1697 |
| 宜阳县 | 36 | 12684 | 13884 | 31400 | 62734 | —2696 |
| 洛宁县 | 36 | 5655 | 8830 | 18072 | 75733 | 479 |
| 伊川县 | 46 | 11721 | 36059 | 88561 | 93989 | 11273 |
| **平顶山市** | | | | | | |
| 汝州市 | 55 | 30644 | 45352 | 126156 | 95559 | —10457 |
| 舞钢市 | 12 | 14754 | 26164 | 147410 | 175648 | 171 |
| 宝丰县 | 79 | 19176 | 48010 | 56250 | 45220 | 2536 |
| 叶 县 | 44 | 7664 | 12923 | 25376 | 29226 | —2070 |
| 鲁山县 | 25 | 10973 | 11787 | 46447 | 40933 | —3718 |
| 郏 县 | 38 | 8020 | 12404 | 20598 | 20309 | 878 |
| **安阳市** | | | | | | |
| 林州市 | 141 | 35067 | 90574 | 141376 | 186741 | —873 |
| 安阳县 | 98 | 25747 | 51665 | 78503 | 66524 | —18 |
| 汤阴县 | 35 | 11527 | 20618 | 47051 | 32607 | —59 |
| 滑 县 | 61 | 14720 | 32819 | 68357 | 62513 | 1459 |
| 内黄县 | 65 | 8881 | 19209 | 53316 | 38424 | 529 |
| **鹤壁市** | | | | | | |
| 浚 县 | 62 | 11986 | 30747 | 45387 | 28356 | 1143 |
| 淇 县 | 64 | 18972 | 54101 | 193514 | 126966 | 7288 |
| **新乡市** | | | | | | |
| 卫辉市 | 57 | 28666 | 30416 | 91737 | 68149 | —3768 |
| 辉县市 | 91 | 33385 | 90014 | 147816 | 206518 | 3118 |
| 新乡县 | 104 | 34918 | 71478 | 131078 | 175457 | 5537 |
| 获嘉县 | 49 | 11215 | 32600 | 56511 | 30472 | 2286 |

19—9 续表 1　　　　(1998 年)

| 县　市 | 企业数(个) | 年末在岗职工人数(人) | 工　业增加值(万元) | 流动资产年均余额(万元) | 固定资产净值年均余额(万元) | 利润总额(万元) |
|---|---|---|---|---|---|---|
| 原阳县 | 73 | 9213 | 22154 | 42140 | 33675 | 3751 |
| 延津县 | 36 | 8464 | 17307 | 28658 | 19293 | 2243 |
| 封丘县 | 40 | 5125 | 15055 | 23338 | 25921 | 1171 |
| 长垣县 | 40 | 7293 | 21892 | 28617 | 36144 | 961 |
| **焦作市** | | | | | | |
| 沁阳市 | 173 | 37599 | 138349 | 192676 | 134284 | 17530 |
| 修武县 | 147 | 21041 | 65896 | 73578 | 43927 | 11768 |
| 博爱县 | 128 | 28581 | 93659 | 86373 | 87850 | 31444 |
| 武陟县 | 109 | 20988 | 63838 | 82308 | 86636 | 9558 |
| 温　县 | 133 | 23038 | 64436 | 80686 | 49582 | 7964 |
| 孟州市 | 76 | 27290 | 99914 | 115403 | 76363 | 12703 |
| **濮阳市** | | | | | | |
| 清丰县 | 51 | 9564 | 27971 | 37217 | 23878 | 4458 |
| 南乐县 | 27 | 8845 | 16408 | 16293 | 15979 | 3404 |
| 范　县 | 51 | 7444 | 17404 | 24264 | 26144 | 3291 |
| 台前县 | 46 | 3477 | 9779 | 10262 | 7611 | 2895 |
| 濮阳县 | 76 | 13679 | 37584 | 56383 | 45459 | 5775 |
| **许昌市** | | | | | | |
| 禹州市 | 181 | 54328 | 134751 | 110542 | 134753 | 16580 |
| 长葛市 | 199 | 42148 | 136703 | 141842 | 112397 | 26227 |
| 许昌县 | 120 | 22765 | 61870 | 90091 | 58857 | 12268 |
| 鄢陵县 | 53 | 9328 | 32299 | 57092 | 34572 | 4608 |
| 襄城县 | 44 | 7168 | 99990 | 12405 | 10975 | 2408 |
| **漯河市** | | | | | | |
| 舞阳县 | 46 | 13846 | 44747 | 59875 | 54608 | 6218 |
| 临颍县 | 152 | 44339 | 126511 | 111494 | 138353 | 22258 |
| 郾城县 | 140 | 29532 | 70504 | 85861 | 84712 | 10119 |
| **三门峡市** | | | | | | |
| 义马市 | 8 | 57605 | 61838 | 146558 | 225951 | 3260 |
| 灵宝市 | 191 | 38947 | 169632 | 141473 | 159620 | 90008 |
| 渑池县 | 27 | 14739 | 53787 | 73666 | 128085 | 8134 |
| 陕　县 | 24 | 13898 | 31863 | 93639 | 107235 | 2114 |
| 卢氏县 | 14 | 2300 | 6496 | 13664 | 11935 | 366 |
| **南阳市** | | | | | | |
| 邓州市 | 92 | 21291 | 64816 | 114180 | 78670 | 7270 |
| 南召县 | 33 | 6227 | 17604 | 26059 | 15397 | 3387 |
| 方城县 | 46 | 11803 | 19847 | 24240 | 18443 | 2578 |
| 西峡县 | 44 | 12724 | 23730 | 60457 | 36643 | 2139 |
| 镇平县 | 121 | 35151 | 56653 | 58724 | 65073 | 6047 |
| 内乡县 | 40 | 11308 | 18875 | 38399 | 32936 | 1986 |
| 淅川县 | 35 | 15572 | 29876 | 88185 | 69310 | 1799 |
| 社旗县 | 35 | 5974 | 26354 | 47307 | 27684 | 2987 |
| 唐河县 | 71 | 10800 | 26519 | 41346 | 30551 | 2233 |

19—9 续表 2　　　　(1998 年)

| 县　市 | 企业数<br>(个) | 年末在岗职工人数<br>(人) | 工　业<br>增加值<br>(万元) | 流动资产年均余额<br>(万元) | 固定资产净值年均余额<br>(万元) | 利润总额<br>(万元) |
|---|---|---|---|---|---|---|
| 新野县 | 110 | 29776 | 78584 | 126309 | 90822 | 11944 |
| 桐柏县 | 36 | 11657 | 17378 | 38374 | 58728 | 4661 |
| **商丘市** | | | | | | |
| 虞城县 | 39 | 8784 | 23116 | 41034 | 26105 | 4628 |
| 民权县 | 24 | 8128 | 15333 | 68734 | 30376 | 3215 |
| 宁陵县 | 40 | 10767 | 34849 | 63213 | 36172 | 7768 |
| 睢　县 | 48 | 7958 | 13116 | 33765 | 25608 | 2243 |
| 夏邑县 | 62 | 8930 | 14303 | 23223 | 22939 | 1467 |
| 柘城县 | 45 | 6580 | 13519 | 43327 | 25583 | 4050 |
| 永城市 | 31 | 23599 | 63770 | 62642 | 137156 | 4544 |
| **信阳市** | | | | | | |
| 息　县 | 28 | 6873 | 12747 | 35793 | 23167 | 1120 |
| 淮滨县 | 30 | 6636 | 25921 | 31984 | 20165 | 1865 |
| 潢川县 | 19 | 11398 | 9457 | 34532 | 46628 | 1468 |
| 光山县 | 40 | 11117 | 17597 | 41575 | 31168 | 1311 |
| 固始县 | 39 | 14711 | 23855 | 31649 | 25690 | 1895 |
| 商城县 | 25 | 5686 | 18248 | 18733 | 12083 | 1254 |
| 罗山县 | 28 | 6850 | 16328 | 23390 | 27962 | 337 |
| 新　县 | 20 | 2358 | 11629 | 11082 | 11732 | 3069 |
| **周口地区** | | | | | | |
| 周口市 | 66 | 33040 | 71460 | 160704 | 125597 | 1892 |
| 项城市 | 116 | 28983 | 135423 | 338924 | 215270 | 21583 |
| 扶沟县 | 53 | 14953 | 25384 | 101479 | 26481 | —431 |
| 西华县 | 83 | 14117 | 35029 | 65909 | 30616 | 1272 |
| 商水县 | 25 | 5878 | 7184 | 35458 | 16265 | 80 |
| 太康县 | 45 | 16957 | 32783 | 106223 | 43328 | —1525 |
| 鹿邑县 | 32 | 15773 | 58960 | 145344 | 40852 | 86 |
| 郸城县 | 41 | 9918 | 15615 | 42737 | 30209 | —477 |
| 淮阳县 | 58 | 16124 | 24747 | 74658 | 47318 | 3303 |
| 沈丘县 | 48 | 13644 | 23008 | 59073 | 37595 | 3878 |
| **驻马店地区** | | | | | | |
| 驻马店市 | 76 | 31889 | 116639 | 196924 | 177664 | 15046 |
| 确山县 | 34 | 7893 | 17124 | 17675 | 38655 | 1406 |
| 泌阳县 | 54 | 8084 | 18412 | 32341 | 18308 | 3067 |
| 遂平县 | 46 | 15064 | 24783 | 35393 | 45709 | 4406 |
| 西平县 | 50 | 6286 | 19990 | 22259 | 26724 | 1855 |
| 上蔡县 | 55 | 10786 | 16896 | 37637 | 18595 | 3083 |
| 汝南县 | 51 | 7000 | 19737 | 33548 | 24436 | 1785 |
| 平舆县 | 83 | 9202 | 19695 | 23541 | 22983 | 4783 |
| 新蔡县 | 65 | 6305 | 17274 | 22446 | 15422 | 3547 |
| 正阳县 | 35 | 8769 | 12934 | 26214 | 17389 | 18 |
| **济源市** | | | | | | |
| 济源市 | 113 | 52517 | 105761 | 246942 | 298838 | —4909 |

注：本表工业增加值按当年价格计算。

# 19—10 各县(市)社会消费品零售总额和财政、金融主要指标

(1998年)

| 县　市 | 社会消费品零售总额(万元) | 财政收入(万元) | #增值税 | 财政支出(万元) | #支农和农林水气事业费 | #教育事业费 | 金融机构存款余额(万元) | 金融机构贷款余额(万元) | 居民储蓄存款(万元) |
|---|---|---|---|---|---|---|---|---|---|
| **郑州市** | | | | | | | | | |
| 巩义市 | 247183 | 23806 | 6224 | 26694 | 1583 | 5778 | 487187 | 491084 | 426904 |
| 荥阳市 | 217452 | 15255 | 3169 | 17871 | 1173 | 3626 | 261424 | 226404 | 223518 |
| 新郑市 | 217500 | 21031 | 2389 | 22609 | 1720 | 3462 | 210363 | 224707 | 172805 |
| 登封市 | 159037 | 14476 | 3823 | 17376 | 972 | 3773 | 167635 | 189325 | 141882 |
| 新密市 | 216518 | 20331 | 5850 | 22369 | 1358 | 4423 | 422181 | 449392 | 379839 |
| 中牟县 | 148736 | 7775 | 550 | 12080 | 998 | 2689 | 145360 | 153940 | 126526 |
| **开封市** | | | | | | | | | |
| 杞　县 | 60175 | 8887 | 639 | 13136 | 1241 | 3310 | 118800 | 162400 | 103600 |
| 通许县 | 34417 | 6330 | 428 | 8899 | 659 | 3293 | 93953 | 152495 | 89649 |
| 尉氏县 | 52165 | 11371 | 1130 | 15285 | 1546 | 3580 | 132234 | 161855 | 113225 |
| 开封县 | 31002 | 6652 | 381 | 10301 | 588 | 2993 | 92229 | 142291 | 81625 |
| 兰考县 | 50331 | 7226 | 369 | 12149 | 701 | 2307 | 109451 | 122506 | 93581 |
| **洛阳市** | | | | | | | | | |
| 偃师市 | 165010 | 18312 | 3244 | 22384 | 1552 | 5864 | 273012 | 229678 | 233525 |
| 孟津县 | 47977 | 8883 | 771 | 10945 | 1408 | 3012 | 127358 | 80473 | 105606 |
| 新安县 | 87428 | 12398 | 2996 | 15604 | 1376 | 3937 | 106491 | 91612 | 87228 |
| 栾川县 | 45236 | 5380 | 921 | 8546 | 699 | 2460 | 85492 | 90742 | 73511 |
| 嵩　县 | 56152 | 5024 | 383 | 9407 | 814 | 2251 | 74110 | 82540 | 56294 |
| 汝阳县 | 49908 | 2930 | 523 | 8474 | 629 | 1682 | 60007 | 97128 | 49765 |
| 宜阳县 | 64632 | 4571 | 857 | 8124 | 667 | 2424 | 87918 | 99138 | 73552 |
| 洛宁县 | 53444 | 4646 | 383 | 8032 | 864 | 2526 | 54000 | 77000 | 43813 |
| 伊川县 | 85266 | 9871 | 1692 | 13020 | 787 | 3502 | 116706 | 100746 | 92670 |
| **平顶山市** | | | | | | | | | |
| 汝州市 | 156016 | 10012 | 2314 | 15763 | 965 | 4398 | 166042 | 192505 | 142509 |
| 舞钢市 | 46960 | 4100 | 701 | 8575 | 755 | 1840 | 96991 | 147772 | 78959 |
| 宝丰县 | 59951 | 6175 | 1287 | 9472 | 925 | 1795 | 110750 | 111147 | 95786 |
| 叶　县 | 60485 | 5229 | 696 | 8886 | 646 | 2794 | 107222 | 90019 | 91688 |
| 鲁山县 | 49578 | 5073 | 776 | 10036 | 956 | 2113 | 96977 | 118564 | 80115 |
| 郏　县 | 46234 | 4646 | 736 | 7976 | 542 | 2026 | 85438 | 102703 | 79976 |
| **安阳市** | | | | | | | | | |
| 林州市 | 114114 | 12650 | 2999 | 17202 | 1203 | 4933 | 667984 | 413306 | 623162 |
| 安阳县 | 80789 | 13652 | 2540 | 18672 | 1427 | 5254 | 328939 | 254036 | 297331 |
| 汤阴县 | 35074 | 6086 | 880 | 8375 | 662 | 2189 | 149834 | 145589 | 132386 |
| 滑　县 | 84050 | 8007 | 1075 | 13203 | 825 | 4435 | 213663 | 252585 | 196702 |
| 内黄县 | 59483 | 5330 | 443 | 9272 | 536 | 3162 | 119208 | 174134 | 105613 |
| **鹤壁市** | | | | | | | | | |
| 浚　县 | 37073 | 5902 | 681 | 8736 | 743 | 2320 | 149398 | 208890 | 129022 |
| 淇　县 | 37146 | 5568 | 1052 | 8129 | 719 | 1489 | 78800 | 165440 | 69562 |
| **新乡市** | | | | | | | | | |
| 卫辉市 | 102420 | 7515 | 899 | 9753 | 661 | 2432 | 120874 | 105595 | 105595 |
| 辉县市 | 114109 | 13420 | 2232 | 16523 | 1360 | 4848 | 259840 | 229218 | 229218 |
| 新乡县 | 87503 | 12168 | 1802 | 15306 | 1023 | 2779 | 180681 | 154097 | 154097 |
| 获嘉县 | 44337 | 6646 | 588 | 8278 | 551 | 1606 | 129803 | 119216 | 119216 |

19—10续表1 (1998年)

| 县　市 | 社会消费品零售总额(万元) | 财政收入(万元) | #增值税 | 财政支出(万元) | #支农和农林水气事业费 | #教育事业费 | 金融机构存款余额(万元) | 金融机构贷款余额(万元) | 居民储蓄存款(万元) |
|---|---|---|---|---|---|---|---|---|---|
| 原阳县 | 56316 | 5884 | 441 | 8461 | 409 | 2080 | 107721 | 95534 | 95534 |
| 延津县 | 47966 | 4206 | 469 | 7643 | 790 | 1538 | 78041 | 66790 | 66790 |
| 封丘县 | 39127 | 5704 | 251 | 9895 | 609 | 3037 | 109985 | 96742 | 96742 |
| 长垣县 | 71978 | 6818 | 647 | 9835 | 569 | 2794 | 313088 | 289922 | 289922 |
| **焦作市** | | | | | | | | | |
| 沁阳市 | 96251 | 17764 | 1582 | 20053 | 547 | 2272 | 212262 | 177787 | 192789 |
| 修武县 | 60618 | 7735 | 895 | 9111 | 592 | 1561 | 91322 | 82148 | 82257 |
| 博爱县 | 62808 | 13654 | 1185 | 14938 | 897 | 2404 | 178292 | 127631 | 152566 |
| 武陟县 | 78132 | 13918 | 951 | 15730 | 556 | 3212 | 184658 | 132286 | 171608 |
| 温　县 | 67037 | 8764 | 939 | 10493 | 330 | 2243 | 164584 | 137867 | 145532 |
| 孟州市 | 76729 | 12799 | 993 | 15592 | 595 | 1702 | 149830 | 111244 | 125116 |
| **濮阳市** | | | | | | | | | |
| 清丰县 | 68067 | 6069 | 660 | 9999 | 436 | 2105 | 148099 | 143647 | 139673 |
| 南乐县 | 52811 | 5737 | 296 | 9351 | 727 | 2301 | 77943 | 116252 | 69289 |
| 范　县 | 51088 | 4620 | 492 | 10734 | 664 | 1952 | 127641 | 105090 | 115454 |
| 台前县 | 31630 | 2103 | 138 | 7309 | 967 | 1416 | 85951 | 57470 | 76960 |
| 濮阳县 | 140092 | 8536 | 1129 | 16739 | 1058 | 5082 | 273071 | 197799 | 246102 |
| **许昌市** | | | | | | | | | |
| 禹州市 | 181011 | 13886 | 2648 | 15938 | 1022 | 3748 | 255923 | 201961 | 226378 |
| 长葛市 | 146930 | 12446 | 2152 | 15661 | 726 | 2722 | 205376 | 183235 | 183377 |
| 许昌县 | 61236 | 11066 | 1267 | 13421 | 817 | 4599 | 124651 | 138485 | 100624 |
| 鄢陵县 | 47593 | 7036 | 479 | 12587 | 964 | 3162 | 127235 | 134018 | 114154 |
| 襄城县 | 49767 | 6244 | 751 | 8991 | 583 | 2082 | 150736 | 118750 | 135476 |
| **漯河市** | | | | | | | | | |
| 舞阳县 | 92230 | 8158 | 854 | 11733 | 1069 | 3161 | 135367 | 147971 | 118015 |
| 临颍县 | 12475 | 10489 | 1535 | 12749 | 830 | 3833 | 165627 | 234078 | 140224 |
| 郾城县 | 122387 | 10717 | 871 | 13615 | 993 | 4357 | 171158 | 205113 | 146664 |
| **三门峡市** | | | | | | | | | |
| 义马市 | 41404 | 3685 | 1171 | 5302 | 166 | 744 | 80328 | 73144 | 54944 |
| 灵宝市 | 168181 | 15537 | 882 | 15542 | 1449 | 5935 | 408684 | 330375 | 343814 |
| 渑池县 | 48992 | 10510 | 2053 | 14351 | 1317 | 3495 | 111262 | 108578 | 81245 |
| 陕　县 | 48404 | 6370 | 1060 | 9164 | 862 | 2324 | 127620 | 123475 | 108943 |
| 卢氏县 | 41695 | 5742 | 746 | 9481 | 663 | 2148 | 62466 | 72950 | 51353 |
| **南阳市** | | | | | | | | | |
| 邓州市 | 128703 | 15731 | 1258 | 19626 | 1051 | 6832 | 179555 | 256132 | 149757 |
| 南召县 | 79954 | 4646 | 760 | 9600 | 1033 | 2898 | 89268 | 120952 | 67223 |
| 方城县 | 103686 | 10181 | 624 | 15049 | 651 | 4884 | 119306 | 149235 | 103535 |
| 西峡县 | 60241 | 8200 | 1059 | 12200 | 894 | 2790 | 124441 | 129366 | 98826 |
| 镇平县 | 146359 | 9260 | 1118 | 12532 | 1278 | 3617 | 199949 | 217785 | 180859 |
| 内乡县 | 80400 | 9247 | 1258 | 12708 | 837 | 2819 | 117433 | 112983 | 95226 |
| 淅川县 | 84013 | 7915 | 985 | 13259 | 839 | 4046 | 115349 | 163097 | 93002 |
| 社旗县 | 59116 | 6729 | 1034 | 10862 | 642 | 2137 | 86019 | 119126 | 71157 |
| 唐河县 | 129109 | 15605 | 1098 | 19174 | 1736 | 5291 | 197561 | 221960 | 168040 |

19—10 续表 2　　(1998 年)

| 县　市 | 社会消费品零售总额(万元) | 财政收入(万元) | #增值税 | 财政支出(万元) | #支农和农林水气事业费 | #教育事业费 | 金融机构存款余额(万元) | 金融机构贷款余额(万元) | 居民储蓄存款(万元) |
|---|---|---|---|---|---|---|---|---|---|
| 新野县 | 108100 | 10230 | 1069 | 13877 | 879 | 2892 | 176510 | 178172 | 151419 |
| 桐柏县 | 75601 | 5386 | 630 | 8793 | 729 | 2145 | 79826 | 123243 | 55651 |
| **商丘市** | | | | | | | | | |
| 虞城县 | 78314 | 7690 | 737 | 14298 | 651 | 4066 | 115363 | 183870 | 97096 |
| 民权县 | 47918 | 5101 | 751 | 9792 | 806 | 3152 | 90186 | 141738 | 74024 |
| 宁陵县 | 65392 | 7626 | 964 | 13131 | 810 | 2571 | 75619 | 127907 | 62671 |
| 睢　县 | 55025 | 4853 | 622 | 11090 | 513 | 2942 | 94113 | 181789 | 83963 |
| 夏邑县 | 71098 | 6180 | 749 | 11718 | 511 | 3599 | 118300 | 178100 | 101804 |
| 柘城县 | 67707 | 6518 | 775 | 11435 | 819 | 3619 | 95019 | 161092 | 85062 |
| 永城市 | 118242 | 12386 | 2179 | 17534 | 1147 | 4632 | 226600 | 329984 | 183515 |
| **信阳市** | | | | | | | | | |
| 息　县 | 59352 | 7386 | 456 | 12114 | 822 | 4161 | 105283 | 118251 | 82675 |
| 淮滨县 | 58631 | 6596 | 318 | 12308 | 820 | 2923 | 65786 | 104689 | 52071 |
| 潢川县 | 92009 | 8238 | 607 | 11857 | 473 | 3520 | 108330 | 147783 | 85407 |
| 光山县 | 62375 | 6681 | 591 | 12295 | 849 | 3778 | 123505 | 140340 | 95893 |
| 固始县 | 141601 | 10164 | 623 | 19571 | 1142 | 6415 | 193680 | 215942 | 158494 |
| 商城县 | 58576 | 5036 | 324 | 11043 | 894 | 3897 | 106228 | 101188 | 87388 |
| 罗山县 | 74000 | 5601 | 396 | 10761 | 919 | 4080 | 104480 | 113869 | 83697 |
| 新　县 | 47007 | 4354 | 315 | 8505 | 607 | 1927 | 63045 | 74291 | 46210 |
| **周口地区** | | | | | | | | | |
| 周口市 | 134073 | 6453 | 952 | 9484 | 359 | 1899 | 470200 | 476754 | 280002 |
| 项城市 | 122985 | 12483 | 3736 | 17986 | 1389 | 5101 | 215438 | 258052 | 159034 |
| 扶沟县 | 52002 | 7320 | 679 | 9509 | 626 | 3416 | 191590 | 236873 | 171953 |
| 西华县 | 82282 | 8811 | 755 | 12099 | 1026 | 3244 | 141537 | 176964 | 133072 |
| 商水县 | 55208 | 9229 | 504 | 13466 | 1144 | 4032 | 126745 | 179470 | 111273 |
| 太康县 | 86586 | 9496 | 902 | 14102 | 1026 | 3998 | 160722 | 221530 | 147320 |
| 鹿邑县 | 105400 | 8805 | 1725 | 16103 | 2216 | 4110 | 172046 | 239714 | 148295 |
| 郸城县 | 74775 | 6837 | 851 | 11748 | 875 | 4192 | 133811 | 188871 | 125602 |
| 淮阳县 | 91264 | 8889 | 983 | 14389 | 1038 | 3958 | 135000 | 215000 | 119000 |
| 沈丘县 | 72115 | 6730 | 796 | 11693 | 657 | 3973 | 167207 | 199225 | 152831 |
| **驻马店地区** | | | | | | | | | |
| 驻马店市 | 159000 | 12621 | 1083 | 15571 | 351 | 1918 | 463380 | 468940 | 312682 |
| 确山县 | 48600 | 7926 | 401 | 11035 | 698 | 2502 | 95340 | 99213 | 84293 |
| 泌阳县 | 58400 | 8526 | 654 | 12179 | 830 | 3098 | 93753 | 119640 | 77299 |
| 遂平县 | 64300 | 10202 | 719 | 12846 | 712 | 2973 | 98306 | 123576 | 86186 |
| 西平县 | 153700 | 8574 | 556 | 12298 | 744 | 3107 | 151191 | 142945 | 141771 |
| 上蔡县 | 74000 | 12260 | 490 | 15819 | 829 | 4758 | 155961 | 181089 | 143899 |
| 汝南县 | 70000 | 8502 | 591 | 12709 | 738 | 3122 | 124728 | 165255 | 115457 |
| 平舆县 | 58000 | 7658 | 389 | 13454 | 862 | 3507 | 110920 | 124278 | 99301 |
| 新蔡县 | 57100 | 7616 | 306 | 12900 | 578 | 3411 | 79627 | 131071 | 68581 |
| 正阳县 | 63000 | 7286 | 409 | 10968 | 633 | 2609 | 87250 | 92853 | 78038 |
| **济源市** | | | | | | | | | |
| 济源市 | 166432 | 22164 | 3959 | 28000 | 1530 | 5106 | 283944 | 318576 | 231840 |

## 19—11 各县(市)教育、卫生主要指标

(1998年)

| 县 市 | 小学在校学生数(人) | 普通中学在校学生数(人) | #初中 | 小学适龄人口入学率(%) | 小学在校生巩固率(%) | 初中适龄人口入学率(%) | 初中在校生巩固率(%) | 卫生机构床位数(张) | 医生数(人) |
|---|---|---|---|---|---|---|---|---|---|
| **郑州市** | | | | | | | | | |
| 巩义市 | 128331 | 46281 | 41055 | 100.00 | 99.97 | 98.60 | 98.36 | 1517 | 718 |
| 荥阳市 | 92349 | 35031 | 30591 | 99.89 | 99.27 | 98.11 | 97.68 | 904 | 545 |
| 新郑市 | 96411 | 34605 | 30668 | 100.00 | 99.87 | 100.00 | 98.82 | 1016 | 541 |
| 登封市 | 81402 | 42551 | 38871 | 99.86 | 100.56 | 98.37 | 98.69 | 741 | 450 |
| 新密市 | 125554 | 42087 | 37275 | 99.98 | 99.10 | 97.42 | 98.29 | 1845 | 1130 |
| 中牟县 | 109434 | 34066 | 30617 | 99.96 | 99.55 | 95.66 | 98.35 | 1177 | 632 |
| **开封市** | | | | | | | | | |
| 杞 县 | 151090 | 70899 | 66340 | 99.12 | 100.21 | 98.18 | 99.57 | 1209 | 465 |
| 通许县 | 74979 | 41191 | 37770 | 99.97 | 99.51 | 99.62 | 98.16 | 962 | 357 |
| 尉氏县 | 123933 | 49937 | 46798 | 100.00 | 97.14 | 100.00 | 95.62 | 1397 | 447 |
| 开封县 | 97216 | 47484 | 43718 | 98.98 | 102.53 | 95.00 | 99.27 | 874 | 312 |
| 兰考县 | 106088 | 39360 | 36294 | 100.00 | 98.91 | 99.57 | 98.17 | 960 | 437 |
| **洛阳市** | | | | | | | | | |
| 偃师市 | 97730 | 48005 | 42661 | 99.95 | 99.81 | 99.86 | 97.41 | 867 | 443 |
| 孟津县 | 47907 | 25804 | 22702 | 98.01 | 100.05 | 96.22 | 98.20 | 506 | 329 |
| 新安县 | 60334 | 26403 | 23677 | 100.00 | 100.48 | 99.14 | 98.03 | 941 | 365 |
| 栾川县 | 39080 | 13422 | 11926 | 100.00 | 99.09 | 98.55 | 97.11 | 563 | 212 |
| 嵩 县 | 73125 | 25911 | 23785 | 100.00 | 99.88 | 82.71 | 99.52 | 631 | 325 |
| 汝阳县 | 55469 | 19201 | 17611 | 100.00 | 99.88 | 97.65 | 97.85 | 578 | 284 |
| 宜阳县 | 75759 | 37339 | 34627 | 100.00 | 99.31 | 98.19 | 97.20 | 1139 | 404 |
| 洛宁县 | 54970 | 20048 | 18507 | 99.74 | 99.80 | 97.03 | 98.04 | 649 | 344 |
| 伊川县 | 93736 | 41260 | 38467 | 100.00 | 99.11 | 99.03 | 98.87 | 795 | 386 |
| **平顶山市** | | | | | | | | | |
| 汝州市 | 140509 | 48130 | 43758 | 100.00 | 100.00 | 92.53 | 99.16 | 2361 | 763 |
| 舞钢市 | 31929 | 17620 | 15438 | 100.00 | 100.00 | 98.74 | 97.89 | 753 | 406 |
| 宝丰县 | 70558 | 26755 | 25088 | 100.00 | 100.84 | 95.31 | 97.67 | 829 | 411 |
| 叶 县 | 103196 | 33821 | 31088 | 100.00 | 98.95 | 77.88 | 97.70 | 841 | 647 |
| 鲁山县 | 107915 | 37854 | 35239 | 99.30 | 99.24 | 97.83 | 98.70 | 1279 | 458 |
| 郏 县 | 54574 | 26040 | 22950 | 100.00 | 100.00 | 98.74 | 97.14 | 751 | 390 |
| **安阳市** | | | | | | | | | |
| 林州市 | 142533 | 56356 | 51994 | 99.92 | 99.94 | 99.26 | 98.89 | 1659 | 905 |
| 安阳县 | 145851 | 57480 | 52776 | 100.00 | 100.61 | 95.70 | 91.09 | 842 | 548 |
| 汤阴县 | 58591 | 24617 | 22688 | 100.00 | 100.00 | 97.28 | 100.12 | 784 | 453 |
| 滑 县 | 153469 | 78264 | 73541 | 99.18 | 100.17 | 93.81 | 98.68 | 1175 | 486 |
| 内黄县 | 92089 | 35960 | 33610 | 99.14 | 98.67 | 98.12 | 95.57 | 903 | 353 |
| **鹤壁市** | | | | | | | | | |
| 浚 县 | 90618 | 36410 | 33691 | 100.00 | 100.28 | 100.00 | 98.43 | 815 | 450 |
| 淇 县 | 31948 | 12022 | 10665 | 100.00 | 98.99 | 92.10 | 99.00 | 984 | 364 |
| **新乡市** | | | | | | | | | |
| 卫辉市 | 60863 | 26348 | 23614 | 98.60 | 101.99 | 91.12 | 96.78 | 2048 | 859 |
| 辉县市 | 125053 | 50348 | 45579 | 99.36 | 99.55 | 96.60 | 99.76 | 1675 | 971 |
| 新乡县 | 59076 | 26182 | 23604 | 98.00 | 99.70 | 92.90 | 98.44 | 665 | 391 |
| 获嘉县 | 52111 | 22339 | 19798 | 98.70 | 100.13 | 92.51 | 96.78 | 849 | 490 |

19—11 续表 1 （1998 年）

| 县　市 | 小学在校学生数（人） | 普通中学在校学生数（人） | #初中 | 小学适龄人口入学率（%） | 小学在校生巩固率（%） | 初中适龄人口入学率（%） | 初中在校生巩固率（%） | 卫生机构床位数（张） | 医生数（人） |
|---|---|---|---|---|---|---|---|---|---|
| 原阳县 | 91863 | 37489 | 34021 | 99.56 | 98.37 | 94.10 | 96.92 | 926 | 511 |
| 延津县 | 60327 | 25877 | 23185 | 98.49 | 99.25 | 91.31 | 97.08 | 926 | 387 |
| 封丘县 | 97050 | 39190 | 36172 | 98.55 | 98.88 | 91.54 | 96.37 | 814 | 630 |
| 长垣县 | 114389 | 48323 | 45099 | 99.36 | 99.51 | 86.70 | 97.16 | 862 | 633 |
| **焦作市** | | | | | | | | | |
| 沁阳市 | 50621 | 23927 | 20801 | 99.52 | 100.36 | 99.93 | 97.52 | 1017 | 606 |
| 修武县 | 34574 | 18541 | 15525 | 99.95 | 99.97 | 99.66 | 99.07 | 786 | 441 |
| 博爱县 | 48253 | 24549 | 21158 | 100.00 | 99.47 | 99.98 | 98.60 | 701 | 393 |
| 武陟县 | 81116 | 39504 | 34406 | 100.00 | 100.64 | 100.00 | 99.84 | 1012 | 537 |
| 温　县 | 50891 | 26702 | 23332 | 100.00 | 100.00 | 99.95 | 100.00 | 903 | 537 |
| 孟州市 | 37373 | 18188 | 15356 | 99.96 | 100.01 | 99.94 | 98.95 | 843 | 648 |
| **濮阳市** | | | | | | | | | |
| 清丰县 | 94076 | 39928 | 37561 | 100.00 | 99.10 | 94.57 | 97.19 | 868 | 542 |
| 南乐县 | 63731 | 28051 | 25689 | 100.00 | 99.69 | 100.00 | 97.56 | 665 | 370 |
| 范　县 | 53924 | 23311 | 21166 | 100.00 | 99.02 | 89.93 | 97.90 | 774 | 474 |
| 台前县 | 45399 | 18265 | 16705 | 100.00 | 99.06 | 91.38 | 99.70 | 323 | 310 |
| 濮阳县 | 162742 | 60388 | 56431 | 100.00 | 100.07 | 84.04 | 97.66 | 1114 | 645 |
| **许昌市** | | | | | | | | | |
| 禹州市 | 148188 | 51609 | 47929 | 99.25 | 100.21 | 96.50 | 97.01 | 1621 | 983 |
| 长葛市 | 88905 | 36483 | 32343 | 96.82 | 99.05 | 97.88 | 121.08 | 1078 | 735 |
| 许昌县 | 100460 | 43533 | 40344 | 99.80 | 99.65 | 95.18 | 97.17 | 687 | 430 |
| 鄢陵县 | 85497 | 37721 | 34921 | 99.62 | 99.20 | 95.96 | 96.93 | 801 | 474 |
| 襄城县 | 96852 | 41377 | 38057 | 99.20 | 99.28 | 90.85 | 97.01 | 890 | 405 |
| **漯河市** | | | | | | | | | |
| 舞阳县 | 66057 | 29263 | 26146 | 100.00 | 99.73 | 96.51 | 97.64 | 779 | 366 |
| 临颍县 | 90515 | 46747 | 42954 | 100.00 | 99.31 | 96.52 | 97.95 | 969 | 587 |
| 郾城县 | 113750 | 55602 | 51129 | 99.90 | 100.03 | 96.52 | 97.87 | 1373 | 521 |
| **三门峡市** | | | | | | | | | |
| 义马市 | 20933 | 8808 | 7714 | 99.98 | 99.38 | 97.74 | 97.79 | 1473 | 578 |
| 灵宝市 | 97848 | 37835 | 34556 | 100.00 | 100.70 | 100.00 | 98.01 | 1144 | 666 |
| 渑池县 | 35177 | 15072 | 13669 | 99.96 | 103.80 | 96.51 | 97.99 | 856 | 334 |
| 陕　县 | 38417 | 14327 | 12640 | 99.27 | 100.62 | 98.01 | 98.38 | 742 | 333 |
| 卢氏县 | 44075 | 17200 | 15827 | 98.89 | 98.54 | 99.91 | 97.19 | 690 | 370 |
| **南阳市** | | | | | | | | | |
| 邓州市 | 154625 | 103962 | 97266 | 100.00 | 99.99 | 97.51 | 99.68 | 1830 | 951 |
| 南召县 | 62506 | 29900 | 26838 | 99.22 | 99.10 | 90.07 | 97.18 | 1089 | 689 |
| 方城县 | 122522 | 61236 | 57531 | 100.00 | 99.00 | 99.31 | 99.50 | 822 | 492 |
| 西峡县 | 43623 | 18731 | 16387 | 100.00 | 103.62 | 95.37 | 98.07 | 712 | 391 |
| 镇平县 | 107315 | 55990 | 52696 | 99.97 | 99.27 | 98.69 | 97.08 | 778 | 450 |
| 内乡县 | 71350 | 34184 | 31062 | 98.44 | 100.20 | 99.54 | 95.10 | 708 | 358 |
| 淅川县 | 75764 | 42657 | 39987 | 99.95 | 100.26 | 99.89 | 97.79 | 829 | 470 |
| 社旗县 | 72187 | 39000 | 36600 | 100.00 | 99.87 | 97.61 | 98.66 | 720 | 388 |
| 唐河县 | 148026 | 81134 | 75890 | 99.98 | 98.46 | 98.66 | 99.01 | 981 | 622 |

19—11 续表 2　　　　(1998 年)

| 县　市 | 小学在校学生数(人) | 普通中学在校学生数(人) | #初中 | 小学适龄人口入学率(%) | 小学在校生巩固率(%) | 初中适龄人口入学率(%) | 初中在校生巩固率(%) | 卫生机构床位数(张) | 医生数(人) |
|---|---|---|---|---|---|---|---|---|---|
| 新野县 | 80587 | 43934 | 40397 | 100.00 | 101.86 | 99.63 | 98.55 | 936 | 436 |
| 桐柏县 | 52792 | 22578 | 20612 | 100.00 | 101.89 | 95.16 | 99.30 | 659 | 462 |
| **商丘市** | | | | | | | | | |
| 虞城县 | 149700 | 62844 | 59346 | 100.00 | 99.72 | 97.56 | 97.01 | 1561 | 696 |
| 民权县 | 134823 | 48189 | 45174 | 100.00 | 99.15 | 96.50 | 97.27 | 1232 | 523 |
| 宁陵县 | 98363 | 43204 | 40894 | 100.00 | 99.48 | 97.96 | 98.47 | 894 | 536 |
| 睢　县 | 128968 | 52097 | 49027 | 100.00 | 99.41 | 98.30 | 98.80 | 1194 | 421 |
| 夏邑县 | 168550 | 58413 | 54401 | 100.00 | 99.30 | 97.50 | 98.38 | 1645 | 655 |
| 柘城县 | 136667 | 60165 | 57085 | 100.00 | 99.17 | 97.13 | 98.65 | 1132 | 542 |
| 永城市 | 160006 | 85596 | 82113 | 100.00 | 99.89 | 98.00 | 97.54 | 1786 | 905 |
| **信阳市** | | | | | | | | | |
| 息　县 | 111925 | 34034 | 31056 | 99.98 | 99.58 | 90.06 | 98.51 | 817 | 418 |
| 淮滨县 | 69095 | 32135 | 29129 | 99.41 | 99.99 | 93.94 | 102.34 | 536 | 317 |
| 潢川县 | 103160 | 33223 | 29496 | 97.89 | 100.00 | 90.00 | 99.68 | 802 | 439 |
| 光山县 | 107543 | 37554 | 32305 | 100.00 | 105.73 | 95.01 | 104.19 | 833 | 531 |
| 固始县 | 172212 | 59329 | 53076 | 99.70 | 100.58 | 95.51 | 97.64 | 1579 | 788 |
| 商城县 | 83807 | 29142 | 25093 | 100.00 | 100.00 | 98.11 | 98.10 | 698 | 510 |
| 罗山县 | 90089 | 40257 | 35849 | 99.49 | 99.33 | 97.32 | 98.10 | 886 | 453 |
| 新　县 | 34350 | 14996 | 13061 | 100.00 | 99.83 | 99.97 | 98.46 | 393 | 266 |
| **周口地区** | | | | | | | | | |
| 周口市 | 32324 | 17994 | 14765 | 100.00 | 100.00 | 100.00 | 100.00 | 1872 | 1259 |
| 项城市 | 135493 | 69129 | 63951 | 99.80 | 99.58 | 96.00 | 97.12 | 1093 | 676 |
| 扶沟县 | 103904 | 38537 | 33775 | 99.64 | 99.35 | 97.24 | 99.36 | 1073 | 738 |
| 西华县 | 106552 | 44686 | 40408 | 99.92 | 99.45 | 99.89 | 98.51 | 1109 | 622 |
| 商水县 | 141913 | 53403 | 48849 | 99.97 | 98.99 | 96.15 | 97.26 | 1260 | 858 |
| 太康县 | 181490 | 79086 | 73829 | 100.00 | 99.09 | 97.45 | 98.03 | 1516 | 1273 |
| 鹿邑县 | 152883 | 64089 | 60175 | 100.00 | 99.38 | 95.50 | 97.41 | 1364 | 598 |
| 郸城县 | 179363 | 69994 | 64899 | 99.97 | 100.87 | 95.61 | 97.82 | 1292 | 698 |
| 淮阳县 | 193850 | 74499 | 69221 | 100.00 | 100.00 | 97.50 | 100.36 | 1234 | 875 |
| 沈丘县 | 149453 | 73940 | 69401 | 99.70 | 99.00 | 96.36 | 100.65 | 1194 | 745 |
| **驻马店地区** | | | | | | | | | |
| 驻马店市 | 27793 | 16465 | 12401 | 100.00 | 100.00 | 100.00 | 100.00 | 2180 | 1444 |
| 确山县 | 51489 | 24231 | 21485 | 100.00 | 98.93 | 96.00 | 95.84 | 851 | 431 |
| 泌阳县 | 118210 | 44674 | 40894 | 99.24 | 99.32 | 95.50 | 96.11 | 958 | 638 |
| 遂平县 | 68873 | 29469 | 25619 | 98.39 | 99.22 | 98.14 | 96.35 | 1035 | 498 |
| 西平县 | 88649 | 34715 | 30008 | 100.00 | 97.42 | 98.29 | 91.84 | 919 | 505 |
| 上蔡县 | 151446 | 51658 | 45924 | 99.11 | 98.71 | 95.12 | 96.27 | 1014 | 841 |
| 汝南县 | 91124 | 29696 | 25396 | 100.00 | 98.12 | 99.01 | 96.34 | 1104 | 750 |
| 平舆县 | 112339 | 32513 | 29686 | 99.72 | 99.11 | 91.22 | 96.55 | 977 | 418 |
| 新蔡县 | 113930 | 40568 | 37289 | 99.19 | 98.25 | 95.22 | 96.56 | 1005 | 642 |
| 正阳县 | 90692 | 29822 | 25970 | 98.89 | 98.65 | 96.15 | 99.62 | 993 | 592 |
| **济源市** | | | | | | | | | |
| 济源市 | 76593 | 40441 | 34722 | 100.00 | 100.13 | 99.97 | 99.94 | 1890 | 916 |

# 二十、全国及各省、市、区主要统计指标

**简要说明**

一、本篇资料主要包括全国及各省市区人口、国内生产总值、固定资产投资、职工工资、物价、人民生活、农林牧渔业、工业、邮电通信业、内外贸易、财政、教育等主要指标。

二、资料来源

本篇资料除邮电通信业资料由省邮电管理局提供、国内生产总值及农林牧渔业主要指标由各省市区统计局提供外，其余资料均为国家统计局有关专业司、队反馈数据。

三、因有关专业的年报国家统计局尚在审核查询之中，全国部分指标为初步数据。本篇资料若与《中国统计年鉴—1999》有出入者，均以《中国统计年鉴—1999》刊登的资料为准。

## 20－1 全国及各省市区人口和国内生产总值

（1998 年）

| 地区 | 年底总人口（万人） | 人口出生率（‰） | 人口死亡率（‰） | 人口自然增长率（‰） | 国内生产总值（亿元） | | | | 人均国内生产总值（元） |
|---|---|---|---|---|---|---|---|---|---|
| | | | | | | 第一产业 | 第二产业 | 第三产业 | |
| **全国** | **124810** | **16.03** | **6.50** | **9.53** | **79552.80** | **14298.70** | **39149.80** | **26104.30** | **6404** |
| 北京 | 1246 | 6.00 | 5.30 | 0.70 | 2011.31 | 86.56 | 786.85 | 1137.90 | 18478 |
| 天津 | 957 | 9.89 | 6.49 | 3.40 | 1336.38 | 74.03 | 660.00 | 602.35 | 14808 |
| 河北 | 6569 | 13.01 | 6.18 | 6.83 | 4256.01 | 790.60 | 2084.33 | 1381.08 | 6501 |
| 山西 | 3172 | 16.09 | 6.17 | 9.92 | 1601.11 | 207.26 | 856.13 | 537.72 | 5072 |
| 内蒙古 | 2345 | 14.40 | 6.17 | 8.23 | 1192.29 | 341.62 | 479.53 | 371.14 | 5069 |
| 辽宁 | 4157 | 11.39 | 6.81 | 4.58 | 3881.73 | 531.46 | 1855.22 | 1495.05 | 9333 |
| 吉林 | 2644 | 11.81 | 5.76 | 6.05 | 1557.78 | 429.50 | 597.29 | 530.99 | 5912 |
| 黑龙江 | 3773 | 11.68 | 5.32 | 6.36 | 2832.84 | 463.05 | 1506.76 | 863.03 | 7530 |
| 上海 | 1464 | 5.20 | 7.00 | －1.80 | 3688.20 | 78.50 | 1847.20 | 1762.50 | 28240 |
| 江苏 | 7182 | 10.97 | 6.84 | 4.13 | 7199.95 | 1016.27 | 3640.10 | 2543.58 | 10021 |
| 浙江 | 4456 | 11.15 | 6.33 | 4.82 | 4987.50 | 631.31 | 2709.08 | 1647.11 | 11247 |
| 安徽 | 6184 | 15.74 | 6.54 | 9.20 | 2805.45 | 739.70 | 1253.53 | 812.22 | 4576 |
| 福建 | 3299 | 11.53 | 6.20 | 5.33 | 3330.18 | 610.04 | 1444.73 | 1275.41 | 10200 |
| 江西 | 4191 | 16.85 | 7.05 | 9.80 | 1851.98 | 450.44 | 740.33 | 661.21 | 4440 |
| 山东 | 8838 | 11.58 | 6.12 | 5.46 | 7162.20 | 1215.81 | 3457.03 | 2489.36 | 8128 |
| **河南** | **9315** | **14.17** | **6.37** | **7.80** | **4356.60** | **1071.39** | **2012.74** | **1272.47** | **4695** |
| 湖北 | 5907 | 12.58 | 6.70 | 5.88 | 3704.21 | 748.22 | 1752.91 | 1203.08 | 6289 |
| 湖南 | 6502 | 12.31 | 7.10 | 5.21 | 3211.40 | 828.31 | 1294.17 | 1088.92 | 4953 |
| 广东 | 7143 | 16.51 | 5.61 | 10.90 | 7919.12 | 1004.92 | 3991.97 | 2922.23 | 11143 |
| 广西 | 4675 | 15.87 | 6.86 | 9.01 | 1903.04 | 574.25 | 678.19 | 650.60 | 4076 |
| 海南 | 753 | 18.48 | 5.56 | 12.92 | 438.92 | 164.00 | 90.63 | 184.29 | 6022 |
| 重庆 | 3060 | 13.19 | 7.68 | 5.51 | 1429.26 | 298.67 | 585.38 | 545.21 | 4684 |
| 四川 | 8493 | 14.62 | 7.14 | 7.48 | 3580.26 | 941.24 | 1527.07 | 1111.95 | 4319 |
| 贵州 | 3658 | 22.02 | 7.76 | 14.26 | 841.88 | 264.89 | 326.03 | 250.96 | 2318 |
| 云南 | 4144 | 20.01 | 7.91 | 12.10 | 1793.90 | 408.43 | 828.37 | 557.10 | 4355 |
| 西藏 | 252 | 23.70 | 7.80 | 15.90 | 91.18 | 31.31 | 20.24 | 39.63 | 3716 |
| 陕西 | 3596 | 13.56 | 6.43 | 7.13 | 1381.53 | 283.49 | 567.66 | 530.38 | 3834 |
| 甘肃 | 2519 | 16.45 | 6.41 | 10.04 | 869.75 | 202.21 | 382.00 | 285.54 | 3456 |
| 青海 | 503 | 21.26 | 6.78 | 14.48 | 220.16 | 41.63 | 88.42 | 90.11 | 4367 |
| 宁夏 | 538 | 18.19 | 5.11 | 13.08 | 227.46 | 48.69 | 94.01 | 84.76 | 4270 |
| 新疆 | 1747 | 19.74 | 6.93 | 12.81 | 1116.67 | 291.05 | 430.73 | 394.89 | 6229 |
| **河南为全国%** | **7.5** | | | | **5.5** | **7.5** | **5.1** | **4.9** | **73.3** |
| **河南居全国位次** | **1** | **16** | **19** | **15** | **5** | **2** | **6** | **9** | **19** |

注：本表国内生产总值、人均国内生产总值按当年价格计算。

## 20—2 全国及各省市区固定资产投资和在岗职工工资

（1998 年）

| 地区 | 全社会固定资产投资（亿元） | #国有经济 | #集体经济 | 在岗职工工资总额（亿元） | #国有经济 | #城镇集体经济 | 在岗职工平均工资（元） | #国有经济 | #城镇集体经济 |
|---|---|---|---|---|---|---|---|---|---|
| **全国** | **28406.17** | **15369.30** | **4192.24** | **9296.5** | **6812.4** | **1021.6** | **7479** | **7668** | **5331** |
| 北京 | 1124.63 | 721.81 | 68.46 | 530.2 | 378.6 | 39.5 | 12451 | 12348 | 8567 |
| 天津 | 571.03 | 302.25 | 69.24 | 217.9 | 142.3 | 22.5 | 9946 | 10237 | 6121 |
| 河北 | 1591.77 | 726.89 | 482.39 | 375.5 | 303.6 | 34.9 | 6302 | 6592 | 4360 |
| 山西 | 454.94 | 329.91 | 25.03 | 222.6 | 172.8 | 20.2 | 5641 | 5935 | 3431 |
| 内蒙古 | 316.75 | 204.24 | 15.50 | 174.7 | 137.5 | 16.1 | 5792 | 5979 | 4184 |
| 辽宁 | 1057.71 | 651.21 | 119.26 | 504.5 | 372.7 | 68.7 | 7161 | 7604 | 4972 |
| 吉林 | 431.77 | 262.61 | 42.94 | 246.5 | 196.7 | 26.8 | 6551 | 6814 | 4778 |
| 黑龙江 | 770.05 | 610.19 | 28.84 | 377.8 | 301.2 | 38.6 | 6238 | 6536 | 4074 |
| 上海 | 1966.38 | 1088.71 | 208.07 | 490.9 | 317.9 | 39.5 | 13580 | 13746 | 9344 |
| 江苏 | 2450.38 | 969.44 | 605.37 | 628.4 | 422.3 | 99.4 | 8256 | 8872 | 6033 |
| 浙江 | 1801.74 | 653.98 | 423.60 | 414.1 | 252.2 | 72.8 | 9759 | 10480 | 7882 |
| 安徽 | 722.61 | 330.03 | 141.99 | 262.7 | 197.2 | 34.6 | 6117 | 6628 | 4166 |
| 福建 | 1053.00 | 429.62 | 118.78 | 282.1 | 162.3 | 27.2 | 8531 | 8682 | 6662 |
| 江西 | 400.60 | 243.22 | 17.36 | 173.9 | 140.0 | 15.2 | 5384 | 5473 | 3720 |
| 山东 | 1935.57 | 930.43 | 542.16 | 575.3 | 444.3 | 61.6 | 6854 | 7469 | 4558 |
| **河南** | **1330.56** | **638.49** | **255.10** | **431.0** | **299.8** | **63.4** | **5781** | **6204** | **4258** |
| 湖北 | 1156.75 | 627.54 | 116.41 | 387.8 | 311.8 | 40.5 | 6436 | 6783 | 4748 |
| 湖南 | 796.89 | 405.30 | 95.65 | 311.9 | 259.9 | 34.1 | 6558 | 6797 | 5034 |
| 广东 | 2644.12 | 1152.40 | 382.39 | 890.6 | 523.7 | 104.2 | 11032 | 11294 | 7663 |
| 广西 | 562.30 | 276.58 | 62.58 | 190.1 | 150.6 | 16.6 | 6208 | 6243 | 4855 |
| 海南 | 173.38 | 81.97 | 18.57 | 52.2 | 42.5 | 2.4 | 6248 | 5970 | 5020 |
| 重庆 | 492.97 | 259.55 | 62.65 | 154.0 | 117.6 | 20.1 | 6433 | 6732 | 4891 |
| 四川 | 1145.32 | 666.88 | 135.56 | 378.5 | 290.7 | 42.4 | 6577 | 7044 | 4639 |
| 贵州 | 278.41 | 178.07 | 19.23 | 118.2 | 96.4 | 10.2 | 5775 | 5819 | 4426 |
| 云南 | 660.42 | 438.57 | 53.84 | 226.1 | 193.1 | 18.7 | 7667 | 7882 | 6029 |
| 西藏 | 41.25 | 38.57 | 0.61 | 17.9 | 17.1 | 0.6 | 10987 | 11462 | 5382 |
| 陕西 | 517.58 | 355.57 | 28.93 | 204.4 | 170.9 | 13.9 | 6029 | 6257 | 3823 |
| 甘肃 | 301.45 | 216.52 | 17.71 | 152.8 | 129.6 | 15.2 | 6809 | 7129 | 5233 |
| 青海 | 108.78 | 87.19 | 4.08 | 46.1 | 42.8 | 2.6 | 8011 | 8511 | 4249 |
| 宁夏 | 106.74 | 75.90 | 6.58 | 46.7 | 37.8 | 3.4 | 6822 | 7020 | 5373 |
| 新疆 | 514.77 | 434.59 | 21.41 | 209.5 | 185.2 | 14.7 | 7121 | 7167 | 6239 |
| **河南为全国%** | **4.7** | **4.2** | **6.1** | **4.6** | **4.4** | **6.2** | **77.3** | **80.9** | **79.9** |
| **河南居全国位次** | **7** | **9** | **6** | **7** | **10** | **5** | **28** | **26** | **24** |

## 20—3 全国及各省市区物价指数

(1998 年,以上年价格为 100)

| 地区 | 居民消费价格总指数 | 城市 | 农村 | 商品零售价格总指数 | 城市 | 农村 | 农业生产资料价格总指数 | 农产品收购价格总指数 |
|---|---|---|---|---|---|---|---|---|
| **全国** | **99.2** | **99.4** | **99.0** | **97.4** | **97.4** | **97.6** | **94.5** | **92.0** |
| 北京 | 102.4 | | | 98.3 | | | | |
| 天津 | 99.5 | | | 96.6 | | | | |
| 河北 | 98.4 | 98.7 | 98.1 | 97.7 | 97.9 | 97.3 | 98.7 | 90.1 |
| 山西 | 98.6 | 98.7 | 98.5 | 97.0 | 96.9 | 97.0 | 95.8 | 93.6 |
| 内蒙古 | 99.3 | 99.3 | 99.2 | 98.1 | 98.1 | 98.0 | 98.7 | 97.3 |
| 辽宁 | 99.3 | 99.8 | 98.7 | 97.6 | 97.6 | 97.4 | 95.6 | 96.7 |
| 吉林 | 99.2 | 99.3 | 99.0 | 97.9 | 97.9 | 97.7 | 97.2 | 97.1 |
| 黑龙江 | 100.4 | 100.9 | 99.7 | 98.4 | 98.5 | 98.2 | 96.0 | 95.9 |
| 上海 | 100.0 | | | 95.1 | | | | |
| 江苏 | 99.4 | 100.0 | 99.0 | 98.2 | 98.2 | 98.1 | 92.5 | 94.6 |
| 浙江 | 99.7 | 100.5 | 99.3 | 98.4 | 98.4 | 98.4 | 92.4 | 94.0 |
| 安徽 | 100.0 | 100.3 | 99.9 | 98.1 | 98.4 | 98.0 | 94.8 | 93.2 |
| 福建 | 99.7 | 100.0 | 99.5 | 98.5 | 98.3 | 98.9 | 94.6 | 93.1 |
| 江西 | 101.0 | 101.0 | 101.0 | 98.8 | 98.5 | 98.9 | 95.5 | 90.9 |
| 山东 | 99.4 | 99.7 | 99.0 | 97.1 | 97.1 | 97.2 | 96.2 | 90.8 |
| **河南** | **97.5** | **97.9** | **97.1** | **96.6** | **96.6** | **96.5** | **94.2** | **92.2** |
| 湖北 | 98.4 | 97.9 | 99.0 | 97.1 | 96.6 | 98.0 | 91.9 | 91.6 |
| 湖南 | 100.2 | 100.5 | 100.1 | 97.9 | 98.3 | 97.4 | 89.5 | 90.4 |
| 广东 | 98.2 | 98.3 | 98.1 | 97.0 | 96.9 | 97.2 | 94.9 | 92.2 |
| 广西 | 97.0 | 97.1 | 96.8 | 96.3 | 96.7 | 95.9 | 92.1 | 86.6 |
| 海南 | 97.3 | 97.6 | 96.6 | 96.5 | 96.3 | 96.8 | 98.4 | |
| 重庆 | 96.4 | | | 94.5 | | | | |
| 四川 | 99.6 | 99.8 | 99.5 | 97.7 | 97.7 | 97.5 | 92.9 | 90.1 |
| 贵州 | 100.1 | 100.5 | 99.6 | 98.9 | 98.9 | 98.9 | 95.0 | 89.2 |
| 云南 | 101.7 | 102.4 | 101.1 | 99.2 | 98.8 | 99.6 | 96.5 | 91.5 |
| 西藏 | | | | | | | | |
| 陕西 | 98.4 | 97.7 | 99.3 | 96.2 | 95.6 | 97.5 | 95.2 | 94.9 |
| 甘肃 | 99.0 | 99.0 | 98.9 | 98.1 | 98.0 | 98.3 | 96.3 | 94.5 |
| 青海 | 100.7 | 100.6 | 101.0 | 99.6 | 99.7 | 99.6 | 100.3 | 93.7 |
| 宁夏 | 100.0 | 100.0 | 99.8 | 97.5 | 97.3 | 97.9 | 96.1 | 92.8 |
| 新疆 | 100.2 | 99.9 | 100.8 | 99.7 | 99.6 | 99.9 | 100.8 | 89.8 |
| **河南为全国%** | | | | | | | | |
| **河南居全国位次** | **27** | **22** | **24** | **24** | **23** | **25** | **20** | **14** |

# 20—4 全国及各省市区城乡居民收支

（1998 年）

| 地　　区 | 城镇居民人均全部收入（元） | #可支配收入 | 城镇居民人均消费性支出（元） | 农民人均总收入（元） | 现金收入 | 农民人均纯收入（元） | 农民人均生活消费支出（元） | 农民人均现金支出（元） |
|---|---|---|---|---|---|---|---|---|
| **全　　国** | **5458.34** | **5425.05** | **4331.61** | **3018.48** | **2163.61** | **2161.98** | **1590.33** | **1930.98** |
| 北　　京 | 8520.61 | 8471.98 | 6970.83 | 4593.57 | 4369.92 | 3592.32 | 2873.20 | 3573.36 |
| 天　　津 | 7126.23 | 7110.54 | 5471.01 | 4558.80 | 3684.23 | 3395.70 | 1976.70 | 2930.08 |
| 河　　北 | 5116.12 | 5084.64 | 3834.43 | 3240.26 | 2367.65 | 2405.32 | 1298.54 | 1762.29 |
| 山　　西 | 4117.79 | 4098.73 | 3267.70 | 2669.21 | 1566.47 | 1858.60 | 1056.45 | 1172.89 |
| 内 蒙 古 | 4389.44 | 4353.02 | 3105.74 | 3173.88 | 1936.51 | 1981.48 | 1577.12 | 1955.47 |
| 辽　　宁 | 4646.41 | 4617.24 | 3890.74 | 3635.71 | 2543.86 | 2579.79 | 1702.68 | 2370.45 |
| 吉　　林 | 4223.91 | 4206.64 | 3449.74 | 3425.86 | 2109.16 | 2383.60 | 1471.46 | 1968.19 |
| 黑 龙 江 | 4291.76 | 4268.50 | 3303.15 | 3622.87 | 2298.31 | 2253.10 | 1464.64 | 2445.78 |
| 上　　海 | 8825.26 | 8773.10 | 6866.41 | 5964.55 | 5582.47 | 5406.87 | 4206.89 | 4954.07 |
| 江　　苏 | 6064.45 | 6017.85 | 4889.43 | 4258.15 | 3404.66 | 3376.78 | 2336.78 | 2837.70 |
| 浙　　江 | 7883.77 | 7836.76 | 6217.93 | 4864.70 | 4338.22 | 3814.56 | 2890.65 | 3691.81 |
| 安　　徽 | 4798.76 | 4770.47 | 3777.41 | 2538.28 | 1795.17 | 1863.06 | 1333.05 | 1576.91 |
| 福　　建 | 6544.81 | 6485.63 | 5181.45 | 3597.13 | 2983.96 | 2946.37 | 2025.09 | 2403.51 |
| 江　　西 | 4274.32 | 4251.42 | 3266.81 | 2799.29 | 1980.14 | 2048.00 | 1538.24 | 1709.51 |
| 山　　东 | 5414.17 | 5380.08 | 4143.96 | 3561.87 | 2460.00 | 2452.83 | 1595.09 | 2161.81 |
| **河　　南** | **4238.49** | **4219.42** | **3415.65** | **2537.18** | **1597.94** | **1864.05** | **1240.30** | **1376.78** |
| 湖　　北 | 4849.43 | 4826.36 | 4074.38 | 2917.66 | 1887.38 | 2172.24 | 1699.43 | 1765.95 |
| 湖　　南 | 5474.55 | 5434.26 | 4370.95 | 2988.21 | 2163.04 | 2064.85 | 1889.17 | 2185.14 |
| 广　　东 | 8904.83 | 8839.68 | 7054.09 | 4462.15 | 3692.86 | 3527.14 | 2683.18 | 3130.22 |
| 广　　西 | 5440.55 | 5412.24 | 4381.09 | 2688.94 | 2065.25 | 1971.90 | 1414.76 | 1643.79 |
| 海　　南 | 4895.39 | 4852.87 | 3832.44 | 2626.56 | 1874.88 | 2018.31 | 1246.12 | 1326.29 |
| 重　　庆 | 5487.49 | 5466.57 | 4977.26 | 2385.55 | 1435.42 | 1720.46 | 1343.35 | 1289.84 |
| 四　　川 | 5159.97 | 5127.08 | 4382.59 | 2738.39 | 1731.76 | 1789.17 | 1440.77 | 1610.02 |
| 贵　　州 | 4580.48 | 4565.39 | 3799.38 | 1865.22 | 1066.12 | 1334.46 | 1094.39 | 969.57 |
| 云　　南 | 6100.26 | 6042.78 | 5032.67 | 2157.52 | 1403.43 | 1387.25 | 1312.31 | 1355.40 |
| 西　　藏 | | | | 1590.63 | 821.68 | 1231.50 | 710.26 | 631.20 |
| 陕　　西 | 4243.76 | 4220.24 | 3538.52 | 1928.48 | 1300.67 | 1405.59 | 1181.38 | 1324.06 |
| 甘　　肃 | 4034.26 | 4009.61 | 3099.36 | 1898.64 | 1033.17 | 1393.05 | 939.55 | 928.26 |
| 青　　海 | 4257.50 | 4240.13 | 3580.47 | 1971.93 | 1021.02 | 1424.79 | 1117.79 | 1015.58 |
| 宁　　夏 | 4146.37 | 4112.41 | 3379.82 | 2714.79 | 2041.67 | 1721.17 | 1327.62 | 1799.05 |
| 新　　疆 | 5041.67 | 5000.79 | 3714.10 | 3400.00 | 2744.27 | 1600.14 | 1450.29 | 2888.22 |
| **河南为全国%** | **77.7** | **77.8** | **78.9** | **84.1** | **73.9** | **86.2** | **78.0** | **71.3** |
| **河南居全国位次** | **26** | **26** | **24** | **24** | **23** | **19** | **25** | **22** |

注：本表农林牧渔业总产值、增加值按当年价格计算。

## 20—5 全国及各省市区农业基本情况

（1998年）

| 地区 | 农用机械总动力（万千瓦） | 农用大中型拖拉机（台） | 小型拖拉机（万台） | 大中型拖拉机机引农具（部） | 灌溉面积（千公顷） | 农用化肥施用折纯量（万吨） | #氮肥 | 农村用电量（亿千瓦小时） |
|---|---|---|---|---|---|---|---|---|
| **全国** | **45207.7** | **725215** | **1122.06** | **1203687** | **52295.6** | **4085.6** | **2234.4** | **2042.10** |
| 北京 | 415.5 | 12032 | 3.08 | 25184 | 323.7 | 19.3 | 11.9 | 27.71 |
| 天津 | 602.1 | 8901 | 3.81 | 11300 | 351.9 | 15.3 | 8.7 | 33.76 |
| 河北 | 6263.9 | 45767 | 116.34 | 76953 | 4388.1 | 270.2 | 151.8 | 167.37 |
| 山西 | 1505.8 | 20751 | 18.27 | 39456 | 1068.6 | 86.1 | 43.6 | 50.36 |
| 内蒙古 | 1125.2 | 29451 | 38.28 | 44003 | 2067.9 | 72.8 | 43.8 | 18.30 |
| 辽宁 | 1138.1 | 29733 | 13.68 | 46100 | 1335.1 | 114.1 | 72.0 | 87.40 |
| 吉林 | 827.5 | 31390 | 31.01 | 55060 | 1251.0 | 112.5 | 68.6 | 22.54 |
| 黑龙江 | 1454.5 | 69905 | 63.32 | 171813 | 1815.0 | 125.9 | 57.5 | 25.75 |
| 上海 | 155.7 | 9037 | 1.09 | 21601 | 277.5 | 14.8 | 11.1 | 69.50 |
| 江苏 | 2594.8 | 39844 | 83.87 | 76923 | 3855.4 | 333.3 | 196.7 | 263.95 |
| 浙江 | 1798.8 | 6299 | 26.61 | 3880 | 1385.8 | 90.8 | 61.3 | 200.91 |
| 安徽 | 2546.6 | 9579 | 140.18 | 15535 | 3100.1 | 253.8 | 122.9 | 39.76 |
| 福建 | 818.4 | 3075 | 15.23 | 552 | 932.9 | 118.1 | 55.4 | 61.00 |
| 江西 | 793.9 | 7803 | 7.92 | 2600 | 1897.0 | 113.1 | 54.9 | 33.30 |
| 山东 | 5228.3 | 113525 | 98.73 | 234678 | 4780.2 | 406.5 | 197.5 | 168.23 |
| **河南** | **4764.4** | **58567** | **202.15** | **94989** | **4513.9** | **382.8** | **198.7** | **121.21** |
| 湖北 | 1325.9 | 71345 | 20.60 | 43293 | 2161.9 | 270.6 | 165.3 | 56.45 |
| 湖南 | 1825.6 | 4975 | 19.95 | 2381 | 2675.1 | 179.9 | 98.7 | 42.01 |
| 广东 | 1698.2 | 6718 | 32.66 | 5267 | 1502.0 | 169.5 | 96.9 | 274.94 |
| 广西 | 1263.1 | 10703 | 28.91 | 8103 | 1468.1 | 155.5 | 60.3 | 27.69 |
| 海南 | 194.3 | 2649 | 2.62 | 1402 | 176.7 | 22.4 | 10.1 | 1.31 |
| 重庆 | 506.6 | 1878 | 1.56 | 200 | 614.1 | 71.2 | 47.2 | 24.29 |
| 四川 | 1468.3 | 10144 | 13.98 | 5800 | 2390.5 | 205.3 | 123.7 | 73.45 |
| 贵州 | 494.0 | 9613 | 5.40 | 7000 | 638.4 | 63.5 | 38.8 | 11.77 |
| 云南 | 1177.1 | 10902 | 29.26 | 7482 | 1349.9 | 105.2 | 61.5 | 34.47 |
| 西藏 | 91.5 | 2142 | 2.35 | 1124 | 150.3 | 4.6 | 2.4 | 0.17 |
| 陕西 | 940.3 | 22479 | 21.49 | 33663 | 1302.6 | 124.0 | 72.3 | 17.97 |
| 甘肃 | 883.1 | 12735 | 29.35 | 17905 | 963.9 | 63.2 | 30.3 | 47.59 |
| 青海 | 219.4 | 2750 | 13.82 | 4568 | 187.4 | 6.9 | 3.2 | 24.44 |
| 宁夏 | 316.2 | 3620 | 13.23 | 4738 | 387.1 | 28.8 | 21.3 | 7.35 |
| 新疆 | 770.4 | 56903 | 23.31 | 140134 | 2983.6 | 85.6 | 46.1 | 22.49 |
| **河南为全国%** | **10.5** | **8.1** | **18.0** | **7.9** | **8.6** | **9.4** | **8.9** | **5.9** |
| **河南居全国位次** | **3** | **4** | **1** | **4** | **2** | **2** | **1** | **6** |

## 20—6 全国及各省市区农林牧渔业产值和主要农产品产量

（1998年）

| 地区 | 农林牧渔业总产值（亿元） | 粮食总产量（万吨） | 棉花总产量（万吨） | 油料总产量（万吨） | 糖料产量（万吨） | 年底大牧畜头数（万头） | 年底猪头数（万头） | 水产品产量（万吨） |
|---|---|---|---|---|---|---|---|---|
| **全国** | **25103.40** | **49000.00** | **450.1** | **2313.9** | **9790.4** | | | **3906.4** |
| 北京 | 176.61 | 239.25 | 0.2 | 2.8 | | 18.50 | 254.50 | 7.6 |
| 天津 | 156.16 | 210.12 | 0.6 | 3.8 | | 30.93 | 127.23 | 21.4 |
| 河北 | 1505.91 | 2917.50 | 27.0 | 138.8 | 17.1 | 950.98 | 2447.05 | 69.3 |
| 山西 | 358.98 | 1081.48 | 5.6 | 42.5 | 78.6 | 316.76 | 510.56 | 2.3 |
| 内蒙古 | 534.38 | 1575.40 | 0.2 | 90.3 | 259.2 | 677.30 | 816.10 | 6.2 |
| 辽宁 | 986.90 | 1828.90 | 1.8 | 23.4 | 41.6 | 382.10 | 1039.90 | 312.7 |
| 吉林 | 666.48 | 2506.00 | | 21.3 | 55.6 | 494.79 | 855.04 | 14.2 |
| 黑龙江 | 736.31 | 3008.50 | | 16.9 | 310.2 | 949.50 | 958.10 | 35.7 |
| 上海 | 206.75 | 212.58 | 0.5 | 6.8 | 7.1 | 6.17 | 22.79 | 26.8 |
| 江苏 | 1849.20 | 3415.12 | 46.2 | 115.6 | 19.6 | 84.69 | 1961.86 | 282.0 |
| 浙江 | 1003.66 | 1435.20 | 6.5 | 35.5 | 61.9 | 43.52 | 1040.56 | 422.7 |
| 安徽 | 1228.30 | 2590.50 | 29.0 | 176.5 | 24.4 | 637.90 | 1809.10 | 146.2 |
| 福建 | 973.37 | 958.11 | | 24.6 | 219.3 | 117.18 | 1024.15 | 475.9 |
| 江西 | 734.88 | 1555.50 | 7.6 | 84.3 | 186.4 | 391.68 | 1799.63 | 118.3 |
| 山东 | 2242.00 | 4264.80 | 41.3 | 335.6 | 0.3 | | | 650.5 |
| **河南** | **1823.01** | **4009.61** | **72.8** | **312.1** | **15.9** | **1416.84** | **3439.70** | **27.0** |
| 湖北 | 1222.58 | 2475.75 | 32.5 | 216.7 | 110.0 | 442.56 | 1843.86 | 218.3 |
| 湖南 | 1262.46 | 2818.19 | 19.2 | 120.7 | 188.4 | 504.02 | 3692.24 | 116.8 |
| 广东 | 1705.44 | 2007.74 | | 79.3 | 1756.9 | 414.33 | 1768.66 | 554.3 |
| 广西 | 991.50 | 1702.00 | 0.1 | 54.4 | 3582.3 | 891.00 | 2653.50 | 217.5 |
| 海南 | 253.67 | 230.12 | | 9.5 | 353.7 | 153.88 | 321.08 | 59.8 |
| 重庆 | 434.37 | 1155.36 | 0.1 | 25.1 | 7.3 | 152.48 | 1492.95 | 17.9 |
| 四川 | 1455.19 | 3626.30 | 10.2 | 146.4 | 161.7 | 1092.23 | 5270.82 | 42.3 |
| 贵州 | 402.32 | 1100.00 | 0.2 | 62.2 | 54.8 | 700.19 | 1593.23 | 5.0 |
| 云南 | 620.02 | 1319.50 | 0.1 | 17.5 | 1598.1 | 1008.85 | 2406.00 | 13.8 |
| 西藏 | | | | 3.0 | | | | 0.3 |
| 陕西 | 479.34 | 1303.00 | 2.3 | 35.5 | 5.0 | 287.98 | 731.59 | 5.0 |
| 甘肃 | 335.80 | 871.95 | 6.1 | 45.5 | 130.9 | 544.95 | 567.05 | 1.1 |
| 青海 | 60.79 | 128.20 | | 21.0 | 0.1 | 451.66 | 113.25 | 0.1 |
| 宁夏 | 78.70 | 294.86 | | 8.6 | 30.9 | 88.00 | 121.00 | 2.6 |
| 新疆 | 499.24 | 830.00 | 140.0 | 37.5 | 513.1 | 606.79 | 169.82 | 5.3 |
| **河南为全国%** | **7.3** | **8.2** | **16.2** | **13.5** | **0.2** | | | **0.7** |
| **河南居全国位次** | **3** | **2** | **2** | **2** | **23** | **1** | **3** | **16** |

注：本表农林牧渔业总产值、增加值按当年价格计算。

## 20-7 全国及各省市区全部国有及限额以上工业主要经济指标

（1998年）　　单位：亿元

| 地区 | 工业总产值 | 流动资产年平均余额 | 固定资产净值年平均余额 | 所有者权益合计 | 产品销售收入 | 利润总额 | 利税总额 | 资金利税率（%） | 销售收入利润率（%） | 成本费用利润率（%） |
|---|---|---|---|---|---|---|---|---|---|---|
| **全国** | **67737.14** | **45420.55** | **44136.87** | **39445.40** | **64148.86** | **1458.11** | **5521.80** | **6.17** | **2.27** | **2.35** |
| 北京 | 1816.48 | 1660.34 | 1337.50 | 1427.00 | 1913.21 | 53.94 | 160.60 | 5.36 | 2.82 | 2.81 |
| 天津 | 2062.69 | 1358.38 | 1273.97 | 1187.48 | 1942.33 | 56.92 | 149.87 | 5.69 | 2.93 | 3.00 |
| 河北 | 2719.10 | 1783.30 | 1917.68 | 1681.71 | 2706.81 | 97.87 | 257.97 | 6.97 | 3.62 | 3.76 |
| 山西 | 1106.72 | 1025.02 | 1218.23 | 982.72 | 1017.64 | 9.21 | 94.04 | 4.19 | 0.90 | 0.92 |
| 内蒙古 | 574.63 | 558.24 | 685.07 | 576.58 | 567.91 | 3.22 | 49.07 | 3.95 | 0.57 | 0.57 |
| 辽宁 | 3147.86 | 2638.38 | 2988.11 | 2283.45 | 3090.51 | −16.49 | 183.72 | 3.27 | −0.53 | −0.53 |
| 吉林 | 1225.47 | 1131.49 | 1203.62 | 823.52 | 1136.01 | −3.77 | 76.78 | 3.29 | −0.33 | −0.33 |
| 黑龙江 | 1739.73 | 1463.57 | 1566.74 | 1160.45 | 1663.66 | 82.73 | 249.62 | 8.24 | 4.97 | 5.33 |
| 上海 | 5191.43 | 3772.67 | 2621.63 | 3783.33 | 5196.35 | 193.09 | 475.11 | 7.43 | 3.72 | 3.80 |
| 江苏 | 8053.03 | 4255.81 | 3488.93 | 3434.63 | 7375.45 | 151.51 | 491.61 | 6.35 | 2.05 | 2.10 |
| 浙江 | 4702.43 | 2540.10 | 2142.87 | 2321.14 | 4469.41 | 170.94 | 407.46 | 8.70 | 3.82 | 3.99 |
| 安徽 | 1480.76 | 967.96 | 995.55 | 883.97 | 1348.30 | −5.84 | 106.83 | 5.44 | −0.43 | −0.46 |
| 福建 | 2037.52 | 1054.48 | 1092.93 | 1152.85 | 1860.76 | 55.76 | 159.61 | 7.43 | 3.00 | 3.13 |
| 江西 | 819.79 | 660.39 | 703.52 | 459.05 | 739.47 | −8.43 | 45.00 | 3.30 | −1.14 | −1.13 |
| 山东 | 6398.39 | 3394.37 | 3276.99 | 2938.64 | 5923.25 | 235.25 | 575.92 | 8.63 | 3.97 | 4.18 |
| **河南** | **3036.30** | **1990.58** | **1953.89** | **1576.01** | **2774.43** | **71.21** | **251.73** | **6.38** | **2.57** | **2.66** |
| 湖北 | 2733.06 | 1714.20 | 1685.21 | 1490.02 | 2433.92 | 44.71 | 195.96 | 5.76 | 1.84 | 1.90 |
| 湖南 | 1287.43 | 904.56 | 1083.63 | 685.98 | 1212.79 | 3.18 | 152.03 | 7.65 | 0.26 | 0.28 |
| 广东 | 9738.56 | 5825.10 | 4893.50 | 4859.21 | 9243.42 | 224.89 | 622.82 | 5.81 | 2.43 | 2.52 |
| 广西 | 928.67 | 630.63 | 772.17 | 523.18 | 878.02 | −11.81 | 56.27 | 4.01 | −1.34 | −1.34 |
| 海南 | 187.60 | 139.38 | 187.12 | 109.37 | 175.65 | 1.93 | 15.13 | 4.63 | 1.10 | 1.08 |
| 重庆 | 766.79 | 720.28 | 635.68 | 527.84 | 780.91 | −19.31 | 39.32 | 2.90 | −2.47 | −2.43 |
| 四川 | 1918.37 | 1632.88 | 1520.18 | 1367.42 | 1838.86 | 39.70 | 174.38 | 5.53 | 2.16 | 2.24 |
| 贵州 | 507.91 | 531.74 | 443.69 | 372.67 | 463.24 | 1.64 | 62.25 | 6.38 | 0.35 | 0.38 |
| 云南 | 1017.29 | 767.35 | 786.70 | 894.99 | 999.43 | 68.48 | 323.75 | 20.83 | 6.85 | 8.82 |
| 西藏 | 12.83 | 10.53 | 18.11 | 35.79 | 12.04 | 1.98 | 3.00 | 10.49 | 16.47 | 18.80 |
| 陕西 | 926.58 | 874.44 | 1682.51 | 614.55 | 867.48 | −11.40 | 53.31 | 2.09 | −1.31 | −1.31 |
| 甘肃 | 661.56 | 585.54 | 723.95 | 540.40 | 615.85 | −16.11 | 34.04 | 2.60 | −2.62 | −2.58 |
| 青海 | 148.18 | 150.48 | 272.82 | 131.03 | 141.03 | −8.00 | 2.14 | 0.51 | −5.67 | −5.49 |
| 宁夏 | 183.20 | 176.11 | 208.57 | 138.37 | 183.50 | −2.86 | 9.27 | 2.41 | −1.56 | −1.52 |
| 新疆 | 606.78 | 502.26 | 755.82 | 482.07 | 577.19 | −6.04 | 49.62 | 3.94 | −1.05 | −1.05 |
| **河南为全国%** | **4.5** | **4.4** | **4.4** | **4.0** | **4.3** | **4.9** | **4.4** | | | |
| **河南居全国位次** | **7** | **7** | **7** | **8** | **7** | **8** | **9** | **11** | **10** | **10** |

注：本表工业总产值按当年价格计算。

# 20－8　全国及各省市区主要工业产品产量

（1998年）

| 地　　区 | 纱产量（万吨） | 卷烟产量（万箱） | 农用化肥产量（折纯量）（万吨） | 原煤产量（万吨） | 原油产量（万吨） | 发电量（亿千瓦小时） | 钢产量（万吨） | 平板玻璃产量（万重量箱） |
|---|---|---|---|---|---|---|---|---|
| **全　　国** | **524.72** | **3363.97** | **2953.37** | **123555.10** | **16260.33** | **11387.52** | **11434.74** | **17194.03** |
| 北　　京 | 6.13 | 16.61 | 11.25 | 989.46 |  | 144.53 | 803.22 | 500.31 |
| 天　　津 | 8.13 | 19.50 | 7.68 |  | 691.28 | 165.30 | 254.94 | 380.68 |
| 河　　北 | 34.90 | 106.00 | 198.65 | 5801.82 | 536.82 | 687.11 | 1103.86 | 2456.00 |
| 山　　西 | 6.57 | 27.81 | 135.85 | 31481.81 |  | 554.03 | 420.02 | 368.27 |
| 内 蒙 古 | 1.82 | 26.50 | 21.12 | 7769.48 |  | 350.41 | 404.37 | 339.49 |
| 辽　　宁 | 14.31 | 41.80 | 76.84 | 5291.09 | 1452.08 | 608.08 | 1406.52 | 1546.94 |
| 吉　　林 | 5.00 | 57.90 | 25.56 | 2130.42 | 397.07 | 281.28 | 151.99 | 119.21 |
| 黑 龙 江 | 4.78 | 70.37 | 46.70 | 7092.42 | 5593.81 | 423.82 | 79.14 | 334.76 |
| 上　　海 | 13.99 | 113.88 | 12.73 |  |  | 483.23 | 1603.75 | 701.45 |
| 江　　苏 | 90.58 | 90.30 | 170.12 | 2378.53 | 125.82 | 754.27 | 520.37 | 1629.27 |
| 浙　　江 | 29.83 | 92.24 | 71.83 | 91.50 |  | 492.11 | 147.44 | 678.64 |
| 安　　徽 | 23.05 | 189.10 | 161.96 | 4502.23 |  | 308.82 | 405.79 | 180.88 |
| 福　　建 | 10.85 | 86.15 | 63.51 | 726.47 |  | 321.92 | 113.32 | 520.14 |
| 江　　西 | 10.80 | 38.31 | 52.22 | 2107.46 |  | 181.06 | 222.94 | 268.31 |
| 山　　东 | 70.15 | 227.09 | 312.19 | 8976.86 | 2731.00 | 823.79 | 579.27 | 1484.65 |
| **河　　南** | **47.06** | **275.77** | **267.89** | **9406.48** | **587.60** | **631.05** | **366.58** | **2165.02** |
| 湖　　北 | 53.65 | 205.30 | 226.92 | 1326.25 | 75.71 | 510.14 | 808.77 | 626.15 |
| 湖　　南 | 12.20 | 232.48 | 153.73 | 4352.07 |  | 345.69 | 270.58 | 385.95 |
| 广　　东 | 13.93 | 160.79 | 53.97 | 299.87 | 1361.43 | 1004.37 | 263.69 | 612.08 |
| 广　　西 | 7.97 | 87.35 | 48.69 | 1015.10 | 3.15 | 245.00 | 112.82 | 71.68 |
| 海　　南 |  | 8.80 | 24.80 | 1.50 |  | 35.52 | 0.19 |  |
| 重　　庆 | 4.38 | 68.70 | 73.40 | 2573.99 |  | 158.67 | 163.94 | 134.21 |
| 四　　川 | 13.15 | 126.54 | 244.00 | 5696.42 | 22.38 | 455.60 | 567.91 | 649.52 |
| 贵　　州 | 1.76 | 195.79 | 72.82 | 6561.00 |  | 291.76 | 100.28 | 45.78 |
| 云　　南 | 1.99 | 632.99 | 163.39 | 3090.67 | 5.04 | 264.62 | 176.22 | 259.97 |
| 西　　藏 |  |  |  |  |  |  |  |  |
| 陕　　西 | 14.05 | 118.97 | 75.31 | 2278.16 | 321.07 | 245.97 | 52.50 | 165.09 |
| 甘　　肃 | 1.65 | 25.26 | 48.31 | 2316.00 | 442.39 | 250.00 | 178.44 | 412.00 |
| 青　　海 | 0.52 | 2.00 | 31.79 | 320.44 | 176.13 | 100.49 | 43.54 | 80.44 |
| 宁　　夏 | 0.10 | 3.00 | 46.32 | 1583.02 | 111.00 | 110.63 | 8.30 | 21.85 |
| 新　　疆 | 21.43 | 12.01 | 53.82 | 2900.00 | 1626.54 | 158.25 | 104.04 | 55.29 |
| **河南为全国%** | **9.0** | **8.2** | **9.1** | **7.6** | **3.6** | **5.5** | **3.2** | **12.6** |
| **河南居全国位次** | **4** | **2** | **2** | **2** | **7** | **5** | **12** | **2** |

## 20—9 全国及各省市区邮电、内外贸易及财政主要指标

(1998年)

| 地区 | 邮电局所(处) | 邮电业务总量(亿元) | 局用交换机总容量(万门) | 电话机总数(含移动电话)(万部) | 社会消费品零售总额(亿元) | 出口贸易总额(万美元) | 外商直接投资(万美元) | 财政收入(亿元) | 财政支出(亿元) |
|---|---|---|---|---|---|---|---|---|---|
| **全国** | **102225** | **2431.21** | **13823.70** | **13123.40** | **29152.50** | **18269664** | **4546275** | **9853.00** | **10771.00** |
| 北京 | 718 | 129.10 | 504.10 | 522.50 | 1167.23 | 960059 | 216800 | 229.45 | 280.68 |
| 天津 | 399 | 47.57 | 244.80 | 259.60 | 587.12 | 524765 | 211361 | 101.40 | 137.93 |
| 河北 | 3597 | 86.37 | 621.10 | 538.40 | 1332.61 | 323803 | 142868 | 206.76 | 301.55 |
| 山西 | 2821 | 39.62 | 259.10 | 229.00 | 545.00 | 112812 | 24451 | 104.19 | 164.41 |
| 内蒙古 | 2815 | 24.78 | 189.00 | 176.00 | 399.51 | 65539 | 9082 | 77.67 | 170.31 |
| 辽宁 | 3266 | 124.93 | 681.80 | 688.10 | 1568.67 | 915924 | 219045 | 264.62 | 390.29 |
| 吉林 | 1451 | 53.85 | 365.60 | 337.40 | 670.64 | 93245 | 40917 | 93.64 | 190.10 |
| 黑龙江 | 2909 | 83.92 | 510.60 | 485.90 | 949.70 | 130843 | 52639 | 157.27 | 259.42 |
| 上海 | 849 | 134.97 | 618.40 | 753.40 | 1471.03 | 1506943 | 360150 | 380.70 | 470.05 |
| 江苏 | 4720 | 167.80 | 1292.40 | 1300.50 | 2238.01 | 1409534 | 663179 | 296.58 | 424.90 |
| 浙江 | 3979 | 157.88 | 834.50 | 901.80 | 1905.00 | 1008690 | 131802 | 198.10 | 286.81 |
| 安徽 | 3422 | 57.33 | 430.40 | 355.50 | 924.82 | 154771 | 27673 | 159.19 | 242.07 |
| 福建 | 2249 | 122.86 | 547.00 | 550.60 | 1132.49 | 1026474 | 421211 | 187.92 | 254.87 |
| 江西 | 3479 | 39.90 | 322.70 | 247.90 | 605.09 | 111390 | 46496 | 97.16 | 175.26 |
| 山东 | 7991 | 133.89 | 854.40 | 812.30 | 2127.17 | 1087628 | 220274 | 352.39 | 487.82 |
| **河南** | **8040** | **103.56** | **723.20** | **616.80** | **1496.24** | **118675** | **61794** | **208.20** | **323.63** |
| 湖北 | 3796 | 83.52 | 601.70 | 533.40 | 1481.38 | 192079 | 97294 | 168.95 | 280.12 |
| 湖南 | 15876 | 76.00 | 449.70 | 413.30 | 1125.33 | 144728 | 81816 | 156.77 | 273.64 |
| 广东 | 6192 | 418.18 | 1393.80 | 1507.90 | 3248.51 | 7454116 | 1201994 | 640.75 | 825.61 |
| 广西 | 1899 | 52.66 | 289.50 | 246.20 | 733.92 | 227929 | 88613 | 119.67 | 198.36 |
| 海南 | 620 | 18.47 | 66.80 | 70.60 | 144.73 | 79883 | 71715 | 33.67 | 54.91 |
| 重庆 | 2954 | 33.72 | 266.20 | 204.40 | 553.70 | 75363 | 43107 | 71.13 | 125.76 |
| 四川 | 6750 | 75.85 | 513.10 | 396.90 | 1298.57 | 127478 | 37248 | 197.29 | 320.93 |
| 贵州 | 2362 | 21.21 | 151.50 | 112.70 | 289.92 | 44423 | 4535 | 65.34 | 133.09 |
| 云南 | 2105 | 44.38 | 313.10 | 248.50 | 500.09 | 113595 | 14568 | 168.23 | 328.00 |
| 西藏 | 241 | 1.65 | 14.90 | 8.00 | 34.08 | 3741 | | 3.64 | 45.32 |
| 陕西 | 2289 | 39.54 | 285.10 | 241.50 | 518.79 | 122768 | 30010 | 93.33 | 166.20 |
| 甘肃 | 1526 | 20.31 | 159.30 | 124.80 | 303.72 | 35931 | 3864 | 54.03 | 125.34 |
| 青海 | 292 | 4.73 | 31.20 | 28.10 | 70.60 | 11659 | | 12.77 | 44.09 |
| 宁夏 | 415 | 6.66 | 67.30 | 48.40 | 77.17 | 18616 | 1856 | 17.75 | 45.12 |
| 新疆 | 2203 | 25.06 | 221.60 | 163.20 | 327.52 | 56978 | 2167 | 65.39 | 145.99 |
| **河南为全国%** | **7.9** | **4.3** | **5.2** | **4.7** | **5.1** | **0.6** | **1.4** | **2.1** | **3.0** |
| **河南居全国位次** | **2** | **9** | **5** | **7** | **6** | **18** | **15** | **7** | **7** |

注:本表邮电业务总量按1990年不变价格计算。

# 20—10 全国及各省市区在校学生数

（1998 年）

单位：人

| 地区 | 普通高等学校 | 成人高等教育 | 普通中等技术学校 | 普通中等师范学校 | 普通高中 | 普通初中 | 职业高中 | 职业初中 | 小学 |
|---|---|---|---|---|---|---|---|---|---|
| **全国** | **3408547** | **2826471** | **4059709** | **921043** | **9380013** | **53630247** | **4549166** | **866962** | **139537993** |
| 北京 | 212984 | 227515 | 110765 | 7200 | 145966 | 463937 | 112954 | 94 | 919531 |
| 天津 | 78651 | 65316 | 77735 | 9498 | 100081 | 423030 | 74725 | 918 | 826732 |
| 河北 | 144383 | 107336 | 182926 | 56001 | 558748 | 3602143 | 392718 | 53862 | 8954408 |
| 山西 | 76128 | 56322 | 116409 | 29264 | 240276 | 1533731 | 99153 | 34535 | 3480413 |
| 内蒙古 | 42470 | 33268 | 65604 | 15875 | 207330 | 971620 | 79110 | 133627 | 2248434 |
| 辽宁 | 199223 | 154099 | 131736 | 23723 | 367207 | 1517708 | 201712 | 5603 | 3829655 |
| 吉林 | 117892 | 104712 | 121179 | 29250 | 224359 | 1054586 | 113161 | 40994 | 2742681 |
| 黑龙江 | 125140 | 111239 | 97278 | 28440 | 292464 | 1859058 | 86281 | 33904 | 3448558 |
| 上海 | 165123 | 87329 | 121523 | 2315 | 208938 | 536627 | 106920 | 234 | 972378 |
| 江苏 | 265736 | 197365 | 430550 | 50589 | 693215 | 2549137 | 228551 | 519 | 7518172 |
| 浙江 | 113543 | 108485 | 139874 | 27175 | 433203 | 1743492 | 267889 | 855 | 3652326 |
| 安徽 | 104944 | 85445 | 135639 | 33818 | 400982 | 2823104 | 185506 | 279703 | 6485588 |
| 福建 | 85147 | 59554 | 91948 | 26356 | 253677 | 1946775 | 163446 | 5015 | 4019701 |
| 江西 | 94103 | 59004 | 111620 | 33633 | 286239 | 2062427 | 124901 | 33496 | 4528949 |
| 山东 | 180795 | 194335 | 277154 | 49877 | 832630 | 4882790 | 424025 | 9379 | 9513397 |
| **河南** | **146365** | **145168** | **234482** | **99154** | **511275** | **4613853** | **587900** | **13068** | **12000564** |
| 湖北 | 210119 | 170959 | 341835 | 62048 | 513461 | 2468098 | 140216 | 53031 | 7173374 |
| 湖南 | 156665 | 143502 | 220458 | 38784 | 482672 | 2879639 | 230628 | 10761 | 7693542 |
| 广东 | 185047 | 146334 | 221428 | 57713 | 590404 | 3645724 | 188829 | 9317 | 9180153 |
| 广西 | 77483 | 68073 | 122775 | 29509 | 267600 | 2256086 | 88233 | 44385 | 6036176 |
| 海南 | 13532 | 9604 | 16976 | 9781 | 46751 | 338555 | 7266 | 180 | 1071910 |
| 四川 | 151905 | 136438 | 203211 | 50976 | 455117 | 2453777 | 170001 | 10011 | 8438446 |
| 重庆 | 83187 | 67007 | 74671 | 16808 | 160805 | 922886 | 85425 | 2252 | 2884385 |
| 贵州 | 42554 | 36091 | 80651 | 27785 | 144419 | 1126595 | 42654 | 36318 | 50536939 |
| 云南 | 62368 | 39280 | 91774 | 30584 | 178432 | 1343064 | 83947 | 18774 | 4854469 |
| 西藏 | 3447 | 453 | 2931 | 2648 | 7596 | 32242 | 507 | 3945 | 310220 |
| 陕西 | 148879 | 107026 | 102590 | 28566 | 303707 | 1532257 | 158937 | 9200 | 4965813 |
| 甘肃 | 54014 | 37608 | 53036 | 15618 | 185946 | 893873 | 45871 | 3018 | 3092488 |
| 青海 | 8691 | 5139 | 7755 | 5170 | 46846 | 148191 | 8548 | 2822 | 486648 |
| 宁夏 | 11312 | 10487 | 10340 | 4472 | 56437 | 230052 | 12864 | 1972 | 652552 |
| 新疆 | 46717 | 51903 | 63118 | 19144 | 183230 | 775190 | 36288 | 15170 | 2502691 |
| **河南为全国%** | **4.3** | **5.1** | **5.8** | **10.7** | **5.5** | **8.6** | **12.9** | **1.5** | **8.6** |
| **河南居全国位次** | **11** | **7** | **4** | **1** | **6** | **2** | **1** | **17** | **1** |

# 二十一、香港特别行政区、澳门地区和台湾省社会经济主要指标

**简要说明**

本篇资料主要反映中国香港特别行政区、澳门地区、台湾省社会经济发展基本情况，资料均由国家统计局国际统计信息中心根据有关资料加工整理提供。

# 21－1 香港特别行政区主要统计指标

| 指　　标 | 1994年 | 1995年 | 1997年 | 1998年 |
|---|---|---|---|---|
| **国内生产总值⑥** | | | | |
| 按固定(1990年)价计算 | | | | |
| 国内生产总值年增长率(%) | 3.4 | 3.9 | 5.3 | －5.1 |
| 国内生产总值(百万港元) | 582549 | 755832 | 831319 | 788677 |
| 人均国内生产总值(港元) | 102121 | 122778 | 127854 | 117938 |
| 按现价计算 | | | | |
| 国内生产总值年增长率(%) | 11.2 | 6.6 | 12.8 | －4.1 |
| 国内生产总值(百万港元) | 582549 | 1077145 | 1344104 | 1289192 |
| 人均国内生产总值(港元) | 102121 | 174972 | 206718 | 192785 |
| **国民生产总值** | | | | |
| 按现价计算 | | | | |
| 国民生产总值(百万港元) | | 1097656 | 1351590 | |
| 人均国民生产总值(港元) | | 178304 | 207870 | |
| 国外净要素收入(百万港元) | | 20511 | 7486 | |
| **人口及生命统计** | | | | |
| 年中人口数(千人) | 5704.5 | 6156.1 | 6502.1 | 6687.2 |
| 粗出生率(‰) | 12.0 | 11.2 | 9.1 | 7.9* |
| 粗死亡率(‰) | 5.2 | 5.1 | 4.9 | 4.8* |
| **劳工** | | | | |
| 劳动人口(千人) | 2748.1 | 3000.7 | 3216.0 | 3358.6 |
| 劳动人口参与率(%) | 63.2 | 62.0 | 61.8 | 62.0 |
| 失业率(%) | 1.3 | 3.2 | 2.2 | 4.7 |
| 就业不足率(%) | 0.9 | 2.1 | 1.2 | 2.5 |
| 实际工资指数(1992年9月＝100) | 100.1 | 101.6 | 104.5 | 104.4 |
| **土地、房屋、建筑** | | | | |
| 期内获批准可动工兴建私人住宅单位 | 27365 | 19750 | 40962 | 33843 |
| 送达土地注册处登记的文件 | | | | |
| 涉及的价值(百万港元) | | | | |
| 楼宇及地段买卖合约 | 108370 | 283226 | 937806 | 364612 |
| 楼宇转让契约 | 108527 | 309475 | 790408 | 348352 |
| 地段转让契约 | 21420 | 49656 | 93750 | 24311 |

21—1 续表 1

| 指　　标 | 1994 年 | 1995 年 | 1997 年 | 1998 年 |
|---|---|---|---|---|
| **房屋** | | | | |
| 新落成房屋委员会租住单位① | 32619 | 14559 | 17917 | 10479 |
| 新落成居者有其屋计划的居住单位① | 9802 | 14868 | 12040 | 3320 |
| **政府收支、货币、金融(百万港元)** | | | | |
| 政府总收入① | 89524 | 180045 | 281226 | 212830#@ |
| 政府总开支及资本投资① | 85557 | 183158 | 194360 | 245096@ |
| 货币供应定义三 | | | | |
| 港币② | 571215 | 1278288 | 1670379 | 1826234 |
| 外币③④ | 716813 | 1085675 | 1155230 | 1296102 |
| 总计 | 1288028 | 2363963 | 2825609 | 3122337 |
| 在港使用的贷款及垫款⑥ | 689368 | 1398193 | 2037278 | 1957964 |
| 港币汇率指数 | | | | |
| (贸易总值加权)(1983 年 11 月=100) | 107.9 | 121.8 | 130.3 | 137.5 |
| **贸易业、运输业、服务业** | | | | |
| 增加价值(百万港元) | | | | |
| 批发业 | 9484 | 15418 | | |
| 零售业 | 20484 | 34257 | | |
| 进出口贸易业 | 87979 | 201050 | | |
| 运输及有关行业 | 37004 | 65763 | | |
| 仓储、通讯、财务(银行除外)及商用服务业 | 32017 | 70402 | | |
| **消费物价指数** | | | | |
| **(1994 年 10 月至 1995 年 9 月=100)** | | | | |
| 综合消费物价指数 | 64.8 | 101.9 | 114.7 | 117.9 |
| 甲类消费物价指数 | 65.4 | 101.8 | 114.1 | 117.0 |
| 乙类消费物价指数 | 64.9 | 101.9 | 114.7 | 117.9 |
| 恒生消费物价指数 | 63.6 | 102.0 | 115.3 | 118.9 |
| **工业生产** | | | | |
| 工业生产指数(1986=100) | 123 | 126 | 121 | 110* |
| 工业用电消耗量(兆焦耳) | 24934 | 20222 | 18965 | 18489 |
| 工业煤气消耗量(兆焦耳) | 583 | 978 | 911 | 888 |

21—1续表2

| 指标 | 1994年 | 1995年 | 1997年 | 1998年 |
|---|---|---|---|---|
| **运输、通讯、旅游** | | | | |
| 进出香港货物⑧ | | | | |
| 卸货量(千吨) | 60757 | 119651 | 127223 | 126407* |
| 装货量(千吨) | 29968 | 73316 | 80913 | 79002* |
| 领牌车辆(辆) | 370160 | 466068 | 500228 | 500673 |
| 抵港旅客(人次) | 6580850 | 10199994 | 10406261 | 9574711 |
| 酒店入住率(%) | 79 | 85 | 76 | 76 |
| **对外贸易** | | | | |
| 港产品出口(百万港元) | 225875 | 231657 | 211410 | 188454 |
| 转口(百万港元) | 413999 | 1112470 | 1244539 | 1159195 |
| 进口(百万港元) | 642530 | 1491121 | 1615090 | 1429092 |
| 贸易价格比率指数(1990年=100) | 100.0 | 98.7 | 100.4 | 101.6 |
| **教育** | | | | |
| 日校小学学生人数(人)⑤ | 524919 | 467718 | 461911 | 476802 |
| 日校中学学生人数(人) | 431381 | 459845 | 458118 | 455872 |
| 教育会资助院校学生人数(人) | 57824 | 75557 | 86202 | 84538 |
| **医疗卫生** | | | | |
| 死亡人数(人) | 29201 | 30894 | 32079 | 32680* |
| 死于心脏病人数(人) | 4976 | 4886 | 4806 | 4896* |
| 死于癌症人数(人) | 8669 | 9680 | 10373 | 10567* |
| 婴儿死亡率(‰) | 5.9 | 4.4 | 4.0 | 3.2* |
| **社会福利** | | | | |
| 综合社会保障援助 | | | | |
| 个案件数①⑦ | 66675 | 136201 | 195645 | 232819 |
| 发放金额①(百万港元) | 960.1 | 4831.1 | 9441.3 | 13028.7* |
| 公共福利金 | | | | |
| 个案件数①⑦ | 444517 | 498166 | 517865 | 526742 |
| 发放金额①(百万港元) | 2159.8 | 3682.7 | 4420.2 | 4737.3* |
| 交通意外伤亡援助获批 | | | | |
| 个案件数① | 5310 | 5102 | 5655 | 5809 |
| 发放金额①(百万港元) | 49.9 | 110.7 | 137.4 | 164.8* |
| **治安** | | | | |
| 举报案件合计 | 88300 | 91886 | 67367 | 71962 |
| 暴力案件总计 | 18820 | 17087 | 13749 | 14682 |
| 被捕人数总计 | 44013 | 53098 | 41714 | 40422 |

注：* 初步数字。# 包括土地基金的投资净值变动。修订预算。

1. 财政年度数字。指当年4月1日至第二年3月31日。

2. 所列数字已包括外币掉期存款。

3. 所列数字已扣除外币掉期存款。

4.《中华人民共和国香港特别行政区基本法》说明，港币是香港特别行政区的法定货币。外币指港币以外的其他货币，因此人民币亦视作外币。

5. 1997年及以后数字包括由国际小学呈报的预备班学生。

6. 不包括贸易融资的贷款。

7. 财政年度终结数字。

8. 进出香港货物包括经空运、海运、道路及铁路运输的货物。1990年及以后经道路运输的货物数字是根据1999年开始采用的新估计方法编制得来。

## 21－2 澳门地区社会经济主要指标

| 指　　　标 | 1993 年 | 1994 年 | 1995 年 | 1996 年 | 1997 年 |
|---|---|---|---|---|---|
| 人口总数(万人) | 39.53 | 40.36 | 41.50 | 41.59 | 42.20 |
| 出生率(‰) | 16.2 | 15.4 | 14.4 | 13.2 | 12.0 |
| 死亡率(‰) | 4.0 | 3.4 | 3.3 | 3.4 | 3.1 |
| 人口自然增长率(‰) | 12.2 | 12.1 | 11.1 | 9.8 | 8.9 |
| 国内生产总值(百万澳门元) | 47595 | 53429 | 59407 | 59337 | 58472 |
| 国内生产总值构成(%) | | | | | |
| 私人消费 | 29.5 | 29.9 | 29.7 | 32.6 | 34.5 |
| 政府消费 | 7.6 | 7.8 | 8.1 | 9.1 | 9.8 |
| 固定资本形成 | 30.9 | 31.6 | 27.2 | 20.0 | 19.2 |
| 库存变化 | 0.9 | 1.1 | 0.6 | 1.0 | 0.8 |
| 出口净值 | 31.6 | 29.6 | 34.4 | 37.4 | 35.7 |
| 工业生产值(百万澳门元) | | 14753 | 14787 | | 15193 |
| 采矿业 | | 37.50 | 23.40 | | 17.44 |
| 制造业 | | 13279 | 13147 | | 13353 |
| 电、煤气、水 | | 1226 | 1617 | | 1823 |
| 商品进出口额(百万澳门元) | | | | | |
| 进口额 | 16138 | 16925 | 16267 | 15931 | 16603 |
| # 中国大陆 | 3429 | 3186 | 3539 | 3818 | 4741 |
| 出口额 | 14236 | 14854 | 15913 | 15899 | 17129 |
| # 中国大陆 | 1886 | 1887 | 1562 | 1267 | 1111 |
| 旅游人数(万人) | 599 | 606 | 599 | 604 | 484 |
| 旅馆数(家) | 101 | 103 | 106 | 105 | 105 |
| 酒店利用率(%) | 60 | 58 | 60 | 64 | 52 |
| 公寓利用率(%) | 30 | 27 | 27 | 27 | 31 |
| 消费物价总指数① | 135.94 | 144.44 | 156.81 | 164.37 | 170.11 |
| 政府预算收支(百万澳门元) | | | | | |
| 总收入 | 9358 | 11048 | 13502 | 11946 | 14134 |
| 总支出 | 9358 | 11048 | 16840 | 11946 | 14134 |
| 对外资产 | 65050 | 64117 | 71942 | 105626 | 105999 |
| 对外负债 | 36787 | 31534 | 32685 | 62420 | 63178 |
| 货币汇率(每百外币兑澳门币) | | | | | |
| 港元 | 103.00 | 103.00 | 103.00 | 103.00 | 103.00 |
| 美元 | 796.79 | 796.02 | 796.79 | 796.64 | 797.50 |
| 小学生在校人数(人) | 40037 | 42823 | 45153 | 46478 | 47300 |
| 中学生在校人数(人) | 19461 | 20195 | 20624 | 23355 | 24145 |
| 大学生在校人数(人) | 6803 | 6045 | 5655 | 6418 | 6013 |
| 医院数(所) | 43 | 36 | | | |
| 床位数(床) | 892 | 887 | 880 | 865 | 846 |
| 医生数(人) | 319 | 233 | 237 | 321 | 331 |
| 护士数(人) | 720 | 624 | | 662 | 673 |

注:①1988 年 10 月至 1989 年 9 月＝100。

资料来源:《澳门统计年鉴》1996 年。

# 21－3 台湾省社会经济主要指标

| 指　　标 | 1993 年 | 1994 年 | 1995 年 | 1996 年 | 1997 年 |
|---|---|---|---|---|---|
| 年底人口数(万人) | 2099.5 | 2117.8 | 2135.7 | 2152.5 | 2174.3 |
| 出生率(‰) | 15.6 | 15.3 | 15.5 | 15.2 | 15.1 |
| 死亡率(‰) | 5.3 | 5.4 | 5.6 | 5.71 | 5.6 |
| 人口自然增长率(‰) | 10.3 | 9.9 | 9.9 | 9.47 | 9.5 |
| 平均期望寿命(岁) | | | | | |
| 男 | 71.60 | 71.80 | | 72.24 | 73.90 |
| 女 | 77.60 | 77.70 | | 78.17 | 79.86 |
| 非农人口占总人口的比率(%) | 80.3 | 81.1 | 81.6 | 82.7 | 82.8 |
| 劳动力总人数(万人) | 887.4 | 908.1 | 921.0 | 931.0 | 943.2 |
| 男 | 549.7 | 559.5 | 565.9 | 566.2 | 573.1 |
| 女 | 337.7 | 348.5 | 355.1 | 364.8 | 370.1 |
| 失业人数(万人) | 12.8 | 14.2 | 16.5 | 24.2 | 19.0 |
| 失业率(%) | 1.5 | 1.6 | 1.8 | 2.6 | 2.7 |
| 国内生产总值(新台币亿元) | 58745 | 63765 | 68920 | 74775 | 81812 |
| 比上年增长(%) | 6.1 | 5.7 | 6.5 | 5.2 | 5.9 |
| 国内生产总值构成(%) | | | | | |
| 民间消费 | 57.0 | 59.2 | 59.8 | 60.4 | 60.7 |
| 政府消费 | 15.99 | 15.07 | 14.55 | 14.48 | 14.49 |
| 存货增加 | 1.48 | 0.96 | 0.71 | 0.31 | 1.06 |
| 固定资本形成 | 23.68 | 22.91 | 22.94 | 20.93 | 20.97 |
| 商品及劳务输出净额 | 44.24 | 44.11 | 48.78 | 48.55 | 49.24 |
| 国外要素所得净额 | 42.35 | 42.21 | 46.81 | 44.71 | 46.49 |
| 人均国内生产总值(新台币元) | 286385 | 306846 | 328367 | 352518 | 378780 |
| 人均国内生产总值(美元) | 10852 | 11597 | 12396 | 12838 | 13198 |
| 国民经济部门构成(%) | | | | | |
| 农业 | 3.66 | 3.57 | 3.55 | 3.29 | 2.73 |
| 工业 | 39.00 | 37.28 | 36.25 | 35.47 | 34.93 |
| 制造业 | 30.48 | 29.00 | 28.13 | 27.92 | 27.67 |
| 电、煤气、水 | 2.70 | 2.64 | 2.58 | 2.52 | 2.59 |
| 建筑业 | 5.28 | 5.31 | 5.22 | 4.76 | 4.59 |
| 服务业 | 57.34 | 59.15 | 60.20 | 61.24 | 62.34 |
| 工业生产指数 | 108.44 | 115.61 | 120.46 | 122.64 | 131.30 |
| 矿业 | 94.94 | 95.33 | 91.74 | 86.79 | 86.42 |
| 制造业 | 106.49 | 112.60 | 117.62 | 120.44 | 130.17 |
| 电、煤气、水 | 116.11 | 125.22 | 133.26 | 140.96 | 149.72 |
| 建筑业 | 150.31 | 186.04 | 178.51 | 147.39 | 123.85 |
| 主要工业产品产量 | | | | | |
| 发电量(亿千瓦小时) | 1099.1 | 1189.2 | 1269.7 | 1350.0 | 1436.6 |
| 棒钢(万吨) | 545.94 | 843.21 | 771.16 | 678.45 | 735.43 |
| 电脑(万台) | 375.1 | 483.2 | 703.6 | 891.5 | 989.8 |
| 小汽车(辆) | 38.75 | 40.60 | 38.52 | 35.94 | 36.36 |
| 摩托车(万辆) | 148.71 | 163.33 | 169.51 | 141.42 | 150.88 |

21—3 续表

| 指　　标 | 1993年 | 1994年 | 1995年 | 1996年 | 1997年 |
|---|---|---|---|---|---|
| 能源供给总量(亿升标准油) | 683.4 | 729.7 | 795.9 | 832.0 | 881.9 |
| 能源供给结构(%) | | | | | |
| 煤炭 | 27.0 | 26.7 | 26.2 | 27.0 | 29.6 |
| 石油 | 53.1 | 52.8 | 54.3 | 53.4 | 51.3 |
| 天然气 | 4.9 | 5.6 | 5.8 | 5.6 | 6.2 |
| 水力发电 | 2.4 | 3.0 | 2.8 | 2.8 | 2.7 |
| 核能发电 | 12.5 | 11.9 | 11.0 | 11.3 | 10.2 |
| 能源消费总量(亿升标准油) | 620.4 | 665.3 | 692.9 | 727.1 | 773.7 |
| 能源消费结构(%) | | | | | |
| 工业 | 56.4 | 56.4 | 56.5 | 55.9 | 56.2 |
| 运输 | 17.6 | 17.6 | 17.6 | 17.5 | 17.0 |
| 农业 | 2.3 | 2.2 | 2.1 | 2.1 | 1.9 |
| 住宅 | 11.8 | 11.6 | 11.8 | 12.1 | 11.8 |
| 商业 | 4.7 | 4.8 | 4.9 | 4.9 | 5.1 |
| 其它 | 5.9 | 6.2 | 5.9 | 6.3 | 6.2 |
| 非能源消费 | 1.5 | 1.2 | 1.2 | 1.3 | 1.9 |
| 商品进口额 | | | | | |
| 按新台币计算(亿元) | 20347 | 22617 | 27429 | 28151 | 32761 |
| 按美元计算(百万美元) | 77061 | 85349 | 103550 | 102370 | 114425 |
| #中国香港 | 1729 | 1533 | 1843 | 1705 | 1996 |
| 商品出口额 | | | | | |
| 按新台币计算(亿元) | 22390 | 24560 | 29496 | 31766 | 34817 |
| 按美元计算(百万美元) | 85091 | 93049 | 111659 | 115942 | 122081 |
| #中国香港 | 18453 | 21262 | 26106 | 26788 | 28688 |
| 政府财政收支(新台币亿元) | | | | | |
| 总收入 | 18944 | 19245 | 21027 | 20240 | 20314 |
| 总支出 | 18593 | 19137 | 20749 | 20059 | 20309 |
| 消费者物价指数(1996年=100) | 89.9 | 93.6 | 97.0 | 100.0 | 100.9 |
| 货币汇率 | | | | | |
| 新台币/美元 | 26.72 | 26.26 | 27.32 | 27.54 | 32.62 |
| 粗入学率(6—21岁)(%) | 85.60 | 85.00 | 85.00 | 84.80 | 85.60 |
| 15岁以上人口识字率(%) | 93.41 | 93.74 | 94.01 | 93.30 | 92.70 |
| 教育经费支出占GNP比重(%) | 7.06 | 6.93 | 6.75 | 6.95 | 6.90 |
| 医疗卫生条件 | | | | | |
| 从业医务人数(人) | 109538 | 114076 | 118248 | 123829 | 145076 |
| 医疗机构数(所) | 15062 | 15752 | 16109 | 16645 | 17398 |
| 病床数(床) | 100570 | 103733 | 112713 | 115799 | 121483 |
| 每万人病床数(床) | 47.90 | 48.98 | 52.77 | 53.80 | 55.87 |

注:1997年政府财政收支为1998年数据。

# 大事记

# 1998年河南省社会经济大事记

## 1月

**4日** 全省计划、财政、税务、国有资产、物价、烟叶会议在郑州召开。会议贯彻落实中央和省委经济工作会议精神，对1998年工作提出具体要求。

**5日** 省委、省政府召开全省信访工作电话会议。省委副书记任克礼强调要从讲政治、讲大局的高度抓好信访工作。

▲ 《河南日报》报道，许昌继电器集团有限公司争得全国同行业十个第一。

**6日** 《河南日报》报道，河南省县(市、区)人大换届工作全面展开。

**8日** 省政协八届一次会议在郑州举行。省委书记李长春，省委副书记、省长马忠臣等看望省八届政协委员。

**11日** 省九届人大一次会议在郑州隆重开幕。李长春等主持会议，马忠臣作政府工作报告。

▲ 中共中央政治局常委、国务院副总理李岚清来河南省考察，强调大力推进素质教育，加大高教改革力度。

**18日** 省政协八届一次会议闭幕。林英海致闭幕词，姚如学主持会议，省党政军领导到会祝贺。

**20日** 省九届人大一次会议闭幕。会议通过政府工作报告等6项决议，省人大常委会主任任克礼发表重要讲话。

**22日** 省政府召开委办厅局负责人会议，通报新一届省政府领导班子成员分工。

**23日** 本月13日以来，由于受较强冷空气影响，黄河花园口以下河道出现不同程度凌灾。省委书记李长春等省领导率领省直有关部门负责人，前往受灾最严重的长垣县现场办公，指导抗灾工作。

## 2月

**5日** 全省政法工作会议在郑州召开。宋照肃、郑增茂讲话，强调扎扎实实做好工作，确保社会持续稳定。

**7日** 全省金融工作会议在郑州召开。李成玉副省长强调要深化改革，强化监督，防范风险。

**9日** 河南省首批高级技师颁证暨欢迎全国技术能手载誉归来。省党政领导马忠臣、范钦臣、王全书、钟力生、李志斌、姚如学等接见高级技师代表和'97“中华技能大奖”获得者，并为他们颁发证书。

▲ 全省组织工作会议在郑州召开。省委副书记任克礼强调，各级党委和组织部门一定要树立高度的历史使命感和政治责任感，解放思想，统一认识，以昂扬的精神状态、求实的工作态度、扎实的工作作风，进一步做好面向新世纪的党建工作和组织工作。

**13日** 全省交通工作会议在郑州召开。会议制定了1998年及跨世纪的交通发展规划和措施。副省长张洪华提出具体要求。

**19日** 《河南日报》发表社论:《高举邓小平理论伟大旗帜阔步前进——纪念邓小平同志逝世一周年》。

**21日** 洛阳化纤工程开工。这是河南省历史上一次性投资最多的重点工业项目。省长马忠臣、中国石化总公司总经理盛华仁以及李成玉、钟力生、张洪华、姚如学、杨显明等省领导出席开工仪式。

**23日** 省委召开全省领导干部会议，传达中央关于省委主要领导工作变动的决定：李长春调任中共广东省委委员、常委、书记，不再担任河南省委书记、常委、委员职务；马忠臣任中共河南省委书记，并兼任省长职务。

**24日** 中宣部、国内贸易部、国家工商局、国家技术监督局联合公布，河南省郑州南二七路为全国“百城万店无假货”活动示范商业街，郑州百货大楼、华联商厦、碧沙集团、紫荆山百货大楼、花园商厦5大商场为全国“百城万店无假货”活动示范商店。

**28日** 经国务院批准，平顶山市西区更名为石龙区。平顶山市举行揭牌仪式，庆祝石龙区成立。

## 3月

**5日** 省委组织由省四大班子领导带队的专项调研组和专家指导组分赴各地开展工作,重点研究国有工业企业"抓大放小"、检查指导麦田管理及春耕备播工作。

**6日** 全国人大代表、河南省委书记兼省长马忠臣,在与河南参加九届全国人大一次会议的企业代表座谈时郑重宣布:要警惕省内的行政首长对于企业兼并的指令,不符合实际的就不要听他们的。马忠臣又说,他本人的指示如果不符合企业实际情况,也可以不办。

**8日** 国务院总理李鹏参加九届全国人大一次会议河南代表团审议政府工作报告时指出,黄河流经河南,水利是河南经济中一个非常重要的问题,要将黄河治理工作放到战略地位来抓。

▲ 安阳彩色显像管玻壳有限公司三期C—I工程屏炉一次点火成功。省委书记、省长马忠臣和常务副省长李成玉代表省委、省政府致电祝贺。

**9日** 安阳钢铁集团公司100吨电炉连铸工程引进技术设备合同在北京钓鱼台国宾馆同奥地利正式签字。此工程投产后,可使安钢年增销售收入17.1亿元,净利润2.4亿元,税后投资收益率16.9%。

**12日** 省委书记兼省长马忠臣在《河南日报》发表署名文章:《以十五大精神为指针,加速绿化中州大地》。

▲省委办公厅、省政府办公厅、省军区司令部向全省联合发出《关于开始第二届三级志书编纂工作的通知》。

**18日** 《河南日报》报道,温县被正式批准为国家重大科技攻关项目"小麦大面积高产综合配套技术研究开发与示范"重点开发县。

▲ 《河南日报》报道,河南省非公有制经济的比重不断上升。截止1997年底,全省个体工商户和私营企业增幅均高于全国平均水平,个体工商户数排全国第5位,私营企业数排第9位。

**27日** 河南省土地利用总体规划通过审定。1997～2010年,全省建设占用耕地量为112千公顷,年均8000公顷。

**30日** 共青团河南省第十一次代表大会在郑州开幕。省党政军领导马忠臣、范钦臣、郑增茂、林炎志、李成玉、黄晴宜、王有杰、董雷、姚如学、张天珠、于桂生等出席。范钦臣发表讲话。会议于4月1日闭幕。

▲ 省政府召开大会,表彰奖励为河南省经济和社会发展做出突出贡献的首批11位河南省科技功臣。

**31日** 省委召开省直机关处级以上干部大会。省委书记、省长马忠臣号召全省各级领导干部解放思想,振奋精神,积极推进两个文明建设。

## 4月

**2日** 省委书记、省长马忠臣会见非洲国家驻华使节团全体成员。希望积极发展河南省与非洲国家的经贸合作。

**3日** 省委书记、省长马忠臣率团赴阿尔及利亚、奥地利访问。

**5日** 洛阳市委、市政府举行大会,隆重纪念洛阳解放50周年。

**6日** 新(乡)菏(泽)铁路复线工程开工。铁道部部长傅志寰、副省长张洪华以及山东省副省长韩寓群等出席开工典礼。此项工程标志着全国铁路跨世纪建设大会战拉开序幕。

**8日** 省政府召开常务会议,研究部署全省煤炭安全生产工作。强调对人民生命财产高度负责,抓好安全生产,确保平安。

**17日** 《河南日报》报道,豫西熊耳山发现特大型金矿田,潜在经济价值300～400亿元。

**20日** 河南省与黑龙江、辽宁、浙江3省签署乡镇企业合作协议,以期优势互补,互惠互利,共同发展。副省长王明义代表省政府表示祝贺。

**23日** 全省1996～1997年度计划生育目标管理表彰电视电话会议召开。省委书记、省长马忠臣强调,计划生育任务依然艰巨,各级党委、政府要确保政策、责任、措施落实到位。

**29日** 河南省举办《工人之歌》文艺晚会,庆祝"五一"国际劳动节。

## 5月

**1日** 河南博物院隆重开馆。文化部部长孙家正,国家发展计划委员会顾问冯纪新,国家文物局局长张文彬,省委副书记、省人大常委会主任任克礼,省委副书记范钦臣,省政协主席林英海,省委常委、常务副省长李成玉为河南博物院开馆剪彩。

**4日** 省政府召开电话会议,部署在全省开展禁止传销经营活动工作。

▲ 河南省召开纪念真理标准讨论20周年座谈会。省委副书记范钦臣讲话，重温真理标准讨论历史，促使思想观念不断解放。

**5日** 全省三级干部会议在郑州召开。省委书记马忠臣发表重要讲话，强调高举旗帜，振奋精神，转变作风，狠抓各项工作落实，确保完成三年攻坚任务。

▲ 省委召开全省环保工作座谈会。要求坚定不移地贯彻落实中央指示精神，全面完成国家确定的各项环保任务。

**6日** 省委召开中央驻豫和省会新闻单位负责人通气会。省委书记、省长马忠臣希望新闻宣传牢牢把握大局，弘扬正气，正确引导热点，积极化解矛盾，为河南省三年攻坚任务的顺利完成创造良好的舆论环境。

**7日** 省经贸委、计委、体改委等联合召开新闻发布会，宣布一拖、安钢等54个企业为河南省重点企业，平煤、洛阳石化等9个企业为部属重点企业。

**19日** 全省粮食流通体制改革暨夏粮收购工作会议在郑州召开。省委书记、省长马忠臣在讲话中强调，坚定不移推动粮食流通体制改革，积极稳定搞好夏粮收购工作。

**20日** 省长马忠臣会见厄立特里亚地方政府部长马哈茂德·谢里夫一行。

**27日** 省委书记、省长马忠臣在全省对外开放工作会议上强调，认清形势，明确任务，抓住机遇，把河南省对外开放提高到一个新水平。

**28日** 《河南日报》报道，河南省严肃查处郑州市中原国家粮食储备库违规事件。省委书记、省长马忠臣要求引以为戒，坚决杜绝类似问题发生。

## 6月

**1日** 省委、省政府在郑州召开全省国有企业下岗职工基本生活保障和再就业工作会议。省委书记、省长马忠臣作重要讲话，强调要全面正确地分析国企下岗职工增加的问题，从改革、发展、稳定大局去看待这个问题；以对人民高度负责的精神、带着浓厚感情去解决问题；增强解决问题的信心。

**3日** 省政府召开会议，决定河南省7月起实行统一的企业职工基本养老保险制度。

**10日** 省委、省政府召开会议，强调坚决反对和刹住在统计上弄虚作假的歪风。

**24日** 省委书记、省长马忠臣会见俄国斯联邦萨马拉州政府代表团一行。两省州签署1998～2000年合作展望协议。

▲ 省委召开市地委书记、市长专员座谈会，分析形势，研究对策，确保完成1998年经济目标任务。

**25日** 全省各地隆重纪念“6.25”土地日，广泛开展宣传教育活动。

**30日** 省委书记、省长马忠臣同河南省部分农业专家座谈。强调粮食生产牵动全局，不能有半点松懈；稳定农村的各项政策至关重要。

## 7月

**1日** 省委向全省各级党组织发出通知，要求深入贯彻中共中央在全党学习邓小平理论的通知精神。

**3日** 全省延长农村土地承包期工作会议要求，在麦播前基本完成土地延包工作。省委副书记范钦臣讲话，强调做好这项工作直接关系到农民的生产积极性，关系到农村经济的发展和农村社会的稳定。

**9日** 《河南日报》报道，’98国家社科规划项目评选揭晓，河南省中标42项，再居全国首位。

**14日** 省委召开全省领导干部会议。中组部部务委员、地方干部局局长孙会宣布党中央决定：李克强任河南省委委员、常委、副书记。

**15日** 省委在郑州召开动员大会。省委书记马忠臣号召迅速在全省掀起学习邓小平理论新高潮。

▲ 黄河一号洪峰顺利通过小浪底水利枢纽。

**17日** 河南省圆满完成夏粮定购任务。全省已累计收购入库定购小麦29.1969亿公斤，占夏粮定购计划的100.03%。

**19日** 《河南日报》报道，栾川农民走出家门闯世界。全县出国务工人员总量居全省首位，分布在22个国家。

**20日** 省委、省政府召开发展个体私营经济工作电视电话会议。省委书记、省长马忠臣强调全力推进个体私营经济快速健康发展。

**22日** 中共中央政治局常委、国务院副总理李岚清来河南省考察教育和财税工作。强调要抓紧改善高校教职工特别是青年教师的居住条件，加快推进高校管理体制改革步伐；要切实抓好增收节支工作，为实现全年经济增长任务而奋斗。

**24日** 省九届人大常委会四次会议决定：接受马忠臣辞去省长职务，任命李克强为副省长、代省长。

**27日** 中共河南省委六届六次全会在郑州举行。

全会审议通过了《中共河南省委关于今年下半年经济工作的意见》。省委书记马忠臣作重要讲话。

**28日** 省委、省政府、省军区召开电视电话会议，命名表彰郑州市等59个双拥模范城(县)。

**29日** 省委办公厅、省政府办公厅向全省发出通报，要求认真做好清查整顿公路通行费征管工作。

## 8月

**3日** 《河南日报》报道，第二届中国"十大女杰"评选揭晓，河南省郑州女警王玉荣名列榜首。

**5日** 省政府在郑州召开全省打击走私工作会议。省委副书记、代省长李克强作重要讲话，强调决不允许走私犯罪活动在河南有市场。

**7日** 国务院撤并部门所属在豫31所学校，与河南共建管理新体制正式确立。

**10日** 省委、省政府致电济南军区，慰问参加抗洪救灾的广大官兵。

▲ 省委、省政府、省军区致电慰问开赴抗洪抢险第一线的人民子弟兵。

**13日** 《河南日报》报道，河南省全力以赴支援长江抗洪抢险。省委书记马忠臣、代省长李克强指示，要坚决服从中央指令，确保支援长江防汛的人员和物资安全畅通。

▲ 国务院批复信阳撤地设市。省委、省政府在信阳召开现场办公会，部署撤地设市工作。

**16日** 省委、省政府分别向黑龙江、吉林、内蒙古发出慰问电，向抗洪抢险第一线军民致以崇高敬意。

**17日** 省直机关举行捐款仪式，省党政领导带头向灾区捐款。

**18日** 全省高校党建工作会议在郑州召开。省党政领导马忠臣、李克强、范钦臣、林炎志、王全书接见与会代表。

**19日** 省委办公厅、省政府办公厅就救灾捐赠活动发出紧急通知，要求加强组织领导，进一步掀起热潮。

**20日** 全省学习邓小平理论工作会议在郑州召开。省委书记马忠臣强调认真贯彻落实中央理论工作会议和《通知》精神。

**21日** 省委、省政府、省军区召开大会，授予马运动"模范专武干部"荣誉称号。

**22日** 教育部扫盲工作检查组组长黄尧宣布：河南省已实现了现阶段国家规定的基本扫除青壮年文盲的目标。

**25日** '98中国百名记者志愿扶贫团河南分团出发。

▲ 河南省赈灾专列满载着9200万河南人民的深情厚谊，从郑州东站开赴东北灾区。

**27日** 黄河经济协作区省区负责人第11次会议在郑州召开。本次会议由我省任主席，9省区11方的有关负责人率团参加会议。代省长李克强主持会议，省委书记马忠臣、常务副省长李成玉分别讲话。

**28日** '98郑州全国商品交易会开幕。国家经贸委副主任陈邦柱及河南省党政领导马忠臣、李克强、任克礼、林英海、范钦臣、李成玉、王有杰、陈全国等出席开幕式。

**31日** 省委书记马忠臣会见以越南共产党同塔省委书记、省人民议会主席黎明珠为团长的越南同塔省代表团一行。

## 9月

**1日** 巩义市荣膺"全国科技进步示范区"称号。这为中西部地区发展树立了一个可资借鉴的典型。

**4日** 河南省学位委员会成立。这标志着河南省学位建设取得重大突破，高教发展跃上新的高度。国务院学位委员会新通过我省河大、工大、农大为博士学位授予单位。河南省是本次通过新增博士单位最多的省。

**6日** 省委副书记、省人大常委会主任、省委保密委员会主任任克礼为纪念《保密法》颁布10周年，在《河南日报》发表《做好新形势下的保密工作，为改革开放和现代化建设服务》的署名文章。

**9日** 河南省隆重召开庆祝教师节暨表彰大会。马忠臣等省党政领导出席，李克强发表讲话，1313名教师和教育工作者受表彰。

**11日** 赴长江抗洪抢险驻豫部队胜利凯旋。信阳万人空巷热烈欢迎人民子弟兵。省委办公厅、省政府办公厅发出通知，要求各地认真做好迎接抗洪抢险部队的工作。

▲ 河南省残疾人联合会第三次代表大会在郑州召开。省党政军领导马忠臣、李克强、黄晴宜、张德广、李志斌、张国荣、胡庆海等出席会议并接见代表，黄晴宜发表讲话。

▲ 省委书记马忠臣在《河南日报》发表《依靠科技进步，加快发展现代农业》的署名文章。

**12日** 省委、省政府向全省发出《关于深入开展向抗洪抢险的人民解放军武警部队官兵学习弘扬伟大抗洪精神进一步做好各项工作的通知》。

**14日** 省党政军领导马忠臣、李克强、范钦臣、任克礼、林英海、王英洲、王全书、李志斌等赴开封某集团军驻地，慰问凯旋抗洪将士。马忠臣强调，弘扬伟大抗洪精神，进一步巩固和发展军政军民团结的大好局面，夺取改革开放和现代化建设和更大胜利。

▲ 世界首例气化矿井在鹤壁一矿试验成功，实现煤炭开采技术的一项重大突破。

**16日** 省政府召开中央煤炭下放企事业单位负责人会议。根据国务院有关文件精神，自8月15日起，17个在豫的中央煤炭企事业单位正式下放河南省管理。

**17日** 香港全国人大代表听取省政府汇报，省委、省人大、省政府设宴欢迎。香港特别行政区立法会主席、香港特别行政区九届全国人大代表赴豫视察团副团长范徐丽泰说："河南是一块被掩盖着的宝玉"。

**22日** 河南省隆重表彰60名第五届优秀青年科技专家。省委副书记黄晴宜表示祝贺并讲话。

**25日** 省会隆重举行驻豫部队抗洪抢险英雄事迹报告会。省委副书记、代省长李克强主持，省委书记马忠臣作重要讲话。

**29日** 省委办公厅、省政府办公厅向全省发出《关于认真学习江泽民同志〈在全国抗洪抢险总结表彰大会上的讲话〉的通知》。

▲ 省辖10市换届和全省乡镇人大换届选举工作会议在郑州召开。省委副书记黄明宜讲话，强调增强政治责任感，圆满完成换届选举各项任务。

## 10月

**1日** 郑州——日本客运包机航线开通。省委副书记、常务副省长李成玉和日本青少年修学旅行财团理事长村上司郎先生分别在首航仪式上讲话。

**7日** 《河南日报》报道，河南省综合经济实力显著增强，提前6年实现翻两番目标；国内生产总值年均增长11.0%，经济总量已位居全国第5位，主要工农业产品产量跃居全国前列。

**16日** 省委发出《关于认真学习贯彻党的十五届三中全会精神的通知》。

**20日** 全省实行党风廉政建设责任制工作会议在郑州召开。省委书记马忠臣，中纪委常委、秘书长袁纯清作重要讲话。

**27日** 省委书记马忠臣在平顶山会见来平考察神马集团帘子布厂和尼龙六六盐工程的日本旭化成公司专务董事荒浪淳先生一行。

**28日** 全省见义勇为先进分子表彰大会在郑州举行。45名先进分子、8个先进群体和4名特邀代表受到表彰。

**30日** 省政府召开全省进一步做好增收节支工作电视电话会议。要求大力增收节支，确保完成1998年税收增收任务。

## 11月

**2日** 《河南日报》推出"长垣现象"大型专题报道。

▲ 河南省纺织压绽重组取得重大进展，已压绽26.7万枚，超额完成本年压绽任务。

**8日** 省委、省政府在确山县竹沟镇隆重举行大会，纪念中共中央中原局成立60周年暨刘少奇诞辰100周年。省委书记马忠臣作重要讲话，省委副书记、代省长李克强主持大会。刘少奇夫人王光美应邀出席并代表老同志讲话。

**12日** 《河南日报》报道，焦作市率先成为我国北方吨粮市。1998年该市粮食总产突破178.57万吨，平均单产1009.9公斤。

**16日** 省委书记马忠臣在《河南日报》发表《新时期更需要弘扬焦裕禄精神》的署名文章。

**17日** 中共河南省委六届七次全会在郑州举行。全会审议并同意《中共河南省委贯彻落实〈中共中央关于农业和农村工作若干重大问题的决定〉的意见》，通过了相应的决议。省委书记马忠臣作重要讲话。

▲ 《河南日报》报道，焦作市在发展交通事业中，改部门行为为社会行为，变行业优势为产业优势，5年完成公路建设总投资13亿元，公路总里程达到4496公里，公路密度超过全国平均水平。

**22日** 中共中央政治局委员、中央书记处书记、国务院副总理温家宝来河南省农村考察。要求认真贯彻落实十五届三中全会精神，努力做好当前农业和农村工作。

**26日** 河南省隆重表彰十大优秀检察官。省委副书记、省委政法委书记郑增茂讲话。

## 12月

**1日** 司法部授予韩超一级英模称号表彰会在郑州召开。韩超是南召县南河店镇司法所所长。

**4日** ’98全国乡镇企业东西合作经贸洽谈会在驻马店开幕。全国政协副主席陈俊生到会讲话。农业部领导刘成果、姜永涛、刘培植,省领导马忠臣、李克强等出席会议。

**8日** 省政府召开全省煤炭行业关闭非法和布局不合理煤矿工作会议。动员全省关闭矿井2148处,压减产量2000万吨。

**11日** 省政府在郑州召开命名表彰大会,追授武警战士黄保成“抗洪抢险英雄战士”荣誉称号。省委、省政府领导马忠臣、郑增茂、王明义出席大会。

**13日** 《河南日报》发表长篇通讯:《一代产业工人的榜样——记平煤集团田庄选煤厂优秀工人张玮》。

**16日** 许(昌)漯(河)高速公路建成开通,漯(河)周(口)高速公路正式开工。省委书记马忠臣等省领导参加开通仪式。

**22日** 河南省纪念党的十一届三中全会20周年大会在郑州隆重举行。省委书记马忠臣发表重要讲话,省委副书记、代省长李克强主持大会。省党政军领导和省会各界3000人出席。

▲ 省委经济工作会议在郑州召开。会议传达贯彻中央经济工作会议精神;学习讨论江泽民总书记、朱镕基总理的重要讲话;回顾总结河南省1998年的经济工作,研究部署1999年的经济工作和其他工作。

**24日** 省委在郑州召开全省领导干部会议,部署深入开展“三讲”教育。省委书记马忠臣作重要讲话。

▲ 河南省表彰20名第三届杰出青年农民。省委副书记黄晴宜、副省长王明义出席表彰大会并讲话。

**27日** 三门峡——灵宝高速公路正式开工。这是河南省1998年内计划动工的最后一个大型公路建设项目。

**28日** 中国人民银行济南分行郑州金融监管办事处、中国人民银行郑州中心支行成立。

**29日** 省委办公厅、省政府办公厅向全省发出通知,要求切实安排好“双节”期间人民群众。

**30日** 《河南日报》转载《人民日报》发表的省委书记马忠臣署名文章《坚定不移地推进科教兴农》。

(尹绪明)

---

注:“▲”指与上条时间一致

# 1998年河南省统计工作大事记

## 1月

**5日**　省政府举行新闻发布会，省统计局副局长、新闻发言人刘永奇发布了1997年全省国民经济运行情况。

**9—21日**　全省九届人大一次会议、八届政协一次会议期间，省统计局在人民大会堂设立“两会”咨询站，接待代表、委员咨询近900人次，现场提供资料近400万笔。

**20日**　河南省委办公厅致函省城调队，称赞省城调队为中央和省委领导了解情况、指导工作和科学决策提供了高质量的信息服务。

## 2月

**22日**　河南省委书记兼省长马忠臣同志在《王光鹏局长在全省统计工作会议上讲话》稿上批示：“光鹏同志的讲话符合实际，有针对性，请全省统计系统的同志们结合实际贯彻落实”。省政府秘书长贾连朝同志又批示将马书记的批示印发各有关部门。

**23日**　省计划统计学校被省教委授予省级“文明学校”。

**26日**　省政府同意省统计局发布《1997年河南省国民经济和社会发展统计公报》。

▲　省统计局被郑州市委、市政府命名为“文明单位”。省计划统计学校被郑州市委、市政府命名为“市级文明单位标兵”。

**26—28日**　全省统计工作会议在郑州召开，贯彻了全国统计工作会议精神，研究部署了全省深化统计改革、加快统计事业发展等问题。省统计局局长王光鹏，副局长缪盛鸿、赵喜朝、刘永奇，纪检组长毛整岁出席了会议。副省长李志斌到会看望了与会代表并作了重要讲话。

## 3月

**3日**　副省长李志斌在《中共中央办公厅、国务院办公厅关于坚决反对和制止在统计上弄虚作假的通知》上批示：“很重要，请省统计局认真组织学习并提出贯彻意见，供省委、省政府决策参考”。

**10—11日**　全省城市社会经济调查工作会议在郑州召开，副省长李志斌到会看望了与会代表并作了重要讲话。

**11—13日**　省企调队在郑州召开百余家企业统计调查工作会议，安排部署了全省建立现代企业制度企业跟踪监测和企业集团统计调查工作。

**21—22日**　全省农业普查办公室主任会议在郑州召开，会议总结交流了1997年全省农业普查工作，研究了农业普查数据开发使用及公报发布，部署了1998年全省农业普查工作任务。

## 4月

**2日**　省委同意：任潞生同志任河南省统计局党组成员，贾耀同志任河南省统计局副局长。

**9—11日**　全省农村统计调查工作会议召开，贯彻了全国农村统计调查工作会议和全省统计工作会议精神，部署了1998年农村统计工作任务。各市地和60个调查县农调队负责人参加了会议。

**16日**　省统计局在《河南日报》发布《河南省第一次基本单位普查结果公报》。

**27日**　为全面反映1996年以来国有工业企业改制的进程、方式及成效，省统计局在全省范围内开展了国有工业企业改制情况调查。

## 5月

**4日**　河南省统计局、河南省劳动厅、河南省民政厅、河南省总工会联合发出通知，决定开展城镇贫困、下岗职工及再就业监测调查，调查时点分别为5月31日和11月30日。

**6—9日** 省统计局结合城市、农村、企业调查队向公务员过渡，按照“公开、平等、择优”的原则，对局机关和调查队空缺的15个副处级职位组织了公开竞聘。

**8日** 省农业普查办公室发布河南省第一次农业普查公报。

**14—21日** 省统计局局长王光鹏深入鹤壁、新乡、濮阳、焦作四市就上半年经济形势和统计制度方法改革问题进行调研。

**20日** 河南省副省长李成玉在省统计局呈送的《关于1997年乡镇企业主要经济指标抽样测定的报告》上批示：“以统计部门为准，请乡镇企业应予采纳”。

## 6月

**2日** 省委办公厅、省政府办公厅下发了《关于贯彻落实中办发〔1998〕7号文件精神，坚决反对和制止在统计上弄虚作假的通知》。“通知”要求，各级党委、政府要切实加强对统计工作的领导，重点加强县(市)和乡镇两级的统计组织建设，加强各级统计部门的领导班子建设。要认真执行地方各级人民政府统计机构主要负责人的调动应征得上一级政府统计机构同意的规定，加强对各级统计部门领导干部的管理和监督。

▲ 省委副书记任克礼、副省长李志斌等领导同志在郑州分会场参加了全国反对和制止在统计上弄虚作假电视电话会议。全国电视电话会议结束后，任克礼副书记当即召集省委办公厅、省纪委、省委组织部、省统计局领导开会，向与会人员通报了省委办公厅、省政府办公厅即将发出的关于贯彻中央“两办通知”的通知精神，就如何贯彻“两办通知”和全国电视电话会议精神作了重要指示。会上，副省长李志斌要求广大统计干部要认真领会温家宝副总理提出的“约法三章”。

**10日** 省委、省政府召开了全省坚决反对和制止在统计上弄虚作假电视电话会议。会议就全省贯彻落实中央“两办通知”和全国电视电话会议精神，坚决反对和制止在统计上弄虚作假工作进行了具体部署。会议由省委常委、省委秘书长王全书主持，副省长李志斌代表省委、省政府作了重要讲话，他要求各级党委、政府要按照中央和省“两办通知”的要求，从当地实际出发，尽快作出部署，认真抓好落实。省纪委副书记朱业祥、省委宣传部副部长王忠厚、省统计局局长王光鹏就如何贯彻落实“两办通知”精神提出了具体措施。省直有关部门的负责同志参加了主会场会议，各市地、县(区)有关领导参加了分会场的会议。

**17日** 省统计局局长王光鹏参加省委常委扩大会议，就全省经济形势与经济运行情况、工业调查方法改革、畜牧业调查方法改革以及基本调查单位统计向省委常委进行了汇报。

**24—25日** 王光鹏局长参加了省委召开的市(地)委书记、市长(专员)及厅局长座谈会议，研究当前河南经济运行情况。

**27—28日** 省农调队召开全省夏粮实产分析暨1998年河南省畜牧业目录抽样调查方案研讨会议。省统计局局长王光鹏到会讲话。

## 7月

**7日** 省委书记马忠臣在6月份的《河南工业经济工作快报》上批示：“以祥同志，请采取措施，重点抓一下50户大企业。同时请你转告省统计局，将6月份河南工业统计快报直发各市地党政一把手各一份”。

**10日** 根据省政府办公厅领导指示精神，省统计局主持召开了部分省直单位贯彻中办发〔1998〕7号文件和豫办〔1998〕20号文件精神座谈会。会议总结交流了前一段“两办通知”的贯彻落实情况，部署了下一阶段的工作。省统计局常务副局长赵喜朝到会讲话。

**23日** 省政府举行上半年全省国民经济运行情况新闻发布会，省统计局副局长刘永奇发布了上半年全省国民经济运行情况。

## 8月

**18—21日** 国家统计局投资司汲凤翔副司长一行三人对伊川县、济源市、开封市的农村固定资产投资统计工作方法及农村投资形势进行了调查研究，充分肯定了河南省农村固定资产投资统计基础工作及抽样调查工作。

**21日** 河南省委办公厅、省政府办公厅发出通知，定于8月底到9月中旬，由省纪委、省委组织部、省统计局组成联合检查组，就《中共中央办公厅、国务院办公厅关于坚决反对和制止在统计上弄虚作假的通知》和《省委办公厅、省政府办公厅关于贯彻落实中办发〔1998〕7号文件精神，坚决反对和制止在统计上弄虚作假的通知》贯彻落实情况进行检查，检查的主要内容：

宣传贯彻“两办通知”情况；各地、各部门根据“两办通知”要求，对照检查及整改情况；各地、各部门在加强统计工作，提高数据质量方面所采取的措施。

**27—30日** 河南省统计局召开投入产出编表工作会议，全面部署省级和市地级1997年投入产出表的编制工作。会议由省统计局副局长刘永奇主持，省统计局局长、省投入产出联席办公会议副召集人王光鹏同志作了题为《加强投入产出核算工作，完善新国民经济核算体系》的重要讲话，省投入产出办公室主任缪盛鸿同志就如何搞好投入产出核算工作提出了意见。

**28日** 河南省企业调查队召开“纺织企业改革专项调查会议”，布置对全省纺织业中近70家企业的改革专项调查工作。

▲ 为了进一步推动全省统计执法工作，省人事厅和省统计局联合下发了《关于评选表彰全省统计执法大检查先进集体和先进工作者的通知》，并成立了以省统计局副局长赵喜朝和省人事厅副厅长杨国功为组长的省统计执法大检查评选表彰领导小组。

**9月**

**3—12日** 省纪委、省委组织部、省统计局组成三个联合检查组，分别对郑州等九个市地贯彻落实《省委办公厅、省政府办公厅关于贯彻落实中办发〔1998〕7号文件精神，坚决反对和制止在统计上弄虚作假的通知》的情况进行了检查。

**15日** 省委组织部给河南省统计局发函，增补河南省统计局为通报联系单位，定期向省委组织部通报省直单位处长、县(市)委书记、县长和省委管理干部中有关政治立场、道德品质、思想作风、廉政建设以及执行干部纪律等方面有关问题的情况。

**22日** 河南省委书记马忠臣同志约见省统计局王光鹏局长汇报全省当前经济形势，省统计局副局长刘永奇、总经济师王世炎参加了汇报。马忠臣书记对王光鹏局长的汇报给予了充分肯定。

**10月**

**5日** 河南电视台就改革开放20年来河南发生的巨大变化专访了省统计局局长王光鹏。7日省委书记马忠臣召集省统计局、省农调队专题汇报了当前河南农村经济和社会发展情况、全省国民经济运行情况以及改革开放20年农村经济回顾与认识等重大课题。

**7—27日** 省统计局与《河南日报》社联合组织了《河南综合经济实力显著增强》等八篇专题报道，全面反映了河南改革开放二十年来社会经济所取得的巨大成就。

**12日** 李志斌副省长及省政府办公厅的有关领导听取了省统计局局长王光鹏、副局长赵喜朝关于第五次人口普查工作的汇报。

**12—23日** 根据省委、省政府办公厅安排，省纪委、省委组织部、省统计局对省粮食厅等10个厅局贯彻落实“两办通知”情况进行了检查。

**14日** 省委常委、省委秘书长王全书等批示，同意省纪委、省委组织部在安排下半年党员领导干部民主生活会时，明确将反对和制止在统计上弄虚作假作为一项重要内容。

**20日** 国家统计局计算中心副主任萨宝一行到漯河市检查指导统计信息工程建设。

**26日** 河南省秋粮产量汇报暨1998年农村统计年报工作会议召开，会议分析了全省秋粮生产形势，对全年畜牧业生产进行了预测，布置了农村年报工作。

**11月**

**4日** 国家统计局设计管理司司长李强在省统计学会会长、省投入产出调查办公室主任缪盛鸿同志的陪同下赴宝丰县就统计制度改革进行调研，重点听取了基层统计部门对国家新出台的1998年统计年报及1999年定期报表制度的反映。

**7—9日** 全省市地统计局局长会议在郑州召开。会议部署了全省1998年年报和1999年定报工作，安排了全省统计信息工程建设任务；认真贯彻了中共中央、国务院、省委、省政府和国家统计局关于制止在统计上弄虚作假，提高统计数据质量的有关指示精神；深入研究了如何进一步加强和完善GDP核算工作。王光鹏局长在会上作了题为《突出重点，抓好落实，努力实现改革与建设目标》的讲话。

**11—14日** 全国贸易调查方法研讨会暨年报程序培训会在三门峡市召开。法国抽样调查专家米歇尔.格奥姆教授应邀向与会代表讲授了抽样调查理论和方法，在三门峡市实地考察后，充分肯定了河南省运用分层、两重、两阶段和不等群抽样原理设计的个体批发零售贸易业、餐饮业抽样调查方案。

**26日** 王光鹏局长参加了省委、省政府向在河南视察工作的国务院副总理温家宝的工作汇报会议。

## 12 月

**14—18 日**　国家统计局副局长卢春恒一行到河南省考察统计制度方法改革工作，省统计局就全省统计工作，重点是统计制度方法改革情况进行了专题汇报。卢春恒一行还在局长王光鹏、副局长贾耀的陪同下，先后到南阳市、漯河市考察了当地经济和统计工作。18 日晚，副省长李志斌会见了卢春恒一行。

**21 日**　省统计局召开纪念党的十一届三中全会 20 周年座谈会，回顾了 20 年来统计改革与建设的奋斗历程，畅谈了 20 年来所取得的重要成就。局领导、三总师、局机关各处（室）主要负责同志，三支调查队的领导及各处处长，局属事业单位负责人参加了会议。

**24 日**　河南省 1997 年投入产出调查总结表彰会议召开，副省长李志斌、省统计局局长王光鹏、副局长刘永奇、贾耀、纪检组长毛整岁出席了会议。会议全面总结了 1997 年以来投入产出调查和编表工作，对先进集体和先进个人进行了表彰。李副省长作了重要讲话，高度评价了投入产出调查工作。

**24—25 日**　全省城市调查工作会议召开，会议总结了 1998 年全省城调工作，部署了 1999 年工作任务，表彰了 1998 年度全省城调政务信息工作先进单位。省统计局局长王光鹏到会作了重要讲话。

---

注：“▲”指与上条时间一致。

# 附　录

# 河南省统计局
# 河南省对外经济普查办公室
# 关于河南省第一次对外经济普查结果的公报

（1998年9月12日）

河南省第一次对外经济普查在省政府及各级政府的领导下，经过全省各级统计局及广大普查人员的辛勤努力，完成了普查主要阶段的任务。这次普查的范围为我省与外国和港澳台地区发生经济活动的基本统计单位，包括全省辖区内有进出口经营权单位和工业品出口供货企业、利用外资单位（企业）、技术引进单位（企业）、境外投资单位和对外承包工程和劳务合作单位、涉外宾馆（饭店）和旅行社及主要景区（点）、国务院和省政府批准成立的各类开发区及银行、税务、保险、商检部门等。由于各部门、各单位的大力支持与配合，普查工作进展顺利。普查结果表明，河南省全方位对外开放格局基本形成，对外经济贸易稳步发展。现将主要情况公报如下：

## 一、进出口贸易

1997年末，全省从事进出口业务单位2943家，其中，外贸企业175家，有进出口经营权生产企业279家，外国和港澳台地区在豫直接投资单位2489家。1997年进出口总值为27.63亿美元，其中，出口总值20.10亿美元，进口总值7.53亿美元。在进出口总值中，外贸企业14.42亿美元，占进出口总值的52.2%，生产企业7.31亿美元，占全省进出口总值的26.5%，外国和港澳台地区在豫直接投资单位5.89亿美元，占全省进出口总值的21.3%。在进出口总值中，18个市地进出口总值15.83亿美元，占全省进出口总值的57.3%，省外贸公司及中央驻豫部级公司进出口总值11.80亿美元，占全省进出口总值的42.7%。（见表1）

出口商品结构进一步改善。初级产品出口5.5亿美元，占出口总值的27.4.0%，工业制成品出口14.6亿美元，占出口总值的72.6%。出口商品仍以纺织丝绸类、五金矿产品类、粮油食品类、服装类等四大类为主，分别占出口总值的17.1%、13.4%、13.1%、12.4%。（见表2）

1997年进出口总值分经营主体表

表1　　单位：万美元

| | 进出口总值 | | 出口总值 | | 进口总值 | |
|---|---|---|---|---|---|---|
| | 绝对数 | 比重(%) | 绝对数 | 比重(%) | 绝对数 | 比重(%) |
| 总　计 | 276268 | 100.0 | 200999 | 100.0 | 75269 | 100.0 |
| 外贸企业 | 144247 | 52.2 | 110088 | 54.8 | 34159 | 45.4 |
| 生产企业 | 73107 | 26.5 | 52409 | 26.1 | 20698 | 27.5 |
| 外国和港澳台地区在豫直接投资企业 | 58913 | 21.3 | 38502 | 19.1 | 20411 | 27.1 |
| 地市合计 | 158294 | 57.3 | 110404 | 54.9 | 47890 | 63.6 |
| 省级公司合计 | 117974 | 42.7 | 90595 | 45.1 | 27379 | 36.4 |

1997年进出口商品类值表

表2　　单位：万美元

| 商品类别 | 进口总值 | | 出口总值 | |
|---|---|---|---|---|
| | 绝对值 | 比重(%) | 绝对值 | 比重(%) |
| 合　计 | 75269 | 100.0 | 200999 | 100.0 |
| 1.粮油食品 | 2903 | 3.9 | 26369 | 13.1 |
| 2.土产畜产 | 4268 | 5.7 | 15329 | 7.6 |
| 3.纺织丝绸 | 11282 | 15.0 | 34385 | 17.1 |
| 4.服装 | 2084 | 2.8 | 24827 | 12.4 |
| 5.工艺品 | 273 | 0.3 | 14830 | 7.4 |
| 6.轻工业品 | 3818 | 5.1 | 7400 | 3.7 |
| 7.五金矿产品 | 8554 | 11.4 | 26897 | 13.4 |
| 8.煤炭及制品 | 0 | 0 | 8654 | 4.3 |
| 9.化工产品 | 8290 | 11.0 | 4529 | 2.3 |
| 10.医药品 | 1254 | 1.7 | 5308 | 2.6 |
| 11.运输工具及农具 | 5972 | 7.9 | 2393 | 1.2 |
| 12.机械及设备 | 14625 | 19.4 | 17091 | 8.5 |
| 13.光电产品 | 5976 | 7.9 | 5847 | 2.9 |
| 14.家电设备 | 106 | 0.1 | 4365 | 2.2 |
| 15.其他 | 5864 | 7.8 | 2777 | 1.3 |

从出口贸易方式看,一般贸易17.38亿美元,占出口总值的86.5%,来料加工装配贸易0.46亿美元,占出口总值的2.3%,易货贸易0.74亿美元,占出口总值的3.7%,其他贸易1.50亿美元,占出口总值的7.5%。(见表3)

**1997年出口总值分贸易方式表**

表3

| 贸易方式 | 出口总值(万美元) | 比重(%) |
|---|---|---|
| 合　计 | 200999 | 100 |
| 一般贸易 | 173867 | 86.5 |
| 补偿贸易 | 87 | 0.0 |
| 来料加工装配贸易 | 4640 | 2.3 |
| 易货贸易 | 7431 | 3.7 |
| 其他 | 14975 | 7.5 |

出口市场主要集中在东南亚、欧洲、美洲,其中,对东南亚的出口10.77亿美元,占出口的53.6%。分国别(地区)看:对香港特别行政区的出口为5.30亿美元,占出口的26.4%,对日本的出口为2.89亿美元,占出口的14.4%、对美国的出口为2.71亿美元,占出口的13.5%,对韩国的出口为1.25亿美元,占出口的6.2%,对俄罗斯的出口为1.28亿美元,占出口的6.4%,对德国的出口为1.03亿美元,占出口的5.1%。(见表4)

**1997年出口总值市场结构表**

表4

| 国　别(地区) | 出口总值(万美元) | 比重(%) |
|---|---|---|
| 总　计 | 200999 | 100.0 |
| 香　港 | 53039 | 26.4 |
| 日　本 | 28938 | 14.4 |
| 美　国 | 27142 | 13.5 |
| 韩　国 | 12461 | 6.2 |
| 俄罗斯 | 12811 | 6.4 |
| 德　国 | 10296 | 5.1 |
| 其　它 | 56312 | 28.0 |

主要传统商品的出口仍保持增长,其中:活猪27.3万头,比1996年增长10.9%,活牛9663头,增长2.8%,棉布178亿米,增长3.5倍,桐木及拼板12.2万立方米,增长76.8%,皮鞋234万双,增长7.8%,煤200万吨,增长22.7%。(见表5)

**1997年主要商品出口数量表**

表5

| 商品名称 | 单位 | 数量 |
|---|---|---|
| 食用植物油 | 吨 | 19359 |
| 棉花 | 万吨 | |
| 玉米 | 万吨 | |
| 豆类 | 吨 | 5663 |
| 活猪 | 万头 | 27.3 |
| 活牛 | 头 | 9663 |
| 冻猪肉 | 吨 | 23560 |
| 鲜鸡蛋 | 吨 | 2560 |
| 各种罐头 | 吨 | 24004 |
| 棉纱 | 件 | 64888 |
| 棉布 | 万米 | 1780100 |
| 桐木及拼板 | 立方米 | 122145 |
| 黑木耳 | 吨 | 30 |
| 辣椒干 | 吨 | 180 |
| 红枣 | 吨 | 492.91 |
| 生地 | 吨 | 283.4 |
| 猪鬃 | 箱 | 13560 |
| 羊革皮 | 万张 | 1200 |
| 纸张(包括纸浆) | 吨 | 2832 |
| 电池 | 万打 | 609.3 |
| 搪瓷口杯 | 万个 | 103.4 |
| 搪瓷杂件 | 万件 | 571.9 |
| 皮鞋 | 万双 | 234.03 |
| 煤 | 万吨 | 200.11 |
| 矾土 | 万吨 | 11.16 |
| 硝酸钾 | 吨 | 596.32 |
| 砂轮 | 万块 | 91.56 |
| 轴承 | 万套 | 1707.97 |

进口商品主要是机械及设备、纺织丝绸、五金矿产品、化工产品等类,分别占进口总值的19.4%、14.0%、11.4%、11.0%。从进口贸易方式看,一般贸易5.97亿美元,占进口总值的79.3%,来料加工装配贸易0.17亿美元,占进口总值的2.3%,易货贸易0.04亿美元,占进口总值的0.6%,外商作为投资的设备进口0.09亿美元,占进口总值的1.1%,其他贸易1.26亿美元,占进口总值的16.7%。进口主要集中在东南亚、大洋州、美洲、欧洲等,其中:从香港特别行政区的进口为1.59亿美元,占进口的21.2%,从澳大利亚的进口为1.10亿美元,占进口的14.6%,从日本的进口为0.86亿美元,占进口的11.5%,从美国的进口为0.77亿美元,占进口的10.2%,从法国的进口为0.46亿美元,占进口的6.2%,从德国的进口为0.43亿美元,占进口的5.7%,从意大利的进口为0.41亿美元,占进口的5.4%,从其他国家和地区进口1.91亿美元,占进口的25.2%。

1997年，全省工业品出口供货单位891个，全年工业品出口交货值111.03亿元，其中，出口供货值70.65亿元，委托出口40.38亿元。

**二、外国和港澳台地区在豫直接投资**

到1997年底，全省现有外国和港澳台地区在豫直接投资单位（企业）2489家，合同外资额累计53.79亿美元，实际利用外资累计33.89亿美元。在2489家单位（企业）中，合资经营的1967家，合同外资额累计35.96亿美元，实际利用外资累计23.11亿美元；合作经营的185家，合同外资额累计12.45亿美元，实际利用外资累计6.12亿美元；外国和港澳台地区在豫独资经营的336家，合同外资额累计5.18亿美元，实际利用外资累计4.46亿美元。（见表6）

**外国和港澳台地区在豫直接投资分投资方式表**

表6

| 单位数（个） | 合同外资额（万美元） | 实际利用外资（万美元） | |
|---|---|---|---|
| 合　计 | 2489 | 537922 | 338923 |
| 1.合资经营 | 1967 | 359606 | 231148 |
| 2.合作经营 | 185 | 124520 | 61209 |
| 3.独资经营 | 336 | 51808 | 44578 |
| 4.其他 | 1 | 1988 | 1988 |

分行业看，外国和港澳台地区在豫直接投资单位（企业）主要集中在制造业、电力煤气及水生产供应业、房地产业、社会服务业、建筑业等。（见表7）

**外国和港澳台地区在豫直接投资分行业情况表（累计）**

表7

| | 单位数（个） | 合同外资额（万美元） | 实际利用（万美元） |
|---|---|---|---|
| 合　计 | 2489 | 537922 | 338923 |
| 1.农林牧渔业 | 47 | 4911 | 2262 |
| 2.采掘业 | 34 | 3561 | 1565 |
| 3.制造业 | 1801 | 273198 | 193257 |
| 4.电气煤及水生产供应 | 38 | 115963 | 57787 |
| 5.建筑业 | 89 | 20877 | 10818 |
| 6.地质勘察、水利管理业 | 1 | 26 | 26 |
| 7.交通运输仓储及邮电通讯业 | 12 | 7723 | 6187 |
| 8.批发和零售贸易餐饮业 | 84 | 5190 | 4643 |
| 9.金融保险业 | 2 | 700 | 350 |
| 10.房地产业 | 213 | 75358 | 43439 |
| 11.社会服务业 | 151 | 28807 | 16932 |
| 12.卫生教育和社会福利业 | 5 | 125 | 172 |
| 13.教育文化艺术广播电影电视业 | 3 | 1358 | 1358 |
| 14.科学研究和综合技术服务业 | 3 | 40 | 40 |
| 15.其他行业 | 5 | 85 | 87 |

从地区分布看，外国和港澳台地区在豫直接投资单位（企业）较多地分布在中部、西南部。其中：郑州累计实际利用外资9.41亿美元，占全省的27.8%；新乡累计实际利用外资6.12亿美元，占全省的18.1%；洛阳累计实际利用外资4.0亿美元，占全省的11.8%；安阳累计实际利用外资2.12亿美元，占全省的7.7%；焦作累计实际利用外资1.82亿美元，占全省的5.4%；南阳累计实际利用外资1.60亿美元，占全省的4.7%。

1997年新签外国和港澳台地区在豫直接投资项目294个，合同外资额为8.78亿美元，实际利用外资6.45亿美元，其中，合资经营企业2.99亿美元，合作经营企业2.05亿美元，外国和港澳台地区在豫独资经营企业1.41亿美元。

1997年，已有85%以上的外国和港澳台地区在豫直接投资单位（企业）进入正常生产经营，企业总资产达740.60亿元，年末从业人员达290319人，其中，外籍人员1724人，1997年营业收入为342.59亿元，上缴各种税金20.61亿元。

**三、对外借款**

到1997年底，全省对外借款单位368个，对外借款项目261个，合同借款额50.96亿美元，实际发生借款额36.22亿美元。在实际借款总额中：利用外国政府贷款13.34亿美元，占实际借用资金总额的36.8%，利用国际金融组织贷款13.03亿美元，占实际借用资金总额的36.0%，出口信贷1.00亿美元，占实际借用资金总额的2.8%，外国银行商业贷款8.84亿美元，占实际借用资金总额的24.0%。1997年全省新签对外借款合同额6.25亿美元，实际发生借款额7.09亿美元。（见表8）

**对外借款项目表（累计）**

表8

| | 项目数（个） | 合同借款额（万美元） | | 实际利用外资（万美元） | |
|---|---|---|---|---|---|
| | | 绝对值 | 比重(%) | 绝对值 | 比重(%) |
| 合　计 | 261 | 509565 | 100.0 | 362161 | 100.0 |
| 外国政府贷款 | 89 | 178150 | 35.0 | 133428 | 36.8 |
| 国际金融组织贷款 | 111 | 216231 | 42.4 | 130316 | 36.0 |
| 出口信贷 | 3 | 10161 | 2.0 | 10038 | 2.8 |
| 外国商业银行贷款 | 58 | 105023 | 20.6 | 88378 | 24.4 |

在对外借款中，5年以内短期借款4.3亿美元，占12%，6—10年借款6.7亿美元，占19%，11年以上借款25.2亿美元，占69%，外债结构比较合理。从借款国别看，主要是联合国所属机构、日本、意大利、法国、美

国、加拿大等。

1997 年有 26 个企业以加工装配、补偿贸易、国际租赁及发行股票等方式利用外资合同金额 3.9 亿美元,实际利用 3.6 亿美元,其中发行股票 3.0 亿美元。

**四、技术引进**

从 1993——1997 年的 5 年中,全省技术引进项目 474 个,技术引进的金额 16.93 亿美元。其中建成投产的项目 395 个,占 83.3%,仍在建设中项目 79 个,占 16.7%。其中 1997 年技术引进项目 33 个。从引进技术的先进性看,80 年代技术水平的项目 45 个,技术引进的金额 2.4 亿美元,占总金额 14.0%。90 年代技术水平的项目 429 个,技术引进的金额 14.53 亿美元,占总额 86.0%。从引进内容看:引进生产线项目 117 个,金额 4.8 亿美元,引进关键设备项目 233 个,金额 9.2 亿美元,单台购置项目 100 个,金额 1.1 亿美元。从引进国别看主要是日本、意大利、泰国、美国等。从引进效果看,起到了促进技术进步、提高效益的目的。

**五、对外承包工程及劳务合作和境外投资**

1997 年,我省 14 家有直接对外承包工程和劳务合作经营权的单位及 11 家中央驻豫单位,共签订对外承包工程和劳务合作合同 133 项,合同额为 26533 万美元,完成营业额 8700 万美元,全年派出 8703 人次,年末在外人数 11543 人。

1997 年底,我省有 44 个单位在境外投资办企业 96 家,累计投入资金 2018 万美元;其中,1997 年新签 11 家境外项目,投入资金 209 万美元。境外企业累计汇回境内利润 121 万美元。

**六、国际旅游**

到 1997 年末,全省接待国外旅游者的宾馆数 252 家。其中:经批准的涉外宾馆 104 家,标准客房 10320 间;三星级以上宾馆 44 家,标准客房 5161 间。国际旅行社 24 个,旅游景区、景点 172 个。1997 年全省接待国外旅游人数 17.3 万人次,旅游总收入达 7.66 亿元,其中:宾馆收入 2.97 亿元,旅行社收入 0.53 亿元。

**七、开发区**

全省经国务院和省政府批准成立的开发区 15 个,开发区规划占地面积 166 平方公里,其中已开发面积 54 平方公里;开发区内实有企业 2822 个,1997 年开发区内企业销售收入 152 亿元,税收总额达 4.9 亿元。

**八、结售汇、涉外税收、涉外保险及进出口商检**

1997 年,全省银行结汇收入 18.02 亿美元,售汇支出 12.28 亿美元。在结汇收入中:贸易收入占 71.4%,非贸易收入占 9.4%,资本收入占 19.2%;在售汇支出中,贸易支出占 76.5%,非贸易支出占 5.4%,资本支出占 17.9%。涉外税收 15.4 亿元;涉外保险保费收入 0.16亿元,涉外保险赔付金支出 0.07 亿元。在涉外保险费收入中:出口保费收入占 75.0%,进口保费收入占 25.0%。在支付的赔付金中:出口赔付金占 76.5%,进口的赔付金占 23.5%。出口商品检验合格率为 99.7%,进口商品检验合格率为 99.8%(按金额计算)。

经对本次全省外经普查数据填报差错率计算,普查数据填报差错率为 1.7‰,达到本次普查方案设计的要求。

---

注:1. 本次普查的进出口总值是按照 1995 年《河南省对外经济贸易统计制度》规定的进出口统计口径和范围进行的,所以进出口总值的普查数字与《河南统计年鉴》中海关进出口数据不一致。

2. 本次普查的利用外资项目是指 1997 年末实有在建的、已完成但尚未偿还清债务的对外借款项目和营业(包括试营业)、停业、筹建的外国和港澳台商直接投资企业等,因此,合同外资额、实际利用外资等指标的历年累计数与《河南统计年鉴》中的累计数不一致。

# 河南省地方铁路局

河南省地方铁路始建于五十年代末期。目前,通车里程达1811公里,贯通我省16个市、地,50多个县市。年客货换算周转量近十亿吨公里,利税一千多万元。运营里程、客货运量、经营收入均居全国各省市自治区地方铁路之首位。建路四十年来,在开发矿区,建设平原,救灾治黄,兴修水利,促进地方工业发展,填补国家铁路空缺等方面都发挥了重要作用。

十一届三中全会以后,河南地方铁路进行战略性的转移,调整结构,由窄轨向准轨铁路转移,准轨地铁已由1977年的63公里,占5.5%,发展到1998年的373公里,占28.5%,全省客货换算周转量增加了1.33倍,准轨地方铁路增加了4.92倍。

今后我省地方铁路将按照远景发展规划“两纵两横”的网络框架,继续调整布局,实现准轨化、网络化。

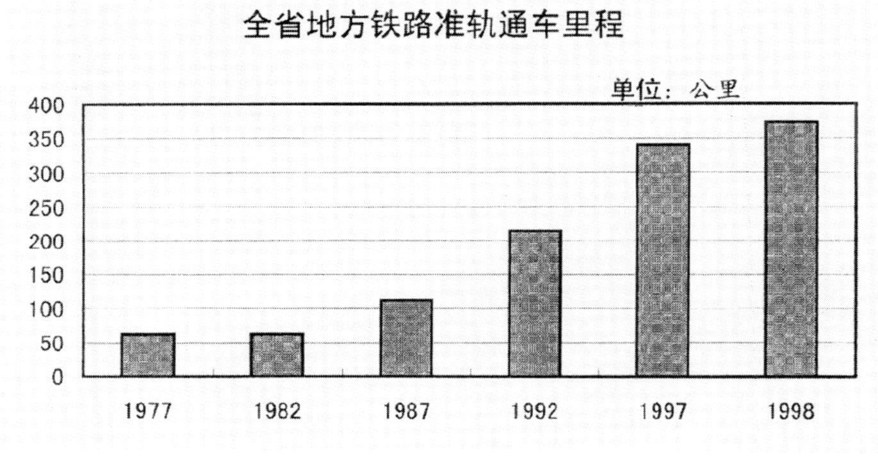

# 河南省第五建筑安装工程公司

公司成立于1953年1月，原系国家纺织工业部直属企业，为国家一级资质等级的大型建筑安装施工企业。现有职工8200人，拥有各种机械设备1100余台(套)，资产总额4.5亿元，具有年完成6亿元以上建安工作量的施工能力。

公司下属九个土建分公司，一个机电设备安装分公司和空调设备、基础工程、路桥工程、商品砼供应、广告制作、房地产开发、装饰装潢七个专业分公司(厂)。

四十五年来公司足迹遍及国内十余省区和亚、非、欧地区13个国家，累计完成竣工面积1500万$m^2$，设备、管线安装8亿元工作量。近几年建成的国家、省、市重点工程主要有：平顶山帘子布厂(神马集团)、安阳彩色玻壳厂、郑州中原制药厂、郑州市邮电大楼、河南省国际饭店、郑州河医广场立交桥、中原国际博览中心、郑州新郑机场、河南博物院、郑州大酒店、郑州银基商贸城、郑州火车站地下广场等，是河南省唯一荣获三项国家优质工程银质奖的企业，连续入选“全国施工企业500强”和“河南省施工企业50强”，并先后荣获河南省先进施工企业、全国先进施工企业、河南省重点工程建设“十佳”企业、市“重合同、守信用”企业等荣誉称号。公司于98年12月通过ISO9002国际质量体系认证。

公司一贯坚持“质量兴企、科技先导、信守合同、业主满意”的工作方针，注重社会信誉，维护用户利益，为用户提供满意的产品和服务。

该公司承建的『郑州大酒店』

该公司建设的『省国际饭店二期工程』

该公司承建的“河南博物院”

总经理　陈保国

该公司承建的“郑州河医广场立交桥”

该公司承建的『郑州兴亚国际俱乐部』

# 郑州市农业局

局长、局党委书记　王瑞桐

领导班子

办公大楼

成立于一九七八年四月的郑州市农业局，二十年来在党的十一、十二、十三、十四、十五大精神指引下，历届领导班子以邓小平理论为动力，坚持“一个中心，两个基本点”不动摇，解放思想，锐意改革，带领全市农业战线广大职工，克服重重困难，使全市农业、畜牧、农机等工作取得了辉煌的成就。为郑州市农业发展，农民增收，农村稳定做出了积极的贡献。

郑州市1998年夏秋粮食总产再创历史新高，达到177.8万吨，为1978年的1.74倍；棉花单产达到64公斤，为1978年的4.8倍；油料总产达到10.8万吨，为1978年的13.7倍；肉类总产达到17.5万吨，为1978年的5.8倍；蛋类总产达到11万吨，为1978年的7.4倍；奶类总产4万吨，为1978上的4.4倍；农业机械总动力达到332.52万千瓦，为1978年的13倍；大、中型拖拉机达到9.5万台，为1978年的28.4倍；联合收获机从无到有达到1852台。

中牟高效农业示范园—高标准日光温室

郑州市农业局科技队伍不断状大，现拥有专业技术人员430人，为1978年的17.2倍，高、中级技术人员从无到有达到205人；二十年来先后获得省、市级科技进步奖66项。

郑州市农业局注重加强自身建设，机关办公用房从不足100平方米，达到现在的8000平方米，局系统交通、通讯、办公条件大大改善，职工住房得到较好解决，职工工资收入稳步增长，精神文和物质文明建设双获丰收。

畜牧业蓬勃发展—赛牛会一角

# 郑州市林业局

生态环境是人类生存和发展的基本条件，是经济和社会发展的基础，林业是生态环境建设的主体，植树造林、发展林业，对促进国民经济发展，改善生态环境、推动社会进步，都具有十分重要的意义。党的十一届三中全会以来，在改革开放方针的指引下，郑州市林业局领导班子按照竞争激励机制的要求，带领全局干部职工团结拼搏、艰苦创业、求真务实、勇争一流，紧紧围绕全市林业生态体系和产业体系建设目标，积极搞好荒山造林，平原林网完善、治沙造林，林业育苗、森林病虫害防治、森林防火和森林资源林政管理工作，较好地完成了各项目标任务，取得了物质文明和精神文明建设的双丰收。据统计，改革开放二十年来，郑州市累计完成大面积造林164.82万亩，封山育林96.8万亩；经济林建园77.28万亩，果品年产量16.5万吨以上；完善林网间作面积295.84万亩；完成四旁植树13337万株。截止目前，全市共有170.58万亩林业用地，有林地面积达113万亩，活立木总蓄积达407.58万立方米。全市森林履盖率达16.4%。由于林业各项工作成绩突出，1996年度，郑州市被省委、省政府授予“荒山造林绿化先进市”称号。1996、1997年度，郑州市林业局连续两年被省林业厅授予“先进市地林业局”称号。1996年度，郑州市林业局在全市竞争激励（加压驱动）机制综合评比中，获得“公仆杯”铜杯奖。1997年度，郑州市林业局又获得“公仆杯”金杯奖。在今后的工作中，郑州市林业局将继续贯彻党的十五大精神，发扬成绩，克服不足，团结带领全市林业干部职工大力造林，普遍护林，突出抓好生态环境建设，不断开创全市林业改革和建设的新局面。

绿树护道路，平安万里行。图为郑州市的乡间道路绿化。

林业育苗是绿化造林的物质基础。图为林业技术人员在加强苗圃地管理。

局长　王新炎

平原地区的农田防护林

郑州市西部的荒山绿化

# 郑州市奶业管理办公室

郑州市奶业管理办公室是1992年8月经郑州市编委批准成立的。其职责主要包括：行使对全市奶业生产的统一规划、协调解决奶业产、供、销生产环节中的有关问题，实施鲜奶的管理和质量监督。

从1992年开始，在市政府的直接领导下，奶办付出大量精力从事争取欧盟对华的奶类援助项目工作。由于各级领导的重视支持，有关基层及广大奶业生产单位的全力配合，在经过欧盟专家的多次考察评估后，郑州终于成为全国十一个受援城市之一。该项目总投资5000余万元人民币，其中欧盟无偿援助2400万元。项目包括奶牛饲养、服务体系建设、乳品质量检测、冻精供应等，新建日处理鲜奶25吨的欧原乳品厂，改建郑州亚卫乳品厂，完善乳品市场销售网络。项目除硬件投资外，还包括各个环节各个层次的技术培训。整个项目已进入实施阶段，预计到2000年底完成。

王治业副市长考察奶业基地

欧盟奶业评估团在郑州考察

主任　孙福辰

团结奋进的领导班子

王治业副市长代表市政府宴请欧盟专家评估团

# 郑州烈士陵园

书记、主任　刘世强

郑州烈士陵园始建于 1955 年，位于市区南近郊，占地 293 亩，建筑面积 9600 平方米。在苍松翠柏、花草飘香、幽静典雅的环境中，长眠着抗日民族英雄吉鸿昌等 132 位革命先烈；雄伟壮观的烈士纪念碑座落在宽阔的陵园广场中央；烈士事迹陈列馆陈列着吉鸿昌、彭雪枫、杨靖宇、吴焕先以及高斌、林祥谦、施洋等 161 位革命烈士的事迹图片、遗物；烈士骨灰堂安眠着 125 名烈士的英灵。还有解放郑州纪念亭和鸿昌、雪枫、靖宇、焕先纪念亭。整个陵园布局合理，格调高雅，气势宏伟，庄严肃穆，是社会各界人民群众悼念革命先烈、接受爱国主义教育的重要场所和社会主义精神文明建设的重要阵地。

在改革开放的新时期，郑州烈士陵园在国家民政部、省市民政部门的领导帮助下，以邓小平建设有中国特色社会主义理论为指导，坚持"褒扬先烈、教育后人"的宗旨，全面加强陵园建设，充分发挥了社会主义精神文明建设阵地作用。

国务院批准的"全国重点烈士纪念建筑物保护单位"标志碑

军委迟浩田副主席题写的"郑州烈士陵园"园名的大门

新建的接待办公楼

周恩来总理题写碑文的革命烈士纪念碑

# 中国太平洋保险公司郑州分公司

中国太平洋保险公司是我国第一家全国性的股份制商业保险公司，成立于1991年4月26日，总部设在上海。目前公司在全国有80多个分公司和直属办事处，并在境外90多个国家和地区的170多个主要城市和港口设立了保险代理机构。

太保郑州分公司的前身是中国太平洋保险公司郑州办事处，于1991年10月对外开展业务，1996年4月29日正式成立郑州分公司，现有正式职工100多人。1998年相继设立了洛阳、新乡、安阳、平顶山四个支公司。

公司开业以来，以“改革、发展、管理、效益”为工作方针，以“一流的服务质量、一流的工作效率、一流的公司信誉”为宗旨。全体员工团结进取，努力拼搏，使公司的发展逐年壮大，业务规模已由当初的十几个发展到五十多个，资本金由原来的1000万元扩增到2550万元。

中国太平洋保险公司郑州分公司在98年二月下旬举办保险业务知识竞赛活动

中国太平洋保险公司副总经理乔林、郑州分公司总经理赵振德和新乡市领导共同出席中国太平洋保险公司新乡支公司开业典礼

中国太平洋保险公司总经理乔林（右）和安阳市市长共同为中国太平洋保险公司安阳支公司成立揭牌

中国太平洋保险公司副总经理乔林与郑州分公司总经理赵振德、副总经理张跃和新成立的安阳支公司中层以上干部合影留念

校长　田鸿钧

造型别致的学校大门

# 河南财政税务高等专科学校

河南财政税务高等专科学校，位于郑州市农业路23号，始建于1963年。1985年6月，经省人民政府批准、国家教委备案正式成为财经类普通高等专科学校，主要为财政、税务、金融及企事业单位培养适应改革开放和社会主义市场经济需要的德智体全面发展的应用型、复合型、外向型高级财经人才。

目前，学校有在校生2844人，其中专科生1969人，本科生151人，校内成教生724人。在职教工399人，其中教授12人，副教授及高级会计师、高级经济师58人，讲师及会计师、经济师161人。学校现有七系一部。校园占地150亩，校舍建筑总面积81818平方米。

建校三十五年来，学校坚持社会主义办学方向，认真贯彻党的教育方针，积极探索与社会主义市场经济相适应的办学机制和办学模式，坚持走以内涵发展为主的道路，在适度发展办学规模的同时，注重追求较高的教育质量和较鲜明的办学特色。自1985年以来，在全国和校际财专的专业课统考中，我校多次名列榜首，参加省内外各种竞赛，我校代表队屡次夺魁。近几年，我校又先后被省教委评为全省普通高校校园文化建设先进单位、高校学生管理先进单位、学历证书管理先进单位，被省财政厅评为全省财政教育系统教学管理工作先进单位，被省委宣传部和省社科规划领导小组评为审报国家社科项目组织工作先进单位，被团省委授予“先进团委”和“省大学生社会实践先进单位”称号，被省委高校工委、省教委列为全省德育评估试点单位。

河南财专作为全省财税系统唯一的一所普通高等专科学校，已日益成为河南培养会计师、经济师和财税干部的摇篮及财税部门在职干部培训、财经科学研究的重要基地。

学生在校计算机中心上机

宽敞整洁的外语听力室

校党委全体成员研究发展规划

独具风格的图书馆

教学楼

国家级重点中专

# 河南省经济贸易学校

（原河南省粮食学校）

河南省经济贸易学校（原河南省粮食学校）创建于1950年，位于郑州市中心，与省体育馆相毗邻，是一所以工为主，文、理、工、经兼备的国家级重点中等专业学校。学校占地70余亩，校园绿树成荫，环境优美，是市级"文明单位"、"卫生先进单位"、郑州市金水区"花园式单位"、省粮食系统"办学先进单位"，省级"文明学校"。

设施齐全环境幽雅的宿舍楼

学校拥有比较完善的教学设施，教学设备性能先进，配套齐全，其中微机化原子吸收光谱仪、蔡氏摄影显微镜等为目前国内外一流设备。计算机中心配有486、586、686等型号微机三百余台；电教室装备日产索尼537PK等摄录编整套制作系统和闭路电视系统，每个教室都配有彩电；图书馆藏书15万余册；现有理工实验室22个，全仿真模拟实习中心3个和仓型、粮油昆虫标本展室；10个校外实习基地和2个校外培训基地。

学校创办48年来，为国家培养了近6万名各类中等技术和管理人才，现有大多数已成为粮食系统的专业骨干，不少已担任了各级领导职务。

可供300名学生同时上机的微机室

目前，学校拥有一支实力雄厚的师资队伍，在近百名教师中，高级讲师29人，讲师57人，其中有些高讲被河南省定为跨世纪学科带头人，具有较高的学术造诣和专业水平。

学校在进行理论教学的同时，强化实践性教学，注重培养学生的综合型能力，增强学生的社会适应能力，用人单位对毕业生的质量非常满意。每年都有四五十家企事业单位和三资企业主动来我校接收毕业生。

目前我校在学校领导班子的带领下，正锐意改革、立意进取，加强学校设施建设，提高办学条件，创造良好的育人环境，为向新的更高层次的发展而努力。

# 河南省水利电力对外公司

河南省水利电力对外公司系经国家外经贸部批准并在河南省工商行政管理局登记注册的国有企业，注册资金6800万元人民币。现任主要领导：企业法人代表，总经理刘序、党委书记程光杰。

公司主要经营业务范围是：承包国外和境内外资举办的水利电力、公路桥梁、工民建等工程项目；承办对外劳务输出；开展进出口贸易；兴办境内外合资或独资企业。

公司自成立以来先后在毛里塔尼亚、科威特、尼泊尔、柬埔寨等国家承建大中型工程30多项，累计完成合同额1.4亿美元，带动大批国产机械设备出口，向国外派遣劳务人员1000多人次，向尼泊尔、匈牙利出口机电设备、纺织品、轻工产品、鞋类等商品500多万美元。经过十几年的艰苦创业、奋力拼博，公司经济的实力不断加强，拥有大批机械化施工装备、锻炼出一支具有丰富涉外经验又能吃苦耐劳的施工队伍和懂技术、善管理的人才队伍，赢得了“重信守约，质量优良”的企业形象，为在国际市场上发展壮大打下了良好的基础。

总经理　刘序

公司办公大楼

# 河南和众置业有限公司

河南和众置业有限公司，成立于一九九六年初。主要经营范围为房屋建造、销售、承接装饰装修工程，承接基础桩基施工工程等。

目前该公司正在进行“和众大厦”的后期建设。和众大厦位于省会郑州市行政区中心黄金地段优胜北路。

该公司经过多次的市场调查，并组织经济专家和专业工程师对大厦进行全方位的、慎密的论证，最后将和众大厦的市场定位为：营建一座四星级的现代化的酒店——嘉和酒店。目前酒店工程正处于全面装修阶段。

“以竞争求生存，以质量求发展”是该公司的宗旨，公司全体员工将以不懈的努力去实现社会效益与经济效益的双丰收，和众置业开拓发展之路上只有逗号而没有句号。

河南和众置业开发的房产

# 郑州市自来水总公司

总经理　张天全

自来水总公司鸟瞰图

自来水厂一隅

郑州市自来水总公司成立于1953年。经过40多年的发展，已经成为拥有固定资产原值6.2亿元、净值4.8亿元，综合日供水能力37万立方米，供水面积104平方公里，管网总长度862公里，职工3200名，担负着郑州市商贸城建设和工业生产及120多万居民生活的供水生产任务，属国有大型二类供水企业，国家二级企业。供水量名列全国自来水生产最大企业第19位。

总公司坚持在不断提高社会效益，满足商贸城建设和市民生活用水日益发展需要的基础上，努力提高企业经济效益。以安全生产、优质服务为中心，积极推进技术进步，加强技术改造，不断深化企业内部改革，强化企业内部管理，切实加强职工的思想政治工作和业务技术培训，加强职业道德教育，开展规范化服务，在生产调度、营业售水、水质和管网管理及工资、人事、设备、财务、计划统计、档案等方面应用计算机进行管理。总公司先后被评为省级“职业道德建设先进单位”、市级“文明单位标兵”、国家一级计量单位、国家计量先进单位、省建设系统职业道德建设先进单位、省安全生产先进单位、省社会治安综合治理先进单位、省卫生先进单位、省军民共建先进单位、省守合同重信用企业、郑州市绿化先进单位等荣誉称号，在社会上树立了良好的企业形象。

# 苏竣丰药业有限公司

总经理　苏竣丰

郑州苏竣丰药业有限公司是在密县仙丹化学厂的基础上发展而来的。中医师苏竣丰先生呕心沥血十余载，成功研制出“密丽疤痕灵”，使疤痕患者获得了新生。1991年河南省科委组织8个单位23名专家学者，对“密丽疤痕灵”进行科技鉴定，对其药性、药效、毒性等实验结果一致审查通过，签发了豫科鉴委字（1991）第31号书。该产品先后荣获河南省第四届发明展览会金奖、首届中国青年科技成果博览会金奖、河南省轻工业厅科技成果二等奖及郑州全国科技成果交流交易会优秀奖。

# 鹤壁市中级人民法院

地处豫北平原、淇河之滨的鹤壁市，沃野百里，乌金汪洋，在这块美丽而富饶的土地上，孕育了一支爱民警业、公正廉洁的执法队伍——鹤壁市中级人民法院。院党组紧紧围绕建“一流班子，带一流队伍，创一流业绩”的总体目标，以“内强素质，外树形象”为主线，坚持一手抓队伍，一手抓审判，努力拼搏，锐意进取，发扬团结务实，严肃执法的鹤壁法院精神，创造出一个个辉煌，全市法院和中院连续五年收、结案创历史记录，市中院有十七项工作荣获省级先进单位，连续五年被市委、市政府评为目标管理达标单位。特别是近三年来，院党组书记、院长辛振江同志狠抓两个文明建设，带领干警艰苦创业历尽千辛万苦，建起市中院办公大楼，法管培训中心楼，干警住宅楼。为法院各项工作开展创造了有利条件。现市区两级法院均被评为市级文明单位。目前正在努力争创省级文明单位。

新落成的鹤壁市中级人民法院办公大楼

# 鹤壁市教育学院、师范学校

鹤壁教育学院、师范学校位于鹤壁市山城区建设街中段。鹤壁师范学校创办于1974年，教育学院创办于1979年，实行两校一体的管理体制。建校以来，培养毕业生7000余人，培训各类人才近万人次，为鹤壁市经济建设特别是基础教育的发展做出了突出贡献。

师范学校设有普师、音、体、美、英语和计算机专业共25个教学班，在校生一千二百人。教育学校设有8个专业，在籍学员1500多人。目前院(校)已成为融普通中专和成人大专于一体，功能齐全、优势互补、师资雄厚、效益喜人的现代化师范学校。院(校)现有教职工250人。其中副教授、高级讲师44人，讲师73人。院(校)教育科研实力雄厚。自1995上以来，教师在市级以上刊物发表论文310余篇，出版论著及教材36部。89人加入市级以上文化学术团体。

近年来，院(校)先后获得省级标准化学校、绿化先进单位、师资培训先进单位、青少年科技活动先进单位等70余项集体荣誉称号。1997年荣获“省级文明单位”称号。

院(校)领导班子研究工作

艺苑风景线

校园即景

# 郑州工业大学

1996年4月4日，经国家教委批准，郑州工学院更名为郑州工业大学。图为揭牌仪式现场

河南省道路检测工程技术研究中心是河南省六个中心之一。该中心主任、优秀回国人员王复明教授正在现场工作

校党委书记　李永涛

校长　董其伍

橡塑模具计算机辅助工程技术国家工程研究中心是国家计委利用世行贷款建设的47个国家工程中心之一。该中心主任、博士生导师申长雨教授在访问美国时，与俄亥俄州立大学精密成型加工及模具技术国家工程研究中心主任秦兰·奥坦教授合影

# 河南省计划生育干部学院

河南省计划生育干部学院是一九八五年五月四日经省政府批准，在河南省计划生育干部培训中心的基础上建立起来的。是全国计划生育系统最早开办的三所院校之一；是河南省唯一一所培训计划生育干部的学院。

学院位于郑州市郑花路16号，学院占地面积50亩，总建筑面积2万多平方米。学院现教职工80人，专职教师31人，建院十多年来，先后举办各类短期培训班148期，培训干部16237人，输送中专毕业生1400人。他们先后到各级计生部门工作，大部分成为专业骨干，有的已走上领导岗位，为实现河南省政府提出的“一高一低”战略目标作出了应有的贡献。

国务委员、原国家计生委主任彭佩云同志深入教研室同教师们亲切交谈

河南省计生学院郭光宇院长同群众交谈

新生进行军事训练

# 河南省电影电视学校

教学楼一角

电视节目制作班学员在老师指导下进行节目编辑

播音班学员在广播室准备直播

河南省电影电视学校创建于一九七九年，是全省唯一的一所培养影视人才的综合性艺术中专，隶属省文化厅。学校开设有电子声像、电视节目制作、装璜设计、播音等专业，现有教职工 61 人，在校生 500 多人。该校以雄厚的师资力量、先进的教学设备、优美的校园环境，成为中原大地培养影视人才的摇篮。建校以来，为省内外培养影视专业人才 2147 人，其中不少人已成为电影、电视等系统的领导和业务骨干。

# 河南省出版职工中等专业学校

李长春题词

河南省出版职工中等专业学校经省政府批准，建立于 1987 年，是一所集职工中专、职业中专、技术岗位培训、北京印刷学院函授站为一体的综合型学校。开有图书发行、印刷、电子出版与计算机应用、电子出版物发行与计算机管理等专业，同时设有实习工厂、实习书店。截止 1998 年，已毕(结)业各类学生(员)累计 4000 多人。现有全日制在校生 8 个班 300 余人。各类专业技术人员 32 人，其中高讲 7 人，中级技术职务者 19 人。在去年十年校庆之际，中央政治局委员、原河南省委书记李长春，省委党委、宣传部长林炎志，国家新闻出版署署长于友先分别题词勉励。

校长　杨进方

学校大门

# 河南省建筑工程学校

校长　费名谕

党委书记　宫保民

河南省建筑工程学校(原郑州建筑工程学校)于1956年6月由国家建工部创办,目前隶属河南省建设厅,是省级重点中专学校,河南省建设职工中专和河南省建筑职工大学分别于1995年7月和1998年3月并入我校合署办学,使建设系统实现了“三校合一”的办学体制。

学校位于郑州市中原西路,占地120亩,建筑面积6万平方米,有教职工230余人,其中教师150人(高讲、教授25人、讲师61人);在办学层次上有普通中专、成人中专、成人大专和高职班。在办学形式上有自学考试,岗位培训和联合办学等,形成多渠道、多种类、多层次、多形式的办学模式。学校每年为社会输送各类专业技术人才千余名,为河南省的建设与发展作出了积极的贡献。

学校大门

教学综合楼

# 郑州市二七建筑工程公司

郑州市二七建筑工程公司成立于1955年,是郑州市较早的建筑施工企业之一,公司现有职工2000多人,有技术职称人员168人,企业固定资产近2000万,各类施工机械480多名,可承接各类工业与民用建筑施工,附有构件厂、彩板门窗厂等,建安资质等级为二级。

四十多年来,公司以“质量求生存,用户至上”为宗旨,努力提高施工质量,为用户提供优良的服务,四十多年以来共承建了六十条万平米的各类工业与民用建筑工程,以质量好、信誉高赢得广大的用户,多次受到上级部门的表彰,1980年被评为省、市先进施工企业,1981年创郑州市第一项优良工程,1985年建设部首次全国建工质量抽检中,被树为样板工程一项,受到建设部的表彰,近几年连续被市建委评为“质量管理先进企业”、“施工先进企业”、工程优良率逐年上升,95年以来优良率由27%上升到47%、52%、100%,为广大用户提供了可靠的各类建筑工程。

郑州市二七建筑工程公司优质工程

经理　李剑铭工程师

郑州市二七建筑工程公司优质工程

# 郑州医学专修学院

郑州医学专修学院（原郑州树青医学院）位于郑州市航海路冯庄，1997年被批准为国家学历文凭考试首届试点学校，1998年又增批妇幼卫生、社区医学两个专业。该院还有郑州树青职业中专和树青成人中专，及河南省自学考试班。现在在校生32个班，2780人。该校是一所多层次、多规格、全日制、进行系统教育的医学院校。

院长王树青和世界自然科学医学大会博士孙贤体、王美英在一起

本院学生在做实验

# 河南省民政学校

河南省民政学校，1986年成立，隶属河南省民政厅。学校座落在郑州市文化区农业路西段，交通便利，环境幽雅，学术气氛浓郁；教学及生活设施齐全。现开有民政管理、社区服务、社会保障、社会保险、财会电算化、市场营销、计算机及其应用七个专业；在校生1300多人；设立有民政部民政管理干部学院郑州函授站；还承担民政干部培训工作。

学校治学严谨，管理规范，师资力量雄厚（中、高级以上职称者占60%），管理队伍精干。学校建校来，坚持“立足民政，面向社会”的办学方向，先后为全省培养输送合格的民政管理中专人才1000余人；为河南及兄弟省区培训民政干部1800人。

河南省民政学校的目标是：成为我省培养跨世纪社会工作人才的摇篮，社会工作理论研究的中心，民政干部培训的基地，乡村干部培训的中心，为我省社会工作事业的发展做出更大贡献。

学生在计算机室上课

学生在阅览室学习

民政学校党委在研究教学工作，党委书记朱秀生（中右），校长段凤东（中左）

# 郑州市管城回族区教育生产公司

我区位于郑州市东南方，是经济比较落后的老城区，全区经济困难、工作环境、居住条件十分落后，一向未被重视的教育事业就更显得无人过问，教育质量低下，人才严重不足便成了我区的主要矛盾。党的十一届三中全会以后改革开放的大潮有力的冲击了历史遗留下的简陋恶习，科教兴国教育为本的思想在我区广大干群中牢牢树立，贯彻学习《全国农村学校勤工俭学现场会及90年全国中小学勤二俭工作会议纪要》和省教〔90〕223号《关于进一步在农村开展勤工俭学的意见》蔚然成风，我区勤工俭学活动在各级领导的大力关怀支持下，通过外学内创和多年的努力拼搏，已初见成效，达到了育人创收双丰收，实现了校园的净化、美化、绿化一体化，使学校变成了“春有花”、“夏有苗”、“秋有果”、“冬有青”的花园式学校，彻底改变了学校的校容校貌，一九九五年被评为郑州市农村学校校园经济先进县（区），一九九六年又被评为河南省农村学校校园经济先进县（区），为市、县争了光，为培养教育下一代，走科教兴国道路做出了积极的贡献。

几年来我区农村学校，校校都达到了三季有花、二季有果、四季常青，实现了校园经济开发普及率100%的目标，一个种植稀有化、养殖良种化、加工系列化、管理科学制度化格局正在各校逐步形成。农村34所学校中已开发校园基地30余亩、学农基地95亩、苹果7亩、葡萄5000余棵，香椿110多棵，花椒400余棵，养鱼1100尾，生猪存栏20头，甲鱼400只、造葡萄长廊700多米，达到了市里提出的“红花绿树布主路，大门两侧建花圃、房前屋后种果树、葡萄长廊遮甬路的要求”。98年仅农村学校校园经济的收入就达到了三十万元，为改变教学条件、提高教学质量做出了贡献。据不完全统计，仅南曹乡中就被中专录取了93名，其中，郑州师范就有17名，并多次获得教学竞赛团体一等奖、全国物理竞赛三等奖、市物理竞赛一等奖、省数学竞赛二等奖、市教委一、二、三等奖9人。小店小学在全乡统一测试中，获小学组一年级、二年级语文、数学两项第一名，六年级数学第一名，乡春季运动会团体总分第一名。单庄小学的升学率达95%，其中重点学校8%。

实践证明：勤工俭学的开展有力的促进了学生德、智、体、美、劳的全面发展和教学质量的提高，是振兴教育、深化教育改革的必由之路。

# 河南省林业科学研究所

河南省林业科学研究所是河南省的最高林业专业研究机构。全所现有职工 92 人，专业技术人员占 68.5%，其中高级技术人员 14 人，享受政府特殊津贴、省管优秀专家 7 人。

自 1978 年以来，共取得各类成果 150 多项，获奖成果 130 多项，其中获国家级成果奖励 23 项，发表论文 1000 多篇，出版专著 36 部，并编辑出版《河南林业科技》专业期刊。科技成果转化率达 40% 左右。

甘雨所长(右一)在苗圃园指导工作

林业科研所办公楼

# 河南省当代经济研究所

所长 王希中教授

河南省当代经济研究所是河南省科委审批、省工商局登记注册的民营科技企业，该所成立于 1993 年初，是河南省最大的专业性信誉咨询策划机构，目前正发展成为集科研和实业、咨询于一体的综合型经济实体。

该所主要下属机构有：郑州当代网络工程有限公司；河南省当代调味品有限公司；郑州当代营销有限公司；郑州高级经营人才培训中心；郑州卫生保健制品有限公司。

当代调味品公司的产品商标

全所现有专职人员中，副研究员、副教授等高级职称占 20%，70% 是中级以上职称；另外还拥有百名省内外知名的优秀兼职专家和学者。

“当代”成立以来已为二十多家县(市)域经济发展和数十家企业做过诊断策划，产生了巨大的经济效益和社会效益，为河南经济的发展做出了积极贡献。

# 鹤壁飞鹤股份有限公司

鹤壁飞鹤股份有限公司（原鹤壁市橡胶厂）经过 30 多年的艰苦创业，现有职工 1100 人，具有年产各类胶靴 500 万双的能力，省一级先进企业。主要产品“飞鹤牌”工矿胶靴 1981 被评为河南省优质产品，1988 年被评为化工部优质产品，1993 年被评为河南“上帝”信得过商品一百强，经过五年研制的“飞鹤牌”药物工矿靴，94 年又获第二届中国金奖产品博览会金奖和 95 年中国公认名牌的荣誉称号。产品畅销全国 32 个省、市、自治区。远销美国、德国、瑞典、芬兰等国家。

董事长兼总经理　贾身聚

主要产品及获得的荣誉奖牌

# 河南省实验小学

河南省实验小学隶属省教委管理。现有32个教学班，在校学生2100人，教职工91人。该校占地面积18648平米，环境优美，设备齐全。

在38年的办学过程中，该校逐步形成了“勤奋向上、文明活泼”的校风，“乐业严谨，善诱爱生”的教风和“勤学进取，尊师守纪”的学风，重视德育工作，全面推行素质教育，近年来先后获得“河南省先进管理学校”、“河南省德育先进集体”、“河南省文明学校”、“郑州市文明标兵单位”等称号。

该校在教学工作中积极实验，锐意改革，1979年以来，先后在语文学科进行了“集中识字”和“注音识字”的实验，数学进行了“应用题不分类型”实验，均获丰硕成果。

美丽的校园

学生在电子琴教室上课

# 省直机关第二幼儿园

省直机关第二幼儿园系“市级文明单位”、“郑州市一级幼儿园。”园内建筑具有欧式风格、环境清新优雅、适合幼儿健康生活。拥有音乐舞蹈厅、图书馆、电教室、游泳池等各类生活、教学用房。

幼儿园有一个高素质的管理层，另有一支学历合格、专业技能较强的年青的教职工队伍。自建园以来，各项教育教学活动、文艺节目和书画参赛作品在国际、国内、郑州市、区等获特别奖、金、银、铜等各类奖项近百余次(个)。

省委书记马忠臣“六一”儿童节到幼儿园看望小朋友，同王海燕园长步入园内

幼儿园小朋友获世界和平书画金、银、铜奖，王海燕、宋金良园长向小朋友颁奖

幼儿园小朋友正在开运动会